U0110136

掌故

（七）

月刊

37

野史·佚聞·人物·風土·

一九七四年九月十日出版

掌故月刊 第三七期 目錄

每月逢十日出版

掌故

第三七期

中華民國六十三(一九七四)年九月十日出版

每冊定價港幣二元正

全年訂費港幣廿四元 美金六元

出版兼發行者：**掌故月刊社**

地址：九龍亞皆老街六號B

通信處：九龍旺角郵局信箱八五二二號

電話：K八〇八〇九一

The Journal of Historical Records

6B, Argyle Street, Mongkok, Kowloon, Hong Kong.

督印人：**鄧少卿**

總編輯：**岳騫**

印刷者：**和記印刷有限公司** 新蒲崗景福街一一〇號超達工業大廈十樓

總代理：**吳興記書報社** 香港租庇利街十一號二樓 電話：H四五〇五六一 H四五〇七六六

星馬代理：**遠東文化事業有限公司** 新加坡廈門街十九號 檳城杏田仔街一七一號

泰國代理：**曼谷青年文化服務社** 曼谷黃橋東北路五六六號

越南代理：**聯興書報社** 越南堤岸新行街二十二號

其他地區代理：

澳門：可大文具店
亞庇：利民公司
千里達：中華公司
菲律賓：華安書局
倫敦：東寶公司
芝加哥：杏林春
波士頓：中西公司
三藩市：新生圖書公司
三藩市：益智圖書公司
加拿大：香港商店
漢城：汎亞書籍公社
寮國：永珍圖書公司
斗湖：光明書店
菲律賓：玲瓏書局
紐約：友聯圖書公司
紐約：友方圖書公司
洛杉磯：永安堂
檀香山：大元公司
三藩市：文化商店
加拿大：新國華公司

「九一八」事變眞相

張作霖被炸之原因與史實

從遠東國際法庭溜走了的七件機密文件

張則貴譯自「日本」月刊

一 包藏在「謎」中的「共同謀劃」

昭和三年（民國十七年）六月四日——這一天終於成了日本戰敗史的第一頁；這是在當時任何人也沒有想到的。

在那一天，天還沒破曉的時候，在距離奉天（瀋陽）車站不遠，京奉（北寧）鐵路與南滿鐵路的交义點附近，突然轟的一聲響，四輛客車連結一起的特別列車被炸了。黑烟直衝雲霄，第二輛的特別客車被炸得七零八落；而在這輛天藍色的客車中，恰好是載着掌握東北大權的張作霖「大元帥」。

於是就成了「張作霖將軍被炸身死！」「滿洲之虎已經死亡！」

本來在這時候張作霖所屬的部隊早就以瀋陽爲中心，爲了戒備而出動；在瀋陽到皇姑屯之間，軍隊是三步一哨兩步一崗的佈防。但是到底不知道是誰裝置的炸藥，奪走了「張大元帥」的生命。

裝置炸藥的元兇是誰？是一向反對張作霖的楊宇霆的一派人呢？還是日本軍人的策動呢？由於張作霖的死，東三省立刻充滿了緊張異常的空氣。

又過了三年，昭和六年（民國二十年）九月十八日的夜晚十點前後，這回又在瀋陽以北的柳條溝發生了炸毀鐵路的事件。

似乎用了不太多的炸藥，聲音儘管夠大，損害却很少，只不過是鐵軌被炸斷，枕木被炸飛而已。可是因爲在距離爆炸地點約一公里的近處，有中國軍的北大營；日本軍就說是中國軍隊的陰謀，立刻對北大營開始攻擊。

那一天夜裡中日兩方軍隊的衝突於是乎也就成了——從那以後一直繼續了十幾年的——中國大陸上戰爭的起點。

滿洲事變（九一八事變）——上海事變（一二八事變）——盧溝橋事變（七七事變）有如連鎖反應般地戰爭是一直接續下去。日本軍部是以「事變」之名來欺騙日本國民，但是事變的實體却是陷入泥淖中的大陸戰爭，同時在歷史上也就展開了第二次世界大戰——日本的戰敗。

現在我們要問：這兩次炸毀鐵路事件的眞相究竟是否已經水落石出呢？

一直到現在，一般才知道皇姑屯事件是當時關東軍高級參謀河本泰作大佐爲了圖謀炸死張作霖而命令他的部下幹的勾當。但在這以前，國民並未曾明瞭眞相，因爲軍部是以河本大佐編入預備役來冲淡河本對皇姑屯事件的責任，所以國民的眼睛完全被蒙蔽。再有柳條溝事件也是一樣，一般只認爲是關東軍的少壯軍人共同企圖幹的而已。就連事件發生後不久，國際聯盟所派遣的以李頓爵士爲中心的調查團也只是在報告中說：

「有如『謎』似的部分很多，是不能完全明瞭的。」

這樣，留下來的是歷史上不可解的「謎」。結果是這兩次炸毀鐵路事件的一切都被蒙上了一層厚厚的面紗，根本叫人看不出眞相來。但是眞相儘管像「謎」一樣，却引起中國大陸上的戰爭，而且最後還將日本拉扯到戰敗的路上去；這是鐵一般的事實。

東京國際法庭也曾重視過兩個事件。

國際法庭是認爲日本侵略中國、東南亞、太平洋地區的開始的從昭和三年（民國十七年）的皇姑屯事件開始，而從那時起，日本的侵略繼續了十八年之久；國際法庭就是要審判這些侵略的罪惡。

東京國際法庭的審判是從昭和二十一年（民國三十五年）五月三十一日在東京市谷——原來的陸軍省開庭，而最初開始的工作就是要使上述兩件事水落石出。

「張作霖究竟是被誰謀殺的？爲的是甚麼？柳條溝事件的主謀者又是誰？究竟有何種目的？這兩個事件又怎樣連結到日本的侵略中國？而日本國民又是如何接受了這兩個事件以後的軍方活動？」在東京國際法庭上，檢察官與辯護律師雙方都爲解開事件的「謎」而努力奮鬥。

檢察官方面在法庭上所傳來的證人前後共達一百零九人，此外更有沒到過法庭作證，而只提出書面證明的證人，在紀錄上的紀載是五百六十一人。

經過六百多證人的作證，前後費了一百六十多天的時間，檢察官方面想找出日本犯罪的證據，在證人之外，法庭還受理了可以當作證據的文件，件數是二千七百三十四件。

辯護律師方面當然也不示弱，從昭和二十二年（民國三十六年）二月二十四日開始，也盡全力來辯論，在一百八十七次的庭審中曾先後使三百一十人站在證人台上作證，提出書面作證的是二百一十四人，而拿來作證的文件，在紀錄上是一千六百零二件。

檢察官與辯護律師兩方面都拚命尋找證人與證據。似乎是只要能表示出來十八年間日本所走過的足跡的任何人與物，都在某種形式上被兩方面所利用。

在判決上發生了很大作用的「木戶日記」（內務大臣木戶幸一的日記）、「原田日記」（西園寺公望的秘書原田熊雄的日記），固然不必說，陸軍、海軍、外務省等所有的有關文件一齊都被帶進了法庭。

用活的證人與有關文件堆積而成的「昭和史」，就是如此在國際法庭上一頁一頁寫成的……。

但是儘管搜集全了如此龐大數字的證人與有關文件，昭和初年的那兩件炸毀鐵路事件的「謎」却依然是沒能揭穿謎底，在事件的眞相依然包藏在厚厚的面紗之內的狀態中，遠東國際法庭也就審判結束了。

最代表這種認爲是「謎」的意見的，我們可以舉出遠東國際法庭的印度代表法官R．帕魯博士寫的「有關判决的少數人的意見」作例子；帕魯曾經這樣說：

「有關皇姑屯事件，李頓報告是說：『責任到現在還不能確定，悲慘的事件是被蒙蔽在神秘的帳幕之內；當時對此一事件是懷疑日本的同謀，在中日關係上增加了更進一步的緊張。』」

「檢察官方面是主張已經揭開了神秘的帳幕，而弄清楚了下列的兩點：①事件是日本方面幹的；②事件是由於侵略中國的共同謀劃而產生的。」

「不過，我認爲檢察官方面所提出的證據，並不比李頓報告那種程度更前進半步。」

「根據我們的見解，事件是與一直到現在的情形相同，是依然被蒙蔽在神秘的帳幕之內。……」

帕魯是這樣斷然的說。當然只是少數人的意見而已，並不能如何的左右判決。但是這也是對法庭申述追究眞相又是如此的困難。

就着這兩個炸毀鐵路事件，帕魯博士特別極力主張的一點是並沒有「能成爲證據」的文件出現。

在法庭上供出「殺害張作霖的河本大佐」的證人是田中隆吉（前少將、陸軍省兵務局長）；不過，這也是缺乏足以證明是事實的文件。有關這一點，帕魯也斷然的說：

「能證明這口供是事實的文件，並沒能抓手裡。」

在辯護律師與檢察官兩方面提到法庭上的四千三百多件文件中，是不是還殘留下一些透過檢查網，作了漏網之魚的「有歷史價値的」文件呢？是不是能有一些機密文書根本沒被提到法庭上，或是殘存在審判關係者的搜查網之外呢？

檢察官方面當然不必提，就是辯護律師方面也在蒐集人證與物證上用盡了一切可能的手段。

在其中，甚至於還發生過——由於檢察官激烈的追問，使得某一日僑第二代的軍人神經衰弱——終於自殺的悲劇。再有就是，田中隆吉供出河本大佐以後，某一秘密結社罵田中是「出賣舊帝國軍隊的賣國奴！」想對田中採取最强硬的手段，也要使田中不要再繼續作證。

總而言之，在法庭之外，檢察官和辯護律師兩方面爲了搜集資料，也曾激烈的爭鬥過。

二　機密文件告訴我們一些甚麼？

然而能使「包藏在神秘的謎裡的」九一八事變的眞相水落石出的機密文件，在事實上是有的，而且不但有，還是籌劃、實行、促進「九一八事變」的當事人們「口述的記錄」——自白書。

最近由於偶然的機會，這些機密文件才得見天日。根據本雜誌編輯部所確知的，那是用有光紙的「陸軍省專用的稿紙」寫的，共有七十二張，裡邊寫滿了機密的事實。

具體的內容是記錄炸死張作霖的河本大佐，籌劃或是促成柳條溝事件的橋本欣五郎、土肥原賢二、三谷清，實際下手的川島正、當時參謀本部次長二宮治重以及田內大佐等七個當事人的口述，再加以整理而成的「自白書」。

這些機密文件是在昭和十七年到十九年（民國三十一年到三十三年）之間參謀本部當作謀略研究的一個環節而作成的。不過，這項工作的直接負責人却是當時在各方面非常活躍的參謀本部的一個外圍團體「大野事務所」。

第二次世界大戰結束時，在參謀本部崩潰的同時，這些文件也就七零八散；X氏（特隱其名）却保管了這些機密文件。

當時美國佔領軍與遠東國際法庭追究戰犯的犯罪事實越來越加緊，資料的追究也就隨着加緊起來。感覺到身邊有危險的X氏自己找門路作了「復員船」的船員。

當他作了船員以後，立刻將那些機密文件一齊搬到船上，秘密收藏起來。想保管到底的X氏當時是在想：如果萬一遇到搜査，那就將那些文件投進海裡也就算了。

如此在戰事結束的混亂狀態之下保藏下來的機秘文件，終於是沒在遠東國際法庭上出現。檢察官與辯護律師兩方面都拼命搜尋的，在「僞滿」關係中成爲最有力的證據的這些文件，當時却在中國大陸與日本之間的海上來來往往，利用遣送日僑的船隻，完完整整地被保全下來。

這封皮上寫着「海洲事變史料」的當事人們的「自白書」，如果假定是被檢察官或是辯護律師任何一方面提出到法庭上當作證據，那麼究竟能發生如何的效果呢？

這當然是事過境遷的假設與推測而已。不過，上述的帕魯博士的意見或許要起變化也未可知。

再說，被處死刑的A級戰犯土肥原賢二與被判無期徒刑的橋本欣五郎的命運，也許要有相當的變化也未可知。

再進一步說，經過遠東國際法庭的審判而纂寫成的「昭和史」恐怕也要有多少需要修正的地方。

那麼，這七件機密文件的內容究竟是寫了一些甚麼事呢？以下就是一面對當時的歷史背景加以解說，一面介紹機密文件的內容。

河本大佐的「自白書」

時間：昭和十七年（民國三十一年）十二月一日

地點：大連的河本公館

頁數：二十五頁

身分：當時關東軍高級參謀，炸死張作霖的首謀者。

（內容）：

「大正十五年（民國十五年）三月我被任命爲關東軍高級參謀。等我到了滿洲一看，已經與從前的滿洲大不相同。

當時的總領事吉田茂到張作霖那裡去談判，張作霖每遇到對己身不利的話頭，就立刻推說牙疼，退席；弄得急待解決的問題堆積如山。實際上當時東北排日的空氣是比中國其他各地還要濃厚。

我想，如果長此以往是不可以的，必須在想辦法幹一下才行。

昭和二年（民國十六年）武藤中將以軍司令官的身分來赴任。武藤在昭和二年八月舉行的東方會議席上曾主張『滿州問題惟有以武力來解決，別無其他途徑。而國家的方針也就決定了『武力解決』。

在此之前，張作霖在大正十四年（民國十四年）十二月郭松齡事件發生時失去武力討伐的自信，一度曾想亡命到日本。但危機一過，張作霖既沒到關東軍那裡去道謝，也沒想解決『土地問題』。

不但此也，他還僭稱大元帥，立志想將自己的勢力伸展到中國本土……（以下略）

昭和三年（民國十七年）五月下旬，關東軍從旅順進入奉天。我軍是七千人，而與此相抗衡的張作霖的軍隊是三十萬人。爲了處置這三十萬大軍，是有佔領地形上要點的必要的。

中國軍隊的長官與下屬的關係是有如秘密結社幫會中的頭目與手下人的關係的；只要將頭目幹掉，手下人就立刻七零八散。因此獲得一個結論——應該採取手段，除了幹掉張作霖以外，沒有其他手段。

而爲了計劃的實施，幾經研究的結果是無論從任何觀點來看，都以滿鐵與京奉（北寧）鐵路的交叉點爲唯一最適當的地點。不過，因爲滿鐵的列車是在京奉鐵路的上邊通過，想使滿鐵絲毫不受損去而達到目的是很難做到好處的。因此決定安裝上三個「出軌器」，如果炸車失敗，就使列車出軌，叫「敢死隊」衝殺進去。

當時中國方面常常盜用滿鐵担保的修建洮昂鐵路的資材去修築瀋海鐵路，因此，日本方面從那一年的三月前後起，爲了防止盜用，堆積起沙囊來。我們就利用那些沙囊，將沙土換了炸藥，等待機會行事。

後來獲得情報，知道六月一日張作霖要從北平出發回東北。按時間計算，二日夜晚應該抵達已經佈置好的地點。可是張作霖的專車在北平到天津之間加速前進，在天津到錦州那一段又將速度降低，又在錦州停留了半日；所以專車抵達皇姑屯比較預定晚了很多，在四日上午五點二十三分才開到佈置好炸藥的地點。在此之前，我們老早就在爲防止偷竊車貨而建築的瞭望台裡等待，左等不來，右等不來，一時曾經等得不耐煩，大家都要回去。但是張作霖的專車終於來了。我們知道天藍色的客車是張作霖乘坐的，在夜晚是很難辨別出來那是天藍色，好在我們早已安裝好了電燈。

當張作霖乘坐的那輛客車開到佈置好炸藥的地點，我們立刻叫電流通到炸藥上去。炸藥爆發了，在時間上遲誤了一秒鐘，那

輛客車在才要走過去的時候被炸，客車的後半部全毀，張作霖被炸死了。（以下畧）

……在事件發生後，我就從關東軍借調來石原中佐，作自己的助手，從那時起我籌劃『滿州事變』的方案」。

（解說）：

上述的內容告訴了我們炸死張作霖事件的眞相是如此這般。沙囊內裝塡了炸藥，看好開往奉天的特別列車到來，立刻使炸藥爆炸，一瞬間轟然一聲，火光衝天，列車停下來了；可是有關日本權益的南滿鐵路却沒受絲毫的損失。河本大佐爲了這一幕的成功，炸藥的分量等等的計算，實在是太精密了。

在遠東國際法庭上，有關這一事件的審判又是如何做的呢？一言以蔽之，檢察官方面只偏重了李頓報告與田中隆吉的作證。而在二者之中，更重視田中隆吉的證言；但是有如上述的，僅僅不過是「田中聽說的」或是「在文件上看到的」，却不是「文件」的本身。

如果在當時的國際法庭上提出了這件「河本大佐的自白書」，那麽田中的證言成爲證據的力量就要加強，當時還抑留在山西省太原的河本大佐也許就得以檢察官方面的證人的資格而出庭受審。而有關皇姑屯張作霖被炸死事件的更詳盡的眞相，也就很有可能從他的嘴裡吐露出來。也許李頓報告中所謂的「神秘的帳幕」，由於河本大佐的作證完全被揭開也未可知。

想以先發制人的手段來解決七千對三十萬人的兵力之差而謀殺敵軍統帥的——一個軍人焦急想獵取功名的心，在這篇「自白書」中，眞可以說是有聲有色地被表現出來。

但是事實上，那時在滿州却並沒有發生像河本大佐所期待的那樣的戰爭與混亂，而必須等待到三年後的昭和六年（民國二十年）的九月才能伸手攫取滿州。

三谷淸的「自白書」

時間：昭和十七年（民國三十一年）五月十四日

地點：僞滿牡丹江省省政府官邸

頁數：十二頁

身分：柳條溝事件發生當時的奉天憲兵隊隊長，後又曾任牡丹江省長。

（內容）：與下列川島正的口述記錄一併刊出

川島正的「自白書」

時間：昭和十九年（民國三十三年）四月二十九日

地點：僞滿東安省省政府官邸

頁數：七頁

身分：實際作炸毀柳條溝鐵路工作的中隊長

（內容）：

在最初的計劃中，原定的炸毀柳條溝鐵路的日期是二十八日。參加籌劃的是以板垣、石原爲中心，有花谷正、我自己、橋本欣五郎與今田新太郎（張學良的次席顧問）。

九月十四日的夜晚，橋本打來電報說計劃洩露了。最近我已經將此機密告訴川島正大尉。土肥原機關長出差到日本內地，不在當地。接到橋本的電報。大家聚集一起，對「究竟應該怎麽辦？」作最後的協商；可是意見並不一致，分成了兩派。

一派認爲中止計劃的實施太可惜了，應該照原計劃實行。另一派却認爲參謀本部既然反對，就算是點着了火也着不起來，還是以中止爲宜。兩派意見對立，板垣是只有冷笑着。

因爲意見無從一致，就決定抓鬮，抓得的結果是中止。時間已經是夜半二時前後，於是就各自抱着悲壯的心情回去。

十五日淸晨，瀋陽館的石原打來電話，說有事找我，我就到了他那裡。石原對我說：「守備隊方面，如果說叫他們幹，他們是不是幹呢？如果眞有幹的意思，那麽就幹！」

話既如此，就將今田叫了來。他說要是川島一定會幹，決無問題。進一步又跟板垣商談，板垣立刻說：「是嗎？那就幹吧！」於是乎就一言爲定，決定「幹」。

叫來川島商談的結果，決定十八日動手。不過，大家都担心，担心開火以後，敵人是不是積極出動呢？如果敵人不出動也必須佔領奉天城，到那時候平田二十九聯隊長是不是一致行動？

軍方命令決定由板垣獨斷發出，準備好在十八日以前假託有事待理，由日本內地回到奉天來。

十八日那天，參謀本部第一部長建川奉了軍中央的意旨到了奉天，來阻止這次的行動。可是被板垣拉到日本式的特種酒家「菊文」；板垣是想叫建川喝得爛醉如泥，在這段時間內急速動手。（以上是三谷口述）

九月十八日終於到了。下午十點二十分到達奉天的北上列車來了。列車到了柳條溝，我想大約是十點二十分前後，我們動手炸了鐵路。

鐵路才一被炸，火車就過去了。那裡的鐵路線是個轉彎；不過是個很長很大轉彎；所以乍一看像一條直線。爆炸的結果，只有鐵路一邊的一根鐵軌飛出去有一公尺半前後的距離，再加上地勢又是個斜坡，火車就搖搖幌幌發出嘎噹嘎噹的聲音走過來了。

如果當時列車翻倒，那麽救護受傷的乘客就成了最先必須做的事，也就不能先攻擊敵人了。沒有翻車，眞是上天保祐！（以上是川島的自白）

戰鬥開始以後，決定由我這裡向日本內地拍出戰況的發表，召集來新聞社的人們，提供給他們最前線的戰況報告。我對郵政局發出命令，不許他們拍出日本軍方發表以外的電報；因爲郵政局不聽命令，我就拿手槍對着他們，叫他們拍軍方所發表的電報。

河本大佐不是九月十七日就是十八日帶來了大約三萬圓的欵項，在我的官邸中與花谷會的面。

本庄繁司令官與三宅參謀長完全是傀儡。中央拍來的電報，事後才給他們看，作戰命令完全是板垣與石原兩個人搞的。（以上是三谷的自白）

（解說）：

這滿州事變的第一個報告又是如何傳到日本內地來的呢？九月十九日的東京朝日新聞報導如下：

「奉軍炸毀南滿鐵路，
中日兩軍開始作戰！」

三　懷抱着女人作百年大計

成爲九一八事變直接原因的柳條溝鐵路的被炸，它的損失程度是如何可憐亦復可笑，由以上兩人的自白就可以一目瞭然。

像川島所說的那樣，鐵路才被炸，列車就搖搖幌嘎噹嘎噹走過去了；由此可知這鐵路被炸簡直比戰後在日本發生的松川事件的毀壞鐵路還要規模小得多。但是這小小的事件就成了直接原因，軍事的行動就越來越擴大下去。

還有引起我們的興趣的一點，就是發動製造這樣大的事件却用抓鬮的方式來決定；而且下手人心中惶惶，惟恐如果列車翻倒就必須在向中國軍隊挑起戰爭以前，先救護列車裡的乘客，這也很可以表示出來當時日本軍人的心理的一個側面。此外還應該補充的，關乎此次事件所需要的資金來源，河本大佐在他的記錄曾作以下的自白：

「爲了籌措發動滿州事變的軍用欵項，我籌劃了七萬圓，利用飛機携帶了三萬圓。柳條溝事件發生的第二天——十九日，我請求滿鐵幫忙。二十日我飛往漢城，勸說朝鮮駐屯軍越過國境出動。

事變當時，關東軍的機密費只有一萬圓。我所籌措的七萬圓是從一位叫重藤的親戚那裡借來的。轉年的三月，人家催我還錢。爲了籌劃還這筆債，板垣曾被本庄司令官申叱了一頓。於是乎我出頭對本庄毫不客氣地說，爲了發動此次的事件，種種的錢都要花。爲了籌措這筆欵項，部下的板垣他們很費了苦心，你倒想得那麼簡單容易，簡直莫名其妙。我這樣一說，本庄的臉都變青了。

於是乎就想叫他們從機密費項下，撥還那筆債，可是因爲橋本參謀長的優柔寡斷，未能作最後決定。最後還是我跟荒木陸軍大臣說好，才算還了那筆債。」（以上是河本的自白）

二宮治重的「自白書」

時間：昭和十九年（民國三十三年）四月十日

地點：海州拓殖公社

頁數：八頁

身分：當時的參謀本部次長，在事件發生的當時担任中央工作。

關東軍是毫不顧忌地獨斷專行，政府又是採取不擴大的方針，在這兩者之間的距離是很大的，站在這兩者之間，眞費盡了苦心。奉天總領事林久治郎儘管說了又說，軍方是一概不管不顧。

在那中間，內田滿鐵總裁來到東京，在參謀本部聚餐，特別請來幣原外相談話。內田在幣原的面前正襟危坐說：

「大臣！這次的事變是不得了的一件大事。現在不解決，日本就要面臨生死存亡的重要關頭，請您要痛下決心！」

「好，痛下決心！」外相也立刻鄭重其事地回答了內田。這樣似乎就在兩個人的默契中決定了事變的擴大。

再有就是空襲轟炸錦州的時候，我代替參謀總長向天皇上奏。天皇問：

「爲甚麼要轟炸呢？

因爲地上的中國軍向飛機射擊；所以才轟炸。

天皇哼了一聲：「是正當的自衛嗎？那很好！」

（解說）：

對現地駐軍的獨斷專行，軍中央部究竟是作如此的看法？對此又是作如何的處理？這篇記錄的摘要儘管簡短，却似乎已經將當時情形表現得十分清楚。

軍中央部一面先決定不擴大的方針，另一面在實際上連上奏天皇時都使用蒙蔽欺騙的話術。軍事行動被解釋作自衛權的發動；戰鬥也就擴展了整個滿州。

橋本欣五郎的「自白書」

時間：昭和十八年（民國三十二年）七月十四日

頁數：十五頁

（內容）：

不是昭和五年的九月就是十月，組織好了「櫻會」。參加人數是十八、九個人，先研究國家革新的方式。而成爲中心的人物是田中清。

那時候我們想組成一個以宇垣一成爲中心的軍人內閣，曾經邀請杉山次官、小磯軍務局長與二宮參謀次長，對他們加以說明。他們問究竟是怎麼個作法？我們就回答說，召集全國的劍道專家，給他們些舊的刀劍，叫他們亂鬧一陣，再叫同志們在自己住的公寓放火。此外，再在日比谷公園舉行拳擊大會，到處散發不要錢的入場券，等人們都聚集在一起再搗個亂，叫他們四散奔逃。這樣，毫無問題就叫東京陷入混亂狀態。

小磯說東京有警察，警察是不會不管的，警察如果出動，那又怎麼辦呢？我回答說，警察那樣的東西，還不是狗屁！

說完以後，我就要求給我兩三千塊錢，來試試警察的力量如何。我拿了錢，跑到協調會館，將錢交給麻生、龜勘等無產黨那羣人們，煽動他們去佔領國會。於是乎龜勘他們就各自拿着椅子，一聲吶喊向國會進攻，一直衝到議長室。到這時候，我就問小磯：「怎麼樣？我說的對吧！」小磯也只好認了輸。

擾亂世界是需要錢的。我跟大川周明說明了我的計劃，大川給我籌措了七、八萬圓。

這樣我認爲準備已經完成的時候，宇垣却完全軟化得像一堆泥。原因是宇垣不這樣做，政權也似乎一樣可以抓到他自己的手裡；所以他變了心。這也就是所謂的「三月事件」。

為了發動滿州事變，是有喚起輿論的必要的。為了喚起輿論，我想到利用一下頭山滿，就鼓動頭山滿的部下內田良平，叫他跟陸軍大臣說頭山滿也活不了幾年了，所以他要在死以前幹個驚天動地的大事。可是當內田跟金谷參謀總長說的時候變了心，沒說是頭山滿幹，却說是他自己要幹；所以預料能到手的五十萬圓，被削減到五萬圓。

我跟關東軍的板垣、朝鮮軍的神田正種商談，決定我在內地發動暴力的政變，他們倆在滿州和朝鮮也起事響應，我負責籌措五萬圓的資金。我跟同鄉的藤田勇說，他立刻拿出一千圓來，先給我用。我就託和知作使者，將藤田給的錢送到板垣那裡去。

我跟神田正種去到烏森的竹田屋（這個酒家曾經是伊藤博文與他的朋友商談有關日俄戰爭問題的地方），我們倆各自抱着酒女，我問神田：「我在滿州起事，你的朝鮮軍是不是出動？」

「一定出動！」他堅決地回答。

「一定嗎？」我再問他。

「你太嚕嗦啦！」

……這樣，我們倆一直喝了兩天兩夜。

柳條溝事件一發生，就輪到我非實行暴力的政變不可了。於是乎我就決定在步兵六十中隊裡，把握住全部的小隊長，用機關槍壓住政府。

但是這個計劃由於西田稅，也許是由於北一輝的密告，被當局揭穿，未能實現。

發動滿州事變的主要人物是大川、我、河本、板垣與石原。

（解說）：

這件自白書的文章格調很像明治維新時代的青年寫。如果說是幼稚可笑，自然是沒有錯，同時還很有點自畫自讚。

四　為了正確的「昭和史」

在遠東國際法庭上，橋本是很有人緣兒的；據說他很發揮了玩世不恭大言不慚的本領，在法庭上製造出來一種幽默滑稽的空氣。

檢察官認定他是「侵畧思想的鼓吹者」，嚴厲地追究以下三點：

①曾經計劃殺害張作霖。

②曾經以「櫻會」作大本營，計劃暴力的政變。

③退伍之後也從事侵畧戰爭的喇叭手的工作；宣傳「我們要痛恨英美！」的橋本更應該負殘酷暴虐行為的責任。

對此，為他作辯護的林逸郎律師雖然是職務關係不能不開脫他的罪名；但是提出完全對立的意見也似乎過火。林逸郎甚至於說：

「被告是繼承武士道精神的眞正的日本大丈夫。他做過的事情就承認做過，沒做過的就是沒做過。如果他做過的事情構成罪名，他是毫不在乎受懲罰的。……」

但是不管怎麽說，橋本的「自白書」中所吐露的却與這辯護律師的對立意見很有點不同。我們很可以說他是一面暴露他狂信的心胸狹小偏窄，一面又自己吹牛，無意中描畫出來他自己又是被別人所操縱的「一切都落空的」小丑兒。

我們推想，就算是這件「自白書」提出國際法庭，對這種東方式的人的心理，西洋人的法官也許根本就不能理解。

橋本的的確確是連接日本內地與外地的一座重要的橋樑；不過他在這「自白書」中，似乎最低限度證明了他並沒有機會親自參加歷史性的大事件。

土肥原賢二的「自白書」

時間：昭和十八年（民國三十二年）十二月二十七日

地點：東部防衛司令部

文件頁數：八頁

身分：事件發生當時的奉天特務機關長，曾參與偽滿建國，特別還完成了抬出溥儀的工作。他是甲級戰犯，被處絞刑。

（內容）：

我是中途才參加滿州事變的計劃。在參加以前，我就知道花谷他們在搞一些機密事情。

迎接溥儀是石原與板垣談起的。我在一個半月以後，辭了奉天市長，到天津；目的是在天津製造一場騷擾混亂。計劃藉此一舉使華北地覆天翻，趁着混亂狀態將溥儀從天津帶出來。

我跟溥儀以前就認識，見面就勸他到滿州去。他提出了種種條件；我就說多少條件都可以答應，不過，情勢如何轉變還不能知道，答應了也沒用；最要緊的還是決心。

當時駐屯天津的日本軍只有一個大隊，就連警察也在動員範圍之內。因此，在溥儀公館担任警備的警察都為了天津事件而出動，我趁着戒備的鬆弛，將溥儀帶上了「淡路丸」輪船。

當時幣原外相甚至於還發出訓令說，如果溥儀往外逃，殺了他也沒關係。帶出溥儀的成功，中國人方面的功勞很大的。

（解說）：

在國際法庭上，土肥原被告是因為在滿州製造傀儡政權而被判極刑。檢察官是以「滿洲國」當作日本侵略滿洲的具體表現，所以認為抬出溥儀做偽皇帝也是土肥原演的獨角戲。

可是究竟是檢察官方面說的對，是土肥原綁架了溥儀呢？還是辯護律師方面的主張對，土肥原是奉了關東軍的命令行事呢？有關這一點，自白書似乎給我們看到一些很微妙的含蓄。在自白書中，土肥原似乎是在自己誇耀自己的功勞，擁立溥儀作皇帝成了功；那些似乎叫人感覺到他正陶醉在他的「豐功偉績」之中。

× × × ×

以上是本雜誌編輯部所確認的「自白書」的內容摘要，另外附上了解說。此外還有前邊所提到的「田內大佐的自白書」，沒有登載。不過，僅僅是這一點摘要就似乎已經能解開兩件炸毀鐵路事件的「謎」了。尤其是對法庭上未能充分明瞭的柳條溝事件的兩個「謎」：

①鐵路才一被炸而列車就能平安無事開過去，這究是怎麼回事？有何種意義？

②當時參謀本部第一部長建川是奉中央命令到現地阻止發動事變，可是建川在事變發生之前到達現地，又為甚麼跟板垣兩個人一直在喝得大醉不醒呢？

有關這點，現地方面的三谷、川島、河本、在中央的二宮以及負責作現地與中央的橋樑的橋本等人各個所分擔的任務，在這些「自白書」中已經說得明明白白。

在這裡所出現的，完全是被創造出來的、被挑動出來的戰爭悲劇的眞姿態。也正是因此，在有關人士的心中投下一條微妙的陰影。

土肥原賢二在被處死刑的時候，曾透露「我想對中國道歉」的意思，板垣征四郎遺留下同樣的遺言。這也是人之將死其言也善吧！

昭和二十三年（民國三十七年）十二月二十三日上午零時才過，這兩個戰犯就被處了死刑。

啊！如花似錦的在大陸上的軍人生活，也祇有遺留下這些機密文件而……

站在我們的立場上，我們祈禱上天，使這些文件儘可能地早一日受到歷史的評價，以前被誤解的各疑點能完全被解釋得明明白白，在不久將來，「昭和史」的眞實的姿態，能夠清清楚楚地顯示在國民的面前。

徐志摩的生平和作品

葉俊成

一、家世

「我查過我的家譜，從永樂以來，我們家裡沒有寫過一行可供傳誦的詩句。」（徐志摩：猛虎集序）

徐志摩譜名章垿，切字槱森（志摩是離北京大學出國後才改的），是浙江海寧縣硤石鎮人。世代經商。父名申如，是一個舊式商人，在事業上相當有成就，積聚不少財富，為浙江的大戶。他先娶同縣國學生沈炳華的女兒，沒有生育。繼娶慈溪國學生錢純甫長女慕英，志摩就是錢夫人所生的獨子。

這樣一張家譜，看起來很平凡，原來詩人的出生並沒有奇特的地方！志摩的家世，顯然沒有書香氣味，販賣營利是徐家致富根基。所以，志摩自幼缺少書香味，長大也並不以學問求聞達，這在「十年寒窗，一朝功成」的科舉功名社會裡，似乎不是怎麼光彩的事。而且，生活順適，從來沒有感受到生活的嚴酷，幸福的享受物質的優裕，輕易的忽略了生活的現實面，所以對於人生的艱苦自不易有深刻的體驗。這二點，在志摩的一生行事中，都是值得我們注意的背景。

二、早年

「……而尤其使我驚異的，是那個頭大尾巴小，戴金邊近視眼鏡的頑皮小孩，平時那樣的不用功，那樣的愛看小說，而考起來或作起文來，却總是分數得最多的一個。」（郁達夫：志摩在回憶裡）

志摩生於光緒二十二年十二月十三日（陽歷一八九七年元月十五日）。當時，父申如年二十五，母錢氏二十三歲，在舊式早婚的家庭裡，可以算是得子很晚了。加上志摩又是獨子，所以就非常得家人的鍾愛了。五歲入家塾，從孫蔭軒受教，後又從查桐軫讀書。十二歲時，才入硤石開智學堂。在學堂念書的時候，回家後還要跟查桐軫學古文，到十四歲從開智學堂畢業時，古文根底已經相當不錯。只是，他這段童年生活，和他家譜一樣平凡。如果有什麼值得記述的話，就是他懶散習性的養成。他後來曾在日記裡說：「因懶而散，美其稱曰落拓，余父母皆勤而能勵，兒子何以懶散落此，豈查桐蓀先生之遺教邪！」其實，缺少讀書氣氛的富家子，自有一份享受安逸的性情，對咿唔窗下，搖頭擺尾，念什麼子曰詩云，天地玄黃的不耐心兒事，當然沒興味。查氏察情度勢。樂得做個順水人情，事事依順他點兒，志摩就自以爲懶散習性是得自查師的遺教呢。

十五歲那年（一九一〇）的春天，志摩隨同表哥沈叔薇就讀「杭州府中」。他在學校時，並不算是一個用功的學生，平時總是蹦蹦跳跳，頑皮活潑，不太理會學校的課業。他最喜歡看小說，手上常拿一卷有光紙印着石印細字的小本子。到考試或作文時，他又是一個得分最多的人，老師和同學們只得承認他確是一個聰明的孩子了。他的興趣是多方面的，除看小說外，對理化也很有興味，曾經寫過一篇「鐳錠與地球之歷史」刊登在校刊（友聲）上。閒時，常常自己念點兒淺近天文書，或在繁星滿天的夏夜，跟三朋兩友徜徉郊野，指數星辰，任令想像自由的飛翔，遨遊宇宙的神秘。

三、初　婚

「嗚呼志摩，天下豈有圓滿之宇宙？……當知吾儕以不求圓滿爲生活態度，斯可以領略生活之妙味矣。」（民國十二年一月二日梁任公給徐志摩信）

志摩和他的第一位太太張幼儀女士結婚是在民國四年三月中旬，於硤石商會舉行新式婚禮，請湯蟄先（壽潛）先生證婚。張女士是江蘇寶山羅店鎮人，爲張潤之的女兒，結婚時只有十六歲，志摩也只有二十歲。

志摩三月結婚，夏天才從「杭州一中」畢業。秋天進上海滬江大學，念了二、三個月，到年底轉天津的北洋大學。第二年（民國五年）秋天，又轉讀北京大學，住在錫拉胡同蔣百里家裡。他這樣父母在而遠遊，家有嬌妻而負笈北京，我們可以推測他對這門子父母之命，媒妁之言的婚姻，必是不滿多於容忍了。推測儘管是推測，國人到底講究忠恕之道，結婚後二年（民七），一個天眞可愛的胖娃娃適時而來，爲志摩解除了無後爲大的罪名，家庭就因此歡樂在慶功和欣慰裡了。

四、出　國

「夫讀書至於感懷國難，決然遠邁。方其浮海而東也，豈不慨然以天下爲己任。及其足履目擊，動魄劌心，未嘗不握掌呼天，油然發其愛國之忱。其竟學而歸，又未嘗不思善用其所學，以利導我國家。雖然，我徒見其初而已，得志而後，能毋徇私營利，犯天下之大不韙者鮮矣，又安望以性命任天下之重哉。」（徐志摩：民國七年八月十四日啓行赴美文）

志摩執贄梁任公之門，是在民國七年的夏天，就讀於北京大學時。那時代，梁任公是風雨中新中國的智者，「中國新民」的導師，沒有一個青年不爲他常帶感情的筆鋒激起滿懷熱情，毅然以天下爲己任，也沒有一個青年不渴慕親炙任公教誨。年輕的志摩就在這時於「眩震高明」狀況下，懷着惶悚的心情趨拜師門，懇請任公「不以不肖而棄之」，得「以充御廐」，「冀千里之程」。從此，志摩成了新民叢報大纛下，滿懷悽愴，憂時嫉世，負天下重任的一位中國新民了。

同年夏天，志摩離開北京大學，跟劉叔和、董任堅二人於八月十四日乘南京輪赴美，進入克拉克大學社會系攻讀，室友有董任堅、張道宏、李濟之等人。他們曾訂有生活章程，革新生活，發奮圖強。章程規定如下：早晨六時起床，七時朝會，意在激恥發心，日間以看書和運動、跑步、閱報爲課業，晚唱國歌，十時半就寢。實行的毅力和成效如？現在恐怕只有李濟之先生知道了。可是，一顆青年的偉大懷抱却也常留人間了。

民國八年六月，志摩畢業於克拉克大學，得一等榮譽獎。九月中，入紐約哥倫比亞大學研究院習政治，在紐有一年的時間，與劉叔和朝夕相聚。九年九月，得哥倫比亞大學研究院的文學碩士。假如他再繼續念下去，很可能獲得博士學位。但是，他爲了想跟二十世紀的福祿泰爾——羅素認眞的念書，竟然擺脫了博士銜的誘惑，買棹橫渡大西洋，到倫敦追求眞智慧，眞理想。這種爲了追求一己理想，而昧視名利的灑脫心胸，又何嘗是我們今日遭受現實生活鞭策，學而優則「留」的人們所敢想及？

命運常常喜捉弄人。志摩到倫敦時，事情變樣了。羅素一爲戰時主張和平，二爲離婚，被康橋大學除名了，生活頓失保障，一代哲人也只有賣文過日，在生活的狹縫裡榨取自身心血，營養那一羣絕棄他的同胞，這或許就是做爲一個偉人的寂寞和悲哀吧。

志摩既然不能遂願從羅素念書，就進入倫敦政治經濟學院去追求漢彌頓的夢了，可是內心的苦悶也與日俱增。這時候，他的苦悶被一位英國作家狄更生看出來，他就介紹志摩到康橋大學隨班聽講，期望他能夠在新環境裡振作起來。這樣，志摩穿上了黑方巾，黑披袍做康橋的學生了。起初的半年，志摩只是康橋的一個陌生人，誰都不認識，康橋的生活完全沒有嘗着。他所認識的康橋，只有一個圖書館，幾個課室，和三兩個吃便宜飯的茶食舖子。

他感到煩悶、孤獨、思鄉、懷疑：

「我每想人生多少跋涉勞苦，
多少犧牲，都祇是枉費無補，
我四載奔波，稱名求學，畢竟
在知識道上，採得幾莖花草，
在眞理山中，爬上幾個峯腰，
鈞天妙樂，曾否聞得，彩紅色
可仍記得？但我如何能回答？」
（再會吧康橋）

因懷疑而徬徨，由徬徨而陷入孤獨，再由孤獨邂逅康橋的嫵媚，終於孕育出志摩的單純的理想主義和偉大的詩才，像隱藏在雲翳後面的陽光，突破雲層，宛然透射到大地，使我們得以收獲一個金碧輝煌的詩的花季。

在康橋那段生活是他一生最歡樂的時光，他忙着散步、划船、騎自由車、抽烟、閒談、吃五點鐘茶、牛油烤餅、看閒書，在那個隨心所欲的國土裡，他建立了他的理想，他的藝術的人生觀。從此，他的思想傾向於分行的抒寫，一份深刻憂鬱佔定了他，漸漸地潛化了他的氣質。

五、離婚

「彼此重見生命的曙光，不世之榮業。……故轉夜爲日，轉地獄爲天堂，直指顧間事。……眞生命必自奮鬥自求得來，眞幸福亦必自奮鬥自求得來，眞戀愛亦必自奮鬥自求得來！彼此前途無限……彼此有改造社會之心，彼此有造福人類之心，其先自作榜樣，勇決智斷，彼此尊重人格，自由離婚，止絕痛苦，始兆幸福，皆在此矣。」（徐志摩給太太張幼儀女士提議離婚的信）

民國十年秋天，志摩曾送夫人赴德求學，居柏林。未幾即返倫敦。十一年初，又赴柏林，二子德生就是二月二十四日生於柏林的。三月，他正式向夫人提議離婚，不應該再繼續他們那沒有愛情、沒有自由的婚姻生活了。得張幼儀同意，於三月中旬在柏林由吳經熊和金岸齡二位先生作證，完成離婚手續，當時志摩二十七歲，張女士則只有二十三歲。志摩的雙親不忍其媳婦離開徐家，遂認爲寄女，時相存問定省。志摩與離婚後的太太時有信函往來，噓暖問寒，就是後來志摩再娶小曼，二人依然殷勤通信，互通欵曲，這自然不是一般交絕出惡聲的俗人們所能容忍，無怪乎他的不受諒解了。

後來，志摩回國，家庭和社會都不能諒解他的離婚，梁任公曾在十二年一月二日寫一封很長的信懇切戒告志摩。信中：第一說志摩這次離婚是以他人痛苦，易自已快樂；第二說戀愛神聖固爲當時少年所樂道，然可遇不可求，徒以煩惱終身而已。所以人們當以不求圓滿爲生活態度，才能領略生活的妙味。志摩回信否認他的離婚是以他人痛苦易自己快樂，其次，承認戀愛可遇不可求。可是，他不能放棄追求的權利呀。他說：「我將於茫茫人海中訪我唯一之伴侶。得之，我幸，不得，我命。如此而已。」（陳從周：徐志摩年譜）

這就是胡適之先生說志摩「深信理想的人生，必須有愛，必須有自由，必須有美，他深信三位一體的人生是可追求的，至少可以用純潔的心血培養出來的。」（胡適：追悼志摩）

六、囘國

「他的那種輕快磊落的態度，還是和小孩一樣。不過，因爲歷盡了歐美的遊程之故，無形中已經鍛錬成了一個長於社交的人了。笑起來的時候，可還是同十幾年前的那個頑皮小孩一色無二。從這年後，和他就時時往來，差不多每禮拜要見好幾次面，他的善於座談，敏於交際，長於吟詩的種種美德，自然而言地使他成了一個社交的中心。」（郁達夫：志摩在囘憶裡。）

志摩的文學生命，開始於民國十年夏天在康橋的轉變期。那時的興趣在翻譯方面，曾譯了戈塞的「渦提孩」，法國中古故事「吳嘉讓與倪珂蘭」，丹農雪烏的「死城」，曼殊斐爾的小說集，凡爾泰的「贛第德」等書。據他自己在「瑪麗瑪麗」一書序裡說這些書都是偶成的譯作。只是，他當初譯「渦提孩」時，本是要給他母親看的，所以動筆的時候，就以他母親看得懂與否做標準，譯出來的文筆自然就成硤石官話的口語味兒。

民國十一年十月囘國，志摩才開始創作的生涯。當時，中國文壇上白話文運動正是由理論的建立邁向理論的實踐——創作，「文學研究會」和「創造社」是文壇上最顯赫的二大陣營。志摩寫了許多新詩、散文、小說、論文和翻譯，也加入了這個文學的大運動裡。他的詩大多登在胡適主辦的努力週報，和時事新報學燈，「商務」的小說月報，論文則送到東方雜誌刊登。其他，如晨報副刊，語絲，現代評論也偶有作品發表。這時期的詩大部份於「志摩的詩」一書裡，都是他嘗試的創作，常常夾用古文詞彙和口語俗話，形式尚未成熟，頗顯雜亂。

民國十二年暑期志摩應聘到南開大學教授英國文學，未來派詩等課。十三年又轉到北京大學外文系教授英國文學。這時期，他和胡適之交情最厚，此外，常常來往的還有張東蓀、楊仲甫、陸志韋、瞿菊農、鄭西諦、徐振飛等人。

七、一九二五

「巴黎鱗爪、自剖、落葉、翡冷翠的一夜幾乎都是此時的成績。可以說一九二五年是志摩師最有收獲的可紀念的一年。」（趙景深：志摩師哀辭）

西曆一九二五年，正是民國十四年。在這一年裡，有三件事最值得記述：第一是三月到八月的歐遊，第二是十一日接編晨報副鐫，第三「巴黎鱗爪」、「自剖」、「落葉」、「翡冷翠的一夜」、「愛眉小札」諸書寫成，達到他文學生命最高峯。

志摩自從去（十二）年認識陸小曼，交往以來，由於陸是有夫之婦，志摩本人又是離過婚的不白之身，頗引起社會人士的物議。因此，志摩有出國遊歐之行了。

志摩於三月十日出國，經東北，出西伯利亞，轉莫斯科，抵達歐洲，歷時五個月，遍遊德、法、意、英、北非等地。八月中因陸小曼的病，電召經海路返國。旅途上和小曼異地相思，千里嬋娟，在嘗盡了愛的苦汁後，終於在茫茫人海中，找尋到唯一的伴侶，雙雙地享受生命的涅槃了。

這次歐遊，他在莫斯科曾看到俄國革命後的景象，天眞而熱情的詩人曾對之有過早的幻想，但只是曇花一現，瞬息即逝。到歐洲以後，他就忙於趨訪古人了。在莫斯科時，曾上過契可夫、克魯泡特金的墳，在柏林上他自己兒子的墳，在楓丹薄羅上曼殊斐兒的墳，在巴黎上茶花女、哈哀內的墳，上菩特萊「惡之花」的墳，在翡冷翠上勃郎寧太太的墳，上密蓋郎其羅、梅迪啓家的墳，在日內瓦上円德的墳……即使路過不知名的墓園，也往往進去留連，「那時情緒不定是傷悲，不定是感觸，有風聽風，在塊塊的墓碑間且自徘徊，等斜陽淡了再計較囘家。」這眞是一一次別緻的旅行。

十月一日起，晨報副鐫第四十九期開始，由徐志摩担任編輯。經常在該刊寫稿的有：趙元任、梁任公、張奚若、胡適之、張東蓀、余上沅、蕭友梅和郁達夫等人。志摩的編輯態度很嚴正，又得當時這些第一流作家們的協助，所以晨報副鐫能夠在當時的文壇上得到很高的聲譽，在民國白話文學史上留下輝煌的一頁成就。

這一年，感情的波折使他生活不得平衡，欲望不得滿足，造成內心一股激盪澎湃的創作之流，蘊育，奔流着！歐遊的新鮮景象，激動了他的視覺，興奮了他的嗅覺，活潑了他的情緒。迸發！昇華！藉文學的形式發洩內心的創作之流，「巴黎鱗爪」、「自剖」、「落葉」、「翡冷翠的一夜」、「愛眉小札」都是這一年的收穫。

八、再婚

「徐志摩，你這個人性情浮躁，所以在學問方面沒有成就。你這個人用情不專，以致離婚再娶……以後務要痛改前非，重新作人！」（梁任公爲志摩與小曼證婚詞）

現在，人們一提起徐志摩就聯想起陸小曼，對他們的愛情都有無限的艷羨。當初，他們却不知經歷了多少挫折，背負了多少嘲諷，忍受了多少煎熬，才在至愛不渝的信心裡，和追求眞幸福的無比勇氣前，得到無遺憾的結合，遺留給人間眞生命、眞自由，眞愛情的婚姻影像。

志摩（年三十一）和小曼（年二十四）的結婚，他們父母有三個條件：第一、婚費自籌，故儀式草草，僅茶點而已；第二，必須由梁任公證婚，故經胡適之設法說服，任公答應。據梁實秋先生記：任公證婚時曾聲色俱厲的把新郎新娘大罵一頓（本段文前所引即其中一段），罵得志摩抬不起頭，觀禮的人也爲之大窘，只好由志摩認罪，請任公看在師生面上，適可而止。其實，那訓辭據說於事前曾得志摩同意，要以嚴師的姿態痛責志摩一番，才有這一回別緻的證婚場面。（梁實秋：談徐志摩）；第三，結婚後必須南下，與翁姑同居硤石，故志摩特將原屋修蓋一新，以爲新房。這就是以後幾年志摩頻頻往來北平與上海途上的原因。又有志摩一位朋友保君健服務中國航空公司，欲藉志摩名氣，推廣業務宣傳，贈送他長期免費機票，造成後來轟轟烈烈的死於飛機撞山，該也是命吧。

九、新月

「我們這幾個朋友，沒有什麽組織，除了這月刊本身，沒有什麽話，除了在文藝和學術上的努力，沒有什麽一致，除了幾個共同的理想。……憑這一點集合的力量，我們希望爲這時代的思想增加一些體魄，爲這於代的生命，添厚一些光輝。……要從惡濁的底裡，解放聖潔的泉源；要從時代的破爛裡，規復人生的尊嚴——這是我們的志願。」（徐志摩：新月創刊號發刊辭）

「新月社」是民國十五年在北平創立的，社員有：胡適之、張禹九、潘光旦、梁實秋、饒孟侃、聞一多、徐志摩等人。他們每兩週聚餐一次，是一種俱樂部性質，和後來在上海成立的新月書店沒有正式的關聯，只有班底子相同罷了。他們聚會的地點，大都是在聞一多的畫室裡。每次聚會時，各人拿出自己的作品發表，彼此互相批評，經由批評和討論，使創作能得到更完美的藝術成就，文學理論可以得到正確的立足地。晨報副鐫詩刊就是他們這些人試驗墾植的文學園地。這個詩刊只維持了兩個多月，但對白話新詩的貢獻却非常大。在這園地裡，可以看到摸索中的新詩人辛勤地揮鋤。經由坦誠的批評和熱切的討論，可以看到一顆顆幼苗突破表土，茁長出來，有時，也會有一兩陣陰風霪雨，但在園丁的細心調護下，也終於從顚沛勞苦中成長，漸漸地，穩定地，自信地長成了嶄新的，成熟的生命。

民國十六年的春天，由志摩熱心奔走集股，在上海成立新月書店，胡適之任董事長，張禹九繼余上沅任經理，而由志摩任編輯。新月月刊是其出版物，籌備經年，始於十七年三月十日創刊。志摩是個熱心非常的人，有時不免有不講究手續細節處，因此，「新月雜誌」創辦伊始，有不少同人以為他是在獨斷獨行，對他很表不滿。其實，志摩是心胸沒有成見的人，行事全憑良心。日子久了，接觸多了，對他了解增加，彼此之間的冰冷與誤會都為他的熱情坦誠給融化了。（梁實秋：談徐志摩）

從新月雜誌創刊後，志摩的創作生命就走下坡路，從十七年到二十年逝世的四年間，只出了一本詩集——猛虎集，一本小說集——輪盤而已。比起十四年的多產，單直不可以道里計了。推究其原因，可能是由於生活的繁忙，阻塞了心靈的活動，合理穩定的生活熄滅了內心創作的衝動，於是思想枯窘，感情虛榮，寫作來源漸漸萎縮而枯竭了。

十七年，志摩辦新月雜誌，任總編輯，又在光華、東吳、大夏等大學授課。年底曾由海路經印度到英國遊覽，歷時約三個月。十八年在上海光華大學和南京的中央大學都有兼課，又兼任中華書局編輯。十九年應胡適邀請北上到北京大學，可是光華的課並沒有辭。到二十年，雖然辭掉了光華的課，可是，三月裡組織筆會中國分會，又當選為理事。而小曼住在上海，月底領薪後，也得趕回上海，眞是僕僕風塵了。就這樣的功成名就，而能者多勞，而勞而無績，而創作生命衰竭了。

十、鵬飛鶴化

「我不想成仙，蓬萊不是我的分，
我祇要地面，情願安分的做人。」
（志摩詩）

志摩埋骨地—硤石東山萬石窩

志摩死於民國二十年十一月十九日，年三十六。據二十一日新聞報的報導稱：

「中國航空公司京平線之濟南號飛機於十九日在濟南黨家莊附近遇霧失事，機既全毀，機師王貫一、梁璧堂，及搭客徐志摩，均同時遇難。華東社記者，昨往公司方面及徐宅訪問，茲將所得誌如后：失事情形，濟南號飛機，於十九日上午八時，由京裝載郵件四十餘磅，由飛機師王貫一，副機師梁璧堂駕駛出發，乘客僅北大教授徐志摩一人，擬去北平。該機擬於上午十時十分飛抵徐州，十時二十分，由徐繼續北行。是時天氣甚佳，不料該機飛抵濟南五十里黨家莊附近，忽遇漫天大霧，進退俱屬不能，致觸山頂傾覆，機身着火，機油四溢，遂熊熊不能遏止，飛行師王貫一、梁璧堂，及乘客徐志摩，遂同時遇難。」

英國文學史上有一位志摩非常崇拜的詩人——拜倫，死於希臘，只有三十六歲！他為自己寫的墓銘是：「這裡睡着一個人，他的名字是寫在水上了。」「詩人——徐志摩」死時也只有三十六歲，他的名字是寫在轟轟然的火焰裡，昇華，昇華着。朋友，你的心裡，可也曾燃燒着火焰……

志摩安息，安息了，在詩人的天國裡。

十一、作品

甲、詩集：

志摩的詩：上海中華詩局，一九二四年版，線裝本。後又由新月書店增訂排印。

翡冷翠的一夜：上海新月書店，一九七二年版。

猛虎集：上海新月書店，一九三一年版。

雲遊（遺集）：上海新月書店，一九三二年版。

乙、文集：

落葉集：北京北新書局，一九二六年版。

自剖集：上海新月書店，一九二七年版。

巴黎鱗爪：上海新月書店，一九二七年版。

秋（遺集）：上海良友圖書公司，一九三二年版。

丙、小說集：

輪盤：上海中華書局，一九二九年版。

丁、劇本：

卞崑岡：上海新月書店，一九二八年版。本劇本係與陸小曼合撰。

戊、信扎：

愛眉小札：上海良友圖書公司所出版，計二種，一種眞蹟精印本，一排印本，與小曼日記合印。後由晨光書店重印，附於志摩日記後。

己、日記：

志摩日記：由陸小曼編，計分西湖記、眉軒瑣語、一本沒顏色的書等三部份。後附愛眉小札及小曼日記。（陳從周輯徐志摩日記一文載於一九四七年八月二十七日申報出版界。）

志摩隨筆、雜記、日記：陳從周輯。上列各文發表於一九四七年十一月十五日、一九四八年一月二十一日、三月三日、四月二十八日、申報春秋及文學週刊二版、及一九四八年六月一日永安刊一〇九期。

庚、家書：

志摩家書：陳從周輯。發表於一九四八年十月三十一日子曰叢刊第五輯、及永安月刊一九四八年終號。

辛、翻譯：

渦提孩(Undine by Edmund Gosse)：上海中華書局，一九二三年版。曼殊斐爾短篇小集(by Katherine Mansfield)：北京北新書局，一九二七年版。

贛第德（Candide by Voltaire）：北京北新書局，一九二七年版。

瑪麗瑪麗（A Charwoman's Daughter by James Stephens)北京北新書局。該書第九章到三十二章爲沈性仁女士譯。

壬、主編刊物：

晨報副鐫文學刊及詩刊增刊，新月月刊、新月詩刊。

癸、零篇散稿，未能印成單行本的，見下列各雜誌，（筆名計有詩哲、南湖等）：

友聲（杭州一中校刊）、努力週報、改造月刊、晨報副鐫、語絲週刊、南開月刊、小說月報、時事新報學燈、現代評論、新月月刊、獨立評論、東方雜誌、及人間世月刊等。

抗敵十四年紀要

王守正

抗到十四年紀要爲王守正先生之敵後工作實驗，全文兩萬餘言，無一誇張之語。被捕後之堅貞不屈，有胆有識，却非常人所及。勝利後曾任黨務要職，並曾退讓立、監委之選舉，謙謙君子，愷悌仁人，綜其言行，洵可作今日青年之楷模也。（編者）

引言

余祖籍山東省黃縣，明末因家中人口衆多，又遭兵禍旱災侵擾，遷往河北省昌黎縣王家莊，滿清初年，又隨內地移民出山海關，移居奉天省（現爲遼寧省），遼陽縣城東南高峰寺村，距縣城六十五里。當時山荒地僻，吾祖先煞費經營，櫛風沐雨闢地建屋，傳至清末吾祖已九世，分居五十餘戶，族人已逾三百，大部以農爲業。入民國後，從政或經商者，逐年增多。吾村中另有張，秦兩姓四十餘戶，約有二百五十餘人，多業農。百戶之家，在遼南已屬較大之村莊。

先祖諱泰興，前清秀才，精於貨殖。在遼南各城，經營油坊糧棧。贏利輒周濟貧民，嘉惠鄉里，咸以王善人呼之。後因日人侵畧東北，壟斷大豆及其他農產品之運銷，油糧業務大不如前，家道因而中落，吾祖於憂戚中謝世。吾父諱文圃克守祖業，誠摯待人，爲村里所稱道，雖農事極忙，仍不忘於朝夕與吾輩子女晤對時，殷殷以做人做事之道理相訓勉。吾母梅氏，爲人慈祥，勤儉持家。吾兄弟妹四人，長兄守範自幼聰慧過人，在學校每試必列前茅，參加全縣會考九千人中，名列第二，獲得縣長及省教育廳獎。當初舅氏梅公任（佛光）先生，暨縣督學高巨卿先生等，均盼吾兄能繼續深造，惜限於家庭經濟環境，未能如願，後在瀋陽商務印書館任職。不幸染肺病，醫治多年無效，民國十八年秋病劇返里，不久即逝世，年僅二十一歲，寡嫂孫氏孀居，孝敬翁姑，照拂弟妹，迄爲我家庭中重要之一員。三弟守疆「九一八」後，隨余逃離到北平，初入私立知行中學，繼在南京國立蒙藏學校就讀，抗戰軍興，隨政府撤退，播遷抵重慶，考入國立社會教育學院，三十二年畢業後，曾在中央，遼寧省，國立長春大學等圖書館任職多年，於民國三十六年秋，長春陷匪携眷返瀋，繼奉雙親携同家人飛平避難，長春大學撤抵平津復校未及一年，傳作義投共，平津再陷共手，京滬戰又起，吾弟因南下受阻，又無法滯留平津，不得已又奉雙親携眷隨長春大學返回東北。蓋雙親及寡嫂，過去多年因受余工作之牽累，被捕入獄，刑詢等折磨倍受刺激，北平陷共，余又遭追捕甚急，平津志友多人已被捕，因此不欲再隨余逃難也。守疆弟返抵東北未久，共黨得悉其在重慶受教育，又曾在中央做事，而余又是被追捕的國特要犯，將吾家列爲國特家庭，成爲彼等鬥爭的對象。以後消息隔絕，迄今二十年矣！雲天悵望，安危莫卜！每一念及令人心碎，吾妹玉芝，妹夫劉恒欽在國立東北大學畢業後，在瀋陽市政府任職。

余於民國前一年九月四日生，八歲入本村國民小學，十二歲入亮甲山高小，十四歲考入遼陽縣立東師範，初中高中各讀三年，十九歲考入遼寧省立第一師範國文專修科，入學未久因病休學，嗣在瀋陽商務印書館任職，民國二十年考入東北大學，適逢「九一八」事變，被迫由瀋返回原籍，參加南義勇軍工作。

余在校讀書循規蹈矩，專心向學，深得師長喜愛，猶憶某一次，督學來校視察，在各班抽查學生課業，余應對如流，校長從旁向督學介紹，「此生聰慧品學兼優，爲本校有數之高材生。」督學視察完畢，前往另一學校囑余相伴，途中又測驗若干問題，余均解答無誤。將近另一學校，余請先行禀報該校校長來迎。余返校督學囑余帶一親函給本校校長對余之學行優異，應對知禮，大加贊揚，並囑對此學生，應特予獎掖。

余外祖家居遼陽城東南大興屯村，距吾家僅五華里，舅父佛光先生自幼勤奮苦讀，其後爲黨國盡瘁，對吾鄉里之影響至深。其子侄多人均已完成高等教育，從事軍，政，教等各項工作，當時吾等鄉村子弟能讀大學者極少，故梅府爲唯一之詩書門第，猶憶幼時常到舅家取閱書刊，舅父得暇輒爲講解時事及過去日俄兩國，交相煎迫東北種種罪行。及余就讀縣城及在省垣任職，目擊日人種種飛揚跋扈，欺侮殘害同胞情形，憤怒之情更不能自已。

日後余知能與日人持久抗戰，百折不撓，實爲我的家庭背景以及舅父梅公啓迪訓誨之所賜，特於文首畧述梗概，以示飲水思源，無違庭訓之意耳。

親歷「九一八」事變參加義勇軍

日本野心家們，早已訂定稱霸世界的謀畧，田中奏摺有云：「要想稱霸世界，必先併吞中國，要想併吞中國必先佔領滿蒙。」「列寧雖然掛着打倒帝國主義牌子，他本身仍然是帝國主義，他說「往巴黎的捷徑是經過加爾各答。」由俄國怎能進入印度呢，自然又是要經過所謂滿蒙。我東北介於兩大強鄰之間，一直遭受厄運。日俄兩國爲爭奪東北控制權，竟在我們國土上進行陣地戰，受害最大的自然是我東北同胞。這種弱肉強食的借地戰爭，眞是我國史無前例的奇恥大辱。俄國戰敗，將過去搶奪有關東北的權利，如南滿鐵路及旅順，大連兩港，拱手送與日本，日本進駐南滿鐵路沿線，獲得立足點後，即按田中奏摺次序，盡量製造事故，滋生事端，以便逐步蠶食我國土，如濟南慘案，萬寶山事件，九一八事變，一二八事件等，無一次不是日本軍部導演，我們雖百般委曲求全，日方仍是得寸進尺。回想民國二十年「九一八」事變發生，當時我正住在事變爆發的焦點瀋陽城內，九月十八日那一天，瀋陽市爲響應長江大水救災運動，發動軍民展開遊行宣傳，勸募捐欵的活動，日間鑼鼓喧天，熱鬧非常，晚上十一點，忽聞北陵方向槍砲聲大作，一般市民均以爲又是日軍在演習，因爲那時日軍經常有此舉動，我國同胞均敢怒而不敢言，只好不予理會避不出戶，以防意外。當時余住在城內商務印書館宿舍內，覺得槍砲聲與尋常不同，但因電話不通，無法深知究竟。次晨十九日尚未起床，即聽到同屋人外出歸來傳稱，各機關已被日軍佔領，各城門均有日軍及裝甲車把守，而且日軍正向「北大營」（國軍駐防營房）進攻，國軍已展開抵抗，市街交通全斷，電話不通，日軍滿街佈崗設防，架設電話線，對過往行人不時追殺。余驚起由樓窗向外查看，但見市民紛紛向境外逃避，恐慌萬分，余知大禍臨頭，乃約友由小巷繞道，隨同人羣，由大西門逃出，當時城垣城門均未拆除，城門洞裡外，早已全副武裝日軍數十人，均荷槍實彈槍上刺刀，機槍與坦克車，則羅列城門旁邊，對準通道，行至城門洞一半，驟見遍城屍體，溝渠中染滿血漬，由死者衣著判斷多爲軍公教人員，亦有商人及工人在內。逃難者見此慘狀怵目驚心不敢向前，惟後來者又是一批批的湧集，正在進退維谷之際，忽聞一聲慘叫，又有一人被刺殺。逃難者只好蜂擁衝向城外，同時又有十數人受擊仆地。出城後環顧街道上，處處仍是屍體與血汚，而遠處傳來凄厲之槍聲，令人驚心動魄，我們由大西關轉向大南關途中，在南城墻轉角處又聞槍聲，急避入巷內回頭探視，只見兩名日兵，手持長槍追殺二青年，其中一人，已被刺傷倒地慘叫，另一人奔向家門，日軍尾追不捨，正欲舉槍刺殺，此一青年伸手捷健，突然轉身與之奪槍糾纏一起，其家人開門見狀，協力將日兵抱住，該青年奮力奪槍，遂即予以刺殺，該日軍倒地，胸前流鮮血。附近商民見狀，既感快意，又萬分驚恐，紛紛將半開的門窗關閉，行人亦均各星散。余等急繞道城墻根小路，轉大南關。大街上仍見日軍裝甲車，來回巡羅，善良老百姓，被殺害臥倒路旁者隨處可見，慘不忍睹，余奔抵遼寧省立第一師範專科學校，探視舅父梅校長，時全校師生員工皇皇不知所措，梅校長鎮定如恒，一方面召集教職員，集議商討對策，一方面命令工友和部份學生，焚毀有關抗日文件及書籍，並指示學生離校。余到舅父宿舍探視，舅母亦正率同表弟妹們忙着整理衣物，檢查書籍，我幫忙檢出抗日有關書籍二百餘冊在後院焚毀，五小時始銷盡。舅父晚十一時始回寓並告知飛機場，兵工廠，國軍營房，車站及各機關，南滿沿線城市已均被佔領，情形非常嚴重，並決定全家遷避，免遭不測。蓋余舅父不僅是第一師範校長，且係中央派駐東北黨務方面負責人，經常在東北各地發表仇日的演講，並著書著論反對日本侵華政策及其暴行。日人早已恨之入骨，曾多次要求東北軍政長官張學良，加以制止，日人亦曾派特務擬予暗殺。故舅父實不得已作撤退之決定。復於二十日緊急召集在瀋黨務幹部會議重新佈署掩護。又將遼寧省立第一師範專科學校校務。由教務長石堅代理。並指示余將舅母及表弟妹們，送到小南關石教務長家暫避。遂於九月二十一日午後三點鐘，穿長袍戴毡帽化裝商人由日本友人多田同余乘小汽車，掛日本旗去皇姑屯車站。車經馬路彎時，正遇着日軍三百餘人，圍攻保安人員，雙方各據樓房互擊，我便衣軍人亦協助保警抵抗，雙方傷亡均重，樓房亦起大火，抵皇姑屯車站，得聞死傷商民二百餘人，日軍擴大搜捕反抗之軍民。舅父的座車雖經多次檢查，幸以掩護充分未受阻攔，不過延至晚五時始抵車站。皇姑屯是北寧鐵路在瀋陽終點站，已擠滿了逃難人羣，秩序大亂，車內車頂都是逃難者，舅父下車即隨衆登上火車，向余揮手道別，余不勝淒愴之感。皇姑屯車站內外有日本軍和憲兵五十餘人，搜查逃難的中國人，所有貴重物品均予扣留，反抗者即遭槍殺，到處可看到屍體和血污。

九月二十三日晨余僱大香車乙輛送舅母及表弟妹返回遼陽故里，雖有南滿路可通，但爲避免日軍鋒芒，不得不利用原始交通工具也。沿途經過日軍多次檢查留難，兩天方抵遼陽縣城，城內外戒備森嚴，日本軍警携警犬沿街巡邏，據聞九一八後三天內，城裡外同胞遭殺害者，亦不可勝數。城內商店均在半開半閉狀況之下做生意，晚上未到五時即打烊矣，入夜槍聲清晰可聞，殺人之風已息。九月二十六日再由縣城僱車返回遼南大興屯故居，路經老爺嶺時，又遇土匪搶刧行旅，舅母迭受驚恐，雖經多方醫治無效，竟於民國二十一年三月病故。吾舅母亦可謂爲九一八事變的犧牲者。

日本佔據東北初期，以其強大的武力，控制東北各大城市及交通線。爲鎭壓我軍民反抗，瀋陽一地區，即有同胞兩萬人被殺害。彼時人人自危，恐慌萬分，所以紛向外鄉逃避，因其武力只能控制點線，無法及於全面也。因此土匪藉四出搶刧，社會秩序因而大亂。村民爲自衞計，多自築碉堡，儲購槍枝，形成了一般龐大的武裝自衞力量。所以日本成立僞滿洲國之後，特別重視嚴令搜繳民槍，以免形成其心腹之大患。當時東北愛國志士，就因鄉民不願繳出自衞槍枝的形勢紛紛組織東北抗日救國義勇軍，抵抗日本侵略。遼南抗日救國義勇軍司令王全一，以遼陽，海城之界山千山爲活動之根據地，工作非常積極，他聽到舅父梅公任在北平主持，東北抗日救國會工作，又因二舅梅尙武（興周）在遼南極有聲望，爲鄉里所推重，便敦請他出來，號召地方民衆支持協助義勇軍，擴大抗日工作，民國二十一年春密派參謀劉大僅到大興屯聯絡，再三邀請二舅參加義勇軍活動。二舅因不便公開出頭，因我由瀋回來家居，密派余前往遼陽城南千山會晤王司令全一洽商一切，經決定在遼南四、五、六，各區鄉鎭，組織自衞隊及抗日後援會，以便支援義勇軍活動。王司令派余爲遼南抗日救國義勇軍，第四、五、六，區組訓，宣傳輔導專員。余返鄉展開活動，又經二舅介紹分訪各地區鄉紳及鄉鎭首長，請其協助支援抗日救國工作，大部分人士表示樂於支持。經分區以座談方式研究進行步驟，逐漸展開宣傳活動。印製秘密傳單，揭發日軍侵畧東北及殺害同胞慘狀，並昭告鄉民如不及時奮起抵抗，今後恐將再無自由生活，只有任敵人奴役與宰割。東北的鄉民大部分是愛國的，所以工作雖然積極，且有公開成份，並未發生破綻。彼時土匪擾亂四鄉，人人思有以自衛，余即藉機發動組訓民衆，選練有槍枝的青年組成自衛隊，名爲防匪自衛，實爲抗日救國，在不到四個月的期間，三區內較大鄉鎮，均已先後組成自衛隊，計五十餘隊，兩千餘人，約定村與村間守望相助，遇有土匪敵人互相支援，如遇大批按人無力與之抗爭，則携槍枝入山，與義勇軍聯絡策應。

二十一年夏，遼陽，海城地區義勇軍，聲勢日漸壯大，已有三千之衆，其根據地爲千山，千山地處遼海兩縣之間，羣山叢峙，山路崎嶇週圍約二百餘里，山上有寺廟道觀百餘，和尚、道士，亦有三千之衆，他們亦富於愛國心與正義感，故賴其掩護支援極多，義勇軍缺乏重武器，只能以遊擊戰與敵週旋，義勇軍深得地利人和，每次出擊斬獲頗多，某次炸毀遼陽太子河大鐵橋，阻斷南滿線不通車達三日之久，又攻擊大石橋車站，焚毀車站及庫房多處，並刼日軍火車一列，獲步槍，彈藥，軍需等甚多。我區自衛隊有百餘人趁夜協助搶運刼獲彈藥，因此各隊槍彈多獲補充又曾屢次小規模的夜襲，鞍山鐵礦，本溪湖煤礦，除炸毀礦場設施外，並大量刼運物資，供爲義勇軍之用。使日軍受到極大之騷擾。

民國二十一年五月三日，日軍步騎聯合，由遼陽，海城兩方面包圍進攻千山義勇軍基地，我自衛隊已獲得情報，轉知義勇軍總部，預作準備，在各山出入口處潛伏，以少數人誘敵深入，近晚號令一下槍聲大作，四面策慶將敵軍包圍，同時炸落山石，阻敵退路，然後居高臨下，用步機槍及手榴彈圍攻，敵軍被困整夜，次日以飛機掩護撤退，是役敵軍輕重武器，彈藥棄之滿地，死傷三百餘人，我義勇軍鹵獲步槍三百餘枝，輕重機槍二十三架，洋馬四十五匹，其他軍用甚多，日軍撤出後，敵機連日前往轟炸，千山寺廟被炸多處，日軍進攻失敗，即以圍困山區，限制出入爲報復。使我義勇軍遭受封鎖，余則發動鄉民偷運物資入山濟急，後以衆寡懸殊，義勇軍二千人不得已轉進遼陽東南鳳凰城安東摩天嶺尋更邊遠之山區活動，並與鄧鐵梅部義勇軍聯絡呼應，同年秋季，日軍步騎砲兵及空軍聯合，分由遼陽，安東，鳳城三方面進攻，事先我方已深悉敵進攻路線情報，余號召四、五、區自衛隊七百餘人，親率入山區偕同佈防，沿路設伏，誘敵深入，日軍約千三百餘人，携輕重武器，沿遼海邊區大東溝（溝長三十里兩旁高山叢林）行進，進入山口敵軍先以大砲轟擊，然後再深入，打打行行約進入二十里路程，我義勇軍在自衛隊支援下，利用山地形勢叢林掩護突擊，又使日軍伏擊，倉皇還擊，首尾大亂，激戰後，敵軍利用黑夜以騎兵前衛，掩護其步砲兵後撤，是役敵軍死傷二百餘人，我方擄獲輕重機槍，彈藥，車馬，軍用物資等無算，獲黃軍毯軍大衣千餘套，日敵軍兩次入山攻擊均遭敗績，蓋日兵均係新入伍者，缺乏作戰經驗，日後日軍變更戰畧攻爲封山作戰，在山下滿佈崗哨，封鎖山區，同時改組地方組織，加强清鄉，搜繳民間武器，限制生活物資入山，入冬山區風雪奇寒，義勇軍物資彈藥兩無接濟，無法久留，乃分三路向遼西，安東，本溪突圍，敵軍攔擊尾追，雙方損失均重。

義勇軍組成份子原極複雜，最初動機均爲仇恨日人之壓迫，後以屢受打擊，脫離隊伍者日衆，王司令感到彈藥無援，軍心渙散，無法與日軍週旋，乃率領幹部四百餘人，轉入遼寧、熱河邊區待命。

余自參加義勇軍活動，經年終日奔波於各鄉鎮間，義勇軍退出遼南，敵僞積極展開清鄉，調查參加義勇軍及自衛隊人員，後經探悉余係遼南抗日救國義勇軍幹部，在遼南負責組訓民衆，反滿抗日活動情形，即於各處追捕，余不得已乃去瀋陽暫避，敵僞追捕不獲，家人亦早逃避，憤將吾家房屋全部焚毀，梅府亦因協助義勇軍反滿抗日等罪名，將其大興屯故居，全部付之一炬，即牲畜等物亦無倖存者，因敵偽對余搜捕日急，瀋陽亦非久居之地，乃於民國二十二年春，由瀋陽乘南滿火車至大連登商輪，經天津轉往北平，參加東北抗日救國會工作。

在平津從事黨政爆破工作

余自參加義勇軍工作後，身份暴露敵偽偵騎，追捕甚急，遂稟明堂上雙親，於民國二十二年春由瀋陽輾轉經大連，天津逃赴北平。時東北黨政軍教各界領導人士，雲集平津，分頭從事抗日救國活動，並在北平設立東北抗日救國會，余由舅父介紹參加該會工作。當時日軍在東北站穩脚步，成立傀儡組織，其軍事侵略，分兵沿山海關，古北口，喜峯口等長城各口向關內進攻，惟以遭我軍迎頭痛擊，經數月時間戰爭，了無進展，只得偃旗息鼓。救國會工作，因而積極展開活動，余曾奉派携帶大批物資食品，到長城慰勞抵禦日軍的將士，後又被指定爲救國會與東北義勇軍之總聯絡人，經常接待由東北前來請示機宜暨請示援助之義勇軍代表。

政府爲加強國軍政治教育，各軍增設政治訓練處，二十二年八月，中央派劉健羣自南昌率領政工高級幹部來平，主持駐華北各軍之政治訓練工作，五十一軍，五十三軍，六十七軍，原均係舊東北軍，分駐北平、天津、保定、王德溥、馬愚忱分任五十一及五十三軍政治訓練處長，爲了充實三軍政工幹部，中央特別選派東北籍忠貞人士擔任，余於二十二年秋，被分派在陸軍第五十三軍政治訓練處工作，任少校訓練員，五十三軍軍部駐防北平西郊頤和園，我在工作餘暇常約三五同事藉便暢覽故都名勝。

北平經元明清三代帝王之經營，建築宏偉可稱全國之冠，亦世界名城之一。北平人語言和藹，禮貌週到，和樂待人，易與相處，與我東北民情極爲接近，又因歷代仕宦之子弟多留居此地，其文化水準極高，即使販夫走卒，亦皆衣冠整潔，無論任何省籍之人士來平定居者，莫不有賓至如歸之感，而生活舒適，貧富咸宜。尤爲留居北平者之同感。余徜徉朱垣碧瓦名園勝景之中，緬懷先民締造之艱難，家仇國恨之緊迫，益堅其捨身報國之念。民國二十四年春余奉調轉往北寧鐵路特別黨部工作，歷任幹事、指導員、總幹事等職，主要工作爲督導津榆段（天津至山海關）鐵路黨務，加強各區段員工組織，搜集日軍兵種軍運物資，武器移動等情報，因此經常奔走於天津山海關之間。

日本在華北的陰謀，是以軍政兩面之鉗形戰略向我進逼，軍事受阻，則提出政治要求，要求不遂再配合軍事進攻。日軍進攻長城受阻後，進一步以政略壓迫政府，要求所謂「華北特殊化」，其具體步驟包括①組織冀東政府，由漢奸殷汝耕主持，做爲中日衝突之緩衝地帶，②中央軍全部撤出華北，③中國國民黨工作人員停止活動，我方由何應欽將軍與日本華北駐軍司令梅津達成所謂「何梅協定」，我政府忍痛接受上列無理要求，中央軍南撤，黨務工作亦由公開被迫轉入地下活動，北寧鐵路黨部，在此種情形下，亦由天津特三區，遷往義大利租界，租用民房以家庭方式掩護辦公場所。對外接頭聯絡，則另設置交通站，工作人員及工作方式均趨簡化。

天津係華北之門戶，距北平二百里，其腹地遠達西北，甚至內外蒙古。水路運輸由天津沿海河往塘沽入海，各國大型商輪暢行無阻，陸路則有北寧鐵路與津浦鐵路之交滙，四通八達，誠所謂「水陸碼頭也」。八國聯軍之役，戰敗結果。英法俄德美日義奧等八國，在海河兩岸，分闢租界。荒涼之河原，一變而爲高樓大厦，且各具有本國之情調。雖然商業因此繁榮，但此瓜分之標記，誠屬國家之奇恥大辱。

天津開埠租界地各自爲政，形成「國家中之國家」，中國政令不能達至租界，因而成爲華洋雜處，藏污納垢之地，爲中國之下台軍閥、失意政客、貪官汚吏以及枉法之徒，均以天津爲其頤養天年避難所，爲害莫大，惟我莊嚴神聖之抗敵救國工作，亦正可利用爲庇護，天津市民受環境之影響與北平人形成顯明之對照，他們大都只圖目前的享受，表面上衣冠楚楚好吃喝玩樂，可能是家徒四壁，廚下無餘糧。有句俗語形容這種狀況，說是「不怕火燒，就怕下雨。」因爲住的房子是租的，而且室內空空如也，所以如遇火災，租房子的人毫無損失。他只有一套衣服，下雨淋濕就無法更換了。天津人能言善辯，所以一年四季家裡離不開大茶壺，而且不管大小都能喝茶，大概說話太多喉嚨必須經常滋潤之故也。

民國二十六年七月七日，日軍進攻河北省宛平縣盧溝橋，二十九軍宋哲元部奮勇抵抗，戰事慘烈，雙方犧牲均重，於是啓開了中日戰爭的序幕，中央爲了迎接此一新的形勢，將華北各黨部，再度改組調整，工作重新佈置。余除仍任北寧鐵路黨部指導員外，奉調兼任中央調查統計局華北區總幹事，負責訓線業務及電務工作，我經常化裝利用晚間外出，到天津地道外，鐵路員工住區及東站等處，與有關同志聯絡，並搜集情報，我軍爲集中力量不久退守石家莊，黨政軍負責工作人員，多數潛入天津，英法租界內爲掩護，日人旋即封鎖天津英法租界，四週並用重兵把守，限制租界居民出入，只留法國大橋一處通行，並有大批敵軍憲特務等人員，日夜留守嚴密搜身檢查過往行人，而敵特亦經常僞裝潛入租界內進行偵察，爲加强掩護我方之工作處所，亦均重新佈置，凡辦公地點，都以家庭眷屬做爲掩護，住在一起的人，都互相規定親屬關係身份及稱呼。平時出入及叫門有規定的暗號，門窗有規定的安全標幟，一旦發生破綻，輒將標幟撤除，並事先規定，有事時外出者如何聯絡，留守者如何應付，工作人員住處絕對秘密，不發生橫的關係，有事接頭必須另約晤談地點，除同住者外，雖至親好友，亦不得到住處來往，我們外出歸來臨近住處，必須繞道檢查身後有無敵特盯梢。遇有生人隨行，便在大街小巷閒蕩，直至確實擺脫盯梢之人爲止。我們在如此防範之下三年中，在租界內尚有五次遷移。有緊急消息傳來，來不及收拾房內傢俱衣物，只好全部放棄，揚長而去。有時租不到房子，只好住入旅館，所幸我們身上均帶有各種身份證件，作爲掩護，白天無事絕不出大門，更不能到娛樂場所。最初我在天津曾在補習班學日語，因遇到與工作無關係之熟人。只好放棄補習，在家練習毛筆大小楷，自習速記，用了簿本百餘冊，在一分鐘內已可記百餘字，精於此道者，認爲難能可貴，利用速記符號可充秘密通訊密碼，我採用三民主義一書做範本，反覆練習，至民國二十九年在天津被捕時，日特將我的速記簿及三民主義一書全部搜去，敵特以爲全部速記簿，均爲係通訊密碼，爲此受苦刑多次。

天津一般市民習慣於夜生活，尤以租界內居民爲甚，午夜十二時，遊人仍在街上閒逛，上午十一時以前，除學生外很少行人，商店多在十一時後，始開門應市，余之生活習慣爲早起早睡，又因工作關係，避免遇見熟人，往往早五時起床，騎自行車赴郊外釣魚，以活動身手，及十時歸來同住的人，還在擁被高臥。

中央調查統計局，華北區，在天津租界內，設有專用無線電台及交通聯絡站，自余兼任該局工作後，東北各黨部所有文電，均由華北區負責收轉，遂與東北各黨務專員辦事處發生關係，二十八年十一月，該處成立之初，專員羅大愚及第二三負責人張寶慈，高士嘉等同志，均曾先後親到北平，天津，余與之交往洽晤，對工作的看法，意見頗爲一致。其後羅專員又邀從事黨務多年之賈自然，姚彭齡，劉曉輝及余等，在天津法租界，國民大飯店，研商東北黨務工作惟進之步驟，及聯絡靑年同志返鄉擴建組織，計劃經決定賈自然去日本東京，主持聯絡督導留日本東北靑年學生工作，劉曉輝，姚彭齡先後返回東北現地工作，由余負責平津聯絡及收轉文電等事宜，二十九年春，該處擬在東北建立電台，密派張曾銘，劉曉輝，張振作等三人，來天津參加華北區主辦的電務訓練班，該員等受訓練期間，食宿等均由余安排接待。訓練結業前夕，班址竟被英工部局偵悉，受訓人員竟遭逮捕，被判驅逐出境。余立即親往英工部局，找內線工作同志洽商，在驅逐出境時，請萬勿公開發表，以免日特追捕，工部局將張曾銘等三同志由英租界馬塲道送出租界，進入特一區，余在事先約好地點等候晤面，並備妥衣物，路費，火車票並親送彼等登車返回東北。半年後瀋陽電台完成與天津通報成功。羅專員爲加強情報工作，同年六月又派伊作衡同志，來天津參加華北主辦之宣傳，情報訓練班受訓，結業後返回東北，赴齊齊哈爾工作，因活動積極被捕遇害。

民國二十八年，敵軍攻佔黃河以北，其所需之武器，軍需物資等，由日本本國及東北，經海陸路線，塘沽或北寧路運往平津，轉輸前方，日人爲就地取材，又在華北各地掠奪礦產，棉花等戰畧物資，運返日本或東北裝造彈藥，再運來中國殺害同胞，當時我遊擊隊，在華北各地逐漸展開活動，天津郊區游擊隊，時常出沒擾亂敵軍，威脅天津市，謠言四起人心皇皇，日軍藉口市郊私立南開大學內，藏有游擊活動，即由日租界海光寺，日本砲兵陣地，轟擊該校，並由空軍投彈燃燒，聲震全市，烟火冲天，一所聞名全國，建築宏偉，設備完善，聲譽日隆之最高學府，毀於一旦。摧毀我文化事業之陰險行徑，爲人神所共憤。

北寧鐵路特別黨部主任委員，兼中央調查統計局，華北區區長陰耀武，獲悉余過去在東北參加義勇軍活動，積有炸過鐵路大橋，爆破煤鐵礦塲等經驗，並與義勇軍及東北愛國人士有交往，經與余多次研商，擬組織行動隊，以打擊敵僞之瘋狂行爲。經呈奉核准，指派余在天津負責組織行動隊。余即邀晤前來東北遼南抗日救國義勇軍司令王全一，及東北黨務工作同志趙璧忱等洽商，經王全一介紹前義勇軍爆破隊留津人員安春山等十一人，組成行動隊兩三隊，爲保密計，彼此均用化名，分層領導，王全一爲領隊準備製造爆破器材，調查爆破目標，佈置內線等，經半年佈置，於民國二十九年七月第一次行動，爆破目標爲天津小劉莊，公大紗廠，該廠係日軍在華北掠奪棉花之轉運站，計焚毀軍用棉花兩萬餘大件，千餘萬斤，並炸毀廠房及主要機器九台，共損失約二千五百餘萬元日幣。第二次目標爲天津日租界，中原公司，該公司係日人與漢奸合資建築經營者，爲華北最大之百貨公司，計八層大樓，下五層爲百貨商店，六七層爲華北日本特務總機關，最上一層爲敵軍防空指揮所，於二十九年六月十八日夜，八樓全部爲我行動隊爆破焚毀，只餘殘垣頹壁而已，除燒死敵特五人，焚毀全部防空武器及特務機關不計外，僅建築物及貨物，其損失總值高達千七百餘萬元，兩次爆破行動，均蒙中央撥獎金十萬元獎勉，兩次行動後，敵特深知爲我方所爲，追捕甚急，後來被判徒劉鴻飛所賣，行動隊員先後九人被捕，七人死難，趙璧忱，王全一亦被捕寄押北平北新橋軍人監獄候審時，余因另案已先兩月被捕寄押同室，我們係多年同志老友，又共同組織過義勇軍及行動隊，關係極深，見面後彼此互誓絕不牽累，不久趙璧忱被判死刑，王全一獲釋。

在天津一段工作，我的年歲尚輕，所受的考驗最爲苛烈，因接觸的工作面很廣，遇到的同志都是堅貞不二的鬥士，而我內心自強自勉，所下的工夫也最多，所以在那花花世界裡，我不但沒有受到誘惑，反而更堅強更持久，使日後備受敵特酷刑，仍能綽有餘裕，應付過去。

獄中奮鬥九死一生

民國二十九年五月三十日，是我一生中最難忘的一天，那時我住在天津英租界，倫敦道永安里，此地爲中央調查統計局，華北區辦事處的秘密辦公地點，係以華北交通站站長董明馨居家爲掩護。是日早晨下小雨，我仍不改早起騎踏車外出垂釣的老習慣，六點鐘出門，雨越下越大，無法前行，不得已折返。進屋不到二十分鐘，即有人猛叩大門，便知情形不妙，因爲平時我們自已的人都利用在間旁密設的電鈴，不一會來人用暴力將門衝開，但見日特便衣及英巡捕多人，持槍湧入院內，搜查各屋，在地下藏密件處找到文件，同時將余和董站長雙手扣上手銬，解送英工部局寄押，後來知道係被我們同屋辦公的，華北區總幹事劉子厚出賣。按國際法租界內政治犯，不應引渡，惟當時，英人懍於日本氣焰之高張，正謀與日人妥協，遂不惜出賣朋友，將我們做為禮物，就在我們被捕寄押的第四天晚上，獲悉英方應允日方要求，借訊五天，將我們交由日特刑訊，當時余知絕無生還之望，晚上在英工部監房內，立即寫下遺囑，絕命書各乙份。遺囑內容為「余抗日十年，為國盡忠，未能盡孝，父母養育之恩，來生再報，大哥早年病故，我又中途而亡，三弟大學畢業後，應返故里，奉養雙親，以盡子職，守正遺囑。」胞弟守疆當時在重慶國立社會教育學院肄業，雖未能自立雙親奉養可託，此心稍安。絕筆書之全文如下，「余生逐亂世，強鄰壓境，民不聊生，九一八目睹倭寇慘殺無辜同胞為之心碎。因而決心參加抗敵工作，至今被捕歷時已近十載，關內關外奔波，無時無刻不在與敵寇周旋，今入魔掌，如無生還之理，請陰區長轉報中央，守正認定犧牲到底，無論敵人用何等慘刑拷訊，絕不承認工作關係，牽累任何同志，破壞組織，我一人犧牲，於組織，國家有利，死而無憾，願我中央早日驅逐倭寇，收復河山，於願已足，王守正絕筆，民國二十九年六月四日晚，寫於天津英租界工部局，拘留所內。」撰稿當時，不禁悲從中來，熱淚盈眶，寫畢反覺天君泰然，心志堅定。一方面是因為家事有靠，一方面此心志如能上達中央，也算不辜一片愛國赤誠。我方同志有人在英工部局任職，密託彼帶呈華北區區長陰耀武分別轉呈中央及余家屬。

民國二十九年六月五日，被引渡到天津水上日本憲兵隊，晝夜刑訊，第一次刑訊前，該隊先準備豐富的飯菜，水果，烟茶等招待，並用好言安慰。無非想利用，甜言蜜語，獲得眞實口供。可是日本特務用盡心機，威逼利誘，仍未得到要願，乃對我施用二十餘次毒刑，如以布蒙口鼻灌水，灌煤油，刺手足指甲，跪碎玻璃，跪圖釘，烤鐵條，吊打，狼狗咬，壓槓子，拔頭髮，刺小便，死而復甦，達十餘次之多，不進飲食者五天。其間復有若干次疲勞轟炸式的審訊，因我抱定必死決心，始終未承認工作關係，偵訊期間，有敵特化裝犯人，進入監房與我等同屋收押，偽稱因案被捕受刑，並在身上造成多處假傷，冀能獲得難友同情，藉機刺探各人口供，嗣被識破，羣起而攻之，遂狼狽逃退，中央與華北兩地區各單位之電文，多由我負責秘密轉遞，由於余之堅不吐實，在法租界新華銀行，租用的保險箱內，重要秘密文件，得以保存無缺。並未株連一人一事，重要華北東北各地組織，亦未發生絲毫破綻。我在天津工作期間，對外化名為王光烈，申報戶藉用本名王守正，事先約定的應變關係是如果一旦出事，就說王光烈是我胞兄，他與董名馨係多年同事老友，現在上海，我係其弟，來天津法租界基泰大樓，學速記，有補習班和速記簿一百本為證明。此次我與董名馨同案被捕，在英工部局及日本憲兵隊，均押同一監房內，我們互誓照原來編好的關係供述，互不牽累。敵特在天津法租界，新華銀行大樓地下室保險箱內，搜獲交通站的重要文件，董站長無法抵賴，不得已供承工作關係。在其文件賬目中，查獲記載買皮手套。付送王光烈一項，而敵特又在我住房內，翻出此皮手套。敵特因而懷疑我就是王光烈，敵特雖用盡方法誘迫我承認就是王光烈，但我堅強支撐決不承認。我們被捕不久，天津行動隊案發，趙璧忱，王全一被捕，他們均供出，中央派王光烈在天津領導行動隊。為了王光烈三字，我吃盡了苦頭，可是如果我承認我是王光烈，準定被處死無疑。刑訊兩月無確切口供與證供，遂誣指余為交通員，併入交通站案，轉送北平北新橋砲局胡同，日軍拘留所寄押後審。二十九年七月二十八日，由天津水上憲兵隊押解，由天津乘坐北寧路火車，送往北平途中，身拴繩子，手戴手銬，數人連坐在一起，憲特多人押送，幾十天時間未見天日，一旦在路上，車上看到別人，自由談笑、自由飲食，舉手投足無不隨意，實令我們這一羣失去自由的人，爲之羡慕不已。在北平拘留所裡，又羈押兩個月，終日盤腿席地面墻而坐，我們這些「囚犯」，不准說話，甚至不能互看，如有違犯者，即由敵特脚踢或用刀背打。每日兩餐，每餐是窩頭二個，看守門吃剩下的魚骨湯一鐵碗，難友們吃的拉肚子不止，又多傳染上疥瘡，託天之福，我幸未被傳染，有一次我患痢疾，被送進病號，住了七天，每天只有米湯吃，餓的起不來，病號對面房內，押的是死囚，正趕上天津青年團負責人曾策在押。他曾隔門向我打聽天津方面工作人員情形，我很詳細告訴他，他聽了似乎很得到了安慰，不久他滿身綑上草繩，被送往南苑執行了，兎死狐悲物傷其類，有很久期間，他那戚然的面容，盤旋在我的腦際，無法釋然。二十九年九月七日晨七時，日憲特又將我們同案八人（包括由天津送來的難友六人，由大同，綏遠送來的二人。）連銬一起，被提審訊，軍法廳，設在北平東城，鐵獅子胡同，憲兵隊內，日軍少將主審，大佐，中佐四人陪審，翻譯及書記十餘人，另有武裝憲兵二十人戒備，審訊約四小時，交通站長董名馨被判死刑，審判我時審判長再三追查王光烈究係何人？現在何地？以及和我是甚麽關係等？我仍用以前之供述，結果我們交通員七人，均被判徒刑二年。翌日晨九時，將我們一案八人，同時由拘留所提出，先將站長董名馨用草繩綑起，推上大卡車，送南苑執行死刑。據聞在南苑受刑的人，都是供給日本青年，未作過戰的當作活靶，他們練習劈刺刺殺之後，推下深坑。我們七個人覩此情景，不禁凄然淚下，同聲一哭。日特將我們押送到隔壁四院，即北平，北新橋，砲局胡同，原爲中國軍人監獄，日本佔領後，分成東西兩院，東院除作爲拘留所外，專押日本人犯，西院專押中國人軍政人犯，入監獄大門，日特即將我們交中國人看守接管，使每人席地而坐，釘上一寸寬半寸厚的生鐵脚銬，帶三尺長鐵鏈，共計有六斤重，套在脚頸上，皮肉與生鐵接觸，動則刺骨，痛澈心肺，寸步難行，手托鐵銬進入監房，我住仁字監第九號房，脚頸已流血，先輩難友紛起借助，以銬摩，銬鈎，銬吊，銬環，銬布等做急救，熱情着實感人。習慣後始稍覺舒展，獄中犯人不呼姓名，以編號代替，我的編號是「五一四」，這個數字，使我一生難忘，此處獄中仍是每天供應兩餐，每餐窩頭兩個，鹽水菜湯一碗，大部難友都靠親友送來之飯盒接濟，余在獄中衣食及所用的物品，全由田伯母在外準備，四季衣服按時做好，吃的菜飯指定飯館包送。我在獄中一年半，在田欽樸字訥言（現任監察院監察委員。）項潤崑現任立法院立法委員，夫婦等照料之下，供應無缺。尤其田伯母愛余如子，對外僞稱是我的姑母，六十多歲的老人，經常携帶衣食等物，由天津親到北平冒險前來探視，恩同再造，信不誣也，吾父聽說我被捕入獄，由遼寧原籍趕赴北平監獄探親，未婚妻項育淳，至友姚彭齡等先後由天津或東北到監探視，餽送食物，留欵慰問，每次會見這些至親骨肉，生死患難之交，都使我五內如焚，痛苦，感念之情，無法克制。當我住進監獄半年過後，又一至友關大成同志，因另案在天津被捕，亦送入同一監獄，且住在同一房間。因係老友獄中互相慰藉幫助之處甚多。記得有一次，日本爲了實驗一種新發明的注射藥針，竟在我們難友中，選出五人，做臨床試驗，大成與我都在五人之內，據說如果新藥注射之後，反應欠佳，也可致人於死亡，天佑我們，倖免於難，我們身體反爲之逐漸變好，獄中難友，爲活動身心，忘掉憂慮，大部都願到工廠參加勞動，如做木工，縫衣服，做鞋底，編織手工等，余自信身體較好，未參加做工，正好藉機會，閱讀我們古文典籍，如史記，綱鑑，四書等，在欽仰我先民思想之餘，益信我國族之偉大，獲益不淺。

民國三十一年夏，南京汪僞政權成立，敵僞爲收攬人心，大赦政治犯，服刑過半者，即可假釋，時余已繫獄已年半，亦有資格爲假赦者之一，於民國三十一年六月十四日經族兄守讓保釋出獄，返回天津法租界，田伯母家休息，當時田訥言夫婦及吾妻等仍在繼續工作，亦爲日人追捕的對象，他們自己掩護尤恐不易，而再窩藏招待一位出獄的政治犯，的確是負擔太重，可是他們一家人，毫無難色，此種情緒，此種情誼，有如天高地厚，畢生難忘。

瀋渝道上，歷經險阻。

出獄後，余身心俱疲，因爲案件發生，住獄受刑，係在平津兩地，無法再在原地展開工作，而余之能從死裡逃生，極受中央重視，遂準備穿過淪陷區，親赴中央報告經過。東北黨務專員羅大愚同志，獲悉余將有重慶之行，特約余行前先到瀋陽會晤，洽商今後工作。余以東北爲我之家鄉，對現地工作，有濃厚之興趣，乃欣然於三十一年七月十日，應邀赴瀋，途經山海關時，敵特以檢查爲名，故意留難一夜，翌日始放行，余留瀋月餘，除將在天津被捕，遭受刑訊拷打種種情形，對各同志報告外，並將應變心得加以記述，留做現地工作同志之參考。又與羅大愚，張寶慈，高士嘉等負責同志，研究東北黨務全盤工作有關事項。羅同志託東北黨務組織計劃，工作報告，爲滿敵軍政情報，用藥水密，密錄在白被單及襯衫，捲紙上，共約三萬多字，攜返天津。行時羅大愚兄再三相告，在渝稍作勾留，即返東北，共同工作。八月九日返津後，仍住田欲樸兄家，爲準備去後方沿途接頭掩護等事，先函約商邱警察局長，族兄王守鎧來津晤面，請代爲安排由徐州至亳縣沿途接送住宿處所，以策安全，民國三十一年八月十六日，余由天津搭津浦路火車出發，車抵徐州時，適該地區正舉行防諜週，車站內外，軍警憲林立，檢查過往行人，余硬着頭皮，携帶帆布包一件，內裝旅行用具及衣物，暨最關重要之秘密文件。幸虧檢查人員，並無經驗，草草檢查，敷衍了事。滿包密件順利過關。由徐州換乘隴海路火車，到商邱下車。余以白毛巾掛在褲帶上，帽帶藍色，一手提帆布手提包，一手執一鴨梨爲標記，出車站即有警長前來，手執小毛巾擦汗，此亦爲與王局長事先約定之暗號，並告局長囑來迎接，並介紹住入商邱南街，德安旅社，夜間族兄前來探視，並告知在車站迎接之趙警長，亦係東北同鄉，誠實可託。次晨經趙警長介紹認識商人劉大成，結伴乘坐馬車前往亳縣，抵亳縣住在劉大成開設之布店內，劉君待人親切熱誠，次日亦代僱人拉車，並送至郊外行約十數里，即是日軍最前線的哨卡，對出入行人檢查極嚴，余依次排隊，被搜身及檢查所携衣物，因余態度鎮靜，亦幸未露出馬脚。車夫告訴我們，亳縣至界首，約八十華里，因黃河改道，流經此地，黃河濁流滾滾而來，爲中日兩軍未設防之兩不管地帶，此一緩衝區內，來往商旅甚多，土匪亦出沒無常，刼奪行人財物，余亦幸未受阻，行近界首，但見到國旗飄揚，國軍戎裝，雖簡素但精神抖擻，余長年在敵僞統治監禁之下生活，一但呼吸自由空氣，極爲興奮，遇到任何人，均願與之親近交談。後來與敵後工作人員交換意見人人均有同感。抵界首余即先會見，中央駐界首聯絡人員，經他們妥善安排，次日即啓程赴洛陽。交通工具是載重大卡車，車內先裝貨物，上坐客人。沿黃河堤而行，車經漯河，突然翻落堤下，有五人當時被壓死，二十餘人受輕重傷。余因載風鏡，僅鼻部受輕傷。漯河縣政府派人前來處理車禍，將輕重傷旅客，接到漯河治療，余因傷勢輕微，次日又換車前進，行近洛陽龍門，但見對岸半山石上，有大小佛像，何止千尊，蓋洛陽爲南北朝時代北朝之首都，北朝各帝崇信佛教，遂留此名勝，供後人之憑吊，抵洛陽住在河北省政府委員陰耀武家中，陰爲前華北區長，共同工作多年，相見甚歡。承介紹在洛陽視察之中央調查統計局徐局長恩曾，徐局長對我等在敵後工作之情形，瞭解甚深。因我被捕受刑，在敵特威迫利誘壓迫下，仍不爲所屈特加慰勉，當撥給旅費，並囑到渝稍事休息後，再參加中央訓練團受訓，某星期一洛陽黨政軍各界舉行聯合紀念週，承陰委員推薦囑我報告敵後情形，我即將敵後人民愛國之情緒，工作人員之堅苦狀況，以及敵僞殘暴之情形，一一摘述，聞者動容，離洛陽前，有鄒二姐係田欲樸兄之胞姊，携子女五人去渝尋夫，在陰公館相遇，由洛陽起，由我照料同路赴渝，當時隴海路洛陽至潼關段，路軌，橋樑，多被對岸敵砲破壞，不能全線通車，只有分段接駁，我們由洛陽趁夜登車逕往西安。人民將此段夜行車，命名爲「闖關車」，意即以緊急手段，闖越潼關也。車內到處堆放行李，旅客無座可坐，只好站立，秩序紊亂已極。惟旅客無一人敢講話，恐敵人查悉開砲也。行無聲，亦不開燈，免爲對岸敵軍砲火之目標，車抵靈寶天下小雨，火車在山坡上戛然停止，旅客們在夜雨中，把行李一件一件推下火車，放在露天雨地上，在無燈的夜雨裡，上下車的人亂成一團。因爲闖關車，只往來此一段，不再前進，原車無聲無響，偷偷的再開回去，我們僱人車，把行李運到山下城裡，住入旅館已午夜二時矣。因連續下雨在靈寶住三天。此城雖不算大，但爲去西北必經之地，其特產爲大墨棗，聞名全國，我們在靈寶找到入川同行者二十餘人，多爲婦孺，行李有二十多件，僱人拉車十二輛，排隊編號繞道山路而行，由靈寶至潼關這段鐵路橋樑，全被對面敵軍摧毀，曉行夜宿走了兩天總算度過潼關。再換乘火車西行，路上走走停停，躲敵機之來襲，火車抵西安已午夜十二時矣。費二姐係余妻之胞姊及費雨田兄到站相迎，余及鄒二姐母子全部住在費家，費二姐夫婦除每天招待我們食宿外，還帶領我們領畧西北名物，並暢遊西京名勝，西安市之泡饃，風味特殊。饃就是硬燒餅，先放在牛肉湯鍋裡煑軟，然後取出，切成碎塊再放入碗裡，再加上牛肉湯，其味鮮美。因西安爲我國畜牧與農業之交會地帶，牛羊肉味淳厚，而少腥羶之氣，我們又曾往遊武家坡之遺蹟參觀了王寶釧的寒窰故居。寒窰乃黃土高原特有建築，即在溝邊挖一窰洞，洞口按裝窗門，爲冬暖夏涼之居室，陝省當局爲保存古蹟，除於洞外建有王三姐泥像，附近環境亦加整葺，成爲西安名勝之一。他如華清池，碑林，均爲我先民之遺蹟。惜以旅途心情不定，不能暢所欲遊也。在費家居半月，賓主盡歡，我們又踏上征途，前往寶鷄，寶鷄在抗戰期間，是交通要地。那時是隴海鐵路的終點，西北公路的起點，亦即由西北入川必經之地，因此已進入敵人轟炸圈內，警報頻傳，一夕數驚。而戰時軍運頻繁，後方汽油奇缺。因此民運公路只能利用木炭汽車。我們在寶鷄爲了等車，又耗時月餘，空閒時間，只好瀏覽當地風光。寶鷄依山面水（渭水），原有整齊繁華的一條大街，已被敵機炸平。居民多依山挖洞穴而居，生活甚爲樸素，寶鷄後山頂，有張飛廟「即三爺廟」，每逢星期假日，有很多纏足老太婆，身穿青衣，頭戴黑紗，成羣結隊前往上香膜拜，盼望張三爺爲她們帶來好運。寶鷄自抗戰軍興以來，因過往軍民較多，市面較前大爲繁榮，已成西北重鎮，此地人民嗜食辣椒，寶鷄街上大小飯館，多出售混有大量辣椒之花捲，紅辣椒與白麵粉相間很好看，因我不喜辣食未敢嘗試。

我們候車中間，傳來喜訊，鄒二姐之夫鄒希孟介紹一輛自成都來寶鷄運棉花之私人貨車，可容我們大小七人坐在貨物頂上。我們坐在車頂搖搖欲墜，危險萬分，可是別無選擇餘地，只好跟隨上路。由寶鷄出發，車行三十里，已到秦嶺山下。公路繞山盤行，經十六灣爬上山頂，極目四望，雖是十月天氣，遠山頂上已有白雪覆蓋，而來路山下麥田青翠一色，亦奇景也，當晚在山頂十四堡過夜，翌日循西北公路前行，但見一車繞山盤旋而行，經過高山峻嶺，忽而車行白雲之上，忽而雲下，山路崎嶇，彎急坡陡，三百里之內，渺無人烟。沿途車禍頻傳，尤以軍車爲最，翻落墜入山谷者，人車俱毀，了無痕蹟，翻落路旁者但見屍體橫陳，無人過問。乘車的人唯有將生死置諸度外，聽天由命。余本身雖然無自信，但仍要安慰鄒二姐，並照料其子女，使之鎭靜從容，免生意外。

沿途古蹟名勝甚多，試將印象較深刻之地點記述如下：劍閣——係縣城所在地，近郊懸崖峭壁，橫阻去路，盤山繞行，兩側有如石壁，正所謂一夫當關，萬夫莫入，乃兵家必爭之地。張良廟——地在西安與漢中之間，依山而建，廟宇宏偉，左右各有石亭，行人多駐足欣賞，並在墻壁上題字留念，亦有捐欵進香者，山下僅有五家店舖，在此荒山中，有此巨剎，亦云奇矣。路人過境多在此就食宿，行旅稱便。棧道——此段公路，係沿漢時棧道而築，路基仍是使用漢代之大條石舖築，路旁荒凉不見人烟惟有巨松點綴景色，父老相傳說，是西蜀攻魏時，張飛督修棧道所植，故名張飛松。遠望山頂仍是原始森林，葱葱鬱鬱，不知經過幾千萬年矣。空城——因舊劇空城計而著名，今已成陳蹟。城垣已倒塌，僅餘遺址，城內空無一物，只見茂草叢生，墻外遍植稻田。新築之城距此十里，惜未能往遊。過空城即入川境。川陝風物迥異，四川山脈平緩，雨水豐沛，故山上亦可利用梯田植稻，因氣候温和年可三獲。人民生活充裕，故能抽水烟，喝茶水而大擺龍門陣也。我們一路坐的貨車，早已逾齡，時好時壞，走走修修，由寶鷄到成都，足足費了七天，所幸大小安全到達目的地。鄒二姐一家團聚，雖在戰時成都仍不失爲繁華熱鬧城市，次日余即隨空軍便車去重慶。

啣命再返陷區

抵渝後立即向中央組織部，和中央調查統計局辦理報到。承指定住入中央組織部招待所休息。余一方面趕寫報告，一方面將由瀋陽帶來的秘密文件，用藥水顯影謄清，分別呈送中央組織部長朱家驊，朱部長看到寫密碼之被單及襯衫，指示戰地黨務處照像保存，又將余個人在華北工作及被捕入獄經過情形，向中央調查統計局報告，承第二處處長郭紫峻兩次約晤洽詢現地工作情形，科長候庭督，朱翰等多次約談，徐局長由西北返渝後，再次邀晤，並囑參加中央訓練團受訓。又派人經常照料。戰地黨務處交通科長周慕文，組織科長于錫來經常聯絡，研究敵後工作情況。

余乘工作餘暇輒往街頭，觀覽陪都形勝，重慶在四川僅次於成都之大城。乃我國西南區商業集散重鎮，左有嘉陵江，右有長江，兩江左右環抱重慶市，至朝天門合而爲一。重慶有公路通往西南，西北，川康等地。成渝鐵路亦正在趕築之中，水旱碼頭交通稱便。重慶城垣依山面水而建，今已無存。街路隨山之形勢舖建，高低不平，曲折無盡。山下爲商業區，建築多爲二三層樓房，半山腰亦有整齊的街道與商店，由山下到山頂，隨處皆有住宅庭院。山城爲尋求捷徑，有特殊之交通工具，名「滑桿」。所謂滑桿，係將靠椅綁在竹桿上，二人前後肩抬，客人坐在椅上，脚夫健步如飛，外來人初時乘坐，不免驚悸。重慶人口逐年增加，雖然稻米爲本地特產，食糧不成問題，但其他生活日用品甚爲缺乏。重慶整座山基爲岩石，爲防敵機來襲，在政府通盤計劃之下，將整個路旁岩石建成防空洞。深入數里之遙，雖敵機連續來襲，仍未能造成重大損害，內地平原地區之都市，無此利益也。

日間登高遠望，山峯重疊，兩江環抱，青山綠水，遠航帆影，川梭往還，夜晚登山遠望，燈光高低閃爍，每逢霧夜景色變幻更多，忽而燈光照耀如白晝，忽而燈光隱現，又如霧裡看花。四川豐產桔子，廣柑，每逢秋季，沿江而下來渝之船隻，川流不息，排滿江邊，碧水白帆，黃沙金橙，美不勝收。誠天府之國也。

民國三十一年底，中央爲加強東北黨務工作，將東北黨務重新改組，除仍設遼寧，吉林，黑龍江三省黨部外，另增設東北區鐵公路特別黨部，派韓靜遠同志爲主任委員，當時中央組織部，以我新由陷區來渝，在華北鐵路方面工作多年，東北關係較多，瞭解持後情形，希望我也能在回東北現地工作，在渝親友因我在敵後工作冒險多年，歷盡艱險，幾以身殉，多勸阻勿須返陷區工作，余因中央期待殷切，且余已與羅大愚同志有約，定要回東北工作，遂毅然接受黨的命令，就任東北鐵公路特別部隊瀋陽區督導員，主持長春以南各線鐵公路黨務工作，兼東北區交通站主任，負責東北區各黨部，文電及經費之收轉。教育部同時派兼瀋陽戰區教育督導員，負責招致東北青年或同志到後方讀書或受訓。爲了要我熟悉黨的核心黨務工作情形，派在組織部戰地黨務處各部門實習半月，分別約定密碼，及函電通訊辦法。本來我希望參加中央訓練團受訓，而徐局長亦一再鼓勵我參加，可是新的任命決定之後，不得不趕返東北，遂改棄這個願望，由渝北返前夕，承中央黨部秘書長吳鐵城，組織部長朱家驊，兩先生，設宴餞行，騮先部長即席致訓：「由後方到陷區敵後工作，是冒險犯難，艱苦奮鬥的工作，尤其在路上困難百出，所以中央希望各位同志，抵達工作地點後，只求本着中央指示原則去做，安全第一，先行建立基礎，打擊敵人，發揮效果，不要遇事就要來重慶請示。我希望能很快的與各同志在瀋陽或哈爾濱見面。」語意誠懇，令人感動。

三十二年春節，余同韓靜遠同志，結伴同行，化裝化名，循來路經成都，西安，洛陽一路北返，臨行前同鄉好友王大任同志到招待所來訪，暢談甚歡，並代卜卦云：「再番遠征，有驚無險」八字以壯行色。抵成都韓二哥約我到武侯祠參觀，武侯祠是四川人爲崇拜諸葛亮，在成都郊區而建，四套房三層院，建築雄偉，第一層院正廳中有諸葛武侯塑像，兩廊爲關公，張飛，趙雲，馬超，黃忠等五虎將塑像排列，後院爲劉備等塑像，燒香瞻拜，抽籤，問禍福者，絡繹不絕，我同韓二哥各抽一籤，我抽的籤，爲上上籤，籤云：「行路千里處處通，艱難困苦一念中，生死災患天已定，旋轉乾坤志有成。」返回成都街上買些四川名產，刺繡被面爲紀念。抵西安稍事停留，沿途重建聯絡關係。在洛陽韓主委因事勾留，遂分手道別，余隻身先返敵區，仍自界首轉抵天津，停留半月，建好通訊聯絡關係，復經田欲樸兄等協助，辦妥出關（山海關）手續，即搭北寧火車北上，過山海關時，敵特仍有留難，均經沉着應付，未出破綻，順利抵達瀋陽。回溯由渝北返未及一月，即抵工作地區瀋陽。在當時的交通情況看來，可算是最爲迅捷的了。

羅大愚兄事先已代爲安排，暫住在瀋陽市東關大東街，水簸箕胡同十五號張寶慈家裡，此處是一大院，寶慈住在後進東耳房內。一房隔成兩小間，我們規定的關係，我是寶慈的姑表兄，寶慈之僞裝職業是商人，報戶口姓丁，因此可以終日在外忙着推動工作，張夫人陳純貞女士化名澄波。我藏在張家，爲防同院鄰居起疑，白天很少外出，在室內擬訂計劃及辦法。夜間始外出接頭工作。寶慈夫婦對我這位王表兄關懷備至，寶慈爲人短小精幹，留日時即加入中國國民黨，工作積極，冒險犯難，可稱有革命青年楷模，他們爲了工作方便，竟將親生男孩葛民，送給外人撫養。在張宅住了一個月，外隨活動日漸增多，住在家庭裡總覺出入不便。遂遷到小西門裡路南博知書局樓上辦公，博知書局，爲秘密工作場所之一，門外掛有律師張俊武事務所的牌子，張律師係張鴻學兄之尊翁，爲瀋陽名律師，不避危險，協助革命。雖掛有牌子，但並不在此接受案件，書局經理姚彭齡兄不久即去後方。樓上只有我與史維亮同志，羅大愚，張寶慈，高士嘉等負責同志，經常來研商配合開展工作等問題。我負責的東北鐵公路黨務工作，在東北黨務專員辦事處各同志協助之下，順利展開。

余抵瀋陽後工作大致佈置就緒，三十二年四月二十日，羅大愚兄以歡迎我駐瀋工作爲由，邀集張寶慈，高士嘉，姚彭齡，伊作衡等六人，齊赴瀋陽東陵郊遊，寶慈乘脚踏車先行，購汽水及燒餅等物，先在陵園查看等候，我們五人分乘馬車兩輛前往相聚。我們進入陵園後山松林內，席地而坐。羅大愚兄首先報告集會的意義，大意謂，我們工作隸屬的單位，雖不一致，但以身許國，堅苦奮鬥之志節則完全一致。同時除在座六人之外，尚有許俊哲，當時已被捕入獄，賈自然在日本東京，我們的結合依齒序排列爲大哥許俊哲，二哥羅大愚，三哥賈自然，四哥姚彭齡，五哥王守正，六弟張寶慈，七弟高士嘉，八弟伊作衡。我們與桃園結拜的宗旨，絕不相同但吾等願終身獻身革命，在倭寇未被驅出消滅之前，我們願同生死共患難，以肩負起救國救氣之大任。並宣誓明心，握手表示力量。此一次聚會，雖然形式簡單，但對我們互信共信的加強，確大有裨益。由是我們分頭併進，負起個人的責任。

余抵瀋三月後，因工作繁忙，衣食住乏人照料，遂決定迎接在天津，從事敵後工作之吾妻項育淳，來瀋組織家庭，掩護並協助工作。我租妥瀋陽大南關李德滋同志新蓋的南房二間。八月間項潤崑大姐携志純甥，送吾妻項育淳由天津來瀋陽居住，吾妻來瀋後余始與伊親戚來往，但對工作關係絕對保密。我在瀋陽秘密工作三年中間，親友無一人，確知我身份者。當時僞滿對戶籍控制甚爲週密，我爲掩護身份，託親戚史豁溪介紹，在僞滿國務院隸屬之瀋陽市圖書館任館員，擔任抄錄整理滿清老檔舊卷的工作，論件計酬，對我來說最爲合適，因爲來去自如，不受上下班限制。若干內親不明眞象，對我頗多指摘，因爲以如我年青力壯之人，終日在外鬼混，殊爲可惜！及抗戰勝利，東北光復，他們始明瞭眞相，又對我不勝讚許。東北光復初期，在瀋親友爲表示愛國熱誠，大量捐助金飾衣物，並參加我們的行列，協助工作，在那個青黃不接的時候，貢獻殊多。

我們住的南關新居，係同志李張滋所有，又係經張鴻學同志介紹，吾妻遷來後，來往親友日多，爲切斷工作與私人親友關係起見，必須遷居，經託親戚史豁溪代爲租妥瀋陽東關大東街一二九號，院內另戶住房主王太太携二女同住，擔任鄰長，與吾妻有遠親關係，對掩護極爲合適，先由張寶慈遷入住約半年，後因身份暴露遷出，房子係我出名租的，我們隨即遷入居住，此一住處，只有羅大愚，劉郁中兄嫂及張寶慈澄波夫婦，高士嘉，王素清等少數負責同志熟悉。

我的父親天虛我生——國貨之隱者（續完）

陳定山

我父親不很喜歡機器，但是他有製造機器的常識，和特別經驗。無錫捲筒造紙廠的捲筒造紙機，除了烘缸係向文德洋行定來之外，全部機器便是他和我四叔蓉軒，自出心裁打樣製造的。這部機器至今還在無錫利用造紙廠完好使用，（不過已被沒收）因爲我父親最愛我的四叔，所以機器造成之後，便加上「蓉式」二字，稱爲「蓉式造紙機」，後來上海的勤益造紙機，便採用了此式，造紙界認爲非常合用，造價廉而出品迅速。利用造紙廠便由我四叔担任經理，民國二十年開工，一直到二十六年，完全與日本貨在奮鬥中，因爲日本的廉史紙，侵銷中國，每令只賣四元二角，有時甚至跌價到三元六角。而我們自造的機器廉史紙的最低成本，却要四元，不但利用造紙廠如此，同時任何一個紙廠，都是如此。什麼緣故呢？因爲造紙的機器，自己能造，而造紙的唯一原料——木槳，却自己不能造。我曾經因此到過日本王子製紙廠去參觀，見習。王子製紙廠的董事長高島菊次郎是一個愛好古董的收藏家；因此我得遍觀他們各廠，而認識造紙的偉大事業。你看：他們從植林、鋸木、造槳、一直到成紙，甚至於連帶印刷，與裝璜製成；那規模的偉大，資本的雄偉，我雖沒有到過瑞典，但這一個連跨東京、鎌倉、關東的王子組織，便使我囘觀自己國家的造紙事業，微小得莫可名狀。囘來報告我父親，他却笑着撫我的肩說：「琪，你不要灰心。你要知道現在世界各國工商實業，有的是資本，而我們有的是人力。我們爲什麼不利用手工業的豐富人力，使窮人個個有飯吃。而一定要跟在人家後頭，用機器來逼迫自己呢？除了飛機、火車，無法用人力推挽。一切工廠裡面的馬達，我認爲都可以用人力來代替的。」

是的，父親這一說法，確是有過成績的。民國十六年，政府北伐成功，亟力提倡仿製洋貨，以塞漏巵。凡是國貨出品，掛上一個機製的名義，就可免稅。無敵牌牙粉向來是用手工業製造的，所以不能免稅。而海關尚未收囘，關稅不能自主。無敵牌的勁敵，金剛石和獅子牌牙粉一度蠢蠢欲活。我父親歎道：「我不是不會造機器，只是我們不願機器來壓迫我們的工人，使他失業。尤其是我們家庭工業社，二十年來，每一個工人，大都成家生子，他們父母子女都在我家庭工業社裡做工。我一旦造了機器，拿裝粉部份來說罷，一隻裝粉機的效能，至少可抵七個人。我們的經常開支果然要省得多，但是我們的六個工人就失業了。這於國家是一利，還是一弊，從經濟原理上講，很難判斷，不過，我以爲是對的。」

我父親待人接物，異常謙虛，對於事業，則自信力極强。所以在免稅的原則下，他一度創造牙粉的機器，從篩粉、加香、到包裝成品，無不有機器輸送。很多的新聞記者，都來訪問，要把他宣傳到國際去。我父親一概婉辭地謝絕了，他說：「這不是機器，不過如種田的桔槔之類的一種人力代用品罷了。宣傳到國際去，豈不被人家笑話？你若要說機器，一個人纔是機器呢！他專能造糞。」聽的無不哄堂而去，我父親好詼諧，無論演說、訓話，他都是如此，所以人家都愛他。廠裡的職工，有了疾病，都歡喜去找「老先生」，只要他和他們說上幾句笑話，病就得減輕，比喫藥還靈。但是我們的牙粉機器，得到政府免稅以後，終於擱置了不用。當時很經過股東會的辯論，說用機器，公司可以節省很多人工開支。父親說：「節省人工，是叫公司多賺錢，股東有利時，我便是第一個，我爲什麽不幹。因爲我們中國還沒到工業極度發達，找不到人工的時候，節省人工，即是使工人失業。我們既爲社會服務而創辦工業的，那應該工人第一。況且，家庭工業社的工人，比股東還重要，股東是爲利而出錢的，工人是爲生活而出力的，股東少分點利益，不會餓死的。工廠減少一份工人，便是國家多一份失業的人。試問國家重要呢？股東重要呢？」父親是用一種輕鬆的語氣，發表了他的正義觀點。在一陣鼓掌中，牙粉機器終於停置不用，直到民國二十六年，中日戰起，我們無敵牌牙粉，二十多畝地的廣大工廠，被敵人炮火夷爲平地，我父親所手創的牙粉機器，也就毀滅無遺。

父親常常對我說：「中國的工業，要發達，現在還談不到機器，而是原料。原料不解決，一切成本都是不能解決的。你看：中國最大的工業，紗——棉花總算自己富有出產了，但一部份還是仰給美棉，而紗價就受了舶來品的牽制。我們無敵牌牙粉，能夠打倒日本金剛獅子，便是一切原料，能夠自給自足。日本炭酸鎂在賣二十八元一担，而我們自己設廠製鎂，成本要核到三十六元時，誰不說我是獃子。但現在如何，日本貨賣到四十塊了，我們還是站在三十六元不動。你不要以爲愛用國貨僅僅靠宣傳可以成功，第一還是需要貨眞價實。」

提到這一點，我確是要向讀者報告：便是無敵牌牙粉的風行全國，到底是怎樣成功的？上文我已說過是「原料自給」。而原料自給，也並不是一句話可以把它來做底的。我們到底爲什麽從製鎂而到造紙，由造紙而自造紙漿，這裡邊便有二三十年奮鬥史，失敗，成功，——成功，失敗，互相因果，而我父親却用百折不撓的精神，去抵抗一切失敗，而達到每個的成功，除了造紙漿因爲中日戰起，戰禍牽連到人事的失敗，其他，凡是他所做的事業，都是從失敗中而得到功的。現在，我先說一件製造「炭酸鎂」的經過，便知一件事業成功的不易！

炭酸鎂是一種從鹽汁中流出的苦滷。用化學方程提煉而成的輕量粉質（每五十CC僅重一錢二分），在無敵牙粉未銷行以前，日本鹽場，每年產鎂九億二千八百餘萬斤。而中國的鹽場却將此類苦滷，完全傾棄在鹽田裡，沒有人去拿來製鎂。父親的初步計劃，以爲這是一種廢物利用，他便親自到餘姚、岱山一帶去，和鹽商們商量。願意出價收買這一種傾棄於海濱的廢物，來製造新的工業出品。議定的價格，每塊大洋購滷八担，當時的成本計算，每担炭酸鎂的製品，不過十二元左右。誰知工場一經成立，鹽商的苦滷便爾居奇，從一元八担，而到每元一担，用盡唇舌，向他們理說，我國長蘆、兩淮、兩浙、鹽場林立，隨處可以開設，利用苦滷工場，製出炭酸鎂來，僅僅餘姚一地，是居奇不來的。但是鹽商們也回答得好：「這些廢物，我們本是棄之於地的，要就是一塊錢一担，你買。不要，我們寧願把他傾向海裡。」原來鹽商都是富翁，他們根本不稀罕這一點利潤。

父親在無可奈何裡，却想出了一個妙法兒來。他租一隻小輪船，利用輪船裡的水汀、汽缸，就在船上設造了一個小規模的製鎂廠，開往舟山、柴橋、碶石一帶，專去教授沿海的鹽田散戶，用苦滷來做炭酸鎂，而輪船的水汀，就是製鎂的烘房，專替鹽戶烘鎂，烘出來的鎂，便換給他無敵牙粉，讓他們到鄉鎮鄰近販賣銷售。那是一包牙粉可賣三分，而批給他們只有實洋一分。這樣一來，他們得利厚，晒鹽之外，又得了副業，於是製鎂的鹽戶大盛起來，牙粉也在沿海一帶大銷起來了。

事有一利，即有一弊，鹽戶中有强權的人便覺得這一工業可以壟斷了。於是就有當地勢力出而收買他們的「鎂」，不許直接賣給無敵牙粉廠，甚至，以前認為不屑的鹽商們，也來染指了。我們在被商人重利的壟斷下，有不得不離開就地產鹽區，而改雙方針到不產鹽的區域去設廠。而自己去辦運滷的牙行執照，那就是無錫的中國第一製鎂廠，他解決了無敵牙粉的第一主要原料「鎂」。

接着來的磨難，便是鎂的成本。因為在沿海流動製造中，鎂的乾燥是先經太陽自然晒乾，而後再進烘房的。鹽戶製鎂，是散兵陣線，而且各人鹽池本來是各有晒場，搬幾担鎂，是不成問題的。到了無錫正式設廠，這一集中晒乾的廣場和人力根本就不能應付，於是不能不進行到全部水汀烘乾，即需用到馬達、鍋爐、和煤。煤的支出憑空增加了成本三分之一。千萬計算，成本小到三十六元一担，沒法再小了，而日本炭酸鎂却從四十二元暴落到二十八元，它完全是商業戰畧，要無敵牌牙粉的死命。

父親說：「要製鎂的成本輕，不是從節省上可以解决的，我們應該要開源。我們現在每天有幾百担的蒸溜水完全是在水汀鍋爐裡放掉的，我們何不把它來製造汽水。」惠泉山的水本來是有名，於是惠泉汽水廠就跟着成立了，由汽水而進行到造酒，同時，無敵牌白蘭地、惠詩客（即 Whisky 父親替他譯名惠詩客）、葡萄酒、橘子水，風行一時，與張裕釀酒公司爭席於上海市場，而我們還多了一種無敵牌紹興酒。

牙粉的次要原料是薄荷，薄荷產於江西，而江西人只會製薄荷油而不會製薄荷冰。當時法國的薄荷冰獨佔世界市場，我們是向法商永興洋行代定。（永興的經理鄭鍾潮先生現亦在台灣）有一次忽然在法國薄荷冰的洋鐵罐裡發現了一個東洋字。於是，我們懷疑了。經過詳細的調查，纔知法國的薄荷是從日本去的；而日本的薄荷則從我國江西吉安以廉價收購。父親說：「我們為什麼要讓外國人從中國漁利呢？」與邵從龍先生設薄荷廠於太倉，進行甚為順利。虞兆興君嘗設酒精廠於上海，無利。我父親以為棄廠可惜，授以薄荷冰製法，吉安薄荷遂不走日本，而集中上海，遂為薄荷的權威，即永盛薄荷廠也。虞君今在香港。

再次要的，是裝璜。我們已經辦了印刷廠和紙盒，但應用的紙張却是舶來品。其時製鎂的方法已經深入民間，鹽商無法控制，父親一本其初衷，將無錫製鎂廠停工，而回復到民間的手製，凡有無敵牙粉出售的沿海鹽戶，多能將小布袋十斤二十斤的鎂，去掉換牙粉，或直接兌錢。惠泉汽水廠因為營業發達，也搬到上海總廠來併合製造。無錫工廠利用了現成的設備，而創設了無錫利用造紙廠，它能製造木造紙、道令紙，供給本廠使用，而以連史紙行銷市場。同時則遇到了原料舶來的打擊。造紙原料雖亦採用破布或字紙。但要造好紙，則非用木漿不可，而木漿只有舶來品，沒有國貨。

一個紙漿廠的設備，資本要超過十個造紙廠，因為它不能供給一個紙廠而製造原料。而原料的原料只木材，在森林貧乏的中國，却無法用木材來供應造紙的原料。這一問題，凡是造紙家無不引為深憂的。父親從事實業以來，他專做着國貨之隱者，這次，他也破例上了條陳給實業部長吳鼎昌先生，他的主張認為要中國的造紙業有生機，必須原料自給。而一般的理論家却正在提倡造紙業要從造林做起。實業部派了林繼庸在溫州麗水用二百萬的鉅欵，創辦了溫州造紙廠，但是他的木造紙漿却預算要十年以後纔可採伐。這實在是一個要不得的實業計劃。我父親的意思，以為江南一帶多的是竹、和蘆柴，我們為什麼不用竹來造漿，為什麼不用蘆柴來造漿？而且竹漿造紙，是我們中國的特長，用竹來造木造紙固然不可，而用竹來造一種合乎印刷條件的上等紙，還是絕對有可能的。吳鼎昌先生看了非常感動，但是他的復信却是說：「計劃尚有可爲，貲金無法籌措。」父親也只好付於一歎。

其時父親的老友徐青甫先生適任浙江民政廳長，而建設廳長是我的好友王純伯先生，他們爲我父親的熱忱所感動，以爲國家整個的造紙計劃固然有待。但我們浙江，甚至縮小到杭州，我們也應該替他老人家來一個幫助，讓他的手工造紙計劃，回到故鄉來實現。於是：決定由建設廳來設立一個浙江改良手工造紙廠，地點是在雲栖的三夫人廟，這是一個絕好的風景區。我父親很高興，便親自回到杭州，鳩工庀材，擘畫圖樣，他將造紙部份的工程，交給了我的堂兄陳述甫，自己則製造他自己設計的手工造紙機，它無需要馬達和鐵器，仍用古法的簾子，而造和舶來品一樣的招貼紙，同時，亦將所造的竹漿運到無錫去造級。我們家庭工業社出品所用的紙張，完全達到了原料自給的地步。而我父親的一生精力，也就因試驗此一成績，使其站立在「只有成功，沒有失敗」的堅忍辛苦的工作之下，而儘量地供獻於社會，那時，我父親五十八歲，而他老人家的麗髮，完全蒼然了。

父親時常對我說：「學不厭博，而事必專精」。說到博，父親對於化學工業的發明實在太多了。說到精，我在七八歲的時候，就看見父親發明了滅火藥水，他親自到城隍山上搭架草屋，聚集了杭州城裡的人山人海，去看他的救火。但是那一次，他是失敗了，他從此研究不輟，到民國十四年他發明了無敵牌滅火機。但他任何發明，從不請求專利，不但不，而且要把自己的經過、和製造的方法，詳詳細細地寫出來，好讓人家去仿造。有的還借錢給他去做。在家庭常識彙編的自序裡，他會這樣說過：

「僕自丙辰始，在申報自由談內，特闢「家庭常識」一欄，逐日刊登切於家庭實用之件，以供社會。又闢「工業須知」一欄，專載工業上應用各種製造方法。又闢「集益錄」一欄，專爲學術上之研究而設。又闢「雜錄驗方」一欄，專載曾經實驗有效之各種治療方藥。……」

父親最不喜歡談論國事，他說：各人應該擇業而有恒心，各就本位，把他自己的事業處理得更好。那就是孟子所謂有恒心的，始有恒產。有恒業與恒產的人，自然有不會放僻邪侈的行爲發生。社會就有了合理的組織，不煩法律的統治，而自然即於郅治，換一句話說，就是人人要有事做，纔人人能有飯吃。現在很多青年，在學校裡便自以爲不凡，出得校門，一切自以爲不屑爲，而自己使自己失業，一方面却埋怨政府不良，以致社會不能生存。其實，社會還是社會自己造成的。政府的不能處理，十分之九是社會現狀的反映，譬如：現在有許多的人在失業，怨政府不與他工作做，實在呢？他並不在求職業，不，是他不肯屈就較低於他工作本能的一切職業，而造成失業。社會失業問題，直接影響自己經濟，間接影響社會經濟，俗語說得好：「有此大饅頭，無此大蒸格。」社會沒有這許多大蒸格等着你，你自然應該降格一點，以求其次，何况你的眞正的能爲，是否合得上這一架蒸格呢？可是有許多青年就不如此想，譬如你……」這是父親常常提示我的。確然的，我不及父親的地方太多了。我只像溪澗裡的水，在少年時非常容易衝激，而父親則是海、港、他有海上的汪洋、湖的靜止，燈塔的光明，一切的船隻桅檣都喜歡向他這裡投止歸宿，而他從來不覺得這是一件值得向人驕傲的偉大事業。

他又說：「你們青年，在求學時代，千萬不要批評國家，國家的一件法令都是經過千番百度的考慮和集體的研究而後纔公布的，也許有的地方窒礙難行，或者距離事實，但國家爲什麽要這樣做，都有國家的苦衷。我相信，國家決不會欺騙我們百姓。」這時候，正是藏本在南京失踪，日本用種種手段逼迫我們，政府總是委曲求全，學生們時時掀起學潮，責備政府，憑着青年們的朝氣，表示一切寧爲玉碎毋爲瓦全。而一般社會賢達則紛紛議論捷克和南斯拉夫走廊，以爲歐戰必不可免。而我的父親還是隱居式的，專心一志的在杭州研究他的手工改良造紙。他非常安靜地告訴我：「琪兒，你不要急，抗日戰爭必先二次世界大戰而起，那時節，就是我們各就本位爲國家出力報効的時機到了。你要推諉責任也推諉不去，現在空口發議論，是沒有用的。」

果然，七七事變不久在盧溝橋爆發，接着便是八一三上海的抗日聖戰。

我立刻加入了杜月笙先生所領導的抗日後援會，並在陶一珊先生所指導的軍訓團體。我担任的工作是抗日後援會供應組副主任。一切作戰軍隊，需要的臨時工作物件，和傷兵的救濟，都由供應會籌措設法。最近我看見吳開先生在紀念杜月笙先生事畧裡，曾提到我們去張向華軍隊作戰陣地上慰勞的一件事。那是頭上有二十一架敵機，而我們則坐一隻舢舨在閔行江面過渡。

我們的軍隊，那時屢戰屢捷，尤其蘊藻濱一役，以五百兵殲滅敵人偸渡二千餘人，每次戰事後，我們總帶了大隊卡車的犒司令，到戰場上做焚屍的清除工作。我每天興奮，每天寄信報告我父親，我得到了報効國家的無代價的神聖工作。

父親答復我的信，他用鋼筆墨水，在中國紙上寫一手何紹基的顏字，却很簡單，他信裡說：「你到杭州來一趟。」

我這時正有一批傷兵醫藥要送到後方杭州去，我便坐了軍車，迅速地出發，將醫藥物件交割清楚，我立刻去見父親，因爲我趕中午，還要回到上海龍華去。

我有一個別墅，在杭州清波門學士橋，是明末李流芳塾巾樓的遺址，那是我十八歲用投稿費積下來的錢買的，十畝地纔只有二十塊錢。我又陸續修理，造了許多的走廊亭榭，因爲李流芳是畫中九友之一，便將九友的別號分題亭榭，如有荷池的叫「染香庵」茅屋樸素便叫「約庵」即用各人的簽名眞蹟放大來做齋匾，非常別緻。父親喜歡這個地方，便把它做了改良造紙廠的辦事處。等我去看，假山石畔已做了打紙漿的化分池，五間大廳滿堆着稻草和竹漿，父親笑拉着我說：「琪兒，你這許多空屋是做什麽的，我現在替你化無用爲有用，你還不開心嗎！」這一句話，最使我往來於心，印象最深，我父親二十歲生我，歿年六十三，這四十三年間，我們父子可謂瞬息不離，我長得老成，他又長得年輕，所以不知者常常會誤認我們爲兄弟，而且，他對我說話時，老是歡喜握着我的手，軒起他的龐肩，露出他的笑容。這次他也是如此，他握着我的手說：

「琪兒，你的信，我每封都讀着。可是我想，我們要做的工作，還有比這個更要緊的。」

我蘧然改容，說：「爸爸，要我上前線去打仗嗎？」

他笑笑，搖搖頭說：「我們應該趕緊到大後方去！」

「逃難」我驚奇的問。

「這不是逃難，是遷廠！不但我們應該預備遷廠，在上海的大工廠，都應該預備遷，遷移到後方去！」

這時候，上海的人心非常振奮，好像殲滅敵人是早晚的不成問題的事，而我父親却發出這一人所未發的偉大計劃。

父親他又補充一句說：「中國抗日是必勝的，上海的放棄是必然的。我們不能把工業資源全扔給敵人。你現在是市商會的執行委員，你難道沒有想到這一着，你就算不得我的兒子。」他說到這裡，他又執着我的手，哈哈大笑起來。他的兩隻龐肩，完全軒起來了。

我有如夢方醒的感覺，立刻上午趕回上海去，下午就在市商會提出了遷廠的建議，實業部部長聽說這是「天虛我生」的計劃，高興得了不得，立刻下部令組織了遷廠委員會，由鄒秉文、林繼庸担任了遷廠委員會正副主任，以疏散的立場，勸告工廠向後方遷移，凡一切車輛，船隻則由供應委員會籌劃，市商會墊發遷廠資金，各廠可向三會聯合登記，與以便利。

我們自己的家庭工業社，當然預備遷廠了。這時，家庭工業社由我担任營業部經理，李新甫担任廠長。我父親則是監理，業務由我和李新甫分工合作。他聽見了遷廠却哈哈一笑，「這是誰的計劃，要遷，你營業部遷，我的廠不遷。」這不僅是他一個人的主張如此，很多的大廠家都有這個腦筋，他們以爲是敵人來了，做生意的還是做生意的，與國家勝敗存亡無關。

我父親有一個機製國貨聯合會的組織，由三友實業社的陳美運先生担任會長，他是我父親的信徒，但是他反對這一遷廠，不過也有擁護這一政策的以康元製罐廠，天廚味精廠、雙輪牙刷廠首先響應，我們商量首先遷廠問題，以爲各廠之倡，經我父親的長途電話，李新甫纔允許將上海廠存的一切原料和裝璜，撥遷一半，到漢口分社去，因爲漢口我們是有製造廠的。

我把這事辦妥，適有一批傷兵要送杭州去，我便護送傷兵回杭州，提遷廠的公事，報告父親。父親說：「我們怎麽走，」我說現在日暉港有船二十艘，專撥給我們家庭工業社遷廠的，現在走內港有危險，只要飄海走大連，再進長江到漢口。」

父親霍地立起身來說：「好，我去。」

我大驚，說：「父親一個人去？」

「當然。」父親說：「家庭工業社是我手創的，股東全信賴我，我要遷廠，倘有危險，我當然不能置身於事外。」

我說：「那末母親呢。」

父親想了一想，說：「讓他們住在上海罷，你回去，你有工作，你當然可以照顧母親，我只帶你寶弟弟走。」

我們兄弟姊妹三人，我居長，次是翠妹，寶弟最小，他自幼聰敏而寡言，父親說他有心疾，所以常常隨着我父親。

我不能捨得父親一個人去漢口，但是我又沒法子抛捨我母親，我說：「我想，我們到上海，和母親商量，請他和我們一同去，父親和母親坐輪船直達漢口，我押貨飄海去。」

我父親想了半天，他倒決不下來了。他說：「不過，不過，你母親是多病的，他從來就懶得出門。」

是的，我父親和母親結婚四十年，他們的感情，永遠像一朵彩雲，光明而純潔地展在面冥，從我有知識以來，從沒看見他們有過一些口角。我父親少年時，任俠，娶了我母親之後，他爲她養了兩個很長的指甲，使他自己再也不能伸拳使氣。

我父親少年時好出遊，娶了我母親以後，除了到上海，從沒有出過門，而今天忽然要抛了家，到大後方去。這一種大無畏犧牲，使我衷心地起了偉大的景仰。

誰知，就在這一天晚上，我發起四十二度的燒，病倒。周象賢市長，立刻派市立醫院的院長錢潮博士來診病，斷定猩紅熱，這是從傷兵病院裡傳來的，立刻需要隔離。

誰知上海的戰事消息也日趨惡劣，病倒第三天，上海和杭州的公路就隔斷了。我和父親，寶弟在杭州，母親和翠妹在上海，除了電報以外，咫尺天涯，無法得到聯絡。

我的病，不是一天兩天可以好的。父親安慰我說：「養幾天罷，上海遷廠的貨船，我已打電報叫南京經理莊茂璉到天生港押船出發了。母親在上海，有李新甫可以照顧。杭州一時還不致於失守，我們可以走京杭國道繞道蕪湖，再坐船轉赴漢口，漢口有了莊茂如就是我們一隻臂膊，不怕了。倒是這一個改良手工製造紙廠，中途抛棄，萬分可惜，不過我們到後方，還是隨時可以建設隨時可以改良。」

我們杭州，有許多產業，父親臨別，一字未提，獨對手工造紙廠戀戀不捨，我們臨行又到雲栖去了一次，他笑笑對我說：「走罷，這次，我是失敗了。」

這一個造紙廠的建設，也是我父親親自設計的，遠看去，不像一座廠，而是一所花園。打漿房，漉紙室，都是飛簷桃角的亭榭，這房子，和我清波門的別墅，在日人到杭州的時候，全燬了。

因爲我病的緣故，我們離開杭州，比省市政府什麽撤退都晚。我病稍起的一天，父親說：「我們走罷。」這時，街上靜悄悄地好像無人之境，只有一個賣方糕的，他認識我，他說，市長前二天已走了。臨行，替我們留下了一部汽車，讓我們可以撤退。

因爲我住在隔離病院，除了十雲服侍我以外，什麼消息我都不知道，後來纔知周市長曾勸過父親同走。父親說要等琪兒病好。市長說：「萬一敵人來了怎麼樣？」他笑着指窗外的荷池。他說：我們最後的目的是到雲南，如果萬一，這座荷池就是我的黑龍潭了。

原來明末有位薛爾望先生是雲南諸生，他全家跳在黑龍潭死的。父親平時異常和易，臨危定志，却有這般堅决。

我們一車五人，除了開車的陶司機，便是父親、和我、寶弟、十雲。我們車子從湖州開向蕪湖，各人很少說話，看着田野，鴨船如錦，藕塘菱芡還是那麼平靜的樣子，車過宣城午餐，却得了全公亭失失的消息。

晚上到了蕪湖，寄宿在趙志游兄的中一紗廠裡，我因病新愈，脚軟得無法搬移，陶司機臨行告假，不肯再開到後方去了。父親決定叫我在蕪湖休息幾天，他先坐船到漢口去。汽車由他帶去，交還在漢口市政府，也是一樣。

因爲長興輪船不肯裝汽車，而我也不放心父親一個人先去。我們决定改坐明天的長沙輪。誰知長興輪纔開出碼頭就被敵機炸了。我們因改期倖免，而汽車也沒有裝上，後來由陶司機開回金華，交還給市政府。

一到了漢口，我還是病倒，父親立刻召集分社人員，計劃設廠工作，並通告長江上游各分社以漢口爲集中點，暫行執行總社義務，一切貨品亦由漢社配給，誰知等到莊茂如到來，却只裝了四船貨，還是他由南京分社撤退下來的。總廠經理李新甫說：「陳氏父子是瘋漢，不要再理他。」原來他乘人於危急之秋，他出賣了我父子，他叛變了。

可是他的陰謀，沒有使他得到利益，因爲日本人的眼光，對於我們無敵牌，是商場勁敵，他有計劃地轟炸我們上海的各廠，南火車站梅雪路二十餘畝三層樓寬大的總廠，其中包括牙粉廠、汽水廠、印刷廠、玻璃廠、製盒廠和隔壁的地方法院，完全化爲灰燼。牠又炸了我們在江灣路的無敵皂廠，無錫的利用造紙廠，李新甫從殘燬物資裡搶奪家庭工業社，僅僅得了一個焚餘的軀殼，在打浦橋一個兩樓兩底的市屋勉強開工。

而我們父子却做了李陵碑裡的老令公與楊六郎。內無糧，外無草，困住在漢口分社。

但是，不久，天廚味精廠，康元製罐廠都先後遷到，還有不少以前勸他遷廠而他們不肯遷的也遷來了。我纔知我所給本社預備的二十艘船，李新甫竟賣給了項康元十六隻。他們都對我說：「家庭工業社可惜，我們眞不懂，遷廠計劃是你們父子所發起，臨到結果，却自己不搬走？」

父親說：「不搬，當然也有他們不搬的苦衷，我們在後方，還要自力更生。」

父親從來對於任何拂逆，總是處之泰然，而且是眞心誠意的饒恕人。他說世界上絕對沒有一個存心做惡事的壞人，做了，在當時必有他不得已的苦衷，所以他在遂昌，在鎮海任上，平反的寃獄極多，但是他從來沒有過只以爲這是應該如此做的事。在鎮海時，曾有一個紳士爲了一件事，定要送他十塊錢，却不敢說，偷偷地塞在他書桌子抽屜裡，他一直沒有知道，後來縣署回祿，役吏搶搬物件，一包洋錢砉然墮地。大家都一訝，父親却泰然地拾起來，說：「這是我忘記在那裡的。」過了一天，他便去送還了那個人。

所以他對於李新甫的那種乖張措致，後來回到上海，也就絕口不提，臨終時李新甫親自走到我父親床前懺悔，執住我父親的手哭了。但是我父親已不能說話，對他現着慈祥的笑臉，瞑目而逝。

於是：我們計劃着在宜昌、重慶、成都、昆明一路設廠，以實業本位，追隨政府抗戰到底。父親派我和莊茂如溯川而上，自和蔡培礎暫留漢口，以防漢口一旦有急，需要撤退時可以指揮。我請父親先行，我駐漢留守。父親不肯，他說：「你以爲後方是比較安全嗎？敵人的飛機來時，川，漢，滇是一樣的，而且現在重慶宜設廠，百事待舉，你去，我是偷懶，而不是在此冒險。這，我纔和茂如，十雲，坐民生船到宜昌，可是到了宜昌，就無法買到重慶去的船票，天天看着一船一船的官眷，艨艟直上，眞有飄飄然凌雲之想，我曾做過這樣一首詩：

行城南，城南雨歇黃泥脚，城上黃雲黑空壓。百草枯死不發芽，西飛伯勞何爲家？當年渝州殺刺史，今年渝州集官衙。錦江春色及時樂，使我不得悲京華。似聞差船接官眷，錦纜牙檣天上滿，輕羅綺縠何神仙？倚檻目斷西飛雁。西飛雁，十萬流民立江岸。

我將詩呈父親，父親却回信說：「樂府當以白氏諷諫爲旨，此等詩不作可也。」所以我的詩集裡很少怨誹，皆由父親的詩教。他又常說：「詩，我歡喜小翠的，他太像我。不歡喜小蝶的，他太不像我。」又說：「小翠的詩如蜜，中邊皆甜，小蝶詩如橄欖，入口苦澀，不能下嚥。」父親的文學、藝術，我都無法追及，父親嘗笑責我：「你到底那一些像我？」我率而對白：「臣得其酒。」父親的酒量，少年時可與客長飲，數日不醉。晚年亦由此致疾，我從父親棄養，每聞風木之聲，輒爲停盃不飲，但有素心良友，風雨對酌，還能盡「惠詩客」一瓶有奇，翠妹事事勝我，便是酒中賢聖，她是望塵莫及的。

我滯留宜昌，一直到陽曆年終，還未成行。父親却從漢口撤退了鄂廠一切，由民生輪直接運送上游，船過宜昌，我上去見他，我執手笑說：「我們重慶見罷，明天你到江干來送我，也羨慕我們是神仙罷？」這次同船撤退，遷廠到重慶去的有胡西園的亞浦耳電器廠，胡組庵的中國窰業公司，程年彭的章華毛織廠，王延松的華華綢廠。等我到重慶，他們都已在大後方分別佈置，設廠就緒了。我們的家庭工業社則分設在小梁子棉花街，和通遠門，這兩處廠址都被敵機炸成灰燼，通遠門的廠址，則改建爲中央國貨商場，凡是到重慶，莫不知道抗戰時期的中央國貨商場，却不知道他是家庭工業社的原址。

父親並不放棄他改良手工造紙計劃的，他帶着李建新到銅梁，就地改良川紙，而出產了四川連史，抗戰時期公文旁午，需要紙量之多，十倍於今日的台灣，銅梁的手工紙，却有了絕大的貢獻。他又到自來井去因鹽井的便利，製造炭酸鎂，到巫陵因石礦的便利製造了炭酸鈣，這兩項便是無敵牌牙粉的命脈，直到勝利復原，抗戰的自由區域，牙粉原料一直依賴着它。勝利之後，上海原料高過於重慶自造者三倍有奇，本社曾經有一度，要派我重回重慶製原料，運供滬廠，而渡江事起，余復繼續廿六年抗戰的志責，在卅七年秋冬之間，先來到了台灣，大陸重陷，我父子數十年艱辛締造的家庭工業社完全吞入了魔掌，追念父業，曷勝心痛？

在成都，我們原本有一個分社，由江鳳梧先生主持，鳳梧在杭州西湖建有別墅，這裡的分社也是他獨資建設的，臨江面市，五進廳院，全是楠木的，他在五年以前，即已建設這一所房子，要請我父親去住，無奈我父親是不喜歡出遠門的，鳳梧纔到杭州來造他的鳳梧別墅，意在與我的蝶墅擇鄰，一切亭木全由我父親替他設計，還有許多對聯，也是我父親寫的，及我們到了重慶，鳳梧便乘飛機親自來接，一定要我到他成都去住，誰知一到成都，那座棲梧草堂，一切位置花木，竟和他杭州的一樣，板對刻着楹聯，是我父親的親筆。他說：這是他幾年來，回到成都，爲了思念我父親，而這樣改建的。如今使我父子住着，也就像住在杭州一樣，這一份盛情厚意，眞比汪倫的潭水還深，所以我父親竟允許他在成都住下來，而派我先到昆明，再設昆明二廠，而其時漢口，宜昌，重慶的工廠，早已絡續被敵機炸毀，我們的渝廠已遷到巫陵去開工。

父親在成都，住得很好，每天替鳳梧的朋友寫對子，他說飽食終日，無所用心，許多年來，這我纔領會了樂趣。但他閒得也並不久，因爲我到了昆明，雲南這時工業非常落後，大家都希望我父親去，有一個具體的組織。催着我寫信，父親的回信說：「成都的青豆蒸肉餅子，實在好，等我吃滿了一百蒸格，我便飛來。」原來成都有一家專門賣肉餅子的，父親平生嗜此，鳳梧每晨上街去買，每天一蒸，風雨無阻。父親的受人愛戴，到處皆然，每與人言，至情摯理，親若骨肉，但如鳳梧這樣誠懇的，也要算爲天虛我生的信徒的第一人了。後來我父親在二十九年逝世，鳳梧在成都一慟成疾，民國三十年他也去世，遺命要還葬西湖桃源嶺，離吾父親的「蝶巢」而葬，可是戰禍連綿，人事𨔣迍，至今也沒有了他這一個長埋的心願。

父親任何處事，都極豁達，但他有一句口號！「譬如昨日死」在他晚年的詩稾如「半畝園集」「難中集」裡都常常看得見，他說：人不可有「極喜」與「極哀」你要常持一念，「譬如昨日死」則前事化爲雲煙，更無得失的懊喪與懷念。但他又主張，人是有靈魂的，這是一種至大至剛的天地正氣，永遠用存於天地，而寄託於風清月白，山嶺水涯之間。所以在民國二十年間，便在西湖桃源嶺自營生壙，他自題墓門一聯云：「未必春秋兩祭掃，何妨勝日一登臨。」這一副聯語，在當時不過一種樂觀，到今日却成了一種讖語。

我去年的寒食詩：

盡取繁華付一杯，客中惟怕值清明。桃源丘墓悲終薦，竹里琴書役五兵。上冢頻驚三夜夢，出遨偏少十分晴。東都住住身將老，風木多時到枕聲。

這三夜夢雖是用的春官大卜的典，但確有事實，我最近在「碧鷄坊語」裡也曾記述過一部分。其時，我方與滇人組織西南興業公司，配合政府遷廠計劃，約林繼庸相會於安南河內。一夕，忽夢至一處，我父親方在小軒中握筆，窗外池塘中植白蓮一朶，倏爾凋萎。醒後，心甚不愉，遲乘機還滇。至則先君方游黑龍潭，余追車而往，父親方倚池軒賦詩，時已冬季，池中獨有白蓮一朶，落而不落。余大惡之，蓋先君以誕於六月二十四日，故嘗自署別號曰：「後荷花十日生」回時又憶及離開杭州時，曾對周市長象賢指着荷池說過：「一泓清水，亦我之黑龍潭也。」由是更不愉快。父親却笑着說：「琪兒，這幾天連夜夢見和你母親到桃源嶺，你母親手種的八十一松都已長大，梅花也盛開，還有你的三姨丈，三姨母，和阿杜，都在那裡玩耍」。原來三姨丈姚滲愚先生是教我畫畫的第一個導師，他是湖南人，家庭工業社第一個經理，一家三口，全染肺病死的，父親替他們葬在桃源嶺，去蝶巢僅三十餘步。他這個夢，當然是日有所思，夜有所夢但恰恰和我「白蓮池萎」的夢合掌，父親又取出他新作的一篇「桃源夢」給我看，這夢境歷歷如繪，後來的情景，無不應驗，此篇可算我父親的絕筆，因爲他平生著作等身。而桃源一夢之後，更無筆墨留傳。是冬，先君得疾，苦憶思歸，時珍珠港事件尚未發動。港滬道通，余侍先君還滬，未幾即歸道山，則民國二十九年三月二十四日也。歿之前夕，夜半召吾及吾妹小翠至病榻，執吾二人手云：「吾明日十點鐘，去矣，我以名士身來，還爲名士去，亦復何憾，但必葬我桃源嶺壙中，我的著作不可散佚，他年必爲我刋印集。」竟不及其他。次日巳正，竟含笑而逝，且微聲囑曰：勿哭，念佛。我們一家遵囑跪地，齊聲念「南無阿彌陀佛。」父親自幼好食鬱金香酒，臨終，口中微微有鬱金香味吐出，頃之，散佈滿室，而一代巨人，從此長逝。

父親逝世不久，我即被敵僞憲兵捕去，置蓬萊市獄，營救得免，但不許越境一步，乃改名定山，專以賣畫自給，越明年，母親亦棄養，雙柩在堂，更難捨去盆埋名自隱，終於三十四年的勝利到來，我第一件大事便是舉柩還葬於桃源嶺故塋，而重慶來的親戚好友，竟覓訪陳小蝶不得，及見「定山」始執手大笑曰：「原來是你」。

杜聰明博士傳

葉炳輝

一、傳略

杜聰明博士，字思牧，民國前十九年（一八九三）八月二十五日生於台北縣淡水鎮北新庄附近的一個茶寮裡。北新庄是孤立在大屯山中的小村莊。他父親日鳳先生是栽植茶葉的農民，很有見識，當過村裡的約守（滿清時代的村代表），對兒女的教育更是十分熱心。杜博士排行第三。長兄生財先生，自小就抱着登科中舉的大志，攻讀書史，做過北新庄庄長。次兄家齊先生，是台北國語學校師範部第一屆畢業生，台北光復後當選為淡水鎮長。

杜聰明博士近影

杜博士八歲時，就在長兄的私塾裡念書。十一歲就讀於淡水公學校（今淡水國民學校）。因為他家在遠離學校八公里的大屯山中，不便通學，就寄住淡水鎮上居民的家裡。到第四學年，公學校校長小竹德吉見他既聰明又可愛，就讓他搬到校長公館裡住。他對這位校長的溫情，至今也未曾忘懷。後來小竹先生生病，雖然在醫學校的學年考試期間，他仍然不眠不休地，去照顧。等到恩師病逝，他悲慟廢寢忘食，一個人留在火葬場邊，陪着老師的遺體，過了悲慘的一夜。

他從小就格外聰明穎悟，求學非常認真，在公學校六個學年，各門功課都得了最優等的成績。畢業後，他直接去報考當時競爭最激烈的台灣醫學校，錄取為第一名。可是這位狀元的入學資格竟發生了最嚴重的問題：他雖然名列第一，可惜身體又小又瘦，體格檢查時被評定為丙下，因此遭到多數考試委員反對。幸而當時的代理校長長野純藏，堅持准許他入學，他終於順利升學了。

那時，正是辛亥革命的前後，也就是 國父推翻滿清，完成民主建國曠世大業的轉換期。志節高人的杜博士，受了時代潮流的刺激，民族意識、愛國熱血沸騰達到了高潮；他和蔣渭水先生等六七位愛國同學，組織了「復元會」，秘密聚會，討論政局，研究如何能使台灣光復。他們曾捐錢寄給當時的革命先進戴季陶先生，作爲革命資金的一部分，並且與祖國革命黨取得了聯絡。更由蔣渭水先生主辦，他們共同出資，在台北新公園附近，租一所房屋開設文具店，號爲「東瀛商會」。同時，利用爲聯絡處，二樓就作爲集會場所，並將所賺的錢，供給活動費用。又聘請一位教師，在這裡教北平語。

民國二年，當時的大總統袁世凱，倒行逆施，企圖恢復帝政。他的愛國熱血再度沸騰，決意暗殺這個叛國者。在第四學年的暑假中，他和同學翁俊明，帶着兩瓶活生生的霍亂菌，匆匆離開了台灣，經日本、大連、瀋陽而潛入北京。他們終日東奔西走，想盡方法要接近袁世凱，計劃用霍亂菌來暗殺袁氏。可是袁氏的四周，嚴密戒備，難以找到下手的機會。後來，發現一個行迹可疑的人，經常暗裡監視他們，於是，只好悄悄地離開北京，又返回台灣。

民國三年四月，他以第一名的成績，畢業於醫學校。在當時畢業生中，抱有終身爲學術志願的可以說絕無。因爲那時日本政府歧視輕蔑本省人，就是聰明才智之士，也難獲得深造的機會。所以本省人想以學者立身，是難中之難的。可是做一個開業醫生，一面可以成家立業，一面可以爭取社會地位與名望，是容易作到的。因此，每屆畢業生中，成績列前茅的，都爭入當時最熱門的赤十字病院內科，實習幾年，以爲懸壺的準備。可是，杜先生却打破了慣例，立志做一位學者。他進入台灣總督府研究所，當了一個月薪僅十八元的「雇員」。他在堀內次雄和小泉丹兩位教授指導下，研究細菌學和寄生蟲學。後來，他漸漸感覺到：躲在偏僻的殖民地，要想有所成就，的確是件難事。因此，民國四年四月，他抱着青雲的大志，乘風破浪到達日本，轉入京都帝國大學醫學部深造。首先，他在賀屋教授指導之下，研究內科學。次年九月，再轉入藥理學教室，接受森島庫太教授的指導。在京都求學期間，他努力不懈，勤學苦讀的精神，是他人所不及的。他每天清早到晚上，都在研究室裡埋頭研究。晚上又要跟德國人學德語。回到宿舍之後，還要讀書直到深夜。

有志者事竟成，他在京都六年間，拼命努力，辛勤苦幹，終於，順利完成了學位論文。那時日本的學位制度比現在嚴格多了。一般日本人想獲得博士學位也是非常困難，何況殖民地的台灣人？一個台灣人想獲得博士學位，可以說是屬於妄想。這個人人公認爲妄想的奇蹟居然出現了，他一躍成爲赫赫有名的新聞人物，也即刻被聘爲母校教授。

他衣錦還鄉，榮任母校的教授，但是絕不因此而驕傲自滿。他比以前更謙虛，更努力於研究工作。這時他的母校已由醫學校昇格爲醫學專門學校。可是校內仍無藥理學研究室，既無設備，更無研究員。他抱着遠大的理想，要建設一所偉大的藥理學研究室。可是，他是被日本政府所歧視的台灣人，因此，上級的壓迫和四周日人們的批評反對是十分嚴厲的。甚至於連本省人也不敢相信：由他的手裡，能培養出專門學者來。所以沒有人肯進入他的研究室。後來台北醫專畢業生中有位邱賢添氏，竟率先志願進入他的研究室。他得此高徒，心爲之壯，乃以全力開始研究工作。經過四個年多的努力，邱氏完成了學位論文，獲得京都帝國大學教授會審查通過，授以博士學位。杜博士的這種一鳴驚人的功績，使世人爲之瞠目。從此他的研究室的聲譽也遠播四方。凡是以優良成績畢業於醫專的好學青年，都慕名而集於其門下，求指導。他的研究室經常有二三十位青年埋頭研究，每年都有二、三十篇論文發表。新的博士弟子，接連產生。他不但成爲台北醫專中最傑出的教授，也成爲舉世聞名的大學者。後來台北醫專昇格爲台北帝國大學醫學部，他首先被昇任爲大學教授。當時，台北醫專全部教授中，獲此榮昇待遇的，祗有他和橫川教授兩位。

民國二十六年四月，他正式就任台北帝大本省人唯一的大學教授。校方爲他新建了三棟大樓，作爲研究室。這三座大樓，有完整的大講堂和實習室，還擁有三十多間實驗室，裝備着最新式的實驗設備和各種儀器，還有一間百餘坪的大動物室，養滿了實驗用的猿、狗、兎子、土撥鼠、二十日鼠等等。於是，他的研究遂成爲名符其實的遠東第一流藥理學研究室了。民國二十八年，杜博士被推薦爲日本藥理學會會長。同年十月，日本全國的藥理學界權威、敎授、研究員等百餘人員聚集在他的藥理學大講堂，在他主持下，開第十三屆日本藥理學大會。當時日本全國性的大會，能在殖民地開會，已是破天荒的奇事，居然推台灣人爲會長，可知杜博士在醫學界的聲望是如何的高了。這次學會，他主持得有聲有色，異常成功，表現日本藥理學界空前的盛況；同時給參加開會的人士留下良好的印象。

他是由研究鴉片而聞名於全世界的偉大學者。關於鴉片和嗎啡，他發表了一百二十多篇寶貴論文，同時，對台灣，對民族，他還有不可磨滅的偉大貢獻：就是在肅清鴉片癮者，所作積極的獻身工作。民國前十五年，日本政府公佈台灣鴉片令，調査全省鴉片癮者人數，以吸食牌照發給癮者，憑牌照向指定店舖購買其指定量。同時嚴禁無牌者吸食及民間的鴉片買賣。當時癮者總數達十六萬九千多人，平均一百人中有六．三人。後來，由於癮者自然死亡，牌照數也漸漸遞減。到杜博士任台北醫專敎授時，已減至二萬七千多人。日本政府以爲這二萬七千多人全部壽終正寢時，台灣鴉片就會絕跡。殊不知牌照數字只是表面的。有牌照癮者背後，還隱藏着無牌照的秘密癮者。他着透了日本政府的姑息政策，不能徹底消滅鴉片；此外，對癮者，不施行戒烟治療，而任其自然死亡，更是非人道的行爲。民國十八年，由於數年的辛勤研究，他發見了一種新的戒烟法，於是，他提出四千多字的建議書，主張設立戒烟病院，對有牌照及牌照的癮者都施行强制戒烟治療。這個建議獲得政府贊同，次年創立了一個二十床的小小戒烟病院，名爲「更生院」，而任杜博士爲治療主任。

强制戒烟是非常艱苦的工作。戒除多年來的烟癮，當然會有些痛苦。加之癮者或其家族對戒烟缺少理解，所以反抗或作弊的事件時常發生。然而，在這困難的環境中，他一方面以崇高的人格及博愛的眞誠來對待癮者，一方面不顧自己的得失，夜以繼日，辛勤苦幹，治療，獲得非常良好效果。這個更生院漸次擴大到一百八十床的大病院，不久，更生院成爲世界上設備最完善，規模最大的鴉片戒除機構。台灣的戒烟政策也因此成爲國際會議的一大話題，世界都稱讚它爲戒烟的國際示範機構了。

更生院在各國的注視下，發揮了最大的能力，陸續將半廢人的鴉片癮者，恢復健康，成爲有用的人材。癮者數也就隨着歲月而減少。到台灣光復之初，全省癮者總數，只剩下五、六百人了。

光復後，更生院改稱爲台灣省立戒烟所，繼續將殘存的癮者全部予以戒除。到民國三十五年六月，吸食雅片的癮者爲之絕跡。有光輝歷史的更生院，才完成了它重大的使命而告結束。現在台北已經看不見雅片。青年們更未曾看過雅片癮者的奇形怪狀，甚至於雅片是甚麽也不知道了。這要算他的偉大功績！

台灣光復後，他奉命接收了台北帝國大學醫學部和其他衞生機構。後來，台北帝大改爲國立台灣大學，他被任命爲醫學院長兼附屬醫院院長。他從荒凉的廢墟中重建了宏壯優秀的醫學院。他增設了牙醫學系。配合碩士授與制度的藥理學研究所和生化學研究所之創設，也出於他的主張。台灣各縣市衞生院、衞生所、各地省立醫院及全省有關衞生的種種設施，乃至於人事的配置，多出於他的建議。

光復後，他活躍的範圍不限於醫學圈內。他被許多民衆和親友推挽，不由自主地進入政界。民國三十五年二月，他被公推爲台北市政建設委員會議長。同年八月又當選國民參政員。次年四月台灣省政府成立，他又被任命爲省府委員。接着全省官民團體、公私機關、各種性質的會長、理事長、理事、委員、董事等頭銜，一古腦兒都推到他身上來了。他一直做了八年的省府委員，忙碌於多姿多采的社會活動中。

他從年輕時，就抱着遠大的希望：就是開設一所能表現自己理想的大學。四十二年八月，他辭去了台大醫學院院長，過着較悠閑的日子，開始策劃一個新大學的建設，凑巧他的高足何禮棟氏，也抱着創設醫學院的雄心，來徵求他的意見。他喜出望外，當面答應協力合作。從此，他們倆就開始積極的建校運動了。建校計劃立刻得到省主席、教育部長、各界有力人士的贊同與援助。爲此建設，跑遍了全省各地。本省第二大都市——高雄市那時還沒有一所大學，他認爲是熱帶醫學研究最適當地方。

四十三年七月二日，他到高雄訪問舊友陳啓川氏，提到建校計劃時，豪爽的陳氏慷慨聲明願意將高雄市十全一路上十一甲私有土地撥出作爲建校基地。高雄市長和市議會也表歡迎，馬上決議撥付五十萬元的補助金。嗣後建校工作，迅速順利進行，遂於同年十月十六日舉行了莊嚴盛大的高雄醫學院開學典禮。這所私立大學，僅費去三個半月的籌備，不利用任何權勢或財團爲背景而創立，這不是又一個奇蹟嗎？

高雄醫學院成立以後，校務蒸蒸日上，宏壯的校舍，一棟一棟的新建起來。四十六年增設了藥科和牙醫科，隔年增設了省府委託辦理的山地醫師醫學專修科。四十九年六月，舉行了隆重的首屆畢業典禮。

以上是杜博士對學界、對社會貢獻的梗概。這些成就是在日人歧視壓迫下，在最困難的環境中，逆水行舟，歷盡千辛萬苦而完成的。他受日本政府禮重，叙到勅任官，一舉一動都受注視。片刻也不曾忘記民族觀念與愛國的熱忱。他毅然決然不顧危險，常與被日本政府視爲眼中釘的反政府團體「台灣文化協會」的人物，繼續來往，保持接觸。

他有崇高的人格，爲人和藹可親，四周時常散布着溫潤如春風的氣氛。對朋友最講信義，凡受託之事，無論大小，他會用盡全力幫忙；喜歡當「月下老人」，由他所促成的新人已超過一百二十多對。廉潔清白，不論何時，何處，何事，都本着公平無私的態度處理一切。他治事、治學，極穩健而愼重，夙夜匪懈，不遺餘力。每天除了睡眠時間和吃飯時間外，一分鐘也不浪費。生活有規律，早六時半以前起床，先做機械操和徒手操，然後洗冷水浴。這日課是從學生時代直到現在，從不間斷。登山、游泳都是他的愛好。即使到了七十多歲高齡，嚴冬仍到高雄西子灣游泳。難怪他身材瘦小，却有健如鋼鐵的體魄。老當益壯，無論星期假日，總是每日埋頭於研究室裡，專心努力在研究、讀書或著作。

二、研究和著作

（一）醫學論文

杜博士的研究室已經發表了將近五百篇論文。這些論文可以分爲三大部門：

①雅片和嗎啡的研究：發表的論文已達一百二十六篇之多。在量的方面，在質的方面，在質的方面，都爲他國學者無法匹敵的寶貴文獻。論文又可分爲三類：

第一類是癮者記錄的統計研究。民國前十二年，台灣有十六萬九千六十四名雅片癮者，一向是日本警察加以嚴密管理的，所以，日本政府保持着詳細正確的生存、死亡記錄。這個記錄是雅片研究上，尤其雅片習慣性（慢性中毒）的研究上，在世界中再也無法找出第二個的寶貴資料。他看中這些資料，從各方面加以統計研究，發現許多有價值的重要事實，發表了八篇論文。這個統計研究，受到國際聯盟理事會的讚揚，並派人譯成法文，分發與世界各國。四十年一月，他再度到美國，出席了在華盛頓召開的痲醉藥學術研究會議，並以「台灣鴉片癮者的死亡率及死亡原因」爲題，作三十分鐘的演說，博得非常好評。演說稿被刊登在聯合國醫學雜誌，譯成德、法、西等國文字。

第二類是鴉片癮者身體的實驗研究。他在更生院爲一萬一千四百九十八名鴉片癮者戒烟。這些癮者是鴉片對人體慢性中毒作用的學術實驗研究最佳實驗台。他對癮者臟器機能及種種生活現象，一一加以詳細檢討；對鴉片習慣作用及慢性中毒作用所發生的人體各種變化，都予以澈底的探索。譬如牙齒、口腔、胃液、血壓、紅血球沉降速度、紅血球像、白血球像、血液型、血糖、植物性神經、肝臟機能、生殖器機能等，是否也會因此而發生變化，諸如此類，都加以詳細周密的檢查研究。他又發明一種用化學方法，由癮者尿中檢出嗎啡成分，可以證明有無偷食鴉片。

第三類是使用各種動物的實驗研究。利用兎子、青蛙、二十日鼠、土撥鼠、鳥、乃至於原生動物的阿米巴(Amoeba)爲材料，實驗鴉片的習慣作用（癮癖）。這種大規模、有系統、純學術的實驗，有了輝煌的成績，又發表了數十篇論文。

②蛇毒的研究：台灣總共有十五種毒蛇，其中特多的是雨傘節、赤尾鮐、飯匙倩、百步蛇、龜殼花等五種。每年平均有三百六十一人被毒蛇咬着，其中約有二十四人因此不治身死。毒蛇的毒液，從藥物學的立場上觀之頗饒趣味。他對這些蛇毒的研究，極爲普遍深入，前後曾發表一百多篇論文。由此大規模的研究，發現了許多有趣的事實。下面祇舉一二例說明吧！

依經驗，被龜殼花、赤尾鮐或百步蛇咬着時，非常疼痛。可是被雨傘節或飯匙倩咬着時，則不感痛楚。被咬後痛不痛的感覺，實與毒力強弱毫無關係。被雨傘節咬到時雖不覺疼痛，但雨傘節的毒力却最強。經他用種種動物加以實驗研究，結果發現了蛇毒可分爲血毒與神經毒兩種。依動物學的分類，屬於蝮蛇科的龜殼花、赤尾鮐、百步蛇的毒液都是血毒，故出血作用很強，而對神經麻痺作用却很弱。屬於滿牙科的雨傘節及飯匙倩的毒液是神經毒，出血作用很弱，對神經的麻痺作用却非常強大。凡是有毒蛇物質，假如加以好好利用，都可以當作藥品。這種有神經痲痺作用的蛇毒，或許可以當作類似嗎啡或更優秀的鎮痛劑也未可知。他針對這點，開始不眠不休的研究，終於以特殊的方法，對蛇毒製造成爲注射液，對創傷痛、腹痛、腰痛、風濕症疼痛、關節炎、神經炎、神經痛等六十三位患者，做皮下注射；結果，個個都在半點鐘至兩點鐘，消除痛楚，藥力並可維持二三天。從此那可怕的蛇毒，却變成鎮痛特效藥了。

③中醫學及中藥的研究：他自小就抱着愛國熱忱，想用科學方法研究中醫學。民國十七年，發表「關於中醫學研究方法的考察」刊登「台灣民報」上。這篇長達一萬六千字的大論文，在該報連載三十一回之久。他又曾親往華南、華中、華北、東北及韓國、日本藥材市場，調查生藥和中藥，蒐集中醫學書籍，視察中醫學校和中醫病院。也曾企圖設立一所中醫病院，爲中醫學的研究機構。後來經費有了着落，院址找到了，却屢遭挫折，不得成立。他多次向台北帝大建議，但都不被採納。

中醫學研究機構的實現雖成泡影，他並不氣餒。他對於中藥的實驗研究，仍是努力不懈，發表了中藥研究論文三十多篇。如八角蓮、人參、鴉胆子、魚藤、刺桐、使君子、除蟲菊、蕃花樹皮、茶葉、薯蕷科塊根、檳榔種子……的藥理作用，都被他一一加以檢索出來。

在此必須特加記述的是關於木瓜葉的研究。他從木瓜葉抽出有效成分 Carpain 來檢討藥理作用時，竟意外發現它對赤痢病原蟲有強大的殺滅力。他將此 Carpain 給赤痢患者注射，結果發現效力甚高，能很快痊癒。Carpain 遂成了赤痢症的救星。在第二次世界大戰缺乏赤痢特效藥時，Carpain 因此在南洋各地救了不少人命呢。

（二）著作書籍

（一）杜聰明藥理學教室論文集十九卷：包括三九七篇論文。

（二）藥理學梗概：三十三年二月發行。

（三）中西醫學史畧：四十八年十月高雄醫學院印行。洋裝五百餘頁之作。

（四）杜聰明原著論文集　第一輯及第二輯：五十三年六月出版，收集論文共三百篇。

（五）杜聰明言論集　第一輯及第二輯：四十四年八月出版。

三、書法

杜博士在台灣中央研究所兼任技師時，和朋友組織書道會，聘請隸書大家久保壽爲教師，開始講習書法。以後不斷練習，蒐羅先秦鐘鼎篆書，加意臨摹。至今，在藥理學研究室中，尚有一間習字室。他無論多麽忙碌，每天總要分出時間寫四張大字。在旅行途中，也不停止。第二次遊歐美時，他也帶着筆硯，並將所寫的條幅贈予各國朋友，作爲記念。

夕陽一角射魚罟，嘉樹卅里走鹿車

他篤愛碑帖拓本，和關於書法的書。搜集之多，在台灣恐無出其右者。對秦漢以前的篆書，如李斯泰山刻石藏有精拓。關於石鼓文拓本，蒐集達三十六種之多。（插圖爲所書石鼓文：「夕陽一角射魚罟，嘉樹卅里走鹿車」。）所以馬紹文先生稱他的習字室爲「石鼓齋」。

黃克強長沙脫險記

曹文錫

黃克強先生興策劃革命，實爲國父孫公中山之左右手，功勛載在國史，其在一九〇四年（光緒三十年）在長沙策動推翻滿清一事，各書報均曾刊載，但多語焉不詳，昨檢舊簡，得此事眞相，因亟錄之，作爲民國前革命掌故，想亦讀者所樂聞也。

克強先生與先君子爲同學，且屬刎頸之交，當日發動長沙革命，先君子亦嘗參與，但若非黃吉亭會長極力贊襄及設法營救，則日後之辛亥武昌革命，或未必能成功，而黃克強當日亦恐不能脫清廷魔掌，是黃吉亭不特爲黃克強恩人，亦民國功臣也。

黃吉亭其人

黃吉亭，字瑞祥，武昌人，畢業於美國聖公會吳德施主教所辦之武昌文華書院之神學院。其後從事於宣道工作，由會吏升爲武昌聖公會會長。一九〇一年創立日知會，對於當日革命黨人之愛國，極表同情，且暗中協助，一九〇二年調任長沙聖公會會長，是年黃克強自日本宏文速成師範畢業回國，從事湖南革命，當時上海聖公會吳國光會長曾以名刺交黃克強往見黃吉亭，因而訂交，友誼日篤。

一九〇四年秋間，爲清慈禧太后七十生辰，克強擬在長沙起義，事洩，由黃吉亭營救脫險（其經過情形詳後）。至一九〇六年十一月，革命黨人又擬在瀏陽舉事。被捕者九人，亦由黃吉亭聯合其他之聖公會會長多方營救，均免死刑，皆吉亭之力。

一九一一年，清帝退位，南京臨時政府成立，克強任陸軍部總長，是年冬到長沙。訪黃吉亭，相見甚歡，且以相片一幀留念。

又黨國偉人張繼（溥泉），於黃克強策動長沙革命時，曾任長沙明德學堂教員，與吉亭亦屬至交。張氏在民國三十三年六月八日之日記中有云：

『張難先來云，黃吉亭已由漢來渝，住求精中學思恩堂張海松會長處，甚喜。黃吉亭信奉耶穌，主持日知會於漢口，聖公會於長沙，幫助革命，厥功至偉，素不自宣，與佛徒黃宗仰同其超絕。廿七年避倭漢臯。數往還，中央遷渝以來，時以其行踪健康爲念，忽聞其來此，以七十六歲之老翁仍健在，而服務社會，非得道者，其誰能及乎。』

觀此，可見張溥泉對於黃氏，推崇備至。

民國卅四年，黃氏偕同子媳孫女四人由渝至黔，住貴陽聖公會雲夢李輝祖會長處，黃氏爲聖公會會長中最精於宣傳眞理者之一員，頗有口才，爲人活潑，在武昌辦日知會時，許多志士均喜與爲友，因其只講眞理，正義，服務社會，不知其他，直至辛亥革命成功，始發現此有功民國之奇士，然吉亭仍加緊努力工作，以蓋其傳道報國之責，餘無所求，似此精神，實超越塵世之士，謂之爲民國功臣，庶幾無愧。

先君子亞伯之紀述

先君子曾參加長沙起義，對於當日情形瞭如指掌。及後事洩，克強得黃吉亭之苦心營救而脫險，先君子亦赴滬，茲將其筆錄轉載如下（以下爲曹亞伯筆記）

黃克強名軫，字慶午，原在胡元倓所辦之明德學堂及經正學堂教書，藉作革命運動之大本營，雖往來聖公會之日知會，但仍創立一華興會以資號召，密圖起義。甲辰秋（一九〇四年），乃慈禧太后七十生辰，清廷例舉行慶祝大會，克強對於長沙之軍械幾何，兵士幾何，事前已一一查清，原擬於清吏舉行慶祝之時，各黨員借參觀慶祝之名，全部集合於長沙，義旗一舉，長沙可垂手而得，不意漢奸王益吾之黨羽劉作楫，亦在長沙辦學堂，探知消息。遂密告王益吾，王益吾即轉湖南巡撫龐鴻書，時清吏趙爾巽已他調矣。龐鴻書極頑固兇殘，遂收購一會黨作引線，捕得一名與黃克強有關之革命黨員，酷刑拷打逼供，一面下令捕黃克强，此手令交游擊熊得壽，熊乃將此令出示求中學堂校長汪德植，汪知有變，而黃克强之住宅遂被軍警包圍，時克强不在家，其子一歐尙幼，即潛出報信於明德學堂，蓋知克强在該學堂也，克强聞報，即走匿於明德學堂附近之龍璋（字硯仙）家，其時已近黃昏，而尙距離慶祝西太后壽辰之前十日也。時軍警搜捕甚急，當日金華祝（字封三），張繼（字溥泉）輩，時在克强左右，夜將半，予正在甯鄉中學教員宿舍，正編博物學課程，忽見金封三派人持信來，謂有要事相商，轎子已在門外等候，予閱之，知克强之謀，已破，即出房門，將房關鎖，而忘帶鑰匙，復從窗門入房取鑰匙，出校登轎，見各街柵欄，均已加鎖，幸予着洋服，無辮，在夜間，守卒皆以予爲洋人。一一由夢中醒來，開柵門讓予經過。予至龍硯仙家，直入數進。至一花廳，見克强坐一書案旁，忽睹予至。互相握手，黃謂事已被人告密，官方緝捕甚急，奈何。予慰之，旋即乘原轎至吉祥巷聖公會，叩黃吉亭牧師之後門，沿途所見各街柵欄一如前狀，黃氏深夜聞扣門聲，頗驚惶，便行祈禱而後開門，余乃在黃牧師床前，告之其故，黃氏即穿衣乘予所坐轎，予步行隨之，同至龍硯仙家，與克强討論脫險方法。黃牧師先用温語安慰克强，次向龍硯仙，金封三，張溥泉，李蓮舫諸人說，此次事變，予可担保克强之安全，但無論何人，不能向予詳問克强之行踪，各人聞之甚慰。次日，風聲更急，又捕去同謀之會黨首領游得勝、蕭桂生二人。次晚，黃牧師再至龍硯仙家，授以克强出龍公館之妙計。次日下午六時先由黃牧師自南門乘小轎並垂轎簾而入龍硯仙家，即由此轎改換克强乘坐經小街而至吉祥巷聖公會之後街，下轎後即入聖公會後門之一小巷，予則於黃昏時在此小巷等待，黃牧師數易服裝出入，至下午六時十分，克强始到，予牽其手同入。厥心甚慰。張溥泉則冒作隨員，跟在轎後，身穿藍布長衫，並帶手槍，溥泉謂如有意外，只好用手槍拼命，予於是益重溥泉之爲人，而目睹小手槍亦屬第一次也。溥泉旋別去，克强即登聖公會後座之一樓，樓上無陳設，只一行軍床一小桌一小櫈而已。予前托黃牧師自漢口購入新棉絮，爲克强用，予亦在此小樓度宿，僅蓋一日本所製之毛毯，蓋青年時不畏寒也。克强在聖公會樓上，除黃牧師，袁禮彬及予外，無一知者。當時長沙城內，風聲鶴唳，草木皆兵。而探得游得勝蕭桂生二人被捕後慘受酷刑，聞之酸鼻。每日受審，先燒紅鐵鍊，迫之跪下，雙膝生烟，復加上手鐐足鐐及夾板，迫之招供，三木之下，何求不得，况又加上炮烙之刑耶。至於黃克强則列爲逆黨之首，其次則宋教仁，胡宗琬，易木義，馬福益，柳聘農，劉揆一輩，均在通緝之列。而予每日奔走於聖公會內之日知會如故也，每禮拜日聖公會內聽教者之擠擁亦如故也。予每日仍在校授課，至下午則往日知會工作。至游得勝、蕭桂生受戮刑之次日，予過長沙中學大門口，忽遇宋教仁，予驚甚，因問曰，柳聘農在校否，因克强事洩後，聘農已逃，而教仁不知也，並謂之曰，遯初，速隨我來，彼見予神色倉皇，乃不作聲，隨予至吉祥巷聖公會，晤黃吉亭牧師，蓋自游得勝、蕭桂生被戮後，清吏根據供辭，迫出宋教仁等人姓名，均在通緝之列，互相談論後，教仁以克强起義之謀已洩，神色慘傷，予與黃牧師均勸其速離虎口，並送其出城，黃牧師贈以旅費八元，是時城門已有士兵把守，中間繫一長繩，行人分左右出入，予與黃牧師出城後。即返吉祥巷，蓋遯初來此，原定空運軍火來接濟起義，故先來接洽者也。次晨遯初又來甯鄉中學訪予，予謂之曰，君尙未去耶。彼云，旅費不足，尙須籌措，予後至友人處挪借十元給之，途中見善化縣知縣出巡，警衛森嚴，猙獰之貌，令人心憤，予再送遯初出城，並囑其從速離開此危險區域。自克强案發生後，長沙繼續戒嚴，時已屆西太后之七十生辰，當地清吏不敢鋪張慶祝，街上只懸掛幾盞燈色作點綴而已。

黃克强藏匿在聖公會樓上，黃吉亭牧師對於營救各同志，苦心籌劃，又派袁禮彬之弟搭船至武昌西廠口科學補習所（革命機關）通知胡宗琬、劉敬安等，速將機關取銷，並托胡劉二人通知安慶、九江、南京、上海、杭州各處機關同時停止及改易字號。一面由袁禮彬、李仲廉二人在長沙郵政總局檢查郵件，凡有關於明德學校轉交黃軫（即克强）之信，皆一一收檢，蓋袁禮彬及李仲廉均爲長沙郵局重要職員，而袁氏極爲細心，故此次克强起義案件，清吏並未獲得片紙隻字之證據也。

黃吉亭牧師愛國心重，更恐克强家屬受驚，更於聖公會附近租一小屋使其家人居住，每禮拜日均到聖公會聽道，予亦時引克强之夫人至循道會福音堂作禮拜，猶憶其次子尚在襁褓，祈禱時放聲大哭，予不得已抱之外出行走。以維持秩序。時胡宗琬潛自武漢來長沙，並携來印就之軍用票三十萬張，票長五寸寬三寸，上印藍色地球，地球之北，印一雄鷹，隻脚立於地球上，隱示英雄獨立之意，此項軍用票，預備起義後發行者。蓋宗琬離武昌時，將科學補習所結束，即將此項軍用票帶至長沙城王闓憲家，及後胡宗琬返武昌，仍與劉敬安漢輩繼續進行革命，百折不撓之精神，令人欽敬。當時搜捕黃克强之舉已漸鬆懈，市面亦趨安定矣。

克强匿居聖公會樓上已將一月，極欲離開長沙。在離長沙數日前，適武昌聖公會及日知會會長胡蘭亭牧師亦到長沙，乃與黃吉亭密謀送黃克强出城方法，黃克强本蓄有鬍鬚，胡蘭亭牙師乃代爲剃去，黃吉亭即至城外鄧玉振先生家，借其房屋設酒一席，爲克强餞別，鄧先生乃海關重要職員也。至黃昏時，城門尚未關閉，黃克强黃吉亭及袁禮彬三人，化裝爲海關職員出城，同時日知會亦有數人陪同前往，予當時因事不能親送，但默禱上帝，祝其庇護克强平安而已。聞克强出城時，告袁黃二人曰，途中如遇清兵搜查，請兩位速避，予身懷手槍，必與之拼命。幸而天佑偉人，一路平安到達鄧玉振先生家。由黃牧師介紹克强與鄧君相識，是晚日本輪沅江丸開往漢口，由該船要員蔡植生妥爲照料，黃牧師親送至漢口，過靖港時遇同志藍天蔚（字秀豪），蓋張之洞派其往萍鄉視察地形，擬在該處設立兵工廠。適在船上相遇，喜出望外，藍氏初聞克强在長沙被通緝，心甚憂之，至此晤面，乃大告慰，並力保克强到達漢口後之安全，沅江丸於早四時離長沙，至下午九時駛達漢口。時由漢至滬之輪船均已開行。只招商局之江亭輪因裝貨未畢，停在江中，即僱一小舟駛至江亭輪，黃牧師送至船上。臨別，謂克强曰，到上海時速拍一電來，只拍一「興」字足矣。故日後「黃興」之名，因此而生，實則其原名爲黃軫也。數日後，上海拍來之「興」字電報亦至，我等互相慶幸。此乃黃克强在長沙脫險之詳情也。

曹文錫曰：光緒末葉，西太后用事，政出宮闈，當時雖廣設學堂，但苦乏師資，於是愛國志士紛紛投身爲學校教員，以國家民族思想灌輸後輩，故學子均深明滿人統治中國之刻酷，及辛亥武昌革命，投筆從戎者舉國皆是。至於當日青年軍人均受上項思想之陶冶，故武昌義旗一舉，多倒戈相向，而清社遂傾。乃不料數十年後，共產黨以其陰險手法荼害青年學子，而助紂爲虐者實繁有徒，流毒遂遍天下矣。蘇子云。秦人不暇自哀而後人哀之，後人哀之而不鑒之，亦使後人而復哀後人也。眞至言哉。

又我國自咸同來，飽受外人蹂躪，降及光緒，其禍益烈。且受不平等條約所束縛，視西人如虎豹，凡租界教堂及西人住宅，不得施行搜查，其一切事項亦不得過問。故黃克强先生居留聖公會樓上達一月，安如泰山，其後乃從容赴漢口轉往上海。並時勢使然耳。

至於黃吉亭先生，乃篤信耶教之牧師，在常人觀之，應以宣揚聖道，廣收信徒，務使基枝眞理發揚光大爲職責，乃其爲國家民族之思想所驅使，以維護愛國志士爲懷抱，對於湘鄂之革命同志，廣事結交，推心置腹，而對於黃克强尤愛護備至，猶如父子兄弟，彼非有富貴權利之思也，亦惟有熱血一腔，行良心之所安而已。其誠摯與俠義，無愧古人。故余曰：黃吉亭實民國之功臣也。

中意空軍合作的一大騙局

姚遙

不大理會幾十年前舊事的人，多半會以爲：中國的空軍，一向就和美國分不了家。非但過去如此，現在如此，恐怕就是遠在中日戰爭以前，也是如此。

其實，這完全是一種誤覺。說來也很滑稽，盧溝橋事變以後，第一次替中國人在天空中出了一口氣的那些空軍健兒們，偏偏和美國並沒有什麼了不起的關係；反倒十有九個是由日本的盟友——意大利的空軍專家們，一手訓練出來的。

一九三二年的淞滬戰役，地面上雖然殺得血橫遍野，空戰却只交手一次；結果是三比〇，讓年幼的中國空軍吃了大虧。

在這以前，空軍在內戰中，一向扮演的是「丫環」的脚色；唯一的功用，不過是替陸軍做一做耳目，隨便丟幾顆炸彈，和接送將帥們而已。經過這番刺激之後，以宋子文爲首的一羣親美派，才喊出了「航空救國」的口號；而且咬着牙，拿出大批外滙來，要在美國訂購一批高速度的戰鬥機。

結果，一口氣買下來了三十六架寇蒂斯式驅逐機，而且還聘請了約翰·岸意特上校爲航空顧問，由他率領十二名第一流的美國飛行員，四架最新式的教練機，到中國來成立一座美國式的空軍學校。

同時，雙方還正式約定：由寇蒂斯廠，投資五〇〇萬美金，來替中國在杭州修建一座飛機製造廠。中國也答應，每年至少要向寇蒂斯工廠，訂購六〇架飛機。

這批美國顧問主持的空軍學校，實際上等於是個速成班。每期只收五十個學生，八個月就畢業；但是保證每個畢業生，都至少具備了一八〇小時的飛行經驗。

這個美國顧問團的合同，本來訂的是三年。然而，開始了不久，就搞得雙方都很不愉快。原因是「閩變」的時候，中國政府要請這批客卿在討逆戰中助一臂之力；而這些美國飛機師們，却怎麼樣也不肯，關係既已搞得格格不入，一切工作自然也就無形中停頓了下來。

恰值此時孔祥熙正在歐洲商量貸欵，就同莫索里尼商談。於是，中意兩國就正式簽訂了一個協定，由意大利來一手包辦中國空軍的建軍工作。

這個協定，從表面上看來，似乎對中國頗爲有利。其中的要點包括：

一、意大利顧問團，由空軍上將史卡洛担任團長。著名的飛行家瑪里歐伯納蒂，負責訓練工作。

二、顧問團中有：
第一流的航空軍官，四〇名。
第一流的航空工程師、技工、共一百名。

三、顧問團的全部費用，都從「庚子賠欵」中，意國的戶頭下調撥，不必由中國政府另外支付一個現錢。

四、意國一次賣給中國，索非亞瑪崎蒂式重轟炸機二十架。

五、中國此後每年必向意國訂購，價

值數百萬美金的飛機和航空器材。意大利人一來，美國人自然很快地就被排擠了出去，只剩下很少數的幾個，還留在那裡做飛行教官。

從此以後，少年的中國空軍，就接受意大利的訓練。表面上搞得熱火朝天，有聲有色；實際上却烏烟瘴氣，漏洞百出。

這些意大利人，又把他們在國內好高騖遠，自欺欺人的那一套功夫，原封不動地帶到了中國來。——每架飛機，一旦編號入隊之後，無論發生了什麽問題，都從不會加以註銷。是不是眞的還有這麽一架飛機存在？根本沒有人去關心，要緊的是：在計數字上，飛機永遠是有增無減；弄得要比實際的數目大上好幾倍。

空軍在內戰中，一次又一次地大顯威風。於是，中國就自上而下地出現了一種「航空熱」，把「萬事莫如航空急」的口號，喊得高入雲霄。善良的老百姓們，受了這種宣傳的日夜薰陶，也滿心以爲：「只要多有幾架最新式的飛機，强國雪恥和收復失地，就都會易如反掌！

因此，長年累月，都有許多人在節衣縮食，拚命捐欵來獻機救國。什麽「上海市號」，「天廚號」，「寧波號」，「滬商號」，「滬工號」，「滬校號」，「滬童軍號」，「北平號」，「廣州號」，「武漢號」，都紛紛出了籠。

在意大利教官下訓練出來的航空員，運氣都要比他們的「老學長」好得多。派頭漂亮，生活輕鬆，考起來也容易過關。

從前，在美國教官手裡的時候，沒有考到六〇分的人，絕對不准畢業。現在是「善門大開，普渡衆生」；成績如何？簡直是次要的問題。每一個參加受訓的人，都必然可以拿到畢業文憑。不能「過關」的事，是從來沒有過的。

一旦畢業之後，這批意大利顧問，就對他們更加客氣起來，盡可能不用「操練」來麻煩他們；甚至於連「作戰實習」，都不必再搞一次。

盧溝橋上一打响，這些航空員的戰鬥技術，才眞正受到了嚴格的考驗。負責來考一考他們的人，不是別個，正是後來馳名世界的飛虎將軍陳納德顧問。

據他的報告：光是南昌空軍基地這一個地方，在他「考驗」人們作戰能力的那幾天中間，就一連發生過這樣三件事故：

首先是一個「戰鬥機駕駛員」，駕着教練機升空以後，再也無法飛下來着陸，只是不停地在空中打旋，結果跌得機毀人亡。

接着又是一批做過「作戰實習」的飛機，在着陸的時候，紛紛出了麻煩；一口氣跌壞了五架飛機。

最後是一位從意國留學歸來，名滿全國的「航空界權威」，也出了毛病。他認爲自己已經身爲轟炸機大隊長，現在還要由一個美國佬來考驗他的「作戰技術」，實在是掃了他的面子。所以在降陸的時候，故意把油門關掉，斜着滑翔而下。誰知技術欠精，非但沒有使在場的人驚羨不置，反倒撞壞了機翼和引擎，而且把機身跌成了兩半。

這位有名的飛行家，的確是福大命大，雖然跌壞了一架飛機，自己却沒有受傷。在爬出機艙來的時候，還氣冲冲地向陳納德吼道：

「看吧！這就是你要考我的報應！」

那時，中國正自上而下地流行着「航空熱」；官方有意地鼓吹着意國杜黑將軍的「空軍萬能論」。久而久之，就使自己都變成了這種宣傳的犧牲品；非但一般老百姓認爲：中國的第一線飛機，在短短幾年中，即使還不到一千架，也應當有七百架以上。就連最高統帥部裡對空軍實力的印象，都是最少五百架左右。一向自以爲神通廣大的日本諜報工作者，這次也鬧了個大笑話，居然說是連第二線飛機在內，總數可能在一二〇〇架以上。

事後，軍方在修戰史的時候，承認當時只有三〇五架軍用機，另一種却還說是有三一四架。——其實，這還和眞正的數字，有一個相當距離。

淞滬前線開戰以前，最高統帥對第一

線飛機的實力問題，非常關心。曾經親自問過當時空軍的實際負責人毛邦初：

「馬上可以飛出去作戰的飛機，現在到底有幾百架？」

毛的答案，却大大地出乎每個在場人的意料之外：

「最多只有九十一架！」

按照一般國家的慣例，第一線飛機，最多也不會超過全部軍用機的百分之八〇，這就把少年的中國空軍，在實力上打了一個八折。

再加之意大利的索菲亞瑪崎蒂式重轟炸機，全部是「老爺貨」，根本不能上陣，只能勉強改裝成運輸機來派用場。這樣一來，就把當時重轟炸機隊的實力，平空減掉了一半。

至於那些意國造的驅逐機，不消說作戰，連飛行都不夠安全；實際上絕不能再讓它們升空去害人。因此，整個戰鬥機隊的實力，就又被壓縮掉十分之一。

據說：當時幸虧美國顧問陳納德在場，挺身而出，把這個中間的道理，向最高統帥闡述了一番。中國空軍這才沒有在上陣之前，指揮官先受了處分。

這一場風波剛才過去，中國空軍又吃了莫索里尼的老鄉們一次大虧。

當時，他們奉命到上海去轟炸日本旗艦「出雲號」。爲了怕波及外國租界起見，統帥部特別嚴令他們：

「不准飛越租界上空！

不准實施高空投彈！」

誰知這批飛行員，在意大利教官們手裡學轟炸的時候，學的完全都是：

「在一定速度之下，從七五〇〇呎的高空，瞄準投彈。」

現在既不准從高空瞄準，就只好改爲一五〇〇呎的高度，用低速來接近目標。然而，速度和高度，既然大有改變，原來練熟的那一套瞄準方法，當然一點也用不上。結果是「出雲號」依然無恙，兩個一一〇〇〇磅的炸彈，偏偏爆發在上海公共租界裡，最繁華的南京路和愛多亞路上，造成了兩千多無辜人民的死傷。

另一次，也是轟炸上海的日本軍艦。奉命出動的，一共有三隊；一隊担任掩護，兩隊負責投彈。

不料其中的兩位隊長，都是意國教官的得意門徒，作風相當吊而郎當，很不把紀律看在眼裡；根本就沒有準時飛到會師的地方去碰頭，弄得只有一隊轟炸機，孤零零地去走了一遭，被敵人打了個落花流水。出征的五架老式亨克型轟炸機，三毀二傷，連帶隊的中校大隊長，也白白賠上了一隻臂膀。

中國統帥部，越看越不像話，只好板起臉來，向莫索里尼抗議了一番。結果却得到了一個滑天下之大稽的答覆：

「中國若對意國製造之戰鬥機與轟炸機，有所不滿。以後請即少購此二者，集中全力購買意大利製造之練習機可也。」

過了不久，中國空軍的第一線兵力，已經銳減到十二架左右；就連保衛首都領空的任務，都感到了非常吃力。這時，那位莫索里尼先生，非但沒有再派一架飛機，一個專家來幫忙；反倒在南京告急的時候，把意大利的空軍顧問團召回國去。

不獨此也，他還乘人之危，假仁假義地向中國提出了一個「中日和平方案」，一定要中國統帥部加以接納。

結果却很掃了他的「面子」。中國不但沒有聽從他的意見，罷戰求和；而且從此斬斷了和意國空軍的關係！

西冷印社與吳昌碩

沈伯堅

到過杭州觀光的人，莫不知「西冷印社」之大名，西冷印社座落在西湖孤山傍，它不但是我國最早的美術社團組織，而且也是我國近代頗負盛名的名園。該社環境幽雅，佈置清逸，是一個最完善最適宜於研究篆刻金石之學的好所在。爲紀念丁敬身，吳昌碩等發起組織之西冷印社，門前的一副對聯，是吳昌碩先生手筆，其聯是：「印豈無源？讀書坐風雨晦明，數布衣曾開浙派；社何敢長？識字僅鼎彝瓿甗，一耕夫來自田間。」一觀此聯，已可知該社的創旨了。

西冷印社創立於清朝光緒癸卯年（即光緒二十九年，西元一九〇三年），從發起至成立，幾近十年，至壬子年（民國元年，西元一九一二年）始開正式印社於西冷。至今已有六十八、九年的悠久歷史。在創立之初，是在一羣志同道合的印學家的策劃籌措之下，從捐地、出資、設計、芟荒開始，然後立堂築室，植樹栽花，亭台泉石，水榭涼棚，諸般佈置，化了很大的心血。其中尤以丁輔之的功績最著，捐資出力特多。社成之後，首任社長便是後文所要談的印學巨擘吳昌碩先生出任。吳先生嘗官安東令，兼擅詩、書、畫、篆刻數長。其篆刻本秦漢印鑄，畫宗青藤、白陽，參以石田、大滌、雪個等，爲詩出入唐、宋間。

吳先生所主持的西冷印社，對歷代篆刻家的表揚不遺餘力，在石經室前有丁鈍丁、鄧石如及趙之謙、吳昌碩等篆刻家之石像或銅像，這些先賢都是爲人所景的一代印學泰斗。世人嘗以清錢塘丁敬、蔣仁、黃易、奚岡、陳豫鐘、陳鴻壽、趙之琛、錢松以印學鳴於時，而稱「西冷八家」，亦稱「浙派」。這是篆刻之一流派，其篆刻力復古法，能擷取衆長，自成一體，由丁敬倡導之後，繼起者計有蔣仁、黃易、奚岡，合稱「西冷四家」，或又益之以陳豫鐘、陳鴻壽、趙之琛、錢松稱西冷八家。此派取法漢碑額，用力澀中帶堅挺之意，以陽剛勝。他們與名山勝湖共垂不朽，永爲後世所景仰。

從清末到民初這段時間，吳缶老在藝術上所顯示的才華和創作成就，幾乎無一人能及。他雖然與任伯年在花卉畫方面有所請益，而任氏對他的出筆，却自歎不如。在山水畫的寫作上，也許是受到蒲華、吳秋農、陸恢這幾位好友的影響，但是他遠追黃公望和梅道人的，落筆沉厚，世罕其匹。推其原因，是先在書法方面下了工夫，而他的書法又是與他的篆刻相互爲濟的。因此一旦運用了他最足傳世的石鼓筆意而作行草，便覺滿紙浮現金石氣息。其後，再去移書作畫，畫面的線條，純練精湛，吐露出漢代畫象石和畫象磚的韻味。古人中書法高明的並不少，而在繪畫上有他那樣之意趣橫生的却不多。古人中畫道傑出的也不少，但書法上有他那樣之卓越成就的却鮮見。何況他又精於篆刻，在一幅當中，畫是自己畫，題字是自己題的，印章也是自己刻的，三絕並列於同一空間，望之渾成自然一體，不可分割。清代畫家中，金農、鄭燮、吳讓之等，雖亦能三者兼擅，但三者之中，必有一二者不及他的精妙。故而有人說：近三百年來，吳昌碩的出現，可謂藝壇一大奇跡！

吳先生原名俊，後名俊卿，字昌碩，以字行。晚年又號倉石，別署缶廬、破荷、苦鐵、大聾等，亦常自稱老缶。清道光二十四年（西元一八四四年）農曆八月一日生，民國十六年（西元一九二七年）農曆十月六日逝世，享年八十四歲。與他同時的以及後輩畫家，都稱他叫「缶老」而不名。

吳氏是浙江省安吉縣人，幼年由於家境貧寒，經常協助家裡操作，以致不能專心向學，然而他的資質却天生聰穎，讀書過目不忘，平時又喜愛寫字，由唐宋羣帖臨到漢魏六朝諸碑。爲了偏好篆刻，更進一步臨摹石鼓大篆。在當時，科舉正盛，眞正的讀書人，該是手不釋卷地攻讀詩書，可是他却一天到晚偷偷地尋拾很多殘磚片瓦，用刀刻成大、小篆體，以爲至樂，他的母親相信他這種嗜好是天生自然的，不必強迫他去爭取功名，於是正式向他說道：「你要學刻字，你就認眞地刻罷！家裡是沒有錢替你買石頭的，在磚瓦上刻字，一輩子也出不了頭。怎麼辦呢？」他却從容答說：「在磚瓦上刻字，不過是爲省錢，也是不得已而爲，不過，這却可以幫助我練練功力。」從此之後，他學習篆刻，再也不像以前那樣背着人去做了。到了後來，自己房子上的磚頭，也被他刻成各式篆體。有人作過估計，他在少年時代所刻的磚瓦殘片，超過萬件以上。在他成名以後，這些磚瓦碎片，都爲人以重金收買，在他死後，日本人有渡海到浙省安吉縣鄉下去買的，可是到那時已經是一無所有了。

促使吳氏有機會嘗試刻石的，是江蘇常熟鐵琴銅劍樓主人要他銘鐫一百方名硯。鐵琴銅劍樓是南中藏書最富的一家，足可以與官家書庫抗衡，缶老時由故鄉過太湖，居蘇州，因久慕其名，又得到這個良好機會，便欣然應命。在常熟是他奏刀於名貴石硯的開始，也是正式研究詩文、碑帖與古代書畫名蹟的時期。他在晚年曾對人說過：「若非鐵琴銅劍樓，我不致有今天的成就。」他學詩，自謂始於三十歲，學畫始於五十歲；他的詩，和他的金石書畫同樣的氣魄浩大，古意盎然。他雖是「無師自通」，然而他那超人的領悟力，使他有如「師承有自」。他在中年時期結識了幾位藝壇好友，如任伯年、蒲作英、胡公壽、張子祥、吳秋農；陸廉夫等，都是當時了不起的能手名家，他與他們的交誼，在師友之間。看到他們作畫的技能，誠然默會於心，等到別人要他作畫時，便用他那篆籀的筆法，化爲古樸的線條，寫出胸中的丘壑，任伯年原也是天才蓋世的名畫家，但見到吳氏運筆之巧妙，亦不禁拍案叫絕。其他如蒲作英、張子祥等名家也揖手相讓，這是他在天賦與學藝上勝人一籌之故，而不是勉強得來的。

吳氏在論藝上不與古人同，缶老作畫，最注重構思，有時端坐，有時慢步，有時展閱書畫名蹟，或是朗吟詩篇，等到胸中醞釀成熟，興致勃發，便凝神靜氣，抽毫點染，一氣呵成。勢如快馬斫陣，筆底奔騰，及至體勢大致具備，却又小心加以收拾。他自謂：「奔放處離不開法度，精微處照顧到氣魄。」各大名家研究缶老用筆，莫不歎爲觀止。均認爲「缶老豪放處易取，精微小心處難攻。」此意，不是精微小心處做不到，而是精微處又能照顧到氣魄，實在是一件難事！

缶老的構圖，重心常在中央，有時雖有偏側，而筆勢必集於中央，他能將治印的「疏能走馬，密不容針」法則，用於構圖，因此疏密、聚散、繁簡、都能恰到好處。過去淩簡廬翁曾用三句話將缶老的畫風形容得淋漓盡致，這三句話是「寧拙毋巧」、「寧醜毋媚」、「寧支離、毋安排」。實際上缶老的畫能於寓巧於拙，藏媚於醜，貌似支離，却已盡安排之能事。他在用墨上，不僅能分五色，且能濃而不帶濁，淡而不浮薄，他用的濕筆，在墨瀋淋漓時，時見飛白，有如西洋畫中的「輝點」。最難得的是在極濃的墨暈中見到水的流動；在極淡的水墨中，又分出墨的層深，在古人中固不多見，今人雖刻意摹擬，也得不到他那種自然的韻味。他在用色方面，不求「明艷」，而是求「古艷」，每用濃重的色彩，筆端蘸些許濃墨，而後敷着，豐富腴潤，與水墨的枝葉相襯托，對比鮮明，個性突出。有時用別人「忌用」的色彩，在衝突中謀和諧，矛盾中求統一。這些都是打破古人成法的大胆嘗試，畫面上充滿了清新雋永的雅趣，絲毫不含有火燥和霸氣。他在治印詩中云：「今人但侈摹古昔，古昔以上誰所宗？詩文書畫有失眞，貴能深造求其通。」從這首詩中看出他是主張詩文與書畫貫通一致的，亦即是充實學養，從事創作，廢除臨摹。在另一首梅花詩中，他又說：「吾謂物有天，物物皆殊相；吾謂筆有靈，筆筆皆殊狀。……」這不但說廢除臨摹，而且是運筆抒一己的性靈，不必求其形似。在有清一代尚臨摹求似的積習中，缶老的主張，有如殘夜鐘聲，發人淸省。

缶老的大篆與行書，自然是傳世的了，他的治印，仿漢擬封泥的潤厚古樸，都是時人難及的，雙刀固然好極，單刀又是蒼古中見鈍拙，毫無狂野之氣。在日本西東書房刋印的「吳昌碩書畫集」裡，有兩頁印譜，其中「安吉吳俊章」、「破荷亭」、「破荷」、「蒼石」，以及「缶旡咎」的旡咎二字，純係用筆刀直下，他的弟子趙古泥得其治印的布白法，另一位弟子陳師曾除了書畫受其衣缽，在治印的朱文與白文的布白運刀上妙得其趣，陳氏的單刀印章，有些曾見過淩簡廬翁的「簡廬」、「直支」、「百梅樓主」的人認爲，大致是缶老的刀法，不過畧參天發神讖碑，如缶老「破荷」一印的筆意，上方下銳而已。缶老藝術的北傳，陳氏自是主要因素，其後淩簡廬的北上，使缶老的畫風更擴展其影響。

缶老一生樸素，風趣自然，除崑曲之外無其他嗜好，常常自編曲詞，手執檀板度曲，自得其樂。八十高齡以後，還一手捲起袍角，一手揮矛，教小兒輩習舞。直至逝世那年，體力雖顯衰退，還叫人代覓檀板，輕哼着他自己寫的曲文。他是畢生生活在藝術中的，眞可算是一位樂天派的藝術大家。

缶老在南方並沒有傳人，最足震撼一時的有白龍山人王一亭和僅守規範的王個簃，王一亭除了山水花卉而外，還畫得一手好人物，他的人物畫是用急筆的，有時喜用側鋒，看去像是寫草字。他的畫愈大愈能表現氣魄。在缶老去世後的十年中，他是最爲努力，也是力求擺脫缶老約束的人。聲名之大，無人能比。

在缶老的門人中，師曾早死，一亭在抗戰初期也去世了，私淑缶老的簡廬翁在抗戰末期死於北平。惟一私淑風格的當是白石山翁。它是以賣畫治印爲生，在缶者畫風遠佈之際，他是較早接受的一位；在缶老謝世後三十年國際間，也接受了國畫的線條美與水墨韻味，白石山翁的潑墨大寫意作品，便代之而興了。

本刊通信地址畧有更動，各方賜函、惠稿、訂閱、請逕寄香港九龍旺角郵局信箱八五二一號，較爲快捷。（附英文）

P. O. BOX 8521

KOWLOON MOGNKOK POST OFFICE,

KLN, H. K.

懷念瘦西湖

·周秋如·

「瘦西湖」這一名詞，在古代的揚州，並無所見，在唐宋詩人歌頌揚州艷麗的詩章中，亦從未提到「湖」字，例如最膾炙人口之唐杜牧的詩：「青山隱隱水迢迢，秋盡江南草未凋，二十四橋明月夜，玉人何處教吹簫。」以及其他「天下三分明月夜，二分無賴在揚州。」「春風十里揚州路，卷上珠簾總不如。」等詩章，均未涉及「湖」景。即在宋詞中「去年雪滿長安樹，望斷揚州路，今年看雪在揚州。……」向子諲詞）總是說揚州人物文秀，豪華興盛，正如：「腰纏十萬貫，騎鶴上揚州；」為人人嚮往之事。

據辭源所載，「瘦西湖」之來源：清「辛漢清小遊船」詩自序：「揚州虹橋迤北為長春湖，或曰『瘦西湖』，環湖漁家，近以瓜皮艇載客。」又汪沅紅橋秋禊詞：——「垂楊不斷接殘蕪，雁齒紅橋儼畫圖，也是銷金一鍋子，故應喚作瘦西湖」，由此則「瘦西湖」一名在清代始有。

關於瘦西湖的風景我看到兩篇紀錄，一是在清乾嘉盛世期間，有蘇州沈三白者，在浮生六記第四卷「浪遊記快」中所寫：

「……渡江而北，漁洋所謂『綠楊城郭是揚州』一語，已活現矣。平山堂離城約三、四里，行其途有八、九里，雖全是人工而點綴天然，即閬苑瑤池，瓊樓玉宇，諒不過此。其妙處在十餘家之園亭合而為一，聯絡至山，氣勢俱貫。其最難位置處，出城八景，一里許，緊沿城郭。……城盡以虹園為首，折而向北，有石梁曰『虹橋』……蕩舟過日『長隄春柳』，此景不綴城脚而綴於此，更見佈置之妙。再折而西，壘土立廟曰『小金山』，有此一擋，便覺氣勢緊湊。聞此地本沙土，屢築不成，用木排若干層疊加土，費數萬金乃成，若非商家，焉能如是？過此有勝概樓，年年觀競渡於此，河面較寬，南北跨一蓮花橋，橋門通八面，橋面設五亭，揚人呼為『四盤一暖鍋。』……橋南有蓮性寺，寺中突起喇嘛白塔，金頂纓絡，高矗雲霄，殿角紅牆，松柏掩映，鐘聲時聞……，過橋見三層高閣，畫棟飛檐，五采絢爛，疊以太湖石，圍以白石闌，名曰『五雲多處。』……過此名『蜀岡朝旭』……將及山、河面漸束，堆土植竹樹，作四五曲，似已山窮水盡，而忽豁然開朗，平山之萬松林已列於前矣。平山堂為歐陽文忠公所書，淮東第五泉在假山石洞中。……九峯園，另在南門幽靜處，別饒天趣，余以為諸園之冠……余適恭逢南巡盛典，各工告竣，敬演接駕點綴，因得暢其大觀，亦人生難遇者也。……」

沈三白為乾隆年間人，曾住揚州，其在文中先後述及「河面較寬」及「河面漸束」，均無云及「瘦西湖」名稱，由此以觀可能在乾嘉盛世時期尚無「瘦西湖」之名。

二是在洪楊亂後，有清焦東周生著，「揚州夢」一書，其卷三「夢中事」，中所寫：「春風十里揚州路，指湖上也，自東園至平山，一水中分，兩岸樓臺密無隙地，其無可造作處，皆建亞字花牆，內種竹樹，舟上遠觀，疑有佳境，今東園平山外，止存桃花庵，雲山閣，小金山等處，其餘皆成荒土。……」「東園有飛道，左右紅欄，曲折數百步，掩映花樹。……」「問樵子題史公祠聯云：『生有自來文信國，死而後已武鄉侯』，十四字，實包忠正一生……」「桃花庵前有石刻但公紀事圖，畫筆工細，惜為遊人瓦礫所傷。……」「曲中蕩湖，多有至觀音山拈香者。…………」

前書寫在盛世，後書寫在亂後，一寫人生難遇之風景，一寫只存桃花庵等處，一盛一衰，令人嘆息！惟不同者，在前稱河，在後稱湖，則「瘦西湖」之名，應是在咸同時期才有，距今只有百餘年耳。

民初城內河道仍然可以暢通，我在童年時，曾隨姨父自公園吃茶後，乘小划子出城遊湖。由公園前橋下碼頭，向北經板橋、務本橋、及大東門外之吊橋，直到北門小關帝廟旁之奎橋，再過水關，到達城外護城河問月橋一帶。當時這條河道，滿佈苔藻，色綠發臭。兩岸荒烟蔓草，敗瓦頹垣，無風景可言，至民十以後，河道日漸淤塞乾涸。同時水關緊閉，無船出入，凡遊湖者，均需出城矣。

出城遊湖，從廣儲門出者少，從天甯門和北門出者多。我與姨兄因喜養金魚，常從廣儲門出，西門進，步行繞一圈，不以為苦。

廣儲門外有專飼養金魚之魚戶，沿城河一帶，櫛次櫛比。所養之金魚，分成大小多等，養在大沙缸或磚砌之池塘中，小者似針，大者如掌，有形如蛋者，名「蛋魚」，有形如球者，名「繡球魚」，有鱗成珠者，名「珍珠魚」，有尾如扇者，名「丹鳳魚」，更有兩眼生在頭頂上，如一些勢利人們看人一樣，叫朝天龍」；更有單鰭、雙鰭、複鰭，虎頭、龍鬚等，形不勝數。其色有紅、黑、白、花、金、銀等，多彩多姿，蔚為大觀。

從廣儲門外沿河向西，尚有兩家玻璃廠，專做燈罩，梳頭油瓶及金魚缸，「別洞子」（一種用口吹氣震動薄薄的玻璃，聲如「別洞」「別洞」之玩具）。玻璃葫蘆，（盛糖菓用）等。我與姨兄買過金魚，往往順便到玻璃廠，看看那些工人們拉大風箱，用鐵管蘸着溶化的玻璃，吹製燈罩。有時一人買一隻「別洞子」吹不到史公祠，即已吹破了。

史公祠在廣儲門與天甯門之間，為我揚人紀念抗清不屈之民族英雄史閣部可法，所建之祠堂，祠內有古砲，玉帶，及史公之遺像等。楹聯有名者，如：「數點梅花亡國淚，二分明月故臣心」；「生有自來文信國，死而後已武鄉侯」；一代忠臣，萬世景仰。

祠之兩側有晴雪軒，廊牆上嵌有史可法拒降之答清攝政王多爾袞書及家書遺稿等石刻，祠後梅花嶺麓有史公衣冠塚，墓碣題曰：「明兵部尚書大學士史公衣冠墓」。

北伐後，史公祠年久失修。迨至民國廿一、二年間，陳果夫主蘇時，曾予重修。每逢春秋佳日，前往瞻仰憑弔者，絡繹不絕。

由於寫到史公祠，想到古今來之文官武將，在生死之間受敵之重大威迫利誘，而不作漢奸，率能浴血抗戰城亡與亡者，究屬罕見。據史書所記，當史可法督師揚州時，多爾袞致書史可法勸降，勸他取銷南京帝號，並責以大義，謂：「春秋之義，有賊不討，則故君不得書葬，新君不得書即位。」又諷以形勢云：「以中華全力，受制潢池，而欲以江左一隅，兼支大國，勝負之數，無待蓍龜矣。」其內容不但威迫利誘，且極盡陰謀詭辯之能事。史可法覆書，歷引漢、晉、唐、宋中興史實，以解自立之嫌。又以當日南京的軍隊，未參加討賊，實由於「遺使犒師，兼欲請命鴻裁，連兵西討是以王師既發，復次江淮。」所致。書末則責滿清云：「乘我蒙難，棄好崇仇，規此幅員，為德不卒，是以義始，而以利終。」後清兵圍城，清將多鐸又五次致書史可法勸降，史公得書後，皆不啓封而投火。經慘烈連戰七晝夜，終於城破。史公知大勢已去斷難再守，遂拔劍自刎。參將許瑾見狀急以雙手圍抱，並偕數十人擁之下城。走至東門，許瑾爲亂箭射死，史公問前驅爲誰，其部衆答爲「豫王」，史公大呼：「史可法在此」！清兵驚愕，湧前執送城樓上，多鐸優禮接待，且稱之爲「史先生」，並很恭敬的說「前書再三拜請，俱蒙叱囘，今忠義既成，先生爲我收拾江南，當不惜重任也。」史公大怒曰：「我爲天朝重臣，豈肯苟且偷生，作萬世罪人，頭可斷，身不可屈！」遂殉國。（以上摘自明史）

我浪費篇幅摘出這段史記，使我們囘憶到卅八年間，李宗仁、張治中、程潛等這班人，頭不肯斷，甘作萬世罪人。一方面是碧血丹心，昭世忠烈，另一方面便是狼心狗肺，遺臭萬年。

史公祠旁有蕭孝子祠，蕭名曰曠，爲清嘉慶年間人，因割肝療母，經朝廷旌表爲孝子。祠內蛛網塵封，窗門朽爛。後設蒙舘，僅有村童一、二十名，似無可覽。

沿河向西約三五十步，接着是徐公祠。徐即係徐寶山，爲清末民初人，辛亥革命時，任江淮鎭守使，坐鎭揚州，因清除梟匪，保衛地方有功，地方紳商及遺族，死後爲之立祠。祠內有銅像三尊，據說中爲徐寶山，兩旁一爲徐之副官一爲徐之剃頭師傅。因爲徐在世時喜愛骨董，謀刺者便利用其弱點，用一古瓷花瓶內裝炸藥呈獻。適是時徐在理髮，急欲欣賞，遂由其副官手捧烏木盒，送之徐前，經啓盒觸動引信，轟然一聲，三人炸斃，徐剩大腿一隻，其餘均成肉醬矣。

上項傳說，確否待考，惟被刺殺是實。曾有人云其爲革命黨人所刺，但囘憶我的老師（五師附中）趙思伯曾云：「徐與保皇黨康、梁有關，爲袁世凱所刺」。趙師曾受業於梁任公，似尚有可信。

過徐公祠，天甯門及天甯寺在望，幼讀私塾時，塾師曾出「對」題，「天甯門外天甯寺，」迄無法對成。似記有一同學對爲「鳳凰橋上鳳凰鳴」，亦似通非通而已。

天甯寺爲揚州二十四大叢林之一，甍崔嵬，飛宇承霓，金碧輝煌，蔚爲壯觀。相傳係晉謝安故宅改建，寺前牌坊，有陳延華篆書「晉譯華嚴道場」六個大金字。坊下有大石獅一對，寺門凡五，進門爲大王殿，中有金裝彌勒佛塑像一尊，滿面笑容，兩旁有聯曰：「大肚能容，容天下能容之事。慈顏常笑，笑世間可笑之人。」佛龕兩旁有四大金剛，矗立兩側，法身崇宏，一人執劍，一人執琵琶，一人執傘，一人執蛇，所執四物，據傳云係代表「風調雨順」四字。

天王殿後，便是前往大雄寶殿的甬道。甬道兩旁有鐘鼓樓，有老僧常年撞鐘，每三、四分鐘便「咚！」的一聲，全城均能聞及。每在夜深人靜，輾轉反側時，套改兩句唐詩：「揚州城外天甯寺，夜半鐘聲到枕邊！」不無發人幽思！

大殿內有如來釋迦大佛三尊，法相莊嚴，令人肅然起敬。兩旁有十八尊阿羅漢，有長眉大仙、降龍、伏虎、諸尊者，箕踞不一，各盡其態，無不栩栩如生。殿後有藏經樓，樓上有木刻板本經典千帙，每帙一櫥，每櫥有尺半金裝佛像一尊，清靜無塵，色色盡空。

除大鐘、大佛令人難忘者外，尚有大鍋，亦有很深印象，一共五開間鍋，裡鍋直徑有六尺四寸，深度三尺六寸，用以煑飯，可見其宏大及僧徒之衆也。

天甯寺後有重甯寺，重甯寺無牌坊，有一對石獅，面正南，而不互視。大殿後亦有藏經樓，樓爲三層，比天甯寺多一層。因重甯寺常駐兵，且亦非遊湖必經之地，遊人裹足。

天甯寺西側，曾有清乾隆帝的行宮，宮內有御書樓「文滙閣」，藏有四庫全書。惜在洪楊之役，燬於兵燹，成爲一片荒土。民初改爲「省耕舊舍」，北伐後，又改爲縣立農業改良場，無甚內容，不足記敘。

天甯寺牌坊之西，改良場前，有石砌大碼頭，停泊大小遊船，爲遊人往遊瘦西湖之起點。在民初時，常見到大船叫遊湖船，船上有篷艙，佈置得明窗淨几，船內有亢榻桌椅，後艙尚有茶水飲食。當年達官貴人，鹽商大賈，往往帶着家小姬妾遊湖，在船中飲兩口，或者打幾圈。也是常事。更有些紈袴子弟，携妓遊湖，在船上徵歌醉酒，澈夜流連者亦有之。北伐後，此種大船已漸淘汰，所有遊湖船，雖有白鐵篷艙，但內部僅有坐椅小桌，設備較簡，亦無飲食供應。其次小船，叫「小划子」，早年船上無篷，船內僅有小凳。北伐前後，突有人在船上置有籐睡椅，遊人在船上可倚可躺。再在船頂置有布篷，平波蕩舟，悠悠欲仙，因而所有小划子均改置籐椅矣。

大小遊船，多由船孃執篙，這些船孃，來自附近鄉村，多樸素自然，別有風韻。

從天甯門乘船，沿河向西，經慶昇、香影廊、冶春等茶社到北門。慶昇與香影廊連接在一起，建築在沿河的水閣上，垂柳絲絲，撲簾飛燕，鬧中取靜。尤以香影廊內有竹製楹聯一副，聯曰：「鐵肩担道義，辣手著文章」。不知是何文人所戲作。

冶春茶社門楣「冶春」兩字係由王景琦所書，園內有花草樹木，竹石亭臺，比較幽雅脫俗，閑來靜坐，煩念盡消。

過冶春，即到北門。經北門吊橋到問月橋。問月橋北有河道通葉公橋。葉公橋西有葉公坟，葉公坟北有桃花丘，據說為往日之小金山。從問月橋向西，有小徑通紅葉山莊，當地農民多種花藝菊，鄭板橋所謂：「十里栽花當種田」，大概是指這些地方了。

問月橋西，沿河邊有慧因寺，殿宇頹圮，僅有瓦屋三間。鐵香爐一隻，再西即到綠楊村矣。

綠楊村得名於「綠楊城郭是揚州」之詩句，茂林修竹，綠水紅橋，每逢春秋佳日，畫舫笙歌，遊人如織。每年在重陽前後，舉辦菊花大會，使人有「飛夢到揚州」之感。

綠揚村向西，沿河綠柳掩堤，鶯聲百囀，左為西北城牆角大砲台，右為西園曲水。園內有六角亭一座，還有假山曲徑，翠綠黛紅，花木葱蘢。河邊有一老翁向來往遊船吟詩乞食，平添遊趣。沿河向北，便是大虹橋。

大虹橋純為石砌，因橋若虹而得名。兩旁有石欄，從兩端拾級而上。橋頂有丈五見方石基，正中有雕龍圓石一方，四角有圓石柱基，諒係當年橋上建有亭臺，不知燬於何年耳。

大虹橋南，有河道通西南牛大汪。橋北烟波浩淼，為吾人所懷念之瘦西湖矣。

大虹橋東約五十步為觀音庵，庵內僅有師徒二人，平日無香火收入，靠種菜蔬為生，十分清苦。每逢三節，由小尼送瓶兒菜及爛蠶豆各一盤到我家作節禮，我母給與白米二升，銅元四十，小菜璧回，自從我記事時起，一直至抗戰前止，均無間斷。庵內蛛網塵封，觸鼻霉味，無人一顧。民初李涵秋先生著「廣陵潮」小說，曾云及該庵尼姑有風流艷史，實屬出於嚮壁虛構耳。

大虹橋西端有「五卅劉烈士墓」，劉烈士名光權，原在上海復旦大學肄業，因參與反抗帝國主義者屠殺工人顧正紅大遊行而被害，墓成於民國十七年，墓前有碑記其事。

我們中國人過去在外國人的眼中認為是「睡獅」，自從「五四」「五卅」這些羣衆運動的爆發與怒吼，才知道我們中國人並沒有「睡」。

乘船過天虹橋，才算到了瘦西湖。瘦西湖又名長春湖，因有長春嶺而故名。又名保障湖，由湖山護蔽揚城而故名。湖水波平如鏡，綠漪蕩漾，遊船畫舫，穿梭不絕。石橋長堤，車轔馬蕭，遊人如織。往日勝境，縈迴舊夢，今人懷念難忘。

依據揚州畫舫錄所記，當年兩岸，五步一樓，十步一閣，綠楊荒草，百花爛漫，再由於詩人墨客之渲染點綴，處處入勝，有八景、十景、甚至二十四景之說，如：「西園曲水」「長堤春柳」「荷蒲薰風」「四橋烟雨」「玉樓烟月」「水雲勝概」「五雲多處」「萬松弄濤」「蜀崗朝旭」等，不勝臚舉。可是到民國後，湖山依舊，但兩岸雕欄畫棟，樓臺亭閣，大多荒圮改觀。如沈三白所說之過小金山有「勝概樓」、及過五亭橋有「三層高閣」等，均不可尋。即連焦東周生所說之「東園」「桃花庵」「雲山閣」等，亦均湮沒無聞矣。

在戰前民初，大虹橋東沿湖地區，枯籐老樹，荒塚纍纍，無人登岸。民國廿三年，由王柏齡先生將城內皇宮琉璃瓦之大殿，移遷此間，改建爲「熊園」，以紀念爲反清革命而成仁之志士熊成基烈士。

熊園四週，除面湖外，均築有圍牆，廣植花木，堆砌假山，庭園規模粗具，正謀擴建間，適抗戰軍興，因而中輟。

在天虹橋西，沿湖有一長堤，堤邊滿植楊柳。堤上建有一亭，俗稱「歇脚亭」。亭東面湖，上有橫匾一方，題「長堤春柳」四字，爲眞州陳重慶所書。下有石砌短牆，時有人企踞其間，俯臨垂釣，其樂陶陶。

在熊園與長堤之間，湖面最寬，向北有丘嶼，孤懸湖中。丘前有池浦，滿植荷花。池有汊溪，向南通湖，古稱：「荷浦薰風」爲勝景之一。丘嶼何名不可考，則聞盛世時有亭臺，今已不存。頃見柳絮兒稱爲「浮梅嶼」，諒有所本。全嶼蘆荻蕭蕭，鳧鷗上下，常是情侶蕩船深入，更有輕薄子弟，携船孃幽會於此，不啻視爲世外仙境矣。

過丘嶼，亦即在「長堤春柳」之盡端，爲徐園。徐園爲徐寶山遺族所居，大門正對長堤，上有石刻行書「徐園」兩字，門不常開。沿湖東向有旁門，門前有石階碼頭，但亦不常開。沿旁門湖邊築有花牆，牆邊有小徑，可令人步行，從後門進園。此間湖面成丁字形，北有長春橋，東有三賢祠，西有長春嶺；連同五亭橋、大虹橋、及浮梅嶼已圮之曲橋，可能爲古人所稱之「四橋烟雨」。

由此西行，遊人多先到徐園，進後門，向東有客廳，客廳之東，又有一廳，爲該園之正廳，中有梨木雕刻鏤空成竹林之神龕一座，供有「陸軍上將徐公寶山之靈位」木主，龕後懸徐之半身放大照片一幀，留八字鬚，穿軍服，目光如電，視其威武，「老虎」之名非虛。

廳前有鐵鑄之大鍋兩口，形如巨缸，高約六尺，厚約五寸，直徑亦有六尺，其重量應以噸計。內種荷花，相傳此鍋爲李闖王（李自成）用作營中造飯之用，在民十左右，經人從徐園西荒塚中發現後，移置於此者，如此龐然笨重之物，是否爲燒飯之用，無從得解。在鐵鍋前又有荷池約三百坪，四週堆有太湖石，石間植有龍爪柳，觀音松等。池東有石路小橋，直達大門。

從園東向西，過「治春後社」，有一大花廳，几上陳列古玩、尙有紅白色珊瑚一枝、罩以玻璃。廳之四週、芍藥、牡丹、丁香紫薇，四時不謝。再西爲竹園，內建草亭，夏日小憩、清涼無比。

由徐園後門渡河、即到長春嶺、長春嶺俗稱小金山，雖非大的島嶼，但四面環水，在湖中心，所以一上岸即爲「湖心律寺」，名實相符。

小金山相傳由人工堆土而成，與鎭江金山寺之「寺中有山」相彷彿，因而俗呼爲「小金山」。寺旁有石階可上高臺，臺壁繪有神仙故事的壁畫。過臺向東，經石梁上梅嶺，嶺上有亭，亭前橫額書「風亭」，爲阮文達所題。亭之四週，松柏環抱，綠蔭蔽天，遊人到此，雖在盛夏溽暑，亦有「剪剪輕風陣陣寒」之感。

嶺東有石坡可下，到達湖邊，爲敞廳三間，每屆月夜，湖中金波月影，爲遊人賞月之所，堂上懸有陳重慶所題「月觀」之橫額。

寺西有仙人洞、及乾隆之御碑亭，再西爲「湖上草堂」，及「綠篠淪漣」之大廳，明窗淨几，堂中有伊秉綬之楹聯：「白雪初晴，舊雨適至。幽賞未已，高談轉清」。形容盡致。

堂前圍有白石雕欄，前後古木參天，清陰掩覆，欄下湖濱有石階碼頭，遊船多泊此上下。

堂西有堤突出湖中，堤盡處有方亭，

前後圓門，三面環水，俗稱「釣魚臺」。由此遠眺五亭橋及法海寺之喇嘛塔，有如「洞庭秋水遠連天」之境界。

離開家鄉已二十五年，此情此景，只有在夢中追夢。

從小金山遠眺五亭橋，法海寺，有如一幅美麗的圖畫懸掛在水天相連的湖上，遊船到此，無不乘興一往。

此處湖面較寬，聞當年盛世端陽節時，曾在此比賽龍舟，可惜我生也晚，不曾看過。

在五亭橋旁法海寺前有一浮嶼，名凫莊，北伐前為邑人陳臣朔所有，築有敞榭別墅，遍種花木，綠陰掩蔽。嶼南種荷，有紅欄浮橋，通達岸上。嶼北面湖，塑有石雕之白衣觀世音立像一尊，因係私有園地，乏人遊覽，現已圮毀，不復存在矣。

凫莊前有支河向西南流，河上為法海橋，過橋由陸路向東南行，可直達大虹橋；或經隆慶寺至西門。若從水路乘船，則可到達廿四橋。

廿四橋又名「紅藥橋」，由於古代詩人之歌頌，而千古聞名，北伐後，河道淤塞難行，尋幽探勝者稀少，且僅有磚橋一座，四週荒村野店，老樹昏鴉，徒供憑弔而已。

遊湖的人，多半乘船先到法海寺，然後再步行到五亭橋，再由橋堍上船，當然也有先到五亭橋的。

法海寺本名蓮性寺，寺內大殿燬於洪楊之亂，僅前殿尚存。寺之後院有白塔，高聳入雲。白塔又名喇嘛塔，乃倣照北平萬壽山之白塔而建造，四週有石階五十三級，每級均有石砌雕欄。塔身如圓錐型，下粗上細。面東有門，內供石佛。塔尖有金黃色銅製之葫蘆頂，傳為風火銅所製，不怕暴風烈火，每當夕陽反照，金光燦爛，蔚為奇觀。惜四週石階石欄，同燬於兵燹，無法攀登。

塔前有乾隆御碑兩方，因碑亭早燬，由寺僧用磚砌壇，豎置院中。猶記民國十二年秋，寺僧募化鑄鐘，當開鑄之日，我曾隨衆往觀，信男善女，人山人海，當熾烈之鐵流傾注入土製之鐵模時，曾見鹽商蕭穀豐太太將二兩重之金鐲一副投入溶焰，其他居士、信徒、佛婆等亦將銀元金飾紛紛擲入，並齊呼佛號，聲振雲霄。

殿西有廣廳三間，前有石階，廳中懸有拓碑，相傳王羲之一筆書成之大「鵝」字，高約七尺，寬約四尺，究從例處拓來，確否為王羲之所寫，無從稽考。

法海寺外沿湖向東約二十步為法海橋，向西北約五十步，即到五亭橋。

五亭橋又名「蓮花橋」，整個橋身由白石砌成，兩端石階三排而上，從上階至橋頂再至下階，兩旁皆有白石欄杆，每欄有石獅一座，橋面建五亭，每亭均成正方

徵稿小啟

本刊徵求有關現代史料人物傳記等作品，每千字敬致薄酬港幣二十元，珍貴圖片另議。

已發表文稿，版權即屬本社所有，將來出單行本時不另致酬，但奉贈作者原書二十冊。

來文編者有權酌予刪節之，如不同意，請先聲明，作者請示知眞實姓名，通信地址，作品署名則聽便。

賜稿請寄九龍旺角郵局信箱八五二一號，掌故出版社收。

形，舖有白方石，正中一亭較大。亭有四角，相互交錯，掛有風鈴，每當淸風徐來，鈴聲鏗鏘，令人陶然。沈三白所寫：「揚人呼爲四盤一暖鍋」，便是形容其方位和形態。

橋基亦爲五座正方形，除兩端石坡下及正中各有一橋洞外，其餘每一正方橋基下，各有三洞，可以互通，合計有橋洞十五，每屆月明之夜，橋洞各映月影一個，合得十五，銀波漣漪，水天無際，嘆爲觀止。

過五亭橋，向西轉北，湖面漸狹，實際已成河道。兩岸垂楊依舊，而古代豪華，都成荒丘，偶見假山遺跡，古樹殘枝，有觸目凄涼之感。往時携女每喜在此荒烟衰草，亂石廢墟中，留連忘返。而今回憶到此：「總是當時携手處，遊遍芳叢，聚散苦怱怱，此恨無窮！」

經蜿蜒北行三里許，抵達平山堂大碼頭，據三國志載，古之江邊在此。滄海桑田，當有可能。

平山堂東爲觀音山，觀音山東北爲小茅山，平山堂西更有頭道山，二道山、三道山，均屬丘陵地帶，總稱爲蜀岡，所謂「蜀岡朝旭」指此也。

觀音山有寺名功德林，每年六月爲香市，四方朝山進香者，終朝不絕。

平山堂與觀音山，東西相望，兩山之間有溪谷，架上谷石板橋。山嶺松林葱翠，俗稱「萬松嶺」，濤聲澎湃，發自林端，古人所稱「萬松弄濤」，蓋指此景。

平山堂宋時有大明寺，燬於元。明改建爲法淨寺，由於歐陽修建堂於大明寺側，負堂而望，江南諸山似與堂平。故名平山堂。惟今之稱平山堂，包括整個山寺矣。

寺前有石牌坊，兩旁爲院牆，東牆石刻「淮東第一觀」，橫列五字，爲金壇蔣湘帆所書；西牆則橫刻「天下第五泉」五字，爲金壇王虛舟所書，寺額有「勅賜重建法淨禪寺」八字，入山門，爲「大雄寶殿」，在大殿前廊東牆下，嵌有顏眞卿書「放鶴銘」碑，終日有人拓印，十分名貴。

殿東有園，園內建有平遠樓，殿西前有平山堂，中有谷林堂，有六一祠。

六一祠爲楠木所建，祠前有玉蘭兩棵，祠內供有歐陽修石刻像，因其晚年號「六一居士」，居平山堂修撰史書，又以文章冠天下，爲唐宋八大家之一，卒後爲之建祠，迄今猶存。

歐陽修刻像，因光線關係，其鬍鬚部份，如在祠堂階外遠看，全部有白色，若進堂內近看，則全部爲黑色。我幼年時，如往平山堂，必一再觀瞻黑鬍白鬚之變化，迄猶在腦際縈迴。

再西有園，園內林木葱蘢。有假山，山洞有泉，惜已枯涸。並有御碑亭，鶴塚等勝跡。

抗戰期間，日寇據揚，對瘦西湖風景，多有破壞，沿途綠楊蒼松，盡被砍伐。大虹橋之石階、石欄，均已拆除。西園曲水之涼亭，毀無蹤影；乃至徐園內之陳設，各寺廟之經典佛像，損失難以勝計。勝利之後，沿湖風光，大致尙存，惟自三十八年以後，諒難保全矣。

「月是故鄉明」，我寫瘦西湖到此，雖然有無限的懷念，但爲了篇幅關係，不能不結束了。（本篇完）

悼念沈邵達鎮女士

方劍雲

上月看到台北報紙刊載調查局長沈之岳夫人邵達鎮女士病逝消息，內心頗為傷感，至今仍未能忘懷。我同邵女士只見過一次面，但是那次見面卻給我留下一個永不能磨滅的印象。

民國五十八年（一九六九）我到台北去，出席一個宴會，就有沈局長在座，到的客人，大部都是夫婦同來，幾位太太到了一起，不免閑話家常，內容總不離物價、衣着、兒女讀書、婚嫁諸事，就在這時，外面走進一位太太，許多人一齊站起迎接，沈局長滿面堆歡迎過去，同幾位生朋友介紹，大家才知道是沈太太。從一打照面，我的眼睛一直未離開沈太太，她穿了一件頗為奇特的衣服，江西夏布長衫，白色已經變黃，台北決沒有江西夏布賣，再看看式樣，兩袖都到手彎，下擺也過了膝蓋很長，此種衣料，此種式樣，已經二十年未曾見過，可以斷言是在大陸時作的，即此一點，已使我對沈太太連同她先生在內，生出由衷的敬意。

沈太太當然不醜，但是也不美，就她逝世之後所公佈的年歲，推測我見她那一年，她也不過五十五六歲，若在都市婦女，憑着今日的化裝術易容法，仍可打扮得像三十多歲人。但從沈太太身上看出她已是一個老太太，再看她的臉色，頗為乾枯，當時我就覺得詫異。但是沈太太一進門，就神光四射，室內情況頓時改變，沈太太坐下之後，含笑同幾位太太打招呼，這時一切家常閑話都停止了，大家聚精會神對着沈太太，人人面上都充滿肅然神態。我當時冷眼旁觀覺得孟光風範，重現人間。

接着聽到幾位太太同時問沈太太幾時從美國回來，我又覺得奇怪，沈太太何事去美國？後來聽到沈太太自已說，原來她是一位基督徒，那年夏天美國教會（當時未聽清楚是哪一個教會）請台北資深教友去美國教友家中作客，沈太太在台北教會資格最老，傳道最熱心，所以被邀到美國教友家中作客，連路費皆由教會負担。

席間，沈太太殷殷勸大家要信耶穌多去教堂聽道理，在她逝後，台北報紙曾報導她患上癌症已經十年，自知不治，但並不放在心上，仍然努力傳道。仔細算算，當我見到她時，她已患上癌症，所以形容憔悴，顏色枯槁，但神情確實很愉快，娓娓不倦述說耶穌道理，聽的人雖然不見馬上就信主，但並無八股之感。我當時想到沈太太一定是一位出色的傳道師，比起站在壇上只會拿着聖經唸的牧師高明得多了。

沈太太逝後，在中央日報上看見沈局長登的訃告，說明作安息禮拜，不收任何禮物，包括輓聯花圈在內，如若送到即予退回，務請原諒。這是一個前所未見的訃告，據說確有人送花圈被退回，如果換了任何人這樣作，都會受到社會人士的抨擊，認為矯情。但出於沈之岳身上，沒有一個人講閑話，因為他的個性一貫如此，過去兒女婚嫁皆未收過半件禮物，據說其公子結婚時，當時的台灣省政府主席陳大慶送了一套西服衣料，當場也被退回，所以知道沈氏狷介之性的，不怪他不收花圈，反而怪送花圈的人拿錯用神。

筆者在台北有一次同朋友談起沈之岳，覺得就算是他的仇人，也沒有辦法不說他好。世人但知其清廉律己，勤奮奉公，很少人，注意到他齊家有則，尤其難得的有一個完全與他志同道合的太太，一個獻身於國家，一個獻身於基督，世俗的榮華富貴，與他們完全不相干，其夫婦共生一兒一女，沒有一個去外國留學，讀完大學之後，就當小學教員，以他的地位，兒女不去留學，翻翻官場紀錄，可能不會太多。至於平日家居清茶淡飯，刻苦自勵，是人所共知的事。

最使我難忘的是那次宴會沈太太走進客廳時，沈氏滿面堆歡迎上去的神情，與一般時髦男女故意在人前作狀完全不同，不能以愛來形容，基本上是出於敬意，愛是由敬生出。說到這裡不由得又想起梁鴻孟光，沈邵伉儷確實是現代梁孟，沈太太雖然不幸早逝，但卻留給人們優美的風範，無盡的哀思。

九一節記新聞故事

老丁

炎炎長夏，悶熱難解，願就聞見所及和閱讀所得，談幾則新聞故事，不知能否有消暑的妙用？

元老記者

黨國元勳、草聖、詩豪于右任，早歲倡言革命，在上海先後手創神州、民呼、民吁和民立四報，激勵青年思潮澎湃，滙爲辛亥革命的洪流。

郵政總局特在民國五十一年四月二十四日，右老八十四歲華誕，發行「元老記者于右任」郵票，以表崇敬。在郵票卡上，有他親題「爲萬世開太平」的墨寶。這是第一枚中國記者郵票，也是中國記者的無上光榮。

報人精神

民國二年，宋教仁在上海被刺殺後，張季鸞在北京民立報爲宋案慷慨執言，致遭袁世凱的忌恨，將張逮捕入獄，三個月後，才得釋放。

抗戰第二年十月十一日，爲張北京入獄二十五週年日，于右老時與張同在漢口，乃置酒爲賀，並作雙調折桂令曲留念。

「危哉季子，當年涙洒桃源，不避艱難，恬淡文人，窮光記者，嘔出心肝。弔民立餘香馥郁，談袁家黑獄辛酸，到於今大戰方酣，大筆增援，二十五週同君在此，紀念今天，慶祝明天。」

右老在張病逝時的悼念文章中述及此事，自謂此曲能道出張的精神志事。

剪報大王

張季鸞，早年留學日本，因留心時事，最好剪存報紙，分門別類，積聚甚豐，回國的時候，滿載而歸。友人輩因戲贈雅號「剪報大王」。

顛倒春秋

談善吾，別署老談。于右老辦民呼、民吁、民立三報時，爲主筆政。他對民立報的副刊，特創新的風格，專重內容，不拘形式。副刊篇幅，佔全版一半，全是短行，第一欄爲滑稽小說「顛倒春秋」，所叙人物，打破歷史年代先後的界限，蜀漢諸葛亮可和宋末文天祥論政，周朝穎考叔能與明初常遇春比武。不但妙趣橫生，而且寓有深意。

作布雷鳴

陳布雷，原名訓恩，字彥及，又字日彥，別署畏壘。「布雷」二字，乃在天鐸報主筆政時所用的筆名。據他在回憶錄中說：「友人中常有詢余命名之意義者，其實余以此二字別署，乃在高等學校爲學生時，同學汪德光君爲代擬者。蓋余此時面頰圓滿，同學戲以麵包孩兒叫余，由麵包 Bread，再由譯音而改爲「布雷」。汪君蓋謂余好撰文字投報館，以布鼓自擬，亦甚有趣味云爾」。他還說當獲八指頭陀贈詩，有「迷津喚不醒，請作布雷鳴」之句。

報紙包子

戴傳賢初次到香港時，住在某外國旅社。他早晨起床要看報紙，就按鈴叫侍役去買「新聞紙」。因爲他講國語，侍役是廣東人聽不懂，誤以爲他要「三明治」，就爲他取來一盤火腿麵包。戴見錯了，忙說：「不是這個，我要報紙。」侍役又爲之拿來「包子」一盤，則是又誤以爲「報紙」爲「包子」了。

戴乃取紙筆大書「新聞紙」三字，侍役才笑着將三明治和包子拿走，另行買來新聞紙奉上。

一字棄報

二十二年閩變時，濟南晨光報頭條新聞，竟然出現「全國將領通電討魯」的大標題。時韓復榘正任山東省主席，晨光報先一日已因轉載北平實報「本報特訊：一省府有改組說」的新聞，遭到老韓的查究，幸經各方向韓解說，才得平安無事。不料接着又出此「大錯」，社長任小青晨起見報，就急急棄報潛逃了。

原因濟南地方各報的標題大字，多是用木刻的，既多高低不齊，於是一個木坯，兩頭都刻有字。這個標題原爲「閩」字，因拔出墊高，竟被倒置，適爲一「魯」字，就爲這個字毀了一家報館。

名譽會長

胡適在北平，有次參加記者節慶祝會，他說：「我也是記者。那是一九四一年在南美一個記者會，被推爲名譽會員的。」他邊說邊從身邊取出一枚小金鑰匙紀念章爲證。

北平記者公會，就在慶祝會上也推胡爲名譽會員。他很高興地含笑接受了。

禮讓競選

黃少谷和陳博生，都參加新聞界立法委員競選。南京同業每遇到他兩位談及競選的事，黃就說：「我投博老一票」。陳則說：「我投黃公一票」。彼此這種禮讓的風度，傳爲新聞界的佳話。黃還作了一首打油詩：

衆家兄弟請幫忙，不選陳來便選黃。
選了陳來黃鼓掌，選了黃來陳喜歡。
要是陳黃不順眼，請選上海無冕王。
四生一旦齊及第，狀元榜眼探花郎。

爲國捐軀

戡亂時期，山東省政府機關報山東民報的總編輯王笠魂，因有一天的頭條新聞標題：「魯東匪軍蠢動無地」的「匪」字，誤印爲「國」字，憤而服毒自殺。濟南新聞界爲撰輓聯：

爲國捐軀，同聲一哭；
殺身成仁，擲筆三歎。

卸任不久的山東民報社長杜若君也有輓聯：

我辭職，君辭世，先後似曾有約；
君閉眼，我閉口，是非付之無言。

濟南報頭

何冰如，有「濟南報頭」之譽。他從十七歲開始，就在報館作小記者，人都喊他「小何」。他直幹到成爲全國各大都市各大報的駐濟南特派員或特約記者，而被尊稱爲「何老冰」。

在濟南「五三」慘案時，因日軍嚴密檢查郵電，他每天分別搭乘津浦路北上南下的火車，到濟南以外地區，拍發新聞電報，揭發日軍在濟南的暴行眞相。

抗戰時，他組織華北記者戰地服務團，在各戰場上出入槍林彈雨中，實地從事採訪工作。有王育民（曾任山東省黨部書記長、山東日報社長）、蔣化棠（濟南大晚報社長、山東民國日報總編輯）等八位記者殉難，行政院曾予褒揚，並各發卹金三千元。

他在重慶時，偶然中了航空獎券的頭獎，得到獎金兩萬元，他都分散濟助了淸苦的同業，新民報爲他發了條花邊新聞：「何冰如白中頭獎。」

捨命陪敵

二十六年抗戰前夕，京滬各報負責人曾和日本在上海的新聞界人士有聯歡宴會，席設新亞酒樓。主人有胡政之、張季鸞、程滄波、董顯光等。蕭同茲也特地由南京趕到上海參加。

那時中日戰爭已近一觸即發的情勢，日方報人因此都閉口不談政治。我方主人只好多多勸酒，用大海碗作酒杯，眞是傾杯痛飲，結果主客都爛醉如洗。胡曾害了一場大病，董是由人攙扶回去。蕭三爺因公須當晚夜車回京，當他趕到了車站，掏遍了衣袋也沒找到預購的車票，才發覺是誤穿了別人的上衣，臨時補票才能上車。

陳訓畬在爲蕭同茲七十五歲壽辰寫的文章裡，特細說此事，他套用「捨命陪君子」一語，比喻那次宴會是「捨命陪敵人」。

八十吉兆

蕭同茲六十壽辰，中國新聞界曾聯名致送壽屏祝賀，爲報壇一樁盛事。中華日報的這一新聞報導，竟將「六十」誤刊爲「八十」，報社方面頗覺有些不好意思。可是蕭却連聲說好，認爲是預祝活到八十的吉兆。想不到二十年後，他在八十歲眞與世長辭了。

漏刊要聞

重慶爲抗戰時首都，國民政府在二十九年九月六日，特頒明令定爲永久陪都。

這是極重大的一則新聞，尤其在重慶地區，更應特加重視。可是大公報主持編務人員却將這則命令投到字紙簍裡去了。第二天，王芸生看到別報的頭條新聞「國府頒稀有懋典，重慶永定爲陪都」的大標題，才大吃一驚，覺得大公報太失面子了。他趕急將這項命令在第三天重爲刊出，還趕寫了一篇社論相配合。但無論如何力圖補救此一缺失，總是在新聞界鬧了個大笑話。

合作爭辯

民國三十年，正是抗戰最激烈時期，日敵每天出動二百多架次飛機，對重慶濫肆所謂「疲勞轟炸」、「恐怖轟炸」，並且在日機夜襲時，重慶校場口發生大隧道窒息慘案，市民死傷三萬多人。在如此情況下，各報雖多在殘垣廢壁中，但仍能按日照常出報，表現了報人們艱苦奮鬥的精神。

當時，曾有人在「新聞戰線」雜誌上大寫文章，認爲各報的新聞大多由中央社統一發稿，若由中央社設置一處排字房，將版排好打成紙型分送各報印刷，那各報就都可不必自設排字房，而節省下來不少的人力財力物力，豈不經濟而又簡便？因此他提出了各報合作的並議。

這一建議自不能說沒有道理，可是却不是切合實際作業的作法。因而有的報紙公開抨擊這項建議的設想奇妙而舉例說，重慶有七十多萬人，如果用一口大鍋做飯，那就可免得家家戶戶各置一個廚房，豈不更經濟合算？這能辦得到嗎？

這一各報合作的建議，經此轟擊之後，就沒有聲息了。

工作競賽

重慶各行業，在民國三十年間，曾掀起過一陣舉辦工作競賽的熱潮。

當局在開始推行這項活動時，首先和新聞界洽商由各報舉辦排字工友工作競賽作爲倡導。經新聞檢查局長李中襄，邀集各報負責人研擬執行的辦法。但因各報排字房的字架、設備各有不同，有南京式、上海式、天津式和重慶式等，排字工友在不同的環境學習工作，要想舉辦排字競賽，實在困難重重。所以第一次會商了一整天，只有在原則上決定舉辦這項競賽，在方法上則再須再開會研商。

以後才獲得協議：各報排字工友用同一原稿，各在各自工廠排字，由各報派人相互監視進行競賽。第一次是在三月間，產生了三個第一名成績是每人每小時排字一千七百多個，又在九月間辦了第二次，有五個第一名，成績是每人每小時排字二千六百多個。

在這半年期內，由競賽的成績，可以看出增進的效率，也就是推行工作競賽的成果。

吉普印報

抗戰勝利後，青島地區因共禍，膠濟鐵路交通梗阻，淄博煤源供應斷絕，因而影響電源，所以在白天常有停電的事，而致印報輪轉機難以轉動無法出報。

「民言報晚刋」特創用吉普車牽引輪轉機方法，使日銷二萬五千多份的報紙得以正常發行。當時民言報英文版總編輯饒引之兼任美聯社的記者，他特將這一用吉普車印報的新聞，拍發到世界各地去，而稱之爲新聞界的奇蹟。

大號漢奸

北平小實報社長管翼賢，在未辦報前，曾辦神州通訊社，他發的稿經常是北平各報的頭條新聞。他每小時可寫稿三千字，也是新聞界有名的快手。在秦德純任北平市長時，他還做過市政府秘書長。

「七七」變起，他在北平陷敵後，經由天津、烟台到了濟南。他得到宋哲元資助了三千元，在濟南將實報出版了一極短的時期。他和濟南新聞界頗有往還，他說在化裝離平逃亡途中，特對當漢奸的心理作了一番分析，約可有二十多多種。當時有某記者對他打趣說：「管先生若是當漢奸的話，那一定是個大號的」想不到他轉南京又去漢口後，再打算出版實報而難以實現，竟然溜到香港潛回北平，眞個做起日敵情報官，當了大號漢奸了。

湔雪報恥

青島原有民國日報，爲國民黨中央宣傳部直轄的黨報。在「七七」事變爆發以前，在青島的日本浪人因民間抗日情緒日益激烈，以爲是報紙鼓動的力量，竟將民國日報、膠濟日報連同青島市黨部同時縱火焚燬，且由日政府交涉，迫使國民黨人不得在青島從事秘密活動。直到抗戰勝利，這一國民黨的黨報，才以民言報爲名，在三十四年十月十日重新發刋，與國土同慶光復而湔雪了「報恥」！

民言報由楊天毅主持，每天發行日報、英文報、晚刋三種，因甚受市民喜愛，業務極爲發達。在社會服務工作上，更有顯著的成果，先後舉辦勞軍、救難、助學等項，收到各界捐欵計達一百億元。其中慰勞首先開到青島國軍第八軍李彌部隊的鉅欵，由李軍長又退回民言報，在曹縣路和濱縣路上，修建了兩座大橋，命名爲「李彌橋」或「八軍橋」以作紀念。商河路曾發生軍火庫爆炸大慘案，受害者有九百戶，六千多人，傷亡五百多人。民言報在不到半個月時間內，即募到二十八億，和社會局合作用欵五十億，在嘉興路建築房屋一百棟，命名爲「建國新村」，收容受災較重的難民。

民言報在三十七年冬間，青島局勢極爲危急時，特與青島公報、時報、青報、軍民日報、平民報、民報和青島晚報，聯合出刋「青聽報」日、晚刋及英文版，直到三十八年六月一日青島撤守之日爲止。民言報的同仁多隨軍來台，分別在各大報担任工作，都殷切盼望早日重光大陸，再雪「報恥」！

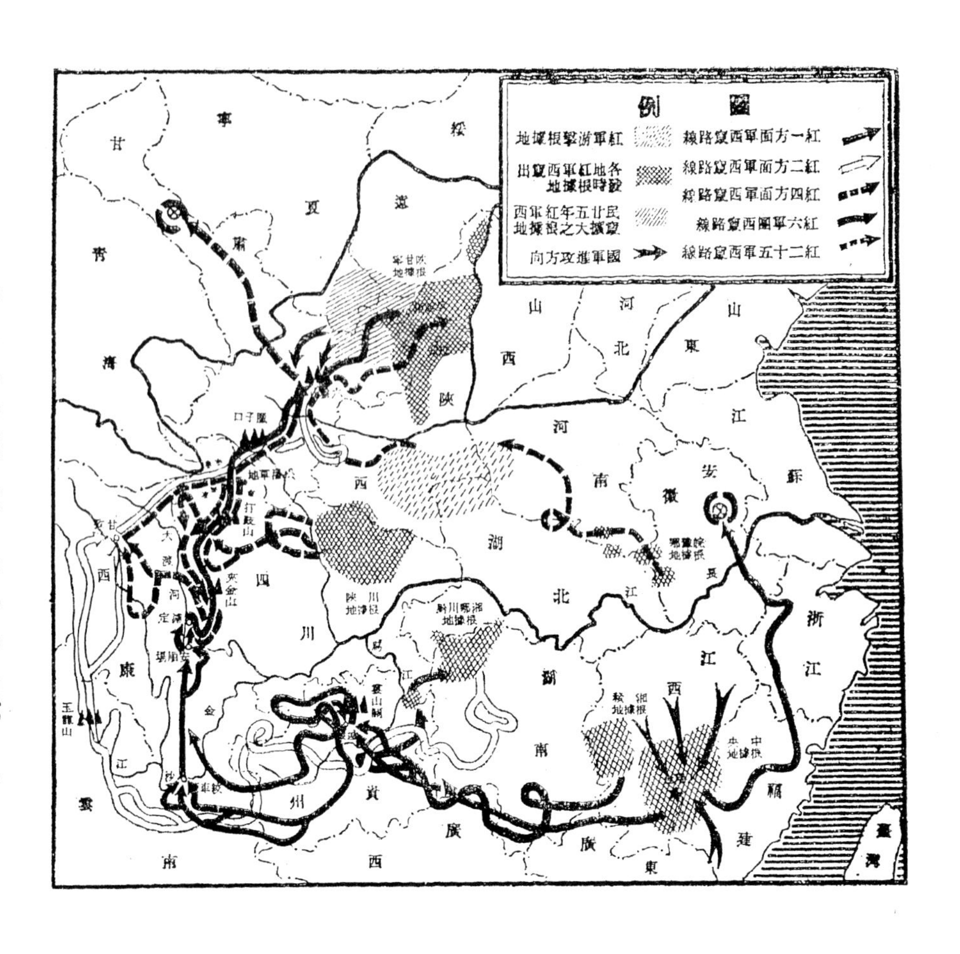

細說「長征」【二十】

□龍吟□

方志敏、尋淮洲之北上與蕭克的西進，都是按照毛澤東的「四路分兵計劃」。

以後紅軍逃到陝北，毛澤東担任軍委主席，控制了軍權，曾重述此事說：

「第五次反圍剿進行兩個月之後，當福建事變出現之時，紅軍主力無疑地應該突進到以浙江爲中心的蘇浙皖贛地區去，縱橫馳騁於杭州、蘇州、南京、蕪湖、南昌、福州之間，將戰畧防禦轉爲戰畧進攻，威脅敵之根本重地，向廣大無堡壘地帶尋求作戰。用這種方法，就能迫使進攻江西南部福建西部地區之敵回援其根本重地，粉碎其向江西根據地的進攻，並援助福建人民政府——這種方法是必能確定援助的。此計不用，第五次圍剿就不能打破，福建人民政府也只好倒台，到打了一年之久的時候，雖已不利於出浙江，但還可以向另一方面改取戰畧進攻，即以主力向湖南前進，不是經湖南向貴州，而是向湖南中部前進，調動江西敵人至湖南而消滅之，此計又不用，打破第五次圍剿的希望就是最後斷絕，剩下長征一條路了。」（見毛澤東選集第一卷：中國革命戰爭的戰畧問題）

以後中共官方所修「中國現代革命運動史」亦根據毛澤東的意旨說：

「當時依照毛澤東同志的意見，把中央蘇區紅軍的主力分作四路，變內線作戰爲外線作戰，向閩、浙、蘇、湘出擊，配合其他蘇區的運動戰與游擊戰，動搖敵人的根本，吸引其兵力四散，然後再收兵回轉，鞏固蘇區粉碎敵人的圍攻。這個戰畧計劃是正確的，可是由於有些同志對這一路線不瞭解，未能充分執行，因而使五次反圍剿失敗了。」（見中國革命運動史下冊）

毛澤東的論調仍不離三國演義口吻，此計不用，又生一計。實際如果當初毛澤東四路分兵計劃，開入京滬地區，可能全部蹈了方志敏、尋淮洲覆轍。

四、紅二十五軍

紅二十五軍領導人是徐海東，原是張國燾紅四方面軍一個團長，以後所以能獨當一面，也是機會造成。

張國燾「我的回憶」叙述柳林河戰役之後，紅四方面軍傷亡慘重，無力抗拒國軍進剿，非迫而向別處流竄不可，曾為此召開一次會議，討論今後政策。張國燾回憶說：「就在這次會議上，我們決定委派原任第三十六團團長，負傷未癒的徐海東，為鄂豫皖整個蘇區軍區指揮部的總指揮，全權領導區域內所有的地方武裝，採取游擊戰術保衞蘇區。

張國燾何以會留下徐海東，徐海東是怎麽一個人，亡友黃震遐先生「中共軍人誌」曾有較詳記載：徐海東湖北黃陂人，一九〇〇年生，出身工人家庭，家傳陶器手藝（全家六十餘口，除一弟外，後均被殺）。十一歲輟讀小學四年級，出走江西浮梁當陶瓷學徒，十六歲學成，自任陶工，浪跡江湖，世故早熟，二十二歲（一九二一年）投軍，在江西軍閥的隊伍裡當了三年兵，跟過不少長官，獲得戰鬥經驗。北伐軍興，開小差參加北伐軍，入張發奎部當班長，戰鬥勇敢，旋昇排長。一九二七年初參加中共，同年「馬日事變」（五月）後，返黃陂老家組織農會。同年秋，帶十七人和一枝手槍參加麻黃秋收暴動，與許世友同為出身舊軍隊的麻黃紅軍幹部。

一九二九年——一九三一年間，歷任紅十一軍（吳光浩）、紅一軍（許繼慎）第三師（師長周維炯）、紅四軍團（鄺繼勛—徐向前）十二師（周維炯）的連營長，參加鄂豫皖蘇區紅軍的各大「反圍剿戰役」，作戰勇敢，奮不顧身，先後負傷多次。一九三一年七月，許繼慎、周維炯被清算，紅四軍團擴大為紅四方面軍，徐海東昇任紅四方面軍（總指揮徐向前，總政委陳昌浩）十二師（師長陳賡）三十六團團長，八月隨陳賡參加黃安柳林河（紅安紅秀驛）的大戰，以一個師突進中央軍衞立煌、陳繼承兩縱隊的接合部，與師長陳賡同負重傷。同年十月，紅四方面軍突圍西退之前，鄂豫皖中央分局書記張國燾要選拔軍事幹部一人帶隊留下種子，屬意年事較長、世故練達、頑強機智的團長徐海東，委為「鄂豫皖軍區總指揮員兼留守警備司令」，率領少數主力部隊（一千八百人）及地方赤衞隊，掩護大量傷員，留守大別山游擊。另以吳煥先鄭位三負責黨政工作。徐臨危受命，獨當一面，時年三十二。

四方面軍主力撤走後，單獨對抗國軍對鄂豫皖蘇區的第五次圍剿，兩挫國軍。十二月，自行恢復紅二十五軍（軍長吳煥先，副軍長徐海東），時原紅二十五軍隨張國燾徐向前入川，由王樹聲任軍長，僅轄一個七十三師。一九三三年，徐發展至一萬三千人，轄七十四、七十五兩師。四月，包圍國軍十三師（萬耀煌部）於七里坪，另以主力打援（國軍八十九師按師長湯恩伯），以國軍有備，圍點打援失敗，損失慘重，在國軍十二師兵力合圍之下，被迫分兵為二，一由吳煥先率領留在鄂東游擊（紅二十五軍），一由徐海東率領殺往皖西，稱紅二十八軍（僅餘二千人），受國軍四面圍剿，一度陷於絕境（全軍經費只有十三塊大洋），被迫打家刧舍，形同土匪，某次戰役，俘虜了國軍五十四師代師長柳樹春，自稱畢業「青山大學」（綠林）。堅持到一九三四年初，與中共中央失去聯絡（時受國軍第五次圍剿）。

同年中共中央決定放棄中央蘇區。事前派程子華至鄂東，傳達中央命令，命吳煥先徐海東兩軍放棄鄂豫皖蘇區，西退鄂豫陝邊，另闢新根據地立足。九月，徐海東在皖西留下小部紅軍（後發展爲新二十八軍，再改編爲新四軍四支隊），自率二十八軍主力打回鄂東，沿途受國軍包圍堵截，損失重大。兩部會合後，恢復番號爲紅二十五軍（對外用「第二抗日先遣隊」的名義），向豫陝邊境突迫。

關於「紅二十五軍」由豫鄂皖竄向陝北經過，各方記載均甚簡畧，「中國工農紅軍長征概述」稱：

「當第一、第三軍團向甘肅進軍的時候，原來活動於鄂豫陝根據地的紅軍第二十五軍也經過甘肅向陝西北部轉移，配合了第一、第三軍團的行動。一九三五年七月，第二十五軍得到了主力紅軍長征的消息，即自陝西的子午鎮附近出發，進軍盩厔、佛坪、留壩。八月，第二十五軍經鳳縣附近，向甘肅挺進，連克兩當、天水、秦安、隆德等城。接着，越過六盤山，前進至平涼、涇川、鎮原、合水一帶。九月，進入陝西北部，經保安（今志丹）、安塞，抵永坪鎮，與劉志丹等同志領導的紅軍會師，組成紅軍第十五軍團。兩軍會師以後，即共同抗擊敵軍的圍攻，並準備迎接第一、第三軍團的到來。」

這段記載太簡畧，等於未說。國軍方面，剿匪戰史第五冊記述：「徐匪約五千人，槍四千餘支，八月七日，由陝西西部之鳳縣竄入甘肅之兩當，隨經渭水向北竄犯，企圖進襲天水，八月十二日竄至天水以南之馬跑泉附近，被我第三軍第七師曾萬鍾部迎頭痛擊，斃二百餘人，殘匪遂繞經馬跑泉以東涉過渭河經金家集竄至泰安附近，我第七師跟踪進擊，匪軍自知在隴南難以立足，乃由泰安附近分兩股向北逃竄，因我第七師及地方團隊跟追緊迫，匪沿途未稍停留，十五日，其向東北之一股越過隴山向平涼方面竄犯，一股經隆德向靜寧方面竄去。十九日，企圖竄犯平涼之一股，在平涼西南之石咀子附近，被我扼守平涼附近之馬鴻賓師迎頭猛擊，匪不但圖平涼未逞，反蒙重大之打擊，遂於二十日向西逃竄，我軍復跟踪追擊時，匪竄至靜寧之一股亦向隆德方面回竄，二十一日，徐匪主力分途竄集六盤山之瓦亭，截斷西蘭公路交通，馬鴻賓師長即派隊進剿，與匪在瓦亭附近激戰一小時許，擊斃匪軍五十餘名，內有匪團長一人，匪軍繼續東竄平涼以東之四十里舖、白水鎮一帶，馬鴻賓師長即令該師駐平涼之丁旅及駐涇川一帶之馬培基。馬開清兩團，分由東西兩方面向白水鎮圍剿，匪知難得逞，乃於八月二十五日，經崇信以北竄至隴東太白山一帶山林中，隴東一帶回民强悍，痛恨共匪，沿途截擊，匪軍死傷甚衆，先後經過隴東之慶陽、合水，迄九月中旬進入陝北之保安，復繼續東竄，於九月二十四日竄至延長，與原在該地之劉子丹匪衆合股，時徐匪疲憊不堪，僅剩殘餘二千餘人。」

（未完待續）

香港詩壇

次亦園甲寅端節後重參詩會韻二首

張　方

相看共喜舊情餘，佳約重來步自徐，敲句樓頭師亦友，寄懷濠上子非予，廿年厭亂兵戈老，萬里羈愁音信疏，蠻觸蝸爭成底事，潛夫物外獨幽居。

端陽節過共豪吟，客子能消寂寞心，指點千帆橫海峽，逍遙七椀蕩胸襟，蒼松久與煙雲淡，白髮寧嫌雨雪侵，不道家園歸去好，天涯猿鶴有知音。

暑　夜

前　人

小院初看夕照收，長空熱浪尚橫流，一壺芳茗消煩緒，六尺胡牀倚倦眸，車逐市廛塵滾滾，月移霄漢影悠悠，宵深萬籟將沉寂，客夢難歸舊皖州。

晚　興

前　人

兀坐終朝似老僧，杖藜難逐白雲騰，山收彩色斜陽隱，水泛清光皓月升，四面畫圖千壑影，一天星斗萬家鐙，今宵雅興休虛負，應約詩朋與酒朋。

甲寅暮春有懷亦老

黃志鴻

小厄能閒玉局知。杜門人事暗推移。枕邊得句寗嫌晚。物外尋春頗耐思。北海同傾成昨日。東山再起問何時。那堪文宴銷沈後。入眼狂飈冷酒旗。

甲寅端節後重參詩會作

亦　園

一蹶杜門半歲餘。扶節吟畔步徐徐。詩獨描白應慙我。酒已浮紅莫止予。出岫雲携時雨美。橫窗山送曉烟疏。桃源自讓夷奴後。猿鶴流離陋巷居。

懶骨難醫久廢吟。雖逢佳節不關心。榴荷並艷成雙絕。松竹齊清快一襟。病榻回春靈藥賜。江亭逭暑烈陽侵。騷壇寥落新詩少。瓦缶笑余作雅音。

和郭亦老甲寅端節後重參詩會韻

孔鑄禹

相對一詩已歲餘。香生甌茗話徐徐。孤懷歷刧疑非舊。豪氣當年笑壓予。近浦人來花影亂。遙天月照俗塵疏。在朝在野都忙碌。未及悠然賦靜居。

愧無妙韻助清吟。點水同存故國心。兩岸山容雲帶雨。一天詩會酒沾襟。鼓沉舟渺端陽過。蟬噪蛙鳴辱暑侵。何事江流長不息。臨風如訴亂離音。

和亦老重主詩壇元韵

包天白

會心常在笑談餘。魯酒重迎步履徐。少日黃金頻結客。殊鄉白髮共愁予。盟鷗漫道情猶切。買櫝何當計已疏。卅載江湖歸夢遠。故山寥落白雲居。

層樓抱膝自閒吟。誰問冰壺一片心。垂老干戈憐此日。餘生涕淚惜前襟。搜腸得句春如在。呼茗生香暑不侵。夢醒芸窗蟬過後。松風依舊送清音。

答亦老次重參詩會韵

徐義衡

論交茗叙十年餘。氣養靈台舉步徐。一夢黃粱忘故我。千莖白髮負今予。蕉窗無事詩成帙。鷗侶多情酒未疏。半載潛修如入定。杜門不語自幽居。

四郊多壘獨沈吟。簷下長居負此心。豪氣當年驚虎帳。清風此日快鵬襟。南來莫話滄江變。此顧還憐浩刧侵。重整詩壇同切盼。天涯處處樂知音。

亦園詩翁足疾經歲端節後復涖詩會戲筆贈正

蘇文擢

一蹶眞成却曲吟。方從肘後得千金。回思嬰宛扶衰日。繞榻能安痛定心。

杖策登樓意灑然。酒邊欣接地行仙。南來此路崎嶇甚。捷足如何緩步前。

社約經年負此杯。詩壇一老兀重來。不用籃輿載彭澤。好飛吟思上强臺。

編餘漫筆

編者

時間眞快，自本刊創刊算起，轉眼已過了三年。這三年時間，整個世界的經濟情況起了巨大變化，何況香港，又何況本刊。個中苦況，一言難盡，大體說來從去年九月間紙價暴起，一漲三倍；到今年四五月間紙價稍定，國際金融危機開始侵襲香港。市面不景，物價高漲，許多人衣食均感困難，看書看報興趣自然也就減了。尤其是最近兩月來，情形更爲惡劣，本刊銷路也受到影响。不過，影响尙小，暫時還未威脅到生存，將來如何，則難預料。

過去一年最困難時期，得了許多好友幫忙，尤其是陳存仁醫生，張仲仁醫生，還有許多好朋友，都在盡力協助，有困難的時候，才感到眞正友情的可貴。

本期重要文章首推「張作霖被炸之原因與史實」一篇，不但是珍貴史料，而且是幾乎湮沒的史料，此文澄清了世人對張作霖之死的種種揣測。日本人之有計劃謀我，更有其連貫性，絕不會因時間空間不同而改變初衷，只是在手法上隨時變換而已。

曹文錫先生「黃克強長沙脫險記」一文，是根據其尊翁亞伯先生日記，亞伯先生爲革命元勛，與國父交誼甚深，有關民國創立前後史實，記述亦多，此爲讀者皆知之事，無待介紹。惟曹先生前發表之「老河口遇仙記」一文，朋友見面仍多詢及，皆在疑信之間；曹先生亦曾函編者，說明確有此事，當時共同在場的友人，仍有在台北者，曹先生高年碩德，不致虛言，世間事眞有不可思議者矣。

陳定山先生記其尊翁「天虛我生」事，人可傳，文亦可傳，爲傳記中第一等文字，請讀者留意。

人物方面亦多佳作，徐志摩知者已多，但本期刊出徐志摩一文，不僅詳盡，而且，文章本身便是一首絕佳詩，非此文不足傳徐志摩，如非寫徐志摩，亦不會有如此佳作。

杜聰明醫生沒有徐志摩知名，但杜醫生對人類貢獻之大，又遠非詩人可及。古人云不爲良相，便爲良醫，實則良醫對社會人類貢獻，有時且在良相之上，本刊今後當多發表詩人，醫生及奇材異能之士的傳記。

王守正先生「抗戰十四年紀要」一文，皆親身經歷日人殘害我同胞史實，尤其是日本人逮捕我地下工作同胞後，送去給初入伍日軍作劈刺練胆之活靶，一念及此，我們對日本人的仇恨如何能忘得掉，不問別人看法如何，編者始終認定此血海深仇，應當有重新清算之日，當今九一八四十三周年，願我同胞萬勿忘記。

又以本期稿多，林彪一文亦暫停一期，並請讀者原諒。

中華月報

一九七四年六、七、八、九月號要目　中華月報社：香港九龍書院道九號

六月號

七月號

八月號

九月號

月刊

38

野史·佚聞·人物·風土·

一九七四年十月十日出版

中華月報

一九七四年六、七、八、九月號要目　中華月報社：香港九龍書院道九號

六月號

七月號

八月號

九月號

掌故月刊 第三八期目錄

每月逢十日出版

掌故

第三八期

中華民國六十三(一九七四)年十月十日出版

每册定價港幣二元正

全年訂費港幣廿四元　美金六元

出版兼發行者:掌故月刊社
地址:九龍亞皆老街六號B
通信處:九龍旺角郵局信箱八五二二號
電話:K八〇八〇九一

The Journal of Historical Records
6B, Argyle Street, Mongkok, Kowloon, Hong Kong.

督印人:鄧少卿
總編輯:岳騫
印刷者:和記印刷有限公司
新蒲崗景福街一一〇號超達工業大廈十樓
總代理:吳興記書報社
香港租庇利街十一號二樓
電話:H四五〇五六一　H四五〇七六六

星馬代理:遠東文化事業有限公司
新加坡廈門街十九號
檳城沓田仔街一七一號

泰國代理:曼谷青年文化服務社
曼谷黃橋東北路五六六號

越南代理:聯興書報社
越南堤岸新行街二十二號

其他地區代理:
澳門:可大文具店　漢城:汎亞書籍公社
亞庇:利民公司　寮國:永珍圖書公司
千里達:中華書局　斗湖:光明書店
菲律賓:華安書局　菲律賓:玲瓏書局
倫敦:東寶公司　紐約:友聯圖書公司
芝加哥:杏林春　紐約:友方圖書公司
波士頓:中西公司　洛杉磯:永安堂
三藩市:新生圖書公司　檀香山:大元公司
三藩市:益智圖書公司　三藩市:文化商店
加拿大:香港商店　加拿大:新國華公司

蔡元培與蘇報

·德亮·

一、前言

在清末革命運動的人物中，蔡元培（一八六八——一九四〇）先生，不顧他翰林院編修清高的地位，和很好的出路，而毅然獻身於革命，的確是很突出的一位。在報刊方面，提倡民族主義，鼓吹排滿，而釀成文字之禍者，要以上海的蘇報爲最著。以蔡先生爲中心的革命活動，與蘇報的結合，乃至掀起軒然大波，激盪起全國愛國高潮，是一件很值得研究的事。

蔡元培先生遺像

二、愛國學社與蘇報

光緒二十八年（一九〇二）三月，蔡元培和留寓在上海的教育家蔣智由、葉瀚、及鍾觀光等，組織了中國教育會，公舉蔡先生爲會長。教育會表面上辦理教育，暗中却鼓吹革命。這年十月，南洋公學發生退學風潮，退學生謀自立學校，乃由蔡先生介紹於教育會，募欵設校，名之曰愛國學社。教育會的會員，大都兼任學社的教員。

南洋公學所以發生退學風潮，係由於該校當局壓迫言論自由，不許談革命，甚至連保皇派所主持的新民叢報也禁止閱讀。及至愛國學社成立，乃轉換了一種風氣，全校師生都議論時政，毫無忌諱，空氣極爲自由。當時上海的輿論界，對他們的激烈言論，都持反對態度，吳敬恒（稚暉）乃主張另闢機關報，以爲對抗。

又因學社倉卒成立，經費不足，因與蘇報訂約，每日由學社教員撰論說一篇，（由蔡元培、吳敬恒、章炳麟等七人輪流担任）而蘇報館則每月助學社銀一百圓爲酬。於是蘇報便成了學社的機關報。

蘇報創始於光緒二十二年（一八九六）由胡璋（鐵梅）主持，而以其妻日本女子生駒悅出名，向上海的日本領事館註册。嗣因經營不善，在光緒二十四年（一八九八）出讓，由湖南衡山陳範（夢坡）出資承購，繼續發行。陳範曾任江西鉛山縣知縣，以教案落職，移居上海，憤官場腐敗，知非提倡新學不足以救國，乃接辦蘇報，漸與當世志士相往還，由於風氣的激盪，也日趨激昂，初由變法轉爲保皇，最後與愛國學社發生關係，遂變爲革命性的報紙。

陳範的哥哥名鼎字伯商，翰林院編修，曾任浙江副考官，是蔡元培中舉時之座師；他的弟弟季凝，舉人，就是以後名女教授陳衡哲的父親。在注重座主門生的科舉時代，陳蔡的結識是很自然的事。由此推想，愛國學社和蘇報的結合，蔡元培應該是奔走促成的重要人物之一。

三、蘇報案

當時，上海志士雲集，是國內革命者的滙聚處。教育會及愛國學社，發起租借張園安塏第開演說會，鼓吹罷學，與夾帶革命，雙方並進，所有演說詞即在蘇報發表。又在報端闢學界風潮一欄，報導各地學生的活動和仇滿的情形，言論之激烈，大爲世人所注目，更引起官場之疑忌。

光緒二十九年（一九〇三）五月初一日，蘇報改請章士釗爲主筆，刊載章炳麟（太炎）之「康有爲」（六日）、「客民篇」（八日）、「讀革命軍」（十四日）、「序革命軍」（十五日）等激烈反淸言論，鼓吹革命已爲全國公認的事實，對鄒容所著之「革命軍」推崇備至。又摘錄章炳麟的「駁康有爲書」，於閏五月五日刊出，中有「載湉小醜，未辨菽麥」的字句，淸吏乃以「故意汚蔑今上，挑詆政府，大逆不道……」等罪名，羅織成獄。閏五月初五日上午，由會審公廨簽票交巡捕執行，捕去蘇報館帳房程吉甫。六日，捕去章炳麟、陳仲彝（陳範子）及辦事員錢寶仁，龍積之自動到案。七日，鄒容也到捕房自首。其他諸人，則紛紛覓地暫避。十三日，蘇報館被封。被捕的六人，陳、程、錢、龍四人先後開釋，鄒判監禁二年，章監禁三年。鄒於光緒三十一年（一九〇五）二月二十九日病死獄中，章於光緒三十二年（一九〇六）五月初八出獄，即赴日本。這便是轟動一時的蘇報案。

四、蘇報案餘波

光緒二十九年四月底，教育會與愛國學社爲主屬問題，發生爭執。五月十八日，教育會開評論會討論，學社獨立。蔡元培憤與社內鬨，認爲社員斤斤爭此名譽，局量狹窄，缺之遠見，乃不再與聞社事。二十三日，便乘輪赴青島學習德語，以爲赴德遊學之預備。當蘇報案發生時，蔡元培已不在上海，故未涉及。其後因章炳麟於所撰「鄒容傳」中涉及吳敬恒詣俞明震處告密事，兩人展開論戰，往返累數萬言，呶呶不休，蔡曾仗義執言，爲吳剖白，所以在蘇報案的餘波中，反被捲入漩渦。

章炳麟在愛國學社時，即對吳敬恒有意見；及蘇報案發，章、鄒入獄，乃疑爲吳氏所陷。光緒三十三年（一九〇七）二月十二日。章炳麟所撰之「鄒容傳」，在日本印行之革命評論第十號發表，文中對吳頗有微詞，述及蘇報案，於吳和俞明震晤面一事，極力攻訐。是年冬天，吳在巴黎見到該文。時蔡元培在德國的延那(Jana)，曾撰「讀章氏所作鄒容傳」一文，謂章、鄒之入獄絕非吳氏所陷害，乃章氏之神經作用，並列擧當時事實爲證。此文蔡先生託爲他人之筆，先寄吳氏，徵詢其意見，並附函解釋云：

「久欲駁章氏鄒容傳語，而苦無暇。頃始勉强脫稿，然亦不甚愜意也。所以託爲他人之筆者，因弟此時方專意就學，無暇與人打筆墨官司。而章君方閒暇，思作文而苦無題目，彼見駁論，必又有駁駁論之文。應之則無暇，不應之，則人將以爲理短而不敢辯矣。然使純是假託之名，則又將不足以取信於人，故於後半篇仍出弟名，未知如此辦法，先生以爲然否？」

吳氏認爲「這種罪孽深重的臭官司」，不願貽累蔡元培，以免影響其學業，故於二十五日函復蔡氏，不以第三代辨爲然，未登其稿，就於一九〇八年一月一日再寫信質問章氏，鄒傳所云，如有所本，請將出諸何人之口見告，即向其人交涉；如爲想當然語，亦請說明爲想當然，即不追究。此信又在新世紀二十八號（一九〇八年一月四日出版）中發表。蔡先生再函吳氏，對其「所要求於枚叔（章炳麟）者，不過欲其承認爲想當然語」，認爲「此眞和平正當之至。雖以以神經病自負之章枚叔，恐亦不能不感服也。」並於吳氏誤記之處，提出更正。不料章氏不但不感服，復於一月三十一日致吳一函，（刋民報第十九號，一九〇八年二月二十五日出版）謂吳獻策事，係張魯望所言。除此語外，如指吳爲「康有爲門下之小吏，盛宣懷校內之洋奴」，皆係無謂之詬譏。吳將章書錄寄蔡氏，並詢張魯望爲何人。蔡於三月初八日復吳，云不知張魯望爲何許人。吳因於四月十七日再度撰文駁斥。（新世紀四四號）章又於五月二十九日反擊。（民報二二號）吳復於七月二十三日駁辨（新世紀六三號）章又於八月十三日致吳最後一信，仍多漫罵之語。

綜觀吳、章來往函件，吳第一要求在證人，然證人必不可得，故希望章承認爲想當然之語，即可了結；章則避重就輕，不作正面答復，一味漫罵，對吳的攻擊，無所不用其極，長此下去，則永無了結之時，吳只好被逼的「理屈詞窮」。蔡元培在致吳信中，對章之此種態度，慨然謂「枚叔末路如此，可嘆可憐！」章所主編之民報，與吳所主編之新世紀，當時同爲宣傳革命之重要刋物，竟因蘇報案舊事，導致內部互訐，誠爲革命黨中一大不幸事件。當年蘇報主筆章士釗，於吳、章兩方，皆有厚誼，於民國二年六月二十六日，曾以調人自居，邀吳、章等到其滄洲別墅二號寓所晚餐，俾成和局。吳、章見面，俱是客客氣氣。吳認爲其引起這場論戰的「鄒容傳」必已改作，不料民國十二年見章氏叢書中之「鄒容傳」，原句依然存在。民國十三年一月十一日，吳又在民國日報自明了一下，章士釗也在新聞報代明了一下，並說了幾句公道話，最後勸吳，章太炎文集由他去好了，因爲「鬩牆之迹，醜詆之詞，張之祇益吾羞。」吳暫時又把氣壓了下去。洎想到民國二十四年底，蔣維喬（竹莊）寫了一篇「中國教育會之回憶」，送東方雜誌發表，又提及蘇報案舊事，且傷「稚暉至今，莫能自明。」吳因撰「回憶蔣竹莊先生之回憶」長文，亦送東方雜誌，兩文在同期（三十三卷一號，民國二十五年元旦出版）發表，將蘇報案始末及吳、章交惡原因，敘述至爲詳盡。自此以後，直到民國二十五年六月十四日章炳麟病逝蘇州，未見再有答辯之文。

蘇報在革命宣傳上所發生的力量，是不可估計的，其後革命報刋在上海前仆後繼，就是蘇報留下的影響。但是當年在蘇報共主筆政的蔡、吳、章三位革命老伙伴却爲了意氣之爭，弄得凶終隙末，不無遺憾。

武昌城二次光復與賀對庭

・劉劍儒・

辛亥武昌起義，推翻滿清，建立民國，恰在陽曆十月十日，中華民國於焉誕生，故定是日爲國慶日，亦曰雙十節，是爲首次光復武昌。此後復遭軍閥割據，迨至民國十五年今　總統蔣公統率國民革命軍誓師北伐，復於是年十月十日再度光復武昌，此雖是一種巧合，但在國史上是可以大書特書的。前年國慶日，某將軍曾談及辛亥及北伐前後兩次光復武漢之經過，並指出第二次光復武漢是策反成功，由本黨同志聶世馨和守城的團長賀對庭取得聯絡，打開保安門，在黎明以前全軍進入，光復武昌，此爲民國十五年十月十日的一次大捷。

因提及賀團長對庭其人，筆者適在賀團二營八連五棚充正目，親歷斯役，因而興起無限的感慨與回憶，特將賀公與武昌二度克復之關係，追述如後，以饗讀者，藉補正史之不逮。惟筆者學識譾陋，如有舛誤，尚祈指正。

賀對庭其人

賀對庭字丹墀，山東臨朐人，保定一期，民五討袁之役，適在某部任排長，與同學杜吉卿棄職往投由居正領導之山東新軍薄子明、吳大洲部，賀任參謀長，由魯東向濟南進攻，聲勢浩大。袁世凱死後，山東新軍改編爲山東第六混成旅，賀任第二團團長，杜任第一團之營長。民十二孫美瑤所一手製造的「臨城大刧案」，適在賀團第二營王繼曾防區，因責任重大，旅長兼兗州鎮守使何鋒鈺與團長賀對庭均被免職。賀不服，準備抗命，宣佈「兗州獨立」，但因勢孤無援，遂離去。馬（登瀛）參謀長接任團長。至民國十四年，第六混成旅被劃分爲二，其第二團加入孫傳芳部，擴編爲旅，馬任旅長，第一團團長吳俊卿字錫九，山東惠民人，武備學堂畢業，亦一度擴編爲旅，吳任旅長，旋復歸吳（佩孚）之系統，並擴編爲河南暫編第三師，吳俊卿升任師長，沈克字公俠河北清苑人，任參謀長，杜吉卿此時已升任第五旅旅長，賀對庭又回任第九團團長，王繼曾任第十團團長。第六旅旅部未成立，僅成立一個第十一團，師直屬部隊有砲工營營長秦慶豐，字兆年山東寧陽人，保定一期砲科，是筆者之舅父。本師除第十一團駐河南鞏縣外，主力集結河北保定，準備支援南口之作戰。

民十五年約在八月初，河南暫編第三師（欠第六旅）奉吳（佩孚）命自河北保定由鐵道輸送，經河南至漢口之劉家廟，連夜乘軍艦渡江，至武漢徐家棚乘粵漢路火車直抵汀泗橋，時汀泗橋已不支，又回守賀勝橋，旋以形勢不利，乃遄返武昌，入城防守，因湖北劉佐龍師之反正，漢口與漢陽均入北伐軍之手，吳系靳雲鶚在河南雞公山態度曖昧，其所部高汝桐師亦由漢口北撤，武昌後方被切斷，形成孤城。

武昌攻守戰

本師入守武昌，約在十五年八月十六日，在城內度過一個中秋節，至雙十節出城，共一月又半，計四十五天。守城總司令劉玉春，即第八師師長，副總司令陳嘉謨，湖北督軍兼二十五師師長，這是兩個完全師（每師各有步兵兩旅，騎砲兵各一團，工兵輜重各一營），及本師（欠第六旅），此時第十團團長已由沈克充任，還有幾個混成旅殘部，另有吳的衞隊團（轄四個營，完全由軍官組成，均係自動武器），城內兵力雄厚，防守嚴密，北伐軍日夜攻城，犧牲甚鉅（至今賓陽門外有許多義塚，每塚均瘞死難軍民人等數百人以上）。因屢攻不下，為恐曠日持久，乃留一部圍城，主力繼續北伐。時城內糧盡，人有飢色，羅雀捕鼠，草根樹皮，搜刮殆盡同時軍隊封閉所有米廠及麵粉公司，百姓餓死者日衆。緣城內居民多係工商貿易及公務員肩挑小販等，習慣上米麵均係隨買隨吃，很少存糧，關城一週後即有斷炊者，糧源既被軍隊封鎖，有錢無處去買，初時米廠尚可出售米糠，後因糠內夾帶白米，即連糠也不准賣了，全城百姓只有坐以待斃，厥狀至慘。

武昌城內士紳及外籍人士，組織請願團，要求劉玉春撤退江北，由他們保證北伐軍不追擊，安全渡江，但劉誓忠於吳，死守待援，請願團不得已與漢口紅十字會連絡，在漢口設粥廠，每日派船至武昌漢陽門接運難民，而漢陽門每日開放時間很短，故逃出人數亦不多，且因急於逃生，時有被擠擁踐踏而死者。

賀策劃反正

武昌雖然被包圍，而當時的形勢仍未絕望，吳（佩孚）仍坐鎮鄭州，除馮玉祥的西北軍響應北伐外，其他如閻錫山部，東北軍方面，直魯聯軍，以及孫傳芳（馨遠，山東人，日本士官）的五省聯軍（蘇、浙、閩、贛、皖）均尚在觀望或站在吳的方面，孫並派軍沿長江西進，其先頭部隊已到達黃石港石灰窰一帶，準備接應武昌守軍。

賀對庭團長，是民國五年就參加革命的，討袁之役曾奉頒　國父的任命狀，所以早已存心反正；又目覩武昌百姓慘狀，乃在城內與同學聶世馨取得連絡，說服本師吳師長等，並縋城與北伐軍前敵總指揮唐生智，總政治部主任鄧演達等協議，發動本師反正。

原定十月八日夜出城，我們都準備好了，但因友軍已對我們懷疑，故未敢輕動。九日入夜後，我兩翼與友軍銜接部份，照常守城，並派敢死隊扼守各街巷口，只准進不准出，進來的人即予拘禁。主力於拂曉前出城，當時要打開的保安門，早用沙袋堵塞，麻包已被風雨侵蝕，融成一團，所以每班派兵兩名携帶鐵洋鍬去挖城門，本班立派去二人，城門挖通後即蜂擁出城外，究因城門容量有限，故本師多數部隊均用梯子下城，筆者時年十九，是全團最小的正目，奉命對城內警戒，掩護本連下城，待全體下完時，梯子已被壓斷，筆還背了出差兩弟兄的兩枝步槍及三個小背包，手裡握着一枝槍，在此進退維谷，千鈞一髮之際，遂毅然縱身躍下，自份不死亦傷，詎竟平安落地，一躍而起，蓋因城外房屋已被燒為灰燼，形成厚墊也。

整編參加北伐

出城後，因障碍重重，步履艱難，行數里後，只與本班兩弟兄相遇，本師出城之際，同時北伐軍進城，雙方約定暗號，我們的口令是「賀團長」，不久城中槍聲大作，劉玉春與陳嘉謨同時被俘，是為十五年十月十日武昌二次光復。賀公此舉不但有助北伐軍事勝利，更救了武昌城千千萬萬的百姓。

我河南暫編第三師，於十五年十月十日拂曉出城，至南湖造紙廠駐紮，旋即整編為國民革命軍中央第一混成旅，賀任旅長。原師長吳俊卿、旅長杜吉卿、第十團團長沈克、砲工營營長秦慶豐，及本營營長馬書聲（吳師長之婿）等不願留職者，均回北方。本旅編成步兵兩團，砲工一營，稍事整訓後即渡江參加北伐。

時在十五年冬盡十六年春初之際，孫傳芳部在長江北岸者，已進至鄂東兩蘄及廣濟一帶，本旅編成爲國民革命軍後，士氣大振，與敵接觸即採攻勢，連克數重鎮，直攻至九江對岸之小池口，斬獲甚豐，本連排長孔慶達曾奪得重機槍一挺，及戰旗一面，在此役中，總指揮唐生智及俄顧問鮑羅廷同來前線視察。十六年春本旅回調，北出武勝關，至河南信陽東雙河一帶，旋又調回湖北麻城中舘驛駐防，至夏再調駐漢口劉家廟及諶家磯，並奉命擴編爲國民革命軍獨立第二師，賀升任師長。

民國十六年夏，因寧漢分裂，武漢方面發動所謂「東征」，分江左江右兩路，由三十五、三十六何劉兩軍長分任總指揮，本師在江右，先乘船至東流縣登陸，沿江南岸向東前進，此種行動爲本師所不甘，迨進至蕪湖與第六、七兩軍相遇，賀師長率本師復歸中央，並參加討伐序列，開始追擊，經安徽、江西、湖北直抵湖南之汨羅江畔。

此時桂系又據廣西湖南及武漢與中央對立，本師已陷於其重重包圍中，賀師長利用十六年農曆除夕，輕裝越過幕阜山脈，再與中央取得連絡，回軍至江北之武穴一帶佈防，對武漢方面警戒。本師自武昌反正以來，已又兩度被裹脅，而兩度擺脫羈絆。復歸中央。

賀師長被俘

民國十七年春，本師聲勢甚壯，乃防於武穴及其附近，對武漢方面嚴密戒備，就在此一期間，突然發生一重大變故，緣第十軍王天培部，北伐至臨淮關後譁變，其羅啓疆部人槍千餘欲回貴州，行至鄂東廣濟，被武漢方面招撫，並以詐降方式，欲解決本師。時武漢爲十八、十九胡陶兩軍，本師前參謀長某正在武漢，由其設計，指使羅部派代表至本師請求歸編，賀師長在北伐時確是雄心勃勃，其在山東原籍之老父及長公子，均被張宗昌軟禁，足見其聲名遠播矣。武漢方面此一着，正中賀之所好，遂派代理參謀長于某前往廣濟慰勞羅部，並窺虛實，于是一資深營長，酷好飲酒賦詩，未能深入瞭解，竟與羅談訂條件，羅願任本師副師長，部隊編一個團，另外編一手槍營，並歡迎賀師長親往訓話，于回部後即慫恿賀師長前往，賀猶豫不決者再，筆者時在第一團工作，賀師長二公子廣憲，時任第一團上尉參謀，與筆者係同期同學，當時團設中校參謀長及少校團附各一，上尉參謀二，此係北伐時之一種編制，此時筆者適調師部服務，因新任秘書長係師長老友，調筆者協助處理文書，在賀師長去廣濟前一日，賀師長與秘書長擬妥一上今　總統呈文，由筆者繕寫，派專人送南京，是晚賀師長修面，但竟刮破了一點，咸認爲是一不祥之兆。

次日晨出發廣濟，除師部隨員外，並由一幹練副營長選拔精壯士兵編成一個強連隨扈，家兄錫三任上尉參謀，亦在隨員之列，武穴廣濟相距約二十公里，四個小時可達，到時標語鞭炮一片歡迎聲，但進入招待處所，已被層層包圍，經過酒筵招待及抵抗衝突後，只有束手就擒，羅部立即出發，以全力向武穴急進，欲解決本師，其便衣人員早已混入武穴，幸本師有一馬伕，先行潛回報告，師部立即召集會議，但終因羣龍無首，未能採取適當措施，第二團在第一線，立即進入陣地，旋即發生戰鬥，羅要挾賀下達命令給第二團長不得抵抗，馬置不理，經羅部猛攻及裡應外合，馬團遂被瓦解，第三團孫團長竟率部向安徽六安方向逸去，第一團節節向東撤退，武穴遂入羅手。

本師第二團頗有犧牲，馬團長僅帶少數人落荒而走。孫團欲回其六安家鄉，後被紅槍會解決。第一團團長王在堂，字佐銘，山東諸城人，山東將校講習所畢業，第一團比較完整，並收容本師官兵共約二千餘人，安全到達安慶集賢關，接奉中央命令：「獨立第二師，仍維原建制。」遂乘船開鎮江，由張春浦兼師長，王在堂仍任團長，晉級少將，歸第四十六軍方鼎英指揮，旋調揚州整訓，大約經過了一個夏季，是年秋出發北伐，至隴海鐵路沿線，時全國已統一，乃回調清江浦整編，第四十六軍等部，僅縮編爲一個第四十師，編餘人員很多，遵照 國父化兵爲工的兵工政策，分別編爲兵工總隊，本團第二營營長劉玉清編少校中隊長，筆者編爲中尉分隊長，本中隊計四個分隊有兩百餘人，係由全軍上士組成。

賀對庭殉職

當本部由武穴東撤時，羅收容本師散兵，受武漢方面委任，亦稱獨立第二師，所以獨立第二師曾經鬧過雙胞，賀師長被俘後，羅部曾派人送信至九江給本師軍需處長及賀之二公子，接洽以若干銀元贖回賀師長，後因窺破是一詐術，未受其欺。羅遂送賀至武漢，又轉送至長沙，當時一般人預料賀不會有生命危險，因武漢及長沙方面，多係其同學老友，如白幕之史將軍等，均與賀同學共事有年，頗稱莫逆，即賀本人亦未料及會判死刑，可能因爲政治因素，竟判死刑，並執行槍決。

長沙槍決賀師長時，頗爲轟動，全國報均有登載，賀着中山裝，戴博士帽，乘頂一籐子轎，軍樂隊及儀隊前導，至刑場舖紅氈，賀立氈上，脫帽向羣衆微笑領首，從容就義。筆者同學鮑伯鈞，時年二十歲，爲賀侍從副官，與另一副官兩人陪綁，陪綁者例不會死，但當時兩人以爲必死，飽受驚恐。

賀死後桂方盛予棺殮，並派汽船載送至漢口，再由漢口換船直達南京下關，停柩靜海寺，在開追悼會時，正中懸今 總統書頒輓幛，倍極哀榮。

綜賀生平，是一革命健者，並始終服膺 國父及 領袖之意旨，不爲利誘，不爲威屈，以維護革命正統爲己任，惜毀於內爭，良用慨嘆。

朱自清和學術研究

于維杰

一

朱自清先生的去世，屈指算來，至今已將近二十年了。對於他平生的新文藝創作和教學方面的成績，已有很多的文章介紹，筆者也曾寫過一點；但那只能表示他一方面的成就，因爲他不只是

朱自清先生遺像

一位優秀的作家或教師，而且是一位有精湛研究和貢獻的學者。

朱先生治學的範圍很廣，造詣很深，但有兩點精神特別值得我們效法的，也是最令我們崇敬的。第一，他雖然是有成就的專門學者，但並不鄙視學術的普及工作。他不只注意到學術的高度和深度，更注意到爲一般人所能接受的廣度；他作「經典常談」，用語體文寫「古詩十九首釋」，編中學教本，和葉聖陶合著「精讀指導舉隅」和「畧讀指導舉隅」，目的都是爲了普及的。他曾計劃選取「古詩源」、「六朝文絜」、「古文觀止」和「唐詩三百首」四書，全都重新詳細地用語體文作過注釋，以備一般人的閱讀；但這工作並未完成。他竭力推崇浦江清的「詞的講解」，便是爲了普及着想的。他願意一般人都有機會學習，讓他們知道古書裡並沒有甚麼特殊的神秘。

其次，他的觀點是歷史的，立場是現實的。在「古文學的欣賞」一文中，他說：

> 人情或人性不相遠，而歷史是連續的，這才說得上接受古文學。但是這是現代，我們有我們的立場。得弄清楚自己的立場，再弄清楚古文學的立場，所謂「知己知彼」，然後才能分別出那些是該揚棄的，那些是該保留的。……自己有立場，却並不妨礙了解或認識古文學，因爲一面可以設身處地爲古人着想，一面還是可以回到自己立場上批判的。

基於這種觀點，他反對繁瑣的死板的考據。三十六年，他曾在清華講演過一次「文學的考證和批評」，這文章一直沒有寫完成，是預計三十七年暑假後休假要寫的文章之一。他以為絕對的超然客觀，事實上是不可能的，所以考證尺度必須放寬，必須和批評連繫起來，才有價值。他主張詩是應該散文化的，所以他喜歡宋詩；他以為文是應該載道的，雖然道的意義因時代而不同，所以他研究韓愈；但都是從當時的實際歷史着手的，並不是比附。他為文介紹聞一多治中國文學的道路，這道路也是他自己所同意的。

他治學的各方面都是如此，謹嚴而不繁瑣，專門而不孤僻；基本的立場是歷史的，現實的。他極勤奮，寫的東西多；但和多產作家有着顯然的區別，因為他認眞，他不以悠閒於抽烟斗的假名士生涯為然，也不屑於卸任官僚脫靴去乞避暑的簷下，他勒緊了腰帶把別人善意施捨的「嗟來之食」拋在道旁。我們欣賞他的文字精鍊，但這文字的創造者的做人，却更加值得我們取法而實際不容易取法。有人說他在晚年捨棄創作，走向研究的途徑，這是不錯的；然而他的研究工作並不曾和現實脫節，不鑽牛觭角，不以艱深文淺陋，脚踏實地，用語言做研究文學的出法點，致力在啓蒙和普及上，這是一條正確的道路。胡適之先生於三十七年八月十三日在朱自清的火葬場上說：「清華大學的中國語言學系在聞一多和朱先生的領導下，剛剛摸索出來一條應該走的途徑，他們就都先後地去了。這是多大的一個損失！」我們相信胡先生指出的就是這條道路，這條道路能融合創造與研究成為一體，學院和民間不再保存對立式的分野。在這以前我們走過的道路是打垮舊的，建設新的，以提倡研究，整理遺產，推行國語，努力創作和介紹外來的東西做借鏡；而朱先生却是要合在一起向前邁進。他兼有中學及大學的教學經驗，根據他的經驗制定語文教學的方案，自然不會好高騖遠，閉門造車而不合轍。他兼有新舊文學的修養，憑藉他的修養討論語文教學的內容，自然能夠深知甘苦，不會畸輕畸重，偏於一端而不切實際。除了文學造詣之外，他又富於研究精神，於是解析語文教學的問題，更能深中肯綮，剖析入微，不至於空疏迂濶，類乎戲論。除了本國語文的修養之外，他又有外國語文的精深的造詣，於是對於語文教學的研究，更能夠多所比較，相互貫通，不至於抱殘守闕，拘墟短視。朱先生具有這麽條件，所以就這方面說，也眞是個全材。我們歷數國內文學家，有的能夠着手創作，但可惜的是「莫把金針度與人」；有的能夠從事研究，但遺憾的是「可憐無補費精神」。像朱先生那樣為人而不為己，深入而能淺出，適應當時的需要，解決當時的問題，實在是太難能可貴了。

二

朱自清字佩弦。他的字不很通行，姓名却是每個中學生都知道的。他寫的文章，或署名，或署字，而成書出版時一概用名。原籍浙江紹興。祖父諱則余，字菊坡。祖母吳氏。祖父為人謹愼，在江蘇東海任承審官十餘年，民國紀元前七年退休，遷居揚州。父諱鴻鈞，字小坡。母周氏。民國紀元前十四年（一八九八）舊曆十月初九日，先生生於江蘇東海縣，為小坡公之長子。後來他在揚州長大，在揚州讀書，就入籍為江蘇江都人。祖父退休後，他的父親隨侍在揚州，任揚州承審官。先生原名自華，弟物華、國華、妹玉華，都出生於揚州。民國元年，菊坡公逝世，留下些產業，家道小康。此後小坡公到過江西石港、江蘇徐州，歷任鹽酒各稅局局長，廉清正直，一無積蓄。先生在誠摯動人的「背影」一文中，敘述他父親送他渡江上車時，事事小心，叮嚀周至，而他那時年少無知，反暗笑老父的迂；及見老父穿越鐵軌至月臺買橘子時步履蹣跚的背影，乃感動至一再流淚。讀過的都知道他有位極其慈愛的父親。那時他的家庭遭遇不幸，祖母病故了，父親的差事也交卸了，正在變賣家產，借錢辦喪事。祖父的一生謹愼，父親的忠厚廉直，這些性格不折不扣地都遺傳給他了。

揚州從隋唐以來，是南北水陸交通的都會，富庶繁華、人文薈萃之邦。先生幼年，值科舉初廢，學校方興。父親小坡公對他寄託了極大的希望，却懷疑當時新式學校讀書的成績和教學的方法，便把他送到中過秀才或舉人的老師那裡去受教。而在放學回來的時候，小坡公都要把他的作文卷子，一篇一篇地讀過。這多半是在晚飯後，小坡公一面吃着落花生豆腐乾下燒酒，一面就低吟着朱先生作的文章。看見文章尾後有好評，字句邊上又有肥圈胖點，就點頭稱是，欣然飲酒，且給坐在旁邊的兒子幾粒花生米或一塊豆腐乾。若是文章的字句圈去的太多，尾後且有責備的評語，那小坡公便要埋怨朱先生了，自然比文章上的評語說得利害。在這個動氣的時候，雖並不伸手去打兒子，却往往把文章拿來出氣，投在火爐裡無情的燒掉。朱先生遭着這樣的情形，多半是忍不住哭了起來；但這却替他的文章打下了很好的基礎。民國紀元前後入新式學校，在安徽旅揚公學上學。十五歲入兩淮中學（揚州中學前身）成績優異。十九畢業，即考入全國最高學府北京大學的預科。父母的喜歡自不必說，而千里迢迢，進京求學，爲了安慰堂上雙親，他答應了早婚，到京半年，寒假中趕回家鄉結婚。夫人武氏，名鍾謙，是揚州名醫武威三的女兒，與先生同歲。婚後感情甚篤，仍北上讀書。不料祖母病故，父親賦閒，他愁着讀書年限太長，恐家計艱難，遂改名自清，投考北京大學本科，再發再中，又被取錄。那時北京大學尤以文科著名，先生入哲學系，加速用功，在三年內修畢學分。民國九年的夏天，先生畢業於北京大學文學院哲學系，得了文學士學位。

三

先生性喜交遊，在北京認識不少同學。在學校裡，無論是誰，只要一提到他，都有着一種親切的好感。在對人這方面，他實在沒有可以批評的地方。一個人所應有的美德，比如誠懇、熱情地關心別人、幫助別人，對誰都不分厚薄彼此，能夠原諒別人的錯誤，……這些他都有了。同他交情最厚的有：同學兼同鄉的任中敏，在校時不熟而後來成爲良友的俞平伯。那時哲學系主任胡適教授正領導着新文化運動，倡導文學革命，風起雲湧，給予先生的影響頗深。他熱心參加學生運動，並開始創作。最先試新詩，其後用功散文。早期的作品收在「雪朝」、「踪跡」兩個集子裡，這是五四運動前後寫的。使他成名的是長詩「毀滅」與長篇散文「槳聲燈影裡的秦淮河」，作於北大畢業後的兩三年。時人譽「毀滅」爲新文學中的「離騷」，評「槳聲燈影裡的秦淮河」爲白話美術文的模範；這時他一躍成爲第一流作家。

他在北京讀書的時候，對於國學本已很有興趣，畢業後在杭州第一師範教國文，初嘗講壇粉筆生涯的滋味，他覺得不很合式，幾乎要辭職，是學生留住了他。他的思想很新，常與學生熱心討論哲學上的問題，人生的意義，提倡用白話寫作，策勵青年，很得到學生的信仰。歷任杭州浙江省立第一師範（民九至十一）、台州吳淞中國公學、浙江省立第六師範（民十一）、溫州浙江省立第十中學、浙江省立第十師範（民十二至十三）、寧波浙江省立第四師範、上虞白馬湖私立春暉中學（民十三至十四）的國文教員，他的母校揚州江蘇省立第八中學（民十四）的教員兼主任。在江浙兩省教書五年，教育了不少青年，同時也訓練了自己。他漸漸地拋棄哲學，專心研究語文。他所任教的各個地方，不乏山水名勝，課餘遊覽寫新詩、遊記、散文，陸續在文藝雜誌上發表，同時加入了上海的文學研究會，成爲該會的重要分子。在此時期，他和夏丏尊、葉紹鈞、豐子愷、朱光潛等人爲友，互受影響。他主張文藝雖久不廢，作者須具具有「衆人心」。文藝作者具備了這種心的修養，作品中便多少可含有不朽的價值。即使要朽，也朽得遲一點。所謂具有「衆人心」，就是說一人不只有自己的一顆心，又能體諒同類的心。文藝創作的心理中有很神秘的矛盾，作者注重獨特的個性，但同時又須兼有羣衆和同之心。作者的創作國土中，每一個人假定自己是君臨萬衆的王者，假定一切人物事象都是專爲他的創作而存在，這才可以產佳作。然而這個王者，要如曾子所說：「民之所好好之，民之所惡惡之」，才有統治他的國土的資格。這兩種心明明的矛盾，然而是文藝創作的要素。所以文藝作者一方面靠有特殊的個性，他方面又須具有普遍的共鳴共感的心。質言之，文藝作者一方面要有堅強的個性，他方面又須富同情心。他認爲孔子所謂的「推己及人」正是文藝作者的修養。從作品方面說，體會衆人心的作者的創作，就是具有衆人性的創作。理解的人多，文藝價值越高。在語文教育上的同道有夏、葉兩位，後來他和葉紹鈞合作了許多有關於國文教學上的著作，其趣味與經與經驗植根在這五年的中學國文教學上。每個中學生都讀過他的文章、他的書，終身得到他的益處。

四

「五四運動」，本來在先天裡就是一種愛國運動，朱先生當年既是此「運動」的少壯派之一，因此，從那時起，他對一切的愛國運動都感到興趣。其後白話文運動慢慢地成功了，攻破了國學和古文的壁壘。民國十四年，北京清華學校加辦大學部，成立國文系，聘先生爲教授。校址在北京西郊清華園，環環幽美，圖書豐富。國文系中多老輩，有古文名家，又有前清的翰林、舉人，先生年才二十八，然而青年學生中喜歡新文藝的却願意轉到他的班上來。清華設有國學研究所，聘梁啓超、王國維等爲導師，學術空氣濃厚，於是先生見聞日廣，更是謙虛，自居後輩。次年，接眷到校，住清華園西院。「荷塘月色」、「兒女」兩篇便是寫他在園內的生活。他把散文零篇，繼「踪跡」後集成「背影」一集付印。因其不僅文字優美，而且懇摯認眞，故各篇均爲完美之作。那時他已是五個兒女的父親了，生活的重担壓着，不幸武氏夫人積勞成疾，十八年在揚州病逝，年僅三十二歲，遺下二子三女。武氏夫人死後三年，先生以「給亡婦」一文掉她念她，國文課本都會選入，敍瑣事絮語，而悽惋欲絕。

民國十七年，北代成功，國內統一。消華學校奉部令爲國立清華大學，由羅家倫氏任校長。他的老同學楊振聲長文學院兼中國文學系主任，氣象因而一新。新的計劃是儘所能向新文學方面發展，朱先生也參與草擬方案，貢獻獨多。當時參與草擬計劃的，大都犯了注重語體文而忽視文言文的毛病。主張白話運動的人士認爲文言文是死文字，認爲文言文之於中文等於拉丁文之於英文，應該束之高閣，由少數學者去研讀。先生獨排衆議，認爲文言文和語體文都應有其重視的地位。文言文之於中文，與拉丁文之於英文，地位並不相同。今日的英文自四百年前就已發展成型，與古典的拉丁文逈異；而我們的文言文從周秦到民初已使用了數千年，與今日一般口語的血緣極深。如果對文言文摒棄不用，則不僅是與過去的文化傳統和文學遺產脫節，同時也是漠視現實語言的主要母體。因此他主張不單是中文系的學生，就是所有文學院的學生，都應當能夠了解文言文，能夠欣賞文言文的好作品。他的主張不但獲得大家一致的贊同，並對當時任教的新舊兩派教授的情感融洽上，起了很大的作用。十九年楊氏離校，馮友蘭氏長文學院，先生繼任爲中國文學系主任。他的專門研究是詩歌與文學批評，担任「新文學概論」、「歌謠研究」等課，都編有講義。古文學考據的著作有「陶淵明」、「李長吉」兩篇論文，先後發表於「清華學報」，學者之間都稱道他的謹嚴博洽。二十年休假出國赴歐遊歷，又留學英國，在倫敦大學讀語言學及英國文學。在國外的時候，還從各方面節省，把剩下的一點錢按月寄回家，貼補家用。從這裡可知他十分愛他的家，可以知道他願對家負責任。二十一年回到清華大學，那時梅貽琦氏任校長，先生再爲中國文學系主任。此後數年，清華大學中文系都爲先生主持，名教授有陳寅恪、楊樹達、黃節、劉文典、俞平伯、聞一多、王力等，一時稱盛。先生周旋老輩，獎掖新進，使新舊學術平衡發展，同人師生，感情皆洽。梅貽琦校長稱道他是一位能幹的系主任，是一位集大成的賢才。先生則對梅氏的民主風度和涵養表示欽佩，他說：「我每次請教授、領經費的公事，梅先生都是照批的。我每次說謝謝他，他照例說：朱先生不要謝我，我們都是爲着學校，用不着客氣。」二十四年，他兼任清華大學圖書館主任。二十五年辭兼職，專任中文系主任。

五

二十一年八月，先生自歐囘國，與陳竹隱女士結婚於上海。陳女士，四川成都人，少先生七歲，畢業於北平藝術學院，是齊白石、溥西園的女弟子，工書畫，善度曲，婚後卜居清華園北院，生活極愉快，先生寫作益勤，成散文集「你我」並用印象的筆法，記述他在遊歷歐洲時所見的景物，成「歐遊雜記」。先生遊歷歐洲後，覺得以往住在倫敦的七個月最有意思，因此在「歐遊雜記」外又寫了「倫敦雜記」，老老實實地把倫敦介紹給讀者。那時他的長子邁先，長女采芷，從揚州出來，到北平就學。爲了家用不足，不得不兼職，他和楊振聲、沈從文共事，參加教育部編中學教本的工作。於文章註釋外，他又旁參博考，寫下若干部國學要籍的提要和說明，這本稿子就是「經典常談」的底本。他又應上海良友公司之約，參加「新文學大系」的編輯，編選「新詩」一冊。在清華，他開設「宋詩」及「中國文學批評」兩門新課，成「宋詩鈔畧」、「詩文評鈔」兩書。又開始研究中國文學批評裡的幾個基本觀念的演化，在詩論方面已先整理出頭緒，成「詩言志」論文一篇。他正在埋頭寫作，二十六年七月七日盧溝橋事變起，日軍佔據北平，打斷了他的安居治學的生活。所以先生非常羨慕清華以前的同學都能規規矩矩的唸書，不大受時局的影響，但是他還是覺得時代不同了，不能拿以前的標準來衡量現在。

二十六年九月，清華大學奉教育部令南遷，與北京大學、南開大學聯合，成立臨時大學於長沙。先生留眷在北平，最早到長沙。當九月十三日開籌備會議時，被推爲中國文學系主席，文學院設於南岳，那時戰火瀰漫，弦誦不輟，先生常出講演，激勵士氣。在南岳半年，他生活樸素，與北大、清華、南開三校的文學院諸教授談學遊山，登祝融峯，遊方廣寺，多有題詠。後因時局關係，臨時大學又奉命結束，三校又遷往昆明合辦西南聯合大學，文學院設於蒙自，先生仍任中國文學系主席。他遊歷桂林、陽朔山水，經安南入滇；眷屬自北平脫險南來，定居於蒙自，次年才遷昆明。時敵機轟炸甚烈，眷屬疏散到鄉，遷居昆明西北郊外梨煙村。村居簡陋，遣去僕役，由夫人親操家事，先生步履往返城鄉，教學甚勞。其時圖書缺乏，研究工作停頓，於是他注意到通俗教育。要使學術通俗化，乃續寫「經典常談」稿，又與葉紹鈞合作「精讀指導舉隅」，又與浦江清等創辦「國文月刊」，促進國文教學。胃病時發，二十九年春辭西南聯合大學中文系主席，由北大教授羅常培繼任。是年夏休假，携眷赴成都，往東門外宋公橋報恩寺，其地清幽，也是避免轟炸，疏散眷屬之所。暇居一年，與蕭公權等多唱酬，作舊詩，格律出入昌黎、聖俞、山谷間，而內容却是新的，更非無病呻吟與嘆老嗟卑的濫調，不失現代意味。又與老友葉紹鈞相會，合作「畧讀指導舉隅」、「國文教學」兩書。後者各篇有談原則的，有談方法的，都根據實際經驗寫成。對於教的該怎樣教，學的該怎樣學，都有論及，並不單就教師方面說話，甚爲教育界所推重。三十年秋返昆明，留眷在成都，其夫人任職四川大學圖書館，長女采芷、三子喬森在成都上學。

六

先生日常起居生活都後注意，也很儉樸，囘昆明後，住北門街宿舍，辭清華中文系主任職，由聞一多繼任，專任教授。清華文科研究所成立，由馮友蘭院長兼所長，聞一多任中國文學部主任，設所址於昆明東北郊外風泉鎮。先是，民國二十五年，清華大學鑒於華北局勢緊張，籌設分校於長沙，選部分圖書由湘入川，這時先生兼圖書館主任，實主持甄別圖書裝箱南運之役，貫徹始終，任勞任怨，可惜南運圖書大部分被炸燬於重慶，先生最爲傷心。小部分運到昆明，文科研究所成立後，整理殘餘，陳書滿樓，於是進行研究工作。先生半星期居城中授課，半星期下鄉至研究所，與聞一多、浦江清、許維遹、陳夢家等共同研究，續寫中國詩論若干篇，成「詩言志辨」一書。在北門街宿舍，披覽現代文藝雜誌，作新詩評介多篇，成「新詩雜話」。先生母周氏太夫人已前歿，民國三十三年小坡公歿於揚州，享年七十七，先生聞訊哀慟，胃病因而更加嚴重。

三十五年春，文科研究所結束，聞一多辭主任，先生雖健康未復，不得已復任爲中國文學系主任，計劃復員。誰都知道，三十五年度清華復員的工作是十分艱鉅的，加以復員經費短缺，要想在短時期內恢復舊觀，誰都覺得不大容易。那段時期他的胃病已到嚴重階段，但是他的工作時間反而比大家要長，工作效率反而比大家要高，他那種大無畏的精神，終於把中國文學系復原了。那年夏，西南聯合大學結束，師生分批離滇，聞一多遇難於昆明。時先生已離滇赴成都，携眷屬飛回北平。清華大學復返故址，先生住家於北院舊屋，八年流徙，至是畧得休息，健康也漸恢復。於是他收集聞一多遺稿，主編「聞一多全集」，計分：神話與詩、古典新義、唐詩雜論、詩與批評、雜文、演講錄、書信、詩選與校箋八目。將古代與現代打成一片，成爲一部「詩的史」或一首「史的詩」。接着共黨叛亂，國內統一無望，生活艱難既同於戰時，而精神更覺苦悶。他感於老之將至，更努力寫成「語文零拾」、「語文影」、「論雅俗共賞」、「標準與尺度」數書。其散文更爲老到，思想更爲開廣，更注意到通俗的大衆文學，在現在文學批評中，他的持論最通達公正，名望甚高。

七

先生在昆明時漸致力於文學史的研究，「中國文學批評」是他多少年來專門研究的學問，清華文科研究所特設文學批評一組，就是當聞一多任主任時因了朱先生的專長而設立的。「文學批評」、「文辭研究」，都是他講授過的屬於這種性質的課程。關於這方面的材料，他搜集得特別多。每一個歷史的意念和用詞，都加以詳細的分析，研究它的演變和確切的涵義，所以處處能用歷史的觀點，通古今之變。「詩言志辨」一書只是寫成的關於這些材料的極小的部分，但已經廓清了多少錯誤的觀念。這書收着「詩言志」、「詩比興」、「詩教」和「詩正變」四篇論文，都是多少年來研究的結晶，這是中國詩論的傳統的標準。從這部書，可以知道中國文學史、文學批評史、詩史的最大主潮還是爲政教而文學，換句話說，也就是爲人生而文學。他在自序中說：

> 現在我們固然願意有些人去試寫中國文學批評史，但更願意有許多人分頭來搜集材料，尋出各個批評的意念如何發生，如何演變——尋出他們的史跡。這個得認眞的仔細的考辨，一個字不放鬆，像漢學家考辨經史子書。

從這裡可以看出他治學的謹嚴態度。其他的已經發表的論文如「論逼眞和如畫」、「好與妙」等，也都是從中國文學批評的歷史意義去分析的。他認爲「現代文學裡批評一類也還沒有發展」，是寫中國文學批評史的困難之一；因此他關於新文藝的論文也都是從歷史的演變分析起，再和現實的要求聯合起來。抗戰前清華大學的講義曾印有「詩文評鈔」，各種詩文評的書籍，評點本的集子，他收羅得非常多。關於研究材料的排比和歸納，都做了許多。三十四年起先生開授每週四小時的全年課程「中國文學史」，從古到今的綱目材料和有關的參考書籍，也都安置就緒。三十七年六月才把所缺的一部分關於戲曲小說的書籍買齊，希望寫一部以新史學爲基點的中國文學史。他在林庚著的「中國文學史」序文上說：「文學史的研究得有別的許多學科做根據，主要的是史學，廣義的史學。」這也是他寫文學史的態度。那年暑假他打算寫一篇關於「宋朝說話人的四家」的考證論文，交清華學報發表，就是整理文學史講稿的心得之一；但這篇論文和「中國文學史」都同樣的沒有能夠寫成。他去世後，書齋裡還堆滿了許多有關的卡片和手稿，但工作已是停頓了。

朱先生是一位時代的教育家，也是一位富有思想的詩人，中國詩，從詩經到現代，他都有深湛的研究。詩選是他多少年來所担任的課程；陶、謝、李賀，他都做過詳審的行年考證。三十六年中央研究院歷史語言所集刊載有逯欽立先生所寫的「論文筆」和「陶淵明年譜稿」，裡面一再引朱先生「文選序事出於沈思，義歸乎翰藻說」及「陶淵明年譜中之問題」二文，說「所見良是」，又說「足解衆紛」，可見他治學謹嚴的一般。宋詩尤其是他專門致力的學問，講授已多次，「宋詩鈔畧」是他在昆明時根據「宋詩鈔」所編選的講義，對蘇、黃，他都有獨到的研究，並計劃仿朱彝尊「經義考」倒纂「詩總集考」一書，已收集了一些材料，但未能完成。因爲講詩，抗戰時曾在清華授過歌謠的課程，將現代歌謠和詩經、樂府對照着講，編有講義，有獨到之見，彌足珍貴。晚年，他的興趣特別集中於唐宋一段。三十六年夏天，吳曉鈴介紹他在同文書店老闆劉景超處買到不少參考書，特別是關於韓愈的，曾擬開課講授，也有新的研究成績，但並未整理就緒。又計劃根據聞一多所輯的「全唐詩人小傳」，由中文系同人合力輯成「全唐詩人事跡彙編」一書，也還沒開始。最後，他研究通俗文學，注意小說史，還沒有論文發表。開明書店編中學國文教本，仍邀先生主持，他與葉紹鈞、呂叔湘共同計劃，先完成了「開明文言讀本」，他認爲學文言該是基本學起，不該含糊從事。現代青年學文言，目的在閱讀文言書籍，不在練習文言寫作。他們根據這兩點編成這部讀本。第一冊裡有一篇三萬字的「導言」，說明文言和現代語的種種區別。選文的次第以內容與形式的難易爲後先，先是小記短篇，逐漸及到專書名著，使讀者養成讀文言的能力。每篇後面附有四個項目：①作者及篇題，②音義，③文法提示，④討論及練習。其後又合編「開明高級國文讀本」，係承接着「開明新編國文讀本甲種」，全採語體文字，各篇的內容與形式比較精深，供給讀者作進一步的研修。每篇選文之後都附有四個項目：①篇題，提示本篇的體裁和宗旨，並敍作者畧歷和他的風格；②音義，不作呆板的注釋，務求有助於透切理解；③討論，就內容、作法、鑑賞、批評各方面提出種種問題；④練習，提示種種事項，讓讀者自己練習，在練習中增進他的閱讀與寫作的能力。凡此種種，對解析輔導不厭其詳，較之今日中學國文課本，在自修及教學方面都方便很多。

八

三十七年春，先生胃病大發，教書二十三年，才難得請兩週病假；然而到了學年考試將至，他又抱病上課，認眞地結束了功課。到這時他在校服務已滿七年，乃提出休假；計劃在清華園內養息一年，繼續完成「開明高級國文讀本」並預備「現代散文」一門功課。他參加了一學年的最後一次教授會，通過畢業生名單後，他的職務完了，辦理交卸。暑假中稍得休息，清晨傍晚，常曳杖逍遙於北院楊柳蔭中，同人均訝其消瘦，八月五日，胃病大發，臥床嘔吐。六日晨劇痛不可耐，由清華校醫送往城內北京大學附屬醫院診治，才知是十二指腸潰瘍穿孔，需開刀治療。七日由北京大學附屬醫院外科醫師朱宏蔭大夫行手術，經過良好。八日北大校長胡適聞訊，立即寫了名片託吳曉鈴帶給附屬醫院院長胡傳揆大夫，請他盡全力照料朱先生的病，清華大學校長梅貽琦也在九日親往醫院探視，請託主治醫師朱宏蔭大夫細心照顧先生，他說「我們担承不了朱先生的損失。」朱醫師也盡了最大的力量，可惜後來轉爲他病，突趨嚴重，乃感體力不支。十二日上午十一時四十分，朱先生在他那年休假的開始，就做了永恒的休息，享年才五十一歲。臨危時，緊執夫人的手久久不釋，從容若平生，無遺命及後事。三子喬森，四子思兪，幼女蓉雋隨侍在側，知交、學生來視病者，鵠立門外。噩耗傳到學校，清華大學全體學生靜默致哀。其長子邁先自蚌埠奔喪到北平。身後惟遺書滿室，有「論白話」殘稿尚存案頭，是他病劇時才停筆的。先生是最富有責任感的，該是放不下吧！

揚州光復佚聞

·周秋如·

辛亥十一月，江、浙聯軍攻克南京後，出師北伐，推聯軍都督林述慶，爲北伐臨淮總司令，統率鎭軍第一軍軍長柏文蔚，第二軍軍長徐寶山兩軍，收撫臨淮各地，至徐州，會同北伐各軍，直搗幽燕。近期某雜誌載，林述慶曾親至揚州，與寶山商討有關出師各項問題，寶山率隊迎於河干。因憶及吾揚光復前，寶山在鎭江爲述慶監視，不許其離開鎭江。經鄉人阮慕白担保，述慶方始撤銷監視，並命寶山率部光復揚州，成立揚州軍政分府，在揚坐鎭，其經過想爲讀者所樂聞，爰泚筆記述於下：

辛亥武昌起義，全國震驚，同盟會中部組織機關，及駐南京新軍第九鎭軍官同志，均以鎭江爲長江之咽喉，撫淸淮之肩背，象山、北固、金、焦諸山，環列左右，形勢險要，爲自古兵家必爭之地，若能取得鎭江，始能規復金陵，鎭撫江北各地。因駐鎭第十八協三十六標營官林述慶，久已加入同盟會爲會員，因策動其起義，光復鎭江。述慶遂奔走寧滬間，與兩地同志商討如何策動駐鎭新軍發難起義，以及發難後，將來發生戰事，如何接濟軍餉，補充槍械彈藥各項重要問題。迨計議已定，述慶回鎭，召集軍官同志會議，經決定由湘籍軍官葛應龍、葉開鑫等，游說各巡防營及水師各炮台官兵，黃祖繩赴滬領取械彈，楊韻珂、程士鳳往返寧滬之間，以通聲氣。

述慶當時，以發動起義，布署雖已大致就緒，但兩淮鹽務緝私統領徐寶山，出身鹽梟綠林，性極強悍，有「徐老虎」之稱。其部隊駐紮於與鎭江一江相隔瓜州、六圩、七濠口沿江一帶。寶山若負固揚州，擁兵自衛，殊爲鎭江後顧之憂。心腹大患，若不善於籌劃，難安枕席。因水師統領趙鴻禧與寶山有金蘭誼，參謀（？）李竟成與寶山亦有舊，述慶因派趙、李向寶山游說收撫。寶山欣然願投入鎭軍，參加革命。竟成因邀約寶山同至鎭江，以便就近與述慶相商寶山職位及其部隊編制，以及寶山所提出各問題。寶山當即與趙、李同至鎭江，抵達後，寶山首先返家省視老母。（寶山係鎭江人，祖與父皆爲編製竹器之篾匠，開設竹器店及竹廠，在鎭江城內某地，寶山與其弟寶珍幼均學習編製竹器而爲篾匠，寶山性極粗暴強橫，但事母至孝，往往與人兇毆爭鬥，一聞其母呼叱聲，即馴服不敢動，每至鎭江，必先返家省視其母。）

寶山旋即至與李竟成約定之三益棧商談，寶山提出其部隊可編入鎭軍爲一師，彼可爲師長，但應另給其一較高名義，以便對外。將來部隊擴充，不受限制。揚州及江北沿運河及裡下河各縣，由彼率領部隊光復，彼在揚州坐鎭防守。沿運河裡下河各縣，均歸其節制，部隊駐紮地點，由其自行決定，不能輕於調動。揚鹺所有特別利益，將來爲其所有。軍餉在未有的欵發放前，所有江北各縣稅收及釐捐，皆由其派人徵收，以充軍餉，並須與之立約。此外尚提出跡近要挾多欵。竟成因將其所提各欵，一一向述慶報告。述慶聞而極為震怒，當以寶山究係為鹽梟出身，習性難改強悍狡詐，罔識大體，不知誠信，甫經投誠，竟提出令人難以接受無理要求多端，若令其獨據一方，擴編整訓，其勢坐大，將來無法控制，足以妨害革命大業，其禍害實不敢設想。其時因鎮江局勢尚未大定，述慶投鼠忌器，因對寶山未作斷然處置。一面囑竟成仍虛與委蛇，一面派兵監視其行動，使其不得離開鎮江，謀定而後動。

其時有莠民孫天申，勾結地方無賴宵小及駐軍定字營兵士，冒充革命黨人，前來光復揚州，搶刧運庫，放走監犯，地方秩序大亂，人心惶惶，一夕數驚，均懼有大禍將至，地方岌岌可危，朝不保暮。雖城內外商店居民，各在其所在地段組織自衛團，每晚各團員手執高挑燈籠，逡巡街市，此不過為臨時救急之計，並非長久之策。

商會會長周穀人，因召集紳商學各界，開會於場鹽會館，商討如何防止變化，安定地方，以及如何應付當前局勢各項重要問題。衆論紛紜，莫衷一是，忽有高呼：「諸君應當未雨綢「膠」（誤「繆」為「膠」）為地方上謀一長久治安辦法，不可再徒托空言，因循游移，自誤誤人』之聲，起自座間。衆視之，乃為阮慕白。（慕白名新傳，為芸台太傅曾孫，性豪放，任俠仗義，凡地方上有不公平之事，及十分難解之糾紛，經其片言，無不立決。聲聞湖海，大江南北，燕趙齊魯，以及東北、西南各省，豪邁之士，俠義之徒，無不知有揚州阮五爺（因其行五）其人，國父清末倡導革命，連絡各幫會中人，以擴張革命勢力，如王金發、姚勇忱等，均以幫會中人，加入同盟會為會員。杭辛齋為連絡便利起見，曾加入青幫。慕白以清華家世，幼即加入青幫為大字班，並富有革命思想。鄉人方潛、洪承點久已介紹其為同盟會會員，其生平事蹟當另為文以記之，茲不再贅。）因詢問其有何良好辦法，慕白謂目前盡人皆知亂民、游兵、散勇、以及地方宵小無賴，潛伏城廂四郊，伺隙而動。更有自稱奉命前來招兵募餉，名目繁多，絡繹不絕，危機四伏，有一觸即發，不可收拾之勢。地方上雖有自衛團組織，係各按地段，各自組織，既無統屬，更乏聯繫，一旦發生事變，各不相顧，斷難收守望相助之效，地方上恐不免遭受極大糜爛。為今之計，在個人拙見，鎮江聞已光復，推林述慶為鎮軍都督，並聞徐寶山已投順鎮軍，加入革命，揚鎮之隔，唇齒相依，鎮江既已光復，揚州豈能獨異，似應即予響應。寶山自受招撫，為兩淮鹽緝私統領後極知自愛，所駐各地，紀律嚴明。寶山流連吾揚各地甚久，地方情形，本極熟習。其部隊又多駐吾揚各地，亦易調動集中。若能推派代表至鎮見林述慶都督，請其派遣寶山率隊來揚，光復揚州，並在揚坐鎮，順理成章，林述慶都督定能允許。以寶山之聲威，來揚坐鎮，自能懾伏羣醜，地方相安，當無可疑。拙見如此，不知諸君更有何高明辦法？當時座中諸人對於慕白建議，均皆贊同，無一異詞。並公推其代表赴鎮，往見林述慶都督，請其即派寶山來揚，光復揚州，並予坐鎮，慕白欣然接受。

慕白當即偕戴友士，及其徒佘某、徐某等，同赴鎮江。抵達後，即往見述慶，申述地方各界推其代表前來之意，以及地方盼望甚殷情形請其俯念輿情，立賜照准辦理。述慶因謂揚州各界深明大義，推君代表，請派遣徐寶山光復揚州，與鎮江如桴鼓之相應，此本為余所企求，並希望其能早日實現，自當予以照辦。惟余想寶山習性難改，將來萬一蓄有異志後患不堪設想，因將其對寶山發生疑慮，以及派兵將其監視，不許其離開鎮江各點相告。慕白因謂寶山雖出身微賤，但事母至孝，性極爽直，素重信義，為人所共知。既已加入革命，斷不致蓄有異志，再行反覆。述慶因慕白既為革命同志，在幫會中又負有盛名，不輕然諾。待其詞畢後，因謂君如能担保寶山將來不致蓄有異志，反覆無常，余當立即撤銷其盤視，並派其光復揚州，在揚坐鎭。慕白當即毅然允諾，惟謂須與寶山面談後，始能作肯定答覆，述慶當即囑李竟成與慕白同往，與寶山相見。

慕白與寶山見面後，因將述慶對其疑慮各點相告，寶山指天矢日，謂既加入革命，自當始終如一，豈能朝秦暮楚，喪志失節，將來何以爲人。並謂揚鹺特殊利益將來爲余所有。竟成謂林都督可以同意，並可立約。至余之部隊可編入鎭軍爲一師，由余爲師長。但因對外易於號召起見，請給余一較高於師長名義。在軍餉未定有的欵發放以前，余不得已征收地方稅收釐金，以充軍餉。此後余當服從林都督之命令與指揮，絕無他意。

慕白與竟成當將寶山所表明各點，向述慶面陳，述慶認爲大體尙屬可行，囑竟成代表與之再商細目。當經竟成與寶山商定其部隊編爲鎭軍第二師，寶山爲師長，應受鎭軍都督之調遣與指揮。並由寶山光復揚州，成立揚州軍政分府，寶山對外可稱揚州分府都督。（？）以上均由鎭軍都督以命令公文行之。其他如楊鹺特別利益將來爲寶山所有；以及地方稅收釐金在軍餉無的欵發放前由寶山所有；以及地方稅收釐金在軍餉無的欵發放前由寶山征收，由竟成代表與之立約，慕白在約上爲中證，慕白並出具担保書，担保寶山此後不得蓄有異志。竟成將上述商定各點報經述慶核准後，辦理各項手續，迨辦理完畢時已夜深，竟成命人探知述慶尙未寢，因偕寶山與慕白同往相謁，寶山於道謝之外，並請示一切機宜，與述慶相談極爲融洽。

次晨，寶山與慕白戴友士及其部屬申彪等，乘專輪至揚州。經瓜州時，命其所駐瓜州一帶部隊，兼程至揚。抵達鈔關碼頭時，人民夾道歡迎。上岸後，寶山與同來各人，騎馬進城，戴友士一馬在前，高呼「徐都督（？）來了」之聲不絕。寶山進城後，逕至塲鹽會館，與士紳周穀人方澤山晤談，即着手組織成立揚州軍政分府，並通電宣告揚州獨立。未久，寶山即擴編其部隊，爲揚軍，出師攻克江浦後，加入江浙聯軍進攻南京，團長董開基，營長黃采均陣亡。

江浙聯軍攻克南京後，出師北伐，推述慶爲北伐臨淮總司令。述慶以柏文蔚爲鎭軍第一軍軍長，寶山爲鎭軍第二軍軍長，並至揚州與寶山商討北伐有關各重要問題，即某雜誌所載，述慶至揚，寶山率隊迎於河干。但寶山亦自稱其爲江北北伐軍司令，，正長電黃大元帥，各都督、伍外交總長，李平書、馬相伯、宋漁父、于右任諸公，及各報館，謂急籌北伐，願爲前驅，請速發槍械。寶山此時似已不出述慶所料，蓄有異志，脫離鎭軍矣。

南北和議告成，清帝遜位， 國父辭臨時大總統，由袁世凱繼任。袁爲羈縻寶山起見，任寶山爲揚軍軍統，加陸軍上將銜，並將其部隊直屬陸軍部，直至民國二年春，寶山被炸死後，其部隊方由其弟寶珍統率。

以上所記，作者屢聞於當日參加塲鹽館開會鄉前輩吳召封先生。（召封先生喜詼諧，時以慕白在開會時所呼之未雨綢「膠」爲談笑之資，並連帶述及當時公推慕白至鎭江之情形。）慕白與其弟連仲亦一再將此事向作者口述。慕白逝世後，其家傳中又敘述此事，自屬眞實可信。但據某一近代史文獻中記載，鎭江光復前二日，李竟成已與寶山立約，將楊鹺特別利益悉爲寶山所有。以及鎭江尙未光復，林述慶亦尙未被推爲鎭軍都督，寶山已向述慶索都軍安民告示，至揚州張貼，於情於理，似均難謂合。於此知治史之難，而令人不禁有「盡信書，則不如無書」之嘆，因偶有所感故一併泚筆記之。

斯坦因盜寶記

·實齋·

在腐敗的滿淸政府時代，我們國內的文武官員，對於敦煌莫高窟所發現的寶物，是絲毫不知道寶貴的。可是在外國的學術界方面就不同了。王道士發現敦煌的藝術寶庫，是在光緖二十六年，也就是西元一九〇〇年。早在光緖五年，也就是發現敦煌寶庫之前的二十一年，匈牙利地質調查所的所長「洛克濟」，曾經在我國西北部甘肅一帶，作過地質調查。由於洛克濟對考古學很有興趣，所以他就順便到了敦煌，對莫高窟作過一番考察。那時候，莫高窟的寶庫雖然還沒有發現，但是石窟裡精美的壁畫和塑像，已經把這位匈牙利的地質學者，看得目瞪口呆，一輩子也不會忘記了。

又過了二十三年，洛克濟到德國漢堡去參加「國際東方學者會議」。他在會場上，極力描寫敦煌的美麗和偉大，以及它在考古學上和藝術史上的價值。他當時還不知道：敦煌莫高窟的寶庫已經發現，不過他的話却震驚了全世界的東方學者，尤其是打動了另一位考古學家「斯坦因」。

斯坦因五到敦煌　盜去了中華國寶

斯坦因也是個匈牙利人，不過他却在印度政府教育部裡服務，後來又轉入印度的考古學調查所。我們要注意一件事，那就是：那個時候的印度，並不是一個獨立自主的國家；他只不過是大英帝國屬下的一塊殖民地，由英皇派遣一位「印度總督」來治理——這情形就和今天英國治理香港的情形一樣。因此，斯坦因明着是在印度政府裡服務，其實是在替大英帝國工作。由於他的地位特殊，所以印度的測量局，和英國的皇家地質學會，都全力的支持他，包括出錢、出人，和出力。我們雖然驚羨斯坦因在東亞考古方面的成就，以及他在敦煌偉大的收穫；但我們不要忘了，他只不過是當時大英帝國對外擴張勢力下的一名小卒；而他在敦煌以最不光明的手段，從王道士手上，騙去了三十四大箱的我國國寶，也只不過是向他的主子獻殷勤，希望從英國女皇手上，取得「英國爵士」的封賞而已。

斯坦因一共到敦煌去了五次：第一次是在光緖三十三年，也就是西元一九零七年的三月，斯坦因在聽到洛克濟的宣傳以後，就趕到那兒去，到莫高窟作了一次詳盡的巡視。就在那兒，聽到了王道士發現寶庫的消息；不過因爲王道士那時恰巧不在家，於是他又在同年五月，接連到敦煌去了三次。民國三年，他又去了一次，搜括了更多的寶物。民國十九年，他還想再到敦煌去盜寶；不過那個時候，中國人已經知道敦煌寶物的藝術價值了，全國的考古學者一致的反對他，他因此就沒敢再到中國來。不過就是這幾次的盜竊行為，也奠定了斯坦因在考古界的地位。他曾經寫過好幾部大書，敍述他是怎樣在中國盜寶的。

民國前五年（光緒三十三年，西元一九〇七年）的五月二十一日，匈牙利人斯坦因，第二次來到敦煌莫高窟，找到了看守敦煌寶庫的王道士。這是中國藝術史上一件大事。也是英國政府在「鴉片戰爭」以後，對於我們中國人所作的，第二件的卑鄙無恥的行為。斯坦因雖然是匈牙利人，但那時他却給印度總督府作事；而印度則是英國的殖民地，由英皇所派的總督治理的。後來由於斯坦因在中國盜寶有功，被英國政府封為「爵士」，且授予金質獎章。斯坦因也因為他的偷盜行為，獲得了探險家的聲譽，被稱為世界有名的學者。這固然是由於英國政府的無恥，而那時候滿清政府的愚昧，和王道士的無知，也是促成這件事的最大原因。

王道士本來就是一個逃兵，因為犯了案，在內地存身不住，才逃到遙遠的邊荒，沙漠中的敦煌莫高窟去的。他雖然由於意外的機緣，發現了史無前例的，中國最偉大的藝術寶庫；但他自己不認得，敦煌城裡的紳士不認得，縣大老爺不認得，甚至連安肅道的道台大人，甘肅省的藩台大人也都不認得，這怎麽能怪半路出家的王道士？當時只要敦煌縣、安肅道，和甘肅省的各級政府官員中，有一個明白人，斯坦因也是無計可施的。

十四塊馬蹄銀的大買賣

斯坦因心裡明白

王道士費了那樣大的力氣，糟塌了那麽多好不容易才募化到手的錢；結果不但一無所獲，反而被澆了一頭冷水，叫他把原物再封存到原洞裡去。知識分子說不出這些東西的價值，政府還要責成王道士負責保管，這一切都使王道士感到困惑，感到不滿。他是一個無知，却頗有野心的小人物；他希望有人欣賞他的發現，給他一點安慰，那怕是精神上的鼓勵也好。

他在東奔西走，到處受打擊的時候，突然碰到一個洋鬼子，洋鬼子不是中國人，和洋鬼子打交道，他是萬分害怕的；因此他對於斯坦因的兩度拜訪，他都顯得不十分熱心，更不敢提到他所發現的寶庫。然而這個洋鬼子太厲害了，他很懂得王道士這一類小人物的心理；而且他還有一位得力的助手——中國師爺。師爺不但是一個中國人，而且是一個能說會道，專會出壞主意的標準「師爺」；請想在重重失意下的王道士，怎能不上斯坦因的圈套？

不論古今中外，「錢」是最有力量的。斯坦因則在花錢方面的技巧，也得使最會投機的商人佩服。因為他雖然得了那麽多的無價之寶，而他所花的代價，只不過十四塊馬蹄銀！為甚麽？因為斯坦因心裡明白：出的價太高了，王道士就會「居為奇貨」，不肯賣了。

斯坦因西域考古記

詳細描寫盜寶經過

關於斯坦因從王道士手上，騙取敦煌千佛洞的寶藏的故事，最好看斯坦因自己的著作——那是登在一部大書，中文譯本名叫「斯坦因西域考古記」裡面的。那部書描寫得很生動，尤其是關於他「盜寶」的那一段。

據斯坦因自己說：王道士是個庸俗不堪，對於中國文化的傳統，一無所知的人；對於斯坦因所要研究的考古學和歷史這一些大學問，當然更是一竅不通了。此外，王道士對於他自己發現的這批寶藏，雖然不確實知道他的眞價值，但總希望有人能欣賞他，並給他一點物質上或精神上的鼓勵；這也是很容易叫人看得出來的。儘管如此，王道士仍然不願意跟一個洋鬼子打交道：一來是怕菩薩生氣，二來是怕給地方上的紳士或縣長知道了，給他帶來意外的麻煩。

斯坦因是個老狐狸，再加上一個賣國求榮的師爺幫忙；他們很快的就找到王道士的弱點，使得原本不相信洋鬼子的王道士，一下子就放棄了他過去的成見，作成了這筆十四塊馬蹄銀的「公平交易」。

斯坦因究竟用了甚麼高明的手腕，使得愚昧無知的王道士，心甘情願的獻出他的藏寶呢？說來簡直跟「天方夜談」一般，使人難於相信。

原來斯坦因在敦煌千佛洞的一些新修的走廊上，看到一些新近完成的壁畫；這些壁畫，當然是跟王道士一流人物的那些和尚道士們，向當地的善男信女捐來一筆錢，請最壞的工匠描畫的。這些傖俗、低級的新壁畫，跟千佛洞原有的唐人壁畫相較起來，簡直一個是天上，一個是地下，壞得實在不能再壞了。至於這些壁畫的題材，更是庸俗得可憐：完全與眞實的歷史，以及佛經裡的教義無關。最可笑的，是大多數的壁畫，都以西遊記這個神話小說裡「唐僧取經」故事為題材。

西遊記裡面的唐僧取經故事，跟眞正的玄奘法師西域求經的事實，是有極大的距離的。像王道士這種毫無知識的人，對於眞正歷史的事實，也許一無所知；但對於西遊記小說裡的神話故事，却能源源本本的說得出來。這就觸動了師爺的靈感，向王道士介紹，這位斯坦因先生，就是唐僧最忠實的信徒，是如何循着唐僧的脚跡，從印度翻山越嶺，來到敦煌的。他取出了斯坦因經歷冰河、沙漠、流沙時所照的冰天雪地，萬里黃沙的照片，證明斯坦因對唐僧的信仰是如何的忠誠。因此，協助斯坦因也就等於協助唐僧，必能獲得菩薩的保佑；死後一定會上天堂，來生必然投生大富大貴之家，享盡人世間的榮華富貴。

唐僧顯聖鬼話連篇

王道士受騙取出經卷

在敦煌出家的王道士，對於「老子道德經」也許不懂，但一提到「唐僧取經」的故事，他是知道的。現在師爺向他介紹，說這個外國人就是從唐僧取經的「印度國」來的，當然就引起他的興趣了。再加上師爺又拿出「斯坦因」從印度翻過崑崙山，沿途所照的那些冰天雪地的像片給他看，就不由他不信了。

等到王道士被師爺這番花言巧語所打動，就答應在當天夜晚，拿幾本中文寫的「敦煌石室」的手抄卷子，送給斯坦因看，不過王道士還保留了一手，那就是：這幾本卷子，只是王道士認為沒有價值，隨便放在手邊，供貴賓鑒賞的東西。他並沒有答應，要打開秘密的寶庫，讓斯坦因進去參觀。

當天晚上，天黑以後，王道士並沒有失信，當眞帶了幾本卷子，去到斯坦因的帳棚裡，去拜訪斯坦因。斯坦因對於這些古物，當然是很在行的。他把這些顏色已經枯黃的，寫着中國文字的卷子，翻來覆去的看了一遍之後；再請師爺仔細的對了一下，這卷子上所記的年月。奇蹟出現了：原來這些卷子都是佛經。佛經本來沒有甚麼稀奇，哪個和尚手裡沒有？但是這幾本手抄的卷子，却非同小可。原來這幾本卷子，並不是現代人抄的，而是唐朝人抄寫的。唐朝不就是「唐僧取經」的那個時候嗎？敢情這些卷子，就是唐僧那個時候留下來的！唐僧把這些東西留給誰？當然是留給他的徒弟了。唐僧離現在已經有一千多年了，還會有徒弟活在世上嗎？當然有。那徒弟是誰呢？就是洋鬼子斯坦因！斯坦因怎麼成了唐僧的徒弟呢？因為斯坦因跟他師父一樣，都是從印度走來的。

這當然是一篇胡說八道的鬼話，稍微有點常識的人，絕對不會相信。可是碰上這個毫無知識的王道士，居然信以為眞，以為是唐僧顯聖，就完全答應了斯坦因的請求，允許在第二天早晨，帶斯坦因去看那座秘密寶庫。

敦煌千佛洞藏經洞
外洞編號十六洞裡洞沒編號

民國前五年，也就是清光緒三十三年，西元一九零七年的五月二十一日，天亮之後不久，在中國甘肅省、敦煌縣、莫高窟的一個小石窟裡，王道士打開了洞裡頭，鎖着的一扇木門，把英國籍的匈牙利人「斯坦因」，和斯坦因所僱的助手中國師爺，都請了進去。據師爺說：這個斯坦因是唐僧的眞正的徒弟，一路踏着唐僧的足跡，越過萬水千山，從印度到敦煌來，就是爲了搬運他的師傅唐僧所藏的這些藏經。

這個洞，在敦煌千佛洞的幾百個洞窟中，是一個最不起眼的小洞，而且這個洞，還是隱藏在大洞之中的一個小洞。換句話說，是個「洞裡洞」。要是沒有人指點，任你找遍了，密如蜂房的敦煌莫高窟的千百個洞窟，你也別想找的着它。

這個洞，現在一般人都把它叫做「藏經洞」，以別於其他的洞。這個藏經洞的入口，是隱藏在另一個平凡無奇、默默無聞的石洞的左面石壁上，我們就把它叫做「外洞」。民國三十三年，我國政府曾在敦煌莫高窟成立「敦煌藝術研究所」；並把那些大大小小，密如蜂房的洞窟，逐一清理，加以編號，前後花了五年時間，把千佛洞的大小洞窟，共編了四百六十七號。這個「外洞」的編號是十六號（張大千編爲一五一號），外洞裡面的藏經洞，則沒有編號。

敦煌藏經洞外洞的情形

敦煌藏經洞的外洞情形，是這樣的：外洞的洞口高十四一寸（中國內地常用的老尺，一老尺等於零點三五公尺），深二十二尺六寸，寬十一尺九寸，南側都畫有菩薩的行像。洞裡面：高十七尺三寸，深四十九尺九寸，寬四十三尺二寸。洞頂是六角形，頂上有方格團花的「藻井」（就是天花板上的方格子），中央是個兩層的佛壇，高四尺一寸，長十九尺八寸，寬二十三尺三寸。壇上有清代塑像十二尊，洞內四壁畫了很多佛像，都是五代宋初的作品。

在外洞左面（也就是北邊）的牆壁上，有一個小洞，那就是「藏經洞」的入口，這個洞高五尺一寸、深一尺八寸、寬也是一尺八寸。洞口上裝了一道木門，那個門就是王道士找人做的。藏經洞裡面，高七尺六寸、寬跟深都是八尺四寸。洞頂上雖有藻井，可沒有畫。靠北牆有佛壇一座，高一尺六寸、長二尺六寸、長二尺六寸、寬五尺三寸；不過這個牆大部分都殘毀了，上面的塑像統通都沒有了。石室內東、西、南三面的牆壁上，都沒有壁畫；只有北面牆壁上，畫有一尊全身的比丘尼畫像：那比丘尼身披大紅袈裟，手執遮陽，站在樹旁邊，樹上懸有水壺。比丘尼的左邊，畫有「供養人」的畫像。那供養人頭上梳着雙髻，身上穿着絳紫的衣裳，手裡拿着朱紅的長杖，樹上懸掛一白色手提包。張大千認爲這幅壁畫是盛唐時代的高手所畫。

斯坦因發掘藏寶
晝夜的加緊翻看

斯坦因和師爺兩個人，就急急忙忙的打開這一捆一捆的老古董來看，除了很長的卷子以外，還夾着一些零碎的散頁，以及畫在絹子上的彩色圖畫。大致說來，這些東西可以分爲四大類：

（一）是手寫的卷子，寬約一尺，長在二十碼以上；是寫在很堅韌的厚紙上的。因爲石洞裡很乾燥，所以一點也沒有損壞。

這些卷子都是用中文以及西藏文寫的佛經，不過卷子背面，偶爾也有寫上印度梵文的。有少數卷子的末尾，還記有年代；那年代約當中國「南北朝」的時候，離現在總在一千年以上了。

（二）是些零碎、大大小小的紙片兒。這些紙片上寫的，大多數是西藏的佛經，也有用印度的梵文，和土耳其斯坦一帶小國家的文字寫的；一時也看不完。

（三）是成大包的絹畫，也有畫在紙上的。這些絹是一種織得極薄的絲織品，有的長達三尺以上，大概是古時寺廟裡用的旗旛。絹子上畫有極生動的佛像，顏色調和，鮮艷如新。——無可懷疑，這些東西都是唐朝的善男信女，送給廟裡作「供養」用的。

（四）是些斷簡殘篇的中國書的散張，有的且是木刻印刷品的殘頁；此外則係一些印度字的小捆書頁和殘畫、絲織品等。東西太多了，斯坦因和師爺兩個人，在外洞裡一件一件的翻看；從早到晚，忙了一整天，還沒有看完。斯坦因一面看，一面把他認為重要的東西挑在一邊，預備細看。到了當天的半夜裡，師爺又偷偷的找到王道士，把斯坦因挑選出來的那一堆東西，運到斯坦因的帳棚裡去。

斯坦因外國人
因為人怕他，盜寶才成功

斯坦因在敦煌千佛洞騙取我們中華國寶的手法，是相當高明的，也胆大得驚人的。一方面是由於王道士的愚昧無知，另一方面是由於我們的邊疆太過空虛，滿清的官吏又太無能的原故。斯坦因所用的手法，說穿了也很簡單：他先在千佛洞旁邊，搭起了幾個帳棚，作為他住宿和辦公的地方，他又僱用一些身體強壯，不懂中國話的番族工人，作為他的保鑣。那些人不懂得甚麼叫做藝術品，也不懂得甚麼是文物；他們只認得錢，只按照斯坦因的命令行事。那個時候的中國人，根本沒有跟外國人打過交道，很怕外國人，也怕那些不講理的番子；因此斯坦因的帳棚的附近，根本就沒有人敢去。

斯坦因席捲敦煌寶物
先裝箱再派人送往西安縣

斯坦因從王道士手裡，把千百年來封藏在敦煌千佛洞的經卷，搬走了好幾大車。他們這種偷運的工作，雖然是在半夜裡進行的；但是紙裹總包不住火，何況敦煌千佛洞又是一個眼睛靠着鼻子，山洞捱着山洞的小地方？這個消息很快就被附近的人知道了，大家免不了要向王道士打聽，這究竟是怎麼回事？王道士一害怕，就躲到敦煌的沙漠田裡去了。斯坦因派人找了王道士好幾次，怎麼也找不着。斯坦因有的是鬼主意，馬上就把這些已經騙取到手的寶物，包包紮紮，裝在大木箱裡，派人運到敦煌縣的東邊——甘肅省的安西縣去，委託安西縣的縣衙門代為保管。當時的縣長大老爺最怕的就是洋人，現在見到洋人托人作寄存東西，還能不誠惶的代為保管嗎？

胆小如鼠的王道士，在沙漠待了幾天之後，看到官府沒有來追究，就放了心，又回到千佛洞，跟師爺一聯絡。師爺就告訴他：唐僧留下來的那些藏經，留在敦煌的山洞裡，實在不安全；如果糟塌了，唐僧一定會生氣，說不定會派孫猴子和猪八戒來，把王道士扔下油鍋。最保險的辦法，是把這些東西，一股腦兒的交給唐僧的徒弟——斯坦因，讓他仍舊帶回到印度去，交還給釋迦牟尼。這是一次功德，將來王道士死後，必定會上升到天堂，見到唐僧；來生也一定會投生到大富大貴之家，永遠無災無難。

師爺說的話活靈活現，王道士也就深信不疑；結果不但不追究那些已被斯坦因運走的藏經，反而又聽任師爺取走了更多的藝術品。總計斯坦因這次收穫是：二十四大箱的古寫本，和五大箱的繪畫和絲織的刺繡。王道士出賣這些無價之寶的代價，是十四塊馬蹄銀。十六個月以後，這批中華的國寶，已被運抵英國倫敦的「不列顛博物院」；我們中國人想參觀這些文物，還得遠渡重洋，向人家提出申請，候人家批准。

在斯坦因和師爺離開敦煌的第二年，又有第二位洋鬼子來找王道士，那是法國有名的漢學家「伯希和教授」。他當然是聽到了斯坦因的偷盜消息，聞風趕來的。伯希和雖因晚到一步，騙取的東西沒有斯坦因那麼多，但也運走了六千五百多卷中文的卷子。

這樣又過了七年，這個大騙子斯坦因又來到敦煌找王道士，把敦煌千佛洞的藏經，完全一掃而去，澈底運走。這次的收穫，是五大木箱，裝滿了六百多卷的佛經；而王道士的代價呢，是五兩白花花的銀子。十六年以後，那已經到了民國十九年了，斯坦因還想到敦煌去盜寶，却受到中國學術界的一致反對，才未敢再來。

敦煌壁畫的內容

——勞榦——

中國的繪畫，向來是以壁畫為主。漢魏以來，雖然也畫在紙上及絹上，但不如壁畫的重要。尤其佛教到了中國，佛教寺院的壁畫，更成為信徒供養對象的一種。可惜古代的寺院大都毀壞了，只有敦煌的壁畫，因為地方的偏僻和乾燥，一直存到現在。

敦煌的壁畫，在距城十五里東南方的千佛洞。這些壁畫因為受到了印度Ajanta的影響，不在房屋而在山谷的懸崖，挖成洞穴的牆壁上。大致開始於苻秦建元二年（西元三六六年），歷經北魏（三八六—五五六年），北周（五五七—五八零年），隋（五八一—六一八年），唐（六一八—九零六年），五代（九零七—九五九年），以至於宋仁宗景祐三年（一零三六）入於西夏之手。此後在西夏時代，還有零碎的壁畫，但顯然的敦煌漸次衰落了。

明代並不重視敦煌，到清朝雍正年中（一七二三—一七三五年），清朝的政府在敦煌地方重新設縣，中國人的移民又大量的開闢敦煌水草田，於是敦煌千佛洞又重新出現了中國人的壁畫，當然，這些壁畫的藝術價值差多了。

敦煌壁畫的價值，是因為在北魏及唐代時期，敦煌曾為東西交通的要道。許多富有的貴族和富有的商人，曾在此投下大量的金錢來修積功德。因此，我們知道，敦煌的壁畫，不是當地畫家畫的，而是在遠處聘請來的。因為在唐代以前，每一個佛窟的壁畫，有每一個佛窟的個性，和別的鄰窟並不相同的。此外因為唐代以前的繪畫多不存在，但敦煌千佛洞却保存下大量的繪畫，因此千佛洞繪畫的涵義，竟等於中國中古繪畫史的博物館，也就是千佛洞的繪畫成為中國繪畫斷代的尺度。

敦煌壁畫的內容，大致可分為四個類別：（一）圖案部分，（二）故事部分，（三）佛像部分，（四）供養像部分。

關於圖案部分，可分為（a）藻井及天花（b）花邊。故事部分最多的是佛本生故事，其次是淨土經變，再其次是百喻經中故事，維摩詰故事，以及佛經中其他談到的故事。佛像部分當然主要的為釋迦本尊像，也有些畫着阿彌陀佛像，以及各種的菩薩及天王。供養人像部分，代表着修洞窟出錢的人，畫上他們的像，再題上他們的名字。

憶「錢塘江」

・黃立懋・

越峯青斷海門青，之字江流入杳冥；月出島烟常帶濕，潮回沙氣半浮腥。眼將天水分離合，身與魚龍判睡醒，烟外何人尚吹笛？夜深愁激子胥靈。

——清、黃仲則：錢塘看月詩

浙江杭縣，舊稱錢塘。見於漢書，至清末始廢。而浙江又名之江，以其義取象形。其水源有南北二源：北源曰徽港，又曰新安江，由皖歙集黃山之水入浙境嚴州城東與南源會；南源又分二：一曰衢港，又曰信安江。由衢州集仙霞嶺之水至蘭谿縣與婺港合；婺港由金華集天臺、括蒼之水，至蘭谿與衢港合；復至嚴州、三源會合，乃稱浙江。又東過桐廬，合桐君港（源出天目山之桐溪），別稱桐江；再東過富陽縣，別稱富春江；至杭縣城南，纔稱錢塘江。下流經蕭山縣納曹娥江（源出嵊縣之天臺山）奔流海寧，折至海鹽之澉浦鎮而入海。

錢塘江，古稱介於吳越之間。江濶五、六里；有小汽輪自杭州南星橋江干通至桐廬（百八十里）。江之對岸西興（屬蕭山縣），雖是一小市鎮，因爲瀕臨錢塘江，又是去蕭山縣、紹興、嵊縣和分路往寧波的交通要道；所以古人詩詠中也常有語及的。如唐、施肩吾錢塘渡口詩：「天塹茫茫連沃焦，秦皇何事不安橋？錢塘渡口無錢納，已失西興兩信潮！」宋、范石湖浙江小磯春日詩：「客裡無人共一杯，故園桃李爲誰開？春潮不管天涯恨，更捲西興暮雨來！」蘇東坡望海樓晚景詩：「青山斷處塔層層，隔岸人家喚欲譍；江上秋風晚來急，爲傳鐘鼓到西興。」

南岸爲杭縣艮山門外的「南星橋」銜接「閘口」（共有五、六里）。係沿海塘隄防的一條長街；是浙東商賈輻輳的市場。如竹木行、南屏土紙堆棧行、魚行、米行、冬筍、香菰、山核桃等山貨行居多；我還記得很欣賞一家魚行的招牌，是「衡記」兩字呢。

閘口的盡端，越里許，俗稱龍頭嘴。南近山麓，有「六和塔」。據中國地名大辭典載：「其地舊有六和寺，宋開寶中建塔以鎮江潮；因名六和塔。太平興國中改寺名開化寺，而六和塔之名，至今不改。」與地紀勝云：「六和塔，開元中建在龍山月輪峯之開化寺。初九級，五十餘丈，後廢。紹興間再造，七層而止。湖壖雜記：「六和塔在進瀧浦上，壓波凌江，巍然作鎮，舊傳塔燈夜燦，海船望此而歸。此似在錢塘未築前語？今則長隄綿亙，去海甚遠，賈船亦無以碇此者。塔下舊有魯智深像，今毀矣。當日聽潮而圓，應在此處。進瀧浦，下有鐵嶺關，說是宋江藏兵處。有石門，進此者，每爲伏弩所射。」

筆者在杭州求學時期，曾前往六和塔登臨遊覽，塔的下面，還見有魯智深的「聽潮亭」。開化寺在山上，已人半坍圮。江邊有美國人創辦的「之江大學」，校舍恢宏，環境清幽；眞有「樓觀滄海日，門對浙江潮；」的風光。而閘口江干，泊是俗名「江山船」七、八艘。船之後艙，皆有漁婦，率以艷裝對客，客皆稱以同年嫂，相傳爲明代陳友諒之族戚，被明太祖貶落於此。凡九姓，限其自爲婚姻，不得通至他鄉，此九姓者，皆居桐廬、嚴州的山鄉間，故稱呼爲桐嚴嫂，外人訛桐嚴爲同年。惟從抗戰起，此等漁船，已不復存在了。

錢塘江於民國二十三年開築鐵路與公路之雙層的鋼軌大橋（上層通公路車，兩旁為人行道，下層通浙贛鐵路火車。）由南星橋直達對岸西興；二十九年九月通車。同年十二月因杭州撤退，自行炸燬臨西興的兩個橋頭，以拒日軍侵渡；不料於廿九年的嚴冬歲杪，連降大雪之際，日軍趁碉堡守軍疏忽防範（聞守軍一排多數離機槍砲位，往民房烤火。）大批潛泅偷渡穿白衣登岸。以致進擾浙東各地；焚燒殺掠，慘情靡重！勝利後，才將錢塘大橋修復，這是抗戰時錢塘江對岸失守的一段史事。特附述之，以作前事不忘後事之師哩！

錢塘江有最稱天下大觀者，即為自古著名的浙江潮。說到潮，就不免想起伍子胥。後漢酈道元水經注有云：「定包諸山，皆西臨浙江，水流於兩山之間，江川急速，兼濤永晝夜再來，來應時刻，以月晦及望尤大，峨峨有二丈餘。吳越春秋以為伍子胥、文種之神也。昔子胥亹於吳而浮尸於江，吳人憐之，立祠於江上，名曰胥山。文種忠於越而伏劍於山陰，越人哀之，葬於種山。文種既葬一年，子胥從海山負種俱去，游夫江海，故潮水之前揚波者伍子胥，後重水者為大夫種。」又唐、杜光庭錄異記云：「錢塘江潮，昔傳伍子胥累諫吳王忤旨，賜屬鏤劍而死，臨終，戒其子曰：『抉吾目於南門以觀越兵來伐吳，以鮧魚皮裹吾尸，投於江中，吾當朝暮來潮以觀吳之敗』。自是海門潮頭洶湧，高數百尺，越錢塘，過魚浦，方漸低小，朝暮再來，其聲震怒，雷奔電激，聞百餘里，時有見子胥乘素車白馬在潮頭之中，因立廟以祀焉。」這些當然都是神話，大概因為伍子胥含冤未雪，而潮頭洶湧，驚濤激射，正象徵着憤怒不平的情緒，以致牽連附會，寄慨而已。

至於驚濤激射的故事，吳越備史雜考有云：「五代錢武肅王鏐（杭州臨安人），以築捍海潮，怒潮急湍，晝夜衝激，版築不就，表告於天：『願退一兩月之怒濤，以建數百年之基業。』因採山陽之竹，令矢人造為箭三千隻，羽以鴻鷺之羽，飾以丹珠，鍊鋼火之鐵為鏃，既成，於壘雪樓募強弩五百人，以射潮頭；人用六矢，每潮一至，射以一次，射至五次，潮乃退出錢塘，東趨西陵。」故後詠有射潮的詩很多。如蘇東坡中秋看潮詩：「江神河伯兩醯鷄，海若東來氣吐霓；安得夫差水犀手？三千強弩射潮低。」清、錢牧齋寄李條侯詩有云：「書劍溪堂鞍馬客，夜深燈火射潮還。」及重九海上作：有「故國屢經滄海變，吾家猶說射潮強。」婁江謠作：「杖衣上馬絕飛埃，百石弓弦霹靂開，千騎跨坊傳炬火，使君海岸射潮回。」可見當初確有射潮的風氣呢。

射潮以外，還有所謂弄潮者；輿地紀勝云：「海潮大者，濤湧高數丈，八月十八日數百里士女共觀；舟人漁子泝濤觸浪，謂之弄潮。」宋、吳儆錢塘觀潮記有云：「錢塘江潮，八月既望，觀者特盛！弄潮之人，率常先一月立幟通衢，市井之人相與裒金帛張飲；其至觀潮日會江上，瞟登潮之高下，次第給與之。弄潮之人，解衣露體，各執其物，搴旗張蓋，吹笛鳴鉦；若無所挾持徒手而羣附者，以依成列；潮益近，聲益震！前駈如山，絕江而上。觀者震悼不自禁。弄潮之人，方且賈勇爭進；有一躍而登，出乎衆人之上者，有隨波逐流，與之上下者；潮退策勳。一躍而登，出乎衆人之上者，率皆醉飽自得。且厚持金帛以歸。其隨波上下者，亦以次賞金帛飲食之屬。一躍而上與隨波上下者，有時而沉溺也。隨其身於衆人之後，一能出其首於平波之間，則急引而退，亦須金帛飲食之賞，而終無溺沉不測之患；其鄉人號為最善弄潮者。」惟弄潮之風，至清末民初，已很少見了。

又浙潮之成為大觀，舊時記載，以為受龕赭二山之激挫使然；而其實滄海桑田，情形已大有不然者。龕山在蕭山縣東北，赭山在海寧縣之西南。古時錢塘江入海之道有三：一曰南大亹，在赭山與河莊山之間；一曰北大亹，在河莊山與海寧縣之間；錢江怒潮，尤以鼈子門一路為最猛。至清、雍正元年江流變遷，而鼈子門竟已淤塞。至乾隆二十三年中小亹又淤為平壤。故現在江流入海，均趨由北大亹。錢江口受烈潮之衝激，成爲海臂，口張而內促；潮自東海來（即東方大港一帶，亦即北岸如澉浦、乍浦間；）進入海寧東境，爲石塘、古錐大小尖山所阻，迴旋而南，又爲來潮所驅，乃結合若雪練，橫江而西，奔湃不可一世矣！目道尖山口至海寧城南，迤北而西，以迄杭縣，潮頭參差不齊，已不若初之猛厲無前。故又有觀潮宜寧而杭之說。（參見中國區域志及柳堂、浙江大潮記）。

所以古人詠有觀潮詩也很多，畧如：唐、韓愈有「迴臨浙江濤，屹起高峨岷。」李白有「浙江八月何如此？潮似前山噴雪來。」劉禹錫詩：「八月濤聲吼地來，頭高數丈觸山迴；須臾却入海門去，捲起沙堆似雪堆。徐凝詩：「浙江悠悠海西綠，驚濤日夜雨翻覆；錢塘郭裡看潮人，直至白頭看不足。」宋、蘇東坡：「定如玉兎十分圓，已作霜風九月寒。寄語重門休上鑰，夜潮流向月中看。」又「萬人鼓噪懾吳儂，猶似浮江老阿童（王濬小字阿童）；欲識潮頭高幾許？越山渾在浪花中。」「吳兒生長狎濤淵，冒利輕生不自憐！東海若知明主意？應教斥鹵變桑田（是時新有制禁弄潮）。

但是，海潮的來應時刻，何以月晦及望爲大？又何以八月十八日爲尤大？何以晝夜再來？據高麗圖經云：（潮汐往來，應期不爽，爲天地之至信；古人嘗論之。」如五代吳越、錢塘令羅隱詠錢塘江潮有云：「漫道往來存大信，也知反覆向平流；」山海經：「以爲海鰌出入之度。」浮屠書：「以爲神龍竇之變化。」這均非吾人蠡筳之見所能測識。

筆者當年曾在杭州南星橋欣賞過八月十八日的錢塘江潮，既感興趣，而又驚駭！上午十時許各茶館酒肆之樓房，已預付定價，有人滿之患。好容易候至午後四時許，遠見潮來僅如銀線，半小時後，即江潮洶湧，巨如山嶽，聲如雷鼓，有白馬銀山之概，吞天浴日之勢；當逼臨隄防，偶成飛濺樓櫺，一片潮聲人喊，震天動地，樓房爲之捲去似的？莫不驚心駭魄！倏逸倏退，不下十餘次。五時半後，退盡江面。這時許多男女和我一樣心理，急欲離去；苦於人山人海，行不得也哥哥！六時後，雖燈火齊明，因被銀潮所蔽，反如同白晝。晚間八時許，江潮及復漲復退，迄至九時後，始潮頭遠飄；不再重來。十一時後，觀潮士女才紛紛離散，南星橋站至城中的火車，以及進艮山門內的道上黃包車和行人，過宵不絕。信乎杭諺有云：「錢塘八月，西湖六橋，可以召遊人。」迄今回憶，能不黯然魂銷嗎？

徵稿小啟

本刊徵求有關現代史料人物傳記等作品，每千字敬致薄酬港幣二十元，珍貴圖片另議。

已發表文稿，版權即屬本社所有，將來出單行本時不另致酬，但奉贈作者原書二十冊。

來文編者有權酌予刪節之，如不同意，請先聲明，作者請示知眞實姓名，通信地址，作品署名則聽便。

賜稿請寄九龍旺角郵局信箱八五二一號，掌故出版社收。

長沙「馬日事變」紀實

尹東旭

馬日事件，發生於民國十六年五月廿一日，因當時環境複雜，進行頗多曲折，以致捕風捉影，眞相莫明，筆者身歷其境，執行其事，知之較詳，記憶猶新，茲將其經過事實，畧爲述之。

長沙附近有某鄉農民協會成立，主其事者震聞葉德輝文名，乞撰聯以粘之，葉爲作一幅聯：「農運宏開，馬牛羊、鷄犬豕，盡是畜生。會塲擴大，稻粱菽、麥黍稷，一般雜種」。此聯旋爲共酋知之，遂指葉爲知識份子，以反動宣傳言論，攻擊該黨，即由郭亮、夏曦等決議逮捕交共黨屠殺機關「在長沙司門口警察廳內之共黨審判土豪劣紳特別法庭」訊辦後，押解至瀏陽門外之識字嶺殘殺，罹難時，猶叫喊「剷除萬惡的共產黨」。四月五日軍界聞人李佑文由監提到又一村教育會坪槍斃。學界鉅子俞秩華亦同時遭殃。尤以八角亭天申綢緞店老闆當糾察隊抄收他店貨物時，他憤憤地說：「現在橫直是你們的世界，要抄收你們儘管抄收就是」，不擊這話一出，竟觸怒一般匪徒，即便將他拉到店門口，拳打脚踢，就結束了他的生命。其他各縣市遭其殃者不勝枚舉，亂捕亂殺，殘暴狼毒，無所不用其極。

國民革命軍第卅五軍軍長何鍵（原第八軍第二師師長），於武漢三鎮先後克復後，率部移防鄂西，旋以新編革命軍第九軍袁祖銘所部進駐湘西，受孫傳芳誘動，不服調遣，企圖擾亂後方，牽制北伐，何鍵急率所部由鄂西移駐湘西邊區，協助第八軍教導師師長周斕在常德以鴻門宴方式解決袁祖銘，收編其所屬許克祥部爲第八軍獨立第卅三團，加派梁勵予、李華齡爲該團中少校團附，許振初等爲該團營長，開駐長沙整訓，那時何軍長目擊共黨殘酷暴行和地方民衆所受的水深火熱的痛苦，更加深了他的反共決心，於十六年春初率部開駐漢陽時，急謀對策，以遏亂萌。適時軍政各首長因事集合於武漢，爰假私人宴，約集先已徵得反共同意之李品仙軍長（第八軍）、劉興軍長（第卅六軍）、周師長斕（教導師）、夏師長斗寅（獨立十四師）、王團長東原（第三十五軍教導團）、龔參謀長浩（軍委會）、張軍事廳長翼鵬（湖南省政府），秘密商討反共策畧，當時與會人士對何軍長反共主張一致贊同，惟於發動地點，最初考慮到武漢三鎮，以何鍵軍駐漢陽，較易爲力，但李軍長已繼陳銘樞爲武漢衛戍司令，首當其衝，且唐孟瀟之態度不甚明朗，恐怕弄出岔子來，沒有人敢承當起這個重大的責任。又葉挺部駐武昌，武漢三鎮的工人糾察隊和農民自衛軍統歸劉少奇、李立三兩人指揮節制，其力量亦未可輕視，加之惲代英武裝武漢軍事政治學校學生，也可參加作戰。若在此地發動，成敗實未可預決。因之最後決定避開武漢，改在湖南省垣發動，武漢即爲應援，然後指派夏斗寅爲湖北負責主持人，王東原爲湖南負責主持人，張國威駐武長路策應（當時張任第八軍第一師師長兼武長護路司令）余湘三（第卅五軍機要參謀）爲駐湘總聯絡員，龔參謀長居間策劃。

當時駐防長沙的部隊，僅有北伐軍前敵總指揮部警衛團團長周榮光（駐四十九標舊址）、第卅五軍教導團團長王東原（駐五十標舊址）、第八軍教導團團長李仲任（駐瀏陽門外瀏鴻橋附近）、第卅六軍補充團團長張敬兮（駐北門油舖街）、第八軍獨立第卅三團團長許克祥（駐小吳門砲隊坪）。這五個不相隸的團，既無指揮中心，則不能發揮協同一致的力量，王東原有見及此，故由漢口參加反共秘密會議回防後，認為茲事體大，責任艱鉅，遂先趨商周團長榮光，因王與周有師生（周曾任保定軍校第八期教官）關係，且駐地毗連，過從甚密，交誼極厚，且周團長係一模範軍人，言行不苟，以身作則，人皆敬畏，均譽之曰周聖人。一聽到王團長這一夕話，即嚴肅地表示：「你大胆去做，我決全力支持，當即指派本團中校團附尹東旭協助，你可周密籌劃，積極準備」。旋周、王兩團長趨商張代主席兼軍事廳廳長翼鵬後，即報准成立長沙省會戒嚴司令部，派周團長榮光兼任戒嚴司令，派該團中校團附兼任該部參謀長（主任參謀），於四月廿四日在長沙小東街開始辦公，以維持省會治安為職責，更重要的鎮壓共黨暴行相機於以殲滅為主要任務。同時與駐防邵陽之王錫燾團，駐防衡陽之俞業裕團，駐防祁陽、零陵之王德光團，駐防岳陽之周磐團，駐防常德之熊震旅等密切聯繫，對駐防湘西之陳渠珍，戴斗垣等部隊亦通聲氣。

自長沙省會戒嚴司令部成立後，共黨不敢在戒嚴地區公審殺人，但在其他各縣市鄉村以及鄂贛兩省則變本加厲，亂捕亂殺，慘無人道，人心惶恐不可終日。那時獨立第十四師長夏斗寅駐防宜昌，以共黨如此猖狂，愈演愈烈，目擊心傷，迫不及待，遂於五月十四日發出反共通電，率部東下，進攻武漢叛逆政府，十七日經咸寧汀四橋等處，折毀武長鐵路數華里，十八攻抵距武昌城四十餘里之紙坊，原與第卅五軍留守漢陽之危宿鍾師相約夾攻，詎意該師先日開豫參加作戰，不果，以致共黨新編偽中央獨立師（由武漢軍事政治學校學生編成，惲代英為該師黨代表）及三十五師周士第三團並由漢陽兵工廠裝備農民自衛軍和工人糾察隊，統由第廿四師師長葉挺指揮開往前線與夏斗寅師作戰，夏師以衆寡懸殊，孤軍深入，又乏應援，迫於十九日拂曉向南撤至咸寧、崇陽之間防禦，而葉挺竟不敢乘勝追擊前進者，乃以李品仙軍坐鎮武漢，何鍵、劉興兩軍在豫遙為聲援，尹代司令東旭在長沙已策動「馬日剿共」。此均由龔參謀長浩暗中策劃聯繫之力也。

夏斗寅師攻擊前進，折毀武長鐵路，交通斷絕時，長沙方面，謠言蜂起，風聲鶴唳，大有狂風暴雨來臨之勢，一般市民表面上雖現緊張，而內心欣慶來蘇，惟共黨如遭霹靂，惶懼萬分，由省黨部熊亨瀚於十八日召集各團體聯席會議決議：「出佈告闢謠，農民自衛軍，工人糾察隊歸省政府指揮，宣佈革命紀律，保護軍人眷屬同財產」。同時密令農工會主席滕代遠，郭亮兩共於十九日上午在長沙又一村教育會坪舉行追悼李大釗大會，公審殺人，乘機暴動，以期緩和反共情緒，遙為武漢方面聲援。為尹參謀長東旭探悉，即召警衛團蔡團長樹瀛面授機宜，積極準備，妥善部署，務期一網打盡，以遏亂萌，不料共黨屆時宣佈停止舉行追悼大會，因之市面情勢突現緊張狀態，察其原因，乃以共黨改變陰謀，積極準備訂廿五日正式暴動，支援葉作戰，迅速佔領長沙，建立蘇維埃政權。

在此緊急情勢下，於十九日下午四時假警衛團部召開駐防長沙部隊主官，緊急會議，與會人士包括軍三分校謝煜燾、王堉瑛、楊石松、文九德、省黨校陳其祥。團長王東原、張敬兮、李仲任、獨立卅三團梁勵予、李華齡兩團附等僉認為情迫勢急，刻不容緩，應即採取斷然措施，閃電式的行動。當時周兼司令榮光提議：「本人為審時度勢，應付環境，顧全大局，最好以本部參謀長尹東旭代理戒嚴司令職務，担任行動指揮官，較為妥當，但仍由王團長東原幕後主持」。當場一致通過，作成決議案。

尹代司令奉令後，遂決心採取主動，先發制敵，擬具進剿計劃，分配任務，聯絡駐軍團長許克祥、李仲任、張敬兮以及周榮光團營長唐政、曹授時、李國强。王東原團營長陶柳，楊振璞、魏鎮等約定五月廿一日上午一時一刻（星期日）在城南天心閣發射信號彈三枚開始行動，分途進剿，乘其不備，以迅雷不及掩耳的行動，實行突衝掃蕩，將共黨在長沙省會地區竊據的機關團體，包括省農協會、省總工會省黨部等大小七十餘單位，以及人員武裝，悉行摧毀而廓清無遺。

五月廿五日由尹東旭、陳其祥、張敬兮等邀集本黨忠貞同志彭國鈞、仇鰲、李榮植、曾省齋、楊國經等六十餘人，組織「中國國民黨救黨委員會」，公推張敬兮，陳其祥、尹東旭、李毓堯、王東原等五人爲執行委員，當以辰有電派專人赴穗拍發南京中央黨部報備在案，同時電各縣市黨部及駐軍，協助本黨清黨運動，肅清餘孽，安定人心。比即獲悉武漢叛逆政權幕後操縱之俄共特務頭目鮑羅廷爲首，加派陳公博、譚平山、彭澤湘、鄧芬等組織特別委員會馳往長沙，查辦「馬日剿共」禍首，及「農民運動」過失。於五月廿五日正午十二時由武昌乘火車出發，尹代司令即派步兵兩連，各附機關槍一排，以一連潛伏岳陽火車站附近山地，一連埋伏距長沙城卅餘華里之霞凝車站附近準備攔途射殺，以杜後患，事爲彭德懷洩漏，（時彭任周磐團營長，駐防岳陽）。俟鮑羅廷等是日深夜到達岳陽時，妥爲戒備，立即護送鮑等折回武漢。武漢政權復派出唐孟瀟於五月廿八日親自回湘查明嚴懲，其所乘之車廂，遍貼標語：「歡迎唐總司令回湘嚴懲『馬日剿共』禍首，及肅清反動分子……」等。唐到長沙後，暗察一般情形，認爲馬日事件來自南京方面影響，並悉渠所屬之官兵都是傾向南京政府，且地方民衆，懷恨共黨，深入骨髓。故彼處此衆怒難犯之下，乃不致堅決反對此一舉動，又不敢對反共人員加以嚴厲處分。遂於廿九日乘夜趕回武漢復命，而僞中央政委會以唐孟瀟此次回湘查辦，毫無結果，當令李維漢、毛澤東、郭亮、滕代遠等共號召長沙附近各縣農民工人卅萬，反攻長沙，以圖報復。

當第四集團軍出師北伐時，何鍵之第卅五軍列爲總預備隊，定期登車出發河南，湘人聞之惶惶，來漢求拯救者接踵而至，包括挽留代表。何軍長見之心傷，躊躇不前，經龔參謀長浩晤中勸導：「應在完成北伐中，積極準備反共工作，較爲妥當」，何軍始開拔前方。到豫後，何軍長得悉共黨準備反攻長沙消息，極爲憤慨，決心率部回漢鎮壓，僞中央政治委員會聞之惶懼，急電唐孟瀟設法制止，旋接唐孟瀟覆電略謂：「何（鍵）劉（興）兩軍長已入豫，李（品仙）軍長在漢衛戍，極爲得力，智（唐自稱）猶慮及我武裝同志或尚未認識，致引起誤會，迭電指導各軍軍師，力持鎮靜，芸樵（何鍵字）已來駐馬店，亦經詳細商榷，均能徹底了解，該軍尤奮勇北伐，已抵前線」等語。而武漢政權則轉憂爲喜。

共黨裹脅瀏、平、茶、醴四縣農民工人遠十萬以上，分由滕代遠、郭亮、夏曦、彭述之等率領，仍由李維漢毛澤東指揮，於五月卅一日黃昏時先後佔領長沙城郊黃土嶺——林子冲——牛邊山——柳家火山——分路口——王家塘——陳家舖之線，向我守備部隊，不斷射擊並聲言：「血洗長沙」，活捉「馬日剿共」禍首。

這時駐防長沙部隊爲周榮光團（轄四營），王東原團（轄三營）及李仲任團（新兵），張敬兮團（新兵）。在數量上雖有四個團之多，但除留置担任警備的二個營（王團一營周團一營）與兩個新兵團不能服行戰鬥任務外，實際能參加作戰兵力，僅有一個加強團（王團三營周團二營）而已，由代理戒嚴司令尹東旭指揮進剿，於六月一日拂曉發動攻勢，同分別由南北兩翼向東包圍匪軍於瀏陽西岸地區，大部共徒被殲或被俘，殘共見大勢已去狼狽向瀏平茶醴方面潰竄，此役勝利，確保「馬日剿共」成果。

長沙「馬日剿共」之役，不僅予共黨以重大打擊，協助清黨運動，肅清餘孽，安定三湘，而武漢政權亦隨之瓦解，繼續完成北伐，奠定統一基礎。

憶趙侗

寒連

一九三七年春季裡的一天，我的朋友担當南洋華僑戰地記者團團長的曾聖提先生忽然到我店裡來，說游擊之母趙老太太和她的兒子趙侗到了香港，後天趙老太太就要坐法國郵船到西貢去幹宣傳游擊抗戰的工作，當晚預備在他們住的旅舘裡叫潮州菜舘天發酒家到會一桌潮州菜為她餞行，約我也一道參加。

當天晚上，我和曾聖提一起跑到東山酒店的五樓，在那兒第一次見到趙侗和他的媽媽，她是一位老態龍鍾却又帶着矯健碩壯般神采的慈祥老媽媽，口裡沒剩了幾隻牙齒，咀邊滿是縐紋，越發顯出軟綿綿的上唇，合攏着也是軟綿綿的下唇，說起話來一開一合，就像金魚口般互相擠逼的樣子，雖然蒼老却一點沒有疲態仍然露着光芒的眼神，烱烱發光，挺直的腰脊支撐着硬朗的頭顱，經常帶在頭上那一頂黑絨圓帽，走起路來，一襲長僅過膝的黑色絨袍，襯托踏在脚上的黑色膠底利便鞋，越發顯出白色的短襪很耀眼，左手拿着一枝禿頭的枴杖，右手拿着一方白色的手帕，不時用來掩咀，步伐輕快，動作爽朗。

趙侗呢，高個子，一襲深灰絨的中山裝，厚底黃皮鞋，深茶色的氈帽，一張俊秀却又鎮靜的面孔，老是不大說話的樣子，十足一個典型的山東大漢，使人聯想到武俠小說中描繪的俠士型象，想起「燕趙慷慨悲歌之士」所刻劃的個性，好像便印證在這年青小伙子的身上。

菜來了，先是一碗潮州紅燒魚翅，跟着是清燉北菇，紅炆羊肉，中間還間着一碗「甜芋坭」，潮州菜的規矩一桌中不祇一個甜菜，甜菜會在半途上席的，趙老太太滿懷高興的樣樣都試，軟綿綿的兩片咀唇一張一合的細意咀嚼，相對的趙侗的濶大咀吧吃來雖然不是狠吞虎嚥，却顯得大杯酒大塊肉的痛快，為了吃這別饒風味的他鄉之菜，話盒打開了，原來趙侗並不是不愛說話的人，祇要話題投機，便會像噴泉般滔滔不絕，畢竟他倆母子走過的地方很多，也嘗遍了好些地方的菜式，於是由潮州菜開始，談到廣州菜，四川菜，山東菜，揚州菜，又由菜的話題轉到各處的風土人情，漸漸還把印度憨聖的甘地也搬了出來談論一番，這時候才知道趙侗的個性並不是不大說話，而是「不苟言笑」，像這樣的性格才配合這個不怕槍林彈雨，出生入死的人物。

趙老太太，一邊把那軟綿綿的上唇磨着軟綿綿的下唇在吃東西，一邊拿着雪白的手帕吃了一口就揩一下咀，笑眼常開的看着趙侗滔滔不絕的談吐，趙侗聽到新鮮的話題時，也會靠近母的耳邊講解給她聽，老太太聽懂了又連忙的不住點頭認許，看他們兩母子這樣親切的情態，教人羨慕不已。

談話從第一道菜開始，到菜都吃完了，菜舘的伙記把碗碟搬走，旅舘的伙記從新把房間裡的擺設恢復原狀，似乎話題告一段落了，趙侗驀然把咀吧攏合起來，不再開口了，依然又是那恂恂儒者不大說話老樣子。

第二天中午，趙老太太和趙侗應中央電影公司之約，一起到利園山上的南粵片塲拍攝「出國紀念」的紀錄片，趙侗對着鏡頭拍了一段演講的片段之後，跟着是兩母子的對話，趙老太太訓勉兒子一番，講得聲淚俱下，趙侗也回答她，吐露出既患且壯的豪情勝慨，激動了慈母的心腸，母親緊緊的握抱着兒子的雙手，趙侗接着說：「母親，做兒子的，到死也忘不了今天母親的教訓，一定要成全我們的志願」，這情景把站在攝影機旁的好些人也感動得流出眼淚來了，那天的印象深深印在我的腦海，每次翻起回憶，都有如重現眼前般的眞實。

再過一天，便是趙老太太要離港出國的日子，那天風和日麗，中央電影公司的外景隊，一早便在九龍倉碼頭等候，當趙老太太趙侗一行人進入碼頭時便馬上攝入鏡頭，一直隨着人羣踏上船梯，進入甲板，坐好座位後，鏡頭便在這些送行的人們間轉來轉去，坐在母親身旁的趙侗不時在母親的耳邊細語，帶着微笑跟其他送行的人招呼，到將要啓碇了，才依依不捨的握着他母親的手緩緩離去，當他回到碼頭邊時，仍然翹首望着甲板上倚在船舷的慈母，不停地揮動手上的白手帕，一直到目送輪船遠去，再也分不出那個人影時才跟我們一道離開。

那個時候，我兼任一間報館的外勤記者，一腔熱血鼓舞我對這送行的事看得很隆重，同時也由於張孤山的推薦要一輯拍攝下來的照片送到大公報去，還寫了一張名片介紹我去見他們的編輯張蓬舟，我以爲一定大爲他們歡迎的，所以一離開碼頭，趕緊把菲林在黑房冲洗，連隨印成照片，浸好水後又趕緊焗乾，還每張加上說明，連晚飯也不吃，便乘坐人力車趕到皇后戲院隔鄰的洛興行大公報館去，以便他們明天可以出一輯「趙母出國」的特輯，好容易才得蒙他的接見，可是出乎意料的的，他板着閻王般的冷面孔，愛理不理的冷然說道：「這並不是一件怎麼了不起的一回事，何必費你老先生的心，像片我們用不着，這裡的記者也有到碼頭拍了像！」說完他便頭也不回的跑進內座去，一盆冷水澆上我的頭，討個沒趣的悵然回家，索性把它寄去了南洋的一間報館，後來究竟有刋出了沒有，我也沒再追問下文。第二天翻翻大公報，只是寥寥數字的紀載這件事，連一張圖片都沒有，反而畫刋上滿是裸女照片，本來這件事是與我無關的，但是却驀然惹了閒氣，老爲趙老太太不値！

趙老太太走後，趙侗爲要還給我們代他拍到越南中華商會和中國領事館電報的費用，曾到我們的店裡來，除了應對的幾句話之外，仍然是那副不愛說話的樣子，後來又爲他寄了那本「關於趙老太太」的書籍到南洋去的郵費，和替他們一行人等辦到重慶去的護照手續，來過好幾次，一貫地交代清楚便走，那俊秀中帶着鎭靜的面孔，一直留下印象，也不知道他是什麼時候離開香港了。趙老太太到了重慶之後來過一封道謝的信，也有提到他們母子在重慶再聚在一起，後來一直沒有消息，從報紙的零星報導中知道他進入了日軍的後方去打游擊。

三年後的一天，該是一九四零年了，偶然遇到一個也是南洋來的朋友，跟他談起趙侗的消息，他說：「趙老太太還在重慶，趙侗進入了山西日軍後方後，好久沒消息。」他的沒消息是一件很平常的事，一輩子的沒有消息也不算奇事，怎知忽然報上一段消息傳來，却是他死了！被共軍殺死了，在他來說是求仁得仁，可是友人們的感覺，則是何等的惋惜！除了向他那在天之靈致最後敬禮之外，還忘不了他那仍然留在重慶的慈母。

當我接到這噩訊之後，趕忙把記憶所及寫成了一篇「悼游擊母親之子——趙侗」寄給張孤山主編的「民鋒半月刋」在一九四零年四月五日出版的第二卷第六期發表。

事隔三十多年，現在回憶起趙侗來，似乎還像他就站在身邊的樣子！

致臺灣、香港兩地中國詩友

代箋

(AMADO M. YUZON) 余松作 鍾鼎文譯

端午的佳節良辰，中國的詩人濟濟如雲，
正如繆司集合成天上的飛馬星羣；
動員起巴那蘇士山詩靈之聖地，
呈現出雄偉的壯觀，冠絕古今。
不復問誰是傳統詩人，現代詩人。
各種趨向的詩人們，彼此不分；
在紀念屈原的今日，集合在一起，
共同一致地發揚這節日的精神。
你們提供恢宏的、不懈的努力，
使得這個日子具有空前的勝利；
以你們謙恭的，但却偉大的奮鬥，
使你們的國家能有詩人的佳節。
千里迢迢，我橫越迢遙的海天，
前來台北，爲的是，和你們在一起；
參加你們舉國精英的盛大雅集，
也分享了你們一份偉大的光輝。
你們的一句話，或是一次邀請，
我重視得如同金科玉律，如同命令；
因爲我深知，你們每一次的盛舉，
都爲詩人們爭取更多、更大的光榮。
以我的微薄之力，倘能有些許獻替，
那將使我引以爲慰、引以爲榮！
因爲我的祖先也有華裔的血統，
我願前來表達我的敬意之崇隆。
這次爲張維翰、李建興兩位前輩先生
奉上國際桂冠，舉行加冕盛典，
我覺得，這是我應盡的責任，
如此做，庶幾無愧於我心。
能獲得詩友們的高誼與隆情，
我和我的姪女都深感歡欣：
那是莫大的榮幸—在中國的穹窿下，
接受到盡善盡美的熱烈的歡迎。
在台北，我恍如步上中國的青雲，
結識了中國的顯要和思想界的先進；
以及許多、許多，中國的偉人。
謝謝你們，中國的詩友們，弟兄們，
謝接受我由衷的感激，由衷的祝賀：
你們和我，以及全世界的詩人們聯合起來，
結造了一個堅強的、詩人底聯合國。
在香港，我也見到你們中國的詩人，
他們被公認是詩壇上傑出的一羣；
每位都是熱情洋溢的卓越的歌者，
我眞幸運，他們都是我的好弟兄。
王世昭先生、王淑陶先生，
林仁超先生、王潤生先生……
他們使我在香港，一如在台北，
是一次愉快的訪問，獲益深深。
今後如果再到台北去訪問，
我一定也要訪問可愛的香港；
向香港的詩人們獻花、致敬，
爲了讚賞他們優美的詩章。
在此，我要結束這一封詩箋，
申致我誠摯的問候之悃忱：
這裡有一束玫瑰，代表我的祝福，
給你們、親愛的詩人們和你們的夫人。

譯者註：國際桂冠詩人協會會長余松博士，上(六)月廿一日應邀來台，參加我國詩人節慶典，在台北停留一週後，取道香港，返菲律賓。本(七)月一日寄來詩箋一封，囑代向台、港兩地詩友分別道謝，問候；謹以粗拙的文筆。譯出這封信箋，聊盡傳達之責而已。

南京事件眞相

——北伐時期最大一次外交衝突——

·關山月·

一九二七年三月二十四日發生的「南京事件」，有時又被稱爲「寧案」。在中國的近代史記載中，似乎並不佔什麽了不起的地位。但它却在日本軍閥的干政和中日關係的直線式劣轉上，起過決定性的作用。

據當時的報紙記載，大致的經過，是這樣的：

「南京褚玉璞之直魯軍大部退過浦口，預伏城內之革命軍特派員章杰，即運動警察開城迎革命軍。

惟在革命軍進城時，發生穿軍服之整隊匪人，向各外國領事署、機關、住宅等處襲擊及搶刧之情事。

英美兵艦即開炮轟擊，死傷軍人及平民頗多。外人方面：英領事負傷，餘人亦有死傷。

經革命軍魯滌平，程潛兩軍長入城，槍斃搶犯數人，並護送外人赴外艦，其事始寢。」

一個星期之後，報上又報導道：

「北伐軍外交部長陳友仁向漢口英領事當面抗議，英艦，炮轟南京事件。謂搶刧係反動派所爲。……外人傷六人，死亡自四人至六人。與中國人之受外艦炮轟而死傷者，爲一與百之比。

陳表示對騷擾行爲，深致歉意。對英美兵艦炮轟，則特提嚴重抗議。」

光從這兩段新聞來看，「南京事件」，似乎相當簡單，不過是一羣不守紀律的軍人，在一個被佔領的城市中，胡作非爲了一通而已。事實上，却完全不然。

那時，進攻南京的北伐軍，一共有三路人馬。那就是第二軍，第六軍和第四十軍，統歸江右軍總指揮程潛節制。

第二軍的老底子，是入粵湘軍，一共有四個師的番號。

第六軍的老底子，是留粵豫軍，「援鄂軍」，「山陝軍」，贛軍，以及吳鐵城舊部的一個師，混合編成的。也個四個師的番號。

第四十軍的老底子，是湘軍的第一師，也一共有四個師的番號。

程潛這個人的政治面貌，一貫很糢糊。在當時北伐軍內部「一分爲二」的情況之下，他似乎很得左派份子的支持。因此，就連「第三國際」的大將曼德連恩，也對他曾經寄予過厚望道：

「左派有一個很好的機會，去破壞右派的結合樞紐。就是佔領南京的左派第六軍和第二軍，應該趁右派軍的集中未完的時候，迅速撲滅在南京一部份右派隊伍，確實佔領南京。」

這也就難怪左派要把自己最出色的幹部，派去替他當左輔右弼。讓林伯渠去當他的第六軍副黨代表兼政治部主任；李富春担任第二軍副黨代表兼政治部主任。

這兩位「副黨代表」，也的確做到了分工合作的功夫。林伯渠雖然留在武漢；不能親自參加南京的「入城式」；却在程潛打入金陵的前一天，就和吳玉章聯名建議：成立江蘇政務委員會，而以程潛爲委員會主席，使他能夠成爲南京名正言順的主人翁。

李富春固然沒有出頭來幫助程潛「沐猴而冠」，却也「與士卒同甘苦」，跟着第二軍一起進城，眼睜睜地看着他們搶殺姦燒，把程潛逼上梁山，非和右派與「帝國主義者」，做對到底不可。

他這一點做得似乎相當到家，所以，程潛還會在「南京事件」發生後兩個星期，把市黨部，五卅公學和安徽公學，都指爲：

「軍閥走狗，反對吾黨甚力」。

不由分說地加以解散，大大地打擊了右派在南京的力量。

南京其所以在北伐戰爭中，變得如此重要，完全是因爲孫傳芳和張宗昌，爲了要對付勢如破竹的「南軍」，特別在一九二七年二月二八日這一天，正式把張的「直魯聯軍」，和孫的「五省聯軍」，合併在一起，改組爲「七省聯軍」。總司令部就設在南京城內。

陳調元在安徽「陣前起義」之後，張宗昌「移駕」到徐州去「督戰」。孫傳芳留在南京「坐鎮」，替他做副手的，就是以能戰出名的直軍大將褚玉璞。

接着就是全部在長江和海口的艦隊，都在海軍總司令楊樹莊的率領下倒了戈；使得「七省聯軍」在江防上完全失掉了屛障，而且還要分撥人馬，去對付他們。這就逼得張宗昌不能不忍痛決定：放棄上海，集中全力來保衛南京。但是，他那留駐上海的「第五路總指揮，兼第八軍長，兼渤海艦隊司令畢庶澄，却滯留在淞滬，遲遲不肯率部到南京去增援，而且正在和北伐軍接洽「投誠」的問題。

當時，褚玉璞的鬥志，似乎遠在孫傳芳之上，所以他還在濮塘發動過一次聲勢浩大的反攻，把徐源泉的三個混成旅，謝文炳的一個混成旅，以及張宗昌撥來給他助戰的白俄部隊一個團，都一口氣投入了戰場。結果却並不能挽回頹勢，反而被北伐軍尾追到秣陵關下。另一路會攻南京的部隊，也打進了宜興，直取常州。孫傳芳看見大勢已去，深怕會變成甕中之鼈，就在三月十八日這一天，不聲不响地溜到揚州去「視師」，只留下了褚玉璞一個人，帶着他的「直魯聯軍」，來打金陵「保衛戰」。因此，三天之後，賀耀祖的獨立第二師谷正倫旅，就已經佔領了雨花台，直指中華門。但是，就在這個緊要關頭，「江右軍」總指揮程潛忽然叫這一旅人停止前進，改由他自己手下的第二軍，第六軍，首先入城。

那時，北伐軍的右派，已經在城內建立了地下工作的組織，由鈕永鍵派了一位「寧垣特派員」章杰，來負責領導。基本任務是策動警察，開城反正，來响應城外的人馬。據章杰在事後報告謂：

「二十四日晨三時，杰復率所部及中區署長黃桂芳，帶同巡警，於槍林彈雨之下，先開通濟門，後開南門，迎接我軍：：先後入城，得無阻碍。敵軍察知城內策應有人，全部惶恐。其自南城潰退者，督衆於城內各要害堵截，以防亂竄，悉驅赴北城，直抵下關渡江。迨是日上午七時，我軍大隊入城，地方安謐如恒，毫無紛擾。：：：

在這段簡單的陳述中，已經把責任問題講得很清楚：「南京事件」，不是在北伐軍入城之前，也不是在入城之時；而是在入城之後，地方安謐如恒，毫無紛擾的情形下發生的。

因此，北方的「大元帥」張作霖，才會在外交團對他提出嚴重抗議的時候，公開指示外交方面的負責人顧維鈞道：

「事變發生在北軍退出以後，與北方無關，不必與之交涉。」

甚至於連北伐軍的外交部長陳友仁，在替自己人撇清責任的時候，也只能說是：

「騷擾事件，實爲反動派及反革命派之所爲。彼等乘北軍及其收買之白俄兵士被擊敗退，秩序未定之際……對於城內外僑有襲擊及刼掠之行爲。」

程潛在爲「南京事件」而發的通電中，也坦白地承認，暴行是在金陵易手之後出現的。他說：

「南京有反動份子乘秩序未定之際……對於外僑掠奪財產，焚毀房屋，並有傷害生命情事。」

軍人究竟比外交官，要心直口快得多。所以，陳友仁只說有「襲擊及掠刧之行爲」；到了程潛的嘴裡，就連帶着也承認了放火和殺人。不過，事實上比這還要嚴重得多。非人道的待遇和姦淫的暴行，也都光臨過這些不幸的外國人。當時的一些有關記載，就是這方面的明證。

據身歷其境的一位記者報導：

「在南京強姦外國男女……是預先調查好了所有在南京的外國人住址。由某一單位，負責強姦某一地段的外人，並由長官負責行之。執行人員均執有地圖，故在南京所住之外國男女，無一人不被強姦。……

二十五日正午，我坐的日清汽船公司的日本輪船到南京……有人坐小船上岸，即被日海軍陸戰隊亂打。

不久，日海軍陸戰隊司令，荒木少尉（只有一排兵，故以少尉率之），也來到我們的船上。我們不知道南京所發生的事件，故我用日本話同荒木說話。荒木第一句就說：

『昨天我也被他們連褲子都脫掉了！』

我完全莫明其妙，後來才明白：南京第六軍暴動，強姦所有外國男女。連日本海軍陸戰隊司令荒木少尉，也被強姦過。……後來事件過了，荒木少尉自殺，以掩被強姦之羞。」

陳友仁在向政府作外交報告時，也提到過：

「漢口日本領事說：……肇禍的是程潛的軍隊，因爲他們遺留在現場的軍服，可以證明。

有一個日本水兵被殺，衣亦被剝，舉動很不文明。」

右派的「寧垣特派員」章杰，在報告中說得更加露骨道：

「二十五日，據英國領事府派員來處報稱：二十四日有軍隊入內，搗毀什物一切，並擊斃英人兩名，英領事足部受傷。尙有男女十二人，一日無食，請求援救等情。……杰前往該領事府查勘，情形異常可慘。」

程潛看到闖了大禍，只好硬着頭皮一口咬定：這些壞事，都是「反動份子……煽動逆軍及地方流氓」，搞出來的。

陳友仁在「指鹿爲馬」的功夫上，自然比程還要高明許多。他簡直連這些「逆軍餘孽與地方流氓」，爲什麽會穿的是「北伐軍」制服的這個謎，都找到了一個很好的解釋。乾脆說：

「逆軍餘孼內有多人，穿國民軍之制服，蓋事前取自被俘之革命軍兵士身上者也。」

這一種障眼法，當然騙不了明眼人。他們一致認爲：軍人們在南京城內，從三月二十四日上午，延續到二十五日上午的種種暴行，都完全是「北伐軍」一手包辦的；而且是一種有計劃和有組織的行動！

因此，英美法日意五國代表，就在「南京事件」的聲明書中，老實不客氣地指出：

「民軍入南京城之日，午前午後，均有正式服裝之民軍組織的軍隊，對於外國領事與僑民之身體財產，施以有組織之暴行。」

而且還舉出具體事實，來支持他們的看法道：

「長官不能管轄，並於搶刧後鳴笛召集歸隊。自被難者視之，此種行爲，係爲預定計劃。因搶刧者告人：『所攻擊者，僅限外人』！」

英國代表在向陳友仁提出嚴重抗議的時候，說道：

「程潛之第二軍第四師，於二十四日進南京城後，上午九時，包圍英領事館。英領事藏在門房，珍貴物品，均爲刧去。

和記洋行，金陵大學，日本領事館等處，均被搶刧。尤對英人態度惡劣。搶刧者皆湘人，因美國人事先曾與之談話，故識其口音也。」

當時的搶刧燒殺，都是湖南兵幹出來的，這一點，是在當時的中國報刊上，也衆口一詞的。其中描述得最生動的，就是「國聞週報」上的一篇通訊：

「各軍入城時，並無巷戰之事，故其入也實整隊而來。

……

據目擊者談：有湖南口音兵，手無槍枝，大聲言：『有要發洋財者，統隨我去搶！』

於是，洋車夫，流氓等，千百成羣，附之而入外人之教堂學校醫院矣。

實行搶刧時，該兵等身穿制服，立於門前，見有搶出者則取物美價高者強留之。甚至謂我要此物，你去再搶可也。

一時，滿城風動，共搶教堂，學校，醫院至五十餘處之多。此幫搶去，彼幫再入，一地而再搶不已。……

中國人之被刧者，僅南洋兄弟烟草公司一家而已。……」

一個文明國家的軍隊，居然能在光天化日之下，對無辜的外國人，做出這些野蠻的舉動來，實在是既可驚而又可羞的事。但是，當時在北伐軍中手握大權的蘇聯顧問鮑羅廷，却居然對它「置之一笑」。他在四月二日發佈的「訓令」中，說道：

「這幾年來，有比南京事件更嚴重者。南京事件並算不了什麽一囘大事。……本黨及各團體，應對英國工黨和英國人民發表宣言，聲明南京事件應由英國的保守黨政府及北方軍閥負責！」

爲什麽鮑羅廷在談到「南京事件」時，非但沒有表示歉忱，反倒氣燄特別囂張呢？

原來遠在二月初，克里姆林宮就曾經向蘇聯的駐華大使館，下過一度密令：

「必須設立一切方法，激動國民羣衆，排斥外國人。……爲引起各國之干涉，應貫澈到底，不惜任何方法，甚至搶掠及慘殺，亦可實行。

遇有與歐洲軍隊衝突事件發生時，更應利用此機會，實行激動。」

大概是根據這個指示，瞿秋白才在他所起草的「上海暴動後之政策及工作計劃意見書」中，說過一些餘味無窮的話：

「杭州有秩序有系統的刧奪，以及帝國主義聯軍軍艦隊的干涉等，都可以引起小資產階級的自衞觀念」。

在讀過這幾句箴言之後，再覆按一下「南京事件」的來龍去脈，就會覺得那羣「湖南兵」，當年對金陵外僑們的暴行，實在是一點也不簡單！

那時，外國駐南京的領事們，鑒於英國領事的受傷，以及日本海軍陸戰隊指揮官的受辱，都開始移到軍艦上去辦公。所有經過南京下駛的商輪，也都有軍艦隨行護航。誰知一到江陰，就又和岸上的北伐軍，發生了炮戰。對岸的「七省聯軍」，一時摸不着頭腦，也對着軍艦，大開其炮。結果是有驚無險，三方面都沒有受到什麽損失。

這樣一來，敏感的外僑們，都變成了驚弓之鳥，紛紛打起逃難的主意來。最緊張的是在重慶的那一批外國人，居然決定全體下旗歸國，「以保萬全」。遠在北京的外交團，更反應得非常強烈；英國公使建議：用外交團的名義，聯合向張作霖提出抗議；而且向北伐軍的首腦部，提出一個嚴正的最後通牒，限期答覆，否則就要動武。

那時，英國軍艦，停泊在中國海口和沿江的，一共有七六艘，日本有四八艘，美國有三〇艘，法國有十艘，意大利有四艘；用來威脅一個幼芽時期的新政權，當然游刃有餘。

但是，日本那時的對華政策，正是「幣原外交」的時代。當英國因爲北伐軍收回漢口英租界的問題，決定成立「上海防護軍」，而且宣佈要調一萬六千大軍，附以戰車，飛機，重炮，指日東來的時候，日本曾經斷然拒絕了與英國「共同出兵上海」的建議。「南京事件」中，日本的外交官和僑民，雖然也遭到了浩刼，但却奉命「隱忍自重」，沒有在英美軍艦向城內開火之後，也跟上去湊熱鬧。

因此，日本在「外交團」內，就堅決主張「鎮靜從事，不求武力解決」。

據幣原喜重郎在自已的回憶錄中透露：當時英美還不肯放棄「大炮外交」的路綫，就訓令自已的駐日大使，分頭向日本外務省交涉「共同出兵」的問題。幣原認爲：中國的擾攘不寧，在於缺乏一個強有力的中樞。北伐軍很有可能彌補這個缺陷，但是在目前階段，還過於幼弱；一遇到像「最後通牒」那樣的狂風暴雨，勢非馬上垮台不可。

那樣一來，中國的統一之日，更遙遙無期，全國人民勢必遷怒於外國的身上。那時，英美還可以撤退自己的僑民，把中國的事情丟下不問；而日本却因爲僑民過多，全部撤退既不可能，出兵保僑，又實在是下下之策。——爲了避免這些不良的後果，日本只好謝絕參加「最後通牒」。

一講到「出兵」，海軍在「鎮懾」上，當然可以發揮異常大的作用。但是，要想長期佔領廣大的地區，陸軍是少不了的。英美和中國，相距萬里；勞師遠征，事倍功半；眞正的王牌，還是非日本陸軍莫屬。

現在幣原既然堅持要置身事外，「最後通牒」之議，也就成了畫餅。於是，才退一步，決定由英美法日意五國公使聯絡，向北伐軍提出了一個「聯合要求」：

一、處罰軍隊指揮官及肇禍之人。

二、由北伐軍總司令，書面道歉。幷保証此後對於外人的生命財產，絕不加以侵害。

三、賠償全部損失。

四、如果答覆不能令人滿意時，各國將採取「必要的」正式行動。

三天之後，陳友仁就以「外交部長」的身份，「駁復」了他們。大意是這樣的：

A、南京事件，只是「反動份子煽動逆軍餘孽和地方流氓」，搞出來的。不應當眞正算在「北伐軍」的賬上。

B、英美軍艦開炮之後，「擊斃我第二軍特務連長一名，士兵三〇餘名，轟毀房屋無算」。這些損失，應當由英美負責。

C、在「南京事件」中，「外國人的傷亡，一共只有十二個，而中國的死傷，却何止百倍」。所以，理虧的還是外國人。

D、懲凶問題，要等調查清楚：「逞凶」的人，究竟是不是北伐軍？

E、不承認「南京事件」是北伐軍搞出來的，但可以看在「國際友誼」份上，加以賠償。

那時，蘇聯的官方通訊社——塔斯社，還趁勢推波助瀾，公開發佈消息說：

「美國軍艦炮轟南京時，平民聚居之處，彈落如雨，血肉橫飛。

事後之初步調查．．軍民死傷總數，竟在六千人以上！」

一般不大明瞭內幕的老百姓，對外國人的反感，在這種情勢之下，自然越來越加怒潮澎湃。

首先是湖南，先封閉了外商的美孚洋行，亞細亞洋行，正大煤油行。還接收了青年會，外僑財產，外商的行號，外國教堂和教會學校，逼得英美日的僑民，奉命「全體撤退」。

湖北當然也急起直追，讓當地的外國人很吃了些苦頭。美孚洋行因爲碼頭工人拒絕替它下貨，連生意也做不成。日商的協昌火柴廠，被五百羣衆，一口氣拆掉了所有的木圍牆，各自拿回家去，當做燃料用。想搬到兵艦上去住的日僑，搬不動；因爲搬運工人向他們要起價來，高得他們出不起。所以兩千日僑中間，只走掉了三十個。不走的人，想回去把房門打開，也辦不到；一露面，就會挨一頓臭打。工會的糾察隊，做得更加威風八面，居然衝進了日本租界的警察署，把一位在塲的日本外交官，打了個「發昏章第十一」。

在這種暴風驟雨的時日裡，就爆發了四月三日的「漢口事件」。爲了兩個日本水兵，堅持要共坐一輛人力車的問題，大起衝突，結果鬧得槍聲卜卜，日本水兵大舉登岸，中國老百姓死傷了十七個；日本水兵被活捉的有六個；而且還有四個「有嫌疑」的日僑，也被一併抓進總工會去。

其實，直到這一天以前，無論是日本的當權派也好，「北伐軍」中的左派也好，都沒有要把中日關係搞得一壞不可收拾的企圖。越俎代庖的莫斯科，也曾經密令過他的駐華大使館：

「日本能於最短期間，派遣多數軍隊來華，故令日本與各國隔離，尤爲特別重要……於一切運動之中，務使日本僑民無被害之人。」

因此，北伐軍的蘇聯顧問鮑羅廷，也大聲疾呼：

「可以使英日分離，可以使帝國主義者分化。……我對於保護日人生命財產安全的建議，很表贊同。……如果我們剴切表示：不願危害日人，可使他們不再妨害我們的行動」。

身爲「外交部長」的陳友仁，既是個左派，對於這種「英日分化論」，自然沒有不鼓掌贊成的道理。

日本在「南京事件」發生的前後，深受到幣原路綫的影响，居然遇事持重，不動肝火。正金銀行的負責人加能，還自告奮勇，打了個電報給鮑羅廷，向他保証：

「日本人民非常願意和中國人民，有公開的諒解」。

在雙方都急於「相安無事」的要求下，本來不應該再發生什麽不得了的摩擦。但是，由於左派在普遍動員羣衆的排外情緒的時候，顯然做得過了火，所以一發不可收拾，連羣衆要把「打擊面」擴大到日本身上來的時候，也沒有法子把他們攔住。

同時，在日本的當權派和軍人中間，也因爲對「南京事件」的處理，而出現了無可調和的分歧。儘管當權派主張從大處着眼，應當息事寧人；軍人們却堅持要「以牙還牙，以眼還眼」，只有膺懲絕不忍讓。——「南京事件」時，受了「脫褲」之辱的，是海軍陸戰隊；奉命不准參戰開火的，又是海軍。因此，掀起了漢口事件，從始至終，敵意橫流的，也是海軍！

那位在南京受過辱的海軍陸戰隊指揮官，荒木少尉，在事後以「未盡職守，問心有愧」爲由，剖腹自殺的舉動，自然就更加惡化了激烈份子們沸騰到極點的情緒。中日間的正式衝突，即使沒有在漢口發生的話，也是絕對不可避免的了。

情勢的如此急轉直下，弄得身處其間的陳友仁，也有點手足失措。據他的報告：

「四月二日，去同日本總領事談話……幷聲明自南京事件之後，中日兩國頗有諒解之可能，日本對於中國國民革命之成功，爾不必畏懼。

後來，日本總領事將此次談話，用一長電，報告他本國政府。等回電來了，再告訴我們。

四月三日，正預備起草宣言，不幸日租界又發生了事件！因爲日本水兵登岸，開槍打死我國民衆，使得起草宣言時，下筆很感困難。不過，最後還是寫了一篇宣言。

……

宣言書的大意……是日本從前雖然也行的侵畧政策，但現在有放棄這種政策的趨勢……在中日未眞正諒解之前，認日本爲友邦。由南京事件可以証明：日本有爲中國友邦之誠意。雖然有日租界事件發生，但國民政府幷沒有改變態度。」

但是，這個宣言，即使眞的馬上發出去了的話，實際上也已經無補於中日關係的穩定和「幣原路線」的存亡。集中在武漢江面，專待開火的日本軍艦，早已陡增到十六艘之多。水兵和海軍陸戰隊，更在日本租界裡，大修其防禦工事，擺出了準備大戰一塲的架子。日本總領事也向陳友仁表示：

「自從漢口事件之後，日本對中國的輿論很不好！」

正像前日本外相重光葵，在他的回憶錄中說的一樣：

「在漢口、南京發生了示威行動，英美軍艦在南京對示威羣衆開炮，情況相當嚴重……事實上，日本軍艦，未曾開過一炮。

當時負責保衛日本領事舘的荒木海軍少尉，感到責任上未能完成保護的任務，剖腹自殺。

情形到了這個地步，日本輿論，激昂起來，認爲日本蒙受的屈辱，都是幣原外交的結果。於是，對政府的攻擊更加白熱化了。反對黨抨擊政府的無抵抗主義政策，幷且主張：爲保衛日僑起見，必要時應派兵前往。至於遣僑歸國，是被認爲有失國家威信，幷且喪失權益的。」

這時，又恰巧爆發了台灣銀行的擠兌風潮，需要政府馬上撥巨欵來加以支持。但是，議會和樞密院，都幷不和若槻禮次郎首相合作，反而和不滿意的軍人們，聲氣相求，拚命攻擊當權派的「昏庸無能」！「外交路線的完全錯誤」，氣得內閣大臣全體辭職；誰知却替軍人的打入政壇，開闢了一條道路。

接班的政友會總裁，不是別人，正是「長州派」軍人的主將，鼎鼎大名的田中義一大將。他成爲首相兼外相之後，不但替「軍人首相」開了先例，而且使日本的對華政策，有了一百八十度的大轉變。從此，不惜用各種最血腥、最強暴的手段，來貫澈對中國的侵畧。一向以自由主義的外交政策標榜自己的「政友會」，也搖身一變而爲軍國主義者的「政治幫閒」。

田中義一上台之後，也曾經在「組閣聲明」中，說過些好聽的話：

「我對於中國人的合理要求，深表同情，幷決計盡我的力量，去助其實現。……若是中國人有合理的方法可以着手，也絕不至用危害外交的方法，去達到這個目的。……所以要請中國人仔細的回想，愼重的考慮。

至於共產黨，日本因爲地理關係，所受的影響最大，而且既負有維持遠東和平的責任，對於此事也不能不關心。如果在時間上，計劃上有必要時，則各國應採取一致行動。……

但是，被他選來担任外務省次官的，偏偏是最積極的一個侵華路線的急先鋒——森恪。那個專門討論如何貫澈對華侵畧的「東方會議」，以及公開暴露了日本領土野心的「田中奏摺」，也都是在這位新首相上任之初問世的。

這時，中國的政治氣候，也發生了很大的變化。「北伐軍」中的左派，整個成了被自己人整肅的對象。鮑羅廷也高唱「戰畧退却」的論調，開始對一向被駡得狗血淋頭的「帝國主義者」，盡量地委曲求全。可惜已經遲了一步，剛在南京成立了不到幾天的國民政府，很快地就在外國人中間打開了天下，連態度一向很激烈的英美，都忽然和顏悅色起來，自動把「南京事件」大事化小，小事化無。

英國的外相張伯倫，在南京政權成立了二十天之後，就已經正式向下議院表示：

「南京事件，實際是第三國際所指揮。……計劃南京暴動者，似有意使列強與蔣介石氏為難。……惟此種事件，現在已使國民黨與共產黨實行分裂。……鑒於此種事實之發展，我政府對於南京事件之懲戒問題，似有轉圜之餘地」。

美國的柯利芝總統，也在談到美國外交政策的時候，公開地保證：

「寧案發生後，美國對中國之困苦，極表同情。……美國除援助及鼓勵對中國為合法之統一及自由之熱望外，別無他求。」

過了沒有幾天，英國政府更迫不及待地撤回了它駐武漢的代表牛頓，而且毫不客氣地說：

「實無必要派人代表英國公使，長駐武漢，蓋該地區之政府，全無實踐文明國家責任之能力也。」

前一陣，被陳友仁駁復過的那個「五國聯合聲明書」，現在也被他們拿出來舊話重提，認為武漢當局毫無誠意解決問題，實在應該拿出點顏色來看看。英美的態度最激昂，乾脆主張「封鎖長江」，來壓迫對方就範。田中內閣那時還沒有把面具完全摘下來，就假仁假義地跑出來做好人，一面表示反對英美那種「霸王硬上弓」的辦法；一面又訓令駐漢口的總領事，向陳友仁透露：

「很知道當局保護日僑的誠意。不過，相信有激烈派從中主持，很不放心。所以不願意解嚴。」

北伐軍的左派，在四面楚歌之中，只好前倨後恭，特別成立了一個「武漢保安委員會」，專門「取締一切排外活動」，來從而爭取日本對「漢口事件」的高抬貴手。

田中內閣，當時對於侵略中國的路線、重點和步驟，都早有成竹在胸。根本不需要到長江腹地，先來放一把野火。倒亦可讓這些雞毛蒜皮的小衝突，快點告一段落，好集中全力去吃掉中國的東北和華北。因此，就索性主動地讓局勢緩和下來，由駐漢口總領事，通知陳友仁：「只要保證日僑的生命和財產安全，一切都可以在四月二十七日以前，恢復常態。」

到時，據陳友仁報告：

「日本水兵，業已撤退了一部份，沒有撤退的，槍上的刺刀也取下來了。商店已開門，交通也恢復了。」

從這時起，「漢口事件」實際上已經不再使日本感到興趣。過之不久，田中內閣，就以「保僑」為藉口，派了姬路第十師團，出兵山東。緊接着又是北伐軍左派在武漢的政權，土崩瓦解，烟銷雲散。日本就是再想交涉下去的話，也苦於找不到一個適當的對象。這個鬧得滿天星斗的「漢口事件」，也就此不了了之。

北伐軍在南京定都以後，中國和英美的外交關係，又進入了一個新階段，完全否定了「武漢政權」當年的那個路線，而且還主動地提出了「談判解決寧案」的要求。

誰知原則上雖然大家都同意：這個懸案實在應當早早地告一段落，但是，一談起細節來的時候，就又鬧得很僵。癥結的地方，有下面這幾點：

一、英國認為：「對外人挑衅案件，層見迭出，去年寧案發生，可謂造乎其極，足證係有系統的、有組織的仇外行為。蓋雖為羣衆行為，實有公家聳恿。……第六軍軍長程潛為禍首，須予查辦。」

中國方面却不肯對程加以處分，只答應頒佈一道「懲戒肇禍者」的命令，只拍了幾個蒼蠅，連程的名字都沒有提到過一下。

二、賠償損失的問題，中國只肯先賠使領館的損失。民間的損失，要等中英美聯合調查委員會，慢慢查核清楚以後再說。

英國却認爲：賠償民間損失，是談判的重點。現在把它棄而不談，根本不是個妥當的辦法。

三、中國堅持把英美軍艦開炮的字樣，以及中國對修改條約的要求，都明文載入雙方的議定書。

英國却認爲：這兩點都根本不必在這裡提起。

就因爲在這些地方，兩國都爲了「體面」關係，堅持不下，奉命去和英國談判的外交大員，雖然從王寵惠、黃郛、張公權，到金問泗，一連換了四個，僵局却始終沒有打開。

誰知那時的美國，正很有把英國在中國的傳統優勢，取而代之的興趣；認爲能夠搶在英國的前面解決了「寧案」，一定會博得南京很大的好感。加上那年正值美國大選，中美關係如果能盡棄前嫌，大地回春，當然也會使許多選民繼續投執政黨的票。因此，就在中英談判拋錨之後，美國馬上主動地來找黃郛談判，根據中英原議的內容，畧加修改，在一個月之內，就全部談妥，正式換文。

這樣一來，英國也立刻自動下台，重新和中國開了談判；反而把中美談判的成果，當做討論的依據。於是，一切進行得都很順利，不久，就由中國的外交部長王正廷，英國的駐華公使藍浦生，互相換文，正式解決了這段「無頭公案」。

「漢口事件」，看來彷彿和南京事件，并沒有什麽特別關聯，實際上却是它的一個餘波。這兩個不幸的「慘案」，在無意中替日本軍國主義者，造成了奪取政權的機會；也正式開始了中日關係史上最血腥，最醜惡的一章！

香港銀行業的掌故

陳維龍

中國的錢莊有相當久的歷史，但是新式銀行從中國通商銀行和中國銀行前身的大清銀行算起，迄今亦只有八十多年。香港的華資銀行更遲一二十年。

一九二三年，新加坡有一家和豐銀行，在香港設立分行，過了幾年又添設上海分行。一九二四年春夏之間，我被暫調往港行幫忙約半年。每逢假期，常與同事遊歷廣州或澳門。

當時在香港註冊的華資銀行，計有東亞銀行，廣東銀行，華商銀行（China Merchants' Bank，乃香港與安南華僑合辦的，與新加坡的 Chinese Commercial Bank 無關。），國民商業儲蓄銀行，工商銀行，永安銀行，先施銀行。此外還有中國銀行及和豐銀行。它們除經營存放欵和儲蓄等普通銀行業務外，大都兼營外滙，并且漸漸能與歐美銀行競爭，使它們視之若眼中釘。

正在這時，華商銀行因銀根週轉不靈，宣告停業。香港銀行公會（滙豐銀行是永遠會長）要乘機取締華資銀行的外滙活動，乃由該公會函通知華人銀行公會如下：

（一）自下月一日起，凡敝會會員與貴會會員間的一切外滙合約，無論是新的或舊的，一律依照下列新訂辦法處理之。

（二）凡貴會會員向敝會會員賣出的外滙，到期要交貨時，前者須在倫敦或紐約預將外滙解交完畢，俟後者接到該代理來電証實後，才付給港幣代價。

（三）凡貴會會員向敝會會員買進外滙，到期要領貨時，須即交足港幣代價，俟該支票過賬完畢，敝會會員才續電解交外滙。

（四）凡貴會會員與敝會會員間的一切外滙買賣合約，一律依照上開辦法分別處理，不得如以前，用同一行或他行的合約，互相對抵。

事實上，依照港滬以及其他國際市場的慣例，銀行間的外滙買賣合約，屆期要交貨時，其手續如下：A、與同一行買賣的合約，互相對抵後，才結算其差額。比如 a 行向 b 行買入英鎊總共三萬鎊，但同月內賣給 b 行二萬五千鎊，對抵後，a 開支票付給 b 以五千鎊的港幣代價，同時 b 發電在倫敦解交五千鎊給 a 的代理或指定人。B、如同月內乙曾向丙買入五千鎊，此時可開支票給丙，使它交該外滙給甲的代理或指定人。

現在香港銀行公會新訂的辦法，完全違背國際公例，不但無理，且使對方無法接受。比如一月份華行向洋行買進外滙的總數是英鎊一千萬鎊，等于港幣一萬萬五千萬元。同時向它們賣出九百萬鎊，等于港幣一萬萬三千五百萬元。照以前的辦法很簡單，買賣的合約互相對抵後，其差額只有一百萬鎊，等于港幣一千五百萬元。華行在港交支票一千五百萬元，洋行同時在倫敦交一百萬鎊了事。但是如果要照新的辦法處理，那就完全兩樣了。買賣的合約不得對抵，那麽華行必須先付出一萬萬五千萬的港幣，向洋行領取一千萬英鎊；過後再交給洋行九百萬鎊，俟它們接到倫敦來電報收後，（最快在第二天）始在港付給港幣代價。試問全世界那有這種做法？

華人銀行公會召開緊急會議後，據理力爭，經過六星期交涉，對方只承認：「舊合約可仍用舊辦法處理，但新合約必須用新辦法，無另商之餘地。」因此交涉陷入僵局。

筆者眼看當時兩公會勢力懸殊，秘密交涉既然無效，自非借重輿論引起各界的支持不可。乃投函各大報，請他們主持公道；可是滙豐等銀行的勢力太大，沒有一家報館敢犯着它們。正在無可奈何時，我猛憶星洲有一位老前輩陳長樂博士，那時他在中山大學講學，兼担任廣州英文報（CANTON GAZETTE）的主筆。我遂把有關文件抄寄一份給他，第二天該報在社論批評香港銀行公會的武斷舉動，指之為「MAIL-FISTED OSTRACISM!」（鐵腕的排華行動），把它們駁得體無完膚，幷質問：「如果因一家華行營業失利，就要取締各華行，那麽從前德華和中法兩銀行（以上銀行在中國均有分行），以及美國國內銀行近來相繼倒閉，中國可因而取締一切歐美銀行麽？」

該報一到香港，各西報競相轉載其社論，以便代香港銀行公會解釋，而事實上起了反宣傳的作用。蓋公道自在人心，是項消息一經透露，與論譁然。該銀行公會急繼續與華人銀行公會討論前案。為維持洋商公會的面子起見，仍維持原案，但加上一句：「但信用可靠的華資銀行，不在此例。」經過兩個銀行公會的代表人審查後，實際上只有一兩家信用比較差的華行，受到限制，其餘都得豁免，博士一擊之力也。

那時中國銀行港行經理是貝祖貽，秘書鄭鐵如。東亞銀行的總經理是簡東浦，廣東銀行總經理李自重。和豐銀行港行經理是黃漢樑，會計主任陳永輝。迨一九三〇年我再被調往港行時，黃漢樑已任上海分行經理，港行由陳永輝繼任。貝祖貽亦已升任總行經理（總經理是宋漢章），港行經理是鄭鐵如，華人銀行公會會長職務，亦由鄭經理繼任。他與吾友陳永輝相當投機，因此我亦得常與他見面，獲益不少。是年冬，黃漢樑出任鐵道部次長（部長是孫科），由我赴滬署理該分行事務。在我離港以前，港金融界又有一大事發生，我又適逢其會。

原來早一年美國的股票市場已發生風潮，工商業開始不景氣，漸漸影响到港滬市場。結果，工商等華資銀行，發現受存戶滾支現欵的現象。為提防事體擴大起見，華人銀行公會召開緊急會議，羣謀對策，他們議決各會員撥出一部份現欵，存入中國銀行一個準備金賬戶，如遇同行有急需時，得酌予臨時貸欵，就這樣渡過危機。總是第二年不景氣更加嚴重，工商銀行的上海分行在外滙上蒙受重大損失，以致總分行被廹停業，華人銀行公會亦愛莫能助了。

長沙「馬日事變」見聞錄

—胡養之—

「眞玉燒不熱，寶劍拗不折。世有非常人，自與常人別。桓桓許將軍，氣骨堅如鐵。是當年剷共先鋒之英雄，亦今日窮且益堅之豪傑。欲知其事，詳爲且說。民國十六年五月廿一夜，長沙剷共殊壯烈。……恐怖標語，鄉城遍貼，高唱有土皆豪，無紳不劣，殺人放火，分田割宅。梭標隊伍，晝夜威脅……鬼哭神號，天昏地黑。惟有將軍，智勇深沉。不驚耳目，不動聲色。率一團孤立無援之衆，剿半夜全城散佈之賊。敢作敢爲，立功立德。萬姓謳歌，三湘載澤。……」

以上是前民國大學校長魯蕩平於民國四十七年（一九五八）元月十一日，爲民國十六年五月廿一日長沙馬夜剷共的獨立團長許克祥（已故）所寫的「七十華誕歌」。當事變發生時，筆者方六、七歲，還在國民小學唸書，記得鄉間農民協會，竟將我家的牲口沒收，糧食充公，父親被綁遊街，全家遁入山區避難，飽受刺激，迄今猶歷歷如在目前，留下深刻的惡劣印象！

民國二十三年，當我赴長沙求學時，對於「馬夜剷共事件」猶時有所聞，膾炙人口，每年五月廿一日，湖南各縣、市特別是省會長沙，更隆重舉行紀念大會。因此，我對馬日事件言猶在耳；加以參閱各項紀載，發現當時的環境複雜，進行時頗多曲折，認爲是役的成功，不能完全歸功於許克祥一人；而眞正領導的，還是何鍵、龔浩及張翼鵬諸人。這可以從前湘省主席何鍵的「容園自記」中看出。他說：「民國十六年春，湘共陰謀傾覆政府，禍在燃眉！時予駐武漢，爲防媚共之唐孟瀟，乃密令團長陶柳，並派余湘三聯絡許克祥、李仲任等部，就近圍捕。於五月廿一日拂曉，乘其不備，殺首魁、囚脅從，解散其附和，一舉肅清，湘局轉危爲安，人心大定，遂引起全國清黨運動。而共黨之氣燄，從此不振，此世所稱馬日事變也。若無此，則殘暴屠殺之獸行，不待今日而始見。……」

農工組織殺讀書種子

所謂「馬日事件」者，係依韻目排列二十一日爲「馬日」也。其所以導致的眞實經過情形，大致是這樣：由於民國十五年秋，國民革命軍誓師北伐，節節勝利，勢如破竹，中共乘機竊發，施行其滲透顛覆陰謀，企圖控制湘、鄂、贛三省地區，並預謀以湖南省會長沙爲赤化基地，由毛澤東、李維漢、謝覺哉、夏曦、郭亮、易禮容、滕代遠、熊亨瀞等，先後分別盤踞了湖南省黨部及農民協會、工會等各機關，公開活動；同時在全省各市、區、縣、鎮、鄉、村，也普遍地組織了「農民協會」和「農民自衞軍」；在都市中，並組織工會及「工人糾察隊」，以製造仇恨的手段，來促成市民與市民之間或農民與農民之間，結下無可消除的血海深仇！以堅定那些被裹脅的無知民衆之向心力，並藉以打倒土豪劣紳，製造階級鬥爭，復用糧食現金的集中政策，箝制民衆，仰其鼻息，聽它擺佈；進一步地勾引軍隊，誘其叛變，以顛覆軍民行政機關，橫行無忌，把湖南全省攪得鷄犬不寧，社會秩序大亂！

民國十六年春，長沙附近有某鄉農民協會宣告成立，準備佈置一番，以資慶祝。會內主事人聞前長沙商會會長葉德輝的文名，乃請他撰聯懸於農會門首，以壯聲勢。而憎恨共黨的葉氏，則以農會二字作一聯語，對共黨之諷刺辱罵，不留餘地！聯曰：「農運宏開，稻粱菽，麥黍稷，一般雜種；會塲廣濶，馬牛羊，鷄犬豕，盡是畜生。」

「雜種」、「畜生」，都是長沙地方最流行的一種罵人的口語，但農會幹部則莫名其妙，依然將聯張貼，旋爲共黨頭頭郭亮、夏曦諸人所發覺，大肆咆哮，指葉爲知識份子，却以反動宣傳言論來攻擊共黨，遂決議逮捕葉德輝，交由設在長沙司門口警察廳內的「共產黨審判土豪劣紳特別法庭」，作形式上的審判後，即押解至瀏陽門外的識字嶺，執行槍斃！據說被綁去刑塲時，葉氏仍沿途叫喊：「剷除萬惡的共產黨！」

說到葉德輝其人，這裡附帶提一提。葉字煥彬，一作奐彬，號郇園，自號麗樓主人；原籍湘潭。清光緒進士，曾任吏部文選司主事。其人郁郁多文，生平邃於治經，尤其精於小學及目錄學，家富藏書，而於清代人物的著作，蒐集更爲完備。他平日將所有藏書的善本，閉置一樓，不輕以示人，亦不肯出借，嘗書一字條貼在書櫥上：「老婆不借書不借」，可見其怪癖之一斑。著有「六書古微」、「書林清話」、觀古堂所著書等，統稱「葉氏叢書」，而以談版本源流的「書林清話」一書爲最著。因此，民初國學大師章炳麟，曾認葉氏爲讀書種子。葉死後，吳梅（瞿安）有哀葉詩五言兩首，均載「霜崖詩錄」中，頗能狀葉氏之生平。詩云：「目空天下士，爲我偶垂青；豈於一朝別？南天見落星！恢諧得奇禍，刑辟失常經；安得中郎筆？重書有道名。」又云：「大名垂四海，小隱寄三吳；曾造通儒第，如披博古圖。奇文蒐紫簡，餘技事丹鑪；竟殺讀書種，天高何處呼！」

葉德輝被殺後，共黨更變本加厲地大肆屠殺！於同年四月五日，把軍界聞人李佑文從監獄提出，押到長沙市又一村教育會坪，執行槍決。而學界鉅子俞秩華，也同時遭共黨殺害！特別是八角亭（市中心）的「天申綢緞莊」老板（姓名已忘記），當工會糾察隊去抄搜他店裡的貨物時，他只是說了一句：「現在橫豎是你們的世界，要抄搜你們就儘管抄搜吧！」不料，此語一出，竟觸怒了一般共產黨徒，馬上就將他拖出店子門前來，拳足交加，打至口吐鮮血，隨即死去！其他各縣市鄉村的情形更壞！

何鍵幕後支持五團駐軍

幕後支持「馬日事變」的何鍵，字芸樵，別署容園，湖南醴陵人，民國十五年夏，當國民革命軍誓師北伐時，何隸第八軍唐生智部任第二師師長爲先鋒經汨羅江一役，克岳陽連破汀泗橋、賀勝橋之敵，直薄武昌，並偷過吳佩孚軍防線，先佔漢陽，獲漢陽兵工廠槍械甚多，軍威大振，率部移防鄂西宜昌，旋以新編革命軍第九軍袁祖銘所部進駐湘西，因受孫傳芳的誘惑，而不服調遣，並企圖擾亂後方，牽制北伐軍行動。何芸樵即率所部由鄂西移駐湘西邊區，協助第八軍教導師師長周斕，在常德以「鴻門宴」方式而解決了第九軍軍長袁祖銘，並且收編其所屬之團長許克祥部，改番號爲第八軍獨立第三十三團；隨即加派了梁勵予、李華齡二人，分任該團中、少校團附；許初振等則爲該團營長，開往長沙整訓補充。

當時以何鍵部首取漢陽，與周斕合作解決袁祖銘，實爲北伐殊勳，乃晋階上將爲第三十五軍軍長兼鄂西指揮官，目擊中共殘酷暴行，和地方民衆所受的水深火熱的痛苦，更加深了何的反共決心！尤其湘共橫行各地，殃及軍人家眷，致何鍵部下多感不安！乃於民國十六年春，率部開赴漢陽時，急謀對策，以遏阻湘共之亂。適時各軍事首長，因事均集合於武漢開會，何鍵便以私人宴會方式，約集先已徵得反共同意的第八軍軍長李品仙（字鶴齡，廣西蒼梧人，卒業於廣西陸軍小學，湘北陸軍中學，及保定軍校等，曾任湖南第一師排、連、營、團、旅長、第三師長及第八軍軍長等職），第三十六軍軍長劉興（湖南祁陽人，畢業於保定軍校），教導師師長周爛（湖南祁陽人，畢業於保定軍校），獨立第十四師師長夏斗寅（湖北人），第三十五軍教導團團長王東原（安徽全椒人，保定軍校第八期畢業），軍委會前敵總指揮部參謀長龔浩（湖南益陽人，字孟希，畢業於保定軍校及北京陸軍大學）及湖南省政府軍事廳長張翼鵬等，秘密進行商討反共策畧。

當時與會的人士，對於何芸樵的反共主張一致贊同，只是對於發動的地點，則商討多時，最初曾攷慮在武漢三鎮，理由是以何部駐防武漢，發動起來，較易爲力，且事半功倍。況在十五年冬，當漢口會議時，鮑羅廷、朱德、毛澤東輩，曾倡言清算地主，發動階級鬥爭，羣相驚愕而默然；惟何氏獨持異議，更曾密謀格殺鄧演達、朱德、毛澤東等。因之，一般主張由何領導在武漢發動。可是第八軍李品仙軍長其時已繼陳銘樞爲武漢衞戍司令，則首當其衝，職責攸關；且唐生智的態度曖昧，恐怕事件擴大之後，將沒有人承担起這個嚴重的責任，故李氏要求大家攷慮。

另一方面，共方葉挺的部隊也駐在武昌；而武漢三鎮的工人糾察隊和農民協會的自衞軍，則統歸劉少奇、李立三等中共國際派頭子指揮節制，其力量亦未可輕視；加以惲代英又已武裝了武漢軍事政治學校的學生，也可以參加作戰。如果在武漢發難，成敗實在難以逆料。以故，最後決定避開武漢，改在湖南省會長沙發動；誠如此，則武漢即可應援。隨後便決定指派夏斗寅爲湖北負責主持人，王東原爲湖南負責主持人；第八軍第一師師長兼武漢護路司令張國威，則駐武長路（粵漢鐵路的武長段）實行策應；第三十五軍司令部機要參謀余湘三，則担任駐湖南總聯絡員（實際上是代表何鍵的），龔浩居間策劃，張翼鵬指揮。

這時留守在長沙的國民革命軍部隊，只有如下幾個團：

北伐軍前敵總指揮部警衞團團長周榮光：駐四十九標舊址。

第八軍李品仙部教導團團長李仲任：駐瀏陽門外瀏陽橋附近。

第三十五軍教導團團長王東原：駐北門五十標舊址。

第三十六軍劉興部補充團團長張敬兮：駐北門油舖街。

第八軍獨立第三十三團團長許克祥：駐小吳門的砲隊坪。

但是上列的五個團，都是互不相隷的單位，各自爲陣，誰也不能指揮誰。既缺乏指揮中心，則在行動上，顯然不能發揮其協同一致的力量。當時由漢口參加何鍵主持的反共秘密會議返長沙的王東原，鑒於這種羣龍無首的情勢，認爲茲事體大，問題頗不簡單，責任尤其艱鉅，乃先趨總指揮部警衞團，就商於周榮光團長，討論如何着手進行？蓋王與周有師生（王入保定軍校受訓時，周爲教官）關係；加之駐地毗連，平時過往甚密，交誼極深；且周榮光爲一模範軍人，言行不苟，以身作則，同儕無不敬畏；故有「周聖人」之稱。因此，當時駐長沙的各團，對周都有好感。

馬日事變的準備和佈置

王東原把武漢的反共秘密會議議程，及何鍵所指示的行動，一一轉達周榮光。周聽了王東原這一寶貴的談話後，即嚴肅地對王表示：「好的，你可以放胆放手去做，我絕對全力支持；並馬上指派本團中校團附尹東旭協助你進行其事，你現在就可以周密計劃，積極地準備吧（見尹東旭的『剿共紀實』！」翌日，周、王二人即秘密趨謁代湖南省政府主席兼軍事廳長張翼鵬，恰商各項行動事宜後，即報准成立長沙省會戒嚴司令部。其時由省府軍事廳發出的命令是：「茲派前敵總指揮部警衛團長周榮光兼任長沙市戒嚴司令。並派該團中校團附尹東旭兼任該司令部參謀長（實則主任參謀）。

長沙市戒嚴司令部成立後，於同年四月二十四日在長沙市區的小東街開始辦公，表面上的任務是：以維持省垣的社會治安為職責；而實際上更重要的使命則是：鎮壓共黨暴行相機予以殲滅其各機關為目的。一方面加緊佈置長沙的防務；一方面則與各地的武裝部隊如駐防岳陽的周磐團、駐防常德的熊震部（一旅約兩團）、駐防衡陽的俞業裕團、駐防祁陽及零陵間的王德光團、駐防邵陽的王錫燾團等密切聯繫，以便隨時策應；同時，對於駐防湘西苗區的陳渠珍、戴斗垣等部隊也互通聲氣。

自長沙省會戒嚴司令部成立後，共黨雖仍猖獗，却不敢明目張胆在戒嚴區舉行公審殺人了。但是在其他各縣、市、鄉村，以及湖北、江西兩省各地，却仍變本加厲地捕殺所謂土豪、劣紳、貪官汚吏等，殘暴毒狠，無所不用其極！致令人心惶惶不可終日。當時的獨立第十四師師長夏斗寅正率部駐防宜昌，以中共如此草菅人命，目無法紀，且越來越兇！如不加以制止，則東南數省，勢將陷於傷心慘目的人間地獄；乃急不及待，遂於同年五月十四日發出了反共通電，隨即率部東下，進攻武漢叛逆政府；同月十五日，經咸寧、汀泗橋等處，均分別拆毀武長鐵路之鐵軌數華里，藉以截斷北上車輛。同月十八日已攻抵距武昌城約四十餘里的紙坊鎮，原本是可以與第三十五軍留守漢陽的危宿鍾師相約夾擊的，不料該師已於先一日出發開往河南，因而原有計劃無法實現，未能收到夾攻之效，以致對方有反擊的機會。

因為那時中共「新編中央獨立師」由武漢軍事政治學校的學生所編成，惲代英為該師黨代表，中共第三十五師周士第部第三團；並由漢陽兵工廠裝備起來的農民自衛軍及工人糾察隊等等，統歸該黨第二十四師師長葉挺所指揮，結集於武昌的東南面一帶，以對獨立第十四師夏斗寅部作戰。夏師當時以情報欠靈通，孤軍深入，造成了衆寡懸殊，而又缺乏友軍應援的緣故，致令該師腹背受敵，被迫於同月十九日拂曉之前，便不得不向南撤至咸寧、崇陽之間，再行設防。幸而共方的第廿四師師長葉挺所指揮的各部，也搞不清楚國民革命軍這方面的情況，故不敢乘勝追擊南下，否則長沙方面的舉事日期，可能會延遲。正因為共軍未敢南下，於是以李品仙的第八軍坐鎮武漢，何芸樵、劉興兩軍（第三十五——三十六軍）又在河南遙為聲援，長沙省會戒嚴司令部代司令尹東旭（該部參謀長），已在長沙加緊策動了剿共計劃，由軍委會參謀長龔浩策劃及領導。

當夏斗寅的獨立十四師向武昌推進，拆毀粵漢鐵路武長段以致交通中斷的時候，長沙方面曾經謠言蠭起，風聲鶴唳，大有山雨欲來風滿樓之概！但一般市民聽到是革命軍進攻共軍時，表面上雖現出緊張，而其骨子裡則無不私心竊喜，希望早日消除共禍，以便安居樂業。只有共方各機關，則如晴天霹靂，惶恐萬分！由省黨部的共方頭子熊亨瀚，於同年五月十六日召集各團體聯席會議決議如下：（一）遍貼佈告、標語闢謠；（二）加緊裝備農民自衛軍和工人糾察隊，統歸省政府指揮；（三）宣傳革命紀律，確實保護軍人（可能係指共方的武裝軍人而言）眷屬同財產。

與此同時，盤踞於省府和省黨部的共方人員，曾密令農工會主席滕代遠、郭亮等人，於同月十九日上午在長沙又一村教育會坪舉行追悼李大釗大會時，一面進行公審殺人；一面便乘機暴動，以期緩和反共情緒，而遙為武漢方面聲援。

肅清七十餘個共黨機關

共方這一行動計劃，為長沙省會戒嚴司令部參謀長尹東旭所探悉，當時立即召集省府警衛營長蔡樹瀛等，面授機宜，積極準備，妥爲部署，對共黨務期一網打盡，澈底肅清其亂源。但到翌日（十九日），共方突改變了主意，臨時宣佈停止舉行追悼大會。因之，令到長沙市面上突現緊張狀態，以爲共方不舉行追悼大會而開始進行暴動。察其原因，始知共方已改變計劃，爲其最高機關所決定：積極準備並訂於同月二十五日正式倡亂，支援共軍第二十四師師長葉挺所指揮的各單位作戰，迅速佔領長沙，建立蘇維埃政權。

在這種緊急的情勢之下，長沙省會戒嚴司令部於五月十九日下午四時，假警衛團團部召集了駐防長沙各部隊主管，舉行緊急秘密會議，其時與會人士包括着：軍三分校謝煜燾、王育英、楊石松、文九德、省黨校代表陳其祥等；駐軍方面則有：第三十五軍教導團團長王東原、三十六軍補充團團長張敬兮、第八軍教導團團長李仲任、獨立第三十三團團附梁勵予（當時許克祥因事未嘗出席會議）、李華齡等，一致認爲情勢危急，刻不容緩，應即採取斷然措施，閃電式的行動，或可拯救時局，否則將不堪設想！兼戒嚴司令周榮光即席提：「本人審時度勢，應付環境，顧全大局，最好是以本部參謀長尹東旭代理戒嚴司令職務，担任行動指揮官，較爲適當，但仍由王團長東原幕後主持，決定於二十五日以前採取行動。」當場一致通過，成爲決議案。

尹東旭奉命以參謀長代理戒嚴司令後，便根據會議的決議案，計劃迅速地採取主動，先發制人；因而擬具清掃行動的計劃，分配任務，首先聯絡獨立三十三團團長許克祥、李仲任、張敬兮，以及警衛團周榮光部的營長唐政、曹授時、李國強；教導團王東原部的營長陶柳、楊振璞、魏鎮等，約定於五月二十一日凌晨（上午）一時十五分（星期日），在長沙城南天心閣上發射信彈三枚，作爲開始行動的信息，屆時分途進剿，於是許克祥的獨立第三十三團駐小吳門炮隊坪，因近水樓台，該部首先開入長沙市區中心，乘共黨各機關沒有準備，以迅雷不及掩耳的行動，實行突擊掃蕩；其他各團、營單位，也依照指定的時間和地區，分別進行突襲，將中共在湖南省會長沙市區內所把持和盤踞的機關團體，包括着：農民協會、省總工會、省黨部等大小七十餘個單位，以及人員武裝，悉數摧毀而肅清無遺。相傳許克祥部從小吳門發動是成功的預兆，由於辛亥光復長沙之後，安定超所部的一個大隊，也是由小吳門進城的。因之，許克祥之名與「馬日事變」連在一起。

「馬日事變」對於中共當時的損失是很大的，根據「民國大事概述」中關於湖南部份者，載稱：「民國十六年寧漢分裂，共產黨在湖南猖獗，殺人犯火，無所不爲！五月二十一日拂曉，許克祥率一團之衆，在長沙清掃共產機關，殺共黨高級幹部郭亮等。毛澤東、李維漢、滕代遠等，僅以身免，逃入井岡山，抗擾負嵎，爲舉世矚目之長沙馬夜剷共之役。六月，武漢政府共黨分子，一一潛逃，寧漢政府合併。中央令第二軍魯滌平、第六軍程潛、第十四軍陳嘉佑、第四十軍葉開鑫西征，討伐武漢政府附共之唐生智。唐離部赴日，其所部李品仙、何鍵、王東原、劉興、周斕等，一律歸中央收編。……」又據徐健實、簡叔乾合撰之「譚組安先生年譜」中亦載有：「……民國十六年丁卯，公四十九歲。……自容共以迄清黨，在本年三月以前，爲我出師北伐，並開始制裁共黨逆謀之時期。五月二十一日長沙反共運動發生後，大局於本黨有利。六月十九日，徐州會議決議：（一）取銷武漢政府；（二）驅逐共產黨；（三）武漢軍隊入豫，繼續北伐。……」

責任歸於許克祥的原因

「馬日事變」發生後的第二天，湖南省政府代主席兼軍事廳廳長張翼鵬，即以「辰養電」告唐孟瀟（唐生智），電文畧云：「馬日拂曉，長沙農民自衛軍、工人糾察隊，與駐防軍隊發生衝突，演變頗爲嚴重，供職無狀，請予處分。……」同日並分電告武漢僞中央政治委員會，畧謂：「馬日拂曉，長沙工農部隊與駐軍許克祥之獨立第三十三團發生衝突，當時情勢嚴重，現已恢復原狀」各等語。

值得人們懷疑的是，以上兩通所指部隊不同的電報，均由張代主席同時發出，爲什麼竟把責任推向許克祥一人頭上呢？這顯然是作兩面應付，顧全大局之所使然。因爲許克祥這個單位，原非唐生智的嫡系部隊，而係受了孫傳芳煽惑，不服調遣的新編第九軍袁祖銘所屬的基本部隊，被收編爲第八軍獨立第三十三團的。所以，經過軍委會參謀長龔浩，代主席張翼鵬等從詳研討之後，並徵得許的同意；事實上，許的獨立團對於此役，確曾出力最大。於是決定將「馬日事件」，全部責任由許克祥負起。一面敷衍唐生智的面子，一面則希望和緩與共方發生直接衝突。而且進一步表演得很逼眞，竟於五月二十四日即下令許克祥，立刻率部離開長沙，馳往湘潭、湘鄉兩縣，以資印證；而共產黨也認定許克祥爲「馬日事件」的禍首，作爲宣傳資料，許亦因此而成名。

儘管如此，可以瞞住了別人，却瞞不住唐生智。他知道馬日事變之主持人雖爲許克祥，但倘若沒有何鍵支持，許克祥僅有一個團兵力的千餘人；並且是收編的叛軍部隊，未必胆敢發難。加以何鍵對唐生智之媚共，平日已有面諍；若在別人，或者已被唐所殺，亦未可知。蓋唐平日爲人順我者生，逆我者死。然則何鍵之所以未爲唐生智殺害，論者認爲何部在唐屬下的三個軍中最強，而其屬下師旅長，又以醴陵同鄉爲最多，如師長劉建緒、陶廣等都是。唐可殺何，而何部必因之反唐；唐部下的另兩軍爲劉興之三十六軍、李品仙之第八軍合起來，其實力也不敵何的一軍，故唐不能不躊躇。

唐生智擁共，何鍵反共，唐、何部下都是湘人，而共黨亦在湘境各地猖獗，使到他們的部下多半不安！致何鍵的反共決心日趨堅強；而唐不敢殺何，這也是因素之一。尤其是支持許克祥等發動「馬日事變」之後，湖南各縣駐軍與團隊，也都自動反共，唐生智更爲憤怒，却遠水難救近火。而況唐生智在事實上，也無法以兵力消滅湖南的反共實力，一則湖南各縣完全反共，不能一一予以鎭壓；二則唐生智部當時全在河南與奉軍作戰，死傷慘重！而何鍵部屬則在最前線。若唐抽兵回湘攻打反共團隊與人民，那末堅決反共的何鍵，乘唐的親信部屬回湘之際，以其反共的部隊搗毀武漢政府，不僅對奉軍作戰必敗；且武漢政府自身亦必被毀，這是湖南「馬日剷共」運動能完全成功的最大因素。該事件雖發自許克祥，而使其能成功者則爲何鍵。蓋湖南的反共完全成功，故湖北亦趨向反共，武漢共黨政府終告瓦解。否則中共或提早二十年佔據大陸，是大有可能的。

調查無結果再反攻長沙

許克祥率部離開長沙後的翌日——五月二十五日，即由陳其祥、尹東旭、張敬兮等，秘密邀請國民黨員彭國鈞、仇鰲、李榮植、曾省齋、楊國經等六十餘人，組織「中國國民黨救黨委員會」，公推張敬兮、李毓堯、尹東旭、陳其祥、王東原等五人爲執行委員，當即以「辰有電」派專人赴穗拍發南京中央黨部，報備在案；並曾通電各縣、市黨部及駐軍，協助國民黨清黨運動，肅清餘孽，安定人心。而武漢僞政府方面，則以鮑羅廷爲首，加派陳公博、譚平山、彭澤湘、鄧芬等，組織一個「特別委員會」馳往長沙，查辦「馬日事變」禍首，及「農民運動」過失。於五月二十五日正午由武昌乘火車出發，長沙代戒嚴司令尹東旭等即派步兵兩連人各附機槍一排，以一連潛伏於岳陽火車站附近山地，一連則埋伏距長沙城三十里的霞凝車站附近，準備攔途射擊，以杜後患；事爲彭德懷洩漏（時彭任前第二師賀耀組部所屬周磐團的營長，駐防岳陽）。當鮑羅廷等是日深夜抵達岳陽時，彭請求團長周磐妥爲戒備，立即護送鮑等撤回武漢。

武漢政權復派唐生智於同月二十八日

，親自回湘查明嚴辦，其所乘之車廂，遍貼標語：『歡迎唐總司令回湘嚴懲「馬日事變」禍首，及肅清反動份子。……』云云。唐抵長沙後，暗察一般情形，認爲馬日事變來自南京方面的影响；並發覺其所屬的官兵全部傾向南京政府，且地方民衆的反共情緒更高。故唐處此衆怒難犯之下，自不敢堅決反對此舉，亦不敢嚴懲湘省反共軍政人員；乃於二十九日黯然乘夜車返漢復命，而僞中央政委會以唐此行毫無結果，乃密令李維漢、毛澤東、滕代遠等，再糾集長沙附近各縣農民自衞軍、工人糾察隊等共三十餘萬人，反攻長沙，以圖報復。

由於另方面，當第四集團軍出師北伐時，何鍵的第三十五軍列爲總預備隊，定期登車出發河南，湘人聞訊甚爲恐慌，因而前往請求拯救桑梓者踵相接，其中包括挽留代表團。何鍵深感進退爲難，躊躇不前，經龔浩暗中勸導：「應在完成北伐後，積極準備反共工作，較爲妥當。」何鍵率部到豫後，得悉共黨反攻長沙消息，極爲憤慨，決心揮軍回漢鎮壓，僞中央政委會聞訊惶懼，急電唐生智設法制止；旋接唐的復電畧稱：「……何（鍵）、劉（興）兩軍長已入豫，李（品仙）軍長在漢衞戍，極爲得力，智（唐自稱）猶慮及我武裝同志或尙未認識，致引起誤會，迭電指導各軍師，力持鎮靜。芸樵（何鍵字）已奉駐馬店，亦經詳細商権，均能澈底了解，該軍尤奮勇北伐，已抵前線」等語，而僞中央政治委會，則轉憂爲喜！

共黨在數日內，曾裹脅瀏陽、平江、茶陵、醴陵等縣農民工人達十萬以上，分由滕代遠、夏曦、彭述之等率領，仍歸李、毛指揮，於五月卅一日黃昏時，分別佔領長沙市郊黃土嶺、小林子冲、牛邊山、柳家火山、岔路口、王家塘、陳家舖之線，向長沙守備部隊不斷施行射擊，並聲言：「血洗長沙」、「活捉馬日劊共禍首」等口號。這時長沙城裡的守軍實力薄弱，除許克祥一團遣往湘鄉外，尙留駐的只有周榮光一團，共轄四個營；王東原一團，共轄三營；李仲任、張敬兮各一團，均爲新兵。因之，曾一度使到長沙城內居民非常惶恐，滿城風雨！

本來在守軍還有四團兵力，對付共黨裹脅來的烏合之衆並不困難。但孫留守的兩營及兩個新兵團不能服行戰爭任務外，實際參加作戰的僅有五個營（周團三營、王團二營）罷了。分由尹、周、王三人指揮進剿，於六月一日拂曉發動攻勢，分別由南北兩翼向東包圍共軍於瀏河西岸地區，大部來犯之敵被殲或被俘，殘餘者見大勢已去，而狼狽分向瀏、平、茶、醴方面潰逃，再度勝利，士氣更強，確保「馬日劊共」成果，進而促成武漢僞政府的瓦解！

本刊通信地址畧有更動，各方賜函、惠稿、訂閱、請逕寄香港九龍旺角郵局信箱八五二一號，較爲快捷。

（附英文）

P. O. BOX 8521
KOWLOON MOGNKOK
POST OFFICE,
KLN., H. K.

我審訊毛澤民經過

王德溥

民國三十二年六月間，中央軍法執行總監部新疆工作組，奉命成立；其使命特爲委座所重視，一切均賜予便利，自應負起責任，尅日赴新工作。

新疆地處西北邊陲，幅員遼濶，地下資源豐富，爲其他各省區所不及。惟以交通關係，形成中樞鞭長莫及之勢。加以內部民族複雜，民性強悍，民風又極淳樸，久爲外人所覬覦。以致內政常受外人影響，理亂無常，安危互見，國家主權，人民生命，亦幾無安全保障。是時，盛晉庸（世才）任新疆省邊防督辦兼省府主席，集軍政兩權於一身，中樞寄望甚殷，政聲毀譽參半。晉庸與我，誼屬同鄉，人不親土還親，又多一層考慮。所幸韻聲、源溥兩先生，兼具穩健、公正、精細、明敏之長，遇事相與商酌，當不難悉恰機宜。人手不足之處，到新後就地取才補充，既可收駕輕就熟之益，亦藉以示開明合作之誠。一切籌備就緒，再謁委座請訓後，即行搭機起程。

起飛之後，但見晴空萬里，氣爽天高，及越秦嶺，輕寒襲人，遽覺心曠神清，樂而忘倦。飛至蘭州，降機加油，甘省主席谷季常（正倫）先生，偕所屬廳處首長，前來歡迎挽留！情意殷懇，乃允停留一夜，藉對新疆政情，增加瞭解。晚餐後，我被招待於省府後苑花廳內，花木幽香四溢，長夜清談，最饒雅趣。稍後，朱紹良長官攜俄產白蘭地酒，來共小酌，更助談興。朱先生久綰西北軍政，新疆隸其管轄，故其見聞，最爲眞切廣博。谷先生亦有其超然客觀之分析。三人半夜漫談，我乃了然於維護新疆領土主權之完整，與匡救思想領導及作風上之偏差，息息相關。如能尋得具體關鍵之所在，才是正本清源之道，若僅就事論事，未免隔靴搔癢！

次晨登機直飛，氣候逐漸惡劣，一路動盪轉甚。薄暮抵哈密，决定休息一夜。連日勞頓，頗感疲倦，但一嘗哈密瓜之風味，精神遽覺爽朗。次日午後，飛抵迪化機塲，晉庸督辦派其參謀長汪君代表，偕同高級軍政要員多人，到機塲相迎如儀，陪送至一獨院招待所休息，即分別離去。稍後，突接督辦公署自稱爲承啓官的電話，僅謂：「請王先生稍候，你的老友馬上來看您。」我問他：「老友爲誰？」他不答，即掛上電話。不到五分鐘，見有兩大卡車武裝戰士，開到門前下車，紛紛佔領招待所四週牆頭、屋頂，及樓梯上下口處，如臨大陣！旋晉庸便衣來訪，先道因此地情形特殊，行動不得不加小心，未能親到機塲歡迎之歉意。次即問候 委座健康，畧及抗戰情勢，即約定晚宴洗塵與介見軍政同人而別。晚宴設在督署大花廳，精美西餐，俄產名酒，西式純銀餐具，襯以鮮艷奪目的名貴地氈，及伺候左右白衣壯士，邊塞中有此突出的壯麗塲面，更顯得豪華非凡，其情其景，使人異想天開，有置身帝王世家之感，或亦由於吾人習於戰時生活，觀感亦囿於寒素而然！陪客約三十人，濟濟一堂均爲衣冠嚴整之文武大員；但席間氣氛清冷異常，僅賢主人與我二三遠客，漫談口裡情景（新疆人指國內爲口裡），或塞上風光而已。各陪客噤若寒蟬，不僅默默無言，且冷冷然無所表情。其中並有我舊識之人，偶與設詞攀談，亦祇能畧作答語。如許盛會，始終掀不起談笑風生之高潮，我不禁有五六年前考察延安之迴憶。共黨洗腦及打通思想之毒辣手段，其能陷人於個個孤立，個個聽其宰割而難於自拔者如此，我乃爲之不寒而慄。政治立場之轉變不難，而共產毒素之消除，則殊不簡單，我當相機予以指明，以全同志同鄉之誼。

次日與晉庸商定組織臨時審理委員會：以新疆高等法院院長兼督署暨省府秘書長劉效黎先生爲主任委員，我爲副主任委員，韻笙、源溥與晉庸指派之督署參謀長及省府廳處長等十數人均爲委員，大倫爲書記官。判決各案，均以軍務督辦名義，報奉中央核定執行。即日指撥辦公處所，將全部未結案卷，列冊交出，開始整理，擬儘兩三個月內審理完竣。

檢閱所交出的案卷，新疆幾乎每年四月間，發生一次所謂「陰謀暴動」類似政變的事件。軍政要員，甚少不牽涉在內！據說多數是聯共（新疆稱蘇聯爲聯共）所策動，意在轉移政權，或製造恐怖，以加強其控制作用。而各該案的事實佐證，則僅憑被告人的供詞筆錄，以爲論罪科刑的根據。其中很多是被告親筆書寫：連篇累牘，像小說故事一般，源源本本，巨細無遺，訂成相當完整的冊子。如前教育廳長李一鷗、建設廳長杜重遠等，皆是。同時新疆審訊案犯的習慣方式，除動輒嚴刑求供外，通常是利用近似誘供的方法，多方引誘詐騙，必使被告的口供，完全符合主審人員的意思，才准許記入筆錄。或由被告親筆書寫供詞，其內容是千篇一律，肯定的犯罪事實。雖其眞僞大成問題，但是實質上既難以辨別，更無何具體事實，可以作爲正反印證。姑舉一例：杜重遠是因寫一本「盛世才與新疆」小冊子，內容當然是捧塲的文字，因而見重於晉庸，而被其再三邀請而去的。不久，因案下獄，國內輿論譁然！加以「盛世才十年督辦，十萬人頭」之說，西北傳來，不翼而飛。於是當時輿論界和一般作家們，多爲杜君呼冤！我爲印證事實，及爲晉庸辯白計，特爲說服晉庸，權准韻笙單獨進入督辦官邸地下室裡，（新疆特別重要人犯，常押在該處，由督辦親自管理。）與杜君自由交談，不准任何人參與或竊聽。韻笙在東北作薦任及簡任司法官二十餘年，公正負責，爲鄉人所共知，可以取信杜，而獲得眞實供述。杜君始終承認他手書的供詞，並再三強調：「惟盛督辦有權救我。」韻笙不得已，乃電商晉庸同意，（重要辦公處所，均有專線電話，與晉庸直接通話。）帶杜君到樓上督辦會客廳，與晉庸相晤。晉庸當時仍談笑如常的對杜君說：「我們是自己弟兄，我不會虧待你，你聽我的好了。」杜君唯唯稱謝。迨後，該案擬判時，亦係由韻笙與晉庸反復磋商，而後定案（本案審判經過情形，回渝後我即據實面陳　委座）。即此一例，在新疆審理政治犯罪案件，困擾之多，已可概見。吾人亦惟有仰體　委座意旨，勉求良知之所安而已！

當在新任務，將屆完成階段，一日凌晨，我正檢閱重要案卷時，突見效黎主委拍門昂然而來！面色凝重異乎常，趨前半跪涕泣而道曰：「我是冒着全家三代人丁的生命危險，來見王先生的，這幾個月來，追隨工作，深深體認到王先生的爲人，是公爾忘身，威武不能屈的硬漢，和其他大員們，一到新疆，便被這個特殊恐怖環境所攝服的，截然不同。所以我們隨時可能變色的新疆領土，和隨時可能橫被殘殺的全疆人民，如果在王先生此來，得不到根本解救，那就是萬刧沉淪永無超生之日了。中國共產黨中央駐新疆代表團，團長、團員都是中共的領導份子，也是毛澤東的親信人物，負有重大使命而來，並已得到盛督辦的默契。所以盛督辦歸順國民黨，對待聯共尚能毫不猶豫的依法處理，但是對於中共代表團，仍然是親自掩護，安置在他官邸下面地窖裡，始終不肯交出審辦，將來必定是新疆無窮的後患！我爲考慮是否報告王先生將該代表團逼出訊辦，永絕禍根；抑或苟全我家三代生命，不必多事，已兩夜不曾入睡。最後覺悟：我已七十三歲高齡，在新疆忝居一人之下，萬人之上的高位，竟不曾爲新疆盡一點點心力，覺得上旣愧對祖先，下亦無以對子孫交代！所以下了犧牲小我成全大我的決心，毅然來報告王先生。請你將我先押起來，然後向盛督辦要中共代表團，我情甘冒死出首印證。」至此，我亦爲之感極欲泣。經過冷靜思考後，乃正告效黎曰：「我一定有方法達到你的希望，並且絕對保證不使你受到絲毫損傷。」經我再三强調此意，效黎始信，再三稱謝而去。效黎爲新疆國學修養最深，職位最高，而慈祥沉默，獨一無二的平安老人，居然有此捨生取義的壯舉！能不令人感動？但如何取得中共代表團全案的問題，則在我腦子裡盤旋半日之久，始斷然決定腹案：用以誠破僞，以正克邪，以平靜對付危險的基本態度及原則，來處理此事。晚飯後，邀同韻笙去訪晉庸便談，然並未告知韻笙我有何目的。晤後，我猝然向晉庸問曰：就我審理刑事案件的經驗所能瞭解的，似尚有中共的重要角色留在新疆，何以我們收到的案卷裡，獨缺該件，是否漏未交出？請你詳查！此件最關重要，因爲我們此來，是中央接受你的要求，派來協助理清十年來的懸案，藉使國人明瞭你爲國家維護新疆這片領土的忠勇事蹟。同事，我個人和韻笙更以鄉誼關係，願藉此爲你洗刷國人尤其同鄉們對你的一切誤解。如獨對中共留新的角色，不肯交出審辦，那麽，你的政治立場，是否不夠堅定？仍然預作投靠中共的準備？恐怕你本人也難以自解。於是彼此爭辯不已，我無意中偶一舉手，晉庸誤以爲我要打他，立即躍起拔出手槍來，我隨即大笑曰：「這就是共黨播種的毒素未淸，多疑善怒，敵友不分，自己豈不危險之至？」韻笙隨即從旁解說：「潤生苦心孤詣，爲國爲友，眞是可愛！」晉庸乃亦復坐而笑曰：「我是要考驗考驗老鄉親的定力如何？不曾想你有定見也有定力，我也同樣覺得你可愛！中共中央代表團四人，就押在這座樓下面，都是老共產黨，主義信仰極爲堅定。我曾親自審問多次，也用過重刑，但是他們死生不二，絕不招認，以致無法處理，只好長期拘留。至於不交出來辦，是我不肯徒然增加你們的麻煩，使你們永不能完成使命。」我立即答之曰：「信仰唯心理論的人，才有死生不二的節操。唯物論者，朝秦暮楚，惟利是圖，豈有生死不二之理？我二人所見恰恰相反，即此一點，也值得讓我們來問問，以考驗我二人見解上的是非？」晉庸立允將中共代表團案馬上交出來。但是希望我們連夜秘密審問。無論有無結果，黎明以前，必須將人犯還押，以防發生意外。他並且要坐聽電話報告，隨時明瞭審問進展情形。我表示同意，並約定我們全體委員出席，我親自主審。於是我與韻笙立即返回辦公處，就前樓五開間大廳上，佈置成極爲莊嚴神聖的大法庭：全庭一色雪白，共黨慣用的殘酷刑具羅列滿庭，武裝戰士，列隊助威。我率審委會同人就座後，擒賊先擒王，攻敵先攻它最弱的一環，所以首先傳呼久患喘病的毛澤民，嚴詞審訊，一言不實，立即呼喝用刑！如此不到三小時，該四人均先後招認不諱：其任務是要將新疆作爲中共赤化中國及全世界的根據地。個別供述的內容及細節，經過互相印證無異，堪以認定，乃依法判處死刑，報請中央覆判執行。此一舉措，固然是爲國家利益和新疆領土的安全打算，然亦何嘗不更有利晉庸個人半生名節和幸福生活耶？

三十三年春，新疆又破獲所謂陰謀叛亂事件，國民黨黨部委員、書記長、外交特派員、中央社人員、新疆邊防第一師師長，建設教育各廳廳長等軍政要員多人，均遭嚴押刑訊。中央軍法執行總監部，又依前例，組織新疆工作組，飛新負責審辦。我既熟悉新疆特殊政情，又瞭解該案發展趨勢，義不容辭，乃不避嫌怨，負責商允軍法總監何雪竹（成濬）先生，呈准委座，將該批涉嫌在押人士，一律解回重慶處理。嗣經訊明無罪，完全恢復自由，爲國家保全了幾許人才與元氣，亦我新疆之行一小小貢獻也！

武當山頂「黃金殿」搜奇

曹文錫

一條小路可通武當山

我因奉派視察鄂省西北區的公路工程，在老河口住了幾天，除了在當地陳家村「遇仙」，公餘之暇，忽動遊興。因爲每逢秋季，鄂省西北一帶，霪雨爲災，公路和橋樑，多被沖毀，工程較大，仍有幾處地方未能通車。我當時便向隨我同行的曾工程師說：我們不如趁此時間，找一個名勝地方遊覽一下，最好到距此不遠的武當山一遊，可以瞻仰張三丰眞人的遺蹟，不過現在公路不通，不知怎麼走？」

曾君說：「據我所知，還有一條小路可通，在公路未開闢前，各處的人，都是走這條小路的，如果我們要去，可托飯店老板代僱兩乘竹轎前往。」

我說：「走小路，坐竹轎，倒挺有意思，我們說去就去，明早起程吧。」

當即吩咐飯店老板，託他代僱兩乘竹轎子到武當山去。飯店老板說：「這裡每年到武當山進香的男女很多，抬轎子的脚伕，多是我熟識的。武當山在均縣南部，那縣城離本鎮只一百二十華里，要坐兩天轎子，先到均縣城，再行五里，便是武當山脚。我替你兩位辦妥便是。」

啓程之前，我對其他幾個隨行人員（包括譯電員和汽車司機等）說：「我明早和曾工程師往遊武當山，幾天便囘，你們仍住在這家飯店裡等我們好了。」

次日晨早起床，先寫了封信給光化縣耿縣長致謝忱，跟着約齊隨來同人出外早餐，行至樓下，飯店老板笑臉相迎說：「曹先生！你僱的竹轎子預備好了，由此地到均縣，中途要歇宿一宵，你們在九點鐘之後起程，也不遲的。」早膳後檢點零星衣物，我和曾工程師各攜一個小提包，登上竹轎子，即向均縣進發。

兩家祖宗都是大人物

記得那天在舊曆八月廿日，在鄂北地方，呈深秋景象。西風蕭瑟，道旁野草，也強半枯萎。行至中午十二時，抬竹轎的轎夫們在路旁的大樹下畧事憩息。這裡有間小店，我和曾君進去喝茶，吃了兩碗麵。半小時後，繼續啓程，至下午五時，到了一處名叫「草店」的小鎮。轎夫停下來說：「去均縣的旅客，要在這裡住一晚的，鎮裡有幾間旅店可以下榻，因爲再要前進，就找不到地方投宿了。」

我們下了竹轎，準備覓地方休息，只見「草店」小鎮上有三四十家小商舖，旅店却有四五間，因爲到武當山進香的人，中途必要在這裡住宿。我們進入鎮內，找到一家較大的旅館，房子也還整潔，兩人同住一間大房。晚飯後，我同曾君坐在旅店房間裡聊天，曾君打趣着說：「你姓曹的，歷代都是英雄豪傑，可算威風十足。」

我笑着說：「我們姓曹的是周文王的

後代，周武王封他的小弟弟振鐸於今日山東曹州府的地方，大家稱他爲曹叔，成立了曹國，他的後人就改爲曹姓。後來子孫繁衍，分遷到各地。曹姓的著名人物很多，如：漢高祖的丞相曹參；東漢時著名的孝女曹娥，現在浙江的曹娥江，便是紀念她的；三國時的魏武帝曹操，和他的兒子曹丕、曹植等；還有替宋太祖打平天下的曹彬，都是很出色的人物呢。」

曾君說：「我家姓曾的得姓更早，當夏朝時候，少康將鄫的地方（即今日山東嶧縣）封給他的少子，後來他的子孫，將鄫字去耳，改姓曾。我家數千年來，都是讀書識禮，即清代的曾國藩，也以道德文章著稱。最出色的要算是繼傳孔子道統的曾參了。」談了一陣笑話，兩人便呼呼入睡。

堅持要徒步走上金頂

翌日起身，結清房租，收拾小提包，署進早餐後，便直奔鎮口，四個轎夫已在路旁等候。兩人坐上竹轎繼續行程，沿途的地勢漸高，下午四時半，已到達均縣縣城，遠望羣峰插天，高出雲表，氣象巍峨。轎夫指着說：「前面就是武當山了。」

我們下了竹轎，打發了轎夫，便相偕進入均縣城，找到一家旅店，開了兩間房子。店老板進來說：「兩位是到武當山來遊覽的嗎？」

我說：「是的，明早就想上山去。」

他說：「從這裡到山脚，不過五里，但由山脚攀到金頂，是八十五里，遊山的人，一定要坐轎子上去，每乘轎子需要三名轎夫，因爲上山很吃力，時時要人替換，而且有幾處地方，山勢陡峭，還要客人下轎，步行幾十丈路呢！」

我對曾君說：「你坐轎子好了，我自問脚力矯健，可以步行到金頂。」

店老板詫異起來對我說：「先生！你怎能步行到金頂呢！每年到武當山遊覽的人，多是坐轎子的，上山不比下山，須慢慢地向上爬，中途還要休息多次，由這裡到金頂起碼要兩天功夫。如果是下山的話，一天便夠了。」

曾君接着說：「如果你不坐轎子，走到半山的時候，脚力累了，中途是沒法再僱轎子的，到那時怎辦好呢？」

我說：「你不用躭心，我一定可以達到目的，不過，我的小提包，要縛在你的轎子後邊，我只要不挽東西，那就行了。」

他兩人拗我不過，終於決定只僱一乘轎子。晚飯後，在均縣城內閒逛了半小時，各自回房就寢。這晚上，我思潮起伏，在未入睡前，還懸想着武當山呢！

道家仙人修煉的勝地

考武當山，一共有二十七個山峰，是湖北省的勝境，也是歷代道家修煉的地方。古代的仙人長陰生、五代時的著名羽士陳摶，初時也都在這裡修道。陳摶老祖後來到各地雲遊，轉往陝西的華山隱居，他一睡可以百多天才醒。那時天下紛爭，羣雄割據，到了宋太祖登位，陳摶忽然仰天大笑道：「天下從此定了。」後來宋太宗封他爲希夷先生。他雖然在華山證道，但最初却從武當山奠下根基。

到北宋末期，有位羽士張三峰，在武當山修煉，一夜，夢見神人教授他的拳術，醒後却牢牢記着，日夕苦練。那正是宋徽宗宣和年代，各地盜匪充斥，有一次張三峰下山雲遊到了一個地方，見有數百賊匪，正向鄉鎮劫掠，他單身突入賊陣，擊殺劫匪百餘人，其他的則四散奔竄，鄉人見他神勇，紛紛請求教授拳術，因此聲名四播。徽宗召他進京（北宋的京師在汴梁，即今日的開封），他知徽宗面臨亡國命運，遂藉詞道路梗阻，婉拒應召。後來他的拳術，傳到四明（按：即寧波），至明嘉靖年間，有一位張松溪，盡得其術，名滿天下，世人所稱的「內家拳」，就是張三峰遺傳下來的，後來他也羽化成仙。

另有一位張全一，號元元子，遼東人。幼年讀書過目不忘，及長，又精辟穀之術，道行極高，明太祖封他爲三丰眞人，後來也歸隱武當山。明成祖登位後，遣使召之，却找不到他的踪影。他有很多奇跡發生，天柱峰頂所供奉的張眞人，就是他了。

達摩祖師卓錫少林寺

近些年來有不少武俠小說和電影，多以武當派或少林派作題材。武當派的鼻祖，當然是張三峰；但少林派的鼻祖，却不是達摩，茲畧加附述：

查達摩於蕭梁大通元年（公元五二七年）由印度從海道到廣州，現在廣州西關，尚有一條街道，名「西來初地」，即當日達摩登陸處。他居留不久，便往金陵謁見梁武帝蕭衍，相談後，知道武帝並不眞心信佛，而且必無善果，他便離開梁朝，走到北魏的河南登封縣少室山少林寺卓錫。原來那座少林寺，建於北魏太和年間（公元四七七至四九九年），先於達摩來華幾十年。他到少林寺後，面對着寺後的石壁，趺坐了九年，便圓寂了。後來佛家奉他爲禪宗初祖，其實他並非精於武術的和尚。少林派武術的起源，一說是天竺僧迦佛陀禪師，於隋時來中國居少林寺，其徒曇宗等常習武事，曾助唐太宗李世民平定王世充，有功受賞，寺宇也日漸擴張，因此歷代僧徒，均習武藝，故有少林派之稱。少林寺面積極廣，建築宏麗，歷代所建的大小佛塔，多至二百座，實屬少有。寺內還有達摩面壁石一塊，遠望之，可見達摩初祖的影子，近視之，就不見了。

總而言之，武當山是道教的修煉勝地；少林寺則具有佛教的奇偉建築。至於武術一門，則視乎習藝者的毅力和功夫深淺而定。

金頂二字得名的由來

武當山最高的峰，稱天柱峰，亦名金頂，矗立中央，衆峰環繞（當地人士均稱金頂而不稱天柱峰）。至於「金頂」二字得名的由來，是明永樂間，將峰尖鑿平，在頂上建築一座用黃銅製的道觀，屋頂和牆壁，均用黃銅製成（牆壁內是否夾有磚石，未可考知），均縣的人士，都說是黃金製的。因爲那些材料，均屬上好黃銅，歷久不變色，由下邊望上去，金光閃耀，有如浮屠塔頂的一顆大明珠，故稱「金頂」。那項奇特偉大和艱苦的工程，動用的人力物力，難以估計。恐怕只有帝王的偉大權力，才可以做到吧。

我國著名的寺觀廟宇，多建在名山地區，都是選擇適當的地點來建築的。至於建在高山上的廟寺，因風勢強烈，普通陶瓦，極易損壞，也有用鐵瓦來代替的。如湖南衡山祝融峰上的南嶽廟，就是一個例子。但那座南嶽廟，離峰頂還有數里，在中國各地，從未見有像天柱峰頂的那種奇偉工程。而且那座全部黃銅製的建築物，最上的屋脊，和前後各一塊長濶數十尺的大銅塊，並沒有絲毫鑲嵌的痕跡，天衣無縫，像是整座鑄成的！

興建道觀歷時十八年

武當山的道觀，始自唐代，到了明初，就繁盛起來。上文所述的張三丰（非宋代的張三峰）道力高深，能預知過去未來的事。當明太祖封他爲三丰眞人時，朝野上下，多知道他的大名。那時，太祖的第四子朱棣，被封爲燕王，即現在的北京（元時稱大都，明太祖改北平，自明成祖遷都後，才改稱北京）和河北一帶，是他的封地。燕王早存奪取帝位的野心，因此，羅致四方有才藝的人，和法力高深的僧道（永樂間，很知名的姚廣孝，原是僧人，因助燕王奪位有功，遂還俗做官）。他想招致張三丰，但是三丰雖然隱居武當，却常去四方雲遊。而且燕王當時作事不敢張揚，故無法羅致。據傳說：燕王在北京時，曾做了一個夢，夢見一位羽士，帶他飛行到一座大山，那裡有二十多個山峰，中間有一座最高的峰，那羽士帶他到峰頂坐下，對他說：「你想做皇帝嗎？我可助你成功。不過，你登帝位後，肯不肯在這裡興築道院振興道教呢？」燕王發誓說：「如果得仙人大力幫助，將來成功，誓必盡我的力量，來報答大德。他醒來後，對於夢中的事物，記得很淸楚。次日，他召了一名善畫的僚屬到燕邸，指點那座大山的形狀，和夢中羽士的相貌，囑他繪畫出來，並複製數份，跟着派遣幾名心腹人員，密至各省，按圖查訪，經過三年的時間（當時交通不便，且屬秘密工作，需時較長），才回北京覆命。查得夢中所見的，很像武當山，而那位羽士的形貌，又甚似張三丰。不久，靖難的戰爭發生了，結果，燕王棣奪取他的姪兒建文皇帝的寶座，改元永樂，就是日後的明成祖。成祖登位後，憶起舊日的奇夢，曾駕臨武當山，來追尋張三丰的踪迹，抵達時，覺得這座山形，確與往日夢中所見的相同。可是張三丰的下落，就沒法得知了。他爲了實踐夢中的誓言，先將天柱峰尖鑿平，果然在峰頂上興築一座黃金殿（黃銅製），並鑄了一尊張三丰眞人的銅像以作紀念。後來落成時，還御賜一顆長四寸濶三寸，鑄上『張三丰眞人印』六個篆字的黃金印，由掌門道士接管，世守勿失。又在武當山各地建築一百零八座道觀。爲什麽要建造那麽多的道院呢？原來道教經籍中，有三十六天罡、七十二地煞的名號（水滸傳中的一百零八個天罡地煞星，也是引用自道教經典的），那種措施，是想藉神仙的力量來鎭壓四方，保護自己，延長壽命和國運的原故。所有道觀的屋頂，均用綠瓦，那項工程，非常浩大。聽說當日在均縣一帶，奉命建造一百多座專製磚瓦的瓦窰子，並徵四川、陝西、湖北三省的熟練工人，全部的員工，達十萬以上（一說三十萬人），歷時十八年，才全部完竣。明成祖也曾親臨武當山數次。因此，均縣有永樂皇帝的行宮，現在它的遺址，已在荒烟蔓草中，頗難尋訪了。

天柱峰頂的黃金殿，是武當山各道觀的最高首腦，黃金殿的掌門道士，是由各道觀的主持人公推出來終身任職的，這種民主作風，在道教中實屬少見。永樂以後，武當山便成爲道教的首都了。

關於武當山的歷史，名勝和道觀等紀錄，最詳的首推武當山志，其餘如湖北省志、均縣志、五代史、宋史、明史等，皆有很多紀述，可惜我手頭沒有這些書籍，只有將所見所聞，記述一點而已。

有人關心到天柱峰頂的食水和糧食問題。原來離峰頂下約一里多路的山邊，還有幾所道院，是由峰頂的黃金殿直接指揮的。那裡有甘洌的清泉，每日有道童負責送水，和送素菜飯麵等上峰頂。到了隆冬和初春，漫山白雪，遊人裹足不前，那個時候，名爲封山，即封閉山門的意思。

話要轉回頭了，再來記述一下我的遊程吧。

沿途鐵鍊都沒有生銹

是年舊曆八月廿二日，我和曾工程師黎明起床，跑到街上的飯店裡，隨便吃點東西，回來時，店老板在門前站着，對我倆說：「先生！轎子預備好了，請兩位起程吧，下山時，萬望再來光顧。」我結清房租，收拾小提包，縛在轎子座後，便和老板道別。曾君坐着轎子先行，我在後面徒步跟着走。那時約摸上午六時左右。曾君向我說：「誰先到金頂的，就要在那裡等着。」我笑笑道：「好吧！」不得不抖擻精神，勇往直前，在行進間，我覺得身輕足健，步履如飛，不到幾分鐘，我便越過了轎子。還聽得一名轎夫說：「這位先生跑得那麽快，恐怕沒到半山，就會累倒了。」我一笑置之，邁步前進。

二十分鐘後，行抵山脚，見一名農夫，正在路旁工作，我問他那裡是上金頂的路？他說：「上金頂，只要沿着有鐵鍊的路便行了。」我便開始登山，果然見到一條石路，左右各有一條大鐵鍊，每隔數十丈，便穿繫着一條鐵柱，鐵柱的下端埋藏在地底，由山脚到山頂，八十多華里，那兩條鐵鍊和數以千計的鐵柱，由下而上，雖然山路有陡峭的，有較爲平坦的，但那些鍊和柱，却是連綿不斷，蜿蜒而上，像兩條沒有窮盡的長蛇。更有最奇妙的事是：沿途所見的鐵鍊和鐵柱，都沒有生銹，難道我國在數百年前，已有不銹鋼的發明嗎？

在登山的石路中，有幾條橫路，也許是通往附近各道觀的，但須要跨過鐵鍊才能進去。鐵鍊離地不過一二尺，有些還拖在地面。我一口氣走了幾個鐘頭，沒有絲毫倦態，肚子不餓，口也不渴。舉目四顧，覺得山勢雄偉，青氣迫人，遠近的山峰，巍峨壁立，氣象萬千，滿山的樹木，葉子多脫落了，只有些松柏，仍是葱翠如畫。我因爲急於要攀上金頂，雖然見了許多遠近的道觀，也無暇進去觀賞，一直賈勇前行。可是，上頭的道路都是依山鑿成，有些蜿蜒屈曲，有幾處嶔巇峻拔，在懸崖上行走，眞有俯視千仞，下臨無地之感！行到那幾處，一定要扳着鐵鍊，俯身慢步。直至下午三點半鐘，走到了一處畧爲平坦的石坡，遠望峭壁中有一道瀑布，凌空直落，下邊烟雲縹緲，我佇足觀看，正在欣賞那大自然的美景。忽然有人在背後叫一聲「先生！」我掉轉頭來，見一年約十一二歲的小童，他笑嘻嘻地對我說：「你從山下走上來那麽快，像飛簷走壁的樣子，我不特羡慕你，還恭喜你呢！」我見他眉清目秀，心裡想他一定是山腰道院的童子。便向他說：「小朋友，從這裡到金頂，還有多少路？」他指着對面的峰頂說：「你看，這就是祖師爺（當地人士，不稱張眞人，而稱祖師爺）成仙的地方了。」我仰望峰頂，見到黃金色的屋脊，回頭想和那童子談話，可是突然不見他的影迹了。我驚駭異常，因爲四圍都是峭壁，沒有樹木，下邊是一條很長的石路，在幾秒鐘內即使是飛鳥，也逃不掉視線的範圍。繼又想着：我今天從上午六點鐘啓程，到現在將近十個鐘頭，不飢、不渴，健步如飛，像有神靈默佑。前幾天，我和「龍王小姐」晤談時，她曾說：「或者有緣再晤面。」莫非這小童就是「龍王小姐」的化身嗎？想到這裡，心中又振奮起來，朝着高峰邁進。不久，又到了一處的山坡，原來就是鐵鍊和鐵柱的終點。這裡的兩旁有道院數座，仰首上望，約有二百級石路，才到峰頂。當時我心中發生一種疑團：爲甚麽兩條八十多里長的鐵鍊，不直達峰頂呢？豈不是爲山九仞，功虧一簣麽？

整座金殿由黃銅鑄成

那時將近下午四時，我沿着石級直上，石級是鑿成的，兩邊頗濶，行走並不困難。離峰頂約十尺的路旁，有一座石建的小屋，裡面供奉一位靈官，據說是鎮守峰頂的大將，如果有壞人上去，經過他的門前，必會口吐白沫倒地。而參拜祖師爺的男女，也要先在這小屋前進一炷香。再進幾步，便到峰頂。這裡一片平坦的石地，長約三百尺，濶約二百尺，但不是長方形，而像多角的橢圓形，當日用人工在尖峰鑿成這樣的大平台，工程的浩大，可想而知。

登峰的石級在南方，而張眞人的金殿却在北方。這座金殿深濶均約三十尺，成四方形，高約十七尺，面南背北，建築的地盆，比四旁的地，高出二尺，前面有一個十多尺濶的大門口，四邊沒有門，也沒有窗，由屋頂以至地面，內外全部，都屬黃銅製成，沒有絲毫鑲嵌的痕跡，很像由洪爐鑄出的整座金殿一般。殿內後邊的中間，有一座三尺高的銅座，濶約三尺，四面光潔，沒有縫隙，也沒有花紋，上面坐着張三丰眞人的銅像，像作盤坐形，雙手按膝，面貌圓滿，似佛教中的羅漢，兩目畧垂，作微笑狀。身穿一件道袍，雙足外露，大小悉如人形，雕鏤極其精緻。銅像的後面，離銅壁約三尺，可以通行。像前三尺許，置一張銅桌，桌上放置一個很大的銅香爐，供參拜人士插香之用。屋頂垂下一條銅鍊，懸着一盞玻璃燈，和銅桌上下相對，那油燈是長年不滅的。金殿外左右兩旁各有一座木料建築的房屋（稱爲偏殿）是道士們住的。那兩座木屋，由屋頂而至牆壁窗門外，均屬木製。在最高的峰頂，而有這種建築物，歷久沒有被狂風所吹塌，確實奇跡！平台上的西南邊緣有一座矮小像石塔的焚化爐，作爲焚蠟燭和紙鏹之用；因爲殿內只准焚香，如參拜的人們，携有紙寶等物，必須在爐內焚化。那廣濶的平台，四周沒有草木，更沒有欄杆石柱等，因此，到來的人，都不敢在邊緣行走。更奇的是，向來沒有鳥類在上空飛過，大概因爲它太高之故。

一位老道原來是同鄉

我國各地的道觀寺廟等，在山門前多建有一座石牌坊，裡面的殿宇，例有一個匾題，如「某某宮」、「某某廟」、「某某殿」之類。地面多豎立石碑，作爲紀錄，歷史悠久的，石碑愈多，因爲經過一次改建或大修，必再次立碑，詳載經過情形。可是天柱峯頂的金殿，和數萬方尺的大平台上，却找不到那種匾額和石碑，連一個字都沒有，這種奇特的事情，令人有如丈八金剛，摸不着頭腦。我想：張三丰對於明朝，沒有功勛，而明成祖建築武當山各道觀，花費了絕大的人力、物力和財力，對於全國臣民，不能自圓其說。至於上文所述的奇夢，即使是事實，也不能宣之於口，只有自己心知。故那項龐大工程，可能不見諸詔令，而是密諭大吏執行的。因此，所有碑文匾額等，一概不用，以免國人和後代譏議，遂成爲沒字碑了。

當我走上這廣濶的平台、朝着黃金殿前進的時候，有三個人在門前迎接，其中一人鬚髮皓白，雙目炯炯有光，對我說：「先生！請進去參拜張眞人吧。」另一道人，燃着一炷香，交給我插在香爐上。我向着眞人的銅像，行了虔誠的拜跪禮。

起來時，那位老道人問我的姓名籍貫等，我一一告知。他笑說：「原來是同鄉，我也是陽新縣人啊！」說罷，引我出殿門，走到左邊的木屋裡（即偏殿），這木屋面積約四百方尺，比大殿略低，入門處爲小廳，有張方桌和幾張椅子。跟着，另一名執役道人奉茶。我和老道士談話，他知我今早由均縣城上來，不覺駭異地問我是否練過武功？

我說：「連年奔走衣食，那有空餘的時間練武呢！」

他囑執役的道人弄點東西上來，那道人便出去了。

清虛道士已九十六歲

老道人走進房子，拿一張紙出來交給我，並說：「這是張眞人的印紙，放在家裡或身上，可以辟邪治鬼，避免意外，凡來參拜的人，都求取這種印紙回去的。」那印紙是長方形，高約一尺許，濶約二尺，印了許多字在上面，都是陰陽之理和勸人修身行善的句子，中間蓋上「張三丰眞人印」六個篆字的大紅印。我知道金頂道院的經費，全靠香油錢和印紙的收入來維持的，便在身上掏出大洋二十圓，放在桌上，對老道士說：「這少少香油錢，請你笑納吧！」他客氣一番就收存了。

我問他的道號。他說：「我姓王，道號清虛，原爲前清興國縣（民國後改陽新縣）秀才，三十五歲時，因身體孱弱和厭倦世情，跑到武當山入道，六十一歲那年，被衆道友公推主持這裡的事務，現在我已經九十六歲了。他的聲音洪亮，像個六十歲的人，令我羨慕不置！

此時，執役的道士，端了一碗素麵進來，放在桌上請我吃，覺得非常甘美。吃罷，老道繼續說：「這裡沒有水源，所有飲食，全是從下頭的道院搬上來的，洗滌和沐浴，也要跑到下邊去，好在只有二百級的石梯，我們走慣了。」他接着又懇摯地向我說：「請你在這裡吃晚飯和歇宿一宵，我們向來不留客膳宿的，難得你身爲官員，而這樣子誠心上來參拜，而且我們份屬同鄉，請你答應吧！」

我見他很眞誠，只好答允了。繼又談及武當山的道教問題。他說：「在唐朝和五代時，已有不少人在武當修道，但舊日的地址，不可考知。現在所有的道觀，都是在明代永樂時期興建的，除這座金殿外，共有一百零八間，分佈在整個武當山區域，至今五百多年，很多已經重建或重修過多次，可惜其中也有不少因爲修建費無法籌措，而且給養困難，坍塌後便廢棄了。現在所存的，只有五十多座。你想，那是多麼令人感慨的事呢！」

一會兒，他帶我出門到平台上走了一

個大圈子，縱目四望，只見各處山峯環繞，我們站立處，高聳中央，大有君臨天下，俯視羣雄之概！是時已經暮色蒼茫，烟雲四合，有不少歸鳥，從峯下掠空飛過。那種奇景，令我發生羽化登仙的意念！當我和老道漫步縱觀時，那名執役道人，跑到跟前請我們入殿晚膳。同席的只有我和清虛道長兩人，其餘的兩名道士也許到右旁的木屋用膳了。

獲覩皇帝御賜的金印

飯後我對老道說：「同我來的，還有一位曾君，他坐着轎子，並約好在這裡會面。」

他說：「你放心好了，凡坐竹轎上山，第一天必在山腰住宿。第二天才能到達這裡。因爲沿途要喝茶、吃東西，又要換班休息，那是轎夫們的慣例。你的朋友，大約明日中午，便可到來，我已預備木床給你歇息了。」

一息間，他走進房內捧了一個黃緞的盒子出來，打開給我看，裡面藏着一顆大金印。這顆印，長約四寸、濶約三寸，上頭有個把手，倒轉過來，下頭就是印紙上的「張三丰眞人印」六個篆字。刻字的部分是黃銅，上部和邊旁用黃金包着，把手處似有字跡，但因使用過多，已成光溜溜的了。老道對我說：「這是永樂皇帝御賜張眞人的金印。乃鎭山至寶，百神呵護，能驅邪妖，所以前來參拜的人，一定要領取印紙的。」我得觀那顆世間罕見的金印，爲之欣慰不已。

夜後，我想再進金殿上一炷香，和漫步平台，瀏覽夜景，却被清虛道長止住。他說：這裡歷來的慣例，夜裡不許進香的，我和各道友也從不進去。根據上代的長老相傳，在夜深時，各方的神祇和仙侶，多到這裡來和張眞人會面，不令俗人碰見，我們不能破例啊。」不一會，他引我到廳旁的臥室，室內有兩張床，其中一張，是爲客而設的。互道晚安後，遂各自就寢。

次日晨早起來，清虛道長披衣上殿參拜，我也跟他進去。禮畢，他指着高懸殿上的琉璃燈說：「這盞長明燈，雖遇暴風雨，也不熄的。據說建造這金殿時，永樂皇帝賜了一顆定風珠，安藏在殿頂的中央，因此，即遇大風，也不受影響。」我唯唯應了。但默想：那是不合物理的，世界上斷不會有定風珠這類東西。至於長明燈不滅的理由，是這座金殿背北向南，東西和北方，沒有門和窗，只南方有一個大門口，高約八尺。凡暴風多屬西北風或東風，而南風是溫和的，當風吹入時，便成爲旋轉式的流動，而這燈是高懸的，故不易受到吹襲。大概因它確是不熄，遂有上項的傳說吧了。

清虛告我佛道的分野

我在殿上環行一周，然後走出門外，並在平台上散步，遠望諸峯，如在足下，白雲環繞，朝霞似錦，愧我當時尚不能作詩，辜負了大好詩料！步行約半小時，回到偏殿。那時，清虛道長也回來了。廳中一木架，存放着許多道教經籍，我正想拿一本來閱覽，他突然問我：「曹先生！你有方外的朋友嗎？」

我說：「我一向在政府機關裡任事，沒有餘暇來結交方外朋友，不過家父的朋友有幾個是和尚，我也認識的。」

他又問我道：「你一定知道道教和佛教的分別何在？」

我答道：「我向來缺乏研究，請你指示一二。」

他說：「道教重虛無，佛教分色空虛無和空，同是一理。道家服氣打坐，重素食；僧人趺坐入定，又不茹葷，也是相同的。道教引渡世人，佛教普濟衆生，也似乎有點相類。但道教必須擇人引渡，因世人的智愚善惡，各有不同，是萬不能普濟的。佛教的經典雖多，均由梵文譯成，其中有譯義和譯音兩類，譯義的尚可追求，譯音的就不能得其解了；道教經籍，雖然比不上佛教那麽多，但都是我國前代哲人的著述，容易明瞭，即延年却病之方，實有莫大功效。還有，道教是沒有等級的，但佛教則分爲世尊（釋迦）、諸佛、菩薩、尊者（羅漢），以至各護法神將等，多至不可勝數，其名字也是譯音，若要尋求他們的歷史，則除釋迦牟尼外，恐怕沒有人能解答出來。例如：世俗所供奉的觀音菩薩，原稱觀世音，因唐時避太宗李世民諱，省去了『世』字，只稱觀音，本來未必有其人的，佛經也載：『菩薩知衆生煩惱，觀其聲音，皆得解脫，故名觀世音。』是觀世音乃崇奉的名稱，甚至生前是否有其人，抑或另有名字，並沒有人知道。至於道教中人，都有歷史和勝跡可考，載在我國史册，這些才是兩教不同之點。」

畧停半晌，他繼續說：「道教以肅靜虛無爲主，不獨外榮華、去葷肉、聚神、養精、練氣而得長生，而且覺世上人。但也有不少惡人，藉本教而另立名稱，欺詐取財，蠱惑世俗；甚且聚衆搗亂，如漢末的黃巾，和明代的焚香教棍，比比皆是，簡直是人類的蟊賊了！

一張印紙權充紀念品

我聽到他的一番議論，頗爲敬佩。上午前，他又留我早飲，飲後，我披閱架子上的道書。那時，另有幾名香客上前，他即到金殿接待去了。正午剛過，曾工程師挽着兩個手提包上來了，我前往迎接，先帶他到殿上進香，並介紹和清虛道長相識。原來曾君昨宵在山腰一座道觀住宿，今早再乘竹轎子上來。上面的竹轎子，在鐵鍊的終點，即停止再進，遊客須沿着石級步上峯頂，這是一種定例。曾君參拜眞人銅像後，也奉獻了香油金十圓，領到一張印紙。出殿後，他對我說：「這種紙有什麽用？」

我說：「這種印紙，一般人都視爲鎭宅護身的寶物，我們不妨將它作爲紀念品吧！」說着我又帶他觀覽建築物和風景。

他很驚奇地說：「這座金殿和那鑿山的艱巨工程，眞是太偉大了！可是，金殿兩旁爲甚麽要建築兩座木屋呢」。

我說：「這兩座木屋，大概是後代增建的，所有木料可能是就地取材，但建築在峯頂，就有特殊的技巧了。」

我和曾君在金殿內外漫步閒談一會，相偕再度入殿，向清虛道長面謝他招待的盛意。下午四點鐘過後，我們就告辭下山。

離開金頂，沿着石梯而下，約十分鐘到了下邊的石坡，這裡左右共有道院三座，我兩人步入右方的第一座（已忘記道院名），由一名知客引上大殿，殿上除有張眞人塑像外，還有太上老君、呂祖和邱長春眞人的塑像。他又帶我們到客舍參觀，裡面的房舍和用具，都很清潔，我選了一間雙人房準備留宿，並請那知客準備兩人飯菜。晚飯後，知客進來說：「兩位先生！明早準備到那兒遊覽？要用早餐麽？」

我說：「明早我們就下山，最好在清晨能弄些小點心，所有膳宿各費，我們加倍奉獻。」

他說：「這裡從不向客人索取費用的，隨便捐點香油錢就行了。」言畢，即拿出一本緣簿來，我在簿子上寫了二十圓，他連聲道謝，馬上泡一壺好茶，放在桌上便出去了。

與曾君研究鐵鍊用途

我兩人又在房裡閒聊，曾君問道：「剛才在大殿上所見的塑像，其中一尊是邱長春眞人，究竟他是什麽時代的人？」

我說：「他是宋末元初的有名羽士邱處機。元太祖成吉思汗在雪山時，曾遣使臣召他面見，他帶了兩名門徒同往，向成吉思汗陳述仰體天心的仁慈道理，頗蒙嘉納。在往返的遙遠途中，他和兩弟子寫了兩本西遊記。但這非坊間流行的唐僧取經的神怪小說西遊記，而是實地紀錄。這兩本書，對我國地理的闡發很大。後來成吉思汗封他爲長春演道主教眞人，世人多尊稱爲邱長春。」

曾君又說：「我想當日鑿平天柱峯尖時，掉下來的沙石，數以數十萬噸計，那些沙石，似是堆積在這裡的道院左右，所以成為廣大的平坡，我觀察這裡山勢，上下不甚相接，平坡當是人工所造成。我這一推斷，可能不錯。」

我說：「你是一名有學問和經驗的工程師，你所說的，和我的見解相同。我還有一件事，正想要向你請教，就是由山脚上來長達數十里的兩條鐵鍊，原來是作什麽用途的呢？」

他沉思了一會才說：「我一時想不出正確的原因，但一般人都當它是上山作扶手用的。」

我說：「沒有那麽簡單吧！我國的名山，如華山、黃山、雁宕山等，很多奇峭山峰的石磴，也設有鐵鍊，以便遊客攀登觀覽，但只設在有危險性的石磴邊沿，如果沒有危險的地方，就不須那種設備了。可是，這裡由山脚直至峰上的石坡左右各有一條大鐵鍊，連緜八十多里，而奇險的地段，不過三四處，每處並不很長，所以我以為，當日建置這種鐵鍊和鐵柱，並不是為了利便遊人登山，而是為了運輸器材而設置。因為開鑿天柱峰頂，建造金殿，和興築許多道觀，運送上山的各種器材，數量非常龐大，想當日的各項工程，第一階段是先要完成那兩條鐵鍊，以利運輸。至於用什麽辦法利用鐵鍊呢？因古人的工程學問，是另有一套的，我們不易忖測。至於兩條鐵鍊不直達天柱峰頂的原因，或許是峰頂的工作還未完成，所有器材，須放置在峰下的平坡之故。」

曾君聽罷我這番議論，却鼓掌說：「你講得十分有理由，令我很佩服！」兩人談至深宵始入睡。

下山容易返抵老河口

翌晨起來，知客率領一小童來替我們執役，盥洗畢，他泡了一壺茶，又端上一大盆素麵給我們吃，味道相當精美。食罷，便各挽着小提包出門下山。我雖然步上金頂，不無疲累，但經過一天休息，已經恢復，下山時，照樣步履矯捷，曾君也走得很快，他說：「眞是下山容易上山難了！」

由清晨走到正午，我們行至山腰，只見路旁不遠處有一所道院，遂一同進去休息，左邊一處大廳類似餐室，許多遊客正在那裡用膳，曾君發覺廳的上蓋也是舖的綠瓦，便向我說：「他們怎得有許多前代的綠瓦呢？」

我說：「清虛道長曾對我講過，明代所建的道觀，已有幾十間倒塌，沒有經費重建，那些道觀賸下來的綠瓦，大概就由附近的道院收集起來應用，因此：雖然是近代屋宇，也有綠瓦使用了。」

兩人進去，吃些素菜和白飯後，出門便沿着大路下山，下午四時，抵達山脚，四時半再進入均縣城。我們仍住在來時的那家旅店，老板招待殷勤，我告知他，明天便要趕回老河口，又託他代僱兩乘竹轎子。飯後，找到一間澡堂，洗了一個熱水澡，覺得遍體舒暢，回旅店後，倒頭便睡。

次日晨起，早餐後，兩人乘着竹轎子，直奔老河口，當晚在草店鎮住宿，第三日下午四時返抵老河口。我們進入原住的那家飯店休息，並和曾君商量，決定同赴襄樊各地視察。我立即寫兩封信：一致光化縣商會會長陳華山；一致耿縣長，並草擬一紙電報，拍發漢口工程處，告知巡視沿途公路之工程情況及行踪。關於離開老河口後，視察襄陽樊城之行，下期擬再寫一篇襄樊弔古，以饗讀者。

辛亥革命在浙江

吳原

辛亥革命武昌起義，是陰曆八月十九日（陽曆十月十日），浙江光復是九月十四日（陽曆十一月四日）。雖相隔二十多天，不是緊接着武昌起義，然而浙江的地位，在辛亥革命一役，關係非常重要。因爲武昌義旗一舉，滿清政府立刻起用袁世凱、馮國璋、段祺瑞統大軍南下。九月初六日漢口一役，革命一敗塗地，幾乎不能再振。並且各獨立省份，內部糾紛無法解決，保全本省尚無力量，要出兵北伐當然談不到。因此形勢岌岌，非常危險。幸得九月十三日上海宣佈獨立，下一天浙江又宣佈獨立，風聲一播，才轉移全國人心。

孫中山先生初期革命，目的地注重西南各省，但參加革命工作的人，却全國各省的志士都有。浙江素稱文化進步的省份，民族革命的思潮，從宋末、明末迄近代，都比各省發達。所以孫先生的革命主義，久已深入兩浙人民的腦筋中，浙江的志士，爲革命而犧牲者，眞是指不勝屈。

同盟會在東京成立之後，孫中山先生知道要發動革命，應當對於珠江流域和長江流域同樣注重。因此派陳英士先生來往長江流域，聯絡同志，運動新軍。

當時陳英士的發動計劃，是預定在上海發動。但要得上海，必預先佔滬南的製造局。滿清政府對於製造局的防守，非常嚴密，不是輕易可以進攻。所以要攻佔製造局，必須佔領浙江。浙江既得，可以由鐵路運兵從龍華夾攻，製造局可以穩得。因爲這樣，陳英士先生和許多志士，經營浙江，不遺餘力。

辛亥三月二十九日黃花崗一役失敗後，陳英士已決定攻取浙江計劃。當年七月，恰巧起了浙路風潮，黨人以爲時不可失，力圖進行聯絡各方，運動軍隊，已經粗具眉目。等到武昌起義，進行更是緊張，因爲陳英士先生在上海主持，一時不能回浙，到了廢曆九月初，陳先生率領同志回杭主持，在奉化試館設立交通機關，招待上海和各地來浙的黨人。並推定朱瑞、俞煒（新軍八十一標代表）。顧乃斌、吳思豫、馮熾中、傅孟（新軍八十二標代表），徐士鑣、魯保仕（砲隊代表）、奚駿聲（工程營代表）、韓紹基（輜重營代表、黃鳳之（督練公所代表）、童保暄、傅其永（憲兵營代表）、褚輔成（諮議局代表）、雷家駒（警察局代表）等人參加發動會議；又指定吳山、西湖、江干等處爲開會地點。俞煒又派人分別運動新軍各官佐，及廣濟醫院學生。部署既定，陳英士又離杭回滬。

不久陳英士先生派蔣中正、黃郛、陳泉卿等同志到杭，在顧乃斌家舉行會議。經陳先生前此指定的各代表，都親自參加。當時重要的決議案是：

一、推童保暄爲臨時司令。二、葛慶恩等爲參謀。三、朱瑞爲一標司令。四、顧乃斌爲二標司令。五、定九月十三日至十七日爲舉義期間。（何日發動，視環境由臨時司令決定。）

下一天又在臨時司令童保暄家開會，分配工作：

（甲）由新軍八十一標（朱瑞俞煒領導）爲主力部隊，馬隊砲隊也歸指揮，担任下列職務：一、攻佔旗營；二、攻佔軍裝局；三、保護清泰門至湧金門一帶教堂。

（乙）由八十標（顧乃斌、吳思豫領導）及輜重隊工程隊等担任下列職務：一、焚攻撫署；二、攻佔各衙署局所；三、佔領及保護金融機關；四、破壞有利於敵方之交通工程。

會議之後，蔣中正先生回上海報告一切。到了九月十二日，雷家駒運動游擊隊執事官吳茂林，約他起事時派兵進駐拱埠，保護洋關商塲，並防止淺水砲艦的反抗。十三日，蔣中正先生和王逸等率領敢死隊百餘人抵抗。就在當天晚上，上海光復，消息傳到杭州，立刻召集緊急會議，決定十三日晚上起事。當夜在清泰門設立臨時司令處。是早上，臨時司令處，派人採辦糧食，遮斷交通，運輸械彈。

這是一個偉大的晚上　辛亥九月十四日，就是民國紀元前一年十一月五日晚上。革命軍第一路分兩途進城，第一標由筧橋出發，第二標由南星橋出發，每一個兵士都在左手纏了白布，以「獨立」爲口號，長驅直入，向軍裝局及滿營（旗營）進攻。

其他二、三兩路，依照預定計劃，分別佔領各官署及金融機關。

蔣中正先生率女志士尹維俊、尹銳志及敢死隊攻進撫署，把滿清政府的浙江撫台增韞生擒。

十五日早上，滿營克復，杭全城光復。當日在諮議局開會，舉湯壽潛爲浙江都督，浙東各地，也兵不血刃次第光復。

這便是辛亥革命光復浙江的簡畧情形。

（四）浙江敢死隊之壯觀

浙江革命軍之編制，皆以敢死隊爲先鋒隊，然後繼之以各標新軍。茲將敢死隊之戰况，詳記於後，庶乎其爲吾國之模範敢死隊矣。

敢死隊之編制共分五隊，以蔣介石爲指揮官。第一、第二各隊，由隊長張伯岐率領，第三隊由隊長董夢蛟率領，攻擊撫署以十五人爲一隊，每隊手槍手十名，炸彈手五名，先後繼進。當攻擊頭門時，連抛炸彈八枚破壞頭門，各手槍手奮往直前，冒炸而進，及至二門，乃由豫伏於署傍民房內敢死隊之炸彈，轟轟抛下，第二隊與第三隊之炸彈手，亦向前猛抛，聲振天地，火光大起，於是二門遂焚燒殆盡。第一隊官以火烈難進，即發停止口令，而隊員以民國興亡，即此一舉，安可以偷生畏縮，爲我輩區區一身計哉！乃第三隊長，即發向前猛進號令，於是第一、二各隊，亦爭先而進於大堂，連抛炸彈，直入上房、花廳，惟見着白衣旗女二人，遂引導去路，護其出門，然後將上房、花廳，放火而出，迄黎明各歸於集合地，秩序整然。受指揮官檢查點明，然後散隊朝食。

第四隊由隊長王金發率領，攻擊軍裝局，其地勢實爲天然之形勝，守易而攻難，自攻擊起點，以至軍裝局頭門，約有三千米突之遠，巷道深奧，門柵重疊，城池堅固，守備嚴重，防禦綿密，乃爲各官局之首。凡察杭垣陣地者，無不以此爲最險最難之區，乃敢死隊竟自起點以至軍裝局頭門，直前衝鋒，勢如霹靂，惟入頭門爲賊軍偷刺隊員周堯吉君一人，而軍裝局遂入吾軍之手。及發曉，仰見青天白日之熱忱旗於局門之前，撫恤忠勇果敢之陣亡友於戰場之中，顧前思後，不禁悲喜交集，淚隨心下矣。第五隊分布於旗城門下，各門附屬五名，出入於彈雨之中，而一無懼色，凡直接各將校，無不深爲感心也。

附錄：爲杭州光復記復顧子才書　蔣中正

惠贈浙軍杭州光復記，披讀一過，欽佩奚似！吾浙革命歷史，若非親歷其境，經營始終如先生者，竊恐當時光復之事實，以及過去準備之功業，未必網羅無遺若是之詳且確也。雖然，以鄙人之所知，言之尙有一二疏漏處，故亦有不能不補述其梗概者。當攻燬撫署之際，先鋒敢死團自張伯岐君所率兩隊外，又有董夢蛟君所率一隊，尙未記錄。孫貫生君部下，亦屬董君帶領，蓋臨時報名而赴陣者，踴躍爭先，絡繹不絕，以致所有武器，不足分配，故以董、孫兩部，並爲一隊，以葉仰高君所率者，留於機關部作爲豫備部。出發之際，共分三隊，先述革命宗旨，指示敵人方向，說明一切任務，宣告賞罰條例，然後發佈口令暗號。是夕鐘鳴句半，由陳泉卿、莊新如、蔣著卿、陳欽安諸君，分發子彈，配備糧食畢，即得周、朱、沈、毛諸君各路探報，二標隊伍，已由望江門、新城門分道而進，於是先鋒敢死團，亦排隊前行，紀律整然，其出發秩序，實與各軍無異。攻擊之初，先由陳濟汾、沈筱九二君，投拋炸彈於署側楊馥齊樓窗之下，署前部隊，隨響攻擊，二標隊伍，亦相繼前進。霎時彈聲震地，火光燭天，署中衛兵，聞警奔潰，全城克復，在此一戰。其間有王常君者，當搜索任務，奮勇猛進，深入署內，身被數傷，尙不自覺，仍復往來報告，不失其常，是爲先鋒敢死隊中之最雄武者。同時並攻軍裝局，有王伯南君，即與王子黎君同時來杭者也。又有嵊縣人周祥生烈士，攻敵中堅，陣亡於軍裝局內，其死事尤不可沒！此皆先鋒敢死隊之實錄，務乞補誌，以彰功勳。志清不學無文，何敢妄肆評議。惟既任先鋒隊指揮之名，諸志士之戮力同心者，知而不言，則是貪人之功以爲己有；即志士不我責，撫躬自問，能無赧顏。破壞已畢，建設方始，自知才力不逮，因渡扶桑，以就舊業。足下加我以功成不居之名，聞之愈不自安也。（錄自「蔣委員長信札」，中華民國二十七年上海復興書局出版）

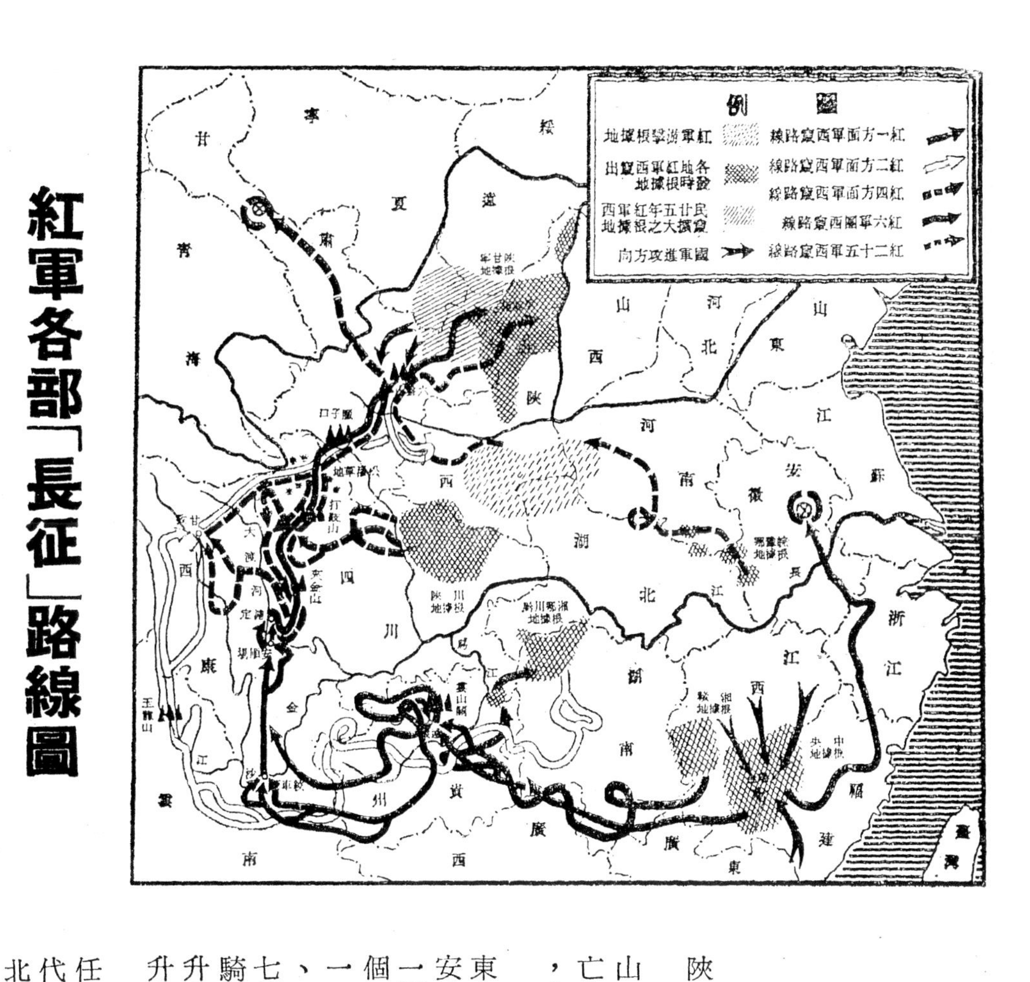

紅軍各部「長征」路線圖

細說「長征」

【三十】

□龍吟□

實則徐海東一股北竄陝北，中間屢經戰鬥，爲共軍最先到達陝北之一股，關係以後戰局甚大。

民國二十三年九月，徐海東率領的紅二十五軍正盤據皖西霍山、六安一帶，與國軍四十七師上官雲相部剛打過一仗，雙方傷亡均重，徐海東挺進到皖西，志在搶掠，既有國軍主力部隊防守，企圖不能得逞，也就打算西竄，仍回鄂東根據地。

但鄂東國軍兵力也大量增加，張學良自從九一八事變後，將東北軍全部調入關。塘沽協定後，張學良受到國人嚴厲指責，不安於位，辭職出國遊歷，東北軍則由中央作如下之改編：即五十一軍于學忠，轄一〇五、一一一、一一三、一一四、一一八等五個師；五十三軍萬福麟，轄一〇八、一一二、一一六、一一九、一二九、一三〇等六個師；五十七軍何柱國，轄一〇九、一一五、一二〇等三個師；六十七軍王以哲，轄一〇七、一一〇、一一七等三個師；另有騎兵第一、第四、第六等三個師。以後將三個騎兵師全編爲騎二軍，調何柱國任軍長，五十七軍軍長出繆澂流升充。另將五十七軍之一〇五師擴編爲四十九軍，由師長劉多基升充軍長，至此東北軍共有五個步兵軍，一個騎兵軍。

張學良於民國二十三年元月由歐洲回抵上海，二月七日中央任命張學良爲豫鄂皖剿匪副司令（總司令原由蔣委員長兼任），代行總司令職權，張學良在三月三日抵武漢就職，東北軍原在華北的部隊大部南調，何柱國部五十七軍，調駐鄂東麻城、宋埠，王以哲部六十七軍，調駐鄂東潢川、商城，五十一軍一〇五師、一一一師，五十三軍之一〇八師也調駐平漢線之孝感、花園及鄂東北黃陂一帶。

徐海東由皖西回竄，第一目的地是鄂東宣化店，此處一直是共黨根據地，張國燾、徐向前一股西竄時，宣化店地位僅次於新集、金家寨。新集、金家寨相繼爲國軍光復後，留在豫鄂皖之共黨，便在此處發號施令。「中共鄂東道委」設在宣化店，担任書記的是鄭位三。此人在中共內部地位甚高，「七大」當選中委尚在鄧小平、陸定一、葉劍英、彭德懷、李先念、譚震林諸人之上，張國燾離開豫鄂皖邊區後，黨務即由鄭位三領導。

此時中共中央紅軍抵擋不了國軍五次圍剿，企圖突圍西竄，爲了牽制各戰場國軍，使不能集中力量圍剿江西「中央蘇區」，乃命令各地「紅軍」分道竄擾：蕭克一股西竄，方志敏、尋淮洲一股北竄，均基於此一情況。徐海東股在豫鄂皖發展壯大，也受到江西方面中共中央注意。民國二十三年九月，江西「紅軍」全面突圍之前一月，中共中央派程子華到了宣化店，找到鄂東道委書記鄭位三，持有中共中央命令，要徐海東的「紅二十五軍」離開豫鄂皖，向別處另闢根據地。命令說因爲豫鄂皖邊區人力物力損失重大，糧食已空，「紅軍」在當地不能生存下去，必須向外發展。實際上是要徐海東股擴大流竄，牽制國軍兵力，減輕豫鄂皖區所受壓力。

程子華到宣化店見到鄭位三，交出中共中央命令，鄭位三即派陳錦秀趕去皖西送信給徐海東，信上說：「中央派程子華同志送來了重要指示，已到我處，請你們接信後，火速率領紅二十五軍到鄂東來。」（見徐海東之會師陝北）。

徐海東此時剛同國軍四十七師上官雲相部打了一仗，損失甚重，在皖西勢難立足，接信後即向鄂東出發。

徐股由皖西至鄂東，前後四次通過國軍陣地，面對的除東北軍之外，尚有劉鎮華的十一路軍。徐股由商城到麻城，首先遭逢東北軍一〇九師，雙方僅是小接觸，傷亡均不大，一〇九師可能未預料到徐股突然西竄，疏於戒備，另一交手便被衝破一道缺口，通過了第一道封鎖線。徐股繼續西進，當日又在商城與新集之間大柳樹與東北軍一〇七師三個團遭遇，打了一場硬仗。一〇七師以爲紅軍只是小股竄擾，採用包圍殲滅戰術，兵力分散，只形成一條包圍線，沒有縱深配備。「紅軍」戰術最擅於集中全力攻擊一點，所以國軍經常以大量優勢兵力作戰時反而變成少數，此次戰役又吃了同樣的虧，有兩個團損失甚重，「紅軍」雖然也受到相當損失，却輕易突破第二道封鎖線。

當時國軍在柳樹至新集之間尚有第三道封鎖線，從仁和集到磚橋有第四道封鎖線。「紅軍」却以急行軍在夜間跑步通過。所謂國軍封鎖只是在當地駐有部隊，並未認眞掘壕修堡，如在江西圍剿情況。由於「紅軍」沒有裝備，平時訓練又以跑路爲第一項要目，所以紅軍跑步通過國軍封鎖線時，國軍發現後，隨後尾追已經不及。「紅軍」一夜之間，逃跑一百二十里，越過國軍兩道封鎖線。

「紅軍」突破國軍四道封鎖線，上午十時到了豫南光山縣的胡山寨住下，國軍有四個師兵力跟踪追至，將胡山寨圍住。以兵力及武器裝備而言，國軍實佔絕對優勢，但國軍吃虧在於不了解紅軍戰術，以普通作戰方式進攻，兵力不能集中使用，多數反而變成少數。

當時參戰的四個師是東北軍一一七師、一二〇師，劉鎮華部六十四師、六十五師。東北軍戰鬥力本差，北伐前奉軍兵力曾據全國十個省區，但奉軍未曾打過一次勝仗，只有二次直奉戰爭擊敗直軍，是由於馮玉祥倒戈。九一八事變不必論矣，即以入關後而言，長城戰役萬福麟、王以哲一遇日軍便狼狽潰逃。當然這不是說東北人不能打仗，九一八後的義勇軍固百戰不撓，馬占山江橋之役亦使日人喪胆，韓光第抗俄之戰，更是中俄尼布楚之役以後，二百年來唯一大戰。但以當時國內各省區兵力而言，確以奉軍戰鬥力最差。入關之後，又經長城之役，國人羣相指責，士氣低沉。張學良又棄軍出走，逍遙海外，官兵意志益發不振，平時訓練缺乏，兵額不足。更重要的是未同紅軍作過戰，不了解紅軍戰術，仍以普通陣地戰相對，只要一點被突破，便全線崩潰。

劉鎮華部十一路軍，原是河南地方民團改編而成，自民國以來即已存在，中間反反覆覆，屢經改編。北伐成功後，改編爲十一路軍，劉鎮華任安徽省政府主席，其弟劉茂恩繼任總指揮。

這支部隊戰鬥力實在尚不如東北軍，但曾經與張國燾、徐向前一股紅四方面軍作過戰，對紅軍戰術畧有了解，此是較勝於東北軍處。

大概由於徐海東一日一夜突破東北軍四道封鎖線，豫鄂皖剿匪總部代總司令張學良，覺得面子掛不住，下令前線各軍全力追擊，豫期將這一股殲滅。因此，才有四個師圍攻胡山寨之戰。

國軍剿共最大困難是捕捉不到「紅軍」主力，運動沒有「紅軍」快，因此，每次皆敗於遭暗襲。蔣委員長在江西剿匪施行碉堡戰術，即針對紅軍此一戰術而發。所以在剿共期間，國軍若能包圍住紅軍主力，皆可打一次勝仗，即使不能全部殲滅，如愈濟時之殲尋淮洲、梁立柱之殲方志敏，但也可以像衞立煌在柳林河之戰，擊潰張徐紅四方面軍主力。

這次胡山寨之戰，國軍所佔優勢尚勝於其他各役，武漢方面且派出飛機四架凌空助戰，就形勢而言，徐股實已成甕中之鼈，戰事自上午十時開始，戰至黃昏，國軍未能攻下胡山寨，即周圍高地亦未能攻下。紅軍乘黃昏來臨，天色昏暗，突然向東北軍陣地發動猛攻，東北軍陣脚一被突破，登時全線大亂，奪路奔逃。「紅軍」戰畧每突破一點時即向兩翼延伸，對國軍包圍，此一戰術，東北軍亦無經驗，故全線崩潰之後，部隊亦無法逃出包圍圈，被俘四千多人，損失機槍百挺。此一戰役壯大了徐海東「紅二十五軍」一股，益發難制。

徐股在胡山寨之役雖獲勝利，但本身損失亦大，當時徐海東「紅二十五軍」轄七十四、七十七兩師，此役「七十五師」政委姚志修被擊斃，「七十四師師長」金某（名待查）負傷。徐股經此戰後，兵力大減。據徐海東自述：俘虜國軍四千人已超過其部隊剩餘人數，不得已全部釋放。可知徐股此時所餘當不超過三千人。若人數相等，對俘虜仍可監視或編入「紅軍」，只由於數字懸殊，不得不予以釋放。

胡山寨一股在整個剿共戰役來說，自屬小戰，但影响甚大。東北軍經此一役，對「紅軍」滋生畏戰情緒，最初僅在官兵間，以後浸潤至張學良亦然。張學良自稱發動西安事變，爲了一致對外，聯合抗日。實則欺人之談，蓋由於東北軍剿共屢戰屢敗，以後至陝北又有兩次敗於徐海東，陣亡師長兩員，益使張學良不敢再戰，楊虎城情況相同，因而有張楊聯合叛變，刼持統帥之事發生。故徐海東在五股「長征紅軍」中力量最小，所起的影响則最大。此研究現代史不可疏忽者。

徐股在胡山寨突圍之後，次日下午到達宣化店北之殷家灣，見到鄭位三，看到中共中央命令，徐海東也感豫鄂皖區人力減少，糧食短絀，國軍方面壓力日增，勢難立足，決計接受命令西竄，留下小部兵力在當地活動，自率大股越過平漢線西竄。留下之小股，以後逐漸壯大，自稱「紅二十八軍」。抗戰開始後，政府明令收編「紅軍」，此股改編爲新四軍第四支隊，以高俊亭爲支隊長。

（未完待續）

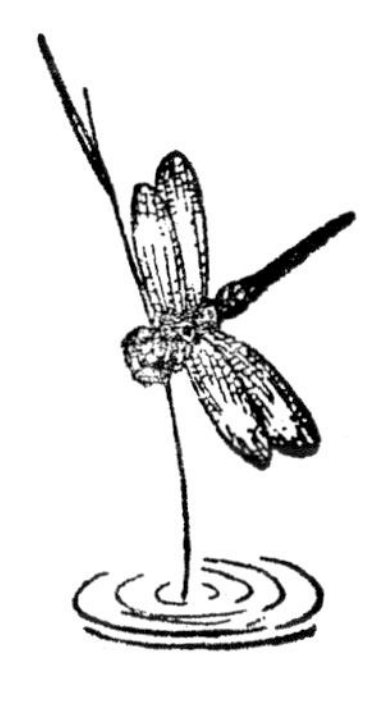

香港詩壇

吳稼秋詩老哀思錄

祭文　香港詩壇

嗚呼！公今去矣，去向何方？青山渺渺，碧海茫茫。精魂騷魄，云胡能藏？赤燄未滅，世變方長。星辰日月，慘淡無光。生既顚沛，死亦悲傷！南來卅載，同客炎荒。以詩鳴志，吾道弘揚。網珠續集，尤賴贊襄。名山大業，八表流芳。狷介自持，翰墨生香。遺愛所及，福澤無疆。千秋百世，子孫永昌。公今仙去，玉宇傾觴，人間天上，任意徜徉。醇醪香茗，神其來嘗！

挽詩

哭吳稼老　包天白

交猶三載淺，誼已十年深，茗畔常推座，吟邊獨折心。回生無妙藥，起死有神鍼。一暝雲天去，可堪淚濕襟！

前題　徐義衡

江海論交已十春，早茶香味送清晨，好詩不厭求今古，高誼何曾別富貧？赤子心存紅一例，白頭酒喚綠千巡。中秋未過公先去，太息蒼蒼道失眞！

前題　高龢賜

驚飈忽起嶺南天，吹去江湖老謫仙，一卷吟殘香海月，廿年夢冷武陵烟。虫沙入幻空千刦，電火歸眞了萬緣，展讀風簷秋雨夜，燈前彈淚濕遺篇。

前題　李任難

悠然一夢去，仙鶴幾時歸？世亂心宜淡，詩工力入微。八方尊大道，千載仰淸徽！掛劍風猶著，義聲動翠薇。

前題　王質廬

小別三年苦夢思，平生心跡問誰知？論詩早茗情猶在，避刦孤岩事近痴。一水相違勞想念，千秋已逝費猜疑。秋風忽送雲天去，老淚縱橫不盡悲！

前題　王淑陶

披髮行吟厭世情，獨從南服以詩名，幽岩百級孤松蔭，大海千尋兩淚平。鷗鷺忘機方自樂，風霜奪壽倍堪驚。傷心朋舊凋零盡，又報騷壇損老成！

前題　張方

壽翁誰料竟歸眞，廿載論交少一人，零落文壇消雅頌，凄涼茗座哭朋親。西風吹夢青山冷，秋氣橫江白露新。檢點生芻聊表意，每懷高誼倍傷神！

前題　黃志鴻

吟壇廿載重交情，秋雨秋風失老成，回首江山搖落處，當年車笠已他生！

同嗟世變滯江濱，噩耗先傳恐未眞，風義文章餘幾輩？力扶墮緒憶斯人。

前題　陳香圃

西風吹夢醒，難挽白頭人，去國心何苦？收京氣自新。卅年同作客，一水共爲鄰。太息公今渺，閑鷗孰與親？

前題　亦園

論交二十載，茗椀未虛晨，詩美神猶足，語謙意倍親。一心弘大道，萬刼感斯人！誰料西風起，脩然遽返眞。

惆悵天涯客，誰同披髮吟？携金還酒債，聽水識琴音。大業光宗譜，餘生託古岑。此行應待我，翹首望仙禽！

炎荒長困暑，時序遇中元，仙去無塵累，人來有淚痕！妻兒賢且孝，婿女厚尤溫。四代同堂樂，餘恩自永存。

嗟予住院日，夢寐苦君思，花氣常相挈，春光不自私。逢人佯笑語，期我早康怡。知己平生感，可堪愴別離！

挽聯　香港詩壇

福壽全歸，八方詞客尊元老；
詩文並茂，一代騷魂重士林。

又　吳俊升

爲季子苗裔，素篤友情崇祖德；
具長者高風，並留文釆光詩壇。

又　何敬羣

葛洪如睡，桑戶反眞，知君騎尾騎箕，白玉樓前待記；
楚些遺哀，山陽思舊，況復秋風秋雨，黃公罏下難尋。

又　曾克耑　余少颿

別僅旬月疏，一蹶忽醒持世夢；
老猶戎市隱，重輝合付亢宗兒。

又　徐義衡

名利無聞三代士；
俗塵不染六朝人。

又　包天白

故國隔卅年，如畫雲山成恨事；
閑鷗違三月，當秋風雨動哀詞。

又　蔣醉六　黃天碩　李任難

助刋續網珠，誼託詩壇聯翰墨；
忽報遊伊甸，魂歸天國失朋儔。

又　趙湘琴

一葉先凋，江上金風摧落木；
千秋已定，詩中玉尺仰量才。

又　劉士瑩

滄海遍尋珠入網；
樓船共載夢成塵。

又　伍醉書

多難識君遲，屈指茗邊，瞻對汪洋纔幾度；
論交慚我少，側身海嶠，愴言風義更誰歸。

又　毛偉凡

一病入膏肓，仙界逍遙跨鶴去，
百年歸大化，人間弔唁具芻來。

又　李纘錚　莊果民

回首悵雲山，文字訂交欽宿學；
招魂歌楚些，俎尊和淚弔詩人。

又　大埔旅港同鄉會

故老凋零，社聚更誰堪祭酒；
文星搖落，詞林從此杳元音。

又　田家炳

延陵世冑，茶嶺名賢，壽逾杖國高年，祇望文宗留碩果；
桑梓情濃，蔦蘿誼重，每憶箴言懿訓，空彈涕淚落秋風。

又　劉鐵梁

身在江湖，心存魏闕；
行同隱逸，節比松筠。

又　劉晉鏘

埋玉有佳城，大壑遙看山月冷；
歸眞完太璞，故園回首白雲深。

又　郭國彥

稼軒跌宕，庾信蒼涼，歌哭詎無端，元氣蒹葭詩一卷；
秋菊侔芳，春梅媲潔，儀型空仰止，八方風雨淚千行。

又　何逸夫

籬菊吐秋芳，去國詞人酣蝶夢；
光風懷雅度，空山松月弔詩魂。

又　一覽樓主

又失良明，空悵秋雲添客恨；
憑誰論世，不堪風雨讀君詩。

又　田家泮　田家庚

文章如吳偉業，道德如鄭康成，海國詩宗尊一老；
寄蒹葭而傷時，詠雪鴻而慨世，名山事業足千秋。

又　田當先　田商先

立身嚴正，秉性慈祥，望重茶山欽碩德；
壽屆八旬，榮膺五福，魂歸蓬島憶芳型。

又　旅泰侄蘊庭

昔日感提携，備蒙青睞相加，無限深情尤在念；
一朝聞惡耗，悵望蒼溟遙阻，未能執紼更添悲。

又　羅梅江

避秦海角知名士；
騷客天涯少一人。

又　温健民

策杖欲尋陶令宅；
讀詩長憶謝公墩。

又　周永成

海外佩訏謨，白髮尚能襄至計；
人間尊節概，黃花終竟抱冬心。

又　田遠先　田樸先

齒德重同儕，古道照人，每見傾誠扶後輩；
梓桑凋碩束，風規頓邈，空從瀛海憶先生。

編餘漫筆

編者

這一期有許多重要文章，「馬日事變」是近代史一件大事。首舉大旗的盡，皆知是許克祥，但本期尹東旭先生之「長沙馬日事變紀實」，對於主持其事者則有另一說法，同時本刊又發表胡養之先生「馬日事變」一文，胡先生年齡雖然不夠參與馬日事變，但其中多是親聞，亦相當可靠，歷史眞象在於盡量辯論求證，然後才可得其全貌。

賀對庭師長被殺一事，也是一篇珍貴史料。謀害賀師長的羅啓疆，以後任暫編十九旅旅長，率部駐鄂北，張國燾、徐向前一股西竄時，首次遇上羅旅，吃了不小的虧，龍吟先生「細說長征」對此有詳細敘述，當時只不知羅旅來歷。

寒連先生「憶趙侗」一文，以前也未見人談過。大家只知道趙侗在北方，不曉得他曾來過香港。此君是一個烈士、孝子，原是東北大學學生，隨同學苗可秀組義勇軍抗日。盧溝橋事變後，率部入關，在冀察邊區打游擊，後被十八集團軍一二〇師（共軍改編）賀龍圍攻，在靈壽陣亡，全部皆被共軍殺死。照寒連先生大文，趙侗母子在港曾拍紀錄片，不知此片尚存否，若然，眞有最高之歷史價值。

最有價值的一篇文章，是王德溥先生之「審判毛澤民經過」。陳潭秋、毛澤民在新疆迪化被盛世才逮捕後，即失去下落，他們何時死的，中共都不知道。一九四五年五月，中共召開七全大會，陳潭秋尚當選中央委員。在過去研究中共黨史的人，都以為陳、毛等人被捕後，可能囚禁一個時期，到了盛世才決心要投靠中央時，把他們處死。現在讀王先生大文，原來王先生曾去新疆審訊毛澤民與陳潭秋，審訊後判處死刑，此事確為一大發現。研究現代史之趣味就在此，永遠掏不盡的寶藏，游不到岸的海洋，一旦陷身其中，便不想出來。

曹文錫先生「武當山頂黃金殿搜奇」，內容奇妙，曹先生文筆高雅，閑閑寫出，引人入勝。

蔡元培與蘇報一文，報導了吳稚暉、章太炎交惡經過，此事無論眞象如何，太炎在友朋敦勸答應和解後，仍堅持吳氏出賣同志，使老好人蔡元培都不以為然，發出惡聲，實在太過份。學問是一事，人品又是一事，不能混在一起討論的。

本月編者因事去台北十幾日，回來又患小病數天，致令本刊脫期數日，十分抱歉，尚請讀者原諒。

野史・佚聞・人物・風土・

月刊

39

一九七四年十一月十日出版

掌故月刊 第三九期 目錄

※每月逢十日出版※

掌故 第三十九期

每册定價港幣二元正
全年訂費 港幣廿四元 美金六元

出版兼發行者：掌故月刊社
地址：九龍亞皆老街六號B
通信處：九龍旺角郵局信箱八五二一號
電話：K八〇八〇九一

The Journal of Historical Records
P. O. Box No. 8521, Kowloon
Mongkok Post Office, Hong Kong.

督印人：鄧少卿
總編輯：岳騫
印刷者：和記印刷有限公司
新蒲崗景福街一一〇號超達工業大廈十樓
總代理：吳興記書報社
香港租庇利街十一號二樓
電話：H四五〇五六一 H四五〇七六六

星馬代理：遠東文化事業有限公司
新加坡廈門街十九號
檳城杳田仔街一七一號

泰國代理：曼谷青年文化服務社
曼谷黃橋東北路五六六號

越南代理：聯興書報社
越南堤岸新行街二十二號

其他地區代理：
澳門：可大文具店
亞庇：利民公司
千里達：中華公司
菲律賓：華安書局
倫敦：東寶公司
芝加哥：杏林春
波士頓：中西公司
三藩市：新生圖書公司
三藩市：益智圖書公司
加拿大：香港商店
澳城：汎亞書籍公社
寮國：永珍圖書公司
斗湖：光明書店
菲律賓：玲瓏書局
紐約：友聯圖書公司
紐約：友方圖書公司
洛杉磯：永安堂
檀香山：大元公司
三藩市：文化商店
加拿大：新國華公司

懷念介師

·辛未·

張丕介先生

一、五十年代的「桂林街精神」

由於中國大陸變色，一九四九年初，隨同先父彝午公步過深圳走過羅湖橋，踏進香港來，不覺已有二十多年了。

記得在一九五〇年十月間，在報紙上發現了新亞書院，載有創辦宗旨：「它創辦的宗旨，在上溯宋明書院講學精神，並旁採西歐導師制度，以人文主義教育爲宗旨，溝通世界東西文化，爲人類和平、世界幸福謀前途。該校一切教育方針，務使學者切實瞭知，爲學做人同屬一事；在私的方面，應知一切學問知識，全以如何對國家社會人類前途有切實之貢獻爲目標。惟有人文主義的教育，可以糾正近來教育風氣之專爲謀個人職業而求知識，以及博士式的爲知識而知識之狹義的目標之流弊。」因爲嚮往這個書院教育的宗旨，在一九五一年，我就考進了新亞書院肄業。在我四年的大學教育期間，正是孕育新亞精神的時間，我何幸而適逢其時。這是我大學教育最幸運的一段時期，因爲其中幾位先生的人格、學問、道德，在在足以作我的模範。尤其是經濟系主任張丕介先生的典範，使我非常的崇拜。

張師丕介先生，山東省館陶縣人。父爲武訓義學的教師，先生從小即浸潤於一種不同的教育氣氛裡，這影響先生一生從事教育工作甚大。先生學貫中西，對於學生及校友尤其關懷。同學如有疑難，不分院系，一視同仁，盡力爲之解答協助，故深受新亞學生的愛戴。所以，從這一點看來，張先生的心地，實在比許多讀書人要乾淨純厚。這是我們尊敬張先生的因素之一。但是張先生竟在有爲之年，被病魔纏着，終於在一九七〇年五月廿八日上午八時，於九龍黃大仙聖母醫院病逝。這是張先生永遠離開我們而去了……像這麽一位難得的老師，竟永遠與我們分別，這眞是我想不到的事。

張先生雖然是留德的，可是却有英國紳士的派頭，是新亞三巨頭之一，是「桂林街精神」的播種者，是創造「新亞精神」人之一。然而，張先生有時很幽默，當他講課，惹得我們同學哈哈大笑的時候，他自己却只淡淡彎一彎口角嘴巴。

張先生算是一個最剛正的人了。無論那一位學生，只要你的行爲是不對的，他都會嚴詞厲色的對待你，這是張先生重視法治精神。

張先生有堅毅的幹事精神，更長於科學條理，談話或講話時，扼要明白，有條有理，使我們容易記筆記。尤其是張先生講授經濟學時（這是他最拿手的課之一），音調鏗鏘，語氣嚴肅，我們同學的精神，隨着他在講枱上往來走動的神采也同時飛揚激越。這是我無法學到的。

張先生有着堅毅和科學的精神，他這種性格，一方面基於山東人率直的傳統，而他的留學德國，我想也足影響他那坦率、嚴謹、認眞性格的形成。不過，張先生嚴謹的態度是在工作或執法時才表現的。平時，他喜歡和同學接近，隨便談笑。而且時常注意同學們的身體健康，娓娓而談，諄諄相囑，親如家人父子。這些事情，往往使同學樂於身受而深受感動。

張先生對大學教育的熱誠和理想，是與另外二位創辦人：即錢穆賓四先生、唐君毅先生相同的。在五十年代的初期，也是新亞書院創辦時最艱難的時候，他們急切希望在九龍郊區或新界找到一塊地皮，蓋幾棟房子，先生和學生生活在一起，有空的時間，種種菜、種種花、養養鷄。張先生是一位精深的農業經濟學家，他希望理論與實際互相配合，能在一間大學裡進行正常的教學活動，發生教學相長的效果。同時，還可以辦附屬中小學，讓這學校變成了一家大家庭。這樣的一個希望，好幾次差不多都要實現了。爲了找新校址的問題，沙田、大埔、元朗等，錢先生等都奔走了好幾次，但都因爲事情的中途起了變化。這一個實的理想，這也只好擱置下來。

在桂林街的校舍，地下爲工廠，二樓爲住宅，三、四樓爲教室，那個時候新亞環境雖狹窄，物質精神雖窘困，但理想高遠，精神奮發，當時新亞是有教無類作育青年的園地，只要青年本身能懷抱一份向上的心志而來，一切求學困難，都可以在師長們的同情與體恤下克服。「自行束修以上，未有不受誨者。」孔子誨人不倦的遺風，在新亞獲得了承繼與發揚。在那個時候，我僥倖地進入新亞，總覺得處處瀰漫一股惑人氣氛，而一桌一椅一櫈，無不閃射着灼灼華彩。

當時，凡從大陸逃出來的青年人，苦悶異常，總想在社會上做一番偉大事業，在人生的路途上留下一些痕跡，但是自入新亞以後，尤其時在接近張先生之後，才進一步豁然領悟，要兌現自己的諾言，以致獲得更深遠的境界，便只有隨師長們的脚步，篤信好學，守死善道。雖或根基粗淺，不能有師長們的造詣，但雖不能至，心嚮往之。

二、武訓教育精神和愛心

前幾天我又夢到張先生在桂林街指揮學生們工作，醒來却回到現實的生活。唉，張先生已離棄我們四年多了。張先生在過去那幾年身體不大好，這是因爲前幾年赴德講學過度疲勞的結果。加上新亞書院自從加入香港中文大學以後，師生們精神渙散、人事糾紛，新亞精神已不復存在。

張先生在此種氣氛下，心情份外沉重，每當提起這些事情來時，張先生份外感到苦痛。但是張先生忍耐在心頭不說出來，這種成人之善、隱人之惡的美德是值得讚揚的，也是值得效法的。

因此，張先生自然而然的回憶到桂林街的新亞書院，每次看到我們這些老同學時，那種親情、那種友情、那種親切的溫情，使我份外感動。

張先生時時特別地向我們提到武訓精神，因爲武訓可以說是近代一個傑出的平民教育家，也是一個聖人，他的精神，他的事業是永垂不朽的，是值得我們效法的。

由於幼小時在武訓義學求學，張先生之令尊又爲第二義學之先生，在此精神孕之下，張先生日夕染之，自然而然地具有這一種爲教育而教育的精神。而這種精神具體的發揮却在流亡到香港，一九五〇年參加新亞書院的創辦，在新亞書院任教授兼總務長兼經濟系系主任時表現出來。張先生不僅具有治學的才能，而且在課堂上又能講得有聲有色。而更難得的，是張先生把他的愛心，把他學習的武訓精神，放在新亞書院上，放在新亞同學身上，使新亞同學在苦難中成長，在苦難中接受武訓精神，接受愛的教育。

三、天不假年，賚志以歿

一九六九年三月三日，我在印支三國的寮國華僑中學任教後返抵香港，隨即進入一研究機構工作。此時心情苦悶異常，尤其在舊曆年前，我是常去太子道伯爵街三號二樓介師家裡談天。記得有一天，我到介師家，師母打開門時，即對我說：「老師好了」。一連說了好幾聲，我還不明白。一直見到介師從椅子上站起來，迎接我時，才醒悟過來。原來自從老師十年前往西德講學時跌了一下，雖然後來順利往德國講學一年，獲得當時西德學術界普遍的讚揚，但身體却弄得疲累不堪。以後經常生病，住過醫院，開過刀，也到過臺灣臺北榮民醫院治療，但是手脚不方便，走路很費力，手也不能寫字，在以教讀爲生的介師來說，實在是痛苦異常。那一天，介師的病，却突然的好了，這的確是一件很特別的事，怎能不令師母和我們同學高興萬分。此起當年在桂林街當時，介師的精神和身體要差一點，但若和臺北榮民醫院期間以及一九六九年三月回到香港香港時比較起來，是要好得多了。我想，只要介師繼續修養下去，一定可以恢復到年青時代的張先生，活到八十歲、九十歲、一百歲，也一定可以的。接着農曆年關到來，張先生極多的朋友和學生都川流不息來探望他，他自己也非常興奮。據說最接近張先生的，也是經濟系的校友和同學，在年初請了張先生和師母聚餐了一次。可能由於興奮過度，病體發生了急劇的變化。這是誰事前也無法預料得到的。

一天，我接到了一位同學的電話，說介師已昏迷在醫院。當時我在接洽工作至一決定性階段，而且我又必須找一個臨時工作來維持生活。所以，在那一段時期，偏不湊巧，我是非常的忙碌。等到我趕到蘇屋村天主教明愛醫院時，介師當天早晨已轉到伊利沙白醫院。次日我同內子一齊去伊利沙白醫院C座十一樓去看介師時，同學們告訴我，介師還在昏迷中，病已成絕症，無痊癒之希望。我聽了心情非常難過，總盼望奇蹟出現。當時伊利沙白的醫生主張開刀一次，也許還有希望，師母也同意開刀。果然開刀之後，情況比較好轉，其間因爲工作關係，我每一星期去看一次，有一、二次還巧的，碰到老師師母離開到樓下餐廳吃飯去了，我也就失望離開。總之，從介師昏迷到進醫院之後，就沒有交談過一次。記得有一次去看介師時，師母說是我來了，但我也不知道當時介師是否清醒。唉！我有許多話，要向我最尊敬的老師傾訴，但是已經沒有辦法了！後來介師又轉到九龍黃大仙聖母醫院，我因工作繁忙，沒空去探望。

五月廿九日深夜，同學打電話告訴我，介師已於五月廿八日上午八時三十分，病逝於九龍聖母醫院。噩耗傳來，當晚即傷痛得整晚未能入睡，次日工作，也無精神。卅日下午請假看望師母，當時伍師鎮雄在座，已在討論明天出殯行走路線問題，接着師母命我到九龍殯儀館去，通知辦事處的同學。當我到達時，又碰到本系第二屆畢業的老大哥列航飛學長，一齊到靈堂行禮，並到後面瞻仰遺容。一直留到七時多才離開。翌日，參加介師公祭的各界人士達六、七百人，極一時之盛。在九龍殯儀館的大禮堂內，總帷中央，懸有張先生遺像，其前燭香繚繞，靈堂四周懸滿各界致送之輓聯及花圈，氣氛異常莊嚴、肅穆。三時正，公祭儀式開始，旋在新亞書院長沈亦珍先生率領下向張先生遺像行三鞠躬禮。公祭完畢，由徐復觀先生報告張先生的生平，接着由唐君毅先生致辭，唐先生談起二十年前與張先生、錢先生創辦新亞書院的情形，當時曾到新界青衣島等地尋覓校址，張先生認爲新亞書院創校的理想，應當包括天地人合一的理想。換句話說，就是自然與人文理想的結合。並一再強調經濟系的同學，應當如何在學問上繼承張先生未完的遺志，發揚光大，這才是最有力的表示方式。這幾句話，確實值得我們反省檢討的，也是值得我們去努力奮鬥的。只有在學問上，在事功上能努力繼承張先生的遺志，才能安慰介師在九泉之下。

那天弔祭時，原先我強忍住哀傷，而當沈燕謀老先生哭了，我也不禁流出了眼淚。當唐先生致辭完畢時，接着即爲瞻仰遺容。當我最後一次看到介師躺在那裡的時候，我叫出一聲老師，又放聲大哭起來，一直流淚到荃灣永遠墳塲。我想，從此失掉了一位指導我的老師了。怎能不使我哀痛啊！十年前，先父棄養。十年後，當我回到香港來，正想時時去請教介師時，希望能在學問上多多指導我和啓發我，不期介師竟因病而去世，涕泗滂沱，悠悠昊天，胡奪我良師如斯之速耶。

而且，自流亡到香港來，師生過從甚密，我得益於介師者，終身受用，師生了解愈深，對介師敬愛之心亦愈深。每憶及自介師家中回來所獲得之親情溫情，迄今已不再見，如水流去，一去不復返矣。

介師的逝世，使我感覺到人生短促和無常。生、老、病、死、悲歡離合固是人生不可避免的過程，但我總覺得他離開太早了，相信天假以年，介師必能在學術界作更大的貢獻，據我所知，他如不去世，即將主持某研究所。今天，我執筆寫這篇文章時，感觸是多方面的，從我個人來說，我失去了一位親愛的師長，在學術界來說，是失去了一位重要的農業經濟學土地問題專家和一位教育家。尤其是在多災多難的中國，介師學術教育報國的志願尚未完全實現時，他的逝世，可謂賚志以歿。這是任何認識介師的人所同聲嘆息的。不過徒然悲傷是無益的。因爲凡是介師的知交和曾列他門牆的，即應當效法他的治學精神與遺志，來刷新學術界的氣象，更團結海內外學人，以形成復興文化學術的力量，開創新中國文化的遠景。這樣才不失紀念介師的意義；必須如此，才能安慰介師在天之靈。

張師丕介先生任教大學近四十年，桃李滿天下，辛未與介師關係很密切，不但是最受寵愛的一人，而是最不肖，毫無成就，愧對師門最多的一人。

憶！聶光坻

·雲煙·

本刊自第九期起，接連登載：李素女士大作「燕京舊夢」，使不佞想起：她的燕京同學——聶光坻，彼係一無名小卒，不能與今日之中共外交部副部長喬冠華，在美之傅涇波曾任燕京校長前美國駐華大使司徒雷登之私人秘書可比。

抗戰勝利後，其在滬活躍於社交界，參加「留美同學會」，「留英同學會」，「哈佛同學會秘書」，「担任燕京大學上海同學會會長」。國民政府還都南京後，美國政府改派司徒雷登（燕京大學校長）爲駐中國大使，就任以來第一次由任所赴申，下榻於漢彌登大厦聶光坻寓內一宵，該時中西各報均有登載：「司徒大使下榻於其燕京大學高足聶某家中」，彼時聶氏似乎頗威風——誰知日後中共「鳴放反右」時，此事成爲其搆成被判爲「右派份子罪狀之一」——「與美帝國主義大使司徒雷登有勾結」，若干世事豈能預料耶？

聶光坻號慶修，湘人，曾文正公（國藩）之女崇德老人之孫，聶家係一大家庭，抗戰之前，每月出版對開報紙一張，內容：大抵言「修身、治家」等文字；在抗日戰爭時期，又刊印一本小冊子，內容主要談「因、果」，例舉若干故事，謂：「上代爲官者，至第三代未必亦執政爲官，因上代爲官時在處理人民案件中，不免有疏忽——所謂：「狐假虎威」，「屈打認招」，或壓榨人民等情……，此小冊子免費索閱。

上海公共租界當局在區內爲華人子弟設立公學四所，其中一所聶家曾捐出若干土地，故命名：「聶中丞公學」；聶氏曾在該公學肄業，後攷入滬江大學附屬中學，在該大學畢業後進燕京大學研究院，離燕京後任金城銀行石家莊辦事處主任，嗣後調往上海改任八仙橋辦事處主任。在燕京時相識女同學吳女士，吳小姐畢業燕京後，執鞭於滬上聖瑪利亞女學，彼倆形影不離，誰知男女雙方先後守制，依舊例「守制三年後」始可結婚，如此則須四五年後，因此改爲「百日之後」在家內舉行簡單結婚儀式，男女均衣便服，周作民（金城銀行董事長）爲證婚人，女方介紹人爲燕京大學校長司徒雷登，男方爲聶氏燕京同學，不奏樂，僅司儀贊禮。金城銀行當局爲改進業務起見，派其往歐美攷察金融，夫婦倆同行；聶氏藉在美國攷察期內，進哈佛大學研究院進修，在美逗留一年後往英國，在英又進倫敦大學，彼在英半載即返國，在歐美期內其寫「歐美采風錄」用其妻名絡續登載於「中國旅行社（非今日之中國旅行社）出版之旅行雜誌（上海出版）。歸國後任董事會秘書，嗣後派任駐港稽核，又調回任滬行信託部經理，嗣後命其主持同仁福利會事務。

太平洋戰爭發生後，日軍侵佔上海兩租界，金融當然起變化，聶氏爲發展其抱負起見，遂於一九四四年往大後方——重慶，一年後忽又赴滬；誰知某日其妻撥電話與聶氏之友人，囑：『有事待商，請逕往聶氏父親家』。孰知聶氏出示「離婚協議書」，且言：『伊所提出，余來滬往鮮罕外出，除有不得已，此事解決後，即返重慶覆命——此次來申，探詢「日軍有否和平意圖」，係受「美國駐重慶大使館內若干人員所託，彼等與余爲哈佛大學同學，代請兩位律師證明等情』。該魯仲連苦口婆心勸吳女士——無效，不久聶氏返重慶，三子暫由母親教養。

抗戰勝利後，其返滬任行政院善後救濟總署總務處副處長，故配給到漢彌登大廈（福州路與江西路轉角）內房屋，司徒雷登大使曾在該處下榻一宵，不久其辭職，遷出經營進出口業務；中央信託局局長吳任滄慕其才，聘任爲該局保險處副總經理。上海變色後，中共執政，中央信託局保險處併入人民保險公司（前中國保險公司），留用人員每天學習半日，嗣後人民保險公司當局送彼往「華東革命大學（校址在蘇州）學習——思想改造，其藉有胃病，要求不去，遂被撤職——不去即係「抗命」，從此度着隱士式生活，足不出戶，自己理髮；其自被撤職後生活困難，因前妻所生之三子外，後妻有一女，幸不久妻子走上工作崗位。

誰知中共當局對於居民無工作崗位者亦需「思想改造」，該處里弄居民委員會進行思想改造，在會議中：公安局派出所戶籍警及居民委員會主任質詢：「汝（聶氏）曾受高等教育，且係留學生，不爲人民服務，此係何思想……？」限其坦白交代，因其家學淵源，落筆不疑遲，如期完成坦白書；至此其不得不謀事，東奔西跑，雖往日交游廣，但親友同學愛莫能助，因不論工商機構，或學校團體，均設有人事科，主其事者非黨員即團員，統一領導，私人介紹者甚少——除非特種技術人員，而其所學者係工商管理（資本主義之理論），與社會主義之經營管理不同，且其係一被撤職者，故謀事難於登天。

一九五六年，其友人陳炳章語渠：「北京當局擬辦外交官訓練班，邵力子推荐陳氏主持其事，如事成同赴北京」，此乃幼稚思想，中共之外交政策，以政治爲基礎，如何可任黨外人士主持外交官訓練班，當然空中樓閣，消息杳然，聶氏素反對加入任何黨派，爲謀事不得不加入九三學社；該年冬，北京中國科學院擬添設出版部，故在數大城市招聘翻譯外文人員，不論通任何一國外語均可，聶氏經「九三」學社推荐，進中國科學院出版部任事。

一九五七年「反右時期」北京出版之人民日報登載：北京中國科學院右派份子名單中——聶光坻列在首位並言其所犯之罪狀：與美帝國主義駐中國大使司徒雷登有勾結（彼一時也，此一時也）、任國民政府善後救濟總署副總務處長、掃蕩報推銷員……等，其在「鳴放時期」雖未書大字報攻擊黨、政，但其同事某所書之大字報資料由聶氏所述，因該同事經圍剿後，供出此乃聶氏所言，聶氏被判爲「右派份子」，不服，拒接受右派份子帽子，遂送法院處理，改判爲「反革命份子」——管制三年，勞動改造；一般右派份子與管制份子，在其本單位勞動，右派份子帽子取去無期限，由其本單位決定；而管制份子雖權在法院，期滿時法院依據該單位所提之意見始裁定，如該單位所提之意見對該犯罪者不善——如勞動態度之勤力，或思想尙不改進等，則法院可延長之，但聶氏送往農場勞動，一九六〇年春病歿於農場。

「死」乃自然規例，人遲早須行此路，衡之常情，其尙可生存，一文弱書生，尤其是天災人禍時，農場之艱苦生活，非其能可受。光坻！汝已離別人間，百事已了，而留在人間者——尤其在海外餬口者生活不易外，尙有精神上負担——大陸親友如何？其曾語人：「往革命大學學習後，多數不回原單位——派往外地，縱使回原單位服務，調職或降級」若干機構工作人員——高級者學習後，調往外埠者亦有之。

自古所謂：「識時務者爲俊傑」；中共所謂：爲人民服務——「服從調配，不計較」；如不願離鄉、別井，此表示爾充滿着小資產階級思想意識；此非晋時，陶淵明可不願爲五斗米而折腰，度其隱士生活，今日大陸在中共統治之下，人要逃避現實——不接受改造，在家度着隱士生活——不勞而獲，況你受過高等教育，決不可能——縱製造原子彈之錢學森等，或創造有益於中共之事業者，彼等亦接受思想改造，程度上有差別，你爲一無名小卒，豈可逃避現實耶？所謂：「天作孽，猶可違，自作孽，不可違，」頗不易重走上工作崗位，「鳴放時」滿腹牢騷——小不忍，則成大亂，此不僅你一人所能預料耶？

一知半解話「票號」

盧學禮

往昔山西的「票號」，機構遍全國，歷時數世紀，在中國近代商業金融史上，有其輝煌之地位。雖然早成陳跡，但迄今仍爲人們所樂道。可惜在海外還沒有看到關於介紹「票號」的專書，因之，嘗有以「票號」問題詢及者，由於資料缺乏，頗難作滿意的答覆。此爲山西同鄉聚談間常提及一項共同感受。亟盼時賢對於「票號」史實留心研究者，搜羅資料，編印專著，藉副各方之期望。筆者譾陋，對「票號」歷史，知之甚少，本不敢對此問題妄加論列，惟忝爲晉人，覺得前輩鄉賢遺留下燦爛光輝的「票號」史跡，實有研究發揚的必要。本此旨趣，爰就鱗爪之見，拉雜寫出，抛磚引玉，期能產生啓發推動作用，並盼指教！

宋太平興國四年（九七九年），太宗趙光義滅北漢，毀古晉陽城，以銜恨北漢之久於抵抗，遷怒於河東人民。處此政治歧視形勢下，當地人民以敢怒而不敢言的心情與消極不合作的態度，四出流亡，貿遷爲生，是爲山西人在全國各地從事商業，以至經營「票號」之起源。「票號」爲商業領域中之一業——金融業，隨商業之發展，金融業之業務範圍日見開拓，金融業之功能亦日見重要，換句話說，在商業的發展中培育了金融業；又以金融業之支援，促進了商業之發展。「票號」之孕育，發皇，大致是循着這個軌跡而來的。

舊日的商業投機倒塌的情形較少，加以山西人脚踏實地，穩紮穩打的習性，更鮮有冒險儌倖的作風，所以凡屬具有規模之商業，率皆由小而大的經期十年甚至數百年積累建設而成的，此等商業之每一行號，均有其艱難開創，辛苦締造之歷史，而執全國金融牛耳若干年之「票號」，其所以能具有那樣偉大的成就，絕非一朝一夕所倖致。關於票號整個歷史與成功的條件，非短文所能盡述，茲就幾點重要因素，介紹於後：

一、良好的信譽

「票號」把握了「無信不立的原則，奉信實爲第一要義。眞是做到了童叟無欺，一諾千金。彼時律例較現時爲簡單，但票號遇到應盡的義務，一定是老老實實照規定行事，絕沒有鑽尋律例漏洞，規避責任的情事，詐欺背信更不會發生了。如某宦遊者身歿若干年代，其家人後輩於拆洗衣服時，發現存欵記載一紙（並非正式收據），以時間久遠，本不具任何希望，嗣經人勸，持以向原票號查詢，該票號查明舊帳册，確有其事。於是一本一息如數清付。在某家人認係天外飛來，而該票號則認係正常情事。類此事例，不勝枚舉。又如某票號於某年年終，忽然收到某商號送來一筆紅利，該票號以並未向某商號投資而何來紅利？經查詢後，原來是某一場合，票號經理與某商號經理相晤，談及業務時，商號經理以慕票號之名，欲攀拉關係，遂以該商號正進行某項業務，請票號認担一股，票號經理認係一般交際場合客套話，表示認可，其後某商號既未索取股本，亦未將業務進行情形相告，此宗業務其後大爲盈餘，遂以紅利相送。其實僅係不經意的一句而已。但倘某商號此宗業務賠損，票號亦必履行其義務。於此一端，可見其他。因爲票號有良好的信譽，所以能博得客戶及社會對之信賴不疑。這是票號成功的重要因素之一。而信譽的樹立，是靠長時間的時間的事實考驗而累積的。

二、密切的合作

一家票號的力量有限，合若干家票號的力量則就很大了，倘再把所有的票號的力量合爲一起，則力量就更大了。山西票號因能互助合作，團結一致，有無互濟，患難與共，遂連鎖爲一個整體。以整體的力量，發揮相互支援，相互監督的功能。以達到維護同業整個信譽，保證客戶的利益與安全。其作法是：除了平時同業間相互調劑支援外，遇有某一同業因災變事故，週轉失靈或虧損過巨時，其他同業即自動起而代爲負責，清理其債務，直至對客戶所有欠款償還完畢爲止。在此同時，所有該票號在各處之資產，由同業監視凍結，於客戶債務償付竣事，然後再由同業結算清理，也就是說：寧可使同業受損，不許客戶吃虧。所以票號的力量是整體的，票號的信用也是整體的，以如此的巨大組織力量，無論在業務營運，或對外信用上，遠非個別力量所能比擬。

三、遠大的眼光

前清咸同間洪楊之役，長江流域廣大地區的票號，因受兵燹之禍，損失慘重，甚或蕩然無存，依照法例，此種非人力可抗之情況，對於客戶存款，本可免於償付，退一步言，亦可減成付給；但在戰事結束復員後，各該票號對客戶存款，均如數清付，此一舉措，不僅博得了全國輿論的喝采，也大出客戶意料之外，其氣魄之大，眼光之遠，殊非一般貪求急功近利之商人所能望其項背。如此優厚的對待客戶，則客戶以至廣大人羣對票號的評價，可不言而喻了。

四、周到的服務

票號服務的項目，包括了存儲、貸放、滙兌、墊付、信託、保證等，其關係範圍包括了個人、團體、地方機關、中央政府等。各種服務，既便利，又迅速，尤其對於困厄濟助，緊急周轉，充滿人情味。對於各級政府或公益團體爲公務之挪借，融通，莫不盡力協助。彼時在京師或各省會候補差事者，時日一久，每於任命發表後無力籌措川資治裝；甚或在候補地之生活，饔飧不繼，票號對於此種候補人員，訂有貸款辦法，大抵學行優良有發展潛力者，皆能獲得貸款；且此種貸款遇有下列情事之一者不還：（一）不得差者；（二）丁憂者；（父母之喪）（三）得差不到相當時間者（因短時間囊橐尚無積餘）……等。可以說充分表現了同情精神與互助功能，譽之爲「裕國便民」，應屬當之無愧。

五、完善的制度

票號有一套完整的制度，諸如事業創立制度，人事管理制度，待遇福利制度等。票號之發展與成功，頗有賴於良好之制度。制度之建立，係經過多數人的智慧，和長時間的經驗累積而成。迨制度建立後，則後之來者，遵循制度，駕輕就熟，事半而功倍。在各項制度中以人事制度最爲人所稱道。其要旨如下：（一）選拔：以年十二至十五歲，資質優秀，體貌端正，家世清白者爲必具條件。（二）訓練：分爲基本訓練與業務實習兩階段。在基本訓練中包括教育、勞作兩部份：教育部份有讀書、習字、應用文牘、帳簿計算等項；勞作部份則包括洒掃、炊爨、內務整理、環境佈置、採購、傳達以及日常生活雜務事項等。業務實習分爲櫃臺實習、會計實習、內勤業務實習、外勤業務實習，以及分發駐外分支機構實習。其順序與經歷時間，大致爲：基本訓練與業務實習，各爲三至五年。每人經歷時間雖不盡相同，但每一步驟與每一項目則絕不能躐等而進。猶如今日學校之課程學分，必須修滿者然。其目的在使每一成員，從起碼的日常生活到整個業務，均經嚴格學習與體驗，以具備手腦並用，內外通達的充分知能條件。易言之，要把每一份子塑造成一個水準，一定功能、一樣模型的健全個體。

談到待遇，大致是在最初入號三、五年內，亦即基本訓練期間，根本無待遇可言；有之，則爲數目很少的節賞。在此期間，衣服及零用錢，均需由家庭供給。三、五年後，亦即業務實習開始，才有少數「給與」，通常爲二三兩紋銀起。其後隨年資而增加每年增加一二兩至三五兩。一個任職二十年以上「成熟」職員，每年給與亦不過二三十兩；但關鍵不在「給與」而在「分紅」（俗稱吃生意或頂生意）。分紅的標準，是以能力，年資，工作成績綜合評定，給予一定的比率。分紅所得比給與要超過甚多。大抵票號的同一個職員，至三十歲後，在正常情況下，維持數口之家的生活，是不大成問題的。

再說休假：票號從業人員絕少有帶眷屬的，彼時交通不便，距家較遠者，三至五年休假返里一次，每次可休假三至六個月，折算起來，約算於每年休假一個月左右。迨六十歲後，有了接班人，則增多家告休假時間，以至半數時間在家休息，半數時間在號服務。資歷更深年事更高者，則更多時間在家休假，甚至全部時間在家休養而待遇仍舊，以迄終身。如有特別功績者，歿後並有相當時間之「恩給」。

票號對同人福利，非常重視。以休假爲例：號方對休假人員，列有時間順序表，事前通知應休人員準備，啓行前日，盛饌餞送，所有交通工具及旅途必備物品，號方均一一爲之安置妥當，沿途站埠，如有分支機構或關係行號者，分別通知其屆時接送照料，迨抵達家鄉地方後，須先到附近之「老號」或姊妹單位報到，仍由該處盛饌招待，準備交通工具送其回家，倘距離不是過遠，雖星夜亦必趕送回家，蓋體念遠行歸來，思家心切，不令稍予躭誤也。

六、嚴厲的紀律

票號的紀律，稱爲「號規」號規如軍令，具有不折不扣之絕對性。違犯號規者，不論高級低級，依規處罰，不稍寬宥，亦無例外。處罰等級，視所犯情節輕重約分爲警告、申誡、停止增加給與，開除等。從前面談的休假一事看，固可見號方對同人福利設想之無微不至，但另一面同時亦可見號規之嚴格：如休假人員啓程時與最後抵達老號或姊妹單位時，例須檢查行李，旨在防止携帶違禁品及其他不許携帶之物品。又如休假人員假滿返號時，第一步仍先至附近之老號或姊妹單位報到，其照料方式程序，仍然是盛饌招待、檢查行李，預備交通工具送其上路。但必須依限報到，不得有一日之稽延，風雨無阻。

閻公伯川生前談及家庭教育與社會風氣時，曾說過下面一段故事：太原一票號之學徒某甲，少不更事，被號方發覺涉嫌舞弊，正在查處間，某甲懼而逃逸，號方通知關係人及其家庭，數日後，其母深夜聞叩門聲，乃於門內詢問爲誰？某甲答以兒歸，母涕泣而告之曰：兒事余已知之，余茹苦守寡，實有望於兒耳，骨肉相連，余豈不憐念於兒耶？奈吾家累世清白，如匿兒不報，人其謂母何？且整個家聲自此斷送淨盡矣。倘由兒自了（意令自殺），不累及家，則兒雖不救，家聲尚可保持，余言已盡，兒其速去自處，卒未開門。某甲旋即自戕。由此一故事，可見社會上對於票號的紀律，是如何的重視與認識，對於票號從業人員的名譽是如何的善爲維護，而票號紀律的森嚴，執行的徹底，也可想見一斑了。

上面介紹票號的優良作風，有些並非票號所獨具，昔時一般商業均係如此，如商業信用與道德，凡屬正當商業莫不十分重視，不過票號表現得更完整，更確實，更突出而已。

在經濟繁榮企業發展的現時代，商業信用與道德，依然有其絕對重要性，但由於社會情況急速變化，功利主義畸形發展，有些狡黠之徒，爲了賺錢目的，不擇手段，往往使用詐欺，誑騙以及其他不正當方式，只顧一時，只知肥己，簡直不知信用道德爲何物，危害社會國家，影響甚大，若與票號比較，不啻是一個尖銳的對照。鑑往衡今，懲前恐後，非常值得注意與研究。這也是本文提出的動機之一。

花谿憶往

王大任

一、錦繡才人大轉變

我在重慶花谿工作四年又半，所屬單位是侍從室通訊組，當時通訊組所負的責任是批答中訓團黨政班受訓學員的通訊報告，黨政班受訓學員按海內外自由地區劃編通訊小組（敵後另行編組），並規定定期集會，由所在地高級黨政軍首長担任指導員，負責考核與督導。至於學員個人方面，不僅要出席會議，而且每兩個月要與侍三處通訊一次。通訊內容包括工作概況、地方政黨動態、社會分析、自我檢討、讀書心得與建議事項等。其中優秀之通訊，事關治平大計與政經興革，而有卓越見識之建議；每週必呈委座親自核閱。其中使我印象最深者為西北陝甘寧邊區某集團軍少將總參議吳石的通訊。渠有關：「共黨陰謀叛亂及其對策」的研究報告，極為精湛！該文洞燭機先，見解深刻，不獨文情並茂，抑且有胆有識。我當時經辦此稿時驚為得未曾有。於是簽註「擬彙呈委座」字樣，經主任批示「可專呈」，於是將原稿一字不改的專案呈閱。嗣經委座親批「繼續研究」，繼又批「嘉勉」兩字。此文我曾經錄一副本，以作參考。自此在我的心目中的吳石是一位憂國志士與錦繡人才。使我對吳君的印象，經久不能去懷。後來勝利還鄉，我當選東北區立法委員，於民國三十八年四月下旬赴南京開會，偶而在鄉長王潤生先生府上碰見老友王醒魂，醒魂陪着一位壯健的中年人坐在王府客廳，承他介紹我和這位陌生人見面，這便是我意念中的憂國志士；現在史政局局長吳石將軍。我乍聞吳君之名，立時呈現驚喜的神色，當即詢問對方是否在幾年前曾與侍三處通訊提出「滅共」建議的吳石？對方連稱是我以後，我立即伸出友誼之手，誠懇的表示曾奉命復函嘉勉，並傾吐個人仰慕之忱！最奇怪的是當大陸撤守政府遷台的初期，身為國防部參謀次長的吳石，居然私通共黨作起出賣自己政府的勾當！有人說是受了投共政客何遂的煽惑，這個一百八十度的大轉彎，眞是令人匪夷所思，無法相信。

據說：吳石在執行死刑以前，曾向總統肖像行三鞠躬禮，連說自己該死，這是良心最後的發現。記得少年時讀左傳，對魯桓公弒其君一段歷史，印象最深。史稱某大臣密諫魯隱公，謂桓公為王位繼承事不平，勢將不利於君。隱公回答說：我已在菟邱營建宮殿，不久即將讓位於彼。這位大臣看到自己意見沒有被採納，恐懼一旦言語泄露，將不利於己，於是又去游說桓公，勸其弒兄以謀自保，這位利慾薰心的桓公果然幹出大逆不道的事。這一錯綜矛盾心理，造成了倫理悲劇，也造成了歷史悲劇。吳君「小有才而未聞君子之大道」，可能也是這種卑劣矛盾心理作祟，一念之私，身敗名毀，未免太可惜了！

二、人才濟濟通信組

花谿通訊組（後改通訊處）同人，大都學有專長，經驗豐富，包括組長吳鑄人，副組長熊公哲、劉藺陔，組員錢範宇、翁德、程方、斯頌熙、汪經昌、邱纘祖、張鴻漸、余振翰、王祖薰、孫安嶺、陶靜于、閻振譽、馬彭驥、鮑光祖、蕭廷奎、張憲、郭鐸、游芳敏、方家慧、鍾自若等，皆係一時之選。每日早上八點準時辦公，每人每日平均要答覆通訊數十件，學員閱讀範圍極為廣泛，所提出的問題也包羅萬象，辦理通訊不能不博覽羣書，遇到不能解答的問題要向專家請教，花谿幾位組長、秘書、專員都是各有所長的專家。有時遇到飽學而見解偏激的學員，函件往來，反復辯難，多有在三、四次以上者。有一位康棟學員，與熊公哲先生作學術辯論在十次以上，終於為熊先生的淵博明通的學問所折服。我在花谿工作期間，奉命整理「奸匪宣傳對策」、「淪陷區收復後之重要問題彙編」、「中共問題研究」等要件。力職之餘，從事寫作，兼為益世報，東北前鋒撰專論、益世報東北講座由趙雨時先生主持，我被聘為特邀編撰，前後發表之專案研究，計有：東北省區劃分芻議、光復後東北地區教育重建計劃、戰後東北社會救濟問題、戰後東北經濟問題、戰後東北治安問題等重要方案多種。大半取材於內外學員貢獻之資料，對於後來東北之接收工作，曾有些許之貢獻。

果公用人唯才，毫用門戶之見，幾位組長作風相似，鑄人先生尤喜引用優秀青年同志，通訊組年在三十歲以下之少壯派共有六人，除馬彭驥已有高就，郭鐸、游芳敏到來較晚外，鮑光祖北大畢業，以善擺龍門陣著稱，英文造詣頗有基礎，蕭庭奎師大畢業，為地學專家，書法端秀可喜。鍾顯堯政大畢業，為湖南才子，平日與某夫人形影不離，為同人所艷羡。我和顯堯年歲相同，又同在一室辦公，公餘偶暇，每以打油詩互相調笑。某日顯堯兄忽以西江月詞惠贈，原詞是：「學入神機妙算，人如月霽風光，公餘對坐唱西江，程度愧難一樣，正是春秋鼎盛，相期事業方長，提攜砥礪共飛皇，小弟眞存厚望。」我也塡了一闋西江月，還贈顯堯。那詞是：「身世重重憂患，人間處處風濤，三生有幸遇英豪，同德同心同道。自慚才疏學淺，敢當報李投桃，前程萬里路方遙，莫遣韶光空老！」顯堯於三十二年元月二十八日離開花谿，我以滿江紅詞一闋贈別，詞曰：「二載棲遲，南泉路喜逢英傑，最難忘新詞頻唱，五中同熱，肝胆赤誠當世少，乾坤正氣憑誰作？願此心此志永無間，如石鐵。君賢達，能奮發，我駑鈍，須鞭策，但矢勤矢勇進德修業，燕雀安識鴻鵠志，丈夫寧忍終淪落！滿江紅一曲寄知音，情眞切。」大陸陷共，顯堯未及逃出，聞已被殺害，回首前塵，不禁擲筆三歎！

三、優異突出區分部

抗戰期間，中央黨部考核全國黨務工作，省級黨部方面，經常是軍委會特別黨部獲到第一名。基層黨務的考評則以隸屬軍委會特別黨部的花谿分部最為優異。花谿分部何以突出？突出在具有實事求是精神。當時分部委員諸如姜、吳、梅、仲等人都格外負責，小組按時開會，認眞討論問題，筆者數任小組書記，每次整理紀錄，原有表格無法容納，例必用十行紙繕寫，作為副件。在舉世滔滔競尚形式之際，花谿同人獨以樸拙作風矯正虛偽。曾國藩以「良心與血性」轉移政風，以「少大言而多條理，有鄉氣而無官氣」為考核人才準繩，花谿同志如有特點，亦不過能腳踏實地與鄉氣較濃而已！

戰時陪都，物質缺乏，幾乎兼旬不知肉味，每逢年節關頭，宰殺飼養之毛猪，公平分肉，不爽毫厘，皆由異生先生主持其事。侍從室於工作人員素有供膳的規定，例由厨人辦理，同人均苦不得良膳，嗣經羣推異生為主持人，異生辭退厨師，改由官兵中能炊事者七八人接辦，並約法三章，躬自督導，數日之間，成效大著。此一成效，一直保持標準到抗戰勝利花谿工作結束爲止，這是任何機關所辦不到的事！每憶戰時生活，艱苦萬分，而花谿同人獨能每餐有荷包蛋可吃，每週有牙祭二次可打，這是涓滴歸公不受剝削之所賜，也是果公知人善任的一證。我對此事深有所感，我的感慨是，人人自承擁護領袖，但眞能貫徹 領袖訓示的人爲數不多。三十年來，各種文武訓練機關，無不閱讀總統訓辭，據我的體驗，研讀總統訓辭不難，眞能實踐 總統訓示則頗爲不易，能實踐總統訓示短暫時間不難，但長期實踐，認眞貫徹則甚難矣。若異生先生的勇於任事，數十年不改書生本色，是一位眞能實踐 總統訓示的人，值得我們由衷的欽佩！

四、慷慨憶往無限情

南泉爲著名風景區，山青水秀，鳥語花香，每值早晚上下班，搭乘處船，蕩漾於花谿水中，靜聽幾位年長同人談天說鬼，或邀二三知己沿溪漫步，藉以欣賞層巒叠嶂的雄奇，每讀清人詩句：「幾間茆屋臨流水，一路松風嚮杜鵑」，則南泉花谿的風姿宛然如在目前！無可諱言的，抗戰階段生活雖苦，精神方面確有至樂。今日生活雖較昔年抗戰爲佳，但情緒苦悶則遠過之。自從大陸陷共，屈指業已二十五星霜，「未甘孤島從容老，豈有江山一擲休？」這是筆者己丑暮的感懷詩句。「昔日孩提皆長大，憔悴青衫紅粉。極目哀鴻，驚心烽火，砍地猶餘憤！」這是筆者庚子除夕感懷的詞句。「礪兵秣馬復仇切，問臺員廿年生聚可曾偸活？死裡求生洵至理，誰懍冰霜勁節？」這是筆者在金縷曲中憂心黨國的警句。總之，久客天涯，親朋阻隔，在百無聊賴中回憶一番，未嘗不是消愁良法，安得樓船橫海，錦帆歸去，重遊寤寐縈懷的抗戰聖地，尋覓已逝的年華，再溫青春的綺夢，在來日的悠長歲月中，此一不平凡的希冀，未卜果能如願以償否！

日全蝕奇景

秦保民

我觀賞日蝕，是民國三十年（一九四一），地點是西安，詳細日期，已經記不清了，大約在農曆七月初，正是西北「秋老虎」最熱燥的時候，正全蝕的時間是八分零七秒，從初蝕經全蝕到太陽的完全「復員」，約兩小時，據說是有史以來時間最長的一次日全蝕，又據說自那次以後，要經過四百年，中國才可以看到第二次。那次觀賞日蝕最標準的地點是甘肅的曼坪，其次便是西安，那時正值我抗戰最艱苦的時候，中國人本身，除了恰好在陝甘兩省適逢其盛的幸運兒之外，雖有此良機，也很少有人具此財力時間和心情，能夠遠道趕往參觀，而我，正是這些幸運者之一。但洋人則不然，他們爲了觀賞這千年難得一見的偉大奇景，大都不遠千里，自歐美、自蘇聯，一窩蜂趕到這個地區來，由於曼坪太荒凉，根本沒有食宿之所，所以除了大批科學家，帶了帳篷飲食和各種儀器，前往曼坪，從事觀察研究外，其餘大都在西安觀賞，爲這寧靜的古都，帶來一陣畸形的繁榮。

日蝕大約在上午十一時許開始，大家因爲陽光刺目，不能注視，紛紛另打主意，有人將玻璃的一面，用黑墨塗滿，從另一面去看，但仍不免反光刺眼，最好是用大木澡盆貯滿清水，從水中看倒影，清清楚楚，一目瞭然。太陽的陰影，是慢慢推進的，最初是細細的一線，接着就越來越大，陽光則隨着陰影的擴大，而逐漸暗淡，氣溫則隨着陽光的暗淡，而一步一步的降低，當陰影遮過太陽面積三分之一的時候，奇跡出現了：由日光投射到地面的樹葉的影子，開始零亂，由原始的一層而一層一層的加多，一層一層的分散，最高潮的時候，竟達五六層之多，第一層色最深最濃，第二層較淺，第三層更淺，到第五六層就只有淡淡的一抹，記得我曾伸出手掌，叉開手指，結果我的手指的影子，也和樹葉一樣，多達五六層，由深而淡，五個指頭，竟有廿五個影子。我又曾用凸凹放大鏡去測日光的焦點，結果焦點根本不能集中。

陰影遮過太陽面二分之一以後，光線與氣候的反應，就更爲強烈，陽光越來越暗，顯得非常淒凉，氣溫不斷的往下降，酷熱的溽暑，一變而爲秋凉，凉颼颼的有種陰風慘慘的感覺，最後，整個大地都陷落在黑暗的深淵中，看不到一絲陽光，氣候也像深秋，凉氣極濃，太陽已整個被那魔鬼似的陰影吞沒，每個人的心頭，都感到沉重的壓力，情緒抑鬱而惶惑，和一陣陣莫明其妙的恐怖和迷亂，好像人類已經到了末日，見不到一點生氣，連狗和貓也亂叫亂跳，煩燥不安。雖然這只短短的九分多鐘，即像一世紀那麽長，令人感到特別難捱，眞個是「山中方七日，世上幾千年。」及至陽光普照，一切恢復正常的時候，我不禁有「再世」之感。

西安的鴉陣，舉世聞名，是西安奇景之一。差不多快一萬隻的烏鴉，齊集在皇城裡，每天黎明，即聒噪而起，結隊而去，黃昏時候，又成羣集隊而回，準時去來，絲毫不爽，白晝在西安城內，則絕對找不出任何一隻烏鴉，當牠們出去或歸來，都是黑壓壓一大片，幾乎遮過半邊天，牠們早起聒叫喧騰，吵遍西城，令西安市民沒有「不早起」的自由，黃昏歸來，在皇城內任意徘徊，行人過往，根本不怕，天一點便靜悄悄的休息，一點聲音也沒有，眞是西安市最好的作息時間表。日蝕那天，蝕近一半的時候，烏鴉羣居然像平日的黃昏一樣，結隊歸來，到全蝕的時候，又一如往日的過夜，寂靜無聲，及至陰影吐出太陽約三分之一的光景，烏鴉羣認作黎明，鼓噪而起，匆匆而去，其他的鳥類，也紛紛從巢裡伸出頭來，互相呼喚，好像告訴大家：天明了。

在日全蝕整個過程中，最美麗的時間，是全蝕之後陰影開始退除的那一剎那。大家經過八九分鐘完全黑暗的生活，情緒正沉浸在惶惑而恐怖的壓力中，突然，在遠遠的，遠遠的高空上，慢慢的靜靜的射出了一線光絲——我之所以用「線」和「絲」，正欲說明那光是多麽細細的，這光雖然細，但是很強，尤其是在整個黑暗的宇宙中，更顯得明亮，縷縷光芒，照澈了這大千世界，當這光線射出來時，所有的人人都不約而同的「啊」了一聲，這一聲充分顯示了每一個人心頭的喜悅和精神壓力解除之後的舒暢，隨着這一線光芒，大地重新恢復了生氣，當大家正爲這太陽之神的「脫險」而歡呼時，天空的景色更美麗了，陰影退在約八分之一的光景，天空中五顏六色，霞光萬道，有金黃、有大紅、有銀白、有淺紫……還有五彩繽紛後面，那一片空濛的乳白，朵朵彩雲，隨着這些五顏六色，而時時變換着它的霓裳，時紫、時綠、時白、時黃，由於薄雲的反射，在各雲朵的相隙之間，又有許多小朵碎雲，有玉白色、有翠綠色，有紫色，像一片片琥珀、瑪瑙或是支支珊瑚般的翠玉色，整個天空，成了一幅多姿多彩的圖畫，又像一幅電光立體繪製的舞臺，高高的懸在天空，神秘而又羅曼蒂克，人們都爲這偉大的景色迷住了，大家凝着神，靜着氣，瞪着眼，直望這景色發呆，除了偶爾一兩聲讚美的驚嘆之外，也是一點聲音都沒有，好像將剛才黑暗的一段，完全忘記了，直到陽光普照大地，狗也叫，鳥也鳴，民間鳴鑼擊鼓，大放鞭炮，慶祝大地回生，太陽脫險，人世間的一切，又完全恢復正常了。

斯坦因與伯希和

・實齋・

斯坦因一共到敦煌「莫高窟」去了五次，其中最有收穫的兩次是：（一）清光緒二十三年（一九零七年）五月，以四十塊馬蹄銀的代價，向王道士騙取了二十四大箱的古寫本，和五大箱的繪畫繡織品。（二）民國三年，又以五百兩銀子的代價，向王道士騙取了五大箱的寫卷。斯坦因在我國偷盜出去的國寶，前後五次，共計有：織繡品一百五十多件，繪畫五百多件，圖書、經卷、印本、手寫本六千五百多卷；每一件都是無價之寶。

當斯坦因把他的第一批贓物，從中國的敦煌運到英國的倫敦時，已經是光緒二十四年（西元一九零八年）了。斯坦因搖身一變，以學者專家的身分，在英國的「皇家地理學會」，作了一次專題演講，把他自己在敦煌得寶的經過，大大的吹噓了一番。這麼一來，不但斯坦因自己身價十倍，那荒漠無人，誰也不注意的中國西北沙漠中的敦煌，馬上就成為全世界考古學家和投機家注意的焦點。

伯希和敦煌盜寶

編選「敦煌圖錄」

在這些人當中，有一個正在東南亞的法國漢學家名叫「伯希和」的，聽到了斯坦因這個盜寶的故事以後，也動了野心，就在同年（西元一九零八年）的七月，從越南匆匆的趕到了敦煌。他到了敦煌以後，就和他的探險隊員，住在莫高窟的「中寺」裡。他除了每天到「下寺」的王道士那兒，選購經卷以外；把其餘的時間，都用在給莫高窟編號這件工作上。他們用白漆把莫高窟的全部石窟，都編了號；然後按號把石窟裡的壁畫和塑像，都一幅一幅的照了像，因為這些壁畫是搬不動的。伯希和回到法國以後，就把這些照片分類編選，陸續付印，到了民國十三年，才全部出齊。這部大書的名子叫「敦煌圖錄」，是用珂羅版精印的；共分八集，包含三百七十五幅照片。在目前來說，這部書，是有關敦煌壁畫、塑像，保存得最早又最完備的圖錄了；因為在伯希和照像以後，敦煌石窟在最近幾十年裡，又經歷了無數次的破壞和被人盜取，很多的壁畫和塑像都已殘破不全了。

伯希和對於漢學很有修養，他懂得很多中國東西。因此他從王道士手上騙去的中華國寶，幾乎都是精品；尤其是關於語言學和考古學方面的資料最多。他付給王道士的代價是一個元寶一捆——一個元寶的重量是五十兩，但是一捆絲織品、刺綉品、圖書、經卷、寫本的重量是多少呢？那就沒有一定了，少則五十斤，多則一百斤。總而言之，是一個騙局！

總計伯希和在敦煌運走了六千多卷抄本，還有很多繪畫和繡織品。這些寶物現在都分別收藏在法國的國民圖書館，和另外兩個博物館裡。

滿清政府學部

命令敦煌知縣清查經卷運省

伯希和以一個元寶、一捆古物的代價從王道士手上，騙走了幾千件中華國寶；然後帶着這些寶物，大搖大擺的從敦煌取道北京，回轉巴黎。伯希和跟斯坦因的作風完全不同：斯坦因作賊心虛，是悄悄的把那些偷取到手的寶物，偷偷的運到倫敦的；伯希和以學者的地位自居，不但不隱藏他的身分，反而到處宣揚他自己得寶的成績。他到了北京以後，又跟中國的學者羅振玉、王國維這些人會面，還把他所得的這些珍奇的古寫本，拿出一部分來給羅振玉看。經過了中國學者、古董商、和報紙的宣傳，敦煌發現國寶的傳說，立刻就震動了中國的學術界，也驚動了顢頇的滿清政府。

這個時候已經是宣統元年，也就是民國紀元前三年（西元一九零九年），滿清政府的「學部（等於現在的教育部）」才撥出了六千兩銀子作經費，正式下命令給敦煌知縣陳澤，叫陳澤把敦煌莫高窟裡所有的經卷，全部清查搜集，運到甘肅省城裡去。

王道士的轉經桶

蒙上了神秘色彩

中國衙門的傳統，向例是雷聲大，雨點兒小；而且他們的辦事妙訣，只是「等因奉此」的公文程式。因此「學部」的公事一層一層的轉到敦煌知縣手上，敦煌知縣也就照例的把公事轉給王道士。王道士呢，也妙；他沒有辦法再推給別人了，於是他把藏經洞裡的寶物，分為三部分：第一部分是他認為最好的，最值錢的，將來可以跟洋鬼子換銀元寶的；他就把這些寶物秘密收藏起來。好在「千佛洞」有的是山洞，他只要想法藏在一個人跡不到的洞裡，別人就再也找不到。第二部分他認為是普通貨，可以拿出去作人情，送給來往的大官、施主的；碰到古董販子，也可換兩個錢。他就把這些東西分裝在兩個大木桶裡，叫做「轉經桶」。轉經桶本來是喇嘛的玩意兒；王道士就摹倣喇嘛教的轉法，也來了這麼一手。這些東西既然變成轉經桶的神物，就自然的蒙上一層神秘的色彩，一動就有大禍臨頭，誰也不敢碰他。第三部分，在王道看來，是最不值錢的東西，因為斯坦因和伯希和他們，誰也瞧不上眼，可見換不出錢來。於是他就把這一批東西，捆捆紮紮，裝上大車，由千佛洞送到敦煌縣衙門去交差。

學部雖然發下了六千兩銀子作經費，但是一層一層的轉下來，最後到了敦煌知縣手上，大概也到不了一千兩了；王道士呢，不但一個錢沒拿到，反而貼了不少搬運費。因此，他對於這些東西，並不熱心，誰願意拿就拿，搶就搶。據說這些運國寶的大車，在敦煌衙門的大門外，就被人順手牽羊，拿去了不少。一進衙門，那還用說，三班六房還不坐地分贓，瓜分掉一大部分？

敦煌國寶越變越多

那時候，敦煌的知縣是陳澤。他奉到層層轉下來的公事以後，就照樣「等因奉此」的命令住在莫高窟的王道士，叫他自動的把洞裡的藏經，送到敦煌縣衙門裡面來。縣太爺既然懶得親自到莫高窟去清查，王道士還有不把值錢的東西私自收藏起來的道理？因此在五年以後，也就是民國三年（西元一九一四）袁世凱當大總統的時候，斯坦因第五次來到敦煌，又從王道士手上騙走了五大箱寶物。如果王道士當眞把全部的寶物，都送到敦煌縣衙門裡去；哪兒還會有五大箱的寶物，偷賣給斯坦因？敦煌知縣陳澤，在收到了王道士送來的寶物以後，跟着就把這批東西，解送到甘肅省城——蘭州府。據陳澤的報告，說這些經卷，一共是六千「卷」。但是每一「卷」究竟有多長呢？多重呢？根本沒有一定的標準。因此在陳澤手上的一卷，到了知府大人或巡撫大人手上，也許用剪刀一剪，就變成了十卷、八卷。

就因爲這個原故，這批寶物，經敦煌縣城送到甘肅省城，再從甘肅省城轉送到皇帝所在地的北京城的時候，數量不但沒有減少，反而越來越多——從原來的六千卷，變成八千六百九十七「號」了。等到民國十八年，從「京師圖書館」移交給「北平圖書館」的時候，更從八千六百九十七號，變成了九千八百七十一號，突然增加了一千多號出來。這還不算稀奇，更稀奇的是，除了公家的收藏，號數越來越多外；古董商人和大官手上，也不斷的有這些寶物出現，他們又從哪兒弄來的呢？誰也說不清楚，可是大家心裡都明白。

片紙隻字都是無價寶

這收藏在北平圖書館的九千八百七十一號寶物，都是用中國文字寫的經卷；其中包括佛經四百四十多種，今天看不到的古書注解有好幾十種；另外還有晉、魏時人的寫本一百多卷，不但紙張堅韌，書法尤其可愛。還有許多儒家經典，跟現在市面上流行的刻本，內容有很大的出入，那對學術上的價值就更高了。不說別的，單是那些隨便寫在紙張背後的日常帳目，做生意的契約，以及通俗的歌詞，都是歷史學、考古學、和社會學上的無價之寶。

敦煌文物發現對中華文化的貢獻

自從清朝末年敦煌莫高窟石室，發現藏寶之後，其中的文物，經晚近中外學者的不斷研究，數十年來成爲一種專門的學問——「敦煌學」。

「敦煌學」在學術上的貢獻，是在中亞歷史、地理、語言、種族、社會、經濟、宗教、文學、藝術等方面。使我國中古時代對外關係史中的最重要部分，即我國對西方的關係史，增加了不少新的史料，使我國本認爲已散佚的許多古代文化典籍重複出現，使不少經過年多流傳而已雜有譌誤的古籍獲得校勘，使已不爲人所知的多種古代語文重新獲得認識，使我們又能讀出不少漢字的古音，使我們更了解漢代西域的地理情形和軍事設施，使從六朝歷隋、唐、五代的中國藝術史獲得更多眞蹟的證實，使我們更能體認漢族經營邊陲事功的偉大！同時，也使佛、道、景、摩尼等宗教添了不少的新史料。

敦煌卷子爲「敦煌學」的主要部分，因爲敦煌卷子出自密室，內涵極爲廣泛。而在時間方面，有年號的卷子，則遠自西元四零六年起，至九九五年止。比起殷墟所包涵的時代，從盤庚到帝辛的二百七十三年，大有後來居上之勢。

寫本中的四部要籍

敦煌石室發現卷子中的四部（經、史、子、集）書，是特別具有普遍和廣泛的用途。當清末民初（宣統元年，民國二年、六年）之際，伯希和氏曾以所獲部分四部書的照片寄贈我國學者羅振玉、蔣斧諸人，羅氏即據以影印敦煌石室遺書、鳴沙石室佚書、鳴沉石室古籍叢殘等，國人之得見古籍內容，實自此始。當時學者如王國維、繆荃孫、劉師培、曹元忠等對於此項古籍的流傳，均極重視，且相繼爲之撰述提要，貢獻極大。

寫本中的韻書

石室發現的寫本和刻本卷子中，韻書的數量都很多，可惜這些卷子幾乎全部流到外國去了。據非正式的統計，巴黎所藏爲最多（約近三十卷），倫敦、柏林次之；我國又次之。法、英的藏本，則以P. 2011號及S. 2071號兩卷最爲完整。

民國三十年，有人竭三年之力，把海外所藏韻書彙輯考訂，纂成「敦煌韻輯」三十四卷，共收三十三種，計原卷摹本二十七種，附錄六種。此編以上述伯希和二零一一及斯坦因二零七一兩卷作中心，而爲考論各卷的標準；以定其先後繁簡，以求其爲陸本，爲長孫本、爲王本、爲唐末本、爲北宋本，創獲甚多。

寫本中的佛教古籍

石室中的四部書及其有關典籍，絕大多數均已流入法國和英國。我國收拾殘餘與流落民間的，除京師圖書館（後改爲國立北平圖書館）舊藏還有一部分不是佛教典籍外，其他像國立敦煌藝術研究所、國立中央圖書館以及一般私人藏品，其中百分之九十以上，全是佛教經典。如果再加上海外（法、英、日、美、德等國）所存，則佛經數量當在道經卷子之上。

敦煌所出佛經古卷子，雖多流入法、英，但據以考校勘者，則中、日兩國學人的成績爲優。尤其是日本學者，多以治佛教或佛教史名家（如塚本善隆氏近著敦煌佛教史概說一書），所獲極豐。

敦煌寫本變文

爲唐代俗文學重要研究資料

「變文」爲我國的文體之一。儘管它形成的初期，是隨着佛教由印度輸入的俗文的一種，但經過長期的演變和陶鎔，統制我民間文學達千餘年之久，我們自己亦不妨稱爲中國的固有文體。

「變文」一詞，在六十多年前，知道的很少。自石室藏經發現後，始漸爲世重。變文的體裁，是以詩歌與散文合組而成，與俗文相似；但變文的主旨，則在敷陳故事。故事內容，則多採取佛經或中國原有的故事，重加敷演；使變爲通俗而生動，故曰「變文」，說實了，也就是新興的文體，是從散文變化而來的，所以就叫「變文」。變文的動機，有的是爲了弘揚佛教的教義，就把散文連綴韻文，去描寫佛經裡的故事。有的是採取民間的小說體，綴入佛曲。無論前後兩種，皆是生動而流利，便於演唱的作品。

變文與俗講文學，雖盛於唐代，但類似這種文體的，以述說民間故事爲主作品的遠源，却可上溯到漢魏間的著名賦篇，遺傳到後世的作品，儘管出於當時名士或貴族者居多，但也有些民間流行的白話賦（如敦煌發現的韓朋賦等，就是這類賦體僅留的型式。）篇，可惜都已失傳。……

變文起源不僅源遠，而且也說得上流長。因爲自唐以來，許多新興的文體，受着「變文」的影響，就永遠組成了散文韻文合組的格局。講唱變文的僧侶們，在傳播這種新的文體結構上，是最有成績的。「變文」的韻式，至今還爲「寶卷」、「彈詞」、「鼓子詞」、「諸宮詞」所保存，眞所謂「源遠流長」了。

「變文」的興起以迄宋初，其演唱地區，大都是在宮中和寺院裡，當時的僧侶們，曾籍「變文」爲宣傳利器，大事宣揚佛教，直至宋眞宗時，宮中和寺院的演唱才被禁止。於是「變文」的演唱場所，遂趨向民間，深入鄉里。同時，更改名爲「寶卷」，因此與一般的社會娛樂，並駕齊驅。在啓發民間新興文學的觀點上說，我們應該感謝宋眞宗的禁令。因爲這樣一來，使得它的領域更大，聽衆更多。並且，從此導致宋（中葉以後）、金、元三朝民間文學（如鼓子詞、諸宮詞等）的蓬勃發展。

當「變文」初出敦煌時，我國學者如胡適之、劉半農等，對於此一新發現的文體，均極感興趣。劉氏於民國十四年，首先把法京所藏變文卷子抄出，印入敦煌掇瑣。稍後有向、王二氏復將倫敦、巴黎藏品攝影以歸，存在北平圖書館。向氏且撰有唐代俗講考。另有鄭氏在其所著俗文學史中列有「變文」專章。自此以後，我國治敦煌學者，對於唐代俗文學的研究，又邁進了一步。

敦發現最早印本的金剛經

敦煌所出卷軸，寫本最多，印本次之，印本而有年代者，又次之。今僅介紹我國最早雕板所印的金剛經一卷，至今仍保存完整者：

敦煌石室所藏的印本「金剛般若波羅蜜經」一卷「（現藏倫敦不列顛博物院。全書本文六葉，各葉連黏爲一卷，形成長幅手卷式，共長約十七英尺半，寬約十英寸半，每葉長約二尺半。紙質普通，近乎白色。）首頁爲雕版印畫，釋迦佛坐於正中蓮花座上，對其老徒弟須菩提長老作講話狀。雕板印畫後，係雕板所印金剛經全文，是鳩摩羅什所譯的經文。經首冠以淨口業眞言，經末亦附印眞言。眞言後，有刊印年月日一行，文曰：「咸通九年四月十五日王玠爲二親敬造普施」。

關於我國的雕板印書，究竟起於何時，中外學者們的說法不大一致，但是據近學者的考據，認爲「中唐」以來，刻書之風已很流行。證以古書載籍所記，則我國雕板印書，至遲也應當開始於「盛唐」的時候。唐刻印本之傳世者，除成都府卞氏刻本陀羅尼經咒外，實以此咸通九年（八六八）王玠所施印之金剛經爲最早。此卷不但完整無缺，而雕版印畫及板印文字，均極精細。由於此卷的發現，就可以證明當時雕印技術的精良，更可推知咸通以前，雕板印書的技術，已早風行。

閃擊密支那之憶

——謝子清——

美援新軍盡美裝，嫖姚天將震大荒；
胡康河谷殲胡虜，臘戍山頭「啃臘腸」。
蜚聲盟邦誇印緬，解救英旅仁安羌；
登高日落時回首，猶憶當年殺氣狂。

（「啃臘腸」爲當時戰術名詞，「仁安羌」曾解救八千被困英軍）

這首七律詩，是我回憶印緬戰場的有感而作。中國遠征軍，自民國三十一年，由雲南的昆明機場空運至印度的雷多，接受美式訓練；及配備嶄新的裝備後，於次年的十月，開始向緬北發動攻勢，在盟軍協同作戰下，翻越野人山，進軍胡康河谷，克于邦、臨濱，穿透孟拱河谷，佔拉班，加邁，孟拱，閃擊密支那，強度怒江，掃蕩臘戍，奪取八莫……至三十四年一月，與滇西南下的大軍，會師於苗斯。大小百餘仗，足足血拚兩年有餘，消滅十餘萬的精銳日軍，打通中印公路，使國內獲得盟邦的物資供應，提前我軍全面的反攻。「草鞋兵」揚威異國，爲中國神聖抗戰，寫下最光榮的史頁，筆者有幸，亦附斯役，尤其特別對那奇襲閃擊密支那的攻城戰，印象更深；同時在過次戰役中，有三位追隨我多年的「老表」戰士，壯烈殉國，數十年來，一直耿耿於懷，故在他們殉國紀念日，（三十三年五月二十五日）作是文，以爲追思與悼念。

敵人在密支那的部署

密支那是緬甸北方一個重鎮，也是當時日軍佔領印緬的戰略要地，由此進兵，可以深入我國的西南腹地。位於中緬交界處不遠，伊洛瓦底江，環城而流，高聳六千尺無法通行的野人山，作其天然屏障，公路鐵道，北通騰衝，南通孟拱，城郊的飛機場，可供各型機種升降，全城皆爲森林街市，商業亦甚發達，垣廓堅固。日軍於民國三十年，就佔領了這個重鎮，由最精銳的五十六師團，駐守這裡。花了近兩年的時間，構築永久性的防禦工事，地下坑道縱橫，堅壘密佈，彈藥糧秣，儲存充足。其部署，是以一一四聯隊第二大隊，分佈於孫布拉蚌，索渣舖，彭根英根，傍利等外圍防線。以一一三聯隊的第一隊，據守密支那城區核心及宛昌；另以一大隊，在瓦崗及馬未央，為犄角之勢。並且所有各防線，皆配備有野戰砲，自動火器等精銳武器，眞可謂是銅牆鐵壁，摧不毀，攻不破的天塹。企圖阻止我打通中印交通；及隔絕我遠征軍的南北會師，並保持孟拱與騰衝間的陸路交通，形勢的重要，可想而知。可是狂妄的日寇，做夢也沒有想到，這一堅固不拔的戰略要地，會變成了數萬櫻花武士，廣大的墳場。

奇兵迂迴，翻越野人山

當時的緬北戰場，由盟國劃歸中國戰區，是我們今總統蔣公為統帥，美國的史迪威將軍為參謀長，負責實際的指揮作戰任務。在他的戰略構想裡，是以中國陸軍為主攻部隊，美英陸軍為後援及築路部隊，並負完全的空中支援與後勤補給。用逐點攻擊的戰術指導，順着胡康與孟拱河谷，肅清固守的日寇，然後強渡怒江，直抵中國國門，與滇邊國軍會合，為正面的進軍，想以另一部兵力，作迂迴奇襲，直搗密支那，使敵人首尾不能相顧，加速其崩潰。這一絕招，好像三國時鄧艾鍾會，偸渡陰平的翻板。可是要想它能實現，必須翻越綿亙千里的野人山，才能辦到。而這座從無人去過的神秘山峰，不知有多少懸崖峭壁，原始森林、毒蟒、毒蟲、猛獸、螞蝗、蛟蚋，瘴氣迷漫，簡直是荒蠻可怕的地獄，這種「死亡進軍」，就任何大胆的軍事家，也不敢昧然嘗試。在中美聯合作戰會議上，史迪威將軍，宣佈了這一奇襲構想。當時在座的中國將領，毫不考慮地，一致拍着胸脯說：「讓我們中國軍隊來翻過去！」於是我遠征軍，約兩個團，勇敢地担當這一艱鉅任務，由美軍殿後，並負一切支援責任。從迂迴翻山到奇襲攻城，整個的歷程，其艱險非親歷的人，眞難想像。

重山疊嶂罩陰霾，瘴雨腥風盡送來；
蠻荒千里絕人跡，晝夜揮刀斬徑開。

當三十三年四月廿一日，翻越野人山的行動開始時，正面的中美聯軍，已進至孟拱河谷，三月廿八日攻克拉班，沙杜渣等日軍據點，正向敵十八師團司令部所在地的加邁前進，筆者原是屬於廖耀湘師的噴火器連，為森林及攻堅作戰最有效的特種部隊，因此奉命配屬於新三十師，全師經過短期的器材給養補充及任務講習後，於四月廿一日，登山征途，起先是順着迤迴的山谷，遠望高峰插雲，烟雨迷漫，路徑逐漸由大而小，由坦而峻，行行且行行，登高又登高，盡一山，又一山。士兵最感惱火的，莫過於脚穿又重又笨的美式皮鞋，爬起山來，非常彆扭而又使不上勁的，甚至磨痛起泡，有人把它乾脆脫掉，換穿草鞋，而被官長看見，準會挨上一頓臭罵。因為如此，會遭毒蟲螞蝗咬傷脚部，毒氣攻心，包管一命嗚呼！數天工夫，已走到了路的盡頭，從此再無路可通了。

擺在眼前的，是一望無際的原始森林，滿山遍谷，巨木蔽天，陰森可怕，藤蘿交錯，雜草繽紛，無一隙地可以容脚，並且隨時都有受毒蛇蟲蝸侵襲的危險。有一位美國大兵，一不小心，弄得毒蛇，纏住頸子，險些送了性命，像這樣的驚險鏡頭，時可俯拾。惟有各人拿出決心、耐性、機警、毅力，才能穿出這「死亡之門」。於是中美健兒，個個精神百倍，向大自然的障碍挑戰，憑着指北針，地圖，找出方向，披荆斬棘，劈徑開路，攀懸崖，縋絕壁，前衛部隊，終能手腦並用，英勇地開闢了「林蔭大道」，讓後面的大隊人馬，順利前進。如此日餐乾糧和野果，（為節約口糧，每日只準用一份，餘需自找野果補充），喝飮山泉或芭蕉水（有時缺水，用芭蕉根搾汁解喝）夜眠「空心床」（用樹枝椏、掛設在橋上而臥）兼程併進，一共經歷了二十五天的艱苦晝夜，至五月十六日，終於突破野人山，而密支那已遙遙在望了。自孟拱河谷密支那城郊；與野人山，我們已拉成一道長虹線，日本鬼子完全被蒙蔽在夢中。

神兵天自降，閃擊飛機場

五月十七日早晨，美國飛機，開始猛烈狂炸密支那，接着我們的前衛部隊，新三十師九十一團，以最神速的戰鬥前進，推展到距機場約一公里的叢林，就攻擊準備位羅。山砲、野砲、迫擊砲，一齊向機場外圍據點怒吼。這時日本鬼子，可着了慌，莫名其妙，疑神兵自天而降，倉皇應戰，九十一團的老總們，眞不含糊，像生龍活虎地展開攻擊隊形。我連贛縣籍的張振國班長，背負一具噴火筒，要用他的「三昧眞火」去了，和我打了一個手勢，就躍入林隙，敵我雙方，戰鬥正烈，殺聲震野，鬼子兵憑當他隱蔽好的堅堡，負嵎頑抗，待我步兵接近五十碼，才開始射擊，一時屢有傷亡。老總們可惱火了，招來我連的噴火器，對準敵堡灌燒，逼得鬼子兵跑出戰堡，變成活靶。不到幾小時，約莫下午一點左右，飛機場給我們完全佔領了，第二營首先進入，鬼子兵全部退卻，遺屍累累，飛機場的跑道，完整如初，防近的被服庫及彈藥庫，未搬走一物。

十八日中午，由印度×基地，空運來一個加強團，接着工兵，砲兵，開山機，補給品……相繼滑翔降落，我們整個控制住密支那的飛機場，使後方增援，源源而來，這是奇襲閃擊的初步勝利，我們二十五天的「神秘旅行」，總算沒有白費，緊跟着的，是攻城戰的開端，等待好戲上演吧！

摧毀密支那，埋葬了櫻花武士

九十一團，乘着攻克機場勝利的餘威的，於次（五月十九）日，硬打硬拚，該團劉營，攻佔了密支那西火車站，但是日本鬼子，藉着烟幕彈的掩護，堅守工事，再不後退，又再從孟拱搬來幾門重砲，不停地反擊。因此我們的官兵，傷亡甚重，演成拉鋸式的苦鬥，新三十師胡師長，親臨戰場，下令停攻，以免實力消耗於一點，於二十日，放棄了車站，再作新的部署。事出意料之外，自五月十七日至二十五日這八天中，而由奇襲閃擊；反變成攻堅的陣地戰，一直延長到八月四日，才告結束。這是因爲頑強的敵人，仍然於極端困難下從各方面獲得補給與增援，並持堅固的工事等條件，苟延下去。後來新五十師，整個空運抵達，五月二十六日起至六月中旬，我們和鬼子，在城郊表演短兵相接的「籃球戰」，在離城五公里的山頭和村莊，肉搏衝鋒，敵我距離，平均只在十碼左右，雙方都付出極大的傷亡代價，我們用堅強的火力和戰士的生命硬拚，迫得鬼子放棄村落，我連的噴火器，把房屋和敵人，燒化成灰。有時挖掘地道，燒破敵人陣地。因此鬼子乃日間撤守江東，僅留三分之一的兵力，固守陣地，以一人管理三挺機槍，阻止我軍，夜間則全部渡江，向我陣地突擊或逆襲，其戰鬥之慘烈，已達最高潮。六月中旬以後，我步兵便停止大規模的攻擊行動，每日僅以斥堠或小部隊，保持接觸，而砲兵與空軍，仍然向城區及伊洛瓦底江東岸，不斷的晝夜轟炸，密支那的建築物，毀去十之八九。

六月二十五日，我建制的原單位新二十二師，攻克孟拱，並向密支那推進中，敵人希望自孟拱獲得增援的迷夢又給粉碎了，同時潘師黃營。又偸渡了伊洛瓦底江，殲滅了江邊宛帽據點的敵人；並由宛帽左側迂迴至距城五里的息東，截斷從八莫向密支那的增援，迫密城處於四面包圍的態勢中。加上美國空軍、砲兵，將通往密城的鐵路公路橋樑，徹底炸毀，使敵人增援補給，完全斷絕。因此鬼子只好放棄城郊及江邊的外圍陣地，撤入城內，作困獸的鬥，企圖固守核心，待觀變化。於是正式慘烈的攻城戰，就於七月下旬開始。

將軍帷幄顯奇才，笑取密城萬寇埋；
三月攻堅人傷盡，寸土都憑血換來。

密支那是一個森林蔭蔽下的城市，鬼子利用大樹，構築掩體，狙擊我們。城內有縱橫街道數十條，敵人在各個通衢要點或堅固的建築物，皆掘有掩體或坑道，並且僞裝良好，不易發現。我潘胡兩師，開始從村落鍥入，逐步寸進，由美軍韓特上校的兩個團，担任警戒與後援，攻入城市後，逐家逐屋的展開巷戰，我連的噴火器，發揮最大的威力，把躲在深壕內的鬼子，用烈火毒烟，請他們出來，送歸西天。一街一巷的攻佔，都是白刃相交，肉搏相持，手榴彈齊飛，長傢伙反派不上用場。滿街滿巷，躺看戰死的屍體，往往敵我交織而臥，潘師的王（公略）楊（毅）兩團，用蛟形塹壕攻擊法，逐步從靶場及營房的南邊，展開扇形突擊，將死守營房內千餘鬼子殺光，敵人的總預備隊，一網打盡，而城街的戰鬥，也控制住全面，青天白日的國旗，在密城四處飄揚。這一慘烈戰役，自民國卅三年五月十七日起至八月四日止，一共血戰了八十天，殲滅日軍大隊長以下官兵約三千六百人，我軍亦傷亡二千多人。在第二次世界大戰的戰史中，佔了極大的比重，中華健兒，更揚威於友邦。今天，雖然事隔已三十年，我已老矣！回想當時，不禁熱血沸騰，無限感慨。尤其共黨在海內外廣作歪曲宣傳，混淆抗戰史實，令人髮指，以我這篇親自經歷的回憶，可給予無情的駁斥。

滿眶熱淚，悼念殉國戰士

這次戰役結束後，我率全連歸建，帶回去的，雖然是勝利的光榮，但是有八位與我朝夕相處的患難弟兄，不幸陣亡。他們遺骨異邦，招魂無處，至今耿耿於懷。尤其此中有三位江西戰士，因爲是同鄉的關係，更爲接近。視同手足，所以留有他們家鄉的通信地址，抗戰勝利後，我曾爲他們的家屬，請領撫卹，並致函慰唁，藉能稍慰英靈。所以這三位的姓名容貌，到現在仍能記憶深刻，思之淚下。

李德山——江西贛縣王母渡人，高大的身軀，性情溫樸，說話帶點口吃，在攻擊村落時，中彈身亡。

洪茂容——江西雩都梓山人，瘦小的身材，機警能幹，好與人抬槓，在攻擊塹壕時陣亡，追贈中士。

張洪生——江西南昌蓮塘人，修長的體格，直率誠坦，好賭博，在攻擊山頭時，爲救同伴，中彈陣亡，追贈上士。

這三位殉國戰士，雖生不同時，但皆於卅三年五月廿五日，這一天同死。共葬於密支那城郊公墓，移棺入塚時，我曾悼之以詩曰：

報國同心亦同營，關懷樂苦話鄉音；
沙場戰死君何憾，異域神愴爲招魂。

雷鳴遠的烽火鐘聲

劉榮琮

博愛之謂仁、救世精神無愧基督；
威武不能屈、畢生事業盡瘁中華。
——蔣委員長輓雷神父聯

益世報創辦人及前軍事委員會華北戰地督導民衆服務團團長雷鳴遠神父，於民國廿九年六月廿四日病逝於重慶歌樂山中央醫院。而今三十四週年，其身雖死，而精神却永留於人間，所謂生也有榮，死而不朽。是故每年的六月廿四日，都在不同的地方舉行各種的追悼和紀念，過去　總統曾特頒「義行永昭」匾額，用資褒揚；梵蒂岡教廷亦派畢翁砥樞機主教代表傳信部，專程來華頒送紀念詞；香港、越南、台北等地，都辦有鳴遠中學；在台北市郊的景美鎮，且有規模宏大，美侖美奐的鳴遠館，名雕刻家闕明德、名畫家孫多慈，塑繪雷氏遺像，供人瞻仰；自由太平洋文化事業公司，特別根據趙雅博教授的「雷鳴遠神父傳」，攝製了一部「烽火鐘聲」電影，將他的反共感人故事，搬上銀幕，片中並由于斌總主教現身說法，主持追思彌撒，益發顯得眞切感人。這些，可以說是雷神父享盡死後的哀榮，開創了中外教會史上的新頁。一方面固是他豐功偉業應得的酬報，另方面也說明了我們中華民族的感情敦厚，刻骨銘心地念念不忘。

「一切爲神，一切爲國」，這是西方天主教國家都遵奉的教條。原籍比利時的雷鳴遠神父，自從入籍中國以後，不僅他的外型，一反過去的西歐化，而其精神和情感，以及一言一行，更是澈底道地中國化了；最爲難能可貴者，要推其「盡瘁中華」的精神，他說：「我爲愛中國而生，我爲愛中國而死。」充分表現出中國傳統的犧牲愛國舍已救人之情操。雷神父將「一切爲神，一切爲國」的信條，畢生奉爲圭臬，是故他的一舉一動，一言一笑，都是愛天主、愛中國，無論是教學、傳教、辦報，終年窮月，披星戴月，僕僕風塵於前方與後方，其目的就是在傳天國的福音，建現世的樂園，其敬神愛國，鞠躬盡瘁者如此！

雷鳴遠於一八七七年八月十九日，生於比利時岡城，早年就極愛中國，九歲時就開始對中國的一切，發生了很濃厚的興趣，隨時探詢中國的民情風俗，見到了中國的物品與畫像，便搜集收藏，時常打開萬寶匣，拿來給觀看者欣賞。在幼小的心靈中，決定畢生愛我中華，每每對家人及小朋友宣揚，實行他神愛中國的志願。

六歲隨家人從比國岡城，遷巴黎就讀聖來翁小學；三年度再返比國，卜居伊普爾城；十二歲入聖萬桑中學，並初領聖禮，一度與女友熱戀，聖召發生動搖；一八九五年中學卒業後，赴巴黎參加遣使會，從此矢發永願，他以全犧牲、眞愛人、常愛人，作爲生活的準則，數十年來努力不懈，都以「全、眞、愛」三字訣，作爲生平處世的典範，他以如此「愛人如己」的精神，去聖化人性，猶同保祿說：「同一切人一切同化，以便救一切的人。」

一九〇一年（清光緒廿七年）春，巴黎總會長，依其志願，准赴中國，這年二月十日，雷鳴遠便拋井離鄉，登上駛往中華民國的船隻。在旅途中，他盡力接近每一個華人，耐心地學說中國語言，每遇一事，接談結束之後，總是以初學而硬的華語「謝謝！」來表達他的熱愛中國，與謙虛的態度，同船的洋人似乎看不成這種習慣，帶着譏諷的目光視之，於是「謝謝先生」的綽號，便傳遍了全輪的中外旅客，他却以此引爲光榮。

船舶於「東方之珠」的香港時，他開始與多數的中國人廣泛接觸，深深感到我中華民族五千年悠久歷史所孕育的文化，極爲淵博偉大，尤其儒家敎化道德的力量，使人人所樂於維護，知是非善惡之標準，故均具有審判之能力，公是公非之所由生，使叛道離德者，無所逃於天地之間。

當他抵達久已仰慕的中國土地上時，正是八國聯軍擊敗滿淸的次年，列強紛紛在我國強租港灣，劃分勢力範圍，瓜分之議飛騰遐邇，帝國主義侵略者莫不趾高氣揚，卑視國人。雷神父從香港至上海，尤其到了天津、北京，首都繁華已變成一片焦土，他一路上看到列強壓迫弱小的猖獗，怒火上昇不可遏止。

每一個傳教士都當遵照基督的訓令，抱有宗徒們的傳教精神，到了那一個國家，便成了所在國的人，地不分東西，人不分種族，凡福音所光揚之處，都爲他們立當地長老，以管理自己的教務。當基督在升天之前，曾派遣宗徒弟子們，往天下萬國宣傳福音，訓誨萬民，命令他們說：「你們往普天下去，向一切受造物宣講福音！」（谷十六章十五節）

不意自十六世紀以後，西方帝國主義相繼興起，他們爲了擴展領土，爲了爭佔各殖民地，往往不擇手段，以傳教爲美名，行侵略之實。因此在各地各民族間，便種下了仇恨帝國主義的種子，同時亦連帶的仇恨教會，目之爲文化侵略者；而傳教士亦養成自尊自傲者，欲征服本地人供其驅使，遂將基督的訓令，置之腦後而不顧，這種現象在雷鳴遠初到中國時期，尤爲特別顯明。

滿淸末葉政治腐敗，老傳教士戴上複雜有色眼鏡，以輕侮態度、壓迫手段來奴役國人，他們既以優秀民族自視，並因高貴感作祟，無不盛氣凌人；我有識之士，在國勢益衰的環境下，便採取敬而遠之或避而不見。這年八月十五日，雷鳴遠受任北京大修院教授職，十月廿八日晉陞司鐸後，却獨具慧眼，不同凡響，他要粉碎帝國主義的企圖，使中國人能自立爲強，篤愛祖國，到處呼籲，啓迪中華男女老幼的心智，起來除內奸、抗強權，使國家民族能獲得生機，走向近代化的康莊大道。

一般普通的外籍人，無論其爲傳教士、文化人、政治家，往往懷着一種錯誤觀念，蔑視我國文化，甚至想將它改造。而雷神父恰恰相反，他生平極端尊重中華文化。到達中國以後，本其既有基礎，仍孜孜不倦地繼續研究，常以聖經和四書比而並讀。有人責問他：「你何得以聖經與四書並重？」他說：「東海有聖人，西海有聖人，人同此心，心同此理。中國儒家思想，以仁爲中心；聖經是以愛爲中心，人與人之間互愛互助，是人類共生存共進化之推動力，所以家庭、社會、國家之所以能形成凝固。人類能仁能愛，則共生共存共進化，始有保障。」其襟懷寬豁，氣度高深，消融一切思想，溝通中西文化者如此。

再說我們中華兒女，自五四運動思想，有所謂「打倒孔家店」的口號倡行後，傳統倫理道德以及固有文化的藩籬，已被拆除；而且受歐風美雨的感染，一切要模仿人家，什麽全盤西化，將自己的道德文化，好比一盤散沙，無凝固力存在中間。而雷神父却以尊重愛慕中國文化文物爲榮，國人豈能不羞愧？他能講一口流利而道地的中國官話，他能寫一筆極秀麗而又蒼老的中國字，他平常總是使用毛筆，用中文作文、寫信、日記。今天雷厲風行，發揚復興中華文化運動，半個世紀以前，這位外籍人士却早已竭盡所能，以身作則，樹立了典範。

一九〇六年九月（光緒卅二年），雷神父受任天津總堂區總鐸職後，積極進行中國與教廷換使事，並有意爲祝聖本籍主教運動。我們今天得見聖教聖統在我國實現，飲水思源，不能不歸功於他的促成，從他的「革命一滴血」文裡，便可知道這種運動的經過，非三言兩語可以表達其努力換來的蓽路藍縷情形，雷神父之苦心孤詣的傑件，是付出了相當的代價，費了若干的心血，沒有他的勞苦奔波，我們的教會決無今天如此輝煌的成就。

雷神父本着「一切爲神，一切爲國」的信條，處處都表現其愛人之德，所作所爲難免有些過火之處，因此便引起若干人的責難，以爲他不分好壞善惡，都一律相待。如此批評他的人，是不瞭解他的內心，在他內心中所見的人，認爲都是天主的肖像，是人內在的價值。他犧牲自己的一切去愛人救人。

當他傳教於北京天津一帶，到處提倡愛國，他曾建議教會當局，不可再掛外國旗，在他個人能管到的地方，更當着大衆面前，公開的撕碎外國旗，而親自將中國旗幟懸掛起來。愛一個國家，他當然希望使這個國家得到利益，只要是不背叛眞理正義，他是樂而不疲，從這件事看來，雷鳴遠不愧爲眞正實踐了他所言：「爲愛中國而生，爲愛中國而死」。

雷神父對中國的利益，無論是物質的或精神的他總是以誠而赴的。在天津曾籌設紅十字會，創法政學堂，出版廣益錄爲益世日報之先鋒，赴歐洲募愛國捐。時當日本帝國主義者利用歐戰期間歐美各國無暇東顧的國際形勢，抓住了袁世凱帝制自爲的弱點，向袁項城要挾，提出統制中國命脈的二十一條，老袁竟利令智昏，不顧一切派曹汝霖、章宗祥談判簽約，賣國獨夫人人得而誅之，引起全國人民的公憤，雷神父愛國心切，在天津召開救國大會，於是全國形成了一股極大的反帝制潮流。

同時，雷神父認爲報紙是啓廸民智、宣揚正義、服務社會、爲民喉舌的大衆傳播最有利工具，他一方面鼓勵教友剏設愛國報，自己更發起集資倡辦益世報，以廣益錄三年餘的既有基礎，於民國四年十一月十日，天津益世報創刊。

益世報因反對日本二十一條約永遠拒絕刊登日商廣告，深受廣大讀者的讚美；更因該報在民國五年，以反對天津法租界工部局越界築路（所謂「老西開事件」）而著名。雷神父爲了篤愛中國之心所迫，仗義執言，誓死力爭，發動民衆，起而反抗，更掀起愛國的怒潮。他曾向中國政府一再謀劃，他喊乾了嗓子，嘔盡了心血，來呼籲保存領土之完整。益世報上更是大聲疾呼，當慷慨激昂的時候，竟用特號字刊載：「法國人之肉，尚可食乎？」法國政府百般威脅，強迫遣使會命令他離華返歐。在民國九年離華前，他因觸怒了那時受法國影響最大的天津教會，曾被囚三月，然後「充軍」到南方的浙江紹興。由於他只會說北方語言，到了紹興又努力學南方話，在那裡更痛切而透徹的發揮了愛中國的理論，他說：「准許法國人愛法國，就得許中國人愛中國。」又說：「我們傳教士是超國籍的，到那個國家就愛那個國家。」

天津老西開事件，是法國人藉教會爲幌子，侵佔中國土地爲實的行動，受了天主大愛的雷鳴遠神父，竟能拋開他的會籍和國籍，而努力爲受壓迫的中國挺身而出，他所努力的結果，雖然離開了他所喜愛的教區，從充軍到正定，由正定而嘉興、而甯波、而紹興。放逐與禁止接觸教友，他都默默的忍受。可是他仍努力不懈，與湯司鐸上書羅馬，運動本籍主教，先後曾獲羅馬覆信，特派光主教視察，巴黎總統派員調查，教廷且派遣大使來華，固以法國阻撓而罷，可是教宗的「夫至大」通牒，於一九一九年（民國八年）十一月三十日，頒佈天下，支持了雷鳴遠；祝聖團的六位主教，也間接的證明他的「大智若愚」的義行，做得很對。

民國九年，時雷鳴遠四十有三歲，他帶一顆滿腔憤怒的心懷離華返歐。這年十二月中旬赴羅馬，廿日晉謁傳信部部長，以期解決中國主教問題，廿八日復晉謁教宗，他竭盡所能，終於說服教宗對中國主教祝聖問題。

次年元月廿七日返抵比國，乃積極發動展開援助中國留歐貧寒學生事宜，先後在英、法、瑞、荷等國，成立「中國家庭」，以救濟之，七年之間受其惠者，不下千餘人，其組織尚流傳到現在，容後文再詳述。而且還在法、比等地創辦新聞事業，宣傳中國文化，從而引起了羅馬教廷的注意，民國十一年間，教廷簡派剛恒毅總主教，爲駐華第一任代表，成立於宣化。他更創中國公教青年會於巴黎，擴至比國；又成立中比聯誼會，加強兩國民間之友誼邦交。最後在民國十五年十月廿八日，六位中國籍主教由教宗親自祝聖；不久再由成立國籍傳教輔助會，這些成就都是雷鳴遠還歐努力的成果。

自大公報於民國十五年，以新的姿態恢復出版後，正値國民革命軍北伐，軍事進展如秋風掃落葉時，該報站在國民立場，不畏北洋軍閥之淫威，迎接革命潮流，爲讀者所爭看之精神食糧。事實上，天津益世報銷行數萬份，已深入農村，特別是東三省邊緣地區，幾佔全數的三分之一，加以華北擁有衆多的天主教徒，讀者基礎穩固。大公報以嶄新的臉孔復刊後，予益世報以一大刺激，雷鳴遠尚在歐洲，總經理劉豁軒先生，爲加強陣容，乃延攬唐際清等五六位優秀青年報人，入社任編輯記者，並增闢「社會服務版」，由吳秋塵主編；增闢各種週刊，特約北京、清華兩大學教授主編；副刊亦力求革新，定名「語林」，執筆者多爲當流文藝、菊壇之名作家。無論在內容與編排上，都予人以耳目一醒。

所不幸的是益世報爲求和大公報競爭，不惜以月薪銀元三百元的最高代價，聘請上海新月雜誌主編，江西安福籍之羅隆基爲總主筆，羅與王造時爲小同鄉，其人文筆鋒利，擅長辯才，患着「民主狂」「政治熱」，雖然學貫中西，而賦性不羈，當投入「民盟」與「國家社會黨」後，更熱中功利，罔恤國族空前大難，知者爲之齒冷，最後在狂熱併發之際，胡亂飲下共產黨的迷魂湯，到了掉進紅色陷阱時，出路已窮，只有自瀆自殘，勉強苟延殘喘，弄得悲慘下場，遺臭萬年。

羅爲迎合華北民衆反日情緒，鼓吹對日宣戰，抨擊大公報「忍辱負重」的主張，報紙雖有增加，但有背於政府「先安內後攘外」與「和平未到絕望之時，決不放棄和平」的國策，因而被停止郵寄三個月，羅亦以聘約滿期而去職；迨後劉豁軒去職，業務漸趨不振。抗戰發生，津報未能遷出，雷鳴遠神父在太行山內打游擊，乃由于斌主教籌資在大後方復刊。總之，該報本愛國立場，反共反日到底，在我國報史上，是價得特書大書的。

「愛不但只是顧及被愛者的物質或精神利益，並且是時時處處，都不忽視被愛者的利益」，雷鳴遠神父總不放棄使我國富強的機會，正可以聖保祿的「左也用，右也用，用光榮，也用美名」名言，其目的無非爲我國的利益。

當第一次世界大戰後，我國留學生大量湧入法國，多受共產黨與過激社會黨利用，青年學子是國家社會未來的棟樑，他們思想的傾向，關係未來新中國的前途，至爲重要。雷神父爲了實現導引中國留學生走向正路的遠大計劃，得以實現，不惜割愛他片刻難捨的中國芬香土地，而甘冒驚險親赴法國，照料在艱苦奮鬥中的留法學生。

雷神父所遭遇的困難和波折，是難以筆墨形容的，法國政府左傾，對他以敵對態度視之；教會給他的助力，畢竟無濟於事；再說留法學生帶着有色眼鏡看他，懷疑他的詭計，不僅拒絕其救助，反而罵而遠之，經常以集會或輿論攻訐傷害他，而且還以恫嚇、漫罵，甚至出之以動武，來警告，阻止接受協助及觀望的同學。然而雷神父沒有氣餒，仍一往直前的奮鬥。

歐戰初歇，百廢待舉，整個歐洲的經濟蕭條，生產萎縮，所在國，自顧不暇，豈有餘力救助外籍留學生，雖然他費盡九牛二虎之力，以其誠摯的愛，和無條件的協助，終於使很多留學生回頭是岸，唾棄了過激的社會主義與無政府主義，脫離了共產黨的黨籍；可是憑他個人的力量，將近四百位學生的零用費，二百多人的膳宿費，以及醫藥、治裝等無法計算的開支，在在需欵，幾壓得雷神父透不過氣來。然而他苦口婆心，憑他一片熱情，到處奔跑，講演、說道、募捐、借貸，終於贏取了人心，獲得了支援，籌欵竟高達五十萬美元以上。

他之如此犧牲，因爲傳教士是耶穌的繼承人，該有耶穌救人濟世的慈悲心腸，去追尋亡羊，以慈父期望敗子回家的心情，挽救十字路口的青年，藉此機會，把耶穌的肖像刻劃在人們心目中，導引光明之路。

雷神父對於留法學生，不局限於物質上的負担，尤其以精神上的慰藉，在比重上負荷更重，每一位遠在異國的青年，其痛苦與不幸，他都感到身受，譬如某同學病倒，他不顧一切雇車送醫，不惜買貴藥，必期早日康復而後已；某同學不治而死，他不辭勞苦料理後事，每逢祭弔總是熱淚盈眶；同學爭吵不睦、或是懷鄉思親，他必以謙遜態度去安慰勸解。總是言之，他實在是與樂者共樂，與憂者共憂。亞聖孟軻嘗曰：「居天下之廣居，立天下之正位，行天下之大道，得志與民由之，不得志獨行其道，富貴不能淫，貧賤不能移，威武不能屈。」雷鳴遠歎王道之不行，悼生民之塗炭，本着「當今之世，舍我其誰」的悲天憫人之懷，濟世拯民之志，不愧爲一代聖雄。

雷神父帶着懊喪憤怒的情緒被迫回去歐洲，經過七年的僕僕風塵，爲協助留法華籍學生，解決中國主教祝聖等問題，他從新聞媒介傳播上，欣悉可愛的中華，北伐勝利，完成統一，奠都南京，正待積極開始國家建設，他滿懷着無比歡欣愉快的心情，於民國十六年二月十一日起程，再度來華，苦難主日前夕，到達河北安國縣，受任高家庄總鐸，他回到離別七年之久的中國領土後，第一件值得大書特書的事，是在那年的八月八日改入中國國籍。他歸化我國後，就立時隨鄉入俗，處處仿效，何如穿中國的服裝，用烟袋吸旱烟，從此他以中國人自傲，愛國的心也更爲熱切。

雷神父榮歸中國歸化天津之後，幫助孫主教辦理安國新教區的傳教事務，先後創立男女兩修道會，男修會名爲耀漢小兄弟會，女修會名爲小德萊會，會士百餘人，以「苦修成己、傳教救人、服務社會」爲宗旨。雷司鐸亦爲耀漢小兄弟會的會士，他以身作則，處處爲衆士的表率，平日以祈禱、勞動、讀書等爲苦修功課，本天主犧牲精神而爲大衆服務。

九一八事變之後，他的熱血更加沸騰，不僅在安國教區騎着脚踏車下鄉，到處向民間宣傳，而且囑令平津兩版的益世報，極力鼓吹愛國思潮。長城、綏東兩役，他親率會士教友四百餘人，在萬山起伏綿亘繚繞的長城下，和在漫天雪地朔風揚沙的綏遠境內，登臨到山之巔崖，行在雪之漠野，參加救護的神聖工作，担架着浴血苦戰負傷的弟兄們，從砲火連天的陣線中，艱苦地運到大後方去醫治。

廿九軍宋哲元部隊，是西北軍的基幹，當日本軍閥侵佔遼、吉、黑三省後，再侵佔我熱河，繼續南下企圖突破長城，窺伺我華北平津重鎮。廿九軍臨危受命，馳向喜峰口，羅文峪，與敵遭遇，展開爭奪戰，各高地山峰，我軍得而復失，失而復得者數次，戰況極爲慘烈，傷亡枕藉。

雷神父以「愛人知己」的愛德，特爲廿九軍舉辦殘廢軍人教養院，於河北清河鎮。他曾以壯烈的語氣致詞說：「諸位現在雖然殘廢，將來療傷學藝之後，依然可以成家立業，生兒養女，繁衍後代子孫，再過廿年後，我雖是八十老翁，依然可與你們青年子弟，拚老命收復我們的失地！」這是何等的豪壯！

震撼中外的七七事變起，　蔣委員長正在廬山，他面對林泉，心懷全局，於深思熟慮之後，認爲國家民族的命運，已到最後關頭，以絕代英勇而又沉毅的向全國宣告，呼籲國人，地不分南北，人無分老幼，拚全民族的生命，以求國家的生存，不容中途妥協，唯爲犧牲到底，抗戰到底！全面抗戰的序幕揭開後，我全國軍民聞義赴難，共抗強寇，建陣之勇，死事之烈，實足以昭示民族獨立的精神。

盧溝橋的炮火，點燃了全面抗戰的狼烟，不僅我全國上下悲憤不置，世界輿論也都異常震驚。此事發展結果，是攸關中國民族命運之存亡，亦是世界人類禍福之所繫。戰事未爆發前，我們不惜委曲忍辱，及戰爭爆發後，犧牲已到最後關頭，若是徬徨不定，妄想苟安，便會陷民族於萬刧不復之地。

七七事變當天，雷神父正在天津，炮聲一響，他立刻星夜趕到北平，繞道房山、易縣，回到安國眞福院，旋即召開全體大會，頒下總動員令，他瞪圓了兩隻眼睛，以宏亮而憤慨的語氣，向大家宣布說：「現在戰爭開始了，我們要停止一切與救國無直接關係的日常工作，一心從事抗戰，來報效國家，不將鬼子驅逐出境，誓不生還！」每個修士聆聽後，愛國情緒都沸騰起來，大家興奮得異口同聲的叫喊着：「走，到前線去！」

於是，一面與河北當局進行從軍事宜，一面聘請專家訓練會士之救護技術。但因當時情形特殊，計劃未能實現；只好求其次，改爲出版「後防日報」。雷神父以一日一談專欄代替社論，自廿六年八月四日起，天天不斷地撰寫，如「血可流，頭可斷，寶祖國，絕不幹，赴前線抗戰，不滅敵人兮誓不還！」這種熱血報國的血淚文字，像洪鐘的聲響，振奮了國人的民心士氣，也敲喪了敵軍的胆戰心驚！

後防日報隨着保定的淪陷而停刊，它在短短的五十天的壽命裡，曾鼓勵無數青年參加民軍，爲英勇浴血的將士們，輸捐了難以計算的慰勞品，也曾發動後方民衆，義務的協助國軍運送彈藥。

這年七月廿九日，豐台我軍大勝，捷報傳來，安國張縣長召開祝捷大會，雷神父率會士們被邀參加，他在大會中，舉起拳頭慷慨激昂地說：「我是中國人，我愛中國，現在我打算領着耀漢會的會士們，到最前線去殺敵，救我們傷亡將士，願同去的跟我走！」數千觀衆被他的熱情激動，都一致狂呼着：「願意去！」

八月廿四日，公教救護隊在安國天主堂正式成立，由主教祝聖旗幟，祝禱抗戰勝利。大隊分爲三個中隊，由滿、安多、保祿三位修士分別帶領，在雷神父統率之下，隨着十字旗的開道，浩浩蕩蕩的踏上征途。在一個清風明月的晚上，他與會士們都立下了遺囑，作了訣別書，壯烈激昂，字裡行間，處處顯出不勝利不生還的決心。

從安國到易縣，輾轉陣地又到了保定，終於在九月底，方與中央第三軍第十二師，在石家莊會合，求見唐師長，接洽救護傷患事宜。在石門、在新關、在退走陽泉的路上，他與會士們充分發揮愛國的偉力，雷神父雖是六十多歲的高齡，跋涉高山峻嶺，在十五天之內救傷埋死，以及在各戰場，救護傷患官兵不下數萬人，故有「傷兵之友」的美譽，榮獲了青天白日勳章。

平漢線敵軍一舉佔領石家莊後，打開了晉東之門戶，敵指揮官土肥原率領第二十師團，第六師團之一部，及河邊旅團之一聯隊，轉攻晉東之娘子關。中央政府爲了應乎當前的驟變，急令衛立煌火速越過潼關，渡河北上，與日寇角逐於太原；又令廿六路軍接防娘子關，作殊死的爭戰；至於第三軍，則限一天之內趕到舊關。

第三軍第十二師接奉緊急命令後，披星戴月兼程並進，可是舊關狼烟烽起，已爲敵騎侵佔，不得已轉進新關。從石門到新關，山路崎嶇，怪石嶙峋，雷神父率領救護隊，爬山越嶺，忍饑挨餓，雖然一路上飛機掃射與轟炸，隊員們依靠天主，一個也沒有受傷。那時的新關，舊軍已退，新軍還沒有接防，但是他們却停在舊關附近，觀望了一二天，這樣讓新趕往的第三軍，可以從容佈防；等到部署成功了，日寇方進兵攻擊。迨敵人以壓倒的兵勢來攻時，我第三軍以逸待勞，精神百倍，迎戰着既乏且饑的敵軍。

救護隊駐在新關後面的槐樹舖，距離前線僅六七里之遙。當戰火交熾，唐師長傳令救護隊參加搶救傷亡，雷神父毫不遲疑，首先以身作則走上前線。依照傷兵運輸的慣例，是團部的担架排，由前線送到師部，之後由救護隊接運至後方野戰醫院。可是，當時團部的担架排，大都是從鄉間征集的民伕，早已逃之夭夭，救護隊代替他們的任務，必須從前線遞運後方，往返之間，約有七八里的山路。

從槐樹舖到娘子關以西的程家隴底車站，往返大約有三十華里，一片荒山，亂草怪石，棘荆雜生，僅有一條羊腸小道可通；况且又正當秋盡草黃的時節，既無參天的大樹遮陰，又乏密集的叢林隱藏。每當敵機飛臨上空時，炸彈機槍齊發，於是亂山叢裡飛起了無數的碎石鐵渣，響起了振耳欲聾的震動，雷神父命令救護隊員就地隱藏，他自己依然木立着，一動也不動。

新舊關一帶的羣嶺，大多是童山濯濯的禿丘，山上的動靜容易爲上空敵機發現，我方急中生智，便出了一條妙計，來解除這個厄運，於是動員工兵營，在山路遠處，利用枯花殘枝，紮裹了許多草人，用繩索連繫起來，僞裝國軍，派人在遠處慢慢拉着繩子，虛與委蛇，故佈疑陣，敵機果然中計，機槍炸彈亂投一陣，使我救護隊得以平安的運送傷兵。

雷神父以六十高齡，不僅自己抬着傷兵，而且還幫助從後方運送補給上前線，使英勇的將士們獲得溫暖，感到了母愛的春暉。新關的苦戰，由於娘子關的失守受到包圍，一共延續了十五天，雷神父和數以百計的隊員們，日以繼夜的在槍彈交熾的火網下，踏着困難的征途，匍匐的前進。這年十月廿八日的夜，開始了長夜淒苦的撤退。

在堅苦的夜行軍中，凉風夾着細雨，伸手不見五指，爲着避免敵人發現目標，任何人不得提燈照路。這時，黑暗、寒冷、飢餓、疲乏、恐怖，都集中向救護隊襲擾。大家一步一蹶，疲乏到了極點，年邁的雷神父，行行復行行，一夜半天的急走，不知跌了多少個觔斗。他因年邁飢寒，由瀉肚轉爲痢疾，長途跋涉，翻山越嶺，其苦可想而知。行軍十五小時，方找到一個小村莊休息。

廿七年的春季，敵人以四路攻晉東南，將第三軍和另外一個友軍，圍在裏垣、武鄉、黎城一帶，我軍陷入四面楚歌的險境中。在這次混亂開始，雷神父因慢性痢疾已到後方去治療未歸，救護隊由保祿兄弟負責，正因他不在前方，大家正在發愁，忽然雷神父由河南隨卅五旅突破敵人封鎖線而來增援，眞使大家意外的獲得興奮劑。

第三軍軍長曾萬鍾請雷神父去會談，告訴他目前敵情很亂，野戰醫院所在地——大有鎮情況不明，不能再往那裡送傷兵。曾軍長很坦白地說：「打游擊和打硬仗我們不怕，對於傷兵我可沒有辦法處置了。」雷神父不假思索的回答：「曾軍長放心，我有辦法！」

四月中旬，第三軍協同友軍圍攻武鄉之敵，救護隊與三十四旅駐武家莊。這次戰况之烈，較前述新關之役，尤爲激烈，傷兵太多，救護人員不敷分配，部隊一方面征集民伕後運，雷神父帶着保祿、魯彬、喬亞三位修士到附近各村天主堂，以舌劍和動人的救難的精神，去接洽掩藏傷兵事宜，結果都圓滿達成任務，於是這裡收容五十，那裡掩藏一百，沒有天主堂的村莊，就暫時隱藏在山洞裡，每處留二三位修士看守着。

戰爭到最激烈時，頑敵因損失慘重，不敢在武鄉盤據，乃縱火焚燒民房，同時傾巢向城外突圍，我軍亦傾力堵截，企圖將其全數殲滅，混戰十餘小時，炮火之烈，十倍於新關之戰。救護隊方運傷兵回來，沒等片刻休息，街頭又滿佈傷兵。午後五時，頑敵東突西衝，又直撲三十四旅陣地，武家莊正是敵人射擊的目標，幾乎被炮彈打平，於是轉移到軍部。萬沒想到，一進軍部駐村，傷兵已躺臥滿街，救護隊員多數還沒有回來，前線的戰況又很緊，如何去安置這些呻吟苦痛的傷兵，雷神父堅決表示說：「傷兵一個不許丟掉！」於是大量徵集民伕，總算圓滿達成了任務。

隨着耶穌復活的佳節，我軍將晉東南的敵人肅清，並追至河南涉縣，雷神父與他的修士們，高唱着基督勝利的凱歌，將各處掩藏的傷兵集合起來，運送到黃河以南的後方醫院調治。這一次武鄉混亂所得到的成績，雷神父功居其半，曾軍長盛讚其為「全軍傷患的恩人，精神的支柱」；蔣委員長特頒贈陸海空甲等獎章，以示鼓勵，並召其到漢口面談，委以更重要的工作。

廿七年夏，晉東之敵，經我正規軍以巧妙之運動戰，縱橫連繫，粉碎敵人圍攻陰謀；復經我游擊隊、別動隊之截擊，使日軍傷亡枕藉，狼狽萬分。五月初旬，我為先肅清晉南三角地帶之敵，於五月四日起，開始以主力攻曲沃侯馬，扼其咽喉；並以一部掃蕩三角地帶及臨汾以南同蒲鐵路沿線散駐之敵。鏖戰至六月中旬，相繼克復平陸、芮城、風陵渡、永濟、虞鄉、解縣、榮河、禹門諸要地。敵川岸殘部退據安邑、運城、聞喜、曲沃、新絳、侯馬等各城鎮，閉門困守，苟延殘喘。

這時，國軍第三軍第十二師得以補充整訓，有了喘息的機會，救護隊參加抗戰的小兄弟們，戰地眞福院的生活，又重新開始，大家恢復了往日的望彌撒，清悅悠揚的輕聲，此唱彼和，直達雲霄，為和平而祈禱，為勝利而祝福！

休息了兩個星期，便於五月間，經潞城、長治而開往晉南之新絳一帶。

新絳之戰前後延長了一個月，日軍採取守勢，但因國軍缺乏攻堅火器，大小五六戰，久攻不下。雷神父以新絳城內設有荷蘭教士，那時太平洋戰爭尚未爆發，日荷關係尚未斷絕邦交，他想透過城內主教的勸說，使日軍罷戰而屈降。於是，雷神父給城內主教寫了一封信，信中敘述國軍戰力雄厚，因不欲猛攻炮轟致殺害無辜，如能勸服日軍開城納降，則我軍寬大為懷，當信譽保證優待日軍。

可是，敵人緊守新絳，高據城牆之上，稍有發現目標，便發彈射擊，誰能冒此必死之險？正在猶豫難決時，一位能操流利日語的當地教友，自告奮勇前往投遞招降書。他以一隻小籃盛裝書信，套在脖子上，手執一面小日本國旗，走到射程之內，便匍匐前進，並搖動小旗。城上監視的敵人發現後，認為奇特必有原因，故未開槍射擊；及他爬到城牆之下，說明來意後，敵人即以繩索吊上裝有書信的小籃，完成了這次令人驚異的任務。

據說，那位荷蘭籍的主教，曾親自求見日本守城司令官，日軍以被圍困彈械糧糈缺乏，曾有突圍及投降的打算。孰料援軍將至，臨時改變計劃，企圖俟援軍來到，以期發動內外夾攻。國軍既缺乏破城有利武器，奪城數次仍僵持不下，頗有士勞兵疲之危；復因敵人援軍壓境，遂於七月六日，撤退新絳之圍，改圍聞喜、圍夏縣，進軍中條山。

國軍退守中條後，雷神父於九月初奉召赴漢口，救護隊由丁谷鳴司鐸與保祿兄弟負責。在此期間，前後幾近三年，敵軍位於狹長之交通線，隨時受我威脅，對中條、太行、呂梁山區之我軍，喻為盲腸，故先後發動大戰達十一次，除最後一次得手外，每戰皆敗，雷神父曾親自代替團担架隊而走上第一線，在熾烈的日軍炮火之下，進行最艱苦的工作，救護傷兵凡萬數千人，其功誠不可掩沒！

抗戰初期，敵恃其裝備之優越，妄想於最短的時間內，殲滅我野戰軍，攻擊我重要據點，迫我作城下之盟，以達到其速戰速決的目的。在此作戰中，我戰略指導之着眼，在求以空間換取時間，避免與敵作決死戰。除以一部兵力，部署於平綏、平漢、津浦沿線各要點，採重疊配備，多線設防，以求爭取時間，消耗疲憊敵人外；主力則使用於長江方面，誘敵陷入於江南湖沼山嶽地區，使其優勢裝備，無法發揮其效能，並利於我達成逐次消耗敵人之目的，以期粉碎敵人「三月亡華」「不戰而屈」的妄想。

既戰之後，敵軍步步深入，因戰場擴大，兵力不足，補給困難，自陷於孫子所稱的「挂形」之境地；而我軍則退守西南山岳地帶，重兵器無法應用。於是戰爭演成長期以後，敵乃渴望速和速結，實行「以戰養戰」，由戰畧攻勢轉爲守勢。在此期作戰中，我戰畧指導之着眼，在求積小勝爲大勝，一面在前線相機發動有限度之攻勢及反擊，以消耗其敵力；一面在敵後發動廣泛之游擊戰，加强對淪陷區的管制，化敵方爲前方，牽制其困守點線，以阻止其全面統治與物質之剝奪，打破其經濟搾取的陰謀。

曾國藩說：「湘軍之所以無敵者，全賴彼此相顧，彼此相救。」又說：「君子之道，莫不乎以忠誠爲天下倡。世之亂也，上下縱於亡等之欲，姦僞相呑，變詐相角，自圖其安，而予人以至危，畏艱避害，曾不肯捐絲粟以力，以拯天下。……」湘軍之所以能鼓舞羣倫，歷九州而戡亂，皆拙且誠之效。

時當武漢會戰開始，蔣委員長特手訂抗戰四要——提高士氣、收攬民心、愛惜物力、撫養傷病——實施綱領，爲整軍作戰改進事項，藉以提倡氣節道德與紀律，來修養我們的精神和志業。雷鳴遠「爲中國而生，爲中國而死」的氣節，從七七事變，到河北撤守、浴血新關、困戰武鄉、圍攻新絳、固守中條，組織救護隊出生入死，救護傷患，精神動員，將自己和其統率的修士兄弟們，盡一切力量，完全投入愛國抗日戰爭，種種事跡，一字一劃，皆爲史實，受到數億同胞欽敬。

中國歷史上，凡是成大功創偉業的人，都是以「堅忍謙和」做起，委座以雷神父無論遭遇任何挫折，無不再接再勵，勇往向前，處處表現堅苦忍耐，有勝無敗的救世特性。故當他晉謁時，委座便誠懇而扼要讚揚說：「雷先生在前線協助國軍抗戰的工作，本人早有所聞，實在欽佩之至。不過第十二師的範圍太小，不能使你發揮更大的力量，所以特別請你來計劃較大而艱鉅的任務。」三度談話的結果，便決定請雷神父組織戰地督導民衆服務團，意在發動公教愛國力量，啓發戰地民衆意識，督導戰地民衆，協助國軍抗戰，以提高民心士氣。

軍事委員會華北戰地督導民衆服務團（簡稱督導團）的詳細計劃，經最高當局採納核決後，於是在漢口開始組織；許多知識青年報名參加。舟行赴宜昌途中，武漢與廣州相繼棄守，船上人員大多惶恐不安，雷神父他非常憤慨，立刻草就主張抗戰到底宣言；不久，蔣委員長發表「眞正抗戰才開始」的文告，對抗戰大業作新的努力，重點在整軍，根本則在轉移風氣，振奮人心，正與雷神父的主張不謀而合。

督導團籌備人員一行數十人，經萬縣、重慶、成都，而至西安，沿途陸續有許多青年加入，直至翌年（民二十八年）二月間，到達中條山時，方正式成立，由雷鳴遠親任主任。督導團團部設總務、秘書、政訓、事業四個處，下轄六個工作隊，及宣傳、警衛隊各一，每隊數十人不等，視其任務繁簡組織之，全團員額共計四百人。

督導團的工作地點是在晉冀豫邊區，範圍很廣，西自中條山之夏縣，經平陸、聞喜、垣曲、陽城、晉城，以及河南之濟源、温、孟等縣；再沿太行山北上，經陵川、林縣、武安、涉縣，到邢台、沙河等縣，形成一個巨大的三角地帶。另以一個工作隊、夜動晝伏，潛藏在敵人後方之洪洞、安澤、浮山等廿餘縣，以秘密活動方式來採取情報。至於工作隊的活動方式，除宣傳隊是集體的組織，巡迴各地演劇宣傳外，其餘都是化整爲零。

督導團自漢口籌備，沿途在重要都市，無論是茶舖、酒肆、影戲院、學校或街頭，到處鼓吹抗戰到底的決心；在重慶、西安且相繼出版了兩期「北地雜誌」；到了中條山後，團部設在大寺坪，更分別編印「大家看」「彈花畫報」；及至晉城後，復將一切雜誌合併，總其名爲「北原戰報」；不久，又增出一種「督導旬報」，以啓發戰地民衆愛國思想。

雷神父特與陳立夫先生接洽，撥欵在中條山戰地，成立了百餘所中山小學，督導團派員負責任教或聘任，使烽火中的失學兒童得以就讀。不僅如此，他還先後開辦村長訓練班三期，二十八年四月間，敵寇大舉進犯山區，第一期結業村長率領民衆，爲國軍運彈藥給養，抬送傷兵，結果我軍大勝。

晉東南的交通非常不方便，沿途食宿不易解決，該團又組織垣長公路交通站，由垣曲到長治設立招待站，每小站招待茶水，大站供應宿膳，予行旅以方便匪淺。除此以外，督導團復與孔祥熙先生之賑委會交涉撥欵，曾發起春耕運動，無價配給種子，因戰事荒蕪的田地得以耕種；設立難民收容所，救濟豫北逃亡無家可歸數千難胞，供給膳宿並安置就業生產；除在團部所在地成立醫院外，同時組織若干巡迴診療隊，爲貧苦民衆醫病。第五集團軍（由第三軍擴編）曾總司令對該團工作，極爲欽佩，無怪雷鳴遠二次赴渝時，委座頻頻讚揚。

雲南自北伐以後，在中國大陸各行省中，一直處於特殊形態之下。龍雲於唐繼堯死後，便自稱滇軍總司令，後改任雲南省主席，在抗戰初期，志舟（龍雲字）在全國團結號召之下，安分守己，誓與一千七百萬滇民，無條件服從中央，總算出了許多力量。至於當時中央軍與滇軍之間的誤會，造成雲南與中樞的失和，謠言滿天飛，那是地域觀念使然。雷神父因多年與滇軍曾萬鍾將軍相處和睦，水乳相融，且深得第五集團軍上下一致的擁戴與信任，中央電邀他飛昆，囑其說服龍雲，使第二期抗戰無後顧之憂。

二十八年六月十九日，雷神父携着曾司令萬鍾將軍親筆信，前後兩次談話四、五小時，結果說服了這位地老虎，完全支持中樞的抗日政策，後來中央軍高級將領率軍駐節雲南的，有黃杰、關麟徵、宋希濂、杜聿明、霍揆彰、黃維、陳明仁，奠定了抗戰勝利基礎，雷神父功不可沒。他在昆明就了一旬，當時于斌主教與牛若望司鐸等，正在那裡爲益世報復刊，雷神父作了很多次演講，發動慰勞將士的捐欵捐藥運動，成績極爲優良。

雷神父再度抵中條山後，他的工作地區已轉向敵後，任務益見艱難。往日他長途跋涉，普通總是步行，背上隨身携帶一衣、一褲、一襪、一巾、一筆、一硯、一墨、一四書、一日記、一日課，餘無長物。這時，身體羸弱，第三軍配給他一匹壯馬，他騎在馬上，背包依然自負，有人勸他解下，由馬馱載，雷神父却幽默的回答說：「背包由我背負，可以減輕馬的負荷！」

有人在歐洲撰文，誣衊他以傳教士而竟作了將軍，他不去置辯；甚至他的胞弟也有誤會，而他總是抗戰不忘成聖，「甯死不失節」，正如中國諺語所說：「甯爲玉碎，不爲瓦全」，他從不間斷神課，常於中夜而起，誦經誦主，孜孜不倦。有關他應行的事，總是按照經典法則去做，往往以德而報怨，從不計較。督導團成立之初，政府派在該團某職員，因故指責他袒護副主任，並且以手槍威脅他，而雷神父却不動聲色，依然和藹可親，笑臉迎人，其人知理曲逃逸後，他爲其路費担憂。日軍因痛恨雷神父在中條山的精神力量，好像一柱擎天，懸賞刺客欲置其死，後來這位刺客被逮捕，軍法處擬處以極刑，詢問雷神父意見，他表示國法所在，自不容有所寬假，若以私人意見，則請從寬，結果軍法處接受其慈悲爲懷心腸，饒了這一條命。

民國廿八年十月十六日，雷神父堅決北上重回安國縣，因爲經過敵後，爬越太行叢山峻嶺，難關重重，危險殊多。第五集團軍總司令，以其抱病在身，力向中樞電陳挽留不果。臨行之前夕，他曾向曾總司令黯然道別說：「明日袂別，成功者惟君是望，成仁者我搶先去矣！」

是日，送行者比肩接踵，幾多泣不可仰，雷神父感情最豐，多年相處，一旦分離，難免心如刀刺，惟念大敵當前，重責難卸，語多勗勉，互道珍重而別，在羣衆一片狂呼「雷神父萬歲！」聲中離去。曾總司令率高級僚屬陪行數里，最後以其隨身廿年之漢玉一方相贈，雷神父恭敬接受道別曰：「我去矣，以此潔淨無瑕之美玉，供奉我主，以謝君等之送別也！再見！」

這位崇尚和平熱愛國父的聖人，由於他全力揭穿共黨陰謀，給予八路軍致命的打擊，自然為共軍所嫉視，在百般設法策劃下，民國廿九年三月九日，終於在河南之林縣姚村，為劉伯承所逮捕，拘禁四十日，極盡軟化、嘲笑、威迫之能事，但雷神父絕不屈服，終因委座電令朱德即日恢復其自由，共酋深恐中央興師問罪，大張撻伐，始予釋放。

雷神父經此磨折，精神上所受的打擊，與肉體所遭苦痛，加上他多年在戰場淒風苦雨的摧殘，潛伏已久的病魔，一發而不可收拾。他在極端苦痛中行抵洛陽，勞瘁過度，肝胆俱傷，黃疸病使他無法起床，政府派專機接至重慶，閱十一日，病入膏肓，醫藥罔效，於廿九年六月廿四日，妥領聖事，與世長辭，永遠安眠於天上，享壽六十有三歲。臨終時，還喃喃自語道：「共產黨不是人，中國共產黨不是中國人！」

雷鳴遠遺愛人間，政府明令褒揚，這年十一月廿二日下午二時，在重慶臨江路石板街留法比瑞同學會舉行追悼大會，益世報於是日發行特刊紀念，委員長派代表致祭。祭文曰：

「維中華民國二十九年十一月二十二日，　蔣中正謹具香花清酒之奠，致祭於雷司鐸鳴遠先生之靈曰：嗚呼！賢哲於世，為釜為薪，磨頂放踵，將心澤人。君來自西，實為國賓，涵濡文教，振導羣倫。惟主造物，萬族斯仁。君禮望心，泯絕畦畛。東寇侵疆，痛毒揚塵，流離道路，慘惻城；君心如傷，投袂救民，馳驅晉冀，栖皇苦辛；積勞致疾，以隕厥身。夙儀未遠，蹤跡已陳，曠世所希，豈惟鳳麟。公理不滅，正義終伸，上告眞宰，下君無垠。嗚呼，尚饗！」

諸葛武侯有云：「鞠躬盡瘁，死而後已。」雷鳴遠到了中國之後，他發現這一古老的國度裡，正遭遇到曠古未有的欺凌與壓迫，需要更多的愛，他服膺天主眞理，背着十字架，像一枝蠟燭，燃燒自己，也像一座警鐘，喚醒別人，有光有熱有聲有色，他軀殼雖死，而精神永存，影響所及，已形成一股反共力量，將使邪惡聲銷匿跡，眞理大放光芒！

胡漢民先生軼事

畏名

胡漢民先生追隨 國父從事革命，是我國開國元勳。他終生爲革命工作，從不妥協退縮，更不放棄責任，風骨卓絕，貫徹始終，不幸於民國二十五年逝世，得年只有五十八歲，彌留時還念念不忘他一生所堅持的抗日、反共救國主張，張知本先生在一次紀念他的冥誕會上，推崇他是「有所不爲，爲所當爲，爲而不有」的革命志士，眞非過譽！

胡氏一生行事，有其嚴肅面，也有其輕鬆面，現在就拉雜摘錄數則如后。

捷對服好友

胡漢民先生字展堂，原名衍鴻，生於一八七九年。他們兄弟是「衍」字排行，而且都配上「鳥」的名字，因此叫衍鶚、衍鶯、衍鵬、衍鸝等。漢民先生自小家貧，八歲才入館讀書，因他非常聰明，所以進步很快。十三歲喪父，十五歲喪母，十六歲就自己設私塾教書，賺錢養家，同時又考入書院就讀，博取的獎學金，也拿來維持家用。暇時常和文友聚餐，有一次在好友陳融家舉行聚會，陳融食量奇大，過去每次聚會，他都覺得沒有吃飽，這回他便心生一計，當廚子上魚翅一菜時，他立即起座去遠接，隨即口角流涎，滴在菜上，同人見了，非常噁心，都不敢下箸，陳融則一人獨享，吃過精光。胡先生覺得陳融如此惡劣，實在不成體統，便有意給他一頓教訓，於是當廚司送上掛爐烤鴨來時，胡先生也起座去接，另取筷子平均分給同席文友，却獨不給陳融，說他剛才吃了別人的份，這回該讓別人多吃。陳融無可奈何之餘，只好高聲說：「我有一聯，願請在座諸公一對。」大家問他是什麼聯，他說：「胡衍鶚、胡衍鵝、胡衍鴨。」故意影射胡先生兄弟名字，以爲取笑。胡先生聽了，不慌不忙，隨口答道：「陳皮梅、陳皮欖、陳皮薑。」也影射陳融姓氏，旗鼓相當，滿座無人不佩服他的捷才。

爲錢而考試

胡先生青年時爲了救國，知非出國講求所學不可，於是到處籌錢。一九〇二年他在廣州當嶺海報記者，發表評論時局的文章，相當有名。因此他便報考是年舉人科，原只想做槍手出賣文章，賺點錢去日本留學。不料一般鬼子認爲胡先生的社論文章，不合八股口味，恐無把握，因此沒有人請他捉刀，胡先生只好自己把試卷交出，居然高中，從此揚名廣東。但胡先生絕不以舉人身份招搖，翌年秋天又逢舉人科考試，才有一位富家的兄弟應試，請胡先生作槍手，胡先生化名入場，爲他們代筆，果然兄弟都中了，便酬勞胡先生六千多元，胡先生拿了這筆錢，即到日本去留學。

胡先生到日本不久，以反對清延駐日公使的壓迫，便憤然返國。初到廣西梧州作院長，後回廣東香山縣教書。有一次他和同事徐立三由香山縣坐船返廣州，到了半途，忽遇強盜刼船，岸上槍聲卜卜，集中向船上射擊。徐立三伏在船艙不敢動，胡先生則坐在艙面，指揮船上伕役開槍還擊，毫不畏懼，人心因而穩定。岸上刼匪見船與人且戰且走，很快的已衝出包圍線外，也只好讓人船遠去，莫可奈何！

大戰鎮南關

一九〇四年胡先生再次到日本留學，和廖仲愷同住，一九〇五年初次和　國父會面，　國父為他們講中國革命之必要，和三民主義的要義，他們非常信服，從此參加了革命。一九〇七年隨　國父參加廣西鎮南關之役，當時黃明堂已奪取山上要塞，半夜胡先生便隨　國父登山，那天他胃病復發，因此爬山六小時後，距砲台還有百多米便昏倒地上。　國父原是醫生，知道他的毛病，立即叫他平臥，慢慢將他的脚提高，他便蘇醒過來。他請國父率軍先行，不要因他誤事，　國父便留胡先生的堂弟胡毅生扶他到砲台下的小屋躺下好好休息了幾點鐘，到了天亮，才上砲台。那時　國父正督率砲兵發砲轟擊清軍，這一戰，革命軍死一人傷一人，後來　國父留明堂守住陣地，自已則和胡先生、黃興等分別首途籌餉去了。

辛亥年三月二十九日廣州起義之役，因黃興先生和烈士們先一日通攻，胡先生後一日才由香港率軍到廣州，三十日晨到了碼頭，黃興等已經失敗，清軍艦上的巡邏兵到胡先生船上搜查，如臨大敵。檢查員還拿出胡氏的照片來對照，幸未被查出。上岸之後，警察又來盤問，胡先生便以普通話對答，他們以為是外省來的商販，便予放行。胡先生抵廣州後住入海珠酒店，旋知大事已去，只好又回香港。

為革命歷險

武昌起義成功後，廣東光復，胡先生被廣東各界舉為都督，從此廣東政局便常常依賴胡先生來穩定，但軍閥也就恨他刺骨。民國十二年滇桂軍入廣州，參加討伐陳炯明，那時將領如沈鴻英等多飛揚跋扈，目無法紀，整天向省長胡漢民索餉，弄得胡先生寢食俱廢，還是沒法支應。滇桂軍於是在廣州濫抽捐稅，坐地分肥，胡先生本革命愛民之旨，當然責以大義，欲予制止，沈鴻英等認為胡先生故意和滇桂軍為難，因此定下了暗殺之計，先以書面通知胡先生於江防司令部開會，俟胡等到後，即派兵掃射會場，如胡先生能逃出會則必回長堤二沙頭寓所，於是又在長堤官紙局伏下機關槍隊，俟他的汽車經過時，再予密集射擊，必無倖免，布置已定，當胡先生得到邀請書後，如約乘汽車前往。抵達時革命黨將領陳策、魏邦平等都已在座，却不見沈鴻英到來。隨即槍聲忽起，向陳策射來，陳策慌忙閃避，躍向窗外，由騎樓跳下，雖然跌斷了腿，却保住了性命。胡先生見槍彈射來，則俯伏桌下，也平安無事；等槍聲過去後，衞士才護送他下樓，尋覓汽車時，却不知去向。正好另外有一部汽車可用，便坐了車直開省政府。胡先生返入辦公室，便囑咐辦公同事說，他有要事去香港。說完便匆匆檢了幾本電報密碼，也不回家，便直到香港輪船碼頭上船。他到了香港後，即電　國父辭去省長職務。

另外桂軍駐在官紙局暗殺隊，正注視馬路上的汽車，不久果然見有衞士保護的汽車，疾駛而過，於是立即開機關槍掃射，子彈把汽車穿成如蜂房一般，車上主人和司機衞士等，全部死光。事後檢查，原來死的，正是桂軍另一司令劉達慶和桂軍軍長黃鴻猷，正是善惡到頭終有報，桂軍害人竟害己！

誠懇而疾惡

民國十七年，北伐成功，定都南京，胡先生被選任立法院院長，當時立法委員還有一部分沒有派定，有一位廣東國民黨員李某，曾任南洋僑報編輯，歷任各縣縣長，便上京去見胡先生，請求「栽培」。

胡先生知道他的來意後，正式告訴他道：「立法院不是廣東會館！」因爲當時已經選定的立法委員，廣東籍者已佔多數，所以不能再增加了。

胡先生生平辦事，自律很嚴，在南京立法院開會時，從不缺席或遲到早退。有一次立法院有人遲到，他便在立法院的紀念週上對這種情形，大加申斥。並引一段故事說：「外國機關有職員屢次遲到，主管長官每次提勸告，他總是推說手錶走慢了，於是長官最後說：你趕快換手錶，否則我就要換人了。」他說過這一番話後，立法院從此以後，人人不敢遲到。

又有一次秘書處有某職員娶一歌女作妾，胡先生經調查確實以後，即予以撤職。他說：「固然娶妾一事，在目前法律上尚不算違法，但如此行徑，實所深惡。雖不是政府的法令所規律的，兄弟却非加以規律不可！」

不過，胡先生也是很近人情的長官。有一天，正當南京盛暑，立法院既無冷氣設備，連風扇也沒有，因此熱得不可開交，有兩位秘書在起草方案和議事日程，揮汗如雨，只好把上衣脫去，打着赤膊苦幹，不料胡先生忽然來到，二人怕被申斥，便慌忙穿上衣服，胡先生立即伸手攔住他們說：「不要、不要，這是父母清白之體，正好相見。」可見他有時候，也是不拘小節的。

莊諧三詩諧

胡先生是一位政治家，也是一位文學家，他的文章固然做得很好，詩也做得很有功力和神韻。如遊江蘇鎮江焦山甜枕江樓七律說：

「坐對松寥鬢未斑，枕江樓上更憑欄。登臨前代多名士，砥柱中流是好山。人喜鶴銘猶有字，我疑龍隱本無丹。東坡不住君何住，合趁斜陽載酒還。」

胡先生又會作白話打油詩，如他在新加坡時，曾寫了一首贈革命同志鄧慕韓，十分滑稽，詩道：

銅山萬壑果然眞（指慕韓祖先鄧通在漢時鑄銅山爲錢，富甲天下），

發夢忘魂意氣伸（慕韓稱夢遺爲人生樂事，而且經濟實惠），

舊日師爺稱綽號（慕韓向有師爺之稱），

近來皇帝是鄉親（慕韓的同鄉譚發有帝王思想，大家便叫他皇帝），

縮低鐵甲方無敵（慕韓主張兵艦鐵甲要低過水平線，才可有效砲擊來襲的敵人），

嚇走金表大有人（在日本時曾有掛金表的二女士謁 國父，久語不去，妨碍開會，慕韓乃持大金表入見，說要開會，二女才去，慕韓說是大金表嚇走小金錶，編者按：此二女乃章士釗夫人弱男及其妹亞男也），

最恨愛蓮賢伉儷（慕韓的夫人名愛蓮），

不堪此地更維新（新加坡有娼寮叫「新愛蓮」者，使慕韓有睹物懷人之感）。

胡先生還會作廣東土話滑稽詩，更是傳神，轉錄兩首如后：

賦得椎秦博浪沙

話說椎皇帝，如何胆咁眞？果然渠好漢，怕乜你強秦；幾十多斤鐵，孤單一個人。攔腰搬過去，錯眼打唔親。野仔眞行運，衰君白替身！阿良眞正笨，爲咁散清銀。」

垓下弔古

「又高又大又峨嵯，臨死唔知重唱歌。三尺多長鋒利劍，八千靚溜後生哥。既然廩泵(Lum dum仄聲、連續意)爭皇帝，何必頻輪（音Pan Lan 平聲、狼狽意），殺老婆？若使烏江唔鋸頸，漢兵追到屎雖瘌。」

我的生活瑣憶

——田炯錦——

我生於甘肅慶陽縣一個名「南佐」的鄉村，距西峯鎮十里。該鎮爲甘肅較大市鎮，時有鄰省商人，來往販賣貨物。辛亥革命以前，地方上沒有報紙，對國家大事，均祇聽來往人們的傳說。幼年時，常聽本地退伍的軍人，閒話隨左宗棠、董福祥剿平甘肅變亂及遠征新疆的故事；民國前二、三年亦曾聽長輩們轉述來往商販所說日本打敗我國，現又與俄國在我東三省境內作戰，俄人用一種一炮叫天極炮，一炮打死日兵十數萬人。現在日本要求我國共同抗俄，俄國要求假道攻日，不知如何得了！當時聽了很關心我國處境，以後方知關於日俄之戰的傳說，與事實相差太遠，在我們聽到這類消息時，日俄戰爭早已停息。且在世界第二次大戰末期以前，人世尚無一種武器，一舉能打死上十萬的人。但因常聽父老們說西北變亂時殘殺的慘酷，又聽了國際戰爭中，火器殺人的可怕，遂深感國家苟沒有力量保護人民，則個人當無安全可言，因而逐漸關心國事。

民國成立以後，甘肅省城刋行兩種小型報紙，間有陸軍總長段祺瑞主張討伐外蒙的新聞，有尹昌衡在西藏作戰的訊息。當時報紙常七八天方寄到我就讀的小學一次。報紙一寄到，常搶先閱讀。十四歲到蘭州上學，能看到當天的報紙，乃更喜歡看。十六歲入天津南開中學，學校食堂的牆壁上懸掛有京、津、滬，十多種日報，午飯後常依次閱讀，直至下午受課時。因飯後仰視，以致感覺胃部不適。到了現在，仍甚喜歡看報，每日耗費的時間，約一小時多或至兩小時，成爲我的一種興趣。

我的家鄉是在長二百餘里，寬百餘里，高達千數百尺之董志原的一個鄉村，視線廣濶，每當夕陽西下時，可以望見二百餘里外之六盤山。雖無名大川，但樹木繁多，春夏秋三季田疇碧綠，冬則遍野雪白，亦值得欣賞。是以我在西峯鎮及蘭州、平、津受學，假日歸來時，常常喜歡散步田野，尤喜在小樓上看日落六盤。以後離故鄉到外邊求學及工作時，得暇常去散步，假期或暇時，亦常喜登高遠望。隨政府來台後，生活較爲固定，乃每日散步一小時左右，很少間斷，散步時尤喜到淡水河邊。我的住所不遠處有幾個學校的園地，紅花綠樹，環境雅潔，但我特喜淡水河邊有鄉村氣息，近可以看天然的水流，遠可以望山間的奇峯，沿河散步，使人有超塵出世的感受。

我的家人與族人均信奉佛教，少時聽祖父說：教的創始人姓嚴，清室佔有中土後，強其任官。他由山東某地，肩挑一担經籍，連夜逃避，聲言到什麼地方，他的扁担壞了，他當停留，寧死不去。他向西逃，清室亦派人追踪。他逃到陝西鳳翔境內時，木担折了，他遂自毀其雙目。清室追尋的人趕到時，看見他已盲目殘廢，故未迫其東返，他就到附近一個叫唐家山的地方長住傳教，陝西西部及甘肅東部入教的人不少。辛亥革命以後，信教的人漸少。至民國二十七年，我回故鄉時，詢悉比我年紀較小的族人已沒有信教者。但我因環境關係，自幼即素食。民國四年，到天津南開中學受學時，因在學校食堂包飯，不得不吃葷油，是以漸漸能食看不見肉及沒有生命的東西，如葷湯、鷄蛋、牛奶。而目能見的肉食，包括海味均難下咽。我並不信有些佛教宗教的教條，以爲吃了肉來世將獲罪責。但因多年習慣，乃不忍食有生命動物的肉體。憶憶民五春，我大病後不久，忽患夜盲症，夜間在電燈下，尚可看書，一到外邊，連道路和天上的星辰都看不見。經醫診斷，認爲係結膜乾燥症。告我須吃羊肝，否則一月以後將無法治療。要不然須即動手術，而此種手術疼痛異常。我答以我不能肉食，寧願動手術，絕不能吃羊肝。施手術時，果甚痛苦。過後約半小時，方能走動。兩三小時後，眼球血紅，不辨黑白，感到十分恐懼。但當夜却能辨路，且看見天空星辰，乃大欣慰。此一危難過後，再未遇逼使吃肉的難關，所以至今我仍素食。

因爲我生在距西北大亂粗平之後，祗有二十餘年，少時常聽父老們談說大亂時民衆受禍之慘烈。上小學時，又聽教師們常講近幾十年來，我國屢受外人欺侮，喪師失地的梗概。辛亥革命時，本地會匪作亂，幾成大禍。革命成功後，報紙又常載外蒙、西藏有不保的危險。遂常憂懼國家苟不能抵禦外侮，維護治安，則老百姓絕無安居樂業的可能。因思如何充實自己，得有能力，將來對國家和地方，能夠有所貢獻。是以民國二年，當孟視學員鼓勵我往蘭州受學時，我懇切說服親長們的顧慮與反對，隨孟西上，翌春考入甘肅第一中學。民四春，省府保送學生，上北平清華學校，報名考試，幸被錄取。但考卷外面註明：我因年齡不合，降爲第二名。其次一名則註明：因年合格。改爲第一名。其實提爲第一名者，比我個子小，而其年齡以後方悉比我尚大一歲。因考卷面附註的關係，覆試後清華學校通知因年齡關係，不便錄取。我去函周貽春校長，蒙其約見，並給我一封介紹見天津南開學校校長張伯苓先生的信，內云說：清華復試，有的國文、算學均考百分，只英文稍差，但因格於規定，不能錄取，希南開能給我就學機會。我赴津謁張校長，承告第二日補招新生數名，叫我即去報考。考試揭曉，幸被錄取。在南開受學兩年，校長教職員之負責盡職，給我深刻印象。但因甘肅省府不給中學生公費，靠家庭供給，深感困難。乃於民六夏，依同等學力規定，考入北京大學。

因我生長於大亂粗平未久，到處傾垣破屋，人民生活極爲困苦之環境；又值政府受外患逼迫，迭次屈辱的割地求和，致國家危如疊卵，是以我少時志氣很豪邁，認爲人生斯世，應該爲國家社會作一番事業。逮至平津上學以後，目擊國會議員之專逞意氣，唯利是圖，對行政部門任意掣肘，提請其同意之內閣人員，不分好壞的概予拒絕通過。有些時致內閣祗賸閣員二三人，不能合法開會。主持行政者驕橫固執，沒有民主風度。在局勢無可爲時，仍不肯求去，導致軍閥橫行，毀壞國家大局，陷全國於混亂。在時局杌隉的期間，我受了梁漱溟所講孔學的影響，深信：眞欲救國救民的人，應該有所不爲。施用不正當的手段，絕難達正當的目的。但在政治黑暗、軍閥橫行的環境裡，苟不枉道求合，又如何能得機會爲國家作貢獻呢？是以有一段期間，我很感消沉，欲在北大畢業之後，還故鄉教導後生們成材，將來爲國盡力。後讀胡適之先生的不朽論，及一篇英文名 The Hope of progress（忘作者姓名）給了我很大的啓示。胡文大意是：無論職務巨細，作好了都會給社會好的影響，作壞了亦必對社會有壞的影響。奏一曲動聽的音樂，可能使一個詩人得到靈感，寫出不朽佳作；吐一口痰，亦可使許多人受病菌影響而染肺癆。發現西大陸是一不朽事業，但絕非哥倫布一人所能辦到；凡與此舉直接間接有關的人，如授其地理智識者，助其成行者，及船上的技工水手等，均對此一不朽事業有功。所以哥倫布固然不朽，助他成功的那些人亦同樣的不朽。那篇英文名著的大意，認爲社會的進步是無窮盡的，一人的努力祇是在無盡長途裡前進一點點、一段段而已，與終極目標的距離，仍爲無法估計的遙遠。但祇要我們前進若干距離，則對於理想的目標，必接近若干距離。因之人們應該努力耕耘，不可以其理想不能完滿實現而心灰氣沮。我得了這些啓示，漸漸領悟人生斯世，不必作大英豪，佔高職位，祇要有誠意有智能爲國家社會盡力，亦必可有成就，有貢獻。因爲有了這種信念，在北京大學及美國幾個大學的研究院受學時，祇努力學問的研究，並在國內幾種雜誌投稿，介紹外國的長處，期國人予以注意。從未對將來出路有所謀求。

十九年讀完博士後，東北大學電邀任教。該校環境淸靜，設備亦佳，原擬執教數年，將所學加以整理，寫成中文。不料寒假赴京參觀，無意中被介紹謁監察院于故院長，承邀留京任監察委員。從二十年二月起到現在，除任甘肅教育廳長二年外，一直在中央供職，並先後在六個大學兼過課。在這四十三年內，我本着只求耕耘不計收穫的信念，政府給我什麽工作，即力求盡其在我，無忝職守，從未另圖高就。主持機關時，督責同人不得延壓公文，我自己除在外有必要之約會外，亦每日在辦公室，公文隨到隨核辦。命會計負責人，嚴格控制預算，不得超支。計共有七次離職交卸，每次或多或少都有結餘留交後任或交還國庫。在學校兼課，謹守規定時數。除非意外，絕不缺課，遇有本職調動，不能兼顧時，即懇切辭兼。我祇勉力盡自己的責任，以求心之所安，對自己的前途有無裨益，則非所計。

猶記得二十六年春甘肅省府于學忠主席調赴江蘇任軍職時，因新任朱紹良主席一時不能來，由於指派秘書長周從政暫代行主席職務。周旋因環境艱險，稱病東下，于電令我代行。當時其他廳長均已藉故離甘，我因係當地人，責無旁貸，乃與兩個省府委員，共同維持地方秩序。當時有人勸我，可即赴京活動，能爲代主席固好，即或不能，亦可求中央明令代行，對於政治生命前途，必有裨益。我婉告甘肅局勢尚未穩定，我若遠行，萬一發生變故，將何以對國家與地方？五十六年秋，當我奉命負責整理行政法規時，有人告訴我司法行政首長即將易人，當局屬意的人，我亦爲其一。別的人或任職未久，或現尚負重責，我如進行，則可能性較大。我答說：我負責整理法規，對我國法治及人民權益關係甚大，剛纔籌備就緒，若求他就，勢必躭誤工作的進行。政府統籌全局，如調我出任，我自當從命；但我自己不應去求。是以我由青年從政已到暮年，仍願信守孔子學說：盡人事，從天命，不以不正當的手段求達目的。我記得孟子說：「待文王而後興者凡民也，若夫豪傑之士，雖無文王猶興。」我自度是一個凡民，不能轟轟烈烈的創造環境；祇願在我國復興大業中，能夠担任些工作，以盡忠職守，不負作一個大時代的中國人。

孔子思想在琉球

·楊仲揆·

以孔子思想排拒耶穌教

琉球受孔子思想薰陶極深，敬祖信佛及道教習慣，又與中國無二，其對西方其他宗教之排拒性，自然極大。考之史籍，從明末崇禎初年起，即不斷有禁止耶穌教傳道之記載。首見於記錄者爲崇禎三年（一六三〇年）琉球火燒八重山本宮良兄弟之事。本宮良兄弟因南蠻船來，通過中國翻譯，而信耶穌教，爲王庭查出，被處火刑（見八重山歷史）。

其次，又有崇禎十四年，因其信奉耶穌教而逆薩摩人玄也返鹿兒島之事；其後又有法籍傳教士傳勒被拒之事；可見琉信孔之深，而拒耶之峻！

最有趣者爲清道光二十六年（一八四六年）五月，英籍傳教士伯德令來琉球，伯德令有一妻二子及一中國翻譯隨行。偸偸上岸，初住那霸波上山護國寺，其本意爲答謝以往琉人善待英籍遇難船員，特來傳佈福音，並教醫術，但爲琉球朝野所堅拒。伯德令又不肯返船，並堅持至民家傳教，曾被琉民拒絕，申報官府，官府不理，亦無可奈何。惟嚴令不准傳教，不准教醫，民間實行消極抵抗。有時伯德令一家食物零用，均買不到。琉人到護國寺拜神，伯德令又誣指爲偸窺其妻。伯德令往往又自闖民家，強迫傳教或爲人醫病醫傷，騷擾不已，茲摘錄一段琉球官方文書，以見一斑：

「逕啓者：（按此爲琉球王府大臣尙國楝答覆伯德令之函）貴客曾在那霸，欲教耶穌之道，入於人家，時有差役推出門外一案，具文投來，本官逐一查閱……茲覆，十一月廿四日，貴客欲教其道，推壞人家門戶，擅入裡面，驚動婦女小兒，一時騷擾，不得營業，由是家主再三婉詞，願請出去，不肯聽從，竟翻手舒足臥倒座上，無意出去（驚動鄰人），鄰人無如之何，竟抱護該客，扶出門外……該客却幸其扶抱，遂手拿耶穌畫像給衆觀看，口講耶穌道術……該教人不願看聽，不耐久抱，竟放手回去。該客乃云猛手把持，而將殺之，且失魂不醒，痛楚街上等語。此該客強生枝葉之語也。……

「查敝國人民，平日交待貴客，務勿失禮之處，從前屢次飭行在案。今又分晰，着令各村嚴加檢束勿違，懇乞電察前由，俯賜體諒。

「又貴客到國以來，欲授天主之教，要施醫生之術。或出街市，或入人家，講解其教，講說其術。但是敝國士庶，往古以來，專尊孔孟之道，隨分安業，得以修身齊家，至國家政務，亦自其遺法，永成安寧之治。而孔孟之道，入於人心，深且久矣；乃學天主，是人心所不嚮往也。至夫醫業，亦不但前赴中國精受祕旨，而在敝國，更加鍛鍊，無缺治療之用。且夫治療之法，不可以一律而論，地有西南不同，人有強弱不齊，敝國人民思及於此，不肯信用他國之醫，故致施教行醫之事，屢經請辭。但聞貴客無肯聽衆，打壞門戶，飛踰石垣，濫入人家，強要施教，高聲講說，致使婦女心驚胆裂，伏祈貴客洞察前由，嗣後務弭施教行醫之舉……。道光二十九年中山王府總理大臣尙國楝覆。（見琉球手抄本「伯德令其他往復文書」）。

關於伯德令強留琉球八年一案，來往文書所見有趣可笑令人噴飯之事極多，此處限於篇幅，無法詳述。伯德令挾其醫術，如此堅持傳教，八年之久，琉球上下亦堅守孔孟思想及中國醫術，加以峻拒，終令其無功而去。足見當時琉球人對孔孟思想信守之篤，且遠過於中國矣。

孔子理想的文治王國

至明末，西方殖民地主義大行其道，並已東漸。中、日、韓、琉海面，已經常有英、法、西、葡等國兵艦商船或探險船出現。因颱風壞船而飄流琉球島上者，往往有之。琉人基於數百年救難傳統，往往均善待受難者，授食，授衣，授水，或代為修船，且多不收報酬，只希望受難者他日遇見受難琉人，亦獲同等優待，如此行為，感動西人甚多。茲摘引數則以為說明。

（一）誠實態度天下少見

一八四〇年八月十四日，鴉片戰爭期中，英國運輸輪印度橡樹號(Endian Oak)在琉球北部遭風擊毀。船上運務員鮑曼（J. J. Bowman）以其目擊事實，著有「印度橡樹號琉球遇險記」（Loss of the Transport Endian Oak on Lew Chew）一書，中云：

「這裡人民之慈善心腸與誠實態度，天下少見。我們船上的貨物，對於任何人都是一種無上的引誘，例如黃金、白銀、衣服、酒、啤酒等，在破舟處，散亂一攤。但是無人碰過一下，亦無任何損失，琉球人所熱中的是如何供應一切，如何使我們生活安適。我們從未見過武器，一二十隻小木船，百來個人，忙於為我們搶救沉船物資！

「琉球人最後堅決拒絕我們給予的報酬。他們說，唯一希望的是一旦琉球船在英國遇難，或訪問英國，也希望得到同等待遇，並送他們回國。」（本文原載一八四一年倫敦「航海雜誌與海事年鑑」Nautical Magazine and Naval Chronicle，摘自美國約翰克「琉球史」。）

此種態度是何等誠懇、高尚、天眞無邪！他們何從得知此等西方殖民者正是東方王道文化的破壞者？

（二）拿破崙不相信有這樣一個無武力的國家。

一八一六年（嘉慶二十一年）英船亞賽斯特號（Alceste）與萊拉號（Lyra）來黃海，船長張伯倫(Basil Hall Chamberlain)曾著一書「高麗、琉球航行記」(Account of a Noyage of Diseovery to the West Coast of Corea and the Great Loo-ChooIsland）當時暢銷三十年。書中述，英國使華之亞姆斯特（Lord Amherst）於任務失敗後，由亞賽斯特號護送回國，在琉球船破，改乘萊拉號回國，道經聖海倫娜島，時拿破崙正被囚於此。順道往訪，暢談東遊之事。

「談及琉球所見，使拿破崙大為驚異，其驚訝尤甚，幾至不敢相信者，為琉球全國無武力，人民不知世上有戰爭。社會以禮而治，各階層各守其份，無盜竊，安靜寧謐。」

此是何等境界？此種王道文化之大同境界，自然為西方霸道文化中的武夫拿破崙所無法了解！

（三）孔子理想的完全體現。

美國約翰克爾在「琉球史」中曾稱：

「……整個五百年間，琉球一直是中國藩屬中最忠誠的一個。無疑地，此為中國孔子思想的影響。孔重道德，主張尊師重道，琉球人持此戒律和觀念，極為謹嚴。琉球人深受道德義務的約束。」

又前述英國船長張伯倫在所著「琉球與琉球人民」（The Lew Chew Islands and Their Inhabitamts）中，曾形容琉國王是「揮扇統治而不是揮劍(棒)統治」（"By the flick. of a fan rather than by the blow of a sarord or a stick"）又說：

「從某些最重要的方面來看，琉球的確無愧於「守禮之邦」四個大字。這是一五七九年中國皇帝賜與琉球。琉球引以為榮，為立牌坊，榜之都門。在琉球依賴人民無條件的服從。整個王庭，充滿了高度文化修養的貴族，都由全島勤儉的農民奉養，這當是孔子理想的完全體現。」

全島勤儉的農民奉養，這就是孔子理想的完全體現。

誠然，中國、高麗、琉球，均為孔子思想孕育出來的禮義之邦，都曾以偃武修文的君子之國為理想，都曾在東方王道文化薰陶之下，經過人性昇華了的優遊歲月。這種生活境界，曾使西方霸道文化的武夫拿破崙等，無法置信。但西方霸道文化及其東方鷹犬日本，以其堅船利砲，於不旋踵間，就把孔子的理想與二千年辛苦經營的整個王道領域，破壞蹂躪，以至淪為悲慘地獄。這對中華民族講，因為悲劇，對人類前途講，未始不是劣幣驅逐良幣反淘汰的可悲現象！

四十年前台灣大地震親歷記

·古滿興·

台灣在日據時代分爲五州三廳。距今四十年前，新竹、台中兩州發生了空前未有的驚人的大地震，那是民國二十三年（一九三四）農曆三月十九日凌晨五時五十分許，勤快的主婦們正在做餐，大部分人還在酣睡中。

這次大地震，除台北、台南、高雄三州，花蓮、台東兩廳損害輕微外，新竹、台中兩州共死了兩千多人，輕重傷不計其數，全半倒房屋六千餘戶；僅我們一百多戶的小村莊，村民五六百人中，就死了一百多人。因爲地震帶恰好經過我們的小村，而且又因房屋都是土墻的緣故，所以災情特別慘重，迄今想到仍恐懼不已。

那天早晨我照往常五點半起床，漱洗後向神龕上香，然後悠悠自然地走出門外，想到郊外散散步，再回來早餐；不料還沒有走到郊外，突然就發生「轟轟隆」一聲巨響，接着地動山搖，我意識到大概是猛烈地震了。

剛剛叫了一聲「啊！」我已被震倒，隨着兩旁房屋的磚瓦、墻土等紛飛似的「咚隆、咚隆」倒下。以時間來算，恐只有數秒鐘而已。我跌倒的時候，眼球滴溜溜溜地旋轉，感到眼花，有如跌入地獄。「十九年的小命到此休矣！」我如此感覺着。

不料當我從地上爬起來時，因我剛好走到房屋最低的地方，所以奇蹟的連一點擦傷都沒有；如果我慢走了十步的話，也許再有千條命，也被那一座大樓房的水泥塊壓成肉醬而向閻王爺報到了。

倒塌的土墻塵埃，一時化成約二三分鐘不散的烟霧，伸掌不見五指；我在烟幕朦朧中只好站立片刻，候視線稍爲看得清楚一點時，返身想趕回家去看看家人。想不到一轉身走了兩步，便看到一個婦女倒在地下，僅露出一點頭出來，全身被墻土埋着不能動彈。我不由自主地拚命用手扒開土塊。當那個婦女自己會站起來，我又想趕緊走了；可是走不到五步，又有一個婦女埋在土裡，於是再拚命的搶救。時間不到五分鐘，便救起二個婦女。

當我抬起頭來一看，四週房屋有如遭受地毯式的轟炸，全部被夷爲平地。

剛才走過的街路已塡滿了瓦礫，於是我就踏着崎嶇的廢墟往家奔去。走到自己家面前時，哥哥從對面也回來了；一看到我就張口微微的笑着，可是這個笑是很不自然的笑，而是悲喜交集、不知如何是好的微笑。他是地震一開始時就飛奔似的跑到沒有房屋的地方，而撿回一條小命的。

原來，我家房子在地震的頭一波就震倒了，可是沒有完全垮到底，土墻爲櫃架支撐着而成隧道形。於是，我和哥哥急速地通過這個危險的隧道，去尋兩個嫂嫂和侄兒。

我的哥哥到底年長，經驗較豐富。他回憶在學校聽老師講過日本東京大震災時，大震後一定有餘震，所以要我趕快搶救嫂嫂出來。

通過隧道後，看到大嫂抱着小孩子站在中庭，呆如木鷄，不知該走到什麽地方去。於是，我和哥哥叫她不可從前面、要從後面趕快走，要不然第二次震來了是很危險。

二嫂是當天的值日厨師，地震時由厨房跑回臥室想抱嬰兒，被困在房中而無法逃出來。當我大聲連續喊叫「嫂嫂妳在哪兒時」，才聽到她喊：「在這裡，趕快來呀！」的呼聲。我踩着屋瓦到屋頂一看，的確連一個小洞都沒有。幸虧雖然屋頂垮下了，但她的大木床後的墻壁還沒有倒塌，而留下了性命。此時沒有工具可挖土，只好又用兩手盡力挖個洞。嫂嫂先從小洞遞過剛滿三個月的侄兒給我；當我接到侄兒時，也許由於過於緊張的關係，覺得輕飄飄好像沒有拿到什麽東西似的。然後嫂嫂也從小洞爬出來了，於是帶她們到安全地帶去避難。

上屋的乞食哥大聲喊着：「救命喔！我要被壓死啦！」這時候我才深深感覺遠親不如近鄰，就義不容辭地趕快跑過去。一看，胸部被厚厚的墻土緊緊的壓着，只剩一個頭從土中伸出，奄奄一息很勉強的呼救着。

好容易把乞食哥救起來，可是乞食嫂又焦急得如熱鍋螞蟻，要我們幫忙挖出埋在土裡的七歲、九歲的兩個孩子。我走到小孩所埋着的地方，一看，我的天呀！那麽厚的墻土（約五六尺厚）用手扒開很費時。心裡在想，救人刻不容緩，便不管三七二十一拿起鋤頭，惶張地、緊急地拚命挖。不知挖了多久，乞食嫂再也不許我用鋤頭挖了，理由是恐怕傷害小孩的頭及身體；不得已，只好用手扒。再經過十多分鐘，好不容易才找到這兩個孩子。挖出來時，他們的身體還暖暖的還有點熱氣；可是因爲窒息已太久，一看便知道爲時太晚了。不過，他的母親認爲還有甦醒希望，就拚命用口吸氣，做人工呼吸約半個鐘頭；結果回生乏術了，接着又是一片哭聲。

再隔一所房子的阿狗哥，因睡在樓上，房屋坍塌時，有如坐飛機似的順勢從樓上滑下來，僅把腰骨和脚踝扭傷，不能走路，哎唷哎唷的呻吟着。這眞算不幸中之大幸。

另外有的人頭破血流，有的人手脚折斷，死的死、傷的傷，哭聲四起，一片哀慟。平靜的村莊頓時變成了人間地獄，那悽慘情況，實在不是筆墨所能形容。

哥哥看到家人都還安全後，就命我去探望住在鄰鄉的母親是否無恙（因舅母分娩，母親去照顧而不在家）。當我起程走不到一百公尺時，第二次大震又來了。這次的強度不亞於第一次。大地震動得如激烈搖擺的搖籃，羣山嚎嚎嘯嘯有如驚濤駭浪似的怒吼，由近而遠地消失了，儼然就像大地會沉下海似的。

路上遇到許多負傷啼哭和爲窒息的家人做人工呼吸的人。對於這些人，雖然我有萬分的同情心想幫忙他們；可是爲了急於看望母親，只好愛莫能助了。

走了四十分鐘到達鄰村，眼見鄰村的房屋完整如常時，我覺得無限奇怪，也攙雜一點妒忌；怎麽和我們的村僅隔一條河，而竟會有這麽大的差異呢？

再過一個村沒有好久，遇到緊張萬分、急步趕路的一個警察小隊，據他們說是要到我們村去。這時候我才領悟到，我們的村比其他任何地方都損害的嚴重。

公路坍塌得面目全非，火車鐵軌彎彎曲曲的像麥芽糖；因此，汽車、火車一概不通了。田地有的陷落鬆弛，有的龜裂尺餘，到處流出泥水，令人感覺陰森可怕。

整整走了一個上午，好容易才達到目的地，我第一件向母親說的是：不但自己的家，全村房屋都變成平地了，死傷好多，目下無法估計，但不幸中的萬幸是家人大小都安全。也許女人到底是女人，母親首先有了安全感後，什麽都不問，問我們的那二條大猪有沒壓死？

一會兒，很多人圍住我問長問短，有的問他們的親戚是否安全？我所知道的一切都詳細奉告給他們了。

得知母親和舅母安全，我吃了中飯後，裝好二袋糧食，拖着疲倦的身體，又涉水翻山担回家去了。黃昏時分到了自己原來的地方，哥哥和嫂嫂湊集一些木板、草蓆，忙着搭個臨時小屋。

當天晚上，村民都躲在自已搭的陋屋下過夜。奇怪的是那天晚上的月亮紅而暗淡不亮，因此更增添我們難民無限悲哀。晚間還來了好幾次餘震。弄得大家心驚胆戰，一夕數驚。要開始震動以前，一定有巨雷似的「轟隆」聲，然後總過三四秒鐘就會激烈的震動；「轟隆」聲越響，震動的幅度越大，這是和已往的地震不同的現象，所以聽到「轟隆」一聲便可知道震神又來了。尤其是肅靜的夜晚，這個聲音聽起來特別震耳。

第二天，其他鄉鎮的壯丁團來幫助挖掘廢墟中無數的屍體。一具具的屍體沒有那麽多的棺材可裝，都用草蓆包着向墓地抬；一連好幾天，墓地都擠滿善後的人。這種悽慘情形令人酸鼻不已。

第三天，大醫院也派來四、五位醫生和護士，和傷患治療敷藥。

最感滑稽的是，日王裕仁捐了十萬私房錢的事。這不能說是壞事，可是這筆錢轉到台灣總督府，經過好幾個月才送到我們手裡；而所領到的是每戶一元三毛和一張詔書紙，而且還要舉行一個莊嚴的傳達典禮，要我們衣服整齊的去參加恭領呢！

這次大地震，其中最使村民悼念的，是剛到任沒好久的一位年輕女老師。她是在第一次地震時跑出屋外，因只穿短褲、襯衣，覺得害羞而跑回臥室去穿衣時，被第二陣地震壓死的。

我們受到全島同胞的溫暖救濟和憐恤，尤其是壯丁團的志願援助照拂，醫生、護士們不眠不休的救護；於今憶起，不覺熱淚盈眶。

自那時以來，迄今已經四十年了；每一回憶當時遭遇，猶如目前，令人產生上帝何其不仁之感。

六禮及其他

禾唐

古時男女婚嫁，有所謂「六禮」的儀式，其序次爲：「一曰納采（行聘），二曰問名（男方具書遣使問女之名），三曰納吉（卜於廟得吉兆，使復於女家，婚姻之事於是定），四曰納徵（徵者成也，使人納幣以成婚），五曰請假（婚期諏吉具書，徵求女家同意），六曰親迎（新郎親至女家迎新婦歸）。」這些繁文褥節，倒也反映出古人對男女婚嫁，是如何的鄭重其事。

五代以後，又有所謂「卻扇」的佳話。庾信文云：「分杯帳裡，卻扇床前。」世說：「溫嶠娶姑女。」既婚交禮，女以手披紗扇，撫掌大笑曰：「我疑是老奴，果然。」又何遜看新娘詩：「如何花燭夜，輕扇掩紅妝！」大抵古時因爲盲婚的關係，新娘在新婚之夜，未免有點害羞的心理，故以輕扇自掩，這一來就相沿成爲習俗。

至於洞房之夜，古人描畫「一刻千金」。這因爲古時男女在婚前多未謀面，一雙陌生的男女，在紅燭高燒下使他們悄悄地相見，悄悄地交談，那種緊張，神秘，嬌羞，愉快的情景，是不難想像得到的。在這裡，我們且舉出清人的一首艷詞來，就可以領畧洞房的一切韻味。且看：

「相照紅妝寶炬燒。郎也苗條，妾也苗條，魂兒眞個許郎銷！愛也今宵，怕也今宵，十幅流蘇翠翹！推也含嬌，就也含嬌，明朝春意眉梢！郎也苗條，妾也苗條！」

這首詞雖只是寥寥六十字，但此情此景，令人之意也銷，何況是「親歷其境」的一對新人！

調景嶺非吊頸嶺

·工人·

古語說，「塞翁失馬，焉知非福」，這句話安慰了許多遭受到不如意之事的人，使他們在心情痛苦之中，朝好的一方面去期盼，設想，重新打起精神，最後能獲得美果，證實當初的一點損失，對他原來有極大好處。反過來說，一個人突然的發達興旺，盈利豐厚——不管他是出於正道或是遇到順利的情勢，並且也無虧於良心道德，這種收獲也可能成為禍源，因為人的禍福既不在於目前的身外財物之多寡；以後的情勢又不是人的財力所能夠決定的。拿大陸淪陷以前來說，忠厚的地主和財主們，不僅不應當憂慮以後的生活，並且更無須想到將來生命的危險；就以因果律來說，他們沒有欺壓過貧苦之人，就不應當受到惡報；但是事實不然，「匹夫無罪，懷璧其罪」這種莫須有的罪名，對他們可以濫加，有好多人在中共的血腥統治之下，被他們無緣無辜的殺害了。這不過是財富非福的實例之一而已，還有一個發了大財，在太平時代經營失敗，結果又喪失性命之人，他的事更足以為想發財，陷在迷惑、落在網羅，和許多無知有害的私慾裡之人的鑑戒。這個人就是曾在九龍新界調景嶺開設麵粉廠的加拿大商人，雷利，（全名是雷利·亞伯特·海柏）。

在一九五〇年六月，香港政府將七千難胞由摩星嶺搬到調景嶺以前，那裡原稱為「吊頸嶺」，英文是Rennie's Mill，中英文無論音譯或意譯都不相合。那裡既久經荒蕪，無白頭宮女可細說往事，難胞的心情又極其痛苦，對本身的前途既感茫然，那有閒情逸緻作考古的研究？只覺得自己已陷於難以生存，可能吊頸的絕境，所以請求免予遷徙，未獲批准以後，退一步請求將不吉之名更改，乃稱為「調景嶺」。但是據傳說，仍有好多人認為是由於那位麵粉商人（大多數說他是美國人），在那裡開麵粉廠失敗以後，在那裡吊頸自殺而稱為「吊頸嶺」。又由於這並不是一件太過古老，難以查考之事，所以許多人都相信這種傳說不會錯誤（我自己給基督教週報及萬人雜誌寫稿的時候，也以訛傳訛的講出那一段古）。

那知就是這幾十年的歷史，傳說與事實竟有極大的出入，我還是收到調景嶺學生輔助社寄來的、一九七二年十二月的季刊，看到裡面有一篇「雷利的麵粉廠」，才知道自己在過去二十多年姑妄聽之的不當；原來他並沒有在那裡吊頸，那刊物並找出當年（一九〇八年）英文報紙所記載，講出他經營麵粉廠失敗自殺的經過，現將之摘譯出來：

「雷利於一八五七年生於加拿大，所以原籍並不是美國，他在一八八五年做曼立土巴地方總理兼財政司羅桂·約翰的親信顧問兼秘書之職，由於那裡有非常重要的政務待辦，所以派他往英國洽商一項巨額貸欵。從英國回來以後，他被派往香港担任外交工作，在他離開加拿大以前，先由加拿大太平洋鐵路公司總理何恩·威廉爵士處，請他寫一封信，持往包特蘭，去見包特蘭麵粉廠經理魏國詩·西多爾。

他在那時對麵粉業雖然全屬門外漢，却使魏國詩以為、他在處理外交公餘之暇可以為包特蘭麵粉廠担任推銷工作。結果竟然在起初一帆風順，生意興盛到使他對高官厚祿也無所留戀的地步，於是他辭去政府的職務，以便專門從事麵粉經營。

殊不知他所兼的副業獲得的龐大利潤，並不是他精於該行的憑證，他反而因此生出信心，以為他如果做麵粉商的話，一定會大展鴻圖，獲得更大成功，同時他也把製造麵粉和售賣麵粉，兩種業務混爲一談，於是他大規模的幹起這一行。他在遠東可以算是一個最成功的推銷麵粉商，他把那利潤儲起來，另外又向朋友處挪到好幾十萬元的資本，那都是香港英商的資金（包括遮打，保羅爵士，西林和毛迪等人之資金），他建立了一間規模龐大的麵粉廠，就是在現在鯉魚門港外，調景嶺一巨大坪上面的原址，該廠每日製麥二千桶（每桶三十六加侖），麵粉廠的資本額是一百萬元，那是在展開營業以後，第一年以內所需的各項總數。

一九〇六年的一百萬元，是一個很大的數字；賣麵粉能賺錢的好運氣，並不能保證他製麵粉也一樣的賺錢，何況他對這些事一竅不通呢？他的時運不順，這種生意虧了大本。

他並沒有仔細的調查研究，只以爲靠精打細算，人盡其力，物盡其用的就可以賺到大錢，於是又在製造麵粉的營業裡，想多搞出一種餵豬的「副業」，他認爲把製麵粉所剩下來的麩皮，拿來餵豬一定會獲得大利，他一動手就養了好幾百頭肥豬。但是中國豬對麩皮並吃不慣，吃起來都受不住，比中毒還難醫，所以這幾百頭豬在這種試驗中死去，這種實驗是一個顯然的失敗。後來他想盡方法，把麩皮運到（夏威夷）火奴魯魯去售賣，而售價之低連運費都不夠。那時所有賺買遠東出產之麵粉的買主，他們以前由雷利介紹，用慣了美國和加拿大的下等品質的麵粉，就不願意更換新貨。他不做推銷經紀，自立門戶時，舊買主找到新的經紀，繼續照顧他們的舊廠商。他過去多年由於推銷美國麵粉，雖賺到一筆大錢，但是對美國人却從來沒有好感。他對於美國工廠的輕視，使他深信他可以青出於藍，而勝於藍的和美國麵粉商爭雄，他想以東方所出的麵粉，取代美國銷售的市場這種打算沒有成功，他把在東方（中國大陸）製造麵粉的計劃完全打消。他虧蝕極大，失敗得難以挽回，他覺得那件事使他成年累月的感到憂懼不安——他似乎再無面目見江東父老了。

他在一九〇八年四月十五日，在麵粉廠開設以後只有兩年的時間，竟自殺斃命。英文香港日報 The Hong Kong Daily Press 一九〇八年四月二十九日有一段法庭研究死因的報導說：

遊艇「加拿大」號船長於四月十四日載雷利氏出海，他（雷利氏）在海中，向他與妻子所居之山頂大廈，稱爲「松園「The Firs」揮舞手帕，然後請一人作見證人，向他要一根繩索，見證人給他少許以後，他進到房艙裡面，再呼叫他的僕人去，吩咐他一些事，他在房艙裡再停留些時，船已經去到鯉魚門，他用見證人所給他的那根繩，繫一個盒子在頸上，走出艙外，突然跳入海中，這時遊艇立即停駛，救生圈投入海中，副船長也跳到海裡想幫助他，但雷利不願別人撈救，把他推開，他們在水裡僵持了一會，及至遊艇再次開動機器，開到那裡的時，已過了五分鐘的時間。他被拉到船上的時候已失去知覺，遊艇在歸航途中大鳴汽笛，以便使救援船隻聲聲趕至，最後雖遇到一艘水警船，但是把他載送到香港碼頭時，他已經氣絕斃命，返魂無術。

他的妻子在死因研究法庭上講述雷利氏因經營失敗，牽累到許多友好，所以精神上受到極嚴重的打擊，他常沮喪哭泣。最後判定他的死因，是由於一時的神智不清自殺所致。

那時所有與他有來往之客戶，對他皆作好評，他妻子說他爲人極其誠實，他對所有的債務，都按他本身力量夠清償的範圍清理，他住在山頂的豪華住宅，自己又擁有秘人遊艇，雖皆屬事實，也許正因爲他本人內心的良善和爲人的廉正，使他感到信靠他的友人，不僅提供資本，並且也倚靠他經營來維持生活，他經營失敗使他深感失望，也造成他精神上的困擾。

雷利於一九〇八年四月十五日，葬於香港跑馬地基督教墳場，致祭者有檢察官，政府代表，各國使館官員，遮打爵士等人，死時年五十一歲，墓碑有他的全名（英文是）：Alfrep Herbert Rennie。」

關於沈三白

莊練

浮生六記的作者沈復，字三白，清乾隆嘉慶間人。關於他的生平，現在已很難考知其詳。去年在報端看到張景樵先生的一篇考證文字，考定浮生六記中號稱佚篇的「中山記歷」與「養生記道」二記，純係後人偽作，其說甚是。按，浮生六記的最早刊本，原只「閒情記趣」等四記，另二記失佚。後來，蘇州有一位王均卿先生宣稱發現了中山記歷與養生記道二佚篇，另外爲之印行出版，於是，現行的浮生六記看起來便成了完整無缺的全壁。其中的秘密，當時的上海報壇就已曾有人直率指出，所謂佚篇，實在即是王均卿所僞造。所以不但前四記與後二記「文章既然不同，議論全是抄書」，且語意不倫，望而知爲贋鼎。」今由張先生根據其內容牴觸及文字抄襲的具體事實直指其非，僞作之說，當可成爲定案。但張先生雖指出僞作的「中山記歷」篇中，沈三白於嘉慶五年隨册使趙文楷東封琉球之說並無其事，却並未進一步說明沈三白東封琉球一事的眞實性究竟如何，讀者不察，也許會誤認沈三白生平並未到過琉球，然則浮生六記中僅存篇名的「中山記歷」，究竟應當如何解呢？這個問題，相信也是關心的讀者所感到興趣的吧！

清人石韞玉的獨學廬三稿卷三晚香樓集，有一首「題沈三白琉球觀海圖」，詩云：

中山瀛海外，使者賦皇華。亦有乘風客，相從貫月渣。鮫宮依佛字，龍節出天家。萬里波濤壯，歸來助筆花。

石韞玉的詩集是編年體，此卷所錄乃庚午年作，庚午即嘉慶十五年，石韞玉，江蘇吳縣人，號琢堂，乾隆五十五年中進士第一。他與沈三白的關係，浮生六記的「坎坷記愁」一篇中說：「琢堂名韞玉，字執如，與余爲總角交。」考二人之年，沈復生於乾隆二十八年癸未，石韞玉生於乾隆二十一年丙子，以同里而兼年歲相近，「總角交」之說，當屬可信。石韞玉中狀元後，歷官翰林，外放四川重慶府知府，由陝西潼關道陞山東按察使，時爲嘉慶四年至十二年。沈復連年應試不得意，到嘉慶八年，已行年四十有一，仍是一名老諸生。這一年，他死了妻子；次年，其父又下世。功名不遂，又兼連遭大故。頗有遁世之想。由於友人的勸慰，乃於嘉慶十年做了石韞玉的幕賓。由十年至十二年，沈三白隨石韞玉歷官四川、陝西及山東，游蹤所至，凡歷荆湖川陝及豫魯等省，這在浮生六記的「浪游記快」一篇中記述甚詳。嘉慶十二年二月，沈三白改就館於山東萊陽。是年秋，石琢堂亦由山東按察使降調回京，旋致仕歸。他將「題沈三白琉球觀海圖」詩編入嘉慶十五年，可知他作此詩時，沈三白已經到琉球去遊歷過一趟了。但沈三白在嘉慶十二年以前一直都隨着石韞玉遊幕各地，張景樵先生又考明他未曾在嘉慶五年隨同册使趙文楷往封琉球，然則這裡就有了兩個問題，第一是沈三白果然去過琉球嗎？第二是他在那一年到琉球去的呢？

由石韞玉的詩，可以知道沈三白曾去琉之說，決無問題；其時間且必在嘉慶十五年之前。由沈三白隨同石韞玉游幕各地的時間看，則只有嘉慶十二年以後始有此可能。關於沈三白曾去琉球之說，清人顧翰所撰的拜石山房詩鈔，頗可提供另一點證明。此書的卷六，有「壽沈三白布衣」一首，云：

昔聞沈東老，家貧樂有餘。牀頭千斛酒，架上萬卷書。我觀三白翁，踪跡毋乃是，無必慕榮利，不肯傍朝市。當年曾作海外遊，記隨玉冊封琉球。風濤萬里入吟卷，頓悟身世如浮漚。……

原詩甚長，不具錄。詩中的「當年曾作海外遊，記隨玉冊封琉球」二句。與石韞玉詩中的「中山瀛海外，使者賦皇華」，「萬里波濤壯，歸來助筆花」句，所寫如一，可以證明沈三白當年確有隨冊使東封琉球之事。東封琉球之事既可確定，剩下來的，就只有時間問題了。

石韞玉的獨學廬全稿，附有散曲集花間樂府一卷，不按年代排列。其中有「送齊北瀛編修册封琉球」的北新水令一套。考之清代獻徵類編卷二「清代館選彙編」，此齊北瀛，即齊鯤，福建侯官縣人，嘉慶六年進士，由庶吉士散館授編修。再考之清仁宗實錄卷一八三，嘉慶十二年七月乙巳記云：「從故琉球國中山王尚温孫灝襲爵，命翰林院編修齊鯤爲正使，工科給事中費錫章爲副使，往封。」由時間上觀察，清朝政府這一次派出正副使臣齊鯤費錫章往封琉球，石韞玉恰由山東按察使降調回京，沈復亦於此時入都（見浪游記快）。石韞玉入京是因爲降官，沈復又是爲了什麼原因需要與石韞玉一同回京呢？推測其中原因，很可能沈復在山東萊陽的館席，亦出於石韞玉的推薦，石既降調回京，沈三白不願再留在山東，於是亦隨石聯袂入都。既入都，適齊鯤有封使之命，需要覓帶隨員。沈三白一則需要藩幕，二則遠遨琉球可償其浪遨之快，於是遂再因石韞玉之薦而成爲齊鯤帶往琉球的隨員，隨齊鯤東遊琉球，此不但與沈復曾遊琉球的記錄相合，且與石韞玉爲沈復所題的琉球觀海圖時間亦符合。其中情形，大概便是這樣的了。

沈三白在東封琉球回國之後著「中山記歷」一篇，如果此文並未亡佚，當可由文中的記載瞭解其往還情況。可惜不但此文久佚，即齊鯤所撰的「東瀛百詠」，亦未見有傳世之本，以致沈三白當年隨同齊鯤東封琉球的經過情形究竟如何，我們目前竟全無資料可查，誠屬可憾之至。沈三白善畫，浮生六記的前四記中歷述其學畫及賣畫情形頗多，可信其有此能力可作「琉球觀海圖」。這一點，間接可證石韞玉爲沈三白題詩之事可靠，亦可進一步確定他當年確曾東遊琉球，並寫過「中山記歷」一文，當然，此文的內容，決不是出於王均卿手筆的現在模樣嘿！

本刊通信地址畧有更動，各方賜函、惠稿、訂閱、請逕寄香港九龍旺角郵局信箱八五二一號，較爲快捷。

（附英文）

P. O. BOX 8521
KOWLOON MOGNKOK
POST OFFICE,
KLN., H. K.

紅軍各部「長征」路線圖

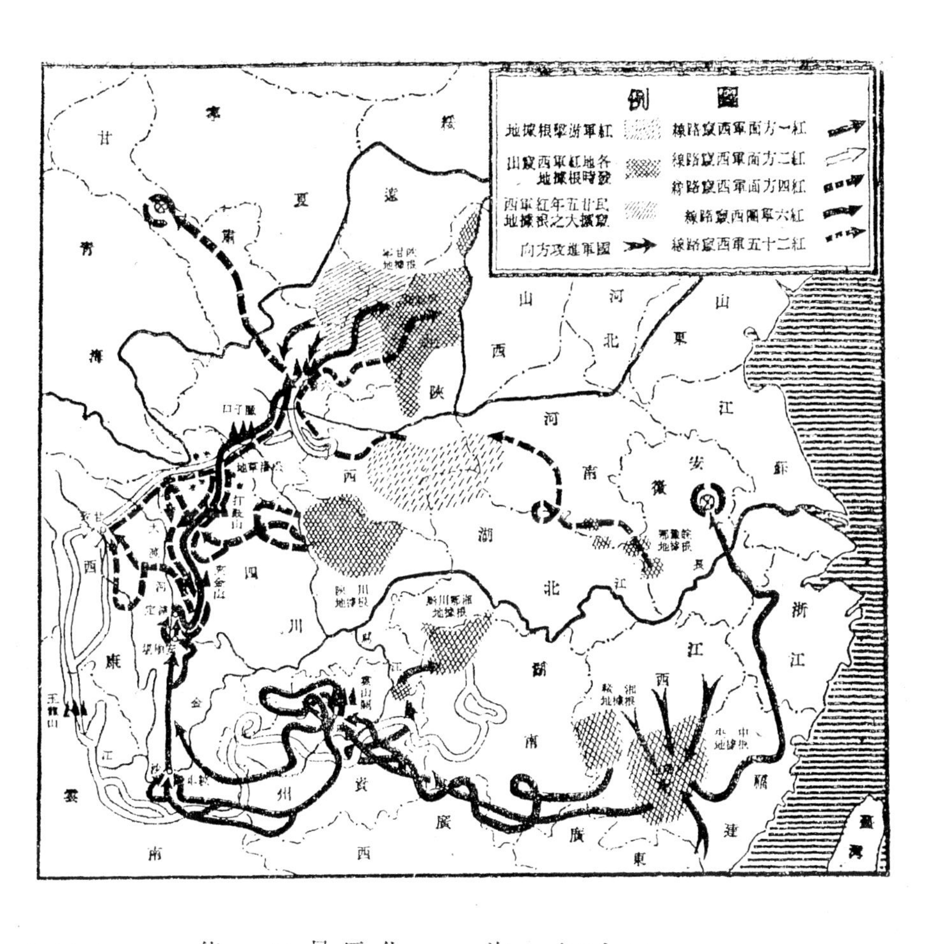

細說「長征」

【四十】

□龍吟□

徐海東竄回宣化店之前，番號是「紅二十八軍」，另外的紅二十五軍則在鄂東，軍長似爲吳煥先。關於這一項資料，至今尚未發現。徐海東到達宣化店之後，與吳煥先會合，兩部合編爲「紅二十五軍」，政委吳煥先，軍長何人未見資料，副軍長徐海東。研究中共黨史，資料最缺乏的是這一股，國軍方面很少提到徐海東股，共方「中國工農紅軍第一方面軍長征記」，提到徐海東一股活動，總共不到五百字，較國軍方面之資料更簡單。

即使對徐海東股用心研究的人，也很少人注意到徐股離開宣化店時，徐海東只是副軍長，多以爲吳煥先是政委、徐海東是軍長。徐海東寫的「會師陝北」，故意不提自己担任何種工作。倒是「紅二十五軍」幹部詹大南所寫「回馬槍」、劉震寫「袁家溝口戰鬥一角」、魏文建寫「華陽游擊隊」（均見星火燎原第一集），均明白指出徐海東是副軍長，軍長何人？未見資料，推測可能是由吳煥先兼任。

還有一個更重要的職位，也未發現由何人担任，即在張國燾、陳昌浩、徐向前西竄之後，留在當地最高領導機構鄂豫皖省委書記是何人？「工農紅軍長征記」提到這一股西竄時，舉出四個領導人，排名次序是程子華、鄭位三、吳煥先、徐海東，程子華是奉了中共中央之命，由江西潛去宣化店送信的特使，當然不是省委書記，鄭位三的職位據徐海東叙述是「鄂東省委書記」，徐海東自然也不是省委書記，剩下只有一個吳煥先了。但徐海東文字屢次提到省委書記領導如何如何，從不提省委書記名字，此點已不尋常。而「徐文」開始便說紅二十五軍在皖西，說明他本人已是二十五軍領導人，未提吳煥先在鄂東的一支，這些問題由於資料缺乏，暫無法解釋，但其中一定有曲折。

「紅二十五軍」由鄂東向陝南、鄂北流竄，是由省委率領，離開鄂東在一九三四年九十月間，由於所經地區皆是軍事眞空地帶，未曾打過仗，「紅軍」只是在沿途作政治工作，擴張兵力，到了一九三五年二月，攻下了柞水，此地已入陝西腹地，逼近西安，當時的陝西省政府主席楊虎城急忙派獨立第二旅張漢明部去堵擊。

楊虎城是陝西刀客(陝人對土匪之稱)出身，以後投入于右任靖國軍，經過歷次內爭，逐漸修成正果，被視爲「準中央軍」，以楊部戰鬥力而論，尚不算差，民國十五年守西安，前後守了八個月，創下守城紀錄。但楊部未同紅軍作過戰，對紅軍繞圈子，打埋伏的戰術一無所知，仍然以爲是平時作戰，兵對兵，將對將打陣地戰，因爲紅軍一打照面便跑，楊部張旅以爲紅軍怯戰，便啣尾急追，不知正墜入紅軍佈置的袋形陣地而全軍覆沒，旅長張漢明且被俘。

這一次戰役的經過，國軍方面並未提及，據紅軍將領詹大南「回馬槍」一文(載星火燎原一集)稱：

「部隊繼續前進，地形越來越高。大約走了四十餘里，爬上一座小山梁。副軍長徐海東和政委吳煥先停了下來，用望遠鏡仔細地觀察了一陣，然後，便圍在地圖邊，輕聲商討着什麼。一會，副軍長站起來說：『就這樣決定了。』政委點了點頭，說了聲『決定了』，便離開了小山梁。翻過山梁，地勢也越來越低了。約摸上燈的時候，部隊才在一個叫葛牌鎭的地方宿營了。

部隊很快又回到白天走過的那個小山梁上，在這裡，一部分部隊留了下來，其餘的分成兩路沿着高山前進。天剛明，部隊已完全進入九間房兩旁的密林裡。只有西南那個山坳口，空無一人，冷清清的，一看就會知道，首長已巧妙地將這一地區佈成了一個巨型的口袋。小山梁就是口袋底，九間房和這大山溝即將是敵人的葬身之地。

漸漸地，山溝的小路上，出現了敵人的隊伍。走在前面的約有一個營，緊接着是大隊人馬，中間還夾着些騎馬的，一看就知道是敵人的指揮機關。

敵人的行進速度非常慢，一直到下午兩點多鐘，還沒有完全進入『口袋』。我們知道敵人的尖兵已碰到『口袋』底了。但大家仍強力控制着心中的興奮，一槍不發地等待着。敵人一聽到槍響，以爲已經追上了我們，於是，前面喊後面跟上，後面催前面快跑，一窩蜂似的湧來。不一會，便全部湧進了大『口袋』。

不一會山頂上響起了激奮人心的號聲。隨着宏亮的號聲，伏在兩邊山上的部隊像山洪爆發一樣，從四面八方，湧下山來，撲向敵人。一剎那，槍聲、喊聲震蕩着山谷。敵人像入了網的魚，左衝右撞，亂翻亂絞。軍官從馬上滾了下來，輜重從馬身上翻下來；馬嘶叫着，奔馳着，人呼喊着，奔跑着……。敵人向左面山上衝去，左面飛來一排手榴彈，又被趕到右面；右面一排槍又把他們趕到左面，敵人想前進，前面遇到了雪亮的刺刀；想後退，後面的機槍又迎頭叫了起來。三拖兩拉，有的被擊斃了。

戰鬥進行到下午四時左右，五個營的敵人已大部就殲。只剩下很少一部分，佔據了一個山脚；依着山坎頑抗。正在相持不下之際，軍首長調來了兩個連由山後迅速繞上山頭，踞高臨下，集中火力從敵人背後猛射。這最後一股敵人也在我們前後夾攻下全作了俘虜。」

這次戰役發生在柞水境內「九間房」，是楊虎城部第一次敗衂，中間隔了三個多月，一九三五年五六月間，又有袁家溝口之戰，楊部獨一旅又全軍覆沒，旅長唐嗣桐被俘，這一戰役經過，據紅軍將領劉震之「袁家溝口戰鬥一角」敘述如下：

「……這是一條長約幾十里的山溝。溝兩旁，高山入雲，雜草叢生，栗樹成林。溝心，一條小路，伴着一條小河，蜿蜒而行。小河裡，流水潺潺，清徹見底。從山頂上看下去，整個山溝，眞如同一條長長的口袋，擺在萬山叢中。軍首長就選擇了這個幽靜險峻的山溝，作爲楊虎城獨立第一旅的坟墓。

我們營的三個連，像三把鋒利的鋼刀，並頭展開，隱蔽在大山裡。戰士們如同老練的獵人怕驚跑了狡猾的野獸，連大氣都不肯喘。

太陽緩緩地爬上樹尖，團裡傳來了口頭通報：『敵人正在繼續前進，現在離我們只有一二十里了。』

十點鐘左右，敵人果然來了。他們有的倒掛着槍，敞着懷，邊走邊搧着扇子，累得東倒西歪。有幾個傢伙，看來實在熱得受不住了，脫下褲子就在小河裡洗起澡來。戰士們看到敵人進了『口袋』，立刻做好了衝鋒的準備。

十一時，軍指揮所响起了衝鋒號。溝兩旁的大山上，機槍、步槍如同颱風捲着海浪，一齊吼叫起來。大山小嶺都响起了急促的軍號，數不清的紅旗，帶領着無數支喊着殺聲的人流，衝出樹林，直向山溝奔去。

敵人在這突然四起的伏兵打擊下，驚呆了，混亂了。有的從馬上滾下來，有的東奔西跑也找不到一個安身之處，也有的拚命往山上衝，企圖奪路逃命。

我同一連快衝到山溝的時候，迎頭遇上了一伙一律使用手槍的傢伙。戰士們劈頭蓋頂就是一頓手榴彈，把敵人又壓到山溝裡。此時，兄弟部隊也都衝下山來，把敵人攔腰切成數段。部隊衝進山溝便展開了白刃戰。忽然，我看到山溝裡有一個軍官模樣的傢伙身上背着幾條子彈袋，手裡提着『三保險』，拚命往對面山上跑，我便向他追去。這傢伙發現我追他，躲到一個大石頭後面，就向我射擊。我把匣槍裡的三發子彈打光了，也沒有打倒他。正在這時候，他槍裡的子彈也打光了，我趁他向槍裡壓子彈的一剎那，幾步竄上去，一下子把他拿槍的那只手抓住，兩個人便扭打在一起。敵人拚命想把握槍的手掙脫，我就死死地抓住不放。

當我用盡全身力氣把他摔倒後，沒想到敵人向我打了一槍，子彈穿透了我的左臂。正在我感到全身無力，難以支持的時候，後面飛跑過來一個掌旗兵。他舉起紅旗，把旗杆下的鐵旗脚對準敵人的腦門，猛戳下去。敵人嚎叫了一聲，手槍便落在地上。過後才知道，被戳死的這傢伙是唐嗣桐的衛隊連連長。

戰鬥勝利結束了。敵人一個旅全被殲滅，旅長唐嗣桐也被兄弟部隊活捉了。」

就這篇文字的叙述，可以看出唐旅並非不肯打，也並非不能打，實在由於陷入埋伏，部隊無法展開，雖然奮勇抵抗亦無能爲力。

除張漢明、唐嗣桐兩旅全軍覆沒，另一個王旅也受到重大損失，旅長王俊陣亡。另一張惠生旅又在陝南華陽地區被消滅兩個營。張漢明出身保定軍校，唐嗣桐、王俊畢業黃埔軍校一期，楊虎城眞眞被徐海東嚇破了胆。一年之後，二十五師師長關麟徵在山西隰縣大敗毛澤東、林彪率領的「東征軍」，將徐海東打得潰不成軍，楊虎城趕到山西慰問關麟徵，見面就說：「雨東，你怎樣把徐海東打敗的。」可見楊虎城畏徐海東之深，以後與共黨勾結，發動西安事變，皆由畏共心理促成。

不過，徐海東雖然接連打勝仗，但由於陝南地區過於貧瘠，人力物力補充均成問題，徐股勢不能在當地生根。當時徐股諸人仍然打算投奔在川北的紅四方面軍張國燾、徐向前一股，但因國軍扼守漢中，不易通過。原由鄂豫皖省委改組的鄂豫陝省委經過討論後，决定不能南下與張、徐合股，即去陝北與劉志丹合股。徐海東叙述此次决定經過說：

「六月底，我軍從楊家斜出發，跨過終南山。一天，到了西安西南四十五里的殷家衞（接駕回），捉住一個僞區長。我們想把西安的敵人調出來，攔路打他個埋伏，便要那個僞區長向西安長途電話告急，要敵人前來增援。城裡敵人回電話說：毛（炳文）軍長、于（學忠）軍長的部隊已向西開，目前無兵可派。此計未成。

就在這裡我們看到了一張「大公報」，上面有一條消息：『共軍一、四方面軍在川西會師後，繼續向北逃竄，先頭部隊到達松潘……。』

因爲只是從敵人方面得到的消息，無電台連絡，中央紅軍到底到了哪裡，無法知道。但是，我們相信，一、四方面軍是北上了。

在子午鎮西二十里的一個地方，省委召開了緊急會議。經過討論，決定紅二十五軍立刻西進甘肅，牽制敵人。迎接黨中央和一、四方面軍。陝南留下鄭位三（陝南特委書記）及陳先瑞同志，堅持鄂豫陝游擊根據地。

於是，紅二十五軍的全體同志，滿懷着會見黨中央的熱烈願望，離開了陝南向西行動」

紅軍沿途經過駱駝口、佛坪，西江到了陝甘交界的雙石舖，與國軍胡宗南部四個連遭遇，胡部全部覆滅，並有一位少將參議被俘。徐股由雙石舖進攻天水，已攻下北關，國軍增援部隊趕到，徐股也因爲傷亡重大，兵力已疲，不敢打硬仗，未同國軍接戰即撤走。

徐股到此始決定去陝北，渡過渭水之後，經過回民聚居地區，與寧夏馬家騎兵遭遇，吃了大虧。

據徐海東敘述：「在興隆鎮一帶休整三天，因仍得不到黨中央和一、四方面軍的消息，省委又進行了研究，認爲目前我們是遠離陝南孤軍作戰，要轉回去也比較困難，如果再打聽不到黨中央的消息，就奔陝北，去會合劉志丹同志領導的陝北紅軍。

休整以後，部隊繼續前進，打下隆德。當天傍晚，毛炳文的主力從蘭州增援上來，我軍與敵激戰一陣，又開始轉移。

部隊邊打邊走。政委吳煥先同志在前頭領着大隊，我在後面指揮打敵人的追兵。從隆德轉戰到六盤山；從瓦亭到平涼，日夜行軍。在白水鎮打垮馬鴻賓一個旅（消滅一個多營），在涇川消滅馬開基帶領的一個團，團長馬開基被打死，活捉了四百多人。

不幸的是，就在涇川戰鬥中，吳煥先同志犧牲了。」

國軍方面對此役有較詳報導，剿匪戰史第五冊九六三頁：

「徐匪約五千人，槍四千餘枝，八月七日由陝西西部鳳縣竄入甘肅之兩當，隨經清水向北竄犯，企圖進犯天水，八月十二日竄至天水以南之馬跑泉附近，被我第三軍第七師曾萬鍾部迎頭痛擊，斃二百餘人，殘匪遂繞經馬跑泉以東涉過渭河經金家集竄至秦安附近，被我第七師跟踪追擊，匪軍自知在隴南難以立足，乃由秦安附近分兩股向北逃竄，因我第七師及地方團隊跟追緊迫，匪沿途未稍停留，十五日，其向東北之一股越過隴山向平涼方面竄犯，一股經隆德向靜寧方面竄去。十九日，企圖竄犯平涼之一股，在平涼西南之石咀子附近，被我扼守平涼附近之馬鴻賓師迎頭猛擊，匪不但圖平涼未逞，反蒙重大之打擊，遂於二十日向西逃竄，我軍復跟踪追擊時，匪竄至靜寧之一股亦向隆德方面回竄，二十一日，徐匪主力分途竄集六盤山之瓦亭，截斷西蘭公路交通，馬鴻賓師長即派隊進剿，與匪在瓦亭附近激戰一小時許，擊斃匪軍五十餘名，內有匪團長一人，匪軍繼續東竄平涼以東之四十里舖、白水鎮一帶，馬鴻賓師長即令該師駐平涼之丁旅及駐涇川一帶之馬培基、馬開清兩團，分由東西兩方面向白水鎮圍剿。匪知難得逞，乃於八月二十五日，經崇信以北竄至隴東太白山一帶山林中。隴東一帶回民強悍，痛恨共匪，沿途截擊，匪軍死傷甚衆，先後經過隴東之慶陽、合水，迄九月中旬進入陝北之保安。復繼續東竄，於九月二十四日竄至延長，與原在該地之劉志丹匪衆合股，時徐匪疲憊不堪，僅剩殘餘二千餘人。」

將雙方資料對照看，可以發現一些問題，國軍方面不知道擊斃的是紅二十五軍最高領導人吳煥先，誤以爲是個團長。徐海東自稱擊斃馬鴻賓團長馬開基，但馬部團長有馬培基、馬開清，並無馬開基其人，若非誤傳即是徐海東有意誇大戰果，以抵銷吳煥先之死的損失。

徐股渡過涇水，經過一片無人地帶，兩天未吃東西，兵士餓得昏倒，幸而遇到一羣羊，有五百多隻，始解決了吃的問題，支持到了劉志丹盤據蘇區。先見到陝北地委書記習仲勛，一九三五年九月十八日，徐海東股與劉志丹正式會師，合編爲十五軍團，程子華任政治委員，徐海東任軍團長兼二十五軍軍長，劉志丹任副軍團長兼二十六軍軍長，高崗任政治部主任，是爲紅軍最早到達陝北的一股。

折戟沉沙記林彪（二十）

岳騫

林彪事件發生後，中共方面對林彪一生作了新的評定，詳細經過留待後述，茲就有關遼瀋及平津兩次戰役經過畧述於後：

一、關於遼瀋戰役

一九七二年第八期「紅旗」雜誌，發表一篇署名沈鈞的文章：「毛主席戰畧思想的偉大勝利——學習『關於遼瀋戰役的作戰方針』」，對遼瀋戰役的作戰經過情形稱：「在東北戰塲進行決戰，對敵軍據守的長春、瀋陽和北寧線三個孤立地區，我軍進攻的主要方向應首先指向那裡，才有利於戰役的發展，有利於全殲東北敵人，有利於全國戰局，這是作戰指導首先要解決的關鍵問題。毛主席明確指出，主攻方向應指向北寧線，『殲滅錦州至唐山一線之敵，並攻克錦州、榆關、唐山諸點。』『應該準備主力於該線，而置長春、瀋陽兩敵於不顧，並準備在打錦州時殲滅可能由長、瀋援錦之敵。』……毛主席堅決拒絕了劉少奇一類騙子（按：當時尚未公開點名清算林彪，以此代之）提出攻打長春，把我東北主力留在北線作戰的錯誤主張，一再指示要南下北寧線……在毛主席英明指揮下，我東北解放軍主力克服了右傾機會主義路線的干擾，正確地轉向了北寧線。」

接着，沈鈞的文章又說：「劉少奇一類騙子在攻錦部署已經就緒的關鍵時刻，提出了回兵北上打長春的所謂建議，妄圖改變毛主席的既定方針。毛主席堅決駁斥了這種錯誤主張，詳細分析敵我情況，堅持已定的作戰計劃，保證了攻錦作戰的勝利進行。」該文對於林彪在遼瀋戰役中的「錯誤」繼續批判說：「在遼瀋戰役中，劉少奇一類騙子對敵人的力量估計過高，對人民的力量估計過低，看不到戰畧決戰的時機已經到來，看不到短時間內從根本上打倒國民黨反動派的可能性。他們只看到事物的表面現象，看不到事物的本質和主流，看不到發展的趨勢；只看到戰爭的局部，看不到戰爭的全局；只看到一些困難條件，看不到人的主觀能動性對於推動戰爭形勢發展的重要作用。他們不敢南下到敵人側後作戰，不敢攻打錦州，不敢打前所未有的大殲滅戰，將東北敵人全殲在東北境內。」

一九七四年第四期「紅旗」雜誌又發表一篇有關遼瀋戰役的文章，題目是「評『東北解放戰爭時期的林彪』」，內容主要是批判周赤萍於一九七一年間在福建地區出版的一本小册子——「東北解放戰爭時期的林彪同志」，此文環繞着遼瀋戰役的問題對周赤萍的小册子和林彪在遼瀋戰役中的表現，均作了嚴厲的批判，文章指周赤萍的小册子中「絕口不提毛主席『建立鞏固的東北根據地』和『關於遼瀋戰役的作戰方針』等光輝指示，把這些已經收入『毛澤東選集』的文章一筆抹殺，而一味吹捧林彪重視建立根據地，『有遠見』，胡說什麽東北解放戰爭的勝利是林彪『英明果斷的指揮』的結果，還說什麽遼瀋戰役就是林彪『天才』

，『英明』的『一個最生動的說明』。」

文章繼續指出：『攻克錦州以後，毛主席指示迅速派軍隊控制營口，堵塞敵軍退路，林彪也拒不執行，結果讓一部份敵軍從營口入海逃跑。在遼瀋戰役中，林彪一直站在右傾機會主義立場上，對敵人的力量估計過高，對人民的力量估計過低，看不到戰略決戰的時機已經來到。……在北線，他雖然嘴裡說要打長春，但到時又徘徊動搖。讓他南下，又不敢到敵人側後作戰，不敢打錦州。錦州作戰開始以後，林彪仍然把南線敵情看得十分嚴重，怕這怕那，顧慮重重。大量事實說明，整個遼瀋戰役期間，兩種軍事思想、兩條軍事路線的鬥爭是十分激烈的。」

事實上，中共內部對於遼瀋戰役的問題早有定論，咸認遼瀋戰役是林彪指揮大兵團作戰的一個典型戰例。例如一九六四年「中國青年出版社」所出版的「遼瀋戰役」一書中就曾指出：「東北人民解放軍林彪司令員和羅榮桓政治委員仔細地分析了敵情，制定了遼瀋戰役的作戰計劃。決定戰役的第一步，是先分割、包圍北寧線錦州到山海關段各據點的敵人，組織南北打援，保證我軍主力順利攻克錦州。待錦州攻克後，再回師於運動中殲滅可能由瀋陽到來增援錦州的敵人，或者南進合圍殲滅錦西守敵造成全殲東北敵人的有利條件。」

二、關於平津戰役

一九七三年第八期「紅旗」雜誌，發表一篇署名洪城的文章：「英明的戰略部署——學習『關於平津戰役的作戰方針』」，對平津戰役的經過亦作歪曲論斷。文章指出：「平津戰役是人民解放軍東北野戰軍和華北兩個兵團共同進行的。東北野戰軍在作戰中如何行動，對於保證全局的勝利，具有決定性的意義。毛主席從全局出發，對東北野戰軍入關作戰問題，作了一系列周密的部署。由於毛主席英明正確的指揮，克服了劉少奇一類騙子錯誤路線的干擾，終於取得了平津戰役的偉大勝利。」接着，該文對東北野戰軍入關的時機問題，也作了一番說詞：「東北野戰軍何時入關，是關係到能否按預定計劃開展平津戰役的問題。如果時間推遲，勢必貽誤戰機，放跑敵人，達不到就地殲滅敵人的目的。提前入關，則可利用華北敵軍認為我東北野戰軍在遼瀋戰役後必然進行休整，不可能迅速入關的錯覺，出其不意地對敵實行戰略包圍，全殲該敵。但劉少奇一類騙子則製造種種藉口，拖延入關時間，妄圖破壞毛主席的偉大戰略部署。經過毛主席多次督促和批評，劉少奇一類騙子的荒謬藉口徹底破產，東北野戰軍主力才提前入關作戰。」

該文繼續對林彪在平津戰役中的作戰計劃作出批判稱：「在我軍對敵尚未完成分割包圍的時候，劉少奇一類騙子無視戰役的全局，不顧戰役各個階段的相互聯繫，提出了先打南口的錯誤主張。毛主席批評這種主張在全盤計劃上是不妥的。南口是北平北面的屏障，又是北平與張家口、新保安之間的必經之路，是一個非常敏感的地區。如東我軍過早地攻佔南口，就有迫使北平之敵早日逃至天津、塘沽的危險，從而影響整個戰役的進行。為此，毛主席嚴令『三縱決不要到南口去』，堅決制止了劉少奇一類騙子先打南口的錯誤，保證了平津戰役的順利發展。」

以上這些都是中共根據毛澤東現階段必須「批臭」林彪的意圖而提出的一廂情願說法，實際上中共軍許多高級幹部，對於林彪在平津戰役中為中共所作的貢獻，始終是非常重視的，也是有目共睹的。例如前中共空軍司令員劉亞樓在他的回憶錄——「回憶天津戰役，更好地學習毛澤東思想」一文中，就曾指出：「在林彪、羅榮桓同志指揮下的第四野戰軍，堅決執行中央指示，克服了連續作戰未及休整等各種困難，在遼瀋戰役剛結束二十天，即一九四八年十一月二十二日，就開始向關內進軍。當時的意圖是：和人民解放軍華北兵團一起，首先抓住並消滅傅作義主力於平綏線……。」

（未完待續）

謙廬隨筆

三十一

矢原謙吉遺著

北方三妄

時，故都忽有怪醫名劉合陽者，聲名大噪，幾於婦孺皆知。報章亦連篇累牘，述其神術。實報副刊中擁有平民讀者最多之王柱宇，亦對之頻頻歌頌，樂而忘倦；且縷縷述其妻菱波，經劉一診而愈之狀。於是，凡經協和與首善醫院，治療罔效者，咸扶老携幼，鵠候於劉之門前求診。而一時名醫如孔伯華，施今墨，蕭龍友，沃逢春之流，亦均爲之黯然失色。

報載：此一怪醫，既從未習醫術，且不甚識字，夙在近郊三合縣耕作爲業。一日，忽大病，昏迷不省者數晝夜。復蘇後，竟告人曰：

「我於夢中得仙師傳授秘法，普救世人。自今而後，吾將棄稼穡而懸壺矣！」

是後，劉小試其技於鄰里間，咸不藥而愈。遠近傳聞，愈傳愈奇，竟成一無所不能之神醫矣。

余因美人老友福開森君之介，得於一病者之家，與此公有一面之雅。劉未莅門，已有專車往接，主人候駕於門，既誠且敬。門前好奇者圍觀如堵。

移時，劉至，乃一長髯老人，腦後留髮髻一，上懸藍綢飄帶，頗似京劇中之書僮。身穿對襟布掛，胸袋懸金懷錶，腰袋中後插一漢玉嘴之旱烟斗，足登高底布靴，復加藍綢之裹腿帶，腿穿套褲，手中復執有二枚極爲光澤之核桃，不時搓摩作响。醫生而如此外表者，余尚爲初睹。

最奇者，其後尚有所謂「先生」與「徒弟」者三五人，尾隨不捨。他人告余曰：「先生」者，介乎「管事」與「護士」之間；「徒弟」者，則純供驅使，或爲劉捧帽盒，或爲劉捧水烟袋，或提一「食盒」，內置蜜餞，麻花，「薄脆」之類，隨時供劉取用。

主人遙指我等，畧加介紹，劉並不頷首爲禮，僅注目視之，口出「喝喝」之聲而已。

病人宋老太太，爲西北軍前任副官處長與軍需處長宋良仲之母，宋雖退隱有年，而頗雄於貲。死後，雖豪華畧減當年，而其座落於西城「宮門口」之巨宅，仍極富「朱門」氣象。宋之如夫人，爲一上海名花，亦屬余之病人。孀居後，即自闢精舍，與宋家甚鮮往來矣。宋之第二子，「公子哥兒氣」殊濃，精於「吃」與「玩」之外，復極喜與伶人遊。故遂得與都中遺老，騷人，墨客，常相過從；而彼與福開森君之交誼，亦肇於是。

以福君堅欲一識劉「神醫」廬山眞面之故，余遂亦得大開眼界焉。

宋老太太中風已久，左半部陷於痲痺狀態，百治無效。劉撫其額，次及其手，再及其足，又觀其舌，然後大聲告之曰：

「老太太，你放心吧！從今天起，你就沒有病啦！」

言訖，即閉目不語，作「養神」狀。一「先生」告我輩曰：

「大夫正作『運氣』之功，幸各肅靜待之，勿嘈勿動。」

『運氣』畢，劉即命宋老太太裸其左足。然後即以己之右掌，抵於宋左掌之上，復裸右足，抵於宋左足之「脚心」上。旋又閉目「運氣」久之。

隨行之「先生」，復戒我等「勿嘈勿動」，更諄諄以告曰：

「大夫之神術，即在以『運氣』之功，將病人之邪氣與毒氣，吸入大夫『法身』之內。而以大夫之元氣，注入病人體內，其病自消矣。大夫既受仙人眞傳，授以『百鍊法身』，任何邪氣與毒氣，所不能侵。是故手到病除，一診而愈也。」

良久之後，劉徐徐張目，漸至「豹眼圓睜」之狀態，忽而大吼曰：

「出！」

隨行之「先生」與「徒弟」，均歡然額手稱慶曰：「病愈矣！」蓋「出」之一吼，乃「邪氣與毒氣」盡離病體之信號也。

於是，劉乃廢然而起，若一大病新愈者，汗涔涔下，面紅而喘。乃自其「徒弟」處取一藍底白花之布巾，先拭其面，又拭其手，迴顧病人曰：

「你沒有病啦！把手舉起來罷！」

病人屢試無效，劉乃趨前以一手舉病人之臂曰：

「舉起來啦，舉起來啦！你看不是舉起來了嗎？」

病人亦苦笑應之。一先生更趨前詢之曰：

「老太太，你自己也覺得出來吧？是不是比先前來勁得多啦？」

病人又苦笑應之。福開森君與余見劉表演已畢，乃不待其去，逕先興辭而出。

余意：此一「神醫」之絕技，蓋揉合巫術，催眠術與精神療法，三者爲一耳。對小病與變態心理，或可奏效，至若沉痾痼疾，則非余所知矣。

事後，余曾詢宋二公子，究收效否？宋曰：「手足似仍麻痺未減昔日，病人則精神日健，胃口日開，心情日佳焉。」

余於是始悟劉合陽之所以成爲「神醫」也。

實報之主人，吾友管翼賢君，雖於報章，屢載劉之傳奇，而於友輩間，則頗不齒劉之妄；嘗謂余曰：

「近年來，故都劉合陽，山東之梁作友，香河縣之金龍皇帝，可謂當今之三大妄人也。」

梁爲鄉間一「土佬」，忽發奇想，自謂有藏金千餘萬元，願獻諸當政者，以作「抗日」之資。一時成爲京中之風雲人物，後始眞相大白，卒被押解回籍了事。

「金龍皇帝」者，據聞又稱「金龍天子」，乃香河縣鄉間一無知土豪耳。兵荒馬亂，民不聊生之餘，忽信一遊方相士之說，自以爲有「眞命天子」之分，乃斥家資置「招賢館」，招兵買馬，分封文武百官，且購得戲裝若干襲，自着龍袍，分封其妻妾爲娘娘妃子。每日在家設朝，由宰相，兵馬大元帥，「八府巡按」，「先鋒」，「軍師」等分頭奏本如儀，一若演京戲然。門前後置有金瓜月斧，橫書匾額曰：「金鑾殿」。

未幾，鄉人不堪其征歛傜役之苦，走告當局，附近駐軍之趙登禹部，即乘夜銜枚掩捕之；同時落網之滿朝文武，達五六十人之衆。

管翼賢云：嘗聞諸趙登禹曰，是時，趙適在師部小駐，偶聞此事，乃謂其軍法處長曰：

「我倒想看看他娘的這個眞命天子，是個啥揍相！」

於是，遂命拽之來見。殊此一以「金龍天子」自稱之人，顯已精神失常。見趙後，猶口口聲聲自稱「孤家」，且謂「如能令孤家脫此大難，當封將軍爲『朝中一字並肩王』，兼『兵馬大元帥』，以報大德」云云。（未完待續）

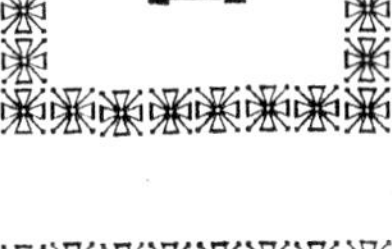

處州的畲民

——青郁——

高辛王公主・下嫁龍犬

畲民的始祖是槃瓠，不但以前各種書本上都是這樣說，即畲民自己也承認，而且確信這種傳說是事實。他們是這樣說着：「在上古時候，高辛王的元后，亦稱大耳婆，耳朵裡生了個癰，痛了三年，後來醫生用尖刀在她耳孔裡取出一條像蠶一樣的蟲，將它蓄養在金盤裡，喂以黑飯，日久却變成一隻龍犬，毫光顯照，遍體文采，高辛王看到，非常高興，便賜一個佳名叫作「龍期」，號曰「槃瓠」。那時犬戎入寇，高辛王便貼了榜文，召募勇士，榜上說明不論是誰，只要他能取得犬戎吳將軍的首級來獻，便將第三個公主嫁給他，可是沒有一個人能夠擔負這一項重大的使命。槃瓠却挺身而出，渡過海，進入敵境，居然將吳將軍的頭頸咬斷，啣了回來呈獻給高辛王。高辛王自然十分喜悅，可是有言在先，誰能取得吳將軍的頭顱，誰就可以娶得他的公主爲妻。然而槃瓠畢竟是條狗，以公主之尊怎能嫁給一個畜類呢？因此甚感爲難，想要賴婚。公主知道這件事情的始末，便啓奏她的父親說：「一個國王不能爲了要顧自己的女兒而失信於天下，我願意犧牲一己的幸福下嫁槃瓠，以建立父王的威信」。這才怪，槃瓠忽然也講起人話來：「國王！我可以變作人，你只要把我放在金鐘裡七天七晚，我將不再是原有的形態」。

戴狗頭冠・交拜成婚

這當然是高辛王和公主所樂聞的事。便照牠所說的將牠罩在金鐘裡，但是公主到底放心不下，她想「嫁鷄隨鷄，嫁犬隨犬」，現在槃瓠既是自己的丈夫，七天七晚不進飲食，那還有不餓死的嗎？她想去看他，但又不敢。直到第六天的晚上，她實在忍不住了，便悄悄地前去把金鐘輕輕揭開。那裡知道槃瓠的全身確已變成人形，只有頭部還沒有來得及變好，就因爲她這一看，可壞了大事。終於，槃瓠着上人衣，公主頭戴着「狗頭冠」交拜成婚。槃瓠便携帶了她到南山的岩洞裡住下。後來生下三男一女。大的兒子是生在木盤裡的，便姓盤，一作槃，名叫自能。次子是生在籃子裡的，便姓籃，名光輝。三子生在打雷之際，便姓雷。女兒則嫁給一個姓鍾名叫智深的。這槃瓠日後還曾到過閭山學法，在七賢洞參加過高堂大會，最後却在入山看他三個兒子打獵的時候，墮崖而死。以後子孫繁衍，自爲配婚，便有了這一個民族。這原是一種具有神話性的傳說，但大部份却是根據范曄的後漢書南蠻傳而來。至於南蠻傳，則又是綜合應劭之風俗通義，干寶之搜神記，郭璞注山海經數家之說，影撰而成，雖說有本，但誰又能相信這是正確的史實呢？

畲民分佈・處州十縣

畲民是徭民之一種。元以後始專稱畲民。他們這一民族，據考係由湖南入廣西，再蔓延到廣東，又由廣東到福建，再由福建到浙江。分佈地區，在福建省有二十二縣。在浙江省，早先大家只知道是處州十縣，即麗水、青田、縉雲、松陽、遂昌、龍泉、慶元、雲和、宣平、景寧。後來經何聯奎先生調查，尚有平陽、龍游、蘭谿、湯溪、建德、壽昌、金華、武義、桐廬等九縣。這十九縣中除五縣未詳外，其餘十四縣合計有畲民九萬二千多人。僅麗水一縣，在民國二十二年時即有九千餘人。其中男的較少於女的。估計浙江全省的畲民總數，當有十餘萬人之譜，近年以來，人口繁衍，大約又增加了很多。

這些畲民之中，仍以藍、槃、雷、鍾四姓爲多。後來又有苟、婁、胡、侯四姓，後又加上一個劉姓，則與婁姓通，只稱一個姓。再加林、李兩族，一總有十個姓。吳世涵詠畲民詩：「派衍五姓僻」，這是指藍、槃、雷、鍾、婁五個性，那還是清季的事。

處州之有畲民，究竟自何時始，辭海：「或謂清順治十八年交趾遷瓊州，由瓊州遷處州」。但據藍氏宗譜序稱：「洎乎前朝耿逆之亂，羣盜據掠，有始祖千字七十一公，自福建遷至處州。……」耿精忠之反清爲康熙十三年，因此處州之有畲民，或係在康熙十三年之後。

不願漢人・入區訪問

我們漢民要進入畲區作訪問，他們是不甚歡迎的。因爲他們有一種自卑感，覺得事事都不及漢人，漢人從來便瞧他們不起，有時還要欺壓他們。漢人去訪問，便會看出他們的醜惡面加以譏笑，格外的不當他們是人。所以我在數年之前約集了幾個朋友，先託本地一位土著，和他們一個姓藍的巫師接洽，說明我們之要去訪問，全出善意。這位巫師的頭腦是比較開通的，他能說漢話能寫漢字，經常往來于城鄉之間，畲民有什麼困難事，他能爲他們設法解決，對外有什麼交涉要辦，他也能代他們處理。尤其是每一次舉行祭祖典禮時，他是一個領導者。閒空下來他還教他們幾家的孩子們讀書寫字，他獲得這個畲區裡面男女老幼的信仰和信任，在一般畲民的心目中，他是位通才，是個了不起的人物。我們既已先和他取得聯絡，因此便什麼都沒有問題。

麗水四山環抱，我們要是沒有人領路，根本就無法知道何處山上住有畲民。那是一個星期天的早晨，姓藍的巫師，他從畲區趕到城裡，再陪同我們出城回到畲區。這天和我一起去的總共六人，事前我曾購備幾包紙煙和一袋餅乾。這是準備進入畲區以後，分送給他們老年人和孩子們。

大約有八里路，走上一座不很高的山。據巫師說，這是距城最近的一個畲民聚落。他關照我們：「這裡雖然全是住的畲民，但他們對於『畲』字或『客』字不愛聽。你們遇見了他們最好不要直接叫作客，引起他們反感」。我說：「那該作怎樣稱呼呢」？他道：「他們普通都以『山裡人』『我邊人』自稱，而以『你邊人』『民國人』或『明家人』稱漢人」。我說：「畬民現在也有許多漢化了吧」？他說：「進步多了！甚至有少數人因為和漢人接觸的時候，人家一聽到藍槃雷鍾這幾個姓，便知道是畬民，有時會遭到鄙視，因此便索性改從了漢姓。譬如現在姓婁的便都寫作劉字，林氏李氏也是從前所沒有的。前人所謂『隨山插種，採食獵毛，食盡一山則他徙』的說法，完全不適用了。目下祇有因為人口增多，原有地區容納不了，再分到別一處去。說要拋棄了已墾熟的土地和辛苦建造的房屋出走他方，那是絕無僅有的事。」

風俗特別．聚族而居

這一個部落，聚族而居的有三十幾戶人家。房屋七橫八豎，多不毗連。有草屋、有木屋，也有磚屋，大都簡陋得很。門前有場圃，屋的後半部則為豬圈牛欄，室內黝暗，一切用具皆很簡單，除去板凳板桌以外，全無陳設。我們在一戶大一點人家坐下，取出紙煙送給他們一個老年人，又分些餅乾給孩子們，孩子直是向後退縮不敢接受，後經巫師和他們說了幾句話，這才笑嘻嘻地瞪視着我們。老頭兒拿出火刀石打起火來抽煙，小孩子却將餅乾儘往嘴裡送，露出一種新奇而愉快的神氣。他們在相互閒談着，可惜我們却一句也聽不懂。巫師同我們走到裡面去看，原來這戶人家還有閣樓。最有趣的是他們上樓的梯子眞夠特別，那是一根飯盌般粗細的木頭，在每隔一尺多的部位，用鋸子鋸成一個缺口，這根木頭上的缺口，大約一共有十多個，將它斜靠在閣樓上，這樣他們便可以踏着缺口一步一步跑上樓去。

畬民平時的食物，都是自己栽種出來的紅薯、玉蜀黍和麥子、豆類等。因為山上不能種水稻，所以吃米飯的人家是很少的。據說凡是草木的根莖葉，只要是柔軟而無毒質者，都是他們的副食品，以食鹽缺乏，所以用辣椒壓味。喜歡喝酒，很多人家都是自己釀製土酒，準備在年節或祭祖時痛飲，煙也是嗜好之一，男人們手裡，幾乎每個人都握有一枝旱煙桿。

耕作方法．保持古風

畬民耕作的方式，還是「刀耕火種」。在春大必先砍伐草木放一把火，俟其成為灰燼之後，然後播種。入土甚肥，故收穫頗豐。劉禹錫詩：「山上層層桃李花，雲間煙火是人家，銀釧金釵來負米，長刀短笠去燒畬。」此則猶是唐代風尚。畬民男女，都是壯夫健婦，習於勤勞，樂於力役，百分之九十以上以耕種為業。在畬區完全還是農業社會，從事工商業的人為數極少。

畬民雖然智識程度不高，但他們却守信而誠實，能合羣，知互助，遇有甚麼事情，都是一同起來操作。天識餘錄上便有一段記載：「上洛郡南六百里，屬邑有豐陽上津，皆深山窮谷，不通轍跡。其民刀耕火種，大抵先砍山田，雖懸崖絕嶺，樹木盡仆。俟其乾且燥乃火焉。火燼以種播之，然後釀黍稷，烹雞豚，先約某家某日於畬田者，數十百里如期而集，鋤斧隨焉。至則行酒啗炙，鼓噪而作，蓋劚而掩其土也。劚畢則生，不復耘矣。援桴者有勉勵督課之語，若歌曲然。」何聯奎先生亦謂「他曾到一地遇見一家畬民正在造房子，大家互相為助，有的助木料，有的助木皮瓦片，有的助人工，各輸所有，共同協力建築，這是他們互助精神的具體表現」云云。巫師告訴我，他們族裡遇到婚喪喜慶，一切事情都是親友們幫着做，從來不肯袖手旁觀。

三八場期．出售土產

畬民們一年到底辛勤耕種，自然可以收得不少農產品，除掉留下自己食用以外，有多餘的便售與漢人。最初都是漢人中的小本經紀入山收購，但往往壓低價格，使他們受到損失，畲民們知道不是生意經，便將自己農產品肩挑入城求售，以免被中間商任意剝削。可是各幹各的，有時還是吃虧，於是定出一個場來，每逢月之三、八、即陰曆每月之初三、初八、十三、十八、廿三、廿八這六天，大家便約集了一同進城，肩挑的有，背負的也有，將各品物如紅薯、豆類、鷄、鴨、鷄蛋、木炭、柴草等，全部集中在麗水縣政府門前的一個大廣場上，羅列着任人選購。其中也有少數手工藝品如籃子、箬笠等。他們別的製作當然不及漢人，但編做的竹器，却非常精緻，所以買主很多。他們平時逢至場期，都是一早進城，飯時便回到山裡去，還保存着日中爲市的古風，從來不捨得在城裡化錢買飯吃，即使舊年底有幾個整天做着交易，也是自己帶着東西果腹，他們售出物品所換得的現金，有的全部帶回畲區，有的却用以向店鋪裡買些鹽、火柴、布、棉紗以及日常用品之類。銀匠鋪子也是畲婦經常光顧之所。常到城裡來的畲民，很多能說漢語，待人很和氣，與人爭吵的事情是很少有的。

婦女服裝・畧如苗族

在畲區裡，男子着的是短褲打赤脚，和平地上農民沒有兩樣。女的却穿得破破爛爛，和他們進城趕場時，穿得整整齊齊的樣子大大不同。她們的上衣，有大襟的都有濶滾邊，畧如貴州夷婦裝束。其領口作交义形者，則四週縫有自己繡製的花邊，圖案花紋却也好看，這種衣服和貴州苗女所着的差不了多少。衣色尙黑，用花布縫製的佔極少數，腰間全都束上一根紅色或紫色的濶邊腰帶。最怪的是她們每個人的頭上都戴上一個「竹筒布冠」。那是將一個一二寸高小竹筒，用布裝飾起，用頭繩紮在髮際的。據說這是紀念他們的祖先槃瓠氏。相傳高辛王的公主下嫁槃瓠時，便是戴的這種「狗頭冠」，因此相習成風，一直流傳到現在。她們有時在髮髻之上，還要插上一把銀刀，這刀有一寸多濶，七、八寸長，刀有環，環上面有的還掛着石珠。周應枚畲民詩：「覆髻筠筒綴石珠」。吳世涵詩：「婦女怕蒙首，高冠綴小石，鬻薪入市廛，隆冬雙脚赤。」都是說的這個。不過我所看到的畲婦，也穿鞋子襪子的，鞋子很寬濶，前面都有一個尖尖的翹角，這倒與現在市上最流行的那種劍魚式的女鞋相仿，有的還繡上紅紅綠綠的花。這是她們的盛裝，我在她們趕場時看得多，在畲區裡反而沒有見到這種齊整的打扮。

父母之命・媒灼之言

我問巫師：「畲區男女的婚姻是自由結合，還是父母作主？」他說：「完全是父母之命，媒妁之言，男方先託媒人到女方說合，如果對方同意，然後訂婚，一樣須聘禮，但很少。結婚的儀式也非常簡單，吉日由新郎親戚陪同到女家，這時新娘早已裝扮好了，新郎便和新娘合撑一柄紙傘，兩個人並肩跑回男家。便開始拜祭祖先，讌請賓客。來客也要送喜份，普通三四毛錢多至一塊錢。女家所備下的嫁裝，全有些農具如鋤頭犁耙鐮刀之屬，如能加上一條黃牛，那是最有面子的事。」我又問他：「在畲區裡男女是否平等？」他說：「完全平等！不論男女，都可以繼承財產。假如沒有兒子而只有女兒，儘可招贅一個女婿來傳代，經過改姓入族手續，便和親生兒子一樣。同姓除去五服以內不能作配偶外，凡在五服外或是中表兄妹，全可以結婚。」我又問他：「畲區重視女子貞操嗎？」他說：「很重視，倘使女子與人有姦情，那是最不名譽的。男女在野外有苟且行爲而被人碰着，則男人的衣褲一定會被人強行剝奪；女人的首飾也將全部爲人家摘去，甚至全村的人會起來將他們驅逐，但這種事情很少發生。」我再問他：「畲民有沒有娶妾的事？」他說：「完全是一夫一妻制，絕對沒有人納妾」。「有與漢人結婚的嗎？」「這根本不可能」。我又順便問他：「那麽死了人又怎樣？」他的回答是「死了人不哭而歌，以前多是火葬，現已漢化，全部改爲土葬了」。

一只竹箱・便是祠堂

姓藍的巫師又告訴我：「在畲區裡面，每姓都有一個祠堂。」我說：「我們可以去參觀一下嗎？」他說：「可以，但不在此間，我在明天担進城來給你瞧。」這倒使我驚奇，我問他：「祠堂怎好担着走呢？」他說：「可以，小得很呢！」次日，他眞的將「祠堂」担到我居住的地方。我一看，原來是一只竹箱。這箱子放在一個木刻的龍頭，其實是狗頭，大約有一尺多高，在祭祖時則須裝在一根木棍之上，供在正中，大家向它跪拜。這龍頭便是槃瓠的刻像。在龍畲之下有很多紅布條，日子久了，所以布條已經掛上一大担。此外有幾個小小的香爐，他說藍姓族大香爐有七個之多，雷姓却只有五個。又有一幅手卷式的畫傳，這畫傳高一尺，長達五丈以上，用彩色繪畫着槃瓠的一生事跡。自三皇開闢天地起，一直到槃瓠岩前喪身爲止，每一幅上面都有漢字的簡要說明，畫的右上角還寫上「大清某年月日閤族重修」字樣。這幅畫傳的內容，和現在市上流行的連環畫相似，相當工細，想來是平地上畫師的手筆。另外有四張單片的畫像，這也是祭祖時所要供奉的，却看不出究竟是何神道。這個「祠堂」向由巫師負責管理，有人要祭祖，便將它担到人家陳列起來，拜祭如儀。其中最貴重的，就是那塊木刻的龍頭。

未曾祭祖・不能結婚

祭祖這件事在畲民這個社會裡，是一個盛大的典禮。凡男子到達成年，例須祭祖。因爲祭祖一次，要用很多錢，單是請客人吃喝，即須花費好幾年的積蓄，所以經濟狀況比較差的，便無法舉行。但在畲區裡，如果是一個男人而沒有祭過祖，便不能取得合法的地位，一般人對於這種人，都是以鄙夷的眼光去看他，同時也沒有女人願意和他結婚。尤其嚴重的是連到父母死了，也不能出面作孝子辦喪事，必須另請一位已經祭過祖的人代作孝子來治喪，這是爲人子者最難堪的事。周應枚畲民詩：「九族推尊緣祭祖，一家珍重是生孩。」祭祖而可以使得九族推尊，其事之鄭重可以想見。又如一個人能在一生中祭過兩三次祖的，那是最榮譽的事。祭過祖三次的人，人家都稱之爲「進士」，大家一起奉他尊長，他所說的話，幾乎成爲法律條文。董作賓先生在福建畲民考畧有云：「其族有最大典禮，於正月元旦舉行，即祭祖也」。處州畲民祭祖，有無固定日期，我當時沒有問過巫師。

追念始祖・稱忠勇王

畲民又常尊稱他們的始祖槃瓠爲「忠勇王」，因爲他曾殺敵護國，所以他們認爲這是一位英雄，英雄做他們的祖宗，不管是龍是狗，或是半人狗，子孫都是非常光榮的。他們這一氏族裡有一首普遍流行的歌，那便是「狗王歌」，節錄如下：

「當初出朝高辛王，出來遊嬉看田塲，
皇后耳痛三年正，醫出金蟲三寸長。
醫出金蟲三寸長，便將金蟲拿來養。
一日三時望領大，變成龍犬長二丈，
五色花斑盡成行。五色花斑生得好，
皇帝聖旨叫金龍。收服番王是儈人，
愛到皇帝女結親，第三公主生儂愿，
金鐘內裡去變身，斷定七天變成人。
六日公主來開看，奈是頭未變成人，
頭是龍狗身是人，愛討皇帝女結親。
皇帝聖旨話難改，開基藍雷槃祖宗。
親生三子甚端正，皇帝殿裡去討姓；
太子盤張姓槃字，第二籃裝便姓藍，
第三小子止一歲，皇帝殿裡拿名來，
雷公雲頭響得好，紙筆記來便姓雷。
當初出朝在廣東，親生三子在一宮，
招得軍丁爲其婦，女婿名字本姓鍾。
……」

這首似通非通，完全是依據前述槃瓠神話編撰而成的，可以說是畲區裡的大衆文學。而且標題上毫無忌諱地稱槃瓠爲狗王，也是夠坦白而難能可貴的。此歌在畲區中，無論男女老幼都能唱，大家當它是一種經咒似的背得滾瓜爛熟，這倒眞是數典不忘其祖呢！

富教育意義・發思古幽情

中華文物精華觀後感

・李　璜・

平生對於藝術方面，甚少研究，欣賞作品，但憑直感；偶然遇着雕刻與書畫精品當前，總覺得一時之間，心快神怡，超越環境。故在昔年屢歷艱辛，於傷透腦筋時候，必抽暇去游博物館，藉以忘却世網塵氛，得到片刻的安寧。猶憶在民國二十年之前，有時住在故都北平，曾數次去參觀故宮博物館。當時的館內陳列，並不如今日台北新建的館中所列爲齊備而整理得那樣周到，但玩賞及於幾件宋明磁器，以及唐宋書畫，已足令人流連而不忍離去。

民國五十八年秋，曾一度在台北的故宮博物館參觀半日，見到了商周銅器，漢代雕刻，古色斑爛，其件數之多且精，皆爲我昔時在北平之所未見及。惜留台時間短暫，而且人事紛紜，未得細心觀賞。因台北該館所藏之富，非極數日之力，不能領畧周遍，幸於四年前在香港大會堂所展出之中華歷代文物菁華，始得自其複製品中，對我國家保存下來的藝術上精品的盛況，加以考研一番。但在當時大會堂之展出，地方不夠，展布不開，未能像這一次在尖沙咀新光村之第二屆展出，地方較前次爲寬，展件雖添了一百多件，而並不覺得擁擠。且這次會塲佈置得曲折有序，條理井然：入門前列左右所見，則商周雕琢，秦漢鍥刻，隋唐陶器，盡列眼前。稍進右折，在開朗廳中，可見自唐及清之磁器精品，用電光照射出的玻璃製片，一列長櫃之中，雖然壁立，然而每一盤、尊、瓶、壺，均凸現幻爲立體，有如實物陳列，色彩耀眼，體態宛然。今日之美術照像製片之進步有如是者，眞令人驚嘆之至！

記得我十五六歲，習寫字要臨帖時，在家鄉地方，好不容易有唐拓宋拓的碑帖可得，買到上海有正書局或神州國光社所印的珂羅版字帖，在民國初年時候，大家已很矜貴的保存着它，作爲不可多得的觀摩恩物。其實當時的影印品，黑色與彩色都很差，與今日我們在星光村所見的古字畫手帖相比較，直有天淵之別。影印不但能將書畫精品，照得來與原件一樣大小，驟然遠觀，那

台北外雙溪故宮博物院全貌

辨複製，而且飾粉施丹之件，水彩如新（如所展出之唐寅谿山漁隱圖，惲壽平之花卉册頁），神韵如故，尤其將顏眞卿，懷素諸人之草書，蘇軾，蔡襄各家之正楷等帖放大至數倍以至十倍影印出來，豎在壁間，豁然開朗，令人更瞭解古名畫家用筆的起落意向與展布姿態，使學書者更有深刻的領悟，此種展出，確是富有教育的意義。

在香港來談藝術，我感到音歌一道，却是相當普及，青年學子中對中樂西樂，以及東西南北的歌曲，能手不少，於每日電視及廣播節目中，均足見此。此無他，無論古樂今樂，中西名作，皆有留聲唱片，以爲觀摩學習之具。而書畫則學習之者，觀摩名作，甚不易得。因之，我深願中華歷代文物菁華，能夠經常展出，且俾學子臨摩，如西方各大博物館的辦法，則香港的藝術，不獨令音歌專美了。

我在中華歷代文物菁華展覽會開幕那一天，遊連兩小時，偶於觀衆中默察其各人的注意力所在，則小學生大都注意於圖像一列，古帝先賢，計自黃帝，堯、舜、禹、湯、文、武、周公、孔子以下，共有名人的五十幅畫象之多。這可以說，將中國的教化淵源、文事武功，都概括在其行列意義之中。我見一位教師（或父親）正爲三個小孩，本此列次序，爲之一一解釋，其中之人與其事，長者說得頭頭是道，而少者也聽得津津有味，我於其側聽見，也不覺發生着思古之幽情也。

這一類的文物展覽，確是有其意義的，尤其當此末世，爲振衰已亂，其意義更爲重大。主持與辦理其事者，當費却不少精力，然而功不唐捐。

波文月刊　一本能容納不同立場和不同見解的綜合性雜誌

第一期（八月號）要目：

豐子愷早期繪畫所受的影响……明　川
電腦與人腦……吳振明
藝妓之愛慕者——永井荷風……沈西城
秘密的中國（報告文學）……德・基希
記張恨水……天　行

第二期（九月號）要目：

抒情詩的近代傳統（上）……翺　翺
有關徐志摩的一些看法——評海洋文藝的一篇文章……中大學生李長城、郭芳琳
潘天壽的畫……倪貽德
黃大仙（詩）……談錫永
上海梟雄的下場……德・基希
文化消息……本　刊

第三期（十月號）要目：

魯迅逝世三十八周年紀念專輯

現代中國木刻運動是「現實主義」還是「表現主義」——談「魯迅論美術」之一……梅創基
魯迅談革命文學……濟　行
魯迅與內山完造（上）……沈西城
魯迅・仙台・藤野——七十年前魯迅在仙台學醫的往事……述　史
知堂老人給我的信（周作人未刊書信三百封本期起連載）……成仲恩
現代新聞報導和小說……愛德華・格魯斯門
抒情詩的近代傳統（中）……翺　翺
從鷄的「食鳴」看鷄的「社會生活」——科學雜記之一……羅天德
名韁（隨筆）……陳　幽
演而優則導？——我對演員當導演的看法……於　天
山水畫家賀天健逝世……談錫永
熟食攤裏的燭光（短篇創作）……羅維明
上海的金融市場是怎樣崩潰的（秘密的中國）……德・基希

每月十五日出版　每册 H.K $2.00　海外全年連郵 H.K $30.00

波文書局　香港皇后大道東二五二號地下　Tel. 5-753618
252, Queen's Road East, G/F., Hong Kong
Po Wen Book Co.　P.O. Box 3066, Hong Kong

南天書業公司

South Sky Book Co.

107-115.HENNESSY ROAD HONG KONG

電話 5-277397, 5-275932, 5-272194

◀暢銷書籍目錄▶

分類	書名	作著者	精裝 HK$	平裝 HK$
文史哲教育傳記文集	中國文學史	易君左		20
	國學概論(中日文對照)	章太炎		20
	戴震原善研究(中英對照)	成中英	25	15
	哲學論文集(中英對照)	陳榮捷	50	35
	中國近代思想研究	温心園		6
	唐詩選譯(中英對照)	唐子長	50	
	老子重編(中英對照)	唐子長	40	
	孫子重編(中英對照)	唐子長	40	
	宋詞評釋(中日文本)	波多野太郎	144	
	金瓶梅詞話1—5冊	明萬曆秘本	880	
	聊齋誌異(原稿手寫本)	蒲松齡	60	
	雙梅景闇叢書(宮庭秘本)	葉德輝藏	60	
	太平天國與中國文化	簡又文		5
	香港政府公認美國大學	陳炳權		15
	美國大學教育	陳炳權		5
	大學教育五十年上下	陳炳權		60
	通才教育	陳炳權		8
	南華小住山房文集第一輯	謝扶雅		35
	南華小住山房文集第二輯	謝扶雅		35
	南華小住山房文集第三輯	謝扶雅		35
	南華小住山房文集第四輯	謝扶雅		35
	南華小住山房文集第五輯	謝扶雅		35
	南華小住山房文集第六輯	謝扶雅		35
	南華小住山房文集第1—6輯精裝成匣	謝雅扶	250	
	愛眉小札(原稿手寫本)	徐志摩		10
	中國電影史話上下	公孫魯		10
	中國歷史課題解答	沈剛		6
	世界醫藥發展史	徐學雲	30	
	黎元洪如夫人危文繡本事	陳澄之	10	6
	我怎樣寫杜甫	洪業	10	6
	東坡詞	曹樹銘		13
	近代日本宮廷雅樂史研究	水原渭江	35	25
	琴窗詞稿第一集	水原渭江		25
	琴窗詞稿第二集	水原渭江		25
	尚書今註今譯	屈萬里註譯		18.00
	詩經今註今譯	馬持盈註譯		32.40
	周禮今註今譯	林尹註譯		27.00
	孟子今註今譯	史次耘註譯		23.40
	韓詩外傳今註今譯	賴炎元註譯		19.80
	孝經今註今譯	黃得時註譯		5.00
	孫子今註今譯	魏汝霖註譯		16.00
	禮記今註今譯(王夢鷗註譯)二冊			47.00
	春秋公羊傳二冊(李宗侗註譯二冊			44.00
	春秋左氏傳今註今譯(李宗侗註譯)三冊			90.00
遊記	萬國遊踪	屈武圻	60	
	旅遊漫談	屈武圻		8
	旅遊叢書—南京			6
	旅遊叢書—上海			6
	旅遊叢書—杭州			6
	南遊記	何葆蘭		6
其他	唐律疏議		80	
	太極拳(英文本) Fundamentals of Tai Chi Chuan	黃文山	60	50
	健康的藝術(英文本)	黃文山	10	
	現代養蘭學	董新堂	60	
	統計學大綱五版	侯林柏	30	20
	生產管理學上	李潤中	35	25
	生產管理學下	李潤中	35	25
	鉥印集林	海嶠印集		50
	吳昌碩篆刻選集	吳昌碩		20
	臨床痲醉學上下冊	金華高醫師	60	
	人權與國籍	胡鴻烈		10
	香港的婚姻與繼承法	胡鴻烈		8
	雲五社會科學大辭典12冊	王雲五	1200	640
	中山自然科學大辭典10冊精	王雲五	2000	1500
	辭源(正版新增補編)		120	
	中國人名大辭典(增編)		144	
	中國古今地名大辭典		140	
	醫學大辭典精裝4冊		240	
	綜合英漢大辭典		110	
	國語辭典精裝4冊		220	
	中國哲學史大綱	胡適		13.00
	柏格森哲學	吳康		18.00
	康德哲學	吳康		24.60
	變態心理學綱要	繆國光		14.40
	倫理學	范錡		11.60
	明清政治制度(陶希聖沈任遠合著)			18.00

分類	書名	冊數	價格
王雲五編重要書籍	道咸同光四朝奏議(精製12冊)王雲五		1,008.00
	四庫全書珍本1—5輯	每輯精400冊	10,000.00
	合印四庫全書總目提要及四庫未收書目禁燬書目	精五冊	360.00
	續修四庫全書提要	精十三冊	750.00
	景印四部善本叢刊第一輯	16套函	3,600.00
	百衲本廿四史	精41冊	2,500.00
	重印東方雜誌舊刊五十卷	175冊	20,000.00
	叢書集成簡編	平860冊	4,000.00
	漢譯世界名著甲編	平600冊	3,000.00
	增訂小學生文庫	平600冊	700.00
	韻史	精14冊	630.00
	資治通鑑今註	精15冊	1,540.00
	嘉慶重修一統志	精11冊	1,125.00
	太平御覽	精7冊	600.00
	索引本佩文韻府	精7冊	450.00
	清稗類鈔	精13冊	800.00
	涵芬樓秘笈	精10冊	450.00
	孤本儒函數類	綫24冊	450.00
	罕傳本紺珠集	13布函	260.00
	說文解字詁林及補遺	精12冊	1,350.00

四川自治之役（上）

華生

民國十年至十二年之川局

民國九年之川中戰亂，爲以川中國民黨系之楊庶堪、呂超、石青陽、黃復生等爲中心，聯合滇黔軍而組成之倒熊（克武）同盟，與由熊克武、劉湘、劉存厚等聯合而成之川軍驅逐滇黔軍運動兩方對抗之戰事。最初倒熊同盟頗佔優勢，其後局勢逆轉，至十月十五日劉湘等進佔重慶後，倒熊同盟瓦解，驅滇運動成功。不意滇黔軍出境之日，亦即驅滇聯合陣線開始破裂之時。此後形勢演變，形成所謂「四川自治」，實亦即「四川軍人自治」的局面。

驅逐滇黔軍聯合陣線之歸於破裂，蓋有兩個要因。一爲熊克武、劉存厚二人，其立場根本不同。熊克武自民國七年起，担任四川督軍，業已三年，而民國九年八月六日劉存厚電呈北京政府，報告組織靖川軍返川時，電中稱熊爲前川邊鎭守使熊克武，是劉存厚始終自認爲名正言順之四川督軍。返川之初，雖以靖川軍總司令名義號召，但於九月十日入駐成都後，即恢復四川督軍公署。十一月三日，並明令撤銷靖川軍名義。熊克武方面：重慶於十月十五日攻下後，熊氏亦於十月三十日在重慶成立督軍公署。至此成都、重慶兩督軍公署對立，破裂之勢顯然。而由四川前敵各軍總司令劉湘領銜之各次通電，稱劉爲總司令，稱熊則曰督軍，是劉湘等不承認劉存厚之督軍名義，亦至爲明顯。其次爲劉存厚處理四川善後人事之失當。原自重慶攻下後，劉湘等於十月二十四日、十一月一日及四日所發通電，其上欵均爲「大總統，國務總理，各部總長」等，十一月四日之通電，電末強調：「爲目前計，湘等非促進川政統一，國家統一，萬難解同胞之倒懸，救生民之塗炭，而挽中國之危亡。」等語，可見並無獨立自主之意向。此時熊克武派有代表劉光烈，劉湘派有代表張再，劉存厚派有代表吳蓮炬在北京活動，可見熊克武、劉湘等均期望此時之北京政府，對川局有一妥善之安排。無如劉存厚與北京政府有深厚之關係，劉氏之四川督軍，爲北京政府所委派，自民七至民九流亡陝西漢中，始終由北京政府予以支持。此時川局處理，自然重視劉存厚之意見。而劉爲保持其督軍地位，一面保熊克武爲四川省長，劉湘爲重慶護軍使，以示拉攏。一面密電北京政府，將川中各師長分別任命爲九個鎭守使，企圖分化熊、劉實力。此項消息傳出，熊、劉之駐京代表劉光烈、張再一怒出京，北京政府國務總理靳雲鵬亦頗事考慮。但劉存厚於十一月十四日復電促發表，其駐京代表胡景伊、吳蓮炬又詐報靳雲鵬，謂已商得熊、劉各部之同意，得令後即分別就職。不意十二月三十日北京政府發表以劉存厚督川，以熊克武任四川省長，劉湘任重慶護軍使，同時四川設九鎮守使之命令，川局糾紛即又再起，釀成熊克武、劉湘、劉成勳聯合驅逐劉存厚，劉存厚再度流亡陝南，四川成為「軍人自治」之局面。

四川軍人主張自治

四川之內情已畧如上述，而當時各省主張自治和廢除督軍的呼聲亦甚高。湖南軍人趙恒惕，此時已逐走北京政府所任命的督軍張敬堯，而用選舉方式當選省長。此種辦法，給予川中軍人以甚大之影響。於是川軍將領，遂於十二月十日在重慶會議，提出自治主張，分電劉存厚，熊克武二人，請於五日內表明態度。此為川中軍人主張自治的第一聲，原電如次：

「成都劉總司，令重慶熊督軍鈞鑒：川局善後，急待解決。在渝前敵將領及代表等蒸日會議，先行討論吾川政治自處之方針。慨自民國多故，南北糾紛，政潮所布，川受其敝。滇黔借口，用肆憑陵。我川人輾轉水火之中，號泣刀俎之上。北方鞭長莫及，南方亦噤不一言。成都被圍，不絕如縷。卒用川人自力，拚死始得爭回主權；此豈南北有毫髮之力助我哉？夫亦川人自救而已！回溯歷年身受之痛苦，始悟發揮自力之偉大。此後善後辦法，萬端待理，皆當本此發揮自力之精神，以促我川及國家之進步。成敗利鈍，事實昭然。以言順應世界之新潮，發達民治之基礎，尤屬理論者也。

夫國家與政府釐然為二。中華民國之為統一國家，早為四萬萬人心理所公認，特政府能否實際統一，純屬事實問題。實際統一後，政府與地方之權限大小，當視政情而論。此皆非一紙空文所能解決者也。前者北京政府宣布統一命令，吾川將領亦已通電贊成。乃北京政府之辦法未定，而南方之軍政府組織又起。當此國是未定，青黃不接之秋，南北意見，驟難一致。將來事實相激，未知舟流所屆。倘使長此紛擾，吾川安能隨人左右。故欲脫離南北戰爭之漩渦，自當立於超然之地位，調解雙方之糾葛，促成國家之統一。此以對外言，吾川之宜實行自治者一也。

民國成立九年，其政治大都趨於中央集權。袁氏以還，始則假集權推翻共和，繼則立集權以釀成分裂。其致亂之原因，不從發達地方民政入手，而專注重於少數人之權力。此所以覆轍相尋，禍亂無已者也。今以目前殷鑒之不遠，飽受失敗之教訓，羣知希望中央以改良地方，不啻倒因為果。如何發達地方以改良中央，乃能有基不敗。總之，今日吾國必先有良好之民治，而後有良好之政府；必先有鞏固之地方，然後有鞏固之中央。此以對國家言，吾川宜實行自治者二也。

吾川遠在西陲，交通梗阻，內情極為複雜，外間莫明眞象。即政府統一告成，國家事權劃一，吾川以地理實際之關係，猶當保留地方特別政情，擴大人民自治權限。况以目前國家時多混沌，川事急於待解決。內則勢力成各方之對抗，外則滇黔冀捲土之重來，苟非自求多福，何以安內攘外？惟集全川軍民之公意，實行自治，情感利害，無時不可商量，權利義務，一律皆為平等。使事事有公道之可循，人人得自由之發展；化一己權利之私，謀多數公共之利益。此不獨南北所不過問，亦政府無從待謀。舍川人合力自謀，實無以維持目前之現狀而圖將來之發展。此以對內政言，吾川之宜實行自治者三也。

夫人民為共和國家之主體，自治實組織政治之精神，此在民國亦屬當然，不待贅論。特恐當民國發軔之初，生他方誤會之慮，以為實行自治，脫離國家之統一。此則敢為我川人正告者：吾川所主張之自治，乃於民國統一國家之下，當政府未能實行統一辦法以前，而實行川人自治，以保障我行省組織國家之權能，而行使我人民之主權，期發達地方而促成政府之改良，以速統一之實現者也。

兩公如有政見，請即明白宣布，速解川局。倘荷贊同，即請聯衡直電全國，以定吾川施政之方針，而予天下以共見。佇候明誨，請期五日，不勝迫切待命之至。

劉湘、但懋辛、劉成勳、余際唐、陳能芳、陳洪範、賴心輝、田頌堯、鄧錫侯、楊森、唐廷牧、陳遐齡、潘文華、劉斌、張秉升、喻培棣、邱華玉、李華、李郁生、王麗中叩。」

北京政府發表川事命令

上電發出後，以劉存厚對川事早向北京政府有所建議，正候發表中，未有表示。亦知事態發展嚴重，將所部鄧錫侯、田頌堯、陳國棟三師，由川東集中川北，以資因應。熊克武則立即復電贊成，並於十二月三十日通電解除督軍職務，諭令各軍師長仍舊督率所部，維持地方，保衛疆宇，促進統一。即離重慶赴北碚溫泉養病，以觀其變。而熊克武、劉湘、劉成勳一、二、三軍聯合對劉存厚之形勢亦於此時形成。十二月二十四日，北京政府國務會議決定四川人事，三十日發表明令，更促進了川局的變化。各令如次：

民國九年十二月三十日大總統令：南北擾攘，數載于茲，受禍之烈，川省爲最。徒以政局糾紛之故，致使沃壤隩區，久淪兵刼。元氣不復，民生殄瘁，眷懷西顧，惻惻實深！茲幸川局底定，重覩和平，所有該省善後事宜，亟應妥籌措理，用慰喁望。着責成該省督軍劉存厚，省長熊克武，重慶護軍使劉湘等，督飭所屬，遵照前次明令，悉心籌劃，共策進行。謀川局之乂安，出羣生於水火，於以奠定西陲，鞏固邦基，有厚望焉。此令。

又令：四川省長張瀾着開缺，另候任用，此令。

又令：特任熊克武爲四川省長，此令。

又令：任命劉湘爲重慶護軍使，此令。

又令：任命楊森爲瀘永鎮守使，陳洪範爲嘉叙鎮守使，劉成勳爲建昌鎮守使，邱華玉爲忠萬鎮守使，陳國棟爲合川鎮守使，但懋辛爲綏定鎮守使，余際唐爲西秀鎮守使，陳能芳爲夔開鎮守使，鄧錫侯爲順遂鎮守使。此令。

又令：任命田頌堯爲陸軍第二十一師師長，唐廷牧爲第二十二師師長，此令。

上述各命令，無特任劉存厚爲四川督軍之命令在內，是北京政府承認流亡陝南之劉存厚爲正統。同日另一命令證明此點，並說明此次川省人事處理，確爲劉之主張。原令云：兼署陸軍總長靳雲鵬呈，准四川督軍劉存厚請設置瀘永等處各鎮守使員缺，擬請照准，並分別簡員充任由。呈悉，應准設置，楊森等已有令分別任命矣。此令。

十二月三十一日，北京政府又有嘉奬劉存厚等之明令。令云：此次全川底定，悉賴各將領深明大義，協力同心，捍衛地方，鞏固邊圉，宜加懋賞，用勵勳勞。四川督軍劉存厚，着傳令嘉奬。省長熊克武，特授以勳三位。重慶護軍使劉湘，晉授勳四位。其餘在力各將士，着該管院部查明功績，分別呈請奬勵，以示本大總統激勵勳勤之至意。此令。

川省軍人宣布川省完全自治

上述各項命令發表後，在四川引起了軒然大波。尤其是九鎮守使的設置，除了可以達到分化他人部隊的私圖以外，於地方於人民毫無意義可言。在如此輿情之下，獲得新命的人，除田頌堯、唐廷牧二人接受任命外，九鎮守使中，事先原有若干人有所接治，明令發表後僅有邱華玉一人電其駐京代表曾昭祺有所表示，其他都藉口實行自治，不敢接受新命。到了民國十年一月八日，劉湘、但懋辛聯名發出庚電，宣布川省完全自治。十二日，熊克武發出文電；二十一日，劉湘、但懋辛、劉成勳等更發出馬電；反擊北京政府對四川的人事命令。在馬電中，已未有鄧錫侯、田頌堯、唐廷牧等列名，可見此時陣線已見分明。」（未完待續）

香港詩壇

和陶三首

蘇文擢

密雲傷中邦也政異民判靡所定居
一平無時憂如之何

密雲在東。黯不成雨。北陸甚夷。而民好阻。往不可追。今亦何撫。眷此春華。憮然凝佇。　山圍海合。雲霧冥濛。風聲四揚。如彼翻江。哀此下民。以穴爲窗。大道之歧。伊誰適從。　離離草樹。闕此枯榮。好風南來。欣欣其情。樂子無知。憂我遐征。其征云何。大塊勞生。　如筍之葉。如松之柯。貫彼四時。霜露是和。草尚飄風。其偃實多。兀然散木。乃樹無何。

林木傷敎失也庠序如林而德不立
我觀良士件奐傷之

中林之木。匪伊一朝。跂予有待。駕言春郊。豈無泮林。亦麗雲霄。下有田疇。惜此良苗。　水波不揚。可舟可濯。山海之靈。盈盈遐矚。不濯其纓。胡濯其足。樓臺勝人。余豈云樂。　爲此春服。童冠沿沂。視彼雛燕。晨夕來歸。有鳥得時。目送手揮。鴻鵠一去。云胡可追。　言旋吾車。言返吾廬。有懷不獲。中心翳如。烈士暮年。歌以缺壺。春華不實。渺渺愁余。

轉蓬傷敗俗也淫風日扇人道式微
下士之笑予懷之悲（伊訓殉于貨色恒于遊田時謂淫風）

轉蓬隨風。忽然在茲。海天之南。予邁何之。端章適越。用違其時。念我儔侶。彼哉殆而。　潢潦無源。萍菌無根。菟絲附蘿。以冀長存。高明之家。弔者在門。不念厥善。胡能安敦。　楚楚衣裳。其免於陋。器知求新。德乃忘舊。日朘他人。爾亦何富。惕矣前修。肯爲利疚。　衆心之溺。天其將墜。不有顚危。伊誰知畏。導夫先路。孰乘騏驥。高足要津。予寧弗至。

甲寅夏自港島移居九龍塘山麓地較僻左頗有林卉禽鳥之趣賦詩三首

蘇文擢

道在非時用。幽栖近市難。依人終賃廡。居德敢求安。擇地鄰脩竹。憑高看藥欄。物情良不遠。眼處得懷寬。

草淨炎蒸氣。風回物外清。禽鳴無早晚。犬吠亦逢迎。虛室雲生白。初陽眼乍明。世情紛有取。誰與淡無營。

隔歲移家亦自嗔。豈緣祥宅與芳鄰。青山到處如相伴。空谷跫音若有人。滿室文章知棄物。當門草木自成春。朝來鳥語樊籠鬧。（樓俯英童學校亘籠畜鳥成羣）轉怯羣生一例論。（出羣孤雁格）

甲寅重陽

涂公遂

滂沱一雨息焦塵，蕭瑟重陽野色新，海氣雲痕迷遠岫，溪光露影媚涼茵，未央世變煎懷抱，將廢斯文伴屈伸，久怯登臨懸斷夢，枯禪熱淚兩磨磷。

挽莫儉溥學長

高齄暘

一葉搖魂落早秋，卅年儒服障橫流，塵寰絕學歸靑史，沙漠遺文化綠洲，翰墨獨揮開篋淚，江山誰共倚欄愁，香濃茗椀論詩地，惆悵重登舊日樓。

讀蟠广遺稿有題

朱健青

玩世難爲刧後身，廿年歌笑故鄉親，誰知老病供湯藥，竟是新交仗義人。

詩不求工畢竟工，隨時揮洒筆生風，名山一卷千秋在，如見當年未了翁。

秋夜

張　方

一天星斗一天明，光接鑪峯不夜城，牛女渡河情似舊，蝸蠻角勇事難平，黔黎大地同芻狗，猿鶴深山悵甲兵，落葉打窗催夢醒，遠人怕聽是秋聲。

編餘漫筆

編者

本期有許多精采有價值文章，特介紹於讀者，劉棨琮先生「雷鳴遠烽火鐘聲」一文，對這位熱愛中國的主教有詳盡的介紹。雷神父在血統上不是黃種人，但在法律上、精神上都是我們的同胞。在古代，有許多名臣良將都是歸化中國的外族，曾爲中國建立功業，名垂青史。但眞正對名利毫無所求。完全爲了愛中國而歸化中國，而爲中國同胞貢獻其一生的，雷神父是有史以來第一人，應當受到中國人的崇敬，永遠留在中國歷史上。過去也有許多人爲雷神父寫過傳記，但不失之太簡，就是文中引得聖經太多，對於未受過宗教洗禮的人，頗爲不便。劉先生文叙述雷神父的不朽勳業，極少談到傳教的事。論語說：「夫子之道，忠恕而已矣」我們也不妨說：「耶穌之道，仁愛而已矣。」雷神父的行爲便是最好的教義，不必落言詮的。

辛未先生「憶介師」一文，情文並茂，可以代表早期新亞畢業同學的心聲。編者同丕介先生相交在師友之間，對丕介先生的認識，與辛未先生相同。正如前面所讀雷神父的行事。口頭傳教不如用身體傳教；同樣情形，張先生也是一個身教的人。張先生課我未聽過，但同張先生相處既久，覺得他眞眞承受了中國儒家的傳說，愈對他了解，愈覺得他可敬可愛。所以在他開弔時，穿黑衣的學生竟有數十人。張先生無兒無女，但死後才發現兒女如此之多，際茲末世，如此師生風義，亦不可多睹了。

戰史方面「閃擊密支那之憶」，亦是一篇重要史料，作者親身經歷那次戰爭，尤其親歷野人山的路程，均非一般人所能想像。

山西票號一篇文章，價值特高，因爲這是一項不大爲人所知的經濟史料，在銀行普遍設立之前，金融業就操於票號之手，當時山西人實執中國財政金融之牛耳。以後所以衰落，當由於古老方式，無法與新式的銀行業務抗衡所致。

最近在尖沙咀星光行舉辦「中華文物精華展覽」，琳瑯滿目，美不勝收，報刊介紹已多，本刊特載李璜先生大文，對此有扼要叙述，希望讀者未去參觀的趕快去，機會錯了就太可惜。

受讀者歡迎的「謙廬隨筆」續稿已到，本期刊出，至於謙廬隨筆第一集，已大部校好版樣，即將付印，順便告知關心讀者。

「細說長征」一文，也多珍貴史料，敬希注意。

囘烱錦老先生爲西北耆老，現任司法院院長，編者曾有一面之雅，其人眞義皇上人，其文亦不食人間烟火，在舉世奔兢中，讀後眞暑中服一付淸凉散也。

由於最近電視台正播「芸娘」連續劇，本期特發表有關沈三白部份事實，以供參考。

中華月報

一九七四年六、七、八、九月號要目　中華月報社：香港九龍書院道九號

六月號

七月號

八月號

九月號

月刊

40

野史・佚聞・人物・風土・

一九七四年十二月十日出版

中華月報

一九七四年六、七、八、九月號要目　中華月報社：香港九龍書院道九號

六月號

七月號

八月號

九月號

掌故月刊 第四〇期 目錄

每月逢十日出版

掌故

第四〇期

每册定價港幣二元正
全年訂費港幣廿四元 美金六元

出版兼發行者：掌故月刊社
地址：九龍亞皆老街六號B
通信處：九龍旺角郵局信箱八五二二號
電話：K八〇八〇九一

The Journal of Historical Records
P. O. Box No. 8521, Kowloon
Mongkok Post Office, Hong Kong.

督印人：鄧少卿
總編輯：岳騫
印刷者：和記印刷有限公司
新蒲崗景福街一一〇號超達工業大厦十樓
總代理：吳興記書報社
香港租庇利街十一號二樓
電話：H四五〇五六一 四五〇七六六
國內代理：黎明圖書社
台北市重慶北路一段九十五號
電話：五四一五五八
星馬代理：遠東文化事業有限公司
新加坡厦門街十九號
檳城沓田仔街一七一號
泰國代理：曼谷青年文化服務社
曼谷黃橋東北路五六六號
越南代理：聯興書報社
越南堤岸新行街二十二號

其他地區代理：
澳門：可大文具店
亞庇：利民公司
千里達：中華公司
非律賓：華安書局
倫敦：東寶公司
芝加哥：杏林春
波士頓：中西公司
三藩市：新生圖書公司
三藩市：益智圖書公司
加拿大：香港商店
漢城：汎亞書籍公社
寮國：永珍圖書公司
斗湖：光明書店
非律賓：玲瓏書局
紐約：友聯圖書公司
紐約：友方圖書公司
洛杉磯：永安堂
檀香山：大元公司
三藩市：文化商店
加拿大：新國華公司

我架機轟炸柏林

松健

鄺定華牧師，他是美籍華裔，第二次世界大戰時被征入伍為空軍，此篇是他所口述的故事，作第一人稱。

第一次世界大戰末期的時候，因為我是美國出世的華裔的緣故，被徵召入伍，編入空軍行列，接受了差不多半年的訓練後，忽然上司要我們整隊人飛到英國去，初時沒有說明執行什麽任務，到了基地後，才知道要轟炸德國。經過整個星期的部署，大家仍然不知道是要轟炸德國那一處地方，因此大家的情緒愈發緊張起來！

突然有一天早上緊急集合，把我們九個人分為一隊，三隊為一組，正當大家肅立在一處大堂裡。長官踏着响亮的脚步聲進入，氣氛更加沉重，甚至每個人的呼吸聲彼此都能聽見。長官在掛在牆上布幔的一邊拉低繩子，驀地布幔從中間向兩邊分開，露出一幅鑲滿了整幅牆壁的大地圖。長官解釋我們這一組要飛行的路線，哪兒便入了警戒線，哪兒有高射砲位，哪兒有防衛工事，哪兒有雷達站，大家屏息聆聽，不許記錄，祇可以暗暗地記在心頭。指示完畢，隨即把我們送上軍車，運到機場，馬上換上飛行裝束。因為我們所要飛行的高度，總在二萬呎至三萬呎的高空，因此不但要有氧氣裝備，而且飛行裝的內框，也裝有微絲般的電毡發熱設備，以抵抗高空低温保暖。

九個人負責一架轟炸機，我的個子矮小，被派在躲進機艙下的機槍位置。左右各有一膛機槍，儼然便是「雙鎗將」，艙位的空間僅堪轉動而已。在訓練期間，我們最後的一次考試，是要蒙上了眼睛能夠把整膛機槍逐件拆散之後，又再逐件裝嵌成為完整，可以施放，所以當我們掌握着那兩膛機槍的時候，便要把它作為自己的肢體一般看待。每個人都戴上了耳筒，不但九個人之間可以互相通話，而且還能接受外邊的指揮。

有一次已經起飛了，突然發覺兩邊的機槍都失靈，暗自着急，但是又不敢告訴同僚，怕影响他們的信心，結果幸運地安全歸來，自始至終未曾發過一彈。

起飛到上空後，編成三角的隊型列好陣容，然後聯同出發。

敵機的偵察，先要在更高的高空下望來機的隊型，如果隊型齊整，表示鬥志堅强，站穩陣脚，輕易不可侮的，要是隊型凌亂的，馬上通知他們的驅逐機逐個擊破。尤其最危險受敵的是末後的一架，最易成爲敵人攻擊的目標。把它打落了之後，再兜向前方攔截前機，不難全軍盡墨的！

負起轟炸任務的戰士，規定要出擊廿五次，才能免役，那個時候空軍的人手不夠，所以臨時增加十次，一共要出擊卅五次才算完成任務。僥倖能夠歷經卅五次的炮火網終於仍然生還的，百中無一，次數的計算方法，是指飛離了英國的國境，進入了德國的警戒線才能算數。我們有三次起飛後中途折回，不計在內。所以論飛行的次數，是達到了三十八次的，時間經歷了三個月。遨天之倖，我不曾受過損傷，得慶生還，眞是上天所賜。每當起飛了之後，手裡按着槍掣，忽然覺得神飄天外般的感受，空洞洞，渺茫茫，人間的是非善惡，恩怨仇恨，一絲毫都想像不出，好像世界上沒有自己存在的樣子，簡直是痲木了，連細胞血管都痲木了！

一次，突然發覺開啓彈艙門的樞紐失靈，連放下機輪的關閉掣也動彈不得，折回自己的陣地，飛到海面上去。救急的任務便派在我身上，因爲個子小，比較容易鑽入艙裡，一手扳牢艙門，一手用力絞動開關艙門的螺絲，把門打開，讓炸彈跌落海。每個彈艙所負荷的兩顆炸彈，起碼都有五百磅，如果帶彈降落，相當危險；放了彈後返回基地跟地面上聯絡，選擇另一處較長的跑道，又要我這個矮小子鑽入開啓機輪的艙門裡，用手勉强放落機輪，再在機尾縛上兩個降落傘，才能滑翔降落，幾乎滑到跑道盡頭方始停止，揑了一把大汗！

每當彈艙開啓轟炸的時候，配合有自動攝影機，一路不停的攝影。開始是攝到自己彈艙所放下去的情況，跟着是攝到飛機轟炸的效果。歸來後沖印出來，銜接成整個轟炸的過程，每次完成任務，每個人所見到的。都要作口頭報告，逐一陳述可供參考的資料，以便上級策劃下次出擊的決策。

有時看見別隊的機羣，給敵機攔腰撞散了，相繼殞落，一陣濃烟的急速下墜，有時看見有人跳傘了，慢慢飄下，敵機又會轉回頭向跳傘的人掃射，已經死了與仍然生着的跳傘人，各有不同的分別，一眼便可以看得出。這種生死存亡於俄頃的印象，深深烙在腦海裡，至死不忘！

一次我們的正機師中彈傷了肩膊，忍痛捱回防地。一次副駕駛員中彈斷了雙腿，從耳筒裡聽到有生以來不曾聽過的痛苦呼聲，眞是畢生難忘的。同僚又不能夠離開崗位去救苦扶傷，只可以讓他呻吟。直到返回基地，他已經昏過去，雙腿依然流血不止。一次，炸彈在我身傍爆炸，動彈不得，心想一定「戴花」了；但降落後可以自己走離機艙，才知無恙。

一個受傷進了醫院的，復原後返回宿舍，驚聞以前同隊的八個人都在一次出擊中全隊陣亡不返，突然發狂，奔向營外雪地上，亂竄狂呼，滾地撞柱，竟然癲狂而死。每個人出發歸來，看到碌架床上沒人躺着時，心裡禁不住一慴，神經頓然痲木了一陣！

經歷了卅五次的驚險，眼看着幾許同僚的一去不復返，僥倖自己能夠百刼歸來，軀殼猶存，因此我想到了上天是有意安排要我爲祂做一點事情的，因此我獻身基督，盼望在有生之日，爲已死未死的人們盡一些棉力。

戰爭眞是可怕的，但願從此永再不會發生！沒有經過戰爭的人們，恐怕不會明白這般感受！因此，我認爲應該把這些感受告訴他們，但願聽者有福。

（作者按：鄺牧師退役後，來港主管香港基督教大專學生公社，及後又在中華基督教青年會服務。年前返回美國，歷任教區聖職。最近又到北美洲一家青年會担任總幹事，一心爲「力役於人」而工作。）

筧橋精神

姜良仁

筧橋，這個杭市東北滬杭火車約莫兩小站的鄉鎮，它是江浙平原桑田的一部，絲綢之母——蠶的食糧供應中心。浙江大學農學院就擇址於此。空軍的搖籃——軍政部航空學校（中央航校的前身，今空軍官校），也在此間開始精選優秀青年，培植飛將軍，空軍之黃埔也。國父建革命軍，設軍校於黃埔，總統為抗日，設航校於筧橋，同為建軍史上劃時代之里程碑。

我國軍事實施科學化教育，航校是首創記錄。當時，這個學校的學生，是一時之精英，如美顧問上課，許多學生都能担任翻譯，百分之百名符其實的天之驕子。杭市的女生，都以能挽上航校學生的臂膀為榮。學生們草綠色軍服領上掛的「航校」「飛」的圓形領章，年青人都投以妒羨的眼光。航校成軍的黑色大巴士（當時杭市是首次出現這種新式的鉅型巴士）在西子湖畔亮相，西子湖好像邁進新的世紀，隆隆的機羣翱翔於杭州灣上空時，錢江潮彷彿響起救亡的怒號，豈止杭州市容為之添色，抗日救國於此獲新保證。然則，上述這些是表面的、缺乏實質的，現讓我來道出眞正的精神所在。

鐵的紀律，這些學生，眞正能做到「絕對服從，軍人沒有理由講」的化境。在飛行犯小錯時，教官不說話，只要雙掌做做八字形的手勢，學生就會乖乖的接受立正的處罰，即風急雨驟也不敢動彈。犯錯較重的，則被罰背保險傘循飛機場邊表現馬拉松賽跑。（背這玩意兒跑步，等於跑一步，敲一下屁股，着實不好受，若體格不好，半圈機場，就會昏倒。）犯錯更重的，則有由翁家埠機場（衛星訓練場）背保險傘步行數十里回校者。受罰者沒有不心悅誠服，由衷接受的。記得有一次開紀念週，毛邦初將軍訓話，他發現有一位學生張口打呵欠，他就以該生精神不振為由，予以禁閉處分。此事在今想來，好像不合理，但當時紀律之嚴，概可想見。又四期學生在杭市貢院前梅東高橋營房入伍訓練，石邦藩大隊長，（後與日機在滬空戰，一手中彈而仍神勇以一手駕機安全返防，遂成為家傳戶曉的獨臂將軍。）在一個寒冬的下午對全體入伍生訓話。當時航空署署長徐培根將軍（在渝時任陸大教育長，來台後任參謀次長、三軍聯大校長）陪德國一將軍來看航校教育，在隊伍後經過，石大隊長發立正口令敬禮後繼續訓話，此際沒有一個學生向後看或幌一幌頭，隊伍如銅牆鐵壁。事後徐署長電告入伍生大隊謂德國將軍對入伍生之軍紀嚴肅，出乎他之意料，讚賞不已，許為世界第一流的軍紀教育。德國軍人，最重實在，上面的讚許，豈可等閒視之，此亦軍紀嚴格另一佐證。

愛的教育，對學生之照顧無微不至，除郵票外，日常生活用品，甚至集體看電影，也由學校供應。廚房潔淨，蚊蠅絕無地位。廚師是由上海特聘的，一律着整齊西服，如今日圓山飯店之服務先生。餐廳、寢室、教室、自修室，一律紗窗紗門。寢室內之寢具、被褥、臥單等，每週洗一次，潔淨而美。自修室內有火爐，教室內有水汀，游泳池及各種運動設備，十分齊全。四十年前有這樣現代化的生活，夠得上稱貴族化了，其實，這是愛的教育到了家。

記得三期畢業開懇親會，凡畢業生的家屬（包含父母兄弟姊妹）均被邀參加。眷屬們的交通，包用頭二等豪華火車接送。來杭後招待宿西湖濱最高級之旅館內（即今日之觀光飯店）。各眷屬並可乘飛機在西湖、杭州灣一帶上空盤旋一匝。每一家眷屬，並可獲贈大綢一匹，及一份杭州之名產。

聚餐會舉行時，每個畢業生與其眷屬排在一桌。委員長（今總統蔣公）及其夫人親臨參加。聚餐進行一段時間，委員長夫婦親至每桌舉杯向畢業生家長敬酒，由畢業生起立介紹其父母兄弟等與委員長夫婦相見，狀之親切。由這裡可顯示自委員長以下各級航校部隊長，都把學生當作親子親弟看待並惠及眷屬。我有一位同鄉的父親於參加懇親會後，興緻勃勃的告人曰：「委員長夫婦，其地位等於清代的皇帝與娘娘，他（她）們敬我酒，就如清代的皇上與娘娘來敬我酒，我能獲這份殊榮，將來我的兒子即使為國捐軀，我也覺得甘心的了。」還有一位我的女同學，是畢業生的情人，她是以畢業生妹妹身份參加。（此時大陸尚未辦理國民身份證）事後，她說得更天真有趣：「我這一生再也找不到第二情人能帶我親見委員長，並與他夫婦乾杯，我真懊悔沒有選這天結婚，請委員長做我們的證婚人……」。由家屬吐露出來的心聲，航校教育，已達到以校作家，以師作親的目標。

又毛邦初將軍主持教育時，在紀念週公開宣佈：「尅扣伙食，即剝削員生的生命。」由他這警語，也可知航校是多麼注重學生的生活及營養。

不怕死精神，在委員長手訂的航校學生訓條第一條：「風雲際會壯士飛，誓死報國不生還。」又同訓條另一條：「……與目的物同歸於盡。」毛邦初將軍更強調：「航校學生不是學生而是學死的。」以上是指不怕死的教育而言。接着要說的，航校學生有什麼不怕死之事實呢！回憶當年飛機性能甚差，安全問題，不知要比現在差好多倍，但沒有一人怕上天的。縱然一架飛機在附近血淋淋的失事，或在半空火光融融的墜毀，但其他同學絕不受影響，毫不猶豫又起飛參加飛行訓練。剛才悲切切的參加失事同學的追悼會，轉身又氣昂昂隨教官操駕駛桿。赴機場時是活生生的伙伴，回頭來他已默默的殉學。在醫院方感慰罷傷友，返學校又雄糾糾的追雲逐風。學生們對週遭的橫逆視若無睹，這不是他們對死神威脅失去敏感，而是他們志切掌握習飛的機會，及早達成抗日救國的心願。這種不怕死的精神，一部印證於半山公墓，（飛行失事喪生的，均長眠於此。）與后土共不朽，一部昇華為抗日時不成功、便成仁的軍魂，沈崇誨駕機俯衝出雲艦（日本之旗艦）、傅嘯宇與敵艦共葬海底、高志航於周家口死戰歸天，李桂丹、林懷民、樂以琴、劉粹剛等拚掉日機多架後從容殉國，皆代表作。

不怕死精神的養成，教育、決志是基本因素，而不怕死的領導及帶頭示範，則有無比的影響力。當年先後主校政的毛邦初及周至柔兩將軍，都是不怕死領導的實踐家。尤其周將軍，他出身陸軍，但主航校後與學生一同習飛。在理，以他主校政時的年齡及地位，已不很需要習飛，但他為甚麼硬要學飛呢？實踐帶頭示範、不怕死之領導也。周將軍有這樣偉大領導性格，難怪其勳業，不但在空軍中無匹，即在黨、政、軍中亦為翹楚。

救國熱情，航校先期同學，都是日本飛機炸彈及大砲彈將他們轟進航校的，所以其學飛非為喜新好奇，而純為抗日救國。他們有的放棄大學學業，有的放棄國外優裕的待遇，有的背離溫暖的家園，他們甘心冒險犯難，矢志殺敵，都是受了一股與日軍閥不共戴天的深仇大恨所衝擊。

旌忠將軍邱清泉

・虞庸・

「將門虎子」，可是將軍的父親並非出身軍人，而是一位以農商爲業的平民。只是他父親勤勞刻苦，奮發自勵的習慣，和高潔的操守，就陶冶成將軍堅定不移的性格。終於揚名顯親，爲國家寫下了許多光榮的歷史。

將軍的父親，邱箴衡先生，是從江西遷居到浙江永嘉縣蒲洲鄉的。這裡是溫州灣海口的南岸，靠山面海。山上古松翠竹，海面波濤萬頃，其間田連阡陌，眞是風景佳麗的魚米之鄉。他父親就在此處卜居。初時家境清寒，由於勤勞節約，和他母親襄理家務，有條不紊，就有一門朝氣，欣欣向榮。不久就積資開設一家魚行。由於他父親處事果斷公平，守信講義，商業蒸蒸日上，甚是發達。家道也是日見興旺。

將軍生長在這樣一個家庭之中，幼時課讀之暇，他父親必定要他幫助農務。意在苦其心志，勞其筋骨；不致逸而生惰，惰而自腐。邱將軍既讀且耕，兩不偏廢。以其資質聰明，再加秀才塾師黃寶洪的不凡才學，眞是名師必出高徒了！兩年之間就讀完了孝經四書。當時潮流趨新，廢除科舉，鄉間也設起學堂來。於是邱將軍就到聖基小學就讀，但仍愛好經典，十六歲就讀完十三經、史記、漢書、後漢書、三國誌、綱鑑易知錄等書。對於詩詞亦頗愛好，而且造詣甚深。竟以第一名畢業於高等小學。正是向上求進的時候，而他父親却因家中需人作事，兼以經濟不甚寬裕，意欲將軍輟學就商，從事生產。而將軍志向遠大，不願農居家鄉或是觔兩於商農之間，過其一生，乃央請小學校長葉成銘，向他父親關說。葉校長深以將軍之天資聰慧，不可多得，如罷學就農商之業，實是埋沒眞才，豈非萬分可惜！就力勸他父親供他求學上進，始於是年秋，考入浙江省立第十中學就讀。這所第十中學，原是清時的中山書院，是浙省著名中學之一。學風純樸，將軍在此奮勵苦讀，成績斐然。尤以國文一課，因爲根基深厚，落筆文辭典雅，立論精闢流暢，不僅爲本班之冠，更爲全校同學所景慕。如此榮譽，因爲將軍天生資質聰慧所致，而將軍後天的刻苦磨勵，更是成名的主因。五四運動之後，學生愛國運動如風起雲湧，熱潮遍及全國。將軍深痛日軍侵畧，目睹國難日急，乃撰述時文，寄上海民國日報等各刊物發表。讀者深欽眞知灼見，理論透闢，一時蜚聲文壇，將軍頭角嶄露，不僅薄有文名，所得稿費，已足資自給。如此才華，在第十中學畢業，當然是名列前茅。將軍正擬考讀大學，而高小畢業時升學的困難赫然重演，可是這次更非校長關說就能夠過關了事的。將軍乃自行安排回鄉，先在高等小學任教。立志以存儲薪金，作爲報考大學的基金，考取半工半讀。其苦心宏遠，確實感動了他的父親，就放棄了要將軍執教養家的想法，聽其奮發自爲了！

天下無難事，有志者事竟成，將軍積資百金，乃赴滬考入上海大學，且工且讀。時校長爲于右任先生，極力鼓吹革命，反對軍閥專權。上海爲全國最大商埠，華洋交易之總滙。眞是萬商雲集，鬧熱非常！可是當時國勢衰弱，外侮逼人，幾至無可忍耐！如英國公園大門，竟掛上：「狗與華人不得入內！」將軍貫通中華歷史文化，我炎黃子孫，以一代之衰落，竟遭外人如此侮辱，若不振奮自强，何得謂爲黃帝子孫？乃奮然歎道：「將相本無種，男兒當自强！」就此立志報國，復興中華，以求揚眉吐氣，把報國雪恥作爲己任。

民國十三年， 國父命令 總統在廣東黃埔創辦陸軍軍官學校，並任爲校長。一時，全國有志之士紛紛加入革命陣營，掀起革命怒潮。國家前途，從頹廢的逆境，轉爲新興蓬勃！將軍在上海聞悉，以男兒報國，當此時矣！復慨然歎道：「國難如斯！吾當投筆從戎，以馬革裹屍！」並自吟：「身經彈穿方爲貴，屍不棺蓋骨乃香。」乃毅然廢學，奮赴廣東黃埔，考入陸軍軍官學校第二期工兵科。潛心學習，各項成績，皆極優良，頗受師長之重寄。正求學間，陳炯明意欲顚覆民國。政府組成東征軍，任校長今　總統爲東征軍總司令。軍校學生編爲校軍。將軍乃奮臂請求加入前線作戰，隨軍東征及參與棉湖之役，以及回師討平楊希閔、劉震寰之亂。繼而再加入二次東征，討平陳逆炯明，靖平時局。此皆校長治軍嚴明，精嫺韜畧，將士用命之績效也。兩廣底定，革定基地鞏固。　校長乃建議從速北伐，國民政府乃任命爲國民革命軍總司令，率師北伐。其時軍閥吳佩孚、孫傳芳、張作霖號稱百萬兵力。而國民革命軍尚不足十萬人，今總統在政畧上決定各個擊破。喊出：「打倒吳佩孚，連絡孫傳芳，不理張作霖」之口號。軍閥本來都是相互猜忌，幸人之災禍，欲坐收漁翁之利。革命軍與吳佩孚酣戰之際，孫傳芳在贛袖手觀戰。故革命軍得於汀泗橋一役之後，迅即擊潰吳佩孚。立即轉移兵力指向孫傳芳。將軍於南昌攻城之役，頗有建樹。戰事稍定，寄戎裝照片一幀回家，以解椿萱渴念。並於照片上題一聯曰：「壯志手中三尺劍，雄圖胸裡十萬兵。」其雄心豪氣，揚溢於字裡行間，誠然書生將軍也！

民國十六年，將軍已因戰功升任軍校工兵大隊第一中隊上尉隊長。奉命率領軍校工、炮、政三科學生返漢口受訓。時共黨妒革命軍之成功過速，蓄意破壞，製造寧漢分裂。時將軍至「孫文學會」，積極反對左派之「青年軍人聯合會」。言詞激烈，指責共產黨實爲蘇俄的走狗。遭共黨拘捕，被禁於漢口中央軍事政治學校禁閉室，生死不卜。在室約半個月，探悉共黨即將處以死刑。將軍乃作破釜沉舟之計，以暴力擊斃守兵，奪門而出，命同學四散逃逸，至南京集合。將軍旋即乘日輪赴南京。不料甫抵南京，反以共黨嫌疑被檢查機關扣押，將軍以眞金何懼火焰，泰然在監聽命。後經上書　蔣校長剖明眞相，立蒙開釋，並調任爲總司令部訓練處少校科員，以其處事精密，反應迅速，頗爲　總司令贊賞，乃獲調爲總司令部侍從室少校副官。將軍深知處人之道，在此仕途順利之際，每日約束，閒時喜讀曾國藩家書，研究如何做到定、靜、安、慮、得，以徹底實踐　校長訓詞。研究如何主敬、存省以和睦同僚，團結主義，增强效忠力量。故在侍從室服務，各級皆予將軍好評，認爲將軍學養體魄，將來必然爲國家棟樑，咸寄以重望。而將軍更以「高而不危，滿而不溢」自行約束，以不負於慈親與長官同僚之厚望。於是益增　校長培植之決心，調至第九軍任少校營長，以磨練其隊職經驗。不久即調軍校第七期學生隊中校隊長。將軍訓練學生，首先培養忠　領袖、忠黨、忠國的思想；而後培養不怕苦、不怕難、不怕死的決心。用能陶鑄成鐵血幹部。眞是一隊皆英雄，萬丈伸豪氣；動如生龍活虎，靜似閨女處士，這便是將軍所訓練幹部的寫照了。這年，國民革命軍北伐成功，全國統一，校長就任國民政府主席。

十九年，馮玉祥在西北陳兵作亂，國民政府舉兵討伐，將軍奉調前線第二師直屬工兵營中校營長，時年廿八歲。旋即參加開封、鄭州一帶之討馮戰役。六月與葉夫人結婚。翌年偕眷回鄉省親。

二十年間，政府在贛剿共，將軍任陸軍第十師第三十九團上校團長。秋初，轉任陸海空軍總司令部南昌行營第一剿共宣傳處組織科上校科長。從事心戰剿共，喚醒民衆。將軍運其如椽大筆，直刺共軍心臟。同時經常在掃蕩月刊撰文，展開全面對共心戰工作。惜剿共軍事正酣，日本軍閥發動九一八戰事侵畧我東北，翌年一二八，日軍又侵佔我上海。使我剿共軍事正在緊要關頭，鬆手放共軍一條生路。迨至淞滬戰事結束，今總統出任軍事委員會委員長坐鎭南昌，以三分軍事，七分政治爲剿共方針。於是宣傳處任務加重，處長賀衷寒先生，依將軍如左右手，嘗爲撰文忠告林彪、徐向前所部，不可塗炭生靈，要及時投誠。文詞感人，成效卓著。

廿二年，將軍奉調升任中央陸軍官校政治訓練處少將處長。將軍以平時之飽學，與戰場之經驗，把握訓練重點。公餘之暇研究世界戰史，深感德國民族優良，國民精神頗堪令人敬佩，中華民族欲圖復興，必先效法歐美科學，與國民愛國精神。因此立志留德，公餘之暇，孜孜研讀德文。一次大戰，德國民族頗爲奮發，其軍事學又勃然崛起，睥睨世界。廿三年初夏，軍事委員會招考留德學生，將軍以平日所學，成竹在胸，即報名應試。竟以第一名錄取。此實種瓜得瓜，種荳得荳之豐碩成果，足以啓發後學苦讀的精神。將軍至德國後，先入德國工兵專門學校受訓。鍥而不舍，成績斐然，於廿四年秋畢業於德國工兵專門學校。將軍志窺宏遠，雄心勃勃。再考入德國柏林陸軍大學。致力攻研現代兵學及大軍指揮。潛心研讀克勞塞維茲之戰爭理論，及古德里揚之裝甲騎兵戰術，皆有心得。課餘並翻譯魯登道夫之全民戰爭論。對於西洋戰爭藝術，已獲得其精華。廿六年夏，畢業於柏林陸軍大學，隨即歸國。曾於留學報告中提出：「現代化國防軍」之建設。深得　領袖重視。繼即派至桂永清將軍教導總隊任少將參謀長，以襄助革新軍事教育。

七七抗日戰事爆發，繼而掀起八一三淞滬戰。教導總隊奉調參與上海戰役。將軍隨軍督戰，贊襄擘畫，多所中的。上海撤守，教導總隊奉命拱衛南京，堅守孝陵衛及黃埔路一帶核心陣地。戰至十二月十二日夜，奉命撤守，但已無船渡江。將軍急智即命部隊化整爲零，各自喬裝突圍，至後方集合，將軍因留德返國未久，尚蓄頭髮，乃喬裝平民，潛居待機。嗣後潛行至江陰、徐州、鄭州，再到漢口，晉謁　領袖，報告經過。當以機智應變，足堪嘉許爲勉。繼即奉派任陸軍第二〇〇師師長。廿七年六月並奉命兼任突擊司令。並以將軍對機械化部隊運用，足夠發揮威力，乃配屬機械化部隊二營。參與蘭封、信陽等戰役。將軍運用之妙，存乎一心，頗建戰功。迨陸軍第二〇〇師擴編爲第五軍，將軍升任爲第五軍新二十二師師長，調至湖南東安訓練。將軍以國學深厚之基礎，融通德國之現代兵學精神。首先着重思想教育，講解三民主義，確爲救國主義；　領袖的革命人生觀，即爲我軍人建功立業的寶鑑。以　領袖帶兵、練兵、用兵的訓詞，拳拳服膺，篤實踐履。術科方面，新創伍長制，以助班長指揮之不及。並倡行官不離兵，兵不離槍。爲加速訓練成效，團組成軍士教育連。師成立軍官隊，區分階層施教。士兵以射擊、劈刺、投手榴彈爲訓練重點；伍長以哨長，斥候長爲訓練重點；軍士以熟練班排長行軍指揮爲訓練重點；軍官以圖上作業，沙盤教育，兵棋演習，現地戰術，作戰指揮之技能、與臨機應變之智慧爲訓練重點。使各級幹部均能沉着應戰，臨危不亂，在艱苦奮戰中獲得最後勝利。在結訓之前，指揮全師在廣西界首實施團之步、戰、炮、通、聯合對抗實彈演習，官兵皆能學以致用，如同經一次實戰，由是全軍具有必勝的信心。

是年五月，軍事委員會校閱組蒞師校閱，將軍這一師，在第五軍是第一名；第五軍在西南各軍是第一名。校閱組主任委員楊繩之中將的考語：「二十二師訓練優良，軍紀良好，該師邱師長愛護士兵如兄弟，團結力鞏固，戰鬥力强」。這簡單的評語，得來實非偶然，可說是智慧、仁慈、血汗的結晶，也就是說智、仁、勇三達德實踐成功的效果。是個人高度的榮譽，國家良將的楷模。

長沙第一次會戰大捷以後，　領袖在衡山召開軍事會議，決定第二期抗日戰略。第五軍奉命移防長沙。正值軍次衡山，日軍在桂南發動攻勢，企圖襲擊我大後方，以行包圍，脅我偏促一隅，再提出逼和條件，攻勢銳利，南寧失守，崑崙關陷落。第五軍奉命馳援桂南，以擊潰來襲日軍。新二十二師於十二月十六日，參與崑崙關會議。將軍爲激勵戰志，首先告誡所部：「此一戰役爲國家存亡之所繫，將士責任之重大，不容稍有忽視，蓋成功則扭轉戰局，轉機趨於勝利之大道，前途燦爛，可謂由本師開始。敗則轉戰局於危亡覆滅之途，前程險惡而黑暗，本師將士，職無旁貸，當爲國家民族之罪人，雖偷存性命，何面目以對革命先烈。」由是激起全師敵愾同仇，視死如歸之高昂士氣。將軍知內部士氣已穩定，進而在戰術上謀求以智取勝。提出「奇襲包圍」的作戰方案：「主力守崑崙關之正面，以奇兵斷敵後路，然後包圍以殲敵。」此一方案，果爲第五軍軍長杜聿明將軍所採納。即命第二百師及榮譽第一師，担任崑崙關各據點之作戰，以吸引敵軍主力。另命新二十二師由思壠，貪夜險越大明山脈五十里，進至五塘、六塘北側山地，以小部隊在五塘與敵軍增援部隊接戰，必須且戰且走，誘敵深入，俟敵軍機械化部隊通過後，於深夜開始卒然出擊，同時迅速炸斷五塘、六塘之間大橋，以斷敵軍退路；各部隊於此時一齊集中火力射擊，使敵軍在倉卒之間進退爲難，無力應戰。計劃既定，將軍率領該師，眞是銜枚疾走，秘密迅速。事事按計劃實施，如同平日實兵演習無異，官兵人人有勝算之心，有決死之志。待敵軍機械化部隊通過以後，轟然之聲撼山動地。頓時槍炮之聲相繼而起，國軍各部隊一齊開始射擊，戰況激烈，炮彈、槍彈、照明彈之火光，明如白晝。敵軍方知陷入重圍，急急後退突圍，已感左右爲難，只得沿途拋棄裝備車輛，用爲阻塞道路，以遲滯國軍追擊。戰後清查，計棄有敵軍坦克車二十輛，裝甲車八輛，大卡車二百餘輛。多爲國軍炮火所擊毀。戰績輝煌，已開勝利之基。

十二月廿七日，重新部署，命將軍率師轉移至馬嶺墟，担任崑崙關正面攻擊。廿九日開始攻擊，敵軍據守工事頑抗。反覆衝殺，前仆後繼，誠然血肉橫飛，流血標杵。而將軍履險如夷，經常隨侍軍長杜聿明將軍，至前線督戰。歷經三晝夜之激戰，敵軍以後援爲我阻絕，乃圖死守堡壘陣地。將軍以强攻傷亡過重，採取包圍戰術，敵軍以後退被堵，乃慌張突圍逃竄。新二十二師，即於卅一日中午進佔崑崙關。頑敵雖然一再反攻，均爲擊退。並連續攻克九塘、八塘。後敵機參戰，濫炸各處陣戰。將軍正與衞士及特務連上尉連長邱名鎬偵察敵情，轟然一聲，衞士與特務連長均被炸死。而將軍僅外衣爲彈片所穿。生死有命，富貴在天，果如此耶！此役結束，計斃敵第十二旅團長中村正雄、第十聯隊長木移吉之助，第四十二師隊長坂田元一以下共約七千餘人。戰績輝煌，爲抗戰史之光榮一役。將軍於戰後作詩題爲克崑崙關：「歲暮克崑崙，旌旗凍不翻，雲開交趾地，氣奪大和魂。烽火連山樹，刀光照彈痕。但憑鐵和血，胡虜何足論！」繼即蒙上級獎勵，榮獲四等寶鼎勛章一座。並晉升爲第五軍副軍長，將軍以久歷戎馬，後事椿萱，乃以副軍長職責較爲輕鬆，乃告假回鄉省親。

卅年三月，將軍自第五軍副軍長，奉調至軍訓部第十六補充兵訓練處少將處長，兼陪都第三警備區司令。將軍對補充兵之訓練，以思想、體魄、技能三項爲重點。首先要求體魄雄壯威武。而當時軍人待遇，亦甚菲薄。副食費與市上菜價，差距甚遠，常使士兵因營養不良生病。將軍乃命部隊從事生產，以連隊爲單位，比賽養猪、養羊、種菜。以所獲利益，全部充作副食。如此營養增加，士兵飽食無慮，操作正常。不三月，鍛鍊成雄赳赳氣昂昂的壯士。由此可知，爲將者非徒以戰技之訓練爲重，而衣、食、生活，實更爲重要矣！

是年夏，領袖召開軍事會議，會中多數將領提出副食費之不足維護士兵健康，領袖深爲詫異，蓋重慶物價較各地爲貴，而十六補訓處的士兵，都是體格粗壯，精神飽滿。領袖乃命各將領至第十六補訓處觀摩，始知將軍別有强兵之道，爲從事生產以補待遇之不足。

抗戰時期，胡宗南將軍鎮守西北門戶，負一方之重任，而胡氏羅致幹部，實有其求賢若渴的精神。聞知將軍才華卓越，特函邀請將軍至陸軍軍官學校，第七分校任副主任之職，委以訓練陸軍幹部之重任。將軍以訓練在於幹部，故先從健全幹部下手。成立軍官教育隊，自兼隊長之職。下設戰術班、戰事研究班、重兵器班、外語班。先以生平豐富之學識經驗，授予各班。先使學術思想，精神一致。然後，再由各班輪流至學生總隊作示範教育。不數月，學術成績普遍提高。深得胡將軍之獎勉。而將軍更提倡知行合一，從部隊中調幹部來校參加見習，使學校與部隊教育，不僅學術打成一片，即在精神團結，亦能趨於一致。這年冬季， 領袖至西安召集高級將領會議之後，順便校閱第七分校的軍事教育。將軍親自指揮實彈演習。 領袖目睹士兵精神飽滿，體格雄壯，戰技嫻熟，深覺若以此部隊與日軍作戰，則何患其不勝。校閱完畢， 領袖當面嘉許將軍，並發獎金銀元五千元。將軍固請謝受。 領袖以將軍廉能可風，旋即奉派爲駐印軍新編第一軍軍長。

卅二年初，政府改編軍隊序列，擴編第五軍爲第五集團軍，升杜聿明軍長爲第五集團軍總司令。調將軍任第五軍軍長。並晉任中將。二月赴昆明到職。時第五軍方由緬甸作戰返國，官兵久戰疲憊，病患甚多。將軍首先倡出口號：「養兵重於練兵。」「貧弱病苦死，富强康樂生。」仍運用十六補充兵訓練處的「養」、「訓」方法，施行於第五軍。再在醫藥方面輔以中醫、中藥；精神方面因官兵信仰不同，分設，基督教、佛教、回教。集訓未半年，官兵體力康復，精神充沛，上下相親，團結鞏固。將軍隨之再倡口號：「訓練重於作戰。」並指出訓練重點：「團長以上幹部，以指揮爲重；營級以下官兵，以戰技爲重。」基本戰技、戰術，人人必須嫻熟；實彈戰鬥演習，必須力求狀況逼眞。年終軍訓部部長白崇禧蒞軍校閱，贊許訓練得法，績效卓著，乃爲他處所未見。及全國校閱結束，評定成績，第五軍爲第一名。白部長以訓練方法得當，並命陸軍大學派員至第五軍觀摩。此種榮譽之獲得，絕非倖致，乃係將軍智慧與血汗之結晶！將軍復將練兵與治軍心得，輯成「教戰初集」、及「軍隊生活教育」二書，分發全軍幹部閱讀參考。

卅三年五月，統帥部爲策應我駐印軍及盟軍緬北反攻作戰，令遠征軍十萬人强渡怒江，進攻騰衝、龍陵。國軍右翼軍第十一集團軍總司令宋希濂率部與日軍鏖戰於龍陵、松山、象達、平戞之線。敵不斷增援。統帥部乃抽派第五軍第二百師前往參戰。六月，先命師長高吉人少將率同五九九團空運抵達黃草壩，其餘車運後至。宋總司令即將該團分割三處增援，以致營長二人陣亡。將軍據報，立即飛赴前方，下機後立即至第一線偵察地形，認爲部署態勢不當，陸空不能協同，炮火不能集中，立即與宋總司令洽商由二百師接充預備第一師任務，着該師獨當一面作戰。再面授高師長機宜，運用火燒水淹之策，採取包圍戰術，須出敵不意，以收襲擊之效。高師長聽命依計作戰，果然節節勝利。連克龍陵、老城、籬笆坡、東峰等處。滇緬公路敵軍，被截成數段，逼使狼狽後退。迨至卅四年一月廿七日，全長一五六六公里之中印公路，已全線暢通，西南國門以內，再無敵踪。統帥部據報，將軍在中緬戰役建功頗多，頒授三等寶鼎勛章，美國政府亦以將軍功績可嘉，頒授銅綜自由獎章。

民國卅四年八月十日，日本無條件投降。苦戰八年，贏得光榮勝利，全國歡騰，慶祝勝利，慶祝偉大 領袖！ 領袖復勸勉全國同胞「以德報怨」。國民政府還都南京，對抗日將士，論功行賞，於卅五年元旦頒佈命令，將軍奉頒忠勤勛章一座，陸海空軍獎章一座。

當抗日勝利之初，雲南省主席龍雲，明則服從政府，私自又與共黨勾結，別具野心，企圖難測。十月間，中央下令改組雲南省政府。將軍奉杜總司令聿明命令：「包圍昆明，迅速解除龍雲部隊武裝。」將軍於一夜之間，兵不血刃，完成任務。而其行動神速秘密，更爲滇軍欽佩。中央當即電令獎勵。

共黨以抗日爲名，擴充部隊，拓展地盤，在俄帝翼卵之下，接受日軍投降武器，日趨壯大。更在馬歇爾調停之際，擴大其游擊區。政府不顧生靈塗炭，始終以懷仁政策，企求和平解決，不料因而沮喪國軍士氣，反使共軍壯大。卅五年七月間，共軍在淮陰設立總部，企圖進窺南京。政府為解除威脅，須調一精銳部隊拱衛京畿。乃命將軍率第五軍進駐六合、天長，掃蕩蘇北之共軍黨。將軍率部渡江北進，一路勢如破竹，連克天長、盱眙等據點。廓清蘇北共軍，計俘共軍幹部二千餘人，鹵獲大小炮二十餘門，輕重機槍三百餘挺，步槍七千餘枝。繼而進入魯南，痛擊劉伯誠所部。九月攻克單縣、曹縣、定陶、荷澤、東明，十月收復黃河北岸之長垣、大名等城。

卅六年三月，劉伯誠部復東渡黃河與陳毅部合流，企圖進窺徐州。中央乃調第五軍推進沂蒙山區，策應第十一師及第廿五師對南麻之攻勢。陳毅所部盤踞沂蒙山區最久，國軍屢次攻勢，均未得手。將軍奉命後，採取神速之行動，夜襲羊流店，因能出敵不意，所向皆捷，於五月十日攻佔魯中要地萊蕪。共軍據守南麻老巢，經友軍以中央突破，攻克南麻。共軍分兩股實施鉗形戰術，以一部西上，以一部南下竄擾曲阜、滕縣。八月會合於汶上、濟寧，第五軍跟踪追擊。時劉伯承已竄渡黃河策應，俟陳毅部進入魯西以後，劉伯承即南越隴海路，竄入大別山，另建根據地。九月陳毅集合六個縱隊之衆，企圖以大吃小，於鄆城之南圍攻第五軍。將軍乃率第四十五、第二百兩個旅，與共軍激戰旬日，共軍人海戰術不濟，乃至流血漂杵，積屍如山，戰况慘烈，為空前所未見。共軍終因傷亡過重，遂不支而潰。第五軍追擊凡三閱月，掃蕩於魯中、魯西之間，使共軍無可立足。中央因戰績卓著，乃頒授將軍三等雲麾勛章一座，以為嘉勉。

卅六年度結束，中央統計第五軍戰果，計鹵獲共軍步槍八千餘枝，輕機槍一七七挺，重機槍三十二挺，迫擊砲七門，俘共軍八千餘人，本年國軍各部隊考績，第五軍榮列軍級甲等第一名。

卅七年初，漢口情勢緊急，將軍奉命率第五軍至平漢線駐防。春間陳毅與劉伯誠二股復會合侵犯開封、鄭州。進擾黃氾區。將軍率部馳赴皖北，自淝河口追擊陳毅，經河南鹿邑、柘城、睢縣、杞縣至通許，不及半月，窮追四百里，逼使陳毅竄入魯西後，主力再渡河北竄。

將軍積歷次對共軍作戰之經驗，復予精心研究撰成「教戰二集」，分發所屬部隊研讀。溯第五軍自蘇北進兵魯西以來，追擊陳、劉二軍，馳驅於蘇、魯、冀、豫、皖各省之間，苦於時須進剿，時須應援解圍，遂致顧此失彼，卒不能捕捉劉、陳二軍之主力予以殲滅，將軍每深惋痛！

卅七年春，國軍從事整補，第五軍奉命擴編為整編第五軍，轄整編第五師、第七十師、第八十三師。將軍自兼整五師師長，所部約共十二萬人，駐軍定陶一帶，從事整訓，並監視陳毅行動。時陳毅亦乘機喘息，在黃河北岸整補備戰。五月陳毅派兩個縱隊繞道南下。竄擾民權一帶，將軍奉命率部經民權越隴海路搜剿。六月陳毅傾巢南犯，再與大別山劉伯承滙合，約共三十萬人，猛撲開封。將軍所部正在馬樓蘇集一帶激戰，忽因開封告急，奉命馳往解圍，馬樓困守共軍得機更甦。在馳援途中屢遭共軍伏擊，均分別予以擊退，連戰四日始到達開封，而開封已失。將軍依地形及敵情研判，料知共軍行動趨向，用打點截擊戰術，不以全部兵力馳赴開封，僅使用一個旅指向開封佯動。自率主力兩個師，陰趨西南以攔擊共軍。兩日以後，果與自開封擄掠物資撤退之共軍遭遇。出其不意，給予迎頭痛擊。共軍倉卒間無力應戰，乃遺棄開封所擄輜重物資，狼狽奪路而竄。開封之共軍以其主力遭擊潰，亦棄城逃竄。

陳劉二股以開封之役未得手，乃轉而圍攻區壽年兵團，中央命黃伯韜中將率整二十五師馳援，不料於途中中伏被圍。將軍又奉命向東馳援，當晚疾馳東行，進抵杞縣，遇共軍二萬之衆，迎戰於許崗、桃林崗。輪番衝殺，死傷慘重，始終無法超越馳援。是日忽接　領袖空投信，拆開恭讀，竟是限二日之內，要解黃師之圍。將軍感服　領袖德威，靈機頓發，深感如此遲滯膠着，實無法完成馳援任務，乃毅然下令全軍撤退，星夜疾走。共軍以為其圍點打援戰術成功，也不追擊。將軍命部隊向北轉進三十里，到柿園後東旋。於翌晨白霧迷茫之中，突然偷襲共軍後方側背。出其不意，予以猛打猛攻，共軍遭此不測，內部頓自混亂，被迫作離心退却。將軍率部追擊，直至黃河渡口，是役計俘匪四千，鹵獲槍砲騾馬甚夥，第廿五師之圍遂解。 領袖亦以其行動慎謀能斷，迅速敏捷，慰問嘉許。

黃汎區戰事告一段落，將軍以久未返鄉，請假三週回里掃墓。並擬呈請辭去隊職，從事軍事著述，將其戰塲經驗與學識熔於一爐，以啓發國軍幹部，贏得作戰最後勝利。而中央以將軍棟樑之材，正需匡時濟世，對辭職固然照准，却命令升任第二軍團副司令官。 領袖及杜司令官，並先後頻催到職，將軍懍於「見危致命，見得思義」，乃放棄原定著述計劃，挺身再赴前線。臨行之時，與其知友告別道：「我與共軍拼命去矣！」如此豪語，豈知「語焉不祥」！

九月初抵達商邱駐地，旋又奉命移防碭山。卅七年十月十日，政府再升將軍爲第二兵團司令官。在碭山舉行就職典禮，徐州勦總司令劉峙將軍親自到塲監誓。將軍爲隆重其儀式，以表負責盡職。陳列三牲，燃燭焚香。親撰誓詞，當其部屬在國父遺像前宣誓曰：「余在 國父靈前，對天盟誓：謹以忠誠報效黨國；盡忠 領袖；努力殲滅奸匪，完成革命；不怕死，不苟安，不被俘，不投降！有敵無我，有我無敵。如違誓言，天誅地滅，雷打火燒。皇天后土，實鑒此心。謹誓。」宣誓人邱清泉。」當是時也，全軍肅然，恭聆將軍朗朗之誓。以誓詞懇摯，讀之慷慨激昂，將士感將軍忠心報國熱忱，多潸然淚下！此乃心聲之共鳴也，將軍之治軍成功矣！

當國軍東北戰事失利，華北局勢隨之改觀。九月濟南陷落。人心浮動，民衆相率南下逃難，徐州外圍難民擁塞於途。物價飛漲，金圓劵被商人拒用，仍以銀圓硬幣交易。造成社會混亂，形勢險惡，岌岌不可終日。政府乃採適時調整部署，主動放棄鄭州、開封、新鄉、東海各據點。將隴海兩側兵力，向徐州集結，以確保徐州，先採內線作戰，待機主動反擊。

共軍以國軍既陷於被動，迅即調集部隊，計有陳毅之華東野戰軍；劉伯誠中原野戰軍；聯合陳賡、孔從周各部隊，共計約有五十餘萬之衆。國軍徐州勦總司令部所屬各部隊計有七個兵團，四個綏靖區，以及其他直屬部隊，兵力亦屬相當，無如固守一地，失去主動，只是挨打。時將軍第二兵團，計轄有第五軍、第七十軍、第一騎兵旅，並新增第十二軍、第七四軍，奉命担任徐西任務。將軍審度敵我情勢，曾建議徐州勦總，將第二兵團移防宿縣，鞏固後方生命線，以確保徐州之安全，惜未獲徐州勦總之允准。

卅七年十一月初，扼守魯南國軍一部叛變，陳毅蹈隙南下，乘東線國軍向徐州集結之際，圍攻國軍黃伯韜將軍所率之第七兵團於碾莊。十一日晚，將軍奉命率第二兵團馳援。在林佟山、鄧家樓、盛山、馬山、潘塘鎮、黑山、薛家湖一帶，與共軍鏖戰數日之久。十六日潘塘鎮之役，共軍以人海戰術衝殺，阻止應援。並以大縱深配置，逐村頑強抵抗，反復衝殺，斃共軍約二萬以上，眞是屍山血河。國軍官兵傷亡亦甚慘重。廿二日進抵大許家，黃兵團已告不支。烈士痛惜萬分，當時頓足歎道：「費盡氣力，一塲空！」

將軍率第二兵團在徐東地區與共軍激戰之時，中部宿縣因兵力單薄，竟於十七日陷落共手。靈壁亦於廿五日失守。蚌埠頓即告急，援軍第十二兵團復被圍於雙堆集，形成戰局逆轉之勢，統帥部衡量局勢，變更署戰部署，命各兵團撤離徐州，向西迴旋運動，以期南北各兵團夾擊共軍，以解第十二兵團之圍。

第二兵團及第十三、第十六兵團，在徐州勦總杜副司令率領之下，於十一月卅日夜撤離徐州，向蕭縣永城推進。陳毅、陳賡所部約共四萬餘人，於十一月卅日下午，越津浦鐵路，向國軍包抄攔截。將軍率部且戰且進，十二月二日到達永城之陳官莊一帶。經陸空協同，向南攻擊。共軍作縱深配置，逐村頑抗，以人海分批衝殺，進展頗不順利。將軍以如此作戰，遷延時日，徒然師老兵疲而無濟於事，終將糧彈不繼陷於絕境，實非善策。乃建議杜副總司令以軍師爲單位，各自突圍，此策果能實施，各軍一時向共軍發起攻擊，戰局如何演變，誠難逆料。無如第七十四軍軍長邱維達，以「兵力失散，責任誰負。」乃使杜副總司令猶豫不決，遂罷以軍師爲單位突圍之議，以致集結兵力，放棄主動，等着共軍硬着頭皮挨打。

十二月六日，杜副總司令移駐至第二兵團司令部，調整第二、第十三兵團任務。採取東西北三方堅守，向南展開攻擊，並在防區內開闢空投場，以備空投補給。而共軍集中十五個縱隊兵力，在陳官莊周圍，利用村寨構成縱深網形配置，掘壕相連，彼此呼應。自十一日起，第二兵團開始向南攻擊，先以炮火作猛烈之射擊，繼以戰車衝擊，開出突破口，步兵隨後衝殺。無如共軍聚嘯數倍兵力，前後衝殺。前莊攻克，後莊戰事又起，一連混戰三日，僅收復柳樓、李樓等五個村寨。國軍經連日作戰，補給不繼，糧彈漸罄，官兵死傷累累，無藥醫療，眞是滿目瘡痍，哀鴻遍野。繼以天不作美，陰霾四佈，大雪紛飛，無法實施空投。糧彈不繼，只得困守以待。而共軍乃驅民兵十餘萬，挖溝十數道，團團圍困，可謂水洩不通。國軍先則宰食軍馬，繼之烹食馬革。燃料無着，先則拆燒門戶，繼而掘棺爲薪。加以天寒地凍，士兵膚裂指斷，且時有凍死者。將軍每巡視部隊，撫慰有加，雖物質奇缺，而精神仍能爲之一振，故能繼續固守不潰。而淒涼之戰況，已是令人睹之鼻酸矣！

卅八年元月二日，天氣放晴，復獲空投，士氣一振。預定十日以飛機百架掩護突圍。詎料共軍於六日即發動攻擊，集中火力猛擊，並以人海殺衝。此一戰況，眞是血肉橫飛，河山震而天地動。接連戰至十日，全軍通訊中斷，指揮失靈。將軍驅往第二百師陣地，擬重加部署，不料未及到達，而共軍已經衝入。將軍知大勢已去，挽回戰局，已是力不從心。乃慷慨對隨員道：「我奮戰二十餘年，乃爲國家求獨立，爲民族求生存。時至今日，惟有遵 領袖所訓，不成功，便成仁！以明我志矣！」旋拔槍顧左右道：「我死迅即密爲掩埋，勿令共軍辱及我身！」乃轉身面南，自戕成仁！時爲卅八年一月十日凌晨三時十四分，眞是山河變色，天悲地慟！一代忠烈，爲國家、爲民族、爲正義，毅然舍身，留取丹心照汗青！其浩然之氣魄，將永爲國民革命之典範矣。

戰報傳至後方，聞者無不惋痛，軍失楷模，國失樑棟！七月廿六日，總統府頒發褒揚令：「陸軍中將第二兵團司令官邱清泉，秉性忠貞，夙嫻韜畧，洊領軍符，歷經抗日、剿共諸役，所在立功。本年一月，徐蚌之役，督師死戰，屢挫凶鋒，不幸師次永城，身陷寇陣，自戕成仁。緬懷往績，軫悼良深，應予明令褒揚，用彰忠烈。此令。代總統李宗仁，行政院院長閻錫山。」

民國卅九年四月三日， 總統明令入祀忠烈祠，令曰：「故第二兵團司令官邱清泉，前往徐蚌戰役，剿共守土，屢挫兇鋒，卒以衆寡懸殊，身陷重圍，自戕成仁，足爲軍人矜式。除已明令褒揚，及追贈上將外，應予入祀首都忠烈祠，並同時入祀原籍浙江省忠烈祠暨永嘉縣忠烈祠，以彰忠烈，而勵來茲。着由行政院轉飭於戡亂完成後，立即遵照辦理。此令。 總統蔣中正，行政院院長陳誠。」

民國四十年十一月，總統復頒發旌忠狀一幀，特予旌揚，狀紙底上印八大字：「功在民族，榮及子孫。」

民國五十年，裝甲兵司令蔣緯國中將，爲紀念烈士爲國盡忠，且爲裝甲部隊樹立忠貞楷模，建議將裝甲兵訓練基地台中縣大雅鄉十三寮之地名，改稱爲：「清泉崗。」案奉行政院核准。並於清泉崗清泉路口建有清泉碑一座，以留永久紀念。同時，台灣省政府亦將相毗連之台中縣沙鹿鎭的「公館」易名爲：「清泉」。民國五十七年，又在其地創辦「清泉國民中學」，用以紀念其對黨國長遠不泯之功勳！

余走筆至此，深感將軍雄偉不凡，不禁慨然而歌曰：「浩浩乎將軍！天縱雄才，奮勵自強，精嫻兵畧，官拜上將；功在黨國，名顯宗親，榮及子孫，永式祖典！」

孫岳軼事

耿幼麟口述

王玉賓記錄

略歷

先生名岳，字禹行，河北省高陽縣人，出身陸軍大學第一期。民國前任近畿陸軍第三鎮（師）營長，辛亥革命，任進攻南京民軍指揮官。中華民國政府成立，任陸軍第十九師師長，二次革命後，旅居大連。民國四年化裝赴華山，民六任直隸督軍公署高等顧問兼軍官教育團長。民九任直魯豫巡閱使署衞隊旅長。民十一年，改爲陸軍第十五混成旅，仍任旅長兼大名鎮守使。民十三年，任北京警備司令，與馮玉祥胡景翼等發動首都革命後，任國民軍第三軍軍長。十四年春率軍入陝，任陝西督辦兼省長，十四年冬回師直隸，任直隸督辦兼省長。民十五年率軍退陝北，民十七年任國民政府委員，病逝上海，年五十二歲。公葬於北平紅葉山莊，爲河北省公葬之第一人。其豐功偉蹟，載在國史，茲述其軼事，以見其爲人。

查辦馮玉祥

民國七年春，當吳佩孚張敬堯等北洋主力部隊，集結湘鄂邊境，待命進攻南軍（國民革命軍）時，北洋陸軍第十六混成旅旅長馮玉祥，以抗命拒絕加入戰鬥序列，爲北京政府撤職查辦，於是馮以反對內戰理由在武穴宣佈獨立。兩湖宣撫使曹錕，派公親赴武穴負責查辦，事實上，問題於抵達武穴之翌日即獲解決：「馮允開赴湘西維持治安，曹亦允免究其抗命罪過。可是公留武穴約一星期始返漢口，他是爲了一段故事，這就是我今天要說的：公由漢口赴武穴，搭乘英商太古輪船公司的客輪，船上茶房因明知公爲政府高級長官，反而故意表現多種不禮貌，當孫公斥責他們不應該仗恃洋人侮辱自己的官長時，茶房們譏誚着說：「這是洋船，大官在船上發威風是要倒霉的。」公說：「狗仗人勢，是咬別人，你們忘了你們祖宗是中國人，反而咬起自己人來。你們這種行為，不但變成洋奴，且連狗都不如了。」於是茶房多人，氣勢洶洶，好像要動武。這時隨公護兵（即耿幼麟兄以隨從參謀化裝護兵隨行）取出槍來嚇阻着說：誰要再進一步，我就開槍打死誰。」這樣一來，驚動好多人出來，起先是買辦和賬房，後來是洋船主也來了。他們主要理由是說洋船上不准客人帶武器。孫公說：「准不准帶槍是另一回事，你們外國人庇護中國流氓欺侮中國人，我們只有帶槍才得安全，無論你說什麽，也不會把槍交給你們的。」後來經同船客人和解，將原生事茶房調換，把手槍暫交賬房保管，到武穴發還了事。

當孫公將上項經過告訴馮，馮說：「這全是我們這幾天所談條約（指不平等條約）的毛病，所以我認為軍隊只可用以打洋人，不該自己打自己人，可是我却為此得到了一次撤職查辦，若非二哥（指孫公）建議得到老曹同意，這一旅人的結果可就慘了。」孫公說：「既然如此，你敢不敢等那條船回來，把洋人教訓教訓，責任由我們兩人担當。」馮說：「我怎麽不敢，等那條船來到武穴，我做給二哥看看。」孫公又說：「等你把他們好好教訓一次之後，我也非要搭這條船回漢口不可，看看鬼子敢把我們怎樣。」

該輪船一靠碼頭，手槍兵們把船上所有茶房全給抓下岸來，用蔴繩拴在電線桿上，並告訴船主非有命令不准開船，洋船主要見駐軍長官，被人引到馮旅長面前，因為馮穿的軍裝和士兵一樣，洋人衝着馮說：「我要見你們的長官。」馮說：「我就是馮旅長，你有什麽話說吧。」等洋船長把話說完，馮告訴他：「我因為不喜歡你所說的條約，我才在這裡造反，現在北京政府已經管不到我了，只要我的部隊在江邊，就不許你們欺負我國人，你們的茶房開罪我們這位長官，你認為對嗎？」洋人答：「不對。」馮說：「我把這些壞蛋扣留下來，好好的教訓他們，希望你們以後找茶房不要這樣的壞人。我把話說完啦，那些壞蛋我要留下，你們可以開船了。」

後來經船上客人代為請求，馮才派一位叫宋良仲的副官，把捆綁的茶房訓教一頓，馮派該旅補充團團長張之江，帶着四個帶自來得手槍的士兵上了船，隨孫公赴漢口，洋人並未過問。

這就是把事辦完，又逗留了十來天的故事。這樁事，在現在看起來，極其平凡，可是在北伐以前，洋人蠻橫，官民的畏洋心理，乃是一種空前的舉動。

不發行省鈔

孫公於民國十四年任直隸督辦兼省長時，友人多勸其發行省鈔二千萬元備用。因當時各省多發行省鈔，閻錫山在山西有晉鈔，張作霖在東北有奉鈔，等於聚斂害民。孫公獨不肯，曰：「以暴易暴，何需革命？革命失敗，還可以再革命，做了壞事，不能補救。」其有所不為類如此。

附記

謹按幼麟兄與徐永昌、龐炳勳、馬法五，均為孫公任旅長時之基本幹部。孫公任直隸督辦兼省長時，政務廳長耿鶴生（毅）先生，為幼麟兄之季父，孫公視幼麟如子弟，其所口述，皆親見之事實，堪為信史資料，且以見孫公之本色。玉賓附記。

鄒岳樓將軍傳

—吉人—

將軍名作華，岳樓其字也，吉林省永吉縣江東石匠溝人。生於遜清光緒二十年，西元一八九四年，農曆四月初七日。先翁諱義，娶太夫人姜氏，生將軍兄弟姊妹八人。吉林位於長白山與松花江之間，山川鍾靈。將軍生而稟賦非凡，自幼顯慧逾常，及長俊秀偉岸，眉宇間具有英氣。當時東北連續遭逢甲午中日之戰及日俄之戰，童年目覩祖國河山受日俄之交相侵凌，故少懷大志，每以富國强兵爲己任。光緒三十四年，入陸軍小學，時值東三省總督徐世昌陪滿清貝勒載濤前往巡視，見將軍英姿俊拔，慰勉有加，並與衆曰：「此生將來必出人頭地也。」民國二年，入河北清河陸軍第一預備學校。卒業後升入保定軍官學校第五期砲科。旋該校奉命考選學生二十人赴日留學，將軍以成績優異獲選，同行者尚有錢大鈞將軍，何柱國將軍等人。赴日後，先在九州野戰砲兵二十四聯隊入伍，期滿升入日本士官學校第十二期。留日期間，每屆假期輒往各處遊歷，考察彼邦山川形勢及風土人情，並曾攀登富士山巔，振臂高呼「中華民國萬歲！」壯懷激烈，可見一斑。

民國八年夏學成歸國，初在徐樹錚之邊防軍教導團任少校隊附兼教官。翌年發生直皖戰爭，皖系失敗，邊防軍解體，將軍受士卒擁戴，並爲保存砲兵下級幹部計，乃率砲兵兩營，步兵一團，投效東北軍。至東北後，頗受當局器重，乃由砲兵營長、團長、旅長，至十五年升任砲兵司令。十六年升任砲兵軍長，統率東北所有砲兵。在此數年間，將軍隨職任之升遷，對砲兵之訓練、編裝等，莫不悉心擘劃、督導，使當時東北軍之砲兵部隊，無論在編裝上，訓練上殆非國內任何部隊所能企及。民國十四年，第二次直奉之戰，將軍任奉軍第三、四方面軍砲兵司令，於山海關一役，指揮所屬與騎兵相配合實施大胆迂迴，使吳佩孚鎩羽，一戰而衰。十五年，直奉聯軍與馮玉祥之戰，馮軍撤出平津退守南口，準備俟機反撲，南口素稱天險，奉軍仰攻，歷久不下，將軍乃繞越敵軍側背，於制高點潛行觀察敵軍部署，發現敵軍弱點後，乃以砲兵秘密向敵接近，最後統一全軍各種火砲二百餘門，集中火力，實施奇襲。一時硝烟彈雨，地動山搖，馮軍猝然遭受攻擊，頃刻全軍瓦解。於此可見將軍於砲兵戰術之卓越，技術之精湛，堪稱獨步。

民國十七年，北伐告成，全國統一，奉軍改編爲國民革命軍之東北邊防軍。將軍鑒於東北在日俄兩大侵畧勢力之間，而日本在田中奏摺中已充份暴露其併吞中國應先據滿蒙之野心，邊防軍爲固邊圉，莫先於兵農合一，屯田實邊。因於是年率步兵三團，騎、砲兵各一營，任興安區屯墾督辦，從事墾荒、築路、改良馬種，振興教育，使消費性之部隊，成爲生產性之大軍。然農事之餘不廢武備，一旦有警，立可成軍，此漢代趙充國屯田戍邊之故事得復見於今日。九一八事變後，馬占山於東北組抗日義勇軍與日寇週旋，其主力即將軍所置屯墾軍也。

民二十年春，將軍奉命出國考察，由今　總統蔣公召見。將軍爲陳屯田經過及對解決民生與鞏固國防之具體方案，深獲　總統嘉許，並晉升將軍爲上將待遇。二十一年考察回國，適日本關東軍進犯長城各口，時何應欽將軍任軍事委員會北平分會主任，將軍奉命任軍分會校閱委員長，負校閱部隊及節餉裁兵之責。當時中央撥付軍分會每月經費僅四百萬元，而實際需要達五百萬以上，頗感支絀之苦。將軍因建議組織經理監察委員會，清理賬目，稽核糧餉，剔除浪費，節約開支，終使收支相抵，而軍隊之供應無缺。翌年中央政府計劃整建國軍，成立各兵種專科學校，今　總統蔣公，求才若渴，以熟知將軍砲兵學術精湛與以往之貢獻，特電何應欽將軍轉達，徵調將軍爲砲兵總監兼砲兵學校校長，（後　總統蔣公自兼各軍事學校校長，將軍改任教育長，仍負全盤校務責任。）負責創辦砲兵學校。將軍知遇感戴，欣然受命，方將軍奉召之初，東北軍袍澤有諷示將軍不應脫離東北軍者，將軍深體時艱，認爲救國圖存必須全國在中央領導之下精誠團結，不宜再存畛域門戶之見。尤以將軍曩習在日習砲兵時，即有革新我國砲兵臻於列强水準之宿願，方茲任命正發揮所學效命國家之時，乃毅然赴南京就任。至京後，以當時軍中官階不無浮濫，更自請降敍爲少將，以資倡導而樹風氣，將軍不計個人名位有足多者。

將軍蒞任之初，先成立校本部於南京之丁家橋，旋即覓定湯山爲校址，親爲擘劃，校舍之一磚一石，以至演習場之一草一木，莫不本科學與實用精神爲週詳之設計安排。校區建設完成之日，前往參觀者，莫不欽佩讚譽，蓋在將軍經營規劃之下。此一新建軍事學府之設備標準，允推全國第一，較之列强亦不多讓，而經費之支用則與其他兵種學校相同。由此足證明將軍求精求實求新之治事精神，與一介不取之高風亮節。湯山砲兵學校校舍，抗戰期間雖經日軍蹂躪，仍巍然保持完整，勝利還都時，稍加修葺即可使用，應歸功於將軍主持建校時之宏遠規模也。

將軍自二十二年主持建校後，對砲兵之教育與部隊之整建尤多建樹；除成立各種班次，召訓全國中下級軍官精研砲兵戰術技術，及整理當時之砲兵部隊加强訓練外，並於民國廿四年採購德國火砲車輛，成立我國第一支摩托化砲兵部隊，躬親督訓，在我國建軍史上具有劃時代之意義。

將軍對於砲兵學術，不惟在戰術運用方面，能高瞻遠矚，推陳出新，然最爲世所稱道者，即將軍對下級士兵之小動作，其熟練之程度直可謂已臻「出神入化」之境地。當將軍於砲校蒞任之初，曾至野外巡視實彈射擊，是日演練課目爲對點目標實施破壞，發射多彈均未命中，將軍在旁觀察知其錯誤所在，乃親自指示修正，結果一砲中的，不僅在場官生欽佩不已，即一旁之德籍顧問亦深表驚服。又某日今總統蔣公臨時通知，即蒞校視察甫自德國購來之一五〇公厘榴砲，偕來者尚有軍政部長何應欽，訓練總監唐生智，兵工署長俞大維等。當時部隊編成未久，正由德顧問協助訓練，因　領袖亟欲瞭解此新砲之性能，只得倉卒舉行實彈射擊，不料射擊時連續四、五發未見彈着，是時德籍總顧問及所有在場顧問均聳肩攤臂面面相覷不知所措。將軍乃親自指點修正聲，並請　領袖注意前方半壁山左角處，果然硝烟起處傳來轟隆之聲，正確命中目標。領袖連連頷首表示欣慰。

中日戰起，將軍以砲兵學校教育長，兼任軍事委員會砲兵總指揮官，參加八一三上海之役，除親冒矢石進出第一線指導砲兵作戰外，並參與統帥部之計劃指導。對於敵情判斷與軍隊作戰方針之建議每有獨到之處，證之事後多歷歷不爽。惜當時戰場指揮官未能採納，返校後，根據親身經歷撰有「上海作戰之經過與所得之教訓」一書，訓示在校員生，見解精闢，指示愷切，砲兵袍澤莫不奉為圭臬。然將軍從不沽名釣譽，雖生平為學生部屬講述之作，無慮數百萬言，但甚少正式刊行。上海作戰經過及教訓一書乃係當時在校員生一再申請始行印發者。

京滬棄守，將軍率校西遷湖南之零陵，繼而廣西之鹿寨，廿八年初，再遷貴州之都勻，雖艱苦備嘗，寢無寧處，但每至一地，即假廟宇祠堂或利用竹林茅舍首先復課，不使教練演習稍有中輟。對員生生活之照顧亦不遺餘力。且經常一騎一從親臨操場野外督導教練演習，如為現地戰術或戰鬥演習，雖大雨滂沱或寒風凜冽之夜，亦必親臨督導。嘗言操場即戰場，天候地形愈為不利愈有出奇制勝之機會，學校員生領悟及此，莫不感奮。

將軍治軍特別注意軍人儀態，要求員生服裝應保持整潔，裁製須大小適體，姿勢必須端正，行路須抬頭挺胸昂視濶步，集會或出入公共場所必須遵守秩序，態度自然大方。偶有儀容不整、姿態萎靡不振，以及應對囁嚅畏葸者，輒呵斥之。據云將軍在東北軍任團、旅長時，其所部軍容之盛，每為全軍之冠。將軍個人美丰儀，目光炯炯有神，精神煥發，言行不苟，一舉一動莫不莊重大方，言詞簡潔扼要，態度儒雅而不失威儀，使人一見油然生敬畏仰慕之心。將軍之為教也，除言教外更以身教，凡事皆以身作則，為員生樹楷模，凡得列門牆者如坐春風，如沾化雨，彌久而難忘。

民國二十八年，將軍奉調軍事委員會復任砲兵總指揮官，於重慶成立砲兵總指揮部，負指揮整訓全國野戰砲兵部隊之專責。總計將軍主持砲校六年，由建校而遷校，其間培育砲兵中下級幹部達數千人，上至旅長，下至排長幾無不親炙薰陶。同時擘劃砲兵部隊之編裝、整訓，整個抗戰期間，以劣勢砲兵而能肆應南北廣大戰場，支援步兵作戰不辱使命者，應歸功於將軍也。惟將軍謙沖為懷，功成不居，不僅幕後運籌帷幄之功不欲人知，即上海戰役親冒槍林彈雨指揮砲兵穩定戰局，使上海一隅與敵相持三月之久者，在戰史中亦缺乏記載。或有為將軍怨懟者，將軍報之莞爾一笑，其光風霽月之胸懷於茲可見。

民國二十九年，將軍除仍任軍事委員會砲兵總指揮外，後奉中樞任命，於陪都遙領吉林省政府主席。俾藉其素望維繫敵後民心，號召革命志士，並策劃反攻光復事宜。抗戰勝利後，因東北省區重劃，改任將軍為東北行轅政務委員會常務委員，襄贊陳辭修將軍收復東北。三十六年晉任陸軍上將，復當選第一屆國民大會代表。三十七年受任為總統府戰畧顧問。時戡亂軍事逐漸逆轉，將軍盱衡時局，認為以國軍之精銳傾注東北，而共軍在俄帝掩護支持之下，不僅不能達成收復任務，且日久有為共軍零星蝕盡之可能，與其與東北同歸於盡，莫如毅然暫時放棄東北，撤兵入關，集中兵力先打通平漢、津浦兩幹線，使關內戰局改觀。東北僅留瀋陽一地為戰畧要點，利用空運以行補給。東北剿總移駐山海關，控制鞏固錦西、葫蘆島、秦皇島及通往熱河之走廊，俟肅清關內共軍，穩定戰畧基礎之後，再整師出關，收復東北。否則恐東北不能接收，而華北亦至不保，終至危及全國。將軍曾本此向當局建議，惜當時東北、華北均已危機四伏，中樞未及採納而東北已經不保，國軍勁旅幾喪失過半，遂至戰局益趨不利。

大陸淪陷，將軍即隨政府來台，蟄居於台北市建國南路之一日式舊宅；痛邦危難，深居簡出，嘗以無補時艱反躬自責。民國四十二年，將軍年屆退休，自請辭卸軍職，以便政府簡拔後進。總統蔣公素重將軍才識，特聘為總統府國策顧問，兼光復大陸設計委員會委員，藉資匡輔，以迄於今。將軍功在黨國，歷年來獲政府頒授青天白日、二等寶鼎、北伐誓師紀念、四等雲麾、二等景星、三等卿雲、忠勤、勝利等勛章。

將軍生性耿介，志行高潔，其熱愛國家，效忠領袖之赤忱，或出自內心，或基於天性，幾數十年如一日。尤以自二十二年出長砲校以迄抗戰勝利十數年間，曾爲建設我國軍之砲兵，鞠躬盡瘁，全力以赴。其間雖遭逢若干艱困、危險、拂逆、中傷，然其爲國家，爲領袖之初衷，始終一貫，迄無動搖。其所以能矢志不移者，一則爲拯救國家於危亡之際，一則爲報答領袖知遇之隆也。

將軍幼年曾受嚴格之軍事教育，故一生能始終保持守正不阿之軍人精神，事上從不阿諛逢迎，御下更不矯情欺衆。對人坦率誠摯，但不喜無謂之交際應酬。對事見解卓越，但不尙世俗之沽名釣譽。爲貫徹建軍理想，義之所在每能不辭勞怨，甚至不計個人榮辱負責到底。爲改進工作方法，理之所趨更能從善如流，乃至對員生部屬言之成理而力爭抗辯者亦不以爲忤。以是，將軍胸懷坦蕩，正氣磅礴，不親而敬，不怒而威，誠軍人之表率，武德之典型。門生故舊有論及將軍者，嘗曰：「夫子之道忠恕而已矣！」

方將軍任東北軍砲兵司令時，會郭松齡之變，郭爲籠絡將軍會約將軍爲其參謀長，後察將軍意向不爲所動，幾爲郭所加害。郭失敗後，將軍復協助張漢卿先生收拾殘局，建議一本寬大政策，以安民心，張納此意，一場劇變乃告消弭。又西安事變之際，以將軍出身東北軍，有疑將軍或不忠於中央而欲加拘禁者，惟林蔚文與戴雨農兩先生力陳不可，可見將軍之忠誠在領袖左右固有知己者在。

將軍於民國二十八年，調離砲兵學校就任砲兵總指揮時，奉命之後，即日赴任，未遑親自辦理移交。有以將軍財務不清相中傷者，將軍於領袖垂詢之際，答以軍事組織各有專司，砲校設有軍需、會計均係獨立性質，我個人除薪餉外未擅自動用分毫公欵，任用盈餘虧損，軍需、會計應該可以負責，財務交代由彼等辦理即可，領袖遂頷首一笑而罷。因領袖固知將軍公私分明與尊重制度，故始終信任不衰。

將軍自幼好運動，故體魄魁偉，居常喜歡戶外生活，如射擊、騎馬、釣魚、狩獵等。不抽烟，酒量雖豪但不常飲，生活極有規律，惟近年來以腿疾不良於行。門生故舊趨前侍疾者，言及往事，常不勝撫然。知將軍忠愛黨國，丁此國步艱危，疆土未復，難免有撫劍長吟之痛也。

將軍德配張徽儀女士系出名門，早歲畢業於上海復旦大學，爲一虔誠之基督教徒，溫淑嫻雅，於民國二十五年歸將軍，爲將軍入主中饋，教育子女，備盡賢勞，使將軍奔走國事初無內顧之憂，伉儷相敬如賓，深得畫眉之樂。夫人急公好義，從事各種社會及慈善事業，爲婦女界所推重。早歲以熱心航空事業曾奉頒中國航空建設協會甲種航空獎章。四十七年當選台北市第四屆市議會議員，並獲台北市政府頒給熱心公益事業獎狀一紙。四十八年獲台北市西區扶輪社頒給守時楷模表揚旗一面。五十五年當選全國好人好事代表，並獲頒表揚及榮譽狀各一紙。近數年來，以將軍抱病住院，夫人無間寒暑，親身扶持，其賢德尤足稱道。

將軍有子女八人，除部份陷大陸外，在台在美者均能繼承父志，成家立業奮發有爲。幼子堅，陸軍官校卅五期畢業，現任砲兵連長，已結婚生子。幼女鳳在美結婚，生活美滿。已有外孫兒女數人，將軍閑暇含飴弄孫，頗得其樂。晚近亦皈依基督，頂禮虔誠，病中不乏見證，殆亦吉人天相也。

關中麟鳳井勿幕

李貽燕

井勿幕先生，名泉，字文淵，陝西蒲城井緶齋先生之少子，井崧先生之季弟也。緶齋先生歿，先生方四齡，其兄崧先生長於先生十歲，先生父事之。聰穎異常兒，幼讀過目成誦，文字書法，若出天成。先生見解超越，時與其兄縱論天下大勢，對於清政多所斥議，尊長輩爲之嘆服。性倜儻，任俠，好劍，精拳術射擊，居常引吭高歌，愛誦大風易水諸句，慷慨激昂，惟其狀貌並非魁梧，有若不稱其志者。年十五，聞　總理倡導革命，心嚮往之。乃仗劍越秦嶺入川，與川中革命黨人熊錦帆但怒剛等遊，復經三峽下武、漢、寧、滬，盡交川楚吳越之英雄志士，後東渡加入革命同盟會。在東數年，習製炸藥，並任文字宣傳。先生組織力特强，爲　總理及黃克强先生所器重，譽爲西北革命鉅柱，尋授以同盟會陝西支部長要職，命回陝組設分會。先生乃取道三韓，經遼、瀋、燕、冀、晉、豫等省，考察各地情形，及清廷虛實，渡河回陝，與張拜雲、李仲特、李桐軒、吳葆三、朱素舫、焦子靜等，講究國學，以資掩護，並推李仲特爲同盟會陝西分會會長，常明卿爲陝西東路支會會長，結合郭希仁、張翊初、錢定三、曹印侯、鄒子良、嚴文軒、龍見初、郭瑞浦、張聚庭、彭仲翔、劉子新、陳會庭、馬開臣、尚殿特、宋相臣、張樂城、樊靈山、姚樹陔、李襄初、南雪亭、張深如、張南軒、曹俊夫、任師竹、紀子文、于海滄、阮玉亭、胡定伯、胡笠僧、張義安、韋富貴、趙丕衡、閻子雲、吳希眞、張慶餘、田仲玉、紀時若、于鶴九、武關石、韋協渡、王士襄、馮良佐、王幹丞、左善楚、段俠之、曾恆彥、熊于輝、薛麟伯、薛卜五、廖化鼎、郭金榜、牛策勳、劉世傑、尹昌齡、李岐山、續席豐、張石生、張衡玉、楊鼎臣、梁自貞、郭海樓、余欽烈、靳經國、王警庵、石宜川、程星五、李文華、馮仲裕、田西軒、梁國璋、楊瑞亭、劉文卿、鄭思誠、郭英夫、楊雨軒、羅本儀、、柏小愚、謝慧生、余永寬、郭錦鏞、朱叔五、吳寶珊、耿宏文、李仲三、王子端、黨自新、師子敬、張伯英、高又明、王一山、馬彥翀、寇聖扶、蔡疆臣等同志數十人，及由東先後回國之李子逸、茹卓亭、景梅九、張奚若、杜仲宓、楊叔吉等同志，又聯絡哥老會通統山之萬炳南、張雲山、吳華堂、王永鎮、馬玉貴等兄弟，組漢流會，推錢定三、胡笠僧爲運動新軍之中堅幹部。又撫循渭北俠客，輸以民族精神，革命意識，以厚革命實力。常往來於蒲、富、渭、耀、原、涇、高、扶、武各縣間，三秦志士多景從之，並向四鄰晉、豫、蜀、隴等省同志取密切聯繫，設革命機關於西安健本學校及耀縣三原等處。在宣傳方面有：社學譚、麗澤隨筆、秦中周報及學社之設，均隱寓鼓吹革命文字，一時大爲風行。時與幹部同志秘密會議於開元寺之馬家存心堂書屋。竹笆市之公益書局，西大街之公正紙店，大雁塔之慈恩寺，舉院巷之諮議局，及健本學堂等處。協定攻守諸大計，並遣張奚若、高又明等同志，向外埠購買軍火。辛亥三月廣州大舉失敗，噩耗傳來，先生於憤激之餘，密告同志曰：「吾黨精英，損失殆盡，若不迅圖急進，將來更不易舉，長江方面已有密報，於夏秋間進行，吾陝亦決於同時發動，冀收南北呼應之效。」五月間先生復與鄒子良、郭希仁、李仲山、張雲山、嚴文軒、王永鎭等會於小雁塔，確定方針，由是三秦革命思潮，日益澎湃，謠言四起，清吏防範頗嚴。八月十九日，即今國曆十月十日，武昌起義，報至西安，清吏更爲恐慌，防範亦漸加緊。先生在渭北部署，謀鞏固革命根本，乃密囑在省同志主持，促其從速發難，錢定三等得訊，於九月初一日即今國曆十月二十二日，與張翔初、張伯英、郭錦鏞、朱敍吾、黨自新、余永寬、張仲仁、張益謙等新軍將領，密商於安定門外林家墳之森林中，決定即時發動，即於是日正午用全陝復漢軍名義，率同志及新軍由安定門入城，佔領軍裝局，及各街衢衙署，攻取滿城，清將軍文瑞投井死，護理巡撫錢能訓逃亡，一二月間，西安局勢大定，成立陝西軍政局，錢定三等公推張翔初爲大都督，郭希仁爲民政部長，張伯英爲軍政部長，錢定三則爲東征都督，以固潼關門戶。不幸錢定三軍次渭南遇害，時先生方駐軍三原，經營北路，任北路招討使，聞變大慟。蓋武裝同志中先生倚錢定三爲左右手，而東出潼關，西守長武，亦先生手定之革命方畧也，乃由軍政府推張伯英繼任東征都督。山西景梅九、李岐山等同志於九月初七日起義河東後，以實力不支，告急之書，日以數至，先生乃率衆渡河援之，連下晉西南等縣，三晉革命氣勢，爲之復振。會清陝甘總督升允挾甘軍東下，陷醴泉乾州等縣，三晉告警，烽火已逼咸陽，張翔初在渭南整師，急促張伯英西返救咸陽，先生亦轉師而西，克復醴泉等縣，午原之役，所部團長胡笠僧特著戰功，特別是吳華堂亦勇敢善戰，升允魄爲之奪，又聞我軍東路事平，所有軍隊均會集西援，分駐興平、岐山各地，而甘省革命亦起，乃退兵請和。民國元年一月中華民國臨時政府成立，先生被任爲中央稽勳局副局長，以陝事羈身，辭未赴任。三月，孫先生辭臨時大總統職，先生亦本功成弗居之義，遣散部曲，僅留一部份屯墾黃龍山。八月，同盟會改組爲國民黨，先生專理黨務者數月，完成協助多數同志當選參衆兩院議員任務。尋出關南遊，及討袁護法軍興，先生又奉命赴滇。民國四年，先生與熊錦帆由滇入川，熊拜護國招討軍總司令，先生任總參謀長，轉戰川南，運籌帷幄，備著辛勞。當民國三年時，袁世凱遣陸建章督陝，陸氏者曾長北京執法處，日以戕殺黨人爲事，世所稱陸屠戶者也。入陝後附和帝制，益濫殺自固，復使其子陸承武率所謂中堅團駐防渭北，富平之役，胡笠僧等破其軍，擒承武，遂圍西安，應者四起，甘晉同志之在陝者如劉冠三、鄧寶珊、續席豐等亦競謀起兵，陸氏震懼失措，願獻西安贖其子。時陳樹藩悉率所部由大荔、蒲城馳至三原，號稱陝西護國軍，利用機會，以保護陸氏之私人生命財產，爲取得陝督之交換條件，陸氏遂電袁世凱力薦陳氏代己，藉得從容離陝，陳氏遂入西安，總省政。未幾袁氏死，陳氏竟發電推崇袁氏爲中華民國不祧之祖，共戴之尊，同志大憤。而陳氏與北庭段祺瑞有師生誼，向段氏修門生禮而依附之，乞北庭僞命，壓迫民軍幾盡，竭力阻碍革命運動，陝政日苛，陝難未已。時在川陝同志均主張先生北還，收拾陝西局面，先生亦自任不辭。先是京滬同志等密謀，得先生同意，應黎元洪軍民分治之議，運動李印泉長陝，以分散陳氏權勢，先生回陝，應李氏請，屈就關中道尹，虛與陳氏委蛇，以便從中主持。民國六年段祺瑞與國會齟齬，嗾附己各省組督軍團，脅散國會，陳氏與焉，遂以武力逼取李印泉省長印信，置兵守其門，先生憤辭道尹職。十一月省警備軍統領耿端人，亦憤陳氏所爲，且惡其爲革命梗也，奉中山先生任命爲招討使名義發難西安，戰不利退蒲城，殞命城下。歲將盡，高峯五、焦子靜，組陝西靖國軍於渭北，先生亦促胡笠僧所部營長張義安起兵三原。未幾，胡笠僧亦自富平至三原，曹俊夫率所部民軍來自陝北，軍中多同志，革命氣焰張甚。盧占魁、張九才亦率騎兵數千來自內蒙，與三原兵會合，共樹靖國軍旗幟，與高峯五、郭方剛、樊鍾秀等聯軍圍西安，戰於城之四周，省西蒲陽村之役，義安以寡敵衆，陳氏爲之不安，乃貽書三原佯請和，義安赴三原計事，途經鄠縣，中道遇伏，殞於鄠縣。鄧寶珊、董振五不得已率所部退渭北。是時北庭已命劉鎭華率鎭嵩軍入陝援陳氏，山西亦出兵，戰亂彌苦，先生見靖國軍各路分子複雜，號令不一，消息不靈，聯繫不周，密遣人與三原同志協謀，公請于右任先生回陝任陝西靖國軍總司令，以一軍心，與南方護法之師相應，備儲北方革命力量。民國七年六月，于右任先生間關抵陝，受任誓師，統一革命軍政，並推張伯英爲副司令，設總部於三原，各方同志會者甚多，總郭方剛、樊鍾秀、曹俊夫、胡笠僧、高峯五、盧占魁，各部爲六路軍，及惠有光一獨立隊，使分徇東西兩路。時胡笠僧赴渭南故市，爲陳樹藩所紿，被囚於西安，軍氣爲之頓挫。民國六年西南靖國軍聯帥唐繼堯本有援陝聲言，七年熊錦帆已驅川督劉存厚而代之，先生又密遣人由熊錦帆向唐請飭川黔各軍葉相石、賴富基、呂超、但怒剛、石青陽、石星川、王安瀾等部援陝，共出關中。是年九月葉相石率滇軍由甘入陝，先至鳳翔，王安瀾則由鄠西北盡拔安康、南鄭各地，呂超則出川北，向陝南，旌旋雲合，羽檄交馳，靖國軍聲復勢盛，於是西路各縣除鄠縣興平外，悉歸靖國軍範圍，先生之策動，陳樹藩未之審也。靖國軍既收復西部各縣，且有進一步計劃，陳氏懼，一面向北庭乞援，一面商請先生以調人名義至三原，冀收東胡部以抵制葉相石軍，先生此佯表不願離省，陳氏請之愈力，先生乃乘機赴三原。至即被推爲靖國軍總指揮，旋奉于右任先生命，率岳西峯、董振五等至鳳翔馳援各軍，且共計事，歸至興平。適賈福堂叛，據興平抗命，先生率衆攻之，郭方剛命李棟材營駐南仁堡策應。不圖棟材反覆成性，受奸人利用，爲殺井投陳計，矯郭命，函約先生於十一月二十一日在南仁堡開軍事會議，謀攻取西安。先生不察，帶從者數人赴會，甫至營部，即爲棟材所戕，持先生頭，星夜拔營渡渭馳奔西安，獻先生頭投降陳樹藩。經數日，陳氏亦不敢留，轉送涇陽，先生始得歸元。遺體由部將田玉潔營葬於蒲城東門外。因先生之遇害，諸軍失其聯繫，成頓蹙之勢。葉相石以孤軍走耀縣，其餘援軍，有觀望者，有變方畧者。自是至民國十一年止，四年之間，靖國軍以一隅之地，當七省之兵，受兵彌烈。雖經于右任先生以大義大節至嚴至正及大無畏之精神激勵同志，抗拒敵人，已備嘗播遷之苦矣。十一年六月，始不得已在鳳翔總部遣散部曲，離陝入甘，沿白水、嘉陵、巴渝東下，謁中山先生於滬上，報告陝西革命經過，而靖國軍五年奮鬥，到此完結，則先生之生死，與西北革命大業之關係，不亦大哉。惟是西北革命大業，與本黨國民革命之關係，將契合終始者，實由於先生十餘年革命心血有以鑄成之也。當時于右任先生關於先生之死，上孫先生文中，有「名家龍虎，關中麟鳳，奔走南北者十餘年，經營蜀秦百餘戰，慨虎口之久居，已烏頭之早白，淮陰入漢，旋登上將之壇，士會渡河，胥慰吾人之望，詎意武侯之指揮未定，君叔之心志俱殲，於十一月二十一日被刺於興平之南仁堡，莫歸先軫之元，空洒平陵之淚，」等語。可知當時靖國全軍自于右任先生以下，痛哭先生之慟也。先生遇害時，年僅三十又一歲，先娶夫人羅氏，生女淑玉，母女俱早亡，繼娶夫人馬氏，生女佩玉。佩玉於民國三十一年病歿，馬夫人尙健在，其兄崧生先生在世時，以次子紹文，爲先生嗣。嗚呼，先生以青年獻身革命，奉命奔走，幾無寧日，不幸大功未竟，慘遭奸人戕害，荒草長埋，未封正塚，寧非足悲。實緣內憂外患，歲歲年年，致妨飾終之典，中央軫念勳猷，於民國三十二年八月經常會決議，將先生生平事蹟，宜付黨史委員會立傳，並由國民政府明令褒揚，以闡幽潛，而資矜式。際茲破敵收功之日，同志等追懷遺烈，永念莫忘，謹擇於三十四年十一月二十一日，先生遇害二十七週年紀念日，恭移先生遺櫬於西安革命公園，舉行公祭，同日公葬先生於少陵原上。崇德報功，起土爲墳，傳不朽也。

中華民國三十四年十一月李貽燕謹述。

（文爲陳固亭先生抄存由陳夫人提供）

國民政府褒揚令

民國三十二年八月十四日

先烈井勿幕，賦性倜儻，任俠尚義，早歲參加同盟會，率樂從之。辛亥陝西光復，厥功甚偉。護法之役，轉戰川南，備著辛勞。陝西靖國軍興，被推爲總指揮；壯志未償，突遭戕害。追念遺烈，軫悼殊深。應予明令褒揚，以闡幽潛，而資矜式，此令。

附錄 井勿幕先生遺文

一、劍舞 先生十八歲時，在東京作。

英雄不學時勢裝，匹馬單刀論短長，拔劍斬蛟吐滄海，看他寇盜與侯王，龍蛇走、歲月忙，健兒三十六會跳梁，中原風景凄涼，身在水雲鄉。

二、案頭對 先生十八歲時，書置案頭者

傷心痛哭幾無淚，悲楚行吟盡是憂。

三、孤憤 先生十九歲時別在東同志作

大丈夫生當斯世，宜效死疆埸，爲民族存正氣，否亦當轟轟烈烈如荆卿博浪椎諸偉舉，事無成敗亦足寒敵之胆，壯山河之色，爲祖先留正氣，爲民族續命脈，安肯伈伈俔俔，忍辱事仇，俯首異族統治之下哉。

四、秋興 先生民七遇害前不久作

其一　落葉鳴秋霜滿林，河川四戰氣蕭森，白旗苒苒靡天漢，玄鳥飛飛戀歲陰，因果能收瓜李種，恩仇不解虎狼心，征夫莫問寒衣就，腸斷西風野戍砧。

其二　黃金臺上隼旗斜，新令中央集國華，永憶三千稱上客，休驚八月泛仙槎，清絲夜半隨悲管，戍鼓天邊入暮笳，莫笑他年舊賓侶，風前猶作傲霜花。

其三　獨上高樓送落暉，東方月出轉熹微，只言明鏡桂初發，無那勁風雲還飛，白帝佳兵愁事往，嫦娥竊藥恐心違，持梁躍馬已應足，淮水湯湯淮土肥。

其四　長安賭郡一先碁，得失分明動客悲，冀北秋空無馬日，中原月朗獲梟時，白衣未送先王老，翠羽還爭五霸馳，只有夷齊能採蕨，古來忠孝耐人思。

其五　誰憐愚叟苦移山，梅嶺崔巍戰伐間，尚有衣冠存舊地，何無羽葆入天關，清流已作黃流侶，入國猶爲去國顏，太息秋風眞冷落，朝朝催盡鬢毛斑。

其六　知在峨嵋最上頭，長江東下萬方秋，國容定許君魔息，天意應憐萬姓愁，將士霜前飛鷙隼，樓船日下泛輕鷗，漢家自古偏安地，莫守岷州棄九州。

其七　龍戰玄黃未奏功，英魂處處悼歌中，九州被豹千山雪，四海幡幡萬里風，朝市翻成臧血碧，江山盡是火旗紅，奸雄未盡英雄少，晚歲還悲馬上翁。

其八　天設終南互靡迤，山陰可有小塘陂，頻年苦奏南冠曲，萬里情殷越鳥枝，羽檄留傳三令下，文章應許北山移，深林未遂平生志，獨臥吟成草露垂。

康有為陝西盜經記

李儀祉遺作

劉鎭華爲陝西省督軍兼省長，喜結納名流，民國十三年康有爲至洛陽，吳佩孚款之，劉因電康歡迎入陝。康果來，遍遊關中名勝。登太華後，贈劉一聯云：「華爲五嶽首；海納百川流。」嵌劉名與其自號（南海）無痕迹。議者嘆其拍馬吹牛俱臻勝境也。至西安，求書者麕至。康有一僕專司捺印，例索二十元。教育廳長景延禎求書，忘納印費，持聯歸，則印赫然倒置。康之才美，惜在得不戒，尤癖嗜古物。時維九月，詢劉曰：「陝西皮貨，何肆爲最？」劉命數名肆擇貨之最佳者賫往康所，供選擇。康留九十餘件，而令向省署支錢。劉莞爾曰：「康先生殆欲自張皮貨肆耶？」與劉遊於南山，訪知劉瑾墓所在，購其地十畝，而令長安縣長給價。傭工人十數挖掘十餘日，無所得，嗒然若喪。遊於三原市上，見古董攤有可愛之物，即拱拱手稱謝，持之去，劉所派導者自後付其值。余友董健吾有極珍之古錢一，友鄭姓者借持以示康，求其鑑別，康拱手謝曰：「誠珍物，謹謝領矣！」鄭無如之何，返乃以三十元償董，董不願也。遊臥龍寺，住持靜慧啓寺中所藏龍藏示之。康閱之，喜不自持，曰：「六行十三字，不錯不錯。」因與議換經。許僧以明治本，北平某藏，哈同刻藏，及商務印書館所印全藏各一部易之。僧以其爲督軍之上賓，且以一易四，竟應之。余偶聞於人，長安縣代康購皮箱數十具，將以運臥龍寺藏經，詢之，果有其事。因函詢西安佛教會知其事否？則尙無所聞。次日成德中學校長董雨麓宴康於其校，邀余作陪。余先至，告主人將於筵間質康易經事，董連揖余懇緩發。席間，余次康坐，康侈言無忌，嘆三原古建築之美，曰：「此不可不善爲保存也。」余曰：「先生之言誠是。不特古建築，古物亦然；不特古物，古書亦然。」康不悟，仍狂談如故。又曰：「昔滬上有富豪胡雪巖，卒後，其巨屋以七千元求售，余靳其值而爲他人所得，惜哉惜哉！蓋非屋之可貴，而屋中之古畫古物，靡不可貴，他人得之弗能識，余精鑑別，其佳者，售之外洋，可得巨貲。」余幾爲噴飯。噫！聞名海內者乃一市儈耳。飯畢，郵一函於康，勸勿欺騙寺僧，巧奪古藏。康得書大怒，擲書於地曰：「誰敢阻我！」其夜即以大車由寺運經去，遺數冊於途，狼狽之狀，可想而知。余乃與楊叔吉，高介人等商，設立古物保存會，立呈警察廳備案。召靜慧至，責其索還。寺僧數人，泣跪於康前，求活命。康曰：「汝何慮者，隨余至南，大寺院方丈可做也。」僧曰：「僧律全國一致，不能容於陝西，豈能容於他省。」康曰：「余遣你出洋，何如？」僧竟不得請。余因以古物保存會名義控康於地檢廳。廳即出拘票拘康，康狂怒申申詈不休。時劉僞稱病，拒見客，康訪之數次，俱弗得見，意將强輦所盜經以去。余見事急，乃電話約數十人次日攔輿。劉見事擴大，乃囑招待者緩康待一日行，而潛以經本送回原寺中，給康曰：「經與行李先發矣。」康後始知受騙，函責劉，且索名譽損失賠償費二十萬元。茲事當時鬨傳外埠各報。普陀寺印光法師陝人也，馳書責吾等汚衊名賢，且曰：「君等陝之望人，行且如此，光雖死，不敢回陝矣。」經余與楊叔吉告以事實，乃曰：「不圖聖人乃如斯！」渭南名宿武念南亦贈康一聯曰：「國之將亡必有；老而不死是爲。」又顏之曰：「壽而康」。

（本文選自李儀祉全集）

渦陽設治始末

・王藩庭・

皖北毗連蘇豫，渦河橫貫其間，沿河各縣，即亳、渦、蒙、懷四邑。平原無垠，民庶物博。清之末葉，因交通蔽塞，文物稍差，彙之民性剛強，每遇非常情勢，變亂易起；惟民情敦厚，淳樸無華，如能教導詳明，率之以正，剛魄靈秀，實爲良兵良將，人才薈萃之區，淮上健兒，信非虛語。亳蒙二縣，距離二百里，交界處前有鎮名雉河集，即今之渦陽縣城。清咸豐間，捻匪首領張樂行者（清書改爲張洛刑），爲該集北張村人，出自是區巨族，家道富裕，稱雄一方，其爲人豪俠尙義，急人之急，儼然一方朱家郭解之流。稍識文字，常慕孟嘗君之爲人，酷好賓客，平日座無虛席。四方亡命之輩，爲一般雞鳴狗盜之徒，遠耳其名，咸盡歸之，通呼老樂或小孟嘗而不名。日久貲財不繼，遂冒險另闢財源，以濟支出。

清時鹽務，引岸分明，有屬官辦，有係民營。渦河北十八里爲北淝河，淝河北爲官營衞鹽區，南岸爲民營淮泗鹽區。當時交通不便，時有此盈彼缺，價格懸殊，強梁之徒，月黑風高，乘機私運，謂之鹽梟。樂行食客在門，地利人和，不啻爲天然專利矣，繼至明目張胆，公然押運，官商畏其勇猛而不敢禁，久之食客中有爲樂行謀者，分班劃路，部署其衆，遂肇亂階。

咸豐二年，蒙邑新任巡檢（類似現警察局長職）少年氣勝，初出之犢也，巡邊雉河集，驟見樂行門庭如市，遊散龐雜，賭棚林立，怒其違禁，遽令從吏捉拿賭犯，從吏有老於事故者，趨前輕語巡檢曰：「是爲樂行所設，歷年如是，不能輕於從事。」巡檢不悉底蘊，大怒言曰：「旣係樂行設賭，即逮捕樂行解城法辦。」語畢輕聲直前，喝令捉拿樂行，一時羣情憤怒，哄動抗拒。巡檢當時被殺，從吏死者十三人，餘者皆係樂行門客相識，否則無噍類矣。蒙邑縣令，獲悉事件，以悍民戕官，暴動不軌，申報大府，樂行至此，遂糾合羣衆，揭竿而起，製旗反清，捻亂從此開始矣。

樂行豎旗之後，旗分黃紅白藍黑五色，自主黃旗，餘由部下首領分別主之。又分某旗某邊，五色互易，凡變化之旗，各置正一人副二人，以領其衆，謂之捻頭，又稱旗頭。是時雉河集，南北五百餘里，東西三四百里，皖北豫東，浸及蘇北魯西一角，均爲樂行勢力範圍，有時家居，有時出擄，儼如行商貿易焉。

咸豐三年二月，洪楊陷金陵。樂行派一鄭專使，往修牛耳之盟。交接頻繁，使節載道，遂受爵封沃王（又稱掃北王）。太平天國大將林鳳祥北上，路出皖北，樂行助軍五萬，爲其前驅。南北大營，圍困金陵，派龔德樹軍十萬，進駐烏衣，號稱勤王，李續賓，曾國華三河之敗，樂行亦派精銳，參加李秀成之合圍，致使湘軍精銳，全部覆沒。當時清庭以江南大亂已成，中原勢將燎原，遂抽調蒙古吉林騎兵四萬匹，着僧格林沁率領南下，馳軍皖北，樂行迎戰豫東，殺傷相當，互有勝負，旋即不濟，退回老巢，清軍隨之，及逼近淮河之際，樂行傾巢以禦，交戰由晨至申，雙方勝負尙未分明，嗣以清師援軍到達，使用鋼炮進攻，捻衆不知是何武器，遂大潰敗。時未久樂行被擒而死，繼由其族姪張宗禹率領其衆（清書爲張總愚）。宗禹係一不第秀才，爲人沉默寡言，勇畧奇謀。遂重新部署，編組黨羽，採用精兵政策，以騎師爲主，步兵附之，千金市骨，招購來馬。在其捻區之內，平時措施，皆委其大小捻首主之，凡遇出師，務備四日乾糧，然後始准就地取食。因之地方秩序井然，眞可謂盜中有道矣。

其行軍每皆啣枚疾走，飄忽不定，作戰避實擊虛，以大吃小，敵進我退，以疲官軍。故曾文正公督師徐州時，曾上書奏摺有云：「臣查該逆（指宗禹）狡猾多端，飄忽無常，從不堂堂之陣，約期而戰，必伺官軍勢孤力竭之時，出不意以困我。」後宗禹率騎兵二萬餘人，由豫東走山東曹州，僧格林沁以三萬騎追之，二日夜未停。追至黃河故道，正値午夜，宗禹下令，駐軍造飯，休息養馬，疏星微月，天近黎明宗禹集全捻將士而告之曰：「前阻黃河，後有清軍，今日之勢，只有力戰，難免一死，我今人飽馬壯，休息逾時，敵人初到，喘息未定，可乘此機而全殲之，報老王之仇（指樂行），回故鄉收麥（時値四月），正其時也。」語畢萬衆響應，呼聲震天！分隊縱騎返撲，一時清軍全潰，死傷殆盡，僧氏落馬麥田，被小捻頭張某手刃而死。宗禹此次戰役，頗類韓信背水破趙，所謂置之死地而後生也。

僧軍覆沒之後，宗禹獲馬萬匹，軍聲益振，縱橫所向，當者披靡，清軍無敢攖其鋒者。西向進圍西安，在灞橋一次擊潰清軍三十營。北至大名府等地，前軍抵蘆溝橋畔，京師震動，爲之戒嚴。太平天國以宗禹雄掃中原，爵封梁王。計宗禹率捻所至者，有豫、鄂、蘇、魯、晉、陝、直，等八省，及曾文正公克復金陵，督師徐州，專任剿捻，久未奏效，言官交章彈劾，曾氏復奏有云：「臣剿捻年餘，無功而返，臣弟國荃，疊次敗衄，憂愧無地。」又曾申辯曰：「以僧格林沁之賢，忠可以泣鬼神，勇可以撼山岳，辦捻五年，尚無蔵功，捻馬逾多，而時輕之，臣又安能奏此速效。」宗禹善於用兵，由曾氏申奏中，可以詳見。

曾氏感於剿捻棘手，又以捻中首領，皆出自蒙亳宿阜之間，爲釜底抽薪計，遂奏請清廷，劃撥阜陽、宿縣、蒙城、亳州四縣邊區，在雉河集立縣設治。轉變人心，以弭亂源。當奏准設治之始，清廷命吏部詳查前代渦河沿岸舊治。緣北魏時有縣舊名渦陽者，唐改爲蒙城，其故址距今蒙城東二十里，水南曰陰，水北爲陽，舊有渦陽原在河北，爲便於禦捻，又權設渦南，故今縣城，在渦河之南岸。渦陽城池，建築於清同治二年，迄同治七年始告完成，當首次城基完工未久，捻衆聞知，官方在故里修城，大感憤怒，全部歸來，逐走清軍，惟佔據未久，旋又他去，昔時官府，重視迷信，以縣城新造，即遭匪人侵入，認爲不祥，故又西遷半里，重行施工，故今縣城之東，又有老城存焉。

渦水流域，春秋時爲宋地，後屬楚，漢改爲沛國，晉劃爲譙郡，南北朝時，初爲祖逖控制之區，屏障江左，隋稱淝水，又稱山桑，宋屬順昌郡，明屬鳳陽府，清改隸潁州府。綠野田疇，平原千里。農產以麥爲主，五穀次之，縣境內僅有龍山嵇山，嵇山即晉嵇康故里，廣陵曲散，故名嵇山。其本人遺跡甚多，山皆不高，數峰環抱，平原有此，倍感秀麗。縣西四十里有義門集，係唐代眞源舊址，張巡曾爲邑令，安史之亂，祿山將尹子奇進逼，巡認邑小難守，遂北走就許遠同守睢陽，蓋二邑僅相距百餘里。義門集又係魏太祖舊鄉，故孟德自傳有云：「於四時歸故里，就譙東五十里築精舍，於夏秋讀書，冬春射獵，迨天下澄平，然後出仕，不意被徵爲典軍校尉。」等語，於今曹姓者，仍爲該地巨族。又道家祖師老子，太清宮計有三處，曰上太清，中太清，下太清，上太清宮在河南鹿邑，中太清下太清二宮均在渦陽縣境內，三宮以中太清規模最爲宏大。號稱道家聖地，宋眞宗崇信道教，駕蒞眞源，二次前往朝拜太清宮，縣東十里有蒙關村，傳爲漆園舊址，又稱莊周故里，於今是處莊姓者，多自稱爲莊子後裔，華陀三國時神醫，觸魏武之怒，老死獄中，後世但傳其能，未有祠祀。惟雉河集舊有華陀廟，又稱華祖，規模頗巨，料沛國華陀，或其故里耶？

襄樊弔古

・曹文錫・

編者按：本文與武當山黃金殿傳奇原發表於台北「湖北文獻」，本港其他刊物亦有轉載。經作者送交本刊發表，爲免讀者誤會，特此說明。

我在掌故前兩期連續發表「老河口遇仙記」與「武當山黃金殿搜奇」，兩篇，雖屬卅餘年前舊事，但皆爲親身所經歷，今日寫來，或可博讀者諸君之一粲。

猶憶當年筆者離開老河口後，曾便道往襄陽樊城及沙市一遊，足跡所至，猶存記憶，因再寫「襄樊弔古」一文，以竟全篇。

襄陽樊城・江南屏障

且說我和曾工程師離開老河口後，乘車繼續進發。下午一時半，抵達樊城。樊城在襄河中游，爲歷代軍事要地，河的對岸便是襄陽城。在三國時代關雲長曾利用襄水灌樊城，擄獲曹操的大將于禁，又有所謂水擒龐德，完成了一次大捷。三國演義中所述的「關雲長放水淹七軍」，就是指的這個地點。樊城的城垣早經拆去，已開築馬路，建造了不少新的屋宇，商業相當繁盛。可惜舊日的古跡，已泯滅無存了。

下午二時，我們在樊城一家飯館裡午膳，飯後再乘汽車駛上泊在河邊碼頭的大木船（這種木船乃專作渡汽車用的）。渡過襄河，河面不過三四十尺，不算很濶，水流也不急，約十分鐘便已到達襄陽。

襄陽和樊城，隔河對峙，有如香港之與九龍，向來襄樊並稱，是歷代兵家必爭之地。兩城不獨保衞鄂省安全，且屬江南的屏障。南宋末期，蒙古人動用精兵數萬，圍攻襄樊，數年不能下，後來因奸臣賈似道不發救兵，守將呂文煥糧盡援絕，始向元人投降，造成南宋亡國的大悲劇。襄陽城垣很高，範圍亦廣，氣勢至爲雄偉。

我們乘車入襄陽城，覓得一家旅店住宿。這是一座頗大的舊式第宅，房子寬敞，雖然古舊，但還清潔。襄陽城內都是石板街道，東西南北四條大街，道路較爲寬濶，可以通行大汽車，但商業不及樊城繁盛，因爲樊城已改闢作普通市，大部分商店和轉運的貨物都以樊城爲集中點了。

王粲登樓・羊祜遺愛

我在未到襄樊之前，已詢知當地的名勝和古蹟。在旅店休息片刻，便同曾工程師等前往探幽攬勝。先乘車到襄陽東門，沿着石級直上城樓，這就是三國時代王粲登臨的地方，他那篇有名的「登樓賦」便是在城樓上有感而作的，在中國文學史上很負盛名。

襄陽城樓，高僅兩層，但因建在數丈高的城牆之上，便覺得聳立入雲了，它的外形頗似北京的天安門，但沒有天安門那麽廣濶。三國至今，已一千七百多年，這座城樓，不知經過多少次重建和重修，我所見的，大概是清代重建的吧。

我們步上城樓第二層，舉目四望，河流縈繞，川壑幽深，令人胸臆舒暢，俗慮盡忘。想起王仲宣登樓賦的首句：「登茲樓而四望兮，聊暇日以消憂。」可謂描寫得十分貼切。我觀察樓中，滿壁滿柱，都塗了很多詩句和題字。曾工程師對我說：「古人登樓作賦，今人却登樓題字，把好好的樓宇，塗得如戲台上的大花臉，眞是有汚名勝了！」

步下城樓，乘車轉往南門，穿城而出，約行五里，有一座小山，這便是歷史上有名的峴山（別名峴首山）。它是因羊祜的「遺愛碑」而得名的。羊祜字叔子，晉武帝時，命他爲征南大將軍。討伐東吳，駐軍襄陽。他勤政愛民，對於軍事，却視爲次要。彼時東吳派出來和他對抗的大將軍名叫陸抗，他兩人的性格相同，雙方皆按兵不戰，襄陽人民因此得免戰爭之禍。兩年後，羊祜在任內死去，人民街哭巷祭，如喪考妣，遂鐫了一座石碑，豎立在峴山之上來紀念他，當時凡到山上閱讀碑文的人，想起羊叔子的德政，莫不流淚，所以稱爲「墮淚碑」，也名峴山碑。我那次跑到山上向各處察看，却不曾看見那塊石碑，連遺址也找不着了，因爲距今一千六百多年，不知何時已燬於兵火。我們乘興而來，敗興而返，只得乘車回城，並在旅店晚膳。

檀溪躍馬．諸葛草廬

這間旅店的老板姓王，襄陽當地人，年約六旬，和我談及當地的名勝古蹟，如數家珍，他說：「西門外六里之遙，有一條很長的山溪，名爲檀溪，濶約二三丈，那是三國時劉備躍馬逃難處，以前溪旁有一塊碑石，題『劉先主躍馬處』六個字，現在連那塊石碑也失去了。」

他又說：「北門外三十里還有諸葛孔明草廬的舊址，即世俗所稱的臥龍崗，離臥龍崗五里，是孔明的友好司馬徽故居的遺址。聽說司馬徽的才智，不在孔明之下，可是他隱居不仕，因此沒有功業表現，後人在臥龍崗上建了一座亭子，來紀念孔明，亭中陳列有一個銅鼓，據說那是諸葛武侯當日征南蠻所用的。鼓外有許多花紋，鼓面上的花紋有十二個三角形組成的大圈，很像國民黨的黨徽，當年蔣總司令也曾親臨觀覽，覺得奇異，究竟那銅鼓是否三國時代的遺物，沒有人細加研究。襄陽因是魏蜀吳戰爭的要地，所以古跡不少，但日久便埋沒了。」

我聽了王老板這段話，知道襄樊的古跡，不過如此，遂不作尋勝之想，決意翌日前往沙市。

沙市宜昌．商業繁盛

次日凌晨七時即與曾君等共四人乘車沿襄沙公路進發，中午一時在中途用膳，直至下午五時始抵達沙市。沙市的東北五里便是荊州城，城內有一座關雲長所用的石雕馬槽，此外便沒有什麽古跡可尋，而且商務零落，我們因時間關係，亦未曾前往遊覽。至於沙市和宜昌，却是直轄於湖北省政府的普通市。宜昌是在光緒二年中英烟台條約訂立後開闢作商埠的；而沙市則是光緒二十年甲午中日戰爭後，才開作商埠的。沙市的馬路寬濶，商業繁盛，碼頭櫛比，所有樓宇，多屬近代建築物。位於長江上游，所有荊州一帶和四川東下的貨物，都以沙市或宜昌作轉運站，商賈熙來攘往，頗有欣欣向榮之象。由四川經水路下來的貨物，因爲峽窄流急，只能用小船輸送，到達沙市後，就可轉上千噸以上的輪船運往漢口和南京等地了。

查沙市舊名沙頭，原歸江陵縣管轄。唐李白詩：「朝辭白帝彩雲間，千里江陵一日還。兩岸猿聲啼不住，輕舟已過萬重山。」詩中的「江陵」，即指沙市。由四川白帝城沿水路到沙市，計一千二百里，朝發夕至，可見河流的奔湍和行舟的迅速了。

工作完成．乘船返漢

我們在市內找得一家新開業的旅店住宿，放下行李後，即到市外著名的忠烈樓參觀。這座古舊的樓宇，是後人紀念關雲長而興建的。樓上供奉一座關公橫刀勒馬的塑像，當地人士稱爲「關公勒馬望荊州」，綠袍、赤面、長髯，騎着一赤兎馬，橫刀遙望，雕工甚精，令人發思古之幽情，我也不覺俯身參拜。細想當時沙市還是荆州的哨站，僅有數百士兵防守，後來孫權派呂蒙偷襲荆州，那哨站也被佔了。後代荆襄的人民，對於關雲長，特別崇拜，但說起孫權和呂蒙，便咬牙切齒地痛罵。曾憶清代文人袁子才有一段文章說：「當雲長威振襄陽之時，正阿瞞遷許下之日。不於此時連横犄角，電掃飈馳，分南北之兩朝，作東西之二帝。而乃鄙同索債，智等挈瓶，婚姻生銅斗之讎，散博失梟棋之智。……」袁子才之意，以為當曹操受雲長威脅，正議遷都，東吳應合兵破曹，平分天下。而孫權缺乏遠謀，只知取得荆州，刼及姻家，遺禍後世，殊屬不智。立論正確，允稱至言。

從忠烈樓下來，再到河邊巡視，見有許多船碼頭，和大小船舶，也有來往漢口的客輪。我突然想從水道回去，便對曾工程師說：「我想乘客輪轉漢口，由你率領他們乘車回去，你的意思怎樣？」

他說：「回程沒有工作，你搭船好了，而且舒服一點。」

我們飯後即回旅館，查問往漢口輪船開行時刻和客票價格，得知翌晨九時有船開行，即託旅店代購客票。

次早起來，摒擋行李，清結租金，早餐後，曾君等三人送我上船，握手道別，他們乘車循公路回去。稍緩，汽笛一聲，輪船啓碇，沿長江東行，河面愈下愈濶，遠望崇山峻嶺，清水綠波，城市村落，時隱時現。憶數年前，曾在書畫展覽會上見有王石谷所繪長江萬里圖手卷，長約數丈，那時憑欄遠望，才覺古人實地寫生的神妙。在輪船中頗感舒暢，不過，沿途兩岸風景，如雲烟過眼，不能辨別各地的名稱了。舟行兩天，即抵達漢口矣。

所謂仙女・三個疑點

是年農曆九月初一日，我回到武昌鄂省府工程處辦事，詎料不久之後，我的辦公室內却陸續來了許多朋友，其中却有好幾位新聞記者，原來他們都是來採訪新聞的，紛紛詢問我在老河口遇見「龍王小姐」的經過。記者先生更要求我寫一篇特稿刋諸報端。

我詫異地說：「你們從那裡得來的消息？」

他們說：「是鄺總苑參議回來說出的，他說你和『龍王小姐』談話最久，知道得最詳細。」

我當時默忖：如果原原本本的說將出來，記者們在報章登載，不獨有提倡迷信之嫌，而且在公務員立塲說，更不宜談及玄虛的事。於是便對他們說：「我那天去見『龍王小姐』是和苑參議與耿縣長太太一同去的，大家所見所聞，都是一樣，請你們向苑參議詢問好了。」當時為要轉移他們的目標，我特地把武當山上的奇景，以及宋代張三峰，與明初張三丰的故事，向他們大談特談，他們側耳傾聽，都覺得津津有味，便不再追問「龍王小姐」了。

事後我才獲知原來苑參議從老河口回到武漢後，曾在鄺總大談老河口遇仙的經過，說得有聲有色。他並認為所謂「仙」，有三個疑點：（一）可能是人為的妖術；（二）妖怪；（三）狐仙。尤以二、三兩點成分較高。因此這項奇聞，不脛而走，兩三日內，傳遍武漢三鎮，連當時的鄂省府主席張羣也聽到了。

龍王小姐・預言奇驗

翌日，我到省政府謁見張主席，報告此次出差視察經過，張主席問我：「聽說你和苑參議在老河口曾見到一仙女，究竟有沒有這回事？」

我當時暗忖：張羣主席是我的上司，也是父執，勢不宜守秘，乃將在老河口陳家村的所聞所見詳述一遍。並說：「昨日有不少朋友和新聞記者向我採訪，我沒有向他們說出，只有請他們向苑參議詢問，因事涉虛幻，如登於報端，足以影響人心的。」

張主席說：「你的見解不錯，應付很得體，你在我面前，斷不會說謊，我以前曾看過搜神記和列仙傳那類書籍，以為是一種道聽塗說和驚世惑俗的著作，現在聽到你所述說的，確令我有點迷惑。」

我說：「主席！你不妨寫信給光化縣耿縣長，着他詳實答復，那便明白了。」

張主席說：「好吧！我今晚自己寫信去。」

我見張主席公事繁忙，即行辭出。

一直到民國廿四年元旦，我到張主席公館去拜年，他突然對我說：「文錫！你前幾個月對我所說在老河口遇仙的經過，我曾寫信給光化縣的耿縣長查詢所謂龍王小姐的事情，他所答復的，和你所講的一樣。後來我再寫信給他，囑設法向那位龍王小姐詢問，我能否和她面談？數日前又得耿縣長回信，據說龍王小姐表示，我和她沒有緣，不能會面，而且又說我在三數個月內，會調充外交部長。這件事我是和你私人談話，斷不可對旁人說及，我已函知耿季釗嚴守秘密，否則外人知道，會說我『不問蒼生問鬼神』了。至於我將來是否調外交部長，我本人固不知道，連國府主席恐也不會知道，只有姑妄聽之！」

我辭別張主席回到家裡，心中忐忑不安，難道龍王小姐眞的能知過去未來嗎？以後，我每日依時到工程處辦公，靜觀政局的變化。果然，在是年三月間，南京國府發表了兩道命令：一、「湖北省政府主席張羣調充行政院外交部部長」；二、「特任楊永泰爲湖北省政府主席」。我聽得這項消息，確實暗暗納罕！不料龍王小姐預言的奇驗，一至於此！

次日武漢各報，均以大字標題登載張羣主席調充外交部長、楊永泰繼任爲湖北省政府主席的消息，我想自己在職不過數月，毫無建樹，於是，便寫好一紙辭職呈文，以便面請張主席批准。

我往省府面謁張主席時，他見到我，便說：「文錫！你來得正好，這次龍王小姐的預言，居然靈驗。我向來不信鬼神和玄虛事情的。現在令我不能不信了。」

我辭職後，過了一個多月，得父執輩的引薦，由財政部派充川東統稅局局長，地點在重慶。入川履任後，我和老河口商會會長陳華山時常通信，至民廿四年秋間，接到陳氏的一封信說：「龍王小姐再沒有到陳家村了，她事前曾對陳媽母子二人說過：『只有三個年頭的緣份，緣份一滿，她就要走了。』云云。」

靈驗預言・載在史冊

本文以及前兩節所述者，皆是我卅餘年前所親歷的經過，其中有雜述上代歷史和傳說，不敢肯定完全正確。但我親身遭遇的，沒有半句虛言。這種玄虛的事，雖然難以令人置信，但當年深悉其中事實的人，有張岳軍先生、耿季釗縣長夫婦，還有苑崇穀參議、老河口商會會長陳華山氏等。現在張岳軍先生年逾八十，仍任台北總統府秘書長，耿季釗則在台灣大學任教，苑崇穀氏聞仍居九龍亞皆老街，惟陳華山遠在大陸，近況未明。其中尤以張岳軍先生，是本文「奇驗的預言」的人物。他是黨國元老，又是我的父執，若非眞有其事，我安敢信口雌黃，僞造事實。

至於我在卅餘年後才敢憶述這篇故事的原故，因爲在廿餘年前，我仍在政府機關供職，以一個公務員身份，雅不欲以玄虛的事，載於報端，而且也沒有空閑的時間執筆，現在年逾古稀，退休已久，深恐這項靈異的事，湮沒不彰，因此筆錄起來，以供社會人士研究。

筆者生平沒有習過武技，也不大研究養生之法，更沒有財力服食補品，近年以來，雖然鬚髮有點斑白，但自覺精力健旺，步履迅速，不減當年，這種充沛的精神，自問得力於「龍王小姐」的寶刀傳導功能不少（見上兩期掌故所載者）。

近代科學家和知識分子，大都反對神仙和靈異的傳說，斥說沒有科學根據。不過，深奧的靈魂學、玄學和哲學等，又是科學家們所夢想不到的。單就預言一項來說，我國歷史所記載的很多，如：孔子夢奠兩楹，和得聞西狩獲麟，而知其本人將死。又如：三國時的管輅善卜周易，代人占卜，莫不靈驗如神，又預知自己四十八歲那年，不見男婚女嫁而死，結果全部應驗。那些載在史冊的事，並非虛言，科學又將怎樣解釋呢？

中華故土海參威

·王覺源·

我對蘇俄最熟悉的城市是莫斯科，其次就是海參威。由中國海道到俄國，這是第一站。我於一九二五年冬赴俄時，爲等購買往莫斯科的車票，在此停留了五天；一九二八年夏季回國，爲候至滬海輪，又住了一星期。前後十多天，無所事事，祇好竟日亂跑亂闖。去時，爲了好奇，心情固比較愉快，祇惜冰天雪地，拘束了遊玩的行動，除一片銀色之外，也沒什麼好看好玩。回時氣候算是很好，景色宜人；但我們在蘇俄特務監視之下，祇好自己處處檢點，由於情緒的低落，也沒有興趣去欣賞這塊原是我國固有的土地。

在蘇俄地圖上，是找不出海參威這個地名的。他們把它叫做「烏拉吉瓦斯托克」，日本人則稱之浦朗斯德，位置於日本海的西北岸。在若干年代以前，祇是一個小小的漁村，是屬於中國的領土。後來被沙俄步步侵佔，造成一些既成事實。我昏庸懦弱的清政府，亦視此蕞爾漁村地帶，無關重要，乃於咸豐時期割讓給帝俄。帝俄西向不逞，轉撥侵畧箭頭對東方，積極經營，闢之爲商港與軍港，修築西北利亞鐵路，亦以此爲終點。俄帝的野心，終於引起了日本眼紅與恐懼，因俄帝佔據了滿洲不撤退，進窺朝鮮，乃爆發了一九〇四年的日俄戰爭。帝俄大敗，遠東海軍，幾於全部消滅；遠東海上權利，幾於全部喪失；打破了它經畧遠東的迷夢。迨十月革命以後，蘇俄對西方國家發動共產革命失敗，侵畧目標，復由西轉到東，海參威自然又成了它極重要的駐點。

今日的海參威，已成了蘇俄東方重要的海港，貿易頗盛，商店林立；但很少高樓大厦的建築。有堅固的要塞，亦蘇俄遠東海軍之基地。惟海港於冬季冰封數月，諸多不便。沙皇與蘇俄之一貫垂涎我旅順、大連，其野心企圖之一，即在彌補此一缺點。我們對於這座半山城市，並無太多好感，因爲既無名勝古跡，可以流連，亦無博物館、圖書舘、名大學、大文化機構、大公園等，足以流連，冬天一片白，冷得要命；夏天僅面對大海，差可一觀。海參威的人口，當時不到二十萬，有華人、俄人、日本人、朝鮮人，比例雖不太清楚，從浮動面觀之，華人似佔多數，俄人反而覺得少。或華、日韓人種面貌難辨，混亂了我們的視覺。縱橫幾條馬路，比較寬濶，地勢不平，坡度極大。當時僅有電車，作爲代步的工具，此外馬車，人力車，我們却沒有利用過。

我初次到海參威時，係蘇俄招待，由大旅館改住一家公寓，類似學生或工人宿舍。除住宿外，飲食都要到外面解決。我們却沒有打聽這宿舍，公營抑係私營；但茶役都是一些老太婆，頭腦古板得很，如果衣着不整出了自己臥室之門，她們就要咕哩囉嗦。比莫斯科人民的頭腦，似乎差了一個世紀。第二次到海參威，食宿都是我們自己花錢，這般中國學生，顯然已不被他們重視，——沒有剩餘價值可以利用了。我們住在凡爾賽旅館，這裡比較貴族化，有酒吧、餐廳、舞場，旅館中的規矩，也比較莫斯科開放，茶房公開拉皮條，叫妓女並不嚴格禁止。特務警察，除有關政治性的事情外，其他也視若無睹。這或許是因港口碼頭，特別開放，好多撈一點外滙的關係。市中心區，入夜稍形熱鬧，所謂阻街女郎，滿街穿上穿下。他們有一種共同的特徵，不像上海四馬路的野鷄，佇守街邊拉客。她們却不停的在人行道上作急行軍，彷彿有什麽急事趕路似的，眼睛則看着緩步閒蕩的男人。那男人如果照樣回敬她一眼，或跟踪着她，她便大胆的靠近，挽着他的手臂，一邊繼續向前衝行，一邊交談生意，條件談妥，便上她的香巢或旅館。我們看慣了，便叫這些妓女為「衝鋒女郎」。這在我國任何都市，恐怕都是沒有的。俄國革命以後，當局宣傳，大叫蘇俄沒有娼妓和乞丐，不是自欺欺人嗎？

海參威因為華人多，一切生活習慣，很多還保存着中國風味。像飯館酒店華人所經營的很多，佈置陳設，多古香古色；招待人客，一呼百諾，必恭必敬。我們上飯館，每餐都少不了大蝦、螃蟹，據說這是當地名產。蟹腿大過鷄腿，大蝦視為粗菜，皆鮮美可口，價錢也極低廉。我們在海船上吃不下一點東西；在莫斯科吃膩了羅宋大菜；一到海參威，便爭找中國飯館，家鄉口味，總是百吃不厭的。此間娛樂，極少正當消遣之處，多的是低級的酒吧，舞場和咖啡館。華人的家庭或商店，麻將之風極盛，莫斯科雖也有中國飯館，但是不多。至於電視、廣播，那時連京都莫斯科也沒有。

在海參威令人最難忘的一件事：即當我們搭海輪回國時，在碼頭上，已經過海關一度嚴格檢查。上了船，又是特務警察的檢查，所有西裝、外套衣裡子都要扯開，箱子，皮包經過幾次敲驗，沒有問題之後，才准進艙房。特務警察臨去時，還囑咐我們：身上所帶的「盧布」（俄幣），不要放在口袋，都要放到房間裡。我們初以為是他們準備謀取財物，反而把它隨身謹藏起來。不意輪將啓錨開航之前，又來一次大檢查，命令所有旅客下船，走上碼頭，實行澈底脫衣解帶的搜查。帶有違禁物品的，自然連人都扣留，「盧布」一塊都不准帶走，祇能留交親戚朋友。我們固沒有違禁品，而身上所帶的「盧布」雖不多，却也大傷了腦筋。結果，還是幾個特務警察幫了我們的忙，分別帶了我們出碼頭走一轉，花了幾分鐘的時間，又回到碼頭，對檢查人員說一句：「他們的盧布都交給朋友了」，我們就無事的上了船。我們始終想不透：蘇俄禁盧布出國，特務警察又為什麽放我們帶盧布出國，不很矛盾嗎？蘇俄特務警察是有名殺人不見血的，為什麽對我們會這樣好起來？現在想起來，却還是一個不解的謎。

四川自治之役（下）

華生

一月八日，劉湘、但懋辛聯名所發通電如次：頃奉熊督軍卅電：宣布解除四川督軍職務，並諭令各軍長仍舊督率所部，維持地方，保衛疆宇，尊崇自治，促進統一等因；奉此。竊湘等追隨熊公，驅除強暴，原以反對聯軍統治，發展民治、民生為職志。此次熊公堅守功成身退之義，期開根本改造之局。迭經攀留，未邀允准。現雖軍民主持無人，而川人自決精神，得熊公提倡，日益顯著。省議會為代表民意機關，魚電主張自治，久共聞知。近數月來，各機關各法團要求自治函電，多至不可勝計。而全省各軍將領，亦已於前月十日在渝會議，議決川省完全自治在案。民意軍心，皆已如此。湘等夙承熊公之訓誨，深感輿論之勸勉，順受世界之新潮，默察社會之需要，回溯兵燹之痛苦，亦以為川省政治組織，亟宜根本改革。爰本素志，謹宣言如下：

在中華民國合法統一政府未成立以前，川省完全自治。以省公民意制定省自治根本法，行使一切職權。共謀政治革新，普及平民教育，力圖振興實業。並對南北任何方面，決不為左右袒，對於大局當主持正義，擁護法律。對於各省，繼續維持親睦之誼，永不許外省軍隊侵入本省境內。務期順應民心，完成民治，地方團體益臻鞏固，國家基礎得以確立。庶幾真正之統一可期，國法之效力可復。有渝此言，與衆共棄。特此奉聞，幸垂鑒察。

四川陸軍第二軍軍長兼前敵總司令劉湘，四川陸軍第一軍軍長但懋辛叩庚。

一月十二日，熊克武發出文電如次：頃得北廷卅、江兩電，稱武省長，並囑武核保此次戰事出力各將士。覽誦之餘，無任駭詫。誠知滑稽太甚，有識難誣；然恐道遠流傳，或生疑誤；故不敢自憚煩屑，嚴加駁斥。並有望北廷速自懺悔者，亦有求全國共同諒解者。謹為疏陳，幸垂鑒察。

武為護法團體之一員，此次力辭，全省軍民挽留，逕自解除四川督軍職務。本以護法中摧，分當負責下野，對於護法主張，始終弗渝。即如去年十一月江電，對於岑、陸諸公，極致傾佩，而於敬電辦法，未表贊同。雖於和平統一，夙所企期，而於非法政府，未予承認。電首稱徐、靳兩先生，電末列舉遵循法軌，確立民治基礎等語，意尤明白。計自南北議和以來，克武堅持正義，未嘗以私干人。而北廷每以個人權位為言，迭經拒絕，猶不覺悟。此固武德行未修，信義未立。然即謂武易與，亦當知二十年於役革命，粉身碎骨，在所不辭，更何肯蠅營權位，以汚其清白？又何至以全省軍民一再挽留為未足，而必以非法政府之任官授勳為寵榮！是不獨未識克武為何如人，亦且辱及克武個人之人格。應即嚴加駁正者一也。

此次仗義興師，驅除強暴，原以反對聯軍統治，保持自主資格，建設自治制度為職志。各將士之奮勇爭先，前仆後繼者，蓋為公理犧牲，非為私利犧牲；為主義犧牲，非為黨系犧牲；為平民犧牲，非為少數人犧牲！今中國雖無合法統一政府，致使核保無由，獎敘未加；然此種不屈不撓之精神，自足永垂不朽。吾人維護寶惜之不暇，何復忍遽為誣衊！自戰事發生，各將士備受人民歡迎，已為軍人無上榮幸。假令自治完成，各將士既與人民同享其福，復受人民謳歌於無窮；縱有合法獎敘，亦已不值一顧。今則北廷對於此次戰爭，究有何關？對於出力人員，究以何種資格敢令核保？若必誤認各將士為一黨系或少數人之機械，思以非法權利動之；則直獎敘其名，誣衊其實。是不獨未解此次戰爭之意義，並此辱及全川將士之人格。此應即嚴加駁正者二也。

往年全省宣布自主，國人久共聞知。重經斯役，川人自決精神，日益顯著。默察全省輿論，已由反對聯軍統治，且更進而反對特殊階級。如此激昂之民氣，豈復北京當局所能統治？近數月間，各機關各法團要求獨立自主之函電，多至不可勝數。就中如省議會魚電最為著稱；他如各將領元電亦符斯旨。最近劉、但兩軍長庚電，斷然於省政治組織根本改革，並聲明於中華民國合法統一政府未成立以前，川省完全自治。是則北廷命令，在川省無有絲毫效力。其所以悍然出此者，意固謂某為省長，必就範圍；而凡人之純善者不難愚弄，桀強者不難制裁。是不獨不識全川七千萬人之公意，亦且辱及七千萬人之人格。此應即嚴加駁正者三也。

將來和平統一，自有正道。今即不問民意趨向若何，社會需要若何，然如川省兵燹之餘，亟待修葺；北廷固無一言籌商及此，而惟注意於私人權利之分配，究其極，必至人欲橫行，正誼絕滅，有何和平統一之可言！年來北方各省分崩離析，不可收拾。北京當局僅自托命於疆吏卵翼之下，一切合法命令，不能自由發表。處境若此，雖極痲木不仁，亦當稍感痛苦，有所悔悟。國家高位，本非私人權利品，可任意取予者。今無論合法與否，而任官授勳，直等兒戲！武固安為平民，厭棄官吏生活，即凡川中有識之士，亦絕非此種滑稽手段所能誘致。丁巳（按為民國六年）羅、戴戰爭，至今猶有餘痛。若以前事為未工，而必視國家高位挑撥各省內戰之具，則川人固無所從命。然須知川人歷年所受慘痛，已足為建設川省自治之代價，並此而破壞之，以求一逞，亦必為北京當局良心所未安。此應望北廷速自懺悔者也。

川人固始終護法，惟於有名無實之護法，未敢苟同；希望統一，惟於朝三暮四之統一，未敢盲附。且川人以為護法、統一，皆屬抽象名詞，不若根據事實自求解決方法。如今日制憲問題，南與北皆無召集憲法會議之能力，亦即無制定憲法之能力。不若逕由各省先行制定省自治根本法，以濟其窮。又如今日各省割據之局，南與北皆無打破之能力，亦即無統馭之能力。不若逕由各省人民收回政權，直接推翻少數人專制，間接即打破各省割據之局。以是川人對於南北雙方，雖不願為左右袒，而亦不稍存敵視之心。對於各省，不僅維持親睦之誼，更當確實聯絡，使省與省相互關係日益密切。庶幾他日聯省建國，根據各省憲以制定國憲，以組織聯省政府。是又應求全國共同諒解者也。

急不擇言，知多冒瀆，惟相公詳察而曲宥之，則厚幸矣。熊克武叩文。

一月二十一日，劉湘，但懋辛、劉成勳等發出馬電云：湘等庚電宣言：四川在中華民國合法政府未成立以前，完全自治等語，計邀洞鑒。乃近接北京政府卅電令等語，不勝駭異！

竊四川自辛亥發難，民國成立，於今九年，迄無寧歲。去秋當創巨痛深之餘，為發奮自決之舉，努力一心，驅除勁敵。方幸脫離積年之水火，發展民治之精神。川中將領一再會議，決定完全自治。意圖安輯地方，俾得遵循正軌，促國家之進步。省議會魚電及各法團先後函電，亦符斯旨。熊公錦帆宣佈下野，更進而實行廢督，借開改革之局。當此全川一致趨向自治之時，北京乃發此命令；是直逆舉國政治之潮流，阻碍全川之自治。其不合者一。

川省前被滇黔軍所蹂躪，不絕如縷。人民之呼號怨咨，南北不爲一動。北廷且承奉滇黔，惟恐或後，餌唐以川滇黔三省巡閱使之位置。方我保寧避敵，成都被圍，不聞北廷西顧艱難，力圖拯救，已如秦人視越人之肥瘠，早置四川於度外矣。乃當川省底定之後，不問人心背向，不察地方內情，輒以命令相加，不惜引起枝節。前此府院相爭而調督留督，遂釀成羅佩金之禍。張勳復辟，僞命巡撫，遂釀成戴戡之禍。北廷不鑒前車，而乃故蹈覆轍；倘不幸因此發生內訌，論咎必有所歸。其不合者二。

川人不計成敗，不借外力，憑借七千萬衆一片熱忱，力爭省格。在死者固求仁得所，在生者亦盡心所安。此等高尚純潔之精神，應如何尊崇保愛！乃北廷不加護惜，惟以官爵位置操縱川軍。一若川人前此作戰之勇決，皆爲利祿虛榮而來。其誣衊川軍人格及此次戰爭所持之正誼，在川人固所不受，在北廷何爲自擾。其不合者三。

廢督裁兵之聲，囂然滿於中國。川人乘此時機，方將力謀實行，圖爲天下倡始，消除中國兵禍。乃北廷不爲收束軍隊之計，反從而變本加厲。一省之中，至有九鎮守使之多，甚至一道五鎮守使，一縣一鎮守使。不獨地方不能任此負担，即名器亦過於輕褻。且從前川省兵額僅僅五師，今即各鎮守使各領一師，已照從前兵額增加一倍。況此次劇戰出力人員，或攻克資瀘，分搗永寧；或攻簡攻遂，直下重慶；或以孤軍攻下叙府；或肅清長涪，平定夔萬；皆昭昭在人耳目，克著勳勞。總其所部一律與九鎮守使存在，已有十餘師人，幾及全國兵額半數，試問四川財力何以克支？即無別項用心，利用名位爲操縱，而事務所趨，必至挑起內部之糾紛。其不合者四。

今謹爲諸公正告：北廷以和平統一相號召，其政策若何且無論，但使誠求民隱，則於川人兵燹之餘，亦當有所感動。即縱不蒙私恤，亦何忍於時局未定之際，重加兵禍於刼後之孑黎。曩者以川人自力自救，今決以川人自力自治，不受何方之支配，不任外力之干涉，順應潮流，尊崇民意。內以鞏固地方之基礎，外之促進國家之統一。必至中華民國合法政府告成，乃能承認其命令之效力。公告全國，伏維鑒察。

川軍第二軍軍長兼前敵各軍總司令劉湘，第一軍軍長但懋辛，第三軍軍長劉成勳，師長陳洪範、楊森、賴心輝、余際唐、何光烈、喻培棣、潘文華，旅長唐式遵、袁彬、邱華玉、劉文輝、張冲、藍世鉦、張成孝、李蓴、李樹勛、王纘緒、傅常、胡家政、蔣福康叩馬。

一二三軍聯合對劉存厚與劉湘出任川軍總司令兼省長

熊克武、劉湘等通電反對北京政府，宣佈四川完全自治，對四川內部而言，即爲明白反對劉存厚。故至民國十年二月十八日，由熊克武、劉湘、劉成勳聯名宣佈劉存厚爲四川自治障碍之通電發出，聯合對劉存厚之軍事行動亦同時發生。

熊克武、劉湘、劉成勳等共同對劉存厚，由劉湘以四川陸軍第二軍軍長兼前敵司令名義，指揮所部由東路進攻，第一軍軍長但懋辛率部由北路進攻，第三軍軍長劉成勳率部由西路進攻。東路連克資中、內江，劉存厚軍鄧錫侯、田頌堯節節撤退。北路劉存厚恃以作戰之靖川軍第四師賴心輝部，經熊發表爲川北邊防軍司令後，至此突然倒戈，與第一軍會合，直壓新都。二軍再克簡陽，鄧、田兩部退守新繁、彭縣一帶，成都孤立無援，劉存厚遂於二月二十一日放棄成都，所部退守廣漢、綿陽一帶。劉氏退出成都後，一、二兩軍部隊繼續進逼，圍攻新繁之鄧錫侯部，新都、廣漢之田頌堯部、唐廷牧部，與什方原由向傳義第三師分出之靖川軍第十師劉斌部。各師先後退綿陽梓潼，續由梓潼經閬中退向通、南、巴各縣，即將撤入陝境。此時一、二兩軍已抵閬中，即值駐軍南充之第一軍第五師師長何光烈通電前線，謂川省連年戰禍，由於滇、黔軍之割據，爲求川政統一，不得已而用兵。現滇黔軍甫出川境，熊（第一軍）、劉（湘）兩軍立即轉而反噬自己請求由陝回援之川軍，公道何存，信義何在？聲明即日脫離第一軍，勒兵制裁。同時駐瀘縣第二軍劉湘部之第九師師長楊森，亦由瀘縣通電，切請停戰。第一、二兩軍均以內部發生歧異，停止向巴中追擊。並將兵力撤回成都，安定內部。於是退巴中之鄧錫侯部回駐綿陽，田頌堯部回駐閬中，劉斌部回駐安縣、什方、唐廷牧部回駐資中。劉存厚則率餘部退入陝境寧羌。川局至此，暫告平定。

先是四川各軍於民國九年十二月通電宣言自治後，各將領即在重慶設立四川各軍聯合辦事處，處理有關事宜。現對劉存厚戰事既告一段落，十年六月六日，遂召集混成旅以上各將領，開會推舉軍事首長，劉湘被舉爲四川總司令，旋並被推兼任四川省長。

六月六日，川軍推舉劉湘爲四川總司令，發出通電如下：各報館鑒：南北相持不決，國家統一無期。川中將領，謹於九年十二月十二日宣言自治。迨熊前督軍暨劉前兼總司令先後通電下野，主政之人。各將領因時制宜，乃就渝成立四川各軍聯合辦事處，以資維繫。茲復召集混成旅長以上將領會議，協謀善後。僉以軍政首長不可久虛，亟應推舉，用資統率。乃議定於六月六日開會推舉。出席將領共二十四員，四川陸軍第二軍軍長劉湘得二十二票，被推舉爲四川總司令。羣情歡欣，咸慶得人，遙承眷注，謹此電聞。四川陸軍第一軍軍長但懋辛，第三軍軍長劉成勳，第一師師長喩培棣，第二師師長唐式遵，第三師師長鄧錫侯，第四師師長潘文華，第五師師長何光烈，第六師師長余際唐，第七師師長陳國棟，第八師師長陳洪範，第九師師長楊森，二十二師師長唐廷牧，第一混成旅旅長劉文輝，第二混成旅旅長張冲，第三混成旅旅長李樹勳，第四混成旅旅長袁彬，第五混成旅旅長張成孝，第六混成旅旅長劉炳勳，第七混成旅旅長藍世鉦，第八混成旅旅長田頌堯，第九混成旅旅長劉斌，川北邊防軍司令賴心輝，川邊鎭守使陳遐齡叩魚印。

六月二十四日，川軍將領推舉劉湘兼任四川省長，電云：各報館鑒：前此川局無主，各軍師旅爲睦鄰修好起見，往往派有代表在外接洽。刻已推定劉湘爲四川總司令兼省長。以後對於各省接洽事宜，應由劉總司令主持，以歸劃一，特此電聞。（銜名同前電）叩敬。

七月二日，劉湘通電就任四川總司令兼省長職，各軍聯合辦事處亦即取消。

四川軍人自治期中之重要事故

四川軍人自治局面，始於民國九年十二月十二日，劉湘等之通電，依照民國十年一月八日劉等通電之解釋，在中華民國合法統一政府未成立以前，川省完全自治，對南北任何方面，不爲左右袒。此種局面，維持至民國十二年。因在民國十一年一、二兩軍之戰，二軍楊森敗退鄂邊後，已接受吳佩孚之命令，於十二年初率兵返川，執行吳佩孚以武力統一四川之政策。而同年七月十五日，熊克武亦在成都就任廣州孫大元帥所委四川討賊軍總司令之職。七月二十八日，北京攝政內閣，任命劉湘爲四川淸鄕督辦。是局勢發展至此，所謂四川自治，對南北任何方面不爲左右袒者，顯已告一段落。綜計四川自治期間，先後約爲二年又半。此一期間中川中之重要事故，可得而述者，約爲如下幾項：（一）川軍援鄂之役；（二）一、二兩軍之戰；劉成勳繼任四川總司令兼省長；（四）四川省憲法之籌備；（五）孫中山先生對解決川事之指示。分述如次：

（一）川軍援鄂之役：發動於民國十年夏，中國國民黨四川黨史編輯處所編「四川黨史材料」，對此有扼要之記載：「十年夏，湖北督軍王占元部，在武昌、宜昌相繼譁變，鄂人向川，湘請制暴亂。熊克武適遊長沙，因與湘省趙恒惕商援鄂。又電徵舊部第一軍軍長但懋辛同意，願率全部出征，但懋辛旋與劉湘商定辦法：大旨以各軍精銳，組一兵團出川，一、二兩軍，先發一軍，並以全部東征。各軍於湘軍未出發前，先集夔巫，以便聯湘軍同行。劉湘無所可否。而湘省軍勢已張，恒惕要吳佩孚勿助王占元，佩孚佯諾之。其後恒惕有汀泗橋之敗，佩孚決新堤以淹湘軍，恒惕收軍而還。初，劉湘遣其故將王陵基赴洛陽，伺察佩孚，佩孚不禮焉。陵基歸爲言：鄂可擊，施、宜、荆、鶴尤空虛。湘乃決計出師，然不願名實歸懋辛。以所部唐式遵爲第一路總指揮，率其第二師及第四混成旅袁彬，附以第一軍之第二混成旅張冲全部先發。以但懋辛爲第二路總指揮，既割張冲部隸式遵，則使其沿大江南岸東行。其餘各部械彈錢糧，復宕延不相應，致湘軍既敗，川軍攻宜未下。八月，佩孚率大軍來援。張冲部正向南岸銳進，安安廟之役，敵旅張允明所部段其樹團全部被圍，俘官兵多人，繳械釋之，南岸業告肅清。而式遵遇敵援不支，亟調張冲北援，乃上溯三斗坪渡江，會攻宜城。是時第二路部隊力戰者，爲第一師全部及第二混成旅。至第六師之向樹榮旅，顧以劉湘扼其運輸，僅抵雲陽而已。及佩孚大軍至，乘我之敝，第二路遂自引退，宜城解圍矣。自是佩孚以孫傳芳爲長江上游總司令，率師長王汝勤、盧金山駐宜，來請成。川軍，援鄂之役以終。」

（二）一、二兩軍之戰：熊克武主張援鄂，初意在謀共同出兵，向外發展，以消弭自劉存厚失敗後第一、二兩軍間逐漸發生之矛盾。不圖在援鄂過程中，雙方反引起種種誤會，加速兩軍間之衝突。原民國十年一、二兩軍聯合援鄂時，劉湘被推任援鄂軍總司令，指揮一、二兩軍主力東下，因之先以劉部第二軍主力作前驅，進駐夔府、巫山一帶。時萬縣下川東一帶，本爲第二軍防區；第一軍主力，由但懋辛率領，繼第二軍之後，推進至忠縣、萬縣。第二軍出川東下，第一軍大部留萬未動。及第二軍於年底由宜昌退回川境，兩軍間即開始摩擦。十一年春，第一軍方面發動輿論，攻擊劉湘，謂第二軍作戰不力，詒誤川、湘、鄂三省自治大業。第二軍主力在夔巫初挫之後，部隊紛亂，士氣不振。第一軍但部橫梗萬縣，既不開回原防，第二軍方面據報第一軍方面擬就勢消滅第二軍。第二軍之一部在重慶附近者，亦兵力薄弱，不足以應付第一軍之壓迫。於是劉湘遂於五月二十四日通電下野，聲明將軍民政務，交王陵基、向楚二人代拆代行。所兼第二軍軍長，並令瀘縣第九師師長楊森代理。劉湘通電辭職後，仍在幕後協助楊森調動第二軍部隊，將其第九師由瀘縣調至重慶，將永寧駐軍調至瀘縣，原駐夔巫之唐式遵師及李樹勳混成旅則集中開江，袁彬旅集中涪陵。魏虎臣之第六混成旅，亦派參謀長王陵基接收整理，集中墊江。第二軍經此整理，士氣恢復，爲先發制人，遂指揮重慶與開江開縣部隊，於七月四日開始，由東西夾擊，猛攻駐紮忠縣、萬縣之第一軍主力。戰事爆發，第一軍先後退出忠縣、萬縣，一路向達縣方面，一路向合川方面退却，誘敵深入。此時形勢有一激變，一、三兩軍聯合對付二軍之局勢在成都忽然形成。一、三兩軍推第三軍軍長劉成勳爲川軍總司令，於七月十一日在成都就職，即分派鄧錫侯、賴心輝、田頌堯、劉斌各部，往攻第二軍重慶、瀘縣各地。十二日，第二軍追擊第一軍部隊，在合川遇伏，受創甚重。楊森時在梁山前線指揮，以情勢劇變，急率部趕返重慶。但賴心輝、鄧錫侯等部已過永川，逼近重慶，楊森率部拒戰於永川重慶間。二十六日，第一軍部隊乘勢佔領瀘縣。八月七日，賴心輝、鄧錫侯等部攻入重慶，楊森少數部隊搭輪船東下赴鄂，劉湘則由重慶城內至南岸又新絲廠內暫避。經劉成勳、劉文輝向各方疏解，劉湘返大邑縣原籍休養。楊森到達宜昌，奉北京政府令，改編爲國軍第十六師番號，整理入湘部隊，指定暫駐宜昌、沙市補充。一、二兩軍之戰，至此告一段落。

（三）劉成勳繼任四川總司令兼省長：劉湘於民國十一年五月二十四日通電辭職後，一、二兩軍戰事旋即發生，劉成勳於七月十一日被一、三兩軍推爲四川總司令，聯合對付第二軍。八月，第二軍失敗。十月三日，四川軍事善後會議在成都開預備會議，七日劉成勳向會議請辭總司令職。十月二十五日，四川省議會通過臨時省政府組織大綱。二十六日，善後會議正式開幕，十一月八日閉幕，議決川省仍取自治態度等七項辦法：（一）川省暫取自治態度，仍促成國憲之合法統一。（二）推劉成勳爲川軍總司令，在省憲未制定以前，以總司令權攝民政。（三）廢軍長制，各師旅原有單位暫不變更。仍分期實行裁兵，積極結束。（四）破除防區，統一財政，限定十二年一月開始實行。（五）取消護商、清鄉、公益等捐，以紓民困。（六）繼續開辦鋼鐵廠，定爲官商合辦。（七）其餘興辦官銀行，整頓交通，劃一軍事教育，開辦全省講武堂、軍事研究所、武學官書局。十二月二日，四川省議會依照前此通過之臨時省政府組織大綱，選舉劉成勳爲四川省臨時省長。依據上述軍事善後會議決議，川局似可暫安一時。不意新的風暴，已於此時醞釀成熟。戰事發動於十二年一月，至十三年初始告一段落，中間時作時停，相持達一年之久。以參加作戰部隊言：有川軍，有北洋軍，有滇軍，有黔軍，雙方動員人數不下三四十萬。以作戰地區言，遍及全川各地，而以成都、重慶兩地爲重心。以性質言：一方以北京政府爲背境（主要爲吳佩孚的武力統一四川政策），一方則遙奉廣州大元帥府的命令。前者以劉湘、楊森、劉存厚、鄧錫侯、袁祖銘（黔軍）及入川之北洋軍爲主力，後者以熊克武、但懋辛、劉成勳、賴心輝等爲主力。似此情形，戰事早已超出所謂「四川自治」的範圍。此次戰事結果，爲熊克武部敗退離川，劉成勳退駐川邊。四川自治之役，自亦至此結束。

（四）四川省憲法之籌備：民國十年一月八日劉湘等通電：主張以省公民意制定省自治根本法，即所謂省憲法。是省憲之籌備，爲自治期中之一要事。劉湘就任省長後，未明制憲程序，宣稱即着手籌備，經四川省議會發出代電，加以指責。畧謂報載劉總司令着手制憲，查各省制憲成規，必先制定一種制憲程序。本會此次召集開會，專爲制定省憲組織法。既出此布告，不免淆亂視聽。倘必一意孤行，蔑視本會所商討組織法案，勢必牽動民政根本問題，各走極端，必非川福，如係揑造，請即查禁；否則希望立予取銷云。於發出代電之次日，即十二月十五日，省議會即選出四川省憲籌備處籌備員劉成勳、鄧錫侯、但懋辛、向楚、石青陽、曾寶森、蕭德明等七人。十一年八月九日，劉成勳等就職，成立四川省憲法籌備處。四川省議會並推舉戴季陶、楊伯謙、吳玉章、楊庶堪、董鴻詩、謝升庵、張錚、饒炎、譚其蓁、黃潤餘、伍非百、程瑩度、鄭可經等十三人爲省憲起草委員會委員，以戴季陶爲主任委員，楊伯謙爲副主任委員。同時並通令各縣：每縣推舉一人，任四川制憲審查員。九月二十八日，四川省憲法籌備處開會決議：自十月二十日開始起草省憲法。十二年一月十日，省憲起草委員會在成都成立。三月十日，四川省憲法草案完成。惟以國內局勢轉變，各省省憲運動，均屬曇花一現，四川自不例外。民國十五年一月，「四川省憲法籌備處函省議會，說明制憲經過，從事結束。函云：川省自貴會於民國九年十一月倡議制憲以來，因組織法須求各方諒解，至十一年八月九日，成勳等始就籌備員職，成立籌備處，依法進行。於十二年一月十日成立起草委員會，依期脫稿，於是年三月十日召集審查會，依法成立。復因經費無着，戰禍蔓延，制憲停頓，遂歷兩年。茲戰事敉平，成勳等力所能及之處，業飭經手各員，從事結束。至醞釀六年之省憲當如何完成，應請貴會核議」云。署名者：劉成勳、鄧錫侯、蕭德明、向楚、曾寶森。

（五）孫中山先生對解決川事之指示：至於孫中山先生此時對四川之指示，謂惟有發展實業，始足以救川。民國十一年十月戴季陶入川，孫先生囑其携函與各方協商，有致劉成勳、但懋辛、鄧錫侯、賴心輝、夏之時、呂輔周、田頌堯、黃肅方、陳洪範、劉斌、余際唐、向楚、石青陽等函，其中以覆但懋辛一函，指示最詳。原函云：「育仁來，藉奉手書，具審賢者厭棄武力，趨向實業，覺悟先人，至堪嘉慰。復殷殷以計劃相詢，尤見勤求實踐之盛心。川省地大物博，甲於中國，誠治之得宜，將大足有為，造福於國家不淺。顧計劃實業，非一紙之書，所能畢業，必得專門家實地調查，始克奏功。今所冀望於川中各當局者，首在先有決心。如衆意僉同，當派專門人才入川，相與計劃。蓋實業之速成，國人此時尚無此能力及計劃。以既乏資本，又缺智識，故非借助外資與外才不可。若能有此決心，三五年間，必收實效，直可安坐而享其成耳。但外資外才，彼亦矜慎自重，若戰亂不息，則將裹足未敢輕試。必各軍將領，毅然不復為私利之競爭，而有共謀公益之表示，則彼始歡忻願竭其力，以相輔為治。內爭既弭，然後合力以清匪患，中外人士，皆樂出其途，而建設乃始可圖。如能辦此，文當先行介紹外資約可千萬，以為試辦之基。若有成效，後此當可源源而來，不虞匱竭。唯此種企圖，純為全川人民共謀長久之福利，非圖供執政者一時之私益。其合同大旨，須申明此種資本，為四川人民所借；所辦實業，為四川人民所有；所獲利益，為四川人民所享。其經營管理，初由資本家代之，同時並任訓練吾國人才之責。至資本還清之日，則管理諸權，收回歸我。以後對於此項資本家，或分別留任，或即行辭去，其權皆自我操之。如此有利無弊，能得外資外才之益，而避去其害。行之數年，省未有不富，國未有不強者。其最要關鍵，則在兄等之覺悟與其決心如何，空言高論，殊無補也。以上所說，實舉辦此事概要。」上引乃為孫先生民國十年所發表「實業計劃」一書之扼要提示，亦救川救國之要道。四川地大物博，如能從發展實業入手，正如本函末所云：「非獨川省之利而已，吾國前途，實有厚望！」惜乎當時川中當局，方醉心於武力權利之爭，而深負孫先生之殷期也！

旅京川人的自治運動

在民國九年下期，四川軍人主張自治之同時，旅京川人亦有同樣運動之發起。最初由各大學川籍學生所發動，其後川籍國會議員亦先後加入，並圖加以利用。那時川籍國會議員，多為共和黨與進步黨。共和黨川籍議員屬於劉存厚一派（衆議員吳蓮炬任劉之駐京代表），進步黨川籍議員則接近劉湘。這些議員加入自治運動，共和黨是企圖和緩學生情緒來撤銷廢督口號，進步黨則想利用學生擴大運動，來攻擊劉存厚。民國九年十一月十三日，旅京川籍議員、學生等在中央公園來今雨軒開「四川自治期成會」成立大會，共和黨籍議員到會甚早，他們推出胡景伊任主席，企圖控制會場。討論到廢督問題時，共和黨議員廖敬伯、黃雲鵬等相續發言，主張保存督軍以便執行裁兵任務，但被北大學生孟壽椿、鄢祥禔、舒啓元等駁得無言可答。進步黨議員李文熙、羅綸、劉緯等則極力支持學生方面的主張，因而廢督裁兵一項得以確定。共和黨人企圖鬧垮會場，先由數人離席咆哮，繼由主席胡景伊宣佈散會，共和黨人一鬨而散。但進步黨人未走，與學生等繼續開會，宣告「四川自治期成會」的成立。同月二十日，該會又在中央公園水榭開會，通過了周昌鴻、舒啓元、劉緯、蕭湘等一百三十四人署名之四川自治意見書，作為該會宗旨。本意見書可以代表當時一部份川人對於四川自治之見解。引誌如次，以供參考：

四川自治意見書

凡一時代必有一特殊之精神表現，表現今日之時代者，厥為民治之精神，潮流所趨，大力莫抗。吾國前因亦曾順應世界之潮流，不惜拋棄其數千年專制之政體，以謀共同福利於共和旗幟之下。然而九年以來，禍亂相尋，民生憔悴，國本動搖。所得結果，實違反本來之期望。回憶辛亥之役，吾川人首先發難，而今日受禍之深，亦為各省所未有。推繹其由，固食軍閥專橫，兵匪肆虐之賜；亦吾民放棄公權，漠視國事之所致。當今累卵之秋，為補牢之計，吾川果欲解除糾紛，及時休養，樹永久之規模，求民治之實現，舍川省自治外，殆無他道。

蓋就吾國大勢觀之：國體雖號共和，大權實集於少數軍閥之手。攘奪私利，動尋干戈。數年來政變迭興，全國既有南北之對峙，南北復有部份之分裂。中央之威信掃地，地方之割據已成。集權之效，蓋已可覩。國人痛定之餘，咸起猛省，遂欲因勢利導，借武人分裂之良機，為地方自治之運動。蓋其理由約有二點：自法理方面言之，共和國家之主權在於人民，中央政府之基礎在乎地方，故中央一切權限應由地方列舉賦予，地方之自治權限不應由中央之規定頒布也。自事實方面言之：中國幅員遼濶，各省風土異宜。必欲強各地方人民羣受支配於一種制度之下，其扞格而難行自事理之必有。故不如由各省區各自制定一種自治法規，基於此法而成一組織。其軍事外交及關於各省公共利害之事件，雖交歸中央處理，而內政之設施全由各省人民自主。似此則對外可保強大之勢力，對內亦不失統一之形成，實為吾國生死存亡之一大關鍵。

今彼自治之波濤已洶湧於夔門之前，而廻顧鄉邦，正陷溺於水深火熱之中。嗟我川人，遭此荼毒，如尚不於此時順應潮流，翻然變計，力圖自治之方，擺脫少數人之宰割，則將永無見天日之一時。此就根本計，宜謀自治者一也。更就吾川局部之利害觀之：吾川介在南北，為雙方所爭，當局者時而託命中央，時而附和護法，或南或北，徘徊莫定；一誤再誤，民不堪命矣！惟及今力圖自治，則戰端由之而弭。況今領軍諸將，咸屬前人，前此興師，同昭義憤。雖信誓旦旦，有不爭權利之宣言，而牽於事實，輒無具體之規劃。如不主張自治，則雙方不獲自卸仔肩。即欲從此共濟前途，泯然無間，而危機潛伏，一觸即發，實我川人無疆之憂。此為川局現狀計，宜謀自治者二也。

進就吾川庶政狀況言之。吾川區境廣博，素稱天府，兵燹之餘，實等地獄。凡百事務，其混沌棼錯之象，幾乎不可究詰。以言乎財政，則每年收入實達三千萬兩以上。按前清宣統三年四川預算案，收入為二千三百餘萬兩，據諮議局查核，實有二千七百餘萬兩。民國以來，四川當局改串為元，並添雜欵，遂至今額。以如斯巨額之收入，而支出教育、實業不過三百萬左右，且多停擱。軍事費最多亦當不出一千二百萬兩，所餘之欵既未解送中央，究竟用途如何，人民不得而明也。以言乎吏治：則貪官墨吏，隨在皆有，小民之脂膏已盡，而彼輩之剝削無窮。賂賄公行，苞苴充塞，茶房、馬弁，得充知事，連長、營長，出膺民社。狡黠者流，更且召集公司，募資營業。其為怪狀，不一而足。吏治既成如斯紊亂現象，司法當然無獨立精神，往往匪徒逍遙法外，良善反遭羅織。長此以往，吾川人之生命財產將安所託？且教育、實業兩端，為立國之基礎；按清末預算，全省教育經費約四百七十餘萬，學生名額就中央統計：當時實達四百萬人，學校數目亦為全國之冠。實業自設立專司以來，經費日事擴充，最近徵收中資捐，每縣收入數千元至三五萬元不等，以為開辦實業之用。今考其實，校舍佔為營房，學欵挪作軍費，以致各地學校或停或廢，其成立者不過五分之一。實業亦徒有具文。坐視數百萬青年失學，百業凋敝，言之可為痛心！至於各縣積谷，至少均在五百石以上，多至千石，今均被賣罄盡。其善堂、三費、卹孤、育嬰各局，亦俱撤銷無遺。設有凶年，何以備饑饉？以上諸端，非人民自治，利害切己，不足以掃除積弊。故為清理財政計，為澄清吏治計，為整頓教育、實業及其他社會設施計，尤不能不自治者三也。

綜上所述，自治洵順應時勢之要求，而為挽救川局之惟一良劑。惟自治事宜，千端萬緒，同人外察大勢，內本輿情，認為可能一致奮爭，堅持到底者：

一曰廢督裁兵：督軍制度，萬國所無。袁氏立意自私，因緣都督、將軍，遞變今制。既破壞國家軍事之統一，又為南北分裂之動機。大權在握，舉凡一省之行政、司法、財政、教育、實業，無不在督軍掌握之下。重以勢位所在，易啓覬覦，日事爭奪，兵連禍結，舉國沸騰，而吾川受督軍之禍尤烈。故在今日民治時代，决不容此種制度尚有存在之餘地。督軍制一日不廢，人民一日不安，故應一致主張廢除此障碍自治之督軍及與督軍名異實同之制度。督軍既廢，則其擁以號召之軍隊自應亟謀裁汰，以減人民之負担。查川省軍隊，前清僅有巡防三十餘營，末年改編陸軍，亦只有一鎮之規劃。民國四年，川省軍隊亦限於二師一混成旅，五年僅擴充至五個師，八年增至八師，今則動以二十師計。以之保衛國家則不足，以之擾亂地方則有餘。吾民雖愚，安能出血汗之資，養兵自殺。縱假口省防，須資捍衛；然滇黔敗歸，王、黎逃竄；邊防情況，逈異曩時。亟應裁汰，至多亦不得過民四：二師一混成旅之數。至其手續，或假手地方公吏，或另組裁兵委員會均可。總之，自治運動重在廢督裁兵；而自治運動之能否成功，亦端視二者爲轉移。

二曰不許客軍留駐，並不許他省干涉本省一切民政。吾川近年受客軍蹂躪，創鉅痛深。以後無論何項軍隊與任何名義，均一概嚴予拒絕。協餉助餉名目，亦應取銷。一切行政，由全省人民完全自主，不受他省之干涉。

三曰自動的自治：政治的軌道，不外由上而下與由下而上之兩途，前者爲被動的，後者爲自動的，今日吾人要求之自治即爲後者。既無待於中央之頒佈自治章程，亦不受任何方面之操縱利用。惟本自決之精神，以從事於根本之組織。

四曰廣義的自治：自治範圍須爲廣義的，實業、教育諸端當然由地方處理；民團編練，地方有絕對自由；捐輸津貼統歸地方自治經費。

五曰徹底的自治：既本自下而上之精神，當自鄉鎮自治以推行於省自治，然後自治之基礎乃可鞏固。

六曰全民自治：一切行政、立法員司，悉由人民普選。被選人不稱職時，人民行使召回權。關於全省重大事件，人民有複決權與提案權，爲人民當然之權利。鑒於往昔軍閥之專權及杜防今後劣紳之操縱，茲特提請人民注意。

以上所言，消極的排除自治障碍，積極的進行自治實行。吾人深信在今日武人政治之下，不有奮鬥之決心以摧毀其專制之堡壘，絕無人民自治之餘地。同人旅居京師，不忍父母之邦永淪於黑暗地獄，敢竭駑鈍，願效前驅。所望全省人民一致奮起，邁向吾人共同之目標，而期民治精神之實現。

署名者：周昌鴻、羅承烈、何恩樞、范復誠、劉緯、舒啓元、孟壽椿、李文熙、鄺祥禔、蕭湘、羅綸、傅平章、周世偉、魯若曾等一百三十四人。

上述四川自治意見書，看起來似是一篇皇皇大文，但當時川中軍人所倡導之四川自治，其實際不過爲小軍閥割據之一種藉口。如何可使此等軍人放棄其既得之權利，而眞心爲人民福利爲省自治而努力，以及實現省自治之具體步驟與方法，意見書中未見提及，故凡所云云，等於紙上談兵，其無效果可言，固意中事也。

四川自治與統一

·孫震·

余前寫『靖川之役始末記』，係憶述民五與民九川事，現續寫『四川自治與統一』，則爲民九迄民十六年間之川事。惟僅就個人一隅所見，遺漏甚多，尚祈鄉先進以全面所知，正其簡陋。

一、時代之感受（五九國恥與聯省自治）

國父創建民國後，爲減少戰禍計，屬望於北方政治、軍事、中心人物袁世凱氏，舉國家元首地位以讓之。袁氏正位以後，暗殺異己，借欵擴軍，乘癸丑革命軍失敗，揮軍推進華中華南，即進一步陰謀帝制。强鄰日本乘之，脅以二十一條亡國條約，構成五九國恥，全國稍有良心血性之人，莫不痛心切齒。民九任川軍第五師師長何光烈氏，當時正在清河軍官預備學校（陸軍中校）及保定軍官學校求學時代，痛心國難，即立誓茹素，必俟將來在戰場與日本相見時始食葷。平日即主張促成各省統一，以進一步促成全國統一，完成對日備戰。此在當時之全國智識份子，青年將校，實莫不人同此心，心同此理，只何氏於生活行動上稍微露骨突出而已。及民四袁氏叛國，實行帝制，　國父聲討，派員分赴各省區進行反帝運動。蔡松坡、李烈鈞諸氏遂入滇舉護國討袁義旗，川中劉存厚氏拒袁封爵之命，首先響應，通電獨立，率護國川軍偕滇軍抗袁氏重兵於瀘納之線，阻其兇鋒。袁軍無法南進，各省紛紛繼之獨立，帝制失敗，袁氏憤恚而死。但自此因袁氏之北洋系軍隊已分據長江各省，北方政府乘此欲求武力統一，迭次倡議南征。繼而即北洋系軍隊所據長江流域各省，亦因北政府黎、馮、徐、段，權力迭更，內部分化，黨同伐異，又踞各省區以抗北政府，干戈擾攘，歲無寧日。國土之分崩離析，民生之凋敝痛苦，亦於茲爲極。　國父心焉憂之，以爲國家非統一不足以言雪國恥，禦强鄰，亦非統一不能謀政治進步，因此以建黨謀建國，加强主義之傳授，及革命之進行。民國六年，國會在廣州開非常會議，成立軍政府，選舉　國父爲大元帥。七年，國會改大元帥制爲七總裁制，　國父以不同意改組，辭職去滬，其他六總裁則各有私見，爭奪權力，局勢每況愈下。十年四月，國會議決取消軍政府，選舉　國父爲非常大總統，銳意以革命統一，深爲當時全國智識份子及青年將校所嚮往。但在民九、十年間亦有少數憂時之士，倡爲聯省自治之說。以中國幅員太廣，一省面積人口，等於歐洲一國，欲從各省本身制定省憲，安定地方，求一隅之政治進步，聯數省以安定整個國家。當時參加甲寅雜誌之一派人物，即有多數討論及提倡聯省自治論文。甚至民十一因舊國會一部份在廣州開會，一部份在天津北京開會，已參加聯省自治之人物，如陳炯明、唐繼堯、熊克武、劉成勛、趙恒惕諸人，聯名通電；且主張各省在上海召開聯省自治會議，以對抗舊國會。湖南以處南征北伐之衝，值吳佩孚氏於九年五月自衡陽撤軍北上，有事北方，遂於驅逐督軍張敬堯後，宣佈湘人治湘，首先實行聯省自治，制定省憲，欲借此拒北軍南軍於境外以求自保，此為民九十年國內一般情勢。

二、熊克武氏之四川自治

民六川軍各師在劉存厚氏領導下，於四川境內抗滇抗黔，在滇軍退至川滇邊境，接近勝利結束之際，重慶之川軍第五師熊克武與滇軍合作，接受滇軍保證其任四川督軍之後，於七年一月襲擊川軍各師後方，西攻成都，以致一部份川軍被追擊，隨劉存厚氏退入陝境；一部份川軍被脅迫，編於熊氏之旗下。及民九熊氏不勝滇軍歷年之壓迫，亦起而反滇，正當在川境富順隆昌一線作戰膠着之際，其部下川軍第五師師長呂超，亦與滇軍合作，由綿陽逕襲成都。熊氏率其第一軍於九年七月十日退出成都，與劉湘之第二軍退至川陝邊境，求援於被逐在陝之川軍。劉存厚氏不念舊惡，應熊之請，建靖川軍旗幟援熊，於九年八月率師回川，擊破川邊境呂超軍及由山西入川之盧占魁軍後，佔領廣元，即以大批彈藥、餉欵、糧食，救濟熊劉兩軍於急難，九月佔領綿陽，劉氏入定成都。十月擊敗滇軍於瀘縣，十一月滇黔軍完全退出川境，川局本可由此協議統一，以謀建設。惟熊氏以督軍名義，入佔重慶，北政府因四川成渝兩地同時有熊劉兩督軍名義，因免省長張瀾職，發表熊克武為四川省長，以為調停。熊氏覆電拒絕，認劉存厚尚在成都，不願與之並存。遂一面勾結在成都之靖川軍第四師賴心輝部叛變於內，由熊委為四川邊防軍總司令，一面通電全省，倡議廢除南北政府所任用之督軍制度，實行川人自治，援湖南之例，參加聯省自治。並指責在成都之督軍劉存厚氏為四川自治障碍，推劉湘為川軍總司令，指揮熊劉兩軍主力，於十二月自重慶聯軍西上，攻擊成都劉氏。劉氏為避免戰禍計，通電結束靖川軍，下野出川。熊氏又繼續指責由陝回川之靖川軍鄧、田、唐、各師，及由向傳義第三師分出之靖川軍十師劉斌部，為四川省自治障碍。欲完全加以殲滅，進軍成都，圍攻新繁川軍第三師鄧錫侯部，及新都、廣漢、國軍二十一師田頌堯部，二十二師唐廷牧部，什邡第十師劉斌部。鄧、田、劉、唐各師為避戰計，退至綿陽梓潼，熊劉兩軍始終窮追猛打。鄧、田、劉、唐各師不得已，再由梓潼經保寧（閬中）退向川邊通、南、巴各縣，即將撤入陝境。此時熊劉兩軍已追抵閬中，即值駐順慶熊氏第一軍之川軍第五師師長何光烈氏通電前線，謂川省連年戰禍，由於滇黔軍在川之割據，為求川政統一，不得已忍痛用兵，現滇黔軍上月甫退出川境，熊劉兩軍本月立即轉而反噬自己請求由陝回援之滇軍，公道何存，信義何在，聲明即日脫離熊軍，勒兵裁制。同時駐瀘縣劉湘第二軍之第九師師長楊森，亦由瀘縣通電，切請熊劉停戰。熊劉兩軍均以內部發生歧異，且何光烈全師集中，近在順慶，正處閬中熊劉追擊大軍後方，有立受襲擊危險，不得已停止向巴中追擊，並將兵力撤回成渝，安定內部。於是民十年二月，已退到巴中之第三師鄧錫侯部，回駐綿陽；二十一師田頌堯部，回駐川中；第十師劉斌部，回駐安縣；二十二師唐廷牧部，回駐資中。至何光烈係於九年因贊助熊氏抗滇軍以謀統一川政決策，故從向傳義之第三師中分離，在熊氏敗退保寧之時，追隨熊氏。此時見熊氏於滇軍出境之後，仍以川軍攻川軍，繼續軍事行動，因之痛心疾首，脫離熊氏。自此何氏駐在順慶，從民十年至民十六年，始終不參加川省內戰。

三、民十熊劉兩軍合作援助鄂省自治

熊克武氏既倡言聯省自治，自外於南北政府之系統，自此與宣佈自治之湘省信使往還，密切聯絡。民十，鄂人以湖北督軍王占元部之北軍，在鄂迭次兵變，人民財產損失不貲，加以頻年暴政，不堪其虐，因倡議鄂人自治，求援於已宣佈自治之川湘兩省。四川由熊克武氏及所推任之川軍總司令劉湘兩人商定，由但（第一軍）劉（第二軍）兩軍各出主力，推進於下川東之萬縣夔巫，由劉湘指揮，出兵援鄂。另再派人與湘省協商同時出兵，擬北進東進，共同夾攻，消滅武漢王占元。湘省自驅逐督軍張敬堯及北軍出境之後，大量擴軍，但餉源不繼，武器不足。王占元所在地之武漢三鎮，既為財賦之區，亦有漢陽兵工廠為械彈生產之地，且地居長江中流，為當時全國衝要形勢所在，川湘得之，可與鄂省共同組織聯省自治政府，對抗南北。川湘兩省因此相約決定，於十年七月同時出兵。湘省推趙恒惕氏為援鄂自治軍總司令，第一師師長宋鶴庚為前敵總指揮。鄂省推夏斗寅為湖北自治軍前敵司令（夏為原鄂軍一部退入湖南者），湘鄂兩軍以主力沿粵漢路，於七月如期向湖北進軍。湖北督軍王占元調宜昌孫傳芳軍任敵，於羊樓司正面抗湘軍主力；另調鄂軍劉耀龍佈防左翼通城一面，電北方曹錕、吳佩孚兩氏請援。兩軍自七月二十三日開始作戰後，左翼劉耀龍自通城撤退，但正面羊樓司、趙李橋之孫傳芳軍，堅守第一線血戰至八月上旬，始因無援而退。湘軍逕抵汀泗橋。此時曹、吳，已派第二十四師蕭耀南部進軍漢口相援，惟觀望不進，王占元遂辭職離鄂。北政府另派吳佩孚為兩湖巡閱使，蕭耀南為湖北督軍。吳命蕭師繼續推進武昌正面前線賀勝橋一帶，另調長江艦隊逕襲岳州，攻擊湘鄂兩軍後路。於八月二十八日佔領岳州，前線湘軍遂倉猝撤退回湘境。九月一日，依中間人之調停，湘省援鄂軍趙總司令，與北方援鄂之吳巡閱使，會晤於岳州，握手言歡，簽訂兩軍議和協定。川軍方面，熊氏推劉湘任援鄂自治軍總司令，但懋辛為副總司令，川軍第二師師長唐式遵任前敵總指揮，違約後期始出兵。因據報宜昌孫傳芳軍已東調，遂於九月二日大隊乘船抵宜昌上游。時宜昌城內僅有孫傳芳軍留守官兵，川軍於九月三日攻入宜昌城。同時在岳州方面之吳佩孚氏，聞川軍已出夔門東下，即率少數官兵急乘長江兵艦兼程西進，亦於三日抵宜昌。吳氏即親率衛隊突入宜昌城內，川軍先頭部隊一旅入城搜索時，驟與吳氏率少數衛隊相遇，以為吳氏已到，必為北方大軍已入宜昌，自疑陷於包圍，倉猝退出城外，即循長江北岸鄉間小路西退。余同期同學費東明君，當時正在劉湘之第二軍內任獨立旅長，受唐式遵指揮，據其事後告余，當出兵之前，熊劉已互相猜忌，作戰準備既不充份，且無湖北地圖，只以孫軍東調，宜昌空虛，可以不戰而得，大軍貿然乘船東下，糧食彈藥，均由後方船隻運送補給。前隊既到宜昌城，地形不明，一發現吳氏前綫意外情形，即匆匆退出城外，循陸撤退，既與水路後方部隊及補給船隻東西錯向而行，當時又無無線電可以截阻，於是多數糧食彈藥人員均送入敵軍手中，損失極重。唐氏隨後在航行中之大軍，既因宜昌發現敵情，恐受兵艦襲擊，即令部隊沿江前後交錯登岸，循僻小路取道西行，經過興山及秭歸、巴東北岸均為崎嶇山路，即有線電亦不通，部隊互失聯絡，始終不能構成再次作戰形勢。且在荒山僻道缺糧區域，時已入冬，官兵飢寒交迫，在紛亂中及困頓萬狀下，全軍繼續退回川境之巫山。熊劉兩氏不得已，仍援用湘省辦法，派員與吳佩孚氏簽訂停戰議和條約，轟轟烈烈之直搗武漢軍事行動，所謂援鄂自治作戰，遂如此結束。其實吳氏所乘能在長江上游行動之第一艘兵艦，載重有限，所帶之兵僅三數百人，即使以後能按時續到數艦，亦不超過一團兵力，當時川軍前隊入城指揮之旅長，如能判斷敵情，沉着應戰，直可生俘吳氏，殲滅第一艘所運到之二三百名官兵，則後到之兵艦均陷於被動，不易集中作戰，不只川軍勝利，直可使當時全國大局震撼，民十一、二年歷史為之改觀。

在民十年前後中尚應補述二事：①為劉文輝氏以叛變初露頭角；②為民九川軍總司令呂超遺留在川東綏定之林光斗旅，於民十發生變化後，遠道赴蓉歸劉成勳之結果。

劉文輝氏自四川陸軍小學第三期畢業後，以與川軍第八師師長陳洪範氏大邑同鄉關係，服務於嘉定（樂山）之第八師，至民十已升任團長。因過失爲陳氏處分，將之撤職，文輝自陳部叛變，將全團拖至敘府（宜賓），以叔侄關係電劉湘乞援。劉氏正在援鄂出兵之際，以川軍總司令名義，委文輝爲川軍獨立旅旅長，電陳洪範師長，以大邑同鄉關係，爲之緩頰。自此劉文輝氏遂以旅長受劉湘指揮，長駐敘府。

至民九呂超由成都撤退時，其部隊退向簡陽者，均爲滇軍繳械編遣，只向樂至撤退之一部，得安全退至綏定，由熊之第一軍編爲獨立旅。旅長林光斗（保定第一期同學），參謀長張治中，第一團團長呂鎮華（呂超之侄），第二團團長鍾沛然。繼因內部人事不平，由呂鎮華氏醞釀倒林驅張運動。呂超在外聞之，派原任師長彭遠耀回川調解，彭氏至綏定後，反促成呂團官兵戕殺林光斗，驅走張治中之變。當時亦正值援鄂之際，熊劉兩軍均不遑他顧，遂由彭遠耀率領全旅逕至成都，歸屬第三軍劉成勳氏，劉委彭爲警備司令，以後仍被圍繳械遣散。只呂鎮華氏自請率少數遣散官兵，到川南大凉山區之雷波、馬邊、屏山區域開墾荒地。此即三十七、八年間，在川南雷、馬、屏屯墾區有名之穆銀州、呂鎮華兩部（穆銀州由劉湘軍內編遣後入雷、馬、屏者）；共軍入川後，穆呂兩部均爲繳械清算。

四、民十一熊克武指揮第三軍劉成勳部及鄧、田、陳各師攻擊劉湘

在熊劉出兵援鄂時，劉湘以熊氏推爲援鄂自治軍總司令，指揮劉但兩軍主力東下，因之先以自己第二軍之主力作爲前驅，進駐夔府、巫山一帶。當時萬縣下川東一帶，本爲劉湘軍防地，熊氏之第一軍主力，由但懋辛軍長率領，繼劉氏之後，推進至忠州萬縣。劉軍出川東下，但懋辛部始終留萬未動。及劉軍於民十年底由宜昌退回川境，民十一年春熊氏方面發動輿論攻擊劉湘，謂劉軍作戰不力，遺誤川、湘、鄂，三省自治大業。劉軍主力在夔巫初挫之後，部隊極爲紛亂，士氣不振。第一軍但部橫梗萬縣，既不開回原防，劉方據報熊氏擬就勢消滅劉湘全軍，劉軍之一部在重慶附近者亦兵力單弱，不足以應付熊軍之壓迫。於是劉氏於五月二十四日通電引咎稱病，川軍總司令一職，請民政廳長向楚代行，並辭去所兼之第二軍軍長職，令瀘州第九師師長楊森代理軍長。楊氏率第九師由瀘州到渝就代理軍長職後，遂在夔巫部隊稍加整理士氣恢復後，先發制人，於十一年七月四日指揮重慶部隊與夔巫部隊，由東西夾擊，猛攻盤據忠州萬縣之第一軍但懋辛主力。第一軍不支，於十月北向開縣潰退，撤至梁山綏定收容整理。第二軍力量因得聯絡集中，軍威重振。此時熊克武氏遂又以以前利用劉湘倒劉存厚方式，以川軍總司令一職，許駐成都雅安之四川第三軍軍長劉成勳（禹九），以擴大編制，許邊防軍總司令賴心輝，另以發給餉欵撥給防地補充械彈許第三師師長鄧錫侯，第七師師長陳國棟，第二十一師師長田頌堯等人，約以共同攻擊劉湘。鄧田各師自撤退至通、南、巴、閬中後，劉熊兩氏雖然停止追擊，但聽其自生自滅，不過問其軍餉及部隊生活，處境極爲艱苦。此時飲鴆止渴，均慨然應邀參加。熊氏遂於十一年八月通電宣佈免劉湘總司令職，另推川軍第三軍軍長劉成勳爲總司令，指揮第一軍但懋辛部，第三軍劉成勳部，邊防軍賴心輝部，及鄧、田、唐、陳、各師，以數倍兵力，自綏定、合川、內江、江安，四方面合攻瀘州、重慶、萬縣，於八月七日攻佔重慶，九日攻佔萬縣。劉湘以衆寡懸殊，遂通電再辭川軍總司令下野，隻身至敘府，由劉文輝旅與以庇護。至川軍第二軍兵力，一部份由潘文華師長率領退黔邊，主力由楊森代軍長率領退萬縣後，繼即退出川境。至宜昌後，奉北政府命令，入鄂之川軍第二軍改編爲國軍十六師番號，指定暫駐宜昌、沙市，整理補充。

此節應有補充者，當駐保寧（閬中）之二十一師田頌堯部參加對劉之出兵南下東進，其路線本應由南部、順慶（南充），武勝直達合川重慶，但因順慶之第五師師長何光烈自宣佈脫離熊氏，通電不參加內戰後，即阻止一切友軍過境，田師遂繞道西充、蓬溪，再東至合川滙合大軍，攻擊重慶。

五、民十二熊氏制定四川省憲與委用賴心輝指揮（一）（三）（邊）各軍圍攻（三）（七）（廿一）各師

熊氏既迫劉湘下野，並追擊楊森所率第二軍出川後，東下到渝各軍，除二十一師田頌堯部立即自動撤回川北之潼川（三台）保寧（閬中），二十二師唐廷牧部撤回上川東之資中、內江外，其餘第一軍（但懋辛）第三軍（劉成勳本人留蓉係派出兩師兵力參加）邊防軍（賴心輝）及第三師（鄧錫侯）第七師（陳國棟）各部，均雲集重慶。聞熊氏當時所擬定處理川局之步驟，次一步即着手消滅由陝回川曾隸屬劉存厚靖川軍之鄧、田、唐、陳各部，最後消滅川軍第三軍劉成勳部，以完成其統治全川，恢復民七至民九在川之勢力。因以制定省憲再推第三軍軍長劉成勳為四川民選省長之說，以餌劉成勳，約同共謀消滅靖川軍系鄧、田、唐陳各師，遂於十一年八月組織省憲籌備會，十月起草憲法，一面以政治手腕圖先瓦解在渝之鄧（三）陳（七）兩師，先勾結鄧錫侯第六旅旅長劉漢鼎叛變（第三師第五旅旅長劉翼經，湖南人，保定第一期同學），使其設法拘囚鄧後，劉漢鼎即自任師長，歸熊指揮，但為鄧於劉發難之臨時，先機處理，將劉漢鼎拘囚，即以劉部團長李家鈺升任第六旅旅長。熊氏內潰鄧部之謀既未成功，於十一年十一月又藉召開全川軍事善後會議為名，到成都與劉成勳面商用武力解決鄧、田、唐各師之決策，因劉成勳態度遲疑，熊氏遂促成省憲籌備會，提早完成省憲中選舉省長一章，由省議會通過臨時省政府組織大綱。十二月二日，省議會依據省憲，正式推選劉成勳為四川省長，以加强劉成勳之戰志。十二月中旬，劉成勳在成都就四川臨時省長職後，十二年一月，熊即指揮第一軍、第三軍、邊防軍各部，在渝發難，圍攻鄧錫侯（第三）陳國棟（第七）兩師。鄧陳兩師不知熊劉之事前協商，自重慶突圍成都西退，欲求成都新任川軍總司令兼省長劉成勳掩護，主持公道。此時在資中、內江之國軍二十二師唐廷牧部，在鄧陳兩部西撤經過時，因無彈藥無法協力作戰，即向北撤退入川北田頌堯防地內。鄧陳兩師西行抵簡陽時，劉成勳應熊之電請，以緊閉成都城門拒之。並陳兵龍泉驛截阻。鄧陳兩軍自簡陽經金堂北退，擬回至原駐之德陽、羅江、綿陽，與田部可以聯繫作戰。繼圍攻德陽，因第三軍藍文彬團堅守不能下，不得已由德陽退入中江、三臺，之二十一師田頌堯防區。至此鄧、田、陳三部，遂會合於川西北一隅，一、二、邊各軍亦繼續追擊入川西北地區內，從中江、綿陽、梓潼，三方面包圍攻擊，意圖予以殲滅。在三、七、二十一各師方面，鄧陳兩師被敵軍長途追擊，此時彈藥、糧食均缺，幸以田部尚餘存有彈藥，以之供給三個師，可勉强作最後一次之拼鬥戰（民九、十年間，除成都有兵工廠為熊氏掌握，重慶有劉湘自建之修械廠外，其他各軍，均尚未有修械設備）。因此兵力上雖係以寡對數倍之敵軍，但因係生死存亡之鬥爭，只有苦掙應戰。至於戰場環境，三臺中江以東方面，係蓬溪、順慶（南充）之何光烈第五師，已宣稱守中立；北面昭廣劍一帶，有靖川軍入川時北軍二十二混成旅王鴻恩部，改編為靖川軍第四師，隨劉存厚氏入川，即駐在昭、廣、劍一帶。靖川軍結束後，王部以北方無其他背景，不易立足，仍駐昭、廣、劍尚未北撤。此刻對鄧、田、陳戰爭，王旅雖不能參加作戰，但一經接近，在子彈、糧食方面部份可以接濟，並可保證後方安全。因此鄧、田、陳三師作戰部署，擬定左翼之中江以左即依托於順慶、蓬溪守中立之

何光烈師，右翼方面擬奪得梓潼、綿陽後，即可依托於安縣、什邡守中立之劉斌第十師，後方即與王鴻恩旅連繫。計劃既定，自十二年三月上旬至中旬，三、七、廿一各師方面，爲爭奪梓潼，血戰旬日之久，只攻擊梓潼城外之黑虎岩一地，雙方皆死傷累累。在一、三、邊各軍之右翼，由梓潼方面追攻，爲第一軍之第一師，及邊防軍（賴心輝）第三軍（劉成勳）各一師，共計三師，由賴心輝以前線總指揮親自到左翼督戰。惟鄧、田、陳三師官兵，本身均爲生死存亡之爭，在一、三、邊各軍方面，既有充裕之後方，即退得一步亦有餘地，官兵無必死之心。加之賴部係漢中劉部之叛軍，其官兵均曾與田部同退漢中數年，久共患難，對賴之叛劉，腹誹已久，亦無必致對方於死之心。第三軍戰鬥力不强，第一軍只喻華偉在熊意旨下動作，士氣亦不揚，因此鄧、田、陳三師，卒能於三月十七日以寡破衆，佔領黑虎岩，突破賴軍左翼，將梓潼城佔領，乘勝追擊，於三月二十日佔領綿陽，二十二日佔領羅江，轉變正面爲綿陽、中江一線，以昭、廣、劍爲後方，左右兩翼均依托於守中立之何、劉、兩師，自此又𢢽戰於羅江、德陽地區旬日之久，對鄧、田、陳三部，算渡過被殲滅之第一次難關。

六、龐士元先生之上計及雪痴神僧之禪機

民十二年春季，一、三、邊各軍追擊圍攻三、七、廿一各師之總兵力，計第一軍爲喻華偉部（川軍第一師），第三軍爲藍世鉦部（川軍第四師）張成孝部（川軍第十二師）兩師，邊防軍爲賴心輝叛變後新擴充之邊防第一、二、三各師，共計六個師。第一軍主力尙在東道，繼續西上，由熊派賴爲前敵總指揮。賴心輝氏四川三台人，自民元在劉存厚氏原川軍第二師服役炮兵連後，迄護國戰役已升至炮兵營長，抗滇抗黔作戰中，升任炮兵團長。劉部退漢中，川軍第二師改編爲國軍二十一師時，賴心輝升任二十一師四十二旅旅長，曾同二十二師師長鍾體道與北方政府之陸軍總長靳雲鵬勾結，陰謀倒劉（見靖川之役始末記），因未成功，鬱鬱居此。及劉存厚氏建靖川軍旗幟入川，賴升任靖川軍第二師師長，始終未參加作戰。九年九月入成都後，即與熊克武氏勾結，在滇軍出川後，受熊委爲四川邊防軍總司令，舉兵叛變，爲熊倒劉。其人身體瘦弱，但進取心甚旺盛，擅謀畧，有作戰力。惟因急於功名之一念，遂不擇手段，兼之言語亦好誇大，因屬炮兵，故有「賴大炮」之外號。此次受熊命，指揮一、三、邊各軍，在熊一人之下，志得意滿，但極關心未來，即殲滅鄧、田、陳三部後自己前途如何。因新任川軍總司令劉成勳薄其爲人，視之淡漠，熊又翻雲覆雨，轉變甚快，對之毫無信心。當時什邡縣北門外有千餘年歷史之古刹叢林名羅漢寺，規模宏偉，代有名僧，佛像塑造，均出名手。在全川各大佛寺中塑有羅漢者，均爲五百尊，惟什邡羅漢寺所塑爲八百羅漢，係全川有名之巨大塑造像羣。其中有前任方丈已八十餘高齡之雪痴神僧，自辭方丈後，閉關甚久，夏裘冬葛，人稱瘋和尙，據聞修持高深，極有道行，且擅佛家天眼通，即近世科學家所謂具有第六感官，能知未來休咎。賴氏在德陽指揮作戰，以衆擊寡，持久不下，極爲焦慮。聞德什相距甚近，因赴羅漢寺晋謁神僧，請指示個人前途如何。神僧對之熟視甚久後，始微笑告以指揮官定要多積德，自然前途光明無量，我看數年內，尙可望步步高陞。若要問總指揮事業何時失敗，除非黃河乾云云，賴氏大喜回營。默計鄧、田、陳三部轉瞬覆亡。自己建大功，熊氏眼光不只一省，自己前途當然不可限量。且自古只知黃河數百年清一次，未聞黃河乾，當然可以長作一個不倒翁了。不過以吾人事後論之，一切事當然不能盡如人意，鄧、田、陳當年並未失敗，熊氏且失敗出川；但賴氏因早年入北京與段氏部下有聯絡關係，於十四年二月北方政府由段氏重握政權，任命賴氏爲四川省長，總算步步高陞。然最後則因賴之直系部隊黃、何、甘三位師長，受外力引誘，聯名通電請賴下野

、賴氏遂解職，始知神僧所謂黃河乾者，乃指未來黃、何、甘三位師長請其下野之事，眞是天機不易洩漏，或者亦是一種機緣巧合，此是後話。

吾人幼年喜讀封神演義，在殷紂王與周武王大戰時，雙方迭次勝敗，多由神仙頻頻指點，今日一、三、邊各軍方面之指揮統帥賴先生既求休咎於神僧，則被圍困之三、七、廿一各師方面，自亦非有先知先覺指點，不易生存。當時兩軍自梓潼追至羅江、德陽一線，屢進屢退，相持至三月底，又已熬戰十日以上。但一、三、邊各軍後方有成都、重慶廣大區域，彈藥、糧食、人力、金錢，均源源不絕維持前線，在三、七、廿一各師後方川西北各縣，產糧不多，人力有限，且日日行軍作戰，各地電報不通，外間情形不明，自覺毫無可等待之機會，因此時間只對一、三、邊各軍方面有利。至入四月，三、七、廿一各師方面，已經彈盡糧絕，前線任何一地一經突破，三師全線即有潰散現象。鄧、田、陳三師長當時前線之指揮所，係設在羅江縣西門外七里許之白馬關龐公祠廟內，該地係三國鳳雛先生龐士元（統）督戰陣亡之地（地名落鳳坡），後人於其死地建祠，列入羅江縣春秋祭典之地。鄧、田、陳三師長食宿均在龐公祠正殿內，連日因彈糧均盡，傷亡重大，繞室徬徨，毫無善策。某次飯後，携手到走廊散步，彼此仰天長嘆，只有捱時捱刻，坐待覆亡。無聊中見廊下數碑中，刋有龐士元先生傳，因即順口唸唸，讀至劉先主入蜀一段：『龐統說先主曰：陰選精兵，晝夜兼程，徑襲成都，璋（劉）既不武，又無預備，大軍猝至，一舉可定，此上計也。楊懷高沛，璋之名將，各仗强兵，據守關頭，對我疑忌，將軍若告以荆州有急，欲回兵荆州還救，二子既喜將軍之去，必乘輕騎出見，將軍乘此執之，即收取其兵，轉向成都，此中計也。退還白帝，連接荆州，此下計也。若沉吟不計，不久敗亡。』三人同時觸動靈機，均說龐士元先生的上計，劉玄德先主因係由劉璋請援而來，兼之楊懷高沛大軍屯在綿涪，故不忍用，不敢用。今日之成都劉成勛身任全川總司令，既不主張公道，反以所兼第三軍附熊，欲殲滅我軍，在此死中求生關頭，我輩何不大胆一用龐老先生之上計。因此研究敵情，當日成都劉璋，闇弱無備，今日成都之劉成勛闇雖不似劉璋，但弱有過之。兼之劉成勛即有一線之明，亦並不在知人善任作戰用兵方面，只不過其人善於適應環境，與長於拉好各方人事關係，比劉璋較爲圓滑而已。此人平時即顧慮甚多，在驟遇大變故時，必易成優柔寡斷現象，容易走入遺誤一途。加之成都係各軍後方，部隊雜處，均不合諧，且因强大兵力在德陽前線，認爲我軍旦夕覆亡，防範必疏，我軍乘第一軍增援賴之部隊尚在成渝道上，遠水難救近火，集中兵力，繞道兼程，直襲成都。賴心輝敵情不明，以成都爲其根本重地，必率兵回顧，前線立可動搖，若能一舉佔領成都，全部軍事局面必可改觀。與其坐而待覆，不如決心照龐老先生指示之上計冒險一試。商定先抽出鄧部正作總預備隊之第六旅李家鈺部爲前鋒，由鄧親自率領鄧陳兩師繼之，自我右翼外圍，走德陽、什邡之間小道，經中立軍劉斌第十師邊沿，直趨成都。途中遇賴軍巡邏哨兵，則自稱爲守中立之劉斌第十師部隊，對劉斌方面，則以同學情感與以唇亡齒寒之暗示，請其掩護。至原有三個師正面前線，改由田師全師担任，並抽重兵在左翼中江前線，向賴軍右翼猛烈反攻，以撓亂敵方視聽。議定後，於六小時內即準備完成，一面左翼開始反攻，右翼部隊於四月二日乘夜運動，自羅江、綿竹之間，經德陽、什邡之間，用强行軍，兩夜一晝時間行二百八十里，於四月四日午前八時直抵成都北門外。當時先頭便衣兵已入城，見門禁不嚴，毫無阻攔，本應部隊立即佔領北門，揮兵整隊入城，惜因先頭行軍之鄧部第六旅羅澤洲團長，事前極爲勇往，抵北門後忽然瞻顧，欲候後續之一團到時，同時入城，以厚戰力，致在北門外街市停頓一小時之久，爲第三軍一軍官發現，見其軍裝襤褸，夾有便衣部隊，疑爲土匪到城邊搶刼，加以盤詰，發生口舌衝突。城門衛兵聞街上喧囂，以爲匪徒搶刼城外街市，遂閉城門以維持秩序。城門既關閉，至全軍陸續到後無法入城。但等城內當局對事明瞭時，鄧陳兩師後續部隊已完全佔領成都西北兩門外街市，直抵城門，另一小部繞東門外佔領兵工廠，當時城中輾轉傳言，謂鄧、田、陳、唐、四師大軍均來城外。劉總司令成勛方面，重兵均在前線，成都無可用之兵，兼劉本人與熊、賴、相處早有心病，顧慮多方，且恐街市作戰，及攻守城作戰，軍民傷亡損失將不計其數，加以城中耆老與工、商、學、各界，均主和議，因此劉成勛氏一再派重要高級人員出城作爲人質，表示先辭熊所推之省長職自願以和議協商川局，並充分接濟鄧、陳各部糧食，指定第三軍之後路南門外街市爲中立區域，但切囑鄧、陳各師萬勿用大砲轟射城內，更不必用步兵攻城，雙方派人開始作和平談判。劉又一方面以大邑同鄉關係委升駐叙府獨立旅長爲川軍第九師師長（第九師番號因楊森出川已空出），令其兼程開來成都，間隔於鄧、賴兩軍之間，以便和談。另以與邊軍有甚深關係，調川邊打箭爐鎮守使陳遐齡率邊軍十二營入衞成都，以壯聲勢。至於德陽、羅江、前線方面，賴心輝於第一夜因田師在中江方面反攻時，急抽兵到右翼中江前線增援，殊次日入暮時即接獲情報，謂鄧、田、陳各師已由左翼什邡抄襲至德陽大軍後方，又着手調兵掩護自己後方，瞬又獲情報鄧、田、陳各師業已抄過廣漢直向成都。當時成都爲一、三，邊各軍後方兵站重地，糧彈均逐日運來，如一旦隔絕，即終日斷糧。且賴本人及全軍眷屬均在成都，恐鄧、田、陳各師報復，因此立即抽調三個師，由賴親率回援成都。行至廣漢，聞新都已爲鄧師佔領，又繞道金堂，迂迴折向成都東門。賴去後，德陽前線，聞後方糧彈均阻，全線動搖，田師乘之猛攻，突破第一線。賴部六個師在撤退後均陸續集中成都東門外，鄧師原已佔領東門兵工廠之部隊，以勢孤撤回北門，自此除一面和談外，遂由第三軍之一部在南門外守中立，賴指揮六個師在東門外，鄧、田、陳各師在北門外，成對峙之勢。此次如鄧、陳、各師能按照原定計劃迅速入城，佔領成都，則川局情勢大變。目前遵照龐老先生之上計實施，雖畫虎不成也，然因劉成勛方面提出和議，南門外劉軍中立，且接濟糧食，又能使作戰環境改觀，鄧、田、陳各師亦藉此得喘一口氣，又算渡過被殲滅之第二次難關。

七、川西之風雲變幻及川東之暴風雨

四川自治聲中，熊氏所推第二任川軍總司令兼四川臨時省長劉成勳氏，號禹九，四川大邑人，武備學校畢業，爲川中軍人之資深者。其人寬厚慷慨，和易近人，對地方不斂財，已身不厚集資產，對朋友及部下有困窘者，無論謀事或經濟方面，無不盡力週全。對川局之變化，亦善於適應環境。惟力量有限，無論何事，時有承諾，多爲本身力量所不及，則不得不出之於敷衍，致一般冠以劉水漩外號，謔者稱之爲劉水公。其部下中有粗武不明內容之人，有時誤以此外號當面稱之，劉氏亦不以爲忤。但對大事甚缺剛斷，惟聲譽較佳，因之在上川南地方社會中，甚有號召力。在劉存厚抗滇作戰初期，委其任川南游擊總指揮，令其照舊巡防軍辦法，就上川南之邛州，蒲江、大邑各縣召募勳字營官兵十營，參加對滇軍側翼游擊作戰。劉氏任四川督軍後，委爲川軍第四師師長，參加攻叙府作戰。劉氏退出川境後，第四師撤退駐雅州。民九，熊克武準備對滇軍作戰時，欲借重舊川軍戰力，委爲四川第三軍長，共同對滇。民十，熊又推爲川軍總司令以倒劉湘。民十一，熊又主持推其兼任省長，利用其第三軍加入攻擊鄧、田、陳各師。惟劉氏所兼第三軍，本由勳字營十營改編，除劉存厚氏曾發給武器外，熊氏不補充武器彈藥，亦不補充爲三個師，故兵力不厚，器械不精，戰力亦不強，常常俯仰依人。

但劉氏係川中資深軍人，較有正氣，雖力量薄弱，近年勉強受熊支配，對熊之迭次翻雲覆雨亦深具戒心。又以與劉存厚氏同學共事多年關係，對賴之叛劉深不謂然，因此對熊、賴間互有心病。故鄧陳各師襲擊至成都時，城內既無兵可戰，樂於採納紳商之意見，不先商熊，即一意言和。加之新調來之第九師劉文輝部，以本身原有兩團，亦係新兵，編成師後又加編兩團，更未經訓練，不能言戰。劉文輝到省，即表示僅能代劉守城，及調解鄧、田之間，不參加城外作戰。至另調來之川邊鎮守使陳遐齡所率邊軍十二營，此時亦先後到省。當初劉調邊軍，本為增强自己主張和議之聲勢，殊陳到成都後，即一意聯絡鄧、田、陳，倡言對熊作戰。陳氏湖南人，其人勇往直率，原係調到川邊之巡防軍部隊，由營長升任統領，在滇軍所委川邊鎮守使殷承瓛隨滇軍回滇後，陳氏代理川邊鎮守使。劉成勳軍駐雅安時，時以糧食接濟，深有聯絡。對藏軍兩次東犯，圍攻打箭爐，熊氏限於所制定之四川防區制形勢，無力派出援軍顧及邊防，只承北政府命，派員與英藏交涉，陳對熊因之極為憎恨，故感情偏於鄧、田、陳各師。至賴軍方面退集東門後，在往返議和時間中，對部隊稍加整理士氣恢復，因偵知鄧、田、陳各軍缺乏彈藥情形，即一意主戰。熊氏因東路作戰顧慮，更欲早日殲滅鄧、田、陳各部，亦聲言繼續增兵來成都，並將親到成都督戰。賴氏秉熊意旨於四月中旬起開始指揮東門外之一、三、邊各軍，重向北門外鄧陳各師攻擊，陳鎮守使遐齡則指揮邊軍十二營援助鄧陳，與鄧、田、陳各部共推鄧錫侯為聯軍總指揮，對賴迎戰。自成都北門迄新都之線，又激戰四日，此次鄧陳部隊佔領成都兵工廠，僅五六日，所得彈藥有限，陳遐齡氏邊軍向來即缺乏彈藥，因此鄧、陳各部，在北門作戰，轉瞬仍陷絕境。幸由劉總司令成勳方面派人密告，謂北方吳佩孚氏自到武漢、宜昌後，已着手於統一西南，本年揮動北軍及駐鄂楊森入川，由楊森軍任前鋒，乘一、三邊各軍圍攻貴師等之時，即躡第一軍主力離夔巫西上之後，進取下川東，直迫重慶。聞吳氏已電請息影敘府之劉湘氏，及息影漢中之劉存厚氏，籌商武力統一西南作戰計劃。熊之第一軍主力在重慶方面應戰，已陷困境，貴部各師應向東路軍聯絡求得補充，轉變戰場環境，以求得勝利，不應在此地死拚，同歸於盡云云。鄧陳各師部隊自抵省垣，雖四門皆閉，但已由親友方面聞知楊軍入川消息，惟語焉不詳，不明具體情形。茲因劉成勳指普示全盤狀況，始知東路方面由鄂入川之兵，乘第一軍主力西調後，如暴風雨來臨，已以破竹之勢深入重慶。鄧、田、陳三師長遂同邊軍陳鎮守使遐齡會晤於新都。決定鄧、陳兩師由成都撤退，持空槍兼程到川東求友軍補充（撤退時陳師平均每兵僅子彈三發），並圖與東路友軍聯絡對熊作戰。因田師尚有少數彈藥，即由田師在德陽一線，盡力堅守，拒止一、三、邊三軍之追兵，將後方之羅江、綿陽、梓潼、三縣交什邡守中立之十師劉斌接防。以後田師即縮短戰線，固守保寧，在川北方面，牽制（一）（三）（邊）大軍，使川東友軍進展容易。議定之後，田師即放棄廣漢，集中德陽一線以截阻追兵。鄧陳兩師自四月十四日起，遂由成都開始撤退，經德陽、三台、閬中、綏定、直趨萬縣。至成都之劉成勳方面，除多方以情報誤賴心輝前線之行動外，令邊軍陳遐齡部撤回川邊待機協助守城之劉文輝第九師撤回敘府訓練，第三軍部隊，即由劉成勳以鞏固成都為理由，留下藍張兩師不再參加作戰。

田師集中全師固守德陽一線後，鄧陳兩師得從容撤退，賴心輝所指揮（一）（邊）兩軍追至德陽，圍困田師於城內。田師固守三日，預計鄧陳兩師遠離後，於四月十八日深夜，乘大風雨由德陽出東門突破包圍線，經玉皇觀、大山門、向中江、三台撤退，隨即放棄中江、三台、鹽亭各縣，集中兵力，固守閬中蒼溪。此時熊克武本人親率一軍一部增援成都，業已入城。賴軍自入德陽後，熊賴均以重慶失陷，東路情形嚴重，除派第一師師長喻華偉指揮第一師及邊防軍第二師繼續追擊田軍外，賴本人即率邊防軍主力轉至東路與熊之第一軍主力合流，改對東路由重慶西上之楊軍北軍作戰。

到此，四川自治之一幕，遂告結束。

日軍屠城記

劉樹輝

「八一三」上海戰爭爆發後，我們在中央軍校受訓的這一期應屆畢業生，便於八月的下旬在南京如期畢業了。畢業後，我被分發在中央軍某師炮兵營，担任少尉排長。先在上海一帶與日軍作戰將近三月，後來因爲敵人在金山衞附近登陸。在上海方面作戰的部隊，恐被敵軍截斷後路，處於不利的形勢，不得不放棄上海，沿着京滬鐵路向南京方面作戰畧上的撤退，於是保衞南京的戰爭，遂於民國二十六年十二月上旬，正式開始。

我師部由上海撤至南京後，仍然奉命配屬於担任南京城防衞戰鬥的序列，直接受南京衞戍總司令唐生智將軍指揮，因爲敵軍的行動迅速，一方面分由京杭國道，京滬鐵路直接向我首都進撲，一方面則由安徽廣德方面，分由蕪湖，天王寺二路，向我南京作大包圍迂迴，於是我南京在二十月十日左右，已經完全處於敵軍的三面包圍當中。南京向外的交通，因爲江南鐵路已被日軍截斷，陸路完全斷絕，唯一可以作爲疏散運輸的，只有下關方面的長江水道，但是這時由上海方面撤退下來的軍民，麕集於南京城內的，何止一二十萬，再加以原來在畱京未及時隨中央各機關撤退的人數更爲可觀。火車站，汽車站，輪船碼頭，擁擠的旅客行李，眞如雲湧山積，到處一片紊亂，僅靠長江方面的少數船隻運輸，那能濟事？

十二月十一，敵軍已向我南京城作直接猛烈之攻擊，尤以雨花台，中華門，通濟門方面，戰鬥最爲激烈，一時砲彈如雨下，炸彈似降雹，所有繁華熱鬧的地區，如太平路，白下路，中山路一帶，平民死傷最多。再如火車站，汽車站，輪船碼頭，被日機機槍掃射的其數目更不可以數計，這時，因爲自許「與南京共存亡」的唐生智，已經私自坐飛機逃走了，所以守城部隊，一時羣龍無首，指揮失其重心，更顯得整個南京城，是一片悲慘和混亂的景象，好像世界到了末日似的。

十二日的上午，敵軍已經進入南京城內，此時，我守城部隊，仍然各自爲戰，沿途與日軍作激烈的巷戰，惟因日軍的坦克車隊已經進城，我軍與之抵抗，當然都是有死無生了。

當日軍沿中山北路，向挹江門與下關方面撤退之軍民追擊時，其中甚至發生我軍自相殘殺的現象，死傷纍纍，沿途屍首遍地皆是。

這時由新街口向下關方面撤退的人潮達數重之長，挹江門原來是關閉着的，待這一洶湧的人潮到達後，城門還只被擠開了一半，其餘一半，猶未推開，而一些急於逃生的軍民，便如潮湧似的，爭先恐後，一齊向下關江邊奔馳，由於你爭我拿，大家那反而不易出去，這時後面的逃難者，也爭到前面，於是你推我拉，大家打成一團。在後面的亂軍當中，更有的用槍向前面射擊的，再還有用汽車向前面衝擊的，如此一來，前面的人潮，有的死傷了，有的倒下了，凡是倒下去的，即使你是活人，也永無機會使你再站起來，因爲後面的人們，便會毫不猶疑地一齊向你身上踏上去。據說被人踏死的男女，就有成千人。我那時也在撤退的行列後面，到了城門一看，挹江門前死傷的屍體，幾乎砌成有一個人那樣高，後來清查其數不下五千餘人。我看大家很難由此出城，才轉回西門方面去，另找出城的路徑。

大家到了江邊，這裡混亂和悲慘的景象，更不是以言語可以形容的了。因爲大家到了江邊，都想利用船隻向浦口方面逃生，但是這時江邊的大小船隻，少而又少了，這些麕集在江邊的數萬軍民，如何可以敷用？負責運輸的幾隻比較大的輪渡，開走以後，再也沒有方法靠岸，剛才幾隻小輪才一靠岸，大家都如狂蜂似的一齊向上爬去，輪船一離碼頭，因爲載重過量，連船帶人即刻沉入江中，還有的人，看見自己還未上船，而船已經開走，他便用槍甚至機關槍向船上射擊，一人如此，人人如此，直把那船打沉爲止。有人自僱木船，欲向對岸划去，成因超重下沉，或因被人打翻死亡，也沒有一人可以渡過江去。更有的自用木板桌面做成臨時木筏，以期脫離虎口，終因江中浪高數尺，空中風雪紛飛，結果仍然翻倒江中，於是滿江都是人頭，水面全是屍身，呼爹叫娘之聲震動天地，救命叫子之聲，充滿宇宙，世界上悲慘的事，還有比這一景象更甚的嗎！

我由水西門後城壁上用繩子吊出城外，一到江邊，正看見一隻小木船離開岸邊不遠，因爲裝得太多，即刻沉下去了，其中有一位十分漂亮的小姐，掉下江後，左手提着一只小皮箱，右手抱着一塊木板，大聲在江中呼救，她說如果有人能夠救她性命，她願意將她帶的珠寶首飾以及現金二十萬元奉送，而且也願意嫁他，但是這時人人自顧尚且不暇，誰還能去作急公好義，人財兩得之事呢！

下關江邊數萬軍民，正在作生死的掙扎，意圖渡過長江的時候，空中的炸彈和機槍，又向這羣毫無抵抗能力的軍民頭上，大肆掃射和轟炸，頃刻之間，臥身血泊，橫遭慘死者，其數當以千計，大家驚魂甫定，驀然，一隊隊騎兵和坦克車隊，又分由長江上下兩游以及挹江門方面，直向下關江邊撲來，一陣槍砲聲後，大量的人羣，頓時減去了一半，而長江水中，則又陡增了成千成萬的慘死鬼了。

我看時機迫切，即選擇江邊的貧民區去躲避，幸而離開江邊不遠，我用五元大洋買了一套破爛衣服，急忙將軍服換去，並用灰土把臉上弄髒，恰好附近有個八十歲左右的老乞婆，坐在那邊哭泣，我便一把將她背在我背上，代她提着籃子，懷步向下游走去。口中塞着一塊紅薯，邊走邊嚷，突聞身後鐵蹄聲走，二十餘個敵人，已經迫近我的身後，但我頭也不回，仍然往前直走，一個十分兇惡的日本兵，一把將我抓住，咀裡幾哩咕嚕不知說的什麼，這時我的心裡，反而異常鎮靜，我「呀呀」的裝成啞巴，而且又把我的左臂僞裝成殘廢，那個日本兵見我只是一個完全殘的乞丐，他就使力把我一推，將我們二人摔倒地上。這羣惡魔這才呼嘯而去，過了許久我再給了這老乞婆二元大洋，把她放在地上，我又另作打算。

水陸交通既已完全斷絕，一時當沒法走，我雖然暫時逃去了敵人的殘殺，但久了又將如何呢？多方考慮的結果，於是在這天的下午，我便又去到鼓樓醫院外國教會所辦的難民收容所去登記，意欲躲過幾天再說，誰知收容所裡，已經收容了五六千個男女，眞有人滿之患，但爲了自己的生存，又有什麼辦法呢，仍然只有擠下去，聽說像這樣的收容所，全南京城不知有好多個，而且全都有人滿之患哩！

這天晚上，我們正擠在一起睡覺的時候，大隊的日兵，忽然來到我們收容所裡搜查，他們的目的，一方面是爲尋找年青漂亮的女人，一方面也是爲着收容所裡有沒有我們的官兵，我們大家排成數列，一齊站在鼓樓醫院走廊的前面，由敵兵的隊長，逐一加以檢查，稍有姿色的婦女們，都被拉入敵人的軍車中，凡是光頭的青年男子，或者頭上有戴過軍帽黑白不同的痕跡的男人，都一律被他們押入軍車上去，我因爲是幹砲兵的，平日已經留上了西裝頭，這時已是一頭亂七八糟的散髮，再加上我穿的是破爛衣服，所以當時才僥倖的逃出了他們的魔掌，凡是未被抓去的，以爲自己的災禍可以避免了，誰知日兵正要撤去時，竟有一人大叫「立正」口令，敵兵看見男子當中，有誰聽到「立正」而站好的，又被他們拖上軍車去，我雖然受過嚴格的軍事訓練，他們突呼「立正」口令時，我也曾立了正，但我站的是中列，比較隱蔽，同時我立刻就已明白敵人這聲口令的用意，所以我馬上裝成毫無所聞的樣子，於是我又逃出了敵人嚴格搜查的大關，但我有一同學，就是因此罹難的，在鼓樓醫院被抓去近千的男女，連其他收容所所抓去的，約有一萬多人，當天晚上，女的被日軍姦淫後，與男的一同集體槍殺於雨花台郊野，然後挖一大坑共埋之。

一個星期以後，水上交通先被恢復，我才於十二月二十一日，偷偷地由下關渡過長江，沿津浦隴海鐵路轉入武漢長沙，再次的加入抗戰行列。

事後，據有關方面的統計，當南京淪陷時，我在城內的軍民，直接間接殺於日軍手中的，除作戰犧牲不算外，總數約在三十萬以上，被姦淫之婦女也有二、三萬人，這一筆亘古未有的血債，雖然已經過去了三十七年，但在今日回憶起來，仍是令人髮指的。

畢嘉理在華事畧

·郭永亮·

一九七二年五月十日，掌故月刊第三十三期，刊載盧幹之先生論教士畢少懷在華史一文。其記述雖爲極簡，且於卒年有小誤，然亦可見畢敎士在華所作貢獻之一斑也。

余於該刊第二十七期所作之「戰後南韶連區教救工作概況」，雖亦提及畢教士之名，然因內容所限，未有單獨涉及者。茲就所據資料。再畧記其事，以爲未來研究民國在華教士史者參考。

一 入華

畢嘉理，號少懷，意大利人，西名Charles Braga，生於光緒十五年，即一八八九年五月二十三日在弟拉農(Tirano)地方。

光緒二十七年，即一九〇二年，於其十三歲時，加入天主教慈幼會，在華沙里塞(Valsalice)學院攻讀哲學。一九一四年，歐戰爆發，畢氏遂投筆從戎。行役三年。歸國後，繼續學業，晉昇司鐸，並立志東來，爲中國青年獻身。

一九一八年，歐戰結束。一九一九年，畢教士東來中國，先抵澳門，後直上韶州慈幼會寓址。

畢教士學問淵博，並酷好運動，音樂等。因此，當時慈幼會在華首長雷鳴道，遂即委任其長河西區學校。一九三〇年，畢氏因深識中國民族性格，及文化風俗，遂被羅馬總部提陞爲會長。此後，在華慈幼會事業之發展，除香港澳門不計外，如一九二五年創立之曲江勵羣中學及上海南市，一九二八年創立之上海楊樹浦，一九三五年創立之雲南昆明，一九三六年創立之上海南翔，一九三八年創立之上海閘北，一九四一年創立之上海修院，一九四三年創立之徐州，一九四六年創立之北平等地之學校，皆其功也。

畢嘉理原計劃將慈幼會教育事業，發展至華北各地，然因日本侵華，受戰火阻撓，美志不遂。畢氏於一九五三年被調赴菲律賓，於一九七一年一月三日逝世，享年八十二歲。在華由一九一九年至一九五二年，共達三十三年，可謂半生爲中國，其功不可沒矣。

二 仁慈爲懷

天主教慈幼會中之後起者。其宗旨乃爲教育青年，尤爲貧苦無靠者，使之不惟有一技之長，能立足社會謀生，最要者，能成爲一良好公民。

畢嘉理任會長時，正逢我國內憂外患，故貧苦青年孤兒，比比皆是，然此亦爲慈幼會使命所宜施展之時，故所開辦學校、收容院，均告人滿，供不應求。而於畢教士所感困擾者，則爲維持如是衆多之孤兒生活，經濟無源，惟不斷致函各救濟機構，或慈善富家，乞爲援助。茲有公元一九三三年三月三十一日，其致全國商業統制總會一函，錄之如下：

敬啓者，昨聞

貴會行將執行棉布配給，不勝欣喜，實造福社會利益人民之舉。

茲有懇者，敝會爲一慈善機關，以教育孤苦兒童爲宗旨，久爲社會人士所共知。今者所收孤兒達數百之譜，而當此百物騰貴之秋，各孤兒之衣服，無力添置，以致襤褸不堪，今幸

貴會有廉價配給，敢請准予購二十五匹，以資各孤兒裁製衣服之用，素仰

貴會以慈善爲懷，救濟社會爲宗旨，對敝會之請求，想必俯允，誠不勝感德之至，耑此敬上

全國商業統制總會棉統會執事先生鈞鑒

聖鮑斯高慈幼會
中華分會長畢少懷啓
卅三、三、卅一

查當時慈幼會中華分會辦事處設於上海。由上函，吾可見教士畢嘉理，確抱慈善爲懷，忘我爲人之偉大精神。以一外國人，能有如是愛中國人之心，而我中國人猶不愛中國人者，其何心哉！

三　助人爲務

余初識畢教士，乃於一九四九年在昆明市。是年亦爲畢氏六十六壽，慈幼會昆明市上智中學全體教員，曾撰壽詞以遙祝之。詞曰：『志繼大聖鮑斯高（按「鮑斯高」今改作「鮑思高」）。不辭跋涉莅中華。言行秉聖母仁慈。動靜庇黃帝子孫。人間知恩欣欣頌。天上洞忠默默祝。壽比南山名垂史。遙寄數語表寸心。』是時，昆明正值赤潮澎湃，余得蒙畢教士之助，隻身來到澳門。此後，雖與彼常往來，然余因年幼，於其舉止言行，未知留意，惟其爲人和藹，笑臉迎人，尤於助人，不憚其繁，有求必施之態度，至今尚如在目。

畢教士之愛人助人，常爲人所深念。於千百感激函件中，余有前國立河南大學經濟學教授彭泰堯先生致畢氏一札，錄之如下，以見其概：

畢神父：羅馬一別，瞬經多年，祇以戰影响，交通阻滯，無法修書問安，然思念之情，未嘗一日或釋也。堯自一九四〇年由義歸國，曾在中央軍校任中校政治教官，後任國立西北農學院，國立河南大學經濟學校教授，去年應留義同學周堯教授電邀，來陝西鄠縣技藝專科學校任教務長，一切尚稱如意，差堪告慰　錦注，堯年來南北奔波，一切行李損失殆盡，而尤以義文書籍爲尤甚，近擬從事拉丁文研究，苦無門路，如　貴處有Dizionario Italiano-Latino Latino-Italiano，或中文與拉丁文字典，務乞借我一本爲感。家父現寓廣州市法政路三號，仍任第七戰區長官部中將高級參議，知注特此奉聞。李神父（？）現在何處？神父近況爲何？便中務希來信告知，餘容後叙，專此敬候

鈞安

彭泰堯　二月四日

四　楊其觀與畢嘉理

美國哈佛大學費正清、劉廣京合編之「中國名人傳照」（Bibliography of Moderu China）記楊其觀云：

楊其觀君字，號子遠，粤之南海人，生於清光緒十三年，爲番禺梁鼎芬之高足弟子，曾畢業於湖北方言學堂，嫻通法語，而長於財政、經濟之學。

當光緒三十四年，日本強硬霸築安奉鐵路時，因外部尚書梁敦彥，喪權賣國，君曾通電內外，斥爲國賊。梁啣之深，乃京請慶王奕劻，大學士那桐等，共函鄂督陳夔龍，嚴拿懲辦。泰山壓卵，幾遭毒手。君同時與同學易培基等，發起抵制日貨，典衣印傳單，全國響應。長江日輪竟至客貨絕跡，影響日本商務極大，君名乃大噪。漢口日領，又請清吏查拿，幸爲人拯救出險。

宣統元年，回粤任高等及方言學堂教授，由朱執信等介紹，加入同盟會，密謀革命。

民元年，任南京海軍部秘書，廣東教育會代表。嘗爲文建

都南京。迨政府北遷，仍供職於海部。癸丑二次革命，君在津担任秘密工作，爲袁世凱偵邏。遂走黑龍江，爲友人佐理國稅田賦，改征銀欵一案，年增三百餘萬元，爲黑省自有財政史以來，空前所未有。自是理財有能名，旋任黑河徵收局局長。任內因反對洪憲，爲人所陷，幾遭不測。

迨陳錦濤博士長南北財政，所有大計劃，得君之助力甚多，深爲陳氏倚重，故歷任南北財政部秘書長，總務廳長、司長、鹽務署參事官、硝監督、西北銀行監理官。

西南軍政府時，嘗代財政部務。歷獎二等大授寶光嘉禾勛章。

民十二，主北京中華新報時，對曹錕賄選，抨擊最力。君論政，每燭機先，抱負絕大，固一善於聖財之政治家也。

至大陸政權爲毛所攫，楊君遂轉往澳門，在名學府粵華中學，任國文教席。是時，被與畢嘉理教士相識，交往無已，後雖以年邁離校退休，然其懷念教士與粵華之心，仍可由往信札中見之。一九五〇年一月二十三日，楊君致畢教士函文云：

畢會長大鑒，去年九月接奉

出諭，備蒙

獎許，慚感交併，僕雖離校，然半年以來，各生在校所讀之書，有不明之處，常到敝寓詢問，日日不絕，儀隨時接見，詳爲解釋，此純係義務，從來未受過學生絲毫禮物，自念以僕辭退之故，致令妨碍諸生學業之進步，心甚不安，近聞袁神父（按即德人袁仁林神父，西名 Holzlwimmer Joseph）經已回國，僕爲學生計，爲粵計，如果學校有意聘請，仍任國文教席，本人願取銷前意，繼續服務，俾將四十餘所得學識經驗，盡量傳授諸生。 貴會長熱心教育或所願聞，現假期已屆，特修函奉達，敬希

詧核辦理爲幸，此上，即頌

台安

楊敬安謹啓　一九五〇、一、廿三

茲有二事欲加注者：

一、「中國名人傳照」於民十七年出版，即公元一九二七。書中楊其觀者，即爲楊敬安也，此事見於楊敬安致送畢嘉理教士之一張照片上之釋語。其觀爲名，敬安爲字，吾觀書中「楊其觀君字」句下，緊接「號子遠」，意頗有不盡之感，中必有脫字，而所脫者即「敬安」，如是讀之，則爲「楊其觀君，字敬安，號子遠」，意盡矣。

楊其觀在澳門之寓所，爲大堂街巷10A三樓。此爲未來研究民國人物史楊其觀先生者，不可不知也。

二、粵華中學之演變。此校於一九二五年，由廖奉基、譚綺文兩熱心教育者，創立於廣州詩書街樂安坊。一九二七年九月向廣東教育廳呈准備案。是年以廣州大動亂，遂於一九二八年遷至澳門。經費得美國邊廉大學等團體及私人友好支持，每年滙欵，統由廣州嶺南大學校醫，嘉惠霖博士經理。後與廣州嶺南大學取得聯絡，而於一九三二年三月六日，校董會議決，易名「私立嶺南大學澳門分校粵華中學」。一九三四年一月向中華民國教育部申請立案，而於一九三五年批准，定名爲「澳門私立粵華初級中學」；一九三八年秋，增辦高中，亦經批准，遂易名爲「澳門私立粵華中學」。

七七事變，全國發動對日抗戰後，即於一九三九年，有不少居民，自廣州逃到澳門，因而失學難童，比比皆是，廖校長奉基，遂附設完全免費難童習藝所。一九四一年太平洋戰事爆發，影响所及，本澳米糧飛漲，澳督乃設平糶站，施惠平民，而粵華亦成爲奉命委辦之一，其餘如徵集寒衣，以救濟國內水災及公益工作，亦無不悉力以赴。

由於戰事，交通斷絕，美國滙欵不繼，學校經費無源，廖、譚兩女士，得校董會同意，遂於一九四二年四月，將「粵華中學」交由慈幼會接辦，加聘畢嘉理會長與陳基慈教士爲校董，蘇冠明教士爲顧問兼教務主任。

詩誣港主黃乃裳

寒連

砂勝越有三個大城市：首都古晉，石油城美里，森林之邦詩誣，以人口與面積而論，它都在前兩者之間，成爲砂勝越的第二重鎭。

遠在一八九九年間，這裡還是一片原始山林，罕見人跡，雖然在砂勝越王的統治下却無從將它開發，任由自生自滅，自以爲沒有利用價值。

那個時候有一位福州人黃乃裳，因爲在家鄉參與革命，倡議新法，給官府抓了入獄，乘機逃走，到了上海，九月間南渡到了星加坡，他已經五十一歲，担任「星報」的總編輯，曾經到過馬來西亞、蘇門答臘、荷屬東印度羣島好些地方勘察，都沒有找到一處理想可以適合作爲大量移民的地方。

到一九零零年四月，他透過女婿林文慶醫生的介紹，得到砂勝越第二代拉者理士・布洛克的同意，駕船到砂勝越拉讓江，在詩誣的下游勘查了三天，認爲那個地方很有開墾的價值，同年的五月，便到古晉，經過僑領王長水的引介謁見拉者，商談開墾拉讓江詩誣附近的條件，拉者深表同意，立即議訂了十七項條約，黃乃裳於是返回福州招兵買馬，浩浩蕩蕩朝向詩誣進發，幾經艱辛，把詩誣開發起來，一步一步成爲現代城市，始有今日，而當一九三七年福州人士組織成了「富華墾殖公司」之後，奉稱他爲「詩誣港主」，也把詩誣稱爲「新福州」，事實上，詩誣開發之功，固然全在福州人身上，而中國人之居留在詩誣者，亦以福州人爲最多，儼然是福州人的世界。

開發的過程蓽路襤褸，艱苦備嘗，當然是無限血淚辛酸所凝成的，這裡分別把歷經情形叙述一下。

黃乃裳與砂勝越拉者所訂的十七項條約中，最主要的幾項是黃乃裳負責招募男女農工一千名，小童三百名，在拉讓江詩誣附近種植農作物，首批農工必需在一九一零年六月卅日以前到達，其餘的亦要在一九零二年六月卅日以前到齊，政府貸欵成人卅元，小童十元，六年內要還清，由第二年開始，每年大人還六元，小童還二元，船費規定每人由政府負担五元，不管是從中國或星加坡來的都一樣。

墾地每成人分給三英畝，廿年爲期，期內免稅，第廿年開始，可以向政府請領地契，每畝納稅一角錢，不准轉賣，可領土地，必須開耕不得廢置，人員一律不准吸食鴉片及賭博，借欵三萬元給黃乃裳，由林文慶邱菽園兩人担保。

開墾條約訂好之後，黃乃裳便和一個名爲力昌的人返回福州，在閩清、古田、閩侯、永福、永泰、屏南、福清各地招募農工，分爲三批出發，第一批七十二人在一九零一年二月廿日抵達詩誣新珠山，第二批五百卅五人，在一九零一年三月十六日到黃師來和新珠山，第三批五百一十二人，在一九零二年七月三日到詩誣，三批共一千一百一十九人。

第一批由力昌率領，其中後來成爲名流的有陳觀斗，黃清春坡，黃貞人等，在一九零零年十二月廿三日由福州動身，先到星加坡，一月十三日轉道古晉，九日後才到詩誣，一直到新珠山蓋搭荅亞屋居住。第二批由黃乃裳親自率領，一九零一年二月七日由福州起程，經過厦門出國，三月二日抵達星加坡，這批人中後來有幾個成爲很有名望的富商如劉家洙、黃景和、林文聰、丁興俊、黃天龍、劉兆富等，到了星加坡，忽然有些潮厦商人，四播謠言，故意醜惡宣傳，說這些農工，都是被賣作豬仔客，有去無回，於是農工們自相驚擾，大起騷動，後來經過黃乃裳親自發毒誓，同時又有經美會的林稱美牧師趕來勸慰，才得平息了這場風波，三月五日繼續行程，離開星加坡，八日抵達古晉，住一個星期後，再到詩誣，船泊「黃師來」地方，這處地方原本是沒有名字的，就因爲紀念黃乃裳帶領農工到此開發的緣故，後來才替它起了這個名字，其中古田藉的農工二百人在此住下，其餘閩清藉的遷往詩誣。

一九零一年九月，黃乃裳向砂勝越拉者（拉者便是「王」的意思）領了一萬元交給力昌要他回國帶領第三批的農工來工作，不料他返回福州後，竟然帶了一個妓女逃到台灣去，却寫信給黃乃裳說他在香港上岸時，搭電船給風浪翻捲落海，財物盡失，黃乃裳不得已，親自再行回國，在一九零二年二月間，再招募了農工五百四十人，其中的張公彬、丁明鑑、黃期望、陳希貴、劉耀西等後來也都成爲名流，六月廿四日由福州啓程，七月一日到古晉，三日到詩誣，這一批人在船上因爲染上了霍亂症，死去四個人，本來應該還有五百卅六人才對，但是另外的一個紀載則是五百一十一人，到了詩誣之後，經過了一個月的安頓，才平靜下來，農工們安心地去開墾發他們所分配得到的土地。

新珠山以前也是沒有名字的，這地方因爲是福州人最先到達的地方，也是開墾詩誣的發祥地，所以叫它爲「新珠山」，黃乃裳最先在這地方蓋搭了六間房舍以安置第一批到達的農工。

農工們到了詩誣之後，初期種植穀物、蔬菜、蕃薯，生活極度辛苦，適逢流行痢疾死去卅七人，初期開墾的三年內，一共死去七十五人，因耐不住苦而逃去古晉和星加坡馬來西亞的也有幾百人，逃回祖國的也有百多人，仍然在墾場繼續奮鬥的祇有六百多人。

黃乃裳向拉者借貸的款項共有兩次，除了合約中的三萬元之外，還多借了一萬元，四萬元都花在開墾上，還欠其他人很多債，到了一九零四年，他借拉者的四萬元還沒有還清，拉者認爲稅收不滿意，要黃乃裳在墾場中種植鴉片，黃乃裳不肯答應，同時又欠了存愛醫生一大筆的農工醫藥費，種種原因，他的經濟環境極端惡劣，拉者一怒之下，竟然要他離境，黃乃裳無可奈何，便在一九零四年的六月底，携眷返國，永不再來，墾務由美籍的傳教士富雅各承担。

黃乃裳返回福州後，到一九二四年九月廿二日病逝於原籍寓所，享壽七十六歲，他生於閩清縣六都湖峯鄉，時爲一八四九年六月，至於是那一日，則找遍了好些資料仍然沒有一個確期，他童年時在私塾讀書，到了十八歲開始信奉基督教，十九歲便開始做傳道的工作，一直到四十五歲（即是一八六七年至一八九六年）都在教會中工作，一面學習英文所以中英兼通；致力於翻譯，四十六歲時應鄉試，得了第卅名報捷於鄉中，四十九歲入京會試，彼選爲拔貢，後來又中了舉人，一八九八年，那時他已經五十歲了，清廷正在內憂外患的時候，他曾經八次上書痛陳興革的辦法，追隨六君子倡議維新，八月，慈禧太后垂簾聽政，六君子遇害，他因爲參與新法有據，以革命黨的罪名給抓入獄，如果不是爲了這個罪名的緣故，也許不會逃命跑到遙遠的南洋去，也不會幹了「開發詩誣」這一番事業。

黃乃裳雖然在一九二四年死於原籍，但一直仍未安葬，事隔廿五年，方始入土爲安，那個時候相當隆重，是用「省葬」的公葬儀式，由閩清縣參議會發起。定期於一九四八年五月十八日公葬，福建省各地的故舊官紳，都不辭跋涉，到來參加執紼，籌備會也向船務公司預洽輪船，準備肩輿，分設招待站，以接待迎送賓客，鄉間的男女老幼也爭着要來參觀盛典，雖然那個時候戡亂戰事已逼近福建，人心皇皇，但是公葬儀式，還幸得以順利進行，由李藩主祭，在肅穆莊嚴的氣氛下完成，原議各鄉鎮募集乾穀五六萬斤擬作爲建築紀念堂的費用，因爲戰事告急，遍地烽火，終成泡影。好在公葬的事情還算及時舉行，如果蹉跎再遲半個月，便可能永遠不能入土爲安了！

墾地初時種植的農作物，收入不佳，很難維持生活，到了一九零四年試種樹膠，一九零六年大量種植，經過了幾年艱苦的培養，適逢膠價高漲，每担可以賣七百多元，農工生活大有改進，大家都稱樹膠爲「搖錢樹」了！

跟着又種胡椒，也較有利獲，開發森林，採伐木材，捕捉野生動物，漸次充裕，回想當初到這不毛之地的時候，水土不合，氣候濕熱，每天非冲三四次涼不可，白天裡切戒睡覺，一睡熱病就來，很容易喪命，當時有一句流行的話使人聽來寒心，大意是說：「今天去葬人，明天給人葬」的驚語，可以想像當年人們與環境搏鬥的情形是何等凄烈。

再說黃乃裳一九零四年六月底被逼返回中國之後，他也做過好些事情，首先到上海，和蔡元培、林森、陳其美、馬相伯、宋教仁及當地各報的主筆，討論推翻滿清的革命大計，十月，負起到潮州各地鼓吹革命的任務；一九零五年到厦門，辦「福建日日新聞」，宣傳革命；一九零六年七月到過星加坡、檳城、爪哇，三寶龍鼓吹革命；一九零七年，在福州創立教育會，任會長；一九零八年在閩清縣江南十七都鄉設立高初等小學卅四所；一九一零年，在福州担任基督教青年會會長；一九一一年，担任福州英華、福音、培元三間書院的教務長，同時又任福建交通司長，兼政務院副院長；一九一六年在福州辦「伸報」，這是他的第六次辦報，以前的五次是「郇鄉使者」、「星洲星報」、「左海公道報」和「福建日日新聞」；一九二零年，到廣州任元帥府高等顧問，一九二四年以肝病卒。

他死了之後，有關紀念他的事也很多：一九四九年閩清縣中學所在地的萬候街改名爲「黃乃裳街」，一九五八年詩誣新建的一條街也命名爲「黃乃裳街」，一九六七年一月十三日，詩誣紀念「黃乃裳中學」開課。

他結婚過兩次，元配謝氏，生兩男（育東、育甫）、兩女（瑞琼適林文慶醫生），（淑琼適伍連德博士），繼室錢氏，生五男（育西、育倜、育儻、育卓、育傑），兩女（珊琼、伍琼）。

他的一生可以說是多采多姿，飽經憂患，歷盡滄桑，捨己爲人，任勞任怨，雖然艱苦時多，歡樂時少，却而自得其樂，今日詩誣得以繁榮進步，若非當日黃氏斧闢草萊之功，無以臻此，筆者在一九五八年，便曾將他的史蹟寫過一篇「開發詩誣血淚史」的文字在十月廿三日出版的星島週報第三六三期發表。

滇魯烽烟話李彌（上）

胡士方

李彌將軍於民國六十二年十二月八日病逝台北後，有人便又提起雲南事變的往事。蓋其時李之軍力及士氣，並余程萬部四萬餘衆，實足以左右滇中之局勢。惜乎遲疑瞻顧，坐失良機，遂致瀕臨於挫敗之盧漢，竟得以從容叛國，無復顧慮。而我十餘萬精良之師，亦無異於坐待殲滅，實至可痛心之戰役也。按李彌初時轉戰山東，多著勳績，知者頗衆，而應付盧漢叛變一幕，世人鮮知其實情。筆者適歷其間，迄今思之，猶在目前，故不計筆拙，特加記述，以備史家之參考。凡屬道聽塗說，非親見親聞者，則一概不錄。至李彌在山東戰績，並於文中擇要敘述焉。

李彌字炳仁，雲南蓮山人，黃埔軍校四期生。最早在三十六軍一六七師任五七三團團長。三十六軍係熊式輝的江西部隊，軍長係江西泰和人周渾元，周病死，則由萍鄉姚純繼任。該軍一六七師師長蕭致平被炸死，後任師長爲趙錫光，趙爲雲南保山人，因與李彌同鄉，故李彌任五七三團團長時，在江西麥川一帶剿匪最賣力，一時頗有聲譽，遂步步升起，以至成了鄭洞國，何紹周麾下的幹將，當上了榮譽師第一師師長。因爲榮譽一師完全是傷兵組成，列兵都有官階爲尉官的，是參加過「松山」，「崑崙關」之役的善戰部隊。過去像宋希濂，林英，舒適存，都曾當過該師師長的，故李彌由榮譽一師，很快的就升到第八軍軍長。

第八軍的骨幹是榮譽一師，抗戰後期駐在昆明，歸杜聿明的昆明警備司令部指揮，其中第一〇三師師長爲梁筱齋，是以貴州苗子爲基幹而成立的一個部隊，自師長以下如團長程鵬，曾元三，劉體仁，都是貴州人。聽說是何紹周在貴州當軍長時，招撫的一股當地武力而編成的。第八軍的一六六師原來是第七十九軍改編過來的。按七十九軍軍長爲陳素農，下轄兩個師，計一六六師，一九六師。一六六師的師長爲王之宇，河南人，黃埔軍校一期生。一九六師師長爲袁滌清，海南島人，也是黃埔一期生。該軍在抗戰後期，因與日本作戰，在湖南和廣西交界處之黃沙河被打垮，軍長陳素農被中樞槍決，由陳武繼任後，便經貴州開赴雲南之瀘西補訓。不久該軍即被改編，陳武，袁滌清均被編入軍官隊，兩部合編爲一個師，番號爲一六六，師長王之宇担任，旋移駐雲南陸良，正式撥歸第八軍，於是第八軍遂擁有王伯勳的榮譽一師，梁筱齋的一〇三師，和王之宇的一六六師。

第八軍於民國三十四年底，繼第十一戰區副長官李延年之後，由九龍開抵青島後，即駐青島的四方，滄口，李村一帶。當時軍長爲李彌，副軍長汪波。汪，湖南人，黃埔三期生，但不久梁筱齋即調北平行轅，担任李宗仁的參謀處長，第一〇三師師長的遺缺，因爲王伯勳是貴州花溪人，又是雲南講武堂出身，故調任該師師長，所遺榮譽第一師師長缺，則由汪副軍長兼任。未幾，一六六師師長的太太在貴州與重慶之間私運鴉片，為中央查獲，便牽連到王之宇身上，於是王之宇又遭中央撤職查辦。王為人很灑脫，李彌向以學長視之，故在攻克即墨之藍村，過坊子，接收濰縣，又西進時，便以王之宇失踪，報告中央，以後此案遂不了了之。王之宇的遺缺，便由副師長黃淑接任。黃為廣東五華人，黃埔三期生，作戰亦沉着勇敢，唯嗜酒若命，在第一六六師中，無人不知。

第八軍因為曾遠征緬甸，在雲南時已是半美式裝備，軍部有榴砲營，師部有山砲連，團部有戰防砲連，及迫砲排，每戰鬥單位都配備火焰放射器，裝備火力，遠比其他部隊為佳。該軍初抵青島時，係歸李延年指揮，後來夏楚中將濟南防守司令交給吳斌，調掌第二十集團軍總司令，司令部設在濰縣，由施中誠為總司令，韓濬的七十三軍，闕漢騫的五十四軍，李彌的第八軍都歸夏楚中指揮。

最初山東的共軍，尚不知道第八軍的厲害，還以為是些不能打仗的蠻子兵，便首在藍村一役，施了一「計」，表面令老百姓携了水菓，打鼓打鑼的來歡迎第八軍之際，背後即隱藏大軍，傾巢而出，一舉想消滅第八軍，但人海戰術之猛撲，人海遇火海，死不勝計，才不敢輕視第八軍。於是第八軍在山東節節推進，勢如破竹的便進佔高密，岞山，坊子，到達濰縣，濰縣因有日軍控制，當時李彌除在濰縣受降外，並負責將日軍解除武裝，遣送回國，所以，濰縣始終未被共軍侵佔過。膠東的共軍頭目如曹漫之，許世友，林浩等，便視第八軍為老虎。每與第八軍接火，即以十倍兵力應付。尤其是共產黨善於「動員人民」，能使老百姓傾力「支前」，又能集合民兵參加戰鬥，但無法抵當第八軍的掃蕩。李彌率領第八軍在山東掖縣的神堂，昌邑的王耨諸役，便使共軍死傷最多。筆者經過神堂時，該地為出產土粉有名的粉子山區，有一條深溝，便親見共軍遺棄的死屍，數以千計，將溝都幾乎填滿，共軍打仗，一向有老百姓的担架隊隨軍的，是好少見有遺屍的，此役却不然，可見共軍傷亡之重，敗退之狼狽。所以，第八軍在膠東一帶，共軍提起來就頭痛。

但自第二綏靖區副司令官李仙洲，率領王耀武的基本部隊韓濬的七十三軍，和廣西部隊韓鍊成的四十六軍，及霍守義十二軍的一個三十六師，進兵萊蕪吐絲口，兩軍並進，猝然遭共軍的襲擊，一打而潰，全部被俘後，山東局勢即漸趨惡化。遂使第八軍也東征西援，馬不停蹄，成了機動的生力軍。於是共軍便有「打垮七十三，拖死第八軍」之口號。不久，有名的臨胸戰役，更使第八軍越打越强，成了山東人心目中的鐵軍。

說起臨胸大捷，確是第八軍在山東難得的一場勝仗。當時共軍傾出的部隊，有陳毅，粟裕的第三野戰軍，主攻的是許世友，計算起來就有九個縱隊之多。李彌的部隊呢？榮譽一師被第二綏靖區司令官王耀武拖住在濟南担任城防。手下只有王伯勳的一〇三師，黃淑的一六六師，衆寡懸殊，大有非被吃掉不可的態勢。可是李彌却毫不畏懼的應戰，危急時竟短兵相接，逐屋爭奪，結果共軍以傷亡過衆，棄械而逃，使李彌獲得一場大勝，且蜚聲中外。山東父老都請願中央，願將臨胸改為彌縣，以紀念李彌的功績。

後來參謀總長陳誠，要將共軍趕到沿海地區，使之走頭無路，再加以完全消滅。於是派范漢傑率領五十四軍闕漢騫部，二十五軍黃伯韜部，及第八軍之李彌，向沿海推進。結果共軍情報靈通，避重就輕，行動飄忽。國軍方面，軍隊與地方行政不能配合，所能控制的，也只是少數的點線，全面地區仍是共軍共幹的天下。第八軍進軍時，筆者即服務榮譽一師，差不多天天都與李彌在一起。記得在招遠進軍時，宿營一個村莊叫崗上李家，夜間就聽見崗下人馬聲，初以為是自己的部隊，待天亮後，始知共軍向我部隊後方行軍急進，一夜未停。翌日，掖縣即告急，於是李彌急調部隊，以汽車沿烟濰公路輸運火速增援。掖縣的守軍為第八軍的劉啓凡獨立團，結果三天都未守住，即被攻陷，全團潰散，劉啓凡被俘。這是第八軍第一次在膠東吃共軍的大虧。

後來李彌率領第八軍，在山東掖縣，招遠，平度，福山，黃縣，以至棲霞的南平溝一帶，與共軍作戰，可以說所向無敵。共軍除強迫控制下的老百姓破壞公路，埋土製地雷，寫些「打倒蔣軍」「請蔣軍吃鐵西瓜」標語外，簡直就不敢碰第八軍。所以，第八軍很快的就佔領了山東沿海的城市。李彌即隨一〇三師駐烟台，汪波率領榮譽一師駐龍口，一六六師則由黃淑守威海衞。二十五軍南調後，陳金城的九十六軍便從濟南東調濰縣，山東總算安定了一個短時期。

第八軍在膠東，雖然因政治幹部不能起作用，未能控制佔領過的大部地區，但地方官除了王耀武委派的龍出雲（第二綏靖區辦公廳主任），担任未到任的威海衞專員，又委在山東牟平打游擊出身，當過孫殿英師長的丁綍庭，任烟台市長，膠東的地方官，幾乎全由李彌委派，像黃縣縣長唐昌熊，是第八軍的軍法處長，濰縣縣長楊緒釗，是第八軍的副旅長，掖縣縣長張哲，是第八軍的軍法官。其餘如龍口市長王經五，雖是濰縣人，係辦黨出身，非李彌部下，但後任的市長孫進賢，却又是第八軍的副旅長。再如平度縣長李得元，招遠縣長陳千夫，福山縣長張家賓，雖在地方有勢力，然都歸李彌控制的。即以李得元來說，李不但將過去的游擊幹部都拉進李彌部隊中，甚至自己也放棄了縣長，來担任第八軍的副師長。

李彌在青島還辦了一份報紙，名曰軍民日報。說起這份報紙來，是接收敵僞產業而獲得的。報社的大權實際都操在第八軍的政工人員手裡。按第八軍的政工處長爲馮國徵，江蘇武進人，軍校六期生，以前跟戴雨農做過事，只知道他在青島接受時，發了點小財，亦看不出甚麼才幹來。况且國軍的政工人員，已非當年北伐時黨代表時代，更比不上共軍的「政委」那黨權高於軍事。這些人員在軍中，都自視爲「賣膏藥」的行當，也不被人重視。馮的官階是少將，所轄的師部政工處長，除了榮譽一師陳樞，浙江温洲人，還有點學識，人品比較端正，可以做點事外，其餘若一六六師的王晴初處長，經常住在青島辦軍民日報，根本就脫離了軍隊。一〇三師的政工處長王錚，四川人，軍校四期生，和李彌是同學，人格最差。他處內有一位科長王良翰，亦四川人，與筆者甚稔。有一次該師駐防掖縣沙河時，該地以產老酒及草帽辮著名，家家都是大大小小坐在炕頭上掐麥稈，編草帽辮的多。當時我正與王良翰飲酒歸來，進房之際，忽然一個十三四歲的小孩子，從房裡嗚嗚的哭着走出來，我還以爲是挨了打，細問之下，才知道遭王錚鷄姦，因痛不可忍而哭起來，這時連王良翰都羞得無地自容。尤其是筆者閱世較淺，還是第一次聽說這樣事，所以，至今不忘這政工敗類的醜行。

李彌在膠東最值得稱讚的，就是軍事有成績，作戰方面比其他部隊都顯得出色。李彌本人口才特別好，對當地的父老，以及過去抗日的游擊領袖，都處得水乳交融。像前面所提的平度縣長李得元，及青島市參議會副議長姜黎川，山東暫編保安第十二師師長趙保元，山東第八區行政專員兼昌樂縣長張天佐，昌邑游擊第五支隊的王尚志諸人，便有不少幹部，兵源，依附於第八軍。

李彌的第八軍榮譽一師副師長周開成，字滌洲，湖北潛江人，軍校六期生，便在擴充部隊之中首先成爲新編獨立旅旅長。該旅人員充足，裝備齊整，王耀武便正式委爲山東警備第四旅。不久榮譽第一師無形中便擴爲兩個師，山東警備第四旅便改爲四十三師，榮譽一師的原班人馬，便改編成四十二師。榮譽一師的老團長周藩，字支正，湖南人，因繼周開成爲榮譽一師副師長，此時便任四十三師師長，周開成任四十二師師長。其餘如一〇三師王伯勳，也升爲三十九軍軍長，手下的那幾位貴州苗子團長如程鵬，曾元三，也升爲師長，與張家賓，分任一〇三師，一一六師，一四七師等師的師長了。至於一六六師黃淑，也將周藩的四十三師拉走，改爲第三師，另以李椿萱升爲一六六師師長，自己也升爲第九軍軍長了。

後來因華北戰事逆轉，國軍日趨劣勢，山東半島的沿海據點，亦迫得放棄，於是開始先自龍口撤退。北方的海水潮汐，都根據俗諺「初三水，十三潮」，龍口也在初三水大，於是就用舢板登招商局的「海有」號，安全撤退烟台。其時龍口市長是孫進賢，字士良，河北省鹽山人，自小即跟父親在陳調元的部隊內生活，又是黃埔五期生，後來歸阮肇昌，又隨施中誠調到王耀武的七十四軍任職。余程萬守常德時，他是一七〇團團長，講作戰，可以說饒有經驗。孫來膠東，是奉王耀武之命，以掖縣，招遠，蓬萊，黃縣爲對象，組織壯丁，成立抗共武力的。後以環境不許，始參加了第八軍，初任副旅長，龍口市軍警聯合稽查處處長，以至龍口市長。到了烟台，本擬接長福山縣長，但到福山住了半個月一看，已無可爲，遂又受李彌之命組織新二十師，孫任師長，歸周開成指揮。

不久第八軍即開赴青島，住防流亭，夏莊一帶。未及半月，即又由海路調秦皇島，進住昌黎，石門，雷莊等地，歸華北剿總傅作義指揮。傅一見這中央嫡系的勁旅，亦分外重視。不但印發「告第八軍官兵書」，並派剿總副司令劉多荃親到駐地，爲第八軍講話，致慰勞之意。同時駐防秦皇島的港口司令何世禮，亦得第八軍助力不少。

王伯勳的三十九軍在烟台守了一個時期，至最後也撤往葫蘆島，歸第十七兵團侯鏡如指揮。

這時李彌因膠東各地武力的依附，部隊已擴爲三個軍，李彌遂升爲第十三兵團司令官，副司令官照理應是原來副軍長汪波的。但汪波性好漁色，外號「老鼈頭」，在山東蹂躪的幼女少婦，多不可計，名譽最差，李彌也看不起他，遂被調職任湖南師管區司令。第十三兵團的副司令官，便以王伯勳升任，仍兼三十九軍軍長。另兩位副司令官，則是原第八軍參謀長陳冰，及前濟南防守副司令趙季平。參謀長乃是陸軍大學十五期畢業的湖南人吳家鈺。

民國三十七年七月間，李玉堂的第六綏靖區，率領霍守義的十二軍守兗州。共軍三野陳毅的第七、九、十三，三個縱隊，會合崔子明，張光中等部，以八萬之衆傾巢攻兗州，及兗州失守，濟南王耀武亦告急。李彌新成立的第十三兵團，已成了中央王牌部隊之一，故亦南調上海，後又順津浦路北上，經蚌埠抵徐州。當時黃伯韜已由二十五軍軍長升爲第七兵團司令官，邱清泉也由第五軍軍長升爲第二兵團司令官，又加上孫元良的第十六兵團，都集中徐州，歸徐州剿總劉峙指揮。計劃四個兵團，揮軍北進，增援孤守濟南的王耀武。結果，九月二十四日濟南即告失陷，於是便留駐徐州。

李彌的第十三兵團防務是徐東，第八軍四二師便首先進駐碾莊，後來黃伯韜由隴海路西來，自忖擁有陳士章的二十五軍，周志道的一百軍，王澤濬的四十四軍，劉鎮湘的六十四軍，及陳章的六十三軍五個軍，在周開成的第八軍準備移交防務時，黃伯韜還未接防，即着第八軍撤離碾莊，以爲無何問題，但第八軍西撤孤山途中，黃部尚未部署就緒，陳毅，粟裕的十幾個縱隊，劉伯承，鄧小平的七個縱隊，及地方武力，約有數十萬衆，即猝然掩至，周開成的第八軍尚未到達八義集，亦遭共軍抄後，坐鎮徐州的劉峙命令第八軍反攻碾莊，但已遭共軍阻截，邱清泉兵團來增援，共軍頑抗，依然無進展，戰事之慘烈，可謂空前。第八軍的團長陳貫亭，河南汝南人，向以驍勇著稱，便是此役被炸陣亡的。正在邱，李兩兵團，與空軍配合猛攻之際，那位小材大用的天之驕子杜聿明自天上飛來，要將所有作戰部隊從新佈置調動，於是已抵達八義集的增援部隊，又撤回徐州。第七兵團旋即崩潰，黃伯韜竟自戕殉國。

這時向北增援的黃維兵團，於十一月下旬進抵蒙城以北澮河與渦河之間的雙堆集，亦被陳毅和劉伯承圍困告急。劉峙即奉命回蚌埠，徐州剿總任務交給副總司令杜聿明。十二月一日徐州即撤退。當時李彌曾建議杜聿明，及杜的參謀長舒適存，主張大軍沿津浦路南進，並保持鐵路的暢通。三個兵團的佈置是兩個兵團分在鐵路兩旁南進，掩護裝運物資和非戰鬥人員之列車，一個兵團守徐州殿後。舒適存的女婿袁劍飛是第八軍的團長，李彌與舒適存交情最深，李還聲稱三個兵團的任務分配，任由邱清泉，孫元良挑揀，自己無所謂，即殿後亦願意。但杜聿明却不同意，杜認爲大軍西撤蕭縣，永城，藉廣濶的黃泛區，可與共軍主力一拚，又可南下會師黃維兵團。結果，既未能與黃維兵團會師，而三個兵團却在青龍集附近陷入重圍。筆者曾身歷是役，所受之艱苦，眞是一言難盡。最後是杜聿明被俘，邱清泉陣亡，孫元良僥倖突出重圍。李彌的部隊，除了王伯勳的三十九軍，自營口調回上海，北來歸隊，滯留蚌埠歸李延年指揮外，李彌所率領的第八軍周開成部，及其四十二師石建中部，一七〇師楊緒釗部，二三七師孫進賢部；和第九軍的黃淑部轄下的第三師周蕃部，第一六六師蕭超五部，還有山東魯南專員王洪九的山東保安第一旅，共有九個團，原來是由李良榮的第九兵團，撥歸第九軍的也統統垮在裡面。所幸四十二師師長石建中以重傷空運南京就醫，二三七師師長孫進賢，與第三師副師長田仲達逃出。李彌最後見到第八軍已垮，周開成被俘，便躲在第三師。迨第三師師長周蕃支持到最後，率其參謀長張炳其投降之際，李彌即乘機從後面逃走，一路化裝，北上濟南，又東經濰縣逃到青島。說到這裡，筆者曾看到有人寫李彌，說他在山東濰縣被俘逃出，那是絕對不確的。

李彌到達青島後，即轉南京，經最高當局召見之後，遂又發表孫進賢爲一七〇師師長，石建中爲四十二師師長，田仲達爲第三師師長，收容突圍出來的官兵，從新成立第六編練司令部。除李彌仍任司令官外，並以曹天戈，傅克精，邱開基爲副司令官。第八軍仍由李自兼，副軍長乃以柳元麟担任。柳是黃埔四期生，浙江慈谿人，又任過侍從室副主任，故實際是第八軍軍長。未久，李彌即率部赴江西鷹潭，繼至湖南衡陽整訓。（未完待續）

細說「長征」

【五十】

□龍吟□

五、中央「紅軍」

中央「紅軍」即是盤據在江西瑞金的一股，因為中共中央在當地，中共自組的「中華蘇維埃臨時政府」也設在當地，成為中國共產黨的中樞，所以習慣上共產黨人稱這為「中央蘇區」，當地的「紅軍」也就是「中央紅軍」，實際上「中央紅軍」只是「紅一方面軍」與「紅二方面軍」、「紅四方面軍」同級，但聲勢則較其他兩部份為大。

江西「紅軍」失敗被迫流竄，是由於國軍五次圍剿，五次圍剿決定性的一戰則是所謂「廣昌大會戰」，故敘述「中央紅軍」長「征」之因，要先述廣昌大會戰。

「中央紅軍」在國軍展開五次圍剿後，節節失利，外圍要地失守甚多，但「紅軍」大頭目並無撤走的打算，仍寄望於扼守廣昌，擊敗國軍，使五次圍剿瓦解，故積極佈置「廣昌大會戰」，集中全力與國軍一拚。

民國二十三年（一九三四）四月上旬，國軍的東路軍迫近建寧，北路軍攻抵龍岡和廣昌的外圍，正準備奪取蘇區門戶的廣昌。在這一形勢下，中共中央認為已經到了五次圍剿的決戰關頭，乃調集紅軍主力，組織「廣昌大會戰」，準備一舉而打破圍剿。四月中旬，中共中央總書記博古，中央軍委主席周恩來，「紅軍總司令」朱德，國際顧問李德，前敵總指揮彭德懷，總參謀長劉伯承，總政治部代主任顧作霖（王稼薔在前線被國軍飛機炸傷後，即由顧作霖代理總政治部主任。顧旋亦於廣昌會戰後五月二十八日病逝）等齊集廣昌，商討廣昌大會戰之作戰計劃，並親赴前線視察陣地和督戰。

同時，中共中央委員會，與「中蘇臨中央人民委員會」，亦於四月廿四日共同發出：「給戰地黨和蘇維埃的指示信」，號召戰地黨和蘇維埃為「保衛廣昌」、「保衛建寧」、「保衛會昌」而戰，並指示下列三項工作：

（一）動員羣衆武裝起來，參加革命戰爭，發展廣大的游擊戰爭，是戰地黨和蘇維埃第一等重要的任務。

（二）必須實行赤色恐怖，領導廣大羣衆參加肅反的鬥爭。

（三）把瓦解白軍的工作提到實際的重要的地位上來。

中共為了進行「廣昌大會戰」，調集了一、三、五、九軍的精銳，部署於廣昌之北及盱江東西兩面。自甘竹至廣昌之間，利用地形及山勢分段建築了多層的支撐點和堡壘，決心與國軍打一場決定勝負的硬仗，這是李德新戰術最大規模的運用和考驗。

國軍方面當時佈置以第三路軍攻取廣昌，並協助東路軍進取建寧；第六軍於白舍以西之籐田、招攜間，構築碉堡，進取沙溪、龍岡；第一路及第二十六路軍併力協同第六路軍於永豐、籐田、沙溪，構築碉堡及守備工作。

第三路軍總指揮陳誠，基於所授之任務，並判斷當面敵情及地形；以廣昌位於白舍之南，雄峙盱江左岸，四週高山環伺，森林叢密，經數月來共軍之準備，碉堡林立，工事堅固；河流縱橫障碍甚多；進攻不易。抑且紅軍視廣昌為「中央蘇區」之咽喉，勢必全力抗拒。乃決心分三個階段向廣昌推進，第一階段攻佔甘竹及其附近地區，第二階段攻佔長生橋、饒家堡、高洲垻一帶，第三階段攻佔廣昌城及其附近據點。

四月九日，陳誠綜合情報，獲悉甘竹、洽村一帶紅軍碉堡密佈，工事構築堅固，由第九軍團扼守；又紅軍為增強甘竹正面之防守戰力，近日增調第三軍團一部至甘竹附近。陳總指揮獲悉以上情況，爲實施預定第一期進攻甘竹之作戰計劃，乃令第三縱隊（欠第六師主力）集結河東羅家堡一帶，第五縱隊及第九十八師集結於楓林圩、白舍一帶，並令第八縱隊及第六師主力，由麥川方面逐次向南豐前進。

是（九）日晚除第八縱隊及第六師主力正由麥川向南豐前進外，其餘均集中完畢，陳總指揮以沿盱江兩岸逐步築碉向甘竹、廣昌進展，並誘紅軍主力決戰之目的，以佳未戰電指示各部隊行動如左：

一、河西縱隊（第五縱隊附第九十八師及稅警總團迫擊炮（周炮營）與山炮營各一連之第十四師（霍揆彰），第九十四師（李樹森），附周炮營之一連，統歸霍師長指揮，於明（十）日六時，由瑤陂附近進至饒家坡及牛鼻寨以西地區，佔領陣地構築工事，準備築碉。第九十八師（夏楚中）附山炮一連，於明（十）日六時，由白舍、瑤陂間附近進至羅坊圩、饒家陂之線，相機進佔紫雲山，構築陣地，掩護第十四、第九十四兩師之築碉行動。第六十七師（傅仲芳）及第十一師（黃維），留置白舍一帶，策應各方面築碉及作戰行動。

二、河東縱隊（第三縱隊欠第六師主力）第七十九師（樊崧甫）、第六師（周碞）一部，附山炮一連，該縱隊應以一部由河東岸進至羅家堡，相機進至平山，先構築陣地掩護主力之進出；其主力由楊家渡經白舍推進至河東附近構築碉堡。

三、第八師（陶峙岳）、第四十三師（鄒洪），應自十日起，各於南斗及三溪圩附近派隊向西游擊，揚言向新豐市進展，以亂共軍耳目。

四月十日，天候惡劣，大雨淋漓，河東、河西兩縱隊，均遵照命令向指定目標前進，河西縱隊之第九十八師驅逐沿河零星紅軍，於十六時許進佔羅坊圩；並於紫靈山、胡嶺各地，均派兵佔領，嚴密警戒。第十四、第九十四兩師，派隊向牛鼻寨游擊。準備明（十一）日晨進佔預定之線。河東縱隊第六師第十七旅，因掩護第三縱隊主力集結，於十三時許由河東向延福嶂、羅家堡方面推進。蓋延福嶂爲盱江東岸之制高點，爲掩護後方主力之進出，必須先期佔領，以便瞰制各方。惟當是（十）日十四時三十分，第十七旅一部正向該高地威力搜索時，發現延福嶂、白葉堡一帶高地，已爲紅軍第三軍團第五師先期佔領。

四月十三日晨，國軍第十一、第六十七兩師，遵令分向鹹水岩、劉家堡各方面攻擊前進；佔領坊坑、鹹水岩一帶，爲紅軍第九軍團第十三師，劉家堡一帶爲紅軍第十四師，由第九軍團總指揮羅炳輝指揮；十一時三十分，國軍右翼第十一師前衛第六十一團，行抵坊坑北端，突被預先潛伏於羅家寨一帶高地紅軍千餘襲擊，國軍展開未畢，猝遭襲擊，一時戰況頗爲緊張。幸官兵沉着應戰，以熾盛火力制壓，紅軍攻勢稍戢。未幾，國軍後續部隊陸續到達，陣地始漸鞏固。時國軍左翼之第六十七師，正向劉家堡攻擊前進，至十三時許，已將劉家堡以北高地佔領。至十五時許，國軍第十一師主力由百子嶺向佔據馬家寨一帶高地之紅軍進攻，第六十七師，亦以一部向鹹水岩協力攻擊，經兩小時之激戰，鹹水岩被國軍攻佔。紅軍右翼暴露，國軍第十一師乘時全線出擊，黃昏時，百子嶺一帶高地，被國軍佔領，紅軍向西退走，其主力仍盤據羅家寨一帶。

左翼第六十七師，自協力第十一師攻佔鹹水岩後，即轉移主力向當面仙山嵊紅軍碉堡進攻，因傅師長事先偵知仙山嵊山嶺崇峻，紅軍碉堡重叠，陣地縱橫，外壕並有鹿砦、竹籤之設備；十八時許，傅師長以迫炮連猛射紅軍碉堡，並以步兵由兩翼進攻，直至十四日拂曉前，據守碉堡之紅軍，遭受國軍步、炮之猛攻，遂感不支，偷渡小河南退。國軍進擊，俘獲四名，擊斃十餘名。斯時甘竹市紅軍以鹹水岩仙山嵊相繼被佔，頓形孤立，自動向南逃逸，傅仲芳師長派軍進佔甘竹市。

是（十四）日，河東縱隊仍繼續構築河東以南之碉堡封鎖線。第三路軍陳誠總指揮爲增強戰力，除電催第八縱隊及第六師主力迅速南進外，並令担任橫村一帶守備任務之第九十七師，迅速向南豐地區集中待命。（未完待續）

折戟沉沙記林彪（二十一）

岳騫

接着，劉亞樓又說：「第四野戰軍在短短十餘天的行軍作戰中，跨過長城，入關後，和人民解放軍華北兵團共同席捲了北寧、平綏兩幹線和平、津、張、塘幾百里戰線，堅決執行了毛主席所指示的在戰役初期……。」

平津戰役中具有決定性意義的天津圍城戰的經過情形，據劉亞樓說是這樣的：「總攻擊是一九四九年一月十四日十時準時開始的。各部隊運用林彪同志提出的『四快一慢』、『一點兩面』、『三三制』的戰術原則，在東西兩個主攻方向及南北各助攻、佯攻方向，共十一個突破口同時展開攻擊。……我軍發揚了高度英勇頑強的戰鬥作風，大胆靈活地運用了『四組一隊』、分割穿插戰術。」

最近中共攻擊林彪的箭頭已由「克己復禮」轉到軍事方面，重點在批評林彪在遼瀋戰後所犯的錯誤，本來毛林之爭是中共「家事」，外人不必替林彪辯白，但爲了記述歷史眞象，有幾點應予澄清。

目前中共宣傳强調遼瀋戰役是毛澤東選定和抓住的決戰時刻，但事實並非如此，現在抄一段一九四八年九月七日毛給東北野戰軍首長林彪、羅榮桓、劉亞樓的電報：

「我們準備五年左右（一九四六年七月算起），根本上打倒『敵人』（指國軍，下同），這是具有可能性的，只要我們每年殲滅『敵』正規軍一百旅左右，五年殲『敵』五百個旅左右，就能達到此目的。

「今年七月到明年六月，希望能殲『敵』正規軍一百五十個旅左右，此數分配於各野戰軍各兵團……要求你們配合楊成武羅瑞卿兩兵團，殲滅（東北、華北）『敵軍』三十五個旅左右。

「你們如果能在九十兩月或再多點時間內殲滅錦州至唐山一線之『敵』，就可達到殲『敵』十八個旅的目的。爲了殲滅這些『敵人』，你們就應準備使用主力於該線，而置長春、瀋陽兩『敵』於不顧，並準備在打錦州時殲滅可能由長瀋援錦之『敵』」。

所謂「戰畧決戰」的戰役部置和目標、時間，應該是全殲目標區域之敵，時間上應該是速戰速決。但毛九月七日的電報却只打算殲滅錦、榆、唐之「敵」十八個旅（而且還是配合楊、羅兵團），戰役目標是佔領錦、唐三個據點，打敗「敵人」的全程則算到一九五一年六月，何來有一絲一毫戰畧決戰的氣息。至於電報末尾提示林彪要準備使用主力於北寧線，在發電報之前，林彪早已做到了，說準備打瀋陽援「敵」，這應是常識，林彪也作了部署。倒是毛澤東疏忽了葫蘆島、錦西一線之「敵」會組成東進兵團十一個師援錦，如果不是林彪作了部署，命吳克華、田維揚兩個縱隊另兩個獨立師利用有利地形，實行陣地防禦，不顧重大傷亡，死抗硬拚（吳克華作塔山奮戰之晝夜，星火燎原第十冊），則林彪孤軍深入的攻錦主力可能遭受夾擊，不被全殲，也非被迫潰退不可。假如說，林彪攻錦之戰眞是戰畧決戰的初戰，則毛澤東的失誤就將導致決戰的失敗。這一段歷史事實是從未有人敢提起的，現在的毛共宣傳當然也避開了這個問題。

以上的證詞證物證明毛澤東「抓住戰略決戰時機」的大騙局。「長期把主力留置四平地區」、「一再抗拒毛主席南下北寧線指示」、「胆小如鼠，畏敵如虎」、「不敢打錦州、不敢打前所未有的殲滅戰」、「製造種種藉口拖延南下時間三個多月，使我軍失去了大量殲敵的機會」、「强調『準備』是假，消極避戰是眞」，「『慢』——『準備』的背後包藏着反對毛主席，黨中央統一指揮的禍心」（一九七四年第八期紅旗），等等，是當前中共攻擊林彪軍事路線的核心和要害。亦與事實不符。

按東北野戰軍在經過一九四七年冬季攻勢後（進行至一九四八年三月止），即進入春、夏「新式整軍」階段，它有兩個內容，一是「憶苦三查」的政治整軍，一是準備攻堅的技術練兵，同時還利用這一段時間消化「勝利果實」，修復交通線，積聚輸送攻堅火砲炸藥。這些都是作爲戰地指揮官的林彪所應有的部署。當時東北野戰軍已發展到十二個縱隊，一個砲兵縱隊共七十萬人，廿個獨立師約三十萬人，但裝備還不如國軍，國軍已收縮到具有現代設防的長、瀋、錦及其外圍十二個堅强據點，總兵力仍有四十餘萬人，深溝高壘、縱深配置、火力强大、防禦實力絕不可輕侮。林彪當然清楚這點，清楚自己部隊雖有野戰經驗，但缺少攻堅經驗和配備，所以在積極準備下次攻勢之前的同時，大力進行整軍練兵運動。大體上各部隊在冬季攻勢後的原地整訓：韓先楚、吳克華的三縱和四縱，在遼東至遼南一線。詹才芳、陳奇涵（田維揚）的九縱、十一縱在北寧線中段的溝幫子、興城、綏中等地。黃永勝、吳瑞林的六縱和五縱在瀋陽的西北和靠北地區。蕭勁光率十二縱和幾個獨立師圍困長春。餘下的一縱（李天佑）、二縱（劉震）、七縱（鄧華）、八縱（陳伯鈞）、十縱（梁興初）、砲縱（朱瑞——萬毅）在四平地區。它兼有隔斷長、瀋，監視瀋陽，圍困長春的作用。如果說，一、二、七、八、十縱和砲縱在四平地區就算「把主力留置四平地區」，這也是應當如此的。因爲如果準備未就緒，就把主力移向瀋、錦之間，豈不是早暴露自己意圖嗎？不過持平而論，當時林彪準備下次功勢方向指向何處，可以肯定並沒有成熟；不過，進入八月以後，可能就已經「成竹在胸」了，並且已經採取行動了。這就是南下北寧線，先打錦州，隔斷關內外聯系。但必須指出，林彪這個部署，也僅爲東北戰局着眼，初亦未料到它竟發展演變成戰略決戰性質的行動。倒是國軍最高統帥部看到了它的嚴重性質，才迅速組成東進、西進兩個兵團夾擊孤軍深入攻錦之林彪主力，只是瀋陽戰地指揮部遲疑和遲緩了集結兵力和西進速度，才予林彪以各個擊破的機會。（一九七四年十一月十七、十九日香港大公報發表杜聿明、鄭庭笈回憶錄均强調此點。）這是一件歷史悲劇，倒給中共造成意外的收獲。

林彪主攻方向指向北寧線後，八月間至九月初，主力即開始祕密集結遼西，毛澤東九月七日發出電報以前，遼西已集結了三縱、四縱、五縱、六縱（大部）、十縱，連同九縱、十一縱在內，已達七個縱隊另幾個獨立師，四平主力亦向西南靠攏，得以在攻錦發動以前迅速集結。

現在舉出幾段有關文字：

蕭全夫：「苦練出精兵」——「一九四八年春，九縱廿六師駐溝幫子一帶，進行春夏大練兵。練兵剛終束，遼瀋戰役開始了。在最初階段錦北作戰中，我們（共軍）七十七團、七十八團都打過幾次仗。攻錦任務下達後，確定我們九縱和七縱並肩由南面攻擊」（星火燎原第十册）

曾擁雅：「虎口拔牙」——「一九四八年，部隊還在夏季大練兵的時候，林總就在計劃着一個大戰役，這個計劃的具體內容，那時誰也不知道。……九月十一日，我們(共軍)九縱廿五師以極具祕密的神速行動，西渡大凌河，協同四縱突然包圍了義縣，接着又把圍城的任務交給了三縱，部隊日夜兼程來到錦州西北集結待命，一路上只見許多部隊東來西往調動頻繁，砲車騾馬絡繹不絕」。（同見星火燎原第十册）（未完待續）

謙廬隨筆

三十二

矢原謙吉遺著

趙知其不可救藥，遂幷其將相后妃二十餘人，盡斃之以槍。後於查抄其「皇宮」時，發現「白面」不少，且有大連產之日幣若干。趙幕中人，遂深疑此「帝」或有東洋奧援，乃力諫趙勿宣揚其事，藉免啓衅。故報章均對之語焉不詳，而軍方更守口如瓶矣。

余聞，張醉丐曾以此事，寫成七律二首，欲以之刋載於實報之「醉丐打油詩」一欄中，卒爲管所勸止。於此，亦可見管處世之面面週到矣。

據張語余，此「三大妄人」中，惟劉合陽之際遇獨佳。蓋冀察風雲人物，泰半出身寒微，來自窮鄉僻壤。其封翁與太夫人，雖均鐘鳴鼎食，奴婢成羣，而「土氣」則不減當年。常以見西醫與「都中四大名醫」爲苦。今見此土頭土腦之「神醫」，談吐一如大觀園中之劉姥姥，療法又絕類鄉間之道婆，遂倍覺親切，信心彌強，而遇之亦特優也。

外交官員・客中甘苦

一日，海關監督曾養豐招宴於豐澤園，座上有朱紹陽其人，豹頭虎背，雄武如一躍馬揮刀之驍將，而口直語疾，發言如箭，了無城府；乃中國前駐俄大使，誠余所見外交使節中別有風度者也。

有客詢諸朱使：「經年累月，海外浮槎，其苦樂也何如？」

朱對曰：「浮槎既久，樂中有苦，苦中亦有樂，此所以余之自號爲三清道人也。」

客問云：「三清道人一詞，出自何典?」

朱莞爾而笑曰：「出自封神榜演義！君不見其中之一回，篇首題曰：『老子一氣化三清』乎？余之自擬爲老子，非敢以李聃自況，實乃吾鄉『咱老子』之義也。

而孤懸海外，離朝日久，與世無爭，遂有『眼前清靜』，『耳邊清淨』之樂。而去國既遠，肆間鄉土風味既寡且劣，唯有賴庖丁之家常便飯果腹，每有舉箸難下之苦，更興『腹中清淡』之嘆。日常生活中既有此二清淨與一清淡，自號『三清道人』，豈不宜乎？」

又有客問：「以常人度之，外交官之生涯，殆如神話中之翩翩王子，君其然乎？」

朱苦笑對曰：「以吾觀之，能爲中國駐俄外交官者，殆非兼具船艣與老僧之才，不能苦渡光陰於彼邦。當吾初赴俄京時，俄人即示意：『使館界內，好官君自爲之。使館之外，幸勿問事，亦請隨地客步，勿踰分寸。即偶有遇君未週之處，亦乞大而化之。否則，主客之間，必生格格不入之感，終必黯然而去者，非客爲誰？』

乍聞斯言，吾甚驚其獷野蠻橫，而三思之後，復感其率直無訛之可喜；自念國家之遣我入俄，原非望我做事，不過令我做官耳。倘一意耿介，不納忠告，非特立遭彼邦排擠，指日襆被還鄉，於事於國，毫無寸補；且亦辜負上司『栽培』與『調劑』之至意，復遭儕輩爭傳「朱紹陽不會做官』之譏；我朱某忽武忽文，忽內忽外，苒荏多年，為官之訣，雖非爛熟，要亦如稚齡學子之『熟讀唐詩三百首，不會吟詩也會偷』，力求不悖『做官』之道也。是故，余於任所，純以無為而治，而日以與小妾畫花卉，看『秘戲圖』，商量菜單為事；非有宴會不出館，非三邀四請不與主人謀面，乃免難堪，而主客之間，皆大歡喜。

於是吾始悟弱國使臣，身處逆境，惟有如抛錨於風雨齊來之海上，無聲無息而寸步不移，以待天朗氣清之時。更須如入定之老僧，不為凡塵所擾所動，而能於假死狀態中怡然自得，心廣體胖，乃得上不負國家『提拔』之恩，下無啓異邦文武挑釁之危，靜坐享福，默禱內調升官可也。」

朱又言：北洋時代，內戰頻仍，羅掘俱窮，波及海外使臣。最甚時竟至下令閉館倂館，以節經費。勉强開館者，首裁電報費與交際費，勒令以快信茶叙代之。孤懸遠地之領事等，且有為客私囊，而公開就食於僑領之家者，每家一頓，週而復始，乃得勉强支持，不必立即『下旗歸國』。其未能堅持海外，而遵命撤回者，亦有若干；且間有不顧顏面，盜賣館物以裕行囊者。其中一人，於館中地下，蛛網密封之暖汽鍋爐間內，發現歷年酒會中棄置之各種酒瓶，堆積如山，乃大喜而售之於肆間**『收破爛貨』者。正值購瓶者於館前『**裝貨』待運之際，適有一小報訪員經過其地，甚異其事，又見往來幫運幫載者，頗有黃皮膚者在，而又在一外國使領館前，遂自念有加以報導之價值，而發為『地方花絮』焉。不圖或因寫稿不慎，或因編輯擅改，或因手民誤植，竟一誤而成為『日本使領館，兼賣空酒瓶』之新聞。所佔篇幅雖極小，而於讀者中頗為哄動。一時，日使領中風聲鶴唳，反復調查，果有人出此下策否？後雖眞相大白，更特非正式要求報紙加以更正，而『日本使領館，兼賣空酒瓶』之口碑，竟深入讀者羣中，不能遽而去之。一俄人店主，素憎日，適有一衣冠楚楚，五短身材之黃皮膚顧客，入店四望，似欲購物而有所遲疑者。店主逕詢之曰：『君其華人乎？』

顧客急揮手曰：『否，否，我乃日人也。』

店主面色忽厲曰：「君既為日人，當係來我店求售空酒瓶者，我不需此；君可逕往街角地窖中一『收破爛貨』者可也」。

顧客大窘，變色急退，倉皇失措中竟未能置片詞作答。

朱使自云：此趣事，乃自該俄人店主親口得之者。

是時，又有一力裕行囊之北洋小外交官，且將館中保險櫃內歷來用為「鎮邪」寶物之「秘戲圖」，亦竊出售諸以高價收**購之西人。自晚清以還，保險櫃內例有此**物，做為「逢凶化吉」，上下平安之兆；適如民間富家大族之嫁女者，必以「秘戲圖」一冊，置諸嫁粧內之衣箱底，以保「夫妻和諧，興家旺族」也。朱使告吾等曰：當此盜賣「秘戲圖」之舉，傳入一外交大員之耳時，大員頓足高呼曰：「此眞混蛋極矣！」

旋又畧低其嗓門曰：「既盜賣矣，又何必賣與外人，不來賣與我？凡此畫冊，悉屬宮中之物，工筆入神，勝西洋之彩色春宮照片多多矣！」

朱使雖註俄有年，於彼邦斯民則殊乏好感，而每以謔語嘲之，且告我等曰：數年前，曾有俄輪萊蒙托夫號，自滬返航時，忽報有「龍捲風」將至，冒險出港，安全堪慮，而輪上復有貨一批，急待抵俄，不容稍緩。是時，革命成功未久，俄人於「民主」一詞，萬分認眞，輪上一切，船長均須以表決方式徵得船員同意，始可付諸實行。不圖船員中，派系衆多，意見紛紜。最初，贊成冒險出港，庶不誤期者佔多數，船遂啓碇，而未出海口，風浪奇險，贊成返航者轉佔多數，於是又匆匆回港，忽得報風勢已緩，不久可望浪靜。聞訊之下，主張兼程趕返者，又佔壓倒多數，於是重新鼓輪出海。孰料天不作美，風勢突勁，幾折船身，輪上貨物損毀逾半，於遍體鱗傷之餘，狼狽逃回上海。

（未完待續）

香港詩壇

九月

纔過風雨又重陽，幾度低回在異鄉，縹緲閑雲秋已老，蕭疏華髮興猶狂，東籬把酒香盈袖，北國歸舟夢斷腸，莫憶故園鱸鱠美，須知天事尚微茫。

槐廬小咏　徐義衡

小圃薑花發。玉顏擬霜雪。蕊如燕尾分。蒂似蜂巢結。一枝花十一。六日香小絕。人為甜香醉。花比秋月潔。夜靜香愈濃。葉青花更白。恬淡似對蘭。皎潔如伴月。移花入中堂。清供娛賓客。我是惜花人。愛花已成癖。不為品質拘。不依時令別。只求有一善。均可備一格。小圃是我鋤。諸花由我植。朝夕灌溉勤。乃有今時穫。更領小園先。當同梅菊列。

槐廬即景　徐義衡

雙溪流水急。四野任雲閑。偶倚園中樹。遙看切外山。青椰迎淡霧。綠柳列前灣。雨送歸鴉去。天涯人未還。

雨後風吹爽。山高月上遲。消閑尋舊卷。遣興對清卮。夜氣涼如水。客懷淡似詩。池塘蛙鼓鬧。疑出柳營詩。

中秋臥月　亦園

小樓一榻亦悠然，蟾影銀光淡若仙，夢裡何嫌清露冷，窗前但覺好花妍，漫憐巢覆忘佳節，為減鄉愁學靜禪，笑指姮娥休攫我，老夫今夜欲幽眠。

團圓餅餌味頻嘗，不及槐安一夢香，皎潔秋宵廿遠避，徜徉夏甸待重光，古今神話原虛幻，新舊仙人總渺茫，莫道天涯明月好，三千白髮笑猶長。

喜雨　亦園

及時一雨萬家歡，水氣迫人日夜寒，駿馬橫空雲作墨，神龍出海浪成瀾，未成舊劫欣秋獲，頓掃新愁喜夢安，茗椀生香閑挈友，登樓同賦客中看。

九月謁稼老墓　亦園

一車渡海又登岡，佳節人天不敢忘，白玉題碑名永著，黃花入句氣彌香，浮江鷗鷺方晨浴，出岫雲烟未曉妝，蘭桂相看皆挺秀，吳侯遺澤自堂堂。

甲寅中秋　徐義衡

西渚餘殘照，東皋出彩霞，藍天懸玉鏡，綠野現霜華，山近聞鐘易，村荒沽風賖，卅年浮海客，一夢仍天涯。

皓魄遲遲上，懸眸信口哦，蒼松延歲永，黃菊得秋多，夜靜生清露，窗虛湧玉波，月圓人不寐，默默對星河。

小庭　徐義衡

庭草滋新露，秋來綠更濃，雙椰如野雉，亦柏似天龍，年老秋殘柳，身康嶺上松，悠然忘歲月，步履自從容。

偕槐青登相思崗　徐義衡

縱目青無際，長林翠黛迷，登山循曲徑，倚樹聽清溪，飛鳥隨雲遠，閑花逐水低，一門同四代，天意孚黔黎。

久懷原野趣，今日喜登臨，不動山無語，長流水有音，雲隨人影至，松向壑風吟，願訂三生石，白頭證此心。

詞

一萼紅　天白

傍漁舟，正殘荷瀉露，風起白蘋秋。竹塢涼輕，屏紗影薄，宿雨纔過雲收。看河上，明波綴錦，楊柳岸，依約認前遊。葉冷楓丹，花飛蘆雪，一片清愁。憔悴天涯倦客，悵潯陽西渚，庾令南樓。千里鱸肥，半湖蓴熟，唯數張翰風流。思故國，山川未改，奈長空，無鴈落汀洲。晼晚欲尋歸夢，夢也難留。

浣溪沙 二闋　徐義衡

九日偕內子槐青冒雨訪澄清湖並登中興塔望海

水樹眠凫憶故鄉。疏籬黃菊暗飄香。倚闌無語望蒼茫。　霧鎖山亭松徑冷。烟籠堤岸柳條長。一湖風雨送重陽。

高塔凌雲喜共登。天堦二百接蒼冥。望中楡柳不分明。　野岸一汀蘆泛白。烟波千頃浪翻青。秋心怕聽雨淋鈴。

編餘漫筆

編者

這一期人物較多，但都是與歷史有關的人，如孫岳是策劃民國十三年首都革命的中堅分子，邱清泉更是一代名將，生平未打過敗仗，最後之敗並非其罪，而在許多人或降或俘之時，獨吞槍而死，其節烈何讓張睢陽。看到近日許多被俘將軍又被牽出來作自瀆之語，益覺邱將軍之不可及。

李彌將軍也是一位了不起的人，幾乎改變了東南亞的歷史，最後雖然壯志未伸，老死牖下，但其人却是歷史人物，應無疑問，作者胡士方先生對近代歷史沉浸多年，下筆謹嚴，非親見親聞者，決不輕易下筆。本篇所述皆第一手資料，可供修史者采擇。

屬於軍事史的有「我架機轟炸柏林」，此事相當有趣，鄺牧師是中國人，為美國徵調作戰，一奇，以牧師而任駕駛員，二奇。可知每逢大動亂時代，確有許多意想不到之事件發生。筧橋精神報導航校初期情況，知者亦不多。

有關風土的文章，有曹文錫先生之襄樊弔古，此文原刊於台北出版之「湖北文獻」，作者又交本刊發表，其文其事均佳，佳作應廣流傳，故本刊樂於轉載。同樣情形，亦樂於有其他刊物轉載本刊文字，故本刊從無刊載「版權所有、禁止轉載」之文。文章天下之公器，多一家刊物轉載，自多一些讀者，自是好事。

渦陽設治始末，是中原地區一件大事，關乎清代末葉的國運。作者為當地人，世代書香，得之故老傳聞，又參考史料寫成本篇，極有價值。

海參威這個地方，中國人一向不大注意，祇以福特、布列茲涅夫之會而出名，但鐵幕深垂，眞正到過海參威的人並不多，本文可告知讀者海參威眞實情況，此中華故土也，將來終有還我版圖之日。

畢嘉理神父在華事畧，是人物也是宗教史，此類文字，本刊極樂意刊出，不論佛教、天主教、基督教、回教，有關史料，均所歡迎。

詩誣港主黃乃裳是中國人在海外闢草萊、建新邦的典型，數百年來，類此者甚多，有些已湮沒不彰，亟待後人發掘。

史料方面有關於四川自治之兩篇，均屬第一手資料。孫震將軍曾任總司令、副長官；為今日在台北兩位碩果僅存高級將領之一（另一人為楊森將軍），所寫皆親歷之事，最為可貴。

最後要說「日軍屠城記」。這一篇文章希望每一個中國人都看看，多看一遍，想想我們同日本人之間的仇恨，能不能就此作罷！

陳李濟藥廠

歷史悠久

發行所：香港大道中弍〇六號
電話：H四三六三〇壹

理中丸 理咳療肺

蘇合丸 驅風辟寒

牛黄丸 清心除痰

烏金丸 去瘀生新

衛生丸 補血養顏

七厘散 定驚除痰

白鳳丸 婦科良藥

寧神丸 固氣提神

正氣丸 疴嘔肚痛

保和丸 外感發熱

製造廠：香港西環卑路乍街壹五九號
電話：H四六一四一壹

古方正藥

月刊

41

野史・佚聞・人物・風土・

一九七五年元月十日出版

掌故月刊 第四一期 目錄

每月逢十日出版

掌故

第四一期

每册定價港幣二元正

全年訂費 港幣廿四元 美金六元

出版兼發行者：掌故月刊社

地址：九龍亞皆老街六號B

通信處：九龍旺角郵局信箱八五二一號

電話：K八〇八〇九一

The Journal of Historical Records

P. O. Box No. 8521, Kowloon

Mongkok Post Office, Hong Kong.

督印人：鄧少卿

總編輯：岳騫

印刷者：和記印刷有限公司

新蒲崗景福街一一〇號超達工業大厦十樓

總代理：吳興記書報社

香港租庇利街十一號二樓

電話：H四五〇五六一 四五〇七六六

國內代理：黎明圖書社

台北市重慶北路一段九十五號

電話：五四一五五八

星馬代理：遠東文化事業有限公司

新加坡厦門街十九號 檳城沓田仔街一七一號

泰國代理：曼谷青年文化服務社

曼谷黃橋東北路五六六號

越南代理：聯興書報社

越南堤岸新行街二十二號

其他地區代理：

澳門：可大文具店
亞庇：利民公司
千里達：中華公司
菲律賓：華安書局
倫敦：東寶公司
芝加哥：杏林春
波士頓：中西公司
三藩市：新生圖書公司
三藩市：益智圖書公司
加拿大：香港商店
漢城：汎亞書籍公社
寮國：永珍圖書公司
斗湖：光明書店
菲律賓：玲瓏書局
紐約：友聯圖書公司
紐約：友方圖書公司
洛杉磯：永安堂
檀香山：大元公司
三藩市：文化商店
加拿大：新國華公司

劃時代的民國十三年（上）

——第一次全國代表大會的回憶——

黄季陸

中國國民黨第十次全國代表大會於五十八年三月二十九日在台舉行開幕典禮，自民國十三年一月二十日第一次大會在廣州集會，到現在已是第十次大會的召開。從第一次到第十次我都是出席人員之一，就個人而言可以說得上是一件幸運而值得回憶的事。

一、劃時代的民國十三年

我於民國十二年的冬天，當選國民黨加拿大總支部的代表，回國參加民國十三年在廣州召開的第一次全國代表大會，那時我尚是二十餘歲的青年，轉瞬間我已是七十歲的人了，時間過得多麼快呀！

從民國十三年一月二十日算起，到民國五十八年十全大會開幕之日，恰好是四十五個年頭又兩個月零九天，當時出席第一次大會的代表今日尚留在台灣的僅有張知本、李宗黃、白雲梯、李肖庭、苗培成、延國符諸先生和我七人，年齡最長的有九十初度的張知本先生，八十初度的李宗黃先生，其中最小的要算是我和延國符先生，然已是坐七十望八十之年了。

我從民國十三年參加第一次全國代表大會，到五十二年參加第九次全國代表大會，時間、地點自然變易，參加的人亦年有不同。但在每一次的大會期中，每當會前會後我坐在大會塲裡，向主席台注目凝視，總理的笑貌聲音却仍時時重現在我眼前耳際，彷彿我又重回到民國十三年的第一次全國代表大會會塲，彷彿我又回到我二十餘歲的青年時代。可惜，這景像不是夢境，因它不如夢境般長，而只是一時的幻象，是那麼短暫，待我稍一清醒，我所仰望的仍是主席台上高懸着的總理莊肅的遺容。最使我百感交集的是在主席恭讀總理遺囑時聽到「務須依照余所著『建國方略、建國大綱、三民主義及第一次全國代表大會宣言……』」一段，這是中山先生臨終交給我們的任務，其中我們還有若干至今尚未完成的，而我又是一次大會時的宣言審查委員之一，怎能不引起無限的慚感與追思！

總理中山先生是民國十四年離我們而去的，到今天亦快四十四年了。

此次十全大會召開的使命是什麼？是大家最關懷的一件事。在我看來，此次十全大會的使命，雖然由於時勢的推移，今昔有所不同，而在革命的總目標上則仍是第一次大會總理交給我們的使命的繼續。

二、令人難忘的中山先生開幕詞

在我的記憶中，總理第一次全國代表大會開幕典禮的訓詞，就是一次對我們最剴切而難忘的革命使命的指示。他說：「這次大會是本黨民國以來的第一次，是我們幾十年來革命黨人流了許多熱血和心血，犧牲了無數的聰明才力換來的日子。」

大會是民國十三年一月二十日開幕，所以他說：

「革命黨推翻滿清第一次成功是在湖北武昌，那天的日期是陽曆十月十日，是一個雙十日，今天是民國十三年的一月二十日，又是一個巧合的雙十日，所以這個會期與武昌起義的日期有同樣的歷史意義。」

大會代表聽了這段話之後，頓覺心情開朗而愉快，說到此地，他的語音忽又轉得很沉重的說道：

「過去革命失敗的最大原因，是當時革命黨人外面見到外國的富強，中國衰弱，被人凌辱，內面受到滿清的專制，做人奴隸，幾乎有亡國滅種的危險。革命黨人發於天良，要想救國救種，便非革命不可，但革命何時成功？成功以後究用何項具體計劃去建設國家，大家都不加注意，只憑各人良心的驅使，不計成敗，不惜犧牲去奮鬥，所以造成各自爲戰，沒有嚴密的組織和紀律的局面。辛亥雖推翻了滿清專制政體，然到今日民國成立了十三年，革命仍無結果，仍然是失敗！所幸我們現在還有廣州一片乾淨土，有機會來集合海內外同志聚集一堂，共商今後革命的大計。我們從前沒有想到召開這種全國代表大會來研討革命和黨務進行的重要，是因爲我們受了滿清官僚餘孽的欺騙。辛亥武昌起義因爲革命成功得太快，從前反革命的官僚，也僞裝成革命黨，滲透到我們黨裡來，一部分同志受了官僚的包圍，中了官僚的毒素，便種下了我們革命失敗的總因！」

總理說到此時，態度顯露出十分的嚴正。他一再的反覆重述：

「這是我們過去失敗的總因！這是我們過去失敗的總因！」

總理的聲調頓然宏大起來。然後他又從容的繼續說道：

「官僚拿什麽來欺騙我們呢？他們說：『革命軍起，革命黨消。』既然革命黨消，便只有官僚和軍閥的世界，沒有革命黨人的立足點了！到了今天我們才覺悟了，我們才知道這句話的危險，所以我們今天要說：『革命軍起，革命黨成。』來恢復我們革命黨的精神，來挽救從前的失敗。我們要改造國家：第一要有一個堅强的革命黨；第二要有很正確的共同目標。從前我主張以黨治國，現在想起來實行這句話爲時尚早。我們的國家現在還是紛亂，社會還是退步，所以我們國民黨今天的責任還是要先以黨建國，才能說得上以黨治國，國都建不起來，何能求治？現在中華民國的國基尚未鞏固，我們必須要另下一番功夫，把國家再造一次。這個把國家再造一次，使國基鞏固起來，便是我們今天的任務！」

他又說：

「我們這次的大會不是尋常的懇親大會來聯絡感情，不是尋常的討論來議決例行事件，而是把我們幾十年來所得的經驗和發明的種種方法，在此國內外情勢大有可爲的時候集海內外同志代表，把這些經驗和方法提出來供大家採納。我們在大會之前已經組織了一個臨時中央執行委員會，做了一番準備的工作，自今天起要把籌備的各項方案計劃，逐日提出來供大家討論研究。要大家贊成這些方案帶回去實行，那麽，本黨一定發展，革命一定可預卜成功！」

總理說到這裡，以很重的語調，總結此次大會改組的意義：

「第一是把本黨改組成一個有組織、有紀律、有力量的革命黨；第二要用本黨的力量去改建中國。」

「除了上述兩件事以外，另有一件大事要大家特別加以警惕，那就是本黨從前不能成功的原因，不是敵人有什麽大力量來打破我們，而完全是由於我們自己破壞自己……我們此後要團結一致，把自己的聰明才能貢獻到黨內來，不可歸個人所用，要歸黨內所用。大家團結起來爲黨爲國，爲同一目標爲同一步驟而奮鬥！革命成功最要緊的條件是全黨同志精誠團結，團結的要義是：第一要犧牲個人自由；第二是要貢獻能力，然後全黨才能有能力，等到全黨有了自由有了能力，才能担負革命的大事業，才能改造國家，實現國家的自由。本黨以前的失敗是各個黨員有自由，全黨無自由，各個黨員有能力，全黨無能力，我們今日改組便要先除去這個毛病。我們應當反省，應當補過，爲今後的革命成功而奮鬥！」

聽衆以感慨奮勉的心情，聆聽總理的講話。

這時整個會場如嚴冬深夜那樣靜寂，而每個人內心，則燃燒得像火一般的熱烈，最後爆發了如雷的掌聲，經久不歇。

這是民國十三年一月二十日，總理在第一次全國代表大會開幕時對大會使命的剴切訓示，在四十五年後的今日，我們重溫上述訓示，雖然今昔情勢有所不同，而十全大會的使命與努力，在革命的總目標上，仍將是繼續第一次代表大會的精神，以完成總理未竟之志業的。

三、大會宣言審查委員的提名

——一個不被重視的年輕人——

民國十三年一月二十日，第一次全國代表大會開幕以後，當日下午繼續舉行大會，由中山先生提名胡漢民、汪兆銘、林森、謝持、李大釗等五人爲大會主席團主席，經大會通過後，旋即提出大會宣言審查委員會人選案交由大會討論。中山先生主張宣言審查委員會人數爲九人，由大會選舉。經過討論之後多數代表均不贊成由選舉方式產生，主張授權總理，請他指定。很顯然的當時會場中呈現出兩種不同的心理，由於代表中有一部份是新近加入的共黨份子，在他們來說，如果選舉，恐怕他們是不易當選的。在老一輩的代表中，也許顧慮青年人不會選舉他們，而且又自許追隨總理多年，黨齡悠久，如果由總理指派，他們當然希望很大。由於這兩種心理，不期然而然的，都共同主張由大會授權總理指派。

中山先生在考慮審查委員九人的人選時，自然必須考慮到老同志和本黨青年與共黨加入本黨的份子，以適應當時的事實。因**此他提出了以下九人爲宣言審查委員會委員。**

胡漢民、戴季陶、葉楚傖、茅祖權、李大釗、恩克巴圖、王恒、黃季陸、于樹德。

胡、戴、葉、茅、王五人爲本黨老同志，李大釗、于樹德爲著名的共黨分子，恩克巴圖爲蒙古代表，似乎被認爲與共黨份子較爲接近。我本人的被提名，可能要我代表青年，或者因爲我是加拿大選出的代表，要我代表海外的黨部參加。可笑的是當總理把九人的姓名唸出時，對其他的人，大家都無異議，惟獨唸到我的名字黃季陸時，會場中竟有「不知道」或「不認識」之聲數起，我細看這些說話的人當中，有年歲較長，且有與我相識的同志，使我感到有些驚異和不安。我那時雖然年紀輕，但我的黨齡却不後人，不知道的人似乎很少。這一反應大約是他們原都自以爲有被總理指派的可能，而却沒料到總理會指派出這樣年輕的我。最初出茅廬，便受到這樣的一項挫折，當時是很感有些困擾的。最可感的是中山先生，他馬上叫我站立起來，特地把我向大會介紹一番，大家才默然無言。

大會宣言的初稿，是由總理事先準備，經由大會前臨時中央執行委員會提交大會討論的。在起初的一般問題上，還不覺得九個審查委員之間有什麽特別不同的主張，分不出國民黨和跨黨份子之間，劃有什麽鴻溝，却是到了後來討論到宣言和政綱的重要問題上情形就兩樣了，我們與跨黨份子之間便頓然發生理論與政策上壁壘森嚴的現象。爭論爆發點表面上是在民生主義的觀點的差異，而實質的問題則完全在民族主義和民權主義方面，國民黨員和跨黨份子間有根本不同的觀點和立場的存在。

四、宣言審查委員會的陣容

李大釗、于樹德二人在宣言審查會中發言不算多，但是態度却一致而堅定，討論問題的時候，很少有自發積極的主張，但却時時利用國民黨同志間對某一問題正反兩種意見尖銳化的時候，他們總是倒在一方，壓倒另一方，這樣常常使我們自己同志之間留下不快之感，而跨黨分子反而常爭取到了友軍。此種情形屢試不爽，這原是共黨滲透分化別人，瓦解別人的一套法寶，他們並不在乎一定要馬上拿出他自己的主張來，使別人注意和防範。因爲他們的目的先只是在滲透，擾亂你而已，到了你已經分解了，陣容混亂到沒有力量的時候，他的眞手段才全套拿出來，使你防備不及也後悔莫及。畢竟李大釗、于樹德二人還有一些書生和人情味，這與我後來遇到的共黨份子那種兇惡詭詐的情形有些不同。這也許是共黨當時初立不久，參加的人還不曾受到蘇聯那種特殊的教育和訓練的緣故。

我在九人的審查委員中，也許因爲年紀太輕的關係，有時不免過於天眞，每遇爭論的發生，總是肆無忌憚一馬當先，和李大釗、于樹德二人弄到難分難解。現在回想起來，也自己覺得可笑！應當爭的地方固然不可輕易放過，不應當爭的地方又何必予人難堪，自討麻煩呢？不過這類的事，只有天眞無邪的青年人才做得出，而青年人的可愛處也許就在這些地方吧！

宣言分三章，第一章爲分析中國之現狀，第二章爲闡述國民黨之主義，第三章爲國民黨之政綱。政綱分對外政策與對內政策兩部份。對外政策共七條，對內政策共十五條，合爲二十二條。宣言中把主義和政綱分得太顯明，實則在宣言所附的政綱，即對外與對內兩項政策，在原則上此處所指之政綱即是政策。幾十年來在國內外有一極模糊的觀念，即爲主義、政綱、政策三者，往往弄不清楚，其原因第一是因爲宣言中的政綱實際就是政策，第二是宣言中所舉本黨的主義實質上就是政綱。但在一般的政黨很少有拿主義來標榜以作號召的。我之所以說宣言中的本黨的主義就是政綱是有所依據的：在第一次全國代表大會通過的中國國民黨總章中，首言：

「中國國民黨第一次全國代表大會，爲促進三民主義之實現，五權憲法之創立，特制定中國國民黨總章如左：

第一章　黨員

第一條　中國國民黨，不分性別，凡志願接受本黨之黨綱，實行本黨決議，加入本黨所轄之黨部，依時繳納黨費者均得爲本黨黨員。」

很明顯的三民主義、五權憲法誠然是國民黨之主義，而三民主義之實現，五權憲法之創立爲國民黨之黨綱，亦即是政綱，各時期所宣布和實行的對外對內的主張，便是我們實現三民主義，五權憲法的政策。由於在第一次全國代表大會宣言中，沒有把主義即是政綱，而政綱實際即是政策的話說明白，難怪後來不免產生出若干的爭論了。

五、反帝國主義綱領的爭辯

在宣言審查會中爭執最大的是民生主義和對外政策。民生主義所發生的爭議屬於主觀的組織的排他性而產生的居多，屬於理論上的爭辯並不如我們想像之大。換句話說，當時很自然的發生一種感情作用和成見，那便是國民黨和共產黨根本是兩個不同的政黨，因此民生主義不是共產黨所信奉的那套共產主義。這一爭議和成見，隨即影響到大會的空氣，我們和共產黨之間的鴻溝頓然清清楚楚地劃分出來。等到二十一日那天下午，第一次宣言審查報告提到大會之後，總理爲平息會場中此一爭議，特別對民生主義與共產主義的界說作一說明。

經過總理一番警闢的解釋之後，大家的情緒和會場的空氣才從陰霾四佈中趨向明霽。本來可以即刻把宣言審查報告提付表決順利通過的，但總理爲增加衆人的理解起見，特又指定宣言審查委員會委員，大會前的臨時中央執行委員，把全案重付審查，再提請大會通過。從這些地方可以看出總理處置大事的愼重和對於羣衆的領導，重在眞理的尋求出理性的發揮，並不以急於獲得羣衆一時感情的衝動和盲目的附和擁護爲滿足。

宣言經過第二次擴大審查之後，在二十三日的下午，便提交大會通過。

在宣言審查會中爭辯最烈的是：

一、關於收回租界、收回海關、取銷外國人在中國的特權的反帝國主義綱領部份。

二、是關於民生主義中土地農有的部份。

這兩項問題在宣言的原稿中都有明確的規定，都被我一力爭予以改變，或刪除，弄得面目全非。這件事至今想起來眞是幼稚得可笑。當時參加審查委員會的九個人，當中只有我一個人還健在，其餘的人除了于樹德不知所終以外，餘皆作了古人。這一段經過如果不由我忠實地把它敘述出來，以供研究近代史的一項參考，在我而言，是會感到歉疚於心的。我時時鼓勵青年人要天眞，坦率和勇敢，我現在雖然已不復是當年的樣子，却是當年那種青年人的精神，我仍然覺得十分可貴。自己的錯誤可笑，由自己傾吐出來，作爲後人的一個借鑑，總不能說它是一件無意義的事吧！

現在先談我反對把反帝國主義綱領容納在宣言和政綱中的理由和經過。關於收回租界與外人租借地，收回海關與廢除不平等條約，我反對的理由不是因爲我沒有胆量，而是由於我立論的出發點是從常態的政治情況，而忽畧那時是一個革命大時代的創始。在這一點上不僅我的認識不夠，就是胡、戴諸先生和專門以搗亂爲目的跨黨份子李、于二人也看不淸楚。不然他們不會那樣輕易的被我的道理所壓倒，一致同意把那些反帝國主義政綱的原意在審查會中冲淡或刪除。我所持的最大理由是：

一、西洋的政治家有一個信條，就是寧可失敗，而不可失信。一個健全的政黨也應遵守此一原則，如果一個政黨把做不到的事作爲對國民的一種諾言，來爭取他們的同情，問題不發生在說話的時候，而是在不能實踐諾言的場合，必定失去國民的信心，永久都不易收復回來。今天革命環境的艱苦和我們力量的薄弱，對於明明做不到的事情，又何必把它作爲眼前的主張，招致後來失信的後果呢？所以我認爲凡是做不到的事，最好不說，要說的我們必定要做到。這樣我們才能建立起國民對我們的信賴。全國代表大會既然決定每年開會一次，把這一類的問題留到力量充實，必可做得到的時候再行提示出來，豈不更爲妥當？

二、假定我們現在一點憑藉都沒有，毫無責任地把這些主張提示出來爲難反革命的北洋政府，倒不失爲一種想法。問題在我們現在治理的區域內，近在咫尺間的有沙面的租界和粵海關，再如香港、九龍和廣州灣，這些地方不是英國的租借地，便是法國的勢力所在。對這些現實的問題，難道我們可以不採取有效的行動，我們能夠使國民相信我們所說的不是謊言嗎？

三、我們必須認識，政治問題離開了現實，而僅是空言便將招致後患，我們不得不在此加以考慮。我們檢討一下今日的革命環境，除了廣州一地微弱的力量之外，華僑所在的地方，便是帝國主義的根據地。我們把反帝國主義綱領提出之後，首先受到摧殘的必定是海外的黨部，我們將未受其利而先蒙其害，聰明人豈是如此的作法？我是代表加拿大總支部來出席大會的，這樣有關海外黨務和同志利害的大事，我不能不嚴重的提請各位同志注意。假定各位不採納我的意見，本席保留在大會的發言權。

我上面的話理直氣壯，好似把大家說動了，却是李大釗很生氣的說：

「你既然要在大會去發言，我們何必要有這一個審查委員會？你應當有服從多數的精神。」

因爲李大釗說話的態度不好，我很氣憤的反擊他道：

「審查會的決定不是最後的決定，他的性質是因爲大會的人數過多，不易作精細的考慮，所以才成立審查會，由人數較少的審查委員作一精細的研究之後提供大會參考。爲達到此一要求，所以在民主國家的議會對於審查報告採取兩種辦法：一是多數的報告（Majority Report），也就是審查委員會多數決定的意見；

」是少數的報告（Minority Report），也即是在審查會中反對者的異見。為什麼要如此呢？這就是說：大會要知道審查會中正反兩方的意見，來作詳密的討論和決議的參考，你知道這是民主國家的一種良好的制度嗎？」

我說話的時候似乎顯得十分得意。李大釗回答說：

「這是資本主義國家的辦法，我們不屑於採取！」

我用很重的語氣對他說道：

「你所說服從多數也是資本主義國家表達民主的方法，那末你又何必要我服從？」

話說到這裡，彼此的情緒已經很壞，而我的詞鋒仍然很尖銳的繼續下去！

「資本論是共產主義的聖經，馬克斯寫這書的時候，最早是用德文、英文出版，研究共產主義的人是否因為德國英國都是資本主義的國家，也就連資本主義的文字都不讀了嗎？這樣的人還配得上稱為馬克斯主義的學者嗎？無怪一些讀了幾本東抄西竊，一知半解的中文小冊子的人，也要冒充共產主義的專家！」

李大釗不甘示弱的說：

「你這種言論和一些外國崇拜教的中國知識子一樣的可笑，這些人的意見以為不懂洋文，就不能做一個學者，哼！哼！」我跟即答道：

「這是五四運動初期的北大校風，與我無關。」

李大釗此時的神情很難看，會議大有繼續不下去的模樣。我現在回想起這段事，何以李大釗對我所說的話那樣感到憤怒，其原因是李是當時一般人所稱頌的共產主義學者，同時他又曾任過北大圖書館的職務，我前面所說的一些話，在他自以為好似都在諷刺他。

最後胡漢民先生以主席地位發言，他說：

「你們的話說到題外去了，在此停止吧！我們仍然回到本題的討論上。」跟着他提出了一個折衷意見，他認為大會海外黨部的代表人數很多，海外黨部自有他的困難，如果我們此時把收回租界，收回海關等反帝國主義的綱領太明顯具體的拿出來，的確影響很大，而且目前本黨的地位也不無顧慮之處，所以他主張：

一、把關於反帝國主義的政綱條款說得籠統抽象一點，不必太顯明的提出。

二、大會代表意見很多，「少數報告」雖然是很好的辦法，但是因為大家現在還沒有這個習慣和了解，此時還是以暫不採用為佳，以免反而引起大會許多問題來。

大家一致贊成了胡先生的主張，於是收回租界、收回海關、廢除不平等條約等反帝國主義的政綱，便被抽出而代表以籠統抽象的詞句。宣言審查報告於一月二十三日提到大會，沒有經過多少討論便由大會予以通過。

戴季陶先生在抗戰勝利後的南京，一天談到共產黨猖獗的情形，忽然問我，說道：「你當年真是初生之犢不畏虎」，我問他此話何所指，他說：「我想起你在第一次代表大會時，對跨黨份子那樣有成見，現在看起來，你當時是沒有錯的。當時你那種蠻橫的態度，正好似俗語所說的初生之犢不畏虎，不僅李大釗、于樹德兩跨黨份子受不了，就是展堂先生（指胡漢民先生）也把你無可如何。轉瞬又是幾十年，現在你都兒女成羣了！」言下似乎不勝其感慨。

勿論如何，我至今對李大釗、于樹德兩位先生的學養，仍表示其懷念，因為我後來所見到的共黨分子，多半是粗線條的土匪作風，不似他二人那樣的溫雅！

六、限制跨黨案的提出與爭辯

在總裁所著「蘇俄在中國」一書，第二十六頁第八節中曾有如下的記載：「在大會中（指民國十三年中國國民黨第一次全國代表大會），方瑞麟、江偉藩、黃季陸等提議，在黨章中加一條文，規定本黨黨員不得加入他黨。」我是當日當事人之一，特檢出舊時日記加以整理，叙述此事之經過，以供治近代史的人作一參考。

在第一次全國代表大會中激起了很大的爭辯，而又爲我所親自參與者，有三個大問題：一是關於大會宣言審查之爭辯，因爲我是宣言審查委員之一，共黨委員李大釗、于樹德便成了我們爭辯的對象；二是本書中所言之不許跨黨案；三是我所提的「採用比例選舉制爲本黨政綱之一案」，爭辯的對方則爲共黨分子毛澤東、韓麟符等，回憶起來已不覺是四十五年以前的事。四十五年的時光在歷史的過程中是小乎其小的一回事，而在一個人生的歷程中則不算得不是一件很長的歷程了，當日所爭辯的問題，在這四十餘年以來，幾乎已演成一不知底止的世界洪流，此一洪流終將被人類的智慧所遏止，以奠定人類和平幸福的基礎，當屬必然的。

民國十三年中國國民黨第一次全國代表大會，關於不許跨黨案的爭辯，是容共問題呈露出裂痕的一個開端，今日盤據大陸的共黨頭子毛澤東在這一次爭辯中便已初次露面，我現在把當日經過的實際情形加以叙述，或可以爲總裁書中所示此一事件之重要性作一說明與參考。

第一次全國代表大會開幕是十三年一月二十日，在一月二十八日的上午，大會的議程是「總章審查委員會的報告」，主席胡漢民先生宣佈開會之後，即由汪兆銘以審查委員會主席的資格提出報告。本來在大會開幕之前，有一部份老同志如林森、鄧澤如、謝持、方瑞麟諸先生和海外代表們，即已對滲透在黨內的共黨分子有所懷疑，曾在廣州太平沙一個住宅裡舉行過好幾次談話會，預備對於共黨分子加入後有所取締防止。大會開幕之後，本來預備好了一個提案，因爲要推出一個資深望重的同志做提案人，而資深望重的人，又因顧慮多，遇事審愼，一要他自己當先，却又謙虛遜謝了。要由年輕的同志出馬吧，又怕資格太淺不孚衆望，所以到了大會開幕之後第九天還不會將此案提出。我當時是竭力促想成這一提案的人之一，幾次三番我都自告奮勇，把提案的責任擔起來，却不爲一般同志所重視，無已，只有忍在心頭待機而發。

當汪兆銘作了黨章審查報告之後，大會代表方瑞麟即請求發言。他提議應在總章第一章第二條之後，增加一項條文爲「本黨黨員不得加入其他政黨。」他的理由是一個黨員只應有一個黨籍，如果有了一個以上黨籍的人便須脫離一個，因爲那時的共黨分子才是兩重黨籍，他們加入了國民黨之後，而仍然維持了共產黨的黨籍，我們那時指這般人爲跨黨分子，跨黨分子在此一提案通過之後，必須在下列兩條路當中選擇一個：一是脫離共產黨的黨籍，二是脫離國民黨黨籍。那天的大會主席胡漢民先生，他以主席的地位諮詢大會有無附議？於是附議之聲四起，本案便獲成立，由主席交付討論，辯論便自此開始。

好似共黨事先早有準備似的，共黨首領李大釗便以黨章審查委員會委員和共產分子的代表地位要求發言。於取得發言地位之後畧謂：

「本人原爲第三國際共產黨黨員，此次偕中國共產黨黨員及社會主義青年團團員加入國民黨，是爲了要遵守國民黨的主義和黨章，來參加國民革命事業，絕不是想把國民黨化爲共產黨，乃是以個人資格參加國民革命事業……」

「我們環顧國中有歷史、有主義、有領袖的革命黨，只有國民黨，可以造成一個偉大而普遍的革命黨，能負解放民族，恢復民權，奠立民生的重任，所以毅然投入本黨來。」

他說話非常動聽，同時並散發書面說明，他在事前早有準備是很顯然的一件事。由此可以知道在大會開會前與開會中，對於共黨排拒的暗流是如何的早已在醞釀着。不許跨黨案的提出僅僅是揭開此一問題的序幕，而李大釗的聲明正是在針對此一事實，企圖用共黨笑臉來緩和當時的局勢而已。

（未完待續）

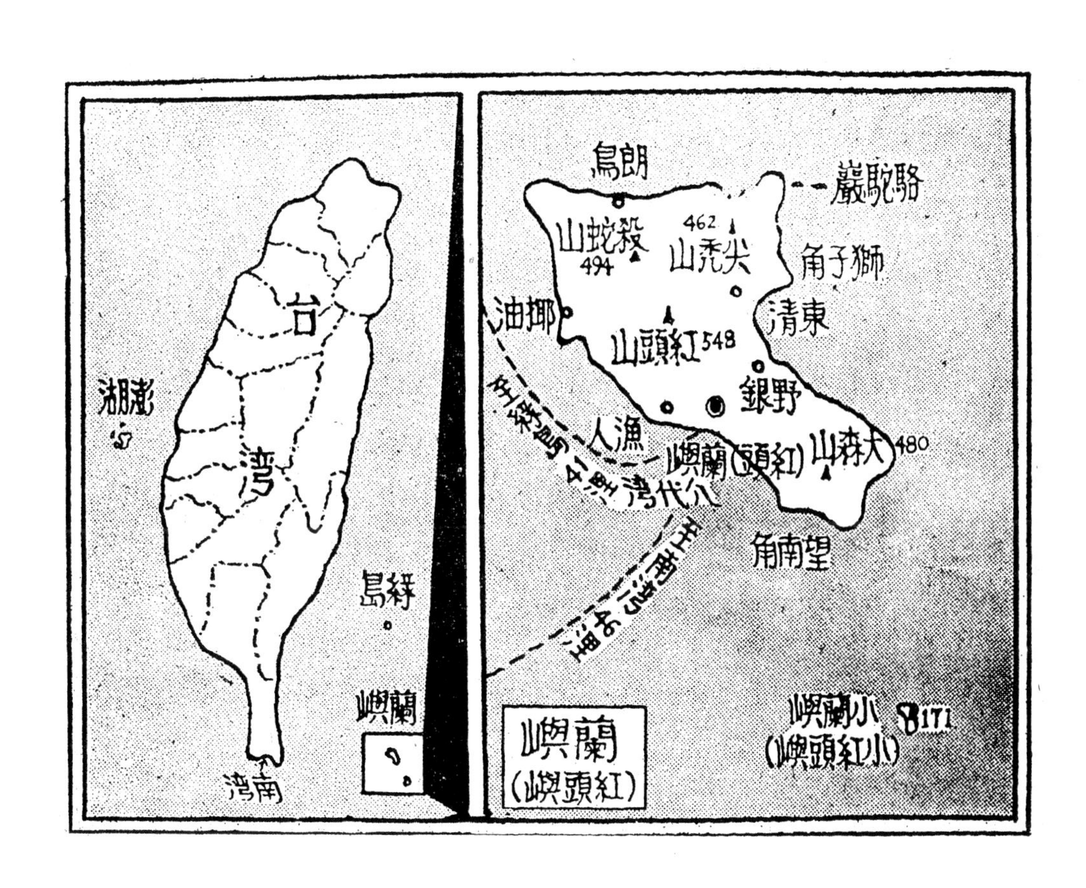

蘭嶼巡禮

農牧觀光資源豐富
開發前途已露曙光

蘭嶼以盛產蝴蝶蘭而得名，舊稱紅頭嶼，因島上有岩石，狀似紅人頭，故以紅頭名之。位於東經一二一點五度，北緯二二度，北距台東四十九海里，西距鵝鑾鼻四十海里。蘭嶼面積四十五點七四平方公里，周圍三十八點四五公里，是台灣最大的火山島嶼，也是台灣僅次於澎湖的第二附屬島嶼。小蘭嶼在蘭嶼南三海里，面積僅一點五七平方公里，周圍四點九六公里，海岸多為懸崖，尚無人居。

行政院長蔣經國，和台灣省政府主席謝東閔，對山地建設，非常重視。最近，都曾到蘭嶼去看過。在「看沒有人看的地方，照顧沒有人照顧的人」的指示下，蘭嶼的開發，已露出曙光。

蘭嶼居民，多為雅美族山胞，聚居於紅頭、漁人、椰油、野銀、東清、朗島六個部落，山胞人口為二千四百餘人。日據時期，蘭嶼是台東廳管轄下的一個特殊地區，由八名警察負責管理，日政府採納某學者的荒謬建議：認為蘭嶼無開發價值值，嚴禁一

蘭嶼風光

切外人移殖開發建設，保持山胞原始生活狀態，專供研究原始社會、人類學之用，以致蘭嶼山胞生活，仍停滯半原始狀態中。

台灣光復後，政府在種族平等原則下，於民國三十五年六月一日成立蘭嶼鄉公所，由山胞直接選舉鄉長，實施地方自治，目前蘭嶼鄉，除鄉公所外並設有鄉民代表會、衛生所、警察分駐（派出）所、戶政事務所以及村辦公處，一切體制，與平地無異。政府深感欲以改善山胞生活，必先從教育着手。現在，全島已有蘭嶼、東清、椰油、朗島四所國民小學，另有一所蘭嶼國民中學，就學人數六十二學年度共爲六百零三人，約佔總人口的四分之一。

雅美族山胞，爲本省唯一不飲酒的山胞，生活簡單，日食兩餐，以水芋、甘藷爲主，魚類爲副，肉類極少，不吃蔬菜。煮法簡單，飲食時席地而坐，以手代箸，禁忌的食物很多，例如不吃鷄蛋，吃了會沒有生殖能力。居處簡陋，挖地爲穴，砌石爲垣，木材爲架，茅草作頂，高約一點五公尺，與地面成水平，其內僅可盤膝而坐，不能站立，不開窗戶，不用被褥，炊事、飲食、睡眠混在一處。但每家都有一個涼亭，類似瞭望台，高出地面約一點五公尺，休閒時男女老幼，環坐其上聊天，男子經常裸體，下部纏以布帶，盛裝時上身着麻織戰胄，頭戴籐帽，婦女上身以方布蔽胸，下身着圍裙，盛裝時加戴麻製帽子，並掛各種貝殼飾物，現在，許多青年男女，衣著入時，不輸平地，而兒童仍多經常裸體。

雅美族，老一輩的山胞，有一生沒有到過台灣本島的，民性迷信，懼鬼却不信神。陋習很多，婚姻由父母定聘，儀式簡單，婚後任意離異，婦女生育時，在附近另闢居處，以供臨盆，不得與家人同居，嬰兒出生三日後，產婦照常工作。雙包胎之後出世者，視爲魔鬼轉世，非殺之不可，現在政府已指示衛生所，如遇有雙胞胎，即及時加以開導，以免發生悲劇。

雅美族山胞，安於現實，無慾望，只要足夠日食兩餐，儘管

是最好生產或收穫季節，他們照樣環坐在涼亭上聊天，悠然自得，與世無爭，不過，年青的一代，已進步多了。迄至六十二學年度爲止，蘭嶼鄉共有國民中學畢業生一百二十六人、高中高職畢業生十人，在外地就業者三十三人，他們見識廣了，生活方式，亦逐漸平地化。

省民政廳爲改善蘭嶼山胞生活，曾經運用社會福利基金，補助山胞興建鋼筋水泥平頂房屋六十四幢，當時都無人同意居住，現在，年青山胞，與外界接觸較多，民智日開，對住宅的需求，也逐漸迫切，省民政廳已同意每年繼續補助山胞興建房屋一百二十幢，預定於八年內全面改善山胞居住問題，省民政廳並考慮保留一、二個原有山胞原始部落，專供原始社會及人類學研究，和觀光之用。

蘭嶼所產蝴蝶蘭。異於本省各地，一般均爲葉長而薄，而此地的蘭種，圓葉肥厚而花瓣純白，寄生於榕樹幹上，花如蝴蝶之飛舞，經月始凋，惟現在大多被人採去，所見不多，島上還有一種特產，叫紅頭葛藤，經日人分析葛藤成份，從莖葉提鍊治療肺結核特效藥，據說：蘭嶼居民無患此病者。此兩種特產，如能再加研究推廣，必將成爲蘭嶼的財富。

蘭嶼最大的缺陷，就是交通不便，近年來，在台灣警備總司令部蘭嶼地區指導部的協助下，已完成雛形的環島公路，惟交通工具，尚付闕如。改善環島公路及開辦公共汽車，是蘭嶼當前的急務。

蘭嶼對外交通的發展，應屬開發蘭嶼的先決條件，目前蘭嶼與台東間的交通，全賴七十五噸級的客貨輪—蘭嶼輪維持。因噸位太小，每年春末夏初，氣候轉佳，尚能維持正常航行，其他季節，尤以秋冬之間，東北季風季節，海上風力强勁，恒有數十日斷絕交通情形。省政府已核准補助一百五十噸級客貨輪一艘，俟完成後，海上運輸或可改善。

目前台灣航空公司，備有中小型飛機，經營台東—蘭嶼的包機業務，不定班次航行，中型者可乘八人，小型者可乘五人，每人往返票價九百元，由於島上僅有雛形機場一處，無標準跑道及航空管制設施，故未能正式開闢航線，定期航行。

蘭嶼在五十年的日本警察統治下，長期閉塞，文化落後，所以，雅美族山胞，也是所有山胞中人口最單薄，生活最原始的一族。光復後對政府的種種德政，反有茫然不知所措的感覺，老一輩的山胞，視接受教育爲一種負擔，不願子女上學，據說，在蘭嶼國民中學成立之初，一些老山胞頗有怨言說：「我的孩子已替你們唸了六年的書了，你們現在還要他們再唸三年」：政府爲了鼓勵他們就學，特准享有公費生待遇，供應膳宿，他們才樂於接受。

蘭嶼，全境皆山地，沿海爲狹長平原，北寬南仄，中部東西皆成灣澳，東稱東清灣，西稱八代灣。嶼之最高峯爲紅頭山在北，海拔六百另四公尺，東有大森山，海拔四百七十三公尺。嶼上有椰油灣、椰油南溪、漁人溪、紅頭溪、野銀溪、東清溪、東清東溪、朗島溪、朗島東溪等九條溪流。年平均溫度攝氏二十六度，平均年雨量三千一百二十二點六公厘，平均雨日二百四十七點八日，雨量充沛，可以發展農牧事業，惟以該島爲亞熱帶氣候之典型島嶼，風力强暴，聞名於世。

蘭嶼雅美族山胞，固執守舊，懶惰成性，飽食即足，不求進步。省民政廳輔導他們種植水稻，因水稻栽培，要播種，插秧，除草，施肥……手續麻煩，不若水芋，甘薯，種植下去，等到長成後挖來就吃，來得方便。到現在他們仍不願種植水稻，省糧食局曾經補助興建現代化的猪舍七十六棟，結果無一人加以利用。

雅美族山胞，語言單調而冗長。言調不清難辨，亦無文字，但多具有美術天才，據蘭嶼國民中學一位老就說：該校學生對雕刻及繪畫都很擅長，最足以代表雅美族文化的，是他們自製的漁船，船名「塔打拉」，船之頭尾翹起，似犄角，兩舷雕刻各種圖案。五彩繽紛，色澤鮮艷，形式極美。

捻匪與山東李氏女子

王藩庭

余寫此章，旨在介紹捻匪起事始末，山東李氏女子，僅其一端。讀者如認爲文不對體，敬請諒之。

成王敗寇，古有定論，洪楊一代，究應何屬？尚難肯定。捻匪者，太平天國之別支也。崛起雖不相關，終極殊途同歸，並互相聯合，受封爵號，爲時近念載，縱橫中原八省。草澤締創，其中不乏奇人傑士在焉！因事迹較洪楊載記爲尠，故鮮有知者。

捻匪首領張洛行者，（原名樂行）皖北蒙城雉河集北十五里張老家人。數世務農，家道富裕，稱雄一方，出自該地望族。及洛行應世，即在肆上蒸酒，兼理商業。爲人豪俠尚義，急人之急，儼然一方朱家郭解之流。稍識文字，常慕孟嘗君之爲人。酷好賓客，座無虛席。一時四方數百里內，亡命之輩與鷄鳴狗盜之徒，遠耳其名，咸盡歸之，通稱老洛或小孟嘗而不名。日久貲不繼，供客之用，時告枯渴。不得不另闢財源，以濟開支。

清時鹽務，引岸分明，有屬官辦，有屬私營。雉河北十八里爲北淝河，淝河北岸爲官營衛鹽區，南岸劃爲淮泗鹽區，准民運私售。當時交通不便，時有此盈彼缺，價目懸殊。强梁之徒，乘機私販，謂之鹽梟。洛行食客在門，均屬此輩，地利人和，不啻爲其天然專利矣。始則數十人偷載，繼至數百人，明目張胆，公然押運，官商畏其勇猛而不敢禁。久之，食客中爲洛行謀者，分班劃路，部署其衆，亂階之成，肇基於此。

清咸豐二年，蒙邑新任巡檢（類似現在警察局長）少年氣勝，初出之犢也。閱邊雉河集，見洛行門庭若市，賭棚林立，怒其違禁，遽令從吏捉拿賭犯，從者內中一人趨前輕語巡檢謂：「是賭爲洛行所設，歷年如斯，不能輕於從事。」巡檢不知底蘊，大怒而言曰：「既係洛行設賭，即逮捕洛行解城法辦。」語畢覲身直前，喝令拿辦洛行。一時羣衆憤怒，哄動抗拒，巡檢當時被殺，從吏死者十三人，餘者三四。皆係洛行門者相識，否則無噍類矣。

蒙邑縣令，獲悉事件，以悍民戕官，暴動不軌，申報大府。洛行至此，遂集合部屬，揭竿而起，製旗反清。捻匪起源，開始端由，情形如此。

捻字字意，即兩指相搓，捲麻爲繩曰捻，吾鄉婦女，用二指捲小麻繩製鞋，曰捻麻繩子，此係方言，他處是否相同，未得其詳。辭源註解，一部如此，尚屬正確。至謂「燃紙繩爲遊龍之戲，結黨擾亂北數省者，俗謂捻子。」此係嘉慶間事，並未公然抗拒官府，亦未擾亂數省，所云似是實非。蓋洛行起事之始，遠道搶刼，或攻奪城池，多於深夜爲之。用油繩燃亮，照明開路，指示目標，以便從黨奔赴。持捻者，勇猛直前，目標明顯，危險愈大。故凡持捻者，必係頭目首領，悍勇之輩，吾鄉現在仍傳稱昔年捻頭某某，考證明顯。

洛行樹幟之後，旗分黃、紅、藍、白、黑五色，自居黃旗。餘由龔德樹（清書稱龔瞎子），孫葵心，江臺靈，吳雲生等主之。復於正旗之下，又分某旗某邊，五色互易。凡變化之旗，各置正一人，副二人，以領其衆，謂之捻頭，又稱旗頭。如遇出軍遠行，或臨時抗拒清兵，白日樹旗，夜間燃捻，以爲號召，對從黨拔幾成數，分若干捻，每捻多少人，以視敵人大小而定之，儼然以捻爲基本單位矣。故捻者，又洛行軍中之術語也。

是時雉河集南北五六百里，東西三四百里，皖北豫東，浸及魯西蘇北一角，均爲洛行勢力範圍。平時家居，有警燃捻而出，大有寓兵於農之概。

咸豐三年二月十日，洪楊陷金陵，不久定都。洛行派一鄭姓專使，往修牛耳之盟。接觸頻繁，使節在道。遂受封掃北王爵號，承其旗印。然除正旗之上，加太平天國龍旗之外，爲便於指揮，餘仍照舊。林鳳祥率師北上，路經皖北，洛行助軍五萬，爲其前驅。南北大營圍困金陵，復派龔德樹領兵號稱二十萬衆，出師勤王。進駐江北烏衣。李續賓，曾國華皖省三河之敗，洛行於事前，亦曾命大捻首江臺靈率部參預是役，斷其後路。致使湘軍精銳，全軍覆歿。然終洛行之世，除上述外，餘則出兵並不太遠。後之捻亂數省者，乃其族侄張總愚事也。

總愚原名宗禹，清書改爲總愚。時清廷以江南大亂已成，中土勢將燎原。遂抽調蒙古吉林騎兵四萬匹，派僧格林沁，南來進剿。僧氏於直隸消滅林鳳祥，李開方後，即馳軍皖北，督剿洛行。洛行亦率師出境，至豫東邊界迎阻。大小七戰，殺傷相當，互有勝負，旋即不濟，節節敗退，撤回老巢。清師隨之，逼近雉河集西尹溝，僅七里，洛行傾全力以禦。交戰由晨至申，雙方勝負，尚未分明。最後，清軍增援部隊到達，使用銅砲進攻，捻衆不知是何武器，遂大潰敗，散不成軍矣。

洛行慘敗，輕裝簡從，各處奔走，發動從黨，意圖再戰。後走至雉河集東四十里之李寨，乞援其遠親李某，李亦健者，適是時，寨中有在清軍中服役者，乘間返家省親，慫李投官，大賞可獲。李信其言，遂執洛行以獻清軍。僧格林沁將洛行帶至亳縣，極刑而死。至清鑑載被誅於宿州者實誤也。

洛行罪爲欽犯，全家處決。當時有一寵妾，腹中懷孕，判爲緩決。數月後產一男孩，亳縣豪俠之士，有爲洛行友好者，竟用白銀千兩，賄通監內獄吏，買一女嬰，易抱以出，養於鄉間，妾即被殺。當洛行失敗籍沒時，查充家產，其鄰人復爲隱藏土地三百餘畝，後抱出之子成童，全數歸之。清末法禁稍懈，即還鄉耕植，復名姓矣。抗戰之前，其裔孫名耿才者仍健在。民國十七年各縣黨部成立之初。耿才曾上書黨部，稱其祖爲反清革命，請求發還其前充公之財產。當時黨部負責人爲同邑趙敬昌先生（現在台服務），曾接受其申請書，並爲轉報上級云。

張總愚，洛行之族侄也，距洛行所居僅三里。少年讀書，數困塲屋，爲一不第秀才。身長白皙，恂恂書生，性深沉，善權謀。有時爲童子師，旋又去之。洛行首事時，邀其參加計議，總愚屢却不出。洛行需人，尤需文墨之士，遂刼之。並告以云：「汝非張姓族種也，何其怯也。再不從命，即殺爾全家矣。」總愚不得已，始從之。洛行委以軍法軍書之事，初次出征壽州，抗拒官軍，（壽州爲皖北總兵駐防地）至鳳台境，因欲襲敵，夜間傳令，禁燃燈火，並戒賭博。時有洛行近房叔父，亦即總愚祖父輩也。爲一捻之首領。率二百人，駐最前方。便命燃燈聚賭，被總愚查見，執而立殺之，置其頭於桌上，使兩士兵抬之，遍走軍中，以示命令徹底，違者決殺無赦。及洛行聞知，欲救已無及矣。乃大罵總愚曰：「汝小子眞活閻王也。」總愚反顏對曰：「孫武演陣，尚斬美人。今日敵人在前，法令不行，何以成軍。明日交戰，誰顧赴死。如任我，今後之事，如此而已。」洛行由是深奇之，多納其謀。而小閻王之綽號，遂遍傳捻中，即由此來。因少年勇猛，性復剛果，不數年，在捻中大露頭角，參預機要。當時捻中首領，江臺靈，孫葵心，龔德樹，劉烈王，吳雲生等，皆係洛行同盟兄弟，在總愚為後輩，仍多以小子視之。惟有龔德樹係秀才出身，足智多謀，除領正旗外，尚兼各旗總管，（如今之參謀長職）儼然捻中智多星吳用。，常對洛行曰：「總愚君家之千里駒也，吾捻如大功可成，當由此子手中得之。」又如任柱者，雉河集西南二十五里任老家人常與總愚同學，年相若，二人私交甚契。因總愚入捻，亦糾合近村親鄰族衆，幫助總愚。二人在捻中，可稱少壯派，治軍頗類古法，號令嚴明，目光遠大。太平天國林鳳祥北征，路經皖北，楊秀清手飭洛行，林出兵協助。諸捻集議，數日未決。大頭目均不願出兵，會同北上。惟總愚極力主張，應立即出兵協助之。洞陳時勢，反覆分析。聲言如不參預，將來雙方，誰成誰負，均無立塲。並舉劉項入關為例，只有首先破秦，然後始能議及他論。後各捻頭雖經總愚說服，但又不肯親自遠征，互相推諉。經總愚龔德樹商請於洛行，調撥捻軍五萬人，命任柱率領，隨林軍北上，為其前驅。迨林鳳祥北伐失敗，部將賴汶光尚餘兵力一支。汶光本屬秀清派系，値秀清為北王韋昌輝所殺，不敢南歸，遂與任柱軍合。後被稱為東捻者，淵源即由此來。捻中稱賴為南方兄弟軍，又被稱為南軍。

當僧格林沁率軍南下，洛行在豫東迎區失敗，及退至雉河集附近。總愚即建議洛行，不必即行決戰，應分兵四面退守，待敵進至集內，料僧軍當以克復捻之老巢，必大事慶功設宴，於夜間人馬休息時，四面圍擊之，必覆其軍。洛行及江吳等各大捻首，未納其議。僉以官軍已至腹地，如不迎戰，士氣有關，一日四退，集合匪易，恐誤時機，遂接戰，故有此大敗。

及洛行死，總愚遂專任其事。重新佈署，編組黨羽，採取精兵政策，淘汰老弱，以騎兵為主，步兵次之。千金市骨，招購來馬。在其捻區範圍之內，平時一切措施，皆委其黨羽大小捻首掌管之，以代替政府法令。凡遇出軍，務備四日乾糧，逾期始准就地取食。因之地方秩序井然，夜不閉戶，眞可謂盜中有道矣。其行軍每多啣枚疾走，飄忽不定，使官軍無從捉摸，即跟踪亦難知其方向。作戰則避實擊虛，以大吃小，敵進我退，敵退我進，以疲其軍，然後始戰，故每戰勝多負少。以今日言之，實優良之游擊戰術也。故曾文公督剿捻時，曾上書奏摺有云：「臣查該逆（指總愚）狡詐多端，飄忽無常，從不堂堂之陣，約期而戰。必伺官兵勢孤力竭之時，出不意以困我。」即可證其用兵之奇畧耳！稽其所遇之清軍，如英翰，勝保均為其手下敗將，後每遇總愚，即退走不敢應戰。至所遇之勁敵，僅僧格林沁一軍。因僧軍純係外蒙馬隊，鐵騎萬人，馬上戰鬥，本其所長。但總愚與之抗衡，前後四十餘戰，均互有勝負。後總愚由豫東走山東曹州，僅率捻騎二萬餘人，僧氏以三萬騎兵追之，二日夜未停。至黃河故道傍岸近村，正値午夜之後。總愚下令，駐軍造飯，休息養馬。天近黎明，疏星微月之際，總愚集合全捻將士告之曰：「前阻黃河，無法再渡。後有清軍，追跟二日。今日之勢，只有力戰，可免一死。我今人飽馬壯，休息逾時。敵人初到，喘息未定，可乘此機，而全殲之。報雪老王之仇（指洛行），回故鄉收麥，正其時也。」語畢萬衆響應，呼聲震天。分隊縱騎反撲，勢不可當。僧氏落馬，藏於麥田，被小捻頭張皮綆，馬上望見，手刃而死。總愚此次戰役，頗類淮陰侯背水破趙，亦無異兵法所謂「置之死地而後生」也。

僧格林沁敗歿之後，總愚獲馬數萬匹，軍聲益振。時所有清軍，無敢當其鋒者，即饒勇善戰如陳國瑞輩，雖已績功賞穿黃馬褂，位至提督，僅係剿滅壽州苗沛霖至此（捻匪別支），及與總愚相戰，毫無功焉！

當時中原數千里內，皆蹂於捻。縱橫所向，當者披靡。曾竄擾北至大名府等地。前騎抵盧溝橋畔，京師震動，為之戒嚴，遇大霧而返。

太平天國前以總愚雄掃中原，初以任王之號爵之。後又改封豫王。任柱封魯王，總愚部下，約計封王者，尚有三四人。任柱最服總愚，受其指揮。因與南軍有舊，特使主之，掌領其衆，劃分兩股。以便牽制清軍，或合或分，時東時西，不過爲戰畧而出此。後被人稱爲東捻西捻，其實一也。

總愚率部所至者，計有豫，鄂，蘇，魯，晉，陝，直隸等八省。尤以山東，河南，往返爲多。時曾文正公，克復金陵，總督兩江，督師徐州，專任剿捻，未奏功效，言官交章彈劾。曾氏奏復有云：「臣剿捻年餘，無功而返。臣弟國荃所部，疊次敗衂，憂愧無地。」又曾申辯有云：「以僧格林沁之賢，忠可以泣鬼神，勇可以撼山岳。辦捻五年，尚未蔵功。捻馬愈多，而時輕之。臣又安能奏此速效。」剿捻棘手，曾氏迭次感慨言之。

同治五年，總愚率部入陝，防軍拒戰於灞橋，清師三十餘營，一戰皆潰，進圍省城。曾國藩急調劉松山驅援赴陝，故未能攻破西安。後失路迷入山區，軍馬數日乏食，復遇官軍堵擊，失敗最慘，傷亡極重。因無記載，未知所遇何軍，昔年吾鄉父老，每一提起「西安套」之敗，面猶有餘悸，蓋各村莊均有多人未歸，陣亡該處。

曾氏剿捻失敗，感湘軍師老無濟，遂起用淮軍。郭松林、劉銘傳等部。時武器已逐漸改良，該部已備有長槍隊之設置，火力增強。又以淮上同鄉之誼，捻中部屬，投官者衆。剿撫兼施，功效立見。任柱、賴汶光在蘇魯相繼戰死，東捻解體。洪楊蕩平於先，此時域內與清廷抗衡者，僅總愚一支耳。

總愚於同治七年，率部由陝入晉，由晉入豫，從新鄉趨順德，至定州進薄畿輔，京師大震。清廷發五城團防神機營以禦之。李鴻章因此受責，遭奪職處分。後經滄州南返，與淮軍戰於聊城荏平間。適値秋汛，黃運二河，水漲泥陷，戰馬受阻，大軍敗潰。突圍後，僅餘十九騎。黃昏之際，行至一村中下馬休息。見農人遺有剃頭刀插牆壁間，總愚笑謂其從曰：「此亦利器也」，衆皆不曉其意，掩息臥去。及夜半，從人多醒，不見總愚及另一從者，見急覓之，至河前有總愚衣置水邊，衆皆痛哭而散。清軍據此以總愚戰歿滅亡呈報上聞。後人多有認其實未死，蓋疑其旣預投河，更無須脫衣，緣脫衣表示已死，可滅衆口，其意在此。後有稱至華山某寺爲僧，言之鑿鑿，但亦難考證。

洛行於咸豐二年聚捻起事，至同治七年總愚滅亡，歷十七八年。起事與洪楊相若，覆滅在後，長期賴以支持者，藉總愚一人而已。稽其生前，凡行軍經過之路，必密結黨羽，遺以重金，使之潛伏，互換消息。平時偵騎四出，均有站可藏。有情報可獲，對清軍移動，瞭若指掌。對擊潰之清軍，遇少壯之徒而無家可歸者，認爲可爲已用，遂優待之。故雖流竄轉戰，行軍愈遠，而部衆愈多。爲其用者，其初雖屬威脅，久之漸甘，易爲樂從，此其持久原因之一也。

雉河集（現爲皖屬渦陽縣城）東十二里李長營村，有老人名李青雲者，壽一百零四歲，民國十年始卒。伊即屬總愚最終失敗時十九人之一，晚年每一言及，老淚縱橫，尚稱王爺善戰，待人忠厚。李青雲事，曾載渦陽縣誌內，其得兵心可徵也。然剿捻之功，雖成於淮軍李鴻章氏，究其源，仍屬收曾氏四鎭圍剿之效。即分部駐重兵於皖省之臨淮關，豫省之周家口，江蘇之徐州，山東之濟寧。圍堵之以逸待勞。故其對清廷摺奏有：「捻自擾亂以來，奔竄無常，而時徽亳蒙老巢，以爲歸宿。居則爲民，出則爲捻。若商賈之遠行，時出時歸，恬不爲怪。故臣於雉河集解圍之後，查辦民圩，以清其源。」又奏請劃撥阜陽、亳州、蒙城、宿縣四邑之地，在雉河集設置渦陽縣，以治根本。使其從黨日減，亂久民心思治，曾氏高瞻遠矚大矣。

總愚雖善用兵，然缺乏政治輔之。又因太平天國內訌於先，犄角失勢，故勢所必亡，終於流寇。而其爲人，奇謀雄畧，驍勇善戰，戰績彪炳，即太平天國石達開，李秀成，陳玉成輩，較之亦遜色，實一人傑也。

猶記民十六七年間，邑中鄭姓書生，

其先人曾參預總愚幕府。於故篋中，檢一太平天國忠王李秀成致總愚軍函，首稱豫王足下，內有「江南方面，由余督策，江北軍務，請由閣下主之。」語意之間，大有太平天國命運，將決定吾二人之手，足見其倚重情切。函係宣紙微紅，字跡秀勁，較今所見之忠王筆跡爲佳。揆其時，可能在英王陳玉成死後時也。眞可謂太平天國與捻黨之文獻，惜未能及時保存之。

先是總愚進擾山東，破登州，俘掠當地一李氏女子，自諱其名。被捻掠歸之後，部下以其艷麗，獻之總愚。詢係簪纓之女，其祖爲清之四品知府，父鄉居倦遊，悠享田園。家中亭台樓閣，精舍百間，備極林泉之勝。僅育有李女一人，掌上明珠，愛護至深，延師教誨，讀書有年。李女天資聰慧，貌尤娟好，長身碩頎，素色嬌嫩。顧盼之間，兼有奇氣，喜怒未形於色。因不知其名，後在捻中通稱爲李姑。

總愚出身，係不第秀才，深愛讀書人，對李姑身世，甚憐憫之。慰以溫語，亦不見逼。置之身旁，以供指使。久之情感漸熟，獻茶問暖，恍如父母。

總愚行軍，出沒不定，軍替書繁，一般名達之士，即千金重聘，不敢入幕，總愚頗以爲苦。初使李姑試爲之，均符己意，遂畀以記室。李姑時年僅二十餘歲，深沉寡言，温和從事，無形之間，儼然幕府矣。然其當時用心，實謀伺逃亡，脫離虎口。而在千軍萬馬之中，又廁身首領之旁，機會難逢，勢不易爲，只有含淚應付，別無良圖。其人書法端秀，字極嫵媚。但每遇書札文件，例創草稿，決不楷書親繕，書記稿件抄竣，藉口保密，必親自焚燒之。有時總愚令用其所書，不必另寫，伊決不肯。總愚怪而詰之。則詭對曰：「女寫兵書，與軍不利。」雖難言出自何典，總愚亦不深責，任之而已。事後始知用心深刻。因陷身匪中，恐遺鴻爪，而留痕跡也。每遇掠俘年輕女子，總千方百計，向總愚說情，而袒護之，拯救極衆。捻中強梁，雖恨其多事，因立論大義，莫若之何？某年從總愚軍於豫皖間，停軍休息，駐紮一宦家院內，宅中亭臺房舍，頗類故家，觸景生情，不覺淚下。時總愚臥身房內，未加詰問。適有弁兵，持一軍函，呈交李姑。報魯王任柱，有專函送到，立候回示。請李姑轉送我王，急作覆書，以便遣返，李姑正值傷心之際，聞之懊惱，遂粗聲應曰：「何王之有，皆賊也。」時總愚已由內室聞之，按劍而出，怒形於色，詰問其適作何語？李姑知張已耳聞，即百喙亦不能辯，內心雖驚，却未形之於面。遂緩言對曰：「適所言者，皆賊也。」總愚抽劍在手，意欲殺之。繼而怒曰：「隨我數年，並未逼汝，我均以女視之，孰意汝心奸詐至此。雖然既已爲我辦事數年，不忍親手殺汝，遂喝令左右牽出勒死，或令其自縊。」當此千鈞一髮之際，李姑從容不迫，漫應之曰：「諾」。侯將桌上文書整理後，甘願自縊。一面徐言一面整理文書。輕鬆爽亮，有意無意之間，旁若無事。當時室內除弁兵外，無他人可爲緩頰者，張氏怒顏旁立，一言不發，少頃整理完畢，徐步緩出，經張之前，俯首辭而謝曰：「吾一弱女被掠，隨大王數年，未及於亂，如此感激，死亦不朽。但數年來，爲大王代役者，亦僡矣。竊國者侯，竊鈎者誅。成王敗寇，大王知書，未待女言。大王若整軍經武，愛民少殺，天下歸心。明祖漢高，均爲大王近鄰。英雄繼起，追跡前代，大王可爲，女之願也。於今號令不行，紀律敗壞，到處騷擾，過無遺類。長此以往，焉得不敗。魯王我王，非賊而何？」語竟辭出，請賜帛自裁。總愚不覺改容，喝令返回。好言撫慰，囑其安心。但此後，事雖過去，從此總愚慮其心志可疑，對李姑稍具戒心，不似以前之融洽矣。不久，總愚與僧軍在河南交戰敗走，李姑墜馬，未能隨出。（又傳說因其心情已露，恐被殺，故意落馬圖逃者，）投入清軍，上書僧氏，歷述家世，及被掠經過。後微聞獲遣送還鄉，得與其親團聚焉！李姑在總愚軍中約三數年，去後，又數年而總愚敗沒，可稱一位奇女子矣。上述資料事畧，係幼時聞自鄉中父老口述，父老中曾有多人爲張之部屬，並親自目睹李姑爲人。惟居捻幕數年，獨未聞其能詩。

同時之間，復有山東登州府，海陽縣牛渚村一李姓女子，被掠情形不詳，惟從捻之後，被淸軍擊潰遺下。曾詠律詩八章，以叙述身世。今摘錄其四：

「靜養深閨十八年，何曾覿面到人前；
閑將寶鼎焚香火，早向蘭窗理翠鈿。
午夢乍回春寂寂，暮雲吹盡月娟娟；
誰知蓋地烽烟起，骨肉分離各一天。
忽聞烈火起冲霄，萬貫家貲一炬焦；
只道干戈逢昨夜，那知離散在今朝。
爺娘撒手難相見，禍患臨頭豈自招；
求死未能擒馬上，幾番血淚染紅綃。
也是吉人轉運昌，那知中道遇賢王；
天兵一擊妖魔散，戰馬千條驛路長。
流落村邊弱女淚，徘徊茅舍斷離腸；
蘭封西角劉家塞，苟且偷生寓暫藏。
籍貫登州屬海陽，村名牛渚是家莊；
族無兄弟孤生李，門少翁姑未嫁王。
尺素敬煩諸伯叔，寸絲好寄老爺娘；
倘能骨肉重相會，刻骨銘心不敢忘。」

前詩曾上呈僧格林沁，請求送歸。二人姓氏相同，海陽本屬登州，地方亦相符合，掠略截留，均出自張捻總愚部屬，很可能係李姑一人。惟後者故事及詩，係聞自河南永城縣一位塾中李姓老師。當時兩相互證，時間空間，都無大差。或者李姑因陷身捻匪，無心吟咏，抑或含垢忍辱，故意藏拙。意使後之知者，利爲兩人，以洗去其爲捻作幕也。姑置之，再作定論。

香港基督教的著名史蹟

基督徒

自從第一位基督教宣教士，英國馬禮遜博士於一八〇七年開始來華傳道以來，迄今一百五十多年，我國局勢起了重大的變化。（利瑪竇等係天主教教士，來華較早，）沿海地區既比內地交通便利，香港又處於華南，所以更享近水樓台之福。這次大陸淪陷，西國教士被逐出者，幾全經香港回國，但是由內地遷出的教會，除繼續工作以外，有的更從事社會服務，尤其是對流亡難胞的關懷，充份的表現出基督之愛，就連不信的人，也不會對他生出惡感。現在馬禮遜墓葬在澳門白鴿巢花園，有好多遊客前往憑弔，中華基督教會在香港半山列提頓道和九龍太子道，都有馬禮遜紀念館，他除了繙譯聖經，編英漢字典，溝通中英文化以外，也間接的影響到我國民族革命。那是後來太平天國領袖洪秀全，讀到馬禮遜所按立的第一位中國牧師梁發（官塘月華街有梁發紀念中學）所著的「勸世良言」，和修訂他所譯的中文聖經，而產生革命思想，我們如不以成敗論英雄，雖不否認他有許多的錯誤，也不能不承認他曾改變了當時的大局。修訂馬禮遜譯本的委辦之一，郭實臘、Karl Gutzlaff，香港政府特地將中環，皇后大道以南的一條橫街，以他爲名，中文稱爲「吉士立街」，以紀念他對香港政府的偉大貢獻。

郭氏生於普魯士的彭沐恩城，性聰慧，十二歲時普魯士王前往該城視察，他寫一首詩呈獻，以表歡迎，爲國王所賞識，遂應許幫助他繼續讀書。過了六年果然送他往柏林的一間神學院深造，一八二六年畢業。次年由荷蘭差會派他到印尼的蘇門答臘（那時屬荷蘭）工作，因爲那裡有戰事不能前去，他乃往新加坡向華人傳道。由於他賦有學習言語的天才和興趣，所以在那裡既學了泰國語文，又學了中文。後來他常常乘坐中國帆船，往天津、華北海岸、韓國、日本等地旅行，在船上担任傳譯，有時兼做醫生，並且向人傳福音，他寫了一本遊記，很多歐美人士讀了深受感動，立志獻身海外宣教事業。

讀他遊記來華傳道的宣教士之中，有一位是美南浸信會的羅孝全牧師，他起初來香港作郭氏助手，郭氏回澳門繼續作旅行佈道及譯述工作，迄一八三四年因中英外交折衝頗多，香港政府乃聘他担任中文秘書。（歐美人學中文，還較中國人學英文困難；連中國人想精通中文都不容易。）因當時中國福音門戶尚未開放，所以羅孝全至一八四四年始進入廣州設立浸信會。洪秀全在一八四七年曾去那禮拜堂學道，洪氏受宗教薰陶以後，先和同志馮雲山加入朱九疇所創的上帝會，該會以傳道爲名，從事反清復明之實。朱死後，洪被推爲領袖，因三次應試失敗，在羅孝全處住了幾個月，羅認爲他對教義認識不足，不肯爲他施洗。後來清廷嚴格取締一切秘密會社，上帝會也在被取締之列，他遂逃來香港，更有機會與郭氏本人接近，可能在這時正式加入教會。後來太平天國印行的聖經，都是採用郭氏譯本。

郭氏鑒於天主教之利瑪竇等宣教士學識豐富，所以能與高層社會人士交往；他也想物色天文學家，數學家之流，想打進北京政府工作，用這種方式傳道。他向本國呼籲。後來瑞士巴色差會差派宣教士東來，他們與很多客語粵人接觸，遂成爲現在崇眞會之母會，羅香林教授亦係該會教育部領袖之一，德國有巴冕差會，係禮賢會之母會，巴陵差會（皆按音譯）則係信義會之源始。這幾間和路德會合稱信義宗。北歐暨德國皆以信義宗信仰爲國教，係紀念馬丁路德根據聖經正路教訓「義人必因信得生」而改教所稱。郭氏在香港設立佈道機構，名爲「福漢會」。其宗旨要漢人因信道而得福，主張用中國人向自己同胞傳道，該會有會員三百人，五十人作傳道。

在他所派往內地傳道的華籍人士之中，往東莞的王元深以贈診施藥開路，不僅不被當地官吏禁止，並且大受百姓歡迎。其公子王煜初後來在道濟會堂任主任牧師，國父孫中山先生在香港皇仁書院讀書時，每禮拜日常至鄰近之道濟會堂聽王牧師講道，後來與好友陸皓東同受水禮，道濟堂之長老區鳳墀將其名「日新」——係取湯之盤銘「苟日新、日日新、又日新」之意，改爲「逸仙」，王牧師的六位公子之中，四公子王寵惠後來任外交部長、司法部長等要職，最爲國人知悉。王煜初牧師一生辛勤工作，當時嶺南大學校長鍾榮光博士，也是他的得意高足，他往來廣州、香港、東莞一帶，成爲禮賢會先驅。現在之香港般含道禮賢會堂，仍有王元深率子煜初、暨六位孫兒所獻之扁額，孫兒中有寵惠之名。其第六位公子寵益爲醫學博士，曾任香港大學教授，國父在一八九六年，在英國倫敦蒙難脫險後，曾有信給區鳳墀長老，詳述經過，及鎮靜祈禱之情形。

郭實臘由譯員升至香港政府顧問，及華民司長之職皆因他深悉華人風俗，力求和諧無間之故。他白天工作忙碌，下班以後還是和中國同事一起聚會，講道查經，心力交瘁，不幸於一八五一年病逝香港，享年只有四十八歲，遺體安葬在跑馬地基督教墳場。太平天國雖然失敗，國父的革命大業仍稱成功，這不能不說是間接的受到影響。

國父就讀時之皇仁書院，原名大書館，位於鐵崗之聖保羅書院畢業生之中有一位伍廷芳博士，後來也成名當世，國父另外也畢業於香港雅麗氏醫院附設的西醫書院，那是由英人康德黎等數位担任教授，國父在倫敦蒙難，深得康氏營救援助，誠屬良師益友——也可算對中華民國有功。雅麗氏醫院就是現在的那打素醫院；現在的院墻上仍有全名「雅麗氏、何妙齡、那打素醫院」——由三個醫院合成。雅麗氏係中國第二位牧師何福堂之公子何啓律師，爲紀念其亡妻雅麗氏，出資在荷理活道興建醫院，一九〇六年何福堂牧師之次女何妙齡，即伍廷芳夫人，爲紀念其雙親，效法乃兄捐出鉅款，由香港政府撥地興建醫院，那打素則係倫敦會助款在般含道興建。迄一九三六年三間合併重建，兩年始成，伍廷芳博士歷任多國公使，得賢內助之力頗多，何妙齡女士直至民國二十六年才病終港寓，享年九十一歲，至一九一二年該院的西醫書院，始附屬香港大學。與國父同學的友人之中，還有陳少白與關心焉二人。陳與尤列，楊鶴齡連同國父四人創立興中會，是爲革命之元老，國父可稱與范文正公之「不爲良相，即爲良醫」之心志相合。

當革命進行之際，國父雖經多次失敗，仍不氣餒，辛亥年三．二九之役，七十二烈士英勇犧牲，領導人黃克强先生身先士卒，率衆攻入兩廣總督衙門，斃衞兵數人後，至東轅門外，與李準之衞兵相遇，手指與脚部受彈傷，只好逃往河南暫避，直至第三晚才乘夜船改裝來香港，由徐宗漢女士陪同，往雅麗氏醫院請求施手術。他因一指將斷未斷，非常痛苦，按醫院規定，非經親人簽字，不允施手術，在那種情形之下，徐女士只好不避羞怯的以黃克强之妻的名義簽字，想不到後來滿清政府被推翻，他們二人眞個結爲夫婦，這雖不是由這間醫院所撮合，也是與那打素醫院有歷史的關係。

何啓與其妹何妙齡之父何福堂牧師，原係馬來亞、麻六甲英華書院之學生，該書院係馬禮遜與米憐在一八一八年所創，希望培植華人青年，担任傳道工作，何氏受洗後回國，在香港被按立爲牧師協助事工，現在新界青山有何福堂中學，及英華書院遷來香港以後其禮堂裡面的「進善碑」（何福堂字「進善」），皆是爲紀念何福堂牧師所立。英華書院遷來之後，校長由一位著名的漢學家理雅各担任，他曾將四書暨詩經、書經、易經、左傳等譯爲英文，他也曾在英國牛津大學講學，牛津之有漢學系是由理雅各開始，他夫人也創辦英華女子中學，百多年前女子入學讀書之風氣未開，當時只有七人。理雅各繙譯中文書籍，得王韜之助頗多，王十八歲中秀才，二十一歲就傭書於上海西人所設的墨海書舘，認識幾位宣教士，曾幫助倫敦會的麥都思繙譯聖經。（麥與郭實臘合譯「麥郭譯本」）後來理氏經麥介紹，請他協助繙譯四書。理氏回國省親時，請他前去幫忙，他乃趁這機會遊覽歐洲，增廣見聞。在太平天國起義革命時，王氏就自已對基督教的認識，上書忠王李秀成，提出建議，沒有想到這信被清軍所搜獲，清廷既下令逮捕，他只好留在香港，因爲香港已經因鴉片戰爭割給英國多年，所以他能獲得庇護。

理雅各爲了繙譯書刋，在校內自設印刷所，鑄銅模活版，辦有印刷設備，後來香港政府委他辦皇仁書院，英華因無人接辦而暫停下來，他乃將印刷及銅模等賣給王韜與黃勝二人，他們初將之改爲中華印務總局，同治十三年又改爲循環日報，這是香港最早的一份中文報紙。

英華書院和皇仁書院，那打素醫院等教會機構，作育的人才極多，不及一一細述。如果以十年人事幾滄桑來說，自一八〇七年迄今，又經過革命及對日抗戰等變故，現在到處拆建，香港的基督教歷史遺跡已餘存不多，思古之幽情亦難以興發。

管翼賢一失足成千古恨

東北舊侶

管翼賢是湖北蘄春人，蘄春在武漢下游，是濱臨長江的一個縣份，山明水秀，代出英才，就以國民黨說，居覺生，方覺慧，劉文島，都是這附近地帶的人。管翼賢出生在這麼一個地方，對他的聰明才智，是有着很大關係的。他曾經學過「憲兵」，當過軍人；又學過「陸地測量」，但這兩門事業都不很合乎他的性格，所以他在日本留學的時候，改學了「新聞學」他的日文根底很好，成爲一個著名的「日本通」，這段留學期間，自然佔着很大的因素。

他才思敏捷，言語便給，聰明過人，長於分析，態度大方，藹然可親，他的優點是多方面的，厠身於新聞界裡，無疑的是很適合他的條件。他回國的時候，大約是在一九二一年以後，最初服務於北京「神州通訊社」，任外勤記者。神州通訊社社長是陳班侯，是個地地道道的三等政客，辦通訊社不過是玩票，他每天要到應塲酬合去瞎混，那裡照顧得了他通訊社的業務，因是管翼賢脫穎而出，一方面跑外勤，一方面担任編輯。靠了他的才氣蓬勃，裡裡外外，他都辦理得妥貼適當。

在神州通訊社這個階段，管翼賢在北平已經有了小小的名聲，他那時年紀還不過廿幾歲，丰度翩翩。經常一襲長衫，戴着大框眼鏡，白淨的面孔，頎長的身軀，頭髮又亮又黑，梳得非常整齊，一根亂的也沒有，眞是文質彬彬，温柔得像一個大姑娘。他是跑外勤記者的，到處須要人家供給消息，因此經常笑口常開，見到甚麽人都很客氣，所以無論那一流的人，都跟他很談得來，人緣之佳，在三十年北平新聞界是首屈一指的。

他的夫人邵挹芬女士，就是在那個時候認的。管翼賢在蘄春原籍，本來已經有了髮妻王氏，而且生了兩個女兒，不過一個留過東洋的學生，又是一個有事業心的人，對於「黃臉老婆」，總是不大滿意的多，如果能夠另外找一個合乎理想條件的妻子，人又漂亮，又會應酬，配合自已事業上的發展，那自然的夢寐以求的事。管翼賢和邵挹芬這段結合，便是在這種因素下成功的。

邵挹芬是浙江人，那時正在北京師大女附中讀書，因爲她也好出風頭的人物，所以在「學生聯合會」裡担負着一些對外交際的職務。管翼賢時常「跑消息」，「學聯」也是常去的地方，短不了和邵挹芬碰頭，日子多了，兩個人就成了很密切的朋友。

管翼賢由神州通訊社，以後又轉入天津泰晤士報當記者，還是經常住在北京採訪新聞。那時有一位四川軍人楊森的代表劉泗英，常川在北京替楊森和各方聯絡，和管翼賢關係處得不錯，管就很有借重他們的力量，自已單獨辦一份報紙的意思，不過由於當時的條件不夠，和中途發生了一點意外，使這個計劃沒有實現。

在軍閥暴政時代，辦報紙是很困難的一回事，當時政治舞台上那些軍閥政客，既不懂得什麼叫「言論自由」「尊重輿論」；又不懂得怎樣來「統治新聞」「控制思想」。老實說，他們根本不理會這一套！說他們好，他們就認爲這是應該的，因爲這是他們的地盤，在他們槍桿的勢力下；說他們壞，他們便把人抓來關起輕則把報館封門，重則把人拉出去槍斃。張作霖張宗昌對付邵飄萍林白水那種辦法，不就是這種思想的最高表現嗎？

就是在張作霖開府北平的時候吧，管翼賢替天津泰晤士報採訪了一條新聞，惹下了一點小麻煩，雖然這條新聞並不如邵飄萍林白水那樣嚴重，但抓了去坐上幾個月的監牢，那是非常可能的。別看管翼賢學過「憲兵」，可是他的胆子最小，他生怕因爲這一點小事，步上了邵飄萍林白水的後塵，所以當時非常躭心。幸而由於他到處人緣好，所以由北京電報局方面認識的朋友透露給他一個消息，說是張作霖派人要抓他了，希望他早做準備，不要吃了眼前虧！他一聽這個消息，也顧不得打聽是眞是假，連夜買上火車票，一溜烟就跑到大連，過他的「亡命」生活去了。

在大連這個階段，雖然爲日無多，但也有他足資紀念的事，那便是他的愛人邵挹芬聞聲趕來，患難之間，情深義重，這一雙比翼之鳥，在這個日本租借地上，小住了一個時期，便正式宣佈結婚。

新婚燕爾後，據北京天津兩地的朋友函告他，說，張作霖並沒有一定要抓他的意思，就是有一點小問題，一經多方疏通結果，把話解釋明白了，總可以平安無事。這樣，管翼賢才敢携帶着他的新夫人由大連折返天津，就職於天津益世報，担任編輯職務，這是一九二七年的事。

在天津益世報這個階段，他認識了一個初期事業上結合的朋友，這個人便是李誠毅。提起管翼賢，便不能不談到小實報，談到小實報，就不能不談到李誠毅。就好像談當年的大公報，不能不談到張季鸞，談到張季鸞，就不能不談到胡政之的一樣。不過李誠毅有氣節，有識見，拿得起，放得下，抗戰之後，李誠毅決然拋筆從戎，南征北討，爲民族效命去了；管翼賢則意志薄弱，利慾薰心，跑到北平當起漢奸來。兩個人分道揚鑣，所得的結果也就不同了。

李誠毅是江西奉新人，他雖然是江西人，可是他畢生事業的成就，大部份是在北方，而且不是靠老鄉幹起來的。他在北京大學畢業後，和東北炮兵耆宿鄒作華有着一段很密切的結合，賓主之間，極爲水乳。鄒作華對於李誠毅親如兄弟，相待如手足，李誠毅對他也知無不言，言無不盡。南北之間的界限，在他們眼睛裡根本是不存在的。

李誠毅爲人的最大長處，第一是誠懇樸淳忠厚，不尙虛浮；第二是忍讓。處處把人家放在第一位，把自己放在第二位，而且對上對下，一團和氣；無論追隨任何長官，做任何事業，都是不辭勞怨，捨己爲人。對於自己份內的事，毋庸囑託，總是辦理得十分周到，所以他同任何人都搞得來。軍事將領如山西人的王靖國，陝西人的杜聿明，關麟徵，湖南人的黃杰，都不是他的同鄉，但只要和他相處一個時期，都很器重他，而且重用他，認爲他的爲人，不愧「誠毅」兩個字。

管翼賢和李認識的時候，李誠毅也正在天津益世報任外勤記者。那時的記者，大都是白面書生，不習諳軍旅之事，聽見槍炮聲，兩條腿就有些發毛，關於戰地新聞的來源，很少有親自到戰場上去採訪的，大都是從軍事機關打聽一點來罷了，所以一般的新聞內容都很空泛。管翼賢當了編輯，對新聞採取非常注意，有一次，碰上奉軍和晉軍在京漢鐵路作戰，傅作義困守涿州達一月之久，管翼賢希望派個外勤記者到涿州前線去實地訪問一下，一般的記者，曉得這趟差事不大好幹，都知難而退，只有李誠毅滿不在乎，他出來自告奮勇，並且隨即携帶簡單的行囊，搭上火車，轉到前線去了。因此管翼賢非常佩服他。

那次，鄒作華正在涿州前線，担任奉

軍方面炮兵指揮官，對於李誠毅新聞的採訪，自然給予了很大的便利。李誠毅呢，每當在前方獲得消息以後，便連夜用長途電話打回報館來。偏偏趕上管翼賢也是一個最負責的人，他每天都守候消息至夜半，而他為人也絕頂聰明，你能供給他一句話的消息，他能渲染成十句話的新聞，並且把許多零亂無章的戰地材料，很有系統的歸攏起來，排成幾項醒目的新聞。他們合作的成績當然不壞，所以李誠毅的心裡也着實的佩服他。在這種情形下，這位湖北老鄉和這位江西老表就結下了很深厚的友誼。

一九二八年春，管翼賢在北平創辦「實聞通訊社」，社址是在管的「發祥地」宣武門外大街路西，並聘李誠毅担任總編輯，這兩個人都能脚踏實地的去埋頭苦幹，合作下來，成績斐然可觀，平津兩地的大小報紙，對於實聞通訊社的稿子，都樂於採用。不過僅僅辦個通訊社，還不是管翼賢最終的目的，他理想中是要辦一張「短小精悍」的報紙，和社會人士天天見面，覺得這樣才能畧為施展一下他的抱負。

但辦一張四開小報，雖是用不了多大的資本，可是單憑他和李誠毅這兩位職業報人，力量是依然有些不夠的。這時，北伐軍正進抵北平，南方的軍事將領源源北來，和管翼賢相識的：有徐源泉，方振武；和李誠毅相識的：有白崇禧，王澤民（白崇禧的參謀長）。他們分頭洽商的結果，大家都願意促成他們達成辦報的目的，好在所需資本有限，湊合起來也不過數千元，在羣策羣力下，於一九四八年冬，實報終以四開紙一張，正式問世，管李二人，分工合作，實報方面，由管翼賢任社長；李誠毅任副社長；實聞通訊社方面，由李任社長，管任副社長。

在過去，北平的小報很多，不是內容趨於陳腐，就是趣味落於低級，只有實報採用「大報小型化」的方式，一切新聞，不但不剪自大報，而且有些重要消息，都比大報刊出早一天，管翼賢的腦和手，眞能做到比別人「搶先一天」「走前一步」；再配合上李誠毅的「事必躬親」，不辭勞怨，對於言論，編輯，採訪，排版，印刷，時時刻刻求改進，確實做到「精編博採」「應有盡有」的地步。所以實報的銷路，與日俱增，沒有幾年之間，能由平板機的印刷而進步為捲筒機的印刷。實報最高的銷路，到抗戰前夕曾達十二萬份，銷路遠及西北華中各地，這點成就，不但在華北首屈一指，就是在全國來說，它也有值得稱道的地方。

實報的成就，固然得力於充實的內容，而管翼賢一份交際手腕，也實在令人嘆為觀止。當時北平的上中下階級，達官巨卿，販夫走卒，以及三教九流人物，沒有不認識管翼賢的，沒有不和他交為朋友的。對於社會慈善事業，管翼賢也利用他的社會地位，廣事呼籲，不遺餘力。

北平在冬天，照例有施放冬賑的義舉，或是施捨棉衣，或是施放粥饘，或是發放米票，救濟孤貧老弱。這種事，通常由政府會同地方人士共同負責辦理，管翼賢由於對社會事業的熱心，他幾乎就成為賑濟中不可缺少的一位慈善家。記得一九三二年冬，國軍第二師黃杰，第廿五師關麟徵兩部，駐防北平近郊，曾會同公安局長余晉龢籌辦粥廠，救濟西郊災黎，就全權委託實報李誠毅負責主持。有些人很欽佩管翼賢的作風，譽之為「管一仙」；北平貧民對於他的稱頌，尤為有口皆碑。

也是「風雲際會」，自一九三二年「塘沽協定」以後，日本的勢力一脚伸入華北，宋哲元「冀察特殊化」的局面形成以後，這對國家來說，自然是不幸的一回事，但對管翼賢來說，却是替他幫忙不淺。他是日本通，環境更促成了他在社會上的重要性：冀察政委會委他以「顧問」名義；北平市長秦德純幾度要邀他出任市政府秘書長，他還堅辭不就；北平新聞記者公會完全由他操縱把持；北平黨政軍商各界和時聞界不連絡則已，一連絡就要找到實報社，一切問題都要請教管翼賢，這可以畧見他的「威風」之一般了。一九三六年北平新聞界組織『赴日觀光團』，就是由管翼賢從中主持，大家都說他當漢奸了，對他攻擊備至，管翼賢在名譽上很受些損失。

實報的銷路既然是這樣好，於是引起北平許多小報的嫉視，紛紛在內容上求進步，力爭上游，當時很有幾分報紙的內容實在不錯，不能不算是由於和實報競爭的結果。然而在另一方面，北平新聞界那些國家民族意識比較濃厚，和中樞關係較深的人，對管翼賢開始側目了。「不遭人忌是庸才」，管翼賢的確不是庸才，可是遭忌的結果，他的人格大大的打了折扣，攻擊他的人很多，大都是說他和日本人勾勾搭搭，鬼鬼祟祟有關。碰上政府方面的低能，對於這些民營報紙，既不能加以控制，又沒有詳細調查，聽任這種傳說發展下去，這也是使管翼賢傷心的地方。

比較說起來，管翼賢是「為辦報而辦報」的，在地方上樹立關係，爭取廣大讀者的擁護，沒有和中樞方面拉上「交情」。在當時，一個純粹的報人是應付不下這種大時代的，遭遇到一種意外的挫折時，便有些招架不住了。管翼賢人雖聰明，但他忽畧了這項問題，所以，暴風雨一來，讀者顧不了他，地方人士顧不了他，他只有走上澈底失敗的命運。

說他在抗戰前和日本人有所勾結，似乎是寃枉了他。七七事變後，宋哲元率領所部，倉皇退往保定，北平立刻就進入了眞空狀態，漢奸潘毓桂接長了公安局，並且在日本人唆使之下，藉口實報「發錯新聞」派警察來抓他，並且要把報館封閉。在這個時期，平津報紙都還繼續出版，不過遭毒手的也不乏其人，像天津益世報社長生寶堂，上海申報駐平記者王研石，新天津報社長劉髯公，都先後為敵偽捕去，下落不明。所以管翼賢臨時得到風聲，在李誠毅掩護下，是由實報社的後院跳牆逃走的。管翼賢走後，潘毓桂責成李誠毅負責維持實報出版。李看到大勢已去，這點艱苦得來的事業成績，必須忍痛放棄，便一面和敵偽周旋；一面尋找機會，暗中逃走。他是先把家眷送出，然後自己逃到北平東南七十里的黃土車站，才搭上火車南下的，私人財產，全部犧牲。他走後，實報就臨時停刊，嗣後就由敵偽派了一個叫何庭流的，繼續接辦。

管翼賢跳牆跑出後，第一步先躲到東交民巷，隨即化裝離平，他逃到濟南時，，碰到熟人，還說準備在濟南把實報復刊。那裡曉得由於敵人進展神速，為日無多，濟南也就不守了。他接着又跑到漢口，這時漢口已經成為全國軍政中心，政府領導抗戰發號施令的所在。

在管翼賢心裡，總覺得他這一份民營報紙，有着那樣輝煌的成就，現在為抗戰而犧牲了，政府總不應該漠視他，不說像對付大公報那樣無條件支持他復刊吧，最低限度，給他個人一份名義上的工作，如國民參政員之類，應當是可以辦到的了！誰想到，主持宣傳的機關，聽了那些嫉妒管翼賢的人的閒話，說這個傢伙來到漢口，你們可得要加倍小心，他是給敵人做工作的呵！因此，對管翼賢的遭際，不但無人表示慰藉，反而派人把他監視住，怕他是敵人的「間諜」。

其實這也不僅對他是如此，上海申報駐華北記者王研石，因為報導天津日本軍部的秘密消息太多了，引起日本人的憤恨，在天津沒有淪陷以前，就假漢奸之手把他逮捕，整整的放在牢獄裡關了半年，只差沒有把他弄死就是了。等到王研石冒了九死一生危險，千方百計逃到漢口時，滿想打算替國家貢獻一分力量，可是，政府也是說他替日本人做工作的，派人監視他的行動，把王研石氣得要死。

就當管翼賢在漢口飽受冷落的時候，李誠毅也由北平逃抵武漢，晤談之下，李表示報館犧牲就算了，他準備加入杜聿明的裝甲兵團，到前線和敵人去拚命；管則認為自己身體孱弱，吃不了那個苦，無法參加這個壯舉。所以雖然李誠毅勸他到部隊上去工作，他都婉辭，並且表示他要回到香港來辦報，這樣，這兩位曾經在事業上合作過的朋友，自此便分道揚鑣，各人走了各人的道路。

管翼賢南來香港後，日本人倒很重視他在華北新聞界的地位，派人找到他，說好說歹，希望他回到北平去，爲日本人服務。這時的管翼賢聰明誤人了，經不起日本人的百般誘惑，意志不免有些動搖；再說，他如何能忘情他畢生那一點僅有的成就，和北平那份優美溫柔的環境？北平使他太留戀了。尤其，他沒有忘掉在武漢所受到的冷落。

在這種情形下，他才改變了初衷，投入敵人的懷抱。他回到北平，敵人最初叫他接辦「武德報」，繼而才把實報資產發還，以後他又正式當了漢奸——僞華北政委會情報局局長。糟踏他的人，都管他叫「管情報」，但我們仔細一想，憑了日本人那種軍國主義的精神，會有「情報」交到管翼賢的手上去辦嗎？恐怕祇有「天曉得」吧！

勝利後，在管翼賢還沒有被逮捕以前，李誠毅由昆明飛抵北平。八年流血流汗，他已經戎裝馬韡，丰采奕奕，由校官當到了將官，並且成爲杜聿明將軍駐北平辦事處長；就是在新聞事業來說，他也有足以自豪的地方，他那時是昆明和平日報社社長，民航隊陳納德夫人陳香梅女士，就是他報館裡的女記者；他到了北平，就準備在北平創辦新生報，並且準備在東北創辦幾份大報。也就是後來在瀋陽出版的和平日報，在長春和錦州出版的新生報。相形之下，把管翼賢羞愧得無地自容，說了許多追悔自責的話，李誠毅忠厚待人，念在廿年舊交，不忍再予以難堪，只好用好言安慰而已。

管翼賢被捕後，第一着急的當然是邵挹芬，十年不見，她已經是半老徐娘了。她首先找到了李誠毅，痛哭流涕的諸求李念在故交，加以援助，李滿口應允，答應絕對幫忙。當時邵挹芬那種徬徨無主的神態，使李誠毅看了很覺難過。如果就國家的綱紀說，李是不能同情他們的，但人不同於禽獸，總是有些情感的，就私人情感說，這又使他有「有所不忍」的地方，因此只好在國法人情兼顧之下，去替他們略盡棉薄之力了。

說到邵挹芬，我們有一點是應該提出的，就是在管翼附逆初期，她是採取什麼樣的態度呢？恐怕是要「從旁贊助」，不會是「多方阻攔」吧？否則，管翼賢多少也要聽從一些夫人的話，不會是那樣的利令智昏呵。可是，這時她丈夫的鋃鐺入獄了，死生莫卜了，她才着了忙，到處叩頭作揖，找南來的朋友幫忙，北平新民報社長張恨水，過去和管翼賢的交情總算不錯，但是在當時，他也認爲無能爲力，對於邵挹芬的登門造訪，根本饗以「閉門羹」，使邵挹芬零涕而返。然而，假使她回想到當初沒有做到妻子應盡的責任，才落得今天這個悲慘的結果時，她也就應該有「悔教夫婿覓封侯」之感了。

論起管翼賢靦顏事仇，充任僞職，本來是一死不足以蔽其辜的，但他的情節，總還有一點值得使人原諒的地方，那就是在北平淪陷以後，有許多新聞界朋友的眷屬未能及時逃出，這些朋友們當時都匆匆走進了抗戰陣營，國爾忘家，而遺下的眷屬淪落北平，情況狼狽，在這方面，管翼賢做得十分夠味：或是餽送金錢食物，使不至凍餒；或是贈送川資，使他們安然的使到大後方，和家人父子團聚。在這裡，足見管翼賢內心終究是覺得歉仄的，希望在這種地方，彌補他行爲上的遺憾，總算他知道人世間還有羞恥事。

所以在法庭公審的時候，這些受過他幫忙的朋友，都出庭作證，並且提出有利於他的證據，說他間接着使這些人完成了抗戰的志願。記得新民報記者方奈何在出席法庭作證歸來，感觸萬端，曾經在報端寫過一篇文字，題目是：「痛惜小實報，痛惜管翼賢。」方奈何這幾句話，代表了一般社會人士的意見，誰都有着這樣的感覺。不過話又說回來，幾年之後的今天，我們又有着：「痛惜新民報，痛惜張恨水，我痛惜方奈何」之感了。杜牧阿房宮賦有句云：「秦人不暇自哀而後人哀之，後人哀之而不鑑之，亦使後人而復哀後人也。」人生不是這樣的不可捉摸嗎？

當時法官認爲：管翼賢的附逆，證據確鑿，雖有小善，不足以掩蔽他更大的罪惡，依法是應該判處死刑的，但根據以上所說，也不能否認他還有一點值得寬恕的地方，所以斟酌情形，免其一死。其實管翼賢當時所以獲致減刑，除了上述這個原因以外，另外還有兩點因素，也應該加以說明的，其一，李誠毅一來念其管翼賢是個眞正的人才，留他一條性命，也是惜才之意；二來也是廿年故交，不忍見他見受大戮，各方面托人，替他說了不少的好話，這股力量相當不小。其二，管翼賢的大女兒淸華，抗戰初期，隨軍流徙，到了廣西全州，曾經李誠毅介紹，在新五軍政工隊任職員，担任過宣傳工作，總算是替國家出過力。有此種種原因，管翼賢才僅免一死，判處了一個無期徒刑。

無期徒刑，一個五十歲左右的人，獄中歲月也夠他苦熬廿年的了，他被囚於北平南下窪第一模範監獄，三年的鐵窗風味，天下大變了，中共進入北平後，檢點人犯，赫然發現了他，當時是又驚又喜，認爲這眞是一個好題目，於是舊案重提，一定要說他是「漢奸」，又把他重新判處死刑，據說當執行槍決時，管翼賢早已魂飛天外了。

中共所以恨管翼賢的原故，第一是他反共意志的堅定；第二是像管翼賢那樣聰明過人的人物，是今天共區裡所不能容許生存的。

以管翼賢和周作人來比較。我們寧可取管而不取周，何以故？管翼賢多少還有一點民族意識，還有一些敵我之分。看他最初拋棄僅有的一份事業，毅然南下，就比周作人强得多，周作人不是被胡適迭促南下，而不肯離開北平嗎？就憑這一點，我們就知道誰可以原諒誰不可原諒了。

解縣關帝廟

劉震慰

我國「武聖」關羽，字雲長，河東解梁（今山西解縣）人氏。他在我國同胞心目中，地位之崇高，幾駕淩於一切神祇之上，甚至成爲我國傳統忠義精神的代表。而我國境內，崇祀關公的廟宇，其數量之多，恐僅次於土地廟，其中規模最大的一座，設在他的故鄉——山西解縣。

「解」有四種讀音，用在地名時，似宜從山西南部同胞的讀法，讀作「亥」。

解縣在山西省的西南角上，涑水的東南，中條山之北，鹽池的西端。與虞舜夏禹時的都城，均相距不遠。自古以來，即是山西南部池鹽的產地，工商發達，且是通往陝豫的交通要道。

春秋時代，晉獻公滅魏，以其地爲解梁邑，即包括現在的解縣、虞鄉、臨晉一帶。西漢初年沿襲秦制，置縣；五代後漢高祖乾佑元年（西元九四八年），升格爲州，一直沿用至清代。清代的解州，轄有芮城、平陸、安邑、夏縣等四個縣份，民國時改州爲縣。

常平村關公祖塋

解縣的縣城並不太大，城周九里十三步，東、南、西、北四座城門，分別爲長樂、鎮山、崇寧、和永安。

關廟即在西門「崇寧門」外，廟中的大殿稱爲「崇寧殿」、西門的得名反而是根據着關廟。

縣城東門外二里，即出產池鹽的解池，東南十八里的「扆家莊」，古代名「常平村」即是關公的故里。常平村靠着中條山的石磐峰下，有一處三面環山的墓園，據說即是關公的祖墳。

關公父祖的名諱，似乎不容易查考，只知道清雍正元年，皇帝曾詔封其曾祖爲光昭公，祖爲裕昌公，父爲成忠公。咸豐十年，又一律降旨增封爲王爵。

從石磐山往北一里路，有一座破蔽的小廟，也稱爲「關帝廟」，據地方父老說，那就是關公的故宅。

一千七百多年來，關公忠義精神的影響力，已經深入民間，政府在各大城市建立文廟的時候，也建有「武廟」，而政府之外，民間建立的關帝廟，更是無處不有。解縣是關公的家鄉，因而解縣關帝廟，除在民間信仰、社會精神力量的維繫之外，還有一重歷史上的、情感上的關連，和曲阜的孔廟一樣，成爲人們崇敬與紀念的中心。

廟裏有一座塔，是金代大定十七年修建的，塔下有一口井，父老傳說，關公青少年時，在地方上仗義行俠，惹下了大禍，關公出亡他鄉，他的父母則投井而死。

關公青少年時代，在家鄉生活雖然不甚得意，但他的忠義精神，一直爲鄉里引以爲榮。早在隋朝初年，地方父老就在解縣西門外，中條山北麓，選了一塊平整的好田，爲關公建立起祠堂來，這即是解州關廟的前身，當時的規模自然很有限，自隋以下，歷代增建，尤其是宋明清三代，將關廟擴充爲佔地兩萬兩千多平方公尺的第一座巨型關廟，高大的廟牆建築在寬厚的牆基上，使得這座祭祀關羽的「武廟」，像是一座獨立的城堡。

廟前，一條橫街，正對着大門，是一座牌坊，題「萬古綱常」，左右街上又是兩座牌坊，「威震華夏」在東，「義壯乾坤」在西。

午門前高搭戲臺

門前照例是一座照壁牆，左右獅子，然後是五間寬的大門，磚造的。

照壁是琉璃磚嵌成的，中間有盤龍浮雕。左右鐵獅子上面還刻有鑄造的年代，明神宗萬曆四十八年(西元一六二〇)。

磚門內，又像是一條橫街，東邊是鐘樓，西邊是鼓樓，正合「晨鐘暮鼓」。正對着磚門的，是二道門，二道門的背面，朝北，是一座戲臺，稱爲「樂樓」，清末宣統年間還重修整過，所以相當完好。每逢節日廟會，地方上總要在這兒唱戲酬神，接近秦腔的蒲州梆子最受歡迎，戲中總沒有關老爺的三國戲。據喬家才先生說，那是因爲地方父母奉關老爺爲神明，誰也不敢貿貿然去扮演他。在山西，即或偶然演一齣「轅門射戟」，劉、關、張三人同時出場，關公本色臉，不塗紅，閉目不睜眼，而且出場時先在他的面前燒黃表紙。

正對着臺，還有一道儀門，習慣稱爲「午門」，清乾隆二十八年，地方官奏准在午門之內增塑關公左右得力武將周倉和關平的像。周倉是關夫子的親信侍從，人們畫關公像時，總喜歡把周倉捧着那柄八十二斤重的青龍偃月刀的像，配入其中。

「午門」的西邊，還有一座「追風伯祠」，供着關公最心愛的座騎「赤兎追風馬」，這匹馬和關公的刀同樣有名，據三國演義的描寫，牠曾負載着關公南征北討，立下奇功，後來主人遇害後，牠也跟着絕食而死，因而世人認爲牠是一匹通曉人性的忠義之馬，專門爲牠在關廟一隅，關祠祭祀，尊牠爲伯爵。

果親王指畫題詩

午門後面，又是品字形排着三座牌坊，當中「山海鍾靈」，左右分別是「正氣參天」、「丹誠貫日」。牌樓之後，是「御書樓」，亦稱「神書樓」，一座三重屋簷的兩層樓房，屋基很高，正側兩面都是六根柱子、五楹，內中貯存歷代文物，有許多是皇帝們親題的墨寶。

清雍正十七年，皇帝曾派當時頗受敬重的碩果親王爲代表，來解州謁廟祭祀。果親王很愛塗抹，擅長用手指蘸着墨來寫字作畫，貴胄手蹟，當然更是價值連城。果親王謁廟，負責人自然不願錯過機會，聖殿之前陳設几案，硏好一池墨——不用備筆，果親王瞻仰關公威儀，不由豪情萬丈，當即用手濡墨，爲關公寫生畫像，並且題了許多詩。這一墨寶，被刻在石碑上，在「御書樓」後側東方，築亭對稱，和在西面的順治鐘樓相對稱——鐘樓中懸掛着清順治十七年（西曆一六六〇年）鑄造的一口銅鐘。

「御書樓」後面即來到主殿。殿前又是一座牌坊，坊前列一對獅子，坊上題着「萬代瞻仰」。是一座三間寬的古老石刻坊，坊上有三個大簷，兩個小簷，橫楣之上都刻着關公的史蹟故事，斬顏良、誅文醜，過五關斬六將，單刀赴會，讓「萬代」遊客們抬頭來「瞻仰」的時候，能追憶起自己所熟知的一些關公故事。

這座牌樓上還刻有「封界魔帝威鎮尊聖君」，是關公的尊號之一。關公的尊號極多，而且非常複雜，其中有長達二十六個字者：「忠義神武靈佑仁勇威顯護國保民精誠綏靖翊贊宣德聖聖大帝」。最濃縮而精簡的，則爲「忠義仁勇關聖帝君」。其中除了一個「關」字和他直接有關之外，其他都是形容詞，讚美到了極至，稱他爲「聖」，表示他是超人，「帝」更是人間一切榮耀與權力的表徵，比孔老夫子所接受的，份量上還要重。

在這座牌樓之後，才是關廟的大殿——崇寧殿。殿的得名，關係着一則神話。

關公神靈平蚩尤

宋眞宗大中祥符七年，西元一〇一四年，解州鹽池大壞，池水乾涸，無法產鹽，假借道士而在朝上討好皇帝的侍臣王欽若，奏說是蚩尤作亂，於是由張天師請在玉泉山的關公神靈同老家來，遣陰兵平亂，池水恢復如故。這段傳說被改寫爲雜戲，流傳頗廣。九十年後，自稱「道君皇帝」的宋徽宗崇寧三年，（西元一一〇四年），即以他的年號尊封關羽爲「崇寧眞君」，一說徽宗此舉，乃在感念大中祥符年間關公平蚩尤的功勞。但通鑑長篇却又有一說：「世傳虛靜（張天師號）平解池之祟，以爲得神之助，斬池中蛟也。由是帝有『崇寧眞君』之號。」（請參閱黃華節先生著關公的人格與神格第五章）。

解池是否經常有災患？是否關公之神靈不止一次地在出力？民間傳說甚難查考。

崇靈殿前有一座很大的月臺，上陳列方形銅鑄香爐一座，是清康熙二十三年的作品；鐵香爐一，是明萬曆二十二年鑄；另外還有鐵人、鐵獅子。

崇寧殿重簷，寬七間，可能是宋代關羽還沒有被晉升爲帝王級時所建的，殿的四周，由二十六根蟠龍大石柱支撐着。這些石柱都是極堅硬的火成岩——花岡石一類的所雕刻成，但正面和兩側許多根却風化得很厲害，稜角都不太明顯了。因而地方父老傳說，崇寧殿的蟠龍大石柱，是取自春秋時代晉國的宮殿，較新的幾根才是宋代配上去的。

殿前西側廊下，供着一柄巨大的「青龍偃月刀」，青銅鑄成，有三百多斤，是象徵性的擺飾，青龍偃月刀是古代長柄大刀中最精美的一種，廊下的這一柄，刀頭部份更是兩面都開了刃鋒，說明它除了能「砍殺」之外，還能「刺」，也具有長矛的作用，眞是設計極佳的犀利武器。

古董像面有七痣

殿前廊下，兩邊都是清代重修關廟的碑刻紀錄，共五塊，左邊是康熙五十六年、五十八年的，右邊是乾隆二十五年、四十二年及道光十五年的。可見這座廟是受到如何良好的照顧，並且其財力是如何的殷實。

大殿重簷之間，是乾隆皇帝御筆親題的匾額「神勇」。

殿內正中，懸掛清咸豐皇帝親題的「萬世人極」橫額，下塑關公像，「丹鳳眼、臥蠶眉，面如重棗，鬚長二尺……」像前左右却有兩位神位，左是「關壯穆侯之神位」，右是「岳忠武王之神位」。岳飛在此亦有一席之地。

由於崇寧殿是主殿，因而每年的春秋仲月，皇帝都要派遣專使，至少也是太常寺的官員，前往致祭。每年陰曆五月十三日，民間傳說是關公的生日，就可是在這座殿前，又還有一座馮敬所撰的解州漢壽亭侯廟碑，上面記載關公的生日是漢桓帝延熹三年庚子六月二十四日，五月十三，反而是他的兒子關平的生日。可是民間，甚至皇帝都不採信馮敬的說法，大家仍然認定五月十三那天，或稱爲關老爺磨刀日，在崇寧殿前舉行最隆重的一次祭典。

五月十三的祭典，通常要爲關公像換一襲的袍旒。

正殿上的這尊關公像，是根據常平村關公廟中一塊畫像碑的造型而塑的，據傳說那幅刻像，是在建安年間，關公五十三歲所畫的，面部有七顆很顯著的痣。這一特徵，在正史和小說上尚未見人提及。

崇寧殿的後面，有一座正房，一明兩暗，左右廂房，總稱爲四合院形式的「聖宮」，亦即一般所謂的寢殿，是爲神靈休息之處，內中有床帳的設備，床上還有一尊關公像，頭紮輭巾，穿便服，是居家休閒的神態。寢殿之中，有關公夫人的靈位。據馮敬記載，關公的太太姓胡，在關公二十歲時即生了長子關平。關平夫婦的神位供在東廂房，次子關興夫婦在西廂房。

寢殿的後壁接着一道牆，將關廟分爲前後兩部份，後面的一個大院子，相當於全部總面積的五分之二，北面正中間是麟經閣，前面左右各一座三層樓的高閣，東邊是「印樓」，西邊是「刀樓」。

印樓上有兩顆玉印，刻「漢壽亭侯印」，一陰文，一陽文，遊客們經常爭購印文帶囘去作爲紀念。我們知道，漢壽亭侯這一封爵，是曹操用來籠絡關公的，當時徐州戰敗，劉備走青州，關公和劉備的妻子却被曹操所扣留。曹操想把關公留爲己用，所謂「三日一小宴，五日一大宴，上馬一提金，下馬一提銀。」並爲他封爵，可是後來關公知道了劉備的下落，就「掛印封金」，帶着嫂嫂們過五關斬六將前往投奔。由此着來，這印樓上的印，也不會是眞的。那刀樓上的刀，亦非關公慣用的原物。

麟經閣氣肅千秋

麟經閣前端，有明代萬曆十年之木坊「氣肅千秋」，坊前有鐵獅子、鐵人，也都是萬曆間的作品。

其中那一對鐵人，是囘族同胞的形像，稱爲「解州囘囘」，據父老傳說是害死關公的潘璋、呂蒙的像。這一說法似乎很牽強。另外還有一對鐵人設在寢宮門前，上鑄「狪人一對」的文字，形貌古怪，應該是「守護神」像，但是也被地方父老解釋成是關公的仇人，有點獻俘贖罪的意思。

麟經閣有三層樓高，是明代萬曆年間的建築，上層有廻廊，四周共有一百另八扇窗子，推窗南望是中條山，像蒼龍蜿蜒，北望是解池，像海不揚波。閣樓之上，有關公讀春秋像，因而又稱爲春秋閣。閣東有「崇聖祠」，供奉關帝上三代的祖母們。

春秋閣四周有院牆，和關廟的圍牆夾成凹字形的巷道，直通厚載門，亦即關廟的後門。

在關廟前的東西街上，昔時建有萬淸宮、饗聖宮、囘善宮、四聖宮等，共十三座道觀。東邊還有一座大花園，內有荷花池，乾隆二十七年，當地知州言如泗，在其中建立薰風亭，而將花園命名爲結義園，仿傚河北涿縣桃園三結義的規模。

愁絕黃昏坐對時

—楊亮功—

三原于先生逝世十週年，先生之門生故舊相約刊行紀念冊，以資悼念。

予以民國十七年夏識先生於滬上，時先生爲中國公學校董，予任該校副校長。民國二十二年先生遴選予爲監察院監察委員。自此以後，追隨先生左右凡三十年。今先生已歸道山又十年矣。追懷往事，欲爲一文以述之，但不知從何說起。至於先生道德、文章和勳業，久爲世人所共仰，又無待個人之贅述。本篇所記，乃是先生在病重前夕與予最後一次之坐談。此種淒涼情景，實爲予畢生所不能忘。

先生體素健，常自許必能壽至耄齡，甚至可達百年。但至民國五十二年，先生八十五歲，一病以後，體力漸衰，次年腳腫轉劇，膽病亦趨嚴重。乃於八月十二日進住榮民醫院。予不時前往存問。在九月十七日，這一天，先生晨起，忽向隨從方伯薰（阿方）詢問「楊先生何以有好幾天未來醫院？」方答：「可能因爲考試閱卷事忙之故」，先生云：「我要出院去找他。」這句話引起醫師、護士及隨從人等的一陣騷動。他們惟恐其眞要借題出院。予接阿方電話後，即於當日下午四時前往醫院。時病房中尚有兩位客人，予俟客人去後，阿方和護士小姐等亦皆離開。乃移坐至先生面前詢有何指示。先生屢欲發言，而語音糢糊，幾不可辨。因取紙筆，請其書寫，又因手顫不能成字，不得已遂伸手示意。初伸出一指，予不解。又伸出兩個手指，予以爲係指 總統於先生進醫院時所贈新台幣兩萬元之事，先生搖手，以爲非是。又伸出三個手指，予始認定係指三公子中令。因中令讀書求學，多由予照料，爲先生所最關心。予曰：「中令在美，情況甚好，請

于右任先生遺像

不必擔心。」先生點首表示滿意。繼又伸出四個手指。後又頻頻搖首，予不解其何意。相對枯坐，不覺已近黃昏，一室之內，沉寂黯淡。惟聞窗外時有風過，吹殘葉颯颯作響而已。最後，阿方和護士等復進室內，予亦黯然辭去，這是予與先生最後一次之坐談。自次日起先生病情惡化，已不能起坐，漸至昏迷，延至十一月十日逝世。先生爲開國元勳，一代人傑。乃於一生旅程結束之際，竟以言語不通，文字無靈，不能一吐其衷曲，此一人生之極哀已。予於先生九十冥壽時，曾有絕句兩首，其次首即追述予與先生最後一次坐談之事。

九十耄齡虛自期，風摧大樹竟離披，平生青睞兼恩義，懷舊篇成祗費辭。

心畫心聲兩莫知，但憑指點費猜疑。人生到此眞何說。愁絕黃昏坐對時。

又五十三年清明謁先生墓有七律一首云：

寥落天涯寄此身，墓門謁罷總悽辛。廿年豸閣親光霽！一代人豪付刼塵。華表未歸遼海鶴，蓬山猶隔故園春，感時懷舊愁難遣，腸斷斜陽宿草新。

又五十四年過青田街先生故居。有五律一首云：

三原舊行舘，索寞此經過。碧草侵階長，清陰覆院多。涼風撼虛幌，勞燕築新窩。俯仰悲人事，飄零可奈何。

今青田街故居，已景物全非，實不勝滄桑之感矣。

滇魯烽烟話李彌（中）

胡士方

此時南京已岌岌可危，中央對西南後方已特別重視，當時雲南省主席是盧漢。該省雖駐有余程萬的二十六軍，及滇東的劉伯龍之八十九軍，但力量並不雄厚，故中樞命令李彌率第八軍入滇，以監視盧漢的行動。於是便一面開拔，一面招兵補充。途經邵陽、洞口、榆樹灣、芷江，到達晃縣，又遇上一間傷兵醫院。院長劉景聯，是河北保定人，與孫進賢算是同鄉，擁有三千多人，也編入了第八軍。迨補充完畢，便準備由玉屏進貴州，經鎮遠，貴定，貴陽，安順，盤縣，平彝入雲南，但貴州主席谷正倫，堅決反對第八軍過境。理由是貴州無糧，軍隊無法補給。後來李彌聲言糧食自備，僅是經過，也不獲准。谷正倫且揚言如第八軍進入貴州，即不惜兵戎相見。李彌莫可奈何，中樞亦沒辦法，只得繞道貴州銅仁，松桃，經西陽，秀山，黔江，彭水，至涪陵。再由水路順長江至重慶，宜賓，而又折回瀘州，經叙永，赤水河，畢節，威寧，宣威進入雲南。長途行軍，兵疲馬勞，比由貴州直接通過所需的時間達兩倍以上。

李彌到達滇東之霑益時，即駐於霑益玉林山營房。此時劉伯龍也在該地，筆者隨孫進賢到澡堂洗澡，門口戒備森嚴，阻止入內，我們說明係第八軍軍官某某，經衞兵通報後，便准我們進內，才知劉伯龍亦在內洗澡，並與劉伯龍稍事寒喧。劉短小精悍，看來頗有魄力。後來聽老百姓說，他在霑益，曲靖，尋甸，嵩明，爲肅清共產黨，都是用連坐辦法，寧屈勿縱，所以，老百姓一提起劉伯龍三字，就打寒戰，雲南的土共像滇桂黔縱隊司令朱家璧，雲南民主聯軍司令邱秉常，以及楊體元，連頭都不敢露，怕劉伯龍怕得要死。迨第八軍接防後，所控制的區域，便遠不及劉伯龍廣濶，可見劉伯龍反共是有辦法的。

按劉伯龍，貴州龍里人，黃埔三期生，與康澤同期，曾任康兆民的別動隊第一處處長，性情跋扈，很少帶兵。後來何應欽的姪子何紹周在貴州成立兵團，才以韓文煥的第一〇一軍，劉伯龍的八十九軍，及何自兼的四十九軍，駐紮於貴州，以肅清當地土共。劉伯龍進剿時，大有成績，所遺憾的就是實行的一保窩匪，全保連坐；一村藏共，洗殺全村，使霑益等地鬼哭神號，在我們到霑益後，劉伯龍即東調貴州。谷正倫亦是有名的殺人王，當憲兵司令時代，在湖南榆樹灣，懷化一帶，殺的人就不可勝計，人都稱谷閻王。他在貴州做主席，對於阻止共軍的進攻，却一點辦法也拿不出來。劉伯龍在貴州，當然也看不起谷正倫。同時貴陽許多地方有力人物，如平剛，盧燾，張彭年，劉錫森，杜協民等組織維持會，又被劉伯龍一齊都宰了。谷正倫那能吃這一套，於是便設法收拾劉伯龍，一來可以推卸貴州的軍事責任，二來可買雲南人的好，以備爲退守雲南鋪路。於是谷便在晴海見劉之際，暗伏槍手，將劉伯龍打死在晴隆縣政府內。這位貴州軍政大權在握的谷鬍子，便宣布劉伯龍「貽誤戎機，違抗命令」，並電盧漢，說殺劉伯龍已爲雲南人除了一害，其實劉伯龍是忠實的反共者，谷加給的罪名是寃枉的。

谷正倫將劉伯龍幹掉後，何朝宗是谷的親信，却將共軍歡迎進貴陽。谷正倫便帶着輜重，經自己的故鄉安順，過盤縣，進入滇境了。滇東是李彌的天下，當年爲了過貴州，吃谷的閉門羹，記憶猶新，於是便下令不准貴州潰兵入境。谷到霑益交涉了半天才獲准，但必須交出所有武器。谷正倫帶的隨從衛士，親信官兵，當着其交槍時，初不就範，且將孫進賢的一位隨從副官李元惠刺了一刀，一時事態頓呈嚴重，雙方幾乎開火。谷一看情況不妙，便立刻吩咐所有部下，一律遵從第八軍命令，於是連谷私人的手槍都給卸下來。谷且送給受傷的李副官五十塊袁大頭，做爲養傷費。

此際李彌還算大方，親從玉林山下來，接谷正倫到司令部，招待了一餐，谷的手槍，也發還給他，谷才得由昆明，坐飛機到香港，設法回到台灣。

貴州失陷之後，雲南的地位，更見重要。按雲南在民國三十八年六月初，即有不穩之現象。街頭扭秧歌，學校貼大字報，烏烟瘴氣，簡直不像話。至七月間，徐永昌，蕭毅肅，王叔銘飛昆明。九月初盧漢與朱麗東，裴存藩飛重慶謁蔣總裁，返回昆明後，九月十二日蔣總裁飛昆明，此時盧漢才開始向右轉。遵從政府命令，逮捕左派分子，封閉共黨報社，解散參議會，恢復反共反龍雲的言論。但不久共軍第二野戰軍的三十六軍入黔，繼之白崇禧的桂柳撤退，宋希濂在川東失利，重慶不保，南寧易手，成都，西昌亦呈動搖，盧漢是一個投機分子，當然心裡的打算又變了。所以，漸漸故態復萌。雖然三十八年十一月三日李宗仁曾以代總統身份，與張羣，洪蘭友等人飛昆明，向盧漢打氣。蕭毅肅亦以和盧漢在雲南講武堂同學的關係，去說服盧漢，又有西南長官公署第二處處長徐遠舉到昆明有所佈置，唯大局逆轉太速，頹勢已不可挽回，有關要人，對盧漢的問題，也舉棋不定，一味以和稀泥的辦法來拖延時日。

當時在霑益的李彌也知道大局阽危，盧漢叛變是遲早問題，所以，在玉林山與孫進賢商談最多，孫且勸李彌不能再去昆明了。但是十二月七日張羣自成都飛昆明，八日率李彌，余程萬，龍澤滙，飛成都謁蔣總裁，迨十二月九日上午十一時，自成都飛回昆明之後，盧漢便通電「起義」了。

按李彌駐霑益時，經常來往於昆明。其第六編練司令部昆明辦事處，係在福照街。太太龍慧娛，湖北人，爲吳奇偉太太龍怡娛的妹妹，則住於近大觀樓的篆塘。當時盧漢叛變時，李彌於晚上八時半左右正在篆塘私邸，盧漢即以「長官張由蓉蒞昆，定今晚九時召開會議」請李到盧漢的新公館也出席，其時二十六軍軍長余程萬，空軍第五區副司令沈延世，憲兵副司令李楚藩等人，也都被請來。張羣此時也於盧的公館出現，大家一見面，張羣並未發佈開會命令，才知道情勢有了變化，但都走避不及，只有聽天由命。隨後李彌和余程萬諸人，即被押赴五華山，雲南省政府。張羣乃與其秘書周君亮，及隨員董、吳二人，因於盧公館。因張羣和盧漢私交甚篤，盧遂網開一面，在十一日上午便演了一齣「捉放」，派楊文清，林毓棠，龍澤滙，將張羣等人送到飛機場，登機直飛海防。同時雲南省黨部主任委員裴存藩，不願隨盧漢「起義」，也跟着上了這架飛機逃出生天。

李彌被扣於雲南省政府四樓後，盧漢即正式通電「起義」，成立臨時軍政委員會，由盧漢任主任委員，安恩溥，楊文清，林毓棠，都搖身一變而爲委員。李彌，余程萬也榜上有名，被列爲副主任委員。盧漢並逼誘中央的情報人員沈醉也起了「義」，將堅不妥協的徐遠舉槍決。接着又迫李彌和余程萬接受解放，在昆明外圍的部隊，改編爲解放軍。計李彌的第八軍改編爲「解放軍第十軍」；余程萬的二十六軍改編爲「解放第十一軍」；余建勛的七十四軍改編爲「解放第十二軍」；龍澤滙的九十三軍改編爲「解放第十三軍」。但在昆明市郊建國中學的憲兵第十團，開頭便拒絕盧漢招降，於是便發生激戰，始終未被所屈。

至於李彌的部隊，係分駐於昆明以東的大板橋，楊林，曲靖，馬龍，霑益諸地。盧漢先兩日即拍電該部隊，接受「命令」及「新番號」。因盧漢已接共軍之命令，將李彌的第八軍各單位番號改爲「解放第二十八，二十九，三十等師」。恰於此時，有位第六編練司令部的參謀長卓立，從昆明坐着吉普車，帶了一布袋關防，準備發給第八軍啓用。卓立這小子，矮矮的個子，雲南人，出身不大詳細，只知道他是盧漢介紹給李彌的。當時對大家講話時，說了一套盧主席是如何的有「眼光」，及跟着盧主席走，如何如何有前途之類的鬼話。但第八軍自副司令官曹天戈以下，都毫不爲動。在講至中途，下面便大聲喊叫：「將司令官放回來」。一時噓聲四起，卓立當時還恬不知恥的講下去，其中孫進賢，李楨幹，及第八軍的參謀長楊也可，孫進賢的團長甫景雲，左豪等人，就都走出來，齊聲吆喝：「他媽的！」「揍這小子！」跟着便要動手。卓立一看不對勁，即住口躲在一旁。此時好多山東老鄉，隨手也拾起石頭，一塊一塊的扔過去。幸虧曹天戈出頭說：「大家冷靜點，司令官還未出來，光打解決不了問題，我們不投降就是……」這才制止住大家的憤怒，饒了卓立一餐揍，放他回了昆明。

盧漢一看第八軍也不聽命令，於是便於十日拂曉，派了兩個保安團，進攻第八軍部隊，打算武力解決。但駐防該地的教導師師長李楨幹，湖南寶慶人，在第八軍資格甚老，有一股騾子脾氣，以手下不足一個團的兵力，沉着應戰，竟在半天之內，將盧的兩個保安團打得丟盔棄甲，還打死了一個團長。這時在霑益的第六編練部副司令官曹天戈，一七〇師師長孫進賢，四十二師師長石建中，第三師師長田仲達，便立刻舉行緊急會議，決定通電中央，並且與二十六軍副軍長彭佐熙聯絡，各路向昆明進攻，活捉盧漢。

這時盧漢見勢不妙，乃將李彌的太太龍慧娛放出，從昆明乘吉普軍到達大板橋第八軍駐地。其論調與卓立差不多，並勸令官兵停止戰鬥，接受盧主任「命令」。結果，曹戈戈，孫進賢，石建中，李楨幹都反對「起義」，主張佔領昆明。尤其是第八軍山東人多，都大罵上級混蛋，並氣憤的說：「要投降！在山東就投啦！還他媽的到雲南來！」這位太座也碰了一鼻子灰回了昆明。前幾年有人報導李彌的太太在衣襟上寫了李彌的密令，叫大家攻昆明，那眞是平空造謠。

次日，李彌便被盧漢釋出，到達大板橋，遂即與官兵見面，但未有如何表示。當召集重要軍官開會時，李表示盧對本人（指其自己）相當看重，一如諸葛亮之視姜維，如大家要繼續打，他本人則回昆明。同時還說：如攻下昆明，軍紀難維持，害多利少等語。曹天戈過去曾任冷欣的團長，在王鐵漢的四十九軍當過二十六師師長，此時雖身爲副編練司令，但覺得是第八軍的新人，內心主戰，但未發言，孫進賢，石建中，則堅決主張討伐盧漢。且曾下跪於李彌前，聲言不能投降。李彌一見大家主戰的主戰，沉默的沉默，也便緘口，不再說甚麼。散會後，我便去見孫進賢，孫即表示說：「唉！司令官亦動啦！」於是又去找曹天戈，所得情況，大致相同。以後筆者即奉命留駐霑益，跟副司令官曹天戈，等候空運軍餉，我即居於曹天戈辦公室之外間。但不久曹即召見，着筆者不必再等，先回師部再說，並說詳情已電話告知孫師長。

筆者返回師部後，十一日，知李彌已退居幕後，部隊由曹天戈指揮，開始進攻昆明。

當時是孫進賢部隊任前鋒，石建中，李彬甫部隊殿後，田仲達守霑益；和開遠前來的二十六軍，向昆明進攻，此時政府除轟炸昆明外，並派飛機發散傳單，另委李彌爲雲南省政府主席，余程萬爲雲南綏靖公署主任，且鼓勵官兵如於十二月二十日以前攻克昆明市，即犒賞銀元二十萬。所以，未及兩日，孫進賢之甫景雲團，即佔領市郊伏馬山高點，昆明便處於砲火之下。張元偉團當日即進逼小壩。記得甫景雲的副團長爲黃健生，湖南長沙人，過去是榮譽一師陳運昌工兵營的副營長，以少年機靈爲孫進賢賞識，召來當副團長。但在攻伏馬山，孫令其進擊時，他即向孫回報敵人有兩挺機槍把守，不易攻下，孫即立刻大發雷霆，限他即刻攻下。結果，一鼓作氣，遂將該山攻克。事後孫進賢便對人說黃健生是外表漂亮，不能打仗的空殼子。還逢人說：「敵人有兩挺機槍呢？乖乖！人家沒有機槍，還算敵人嗎？」一時成了一七〇師的笑話。所以，以後黃健生脫離軍籍，帶着漂亮的老婆，在曲靖做生意，實肇因於此。

與第八軍協同攻昆明的二十六軍，原係抗戰時期遠征軍之預備隊。勝利後，曾到過越南受降。政府還都後，乃駐於宜良、開遠一帶，負責滇西南的剿共任務，始終未參加過大規模的戰鬥，故人員充足，很有實力。軍長余程萬，廣東台山人，黃埔一期生。是一位表面木訥，內心不老實的傢伙。在黃埔一期中也屬落伍之列，如跟李延年當過參謀長，在王耀武的七十四軍當過師長，都是不很得意。一直到抗戰時期守常德，才嶄露頭角，調升爲二十六軍軍長。

余程萬最拿手的功夫，便是拉攏老百姓的一些小辦法，如敎士兵笑臉對老百姓，飲老百姓的水時，必須未飲前笑臉說聲「謝謝！」飲完後將賸水倒了，再笑臉說聲「謝謝！」這是跟余程萬當兵的基本動作，軍中都說余程萬叫部下「賣笑」。他有時也很缺德，往往拿士兵的生命，來換取老百姓的敬佩。一次有一個士兵買了老百姓的鷄蛋，給錢時，老百姓嫌價少不賣。士兵就說錢不少了，賣給我吧！大家正在講論之際，被余程萬看見。便立刻下令辦該買蛋的士兵，旋即命令槍斃。賣蛋的老百姓覺得自己多要錢也是缺理，便爲士兵求情，地方父老也都跪在余程萬面前爲該士兵苦求，余不准，終將該兵槍斃，事後，老百姓都說：「這位軍長眞是愛民，實在了不起。」

余程萬慣用小恩小惠的手段，他對部下多是隔些日子傳見一次，一見面便是問長問短的，如「最近有家信嗎？」「父母都好嗎？」一些表示關心的話，臨辭出時，程便拿一包錢出來，塞到被召見人的手裡，並小聲的說：「出去別作聲，別人我不給的，就是你有，回去買點東西吧！」其實部下拿到錢後，一回去便宣揚起來，大家對證，結果人人有份，得錢者，惟相視而笑。

不過余程萬在雲南上上下都搞得很調合，雖則苟安後方，却自詡爲「南天屏障」。

當大局逆轉時，余程萬本人，與李彌一樣，也知道盧漢是靠不住的東西，余被盧漢扣留時，雖無投共的預謀，但經不起盧的苦勸，兼以優柔寡斷，無可奈何，於是便接受盧漢的命令，附合所謂「起義」行動，並向二十六軍廣播，勸官兵不可輕舉妄動，聽候命令。但副軍長彭佐熙則斷定余係被迫而爲，遂接受國府命令就任二十六軍軍長。並由憲兵第十團電台向第八軍之曹天戈，孫進賢通訊，達成協議，一齊進攻昆明。盧漢數次派人送與二十六軍的慰勞品，及「解放第十一軍」關防，也都拋掉了。

於是彭佐熙即下令以該軍四八三團任前衛，猛攻昆明。該團長爲田樂天，黑龍江人，機智驍勇，一舉即攻克呈貢，彭軍長即以呈貢爲指揮部。次日天未亮，前鋒部隊即到達昆明城外，接着西關之飛機場也被佔領。記得當時孫進賢在先頭部隊迫近火車站時，還得意的對筆者說：「這回可得叫盧漢來個『王八吃西瓜，滾的滾，爬的爬』，連大烟槍都叫他帶不走！」可見士氣高昂，所向無敵，昆明之克復，可以說已在指顧之間。

其時盧漢在昆明，擁有兩個軍，一個

是九十三軍，軍長龍澤滙，是盧漢的小舅子，軍校學生。以前是九十三軍二十二師師長，參加過東北四平街戰事，在義縣升爲副軍長。東北撤守前，龍澤滙適在南京，故未隨盧濬泉，盛家興被俘。回雲南又任保安第三旅旅長，拱衛昆明附近。另一個軍，則是余建勛的七十四軍。余也是雲南人，原是保安第二旅旅長，一向在滇西。兩個軍長，都是鴉片烟鬼。前者是保安部隊的底子，後者也是由一八四師滲雜地方團隊組成，雖然不敢說是完全烏合之衆，但確是不堪一擊的爛隊伍。所以，第八軍和二十六軍一打，便潰不成軍。最糊塗的還是盧漢，他根本不知道這兩個軍如此不濟事。因此昆明中央兩軍逼進之際，立呈混亂狀態。盧漢只有調集車輛，準備裝運財貨西逃，靠余建勛的爛攤子避難。

盧漢在逃難之前，又恐怕萬一逃走不及被活捉，則生命亦難保，便在當日下午載了一大卡車「袁大頭」，犒賞二十六軍，還答應二十六軍六項停火條件，大意謂二十六軍改編爲「解放十一軍」後，余程萬仍任軍長，該軍人事絕不變動，保障官兵眷屬之財產，保證雲南土共不向二十六軍報復，如停火實現，即發給官兵三個月薪餉等等。

同時余程萬，與一起被扣的該軍師長石補天，也被盧漢釋放出來，乘着兩架插了白旗的汽車，返回二十六軍軍部。余到部後，第一道命令便是立刻停火，將進攻昆明的部隊撤回。接着便在呈貢的一個小廟內，召集高級幹部開會，除了余程萬，彭佐熙外，各師團長都出席了。會議開始是余與同時被扣的鄺副官先後報告被扣的經過。隨後余即以低沉的語調，吞吞吐吐的說：「事情已到了這個地步，爲我們全軍兄弟們和眷屬的安全，唯有跟隨盧漢行動，慢慢再等機會」。隨後即着大家發言，表示意見。

此時全場空氣突呈緊張，大家莫之所措，余程萬再三逼彭軍長發言，彭遂嗚咽含淚說：「我們的目的祇是營救老軍長，既然老軍長出來了，我也無話可說，只有以老軍長的意見爲意見」。余又詢及副軍長葉植楠，葉亦不發一言。一六三師師長梁天榮却幽默的說：「軍人以服從爲天職，老軍長莫說叫我們戴紅帽子，就是叫我們戴綠帽子，我們也得戴呀！」但以空氣低沉之故，亦無人笑得出來。

接着副官處長許金濤即發言，反對余程萬的措施。並向余氏建議立即乘勝攻克昆明，固守待援，如萬一不能守，即將全昆明市的車輛集中，將所有物資南運，到達思茅，瀾滄，或南嶠，車里一帶，憑瀾滄江之天險，與共軍決一死戰。但余認爲是空談。並說：「昆明工事堅固，不容易攻打，即是攻下，秩序亦不易維持。同時滇西余建勛之七十四軍已兼程趕來，共軍陳賡的部隊，亦從廣西百色向昆明急進，二十六軍只有被包圍，西撤更不易，民心已失，各地土共，百姓羣起，我們只有自取滅亡。」最後還是强調大勢已去一類的話。以後許金濤又發言，大意謂：余軍長平日訓話以「疾風知勁草，板蕩識忠貞」勉勵部下，今日忽然變節投降，此後何以對政府，何以服部衆。並說：歷來倒戈，變節的軍人，不是爲官，便是爲錢，軍長若是爲官，中央已發表爲綏靖主任，地位比共產黨騙人的軍長爲大，要是爲錢，我們攻下昆明就有二十萬元賞金，爲名，一個是遺臭萬年，一個是留芳百世，我們到底是爲什麽，我希望軍長懸崖勒馬！

余程萬聆後，亦激動的無話可說，掉了幾點眼淚後，仍表示不可爲，且謂大家不諒解其苦衷。

至此整個會議已成僵局，總之不管發言與不發言的，內心都不贊成余的行動，但碍於地位，此時沉默不作聲。最後還是彭佐熙起來表示，大家也不必爭執，就請以舉手多少來表決吧！於是彭即着大家舉手表決。結果，勉强通過余程萬的建議。余程萬即拿出已與盧商量過，而擬就的一項通電，請大家簽名，多數的人都簽了，余即正式啓用盧漢頒下來的「解放第十一軍」關防。並宣布隨軍之中央人員，如不願「起義」的，即每人發給五塊大頭，准予各自逃命。（未完，下期續完）

西北軍進出甘肅及其影響

·王禹廷·

民國十三年初，中國國民黨改組成立。緊跟着開辦黃埔軍校，籌建黨軍，頓時呈現了一片蓬勃新銳之氣。國民革命的浪潮遂瀰漫於全國。甘肅僻處西陲，自然也受到了這一衝擊，其直接的關係，則是馮玉祥奉命督甘，及其所部大軍進出甘肅。其對甘肅所發生的影響，可說是重大而深遠的。

一、西北軍入甘前之簡史

世所習稱的西北軍，在民國十四年以前，它的番號，一直是陸軍第××團××旅××師。十三年冬，第二次直奉戰爭發生。馮玉祥、胡景翼、孫岳等，與黃膺白（郛）先生共同策動，發起「首都革命」時，改稱國民軍。十五年九月，馮氏在五原誓師，宣布參加北伐。十六年五月，馮在西安就任國民革命軍第二集團軍總司令，改稱國民革命軍。什麼時候被稱爲西北軍，尚乏確切資料可供查考。以筆者的推想，可能是十四年間，馮玉祥就任西北邊防督辦，駐在張家口，部隊則分布平綏鐵路沿線地區。不久進出甘陝，會師北伐。一般人以爲馮軍來自西北，遂以西北軍稱之。從此不脛而走，漸漸變成了定名。此一推論不敢自以爲是，尚望對此問題有研究者，有以教之。這支軍隊，是馮玉祥一手編練起來的。它不屬於北洋嫡系的六鎮（師），却是北洋軍的正牌隊伍。訓練精良，紀律嚴明，團結鞏固，作戰勇敢。由民元成軍直至三十八年大陸撤退爲止，在軍閥混戰，參與北伐，以至剿匪，抗戰，戡亂各戰役中，都曾扮演過重要的角色，起過重大的作用。對整個大局，也曾發生過決定性的影響。研究民國史的人，對此當不容否認。它的沿革大致如次：

袁世凱於辛亥革命，就任大總統之後，成立了「左路備補軍」，由軍政執法處處長陸建章，負責編組指揮。馮玉祥原在北洋第二十鎮（師）當管帶（營長），辛亥武昌起義，他密謀響應未成，棄職逃走，被清廷下令通緝。至此，因爲他與陸建章有親戚關係，所以向陸投靠，被任爲第二營管帶（營長），此爲馮軍成立之始。二年八月，擴編爲警衛第一團。三年二月，擴編爲第七師第十四旅，旋改爲第十六混成旅。九年，擴編爲第十一師，轄兩個步兵旅，另騎兵，砲兵，特務三個獨立團。十二年初，又增編三個混成旅，已具有不可忽視的力量。十三年第二次直奉之戰，馮氏任直軍第三軍總司令，乃與黃膺白（郛）先生等密謀，響應 國父領導的國民革命。於是與胡景翼、孫岳二氏聯合，編成國民軍第①②③軍。馮部爲第①軍，胡、孫所部爲第②③軍，馮任國民軍聯軍總司令，胡、孫副之發起「首都革命」，曹錕被囚，吳佩孚南遁，北方政局爲之大變，十四年冬，馮任西北邊防督辦，駐在張家口。又增編第十師，轄三旅九團。十五年春，已擴張至十二個師，另五個獨立派。在北方軍隊中，其數量及裝備，僅遜於奉軍，而精練則過之。在整個政局中，乃形成舉足輕重的力量。

西北軍進出甘肅之始末

十四年秋，甘肅督軍陸洪濤因病辭職。北京政府以馮玉祥兼任甘督，薛篤弼任省長。其時馮氏任西北邊防督辦，駐在張家口。所部大軍，分布京畿及平綏鐵路沿線地區。正肆其逐鹿中原的野心，無意到甘就職，但又捨不得甘肅地盤。乃派其部將劉郁芬為國民軍駐甘總指揮，代理甘督。劉氏及副總指揮蔣鴻遇，參謀長楊耀東等，率領第二師孫良誠部梁冠英、張維璽、安樹德及第十二師高樹勛等旅，共約一萬五千人。於十四年冬先後到達甘肅，駐紮蘭州及其附近地區。此為西北軍進入甘肅之始。同時薛篤弼亦到蘭就任省長，以葉鏡元為秘書長，李朝傑長民政，楊慕篤長財政，趙元貞長建設，沙明遠長教育，趙席聘長警務處，鄭道儒為鹽運使，姬濬為西北銀行行長，省政機構，組織而成。劉郁芬係河北保定人，保定軍校出身，隨馮多年，為人雍容和易，有儒將風。薛篤弼是山西人，早年任馮之文案，飽經磨鍊，器識及學驗均卓然可觀。兩人相將來甘，如在安定環境中，從容展布，相信可有良好的表現。不幸甘肅內部及南北大局，均有劇烈變化。在戎馬倥傯中，善政固無從推動，紛爭更不斷發生，益以天災，更苦吾民，地方遂糜爛不堪了。

當劉郁芬率軍入甘後，馮玉祥因北京政潮兵爭，不安於位，宣佈下野赴俄。所部名義上由張之江負責統率，實際是張和鹿鍾麟、李鳴鐘、宋哲元、劉郁芬等人集體領導。他們一方面向廣州國民政府求取連繫。一方面抗拒直奉聯軍的進攻，十五年夏秋間南口之戰後，西北軍大部退往綏遠西部，一部進入山西，羣龍無首，局勢已不易控制。適馮玉祥由俄回國，繼續領導，才又趨於穩定。馮於九月十七日在五原誓師，宣布參加北伐。在西北軍來說，這是一個非常重要的紀念日子，當時稱之為「九一七」新生命。大軍隨即出動，進入寧夏、甘肅。寧夏方面，因為馬福祥任綏遠都統時，與馮早有結納，他的兒子馬鴻逵任馮部第七師師長，馬鴻賓任寧夏鎮守使，對於馮軍過境，給與自動也是被動的莫大便利。同時隴東隴南原有的地方武力。已被劉郁芬派兵消滅，所以馮軍進入甘肅，更無障礙，馮氏本人於十五年底抵寧夏，十六年初抵平涼，均留駐半月以上，從事部署。在馮未到甘以前，已令孫良誠為援陝軍總指揮，方振武為副總指揮，率領所兼第二師及韓復榘，石友三、孫連仲、馬鴻逵、陳希聖、劉汝明等七個師，擔任正面。由平涼沿西蘭大道，直趨西安。另以張維璽師由天水趨隴縣，擔任右翼。以解西安之圍。十六年春，馮到西安，所部各師一律擴編成軍，長征苦戰之後，急須休息整補。這時，

總統蔣公率領的北伐大軍，正在贛、浙、滬、寧一帶，與軍閥孫傳芳、張宗昌等部，激烈相持。吳佩孚殘部因守河南。奉張大軍集中黃河南北平漢鐵路沿線，準備南下攻畧武漢。國民革命軍北伐的軍事形勢，進入勝利前夕微妙而緊張的階段。中央連電促馮東出潼關，共同北伐。馮乃策定援鄂，攻豫，會師中原的作戰計劃。把國民軍聯軍分為五個軍：中央軍由馮直接指揮，由潼關直趨洛陽。右路軍孫連仲出荊紫關，進逼南陽，老河口。左路軍（原國民三軍）徐永昌、假道山西，進取石家莊。北路軍宋哲元，在寧夏待命，進窺綏遠。南路軍（原國民二軍）岳維峻，集中商、雒地區，待命機動。不久，國府以馮為國民革命軍第二集團軍總司令，馮於五月一日，在西安宣誓就職。重新調整部署，出師東征。共有九個方面軍：第一方面軍孫良誠，第二方面軍方振武，第三方面軍靳雲鶚，第四方面軍宋哲元，第五方面軍岳維峻，第六方面軍石敬亭，第七方面都劉郁芬，第八方面軍劉鎮華，第九方面軍鹿鍾麟。每一方面軍指揮一至三個軍不等。馮總部直接指揮第①②③⑤四個軍。這許多部隊，多半是馮的嫡系，少半則係

新附的雜牌。陣容及兵力固然十分龐大，素質及力量並未見等量提高，但是士氣旺盛，作戰勇敢。從此東出潼關，會師中原，完成了北伐統一的大業，可算得西北軍的黃金時代了。在此期間，劉郁芬坐鎮甘肅，徵兵徵馬，籌款，籌糧支援前方的龐大軍需。甘肅境內，僅留戴靖宇，佟麟閣、陳毓耀、田金凱等師，駐防省會附近及隴東南地區，維持大後方的治安。寧夏馬鴻賓，西寧及河西之馬麒馬麟弟兄。早已恭順聽命，保境安民。直至十七年河湟變起，劉郁芬無力鎮壓，孫連仲率部回甘靖亂，部隊又形增多。十八年南京編遣會議後，馮玉祥有異見，旋即出京入晉，爲閻錫山所款留。西北軍乃由鹿鍾麟統率指揮，其名義是豫魯陝甘各省勦匪總司令。劉郁芬調任後方總司令兼陝西主席。孫連仲繼任甘肅主席。十九年春中原大戰爆發，孫連仲率部東行。是年秋，馮軍全面潰敗，楊虎城率部回陝。劉郁芬倉皇出去。孫連仲離甘時。留置蘭州的一個師又一個旅及設於平涼、隴西、天水等地的三個警備司令部，僅乃象徵性的力量。不久，亦被地方及外來的武力，分別消滅。從此西北軍不僅絕跡於西北地區，而在中國政壇上，亦失却其重要作用。馮玉祥個人的政治生命，更是一蹶不振，斷送無遺了。

三、西北軍在甘期間之措施及其影響

甲、重建甘肅黨務

民國元年五月，國民黨本部派周之翰來甘，會同老同盟會會員慕壽祺等，籌辦甘肅黨務。於十一月成立甘肅國民黨總部，公推馬安良爲正部長，周之翰副之。向各縣開展黨務活動。當時雖然人多勢盛，但與其他各省一樣，大多是臨時附合者多，認眞信仰者少，實際上並未眞正建立黨的基礎。迨癸丑二次革命失敗後，袁政府大殺革命黨人，嚴厲取締國民黨。於是甘肅的黨務活動，便也陷入低潮，漸趨消沉。十三年中國國民黨改組成立，黨務工作邁入了一個新的階段，各處活動，日趨積極，十四年夏，國民黨北方執行部，委派田崑山，駱力學，任丹山，壽慶龍等十一人，重建甘肅黨務。田氏於是年八月，到達蘭州，積極策劃進行。旋在中街子成立省黨部，派遣青年幹部，並徵召原來潛伏的老黨員，在各地展開宣傳組織的活動。各衝要城市的地方黨部，陸續宣告成立。其偏遠縣份，因人手不足，未能成立黨部者，亦派一、二工作人員，或促請地方紳耆，利用集會，從事宣傳，對於本黨組織之建立及主義政策之宣揚，雖不能說深入，但也相當普遍了。筆者時當幼年，即係在這種情況之下，開始對本黨的主義政策及其堅苦奮鬥的經過，獲得了初步的粗淺瞭解。以後十七年北伐完成後，馮玉祥有異動。中央派來的高級黨工同志，紛紛離去，一時黨務工作，大有重陷停頓之虞。但馮部雖背離中央，却仍打着國民黨的旗號，聲稱「護黨救國」。因此，除了有人事上的攻訐和異動以外，對於黨務推進，主義宣傳，組織建立等，仍然能進行不輟，堪稱幸事。直待十九年秋間，馮部全面潰敗後，田崑山等再度奉派來甘，重新整理，黨的建設，才算納入正軌，奠定基礎。

乙、開闢各線公路

甘肅交通梗塞。清末左宗棠經畧西北，因爲軍事運輸上的需要，修築了一條大車（牛馬牽引之兩輪木造大車）道，民間稱爲「官路」。由陝西境內起，貫穿甘肅全境，直達新疆，全長三千餘華里。爲保持路線的穩定，於官路兩旁，遍種楊、柳，責成地方官民，切實保護，後人稱之爲「左公柳」，當時有人詠之以詩：「大將籌邊未肯還，湖湘子弟滿天山，新栽楊柳三千里，引得春風渡玉關」。傳誦一時。綠樹成蔭，逶迤數千里，的爲壯觀。惜民國十五年以後，逐漸被人砍伐，「左公柳」已成爲歷史名詞，惜哉。這條官路，在清末民初，可算是西北惟一的交通大動脈。以後張廣建，陸洪濤督甘時，都曾有修闢汽車路的擬議，紙上談兵，成效不大。僅修通省城至東崗坡一段二十華里，隴南地區三百餘華里，隴南地區二百餘華里，各自分隔，彼此均不能通車。且僅係拓寬汽車勉可通行的路面，及木造的簡易橋涵，一遇天雨，即被沖斷。劉郁芬到蘭後，立即從事於道路建築，分區分段，同時施工，務期速成。指派專員，分駐隴東隴南及寧夏三區（蘭州以西暫從緩），負責督修，限期完成。所需款項及民工，均由各縣分別攤派。所以奏效甚速，先後完成蘭寧（蘭州－靖遠－寧夏），蘭窰（蘭州－平涼－窰店）、窰店在甘肅涇川縣以東，毗連陝西長武縣。此路即以後之西蘭公路的一段。惟因六盤山工程過於艱鉅，以當時的人力及工程技術，無法克服，故未修通。係由靜寧東北行，繞道馬連川、固原、瓦亭、而至平涼。六盤山路之打通，則是抗戰開始前後期間之事。蘭秦（蘭州－天水）、蘭湟（蘭州－湟源）、寧固（寧夏－固原）等線公路，此外尚有支線數條。一時道路大開，交通頓趨方便。對於政令推行，軍事運輸，物資交流，均有莫大的利益。這算是西北軍在甘最大的也是僅有的一項建設。後來抗戰期間，喊出「開發西北，交通第一。建設西北，水利第一。」的口號，其意義實在是十分正確的。

丙、消滅地方武力

劉郁芬來代甘督時，督署前參謀長魏鴻發，甘肅陸軍第一師師長李長清等，均曾伸歡迎之意。外鎮將領，亦皆表示服從。迨劉到蘭州不久，李等深感處輦轂之下諸多不便。且見劉的兵力不太強大，馮部大軍又遠在察綏，遂生覬覦之心，而有不穩之說。事為劉郁芬所知，臥榻之旁，不容有反側者存在。乃先下手為強，設計將李長清，包玉祥等將校三人，誘至督署，慘予活埋。對外宣稱李等有違反革命的行為，奉令逮捕，押赴張家口審訊，以掩人之耳目。李被殺後，劉郁芬將其部隊，改編為三個混成旅，宋有才，韓有祿，黃得貴，分任旅長。宋旅移防臨洮，韓旅移防固原，黃得貴旅殘部無多，駐紮蘭州以西之煤炭山。魏鴻發係甘谷人，保定軍校出身，為人富才氣，有作為。在安肅道尹任內，頗著政聲。任督署參謀長時，常代表督軍陸洪濤，對外奔走接洽。劉郁芬到甘後，因有保定同學之誼，時相過從。李包等被殺之事，傳說魏曾與聞，確否雖不可考，但從此頗不為鄉人所諒。除曾一度擔任寧夏省建設廳長外，劉郁芬對之另未有所借重。落拓埋沒，殊堪惋惜。

自李長清等被殺後，隴東鎮守使張兆鉀，隴南鎮守使孔繁錦，均感不安。適吳佩孚東山再起，在漢口自稱十四省總司令，與張作霖釋嫌修好。一面抗拒國民革命的北伐大軍，一面進攻察綏地區的馮軍，又以張兆鉀為甘督，孔繁錦為省長，令其合力向蘭州進兵。十五年夏，張兆鉀約同孔繁錦、宋有才、黃得貴等一致行動，黃得貴先起兵，被劉部擊敗，退往臨洮，與宋有才會合。張兆鉀以劉福生為前敵總指揮，率領所部大軍，急向蘭州挺進。於定西擊退梁冠英旅，追至距蘭州以東四十華里之響水子，蘭州大為震動。適馮部吉鴻昌旅，由寧夏趕至增援，局勢始轉穩定。劉郁芬乃以孫良誠師為主力，向隴東進攻，張維璽旅由臨洮奇襲天水。兩路進展順利，張兆鉀、孔繁錦輕騎走漢中，所部軍隊全數潰散。此一由董福祥遺留及張廣建、陸洪濤等新建的甘肅地方武力，乃全告消滅了。

丁、平牧河湟變亂

涼州鎮守使馬廷勷，是馬安良的兒子，在當時諸馬中，為一頗有野心的人物。民國六七年臨洮兵變，馬即有幕後嗾使之傳說。十七年夏，北伐大軍即將底定幽燕之際，張作霖透過某甘籍下野將領的關係，以巨款及大批武器，經蒙古草地，運抵涼州接濟馬氏，令其發兵擾亂馮軍後方。馬氏得到巨援，野心大動，醞釀變亂。適河州鄉間，偶然發生一樁回漢民間的糾紛，由於鎮守使趙席聘處置操切，激起回民公憤，演成民族間的仇殺，予馬廷勷，馬廷賢弟兄以煽動利用的機會。一場滔天兵禍，遂一發而不可收拾。亂事初起，河州被圍。劉郁芬一面派師長戴靖宇，旅長李松崑，分兵兩路，赴援河州。同時成立戰地政治委員會，以戴靖字及回漢紳耆喇世俊，吳履祥，楊繼周等為委員，隨軍行動，妥事撫輯，以免戰亂擴大。不意亂軍愈聚愈多，河州城三圍三解，拼鬥至為激烈。牛星山之戰，陳毓耀師被亂兵圍困一週之久，幾遭殲滅。涼州方面出動的回軍，亦已佔領永登，進撲省垣。燎原之勢已成，如不迅謀撲滅，大有演變為前清同光年間西北大亂的可能。於是劉郁芬急調寧夏門致中軍馳來增援，並電請馮玉祥，速派大軍回甘靖亂。馮乃派第二方面軍總指揮孫連仲，率部回甘，合力進勦。孫部到甘後，專任河西方面。劉郁芬自任河州方面，親往前線指揮。兩路大軍，分期前進，勦撫兼施。猖獗一時的河湟亂事，幸告敉平，此次兵災，歷時將近一年，亂軍最多時達十餘萬人，馮軍亦先後出動近十個師。以河州、寧定、臨洮、涼州、秦安等十餘縣，受害最重。殺戮之慘，死傷之衆，損失之大，筆者聞諸參與其役者的描述，實覺慘絕人寰，今已無重述的勇氣矣。馬廷勷於失敗後，棄衆出走，不久被馮玉祥誘殺於鄭州。其弟馬廷賢，率殘衆流竄，十九年據天水。二十一年春，被楊虎城派兵擊散。馬安良系的西軍，至此全歸消滅。在這次幾亂中，馬麒馬麟弟兄及馬鴻賓等人，始終態度明朗，立場堅定。故能保全勢力，以後且均有發展。禍福之機，唯人自擇也。按回教教主居於固原沙溝，而軍政領袖，則多出自河州。傳說民國成立到北伐以前，安徽合肥，曾出過十三個督軍，確否待考。但河州一地，於北伐統一至大陸淪陷以前，確曾出了七位省主席－馬福祥、馬麒、馬麟、馬鴻賓，馬鴻逵、馬步芳（以上均回教）、金樹仁（漢人）。據說，河州山川雄偉，有特異之勢。筆者未至其境，不敢妄談。但沙溝我去過，回教聖地，確有一種不平凡的氣象。地靈人傑，人傑地靈，信哉。

戊、清除共黨亂源

寧縣王孝錫，崇信保至善，以及胡廷珍馬凌山等四人（胡馬兩人籍貫不詳），在西安西北大學讀書時，先後加入共產黨。王孝錫善談論，有見解。馮玉祥在西安時，曾幾度與之約談，頗為賞識。即命其回甘，幫助田崑山「開展」國民黨黨務工作。其時蘭州方面，已有共產黨特別支部，由張穀任書記。王孝錫等到蘭州後即將偽支部改組，以胡廷珍為總書記，王孝錫為組織部長，馬凌山為宣傳部長，保至善，賈宗周等為委員，大事活動。在國民黨掩護之下，從事於破壞國民黨，發展共產黨的勾當。後來共產黨和共產主義青年團分家，另組織青年社，馬凌山兼書記，王孝錫任社長，其活動更趨積極，當時雖在容共時期，但田崑山辦事穩健，對王等過激行動大不為然。且恐受其連累，所以對彼等活動，予以限制。劉郁芬則以其係馮玉祥所派來，故予曲容。事為馮所知，即電調王等赴鄭州。王等行抵西安，知國府已宣布清共，乃潛赴漢口，與共黨首腦有所接洽。於奉指示仍回西北工作。保至善到西安，因行踪不密，被宋哲元捕殺。王孝錫化名寧自強，潛回寧縣，組織共產黨支部，自任書記。胡廷珍赴河州，王秉仁赴定西，任鼎昌赴平涼，分頭秘密活動。當時陝甘境內到處有散匪竄擾，寧縣處陝甘邊區，附近匪患更熾。不久又發生河湟變亂，更予王等以利用的機會。陝北隴東邊區之匪首王錫三、邵三剛、傅明玉等，均為王孝錫吸收運用，積極從事於打家結寨。劉郁芬恐亂源擴大，即派田金凱師負責清勦。先後將王孝錫，王錫三等捕獲。王錫三當場被殺，王孝錫押往蘭州處決，時年方二十六歲。匪衆均告星散，共亂迅被撲滅。否則的話，恐怕共黨組織，早在西北生根，無須等到六、七年以後，再由劉子丹，高崗等，竄據陝北，另起爐灶了，王孝錫如倖生，倘不為高崗第二，被毛整肅掉，就可能成為共黨在西北的開山祖師了。筆者早年獲識一寧縣籍的朋友，與王孝錫頗熟。口述王繫獄寧縣時的絕命詞，迄今垂四十年尚能記憶無訛。觀其所云滿篇迷信乞憐的口吻，而無暴戾猙獰的兇象。也許是王某方當青年，入毒未深，天良尚未盡泯的緣故吧。錄之以博一粲：「縱有垂天翼，難脫今夜險。告蒼天，何不行方便，駛慈雲駕慧船，搬救我到日月邊。一夕風波路三千，把骨肉家園齊抛閃。生死總有定，離合豈無緣。告爹娘，休把兒掛念，尚有一兒三弟，足供歡顏。兒去矣，莫牽連。」

己、改良社會風氣

甘肅地處邊遠，交通梗塞，民性習於保守。民國成立十餘年，在落伍的軍閥官僚統治之下，不但國民黨的革命思潮和進步主義，一般人均欠瞭解。就是其他新的學說思想，亦少輸入。記得甘谷汪劍萍（青）先生，於民國十多年遊歷北平時，曾以「胡適文存」一部寄贈楊慎之（名思、前清翰林，曾代理省長。）先生並寫信告訴他：「此書不可不讀」。可見一般智識份子思想守舊的一斑。至於官場及社會風氣，更不堪問。抽大煙，裹小脚，留髮辮，本係民國成立後縣爲厲禁者。但在民國十五年以前的甘肅，推行的效果並不顯著。各地駐軍，公開包庇莠民，聚賭抽頭，飽入私囊，反美其名曰驢馬大會，誘使人民傾家蕩產者比比皆是。除新建的省防軍外，各鎮軍隊，不着制式軍衣，所穿衣服，形形色色，奇形怪狀。不出操，更不知上講堂爲何物。成天游手好閒，打架滋事。省道級的官員，乘坐人抬的綠呢大轎。縣知事（縣長）人稱「大老爺」，深居衙內，終年不外出一步。及其出也（如祭神祈雨等），亦乘大轎，衙役前呼後擁，鳴鑼開道。坐堂（審問訟案）時敲鐘鳴砲，啦喊呼威，有如平劇中的表演。吏胥衙役，全是煙鬼地痞所包辦，多年不換，作威作福。筆者寫出這一段，不是有意揭鄉邦往昔之短。而是說明社會進步的遲滯，全是政府官員及社會領袖人物，努力不夠所形成的。如果有人責備我，我先在此告罪了。凡此莫名其妙的怪現象，全是滿清時代遺留下來的。直到西北軍進入甘肅後，才澈底爲之掃除。本來馮玉祥採取的是愚兵政策，他的部下官兵，知識程度並不甚高。如果說他們具有移風易俗的抱負，倒也未必盡然。但是他們在甘肅確有移風易俗的事實，則屬不容抹殺。這可分別作如下的研究：

第一是軍政當局的有意作爲：前面說過：劉郁芬和薛篤弼，都是由基層幹起，平易近人，觀念及作風均較新較實。他們到甘肅後，對於上述陋習，深惡痛絕。嚴厲從事革除，絕不姑息。派往各縣的行政人員，多是青年軍人，並大量起用地方青年，參與基層行政工作。這般幹部奉命唯謹，認眞推行。譬如放足及剪辮兩事，更發動當地青年學生，深入鄉村，大力宣傳。並常手執剪刀，對於留辮的成年人或裹脚的年輕婦女，當衆剪放，毫不留情。如此一來，收效自然普遍而深入了。這是行政措施的一面。同時，在教育上也予着手，廣事宣導。薛篤弼曾手著勸民歌五十首，以通俗流暢的詞句，把應行應戒的事情，一一提示出來，印發全省人民，普遍歌唱，普遍實行，家喻戶曉，收救頗大。

第二是官兵生活的習染：民國初年，全國實施募兵制。各部隊所需兵員，自行成立招募處，分往指定的地區招募。馮部成軍以後，招募兵丁，一律以農村中質樸子弟爲吸收的對象，素質原甚純潔。入營以後，訓練極爲嚴格，管理尤其認眞，養成了一種整肅的紀律生活。駐紮各地，頗受民間歡迎。他們到達甘肅之初，官兵所佩帶的臂章，印着「不擾民，眞愛民，誓死救國」的字樣。筆者耳聞目睹，他們確能做到不入民房，不取民物。雖在行軍作戰風雨交加的時候，也能恪守這種信條，這在當時的軍隊中，的確是難能可貴的。由軍隊中挑出派任地方行政首長的中下級軍官，很自然的把這種守紀耐苦勤勞樸實的習慣，或多或少的注入社會各方面，發生了良好作用。

第三是青年從軍的激發：馮軍入甘後，緊接着東出中原，參加北伐。兵力不斷擴張，傷亡更須補充。因此，許多在學青年，紛紛投筆從軍，擔任軍中的文武幹部，或轉任地方行政官員。在鄉青年，也被一批一批的征集出去，參加軍營生活。這些青年入伍之後，長征各地，接觸了很多新的事物，吸取了不少新的知識。以後北伐完成，大量裁軍，緊接着中原大戰結束，離軍回鄉的很多。他們對於保守的家鄉，自然也帶來了不少的刺激和影響。

庚、甘青寧分省設治

甘肅本是禹貢雍州之地。歷代疆域隸屬，屢有變遷。淸初康熙年間，設置甘肅省，爲我國內部十八行省之一。淸末增新疆、奉天、吉林、黑龍江四省，合爲二十二個行省，民初因之。十七年北伐完成，全國統一。中央政府調整省區，增設熱河、察哈爾、綏遠、寧夏、青海、西康等六省，合爲二十八個行省。三十四年對日抗戰勝利以後，又增加台灣、安東、遼北、松江、合江、嫩江、興安等七省全國共有三十五個行省了。

寧夏省的疆域，包括原屬甘肅寧夏道的寧夏、寧朔、靈武、鹽池、平羅、中衛、金積、豫旺等八縣，及西套蒙古之阿拉善額魯特、額濟納土爾扈特兩部所有之地。東界綏遠，自南及西界甘肅，北界蒙古，東南界陝西。十七年十月省府成立，國府任命門致中爲該省首任主席。

青海省的疆域，包括原屬甘肅西寧道的西寧，樂都、大通、貴德、化隆、循化、湟源等七縣，及原屬青海之地。東界甘肅，東南界四川、南界西康、西南界西藏、西北界新疆。十七年九月省府成立，國府任命孫連仲將軍爲該省首任主席。

甘肅領域原甚遼濶，經過此次劃分省治後，大爲縮小，變成東西狹長，中間呈蜂腰狀的一個形狀。但因地處衝要，綰轂五省，在軍略地理上佔有極重要的位置。對日抗戰時期，政府曾設第八戰區司令長官部於蘭州，主持大西北六個省區的軍事，其重要性可知。共黨竊據大陸後，其首期的大行政區，一野總部，以後的西北軍區等重要機構，均在蘭州。而且油鈾等重要資源，礦藏豐富，共黨均在大力開發之中。並積極致力於鐵路、公路、航空等交通網的建立，也均以蘭州爲其樞紐核心。

辛、天災人禍民不聊生

西北軍進駐甘肅，前後達五年之久。在這一段不算很短的時日中，甘肅全境的景況，可以「天災人禍，兵慌馬亂，橫征暴歛，水深火熱」四句話包括之。劉郁芬到甘不久即開始了消滅地方武力的軍事行動。雖然奏功很快，但遺留下來的副作用，給與地方上禍害，實在不小。因爲在「好男不當兵」的傳統下，當時地方部隊的基本成員，絕大多數是莠民出身。這般人投入軍中，有事拚命，無事坐食，可以游手好閒的混下去。一旦潰散以後，毫無謀生的能力和憑藉。於是流而爲匪，初則少數嘯聚，潛伏竄擾，打家刦舍，以謀生存。後來有失意的野心家煽動利用，便漸漸成了氣候。如隴東的黃得貴，陳珪璋，楊老二，隴南的王有邦，隴東北的王富德，隴西的魯某，河湟一帶的馬廷勷，馬廷賢等，便都是較有目的之集團。筆者幼年，可以說在逃避匪禍中過生活。除通都大邑外，簡直是遍地烽火，無法寧處，這是匪禍的一面。西北軍到甘之初，素質比較整齊，眞可說是不擾民的隊伍。以後迅速膨脹，份子複雜，便漸漸的變質了。到處是匪，到處勦匪擾民，兵亦擾民，成了惡性循環的災禍，這是兵禍的一面。西北軍初而北伐，繼而異動，大量擴張大量徵發，均無條件的取之於民。甘肅是他們的大後方，行政官吏的任務，是徵兵、徵糧、籌款。除正額徵派外，不肖官吏更從而上下其手，以飽私囊。誅求無饜，敲骨吸髓，不擇手段。人民負擔之重，受累之深，眞是不堪想像，這是官禍的一面。這三種加在一起的人禍，已經壓迫的老百姓無法喘氣。不幸又發生了天災，民國十七八年連續兩年的大旱，被災的面積幾達西北整個地區。食糧歉收，人無物以裹腹，草根樹皮，羅掘俱盡。逃亡載道，野多餓殍，眞正慘不忍睹，餓死的人不計其數。而公家的需求征誅，並不稍減。於是天災人禍，交相煎迫，民不聊生，挺而走險，更增加了匪患的猖獗。這種紛亂糜爛慘絕的現象，一眞到民國二十一二年以後，才漸漸呈現了轉機。

吃在北平

唐魯孫

北平自從元朝建都，一直到民國，差不多有六百多年歷史，人文薈萃，在飲食服御方面，自然是精益求精，甚且踵事增華，到了近乎奢侈的地步。民國初年，四九城無論那一類舖戶，祇要向京師警察廳領張開業執照，就可以挑上幌子，正式開張大吉了。當時夠得上叫飯館子的，最盛時約莫有九百多戶，接近一千家，眞可以說是洋洋大觀，集飲食之大成。

說到北平的飯館子，大都可分爲三類，第一類是飯莊子。所謂飯莊子，全有寬大的院落，上有油漆整潔的鉛鐵大罩棚，另外還得有幾所跨院，最講究的還有樓臺亭閣，曲徑通幽的小花園，能讓客人詩酒留連，樂而忘返；正廳必定還有一座富麗堂皇的戲台，那是專供主顧們唱堂會戲用的。這種莊館，在前清，各衙門每逢封印，開印，春卮，團拜，年節修禊，以及紅白喜事，做壽慶典，大半都在飯莊子裡舉行，一開席就是百把來桌。

北洋時期，有一年張宗昌在南口喜峯一帶，跟馮玉祥的西北軍來了一次直魯大交兵，結果大獲全勝，長腿將軍大高興之餘，要在南口戰場犒賞三軍，派軍到北平找飯館。承應這趟外會，一合計要訂一千桌到一千五百桌酒席，買賣倒是一樁好買賣，可是大家祇有你瞧着我，我瞧着你，彼此乾瞪眼，誰也不敢接下來。後來還是忠信堂的大拿(即大管事)崔六有點胆識，跟店東一合計，乍着胆子，把這號大買賣接下來了。桌椅方面到不用發愁，在戰場上大擺酒筵，大家都是席地而坐，至於盛菜用的杯盤碗盞，因爲數量實在太多，着實讓崔頭兒傷了點腦筋。後來他終於把城裡城外，所有跑大棚口子上的傢伙，全給包了下來，這個問題才算解決。可是炒菜的鍋，上那兒去找那麼大的呀，到底人家崔六眞有辦法，他把北京城乾果子舖炒糖栗子的大鐵鍋，連同大平鏟，一股腦兒都運到南口前線，當炒菜鍋用。當然炒蝦仁也談不到平底鍋，炒七鏟子半起鍋了。可是一開席，煎炒烹炸熘汆燴燉樣樣俱全，苦戰幾個月的阿兵哥，整天啃窩頭喝涼水，成年整月不動葷腥的老哥們，現在山珍海錯，羅列滿前，一個個狼吞虎嚥，有如風捲殘雲，一霎時碗底朝天，酒足飯飽，歡聲雷動。

南口大會餐，弟兄們這一頓猛吃，可就把忠信堂的買賣鬨起來了。後來祇要是軍方請客，大家都離不開忠信堂。以上這段雖然是閒扯，但是也可以說明當初北平飯莊子做生意，有多大魄力了。

北平飯莊子，雖然以包辦筵席爲主，可是家家都有一兩樣秘而不宣的拿手菜，到了端午中秋或者是年根底下，才把認爲可交的老主顧，請到櫃上來吃一頓精緻而拿手的菜。一方面是拉攏交情；另一方面是顯顯灶上的手藝，炫耀一番。

以東城金魚胡同福壽堂來說吧，端午節櫃上照例請一次客，準有一道他家的拿手菜「翠蓋魚翅」，北平飯莊子整桌酒席上的魚翅，素來是中看不中吃的，一道菜，一個十四寸白地藍花細瓷大冰盤，上面整整齊齊舖上一層四寸來長的魚翅，下面大半是鷄絲肉絲白菜墊底，既不爛，又不入味。凡是吃過廣府大排翅小包翅的老爺們，給這道菜上了一個尊號，稱之爲怒髮衝冠。話雖然刻薄一點，可是事實上確然不假，並沒有寃枉他們。人家福壽堂端陽節請巵的翠蓋魚翅，可就迥然不同了。這道菜他們是選用上品小排翅，發好，用鷄湯文火清燉，到了火候，然後用大個紫鮑，眞正雲腿，連同膛好油鷄，僅要撂下的鷄皮，用新鮮荷葉一塊包起來，放好作料來燒。大約要燒兩小時，換新荷葉蓋在上面上籠屜蒸二十分鐘起鍋，再把荷葉扔掉，另用綠荷葉蓋在菜上上桌，所以叫翠蓋魚翅。魚翅本身不鮮，原本就是一道借味菜，火功到家，火腿鮑魚的香味全讓魚翅吸收，鷄油又比脂油滑細，這個菜自然清醇細潤，荷香四溢，而不膩人。不過人家櫃上請客，一年一次，除非是老主顧，恐怕吃過的人還眞不太多呢。

北城十剎海的會賢堂，因爲十剎海是消夏避暑勝地，會賢堂佔了地利的關係，所以夏季生意特別興旺；究其實，這個飯莊子並沒有什麽拿手好菜，只是下酒的冷盤種類特別多，尤其是河鮮兒「什錦冰碗」，那是別家飯莊子比不了的。

據說會賢堂左近有十畝荷塘，遍種河鮮菱藕，塘水來源跟北府（北平人管醇親王府叫北府，也就是光緒宣統的出生地）同一來源，都是京西玉泉山天下第一泉的泉水，引渠注入，因此所產河鮮，細嫩透明，酥脆香甜；比起杭州西湖的蓮藕，尤有過之。特別是鮮蓮子顆顆粒壯衣薄，別有清香，此外河塘還產鷄頭米（又名茨實米南方入藥用。）普通鷄頭，都是等老了才採下來挑担子下街吆喝着賣，賣不完往藥舖裡一送，頂多採點二蒼子（不老不嫩者叫二蒼子），應付應付老主顧，剛剛壯粒的鷄頭，極嫩的煑出來皮呈淺黃顏色，不但不出份量，藥舖也不收，所以誰也捨不得採。可是會賢堂因爲是供應做河鮮冰碗用的，越嫩越好，也就不惜工本了。

冰碗除了鮮蓮、鮮藕、鮮菱角、鮮鷄頭米之外，還得配上鮮核桃仁、鮮杏仁、鮮榛子，最後配上幾粒蜜餞温卜，底下用嫩荷葉一托，紅是紅，白是白，綠是綠。炎炎夏日，有這麽一份冰碗來却暑消酒，的確令人心暢神怡。這種配合天時地利的時鮮，如果在台北大餐廳大飯店有售，價格一定高得驚人。

記得有一年夏天，熊秉三、郭嘯麓發起在會賢堂舉行一次消夏雅集，所有當時在京担任過財政部總長次長的，如張弧、王克敏、曹汝霖、梁士詒、周自齊、高凌霨、夏人虎、凌文淵、王嵩儒等各路財神，一網打盡，結果給香山慈幼院捐了一筆頗爲可觀的經費。這次消夏雅集，就是用會賢堂時鮮冰碗招來的財富。北平一家報紙曾把這次雅集改名叫財神爺大聚會，時鮮冰碗起名叫聚寶盤，可以說是謔而不虐的一個小玩笑。

地安門外的慶和堂，算是北城最有名的飯莊子了，他的主顧多半是住在北城王公府邸的，所以他家的堂倌，都經過特別訓練，應對進退都各有一手。他的拿手菜叫「桂花皮炸」（讀如渣），說穿了就是炸肉皮；不過，他們所用的豬肉皮都是精選豬脊背上三寸寬的一條。首先毛要拔得乾乾淨淨，然後用花生油炸到起泡，撈出瀝乾，晒透，放在磁罌裡密封；下襯石灰防潮吸濕，等到第二年就可以用了，做菜時先把皮炸用温水洗淨，再用高湯或鷄湯泡軟，切細絲下鍋，加作料武火一炒，鷄蛋打碎往上一澆，洒上火腿末一摟起鍋，就是桂花皮炸了。鬆軟肉頭，香不膩口，沒吃過的人，眞猜不出是什麽東西炒的。

這個菜可以說是地地道道北平菜，台北地區開了那麽多北方館，你要是點一個桂花皮炸，跑堂的可能就抓了瞎呢。

西城的飯莊子有聚賢堂同和堂，妙在兩家同在西單牌樓報子街，相隔不過是幾步路，聚賢堂三面有樓有戲台（據說戲台是白虎台，男女名角都不願意在那兒唱堂會怕出岔子），比較新式點，同和堂雖然沒有戲台，可是院落多，純粹老派兒，有幾個跨院花木扶疏，曲徑朱檻，知己小酌，如同在家裡請客一樣，毫無市井烟火氣。

同和堂有一道拿手菜叫「天梯鴨掌」，舍間跟他們交往多年，筆者也僅僅吃一回。這個菜的做法，這把塡鴨的鴨掌，撕去厚皮，然後用黃酒泡起來，等到把鴨掌泡到發漲，鼓得像嬰兒手指一般肥壯，拿出來把主骨附筋一律抽出來不要；用肥瘦各半的火腿，切成二分厚的片，一片火腿夾一隻鴨掌；另外把春筍也切成片，抹上蜂蜜，一起用海帶絲紮起來，用文火蒸透來吃。火腿的油和蜜慢慢滲透鴨掌筍片，非常濡潤適口，比起湘館的富貴火腿，本身已經厚膩飽人，再加上蜜蓮墊底，要高明多了。春筍切片，好像竹梯，所以名之曰天梯鴨掌。自民國二十幾年歇業後，這道菜久已失傳，甚至提起菜名，都沒有人知道了。

聚賢堂拿手菜是「炸響鈴雙汁」。北平人雖然不講究吃明爐乳豬，但是盒子舖天天都賣脆皮爐肉的，逢到郊天祭祖，更有用烤小豬祭祀的，響鈴就是烤小豬的脆皮回鍋再炸，就叫炸響鈴。自從有了屠宰稅，在北平想吃一回烤小豬，那麻煩可大了，這兒繳捐，那兒納稅，塡表領證，跑東跑西，鬧了個人仰馬翻，還不一定準能吃到嘴。誰能爲了吃，惹那麼多麻煩呀！再加上年頭不景氣，大家都沒有閑情在吃上動腦筋了，可是如果在聚賢堂擺請，還能吃得着炸響鈴。因爲西單大街有一家醬肘子舖，叫「天福」的，外代肉槓，生意做出了名，每天都要烤幾方爐肉賣，當然不時碰到了薄皮仔豬，聚賢堂跟「天福」街裡街坊，交了多少年買賣，紅白壽慶還過堂客（有喜慶事內眷往來叫過堂客），交往深厚，有炸響鈴這道菜，就是從天福勻來爐肉炸的，加上甜鹹勾汁雙澆，慢慢就成了聚賢堂的門面菜了，如拿來下酒比起炸龍蝦片的虛無縹緲，似乎有些咬勁，耐於咀嚼。

南城外本來也有幾個像樣的大飯莊子，後來由於各式各樣的飯館子愈開愈多，同時要唱堂會有正乙祠、織雲公所、江西會館，比一般飯莊子又寬敞又豁亮，後來陸陸續續撐持不住，關門歇業，最後祇剩下一個取燈胡同同興堂。要不是梨園行鼎力支持，也早就垮台了。

梨園行凡是祭祖、哮聖、拜師、收徒，還有拜慶兒弟焚表結義，同興堂對這一套準備得週到齊全，大家也不約而同，都到同興堂來舉行。他家有一點一菜都很出名。菜是「燴三丁」，所謂三丁是火腿、海參、雞丁。火腿不用說要選頂上中腰封，海參當然是用黑刺參，決不會拿海茄子來充數，至於雞丁，必須是帶雞皮的活肉，不能摻一點胸脯肉。因爲用料選的精，再加上所用芡粉是藕粉加苓粉勾出來的，薄而不瀉，因之吃到嘴裡，沒有發柴發木的感覺。白石老人齊璜生前最欣賞他家的燴三丁，余叔岩收李少春爲徒，在同興堂謝卮，有齊老在座，特別推荐他家的燴三丁。經過大家品嚐，全都讚不絕口，一連來了三碗燴三丁。彼時老人牙口已弱，獨據一碗，以汁蘸饅頭吃，一時傳爲美譚。後來文人墨客凡是到同興堂吃飯，都要叫個燴三丁來嘗嘗。

他家「棗泥方譜」也做得特別地道，在北平棗兒雖然不値錢，可是棗兒大有好壞，郎家園有一種緊皮棗，曬乾之後，個兒不大，可是肉厚香甜。他家就是用這種棗子做棗泥餡兒，絕不加糖，蒸出來的方譜是天然棗香自來甜，方譜是用木頭模子刻出來蒸的，北平崑曲花臉名票胡井伯，收戲曲學校費玉策做徒弟，在同興堂磕頭，胡爺跟同興堂東家是把兄弟，特地把珍藏一套二十四塊全本三國誌木刻模子拿出來，做了三份。可惜不知道是什麼人的手筆，眞有幾方佈局線條非常雅緻，而且神情刻畫得栩栩如生，後來故都名畫家陳半丁特別情商，借出來送到琉璃廠淳菁閣南紙店，每塊都請姚茫父題了詞，拓刻印成詩箋，筆者當時也分到了幾盒，可惜都沒帶到台灣來，否則也讓現在年輕人瞧瞧，咱們中國吃喝還有一套藝術呢。

其他還有許多飯莊子，各家有各家的拿手菜，在此處不再多談。下面再說第二種飯館子。

北平的飯館子以成桌筵席跟小酌爲主；雖然也應外會，頂多不過十桌八桌，至於幾十上百桌的酒席，就很少接了。

北平最有名的飯館子第一要數東興樓，據說東興樓是一位山東榮城老鄉，向西太后大紅人總管李連英領東開的。李在內廷吃過見過，所以東興樓有幾樣菜，拿出來確有獨到之處。

先說他家「燴鴨條鴨腰加糟」來說吧，那是所有北平山東館誰也比不了的，不但鴨條選料精，就是鴨腰也都大小均勻；最要緊配料是香糟，東興樓對面緊挨着眞光電影院，有一家酒店叫東三和，大概在明朝天啓年間就有這個酒店了，傳言天啓帝微服出巡，曾經光顧過這家酒店，後櫃有一塊匾，寫着皇莊老酒四個大字，就是天啓皇爺的御筆，東興樓溜菜燴菜所用的白糟，都是東三和的老糟，所以有一種溫淳浥浥的酒香，此外「鹽泡肚仁」、「炸肫去邊」、「烏魚蛋格素」都算是東興樓的招牌菜，他家酒席上的炸肫，一律用白地藍花大磁盤上菜，頂多十三四塊炸肫，看起眞眞是一碟心。你如果問他們爲什麼不多幾塊，堂倌一定說這是牙口菜，嘴快的也不過吃兩塊，要是炸一兩盤，一人來上七八塊，腮腳子都嚼酸了，後來的菜也沒法吃了，下回誰還再來照顧東興樓呀。想不到他們還眞有一套吃的理論呢。至於烏魚蛋實際就是烏龜子，叫烏魚蛋比較好聽，每個大約拇指大小，要片得越薄越好，下水一汆就吃，既鮮且嫩，台北的山西餐廳有時候有這個菜，那不過是聊備一格而已。

北平的淮揚館錫拉胡同的玉華台，確實不錯，竈上白案子是清朝末年大吃客楊世驤家裡培植出來的，一籠「淮城湯包」，抓起來像口袋，放在碟子裡兩層皮，就是淮城人嚐了，也讚不絕口，認爲在淮城也沒吃過這麼好的湯包。很來，玉華台的淮城湯包出了名，牛氣到了凡是小酌客人來吃，回說不賣湯包，要整桌酒席兩道點心一甜一鹹，才有湯包給你吃呢。走遍大江南北，玉華台的湯包可以說是頭一份兒了。

北平福隆寺街有一家北方館，介乎飯莊飯館之間，叫福全館。正院也有一座精巧的戲台，凡是小型堂會賓客不多，大半都愛在福全館來舉行。記得有一年鹽業銀行張伯駒唱失空斬，余叔岩配王平，楊小樓飾馬謖，王鳳卿飾趙雲，這齣在梨園界轟動一時的戲，就是在福全館唱的。他家最有名的菜是「水晶肘子」，大家所以欣賞他家這道菜，就是肘上的毛拔得特別乾淨。要是夏季，你在福全館正院大照蓬底下，邀上三五知己，來兩斤竹葉青，弄一盤冷玉凝脂，晶瑩透明的水晶肘兒下酒，倒也別有一番風味。

南城外江浙館要數春華樓最雅緻了。他家店東不但爲人風雅四海，而且精於賞鑑，他跟湖社弟子畫馬名家馬晉、號伯逸，交情莫逆，雖然馬伯逸長年茹素禮佛，可是一得空就到春華樓串串門子、聊聊天。春華樓每間雅座，都掛滿了時賢書畫，大半都是酒酣耳熱，即興揮毫，眞有幾件神來之筆。就拿舊王孫溥二爺來說罷，他最愛吃春華樓「大烏參掀肉」，一盤大烏參端上來，要是在座的都是比較隨便的朋友，我們溥二爺就要三分天下有其二了。

筆者最欣賞春華樓「銀絲牛肉」，肉絲切得特細；而且不像廣東菜館，因爲求其肉嫩，把牛肉又拍又打，外加小蘇打，嫩則嫩矣，可是原味全失，人家春華樓的銀絲牛肉，全憑刀功火候，嫩而有味，同時墊底的銀絲，炸得也恰到好處，絕不會有炸得太焦，炸得不透塞牙磣齒的情形。到春華樓而不點銀絲牛肉者，可以說虛此行矣。

宣武門外半截胡同有個廣和居，算是飯館子資格最老的一家了，此居歷經嘉、道、咸、同、光、宣，一直到民國十六年北伐前後，根據歷代賢臣大儒逸士名流私家記載，凡是雅集小宴，都離不開廣和居，潘炳年的潘魚，吳潤生的吳魚片，江藻的江豆腐，都是教給廣和居的廚子研究出來的名菜。可惜廣和居民國二十年左右就封灶歇業，灶上掌杓的頭廚，被西單牌樓同和居攬了過去。

提起同和居，也是光緒年間開的買賣。想當年各位朝臣散了早朝，差不多都到西四北的柳泉屋聚會議事，或者是缸瓦市的沙鍋居。由於柳泉居太吊脚，沙鍋居祇賣燒燎白煑，完全在豬身上找，既膩人，又單調，於是同和居就應運而生。

同和居有道甜菜叫「三不黏」，不黏筷子，不黏碟子，不黏牙齒；所以李文忠的快婿張佩綸給這道菜起名三不黏。同時同和居的混糖大饅頭半斤一個，也很有名。中午一出屜，眞有住在南北城的人趕來買大饅頭的。

另外，同和居後院有一排精緻的小樓，每間雅座都可以遠眺阜成門大街。早年，東華門、西華門三里左近，都不准建造樓房，以免俯瞰內廷。同和居後樓，恰好剛在範圍之外，逢到慈禧太后駕幸頤和園避暑，鳳輦都要經過阜成門大街西去，小樓一角，看個正着，祇要西太后西山避暑，同和居樓上雅座必定是預訂一空，談起來也算一段小掌故呢。

前門外大柵欄有一家叫厚德福的河南館子，門口是兩扇廣亮漆黑大門，一點也不起眼的小招牌，掛在大門裡頭，到了晚上，門口祇有一盞鬼火似的電燈，漆黑馬烏。

初到北平的人，逢到有人請在厚德福吃晚飯，時常在大柵欄走上兩三個來回，也沒找着厚德福；因爲他家的招牌太小不起眼，外搭着飯館子門口，實在看不出是個飯館子來。

據說從前厚德福是個雅片烟館，後來一禁烟，仍舊用原名改成了飯館，開大烟館自然不需要明燈招展，可是改成飯館之後，老板迷信風水，認爲風水不錯，就一仍舊貫了；所以儘管門裡燈火通明、鍋勺亂響，可是門口一燈搖曳，怎麽看也不像個飯館子。

河南菜最有名的菜是吃鯉魚，厚德福的「糖醋瓦塊」的確比別家做得出色。筆者在開封鄭州都吃過這個菜，不是畧帶土腥味，就是肉嫌老，實在吃不出妙在那裡。

據說黃河鯉講究當場摔殺下鍋，但是黃河水泥土味重，網上來的魚，一定要在清水裡養個三兩天，把土腥味吐淨，然後再殺才能好吃。同時鯉魚是逆流而上的，所以魚肉雖然活厚，可是筋也特別堅韌，非得好手名庖，懂得抽筋的，先把大筋抽掉，肉才鮮嫩好吃，厚德福的糖醋瓦塊與衆不同就在此處，如果帶句話要寬汁，他一定附帶一盤先煑後煎的細麵條，拿鹵汁拌麵非常爽口開味，比起此地西湖醋魚拌麵，可以說滋味大有不同。

厚德福還有一絕「鐵鍋蛋」，端上來的時候一邊冒着輕烟，一邊還吱吱叫，熱香嫩三字，可以說兼而有之。比別家用銅鍋烤出來的，似乎不大一樣。

北平的雲南館子，祇有中央公園的長美軒獨一份，大家不要認爲游樂場所的飯館子，都是菜不好，而且亂敲竹槓的，長美軒就是例外，他家做菜所用的火腿，是眞正從雲南來的大雲腿，一味「雲腿紅燒羊肚菌」，一味「奶油菜花鷄蓯菌」，除了昆明以外，恐怕祇有長美軒才能嚐到這樣眞正滇菜精華了。可惜七七事變，抗戰軍興，這個館子也跟着關門了。

民國二十年後，北平又開了三家比較新派的山東館，是泰豐樓、新豐樓、豐澤園，同行管他們叫登萊三英，泰豐樓有個菜叫「鴛鴦羹」。這個菜最小要用中海盛，一邊是火腿鷄茸，一邊是豆泥菠菜，中間用紫銅片搽上油彎成太極圖型隔好，上桌時再將銅片抽去，因爲油的關係，兩不相混；一邊粉紅，一邊翠綠，不但好看而且好吃。另外一道湯叫「茉莉竹蓀」，竹蓀湯以前在大陸本不稀奇，可是他家竹蓀湯有花香而無熟湯子味，宋明軒主冀察政務委員會時期，極愛喝他家的茉莉竹蓀湯，所以在廿九軍駐紮平津一帶時期，茉莉竹蓀湯算是當時一道時髦菜，還很出過一陣風頭呢！

新豐樓的拿手菜是「鍋塌比目魚」，本來鍋塌一類的菜是山東館的拿手活，可是新豐樓的鍋塌比目魚顯著特別好吃。後來廊房頭條擷英西餐館，有個「鐵扒比目魚」也很出名，他是把比目魚架在架子上，用大磁盤托到客人面前自取，其實說穿了，就是脫胎新豐樓的比目魚，換個上菜方式而已。

豐澤園開在煤市街，在三英中屬於後起之秀。他家的「糟蒸鴨肝」，不但美食而且美器，盛菜的大磁盤，不是白地青花，就是仿乾隆五彩，盤上罩着一隻擦得雪亮光銀蓋子。菜一上桌，一掀蓋子，鴨肝都是對切矗立，排列得整整齊齊，往大裡說像曲阜的碑林，往小裡說像一匣雞血壽山石的印章。這個菜的妙處第一毫無一點腥氣，第二是蒸的火功恰到好處，不老不嫩，而且材料選的精，不會有沙肝混在裡頭，至於後來一般王孫公子，到豐澤園吃每人每四十塊六十塊的白抹刀的大碎燴，等於替櫃上出清存貨，那就不足爲訓了。

最後再談：第三種專賣小吃，不辦酒席的小飯館跟二葷舖。在科舉時代，每逢大比之年，赴京應科考的舉貢，一般有錢的公子哥兒大半都是帶足了盤川的，南方舉子對於純粹北方口味，有很多沒出過遠門的人，一時是沒法子適應的。於是帶一點江浙口味的，像禎元館，致美齋這類小飯館，就應運而生了。

致美齋最拿手的菜是「醬爪尖」。據先師閻蔭桐夫子說，蘇州狀元陸鳳石（潤庠）來京會試，忽然有一天想吃脚爪飯，於是教給致美齋灶上做，但是怎麽做也不對勁，後來陸鳳石點了狀元，大家都知道狀元愛吃他家醬爪尖兒，傳嚷開後，醬爪尖反到成致美齋的名菜了。

北方館子可以說都不會做魚翅，所以也就沒有什麽人愛吃魚翅，但是南方人可就不同了，講到吃的主兒十有八九愛吃翅子，禎元館爲迎合顧客心理，請了一位南方大師傅擅長燒魚翅。不久，禎元館的「紅燒翅根」，物美價廉，就大行其道，每天祇做五十碗賣完爲止。他家紅燒翅根，爛而入味，比起酒席上怒髮衝冠的魚翅自然不可同日而語。

東安市場有一家館子叫潤明樓，雖然樓上樓下也有幾十號雅座，可是仍然祇能列入小館之流。整桌的菜他家也能做，可是總覺得婢學夫人，小家子氣，氣魄不夠。但以「鷄絲拉皮」來說，東興樓的拉皮已經算不錯了，可是比起潤明樓的拉皮來，就分出好壞了。先說他家所用的粉皮，是自家動手來做，不像別家到粉房去買現成的。如果你點個鷄絲拉皮，關照堂倌一聲要削薄剁窄；你瞧吧，端上眞正晶瑩透明渾然如玉，吃到嘴裡滑溜之中還帶着有點勁道。大陸各省的吃食，台灣現在大概齊都會做了，可是直到如今，還沒吃過一份像樣的拉皮。

台灣各大縣市都有餡餅粥，可是跟北平的餡餅粥完全兩碼事，北平的餡餅粥是清眞教門館，祇賣牛羊肉，在煤市橋，路東有一家，路西有一家，但是一個東家，叫做一東兩做。生意採二十四小時輪班制，東櫃上門板休息，西櫃下門板營業，更番輪替，什麽時候都讓你吃得着餡餅粥。既然叫做餡餅粥，自然以餡餅最拿手，他家有一種牛肉做的「大餡餅」，又叫「肉餅」，餡多油重，最受賣力氣老哥兒們的歡迎，油水足，又解饞。如果帶話要滿鍟的肉餅，那就比平常肉餅老尺加二，再大飯量的壯漢，兩個人也吃不完一個大肉餅，已故台灣省農林廳長金陽鎬在北通州潞河中學念書時期，有一次，潞河足球校隊到北平東單練兵場跟英國大兵踢足球，踢了九比零大獲全勝，教練佟錦標一高興，請大家到餡餅粥吃滿鍟餡餅，兩人吃了一個半，那算是吃餡餅最高的記錄了。

煤市街還有一家小館叫天承居，你要是想喝點保定府的「乾酢兒」（土製黃酒），那你就上天承居去喝，他家的乾酢兒永遠沒斷過莊，隨時供應，從沒缺過貨。大家到天承居，主要的是吃「炸三角」，北平都一處也賣炸三角，那跟天承居比，可就差得遠了。天承居炸三角不但肉選得好，肥瘦適中，吃到嘴裡沒有木木扎扎的感覺。就是做鹵用的肉皮也非常考究，全是從肉上現起下來的，到了韮黃季買賣一忙，還要專用兩個小利巴（小伙計）扦豬毛，所以他家炸三角所用的豬肉和鹵都高人一籌；同時包三角也有點特別手法，炸起來沒有裂嘴兒的三角，既不裂嘴，就不漏湯，油鍋裡不漏湯，炸出來的三角，自然個頂個的一律金黃顏色，絕沒焦黑起泡的情形。

從前有位南方老客，自命老北京，有一天吹來吹去，把一位北平老鄉實在吹煩了，心裡一冒壞，三說兩說，哥兩出南城下小館到天承居吃炸三角，等炸三角一上桌，南方老客吭哧一口，一股熱鹵直濺鼻孔，長袍油了，舌頭燙得也起泡了，心知吹牛過份，讓人陰了一下。啞巴吃黃蓮，有苦說不出，從此再也不敢胡吹亂嗙了。

都一處的炸三角雖然比不上天承居，可是他家的「疙瘩湯」也算一絕，大家都管他家的疙瘩湯叫「滿天星」，疙瘩祇比米粒大一點，不黏不沱，顆粒分明。有的南方人吃麵食，最初祇會做疙瘩湯，又叫麵疙瘩，用湯匙一挖一團下鍋，吃得人人皺眉，眞是食不下嚥。等到嚐到都一處的滿天星後，才發覺敢情北平的疙瘩湯，是旱香瓜另一個味呢。

正陽門大街路西有一家小館叫一條龍，既沒有什麼拿手好菜，也沒有什麼出色的蒸食，可是買賣老那麼興旺，因爲當年乾隆皇帝微服出宮，曾經在這個小飯舖歇過腿兒。爲廣招徠，於是把皇帝老倌走過的路，用土墊高起來，楞管他叫御路。凡是來到北京逛逛的人，都要去瞧瞧，因此出了名，生意鼎盛，要說吃，他家只有撻褳火燒做得不錯，他的特色是餡兒花色預備的齊全，你要吃什麼餡，現持餡現包現做，大冰盤裡堆有一尺多高的餡子材料，除了肉餡之外，海參、蛋皮、海米木耳、胡蘿蔔、韭黃、白菜、菠菜、粉絲、鵝黃翠絲，排列得整整齊齊，非常惹眼好看。同時他家的撻褳火燒包得非常小巧精細，比起此地單攤浮擱，比春捲還要大一號撻褳火燒，似乎中看多了。

北平還有一家小館叫穆家寨，掌櫃兼掌廚的穆大嫂，人都管她叫穆桂英，這位穆桂英是聞名不如見面的一個黑粗矮胖的中年婦人。教門館祇賣牛羊肉，他家「炒貓耳朵」最出名，炒貓耳朵要經油大火勤翻的，炒得透，那就要靠臂力腕力了。穆大嫂一到五十，就不大親自下廚了，可是碰到老主顧點將，她偶或仍舊表演一番。

東四牌樓隆福寺街有一家小飯館，一進門靠東牆就是一排大灶，他的名字叫灶溫，大家叫白了都叫他遭瘟。

他叫灶溫是有原由的，剛開張的時候，本來是一家茶館，可是茶客有時自帶靑菜魚肉蒸食麵條，他也可以代炒代蒸代煑，借他的灶火，溫您的吃食，所以叫灶溫。據說這個館子明朝崇禎年間就有了，民國初年開征營業稅，財稅機關因爲查舖底才查出來，要是眞的話，那比廣和居還要老，大概得算全北平最老的飯館了，傳言他家最初就祇是給茶客炸醬煑麵條，所以要吃炸醬麵，他家的肉丁或「肉末乾炸」是最拿手的。

灶溫對面有一家羊肉床子叫白魁，一立夏就開始賣燒羊肉了，跟灶溫借個中碗，到白魁切點羊排义或者是羊腱子，寬湯加點鮮花椒蕊，再來上麵條或是雜麵到灶溫一下鍋，那眞是要多美有多美。

後來民國十八、九年北平在山西派勢力之下，很時興了一陣女招待，大名鼎鼎的小金魚，就是在灶溫鬨起來的，女招待鬧鬨了兩三年，灶溫老板一看情形不妙，於是又停用女招待，恢復本來面目，仍舊以「代肉餡的鍋塌豆腐」、「燴白肉丁加糟」、「小碗乾炸」多搭一扣的炸麵來號召了。共黨竊據北平之後，梨園行藝人情形有時還有一鱗半爪的報導，他們都遭殃；至於以上所談大小飯館，一定也早都被「鬥垮鬥臭」了。

北平大大小小飯館還有若干沒有寫出來的，以上不過是舉其犖犖大者，讓沒有到過北平的人領畧一下當年故都風貌。

軍事委員會參謀團入川經過及

抗戰初期之四川局勢

賀國光

（編者按）湖北賀國光（元靖）先生，於前清光緒二十九年（民元前九年）入川，其次年考入四川陸軍速成學校，三十三年（民元前五年）畢業。川中將領劉湘，楊森，唐式遵，王纘緒等均為其同學。畢業後歷任川中軍職五年，至民國元年始離川返鄂。民國二十三年，江西共軍突圍西竄，西南剿共軍事情況緊張。中央特設國民政府軍事委員會委員長參謀團於重慶，策劃指揮川康滇黔各省剿共事宜，並督導川康軍事政治之改進，賀先生奉命為參謀團主任。此後由剿共至安川，使四川成為抗戰根據地，賀先生貢獻至多。民國五十三年十一月賀先生於八十誕辰發表「八十自述」一文，對參謀團入川至抗戰初期四川局勢之演進，叙述甚詳，誠屬極珍貴之史料。本刊特節錄原文有關川事部份，以饗讀者。

四川地處吾國西陲，面積三十萬平方公里，江山險固，沃野千里，物產豐富，有人口四千七百餘萬，在全國各省中為數最多，無論人力物力皆足為國家建設之大資源。惟因地方軍民各政未上軌道，不免引起共黨覬覦，妄想據為巢穴，故在民國二十一年十一月徐向前尚未竄入川北，而二十年四月我中央正調集大軍準備第二次在江西圍剿時；朱毛共幫頓起恐慌，各首領會開會討論對策，彭德懷主張捨贛入川，卒由毛澤東決定負嵎贛南頑抗，爾後徐、朱毛、蕭賀各股相繼竄川會合，蓋有所本也。但我委員長睿智遠慮，在剿共期間，無時不注意共軍此種動態。

徐向前一股，原盤踞豫鄂皖邊區，二十一年六月國軍予以圍剿，十月徐股在潰敗之後，率殘部二萬餘人由金家寨（安徽立煌）突圍，竄擾羅田、英山、黃岡、黃陂一帶，在廣水越平漢鐵路西竄，經應山、棗陽竄入豫西，復經新野、鄧縣、淅川、由荊紫關入陝，流竄於秦嶺山脈；十一月輾轉由陝南乘隙竄至川北，因沿途被國軍追擊堵剿，所餘不過二千餘人；川省軍隊因有防區存在，進剿不易協同，致不及兩年，通江、南江、巴中等縣，皆被佔據，壓迫裹脅人民編之成軍。當二十三年十月下旬朱毛共軍由贛南突圍，十一月折而西竄貴州以後，徐股即乘機蠢動，企圖進犯重慶而與之遙相呼應。因此，川軍總司令劉湘晉京請示方畧，中央為適應當時情勢需要，決定設立國民政府軍事委員會委員長參謀團於重慶，策劃指揮川康滇黔各省軍事，並督導川康軍事政治之改進，以固西陲而維國本。余猥以幹材，奉命為參謀團主任，率本團於十二月二十九日，由南昌行營兼程入川。

二十四年一月十二日參謀團到達重慶，此行係由宜昌換乘四川民生公司輪船溯江而上，川中父老恍於情況緊急，仰望中央之心情至殷且切；故本團一入川境，自巫山經奉節、雲陽、萬縣、忠縣、酆都、涪陵、長壽、以至重慶，每過一縣，江岸皆佇立多人，鳴放鞭炮歡迎；抵重慶時，歡迎者尤萬人空巷。翌日余在各界歡迎會上，掬誠宣告中央決心剿共安川與委員長德意，全場欣然感動；並告以朱毛共軍殘餘實力，不過六萬餘人，槍僅二萬餘枝，不足爲慮；事經報載，社會翕然稱讚，人心賴以鎭定。余又本「修己以安人」之古訓，針對當時環境，規定本團守則六項：「一、操守要廉潔；二、處事要公誠；三、態度要謙和；四、言語要謹愼；五、行爲要檢點；六、工作要努力。」此條文雖極簡易，而意義則甚深長，與同仁相約共勉，必須身體力行，以期能起示範作用，而爲推行中央政令之一助。

朱毛共軍在二十三年十月下旬由贛南突圍，十一月初即竄到贛省崇義與湘省汝城一帶。中央適時任原西路軍總司令之何鍵爲追剿軍總司令，下轄五路，其第一、四、兩路爲湘軍，共六個師；二、三兩路各轄四個師，以原北路軍第六路總指揮薛岳位前敵總指揮兼第二路司令，周軍長渾元任第三路司令，又第五路司令李韞珩一個師，共一十五師，躡踪追擊，或分途截堵，使共軍在逃竄中不能稍作喘息，加速潰滅。十一月中旬，共軍在粵省樂昌以北與湘省宜章間，越過粵漢鐵路，再由湘經臨武、藍山、寧遠、道縣竄至桂省興安、全縣間，被桂軍在預築之湘灕碉堡線上，迎頭痛擊，予以重創。十二月上旬，共軍由桂省龍勝復經湘省通道，竄至黔東。時湘西之蕭賀股乘機蠢動，追剿軍第一四兩路之六個師，遂留湘剿辦。其二三兩路之八個師與第五路之一個師，皆躡共軍之後，追剿入黔。

朱毛共軍竄黔後，因在沿途被國軍殲滅過半，所剩只有六萬餘人，槍僅有二萬餘枝；適因黔省政府腐敗，軍隊戰力極弱，一經與共軍接戰，即倉皇撤退，致共軍復形猖獗；十二月中下旬，黎平、鎭遠、施秉、黃平、餘慶、甕安等縣，均曾陷共，雖旋爲追剿入黔國軍克復，但人民慘遭蹂躪，元氣大傷。二十四年一月上中旬，共軍續陷湄潭、綏陽、息烽、遵義、桐梓、仁懷等縣；而遵、桐、仁，均歸黔軍侯之担軍負責防守，所轄步兵六個團，在遵義有一部投共，在桐梓不戰撤退，而侯又於仁懷失守後，竟置部隊不顧，隻身遠走重慶，致川南爲之震動；但川軍劉總司令已先由余洽定急調所部一個師及五個旅馳赴川黔邊區佈防，並相機進剿。是時參謀團甫抵重慶未久，余審度情勢，欲振作剿共士氣，必須賞罰嚴明，建立中央威信；於是在「民具爾瞻」之環境中，謹以國民政府軍事委員會委員長名義，毅然將侯之担軍長撤職扣交軍法懲辦，並通令各剿共部隊一體知照，以儆效尤，而軍紀由此振肅。一月下旬，川軍在川南古藺及黔西赤水間之土城，與共軍決戰，卒將共軍擊潰，分股竄擾川南之敘永、古宋、興文、復經川軍堵剿，向滇邊西竄；二月上旬，在威信鎭雄間，被滇軍痛擊，又向東回竄黔西。

二十四年二月初，中央撤銷追剿軍總司令部，調整剿共軍爲兩路軍，第一路軍主力，即留湘進剿蕭賀股之六個師。第二路軍仍以薛岳任前敵總指揮，轄五個縱隊；其第一、二兩縱隊爲中央軍，各轄四個師；第三縱隊爲滇軍四個旅；第四縱隊爲黔軍一個軍與三個師；又第七縱隊中央軍一個師。爾後，朱毛共軍竄滇，令黔軍留本省綏靖；共軍竄西康，又令滇軍留本省綏靖；至中央軍則始終躡後窮追，務期將其殲滅，以竟全功。被川滇兩軍先後堵剿而由川滇邊區回竄黔西之共軍，三月間在赤水河流域輾轉流竄，旋以一部徊徘於黔西，遲帶國軍行動；朱毛則率主力於四月上旬竄至貴陽龍里中間地區，是時委員長坐鎭貴陽，而共軍被我第三縱隊滇軍迎頭痛擊，受創後急向西竄，經安順、鎭寧、關嶺、紫雲、貞豐、興仁、興義等縣，於四月下旬渡黃泥河竄至滇東；在滇竄擾平彝、曲靖、霑益、馬龍、尋甸、嵩明、富民、祿勸、武定、元謀等縣，五月上旬竄至金沙江右岸，因扼守左岸之川軍劉文輝部稍戰即退，遂從容渡江；其先在黔西徘徊之一股，亦由巧家渡金沙江來與會合，然後北竄；劉部又放棄會理、冕寧、越嶲一帶險要據點，撤至大渡河左岸，共軍遂一路跟竄；大渡河因地形險峻，水流湍急，自古以來，即有固定之渡口，非渡口不能渡河；而扼守富林渡口之劉部賴營，竟陣前叛變，使共軍於五月下旬得以渡過天險，北竄漢源、滎經、瀘定，川邊為之震動；劉總司令湘乃親率大軍在邛崍防堵，用保成都平原。共軍見勢不獲逞，遂竄擾天全、蘆山、寶興等縣，六月中旬在川西之懋功與徐向前合股，所剩又僅二萬餘人，較之初突圍於贛南時人數，已被追堵各軍殲滅十萬以上；因與徐向前合股，始得苟延殘喘。

徐向前盤踞川北通、南、巴地區，擁衆約八萬，當二十四年一二月間，朱毛流竄於黔東北時，即進犯嘉陵江企圖突渡，再南犯重慶。時，中央軍第一師胡宗南部由陝南奉調進駐廣元，嘉陵江自昭化以下、劍閣、蒼溪、閬中、南部、蓬安、南充、武勝、合川、至江北之沿江兩岸，已由四川剿共軍第一路鄧總指揮錫侯，第二路田總指揮頌堯，第三路李總指揮家鈺，第四路楊總指揮森，第五路范師長紹增等，依次分段負責嚴密佈防，共軍屢來攻，均被擊退；參謀團又派員分赴各路軍連絡督剿，士氣亦均旺盛。但徐股終傾全力於三月下旬突破田軍陣地，搶渡嘉陵江；余為整飭軍紀，簽請委員長令將田頌堯撤職，以副軍長孫震代理總指揮，並升任軍長。鄧總指揮錫侯，在成都不待命令，毅然先自親率五個旅趕赴江油、梓潼一帶佈防，以保成都，其本人則坐鎮江油。至其他各路剿共軍部署，亦因徐向前突渡重新調整；令楊總指揮率部取捷徑推進至洪雅，堵剿朱毛股；孫李兩總指揮及范師長，則率部追剿徐向前，在五月底以前，徐向前已由閬中南部地區，經彰明、北川、平武等縣，竄據茂縣、汶川、理番一帶；我川軍各部，沿途追剿截擊，均有激戰而斃敵無算。六月中旬，徐向前與朱毛等在懋功合股以後，胡宗南部推進至松潘，孫軍在北川，李軍及范師在安縣，鄧軍在汶川，楊軍亦由洪雅北進至懋功西南地區與鄧軍啣接，對朱毛徐等形成包圍，時有激戰；並加強碉堡戰術，期在松、理、茂、懋地區將共軍聚殲。

川省西北之松、理、茂、懋地區，山險水急，地方磽瘠，居民稀少，我進剿部隊給養，雖有大後方供應，亦感運輸困難而虞不濟；共軍自驅死地，絕對不能久存。故在二十四年九月中旬，毛澤東率其一三兩軍團殘部共約萬餘，由松潘西之毛兒北蓋竄隴南；經岷縣時，竟控制失效，而有共軍千餘向國軍投誠；再竄通渭越會寧靜寧間之界鋪，西吉隆德間之六盤山，由環縣竄至陝北；但在六盤山被我騎兵師堵剿，又死傷二千餘人；而沿途被陝甘部隊追堵截擊，傷亡，落伍及因病餓而倒斃者尤多。故十月下旬，毛澤東由環縣竄至陝北與劉子丹、徐海東合股於保安時，所剩不過二千餘人，林彪、彭德懷、周恩來等及中共中央之少數倖存者，均在其中。保安南邊，即為日後之延安。

二十四年六月，朱毛與徐向前在懋功合股時，我第二路軍薛總指揮已率部追剿至川康邊區；主力在邛崍、名山、雅安、天全一帶，一部進至瀘定、康定；並奉令各就地構築碉堡，期與四川剿共軍共收聚殲之效。七月初，為防共軍北竄陝甘，又令其留兩個師防守康、瀘、天、雅一帶，主力則東移綿陽待命；七月下旬，全軍到達綿陽，且有一部推進至江油以北，平武、舊州一帶；八月薛總指揮先往隴南，設總指揮部於文縣。但因湘西蕭賀股有竄犯川鄂企圖，又令薛軍停止北進，南移南充待命，九月下旬，總指揮部及其第一縱隊到達；第二縱隊則在綿陽以北之南進途中。十月初，朱徐股因在松潘不能生存，開始南竄，為期殲敵於大渡河以北，乃令薛軍由南充向成都集中待命；十月下旬，其在南充部隊，經蓬溪、樂至、簡陽，及其在綿陽途中部隊，經羅江、廣漢、新都到達。時，由松潘南竄共軍，已越懋功而陷寶興、天全、名山；十一月又陷蘆山、滎經；復令薛軍由成都分途開赴丹稜及洪雅進剿，十二月上中旬在滎經及二十五年二月上中旬在天全、蘆山，與共軍兩度主力決戰；各經激戰八日，然後乘勝克復之。徐向前在二十四年三月杪突渡嘉陵江時，擁衆約八萬，迭被四川剿共軍痛擊；及其六月竄至川西，在懋功與朱德殘部合股後，又經川軍與薛軍積極兜剿，損失過半；除毛澤東先率殘部萬餘北竄外，此次朱徐在松潘受凍餓壓迫南犯，所部不過二萬二千餘人，槍枝更少；滎經及天蘆兩度決戰，合計又傷亡近萬，南犯既不逞，仍回竄懋功，殘餘僅有萬餘而已。

二十四年八月，湘省大庸桑植之蕭賀股約二萬餘，原圖進犯川鄂，我薛軍因而由綿陽以北，南移至南充，準備進剿。但該股忽又竄擾新化、溆浦一帶，再西竄入黔。二十五年一月，由天柱循玉屏、江口、石阡、甕安、開陽、修文、息烽等縣竄至黔西大定一帶；四月中旬，越畢節竄入滇境。沿途被黔軍及中央駐黔綏靖部隊進剿，迭受重創；並在地屬黔而距滇省鎮雄較近之得章壩，與先由川西開赴陝南佈防，再令由陝南開來追剿之萬耀煌師遭遇，展開激戰，共軍卒不支竄退，且因此避免與國軍接觸，鑽隙而逃；入滇以後，不敢再走朱毛舊路，即沿金沙江右岸之華坪，中甸竄入西康；復沿金沙江左岸北竄，經定鄉、巴安到白玉折而東竄；復經瞻化、鑪霍、道孚竄至川西懋功，與朱德、徐向前兩殘部合股。嗣以地僻、人稀、糧絕，於六月下旬相率向陝甘方面竄去，川康滇黔之共患，皆告肅清，遂從事國家建設，積極準備抗日矣。

二十四年一月，余率參謀團抵重慶，其任務爲剿共與安川；關於剿共者，大畧如前所述。關於安川者，因日本軍閥猖狂，對我侵畧不止，國人皆知最後難免一戰；委員長爲國家民族未雨綢繆，目光遠大，認須奠定四川，俾作抗戰根據地，而川康之政治中央化與軍隊國家化，又爲其奠定之先決條件；余秉承指示，謹愼從事，而在事實上，其公私之關係複雜，個人之利害交錯，故使各方面捐除成見，並使地方在中央領導之下一切趨於正常既難；而調和川康將領彼此之內部糾紛，尤爲不易；如稍涉輕率，即可發生亂端。

劉甫澄湘在川康諸將中，部隊較多，其數約佔川康全部兵力五分之三，幕府中亦濟濟多士，因此安川先須安劉。幸其在前清與余同學，友誼篤厚，此次聚首，情感益親，相見以誠，相信尤深；彼屢公開表示擁護中央，服從領袖，中雖幾經波折，終能渙然冰釋而和衷共濟。其他高級將領，亦皆深明大義，愛國不肯後人，而余更一視同仁，無論舊雨新知，隨時一本至誠，忠告而善道之，由是川康全體將領，皆在委員長領導之下，一致團結，先剿共安川而後奮起對日抗戰矣。惟自二十四年秋至二十六年夏，將近兩年期間，其協調工作，亦有與大局安危有關者，茲就記憶所及，約畧述之：

一、中央部隊與劉甫澄之部隊，曾一度爲謠言所動，互有猜疑，且在重慶近郊之浮圖關一帶竟構築工事備戰；余獲知此不幸消息，認爲事態嚴重，如果槍聲一響，縱可解釋而能使範圍不致擴大，但在中央與地方之關係上，將留一不愉快之痕跡；乃立即邀同劉部之重慶警備司令李根固，師長許紹宗及中央軍周軍長渾元等親至其地，督令雙方剷除工事，各回原防。對中央將領與有關人事，則保證劉甫澄絕不致犯上作亂，請體認委員長休休有容之胸襟，加以恢弘；並對我信任。對劉部將領，則保證中央絕不致無故加兵於彼，並謂諸君與劉甫公之關係固深，而我與彼亦極親切，在道義上，在良心上，決不能作負友之事，請共同維護其光榮歷史，而信我勿疑；由是彼此疑團頓解，化干戈爲玉帛矣。

二、成都軍官分校，原爲收容訓練川康部隊編餘之校尉官六千餘人而成立，校址在北校場，爲成都北門鎖鑰。其教育長李明灝係由中央任命，此人小有才而不識大體，竟被流言煽動，擅作主張，在分校附近街口構築工事，在城牆上建築炮台，本來無事而庸人自擾，致引起劉部誤會，態勢頓形緊張。最不可思議者，彼居然一再請余發給步槍七千枝，子彈三百萬粒，炮彈三百顆，爲作戰準備。余曉以大義，並提示該分校學員全係川軍編餘軍官，而劉湘之部下又佔其大半，此時中央無强大部隊駐此，劉果作亂，則其部下學員因多年相隨之利害與感情雙重關係，一定倒戈附之；君之生命亦恐難保，所發械彈適足爲人補充。況當此謠言孔多之際，社會已感不安，槍械一經領發，豈非將謠言加以證實，使局勢益趨緊張，或至不可收拾，殊屬不智已極，遂堅持不發，卒獲和平。但李則屢次控余，並加毀謗，不知其是何居心？惟此人在大陸將陷時，即欣然投共，亦可見其立身處世之一斑也。

三、關於四川政局，常有一部不識大體人士，從事顚倒是非，或推波助瀾，或挑撥離間，或造謠生事。有一次余認爲謠言足以危害大局時，曾電呈委員長，其大意將劉甫澄所作所爲，列舉事實六項，證明全係防衛性質，絕非準備犯上作亂，再觀察其個人歷史與平日爲人，循循善誘，定可爲善；如所陳不實不驗，或誤大事，屆時請以貽誤戎機，交軍法治罪，即不殺我，亦必自殺；蓋爲國家，爲領袖，爲朋友，甘願以生命作担保，而堅定中央之信心也。

四、委員長深悉劉甫澄擁護中央之誠意與治川之熱忱，及余處事之不偏不激，守正不阿；曾由京親頒電令，文曰：「中央人員在川氣燄萬丈，令人難堪；種種不法行爲，殊堪痛恨！嗣後責成賀主任全權負責處理，無論爲官爲兵，爲文爲武，凡有不法者，一體先行拏辦，然後具報！」余將此電轉送甫澄一閱，彼異常感動，且欣然言曰：「足證彼輩行爲，並非中央授意，全係私人妄動！」當即將電文照印數百份，分知其所屬文武官佐；由是甫澄對委員長益竭誠翊戴，而作風亦愈爲改善矣。

五、中央與地方關係，雖時有謠言發生，而甫澄與余之親善友誼，似亦有人故作蜚語，妄圖離間。因此，余兩人曾開誠傾談一次，余謂：「我深知兄之所爲，絕非積極性謀反，實際消極性自衛；萬一不幸破裂時，則將部隊撤至川康邊區，再行觀變圖存；但兄之部下，如不能根本拋棄妻財子祿觀念，豈願隨兄亡命喫苦，況我亦可喊應三分之一乎！故兄所爲，不獨不智，且是下策。」甫澄答以：「所見誠然，但如何才是上策？」余謂：「全國大勢已有所趨，大權亦有所集，爲兄計，惟爲竭誠傾向中央而已。」甫澄曰：「我何嘗不想如此，而兄更知我是如此；無如彼輩拒我於千里之外，使我難堪何！例如我的政治室主任初係直接交康澤，他的部屬在外所喊口號：『擁護中央，服從領袖，』誠應如此，而我在事實上亦時有表現；但他後頭的口號，又喊『打倒劉湘！』請兄涉身處地爲我作想，豈能甘心！由是發生誤會與磨擦，日甚一日，兄豈不知乎？」余謂：「兄之處境與苦心，我當然知之最深，種種誤會，皆由於傾向中央在事實上未做到澈底；若能使政治眞正中央化，軍隊眞正國家化，並將槍彈廠及有名無實之十餘架飛機隊完全交出，堅定中央信心，使讒言無從而生，此時中央人員如再有搗亂者，兄可秉公直接懲辦之。至於治川，更非借重長才而切實支持不可，由是兄之愛國治川抱負，皆可達到，豈非快事！」甫澄極以爲然。並謂：「容我排除內部障碍，再隨時磋商，總要做到。」嗣我兩人又有幾度秘密懇談，而余復多方斡旋，促其重要幹部如劉航琛等之對中央同情者，從旁婉勸，避免使反對者知情，以免節外生枝，始將問題逐漸達成協議。甫澄即派航琛赴京請示，並隨委員長往廬山代表陳情，詳加研討，請召開川康整軍會議。而余自航琛去後，頻與甫澄進一步密商，更得圓滿協議，惟恐夜長夢多，急電委員長請准迅予開會。由是中央令派軍政部何部長爲「川康軍事整理委員會」主任委員，重慶行營顧主任及川康綏靖主任劉湘爲副主任委員，余爲委員兼秘書長。其他中央方面委員有：川湘黔邊區綏靖主任徐源泉、重慶行營總參議夏斗寅、第十六軍軍長李韞珩、第三十六軍軍長周渾元；川康方面委員有：第二十軍軍長楊森，第二十四軍軍長劉文輝，第四十一軍軍長孫震，第四十五軍軍長鄧錫侯，第四十七軍軍長李家鈺；劉主任之直屬將領而為委員者，有第二十一軍軍長唐式遵，第二十三軍軍長潘文華、第四十軍軍長王纘緒、第四十六師師長范紹增、第一四七師師長郭勳祺、第一六一師師長許紹宗。二十六年七月五日，何部長飛抵重慶，發表整軍意義之大要如下：「余與顧主任奉命來川，會同劉主任及川康各將領辦理川康整軍事宜；關於整軍方案前已由中央決定，電達劉主任和川康各將領，都已電復中央，一致表示接受；本人此次來渝，不過會商整軍方案實施之辦法及步驟。簡言之，整軍乃充實軍隊的質量，第一將軍隊的編制，按照中央適應國防需要及現代兵器戰術規定的編制劃一；第二，經費，就原有的經費加以整理，並不減少分文；第三人事，完全照人事法規辦理，使官兵得着保障，整編後若有少數編餘的官長，各有安置，或者派充各部隊附員，或者輪流送入軍校深造，中央並不另外安插人下來；希望川康全體袍澤和全川人士，對此次整軍有更明確的認識，一致協力贊助，使整軍得以迅速完成，不僅四川之福，實為整個國家民族之福也。」遂於七月六日開幕，九日閉幕；會議進行極為順利，有關整軍之實施辦法，均商有結果，而前此所有問題，亦在歡聚一堂之下圓滿解決，達成軍隊國家化，兼及政治中央化，以奠定安川抗戰之基礎，此亦在歷史上最富有價值之會議也。余在會前為表示開誠布公，命駐有重慶之中央部隊及當地憲警，在開會期間，一律由劉部之重慶警備司令李根固統一指揮，以明無他；並禁止其他開會、遊行與貼標語等情事，以免引其無謂糾紛。會後，甫澄對余表示滿意；不料盧溝橋之「七七」事變，竟在會議期間發生，當何部長以主席身份在會場宣佈時，所有出席將領均義憤塡膺，紛紛請纓率部出川抗日，故自八九兩月起，川軍遂分路出川，與日軍衝殺於前線各戰場矣，信乎「多難興邦」也。

二十四年二月初，中央令四川省政府先在重慶成立，必要時再遷還成都，任劉湘為主席兼保安司令。楊總指揮森與余亦「精神有契，道德有同，」平生以豪爽明快見稱，本其愛國愛鄉熱忱，慨允首先創導廢除防區，並請調離，遂令其率部開赴宜賓洪雅待命。其他川軍首長，見義勇為，亦相繼而行，殊堪欽佩！而困擾人民二十年之防區，從此不再見矣。 委員長於三月二日蒞臨重慶，分別接見當地黨政軍高級人員而慰勞之；旋通令嚴禁軍人干政；三月二十三日由重慶飛蒞貴陽，指揮剿共軍事；五月十日由貴陽飛蒞昆明，勞軍安民；五月二十二日由昆明安返重慶，隨於二十六日飛蒞成都。 委員長駐節成都時，大事可紀者：其一、發表告川省紳耆書，促其協助政府剿共，羣起響應，社會風氣為之一振。其二、出席成都擴大紀念週，宣示剿共治川救國方針，認定四川可為復興中華民族之根據地，亦即暗示將來可為抗日之根據地，後在國民政府遷川時又宣告之。其三、第二路軍主力由川西調赴綿陽待命，薛總指揮曾因順道率先頭部隊連長以上軍官，晉謁於行轅，蒙對長途追剿朱毛殘部，獎勉有加。其四、創辦峨嵋軍官訓練團，召集川康滇黔各軍中上級幹部施以必要之精神訓練，收效頗為宏遠。 委員長駐節貴陽、昆明時，徐向前已渡嘉陵江，余在重慶承命督率川軍堵剿，不使南犯，以免富庶地區遭受危害。同時開闢川黔公路，加工趕築；於是（二四）年六月二十日通車，不獨軍事運輸便利，即川黔交通亦從此暢達。爾後重慶行營成立，設公路監理處，統籌之下，川康、川陝、川湘、川鄂各公路，先後建築完成，行人不再歎蜀道難矣。四川省政府在重慶成立後不久即遷還成都，余在 委員長駐節成都期間，曾率必要人員，前往辦公，並計劃整編川軍，俾成勁旅，以禦外侮。八月組設點驗委員會，派員分組赴四川各地切實點驗，俾作整編根據。十月初，中央以共軍由川西竄往陝北，亟應予以殲滅，乃特派 委員長兼西北剿匪軍總司令、張學良為副總司令代理總司令，指揮陝、甘、寧各省部隊進剿。又成立軍事委員會委員長重慶行營，授權指揮督導川康滇黔各省軍事、政治；以顧墨三先生爲主任，余爲參謀長兼第一廳廳長。參謀團則因重慶行營於十月一日成立而先結束。上（二三）年十二月參謀團在南昌成立時，爲防組織龐大，人員過多，容易引起川軍誤會；在編制上儘量縮小，自主任以下，文武官佐初僅四十一人，嗣在重慶因業務需要，擴充編制，增加十餘人；就南昌行營職員中平日工作成績最優者，遴選任用之，故皆能勝任愉快，而助余完成任務。本團參謀長劉倚仁、第一（軍事）處處長蕭霖、第二（政治）處處王又庸、總務處處長柏良，其中參謀僅十二人，處員八人；另有財政部特派員關吉玉任參議。

余在參謀團及重慶行營任內，因中央對四川之計劃遠大，自知汲長綆短，隕越堪虞，惟有秉承　委員長指示，抱戒愼恐懼心情，勉盡職責，以求達成任務。關於剿共者，先消滅朱毛徐股實力，繼消滅蕭賀股實力，壓迫其不能在川康邊區生存，而北竄陝甘，粉碎共軍佔領四川爲根據地之企圖。關於整軍者，參謀團設之點驗委員會，於重慶行營成立後繼續工作。但川康各軍，合計有步兵三百四五十個團之多。第一期，由各軍自行縮減五分之二爲二百個團；第二期，再照軍政部規定裁成一百二十個團。此事關係各將領切身利害，進行稍一不愼，即足僨事而誤大局。余苦心孤詣，決置個人毀譽於不顧，一秉大公，頻頻與川康各將領聯繫協調，雖大費周章，幸託　委員長德威，卒獲完成預定計劃。同時請准成立陸軍軍官學校成都分校，設軍事、團警、交通、屯墾各班，收容編餘中上級軍官六千餘人，施以必要訓練，然後使之就業；而在抗戰時軍官補充，亦幸有此。關於國防者，成立江防要塞建築委員會，分別趕築宜昌，重慶要塞。又長江上游，在川鄂兩省之間，重巖疊嶂，灘險流激，蜿蜒數百里，無論兵艦商輪航行，均需熟悉水性之「領江」，始無虞觸礁，因此集訓「領江」，加以編管，預作抗日準備，而於政治之意義尤大。關於維護大局者，二十五年十二月三日，西北剿匪軍副司令張學良親迎　委員長於洛陽，請蒞西安；詎其已受共黨誘惑，竟於十二日發動事變，刼持統帥，全國爲之震動，西南尤甚。顧墨三先生趕赴中央策劃討伐事宜，余則坐鎭重慶，策動川滇將領聲討叛逆，穩定西南局勢。　委員長亦因張悔悟請罪，於二十五日由西安飛臨洛陽，次日在全國歡騰中安返首都。惟當時竄往陝北之毛股，雖死灰復燃，但潰敗之餘，實力已大不如前；而朱徐、蕭賀兩股，前在懋功合夥，共計只三萬餘人，械彈尤缺，由川西繼毛之後北竄，在陝南鳳縣在甘肅岷縣、臨洮、古浪及在寧夏同心城等處先後被國軍與地方軍隊迭予痛擊，傷亡衆多，所剩不過四千餘人，均成釜中游魚。倘無西安事變，則國軍指揮統一，力量集中，且積多年進剿經驗，知己知彼，士氣旺盛，決不難在短期內一一澈底剿滅；不幸竟發生此意外事變，致功敗垂成，而貽國家民族之無窮禍患，誠堪痛心！

二十六年三月，余奉命爲重慶行營副主任兼代主任，是時中日邦交，已瀕破裂邊緣，我中央正作積極準備。適日軍在華北故意挑釁，「七七」抗戰因而被迫發生，「八、一三」淞滬大戰繼之。在此大戰期間，余主持公私工廠遷川事宜，使能各得其所，繼續生產，財力物力，保全甚多。又爲國民政府與中央各機關遷川預作準備，以免政務因撤遷而陷於停頓。同時與劉甫澄密切聯繫，促其運用省政府權力，首募壯丁十二萬人，成立幾十個補訓團補充前方，爲各省創。中央適時特任甫澄爲第七戰區司令長官，余又敦勸其本人與楊森、唐式遵、孫震、李家鈺四總指揮及王師長銘章，相繼率大軍出川抗戰；而王陵基王纘緒兩總指揮又繼之，先後共約二十萬人，迭予日軍重大打擊。在抗戰期間，甫澄積勞病故於漢口，中央軫悼元戎，飾終之典極爲隆重；而銘章在滕縣殉職，家鈺在豫西會戰陣亡，饒國華師長在廣德陣亡，其壯烈事蹟，均詳抗日戰史，誠軍人模範也。

二十七年秋，中央令張岳軍先生爲重

慶行營主任，余仍爲副主任兼參謀長。二十八年一月，余奉令爲軍事委員會委員長成都行營主任，就職以後，賡續辦理重慶行營未完大事，並以鞏固後方，協助川省府徵兵補充前方，徵糧供應前方與配給後方軍公教人員，使無虞不繼與匱乏爲工作重點。抗戰八年，四川之徵兵徵糧數量爲各省冠，誠「天府之國」也。同（二八）年五月三四兩日敵機轟炸重慶，引起大火巨災，余在成都應中央之召前往，並奉令兼任重慶特別市市長、重慶防空司令、重慶衞戍副總司令。同（二八）年十一月初，中央改組四川省政府，調王主席纘緒率軍出川抗戰，令委員長兼任省主席，以余爲委員兼秘書長代行川政；遂在兼主席指示之下，建立人事獨立制度，改善徵兵方法，推行新縣制，實施田賦徵實，嚴厲禁止鴉片，發展農工經濟，凡此諸大端，在短期內皆獲績效。二十九年十一月，中央令張岳軍先生任四川省政府主席兼成都行轅主任，余幸得卸此重責，赴重慶另就新職焉。

北洋軍閥的勳章

・劉嗣・

關於北洋軍閥時期將官[illegible]服的制式、顏色、穿着場合，以及那一時期勳章的種類，將級[illegible]佩帶勳章的習慣、模樣，筆者願就所知，畧述一二。

袁世凱當政時代，勳章種類名稱之規定，分兩大類：一類叫「勳位」，一類叫「勳章」。「勳位」都是特授，共分六等，名爲大勳位、勳一位、勳二位、勳三位、勳四位、勳五位。其中大勳位是大總統所佩帶的。以次由勳一位至勳五位，無論軍民人等，其有勳勞於國家社會者，皆可授予；而且有一定年金，終身享有。如受了褫奪公權的刑罰，則年金終止，追回勳位。據說制定之時，所以名其爲「勳位」而分五等者，隱含帝制之公、侯、伯、子、男五等爵之意。是則袁氏在民元訂此勳位時，即已憧憬皇帝夢矣！

「勳章」分爲四種：（一）「大勳章」，是最高的，僅爲大總統佩帶。勳章外緣銳角三重皆八出，中環繪日、月、星辰、山、龍、華虫、宗彝、藻、火、粉米、黼等勳章。大綬是紅色綬帶。（二）「嘉禾勳章」，分爲一至九等，勳章中繪嘉禾，是頒予有勳勞於國家或有功績於學問及事業的。（三）「白鷹勳章」，分一至九等，中刻白鷹，授予建有殊勳的軍官士兵。（四）「文虎勳章」，分一至九等，中心勳刻文虎，授予著有戰功或勞績之軍官士兵。此外又增定「寶光勳章」（分五等）和「大綬寶光勳章」（一等便是大綬）。這是頒給已經獲得嘉禾、白鷹、文虎勳章的人，之後又有同樣功勳的雙重榮譽。比方已獲嘉禾勳章，又有勳勞於國家，就可授予寶光嘉禾勳章（如爲二等）；而此人過後又有了同等勳功，便可再授予一等大綬寶光嘉禾勳章。緣於二至五等的寶光嘉禾勳章，中間嵌有寶石，外環嘉禾，較無寶光之章，增了光彩。而一等大綬寶光嘉禾勳章，不但有大綬，勳章中間還嵌有珊瑚環珠，比寶石又高了一等。況且凡是大綬勳章，除正章外附有同樣畧小的副章，要佩在大綬交會處下端的，等於兩座勳章。所以屢建同功的人，便可得到節節高的殊榮懋賞。

北洋政府時代的勳章，除外國贈予者外，大致就是這些。其實外國贈勳與軍閥的，可說極少極少。白鷹勳章獲得者，僅段祺瑞一人。作者見到北洋軍閥着武官大禮服的照片或本人，上將一律三星。他們所佩帶的勳章，除了右肩左脅的大綬勳章，也只有勳位、嘉禾、文虎三枚而已。

觀夫影片和電視中出現的那些軍閥，一無是處不談，僅只佩帶的勳章等等，便是錯誤百出！算來事隔不過四十多年，難道影劇界中竟無一人知曉？更無一人肯多多打聽打聽嗎？

評嚴著「周恩來評傳」

劉祖農

編者按：嚴靜文先生所著「周恩來評傳」在本刊連載兩年，編者實是第一個讀者，深知這部書並非學院式的著作，但却有獨得的見識，在一般周傳未及討論之處，每有單刀直入的見解。作者在後記中亦明言是急就章，而成書倉促，書後未附刊誤表，致有所許多校對上的錯誤，乃不可諱言的事實。

俗云：「眞理愈辨愈明」，任何著作亦應歡迎討論批評，因此本刊樂於刊載劉祖農君「評嚴著周恩來評傳」一篇大作。但是文中有若干處，似流於意氣，礙難刊出。因此本刊發表乃該文實有所指的批評部分，凡與嚴著內容無關的意氣部分悉刪去。同時嚴氏也對若干讀者及劉氏的批評提出答覆，特一併刊載以饗讀者。

波文書局今年初出版的「周恩來評傳」(嚴靜文著)，據知是世界上第三本周恩來傳記，亦是第一本以中文撰寫的周恩來傳記。本書爲二十二開本，厚四百餘頁，都四十餘萬言，「份量」方面，較一九六八年間旅美學人許芥昱氏之「周恩來」（CHOU EN—LAI：CHINA,S GRAY EMINENCE）及日本人梨木裕平之「周恩來」，一九七〇年台北李天民氏之「周恩來」（英文版）都有過之而無不及。

因爲我近來見到某篇論文已將此書列入參考書目內，故此我也要談談此書於這方面的價值。但爲了要使這本傳記能夠用做一般研究中共問題的基本讀物，於此要提出我對此書的幾點未必儘對的意見：

立論方面

晉書劉毅傳有說「大丈夫蓋棺事方定」；當然，周恩來可論證，但不宜論定於過早。作者對於自己的大胆假設未能提出足夠的證據。不錯，一個人如果已到了雖生猶死的地步，當可嘗試爲他下一個論斷；但嚴氏執筆之當時，周還是穩握實權的國務院總理，他的一生還可能有很大的變化，最好不必急於爲他「評傳」一番吧！今時今日，很多中共問題專家，在既無充份，更無必須的資料之下也在瘋狂的測度評定，有失公正乃屬必然了。

資料方面

據筆者閱畢全書後之粗略統計，嚴所提到之參考書藉文獻不超過六十種。普通寫一篇數萬字的論文也不止此數了。筆者並不是說資料多多就是好的充份條件，但不成疑問，一定是一個必須的條件。令人不滿意的還有這本書根本就未有列出一個參考書目，使我追源線索方面費力不少。註脚也不詳盡，很多章沒有註脚。

內容方面

我很體諒作者急就章之苦衷，因此對於書中多處不甚嚴重之錯誤也不擬列出了。只是，不大不少的謬誤以及幾處嚴重的錯誤總也應該提出來討論一下，希望於再版時能加以更正。

（甲）關於周恩來之年表方面：嚴氏說自己「搞了三個月」才弄出來的年表。整個年表好像就是一個矛，而書的正文則是一個盾。茲舉例：

（1）周之生年，年表爲一八九八；正文則作一八九九。

（2）年表謂一九〇八年周轉由四伯父撫養；正文却說周十二歲寄養到四伯父家中（見頁十八）。

（3）年表謂周於一九二四年五月離巴黎經莫斯科返國；正文却說周在該年七月初已離開了巴黎，動身可能在六月初云（見頁六十三）。但另又說周自一九二四年五月即穿「二尺半」過軍旅生活，並且參加過兩次東征及戡定劉楊之役（一九二五年五月）（見頁一〇五）。

（4）年表謂一九三〇年六月周奉共產國際召往莫斯科接受指

示；正文却說一九三〇年五月周恩來被召（見頁一二五），或四月被召（見頁一二六）。

（5）年表謂遵義會議於一九三五年一月十三日舉行；正文則謂於一月十五日（見頁一七八）。

（6）年表謂一九三七年十月下旬陳紹禹偕康生、陳雲等自莫斯科返延安，陳被派爲駐漢口代表團團長；正文則謂一九三八年王明等尚未回國（見頁二二六）。

（7）年表謂周於一九三七年十一月十六日在山西臨汾全民大會發表演說；正文則不相信周於山西住了三個月，因爲十月下旬之前周已返延安云（見頁二三一）。

（8）年表謂周於一九三九年六月間墜馬，跌傷右臂；正文則說是左臂（見頁二九七）。

這一個年表，只列到一九四九年，難道對於周「解放」廿多年來的動向不明？若然如此，就應該多研究幾個月才成吧！

正文方面錯誤之例子有：

（1）頁廿八謂「周恩來（二十一歲）在天津主編學聯報之際，毛澤東（二十五歲）也正在長沙辦湘江評論」。按毛生於一八九三年，周生於一八九八或一八九九年，兩人無論如何不會只差四歲。研究歷史最基本的是要攪清年份。湘江評論時代的毛澤東應該是廿六歲。

（2）頁五十二謂「巴黎的俄援似比上海的俄援還要早。上海的俄援大約在一九二〇年春開始的，而巴黎的俄援，在一九二〇年秋冬之際就已經開始了」，這相信是一個筆誤。

（3）五十八謂「一九二二年六月在西湖舉行二全大會」；據我所知，張國燾、何幹之、胡喬木、梁寒冰、王健民等皆無這種說法。二全大會應該是七月間在上海舉行的。在西湖舉行的不過是中共中央的一次特別會議吧了；但這却已是八月初的事了。

（4）頁六十五認爲毛「所領導的兩湖秋收暴動，只是周恩來指揮下的軍事行動一部份云」。按這時周正在南昌暴動失效後之南征途上，且又被「八七會議」貶爲政治局候補委員，焉可以指揮毛？嚴氏不肯將當時的中共中央「盲動」時期說成是瞿秋白時期。嚴氏認爲這段時間內也是周恩來當權的時期。

（5）頁七十一謂「一九二四年九月，居正、覃振、田桐、石瑛……發起西山會議，糾彈共黨，另立中央」。這段錯得很離譜。當時孫中山先生還未逝世呢！西山會議，應該在一九二五年十二月廿三日。

（6）頁九十四謂中共五屆大會「毛澤東由中央委員貶爲中央候補委員」。按，毛並非四屆中委，「被貶」一詞怎說？

（7）頁一三五有「一九二八年六屆大會產生的九名政治局委員」一語。這似有問題，六屆大會只產生了七名政治局委員分別爲向忠發、瞿秋白、張國燾、周恩來、蔡和森、李立三、項英等。

（8）頁一三一有「一九三一年的二屆大會四中全會」，頁一三八有「一九三〇年九月三十日，正當中共二屆三中全會」，這這兩句，都是筆誤，應該是六屆大會才對。

（10）關於閩變，本書的說法有數種。如頁一八七的「一九三三年十二月，十九路軍蔡廷楷、陳銘樞等在閩謀叛，成立『人民革命政府』」，頁一六一的「陳銘樞、蔡廷楷等於十一月二十日在福州建立『人民革命政府』」。

（11）頁二四五有」一九二八年冬天平江起義」一語。平江起義爲該年七月間之事，怎能夠說是冬天？

（12）頁二六三謂一九三七年冬周恩來鄧穎超兩人在武昌團聚「當時周恩來年三十四歲，鄧穎超剛滿三十」云。兩人的歲數都摘錯了。周時年約三十九，而鄧則已是三十五了。

大致上，錯誤的多是最基本的時間問題。除此之外，手民之誤也不少，如「十一月一日當中共政權成立之日」等等，也不擬列出來了。

「周恩來評傳」辨誤

· 嚴靜文 ·

拙著「周恩來評傳」，成書倉促，錯漏實多；又加以出版時，筆者恰在病中，未能精確校對，以致許多錯誤未能及時刊正。近半年直接間接，接到各方面讀者許多指正和質疑，這裡把其主要者，逐一辨正如後。

（一）第十六章「八路軍與新四軍」中所說蘇俄派駐中國的軍事顧問朱可夫，乃是蘇俄駐中國軍事代表團團長崔可夫之誤。朱可夫的英文名字是 Georgi K. Zhukov，崔可夫則是 Vasili I. Chuikov。朱可夫即是率軍攻下柏林的蘇軍司令官，在這以前一九三九年，五月——九月，曾指揮蘇蒙軍在諾蒙罕大敗日本關東軍。

（二）第九章「與國際派化敵為友」，一三五首所說「一九二八年六屆大會產生的九名政治局委員」，乃七名政治委員之誤，可參證一一九頁列有七人名單。

（三）一八七頁論及閩變日期說：「一九三三年十二月」，乃十一月之誤。

（四）一位讀者來信指出二四五頁說：「彭德懷自一九二八年冬天平江起義」，實際是同年七月；所說甚是。據知何鍵所部彭德懷及黃公署等平江「起義」在七月，同年冬天（十一月間）到井崗山與朱毛會合。

（五）二六三頁述及周恩來與鄧顯超在武昌團聚說：「當時周恩來年三十四歲，鄧顯超剛滿三十……」，發生了計算的錯誤，該年周年三十九，鄧年三十五。

（六）本書五八頁第四行「在思想上對毛澤東、周恩來具有重要影響的蔡和森，於一九二二七月中共的二全大會中當選中央委員，並出任宣傳部長；」這一記載確實無誤；但第十行「一九二二年六月在西湖舉行的二全大會」則係筆誤，「六月」為八月之誤，「二全大會」為「二屆二中全會」之誤。

（七）五十二頁「巴黎的俄援似比上海的俄援還要早」一段，「還要早」三字為筆誤，應是「稍遲」。

（八）六十五頁「毛澤東脫下長衫，初次接觸軍事工作是在一九二七年九月，他所領導的兩湖秋收暴動，只是周恩來指揮下（周當時已是中共中央軍事部長）軍事行動的一部分。」有一讀者來信認為，毛搞秋收暴動是由「八七會議」決定的，當時周恩來於南昌暴動之後，正在南征途中，對毛不似指揮云云。從「八七會議」來說後一說法較為通順；但筆者的前一說法也有根據；張國纛在「我的回憶」中第十二篇第六章，談及一九二七月陳獨秀在五全大會辭職後，由張國纛、周恩來、蔡和森主持的臨時中央，曾對毛澤東回湖南搞農民暴動有所決定，有關的話如左：

「毛澤東表現了他的奮鬥精神，自動選擇回湖南去，担負領導農民武裝的任務。我們原分配他到四川去，這是為了他的安全着想，亦由於四川也是大有可為的地方，尤其是關於農運的發動。他這個湖南籍的「共產要犯」却要冒險到湖南去，不甘心讓他所領導起來的農運就此完蛋。我們當時很高興的接受了他這個到湖南去的要求。這也許就是他後來被逼上井崗山的起點了。」

筆者據此判斷這是毛最初奉到的命令，回湖南搞暴動，而自一九二六年九月起周恩來即繼張國纛任軍事部長。毛的行動當然是周指揮下軍事行動的一部分。其後周赴江西領南昌暴動，仍是軍事部長，在系統上毛的行動仍須受周的指揮。至於「八七會議」的決定，不過是重複臨時中央的決定罷了，在「八七會議」決議傳達給周恩來時，毛的秋收暴動已告失敗，率領殘兵去了井崗山。及至十一月中共中央在上海召開擴大會議，周連任政治局委員和軍事部長。就是說從一九二六年九月到一九二七年十一月周一直任軍事部長，負責全面軍事。中間「八七會議」對毛回湖南搞農暴的任務多了一層決定，但一切軍事行動，在工作系統上仍歸軍事部長指揮。

（九）書中九十四頁述及中共五全大會之後「這時毛澤東由中央委員貶為中央候補委員」是筆誤，毛在大會期間被剝奪了表決權，陳獨秀在提出中委及後補中委沒有毛的名字，經湖南代表力爭始列入候補中委名單。

（十）「大事年表中一九三〇年六月奉共產國際召往莫斯科，接受指示」，「六月」係四月之誤。

（十一）一七八頁記述遵義會議於一九三五年一月十五日召開，屬自錯誤的資料記載，確實召開日期是一月六日到八日，參閱日本「北法社」出版，竹內實監修「毛澤東集」第四集，遵義會議決議案原文。

（十二）二六頁「蘇聯在七七事變以後，曾給國民政府相當大的軍事援助，一九三八年並促王明等回國，……」一九三八年實係一九三七年之誤。

細說「長征」

【六十】

□龍吟□

十七日，第九十八師主力向朱華山，第六十七師一部向朱溪堡，分途攻擊前進；至十一時許，國軍在步炮協力之下，第九十八師攻佔慧眼岩、朱華山一帶，第六十七師一部攻佔朱溪堡。紅軍向坪上方面逃竄。至此甘竹附近各重點，均為國軍所有。同時鹹水岩、吳家山間碉堡，已由第十一師構築完成。陳總指揮以國軍向廣昌進展第一期計劃已告完成；遂令第九十八師及第六十七師一部，就原地佔領陣地構築碉堡。並令第四十三師延伸接替吳家山、鹹水岩之線守備。並以第五縱隊開始構築白舍、甘竹間公路。是時第八縱隊及第六師主力，推進至甘竹以東地區，第六師主力，隨即歸還第三縱隊建制。

四月十九日，國軍第三路軍總指揮部，偵知在甘竹市附近退走之紅軍第一、第五兩軍團及第三軍團主力仍在廣昌以北之千善、石咀及高洲垻、長生橋一帶，其第三軍團之第六師仍盤踞延福嶂、白葉堡、大羅山一帶，阻國軍盱江兩岸部隊進展。總指揮陳誠，為使國軍進展容易，令第三縱隊先行攻佔延福嶂、大羅山之線，以掩護主力之進出。樊崧甫指揮官遂以第七十九師之第二三五旅進攻延福嶂，第六師進攻大羅山，至十四時三十分，先後攻佔延福嶂、大羅山一線，當即構築工事。至十九時，紅軍突然大舉進攻，徹底激戰。國軍第六師第三十六團團長李芳親率大刀隊出擊，與紅軍肉搏陣亡，戰至次日拂曉，紅軍終於不支退走。

四月二十日拂曉，正當大羅山當面之紅軍被國軍第六師擊潰，國軍第三縱隊按第七十九師第二三五旅（附補充團）、第九十七師及縱隊指揮部第七十九師第二三七旅之順序，向目的地前進

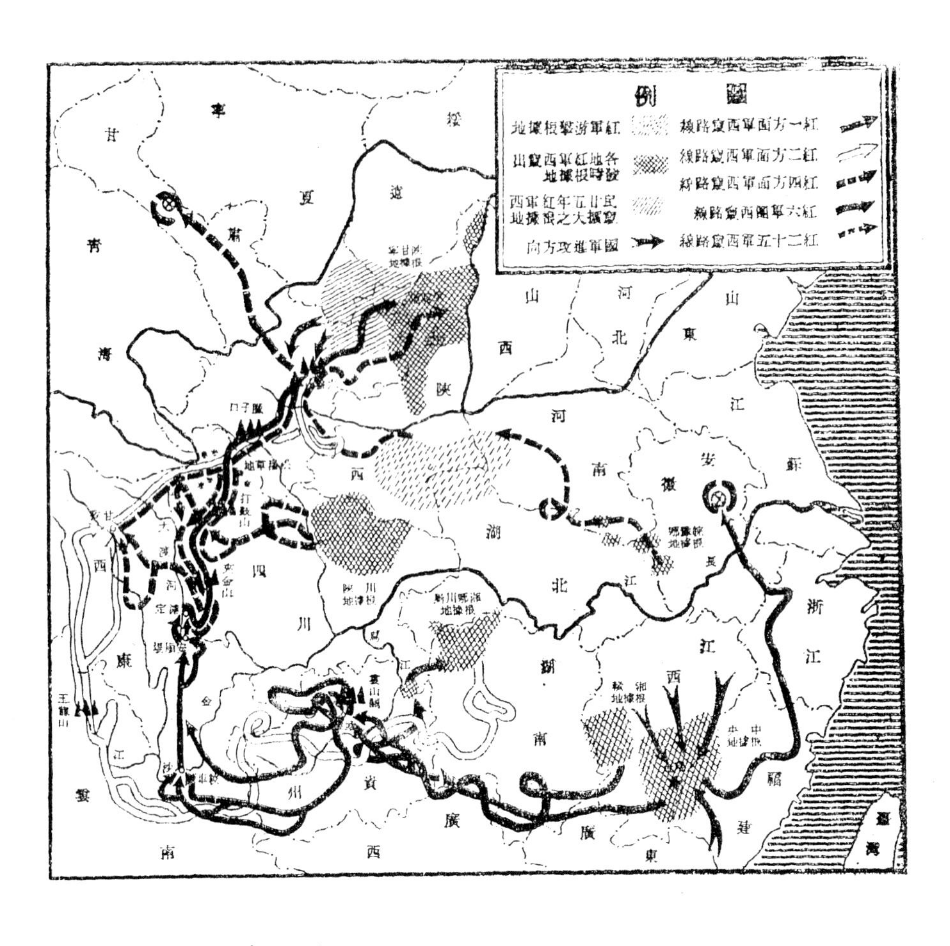

紅軍各部「長征」路線圖

；至十三時三十分，第二三五旅進至饒家堡附近，派隊四出搜索，此時潛伏饒家堡東南端森林之紅軍，乘國軍不備，即以迅雷之勢，向國軍第二三五旅三面圍攻，並以第三軍團主力向前排迂迴，企圖截斷該旅後路，阻止國軍後續部隊增援；正當情況危急之際，適國軍指揮官樊崧甫率領第九十七師到達前排附近；樊指揮官鑒於紅軍逐漸近逼，第二三五旅有被四面包圍之虞，即令第九十七師向當面之紅軍迎頭痛擊；紅軍稍戰即向南退走。國軍第九十七師隨在前排東北之線展開，右與饒家堡方面第七十九師，左與大羅山方面第六師，密切連繫，向當面之紅軍戒備。十六時許，潛伏於如意亭一帶之紅軍千餘人，向第九十七師陣地進攻，國軍沉着應戰，紅軍不得逞。十九時許，第七十九師第二三七旅到達饒家堡北端，樊指揮官以第七十九師正面過大，乃令第二三七旅加入該師正面。斯時紅軍雖屢次進犯，但均被擊退。至二十時三十分，彭德懷親率紅軍第四、第五兩師，乘夜暗向國軍全陣地進攫，並以大部向國軍第七十九師饒家堡，第九十七師前排陣地猛攻；戰鬥至為激烈。時因陰雨四塞，夜色昏暗，雙方距離逼近，遂演成慘烈之白刃戰，吶喊格鬥，聲震山谷。饒家堡一帶陣地失而復得者五六次。

二十一日拂曉，紅軍因傷亡過衆，攻勢漸殺；樊指揮官乃令第九十七師乘機轉移攻勢，國軍進攻約一小時，先後佔領銅鐵坑、如意亭、寨背堡一帶高地，紅軍節節向千善、廣昌方面潰退。

是（二十一）日拂曉，紅軍仍盤踞饒家堡東南高地亘雲際峰之線，與國軍第三縱隊（第七十九師、第九十七師）對峙，第八縱隊周渾元指揮官，為策應第三縱隊作戰，令第九十六師由河東向雲峰之敵攻擊。

二十二日周渾元指揮官，鑒於第九十六師阻於紅軍堅固陣地，進展緩慢，乃令第五師以一團加入戰鬥，任第九十六師右翼之掩護；主力進至饒家堡，向官府嶺、高洲塅方面進展，策應第九十六師作戰。是日拂曉，第十六師獲得第五師之協力，除仍以主力由正面進攻外，抽調一部乘虛襲佔官府嶺，隨向雲際寨側擊。紅軍受前後夾攻，即棄寨向千善方面退走。第九十六師隨即佔領雲際寨。是時國軍第五師乘紅軍紛紛逃竄機會進佔高洲塅。

是役在雲際峰與國軍第九十六師戰鬥之紅軍為第五軍團及第三軍團一部，紅軍傷亡約百餘人，國軍第九十六師傷亡官兵六十餘人。

河西方面，第五縱隊羅卓英指揮官，遵照陳總指揮命令，準備積極向廣昌方面推進；同時偵知紅軍第九軍團第三師盤據朱華山、火神廟一帶，紅軍第一、第三兩軍團，自於十九日被國軍第七十九、第九十七兩師在饒家堡附近擊潰後，有經長生橋向廣昌逃竄企圖。羅指揮官乃電令第十一師於二十日晨由鄱陽堡出發，進佔長生橋截斷紅軍退路。第九十八師以主力由甘竹以南進佔沙家陂附近，策應第十一師之進出。

四月二十一日七時許，國軍第十一、第九十八兩師，遵向指定目標攻擊前進，第十一師上午十時，則達龍陂岡，將當面之少數紅軍驅逐，繼續攻擊前進。零時三十分攻佔長生橋、張家腦之線。紅軍向傘蓋尖方面潰竄。第九十八師於上午八時攻擊前進，驅逐沿途零星紅軍，至十二時攻佔沙家陂。紅軍退向傘蓋尖、火神岩一帶。

二十二日，陳總指揮令第十一師附山炮一連，於二十三日進佔傘蓋尖，第九十八師附山炮一連協同第十一師，進佔傘蓋尖、沙家陂間地區。

二十三日，國軍第十一師以一部守備長生橋附近碉堡，主力向傘蓋尖攻擊前進；九時許，在炮兵掩護之下攻佔三仙廟。炮兵即變換陣地，續向傘蓋尖猛烈射擊。至九時三十分，紅軍被擊斃甚多，紛紛向廣昌逃竄。國軍即佔領傘蓋尖及其附近高地。第九十八師於同日七時，向火神岩之紅軍攻擊；按火神岩地勢險峻，僅北端有羊腸小道一條，且須懸梯攀登，紅軍築碉岩上，頗有高屋建瓴之勢；賴國軍炮兵猛烈射擊，命中精確，官兵在炮火掩護之下，奮勇進攻；守碉紅軍為第三師第八團之一營、約三百餘人，不戰即相率向南逃竄，國軍於九時許攻佔火神岩。在長生橋者為紅軍第十四師，在傘蓋尖者，為紅軍第三師，均向廣昌逃竄。

國軍既佔領長生橋、高洲塅之線，已完成第二期計劃。

國軍完成第二期作戰計劃之後，即建築碉堡，鞏固陣地，開始進行第三期作戰計劃，進取廣昌。

紅軍自於長生橋、高洲塅之際，被國軍痛擊潰退後，其第一、第三、第五各軍團，麕集廣昌附近，積極加強廣昌外圍之碉堡及野戰工事，企圖死守此一扼制蘇區咽喉之戰畧要地。蓋因廣昌一旦不保，則全部蘇區將感受威脅，尤其對蘇區民衆將失却保障信仰，故紅軍自詡為最堅固之要塞地帶。

國軍第三路軍各部隊，亦於是時完成甘竹市至長生橋附近地區碉堡封鎖線，河西之第五縱隊，集結甘竹市以南長生橋西北地區，河東方面第八縱隊，亦已集結於沙坪上、鳳凰坳一帶，第三縱隊在饒家堡附近地區。

四月二十七日，國軍第三路軍，基於第三期作戰計劃，以右縱隊由盱江西岸，左縱隊由東岸會攻廣昌，總預備隊第三縱隊，控置長生橋、饒家堡一帶，策應作戰。

各部隊奉令後，咸感於廣昌外圍紅軍碉堡林立，且沿河兩岸間，有高山峻嶺，綿延起伏。紅軍工事構築堅固，進攻頗為不易。尤其時值夏初，贛南多東南風，於進攻深為不利。國軍盱江西岸部隊，為摧毀此一紅軍認為唯一之堅固要塞，一面作綿密之偵察，一面以全力向紅軍進攻。

河西方面第五縱隊兼指揮官羅卓英，於是（二十七）日晨，以第十一師向巴掌形，第九十八師向搖藍寨、西華山，第十四師向蓮花塘，第六十七師向清水塘，同時展開攻勢。

第十一師於拂曉開始攻擊，巴掌形之紅軍第三軍團，憑恃其險峻地形及堅固工事，頑強抵抗，賴我陸、空之協力，與地面部隊之奮勇包圍突擊，連續摧毀紅軍陣地最高點之堅固堡壘十餘座。當國軍攻擊部隊之先頭佔領巴掌形南端紅軍碉堡時，紅軍集結約二營兵力反攻，國軍利用碉堡殘垣之掩護，以熾盛火力制壓，紅軍不支，狼狽向南逃竄。國軍於九時三十分確實佔領巴掌形紅軍制高點。國軍第九十八師亦於第十一師開始攻擊之同時，向巴掌形南端進攻，當八時許，國軍第十一師攻佔巴掌形北端高峰時，第九十八師官兵奮勇衝擊，乘勢攻佔南端高峰，紅軍向南逃竄。乃協同第十一師佔領巴掌形全陣地。並將該陣地交與第十一師接替守備，第九十八師繼續向西華山、搖藍寨紅軍陣地進攻。該師師長夏楚中，以搖藍寨懸崖絕壁，仰攻不易，乃集中主力進攻西華山，俟奏功後，再行夾擊搖藍寨。十一時許，該師主力向西華山猛烈進攻，衝鋒肉搏，前仆後繼，至十八時許，連佔西華山東北各高地。時彭德懷親在西華山指揮，目睹戰況不利，遂由廣昌增調步兵學校學員數百名增援，冀圖施行逆襲；乃於黃昏時向國軍陣地猛撲，衝鋒喊殺，聲震山野，戰況極為緊張；卒賴國軍奮勇衝擊，紅軍死傷甚衆，步兵學校學員傷亡殆盡，乃狼狽退守西華山、新人坪原陣地，與國軍對峙。時紅軍並以一部向巴掌形陣地進擾，但被國軍第十一師擊退。（未完待續）

謙廬隨筆

三十三

矢原謙吉遺著

船長曰：

「吾俄國民主，行之有年，一向功効如神，不圖今有此失，想係托派份子乘此天災，與我為患耳！」

朱使又稱：方馮玉祥之乞援於莫斯科也，俄人欵待極殷，而馮亦善解人意，每遇公開集會，起立致詞之時，其首句必為：

「我是勞動人民的兒子。」

斯語一出，掌聲雷動，所到之處，歷試不爽。俄境烏丁斯克有老華僑蓋某，業皮毛多年，人頗豪俠，有謂其壯年曾為「關外响馬」者。月旦當代人物時，獨厚於張作霖，對吳佩孚，張宗昌輩亦乏微辭，而對馮則比之為三國魏延，意其有「反骨」也。馮自俄返西北前，途經烏丁斯克，媚馮者設「華僑歡迎會」以諛之，幷請其登台演說。馮仍師其故技，揚聲致詞曰：

「我是勞動人民的兒子。」

語未竟，而坐於前排之蓋某，忽高舉其手，做欲發言之狀，馮乃笑容可掬，問曰：

「老先生有何指教？」

蓋抗聲答曰：

「我是勞動人民。」

馮聞而色變，舉場哄然，俄人之在場者，瞠目未知其所以然。而媚馮者急趨蓋前。迫其離場他去，其事乃寢；而此後馮於公開致詞時，亦決不再始於「我是勞動人民的兒子」一語矣。

余友李蘧廬，以陝軍宿將高桂滋嗜與文人雅士相往還，屢為之代籌遊園雅集。園大賓多，至者雲集，雖非騷人詞客，但與藝文有一綫之緣者，一經輾轉紹介，即可為座上客。蓋李雖筆健如椽，萬衆披靡，而豪放佯狂，又兼有之；旣洞悉高將軍以有「儒將」之稱為樂，又何妨令斗方寒士個個歡顏乎？余雖懸壺糊口，未敢厠身斯文，而李蘧廬乃頻頻以雅集相邀，令人惶愧無地。管翼賢常云：

『李蘧廬之與人交，「四海」極矣！』

可謂信矣哉。

以李之「四海」，故於高之「雅集」中，居然得識若干表情嚴肅，談吐穩重，言笑不苟之當代教育界人士。如李蒸、陳垣、余冠英，陶淑瑾，劇書素，孫世慶等。其中予余以較深印象者，當屬陶劇二女士與孫校長。

孫為師大「女」附小校長，有八字鬚，酷似「梆梆戲」馬思遠中之「縣太爺」。陶劇二人，則其校中之體育與自然教員也。

陶自識余之後，家人有病，必倩余為之治療。而每來必痛詆日本軍人之暴行，至聲嘶力竭而後已。一日，余之護士憤然謂陶曰：

「汝來始多次，當知吾家大夫不預政事，更不直東洋軍人之倒行逆施。奈何屢以宵小劣跡，面稽吾家大夫耶！」

陶莞爾曰：

「吾固知大夫非軍人一流；不然，吾豈敢以家人性命託之？惟覺其過於「老好人」，或竟不悉東洋軍人此時此地之所作所為，故乃諄諄訴於其前。吾料大夫，雖對吾頭痛，亦不致告密軍方加罪於余。」

未幾，劇持一紅柬至，乃邀余赴「女附小」之校慶者也；惟將余之姓名，書作「石原謙耳」。華人之以「石大夫」呼余者，直如車載斗量，故對此紅柬，亦泰然受之；并購標本數事，「兒童文庫」若干冊，贈其學子，聊表賀忱。

是日，劇忽來余診所，以响導自荐。途中謂余曰：

「大夫之華語，堪稱流利；態度亦和易近人，不類「東洋」。是故，余乃告吾校師生：該項圖表，乃一閩人醫師石原謙所贈也。移時，余即以「石大夫」相呼，可乎？」

余居此間既久，人之憎曰恐曰，久已不以為怪。今聞斯語，亦惟有嘿然稱諾而已。

該校位於屈折崎嶇之「東鐵匠胡同中，雖稱為「女附小」，男生亦頗不少。既抵校後，始知所謂「校慶」者，實與該校之「成立紀念」無關；而為校長孫世慶續弦大典之日也。

禮堂內喜氣洋溢，懸燈結綵，且有特製之喜歌一闋，屆時由全校學生引吭高歌，為新人助興云。

余以如此別開生面之慶典，殊屬不可多得，乃袖「喜歌」原文一紙而歸，以為紀念。文曰：

「快快接新人，
快快接新人！
錦堂繪影，
綉輦簾開，
喜氣藹祥雲。
人都道：
師母懿範，眞堪比德耀！
我何幸？
郝鍾禮法，今日得相親！
欽我先生追伯樂，
能空冀北羣！
佩我先生倡教育，
年載歷史深！
歡迎，歡迎！
三生石上，
姻緣佳偶自天成。
從此以後，
舉案齊眉，
家庭快樂喜氣盈！
小門生恭逢盛會，何等榮幸？
春光和煦，
重補琴弦，
佳禮成！

事後，劇書素語余：此歌乃新郎倩一國文教員所撰。歌成後，學生苦苦習之者數日，始得朗朗上口，歌聲入雲。——置身於風雲險惡之際，肩當培育英才之任，而令莘莘學子消耗其精力於此。異矣哉！

（未完待續）

讀者與編者：

羅守愚夫人：大函敬悉，厚愛至感。該詩，編者亦知不妥，但本刊宗旨，除有礙法律之文字外，一向不願更動，以存其舊。然夫人之指教，亦予轉告，今後尚祈多賜教是禱。

編者敬覆

香港詩壇

壽天白 夏書枚

史公不定老聃年。惟道无常比自然。醫者活人多上壽。詞仙琢句損朝眠。藕絲冰水留千夢。白髮枯棋又一天。君喜安居我行役。八旬來祝福無邊。

壽天白 曾克耑

海角棲遲不計年。敲詩試茗故怡然。神方拯世銘心贊。佳句疑仙抱膝眠。自壽金聲堪擲地。人醺玉液漫呵天。和章羈客如雲起。知在芳洲酒盞邊。

壽天白 吳俊升

同庚祝嘏復年年。不老蒼松自悄然。詩酒叨陪懷雅慶。更欽妙手可回天。

壽天白 郭亦園

如日方升七四年。彭籛八百健依然。滄江明月堪持釣。幽壑閒雲慣熟眠。靈藥囊唯壽世。東風吹杖待回天。小陽春迫紅梅放。不在山邊在水邊。

壽天白 涂公遂

彭李相期不問年。泰華雲樹總蒼然。藥人壺叟心常樂。邀世陶公醉欲眠。一島欣留藹草地。四時長是杏花天。龍鱗虬節高風在。詩酒優遊北斗邊。

壽天白 蘇文擢

南來三閱攝提年。藕孔生涯共一天。人到壺中長壽考。世猶蝸角倍疑然。素心同葆緇塵外。醉暈遙憐雪鬢邊。今夕高樓宰約客。幾時相伴酒家眠。

壽天白 高天龢

一住爐峯第幾年。蒼松如舊鶴依然。壺懸扁鵲千方頌。樓依元龍百尺眠。霽月光融桃宴夕。吟風吹暖菊花天。小陽春入澄空碧。喜見長庚燦海邊。

壽天白 徐義衡

壽世青囊又一年。優遊杖履樂陶然。金風吹夢春將醒。雲浪浮鷗夜不眠。九市輕車聲達旦。千山老柏氣參天。長庚星照梅花艷。倚檻高吟畫閣邊。

壽天白 文叠山

春滿杏林不問年。青囊積茀樂悠然。策傾江海情能放。酒引詩腸醉欲眠。已隔鄉關潛至地。還看梅菊盛開天。蓴鱸味美風光好。何日歸帆動客邊。

壽天白 張方

翠栢蒼松莫問年。凌霜老幹自怡然。風清夜畔祥麟起。日暖江頭野鶴眠。雅愛逃名心似水。功能濟世術回天。太平山即桃源地。共樂吟邊與酒邊。

壽天白 梁志超

大椿仙鶴莫稽年。耆老逍遙任自然。一室琴書添雅趣。半窗梅月照清眠。爐中眞藥同鴻漸。海上高吟繼樂天。今日逢辰應共醉。春風噓拂玉壺邊。

至德如公享大年。優遊杖履自悠然。風雲瀛海恣吟嘯。烟月爐峯從醉眠。東閣坐筵梅勝雪。南山獻頌柏參天。芳洲地暖春常駐。佳氣看凝白日邊。

甲寅生朝 包天白

老尚疏狂懶計年。浮沈江海亦悠然。起看旭日烘雲出。醉抱殘書帶月眠。與我有情惟白髮。笑人無語問蒼天。嶺頭春返流民遠。莫負梅花到酒邊。

天白生日招宴未赴次韻 遯翁

坐忘今世是何年。得放襟懷即快然。老至更添詩筆健。興來猶可酒家眠。閒情如擬陶彭澤。洛社交推白樂天。報道逢辰紀生日。定知賓主共吟邊。

編餘漫筆

編者

本期甚多佳作，王藩庭先生「捻匪與山東李氏女子」一文，內容豐富，文字優美，最重要者乃對捻之定義作一詳盡解釋，此一問題，雖清代官書解釋亦有錯，辭源，辭海因之，以訛傳訛，以爲捻者，捻火拜神，實則非也，簡單說，捻即是幫，一捻即一幫，然此非當地人不獨了解，故王先生此文對研究捻亂史者要爲重大貢獻。

胡士方先生之「滇魯烽烟話李彌」，全係親見親聞，史料價值之高自不待言，文字更如長江大河，一瀉千里。雖然文中某些情節似未留餘地，但本刊宗旨在蒐集正確史料，是者是，非者非。而且歷史人物，必須到蓋棺論定，只要晚節無虧，一生行事總有差誤，亦可原諒。

楊亮功先生悼于右老一文，情文備至，詩亦佳作，爲近代少見之好文章，雖着墨不多，固勝於他人萬語千言也。

「管翼賢一失足成千古恨」，對管翼賢落水經過有詳盡叙述，此項報導，似少人提及，本刊已出版叢書「謙廬隨筆」屢次提到管翼賢，當時管翼賢尚是華北新聞界反日中堅，孰料數年後竟變成日人爪牙，以叛國罪而被處刑。使無日人侵華、管翼賢當可以新聞界鬥士終老，此固由於管氏晚節不堅、但追源禍始，其罪仍在日本。

本期刊出風土、遊記文字較多，「吃在北平」一文，將北平所有好吃的館子，網羅無遺，讀後如臥遊北平，亦可大快朵頤。「蘭嶼巡禮」乃介紹台灣離島蘭嶼，此島爲澎湖之外最大離島，風物優美，但始終未能盡力開發，其故則在於當地民衆思想陳舊，與時代脫節，相信此一問題，不久或可解決。

「解縣關帝廟」一文，叙述詳盡，非親到該地，且居留相當時日者，不能寫出。此亦中國勝境，但因無人介紹，始終未能與曲阜孔林媲美。讀劉先生之文，當可有相當了解。生在現代的人，自不會過份尊崇關公，但其人所造成之一種形象，對民間影响力自不忽視。

史料之文，最重要者則推黃季陸先生之「民國十三年之國民黨」，尤多珍貴史料，皆黃先生所親歷，而外界所未知者。

此外「西北軍進出甘肅及其影响」一文，亦爲甘肅方面重要文獻。「抗戰初期之四川局勢」對抗戰情況有相當詳細叙述、賀國光將軍，君子人也，故能弭患於無形，此等人今亦雖得矣。

中華月報

一九七四年十、十一、十二月號、一九七五年元月號要目　中華月報社・香港九龍書院道九號

十月號

十一月號

十二月號

元月號

月刊

42

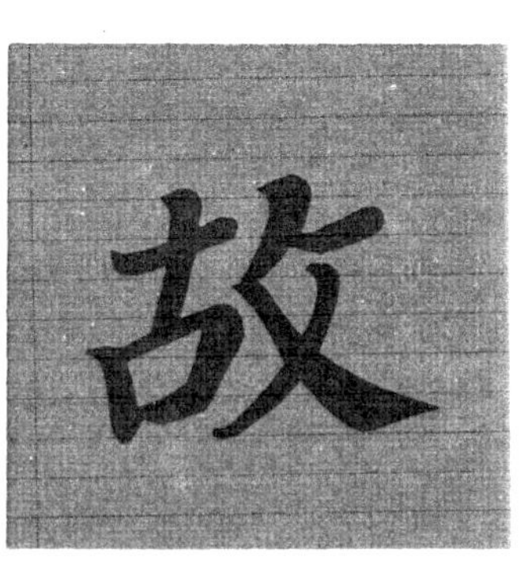

野史・佚聞・
人物・風土・

一九七五年二月十日出版

中華月報

一九七四年十、十一、十二月號、一九七五年元月號要目

中華月報社・香港九龍書院道九號

十月號

十一月號

十二月號

元月號

掌故月刊 第四二期 目錄

每月逢十日出版

掌故 第四二期

每冊定價港幣二元正
全年訂費港幣廿四元 美金六元

出版兼發行者：掌故月刊社
地址：九龍亞皆老街六號B
通信處：九龍旺角郵局信箱八五二二號
電話：K八〇八〇九一

The Journal of Historical Records
P. O. Box No. 8521, Kowloon
Mongkok Post Office, Hong Kong.

督印人：鄧少卿
總編輯：岳騫
印刷者：和記印刷有限公司 新蒲崗景福街一一〇號超達工業大厦十樓
總代理：吳興記書報社 香港租庇利街十一號二樓 電話：H四五〇五六一 四五〇七六六
國內代理：黎明圖書社 台北市重慶北路一段九十五號 電話：五四一五五八
星馬代理：遠東文化事業有限公司 新加坡厦門街十九號 檳城沓田仔街一七一號
泰國代理：曼谷青年文化服務社 曼谷黃橋東北路五六六號
越南代理：聯興書報社 越南堤岸新行街二十二號

其他地區代理：
澳門：可大文具店
亞庇：利民公司
千里達：中華公司
菲律賓：華安書局
倫敦：東寶公司
芝加哥：杏林春
波士頓：中西公司
三藩市：新生圖書公司
三藩市：益智圖書公司
加拿大：香港商店
漢城：汎亞書籍公社
寮國：永珍圖書公司
斗湖：光明書店
菲律賓：玲瓏書局
紐約：友聯圖書公司
紐約：友方圖書公司
洛杉磯：永安堂
檀香山：大元公司
三藩市：文化商店
加拿大：新國華公司

民國二年四川討袁始末

・華生・

一、四川討袁經過概要

民國二年討袁（世凱）之役，在國民革命史上稱為「二次革命」，或「贛寧之役」，或「癸丑之役」。發端於民國二年七月十二日李烈鈞江西湖口舉兵討伐袁世凱，結束於同年九月十二日重慶討袁軍的失敗。中經黃興在南京之舉兵討袁，柏文蔚在安徽；陳其美、鈕永建之在淞滬，以及廣東、福建、湖南、四川等地討袁軍事的繼起，但不幸均迅即相繼失敗。

二次革命發生的直接原因，為北京政府臨時大總統袁世凱購買兇手，於民國二年三月二十日刺殺國民黨代理理事長宋教仁，及其違法向五國銀行團大借款所引起，然其基本原因，實為袁氏意圖帝制自為，無視民權，徒知迎合列強的意旨，不惜斷送國家的權益。此役失敗的癥結，國父孫中山先生在民國四年「與黃興論癸丑失敗之由並勸其歸國函」，及同年「陳英士致黃克強書」中，均有痛切的檢討。

本文擬就二次革命中四川起義及其失敗的經過，作一較有系統之研述。在現存文獻中，這一段史實，當以巴縣志卷二十一「事紀下」所記，較為翔實而扼要。以巴縣志之主編人為朱叔癡、向仙喬諸先生，正為身經此役之人也。茲先引述如下：

「八月四日（按為民國二年）：五師師長熊克武，與重慶國民黨人楊庶堪等協謀討袁，成立討袁軍於重慶。推克武為四川討袁軍總司令，庶堪為四川民政總廳長，統轄軍民兩政。

「總統袁世凱潛蓄異志，殺僇黨人，農林總長宋教仁為世凱賊殺，舉國大憤。寧贛兩省，已於月前聲罪致討。克武庶堪等，遂於此間宣告獨立，為寧贛響應。時省軍將領，猶左袒袁氏，所統率者共有四師之衆，足以牽制一切。克武雖志在討袁，為掃除障礙計，不得不先討省軍。於是分兵兩路，一由中路取道永榮，一由北路取道合川順慶進圖成都。時省軍第一師師長周駿屯兵瀘縣，即由中路移兵攻瀘，戰事遂爆發矣。

「九月，討袁軍失利，熊克武、楊庶堪等俱引去，黔軍省軍先後入重慶。

「討袁軍攻瀘頗勝利，進逼瀘城，旦夕可下。而北道之師，為省軍壓迫，忽由順慶潰退，省軍追逐直抵合川，黔軍亦由綦江直抵龍岡界石等處，熊軍精銳悉出攻瀘，城守空虛，不能應敵。克武遂於十一日夜間，率將士十餘人出走。次晨，庶堪聞熊去，亦行。十二日，黔軍支隊長黃毓成先行入城。十六日，省軍支隊長王陵基率隊繼至。主客猜忌，遂生衝突。二十一日，兩軍在城內巷戰，自朝至暮，槍聲不絕。省軍司令部駐縣城隍廟，黔軍以大砲轟擊之，市民震駭。渝英法領事等出為調停，兩軍將領亦恐毀傷領事行館，牽涉外交，暫行停戰。旋奉中央敎令，飭黔軍撤回原省，其事乃息。省軍第二師師長劉存厚入城後，擅作威福，抄沒黨人財產數十家，並殺黨人吳楚，株連之衆，等於明之瓜蔓抄，民國所僅見也。」

二、討袁軍宣佈討袁驅胡宗旨

上引爲四川討袁經過之概要，四川討袁軍之起義，主旨在於討袁，而以其時四川都督胡景伊，挾其重兵，正爲袁氏作鷹犬，故在四川之討袁工作，應先從驅胡入手，此即熊克武誓師文中所謂「明正討袁之名，先作驅胡之計」的意義所在。關於四川討袁軍起義的宗旨，熊克武有誓師文及正告四川軍界同胞書兩文，串述甚詳，分誌如次：

四川討袁軍總司令熊克武誓師文

「原夫專制國之養士，供一姓之驅馳；共和國之徵兵，作人權之保障。方今袁賊世凱，罪惡滔天；胡賊景伊驕橫無憚，蔑我憲綱，叛我民國，戕我義士，虐我公民。鬼蜮居心，豺狼成性，縱奸佞以招權賄，吸膏血以飽貪婪。議會失監督之權，法律無裁判之效，人情共憤，天道不容。江淮勁旅，大張撻伐之師，巴蜀健夫，敢忘同仇之義。本總司令忝作長官，分應表率，責無旁貸，時不再來。是用明正討袁之名，先爲驅胡之計。師直則壯，何敵不摧，天視自人，所助者順，嗟我多士，勉勗前途。戰鬥無勇，則禮著非孝之譏；伐步不愆，故書有上天之助。順命當如流水，期歸於平；守險有若泰山，爲不可撼。要令義師所過，閭閻不犯秋毫；惟是元惡必殲，脅從須事寬宥。凡此數端，義共恪守，苟背明誓，法不容誅。嗚呼！美利堅花旗之軍，良非得已；華盛頓血戰之績，彼亦猶人。視覘天意所趨，風雲來會；仰看義旗所指，日月爲新。成他日凱旋之勳，奮此際疆場之事，尊尚軍人榮譽，萬戶侯何足道哉；鞏固民國共和，五尺童皆有責也！敢布腹心。昭示有衆。」

正告四川軍界同胞書

「我忠勇最親摯之軍界同胞乎！亦知吾人列名軍籍，拱衛國家，當以何者爲不二之決心，唯一之宗旨乎？溯自異族專制，清政不綱，白旗一揮，四方響應，遂得光復故物，建立共和。雖革命志士，奔走呼號之力居多；而鐵馬金槍，北向死敵，實由我軍人裂眦斷腕九死一生以相爭，始有今日具體而微僅得形似之民國。南京未下以前，武漢方戰之際，陣亡諸烈士之慘狀，至今猶歷歷如昨。克武亦軍人一份子，昔未同死，今也獨生，方期永矢公忠，勉竭棉薄，固國基於磐石，爲斯民之干城。以故頑庫獨立，克武即請願征蒙，慷慨陳辭，不欲以國家糈養之陸軍，上忘國憂，下重民累，區區之意，可質地天。不意袁逆世凱，帝制自爲，外憂恝置，棄蒙疆如糞壤，擁尊位若聖神。不思完卵難保於破巢，偏欲燃箕而急於煮豆。暗戕政黨鉅子，洪趙即晉靈畜嗾之獒；干涉立法機關，軍警直漢高發縱之狗。汰兵裁餉之令，行於南不行於北，彼又從而增募之。都督民長之缺，黨其同而伐其異，彼又從而逼迫之。其所以萬惡滔天，毫無讓步者，以爲全國之軍士，皆彼一人所畜之健僕也；各師之餉糈，皆彼一人所發之芻豢也；守衛之器械，皆彼一人所置之家具也；營伍之訓練，皆彼一人所編之家法也。歐美養兵之衛國，彼則以自衛而誤國；歐美養兵以保民，則以之自保而累民。其視軍界同胞之身價，曾下走之不若；其侵多數人民之自由，曾犬馬之不若。故於國不利，於民不利，於軍界同胞不利；而獨於背叛共和之袁逆，則有百利而無一害。我最可敬愛之軍人，以國爲家，以民爲主，軍裝之費民出之，糧餉之用民供之，目覩袁逆之蠹國殃民，專橫放恣，晞噓感慨，誓死討袁，出於本心之良，盡乎天授之職。實具有萬不得已之苦衷，寧能爲一人一姓鞠躬盡瘁，奔走忘死，使皇帝之名位，復現於亞東大陸哉。克武宣告獨立，發誓討袁，本擬載兵東下，接應民軍，與獨立諸省會師北伐，生擒袁逆。惟念胡景伊助桀爲虐，毒害川民，狡詐專橫，罪不容逭。目前直接討胡，即所以間接討袁。本軍宣布之日，各官弁兵士，忠憤塡膺，出發恐後，熱血噴湧，炎暑失威。克武身爲表率，既愧且慰。竊念凡有血氣，心理皆同，各師軍界同胞，有勇知方，素明大義。當知胡賊罪狀，罄竹難書，不裁餉而汰兵，可謂行同市儈；居皇城而築壘，試想誰爲寇仇！借武士之威，蹂躪議塲；蒙全軍之名，反對宣撫；實則個人作祟，遂使全界蒙羞。嗟予何辜，代彼分謗，縱使得錢，比曹武惠，亦思縱爾難堪，果能獨立，學美利堅，便好奮然興起。直擣狐鼠之穴，與子同仇；大興熊羆之師，賈余餘勇。洩公憤非洩私憤，何必代虎作倀；爲衆人不爲一人，斷然此獠可撲。胡賊果有悔意，本軍貸彼餘生。否則直逼成都，鋤茲大憝，懸街示衆，快慰人心。然後下益州之樓船，震直北之金鼓，大會兵車，袁逆萬段。克武不才，願執鞭從諸君子後，無任翹企待命之至。熊克武。」

三、自起義至失敗經過

四川討袁軍起義於民國二年八月四日，失敗於九月十二日，爲時不及四十日，其詳細經過，四川黨史編輯處所編「四川黨史材料」，有「癸丑年四川討袁始末」一文，引敍甚詳。該文云：

「兵家權得失，明機數，其常也；然倡義之師，所趣者惟正誼，不復計人事利鈍。故雖知敵衆倍蓰於我，友我軍者又已先見摧於敵，而猶繼踵高蹈，不撓不餒，是固志士仁人之苦心，抑亦所謂不得已而用兵也。民國二年，袁世凱使刺客刺宋教仁於上海，國人大譁。已而外債約成，更欲假海國利械，鋤異己，羣情益憤。未幾即有罷免五都督之令。江西都督李烈鈞首難，陳兵湖口、蘇皖湘粵閩省應之，以世凱厚匄外貲，陰謀自帝，檄起各方共舉義兵。四川蜀軍總司令兼第五師師長熊克武故黨人，世凱先已不樂克武；而四川都督胡景伊民政長陳廷傑能事世凱，雅與克武異趣，尤讎民黨。以故黨人欲擁經畧使尹昌衡復都督職，以逐景伊，遣呂超、傅常、章武赴雅安謁昌衡，密策討袁。黨人郭昌明時任理化知事，亦促昌衡入省，而昌衡偕徐炯行。炯不主復政，昌衡惑之。當昌衡返成都時，傅常、汪蜀宇、譚創之、謝炯、余龍、李樹勛、丁澤煦、張尊、周穀登等，先已在省聯絡議會軍隊報館，咸指目景伊，騰書聲討。景伊惶遽走昭覺寺，將退矣，而昌衡猶豫無能爲，致世凱仍命景伊進據成都。至是捕民報總編輯譚創之，勒閉黨部，殺黨人張捷先、徐回天、李俊俠，益悍然無忌矣。是時克武詗於景伊，甘爲世凱嗾使；不去景伊，則討袁之事不立。東南各省義師已微有敗局，藉令未敗，亦爲袁軍所持，力難援蜀。而蜀義兵能任戰者，僅第五師一師，及蜀軍兩團而已，餘均新起小隊。雖曾由傅常、樊澤舉說中路之第一師楊森；向成傑說北路之王陵基；張尊、周穀登、向康衢說在省之第二三師；冀其附義，顧皆持兩端不足信仗。而陵基先以求歸克武不得，至是尤發憤願爲胡氏効死。然川黨人痛疾世凱所爲，計發難以戎事相周旋，首爲景伊。景伊素諂附世凱，資其名號，即誅鋤景伊，亦宜正名討袁。遂以是年八月四日成討袁軍總司令部於重慶，衆推熊克武爲總司令，但懋辛爲軍政廳長兼參謀長，楊庶堪爲民政廳長。其兵力爲固有之步兵第九旅旅長龍光，團長方化南，盧師諦屬之；步兵第十旅旅長孫學淵，團長周國琛、鄒有章屬之。別有騎砲兩團，團長呂鹿鳴、范蓁；工兵模範兩營，營長黃金鎔、彭樹軍。機槍營連長戴鴻士、陳繼善，及別將石青陽、盧漢臣、魯瀛等所部整列成軍。但懋辛兼參謀長，李郁生、王希閔、劉炳忠、范菁任參謀；杜煒如、賈祿貴、彭楚等皆任軍職。而軍需處長吳景英，軍械處長喻培棣，軍法處長童顯漢，軍醫處長冷曝東，則仍其舊。軍置支隊凡四：一支隊司令龍光，率前衞司令呂超，團長方化南，營長周官和李遐璋等，中路永營隆進規瀘州。二支隊司令范蓁，率團長周國琛，營長李蓴、易存明等，守禦北路。三支隊司令兼安撫使李樹勛，四支隊司令劉植蕃率所部及石青陽部屯防南路，分拒滇黔兩軍。以余際唐爲水師司令，團長鄒有章，營長李天鈞等歸其指揮。以學生軍爲炸彈隊，曾賓森、顏德基皆隊長。川東宣撫使黃金鰲護水道交通，團長盧師諦，營長張威及張民立部駐夔萬。當時策劃，以謂北路扼合州不可失，中路攻瀘州期必得，形勢然也。其在敵將則爲川軍第一師師長周駿，第二師師長彭光烈，第三師師長孫兆鸞，第四師師長劉存厚，及模範團團長王陵基等。駿、存厚、陵基拒義尤力。而援敵之客軍復有滇軍將葉荃，黔軍將黃毓成，秦軍將張鈁，南指敍綦，東瞰夔綏，勢張甚。雖響應義軍者，有第一師參謀長李哲，川軍將梁渡、傅常、周穀登、黎同耳、歐陽灼等，而哲以事洩被戕，灼亦遭害，渡等兵力復薄。至酉陽鄒傑；開江顏德基；保寧孫洪震、張百祥、莊逸俠、毋劍魂；綿陽張天保、張品三；榮縣王天杰及趙述堯、鍾光甫、劉彥模、賀崇熙、王兆奎、李晁父、謝百城、汪蜀宇、余龍、童毅公等；又僅遙爲討袁軍聲援，時起時蹶，力不能勝其志。時北路司令范蓁與部將不協，大河壩之役，連長羅鴻恩敗歿，王希閔銜命勞軍，爲之調輯，克武躬往督師，營長賈祿貴等大敗王陵基部於合州之大石橋，士氣大振。中路則敗張鵬舞旅於立石站，進據特凌舖，其左翼軍余際唐率部自朱家沱進取合江王塲白米塲望龍塲一帶，戰屢捷，右翼呂超亦已進屯隆昌與石洞鎮敵激戰數日，營長李錫榮排長馬煇義創重歿於軍。先是傅常自成都至隆昌時，討袁軍與周駿部戰於土地坎，敗走石燕橋，常既說駿部營長吳行光、賀重熙、梁渡等向義，遂漏夜赴石燕橋告呂超、周官和。官和初不之信，及派員赴隆，而行光等果如約至，於是行光率兩營反攻周駿，兼拒東下省軍，梁渡率五營聯合超軍攻瀘，逕抵龍透關，臨陣指揮，擊退敵兵，亦乘勝抵小市。當是時，中路戰鬥之劇，敵壘之堅，討袁軍營長唐思位，連長周杰、排長李文凱，先後陣亡，敵將死倍其數。瀘城三面被偪，指日可拔，敵將周駿已跳走匿納溪，討袁軍且西上資中，北抵順慶。而助敵之黔軍，突陷綦江，進至三百梯，秦軍自夔窺萬，滇軍復南犯宜賓。討袁軍以黔軍且近薄重慶大營，宜回防，留鄒有章李天鈞所部屯津合邊，以大部余際唐等還守江口。又令呂超部轉援重慶，行至璧山之馬坊橋，重慶陷，水師參謀長陳先沅自殺於來鳳驛。其屯合江者，營長李天鈞，鍾朗星均自戕。梁渡擬率兵由富順突過隆昌與龍光合屯，殊至隆昌時，重慶討袁軍已退，渡既無援，又逼於敵，遂委兵而去。呂超則間道重慶，知黔軍黃毓成故與義軍有約，遂謁毓成及參謀長楊杰，問何爲助逆，諷以共張義幟，毓成謾之，屬收衆圖再舉，超赴萬縣，具以告盧師諦，並棹舟往說秦將張鈁，言毓成已同氣。鈁亦黨人，爲所動，相約討袁軍秦軍屯地以萬州橋爲界，禁勿相犯。師諦，鈁將刻期結盟，而是夜邏卒以微故私鬥，鈁背前言，戰於南津街，討袁軍營長會奎、熊崇鏞，連長程融光死之，師諦退梁山。張尊部間行而東，欲與師諦合師，亦不果。初，顏德基任炸彈隊長時，克武給手槍百餘支，炸彈數百枚，命往扼青木關，德基拜命即行。抵關之夕，遽聞重慶不守，未幾前軍將周國琛、易明存、花笑時，亦退走入關，議赴梁萬尋克武，共策恢復。迨德基等率隊趣梁墊，而克武已東下，軍遂潰。是役也，黨人及將校前後殉難者有王天杰、杜紹田、趙永發、偕眞積、張亞囘、孫洪震、鍾明三、陳品佶、章潤田、熊淪、王培菁、何棠、羅文全、李正芬、任後昌、侯郇、陳時傑、吳祖源、張澤源、唐思遠、周國治、孫東瀛、唐棣春、李遐芳、余淵、劉廷相、廖校瓊、蔣海藩、范猛、范旭輝、馬驥、孫述堯、劉炳忠、李芳、李文金、錢祿榮、陳學淵、甘毓瑤、余大法、余楚漢、陳王道、劉漢卿、吳永錕、楊相、游德俊、樊澤舉、趙誠等。先是天杰起義兵榮井間，戰川軍白石舖累日，彈盡糧竭，率二千餘人東趨，欲會師重慶，至永川中路，討袁軍已敗退，胡部周駿、劉存厚要擊之，兵敗被執，不屈殉義。同縣黎元振、龔濬，並以憂憤死。方事之急也，川軍迫青木關，黔軍據南岸，俯瞰重慶。克武庶堪不忍久拒守，累渝人，益慮潰兵無約束，且禍城市，適前江西都督府參謀長陳澤霈，國會議員蕭宅三客渝中，陳蕭均蜀人，克武以善後相屬。澤霈號臨時總司令，立總司令部於三忠祠，克武乃於九月十一日委城去。翌日，敵黨十數人，執國民報總編輯燕梓材，欲致之死。一人曰：姑縛送部。及至，澤霈賓禮之，且公言此吾故人也，可留此共襄善後事。梓材意不自安，郡中耆舊復貲以贖，飾賈胡監運者，泛板舟東下乃免；自是吳楚、周國琛、詹福等相繼遇害矣。」

四、川黔軍在重慶之衝突

上述爲四川討袁軍自起義至失敗之經過。熊（克武）楊（庶堪）於九月十一、二日離渝，袁世凱所調援川黔軍第一混成旅旅長黃毓成亦於十二日率兵先行入渝。十四日，川督胡景伊電黎元洪，謂重慶已復，請轉飭四省援川部隊，停止前進。十五日，黃毓成電黎，謂聞胡督已派重兵來渝，聲言將驅逐黔軍出境。十七日，袁世凱明令嘉獎黃毓成，並發表爲重慶鎮使守。該電稱：「該旅長督率所部，自入川境以來，與逆匪力戰，先復綦江，進取熊家坪諸要隘，直抵重慶，匪徒驚潰，熊逆潛逃，地方收復，實屬謀勇兼優，勞勛卓著。黃毓成應特授勳五位；此外出力員弁，一律優請獎敍。務即安撫商民，維持秩序，將地方善後事宜，商承四川都督胡景伊，妥爲辦理」等語。同日，川軍支隊長王陵基亦由合川率隊入渝。二十一日，黃王兩部遂在重慶城內外發生激烈衝突。其經過情形，可由雙方所發電文觀其概要。

黃毓成於二十一日電告黎元洪云：「王陵基率一支隊，巧日抵渝後，逆匪搆煽，惡感愈深，竟威逼各機關，仇視我軍士。毓成奉命鎮守，終恐誤會衝突，爲害大局，百端容忍。乃王陵基欲開府此方，屢屢暗施危險物，並聲言將燒盡重慶，軍民異常驚惶，日夜危懼。昨周劉前隊已到浮圖關，聲勢浩大，城內蠢蠢，外援扒城。毓成不得已，宣佈戒嚴，遂致一部刺刀衝突。經毓成與各法團奔走解釋，始稍寧帖。忽夜聞槍聲隆隆，我軍驚起，各持械出門，猝難遏抑。王陵基輩果到處縱火，城內雖幸救滅，城外已延燒數家。政府明達，亦已慮及；詎遭此變亂，毓成實難辭其咎，應請大總統派員查辦。現胡督雖有電令劉周治下川東，王帶隊至萬縣觀察，然權限亦未分明，又不知桀驁好亂之王能服從否？事機迫切，急待電令。」

衝突另一方面之王陵基，於二十三日亦發出通電，陳述討熊（克武）經過，及川黔軍在重慶衝突情形。王電稱：「五師師長熊克武，夙萌異志。八月四號，背叛獨立，據渝負固，掠地攻城，位置官吏，川北諸縣，相繼失守。胡都督聞警，開軍事全體會議，出師痛剿。陵基適承其乏，授爲川東宣撫使兼第一支隊長，於八月八號率師五營，出發川北。斯時聞蓬溪西充南充合川等縣，均爲賊據，乃兼程馳赴蓬溪，運籌一切。以一營直取西充，以兩營繞攻南充該地之北門及城外之八角寨爲助攻，我軍既爲犄角之勢，敵軍則有牽掣之虞。陵基躬冒彈雨，身先士卒，猛擊一晝二夜，賊兵不支，開城宵遁，遂將收復，西充亦聞風而下。入城安撫，百姓歡呼，簞食壺漿，街衢爲滿。休兵一日，旋向定遠進攻，與賊相遇於烈面溪。師未渡河，賊兵突出猛擊，我軍依附蘆葦，死力抵禦。相持半日，我軍由下游偷渡，以攻其背，賊遂潰亂。直抵城下，軍士冒險梯城而入，不逾日而定遠克復。定遠既得，欲覆賊巢，必先攻合州。蓋合州爲重慶門戶，又爲渠保涪江三水所滙歸；若得合州，斷其糧源，即足以扼賊兵之生命，於是兼程前進。熊逆聞我軍將奪要隘，乃親率敢死隊數千人，於大石橋並力抵禦。我軍奮勇猛擊，賊兵抵死不退。另開有安居一營，由渭河繞道以攻我後。彼時背腹受敵，我軍反頭猛攻，始將敵師擊敗，跟蹤追剿，賊雖進城，遂於九月九號合州又爲我軍克服。是役也，鏖戰至十餘鐘之久，殺賊至百餘人之多。軍興以來，有此一戰，而熊逆始聞風喪胆矣。蓋門戶既失，則糧道必斷，而熊逆之根據動搖，此該逆進不能克，退不能守，所由九月十一夜偕楊逆而開城宵遁也。黔軍黃毓成旅長聞熊楊逃逸之後，於十二日酉刻率師抵渝。時陵基駐兵在合州，渝中法團函請督隊入渝。以陵基愚見：黔軍入城，彼既爲救鄰彌患而來，當能維持秩序安寧，以慰我渝中父老子弟之希望。不意該軍入城後，盤據要署，收索槍枝，屠殺無辜，勒收金帛，一切騷擾，頻有所聞。斯時陵基欲率隊入渝，而合亂初平，左連岳池，右接廣安，兩地之餘孽尚多，若遽抽兵，該地萬難鞏固。是以暫留在合，分兵四出，逐北追奔。甫一週時間。渝中法團復舉代表歡迎，始督兵三營，於十六號順流而下。到渝之日，見黔軍將城門晝閉，不許我軍入城。當令各營分紮城外鎮江寺及江北等處，陵基則與辦事各員並衛隊百餘人入城，暫駐縣廟，宣撫一切。時毓成已任鎮守使之職，當與會商出示安民，並照會各法團妥為招待客軍，以篤救我卹鄰之誼。殊毓成心存叵測，派兵監視電報，俾成渝消息不通。又窺我軍隔絕城外，肆將熊逆棄遺之槍械財物，滿載民船八艘，尅日有由綦縣運黔之事。當經城外各營阻止，一面與之嚴重交涉，彼亦悍然不顧。且復出示勒繳我軍槍械，我軍迄無一應。於九月二十夜一鐘時，黔軍突開儲奇通遠兩門，潛師襲我之暫住鎮江寺營盤。復由城上拋擲炸彈，夾燒我營，兼燒民房數百間。我軍力不能抗，渡江退避。城上飛彈雨下，我軍死於水火者約計二百餘名，居民三四百人。維時陵基閉留城內，聲息不通。及四鐘時，黔軍四面夾攻陵營，聲言棄械投誠，庶幾免死。是時始知毓成有變，趕率士兵百餘人，扼守行署前後門，極力防堵。斯時不敢還擊者，一恐傷主客感情，二恐傷我無辜之百姓也。詎紮長安寺之黔軍，屢用開花砲連次攻擊，致將陵駐之縣廟，與鄰左之商會房舍猛轟。時正陵基死守待援間，適黔軍之辛軫陳澤霈，將胡都督之啓電譯至，並函給陵基，由廟天門出走。蓋黔軍居心叵測，已在狀元橋新街口各處預置機關槍兩連，埋伏曲巷，待陵基經過即發。因查陳澤霈係李烈鈞之偽參謀，八月初間由贛回渝，連日遭其愚弄，故未依照來函出走，仍然死守。待至下午，有城內城防營管帶王國斌，見陵危急，率所部協助，身冒火線，打開廟天門，我軍模範團一營營長羅樹榮，三營營長雷起龍等，各率所部相繼入城，抵死巷戰，始將陵基救護，由英法美德日五領事及各法團出首調停，勸陵基移駐江北。陵基自奉命出師，轉戰皆捷，原不甘蒙羞退讓。第惟反抗外人，動生交涉，在城激戰，殃及池魚，當即移軍渡江。當渡江時，渝中父老子弟，牽裙泣留，謂我軍一去，彼輩更不知若何殘暴。然勢已至此，留無可留，只得隱忍渡江，權住江北，以待命令。查黔軍為卹鄰而來，本屬美意，而至渝之日，熊逆既已逃逸，當如何約束士卒，以弔渝中人民。乃亂賊竄走之後，肆意侵畧土地，改綦江為黔江。又復搜我槍彈，戮我善良，掠我財物，燬我房舍，襲我主軍，慘殺我將士；言念及此，此陵基所以仰天椎心泣血者也。猶復盤據電報，偽擬電文，邀功冒獎；似此顛倒是非，混淆黑白，所謂天理安在，軍紀安在，國法安在！若不呈明曲直，以待政府公判，則陵基雖至死亦不瞑目。是以縷述顛末，待罪電陳大總統俯賜察核，以伸公理。陵基所陳如有虛飾，二十九族同坐誣枉之罪，不勝惶悚待命之至。」

上引黔軍川軍在重慶衝突情形，黃毓成與王陵基雙方雖各執一詞，而其經過已可概見。此後雙方互控文電尚多，不必一一徵引。至九月三十日，北京政府將重慶鎮守使黃毓成免官，另任周駿為鎮守使。並令援川之陝鄂滇黔各軍一律撤回各該本省。十月五日，黔軍率隊回黔，據六日劉存厚電陳黔軍離渝情形：「存厚奉命犒遣黔軍，由永川兼程赴渝，六號進城。黔軍黃旅長毓成，先於初五日率隊回黔。該旅長將渝存槍砲子彈千餘箱，運至對河海棠溪關帝廟內，並於是夜將未經運完之子彈，堆積焚燒。其時砲聲震地，火光燭天，居民疑係黔軍夜襲，城鄉驚惶，號哭之聲，慘不忍聞。旅居外人，亦避匿他處，次午始知黔軍宵遁。存厚抵渝，火猶未息」云。

至於川黔軍在重慶發生衝突之是非，北京政府曾派陸軍中將姚寶來查辦，十二月十八日，北京政府明令將黔軍旅長黃毓成，川軍支隊長王陵基交陸軍部分別嚴議懲處。令云：「前因重慶川黔兩軍衝突，情詞各執，當派陸軍中將姚寶來查辦，茲據查明呈覆前來。察核原案互訐各欵，以縱火焚燒民房軍火情節較重。雖經查明一由於兩軍轟擊，致被延燒；一由於黔軍誤開彈箱，致被爆烈；尚非有心焚燬。惟前黔軍旅長黃毓成，於川軍到後斷絕交通，擅行派兵勒繳槍械，致釀衅端；並有收容匪黨，妄殺平民，搜索商欵情事。前川軍支隊長王陵基率兵抵渝，在重慶已克之後，並不前往四鄉及下游一帶，追繳餘匪，輒急於入城，致啓猜疑而生衝突。迨退駐江北，猶復妄逞意氣，攔刼黔軍，均屬任意妄為，枉顧大局。雖黃毓成遠道赴援，收復重慶，不爲無功；王陵基急欲入城，係由重慶商民敦促；而兩軍交鬨，貽禍地方，實屬罪有應得。黔軍連發巨砲，黃毓成並未阻禁，尤爲暴酷。黃毓成，王陵基着交陸軍部分別嚴議懲處。所有重慶被災商民，前已飭撥卹欵，仍着四川都督察看情形，妥爲撫慰。亦着各該都督嚴諭所屬，養兵本以衞民，彼此無分畛域。各該省有唇齒相依之誼，各軍人有休戚與共之情，應如何各凛職規，互聯指臂；以後奉調軍隊，無論主客，儻敢再蹈前轍，均着按照軍法從事，毋得姑寬。此令。」

上引北京政府電令，雖仍有爲川黔軍曲飾婉解之處，而當時重慶市民所受蹂躪情形之慘重，已至爲顯明。

五、川民所受荼毒情形

熊楊於八月四日在重慶宣佈獨立討袁後，同月十二日，北京政府下令通緝熊克武，並令湖北、陝西、雲南、貴州四省都督派兵兜剿。川省民衆，遂慘遭各省入川部隊之蹂躪。北京政府令云：「四川第五師師長熊克武，向駐重慶，素乏紀律，前此所部譁變，幾致糜爛地方。茲據川省報告，該師附和逆黨，圖謀背叛，擾害公安，殊堪痛恨。熊克武着即褫革軍官軍職，責成四川都督胡景伊，督飭所部嚴拿懲辦。該第五師旅團各長，多明大義，斷不甘心附逆，應由胡景伊迅行傳諭該旅團長，儻能擒賊出功，定予不次之賞。並着領湖北都督事黎元洪，陝西都督張鳳翽，雲南都督蔡鍔，貴州都督唐繼堯，酌撥勁旅，會合兜剿，迅蕩逆氛，勿任蔓延，以免生靈塗炭之苦。此令。中華民國二年八月十二日，國務總理陸軍總長段祺瑞。」

熊楊出走，胡景伊於九月二十日電請黎元洪，轉飭湘鄂查緝。原電稱：「頃據涪州探報：熊楊兩逆均由渝水陸潛逃，係取道西陽入湖南，敬祈譚都督飛飭各縣嚴緝解究，並乞副總統夏民政長飭行宜沙漢各關一體查拿，實紉公誼。」旋據黎元洪電復，謂據漢口警廳及密探報稱：得確實報告，亂黨熊克武、楊庶堪、童愼如、向仙樵、鄭雨笠、吳澤三等，現乘襄陽丸赴申，因得信甚遲，未克緝拿等語，已電知潯寧滬設法截緝云。

十月六日劉存厚入渝，奉胡景伊令刻治革命黨人，藉沒家產，株極廣。景伊猶引逸者爲憾，乃請名捕民黨，以媚世凱，世凱可其請，令云：

「據四川都督胡景伊，民政長陳廷傑電稱：川省前遭熊楊之亂，逆黨蠭起，幸即戡定，迭獲要犯，訊明嚴懲，人民怨氣，藉以稍伸。惟首惡漏網尚多，誠恐死灰復燃，續經督飭所屬，認眞查緝。除熊楊二犯顯爲首逆，早經宣佈罪狀呈請通緝外，茲查有叛旅長龍光、孫學淵；叛參謀總長但懋辛；僞參謀陳萬仞、劉國佐、樂九成、王希閔、劉光烈、吳哲、張秉升；叛團長黃金鎔、盧師諦、周國琛、鄒有章、呂輔周；叛營長熊士哲、周穀登、梁渡、敖祖榮、楊天澤、張元卿、易孝明、謝召南、郭鎮藩、李崿、朱蘦、周官和、李錫榮；叛連長黎同耳等；均甘心背叛，有辱軍人名譽。又僞川江總司令余際唐，僞安撫使朱之洪、曾篤、黃金鰲、黃成璋；僞水警廳長余致書；僞警視廳長歐陽爾賓；僞司長淡宅暘、宋輯先、李雨田；僞參謀長廖小韓；僞司法總長童顯漢；僞憲兵司令楊紹奇；僞指揮長謝仲容；僞支隊長范蓁、呂超、劉植蕃；僞參謀范菁、李鳴鈞、危勛；僞執法官朱鳴鸞；僞團長盧漢臣；僞營長石青陽、張子釗、楊必愼；僞軍需長吳景棠；僞水師總司令林鏡臺；僞連長謝秉奎、王財神、李大眉毛；僞參議兼秘書余舒、向楚、吳梅修、鄭雨笠；僞銀行總理余耀榮；僞銅圓局總辦吳庶咸；僞科長董鴻詞、李峙青、王雨農、童子鈞；僞科員賈應全、童斗泉、張師禹；僞九門稽查詹福，僞巡緝隊長楊巨卿；並招兵助逆之哥老會匪張百祥、黃鶴羣、涂德敷；鼓吹獨立之報館主筆張佐臣、燕梓材等；均力主破壞，捲欵分肥，種種暴行，人皆切齒。又省議員薛仲良、曾子玉、郭崇渠、冉獻琛、楊文華等，或充僞參議，或充僞科長。冉獻琛一犯，並係議員團發起人。又其時經楊逆委任充當縣知事者，則有吳恩鴻、徐代堪、吳楚、謝崇飛、王耑書、李伯凱、彭小淵、任熙鴻、涂海珊、張仙槎、陳鍾靈、周北君、陳篤生、吳永樽、王權。吳恩鴻、徐代堪二犯，並與逆黨勾結最密，捲刼公欵甚鉅。以上各犯，均屬罪大惡極，萬難曲貸。除周國琛、詹福、吳楚已經拿獲正法外，懇飭下各省一體協緝，務獲懲辦等語。查川省迭遭兵燹，均爲該黨等蓄謀造亂，以致生靈塗炭，全境騷然，亟應悉數查拿嚴懲，俾免再滋餘孽。應由各省都督民政長各地方長官通飭所屬，一體按名嚴行查拿，務獲究辦，勿使漏網等語。」其羅織慘刻如此。

至於當時川中民衆所受所謂討熊之川軍及援川各軍之騷擾情形，可由九月二十五日四川旅宜（昌）紳商各界通電，及十二月四川旅京同鄉黃大暹等之呈控，窺見一般。

四川旅宜紳商各界通電云：「自叛軍肇釁，東南鼎沸，贛寧初平，渝亂復作，長江沿岸數千里，瘡痍遍地，百業蕩析。陜鄂滇黔四省都督，秉承中央命令，仗義援蜀，急在弔民，非徒講武，意甚盛也。乃本月十一日熊逆知勢不支，山城潛逃，聯袂東下。是時黔軍已據渝城，川軍近在合州，陜軍亦臨夔境，不聞有發一策遣一兵追襲逆黨，聲罪殲渠；而數日之間，川黔兩軍，橫起戰端，夔萬各城，紛告搶刼。迭據川省各法團商號函電，均較獨立未取銷以前慘酷尤甚。蜀民何辜，罹茲毒苦！自官軍殘破江寧，演成浩刼，報章騰議，外人訾詆；今川東各縣復蹈覆轍，人心惶惑，靡所依賴。設海內再有風鶴之警，淵魚畏獺，叢雀避鸇，既絕來蘇之望，或昧順逆之旨，民國前途，何堪設想。宜昌地接川邊，聞見較確，紳商等痛切輔車，殷憂大局，不得不據實瀆陳。伏乞俯念川民連年慘罹兇鏑，邑里皆墟；渝萬爲全川商富總匯，差幸保全，茲復全遭糜爛。中資之戶，盡室皆亡，閭閻蕭條，百貨停阻，沿江商務，均受連帶恐慌，尤爲外人注目，情勢危迫，擬懇責成四川都督胡景伊，督率所部軍隊，振刷精神，迅清內匪。並懇分飭援川各軍，申明紀律，嚴懲搶刼。務釋主客之嫌，藉收鎮攝之效。至一切善後辦法，究應如何措置，自應仰秉鈞衡，未敢妄參末議。情迫呼號，罔顧忌諱，切希裁察施行。」

四川旅京同鄉黃大暹等，亦向北京政府呈控川督胡景伊等借搜求亂黨爲名，非法苛勒，誅除異己。北京政府於十二月十八日下令查辦云：「據國務總理熊希齡呈：據四川旅京同鄉黃大暹等呈稱：川省官吏，借搜求亂黨爲名，非法苛勒，現復變本加厲，重慶一處，已株連至三百餘家，鎮守府且有查封逆產簡章等語。披覽之餘，深堪駭詫。該省自逆黨肇亂，人民蕩析離居，官吏身任地方，應如何休養生息，以培元氣。前據該公民等呈訴前來，業經電飭該省都督民政長分別查禁。茲復據呈前情，如果屬實，殊屬弁髦命令。該都督民政長皆有保民之責，見聞所及，何竟漠不關心，有虧職守！着即仍遵前令，申明約束。並按照所呈各節，秉公澈查，呈候核辦，毋稍循玩。此令！」胡景伊陳廷傑奉到上述電令後，曾於同月二十四日呈復國務院，謂「查重慶自熊楊逃後，所封逆產，僅有首逆熊克武、楊庶堪，僞財政科長童子鈞，僞財政員賈應全、童斗臬，僞秘書長鄭雨笠、向仙喬，僞知事徐海珊、李泉浦、王耑書，僞安撫使朱叔癡、曹况石、僞九門稽查詹福，僞巡緝隊長楊巨卿，僞支隊長盧漢民，僞科員王雨農，僞執法長童愼如，僞參謀兼秘書吳修梅等十八人……此外一無株連。」又「鎮守府查封逆產簡章，係定未奉大總統禁令以前，先據周使將此項簡章送核。景伊等以其不適於法，曾囑周使取銷，並未據其援用」等語。可見旅京四川同鄉黃大暹等所控，均係事實。當時川中民衆所遭受之蹂躪，可見一般。

（未完待續）

硯山老人雜憶

萬耀煌

同盟會中部總會與武昌首義

民國五十年，我接到中華民國開國五十年文獻（第二篇第一册），「武昌首義」，深爲高興，更欽佩編者認清開國五十年，是以「武昌首義」爲開國之首，乃亟於閱讀；首篇爲中國同盟會中部總會原始文件，都是影印，精緻非常，可稱國寶，章程訂得週到詳明及宣言文章做得太好，眞是有計劃，有步驟的革命作法，再詳細研究，又不能無疑？

第一：辛亥閏六月初六日開成立大會：（一）入會簽名，宋教仁湖南，陳其美浙江，涂潛四川，鄧道藩四川，陶詠南四川，陳勤生福建，史家麟福建，王藹廬福建，張仁鑑四川，潘祖彝福建，林琛福建，李洽湖南，梁鏊湖南，李先德江蘇，倪緯漢安徽，范光啓安徽，姚志强浙江，楊兆譽浙江，呂志伊雲南，江鏡清浙江，胡朝陽浙江，章梓江蘇，張卓身浙江，周日宣浙江，曾傑湖南，沈琨江蘇，譚人鳳湖南，譚毅君湖南，陳道湖南。

以上湖南七人，浙江七人，四川四人，福建五人，江蘇三人，安徽二人，雲南一人。

第二：同盟會中部總會，是以長江流域爲主體，而長江流域，最重要的省份，應該有湖北與江西的同志參加，江西情形我不知道，湖北當時在滬的同盟會員，至少有萬聲揚與馬伯援二人（上海棋盤街昌明公司正副經理），居正似乎也在滬，否則居君提議之案從何而來，成立大會既無湖北人參加，則湖北之事，由誰負責？如果是居正負責，就應信任居正，迨至武昌準備起義日期已定，湖北的首義同志，光明磊落，絕不自私，自顧革命聲望，不足以號召天下起而響應，乃推居正楊玉如携款赴滬，延請宋教仁譚人鳳黃興三人，任何一人前來武昌，領導首義、誰知宋譚兩先生，竟然不信居正，而信在獄之胡瑛一信，說武昌絕無起義之可能。居先生富感情，特別愛護同盟會老同志，對此事曾屈於廻護。武昌事急，譚居二位仍依閏六月初八會議決定八月十七日起程，他們起程第三日、武昌已舉義矣。可見他們根本不相信湖北有起義之可能。

第三：譚人鳳所作「中部同盟會」一文，「五月初過漢口，適遇焦達峯……時湖北先有共進會，文學社兩派……余勸其和衷共濟，相輔而行，卒得按同盟會章程，從新組織，而湖北中部同盟會分會，遂得成立矣」。試問中部同盟總會，閏六月初六日，開成立大會，而湖北中部同盟分會，反於兩個月前五月初成立，有是理乎？事實上共進會與文學社合作，與譚人鳳毫不相干，與中部同盟總會，絕無關係。

第四：至共進會與文學社，初則各樹一幟，分途並進。久之各個分子，漸相融洽。且有相互參加者，彼此感覺革命目的相同，行動宜取一致，以利進行、而厚勢力。經多次商談，遂於八月初三日，假胭脂巷機關部爲會場，舉行聯合會議，商談發難事宜。是日軍中到會者，有各標營重要代表，時蔣翊武在岳州未返，公推共進會孫武爲臨時主席，首由孫武報告兩大革命團體合作之必要，與今後進行方畧，非常具體，最後孫武提議，臨時總司令一職，推舉文學社之蔣翊武擔任，自願居參謀長之任，以示合作之誠意。衆贊成之，且極欽佩孫武之光明磊落」。這是共進會文學社兩大團體合作的事實，從來沒有聽說：「中國同盟會湖北中部同盟分會」之說。

第五：武昌防禦使北伐招討使與奪帥印：譚石屏人鳳，是堅苦卓絕的革命健者，誰都相信的，當黃克強先生撤退漢陽擬往上海，譚在都督府責備克強先生，並強索戰時總司令印信，克強命監印官夏維善將印信面呈都督，都督仍命夏妥爲保管，及都督府被敵砲炸毀，都督出城。譚由同盟會的一位湖北老同志主持，要新加入同盟會的幾位同志，推舉他爲武昌防禦使兼北伐招討使。時在城內之劉公孫武對此一虛銜咸無所謂，譚不過做做文章，出出佈告，並無人理會，總覺不夠味。迨停戰三日，都督由王家店回城，住曇花林前東路高等小學，旋遷司門口藩署爲都督府。同盟會有兩位老同志利用新同志，在有計劃安排之下，向都督建議，謂克強先生因南京光復，勢不能來，戰時總司令一職，蔣翊武可，解除護理，推舉譚人鳳接替，這位黎都督對同盟會老同志的主張，不敢不遵。遂即蓋章簽發，譚氏率領少數從人，直趨洪山，持都督命令，向翊武索取印信，翊武見此突然之舉，憤怒已極，擬入城面質都督，衆人力勸，以譚爲革命前輩，又是翊武的鄉長，我們爲的排滿革命，不是爲爭奪權利，何妨相讓，翊武遂命夏維善交出戰時總司令大印，及一切文書，我們參謀處全體人員包括夏維善隨參謀長吳兆麟，一齊回返都督府，蔣翊武奉命爲北伐招討使兼都督府高等顧問，譚在洪山號令不出寶通寺，召集會議，無一人出席，不得已改在城內大朝街公館再行召集，亦僅孫武張廷輔幾位參加，所提出辦法，都是軍務部的職責，孫武當然不能承認，張廷輔反對最力，各部隊長均直屬都督府，譚及同盟會同志遂積恨於孫武與張廷輔矣，都督至是始知受了朦蔽，决派譚人鳳爲都督代表赴滬，而以吳兆麟爲戰時總司令。至蔣翊武領導之文學社，雖未解體，而力量則被削弱，對黎都督的兩大支柱，已去其一矣。

孫武的一段光榮史

孫武字搖清，原名葆仁字堯卿。我曾問其改名的原因，他說「革命黨有幾個名字的人多得很，你萬耀煌爲什麼在羣治學社用萬奇呢？」他又說：「我是柏泉人，柏泉每天到漢口上街的，不知多少，幾乎每天都有碰面的，誰不知道我孫葆仁，至租界和武昌，柏泉鄉下人，是不容易去的，我就是孫武，因孫武是革命黨，孫葆仁是做生意的。」

堯卿性情豪邁，識大體，志大才疏，不拘小節，以故容易開罪於人，而不自覺，服膺總理孫先生革命排滿主義，奔走南北，歷盡艱辛，最後與劉公、焦達峯，因東京之共進會基礎在漢口成立共進會，參加的同志：有劉公、居正、楊時傑、鄧玉麟、焦達峯、劉英、劉鐵、李賜生、李春萱、楊玉如等等，無形中受到同志一致擁戴，終與文學社蔣翊武有並駕齊驅之勢，論實力文學社雄厚，聲望孫武較高。辛亥年八月初三日，武昌革命兩大團體商議聯合。共推共進會孫武主席，蔣翊武在岳州未歸，孫武自動推蔣翊武爲臨時總司令，自願爲參謀長，起義部署，井井有條，都是此次會議策劃的。不意是日南湖砲八標發生事故，致革命機密洩露，漢口各報且登出八月十五起事，引起武昌文武官吏警惕，特別戒嚴，八月十八日孫武在寶善里自裝炸彈，幾乎喪命，機關被破，文件被抄，湖廣總督瑞澂始大捕黨人。所有機關破壞無遺，捕的捕，逃的逃，至八月十九日三烈士就義，是晚工程八營放槍的放槍，塘角輜重隊放火的放火，都是依照蔣翊武十八日命令行動，一夕之間，武昌全城光復，二十日黎都督元洪的布告一出，人心大定，同日漢陽漢口光復。孫武被推爲軍務部長，燒傷雖未痊，不能久不到部視事，面相就不開展，燒傷又難看，漢口戰事已呈潰敗，軍務肆應最繁。黃克強先生來後，其隨來的朋友及先歸的幾位同志，都是同盟會的會員，擬成立同盟會湖北支部，因武昌起義黃興又來，聲勢之隆高於全國，支部範圍龐大，要兩湖書院爲支部地址，當時軍務部在高等審判廳與地方審判廳，實不敷用，正擬遷往兩湖書院，以故對支部要求未允，對於經費的多少，則慷慨照撥。當時漢口軍事敗訊頻傳，心情煩燥，見於詞色，以故開罪同志，迨停戰期間，上海和議，爲首義同志最關切的問題，羣推堯卿往滬一行，時南京已下，堯卿在滬在寧所受歧視與冷落，即與之偕行諸同志，亦難忍受。南京組府，湖北在京同志，以劉成禺、時功玖、張伯烈等等，推薦孫武爲陸軍次長或參謀次長未成，臨時政府首義之士竟無一人參加。

民社之發起

諸同志遂相約回鄂，在過督府開會，孫武概畧說明，京滬一面忙於組織臨時政府，一面與清廷代表談，袁世凱撤銷唐紹儀代表職，直接與伍代表電商，自非誠意，故南京北伐之師，正積極準備，在我觀察，袁世凱野心勃勃，初還希極做總統，南京政府成立，希望破滅，我不北伐，彼也要南征，各省內部有的自顧不遑，能援鄂的有限，因此我們自己不能不有所準備云云。孫武向來燥急，此番報告，非常得體，出人意外。可是劉禺生、孫亞農、時季友等，咸感不平，將京滬要人對堯卿及武昌起義的功勞，不値一顧，尤其同盟會的同志們，出門是高頭大馬的四面玻璃轎車，吃的一品香大菜，他們認爲我們革命多年，常在各省號召，誰不知道同盟會是革命的，我們算是白搞了多年的革命，今天反被你們湖北一羣無名小卒搞成功了，還拖出一位不是革命的滿清協統當都督，好像推翻滿清的事業，只有同盟會包辦，不是同盟會的朋友，出來革命，就不應該的，劉張幾位慷慨激昂，紛起公憤，於是張振武主張另行組黨，與同盟會對抗，大部分同意張的主張，組織「民社」，小部分不表示意見，在座者有同盟會的，雖不贊成張的主張，然亦不敢公然反對，因爲劉成禺、時功玖、張伯烈、孫武，也都是同盟會老會員，還是孫武說：大敵當前，軍事重要，其他意見，慢慢商量。

擴軍與購械

南京臨時政府成立，上海和議又臨破碎的邊緣，雖然一再停戰，但不能不作備戰的準備，革命武力，依各省形勢看來，不能不靠自己，於是從新編組如下：

一、戰時總司令吳兆麟，（後來改稱中路軍總司令）
　右翼軍總司令李烈鈞。
　左翼軍總司令趙恒惕。
二、北伐左翼軍總司令劉公。
三、中央大都督府近衞軍統制高尚志。
四、第一鎭統制黎本唐。後恢復本姓名爲唐克明）
　第二鎭統制張廷輔。
　第三鎭統制竇錫鈞。
　第四鎭統制鄧玉麟。
　第五鎭統制熊秉坤。
　第六鎭統制王安瀾。
　第七鎭統制唐犧芝。
　第八鎭統制季雨霖。

軍事擴編了，器械缺乏，人員暫維現狀，經費增加不多，軍務部副部長張振武自告奮勇，赴滬採購武器裝備，李老板國鏞以都督府顧問隨行，陳宏浩亦隨往。

我當教練官

我原供都督府參謀部，高尚志成立近衞軍，要耿丹當標統，耿丹表示，除非萬武樵幫忙，決不肯幹，高邃以近衛軍總教練兼第二教練官之職，呈請都督任命，而耿丹是我最好的朋友，一再請求，我自顧那有此能力，擔當教練之任，最後以情不可却，遂允幫一次忙，好在標部乃四十一標原址，一切器材破壞無餘，僅教育計劃圖書散亂，我以蕭何入關作法，將所有計劃圖表搜羅整理，完整無闕，甚至新兵教育每週計劃均在，大喜過望，於是順理成章的有了這些別人所未有的藍本，再加上臨時自行補習，每次出操前夕，我必草擬要點，告知仲釗，每次講話先由仲釗以統帶之尊，講得條理分明，以後都是本教練的事，全標官兵誠心悅服，高尚志成鎮，第一協協統劉佐龍，第一標馬驥雲，駐防在外，第二標耿丹，第二協協統黃申薌，第三標統帶單道康駐左旗原卅一標營房，第四標即黃申薌的十四標，我雖名為近衛軍總教練，迨成鎮後，我仍是總教練，不過掛名而已。

二次革命推翻孫武

黃申薌是在我初入伍時：他同郭撫辰，鄒潤猷等數人，第一次建交，換蘭譜，成軍隊同盟，發起羣治學社的朋友，他對我非常信任，三月初旬一連兩天，不斷的有軍官來見我，都是說黃統領叫他來向我萬教練官請示，我不知道什麼事，只答覆他們說，我們黃統領見面再說，某日高尚志召集會議，（在糧道街司令部），耿仲釗請假回安陸省親去了，我和黃申薌都參加此一會議。在會議中，申薌多次離席，對會議事項，絕不關心，似另有緊急事故。散會歸途中，遇教導團長陳育武（鎮藩）兄，告訴我「今夜有事，口號是○○，只知道同盟會支部策動碧血會暴動，內容不詳，我上都督府（在司門口舊藩臺街）我已調一部團員前往守衛，都督府有我負責」。我說如有需要，我這一標絕對可用的。他說看情形再說，隨時聯絡可也。我回到標部，立下命令，今夜口號○○，全標武裝待命，不准熄燈。到了半夜，第三標單道康率領全部武裝出營，不久滿城槍聲不絕，前來本標避難的朋友甚多，由衆人口中知道羣英會碧血會，由黃統領申薌為總指揮，目的在殺孫武與消滅軍務部等等。我知道申薌對孫武要求一件什麼事，孫對老朋友老同志向來隨便，禮貌疏忽，要求的事，亦未獲准，因此對孫時有怨言，申薌原為十四標統帶，成績並不優越，及升近衛軍第二協統領，孫武力予支持，高尚志與申薌同學，知申薌個性桀傲不馴，並不願意，申薌不知也。天明槍聲漸止，第三標全體官兵莫不滿載而歸。這時已知孫武逃避，鄧玉麟高尚志不知何往，張廷輔遇害，軍務部及孫武的住宅搶掠一空，其他受害者亦復不少，這成什麼起義的武昌，為之憤恨不已！

黃申薌的悔過

天明以後，申薌的協部遷入左旗原十六協舊址，派人來請我，我一見面就恭喜他大功告成，我說第一次革命，推翻了滿清二百六十餘年的天下，第二次革命，你替滿清報了仇，推翻了革滿清命的孫武，可惜溥儀退了位，否則王侯爵位之封，捨黃申薌還有誰，同時袁世凱不久必召見你黃總指揮，試問今後這個首義的湖北，袁世凱還不輕輕拿去嗎，再說黃總指揮有毀滅武昌革命之功，你不搬往軍務部接替部長之職，你搬到這小小協部來，豈不埋沒了你的大功嗎，申薌此時啼笑皆非，他說我第一個找你老弟來商量，老弟反而譏諷我，究竟何意，我說孫堯卿是不是武昌起義的最大功臣，他當了軍務部長以來，應付了最艱難困苦的局面，使湖北起義至今獲得了一時的安定，他有什麼事對不起湖北人，還是對不起國家，他最近全力支持你當協統，你知不知道，你為一點私憤，居然公報等仇，打倒孫武，並且槍殺張廷輔，趕走了鄧玉麟高尚志蔡濟民吳醒漢，這些起義的人，被你一網打盡，總算武昌起義的成績，被你一夕的功夫瓦解淨盡，今後只聽人家宰割了。他聽我的話反問我：「難道你老弟事前不知道嗎，我以為同盟會支部的同志，誰都是你的好友，這樣的大事，那有不與你商量的，所以你們標裡許多人，我教他們向你請示，誰知你眞不知道呀，可惜事前沒有同老弟一談，以致鑄成大錯。」我說你既知道做錯了，我就我的見解同你一談罷：「武昌八月十九日起義，乃是驚天動地的大事，靠兩支大柱擎起來的，那就是共進會與文學社，文學社蔣翊武已經垮了，共進會的孫武還能留嗎？一有機會就要打倒的，恰巧有你黃申薌怨恨孫武，正好利用公報私仇，把共進會也打垮了，更巧的是槍殺張廷輔一人連張的衞士都沒有一人受傷，好了：武昌起義的歷史，被你毀滅了。你想：許多有志之士，革命多年只有犧牲，一次一次的失敗，不圖你們這般無名小卒，居然一夕成功。當然眞正革命者，固不存此心。但總有多少狹碍朋友，衷心不服，此毀蔑文學社與共進會之由來也。我舉的是事實，或者我的推測不正確。不過你今日的行爲，多少證明我的推測，不是絕無道理的。」申薌聽了之後，久久不語，忽然一聲長嘆曰：「他們做好圈套，讓我去鑽。我黃申薌今後如何做人呢！」又說：「事已做錯了，所幸堯卿尚在，我打算向都督請罪，只要求赦免我的罪過，今後在協統任內，絕對服從，以求補過。」我說：「申薌你的光明磊落，豪氣尚在，我依舊敬佩你，你有悔意，應立即到都督府向都督表明，以結束這場亂事，俾免人心不安。」

所以次日黎都督有通電，各報發表人心大定。

頃據軍界同人呈稱，軍務部正部長孫武不克稱職，請予更換前來。查孫武當起義以前，奔走呼號尙著勞勤。洎莞軍務煞費經營，近似心力交瘁，叢脞時虞，不願以疲薾之身久膺重寄，迭請辭職養痾。雖元洪優予慰留未加允許，而該部長謙抑之懷終必欲潔身引退，以避賢路。此次僉請更換，既昭各同志之公道，亦遂該部長之初衷，元洪亦未便強留。現已遵照臨時政府電諭，改部爲司，委任曾廣大爲軍務司長，並派員敦請樊增祥爲內務司長，姚晉圻爲教育司長，從此羣策羣力，郅治或有可望，至外間傳言，軍民暴動孫武家屬被戕，悉無其事，知關厪注，特此奉聞。

孫武的風格

當所謂二次革命前夕，風聲所播，也有人正式告訴堯卿，堯卿當了許久共進會首領，又是軍務部長。與他私人關係深的朋友，自然不少，咸主張先發制人，堯卿不可，且力加阻止，遂與眷屬分途出城，渡江赴漢口暫避，並切戒不平的朋友，萬不可有異動。鄧玉麟等之逃避，就因孫武之勸告，不幸張廷輔走避不及遭暗算，隨即派人向黎都督報告，准其辭職。黃申薌亦向都督悔過，故一夕的亂事敉平。都督通電得以迅速發出也。

附記：以上是民國元年二三月間的事，時間雖久，幸尙能記憶。近閱李子寬居士，百年一夢記63—66頁所記。『其時湖北代表在南京者，欲推孫武爲陸軍次長而不得，與孫武怏怏回鄂，在黎都督召集會議時，播出種種讕言，毀謗孫總理，說他坐馬車吃西餐，利用官僚，不用武昌起義有功人員，並散發傳單，詆毀中央政府，其同回之孫發緒余大洪等，推波助瀾，並欲通電反對中央，因此次會議參加者，皆孫武一派人物。如高尙志號固羣，時任軍統，握有兵力，無人反駁，次日鄂同盟會支部同志召集會議，決定先除去孫發緒余大洪，兩個漢奸。推梁維亞對付孫發緒、蔡大輔對付余大洪，不料梁的手槍未曾對準，余大洪已往漢口。蔡尋覓未得，乃稟黎都督申令將發緒送司法審判。孫武又出面保釋。黃申薌丁景良查光佛黃元吉等諸同志，復集會於同盟支部，全體議決，用羣英會名義爲二次革命之行動。保護黎都督、財政部、內政部及司法部等，均加保衞。只攻擊孫武有連繫之機關。推黃申薌爲總指揮，對付高尙志部。各發黃色羣英會徽章佩作標識。次日上午三時全行發動，因事先佈置周到，天明順利解決。惟一不幸者，張廷輔師長被槍傷亡。孫武早離武昌，都督府衞隊有不穩表示，黎都督步出二門，親向衞隊解釋，我扶黎進署，蔡濟民吳醒漢仍藏署內，黎都督命黃申薌爲軍統接高尙志之職』。

我看子寬居士的百年一夢記這一段，很高興我的見解沒有錯錯，不過其中與當時實情有不符之處，我想與子寬當面討論，惟我這幾年久病，從不出門，等我稍微健康，即訪居士長談。居士年登九秩，身體向來健康，某日突聞溘逝，此後更無人能談當時情形，爲之惋惜傷感不已。懷九先生年事已高，對所謂二次革命，不惟記不清楚事實內容，只記得有那麼一回事。向松坡海潛是碧血會中人物，是當時親身參加行動惟一在臺的，聞耳聾且腦神經似乎有病，我們不容易見面，近亦辭世。所記不符之處提出，以作治近代史者之參考。

1.孫武對總理的尊敬和信仰絕無猶豫。其他的朋友對滬上一般新貴吃大菜四面玻璃馬車批評則有之，並無發通電的意思。

2.鄂同盟會支部可任意槍擊孫發緒余大洪，目中既無都督，也無司法部。雖未擊中，其專橫跋扈可知。

3.隨意發動所謂二次革命，其惟一目的，不過是爲一個孫武。假使孫武也是個不識大體的人，任令張廷輔或鄧玉麟的第二鎮或第四鎮，撲滅黃申薌所部單道康一標及烏合之衆的羣英會，實在輕而易舉，那時武昌的糜爛，就不堪設想了。黃申薌的協部天明還入左旗，乃是有所畏懼。

4.都督府衛隊有不穩表示，使我不明白爲何不穩，教導團長陳鎮藩率團員兩隊保護都督府，且黎都督個性，非常沉靜，何致於步出二門，親向衛隊解說，解說什麼，子寬居士年事已高，記憶或有錯誤，惜已歸道山，未能與之辯正耳。

5.黎都督並未命黃申薌接替高尚志統制之職，而是命吳兆麟接高的職位，旋改爲第五師。

6.張廷輔是反對譚人鳳爲戰時總司令最力的人，孫武嚴令他離職赴漢，甫離司令部，即遭刺殺。

以上情形，是我當時耳聞目擊，親身所歷，時隔六十餘年，記憶猶新。

孫總理蒞鄂與孫武

總理孫先生，辭卸臨時大總統，向參議院推薦袁世凱繼任，黎副總統因電請孫總理蒞鄂，並派田桐李基鴻至滬迎駕，孫先生以武昌爲首義之區，欣然命駕，率領隨員乘兵艦西行。時漢口商民聞訊，羣議歡迎蒞漢，以孫先生係卸任的大總統，地位崇高，非有聲望與首義有功的大員領導歡迎，恐孫大總統未必肯蒞漢臯。因前軍務部長孫武息隱在漢，不與外事，商人代表試與一商，孫武部長忻然願爲領導，並指示許多歡迎辦法，不僅懸燈結彩，搭巨大牌樓，集合所有大小輪船，鼓輪迎接，同時一齊放響氣笛，表示歡迎，選定泰昌茶樓爲歡迎會場。一切準備妥當。黎都督亦派員請孫前部長參加都督府歡迎會。四月九日，總理座艦到諶家磯，見滿江大小輪船結隊而來，及抵劉家廟，氣笛齊鳴，孫武所乘快輪，抵達總理座艦，總理接見孫武面報漢口數十萬人，守候江干，願見大總統風采，總理遂命停靠漢口招商局碼頭，岸上鞭炮震耳，萬頭攢動。會場設在河街廣東會館，（即泰昌茶樓）。漢口市街，經馮國璋縱火焚燒。北軍退出未久，除河街尚保留一部，以下便是租界，孫武已將此情報告總理，故上岸後，步行至會場，市民歡忻鼓舞，聲動天地。會場先用茶點（並備有酒席），首由孫武敬致歡迎，總理本擬演說，以武昌派員報告，武昌軍民歡迎行列已竚候數小時，故匆匆攝影而別，仍由孫武陪同渡江，一個師的儀隊，總理校閱，乘馬車入文昌門，都是孫武陪侍，沿途萬人空巷，至都督府大門，黎都督肅請總理下車，携手入大禮堂，由都督介紹文武高級官員一一握手，旋至大廳宴會，孫武代表恭致歡迎詞，對總理創造民國，推翻滿清二百六十餘年政權，建立共和政體，敝屣尊榮，方諸華盛頓，有過之無不及等語，恭維備致，極爲得體，深獲在場者讚佩。

以上事實見諸記載甚詳，子寬居士均在場親見親聞者。

第一證明：孫武對孫總理之恭順，絕不致有詆毀南京臨時大總統之事。

第二證明：不僅漢口商民，對孫武的信仰深厚，黎都督與文武官員對孫武之情意殷切，於此項歡迎大會中可獲證實。

劃時代的民國十三年（中）

——第一次全國代表大會的回憶——

黄季陸

「我等之加入本黨，是為有所貢獻於本黨，以貢獻國民革命的事業而來的，斷乎不是為取巧討便宜，借國民革命的名義，作共產黨的運動而來的，我們加入本黨，是一個一個的加入的，不是把一個團體加入的，可以說我們是跨黨，不能說是黨內有黨。

我們加入本黨的時候，自己先從理論上事實上作過詳密的研究。本黨　總理亦曾允許我們仍跨第三國際在中國的組織。所以我們來參加本黨而兼跨固有的黨籍，是光明正大的行為，不是陰謀鬼祟的舉動。不過我們既經參加了本黨，我們留在本黨一日，即當執行本黨的政綱，遵守本黨的章程及紀律。倘有不遵守本黨政綱，不守本黨紀律者，理宜受本黨的懲戒。」

李大釗的話委婉動聽，好似聲淚俱下的神情，為使大會一部分代表為之動容，會場情形幾乎頓時逆轉。我是支持方瑞麟提案的一人，當我正要請求發言企圖把會場空氣扭轉的時候，葉楚傖先生已先取得發言地位。由於當時容納共黨分子以個人資格加入本黨已為既成事實，加以李大釗的笑臉陳辭，楚傖先生的發言雖然沒有明顯反對限制跨黨份子的主張，却也未曾對於主張限制跨黨的人有所聲援，因此他的發言影響大會的地方並不甚大。

七、第一次看見毛澤東的面孔

最可惱的是汪精衛再以黨章審查委員會主席地位繼楚傖先生之後取得第二次發言的機會了。他說話儀態萬千，語言清晰而富感情，辯駁中少有刺激，眞得了「態度誠懇，措詞委婉，罵人不傷心」幾句善說辭的人的眞傳了。

當汪精衛二次登壇發言時，他首先聲明他不是以個人資格發言，而是以黨章審查委員會主席的地位，應向大會作一眞實的報告。他的態度謙和，使得聽他說話的代表，先已感覺到他對於此問題非常客觀，話未聽完已受了他的影響了。他根據本黨的歷史引古證今，說出一番大道理來。他的大意說：

「從前吳稚暉、李石曾、張溥泉諸先生都是無政府主義者，我們已承認他們為本黨的黨員，而且承認他們是德高望重的本黨的骨幹。為什麼我們今日要不許共產黨員加入本黨來為革命而奮鬥呢？這不是我們前後的主張不能一致嗎？我記得有一位同志有一句很警闢的話，他說：或許有民族主義者不贊成民權主義或民生主義。豈有主張民生主義者不贊成民族主義與民權主義之理，也未有贊成民生主義者不贊成社會主義共產主義之理。依兄弟的意見，我們的黨章上既有專條規定本黨的紀律，我們只應拿紀律來量度黨員的行動，合於本黨的紀律與否。任何黨員如果犯了本黨的紀律，我們便可拿紀律來制裁他。有了這一武器，跨黨不跨黨的問題，便可不必過於重視了，而且我們對於共產黨員加入本黨既經過一番愼重的考慮，在這一時間，又要起一變動，似乎是不該的。

再加以共產黨係一國際組織，中國革命不能與世界分得開，我們容納國際共產黨的分子加入本黨來共同奮鬥，不惟不應反對，而且應當熱誠表示歡迎才對。謹將審查委員會和兄弟個人的意見說明一下，以供各位同志的參考，當否還希望各位同志指教。」

汪精衛上面這番話說完之後，會場的情形更加惡化，儘管他的話從嚴格的邏輯講來是不正確的，但在當時他此種似是而非的論調，的確影響了全個會場。這怎麼辦？難道這一件重大的問題就此結束了嗎？我當時心中很不安的在如此自己問自己。

我當時明知大勢已去，無可爲力，然而因爲我曾對方瑞麟同志有諾言支持他的提案在先，我就此默然而息，對同志是一種失信，對自己的主張爲不忠。更加以我自己在想，我是一個初出茅廬自海外歸來的青年，這是我接觸革命大問題的第一戰，如果我就此臨陣不前，此後還配得上在革命陣營中奮鬥嗎？於是我不甘示弱的繼汪精衛之後取得發言地位，我發言的大意是：

「共黨分子既是維護三民主義而加入本黨，爲什麼還要保持他們原有的組織？一個黨中有了雙重黨籍的存在，不是黨內有黨是什麼？他們雖然本心無他，假定將來共黨的紀律利害和決議與本黨相衝突時，在本黨中的共產分子，究竟服從他們自己的決議，遵守他們自己黨的紀律呢？還是維護他們共黨自己的利益呢？還是維護本黨的利益呢？這很顯然是二者不得而兼。他們忠於本黨則違背了共黨的意志，忠於共黨則違反了本黨的意志，這情形不加防止，定必造成未來革命陣營中的大亂。他們爲求有所貢獻於本黨而加入，將因此種情形而無所貢獻。

退一萬步言，即使共產分子加入本黨得維持其原有黨籍，本黨已容納在前，不宜於此時有所變動，難道我們不能限制本黨原有的黨員不得加入其他的政黨嗎？因此我主張修正方瑞麟同志提議，作爲禁止本黨原有黨員只能有一個黨籍，不得加入其他政黨。李大釗先生既代表共產分子聲明加入本黨爲的是有所貢獻於本黨，我相信我此一主張既不影響他們加入本黨既成的事實，而只在限制本黨原有同志，不得加入其他政黨跨兩重的黨籍，他們應當諒解的。」

我的話剛才講完，廖仲愷先生便起來說出一番事實和理論來不贊成我的主張。會場空氣此時雖畧有轉變，而反對跨黨者竟無繼起發言的人。不料廖先生發言之後，主席胡漢民先生離開主席的地位，請求林子超先生暫代主席，發言反對我的主張。大勢如此，實已無可挽救了，廖、胡兩先生發言的苦衷，其意則以爲容共是當日總理迫於革命需要的一項既定政策，深恐爲我這一少不更事的人所阻撓，而總理當日又不在會場，故他們不得不力加制止。其實在事前我曾將上項意見向總理陳述過，他當時雖然沒有表示接納我的意見，却並沒有明顯表示我不應作如是的主張。我在此當然不能妄說總理默認了我的意見，却是事實經過的確如此，我不能更有所增添。大約在民國二十二、三年的時候，我曾和胡漢民先生談及此事，胡先生說當時因爲總理不在會場，我事先又沒有把這事的經過告訴他，所以迫得他不得不離開主席地位說幾句話來反對我了。否則不許跨黨案若被通過，而總理又不在場，他如何交待得了。

關於向總理陳述我此一意見的詳情，我另有一文詳述經過，在此不必細講了。

當胡先生把話說完之後回到主席的地位時，忽然在我的左後面有一湖南口音的人在報號發言。他大聲的在叫：

「主席！主席！三十九號發言，本席主張本案停止討論，即刻付表決。」

我聞聲向後端詳此爲何人。見得此人穿一件薄棉袍，身材不算高，而色白中帶青，態度倔強，一股蠻勁，有似從鄉下初進城的人，看不出有多少君子風度。後來查明此人姓名，即今日盤據大陸的共黨頭子毛澤東，那時他還不甚出名，這是我聽見他發言的第一次。

最後由主席胡漢民先生將本案提付表決。主席說：

「贊成本黨黨員不得加入其他政黨，不必用明文規定，僅照黨章申明紀律者請舉手！」

結果：大多數舉手贊成通過。

自限制跨黨案被否決之後，於是共產黨分子的笑臉便第一次得以出售。自此以後本黨和共黨的衝突由醞釀而趨於行動，在海內外黨務的工作上，在各項民衆運動方面，在軍隊裡，共黨分子均利用其參加本黨的便利，而遂行各項奪取中國革命的陰謀。因此當總理在世時，乃有十三年六月一日廣州特別市黨部檢舉共黨分子案的提出，同年六月十八日中央監察委員謝持、張繼、鄧澤如諸先生又在彈劾共黨分子案的提出。自總理逝世以後，復發生西山會議分共的運動，十五年中央在廣州整理黨務案處理共黨分子的行動。當十五年秋，革命勢力擴展到長江流域，共黨更隨軍事的發展，更形猖獗，於是發生了寧漢分裂及十六年四月的全面清除共黨運動。最後更以蘇俄暗中策動中國共黨在各地的暴動，於是國民政府斷然對俄絕交，關閉蘇俄在國民政府領域內的外交商務機構，俄共第一次在中國的笑臉乃暫告一段落。

八、比例選舉制案的爭辯與毛澤東二次的面孔

本節要記述的是民國十三年一月，我在國民黨第一次全國代表大會中，提出「採用比例選舉制爲本黨政綱之一案」，從提出到被擱置的經過。就個人來說，它是給我深刻教訓的一次失敗。而究其實質則是民主思想、極權思想相撞擊而發生的一個巨浪，亦可說是民主、極權思想早期的分野。從這一提案的爭辯之中，我們就已看到毛澤東之流當時的一副橫蠻、狡黠的面目，這是與他們後來的諸多悖謬的行徑有其因果關係的。

一月二十九日那天的大會主席是林森先生。宣佈開會之後，即由我以原提案人的資格到發言臺上作說明。

我那時對於會場經驗不夠，對於羣衆心理一點也不瞭解，我等於是作一專題演講或在對學生上課，整整的說了一個多鐘頭。大會主席林森先生幾次催我把話說得簡短點，我都置之不顧，代表們以奇異的表情來聆聽我的講話，究竟他們接受了多少，我一點也沒有考慮。我把世界現行選舉制度的弊害列舉了許多，把比例選舉制的歷史演進、派別以及其各自的優劣批評等等說了許多，最後才把我所主張的黑爾投票制(Hare System)的理由說出。我看會場沒有良好的反應，雖然還有很多話要說，一是因爲我說話的時間太久，二是我自己的興趣似乎受了會衆冷淡表情的影響，要說也說不下去了。最後只得終止我的說明，沒精打彩的走下臺來。主席隨即以本案宣付討論，於是在場代表紛紛報名發言，一場激烈的討論隨之開始。

發言代表約有十人，王恒、劉蘆隱是贊成本案的，戴季陶、劉伯倫是主張保留愼重考慮的，其他便是毛澤東、宣中華一些共產份子堅決的對本案表示反對，而本黨同志中如王樂平、胡謙一些人，則均站在反對的一面。

爲了保存歷史的眞實性，我特把國民黨第一次全國代表大會會議紀錄上所載毛澤東、宣中華等的發言抄寫在下面：

「三十九號毛澤東說：『現時比例選舉制係少數黨所運動出來的結果。本黨爲革命黨，凡利於革命的可採用，有害於革命的，即應擯棄。比例選舉制有害於革命黨，因少數人當選即有力量可以破壞革命事業，採用比例選舉制即是予少數派以破壞革命的機會也。本席根本反對本案，因此本案不能討論，更不能付表決！』」

毛澤東發言的態度是如此的橫蠻無理，好似在和我吵架一樣。最可笑的是本案已經由主席宣付討論，在他發言之前已有王恒、劉蘆隱等幾位代表發言贊成，本案已經在討論進行中，而他却說本案根本不能討論。按照會議的常例，一個提案既然在討論中

，無論你贊成與否，總得要用表決的方式來決定，究竟是贊成的多而把它通過呢？或是反對的多而把它否決呢？除了最後表決的方式之外，再沒有其他的方法可以處決一個提案了。但毛澤東說本案不能討論，已經是荒唐之極，而他說本案更不能付表決，豈不更是可笑、更是無知嗎？共產黨有一套祖傳的法寶，那就是武斷與無知，民主社會所習慣的一套表達民主的方式，共黨是從來不會尊重的。繼毛澤東之後站起來發言的是他同黨的宣中華，他說：

「比例選舉制乃資產階級騙人之物，本黨反對黃君提案。」

毛、宣二人交替爭着發言反對，我看情形不利便搶先取得一發言機會。我說：

「比例選舉制是實現全民政治的一種新的制度，你們可以不贊成，却不可以歪曲事實，說它是資產階級的產物。它的作用在團結人心，糾合羣力，來發達民權。如果用之來團結革命力量，打倒共同的敵人，是無堅不摧，無敵不破的。因此比例選舉制的採用是有利於我們革命黨的。如果你們一定要認爲他有害於革命，那麼你們不是有意的胡說，便是一種可笑的無知。我要爲比例選舉制呼寃！」

話說到這裡，我的情緒表現得非常的緊張，我對毛澤東、宣中華二人似乎是存了很輕視的態度。

我方把話說明，還沒有坐下來，宣中華緊接着站起來，又咆哮了一番，無可理喻的表示反對本案。宣中華還沒有坐下，毛澤東又緊接着起立發言，他們好似事先有了安排，用一種循環式的發言戰術把時間佔據，不讓其他的人有發言的機會，使得一個會塲似乎只有反對的人，而沒有贊成者。共黨這一戰術，在以後的若干情形下，成了萬變不離其宗的用來佔據會塲刧持衆議的手段。在北伐前後，民衆運動方在萌芽時代，一般的講，民衆既無組織，又缺少經驗，共黨的確能善用這種有組織的技巧，以極少數的人，弄得對方頭昏眼花，無法對付，終於受其刧持。

毛澤東大聲急迫的說：

「比例選舉制雖然爲各國社會黨所採用，但只限於在沒有當權時是如此。若在取得政權後，便擯置不用，因此一制度實有害於革命之本身。如以自由給予反對黨，革命事業便十分危險。」

他這一番話，說得眞眞可笑，他的座位離我不遠，我正擬向他質問究竟有什麼事實可以證明比例選舉制是爲各國社會黨所採用？有那一個社會黨在當權以後便把比例選舉制擯棄不用？可惜沒有適時取得發言機會。

毛澤東發言之後，會塲情形頓趨緊張，正反兩方的代表都紛紛要求發言。最後由主席予戴季陶先生一發言機會，戴先生說：

「本席曾有見於本案之不能倉卒表決，故主張保留作爲本黨明年第二次大會後必須提出之案，因爲本案爲一新的政治主張，牽涉理論與事實極廣，大家對本案都沒有經過仔細的研究，我們以一年爲研究的時間，在下次大會時再提出討論較爲適當，請大家注意。」

繼戴先生而發言的劉蘆隱、王樂平、胡謙、劉伯倫等數人，除劉蘆隱之外仍屬懷疑本案者居多。最後由主席宣布討論終結，提付表決結果，以大多數贊成戴先生主張，保留爲第二次全國代表大會必須提出之案，本案便如此結束。

我時時向同志提及此事，深以爲是一種遺憾。不過採用比例選舉制案，雖然在歷次大會中未曾提出覆議，却是自民國十七年以後，本黨採行之單一投票制及限制聯記投票制，實際上已帶有比例選舉制的精神了。

其實當時正是一九二四年英國工黨第一次選舉勝利，由麥克都納（Mcdonald）起來組織內閣，而英國工黨在野時既不會有過比例選舉之主張，組閣之後的工黨當然也不會有摒棄比例選舉而不用的事實。毛澤東的話實在是閉起眼睛瞎說，這顯示那時他的知識，實在對這一問題是一無所知。由他的話可以看出一點，那倒是千眞萬確，就是「如以自由給予反對黨，革命事業便十分危險。」這就是極權主義的一個不可移易的教條。反對黨固然不應有自由、反對的意見，甚至凡是不相同的意見，在共黨政權之下，是不容許存在的。換言之，反對者就是反革命，反革命就是該死。他當日如此說，現在統治了整個大陸便是如此做。這是極權國家從蘇俄起便是如此一套的作法。今日民主世界與極權世界兩大思想的分野，便是在這一重要的基礎上發生其衝突。在民主的世界唯一可寶貴的原則是：反對的意見和不同的意見，不僅不會該死而且可以並存。反對黨的存在，更爲民主政治能敏活運用的一個重要關鍵所在。老子有一句名言：「萬物相生而不相害，道並行而不相悖。」倒是對今日民主政治眞諦的一種深刻的了解的說法。中國的哲人，在幾千年前便已體會到今日世界民主政治的眞諦，可見民主畢竟是人類所需的眞理，合於人性要求的良好制度。極權國家的謬誤，是把反對的意見和敵對的意見等量齊觀。所謂反對與敵對的意見的區別，前者意見主張的不同，在公平、對立之中可以獲致和諧、協調，後者則是以武力暴行抹殺對方，有我無人的專斷行爲。所以極權便是一種暴政，既不容許不同意見的存在，更不容許反對的政黨的並存。毛澤東當時的發言是一語道破極權政治的眞諦了。他以後的種種行爲便是在演繹當日他所發出的那幾句極權政治的老話。四十多年來，本黨和共產黨的鬥爭豈僅是一政治的因素嗎？這實在是一種帶有世界性的思想戰爭。這一戰爭的開端，遠在四十多年前，此一事例便已發其端了。

九、恭記中山先生一次寶貴的教訓

比例選舉制案未獲通過，我心中十分的過意不去。那一天又適逢總理沒有到會，究竟總理對於本案被保留後的意見如何，我是極想知道的。在我提出本案之先，雖然曾經請示過總理，又經過他點頭說「好」。但是我在大會發言一點也不會把總理對本案的態度說出來。知道這事經過的同志，事後曾經責備我，說我如果當時把總理點頭說好的經過向大家提一提，本案的通過是不成問題的。我爲什麼不把總理對本案的重視向大家說出呢？其原因是：

第一、我生性不習慣假借比我更有權力、更有威望者的地位來便利我自己的主張而獲得人家的贊同。我以爲一個眞正的道理，能訴諸於大衆的理智與判斷所獲得的支持，當更爲寶貴。我這一見解是否正確我不敢說，因爲我生性如此，我也就如此罷了！我一生受了這一習性所召致的困難，不止此一次爲然，此後所面臨同樣不快的事還多呢！

第二、我始終認定是一個好主張，要經得起大家的批判和考驗才算數，一個問題經過許多意見討論後而獲得的結論，他可以使此一問題被人更了解，更能使此一問題的解決趨於完整。古人所謂：「集衆思，廣衆益」便是這個道理。俗語所謂：「三個臭皮匠，賽過一個諸葛亮」，也就是說羣體的力量勝過任何強者，所以我不習慣假借別人的權威來蒙蔽衆人，使衆人不能自由運用他的理智結成一個「衆智成城」的力量。尤其是我對敬佩的總理，我不願意以他的名義，使大衆對本案不是出於衷心的贊成，而是近於盲目的接受，損及羣衆對他的威望。本案雖沒有通過，而我內心卻無絲毫愧怍的存在。

採用比例選舉制爲本黨政綱之一的提案被擱置以後，我很氣憤的去報告總理。我的話還沒出口，總理便說：

「事情的經過我已知道了，這完全是由於你太沒有經驗，不了解會場的心理所召致的失敗，好在只是擱置一年，在下次大會仍須提出討論，還沒有完全被否決。當前這一主張的採用並不十分要緊。」

總理說完後，很慈祥的帶着微笑望着我。我跟着即請問總理，何以本案是由於我自己召致的失敗呢？他說：

「會場的人數那樣多，知識、年齡和興趣都不同，聽說你在大會說明案由的時候，從古到今說了一個多鐘頭，既不是講課，又不是說教，何必費掉如此冗長的時間使人感覺厭倦？」

我說：「如此複雜的一個問題，不詳細的加以說明，如何能使人了解？既不能使人瞭解，又何能使人家衷心贊成？時間雖未免冗長，也是無可如何的事。」

總理笑了一笑，跟着說道：

「大會代表知識水準很不齊一，你必須抓着大家的興趣，使人感覺到你所主張的是無可反對，才容易使大家贊成你的主張。」

「那麼，有什麼訣竅呢？」我迫不及待的問。

「依我的意見，只要說幾句話，就可使大家無可反對。」總理深具信心的說。

「要用幾句什麼話，才可以使人家贊成呢？」我又問總理。

「你第一句話應當說：本黨信奉的是三民主義。我想不會有人反對這句話。」

「你第二句話應當說：三民主義當中，有民權主義，是不是呢？我想也不會有人否認這句話。」

「你第三句話應當說：要實行民權主義，必定要舉行選舉，是不是呢？我想也不會有人提出異議。」

「最後你再向大家說：比例選舉制是最新、最進步和最能表達民權的制度，我想大家聽了這番話之後，便不會堅決反對了，你說是不是呢？」

「因爲你把話說得冗長嚕囌，使得大家厭煩，本沒有問題的倒反發生問題了。」

我聽了總理這番教訓，不禁頓足失悔，才知何以我在大會說明本案時的用力不討好。如果照他這一指示作簡要的說明，我想比例選舉制被大會通過是不成問題的。這眞是一個最足寶貴的教訓。我時時以總理這一教訓來規律自己，有時尚可勉強做到，有時仍然脫不了書生習氣，而在面對羣衆的講話時，往往把話說得十分冗長，難道說這眞是俗話所謂江山易改本性難移嗎？

十、反帝國主義綱領的再提出

——廖仲愷先生在大會的臨時提案——

在一月三十日的早晨，大會還未正式開會，我因爲有事須向大會秘書處接洽，秘書處地址在大會會場後面的樓上，當我正跳跳蹦蹦的走上樓梯中間時，廖仲愷先生正由樓上抱着一大包油印下走來，當他在樓梯上看見我的時候，他帶着幾分神秘的神情，很快的把那些油印品用手掩着，深恐被我看見似的。我爲一時的好奇心所驅使，我問仲愷先生有什麼了不起的事做得如此神秘？他說：

「這件東西此時不給你看，你也用不着看。」

他一面回答我一面向下走，我很玩皮似的用手把他攔住，我說：

「既然如此神秘，我就非看不可！」於是我從他的懷中順手取過一張油印品，此時他的表情雖然不甚願意，也未十分拒絕，但轉變語氣很和善的說：

「沒有什麼了不起的秘密，橫豎等一陣你也會知道的，先看看也無妨。」

我把那張油印品張開一看，原來是一份臨時提案，內容是要在已通過的政綱中加入下列三項：

一、收回租界。

二、在中國領土內之外人應服從中國法律。

三、庚子賠款當完全撥作教育經費之用。

我對這一內容，很覺得奇怪，對廖先生說：

「這有什麼秘密，何必做得如此神秘？收回租界和廢除領事裁判權，我們在宣言審查會時業經詳細討論把它取銷，爲什麼剛剛通過的案，又把它推翻？你眞太不民主了！」我此時不得不把在宣言審查會中反對本案的理由重復向廖先生提出：

「反帝國主義綱領，不屬於胆量的問題，而是我們說出了這些諾言，如果不能立即拿行動來表現，我們將失去國民對黨的信賴，信賴失去後，此後再有什麽的號召就不會爲國民所相信了。假定此次大會惟一的任務，是在建立國民對革命對本黨的信賴。假定我們此時有決心有魄力，眞把收回租界當做一回事，我們便得先從近在眼前的沙面下手，把英國人驅逐出去。如果這樣做，我願爲前鋒，作一個爲收回租界而犧牲的英雄！」

仲愷先生對我所說的話，仍然沒有一點理由來駁倒我，他在無可如何中只得說道：

「不管他的，我們把它通過了再說。」

我最後向廖先生說：

「你如果不提收回租界和廢除領事裁判權的主張，專把第三項將庚子賠欵全部移作教育經費，我倒非常贊成，此一主張拿出來之後，本黨在靑年和教育界，一定可以爭取大的同情，宣言政綱的原稿沒有把這一主張提出來，倒是應當作一補救的。」

廖先生對我的話不置可否，匆匆的走往樓下。我很堅定的告訴他，如果我的主張不被採納，在大會裡我一定要提出反對。大會中的海外代表最多，由於他們在國語的運用上，頗難自如，我無形中作了他們的發言人，因之我很有把握使他的案不能通過。廖先生聽了我的話之後，似乎增加了他對此一問題的顧慮。

大會在十時開會，由總理主席，宣布開會後當即向大會報告道：

「本日有一臨時動議，係廖仲愷代表所提，業經依法取得連署，依照會議規則應爲議程之變更，贊成變更議事日程者請舉手。」

當即多數通過，於是總理乃請原提案人登臺說明。

廖先生把提案中所列的：收回租界、外國人在中國領土內應服從中國法律及庚子賠欵應全部撥作教育基金等三事一一加以說明之後，可能是由於我的談話增加了他的顧慮，他的說明因此不夠有勁，於是會場的反應顯得很平淡。當時有代表劉詠闓、沈定一、李希蓮、張秋白、李國瑞等人發言，起初僅在程序上對本案應否加入政綱或別爲決議上討論，還不曾對本案作實質上的贊成或反對的表示。到了後來，會場的情形急遽的轉到對本案的反對論調，形勢頓形緊張。恰在此時我看到仲愷先生遞了一個字條到主席臺上，總理當即向會衆聲明離開主席的地位對本案有所說明。事後由當時在主席臺上的謝慧先生告訴我，仲愷先生遞給總理的字條寫的是：「會場情勢不佳，本案請總理自行說明。」當我正要求發言的時候，總理已經離開主席的地位發言了，總理說：

「本總理贊成把本案加入在政綱中，當宣言政綱起草之時，本總理即主張在對外政策中應把收回外人在中國的租界和租借地、廢除不平等條約、外人在中國領土內應服從中國法律三事，明明白白地列舉出來。在前次通過的宣言審查報告，竟把這三件大事冲淡漏掉，實在是一件憾事。這件大事的補救是今後革命成敗的重大關鍵所在。在通過的政綱中對此雖然有一種概括的規定，但是不夠明顯，不夠具體，更不足以作我們今後革命的號召，一新海內外的耳目。本總理主張應當把這三件大事大書特書，然後本黨此次的改組才有意義。本黨革命的目的，第一步在求中國的自由獨立以實現民族主義，我們籠統的說，革命的目的在求中國自由獨立，大家尙不感覺有什麼顧慮。一說到要收回租界、收回海關、廢除不平等條約，大家深恐得罪了帝國主義，便戰慄恐慌起來了。大家想想，中國民族不能自由，是由於什麼原因？不能獨立又是什麼原因？難道說，帝國主義所加中國民族的束縛不解除，中國還有什麼希望可以自由？可以獨立？外人在中國的租界不過是一件家喩戶曉的事實，所以我們特別要把它提出來。……」

總理說到這裡情緒顯得很激昂，態度異常的嚴肅，語調也異常的沉重。他繼續說道：

「我在辛亥革命以前，便提出了收回租界和廢除不平等條約的主張，由於我們同志的認識不夠、胆量太小，都不敢贊成我。

大家企圖在因應帝國主義的情況下，可以完成我們的革命，從民國建立以來，我們所得的教訓，帝國主義不是像我們所想像的那樣愚蠢，可以放心我們革命的成功，對他們是漠不相關的。結果他們用一切的方法來阻撓我們革命的成功，他們幫助中國的軍閥來摧殘我們的革命，他們利用買辦商人來把持榨取中國的錢財，把中國造成今日次殖民地悲慘的境地！我們既不能討好他們，同時又失掉民衆對於革命的敵人帝國主義有一明確的認識，這樣無目的無意義的革命永不會獲得成功的！

現在因應帝國主義來謀革命的成功的時代已經成爲過去了，現在是拿出鮮明反帝國主義的革命綱領，來喚起民衆爲中國的自由獨立而奮鬥的時代了！不如此是一個無目的無意義的革命，將永久不會成功！」

總理繼續說：「在民國初年，就曾經兩次公開主張收回租界：一次是在民國元年解職大總統職務以後到了上海，租界上的外國人和各國外交界的人士，在尙賢堂開歡迎我，我便向他們提出了收回租界的主張。當時在場人士爲之一驚，引起外國報紙的攻擊和批評。一次是我曾經發表過中國革命成功後，必須收回租界的文章。」總理說：「當我提出了收回租界的主張以後，外國人表示驚異批評不足爲怪，而我們的同志和當時的中國上層人士且皆瞠目咋舌，認爲將惹起無窮的後患。大家要認清，上海是我們中國的領土，中國如果是一個獨立的國家，租界更不應當存在，外國人把中國的土地，當作他們的殖民地是反客爲主，是我們中國人民的奇恥大辱！」總理最後總結說：

「因此，我們應趁大會將要閉幕的時候，趕緊把這一主張加入在政綱當中，本總理對此提案願爲附議。」

此時會場的空氣甚爲嚴肅，有一、二代表提提出總理對本案是否應爲附議的問題，經彭素民、沈定一兩代表發言說明總理不僅有對本案之附議權，更有提議之權，不僅可以把此一提案內容加入在政綱之內，且可以提議不加入政綱之內。

總理在回復主席的地位之後，徵求大會意見是否可以授權他修正文字將本案主張加入在政綱之內，會場頓即發生一片請付表決的聲浪，於是總理以主席地位向會衆說：

「本案現付表決，贊成本案由本總理修正文字、加入政綱者請舉手！」全體舉手一致通過。

經總理修正後加入政綱內的文字，即爲第一次代表大會宣言中對外政策項下的條文：

一、一切不平等條約，如外人租借地、領事裁判權、外人管理關稅權、以及外人在中國境內行使一切政治的權力，侵害中國主權者，皆當取消，重訂雙方平等、互尊主權之條約。

二、凡自願放棄一切特權之國家，及願廢止破壞中國主權之條約者，中國皆將認爲最惠國。

三、中國與列強所訂其他條約有損中國之利益者，須重新審訂，務以不害雙方主權爲原則。

四、中國所借外債，當在使中國政治上實業上不受損失之範圍內，保證並償還之。

五、庚子賠欵，當完全劃作教育經費。

六、中國境內不負責任之政府，如賄選僭竊之北京政府，其借外債，非以增進人民之幸福，乃爲維持軍閥之地位，俾得行使賄買，侵吞盜用，此等債欵中國人不負償還之責任。

七、召集各省職業團體（銀行界、商會等）、社會團體（教育機關等）組織會議，籌備償還外債之方法，以求脫離因困頓於債務而陷於國際的半殖民地之地位。

我現在回想當時會場的情形，如在夢中一般。我原始是堅決反對提出本案的，在討論之初，我數次想發言，都無機會。迄今聆聽總理一番議論之後，我胸中一切的疑慮，好似春天的白雪融化在陽光裡，從此使我對於中國革命有了一個新的了解和新的認識，我在宣言審查會中把收回租界那些主張删去所持的理由，自此烟消雲散，自覺對革命的理解不夠，深自懺悔。回想我青年時代那種矜驕的惡習，眞是幼稚得可笑。當聽到總理把本案提付表決時所說「贊成者請舉手」時，我的手不知是受了何等大的一種力量的支配，很自然的、自動的、輕輕的、高高的舉起來，衷心的表示贊同，表示折服。

的確，當時此一重大的決策，是十三年國民黨改組所造成中國革命的新頁，我們從因應帝國主義時代，走向了與帝國主義鬥爭，抓住了眞正革命的敵人的時代的開始！據我事後所知，當宣言政綱通過以後，總理發現收回租界等明顯的革命綱領被删除之後，總理曾很憤慨的說道：

「本黨此次改組，如果我們還不能把反帝國主義的綱領提出來，中國革命至少還要遲二十年才能成功，可歎！」

廖仲愷先生的臨時提案，也是由於上述總理的指示而爲之的。好在事後大會對於此一重大錯誤，獲得補救，否則中國革命所遭受的影響不知是如何的重大！

這一段回憶是我的懺悔，也是我的自白。

十一、事後的追憶

當大會聆聽了中山先生一篇訴諸理智與衷忱的說明之後，大家一致舉手通過，第一次代表大會宣言中有關對外政策的各欵，就是經他整理後的文字。到了散會之後，多數人似乎又漸漸把理智消失，回復到我在宣言審查委員會中所呈的心情。這心情不是恐懼，而是惶惑。亦不純粹是惶惑，而是理解得不夠深透，於是缺乏決心與勇氣，當時想到的問題如像：

一、在上海法租界環龍路四十四號的國民黨本部，今後的活動恐怕要受到限制或遭遇困難。

二、海外的黨務工作，或將因居留地的政府之敵視而不便活動。

三、截留廣東海關餘欵以充財政的來源，將因此而無望。

四、近在眼前的香港，英帝國主義恐將不與我甘休。

五、一個多月前的列強二十多艘兵船在廣州白鵝潭的示威恐怕又將重演。

上述這些顧慮，在大會之後一直存在於不少人的內心，雖然沒有人公開的提出，但在私人交談時，隨時都流露出一種不安和徬徨的情緒。這一情形，在現在說起來似乎覺得可笑，但在當時的一般人因爲生息在列強的高壓之下已久，民族的自信心便不知不覺的陷於消失或麻痺。治歷史的人，必須要明白一項重要的事實，那便是不能拿今人所處的環境來衡量歷史事實發生時的情形。亦猶如不能拿前人的往事來衡量今人的一切行爲一樣。因爲古今歷史固有其共通之點，同時亦有其不同的背景，與支配那個時代的不同的力量。我們知道中國民族的自信心是自一九〇〇年（庚子）義和團事變之後而愈益委頓，而辛亥革命發生在距庚子之後僅僅十一年，民國十三年爲西歷一九二四年，距庚子年也僅是二十四年。而這二十四年的歲月中，一面是帝國主義對中國的侵畧和對中國人民的壓迫日益加重，使中國民族透不過氣來；一面又是中國各級政府官員深恐人民與洋人發生衝突或是教案的重演。在這內外交迫的情勢之下，懼外病便成了一種普遍的心理。改良派反對革命的大理由便是恐懼重蹈庚子義和團事變的覆轍，在一部份革命黨人的心理又何嘗不是存有這一顧慮。所以辛亥武昌起義和各次的革命運動最所顧慮的便是外交。要免於外人的干涉，便不得不首先容忍各帝國主義在滿清或民國時代的軍閥政府所獲得的既得權利，來安撫帝國主義的國家。當民國十三年反帝國主義政綱在大會中斷然通過以後，一部份人在心理上要感到惶惑，自屬意料中事。我在此必須舉出事實來加以說明：

趙鐵橋兄是大會出席代表之一，也是當時的四川實力派熊克武的對外代表，他對革命忠誠而勇敢，遠在於丁未年就參加四川江安、瀘州和成都的革命活動，那時他還只有十六、七歲。到了辛亥年他已是京津同盟會的主幹人員之一，在天津發行的革命黨機關報民意日報便是由他主持。大會後他見到我就問我道：

「聽說你在宣言審查會中，曾激烈地反對把反帝國主義的條欵明顯列出來，爲什麽你在大會中不繼續表示反對？而且，我分明看見你在表决時高舉起手來表示贊成？」

「你有沒有舉手贊成呢？」我反問鐵橋。

「我亦是舉手贊成的。」他說。

「那末，你舉手贊成又爲的是什麽理由呢？」

「由於當時聽了總理一番大道理，確實使我折服，更加上老頭子那種誠懇堅决的態度，使我十分感動，便不知不覺的把手舉起來表示贊成了！哈、哈……」鐵橋說這話時既坦率而又熱情。我回答他說：

「我又何嘗不是和你一樣呢！」

我更進一步問他道：

「難道說你恐懼帝國主義的威風，而要表示後悔嗎？」

「那樣還配做一個革命黨人嗎？事到如今，只有跟着他老人家的後面拚命了！」

鐵橋兄眞不愧爲一個有風格的革命黨人，一個革命黨人中的勇士。他民國十八、十九年時担任招商局的總辦，因爲要本着革命黨人拚命的精神，不避嫌怨、不惜犧牲去整理垂死的招商局的業務，因而得罪了從前把持招商局務的集團，僱人把他刺殺在上海招商局的大門外。他眞是爲了要整理國營的招商局，來對帝國主義壟斷的航業作一競爭，以挽回國家的利益而犧牲。至今招商局還有一隻海船名叫「鐵橋」便是紀念他的。

上面所說與趙鐵橋兄的對話，是反帝國主義政綱通過以後，代表一部份人的徬徨不安的心理狀態。現在我更要提出一項資料來說明總理要廖仲愷先生向大會作臨時動議把收回租界等反帝國主義政綱重列在大會政綱之中，當時總理對本案是如何的愼重和具有决心。

在鄒海濱先生的回顧錄中有如下的一段記載：

「每日開會前後（指第一次全國代表大會），總理照例到校長室（當時的廣東大學校長室）休息。有一天，總理問我：『現在準備提出廢除不平等條約，你有什麽意見？』我答道：『這是合乎本黨的主旨，很應該的。』總理又問：『固然如此，但你不怕各國壓迫嗎？』我答道：『世界上一切事情，得其平然後才能安定。不平等條約固然不利於我，但有了這種不平等的事，大家都沒有好處，所以目光遠大的，不但不至於壓迫，或者會有贊成的可能。』總理含笑說：『你算有胆量！』我反問：『難道有人不贊成嗎？』總理說：『他們有點看不到，因此不免有些顧慮。』這案在大會通過的時候 總理很鄭重地說：『假使不通過這點，那末大會就毫無意義。』」

從海濱先生這一段回憶中，總理雖沒有指出沒有胆量、看不到、有顧慮的是些什麽人，但就我的感覺而言，至少我是其中的一個。

當大會閉幕以後，在各種集會的場合，「打倒帝國主義」！「打倒軍閥」！「廢除不平等條約」的口號喊得日益激烈。這樣的標語亦隨處可見。最初的以冷靜的頭腦面對此一問題的人，也在轉變中。羣衆的意識和情緒，似乎都在奔赴這一目標而日益烘烘地激昂起來。的確象徵着一個新的革命時代的開始：——因應帝國主義的時代在結束中，反帝國主義的國民革命的時代已經到來！我個人當時不知究竟爲了什麽緣故，心中好似有一塊大石頭懸掛着放不下來似的，我不知道我這種心理狀態，是由對帝國主義的胆怯，還是自己對於這一問題的了解不夠？我現在回想起來，可能這兩種成份都有。爲了要更深一層的了解這一問題，於是時時向當時對中山先生思想主張都十分了解的幾位先生請教，如像胡漢民先生、廖仲愷先生、戴季陶先生等，我所急切要想知道的，便是中山先生在大會說明反帝國主義政綱時曾經說過：「我在辛亥革命以前，便提出了收回租界和廢除不平等條約的主張，由於我們同志的認識不夠、胆量太小、都不敢贊成我。」又說：「在民國初年，就曾經兩次公開主張收回租界：一次是在民國元年解職大總統職務以後到了上海，租界上的外國人和各國外交界的人士，在尚賢堂開會歡迎我，我便向他們提出了收回租界的主張。……一次是我曾經發表過中國革命成功後，必須收回租界的文章。」我問這些先生們總理在尚賢堂的講話他們是否在場？說話的詳細情形怎樣？他發表過的文章原文是否可以找得出來？他們的答覆不是說記不大清楚，便是要我去翻查民國元年的舊報紙。天呀！那時的廣州情形可不那麽方便，圖書館雖然有，那家能存有十幾年前的整套舊報呢！最奇特的是：那時竟無一部完整的中山先生文集。可是在十幾年之後的民國三十年左右，在抗戰最艱苦的時代，我在四川居然編了一部較爲完整的總理全集出版，其中許多材料都是從舊報刋上抄寫下來的。中山先生在辛亥以後有關收回租界、取消領事裁判權的資料實在不少，但他在尚賢堂的講詞和那篇收回租界的文章却付闕如。不僅我所編的總理全集沒有，就是在我以後出版的總理全集中也找不到，這實在是文獻上的一大遺憾。

我要追尋出中山先生辛亥以前收回租界和廢除不平等條約的主張的文件的主要原因，是要糾正當時一般人對他反帝國主義主張的提出，認爲是由於當時採取聯俄政策所致的錯誤觀念。我現在仍然要在此不厭其繁地敘述這一問題的原因，是由於直到今天仍然還有人存有這一錯誤的看法，如果不予以較爲詳細的說明，這一種錯誤的觀念將會使研究近代史的人們難於見到歷史的眞象而錯認了歷史的進程。

有一次我隨胡漢民、陳協之等幾位先生到廣州白雲山的能仁寺去遊玩，我又提出這一問題來請教胡先生，他馬上給我一個不大不小的釘子碰。他說：

「你對這件事提出來問我已經無數次了，我能答覆的都告訴你了；你爲什麽一定要打破沙鍋問到底，強迫着牛生仔？現在要知道的和要做的事情很多，又何必單在這件事上動腦筋？總理把人類的進化分爲三類人：一是不知而行，二是行而後知，三是知而後行。你就做一個不知而行的革命黨人好了。」

胡先生的本意是在和我開開玩笑，但我却有點不能忍受。於是我很直率的回答他道：

「不知而行的第一流人物讓你做好了，我實在只願意做『知而後行』的第三流人物。因爲現在是科學時代，是知而後行的時代，我不能不求知而盲從」。此時，我頓感覺到胡先生白皙的書生面孔上好似吃多了酒似紅起來，額角的青筋亦鼓漲起來了。他好像正想嚴厲地「回敬」我一句，但話到嘴邊又止住了。我趁着這一瞬間又温和地向他說：

「現在一般人都誤會了我們新近通過的反帝國主義的條欵是赤化，是受了蘇俄的影響，我們不把他原原本本的找出來是中山先生遠在辛亥革命以前就有的主張，如何能使人了解呢？革命的宣傳靠標語口號，而不從研究眞理、啓發人們的理智入手，又有何效果呢？我是剛剛離開學校的青年『毛子』，我願代替你們多做點此類愚笨的工作」。胡先生最容易生氣紅臉，事情過了，也就算了，從不把不快的事記在心頭。我看他此時的臉色，又回復白面書生的本來面目了。

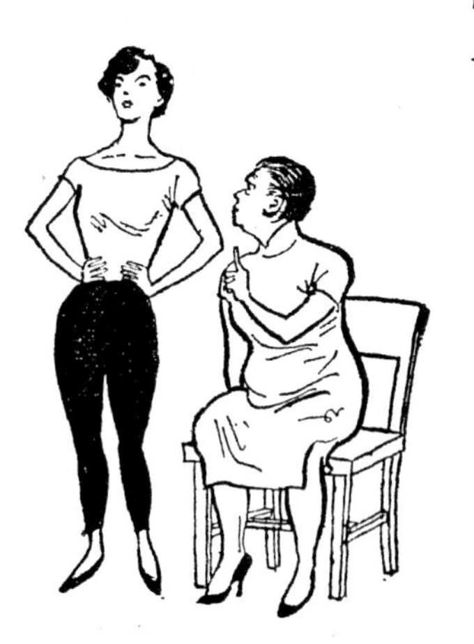

滇魯烽烟話李彌（下）

胡士方

次日，該軍乃移防蒙自，此時下級軍官，你傳我，我傳你，都漸漸知道已當了「解放軍」，便不約而同的咒罵起來，並將盧漢的慰勞品，像牙刷，牙膏，毛巾等，扔了個滿地。有的想上山打游擊，有的想拉走隊伍奔向泰國、緬甸求庇護。一時軍心大亂，長官的命令也不聽了。余程萬一看軍心背離，已至不可控制地步，想「起義」已有心無力，很可能一個兵亦「解放」不走。在進退維谷之際，經高級人員獻議，便又改變初衷，從新與台北通電，擁護政府。當時國防部曾令余程萬即率部反攻昆明，余氏則陳述諸多困難而作罷。事實上，若與第八軍合攻，昆明仍可攻克的。但余程萬已無此魄力了。

三十九年一月一日，余程萬才正式就任雲南綏靖主任職，但軍心已失，石補天尤其不滿余之作風，故余就職時，連個儀式都沒舉行，僅當衆宣布一番而已。

回頭再說第六編練部李彌的第八軍，李軍在攻入昆明小東門之後，亦即盧漢將余程萬放出之次日，孫進賢部之張元偉，及左豪兩團在前進時，不見二十六軍踪跡，遂報告孫進賢和曹天戈，陣前不見友軍，情況不明，又恐遭伏擊，於是即速將部隊撤回大板橋。危在旦夕的昆明，立即轉危爲安，盧漢裝好細軟待發的大卡車，亦都卸了下來，使盧漢鬆了一口氣。

第八軍撤回大板橋後，孫進賢即向李彌請示進止，李彌則表示消極，並着孫進賢自已做主。孫自已知道，打昆明是自己力爭的主張，是難得李彌諒解的，遂與曹天戈直接請示中樞，後即由陸軍副總司令湯堯，將第六編練司令部改爲第八兵團，由湯兼任司令官，湯係安徽合肥人，爲合肥耆宿湯立夫之哲嗣，身材魁偉，個頭比李彌，曹天戈都高，年紀已六十多歲，對部下很和藹，頗有點學者風度。至於第六編練部之原有幹部，曹天戈仍任副司令官，孫進賢則由一七〇師師長直升第九軍軍長。第三師師長田仲達升任第九軍副軍長。石建中則由四十二師師長升爲第八軍副軍長，以頂替在昆明未逃出之副軍長柳元麟。於是部隊即沿呈貢、晉寧，江川、通海、曲溪，開至建水。

李彌一看自已的部隊尙未損失，同時負責軍事的湯堯，人很厚道，隨和，故李彌亦由消極趨向積極。除了陪同湯堯向部隊講話外，並計劃在建水成立雲南臨時省政府；還想委前山東黃縣縣長唐昌熊爲建水縣長。當時筆者與孫進賢同院而居，和李彌是隔鄰。有位河南籍的丁作韶博士，是勝利後天津市的參議員。在盧漢未叛變前，由中央宣傳部副部長任卓宣，介紹給盧漢到雲南講演的。適在霑益講演，故亦跟着第八軍走，此際亦來到建水。這時建水冠蓋雲集，頗呈中興之象。還有那位雲南綏靖公署的余程萬主任，也在建水南的一個名叫緬甸的村莊駐節。筆者嘗隨孫進賢晉見他一次，且承其招待了一次豐盛的午餐。

李彌、湯堯、曹天戈，這些高級將領剛剛在建水安頓之後，第三師亦到達，該師師長爲田仲達，副師長爲常承燧。田爲湖南永新人，此時已升爲第九軍副軍長。田自雲益出發時，任務是護送後方留守文職人員，及掩護第八兵團南進。但經馬房，小黑山，在陸良攻克盧漢保安團的守軍後，到達天生關時，共軍楊勇的十七軍約一營人，坐着三十多輛軍車，從貴州竄來，這些共軍當時穿的軍服與國軍差不多，槍聲一响，才知道共軍來了，田仲達即手忙脚亂，莫之所措，風聲鶴唳，草木皆兵，天生關有座橋亦壞了，都搶着過，更成了一團糟。結果，一七〇師的兩位副師長蔣擎宇、王治平，政工處副處長屠吼聲，第八軍副官長葉士慕，李彌的侄子團長李心惻等等，有四千餘人都被俘。當時隨行的有位政工處長紀英才，安徽人，父親紀公魯，在王耀武部任團長時陣亡，故王耀武對紀英才甚爲提拔，范叔寒在第二綏靖區任政工處長時，紀英才便担任科長。後來范叔寒的副處長劉社人調七十三軍政工處長，紀英才便調第八軍爲政工處副處長，遂成了李彌的幹部。紀與孫進賢最熟，故將跟着田仲達敗走建水的情形，一五一十的報告給孫進賢，孫進賢聞報，大發雷霆，即刻召集全軍軍講話，宣佈田仲達的罪狀，並說他是比共產黨還可怕的內部敵人。孫是北方毛頭火性的脾氣，於是又向李彌、湯堯、曹天戈報告，想將田仲達扣押，軍法從事。當時石建中亦在塲，李彌便勸孫進賢說：「現在這個局勢，能趕上部隊回來，都算過得去了，這事以後再研究吧」！孫進賢回部隊後，猶憤憤不已，覺得自己剛升軍長，就遇上這樣大的損失，對田仲達恨之入骨。次日召開會議時，田仲達亦來參加，在屋外遇着石建中，石便告訴田仲達，謂孫進賢想拿你開刀等情，並勸其暫時避開，以是田仲達就未敢參與開會，且始終避見孫進賢。

數日後，顧祝同飛抵蒙自，召集湯堯、李彌、曹天戈、余程萬、彭佐熙、孫進賢、石建中諸將領會議，遂决議將大軍空運海口，隨後即與余程萬、李彌飛西昌。顧這次到蒙自，並帶了七百箱「袁大頭」，分發余、李兩軍做軍費。按一箱內係裝有兩袋，每袋一千元，記得當時筆者正任職財務科長，以所領軍費過巨，孫進賢便在現場協助點運分發。孫在談話中，不經意的透露一大堆牢騷話：「現在這個局面，什麽是參謀總部，什麽是國防部，滾他媽的吧！我就是國防部！我就是參謀總部！×××剛才約見時，就囑咐我在萬不得已時，可以投共產黨，暫時換旗，保持實力，待機再起。這眞是大混蛋，共產黨是幹甚麽的，會吃你這一套。」同時還提起其本人的一段往事：「以前我在徐蚌會戰時，冒死突圍逃到南京，當時沒辦法，穿了一套士兵棉軍服去見×××，我說我是徐蚌會戰逃出來的師長，門口的衛兵初時就不准見。以後在南京碑亭巷十三兵團辦事處借錢，買了套將軍服，再去晉見×××，他媽的更氣人，我認眞的報告徐蚌前線情形，顧老總連聽都不聽，拿着這麽大的部隊被打垮，竟無關痛癢，你說可嘆不可嘆。」這些話是孫進賢痛心戰局敗壞時，才說出的，相信不是假話。可見這位身居高位的顧將軍，眞是昏庸，而近於荒謬了。

顧祝同、李彌、余程萬等人飛西昌之次晨，林彪之三十九軍一一四師、一一五師，即從廣西百色，經富州、文山趕來，遂與第八軍、第九軍、二十六軍展開激戰，致蒙自機場亦不能控制。於是將部隊空運海口，轉台灣的計劃又被打破。到蒙自的空軍第三軍區副司令易國瑞，黃杰的女婿空運大隊一〇一隊隊長鄔越，亦都隨着駕駛來的飛機困在蒙自。此時曹天戈，與彭佐熙諸人，便在鷄街開會，决定將部隊西撤車里、南嶠、佛海一帶，靠瀾滄江之富庶，險要，與共軍周旋到底，再待機反攻。

結果，二十六軍由彭佐熙率領被迫退入越南，與黃杰的部隊合了流。第八軍和第九軍則由湯堯、曹天戈率領沿碧箇石鐵路到石屏。這時第三師即由田仲達率領，故意落後，投降共產黨。我們的部隊，便在石屏分兩路西撤元江，一路由湯堯、曹天戈、石建中指揮第八軍走赤瑞湖以南，過老凹底；一路則由孫進賢率領經寶秀，沿赤瑞湖以北，過青龍廠。孫進賢一見田仲達被自己逼走了，只賸下第三師的殘餘，及人數不足的李楨幹教導師，和自己的基本部隊一七〇師，便格外小心。於是便在寶秀開會，孫進賢暨一七〇師師長李得元，參謀長劉啓凡，三個團長左豪、甫景雲、張元偉都出席。當時決定部隊到達元江鐵索橋後，即由兩團人守住鐵索橋兩端，待兩路大軍通過後，再聽候命令。會議並指定張元偉團在最後掩護，張是山東蓬萊人，陸大畢業，任過于兆龍九十六軍的參謀長，便大發宏論，表示一團人在後掩護太危險，孫進賢並且硬指定張元偉，並担保代爲解決困難及危機，於是便整裝前進。孫進賢因爲是老將，抗戰時期在湖南雪峰山，洞口，就與日本鬼子打過山地戰，所以，他命令部隊一有情況，即上山頭，佔領高地，因此一路都打勝仗，共產黨根本就阻止不了部隊的前進，共軍傷亡亦不計其數。唯途中以無線電與湯堯、曹天戈、石建中聯絡，始終不通。當時負責情報的是一七〇師參二科主任陳自強，山東益都人，軍校十七期畢業，唐昌熊在山東黃縣做縣長時，陳任軍事科長，殺了不少人，也刮了不少錢，唐昌熊亦蒙其惠，故對陳很賞識，孫進賢在山東龍口任軍警聯合稽查處長時，唐昌熊與龍北警察局長王中覺任副處長，唐便將陳介紹於孫進賢，担任軍法科長。陳是個不學有術的小子，在龍口審案，一向主張貪贓不賣法，何謂貪贓不賣法呢？即是被捕之人，如肯拿出金錢時，陳於收錢後，即一律槍斃，自詡乾淨利落，殺人滅口，即所謂貪贓而不賣法，且云保不出事。故其飽食之後，一看局勢不佳，即携黃金赴青島。這次又回孫進賢師內。原因係筆者在湖南洞口收到陳的一封信，自稱願再回來，因爲筆者與其數度同事，故向孫提，孫即准其歸隊，不過陳在涪陵才趕到隊伍。初任副官主任，後來石建中的姪子石天覺，担任參謀第二科主任參謀，以染上鴉片嗜好，在雲南宣威老百姓家吃大烟落伍被殺後，陳便繼任參二科主任，在任仍以刮錢爲第一，情報只是表面文章，最可恨者，部隊快到元江時，陳即有一連串的洩氣情報，如林彪的大軍即來，余建勛亦出發了等等，弄得孫進賢頗爲緊張，便決定邊打邊走，以脫離戰鬥前進爲主。

但到達元江鐵索橋後，却不見湯、曹、石的部隊。且鐵索橋係在懸崖下之元江上，與想象中的鐵索橋根本就是兩樣。當在寶秀會議時，還以爲元江係在平原之上，可據守兩岸，但該橋係架於深壑中，就沒辦法來控制。於是孫進賢便命令左豪團撤後，唯共軍之追擊部隊，已佔領重要山頭，此時左團由下仰攻，損失綦重，結果連左豪團長亦失踪。故使孫進賢進退失據，過鐵索橋吧！部隊由高處走到下面，敵人在後面追擊，部隊在敵人射程之內，就有潰散之虞。同時部隊一過江，鐵索橋便不能控制；如不過橋！元江彼岸情況不明，一旦鐵索橋不能通過時，部隊就有前進阻水，後退無路之危險。再者，湯堯方面的電訊不通，亦不知道第八軍是潰於後，抑超於前，而且時機迫促，又不能停兵等待，孫進賢在無可奈何下，便率領大軍利用鐵索橋渡過元江。未幾，共軍即由後追來，並佔領後路山崖之高點，孫進賢頓呈驚慌，便在元江邊之平壩上査勘方向。此際孫每一行動，後面總是尾隨很多人，情景有些像徐蚌會戰將垮前突圍的局面。不久孫進賢即大聲發脾氣說：「老跟着我幹嗎？」其實部隊已呈混亂狀態，大家六神無主，不跟主官跟誰呢？

說時遲，那時快，共軍在鐵索橋對岸之山頭已隱約可見，過江後的部隊休息於江邊的平壩上，完全暴露於共軍射程之內，孫於是立刻下令特務營營長耿方振，將鐵索橋炸燬，以斷共軍之追兵。記得當時孫並着筆者發給特務營三千銀元，以作炸橋功勞的犒賞。

這時孫的部隊，除了本身的一七〇師

，教導師外，尚有第三師一部，另外有憲兵團及空軍人員隨行，於是整頓一下，找了一位當地夷人做嚮導，直過元江城，奔向大歇廠，而佔領墨江。迨第三日湯堯、曹天戈、石建中趕到鐵索橋時，見橋已炸燬。元江水流湍激，渡江不易，敵人又佔領後路高地，四面受敵，石建中與孫進賢最知己，見孫炸燬鐵橋，絕其進路，乃出意料，激戰後，見大勢已去，乃拔槍自戕成仁。後來筆者在貴陽遇到石的參謀長呂威，據呂說石建中自殺後，湯堯與紀英才始被俘。曹天戈曾一度在元江邊的下坡處頑抗，但卒不支也被俘。

孫進賢到達墨江後，如果南進，沿阿墨江，經河西寨，江西寨，可達江城，一過江城，就是越南之老撾。但孫自墨江向西北之蠻別，界牌，新撫一帶前進。因夜間行軍，孫在把邊江附近忽跌落山谷，致腿受傷，遂開始靠滑竿代步。這時我便時時見孫與陳自強密議，陳更大唱低調。還有位石建中余紹來的政工處長孟敏航，河北湹陽人，是個鴉片烟鬼，亦大叫跑夠了。參謀長劉啓凡，是以前在山東掖縣被俘過的，雖然已無鬥力，但不敢多言。當行軍休息於一山崗時，即見陳自強帶一陌生人到孫之帳幕內，我當即問陳原因，陳祇說仗是不能打了，但是絕不是投降，我們放下武器是有條件的。我知道情形有變，之後，全軍都知道要完蛋了。其中有位炮兵連長盧增富，廣西宜山人，現在還在香港，便想揍陳自強，可是孫進賢已氣餒，揍陳亦無濟於事。民國三十九年二月五日部隊到達鎮沅縣之前田街時，全軍即放下武器。那一天，在前田前的中下級幹部都憤不可止，便將武器破壞以洩忿怒，士兵亦儘量將子彈打光爲止，一個小小的前田街，槍炮之聲，一天都未停。

當時一七〇師師長李得元，因爲在山東家鄉任平度縣長，及游擊司令時，和共產黨是死對頭，又有一位甫景雲團的營長潘少雄，安徽人，工兵連長王鶴章，山東滕縣人，還有炮兵連長盧增富，都堅決不交槍打到底。並與筆者計議，將全部軍餉帶走，繼續打游擊，或進入外國境內繳槍，做流亡部隊。此時被孫進賢知道，便將李得元請去，之後，李也不想打游擊了。孫並將筆者叫到帳幕說：「你們有多少武力？憑甚麼再打？你們年青人知道甚麼？能打！我不打嗎？」結果，打游擊的事，便胎死腹中。

但筆者是時尚有一股子幹勁，就是不肯低頭，於是便與一位參謀于同馨，山東廣饒人，共同將手槍保留，在途中買了兩套夷人的褲褂，並戴了頂毛線疙瘩帽，於過石屏後，到馬坊街時一齊逃走。晝伏夜行，逃到蒙自後，本欲隨馬幫到越南，但僅差一天之路就到猛喇，終以土匪太多未果行，遂又回昆明。

在昆明巡津街商勝酒店，見到了孫進賢的太太陳義，又見到第八軍的副軍長柳元麟。在昆明住了三天，那時共產黨還不嚴厲，且在愁苦心情下，看了一次關鷫鷞，儲金鵬，裘世戎，梁次珊諸名伶，在綏靖路雲南大戲院唱的平劇，後即東去霑益，計劃逃往香港。

到達霑益之翌日，躑躅街頭，忽然遇到孫進賢的隨從副官李元惠，相談之下，他告訴我孫進賢也在霑益，住在某旅館裡。於是便跟李到某旅館，見孫穿着一件長夾袍，斜臥在一個無蓆的牀板上，戰後重逢，不勝唏噓。從言談中知道孫不能受共產黨之壓制，且共黨不放過其炸元江鐵索橋之「罪行」，在開遠火車站乘共黨監視疏忽下，藉轉軍逃跑的。

此時我便移住該旅館，遂又設法與孫及李元惠，搭東去的黃牛車逃走。孫此時用了塊白手巾包住下巴，藉以防塵兼遮面目伏在車後，經威寧、宣威，過赫章後，在野馬川突遭土匪洗刧，全車無一倖免。我在昆明新買的內褲也被剝去，孫也僅剩內衣褲，到了野馬川村莊的鄉長家中，才送了我一件破褲褂，繼續行程。過赤水河又遇游擊隊，並不搶財物衣着，只聲稱是國民黨的後援，如有共產黨在車，必需檢舉出來，否則殺無赦。其中人並有認識孫進賢者，晚上在赤水投宿時，且來邀孫參加其游擊，孫一想大軍都捨了，何必再搞這小股游擊呢！故當面婉拒，着我與李元惠參加，當然我們也不能冒然加入，臨別時，且以八十元路費給孫，並派了一位十七八歲的青年登車護送，每遇公路之轉彎或隘口，該青年即伸手擺動，一路都平安無事。

抵重慶後，共產黨的統治還未就緒，仍是一塌糊塗，到小龍坎訪朋友，他們也多苦不堪言。筆者即促孫速離重慶爲上，但他却在等那位湘女多情的太太寄錢來。於是我便與李元惠，以日走百里預算，經綦江、松坎、桐梓、遵義，並經過七十二道拐，以及貴州的大山。路上遇到刼匪，不下十餘次，但兩人不名一文，土匪大呼倒楣不止。歷十天的艱苦，總算捱到貴陽。在貴陽幸虧朋友幫助，湊了點錢，帶了一斤鹽巴，又繼續行程。按鹽巴，即礦鹽，在貴州最珍貴，如果行路有鹽巴，一兩鹽巴，即可換客飯一餐，客飯即一個毛兒頭飯，外加一菜，一湯，所謂毛兒頭，就是裝好的兩碗飯，把它扣在一起，就等於高高的一碗飯，一個人吃是夠飽的了。

後來，經都匀、獨山、南丹、金城江、柳州、桂林、全縣、東安，而達衡陽終於，到達香港，開始了難民生活，抵港之次年，曾寫信給長沙孫進賢的岳母處，不久即收到孫自遵義寄來一信，從即失去聯絡。按孫在重慶分手時，嘗表示在雲南都不主戰，自己就堅决抗共，並與石建中携手，使李彌不能隨心所欲，結果，自己亦走了投降的路子。且一再的說：既有今日，何必當初云云。又說：到香港見了李彌，恐怕李彌亦不會諒解的。我想孫不來港，這也是原因之一，另外也許是共產黨的統治已就緒，無法逃出來。

按第八軍由第十三兵團，而第六編練部，後改爲第八兵團，這一支在大陸最後的武力，可以說都潰散了。至於當年何紹周在貴州招安的那羣土匪底子成立的一〇三師一支部隊，筆者來到香港後，曾遇到王伯勳部的參謀主任潘以禮，故附帶將該師的事，也提一提。

按第一〇三師，自擴編爲三十九軍，到營口，葫蘆島，又囘上海，北上歸隊，以滯留蚌埠，歸第九綏靖區李延年指揮後，未幾，即調廣州，歸余漢謀轄下，由廣州警備司令葉肇指揮。迨王伯勳升爲第十九兵團司令，三十九軍遂由程鵬任軍長，程便是一〇三師在山東時期的團長。程任軍長，先駐馬壩，又移防翁源、南鋪、陂頭附近，後又調韶關。此際該軍一〇三師師長曾元三、三十一師師長劉體仁，即暗中私通共產黨，藉在韶關划船運動之機會將軍中密電碼都交給共產黨。所以，三十九軍的行動，共產黨瞭如指掌。轉戰三水、高要、鶴山的時候，劉體仁和曾元三，也原形畢露，帶着一〇三師副師長陳一匡，一五四師副師長鄭蔭桐；三十一師副師長裘建之，以及邵洗生、三十一師參謀長龍驤，都起了「義」，還有位牟龍光，在雲南霑益任第八軍參謀時，曾以勸李彌投降，被孫進賢扣押，準備拉出來槍斃之前數日，連監守的士兵也拐跑無踪，不知怎的，竟然溜到廣東任一〇三師參謀長，不消說，更是「起義」的中堅。只有該軍軍長程鵬，師長張家寶等人，算是到了台灣。至於王伯勳在貴州「起義」之後，即被共軍牽到貴陽，在貴州「主席」楊勇之下任交通廳長，有的老同事在貴陽遇到他，他還厚着臉皮說「服務桑梓」呢！

還有二十六軍，自蒙自機場失守，彭佐熙率領五千多人向江河方面突圍，進入越南，與其時湖南主席兼第一兵團司令黃杰的兩萬七千多人，都繳械困在萊州後，移駐金蘭灣，終於遣囘台灣。另一股則由副軍長葉植楠和團長羅伯剛逃抵於車里、南嶠一帶。丁作韶博士在鷄街與曹天戈、彭佐熙分手後，便和二十六軍四九八團團長田樂天，第八軍前二三七師的一位政工室少校主任李國輝，領了兩千多人，由建水官廳、楊家渡，過紅河經迤薩、思陀、瓦渣、騎馬壩，到了江城，又抵車里。這一羣堅苦卓絕的反共健兒，又加上那位外表瘦得皮包骨頭，內裡却心萬丈的丁作韶博士的支撐，遂成了滇邊游擊的基本幹部。

李彌與余程萬，當時隨顧祝同飛西昌

，拜會胡宗南、賀國光，共商大計之後，又矇查查的折回蒙自，但蒙自已易手，乃轉飛台灣。以後李、余兩人都到香港做起寓公來。李的財產雖大部分都在大陸，但李的小舅子龍昌華，居於香港銅鑼灣之蓮花宮，與李的以前第八軍軍需處長鄒瀾清，都在經濟上有了安排，故李彌來香港即住於北角七姊妹繼園台七號。吳鐵城、何紹周，都是李的鄰居，且出入有房車，有司機，享受猶勝從前。一次第八軍一七〇師副師長蔣擎宇逃到香港，因爲與李彌同期同學，又是部下，便想找李弄個棲止的地方。李彌竟勸他不如回大陸。這位副師長一想，年紀已老，在香港挑石子，做小工，已力不從心，結果，眞的回了大陸。

之後，「新聞天地」雜誌發起人之一的丁中江也來到香港。丁是雲南人，在雲南新聞界頗有地位。以田布衣筆名寫文章頗受讀者歡迎。和李彌亦是好朋友，得知滇邊已有第八軍和二十六軍突圍出來的武力，便與李彌、余程萬，在胡文虎花園商議，決定由李彌出山，收拾部衆，再事抗共。於是丁便設法與中國駐泰國武官陳振熙聯絡進行。李彌是雲南人，雖然差一點轉左，但總算部下成全了他，重登覺岸。他亦比余程萬聰明一些，故毅然到曼谷，復通過泰國警察總監乃炮的關係，從新進入滇邊，從事號召，不久各方來歸，竟收容了不少健兒志士。同時王耀武前第二綏靖區的一些班底如王的參謀長，後任七十七旅旅長的錢伯英、高級參謀邱耀東、七十三師師王敬箴、山東田糧處長鄭希冉，七十有的還帶來不少金錢，都參加了李彌的游擊隊。其餘如陳誠的親信李則芬、雲南省黨部主任委員裴存藩，都聞風來歸，可以說人材濟濟，不減往昔。尤其是副總指揮呂國銓，廣西容縣人，黃埔三期生，曾任九十三師師長，抗戰時期，就隨七十一軍鍾彬在雲南的伊洛瓦底江一帶打游擊。太太張克蘭便是擺夷土司的女兒。更是李彌的得力助手。餘如前第六編練部的副司令官邱開基、師長李彬甫、團長甫景雲，以及雲南地方的反共人士像馬守、段希文、李希哲、向大藩、龍正泉、張聯光，和杜顯因等，亦加入行列，於是李彌又成了國際的新聞人物。

不過李彌，野心太大，直接爭取「美援」，中共亦向泰緬施壓力，聯合國又加以干預，於是這支武力亦就撤回台灣。留下少數武力，由前第八軍副軍長柳元麟指揮。

李彌到台灣後，即居於台北新店鎮北新路，長子雲川，次子獲之，均學成居美國，李彌則歸樸返眞，成了虔誠的天主教徒，時與于斌樞機、關吉玉、蔣復聰相過從。去年突以心臟病復發而逝世。死後之治喪委員會，則由何應欽、谷正綱、于斌、薛岳、李宗黃、張寶樹等主持，亦可以說是死後哀榮了。

最後說到那位虎賁萬歲的余程萬，來香港本已效法陶朱，且已解甲歸田，安居於元朗屏山的唐人新村。但余的舊部流落港九的頗夥，且都苦不堪言，看見余的金錢太多，便想借點花花，余則吝而不舍，終於釀成一場警匪大戰，余也不明不白的死在槍下，此事人多知之，不必絮贅了。

（全文完）

本刊通信地址畧有更動，各方賜函、惠稿、訂閱、請逕寄香港九龍旺角郵局信箱八五二一號，較爲快捷。

（附英文）

P. O. BOX 8521
KOWLOON MOGNKOK
POST OFFICE,
KLN., H. K.

李彌將軍週年祭

。于衡。

李彌將軍逝世，到去年十二月二十七日，已經整整一週年了，在過去這一年中，我祇有今年春節時，到他的故居去過一次，看庭園依舊，但屋裡却短少了一位主人，那空曠的庭園，就顯得特別寂寞。

把時光回溯到二十年前，我第一次見李彌將軍，聽他講話時，沉著有力，他談滇緬邊區的游擊隊，談在山東作戰時，當地老百姓和他的合作，看他臉上被槍彈打的疤痕，一切都恍似昨日，但現在他却永眠地下，不再爲人間的煩惱瑣事操心了！

李彌將軍，是一位有抱負和理想的軍人，他的抱負是，想從西南打回大陸，他的理想是重建破碎的河山。但他的理想和抱負，僅僅作了一個開端，就結束了！那是歷史上英雄人物，所常遇到的事，他曾經計劃過他要創造歷史，但却被歷史的浪頭吞沒了，那是他一生中最大的憾事。

民國四十二年秋天，我拿著李彌將軍的一個便條，到滇緬游擊邊區去採訪，在深山中，我看到了他手下的游擊隊，在山區中艱苦奮鬥的情形，看到他一手建立的游擊區總部，看到了反共大學，看到了在原始森林中的茅草棚，看到了更多更多，在二十世紀文明社會中，所不能想像的事。也看到了軍魂、國魂和明日的希望。但來自聯命國的決定，把那裡的一切，都毀滅了！

民國四十二年初冬，我從反共游擊區歸來，那時李彌將軍的游擊隊，已撤出大半，李彌將軍住在陽明山的一個招待所中，他已心灰意冷，不大願意再談游擊隊的事情了！

在以後的歲月中，他搬到新店的大坪林隱居，他信奉了天主教，但依靠宗教的信仰，來排遣他心中的寂寞，並忘却往事。

有一次我去看他，他正在庭園中拔草，戴着斗笠，像一個老農，我體會到他「目中有草，心中無草」的境界。我曾經勸他，寫一本回憶錄，他的答覆是，「沒有記錄，比有記錄更好。」

他常常自謙，他是塵世間的一粒沙，當大風暴來時，那粒沙被吹到什麼地方去，渺不可知，甚至連痕跡也找不到了。

我覺得李彌將軍，胸中充滿了熱情，而他却隨時自我克制，但那些都無損於他的「大將軍」的氣概。在當代的將領中，胸藏甲兵，熟讀線裝書，並且瞭解世界大勢，具有現代學識的，已經爲數不多，而他却是那些少數有學識的將領之一。

他對國家的忠誠，表現於盧漢叛變時「寧死不屈」的大作爲中，他的勇敢，表現於大陸全部撤守後，率部重新攻入雲南境內，佔領瀾滄、耿馬各大城市。他會帶兵，也能將「將」，但他不使用什麼權術。他用「德」服人。而不用「力」服人，那是他具有超人的境界。

社會上有許多人，在位時，耀武揚威，不可一世，下台後又垂頭喪氣。有些人在位時，滿口國家、民族、主義，下台後則又牢騷滿腹，否定了過去他自己所說的一切。李彌將軍在台上時，是位謙虛儒雅的將軍，下台以後，依然是位謙虛儒雅的將軍，因此每年他過生日時，有許多遠道而來的舊部，到新店的大坪林去看他。那情景不是用金錢和權勢所能獲致的。

李彌將軍的一生是輝煌的，不管在他執掌兵符時代或者是隱居時代都是如此。我特別欣賞他的純樸性格，和他的恢宏氣度。他的壯志未伸，是時代的悲劇。他原不該早逝，但却在一夕之間，突然消逝。

在陰暗的夜裡，在萬籟俱寂時候，在淒風苦雨的季節，我常常回憶到二十年前我到過的滇緬游擊邊區，那裡有李彌將軍所題的「壯懷廬」，和他核定的雲南反共救國軍軍歌：「自由的種籽，撒在滇西高原，革命的力量壯大蠻荒，吞吐河山，鐵騎東征，掃蕩中原，除盡大陸朱毛寇，過頓河直搗波羅的海邊……」，那眞是「何其壯哉」的詩篇。如今那個詩篇毀掉了，想「吞吐河山」的將軍離開戰場逝去了！又怎不令人失聲痛哭？

楊宇霆氏被殺始末

·何秀閣·

楔子　溯自袁氏詐清婦，清祉以屋，竊民國，民國以亂，於是海內鼎沸，章法胥紊，當是時，北洋軍閥，此起彼伏，南中豪智，力疲清唱，獨東北張氏，乘時奮勢，雄起北闕，騁義樹信，威震河朔，且其機智殊絕，直似天縱，因地之利，因人之固，不旋踵，而直轄奉、吉、黑、熱、察、綏，掩有直、魯、豫、蘇、皖，兼攝蒙旗、晉、陝、甘，逐牧漠北，飲馬長江，君臨幾天下之半，固一世之雄也，方其盛時，人咸知其左右有一文一武之紅人，一為金州王永江氏，一為法庫楊宇霆氏。

楊氏之興　楊氏法庫人，今隸遼北，早歲出身日本士官，似與閻百川（錫山）為同期，具軍事學養者也，雨帥（即張作霖）方興，思才若渴，因緣時會，得參戎幕，惟氏性好逞奇，見大人而渺之，嘗以意見，與兩帥左，彿然廢然以去來，兩帥氣宇恢宏，不之怪也，第以其才慧出衆，漸獲賞識，終授以帥府總參議，兼東北兵工廠總辦，時張氏有志於中原，更有志於禦侮，故東北兵工廠，規模極宏遠，幾悉舉東北財力以赴之，都人有諺曰「王（岷源）能斂錢，楊能化錢」，可見一斑，時值歐戰方終，震耀全世之德國克虜伯兵器廠，適為協約國所封閉，楊乘時以驚人高薪，悉力網羅該廠軍火專家於旗下，數載經營，不但步槍輕重機槍迫擊砲等輕武器產量驚人，即歐戰時最大口徑之44「生的」重砲及裝甲車、坦克車，亦均獲製成功，（一度曾將所製汽車遠送上海展覽，當時以不重宣傳，鮮為人知耳），至所有製造軍火之母機及重機械設備，俱採自歐陸，決不假手於日人，亦嚴禁日人之介入（按袁之廿一條，中國設兵工廠，限聘日人為技師及顧問），員工十萬，有塲盈千，步行參觀，非歷旬日不能遍，一時聲譽遠播，推為遠東第一，日人乃愈啓疑忌，屢請參觀，概遭婉拒，日領親來，亦不獲允，誠以楊氏雖曾留日，而非親日者也，亦猶抗戰時，愈是留日者，乃亦愈知抗日者也，至楊氏此舉，筆者所獲印象極深，願提供之，或可為誣楊通敵之一辯，事緣筆者曾於民國廿四年間，啣漢公命籌辦工廠道出上海時，有五位素味平生之寧波佬，透過關係，於某日午堅宴筆者於英界老晉隆，俱係白髮蒼蒼之老者，首稱並無一事以干求，以彼輩均係昔日東北兵工廠退休者，知余為東北人，樂為傾談東北事耳，幾杯下肚，感懷激昂，乃盛道雨帥用人不分畛域之豪厚，與楊氏主持兵工廠之氣魄，謂楊曾為延攬技術專家，不惜屢屢被騙大錢，自謂彼等月俸亦俱三百銀元以上（按彼時與一般公職比，確實最豐，即筆者幼時，亦曾有人唆我進兵工廠，以進廠學徒，亦可賺二三十元，不啻二三倍於農工也），當於楊氏如何嚴禁日人染指，如何堅防日諜窺探，以及如何力拒日領之經過，娓娓道來，極為興奮（時日人氣焰萬丈，楊氏之舉，實至光榮），其心悅誠服之情，忠念故主之誼，聲和淚下，動人心酸，壹似其感激張、楊之腸，俱欲報之於在下者，宴罷又堅共沐浴，邊躺邊談，終畢其辭始已，夫千秋歷史，丹筆尚多失實，道聽途說，衆口反易鑠金，言念及此，筆者尤不勝其憮然。

且說楊氏自獲總參議，日親龍座，寵遇愈深，左右人事，言聽計從，諸如武將邢士廉、于芷山輩之得領師千，文員臧式毅、常蔭槐等之晉拜方面，（二人先後均晉任省長）胥出於楊氏之推荐，而自政經能人王岷公主政後，東北財賦之歲增額，有如幾何之累進數，庫入之豐，允稱奇蹟，人謂王氏所理之財，悉供楊家（兵工廠）之用，權勢之隆，聲名之顯，眞可謂一時無兩也，會民國十三年，奉直二次大戰起，拚命榆關，衝吳（佩孚）正面者，乃郭松齡（茂宸）及張漢卿（學良）之二六旅，暗出冷口偷襲吳後者，厥爲張效坤（宗昌）之輕騎兵，楊氏本無與力焉，然戰後行封，楊竟與同黨之姜超六（登選）分膺蘇、皖二省之督辦，楊系諸人乃又一躍而成封疆大吏，至使郭氏氣憤之餘，終爲馮玉祥所誘，（按郭之不封，或係雨帥視同義子之故），會孫馨遠（傳芳）崛起於東南，楊氏足捷得苟免（郭藏之不獲），姜氏步遲則遭戮，馴是即演出郭軍倒戈之役，奉張之變起蕭墻，幾遭不測，追本溯源，未始非楊氏一人所釀也，然雨帥任人專，義情濃，事態已過，仍寵楊氏不少衰，但雨帥經逢此變，心已爲之厭亂矣，正欲重納岷公雅言，息兵以養民，適子玉（吳佩孚字）得魯督效坤之周旋，獲與雨帥通和好，而二氏兵釋之餘，亦俱恨馮氏（玉祥）非人，怨之深，（按吳實敗於馮氏之倒戈，而馮又引郭氏倒戈以向張），楊氏野心熾，於是趁機煽惑，慫恿討馮，雨帥終於爲之動，竟罷岷公息兵議，而又率主力進關矣，惟臨行曾力向岷公保證，俟除馮獸得報宿恨，決即引還，乃自敗馮，時局驟變，我北伐軍節節北進，已勢如破竹，各地軍閥(包括孫傳芳)，爲自保計，相率來投，雨帥憐之，乃有被擁爲大元帥開府於北樞之一幕，演變至此，誠非始料，雨帥內心，至爲矛盾也，時日軍出兵濟南，公然阻我之北伐，後暗結魯督效坤，擬以兩師團日軍，俱穿魯軍服，前來助戰，雨帥聞之怒，立召效坤痛數曰：「勝敗乃兵家之常，爾有能則前進，無能則後退，何乃引狼入室爲爾人耶？獸耶？」效坤慚歸，終拒日謀，而引兵徐徐北，惟是時，日閥之懼中國統一，既恐且急，其大使其特命全權，以暨其天皇御派，絡繹於途，日以包圍北廷，左右雨帥，謀阻北伐軍爲事，始而甘言利誘，願供一切，繼而威脅兼施，逼即興兵，終且悍然以阻雨帥之再出關爲詞，然張氏非袁氏也，震怒之餘，反毅然出關，而竟一變常態，故意行不保密，以示無恐。專車臨啓，日使仍糾纏乃連連厲聲直斥芳澤曰「我姓張的不怕死，看汝日人如我何」，不意車抵皇姑屯，一代雄傑，終爲日人卑劣行爲之所算，遽以身殉國矣，矧張氏之此次入關，捲此漩渦，獲此下場，眞又乃楊總參議所參議之結果也。

楊氏之敗 且說雨帥被炸時，重傷未死，抵府後，旋即氣絕，幸省長臧式毅等處變沉着，守密有方，日人未之覺也，迨東北軍主力紛紛出關，哲嗣漢卿于就任東北邊防司令長官後，始發佈雨帥之喪，日軍已不及乘矣！是時也，東北局面再再新起，外表觀之，不免主少而國疑(漢公時年僅二十有七)，實則張輔帥（作相）、湯玉麟、張景惠、張煥相、萬福麟等之老輩實力派，俱係先帥勳舊，秉義持重，矢忠漢公者，即悍如張宗昌輩，當其部衆北撤，先頭在灤河被繳，極爲盛怒時，亦祇得懷抱雨帥遺照，大喊親爹，而當衆痛哭而已。此中經過，極饒奇趣，爲執行繳械任務之胡毓坤將軍親向筆者所口述，異日倘暇，願濡筆寫之。（按胡毓坤字靈臣，十七年東北抗俄之役，與王庭五即樹常，俱爲軍長級最高指揮官，掌故編者又按：胡毓坤抗戰時落水，勝利後爲軍事法庭判處死刑處死）。約之，東北是時，日人正虎視，所有文武，懍於大敵當前，無不兢兢團結，慰人心，赤心向新帥漢公者，獨楊氏畧異是，招權納勢，狂放如舊，既仍據要津（總參議遙領兵工廠），反不知衡時審勢，如陳平易主時之自求損抑，進而大興土木，營造私邸，另闢官道，直通法庫（楊氏原籍），工程之大，開支之鉅，人咸爲之側目，其於漢公，復自恃父執，依老賣老，有時直呼其乳名，已不成其長官部下體，可謂無父無君者矣，殊不知雨帥早有遺命，謂楊跋扈，終恐難制，異日能用則用之，不能用則除之可也，漢公乃有爲者，雖對楊加意忍隱，然已感如芒刺在背矣，於楊乃暗生提防之想。

前已言之，楊極盛時，曾栽植少壯將校不少，著者如師長級之邢士廉、于芷山輩，正握兵符，危險堪虞，故東北軍乃有全部改師爲旅重整番號之舉也，而其眞正目的，即所以藉此明陞楊系諸將，陰解邢、于兵柄耳，一葉落宜知秋，乃楊竟不知幾也，會十八年東北軍有入關助平閻、馮之役，極爲中央最高當局所倚畀，除發表漢公爲全國海陸空軍副司令外，復請晉京，共商國是，並精誠團結，改組政府，示意漢公積極儲備青年才俊以備後用，並囑先提名六個部長人選來，立即參加政府，公本已內定楊氏長陸軍部，王維宙(樹瀚)等分長內政部等，用全與楊氏共始終之義，誠策之善者也，惜楊氏不之察，貪戀舊位，狂放如故，竟效保守派王維老等之遲遲不受命，俱推三阻四，臨爵不前，最後祇得一名不夠資格（交涉署主秘）之王家楨氏長外部政次以應卯，以及後來之劉海泉（尚清）長內政部耳，俗謂爭名於朝爭利於市，當時東北諸賢之有官俱不做，遇爵均禮謙，況之今世，直同神話之不經矣，至漢公遵囑所儲備之青年才俊，即乃賀文宿（奎）、沈晞、李紹先、王維新、董佩青（彥平）及吳滌愆（瀚濤）是也，當時諸君子適皆海外飽學歸國者，就其所學，分掌長官公署之秘書與參謀者也，董、吳二公，現均在台，質之實況，當以爲然，以上所陳，於見楊氏已兩度不知幾矣。

更一日，適逢楊氏封翁八秩華誕，是日也，所有東北文武百官鄰邦使節，中央及各省市專使，上自漢公，羣賢畢集，或牌九或麻將，衆賓喧囂，遙相呼應，盛況空前，得未曾有，乃楊氏竟遲遲自外歸，復一聲口令「總辦到」，俱爲之肅然起，即漢公亦不免，其意氣之盛，昂然之態，直似淮陰之遇樊噲，目無餘子者，有識者，咸目之爲大失常態矣，然當時漢公竟能與衆人相俯仰，泰然自若，不形於色也，移時，始藉詞腹痛離席去，楊氏竟信口語其左右曰，「什麽腹痛，乃癮發去錐嗎啡耳，遲早會死於此」，左右曰「倘死，自當由總辦取而代之，天下可圖也」，不意隔室適有耳，爲張輔帥與萬督辦壽山所俱聞，事後已走報漢公矣，有王化一者，素爲司令之膩友，同遊同嬉，無話不談，亦嘗以語激漢公曰，「請看今日宇內，竟是誰家天下」，自是，漢公除楊之意，油然而生。

爰漢公乃非嗜殺人者，不懌於楊，並未採積極行動也，倘楊氏座上，得有薛公之馮諼，爲之謀後顧計，化戾的祥，亦指顧間事耳，乃禍患常起於忽微，智勇多困於所溺，（楊氏可謂溺於狂者）。一日，適氏以兵工廠需錢二百萬元事，執意即撥，言詞激越，大觸漢公怒，殺機爲之立伏矣，但殺楊前夕，意猶不忍，輾轉反側，不能成寐，遽起拾銀元一枚，擲之以爲卜，連投幾次，袁頭俱朝上，（其意袁頭朝上卜楊死），詎夫人于鳳至爲銀元聲驚醒，詢以何故擲銀元，公據以告，乃夫人亦不忍，並自投擲代爲卜之，不意，夫人連投三次，袁頭仍俱朝上也，於是殺楊之事乃決，翌晨，遽電囑楊氏下午七時來，僞稱與商撥欵事，另召侍衞長譚海，旅長王以哲、黃顯聲，及局長高紀毅四人，俱於下午七時半懷槍實彈以待命，不意，屆時楊氏竟與常蔭槐氏俱，甫坐大客廳，公遽命譚等共向客廳人採行動，諸槍並響，彈穿數十，一世豪要，濺血五步矣。

至常蔭槐氏則爲楊系紅人，其親密有如焦孟之不離，曾任北洋政府交通部次長代總長，京奉鐵路督辦及黑龍江省省長等，爲人幹練，硬朗亦似楊，長京奉路時，以鐵腕嚴辦無法無天之無票軍人，而最膾炙人口，此次禍變，榜上原無名，更非被殺之對象，竟無緣無由的躬逢其盛，而落得時人口頭禪「揚（楊）長（常）而去」之諺云。

餘話　北伐以前之東北當局，於共產黨則決不客氣，例如張雨亭氏開府北洋時，曾一度破國際外交慣例，派軍硬搜駐京俄使館，不但將捕獲之共黨叛徒十數孽（其資格俱同毛、周輩），立予正法，復將查獲之秘密文件顛覆證據，悉予公告全世界，因使舉世爲之震驚，俄政府噤若寒蟬，俄使爲之央求保命狼狽而去。更曾於收回中東路權時，俘其白黨頭目謝米諾夫，外傳曾籍沒了大批金葉等，故九一八事變，倭奴爲垂涎此橫財，立趨公署保險箱，不意保險箱開啓，一空如洗，僅查獲銀元一枚及日本民政黨幹事長床次二郎所簽之五十萬圓金票收據一紙耳。此銀一元，即張漢卿氏持卜楊氏生死者也。

「楊宇霆氏被殺始末」一文正誤

岳騫

「楊宇霆氏被殺始末」一文，原刊東北文獻月刊四卷二期，中華民國六十二年十一月十五日出版，作者何秀閣。本刊所以選刊此文，因文中許多錯誤，至今仍有人深信不疑。本刊之宗旨，在蒐集正確史料，以供他年修史有所選擇；對錯誤之報導，非予以糾正不可。區區與當代要人皆無恩無怨，旨在求眞，知我罪我，非所計也。

此文顯然可指之錯誤有三：

一、何文稱：「日閥之懼中國統一，既恐且急，其太使其特命全權，以暨其天皇御派，絡繹於途，日以包圍北廷，左右雨帥，謀阻北伐軍爲事。始而甘言利誘，願供一切；繼而威脅兼施，逼即興兵，終且悍然以阻雨帥之再出關爲詞。然張氏非袁氏也，震怒之餘，反毅然出關，而竟一變常態，故意行不保密，以示無恐。專車臨啓，日使仍糾纏，乃連連厲聲直斥芳澤曰：『我姓張的不怕死，看汝日人如我何！』不意車抵皇姑屯，一代雄傑，終爲日人卑劣行爲之所算，遽以身殉國矣。」

此一傳說最盛，世人皆以爲日人所以要殺張作霖，是因爲張作霖不肯出賣東北權益，又不肯接受日人援助，在關內抵抗革命軍。實則並非如此，茲先說前者。

據我國現代史權威，中央研究院近代史研究所所長，梁敬錞氏所著「九一八事變史述」記述此事始末：

北伐軍既轉道北上會師平津，日本知奉張政權，旦夕不保，但其乘危圖利之欲則大熾。五月十二日，滿鐵代表江藤豐三等，即向張作霖，逼簽五路協定。交通部長常蔭槐避邀往天津，路政司長劉景山臨時辭職。蓋皆不願爲日人作工具。日人乃逕向大元帥督逼，且以危詞相恫嚇。（原註一五八）作霖無奈，始命航政司長趙鎭，以兼次長再兼部務之滑稽命令，於五月十三星期日，深夜帶同滿鐵代表，馳至交通部，將敦圖長大兩路合同，蓋用部印。（原註一五九）翌日，日人以趙鎭代行部務之命令，係於十五日始生效力，合同蓋印日子係十三，顯有瑕疵；十三又係星期日，亦欠妥當，卒要求改爲十五始去。當時所簽合同，究爲幾路，因此項文件，據奉方聲稱，均已在皇姑屯被炸車時紛失。日方資料，則謂已簽敦圖長大延海洮索四路，只餘吉五一路，俟奉張返奉後再議。（原註一六〇）

（原註一五八）外交部白皮書廿六號，說帖第六號，頁一一五載：日方威逼張上將，如不給日本完成吉會路諸權利，即不准作霖經過南滿路。

（原註一五九）國聞週報五卷，二十期。

（原註一六〇）山本條太郎傳記：頁六〇四——六一二。

以上見「九一八事變史述」二〇八頁。

當年因拒與日人簽約，毅然辭去路政司長之劉景山氏，現仍健在台北，曾担任台灣手工業發展中心董事長，六十三年十二月十六日爲劉氏九十壽辰，總統頒給壽屏，副總統也題「天錫純嘏」立軸以賀。見六十三年十二月十九日台灣新生報。

再說後者。「史述」又記：

逼簽路約後三日，（五月十八）東京政府發出通告中國南北政府及歐美列强覺書一件：畧謂如果動亂波及滿蒙，日本即將在該地採取維持治安秩序之有效措施。（原註一六一）覺書發表前夕，芳澤公使奉命督促作霖全師撤出關外，否則戰敗時日軍將在山海關一帶繳解奉軍武裝。（原註一六二）

（原註一六一）日本外交發表並主要文書，下冊，頁一一六；東京裁判紀錄，頁一七七一。

（原註一六二）芳澤：外交六十年，頁八九——九〇；昭和秘史頁二十九。

也許有人會問，既然如此，日本爲什麼又要炸死張作霖呢。此則由於關東軍與東京參謀本部之衝突。了解九一八前後至日本投降前夕日本政情者，皆知關東軍實成一「獨立國」，除日皇裕仁之命令尚有少許效用，首相，參謀本部皆不能指揮。不僅如此，有時且「尾巴搖狗」，關東軍硬牽東京當局鼻子走。「九一八事變」即是明顯例子，關東軍一手掀起滔天巨變，東京方面無力約束，犬養首相且因反對擴大事變而被刺殺。

故關東軍一羣少壯將校所以在皇姑屯炸死張作霖，用意在製造事變，以爲張作霖一死，東北必亂，日本即可出兵佔領，當時若不是東北賢豪劉尚清、劉哲、莫德惠、臧式毅諸人應付得當，「九一八事變」將早發生三年。

關於張作霖被刺後之日方情況，「史述」亦有詳記：

對於張作霖遇害之事，最感失望者，東京方面，當推田中首相。滿蒙新五路之協定，已簽過半，張作霖回師出關，又已受勸告，田中躊躇滿志，方擬俟作霖回奉後，再以誘脅方法，完成其分離滿蒙之謀畧。故於聞耗之下，備覺氣憤，曾告宇垣一成，岡田啓介，欲將關東軍與謀暗殺之人提付軍法懲辦。（原註一九二）西園寺亦因軍紀弛墮，勸其整頓。（原註一九三）而參陸軍人，則以爲關東軍曹，忠勇可嘉，縱不能論功行賞，明予旌褒，亦必宜畧迹原心，罪從末減。遂堅持免揚國恥之說，欲以行政處分了事。同時政友會恐爲反對黨所乘，亦勸田中含糊結案。（原註一九四）田中躊躇經年，卒以「張案調查，關東軍幸告無罪」之旨，朦奏昭和天皇。昭和怪其前後奏語不符，又怒其欺己，拂袖離座，並告待從長：謂此後不願再見田中！田中羞憤辭職，數月後，抑鬱竟死！（原註一九五）

（原註一九二）宇垣日記，及東京裁判紀錄，頁一八一八——一八二〇。

（原註一九三）Y. C. Maxon: The Control Of Japanese Foreign Policy, P. 74-75 原田文書補編，英文本，張作霖之暗殺，一——十一頁。

（原註一九四）、（原註一九五）同（一九三）。

以上見「九一八事變史述」二壹九頁。

二、何文說：十八年東北軍有入關助平閻、馮之役，極爲中央最高當局所倚畀，除發表漢公爲全國海陸空軍副司令外，復請晉京，共商國是，精誠團結，改組政府，示意漢公積極儲備青年才俊以備後用，並囑先提名六個部長人選來，立即參加政府，公本已內定楊氏長陸軍部，王維宙（樹瀚）等分長內政部等，用全與楊氏共始終之義，誠策之善者也，惜楊氏不之察，貪戀舊位，狂放如故，竟效保守派王維老等之遲遲不受命，俱推三阻四，臨爵不前，最後祗得一名不夠資格（交涉署主秘）之王家楨氏長外部政次以應卯，以及後來之劉海泉（尚清）長內政部耳。

這段文章實在是奇聞，當時行政院共計十部，中央竟要張學良提六名部長？軍政部（該文誤爲陸軍部）除馮玉祥任短期外，一直由何應欽担任，至抗戰中期始換陳誠。中央會以此部要張學良提名，讀者細想之，可不可能？以上兩項且不說，最大錯誤是張學良殺楊宇霆在民國十八年一月十一日，中原大戰起於民國十九年三月二十日，張學良通電擁護中央，在民國十九年九月十八日，張學良抵南京在民國十九年十一月十二日，假定中央眞要張學良提名部長，也應在此時，是時楊宇霆被張學良謀害已二十二個月，宿草兩凋，墓木已拱矣。

第三、何文稱：「張雨亭氏開府北洋時，曾一度破國際外交慣例，派軍硬搜駐京俄使館，不但將捕獲之共黨叛徒十數孽——岳騫按：原文如此——（其資格俱同毛、周輩），立予正法。」

查當時被張作霖捕去三十人，組特別法庭審判，由何豐林任審判長，判處有期徒刑二年者六人，處有期徒刑十二年者四人，其餘二十人被判絞刑，計為：李大釗、張伯華、鄧文輝、張挹蘭、路友于、譚祖堯、謝伯俞、鄭培明、莫同榮、李崑、姚彥、閻振三、楊景山、范鴻劼、謝承常、吳平地、陶永立、方伯務，李銀蓮。其中路友于，張挹蘭（女）、姚彥三人均為國民黨忠貞黨員，路友于且為國民黨北京方面負責人，殉難後，中央黨部且有令褒揚，何先生竟然一概指為「十數孽」，實在厚誣先烈。

此外何文尚有錯誤多處，不必列舉，現在來談張學良殺楊宇霆及常蔭槐之法律問題。

何先生大文，談及張學良殺楊宇霆前夕，以銀元代卜，數次皆袁頭向上，其夫人于鳳至代卜亦如此，於是殺楊之志乃決。照何先生語氣，因銀元所卜如此，楊宇霆眞該死矣。此語出之近代人筆下，使人不勝驚詫。楊宇霆乃政府官吏，堂堂東北邊防司令長官公署總參議兼遼寧兵工廠廠長，並非張學良所養雞犬，可以任意屠宰。使楊宇霆眞有通敵叛國，稱兵作亂之事，張學良亦須呈請政府處分，不得擅誅，何況楊氏罪名，即以何先生所言，亦不過跋扈而已，何至於死？即有死罪，張學良也不能以銀元卜其生死，此一行動使人類道德，部隊紀律，國家綱紀，蕩然無存。

至張學良之殺常蔭槐，更屬罪大惡極。查張學良當時官職是東北邊防司令長官，最大也不過等於清代之東三省總督，常蔭槐乃中央政府明令任命之黑龍江省政府主席，正如清代之黑龍江巡撫。以總督而殺巡撫，清代二百六十八年所無，何況張學良並未舉出常蔭槐罪狀。何先生大文亦只說常蔭槐「無緣無由」躬逢其盛，以躬逢其盛而殺封疆大吏，張學良之罪誠人神所不容也。

查東北易幟在民國十七年十二月二十九日，南京中央政府於十二月三十一日任命張學良為東北邊防司令長官，張作相，萬福麟為副司令長官，翟文選為奉天省政府主席，張作相為吉林省政府主席，常蔭槐為黑龍江省政府主席，湯玉麟為熱河省政府主席。張學良謀殺楊、常在民國十八年元月十一日，距政府任命只有十一日，自是預謀。內情如何，眞正「第一手資料」只有張學良一人知道了。

中央政府對張學良擅殺省主席，未予處分，且無一言相責，是為失刑。因此，啓其犯上作亂之心，六年後乃有「西安事變」，以至神州淪胥，赤禍滔天，追源禍始，皆在張氏父子，任何人若以私人所受恩惠為張學良辯護，捫心安否？

評了「何文」之後，覺得有幾句題外的話還要說一說。東北同胞皆冀魯移民，燕趙豪俠之風猶在，故多慷慨悲歌之士。清代以前不論，即以入民國之後而言，計有辛亥年從事東北革命為張作霖捕殺之張榕；有畢生奔走國事，「九一八事變」後身率義勇軍出關之朱霽青；有中華民國抗俄殉國之第一位將軍，我邊防軍十七旅旅長韓光第，及其所屬第二團團長林選青；（韓光第將軍抗俄殉國經過，掌故二十七期曾出專號）還有抗俄被俘不屈之我邊防軍十五旅旅長梁忠甲；更有抗日將領馬占山、蘇炳文，義勇軍領袖殉國之鄧鐵梅、苗可秀、趙侗，粗略可以舉出數十人。此不僅是東北的精英，也是中華民族的干城，大家何以很少提及，偏偏要歌頌誤國之張作霖、學良父子，是眞不可解矣。

除去上述諸烈士外，尙有一人，亟待澄清者，即已故六十七軍軍長吳克仁。淞滬抗戰最後階段，六十七軍自豫北調松江，與日軍血戰，全軍覆沒，吳軍長下落不明。有言投敵，有言殉國，殉國與投敵，乃史可法與洪承疇之分，安能含糊了事。深盼東北籍同胞熟悉此段掌故者，能對此早日弄明眞象，以釋羣疑，而慰英靈。總之，國家經過多次浩劫，後死者需要作的事太多，應當作些有意義的事才是。

二次大戰期間

中緬戰區一支特殊部隊

姚遙

今天聽起來簡直像個笑話，在太平洋戰爭打得最熱鬧的時候，為了打一個長八公里，寬三公里的琉璜島，美國就動員了二十八萬海陸軍，八百艘兵艦。但是，直到一九四四年二月一日那一天，在那地轄三大國家的「中印緬戰區」，美國却只派來了一營工兵，和一位光桿的中將「戰區總司令」史迪威。

在「魁北克會議」上，邱吉爾帶來了一個滿身汗臭，剛才從緬甸的「處女森林地帶」飛出來的游擊英雄，溫格特少將。他那一套「在敵人後方去替大部隊開路」的經驗，的確使得身為美軍統帥的人們甘拜下風。結果是：美國空軍總司令安諾德上將，一口就答應下來：

「你需要多少架飛機，我就給你多少架。兩百架，三百架都沒有問題！」

美國的參謀總長馬歇爾上將，也覺得印緬戰場上的風頭，絕不能讓別人完全佔盡；這才當場決定要派一支美國游擊隊，到那裡去替光桿總司令史迪威幫一下忙。於是，就用總統的名義，向麥克阿瑟總部，太平洋戰區「森林戰訓練營」和各步兵學校，正式發出了呼籲。希望那些：

「具有森林戰經驗的人，自認能吃苦耐勞，勝於儕輩；而且志願完成一個很危險和很艱難的任務的時候，就請自動站出來報名！」

一九四三年的九月中旬，這一支完全由志願兵組成的部隊（二九五〇人），就在舊金山正式成立，軍中的代號是「格拉哈部隊」。在指揮官福蘭克·米瑞爾准將的下面，一共有三個營，各轄兩個以顏色為號的大隊。那就是：

第一營的紅色大隊，白色大隊
第二營的藍色大隊，綠色大隊
第三營的咔嘰大隊，橘色大隊

每個大隊的編制，都是這樣的：

軍官，一六員
士兵，四五六名
分為一個步兵中隊
一個重武器小隊
一個工兵爆破小隊
一個偵察小隊
一個醫療分隊

除掉各種各樣的輕武器以外，每個大隊還配備有：

八一公分迫擊炮四門
六〇公分迫擊炮四門
重機關槍兩挺
輕機關槍兩挺
二·五六火箭炮三門

此外，這整個「格拉哈部隊」，還在供應方面，具有一個異乎尋常的組織。那就是：

騾馬隊，有騾馬七百匹以上
空運隊
臨時配屬的空運部隊第二飛行團

因此，即使在深入敵後一七五公里的

時候，一聲呼喚，只要兩小時二二分鐘的功夫，全部軍火軍需，就都已經在指定的地點空降下來。——這在當時當地的條件之下，自然不能不說是一個奇蹟。

當第二營在南坡伽血戰正酣的時候，空運隊爲了給他們打氣，還替他們空降了一大批美國烤鷄和蘋果扒，來做爲「祝捷晚餐」。

經過了許多次交涉，當時的東南亞戰區總司令，蒙巴頓元帥，才答應把這支小小的美國部隊，交還給一位美國將領來指揮，而不再隸屬於英國遊擊英雄温格特少將之下。從這時起，它才在美軍中有了一個正式的番號，叫做「第五三〇七部隊」。身爲部隊長的米瑞爾少將，有一次接到過「一封美國」妙齡女郎的來信，認爲這個番號，看來很像是一支「後勤隊伍」。她的未婚夫既然是在那裡面服役，想必可以安然回來和她重圓，還希望他多照顧一點那個小夥子，不要叫他在搬運的時候操勞過度。——米瑞爾少將，看了之後，只有苦笑，因爲那位未婚夫先生的崗位，非但不在後方；而且是在被敵人重重圍住的一個「橋頭堡」裡。

這位米瑞爾將軍，也實在是個傳奇性的人物。他一共去考過六次「西點軍校」，次次都因爲他的近視眼而落了榜；只有最後一回，才感動了考官，沒有讓他「名落孫山」。太平洋戰爭爆發以前，他是美國駐東京的副武官；後來又隨着史廸威，從緬甸且戰且退到印度，而且成了「中印緬戰區總司令部的第三處長」。在他的指揮之下，只費了三個星期的功夫，這支部隊就得來了一個外號，叫做「米瑞爾煞星團」，弄得日本在緬甸的第十五軍總司令牟田口廉，也感到了非常頭痛。在喜馬拉雅山北麓，一塊三面都是崇山峻嶺的緬北地區，這三千個勇敢的美國大孩子，就踏過了毒霧瀰漫的沼澤，暗無天日的「處女森林」，在瘧蚊最猖狂的一角，且戰且進；替打通「史迪威公路」的「中國駐印軍」，在最前面殺開了一條血路。

負責防守這一帶天險的日本部隊，是在田中新一少將指揮下的第一八師團，再加上一六門重砲。在「格拉哈部隊」正式參戰之前，史迪威將軍，已經動用了「中國駐印軍」三分之二的人馬——新二二師，新三八師和戰車第一梯隊。但是，戰果和進度，都並不完全理想，實際上等於是「在膠着狀態中，蠕動前進」。

於是，「深入敵後，切斷它的退路，而且對它的神經中樞，給以殲滅性的打擊」——就都成了史迪威手下這支僅有的美國部隊，在接受砲火洗禮時的頭一個任務。

在九天之內，他們就已經人不知鬼不覺地，通過了許多無人地帶，鑽到了日軍第十八師團部——瓦勞坡鎮的附近。第三營長查理士·畢區中校，親自帶了一個傳令兵，跑進鎮裡去「偵察陣地」，和十四個日本兵，大門了一陣槍法，居然還能無恙而歸。田中新一少將，在無兵可調的情形之下，集中了他手邊的全部人馬，一連發動過六次猛攻，犧牲了一百多個「皇軍」，却只讓「格拉哈部隊」傷亡了六個人。

傍晚的時候，中國駐印軍的戰車隊，也挺進到了第十八師團部的側翼，和美國的突擊部隊，正好造成了一個鉗形攻勢。田中少將雖然一向以善戰著名，也只好「走爲上策」，一退了之。他不知道：那時，這一支「五三〇七」部隊，也已經打到了山窮水盡的關頭，上至指揮官米瑞爾准將，下至每一個小兵，都「缺水、缺糧、缺彈」了整整三十六個小時之久！

田中選擇的退路有兩條，恰恰又都在這支美國突擊隊埋伏的地方。在退却開始以前，先來了一陣又一陣的排砲，打得那些猝不及防的「米瑞爾煞星」們，叫苦連天，焦頭爛額。據當時的「陣中日記」寫道：

「很多人根本就沒有散兵坑可以藏身，只好在砲彈橫飛之下，趕緊挖起來。有些人用鋼盔，有些人用刺刀，有些人甚至於用的是飯盒子和湯瓢。這都是因爲：肯在背包裡帶個鏟子的人，實在少而又少。所以，一旦事急的時候，有人居然肯出一百塊美金，來買一把鏟子用！」

排砲之後，大股的日軍就排山倒海地衝了上來，打得最激烈的時候，雙方就在離米瑞爾准將的指揮所只有四十碼的地方，大拚其手榴彈。在卡幾大隊和橘色大隊的防區，更是殺得鬼哭神嚎，那些受過「森林戰」特殊訓練的「米瑞爾煞星」們，沉住了氣，一直等到日軍衝進了三十尺的「射界」之內，才一齊開火。兩挺架在河邊的重機關槍，簡直難得喘一口氣，沒有許久的功夫，就各自報銷了五千發子彈。

奪不到路的日軍，只好又從原來的方向縮了回去。這一仗下來，光是躺在小徑邊和河岸上的「皇軍」屍首，就有四百多個。「米瑞爾煞星」們，却因爲訓練有素，不但打得漂亮，傷亡也低得出人意料。——一共只有七個傷兵，陣亡的人連一個都沒有。

當天拂曉，「第五三〇七部隊」就和中國駐印軍的新三八師會了師，「戰車第一梯隊」也從另一翼趕了上來，和他們碰頭。米瑞爾准將就把他的陣地，移交給中國軍隊，然後向他手下的煞星們，發佈了這樣一個「陣中命令」道：

「我們的新任務，不久就會揭曉。你們這一仗，打得呱呱叫。請接受史迪威將軍和我對你們由衷的慶賀。多休息休息，多想辦法補充一下裝備，準在三天之內，重新出動。」

這個「瓦勞坡鎮戰役」，是第五三〇七部隊，緬北戰場上的第一砲。前前後後，一共幹掉了八百多個皇軍，實際上等於消滅了田中新一少將一個大隊。自己的傷亡數字是：八個陣亡，三十七個負傷，一百七十九個害了瘧疾和被毒蟲蛇蟒咬傷。

從此以後，美國部隊在「中國駐印軍」的眼裡，才不再是一羣「中看不中吃」的少爺兵。而在這些「米瑞爾煞星」的眼裡，最可怕的敵人，也不再是「日本皇軍」，而是蚊子，毒蟲和蛇蟒。

緊接着頭一仗，史迪威將軍又讓「第五三〇七部隊」，一連參加了沙杜祖普，印康格杆，南坡伽這幾個地方的爭奪戰。每次幾乎都是一樣：「米瑞爾煞星」們，用「強行軍」通過了「無人地帶」，忽然出現在敵人後方的咽喉要地，沒有費什麼大力氣，就把它們奪了下來。但是，做爲主力的「中國駐印軍」打得太穩，走得太慢，弄得這支孤懸敵後的突擊隊不能不「死守待援」，經旬累月地打起「保衛戰」來。在情勢最惡劣的時候，什麼都要靠空投，就連水也沒有例外，這些「煞星」們，依然打得很漂亮，始終保持着「敵我傷亡，成八與一」的比例。有一位武美爾中尉眼看着自己人被兩挺重機關槍，壓得抬不起頭來，就一聲不响地拖了一架電話機，爬到離槍二十五碼的地方，很不在乎地打電話給砲兵道：

「先向我這個地方瞄準，打了一砲之後，如果聽不到我的消息，就再移遠二十三碼，一定會打在他們的頭上！」

這些砲兵總算非常夠朋友，一砲飛過去，並沒有落在那個中尉打電話的地方，而是二十幾碼之外。彈烟起處，兩挺日本的重機關槍成了碎粉。視死如歸的武美爾中尉，一點傷也沒有，就帶着他的弟兄們佔領了這個陣地。

就因爲他們始終沒有讓美國兵在別人的眼裡丟臉，史迪威將軍才會在他當時的日記中寫道：

「格拉哈部隊毫無問題，依舊在苦戰中。猛攻之後，繼以死守。他們在哪裡，我就不必再担心那塊地方。」

在「密支那爭奪戰」正式展開之前，「第五三〇七部隊」還得到過一次「特別假期」，來重振士氣；而且在史迪威的戰略要求之下，理論上是擴充到了七千人之衆；實際上却把這個「煞星團」的建制，砍得個四分五裂，從那時起，它就「一分爲三」，改編成了

「H部隊」——由杭特爾上校指揮，轄有「五三〇七部隊」的第一營中「國駐印軍」的第五〇師第一五〇團馱馬輸送團第三連，七五公分榴彈砲連。

「K部隊」——由坎尼生上校指揮轄有「五三〇七部隊」第三營「中國駐印軍「新三〇師第八八團

兵。

七五公分砲兵連兩連

「M部隊」——由麥克基中校指揮

轄有「五三〇七部隊」第二營殘部

一個「本部連」，三百個咯欽族突擊

兵。

在部隊出發的前夕，史迪威將軍還向米瑞爾中將特別關照過：「只要你們能在密支那完成任務，馬上可以撤到後方去休息整補。」

所有的高級幹部都承認，就是這張支票，才把打得疲倦不堪的「第五三〇七部隊」弄得重新生龍活虎，鬥志昂揚。居然出其不意，一口氣就佔領了密支那的飛機場；而且還在重圍之下，苦守了許多天。最危險的時候，全部軍火，只夠打十二分鐘。他們還是堅持了下去。最要命的是：統帥部裡搞錯了命令，「第五三〇七部隊」，一打下了密支那機場，馬上就再也得不到「空投」的補充；也沒有飛機來運傷兵出去。滿天飛的美國運輸機隊，雖然替密支那帶來了兩營「中國駐印軍」一個重榴彈砲連一個工兵連一個高射砲連。但却沒有替「第五三〇七部隊」送來了一槍一彈，只是「聊勝於無」地空運來了他們自己的司令官——米瑞爾准將。

那時，担任攻擊軍的部隊，一共有中國駐印軍的四個師（第二二，第一四，第三〇，第五〇），英軍的一個縱隊，和「米瑞爾煞星團」。

和他們對陣的日軍，在數量上的確差得很遠，只有四個部兵大隊，一個機場守備隊，一個工兵隊和一個憲兵隊。這些人奉到的命令，是要死守三個月，事實上也支持了兩個半月以上。如果不是史迪威在佔領了孟拱和伽梅之後，又調了一批生力軍來助陣，密支那的爭奪戰，也許還要多打幾天。

在這一段苦戰期間，「第五三〇七部隊」的老弟兄們，已經從打進密支那的一三一〇位好漢，連死傷帶生病，一共只剩下了三百個左右。官兵們的士氣，也大成了問題，因爲佔領飛機場的任務，雖然很快就已經完成；移防出去「大樂」一番的支票，却始終沒有兌過現。加之，自從它成了一支「中美混合部隊」之後，史迪威總部根本就取銷了它使用美國軍旗和軍章的資格。除掉負了傷的人，照例可以拿到一個「榮譽軍徽」以外，不管功勞多大的官兵，也輪不到升級和受勳。

結果，弄得這支隊伍怨氣冲天，在史廸威將軍到前方來視察的時候，就由它的指揮官杭特爾上校，代表全體正式提出了要求：

一、戰役結束之後，馬上解散這支隊伍，免得大家再受洋罪。

二、希望以後對任何在這戰區中的美軍部隊，都一律平等待遇。

三、希望在沒有對這部隊的官兵，論功行賞以前，暫時先不要提升別人。

誰知史廸威先對這些要求，一聲不响。接着還下了一個命令：由於戰況緊急，凡是在醫院中的「米瑞爾煞星」們，只要還能拿得起槍來，就應當到前方去拚命。——當下就有兩百個被「空運」了去，然後又有四分之一，被馬上「空運」了回來。理由很簡單：前方的軍醫們，認爲這些廢物，留在火線上，非但不能有一點用場，反倒會碍手碍脚，平白添多少麻煩。

一九四四年八月三日下午三點四十五分，中美聯軍終於打下了密支那。同一天，史迪威總司令晉陞爲美國的四星上將。

整整一個星期之後，那個勞苦功高的「第五三〇七部隊」，就奉命正式解散。只把第一營的殘部，加上了許多新兵，改編爲「美國第四七五步兵團」，依舊在「史迪威公路」上作戰；直到一九四五年七月，才終於取銷番號，解甲歸田，從此眞正成了歷史上的陳跡。

近年來的官方史料和中日戰史上，都很少提到過這一支替中國人拚過命的美國隊伍。希望這寥寥的幾千字，多多少少可以彌補一點這方面的疏漏。

南京時期的國史館

・蔣永敬・

一、前　言

民國以來的國史館，依史館所在地的不同，可區分爲三個時期：一爲民國元年至十七年在北京時期，一爲民國三十六年至三十七年在南京時期，一爲民國四十七年至現在的臺北時期。北京及臺北時期各爲十七年，而南京時期僅有兩年。北京時期的國史館，雖然爲時較長，但由於政局的不安定，史館建制屢變，故修史的成績不彰。南京時期雖僅兩年，而政局尤亂，加以金融崩潰，人心惶惶；但由於人才薈萃，主持得人，故其成就輝煌。臺北時期的國史館，目前在黃季陸館長的主持下，正是蒸蒸日上，本來的成就未可估量。本文敘述的範圍，爲南京時期國史館的內容及修史情形；並畧介紹北京時期的國史館，以明其源流。臺北時期的國史館留待以後再談。

二、北京時期的國史館

民國建元，定都南京，任職於中華民國臨時政府的胡漢民、黃興、王寵惠、宋教仁、馬君武等九十七人特向大總統　國父孫中山先生呈請籌設國史院以撰輯中華民國建國史，其原呈有云：

「今我中華聿新民國，前自甲午而後，明識遠見之士，怵於國之不可以見辱，而政體之不可以改變也，於是奔走號呼，潛移默運，垂二十年。茲者民國確立，以前之艱鉅挫折，起蹶興躓，循環倚伏，不可紀極，若非詳加調查，筆之於書，著爲信史，何以彰前烈而詔方來，正史裁而堅國本，爲此連同衆意，合詞呈請大總統速設國史院，遴員董理，刻日將我民國成立始末，調查詳澈，撰輯中華民國建國史，頒示海內，以重法戒，而鞏邦基。」（註一）

上項呈文實將設立國史院的意義與任務，說得極爲明白；而國史對於立國建國的重要，亦成不爭之論。孫大總統對於胡漢民等九十七人的呈請，深表贊同。即於元年三月十七日咨請南京臨時參議院，請其議決設立國史院，同時批復胡等的呈請。批示原文有云：

「查中國歷代編纂國史之機關均係獨立，不受他機關之干涉，所以示好惡之公，昭是非之正，使秉筆者據事直書，無拘牽顧忌之嫌，法至善也。民國開創，爲神州空前之偉業，不有信史，何以焜耀宇內：昭示方來。（註二）

國父致參議院的咨文及批復胡漢民等氏全文，今由黃季陸館長以大理石刻爲碑文，置於臺北近郊青潭之國史館樓下大廳，藉明開國勳賢對國史之昭示，以爲修纂國史之準繩。

由於臨時政府北遷，籌設國史院事直到同年十月二十八日始見北京政府大總統袁世凱公布國史館官制九條，其第一條規定國史館的職掌爲「纂輯民國史、歷代通史、並儲藏關於史之一切材料」。惟其組織則甚簡單，除置館長一人外，置纂修四人，協修八人，分任編輯事宜。另設秘書一人，主事二人及酌用雇員。(註三)同年十二月十一日任王闓運爲國史館館長。(註四)惟袁對國史似無認識與重視，王氏亦遲遲未能赴任。直到民國三年七月由其弟子楊度的勸說，始北上就任。七月十四日王氏抵京謁袁，袁問史館事，王謂宜就閣令諸翰林纂修，不必設館。袁不悟其諷己也，言俟再見籌商。(註五)同年十一月，由於王的另一弟子亦即國史館的協修宋育仁聯合國史館的守舊人士，上書呈請復辟之議，宋被解回四川原籍；(註六)加以國史館的經費積欠兩月不發，王氏乃於此時不告而離北京，行至漢口始致書袁世凱。書中有云：「緣設立史館，本意收集館員，以備咨訪。乃承賜以月薪，遂成利途；按時支領，又不時得。紛紛問索，遂至以印領抵借券，不勝其辱！是以陳情辭職，非畏寒避事也。」(註七)四年一月九日，袁任楊度爲國史館副館長，護理館長職務。(註八)

民國六年四月，國史館停辦，併入北京大學文科，附設國史編纂處。北京大學校長蔡元培兼任處長。七年底，蔡與編纂張相文曾致函　國父向其徵集文獻，函中畧爲提到編撰國史的計劃，謂「擬自南京政府取消之日止，上溯清世秘密諸黨會，倣司馬公通鑑外紀之例，輯爲一書，名曰『國史前編』，所以示民國開創如斯其難也。」(註九)其時　國父正在上海撰寫「孫文學說」，其第八章「有志竟成」編實即「革命緣起」，足爲國史前編之幹骼。故對蔡、張兩氏來函徵求開國父文獻深表贊許，並提出其對編纂國史的意見，復蔡、張兩氏之函有云：

「述革命之概畧，爲信史之資，此固文所樂爲者。惟以文近方從事著述，無暇以兼及此耳。文所著述，……草創將半，再閱數月，或可殺青。其中一章，所述者爲『革命緣起』，至民國建元之日止，已畧述此數十年來共和革命之概畧，足爲尊處編纂國史之幹骼。若更求其詳，當從海外各地徵集材料，乃可彙備採擇。文當通告海外各機關，徵集材料。……顧國史造端宏大，關係至重，亦不宜倉卒速成，並須經以歲月，幾經審愼，是非昭然，事實不謬，乃足垂諸久遠，成爲信史耳。至尊函主『國史前編』，上溯清世秘密諸黨會，文於此意，猶有異同。以清世秘密諸黨會，皆緣起於明末遺民，其主旨在覆清扶明，故民族之主義雖甚溥及，而內部組織，仍爲專制，階級甚嚴，於共和原理、民權主義，皆概乎未有所聞。故於共和革命，關係甚淺。似宜另編爲秘密會黨史，而不以雜厠民國史中，庶界劃井然不紊，此亦希注意及之也。」(註一〇)

據蔡、張兩氏覆　國父的函，彼等當時編纂國史最大的困難，即爲史料的不足。北大文科附設國史編纂處雖有兩年，但未聞有史稿之撰成。(註一一)

民國八年，北京政府於國務院附設國史編纂處，以參議涂鳳書兼處長，其下設總纂一人，以王樹枏任之；設編纂若干人，路朝鑾、熊國璋、賓玉瓚、陳瀏等任之。始於八年八月，結束於十六年秋，凡歷八年，所撰之稿如下：

一、紀：統紀一　八年一至九月，九册，黃維翰編
　　統紀二　十一年十月份，四册，同前
　　統紀三　十一年十一月份，九册，同前
　　統紀四　十一年十二份，五册，同前
　　統紀五　十二年一月份，二册，同前

二、表：政府年表，一册，黃維翰編
　　各省軍政長官表，一册，同前
　　各省民政長官表，一册，同前

三、志：教育志，一册，路朝鑾編
　　權量志，一册，同前
　　外交志，六册(定稿一册，未定稿五册)，熊國璋編
　　財政志，三册，賓玉瓚編

法制志，一冊，陳瀏編

四、傳：列傳，四十五篇，黃維翰等分撰

五、紀事本末：武昌起義，一冊，黃維翰編

由此可知當時國史體例，凡分五類，即紀、表、志、傳，及紀事本末。惟以八年之歲月，僅撰成紀、表、志及紀事本末四十五冊，列傳四十五篇，究屬寥寥可數。揆其原因，實受政治不安之影響；彼時北京各機關且常欠薪不發，致修史亦無起色。然成就獨多者，却爲黃維翰氏。黃字申甫，江西崇仁人，清光緒乙未進士，曾任呼蘭、龍江等府知府，宦遊黑龍江頗久。曾撰有呼蘭府志，黑水先民傳，渤海國記，稼溪文集等。卒於民國十九年，年六十四。（註一二）

民國十六年秋，張作霖開「大元帥府」於北京，就國史編纂處改設國史館，以柯劭忞爲館長，王樹枏爲總纂，並設纂修、協修若干人。設館近年，曾續撰列傳若干篇。迄十七年六月，國民革命軍入北京。史館解散。南京國民政府派員汪洛滋平接收。（註一三）其接收之文件，包括民國初年國史館及八年北京大學文科附設國史編纂處，所有史館檔案暨其所編輯之材料。在民國二十六年十二月南京淪陷後，敵僞將此項檔案及材料搜存於僞圖書專門委員會內（在南京珠江路地質調查所）。抗戰勝利後，由教育部南京區清點接收封存，由文物委員會加以點收（中央圖書館館長蔣復聰氏主持其事）。文物委員會結束後，即由教育部將該項檔案分配於國立中央圖書館保存，將材料分配於國立西北圖書館（辦事處在南京丹鳳街）及羅斯福圖書館（辦事處在中央圖書館內）保存。（註一四）

三、國民政府之籌設國史館

民國二十三年一月，南京國民政府曾有籌設國史館之議。適「臺灣通史」著者連横（雅堂）氏在此不久之前攜其全眷及書籍著作由臺內渡定居上海，在報端見此消息，特別關切此事，即曾上書國民政府主席林森，表示願「供職蘭臺，博采周詢，甄別善惡，秉片片之直筆，楊大漢之天聲，是則效命宗邦之素志。」其致國民政府委員張繼書中更痛切陳言：「中華民國肇造二十有三年矣，內憂外患，紛迭至乘。國政民風，鼎新革故。而國史未修，是非不定，郢書燕說，淆亂聽聞。其何以振民族之精神；立典型於當代也哉！」（註一五）惟籌設國史館事直至民國二十八年政府遷至重慶後，始見諸議案。

民國二十八年一月，中國國民黨召開五屆五中全會於重慶，委員張繼（時兼中國國民黨黨史史料編纂委員會主任委員）邀史學家朱希祖氏起草議案，請設立總檔案庫與國史館，由委員吳敬恒、張繼、鄒魯等向全會提出。其畧曰：中國國史，不可自吾黨而絕：猶中國國祚，不可自吾黨而亡。良繇民族之所悠久，國家之所以繇延，全賴國史爲之魂魄。又曰：自古以來，滅人之國，必以其歷史爲先務，端繇於此。古人有言：國必自伐而後人伐之。則史亦必自滅然後人滅之。惟中國綿延不絕者，端賴歷史悠久，取精多而用宏，其勢然也。然則自吾祖宗締造歷史，歷史賡續，未有中絕，垂四五千年，而光昭天壤，世界各國，無與倫比。……爲子孫者，豈可妄自菲薄，不爲之繼續撰述，傳之無窮，而自儕於無國史乎！夫欲續歷史，不可不設國史館，欲保存史料，不可不設檔案總庫。蓋國家檔案，爲史料之淵海，國史之根柢，實爲至高無上之國寶，當局締造經營之苦心寄焉，國民勞苦之精神繫焉。故保存之方，尤宜盡力講求。中華建國以來，南北政府檔案，以不甚重視，散佚不少。……以國家如此重寶，付之於不知愛惜者之手，宜其棄之如敝屣也。……至於國史，則中華建國二十八年矣，國史之館，未嘗設立。……徒以倡導無人，規畫無術，貽誤蹉跎，遂爲闕典。及至抗戰，又視爲不急之務。不知存亡絕續之交，史務尤宜重視，捐軀報國，毀家紓難，以及內政外交，軍務戰績，非有專職紀載，何以鼓舞羣倫；宣徽來禩！全會韙其議，決議交國民政府實施。幾經籌議，至二十九年二月，遂成立國史館籌備委員會，以國民政府委員張繼、鄒魯、葉楚傖、鄧家彥、胡毅生、王伯羣、楊庶堪等七人爲委員，張爲主任委員，聘朱希祖爲總幹事。（註一六）下分二組，一組掌規劃國史體例，史料整理，及起草有關國史館法規，並採訪事宜。一組掌文書、會計、庶務等。籌備期間,本定一年，然以戰爭關係，遲未正式成立，其間總幹事一職由朱希祖易但燾。在籌備期間，亦開始進行編纂工作，如抗戰月表，民元以來大事年表長編。（註一七）此項年表長編除部份缺落資料外，已由民元年編至三十五年二月。（註一八）

四、南京時期國史館的內容及其成就

①修史人員和修史方針

民國三十五年三月，中國國民黨舉行六屆二中全會，委員張繼向會報告國史館籌備完成，請明令設立國史館。（註一九）會後，與總幹事但燾先後由渝還都南京。九十月間，籌委會各員陸續督運檔案及史料返京，開始進行成立國史館工作。（註二〇）十二月二十三日，國民政府公布國史館組織條例十二條，規定國史館隸屬國民政府（次年三月行憲後隸屬總統府），掌理修撰國史事宜。其組織遠較北京時期的國史爲充實，置館長、副館長各一人，纂修二十人至二十五人（聘任或簡任），協修二十五人至三十人（十人簡任，餘薦任）助修十五人至二十人（薦任）。行政事務方面，置主任秘書一人，秘書三人，處長三人，科長八人，科員二十五人至三十人，書記官十五人至二十人，雇員二十人至三十人。分設史料、徵校、總務三處，另設會計室及人事室。（註二一）

三十六年一月，國史館在南京正式成立，以張繼爲館長，但燾爲副館長。嗣於南京公園路購置舊屋三楹，積極鳩工補葺。五月中，自中山門外陵園小築遷入辦公。同時禮致羣彥，問故訪長。所聘纂修人員中，頗不乏當代史學大師。茲就歷次館務會議紀錄中，列出纂修、顧問、協修、助修人員名單如下：

纂修：吳廷燮、趙阿南、顧頡剛、汪辟疆、劉成禺、丁實存、景定成、邢藍田、柳詒徵、汪東、金毓黻、尹石公、冒鶴亭、夏敬觀、熊公哲、曾克耑、彭逸龍、王獻唐、黃稺荃、由雲龍、吳北江、尚秉和、陳垣、賀培新、鄭鶴聲（兼史料處長）。

特約纂修：馮自由、濮伯欣、陳旡咎

顧問：吳宗慈。

協修：陳武、朱學浩、陳重堪、王宇高、陳謐、王德亮、茹春浦、袁惠常、馬騄程、熊緯書、張潤泉、夏璟、吳景賢、唐敬杲、魏應麒、劉維漢、馮平、賈宣之、林尹、譚虛谷、孫詒、劉起釪、洪庶安、清景鄭、王凌雲、洸玉清（特約）。

助修：宋右丹、陳廷詩、管笠、李江秋、易叔平、鈕祺、黃毓芬、張揩祚、吳光潤、萬啓宇。

其時國史館人才之多，可謂極一時之盛，且各人均分配有實際的修史工作。館長張繼提示修史的方針，副館長但燾領導修史人員經常集會討論修史的方法與工作分配。因此在僅僅的兩年期間，即有可觀的成效：而其最大的貢獻，則是集合了這些史學家爲國史擬訂了類例及其具體的方法。

關於修史的方針，館長張繼在纂修人員座談會中曾有簡要之說明。畧謂：「①中國歷史體制之善，爲世界所推許。今日修史，當維持中國之正統，以期繼往開來。②中華民國以民爲本，吾國先賢，亦以民爲邦本。故必以三民主義，爲吾今日撰史之依據。③採取外國史學之優點，以補吾國已往史學之不足。④史館纂修人才，最爲重要， 蔣主席曾再三指示，延攬全國各地碩彥，然本館以經費支絀，不能悉數羅致，殊爲遺憾；而事實上，兄弟已盡力延聘。⑤修史方面，兄弟爲一外行，而副館長但植之先生學識優良，希望但先生

爲修史而致力，兄弟願爲公僕，在事務上多盡責任。⑥史館爲學術機關，並非普通衙門，今後深望諸位先生共同努力，以期完成國史之使命，而爲千年萬世建立一不朽之事業。」（註二二）又曰：「中國國民黨爲締造中華民國之唯一政黨。故自國父建黨以來之一切活動，實居中華民國歷史之主要地位。此雖同志間之私語，要亦天下之公論也。本館受命纂修國史，應堅守三民主義之立場，以中國國民黨所組織之合法政府爲正統，對於清末民初之事實人物，皆當直筆書之；而於北洋軍閥之亂政禍國，尤不可稍予假借。」（註二三）

從國史館三十六年到三十七年兩年的館務會議紀錄中，可以看出當時的國史館的眞正精神，在能以纂修人員（包括協修及助修）治館；而修史人員亦有鍥而不捨的修史精神。從兩年的會議紀錄中，更可看出兩年來的成就，其重要者有如國史資料的徵集；國史類例的擬訂；政紀表志傳錄之創稿；館刊、民國碑傳、文獻叢編之編印與籌劃，以下將分述之。

②國史資料的徵集

修史必須有豐富的史料，作爲編纂的依據，方足以信今傳後。惟民國以來，不僅官家無專司之記注，即政府之陳舊檔案，以歷年戰亂，亦多殘缺不全。史料不具，何從載筆？因此國史館之首要工作，即爲徵集國史資料。至其徵集之範圍與方法，亦須根據修史之需要。如非深究史學曷克任此。故國史館在擬訂徵集史料計劃時，即推定纂修柳詒徵氏負責主持，由史料處長秉承其指示，依據唐宋國史資料徵集辦法，參考國史館籌備時期徵集簡則及國史類目草案各子目，擬訂徵集國史資料計劃大綱一種。（註二四）內容節略如下：

國史館成立伊始，應以蒐求史料爲當務之急。惟茲事體大，非一手一足之力所能爲役。必賴各級政府協助，社會人士匡襄，始能舉此鉅業，成爲信史。且國史範圍，所包甚廣，故蒐求史料辦法，亦應不厭求詳。謹本此旨，擬具徵集計劃大綱如左：

①與中央各機關之聯繫：

1.民國肇造以來，舉凡推翻滿清，掃蕩軍閥，抵抗日本侵畧，廢除不平等的條約諸大端，皆爲締造之偉績，亦即民國開創之實錄。邇來黨史史料編纂委員會，業將革命資料，加以蒐集整理；且將以所有資料，另行籌設民國開國文獻館，以資陳列。其間所有文字記載，紀念實物，皆爲國史所當取資。故本館今後應與黨史史料編纂委員會及開國文獻館隨時協商，取得密切聯繫，藉收合作之效。（按過去黨史史料編纂委員會主任委員與國史館館長同爲一人互兼，即本此需要。自六十年以後兩機構主管始分爲兩人。）

2.國防部自三十六年一月成立史政局，並將其所轄各機關部隊學校，次第建立上下貫通之史政機構，以便從事戰史軍事史國防史三種之編纂。……該局所擬編纂之戰史軍事史國防史及所擬蒐集之各種資料，亦皆在國史範圍之內。故本館今後亦應與該局取得密切聯繫，以期有所藉助。

3.夫史料之累積，不僅專賴一時之蒐求，而尤貴有經常之整理及保存方法，是以歷代起居注實錄，皆有專門撰述之人，故至修史之時，綴集甚便。今後擬由本館呈請國民政府通令各機關，皆仿國防部史政局之例，從速建立史政機構，其辦法可就各機關現有之資料室編審室編譯室公報室，以及其他調查統計等部分，斟酌損益，合併設立，專司各該機關所管業務史料之蒐集及整理，勒爲專編，連同所有重要資料，按年移送本館，以備采摭。在各機關史政機構尚未成立之前，可先各據已有資料，將其所管業務之沿革，遞嬗之經過，詳爲叙述，編爲一書，如立法院所編「中華民國立法史」；教育部所編之「第一次中國教育年鑑」（現在續編第二次中國教育年鑑）；交通部鐵道部合編之「中國交通史」等書之例，或自行出版，或逕將原稿移送本館，以供撰述各志之參考。

4.自三十年十月國民政府公佈各機關保存檔案暫行辦法後，各機關以其所存檔案目錄移送本館以備採擇者，固屬甚多；然未切實奉行者仍屬不少。今後尤望各機關對此特別注意。凡已失時之檔案，先行造具目錄清冊送館以備選擇，或逕將全部失效檔案移送本館以便整理；其未失時之檔案，亦應准許本館隨時派員前往調閱鈔錄，其中含有秘密性者，經告知本館自代守秘密。至於各機關保管檔案之負責人員，亦宜隨時與本館直接取得聯繫。遇必要時，並得由本館畀以名譽職，受本館之委託，代辦鈔錄指定有關之檔案。

②與地方各機關之聯繫：

1.本館徵集各地方之文獻資料，必須透過地方文獻徵存機關。……宜由本館分函各省市政府，調查各省市通志纂修之情形，與文獻保存之實況，以便隨時與各省通志館及文獻委員會直接取得聯繫。……

2.各省市通志及各縣縣志，業經全部或部分纂修完竣並已出版者，請……盡量寄贈；……尚未出版者，請將已成部份目錄鈔寄。……至於文獻委員會所有文獻資料，亦請造具目錄清冊寄館審閱。……

3.為與各地文獻徵存機關密切聯繫起見，各該機關負責人員，如各省市通志館長，縣志局長，及各省文獻委員會主任委員等，得由本館酌量聘為名譽職，隨時受本館之委託，辦理指定之採訪編輯事項。並可按其工作情形，酌給採訪編輯費用。

③徵集之範圍：

1.政府機關之文書（子目畧，下同）。

2.公私團體之記載。

3.公志。

4.名人遺蹟。

5.私家撰述。

6.報章雜誌。

④徵集之方法：

1.徵集之方式：①由本館設置徵訪員，②請各機關指定專門人員。③由本館徵訪。⑥請各機關隨時寄贈其所出版之期刊公報專著年鑑等。

2.協助徵集之機關：①中央為國民政府所屬各院部會等。②地方如省市縣政府等。③中央及地方文獻徵存機關，如黨史會、開國文獻館、中央研究院、博物院、圖書館、省市通志館、省市文獻委員會、縣市修志局。④社會團體，如各地文化團體與工商農會等。⑤出版機關。⑥海外各地。

3.獎勵辦法：為鼓勵各方協助徵集國史資料，宜按貢獻之大小，價值輕重，訂定獎勵辦法：①請政府褒揚，②本館發給獎狀。③聘請擔任名譽職。④致送酬金。⑤贈送本館出版書刊。⑥贈送其他書籍。（註二五）

上項計劃大綱，呈由國民政府備案並通令各機關遵行。截至三十七年九月止，所獲史料計有各機關移送之檔案六十二萬九千八百五十二宗，各地方之省縣志書一〇八種，民國名人墓誌銘、神道碑、墓表、家傳、別傳、行狀、行述、事畧等八〇三篇。其他日報、雜誌及中央地方政府公報，亦皆稱是。（註二六）其中最重要的，則為從內政部接收之檔案：一為國府各機關歷年舊卷；一為民國十七年所接收之北平府院舊卷，其中且有清季卷宗數十擔。（註二七）

此外，國史館北平辦事處所徵集之史料，亦至可觀。北平為我國故都所在地，文獻史料，實萃於斯。自國史館成立時，即在北平設立辦事處，由纂修金毓黻負責，並聯絡北方史學專家，從事史料搜集與史稿撰述。所得材料，至為豐富。其重要者如瀋陽所存內閣大庫殘稿六萬餘件，北平攝政王府檔，北京政府參加巴黎及太平洋兩次會議全檔（存徐伯章家），清季內閣官報，民元以來政府公報。又有日報數種全份，中如盛京時報全份，起光緒三十年，訖民國三十一年，歷時四十年，重量將及一噸。上項史料，因交通中斷，未能南運。

又廣州為我國革命策源地；南方文獻史料，亦以其地為中心。開國耆舊，尚多健在。關於史料之考證，可隨時詢問質正。故國史館為收集革命史料，及南方文獻起見，擬仿北平辦事處辦法，於三十八年度計劃成立廣州辦事處，以為國史南方之採訪中心。如此南北互相策應，而以南京爲中樞，則全國史料，將不難盡量網羅矣。（註二八）惜以時局動亂，未能實現。三十八年初，南京疏散，國史館遷至廣州，再撤往重慶，所有人員及史料史稿，均陷大陸。

③國史類例之擬訂、

根據中國史籍之正統，國史館決將國史體例分爲紀傳、編年二體。前者稱志傳體，由纂修柳詒徵氏主持之；編年體由纂修劉成禺氏主持之。

柳氏擬訂傳志傳體之類目，含紀、傳、志、表及圖錄五項。茲分述之。

紀：纂修金毓黻氏曰：國史立紀以記大事，直稱本紀，不冠他名。又曰：本紀與列傳相對待，編年紀大事，以爲列傳所本，故曰本紀。滿清以往，君曰天子，尊無二上，故以君上立紀。民國無君而以民國紀年，其數可至億萬，不因易元首而更改元。今宜直稱本紀，按年編次以紀大事，以爲錄傳志表諸體之本。或謂民國無君，不宜立紀，應別爲大事年表，不悟本紀亦爲表之變格，其名雖異，其實則同。本紀之尊於表，以其爲國史之綱領也。（註二九）副館長但燾氏曰：昔之所歸往者爲帝王，今之所歸往者爲林總之齊民。國之治亂興替，繫於蒸民。而提絜蒸民，齊一其趣向，以肇造區夏者，則首出之英哲也。民國之所自出，爲革命諸先烈。故國史之體例，當仍本紀。由民國紀元以上溯興中會、同盟會，曰革命本紀；由紀元以迄國民政府始建，爲民國本紀。自茲以至億萬世。又曰：今正史以民國紀元，紀民國之大事，正合準諸古昔。沿用本紀之名，良以本紀彙編年之體，以紀衆事，若網之在綱，興亡盛衰之跡，朗若列眉，分明易尋。無本紀而有列傳，殆似錢之無貫，裘之無領。本紀詳大政，例傳述衆事；本紀所不賅者，則分見於列傳。史遷紀傳之體，歷代相承，奉爲正史，不亦宜乎。（註三〇）

國史館依據柳詒徵氏之提議，將紀之名稱暫定爲大政紀或政紀。民國前者爲民國前紀。其限斷起民國前興中會訖民國元年臨時政府成立止。紀時用陽曆，並附註甲子；惟前紀中須對照夏曆。不書春夏秋冬四時。（註三一）大政紀或政紀之書法，擬訂初稿如下：凡任免各院部會長官、疆吏、大使、公使，特任官以上書；其他用捨有關國是者以特例書之。凡，省議會，國會議長之選舉罷免有關國是者書。凡有大災異者書。凡公布重要法律書。凡宣戰、講和書，締盟約條約書。凡國際大會議、大變故書。。凡新發明新發現，有關政治學術者書。。凡庶政改革有關國是者書。凡用兵大者書。凡大罷工、罷學書。凡友邦元首執政更易，有關本國者書。凡頒布實錄、方略、禮制、樂典書。凡更改省區書。凡收復失地書。（註二二）

傳：纂修金毓黻氏曰：傳所以記卓出人物，類於往代英賢傳記。故民國史亦不廢斯體。案開國以來，遇有勳賢逝世，烈士死節，政府頒令褒獎，每曰：「生平事蹟存備宣付國史」。實則功令徒具，載筆未聞。然國史之宜有傳，定於此矣。又曰：國史宜分專傳、類傳兩部，專制時代專傳重於類傳；民主時代類傳又應多於專傳。故國史祇應爲邦國柱石安危所繫之元首勳賢立專傳，其他則入類傳。惟手創民國，繼往開來，如　國父孫先生一類人物，乃能爲之立專傳耳。類傳應仿前史，立忠義、循良、文苑、方技、游俠、卓行諸目。然前史有儒林傳，今則改立師儒，學博兩傳，師儒傳以記有傳授諸師，學博傳以記鑽碍科學諸學者。又立方鎮、貪吏、奸黨諸傳，開國以來割據諸帥入方鎮，以貪墨敗者爲貪吏，附敵叛國者爲奸黨，擷其巨憝，以示懲儆。其僞滿始末，則具僞國傳。今世女子參政入官，與男子等，故國史不立列女傳。（註三三）吳延燮氏分傳爲開國、文治、武功、循良、師友、留學、儒林、文苑、酷吏、列女、奸黨、刺客、逸民等類，而無專傳。（註三四）柳詒徵氏提議列傳之體循例應分專傳、滙傳、類傳三種。類傳之目，國史館依據各纂修之提議，規定如下：一曰忠烈，二曰循良，三曰孝義，四曰卓行，五曰師儒，六曰科學，七曰文苑，八曰藝術，九曰貨殖，

十日奸僞。（註三五）

民國元首，宜立大傳，先創 國父大傳，林主席大傳長編。由纂修柳詒徵、劉成禺、冒鶴亭、汪辟疆從事修纂之。（註三六）

志：金毓黻氏曰：志以述典章經制。故撰史莫難於作志。民國以五權憲法，樹立政治機構，國民政府之下，分設五院，行使五權。而行政院下分設若干部會，於是吾國之政治，綱舉而目張矣。此各院部會之分職，即國史立志之大凖。若敘立法及司法，則作法制志；敘財政則作政志；敘教育文化則作文教志；敘陸海空軍則作軍事志；敘經濟建設則作產業志；敘路電郵航四政則作交通志；敘建築水利則作浚築志；敘考試銓選之法則作考銓志；敘監察之制則作監察志，此皆五院各部會之所掌也。前史有地理、職官、經籍（或作藝文）諸志，今亦仍之。近世學術分科，經部散入各科，故易經籍志爲典籍志。又立民族志，以明各族之彙爲一流、而社會情狀附焉。立禮俗志，凡俗定約成之婚喪祭儀，介乎禮俗之間，而未經政府頒定者，皆錄入焉。立學術志，工藝志，語文志，皆爲前史所無，而爲民國史所特具。立宗教志，以闡述各教。立邊防志，以闡邊疆各族與中朝之關係，前史作釋老志及外國傳，皆此教此志也。（註三七）以上志目凡二十。吳廷燮分志目凡十六，即地理、農政、林產、礦產、財政、交通、軍事、職官、刑法、水工、禮、樂、經籍、祥異、學校、宗教。（註三八）國史館依柳詒徵氏所擬分志目凡三十，即曆法（子目畧，下同）、地理、水工、民族、立法、職官、國防、警憲、財政、交通、農林、工礦、商務、衞生、邦交、邊政、僑務、司法、文教、考試、監察、政黨、社會、宗教、禮俗、樂劇、藝術、語文、典籍、災異。（註三九）

表：金氏曰：表以佐紀、錄、傳、志之不逮，亦爲國史必備之一體。今先立數表以示例，曰中樞勳賢官長表，曰地方長吏表，曰議會表，曰內外使節表，曰學者表，曰蒙藏部族表。其他應立之表，隨宜續作，以合於史法爲主。（註四〇）但燾氏以爲國史當增革命年表，執政年表，疆吏年表，革命勳賢表，抗戰先烈表，疆域道里表，國用表，忠義表，交聘表，失地表，院部長官表，大事年表。（註四一）吳廷燮氏分表凡六，即黨會表，諸官表，各縣市鎮村表，民族譜牒表，關稅表，交聘表。（註四二）國史館依吳、金、鄭（鶴聲）之商例，定表目如下：行政組織系統表，開國勳舊表，抗戰功勳表，院部會長官表，省市長官表，蒙藏部族首長表，中外使節表，國會議員表，國民大會代表名表，勳獎表。（註四三）

圖錄：或稱圖譜，如章服器用疆域賦役刑法之制，無圖則學者不能瞭然。今後國史列表附圖，似不可闕。（註四四）國史館定各種圖錄分別附於志傳之內。（註四五）

以上爲志傳體，以下言編年體。

編年之史，以春秋、竹書爲最古；以通鑑爲最覈。春秋但有宏綱，通鑑則詳敘事實之外，間及論斷。纂修劉成禺、汪辟疆曰：志傳與編年，名雖爲二，實則皆正史也。即就其溝通言之，志傳之紀表，向皆用編年之法；而編年體之實錄，亦兼有附以列傳者。（註四六）金氏曰：作史之序，先成長編。昔司馬光纂資治通鑑曾用此法。國史初稿，先撰長編。長編應立二名，一曰民國通紀，一曰民國會要。通紀用編年體，分年紀載，年下分月，月下分日，其體畧如明清實錄，亦用續通鑑長編之法，其有異同，列爲子注。會要分類紀載，畧如通典通考，亦參用前代會要會典之法。通紀以述理亂興衰；會要以述典章經制。編纂通紀、會要告一段落，即據通紀以撰國史本紀；據會要以撰諸志，而傳與錄，皆資通紀以成篇。（註四七）故通紀爲編年史之長編，亦即本紀之底本。而會要則爲諸志底本。

編年史長編屬草之初，宜將民國以來大事，就已往事迹，分爲若干時期；再於時期內區別要目，以便修史人員自由認定。其擔任某一時期者，即可從事史材之採訪與編纂。纂輯雖爲分工，載筆宜歸劃一

。（註四八）

編年史長編以民國爲主體，起自民國元年一月一日。其在民國元年以前關於興中會、同盟會，以及辛亥革命，得別爲一編，曰民國前紀。自民國建國到抗戰結束，應分別劃分時期；再於每一時期內分別若干目。（註四九）

附民國編年長編目（註五〇）

革命前紀——民元年以前
（一）興中會至同盟會
（二）一切革命秘密組織
（三）清廷與革命黨
（四）革命黨與反對黨

開國紀——民國元年至二月（註五一）。
（一）武昌起義
（二）各省獨立
（三）民國共和政體之成立與孫大總統
（四）清廷遜位

北洋軍閥紀——民國元年二月至民國十二年十二月
（一）臨時大總統袁世凱
（二）第二次革命
（三）袁世凱竊國
（四）西南討袁之役
（五）黎元洪
（六）復辟之役
（七）馮國璋
（八）孫總理就大元帥與北伐
（九）南北戰爭
（十）廣州軍政府及護法
（十一）徐世昌
（十二）歐洲和會與我國
（十三）五月四日之學生運動
（十四）曹錕與吳佩孚
（十五）孫總理就任非常大總統
（十六）奉直之戰
（十七）陳炯明叛變
（十八）二十一條與國民抵制日貨
（十九）曹錕賄選
（二十）吳佩孚謀抗粤

統一紀——民國十三年一月至民國二十年八月
（一）國民黨第一次全國代表大會
（二）建國與建軍
（三）總理逝世
（四）廣州國民政府成立
（五）共產黨
（六）北伐
（七）國共之分化
（八）國民政府蔣主席就職
（九）戡定西北
（十）鄂贛剿共之役

抗戰前紀——民國二十年九月至二十六年六月（註五二）

抗戰紀——民國二十六年七月至三十四年八月

以上各期分目未盡恰當，作爲編纂人員之參考尙無不可。

編輯長編，實爲修史之初步，此不僅編年有長編，即志傳體亦須有長編。故柳詒徵氏有編輯總長編與編輯分長編之倡。所謂總長編者，以事繫日，以日繫月，以月繫年，辨具事之異同虛實，爲之次第排比，屬辭比事，必詳必確。所謂分長編者，如職官志可編職官志長編，食貨志可編食貨志長編，藝文志可編藝文志長編，紀表傳亦可各爲長編，以供異日撰述之要刪。（註五三）柳詒徵氏之總長編及分長編，亦即金毓黻氏所倡國史記注之法。金氏曰：國史記注，應立四名：一曰民國日曆，二曰民國時政記，三曰民國通紀，四曰民國會要。記注之序，始以日曆、時政記，繼以通紀、會要，以爲修國史之初步。日曆取當時事，隨所見聞，按日記載，月爲一冊，以當往代之起居注及日曆，他日彙而成編，即爲通記。時政記取當時政事典章，分類記載，亦月爲一冊，他日彙而成編，即爲會要。通紀體視前代實錄，以年爲經，舉凡朝章國故，悉爲賅載，以國史爲總錄。會要體視前代會要會典，分爲若干類，側重典章制度，兼詳通紀所不備。通紀、會要皆得視爲長編。日曆、時政記始創其始，通紀、會要會其通。皆備記注之一體。（註五四）纂修汪辟疆曰：日曆與通紀相同，時政記與會要無別。只編纂通紀會要，可免有重複之患。中夏歷史，大別為動靜二者，動者文治武功，可以通紀書之；靜者典章制度，皆有淵源沿革可尋，可以會要書之。國史館決議曰：日曆、時政記、通紀、會要四者，皆國史之記注，自應同時分別編纂。（註五五）今國史在臺北所編之「中華民國史事紀要」，其名曰紀與要，其內亦似通紀與會要之綜合。

④政紀表志傳錄之創稿

國史類例既定，因即分工編撰。仍就修史人員之興趣分為志傳、編年兩組進行。每組領以學博望重之纂修，配以協修、助修，從事政紀表志傳錄之撰述。纂修柳詒徵、尹石公、金毓黻領修志傳組；纂修汪辟疆、冒鶴亭領修編年組。兩組每年舉行聯合座談會一次，商討資料之蒐集及史稿之撰述諸問題。截至三十七年九月底止，志傳組已成擬傳一百四十二篇，其中多為開國勳賢，及國府宣付之名人；編年組亦正撰擬民國元年至十年之編年史長編，期以六個月內交稿，預定在三十七年底完成。期於未來一年之內，再成擬傳一百篇，編年史長編二十年。（註五六）另各修史人員所分撰之志表日曆通紀實錄等，亦正積極進行中。

各修史人員除分撰列傳或編日曆、大事記外，並各認編志表及長編多寡不等。茲就國史館兩年會議錄中尋出各人認編之類目如下：

纂修方面：

劉成禺：開國前紀及開國紀。
汪辟疆：開國前紀及開國紀，監察志。
柳詒徵：典籍志，藝文志。
尹石公：典籍志，國民大會代表名表。
趙阿南：考試志，職官志。
丁實存：民族志，邊疆志，武昌起義始末，蒙藏部族首表。
吳廷燮：地理志，鐵道志，河渠志，民國以來職官表。
冒鶴亭：民國通紀第二段（民十六年至三十七年），整理補充籌備時期所編之大事長編，主編大政記。
熊公哲：黃埔訓練紀。
曾克耑：財政志。
尚秉和：蒐集民國碑傳集。
黃穉荃：四川民國人物表，四川民國勳賢表。
金毓黻：民國通紀第一段（民元年至十六年），中央長官年表（北京政府時代，初稿已成）。
由雲龍：護國紀實。
汪　東：禮樂志。
夏敬觀：編年體長編。
邢藍由：民國以來山東人物表。

協修、助修方面：（編志者多認其中子目之一二）

王凌雲：禮樂志。
陳　武：政黨志，西南討袁之役。
王德亮：抗戰紀，文教志。
李江秋：考試志，災異志，張勛復辟史。
陳廷詩：四川保路運動始末，四川革命史長編。
陳重堪：僑務志，中外使節表，華僑分布地域地名對照表。
易叔平：邦交志。
朱學浩：袁世凱竊國始末，語文志。
茹春浦：立法志。
馬驂程：抗戰前紀。
濮一乘（徵校處長）：宗教志，九一八事變始末。
熊緯書：社會志（團幫會社迷信），樂劇志（戲劇說明），藝術志（書畫）。
宋右丹：黎元洪，復辟之役始末，院部會長官表。
張潤泉：政黨志，各省獨立之始末。
鈕　祺：二次革命，西南討袁之役始末。
夏　璟：財政志。
吳景賢：文教志，民國官史表（附各省方志纂修情形）。
魏應麒：國防志。
賈宣之：考試志，勳獎表。
劉維漢：宗教志。
張揩祚：司法志，政黨志。

唐敬杲：中國名人索引(甲午以後)。
孫　鉞：地方民政長官年表(北京政府時代，已成初稿)。

以上已有部份完成初稿。國史館計劃在三十八年度中擇要先行付印一部份，藉與內外學者質證。(註五七)惜以大陸失陷，未見實行。

⑤館刊、民國碑傳集、文獻叢編之編印與籌劃

國史館爲溝通內外學者之修史意見，並爲發表史稿、史料，有國史館館刊之發行。又所獲民國以來耆舊碑傳，將及千篇，皆爲國史列傳之主要材料，特計劃印行民國碑傳集。至其他重要國史文獻，有供各方參考之價值者，亦擬分門別類，陸續印行，定名爲民國文獻叢編。茲分述之。

國史館館刊，於民國三十六年十二月創刊，至三十八年一月計出版五期。其主旨以研究史學方法，以及關於文獻之整理國史體例之商榷。內容分爲論著、專著、史傳、史料、文藝、館務、附錄七類。(註五八)內容充實，水準尤高。本刊之創辦，在國史館纂修人員第一次座談會中，纂修顧頡剛提議，以爲「史料貴於研究；而研究所得，尤貴供諸社會。故希望吾國史館能倡辦一研究近百年史之刊物，以供世人閱讀。」(註五九)旋即組織館刊編輯委員會，編輯委員由各纂修任之，副館長但燾爲主任委員，以柳詒徵、劉成禺、汪東、汪辟疆爲總編輯。各期重要論著或專著(有關國史者)有：

但　燾：國史體例雜議
金毓黻：國史商例
劉成禺、汪辟疆：編年史長編畧例
金毓黻：釋記注
馬騄程：中華民國史義例及意見書
劉成禺：先總理舊德錄(以上一卷一號)
但　燾：國史館制度雜議
吳廷燮：國史義例
孫　詒：仁湖摭談
金毓黻：舊京史館述聞(以上一卷二號)
但　燾：修史雜議
金毓黻：論史官制度及其任用法
金毓黻：讀清史稿劄記
吳宗慈：臺灣鄭氏舊部在江西興國縣起兵抗清始末記(以上一卷三號)
柳詒徵：碑傳懸案
吳廷燮：景牧自訂年譜
吳宗慈：江西棚民始末記(以上一卷四號)
柳詒徵：述實錄例
金毓黻：國統與正統
由雲龍：上但副館長論國史體例書
吳廷燮：錢路大事記
由雲龍：清故脞錄(以上二卷一號)

此外尚有國史擬傳及碑傳備采多篇。館務會議紀錄爲修史問題之討論與報告，爲研究史學之重要文獻。

民國碑傳集的編纂，是爲國史立傳的準備。其意義與目的，金毓黻氏在「民國碑傳集序例」中有云：「民國之興，垂四十載，史館規模粗立，國史體例尚待商榷；然應爲勳賢耆獻立傳，則爲不易之經。是則裒錄民元以來諸家碑傳，都爲一集，以供史官載筆，詎非當急之務哉！」又曰：「前代名公鉅卿，以宣付史館立傳爲飾終之榮典，民國亦循斯例。惟國史傳草未可遽布於外，刊此數百篇之碑傳，足以昭勳績於天壤，垂姓字於方來，程效其功，與立傳等。」(註六〇)國史館之編纂民國碑傳集，是根據纂修金毓黻、尹石公、丁實存、鄭鶴聲及協修陳謐的提議，制訂畧例。要點如下：①所收碑傳，以民國成立以來爲斷限，凡卒於民國紀元以後者，悉在甄錄之列。②暫分勳賢、將帥、長吏、使節、學者、忠烈、循良、孝義、卓行、遺逸、藝術、貨殖等類，應增應減，不爲拘定。③近人文集、筆記、專著、雜著及報章雜誌檔案所載者，詳檢錄出。經黨史會蒐集者，亦一併迻錄。④登報或通訊向各方廣爲徵求。⑤凡已徵得之碑傳志狀，先油印分送各修史人員。⑥所收以可在國史立傳者爲標準，但範圍不妨稍寬，以便

選擇。⑦蒐集達千篇時，即編爲一集隨時付印。（註六一）今見國史館館刊中所列民國碑傳集篇目表，已有五百五十五人的碑傳，計爲七〇一篇。（註六二）其中頗多不易常見的文獻，惜未能印出流傳。

民國文獻叢編。纂修金毓黻氏以爲國史館所撰史稿，未能即時刊布。惟館刊之外，當別編民國史料叢編一種，或稱民國文徵。例如武昌革命、張勛復辟紀事專篇，敢見各書報告者，均可彙爲一編，分期出版，以爲館內修史之助，並可供館外專家利用。（註六三）又曰：昔者章實齋有方志立三書議。所謂三書，一曰志，二曰掌故。三曰文徵是也。夫方志具國史一體，三書亦國史所應備。今修民國史，亦應爰立三書，一曰民國正史，二曰民國掌故，三曰民國文徵。國史體例，擬承前代正史紀傳一體之舊，即比於章氏之所謂志；凡專紀一事一人，具有原委體系，以視近人所輯中國秘史、中國近百年史料之體者。則謂之掌故；凡彙萃各單篇記載，涉及民國文獻，以視往代文粹文鑑之體者，則謂之文徵。掌故一書，尚待比輯，近本館編輯之民國碑傳集即爲文徵之一種。碑備之外，更應周諮博訪，以致完備。茲擬合掌故、文徵爲一書，總稱民國文獻叢編，以當記言記事之簡。依此而撰成民國正史，即爲勒成刪定之筆。國史館當前工作，應以蒐集史料、整理史料爲急務；整理所得史料以爲叢編，分期印行，內則足爲史官載筆之資，外則可供私家撰史之助，一舉而兩善備，莫要於此。因定民國文獻叢編纂輯畧例如下：①本編定名爲民國文獻叢編，分期印行，年出一輯。②本編就已蒐得之民國史料，加以比輯訂正。③本編就掌故、文徵兩類混合編列。④本編於長至萬言以上之史料，亦可自爲一冊。（餘畧）（註六四）

國史館之民國文獻叢編未見其出版。維目前臺北公私機構編印民國或現代之文獻叢編之風頗盛，如中央研究院近代史研究所編印之「中俄關係史料」、「中美關係史料」，開國文獻委員會編印之「中華民國開國五十年文獻」、「共匪禍國史料彙編」、「中日外交史料叢編」，黨史會編印之「革命文獻」等。而私人出版社或書局亦有類似之現代史料叢刊等印行。

五、餘　論

以上所述南京時期的國史館，是根據當年國史館僅留下的五期館刊資料，鈎出當時的一點輪廓。掛漏的地方，當然很多。不過我們可從這點輪廓中，看出當年國史館的規模和精神，頗足令人嚮往。就其規模而言，能在短暫的兩年中，集合這麽多的一流史學家及國學家，來修纂國史，這不僅在近代中國無此盛況；即在以往各代亦不多見。就其精神而言，當年國史館的主持人和一些主要的修史人員，其本身經歷即與中華民國的開創具有不可分割的關係；或爲忠於史學之專家。故不但珍惜國史，且大有修史報國的心情。故能在短短的兩年中，爲國史訂下一套完美的制度和方法；爲修史留下寶貴的智慧和經驗。目前我們修史的環境，固較南京時期爲優：但最感缺乏的，恐怕是修史報國之士。

附註：

註一：黨史會編「國父全集」第四冊七一－七二頁（民國六十二年出版）

註二：同右，七二頁。

註三：「中華民國史事紀要」－民國元年下冊四三三－四三四頁（民國六十一年四月中華民國史料研究中心出版）

註四：同右，七二五頁。

註五：王代功「湘綺府君年譜」民國三年記事。（臺北文海出版社影印五九六號）

註六：李劍農「中國近百年政治史」下冊四一八－四一九頁（臺北商務印書館出版）。

註七：同註五，民國四年記事。

註八：吳相湘「民國百人傳」第三冊

三二一頁（民國六十年，傳記文學出版社出版）。

註　九：國父與蔡孑民張蔚西二先生論民國史書，見「中國近代史論叢」第一輯第一冊「史料與史學」一一七—一一八頁（包遵彭等編，臺北正中書局出版）。

註一〇：同右。

註一一：金毓黻「舊京史館述聞」，見國史館館刊第一卷二號。

註一二：同右。

註一三：同右：

註一四：國史館館刊一卷二號一一六頁。（以下簡稱館刊）

註一五：吳相湘「民國百人傳」第一冊三七九—三八〇頁。

註一六：羅香林「朱希祖」，見「中國文化綜合研究」三一一—三一四頁（民國六十年中華學術院編印）。

註一七：館刊一卷四號一六〇—一六三頁。

註一八：館刊，一卷三號一五三—一五四頁。

註一九：館刊，一卷一號九二頁。

註二〇：館刊，一卷一號一二七頁。

註二一：館刊，一卷四號一六三頁。

註二二：館刊，一卷一號一〇九頁。

註二三：館刊，一卷一號一二六頁。

註二四：館刊，一卷二號一三三頁。

註二五：同右，一三七—一四〇頁。

註二六：館刊，一卷四號一五九頁。

註二七：館刊，一卷三號一四三頁。

註二八：館刊，一卷四號一六〇頁。

註二九：金毓黻「國史商例」，見館刊一卷一號一四—一五頁。

註三〇：但燾「國史體例雜議」，見館刊一卷一號三—四頁。

註三一：館刊，一卷一號一一七頁。

註三二：館刊，一卷二號一三一頁。

註三三：同註二九，一六—一七頁。

註三四：吳廷燮「國史義例」，見館刊一卷二號四三—四五頁。

註三五：館刊，一卷一號一一七頁。

註三六：館刊，一卷四號一四八頁。

註三七：同註二九，一七—一八頁。

註三八：同註三四，四一—四三頁。

註三九：館刊，一卷一號一一八—一一九頁。

註四〇：同註二九，一九頁。

註四一：同註三〇，四頁。

註四二：同註三四，四三頁。

註四三：館刊，一卷一號一一八頁。

註四四：同註三四，一一頁。

註四五：館刊，一卷一號一一九頁。

註四六：劉成禺、汪辟疆「編年史長編畧例」，見館刊一卷一號二一頁。

註四七：同註二九，二〇頁。按金毓黻氏「國史商例」有錄一體，即「類以事爲綱，具賅一事本末，而成篇章。畧如吾國之紀事本末體。」

註四八：同註四六，二二頁。

註四九：館刊，一卷一號一二二頁。

註五〇：長編目據卷四六，二四—二六。

註五一：「開國紀」之原文爲「革命紀」，照國史館三十六年六月二十日會議錄改。

註五二：以下據國史館三十六年六月二十日會議錄（館刊一卷一號一二三頁）。子目未定。

註五三：館刊，一卷一號一一五頁。

註五四：金毓黻「釋記注」，見館刊一卷一號三一頁。

註五五：館刊，一卷三號一五八頁。

註五六：館刊，一卷四號一五九頁。

註五七：同右，一六〇頁。

註五八：館刊，一卷二號一三五頁；一卷三號一六〇頁。

註五九：館刊，一卷一號一一二頁。

註六〇：館刊，一卷二號一四〇—一四一頁。

註六一：館刊，一卷三號一四三頁。

註六二：見館刊一卷二號一四一—一五五頁。

註六三：館刊，一卷四號一二八頁。

註六四：同右，一三〇頁

金陵遊踪

羅時實

余自民十肆業南高，至抗戰初起，除留學與居浙期間，至少有十年以上住南京及其近處，遊屐所經，比遯叟更爲廣泛，爰濡筆寫此。爲免重複，先說郊區及其近處。

歐陽修環滁皆山也

醉翁亭雖在滁縣，離南京不算太近，因津浦鐵路經過，渡江車行一時餘，步行片刻便到。以此南京學生遇有集體旅行，甚少不去醉翁亭者。其實地方亦甚平凡，最能吸引遊客仍是太守文章。（汝南太守歐陽修寫的「醉翁亭記」）能使讀者神往，蘇子瞻的大字，爲碑亭生色而已。所謂醴泉自然都以先嘗爲快，可能是余缺乏品茗經驗，雖然泡的好茶，並未嘗出特殊風味，也使人有名實不符之感。另有豐樂亭稍見邱壑，亦歐陽太守所建，碑文中稱「滁於五代干戈之際，用武之地也。昔太祖皇帝嘗以周師破李景兵十五萬於清流山下，生擒其將皇甫暉姚鳳於滁東門之外，遂以平滁。」因金陵爲江南重鎮，守金陵者以此處爲江北前衞，自北南侵之敵，得此則長江天塹各有其半。近處有山（豐山與清流關）利於防守，故滁雖小邑，却爲兵家必爭之地。

我寫金陵遊踪首及滁縣，是因第一學期便隨同學到此，且因此行獲識一位比我更愛遊覽的同學。在東大四年，他帶我繞城三匝，踏遍高資下蜀間的每一山頭，橫穿方山，從牛首山步行經板橋到秣稜關，在雲臺山上望見江邊的采石。我二人都不是地理系學生，却生成一股傻勁，到處留戀風景，以走路爬山爲樂。到第三年又加上一位美國教授，他能和我們共同生活，只多帶一盤蚊香，一條毛毯，一瓶藥沙水，（清除蟲蝨）便和我們住飯店，騎驢子，吃簡單野餐，認爲極大樂事，回來休息一晚，第二天教書格外多出一些風趣。我的同學遊伴是湖南歐陽翥先生。他比我早一年入學，進的是南高教育科，稍後改習心理，和吳定良翁之鏞幾位，鎮日在實驗室工作。隔兩年又愛好動物學，和我同年赴歐，入德國柏林大學研究。他的科學博士論文是研究人腦組織，發掘這一部門知識的先驅，全世界可以數到的幾位權威之一。美國教授中名温德 Pobert Winter，來華之前原是芝加哥大學法國文學副教授，歐陽翥、翁之鏞和我三人都是他德文班上學生，他發現歐陽和我歡喜郊遊，便欣然加入，更鼓起我們的遊興。東大校潮之後，他被一羣教授邀往清華，是清華英文系中最具吸引力的教授。戰時他隨清華先遷長沙，再遷昆明（聽說清華有少量鐳，是託他帶出的），大陸淪陷便和他失去聯絡。

遊醉翁亭是早上七時乘馬車去下關江邊，渡江趕九點鐘車，約一時半便已到達。十二時乘車南返，兩點以前在浦口下車。在別的同學爭着往輪渡走時，一操純粹湘音，身體結實，衣着樸素的同學指向左前方臨江一列小山，上有石塔的地方說，那裏似乎還可看看，問有誰和他同去。我見大家都快上輪渡，又知道輪渡是每一小時一班，便和另一同鄉劉哉跟着他走。這位湘音同學就是我上面說的最好遊伴。我等步行約半小時走上山頂石塔所在。山只十幾丈高，南臨大江，眼界廣濶，東北有一平原，全屬稻田，雜有幾處村落，小山環繞，一水直通長江。鄉人和我們說，這石塔是韓蘄王的將臺，山脚江邊屯過十萬人馬。金國四太子在揚州大造戰舟，被韓世忠和他夫人梁紅玉戰敗之後，棄舟登陸，圍困在前面山窩之內，正在萬分無奈，想尋短見之時，遇見書生叩馬，獻策於夜間製造小舟，趕漲潮時遁出長江，沿北岸順流而下，經瓜州集合，沿運河向北退却，便可再圖大舉。

我們來時只是游興未盡，有件便前去看看，却未料到這一看便看出一個歷史上的重要關鍵。因這一書生不僅對兀朮貢獻了脫險計策，還把南宋君臣偷安，內部不和情形和盤托出。他說：「未有權臣在內，而大將能立功於外者，岳少保自身且不保」。因他斷定岳少保無法完成直搗黃龍的壯志，他便忍心作一漢奸，硬勸兀朮不可灰心，只要稍事休息，便可再舉。史書雖未提到這一書生的姓名，提早結束南宋偏安之局，這句話多少會有點影響。

霸王別姬烏江何在

韓蘄王的將臺經過下關江邊，晴雨都可看到。江輪往返可以看得清楚，可是南京本地人很少去過這裏。因爲有事過江的都是去浦口車站，將臺在山頂，山上沒有人家，所以少有人去。我曾問過在北大畢業江浦籍的羅從豫先生，他曾聽過叩馬書生的故事，並說梁紅玉桴鼓助戰的黃天蕩，就在下游不遠處，這一帶在南宋有過重要戰役，則是信而有徵的。

我雖住南京有年，但只到過幾次浦口。從下關渡江，在浦口登岸，向右走是韓蘄王將臺，向左坐汽車走一小時，在江浦與和縣中途有一小河，便是楚霸王項羽自刎的烏江。我在民國二十六年十二月一日下午四時經揚州，傍晚經過此橋，稍有停留，憑弔這另一歷史悲劇的主角。這位先生從二十歲起兵，三十歲結束（西曆紀元前二〇二年），雖未得鹿，却贏得讀史者的同情，經司馬遷的文筆刻劃，認爲千古英雄。當時他原可渡江入吳，爲愧對江東父老，不忍再令地方塗炭，自願付出自己生命，作失敗代價。我總算有緣，在離開江蘇之前，在此有幾分鐘的停留，未曾錯過這一具有歷史價值的所在。據說明太祖朱元璋從和州渡江，也是從此處落船，進攻采石。他從濠州帶來之青皮光棍與地痞流氓，在奮戰之後肯歸正的，不被殺絕便是封侯。他和早他一千五百年的項王同是江淮間的傑出人物，一位出身世家，因有不忍人之心，爭之不得，自甘失敗。一位則爲饑驅覓食，無意封侯，居然做到皇帝。又怕一同起兵諸難友，看中他的寶座，將不利於孺子，於是殺戒一開，幾於不可收拾。不過歷史人物像朱元璋的人多，像楚霸王的人少。足見正人君子敵不過無賴流氓，自古已然，只是於今爲烈而已。

住南京久的都知南京東南有一方山，無論從那一方看，都像一長方案桌，正對紫金山脚的孝陵。有人說朱元璋選定此處埋骨，是以方山作案。其實名爲方山，只是一羣山嶺，深入其中反而不見案形。我們是在民十四東大校潮起後，接着又是上海五州風潮，學校停課，乃利用閑空，仍由歐陽翥的提議，溫德先生加入同行，先坐馬車至江甯鎮，換乘驢子逕向方山進發。因爲我們說不出要去的地方，便和驢夫包天議價。在這裡面走了一天，峯廻路轉，時刻迷失方向，經過稻田總在若干千畝，村落連接亦不在少數，居然被我們在兩山連接的隘道，一紅色小廟找到忠王李秀成被擒地方。這裡有兩家茶館，賣飯兼可留宿，於是坐下泡茶，正待訪問，因三人之中有一洋人，引來許多男女小孩，圍着爭看熱鬧。其中有六七十歲老人，多少記得一點同光時間故事，對忠王都說他是了不起的英雄，對湘軍紀律反而有所批評。他們稱曾國荃九帥，彭玉麟是彭打鍺，並說門帘橋的蔣驢子家是在他們那裡載到一箱金銀，主人衝散，金錢歸他，從此發起來的。

茅山道士透些神秘

我們當天無法回到江寧鎮，便索興在廟中留宿，望見句容和溧水之間的許多山嶺，其中一處有很多房屋的，便是富有神秘氣息的茅山。歐陽和我都怦然心動，溫德聽說這是道教勝地，也贊成前往一觀。翌晨匆匆吃過早飯，便乘原騎來的驢子向茅山進發。這一帶都是山路，很少村落，只有幾處公家農場可以得到茶水，大約下午三四點鐘才到嚮往已久的三茅宮。這裡山雖不高，但眼界很寬，俯視衆山，在勞苦行役六七小時之後，停下休息，精神頓覺舒暢。可能還有洋人同行之故，坐定未久，忽然跟來一位巡官，隨行警察兩人，向我們多方查問，然後帶往近處一個省立農場，祇說廟中不便保護，也買不到吃的東西，在山下住一宿，第三天由他們送到句容，再讓我們自己回南京去。我們從小就聽說茅山道士能呼風喚雨，法術高妙，稍長讀聊齋誌異，也有許多不可思議的誌載。這回親臨其地，所見廟貌規模並不算差，居高臨下亦有些神秘氣息，但到處塵封，不見香火，道士不到五人，都不像有何知識，十問九不答，令人有虛此一行之感。問農場中人，亦言在太平亂事，此處每年香期，鄰近各縣如句容金壇溧水溧陽都有成千香客，來此進香。近年地方不靖，此處爲四縣交界之處，大家能管，大家都可不管，時日既久，成爲毛賊嘯聚之地，香客裹足，原有道士星散，遂成這番模樣。

茅山對長江上游人員，的確頗有神秘意味，我們遇有常理不能解釋之事，便說這是茅山符咒，把人們視聽器官掩了，好像一種介乎仙狐之間的魔術。可是在此同一地區的近處，至少我到過看過的三茅宮便有三處：棲霞山頂上的三茅宮，在行宮上面有蹕路可通，往來京滬道上都可看到。另一在下蜀山頂，也是荒無人居的破廟。這三處的三茅宮都說是茅君兄弟三人（漢芳盈與弟固、衷）成道之處，我客江南十年很少聽到什麽玄秘故事。

棲霞之秋牛首春兮

南京人說到郊遊，有秋棲霞春牛首一句成語。棲霞楓樹與烏臼最多，經霜映日，在臘梅吐艷以前，看到使人心醉。牛首離南門雖僅二十五華里，平時少見馬車行駛，許多人住過上十年的，提到牛首都不知在那一方向。我在第二年春假曾和歐陽及幾位同鄉去過。因小時讀精忠說岳，對牛首山都曾有過印象，牛皐在此剿平一股土匪，正史亦有記載。因此對沿途地形都曾注意觀察，除一處懸崖近似牛頭，可以據險扼守外，餘處都屬邱陵地帶，遍地山花，觸目盡紅白杜鵑，與鄉農所植菓樹，櫻桃結實纍纍，溪水潺潺，純屬江南景色，山路曲折有人在畫中之感。向南騎驢走一小時，地名板橋，正在大興土木。問居民言爲金山返國僑村，已完成者有四五十戶，一律西式紅瓦，有公共會堂與雜貨店，一如今日所謂社區。因老華僑不懂國語，我等不能講臺山話，一二人能講簡單英語者言，因廣東不安定，在上海虹口區有小店，營此作養老打算。十三年後余至江蘇工作，江甯改爲實驗縣，其他五十九縣，多數都曾到過，獨對此一僑區印象最深，動念多次迄未再至。此處知者不多，希望到過的人能供給更多資料，對研究華僑歷史有很大幫助。

在南京讀書，每年都去明孝陵，對石刻翁仲，來自何處，每次懷着疑團，迄未得到解答。二十一年從歐洲返國，天放邀去湯山休沐，歸途至離城二十里處，天放領余下車步行，約一里許，經一狹隘石門，恍如又一天地。細看如希臘劇場，又如美國羅安琪好萊塢碗形集會所Hollywood Bowl 四面皆堅硬青石，有一側臥石碑，兩面俱已鑿平，僅一頭尚與山連，下面離地兩尺，兩處尚未割斷。天放與余從與山連接處走上橫碑側面，如臨沂街潤，可以走一汽車，長則五十三脚。站在地上望碑寬須仰視，至少有三個人高。天放初來係由吳稚老帶路，稚老看過江甯府誌，說，明太祖準備以此碑紀念功臣，因太大無法起運，碑未成，太祖已先崩逝。留下碑頭碑座，各有備插筒頭之窿窟三個，每一窟窿住石工一家，經常有人在此鑿石製硯。我初看不敢置信，仔細推測，當時確屬有此可能，祇因起重機尚未發明，無法使它竪立，燕王改都北平，便把此事放下。

到過此處，才把石材來自何處的疑團打破。所有翁仲石獸及一切石製陳設，俱在此處取石雕刻，做好放在大木排上，下置圓木，沿路滾往孝陵。大約太祖看到工作順利，引起更大雄心，才有此一規劃。據說當時看到無法轉運，曾有意改爲橫碑，就地佈置一新的環境，仍作紀念功臣之用。亦因太祖死後，別人無此雅興，不願做此勞民傷財之事。

此處地名魔山。天放說，吳稚老是因陪梧州李濟琛居湯山時，才有此空閑探幽尋勝，從誌書上找出此一地方，費很多工夫才發現此一所在。我在鎮江期間，每月總有一次乘車經過此處。遇着新來朋友，喜歡帶去看看。看過的都說是開了眼界，在中國似乎還未聽到有比這更大的石碑。

和鼓樓東面的大鐘一樣，雖然都是國內同類物中最大的一個，而且就在北極閣下，中大後面，鼓樓的左首，可是很少人到過大鐘亭，這裡更是鄉野荒僻，外觀無一特異之處，自然更少人到。

窮天下力克此金湯

南京城周九十餘里，在中國尚未聽說有何處城牆比此周延更廣。東南大學在北極閣下面，上鷄鳴寺走路不要一刻鐘。寺接臺城，與南京城牆連接。城外即玄武湖。在南京未建都前，我們遊玄武湖都在三月櫻桃熟時，沿城牆左走至豐潤門出城。經過一條長堤，到陶公祠（澍）小憩，然後找一櫻桃園，買小籃櫻桃携入舟中。慢慢盪槳到紫金山北面山麓，過太平門，仍循城牆走回成賢街宿舍。這一段只覆舟山與城牆接近，城外是湖，城內除兵營亦甚少人居，靠太平門行人寥落，難得見到一兩家雜貨店。紫金山右面山腰有一平坡名天堡城，可以俯瞰城內。曾國荃攻太平軍是在天堡城下僱挖煤工人鑿山穿洞埋大量炸藥，將城牆炸毀一角，乘煙霧迷漫之時一鬨而進。辛亥，江浙聯軍和由姚雨平帶的粵軍，也是在佔領天堡城後，向城內開砲，逼走張勳，取得南京。足見此處是軍事衝要，爲兵家必爭之地。

遊後湖的稍稍留心觀察，便能發現太平門的城牆有一部份是後來用新磚補的。現在當然不易看出舊時炸毀的缺口，可是上面立有一塊紀念用的石碑，雖粗心人亦不能視而無睹。聽說曾國藩爲紀念這一決定性的戰役，曾請幕中好幾位文章高手代作紀念文，看過都不滿意。最後還是自己動手，只有十六個大字，却把苦戰經過，犧牲慘重情形，紀念意義，和自己極度悲痛的懷念與同袍之愛，充分地表達出來。碑文是：

「窮天下力，克此金湯。嗟我將了，來者勿忘。」

謝公墩與半山寺

從這裡繼續前進，到朝陽門，城門是由覆舟山過富貴山。這一帶全屬兵營校場。城外由紫金山的後面走到前面，除天堡城一段與城內兩山連接，城脚都有很深的護城河。這時只有明孝陵和更遠一點的靈谷寺是舊有建築，翁仲石獸稀疏點綴，更顯出紫金山的雄偉。朝陽門是溝通城鄉的要道，向東走，經湯山，寶華山而至句容，是南京東面一個小縣。田疇未闢，人口不多，算是江南比較窮的地方。再偏西城內是明故宮範圍，雖亦雜生禾黍，從區舖白石的殿庭舊址還可看出一些宮苑規模，引發思古幽情。其中有一階石被加意保存，據說方正學先生被燕王割舌之後，滴下之血仍聯成一個簒字，我曾細視石上確有血迹。是否「簒」字則無法辨識。我去看時，距方正學被誅十族，至少有五百年，何以仍能保存完整？是好事者爲之，抑社會清議不直燕王所爲。於明亡後特爲保存此石，加以渲染，無論如何，其動機都是對的。在近聚寶門處，有一石刻謝公墩，另一石刻半山寺遺址。此處原屬王謝舊家範圍，謝公有墩，爲意中事。半山寺爲王臨川故居，何以會在城上，則不易想到。據說王後捨家爲寺，可能因築城之故，將寺遷別處，在此立一碑誌，亦接近情理。這裡是秦淮河水最寬之處，夏夜畫舫雲集，笙歌聞耳，燈火通霄。有一公園原爲紀念李純，後改第一公園，爲南京最早的新式公園。過復成橋有支那內學院，原爲南昌梅肖岩中丞公館，經梅擷雲居士介紹，讓與宜黃歐陽竟無先生，是國內研究內典的最高權威。向南向西便是南京本地人的活動範圍，市廛住宅連接緊密，夫子廟一帶茶館則是他們集會的中心。

沈萬三獻寶故事

從中華門到通濟門這兩處進出的人數最多，也是本地傳說最多的所在。據說當明太祖準備築城之時，有富戶沈萬三(秀)願意貢獻一半經費。又說聚寶門因河中流沙移動，牆基不易穩固。幾次合攏之後，馬上出裂罅，需要寶物鎮壓，方能合口。於是沈萬三獻出寶物，才把城門修好。照理有此貢獻應受上賞，不料明太祖又是一種想法，認爲平民能爲皇家築城，將非國家之福，還是把他殺了省事。這雖合象齒焚身的舊話，但我總覺有點懷疑，在元末大亂，江南羣雄割據，戰禍連年，個人怎能累積鉅資，爲皇家分擔築城費用。況農業社會財從土出，江南旣乏金銀出產，僅靠耕種亦難在一二十年積資千萬，作此驚人之舉。儘管這事在南京家家傳說，婦孺能言，多少名家筆記着意渲染，在我看都是未經細想，以意爲之的不經之談。

再來不見胡家花園

再向西走爲定武門，有名的金陵兵工廠在城外右邊伸延至中華門，佔地廣潤。護城河有不少船隻，此處出產可以裝船進入長江，運往全國任何處所。城內有胡家花園，是我在南京所見唯一比較完整的舊式庭園。太湖石的數量比不上蘇州幾處名園，但羅羅清疏，頗見邱壑。這時南京巨宅首數鐵湯池的丁運使公館，雖然美侖美奐，予人以富麗堂皇印象，其花園只有少數山石點綴，規模亦未超過中正街的交通旅館，和後來改作立法院的李公祠。此處屋舍雖不甚多，花園面積亦僅三五畝大，其格局輪廓却使人有清新之感。主人是誰，當時未曾鬧得清楚，戰後復員還都，偕友再去訪問，則已不知去向。後承舊友告知，主人家世式微，南京成首都後，城北紛建新宅，太湖石被人零星買去，園址亦數易主者，聞此不禁唏噓者久之。余知揚州亦有不少巨宅，其楠木廳與太湖石亦是零星拆售，此與焚琴煮鶴，眞可說是古今同慨。

第二泉與馬祥興

後來改稱中華門的南門，是南京通燕湖的城鄉要道。雨花臺是這裡一大名勝，除了石子和第二泉爲遊人所熟知外，還是南京的刑場和屛障這一方面的軍事要地。因曾作過刑場，所以本地人說去雨花臺，帶有罵人之意。他在軍事上的重要，是它具有南門前衞地位，佔領了它，南門便算有了保障。在此以南，一二十里都是平地，以此處丘陵起伏，利於防守，攻取則比較困難。舊有砲臺，我們未曾去過，據說可以控制二三十里的半徑，使步兵不能接近。假如爲攻方佔領，則城南一帶盡在望中，扭轉砲位，可以任意轟擊。民國元年張勳曾困守南京，聽到雨花臺，天堡城先後被佔，乃匆忙退出，從下關渡江。

方正學的墳是在雨花臺的山腰，墳前地下陳列一排排用小碗裝水的石子，供遊客選購。石子是這裡的特產，經常有幾十人家靠此爲生。另一吸引遊人的便是第二泉。自稱第二泉的茶館至少有四五家。據說祇有掛上許仙屏木聯的才是眞泉。許是吾贛奉新縣人，以翰林入曾文正幕，事平後任江寧藩臺六年，南京名勝題詠殆遍。他的聯語是集蘇詩成的：「携來天上小團月，來飲人間第二泉。」他寫的一筆柳字，蒼勁中有嫵媚氣，在當時算是名書家。

馬祥興是雨花臺旁最有名的回教餐館。在我作學生時未曾聽人道及，到二十一年留學回來，程天放先生把我帶來此處，試嘗他的鳳尾蝦、美人肝，和松子魚，的確別具一種風味。鳳尾蝦是蝦仁帶尾，美人肝則是鵞胸脯的鴨胰。來光顧的幾乎沒有不叫這兩味菜的。據天放兄言荼陵譚畏公是最早發現馬祥興的，畏公的品評，炒菜是此處第一，牛羊的割烹亦不比長沙李合盛差。抗日戰事結束之後，湘潭楊綿仲先生任財政部國庫署長，請我在此小吃幾次，經他提調，吃來格外有味。聽說財政部請來一位美國顧問，要綿仲陪他嘗過各種風味，對馬祥興特別具有好感，和財政部朋友通信，念念不忘馬祥興。這時的馬祥興和我初次見的已擴充數倍，門前汽車排滿，完全是一流館子氣派，只有門前一大盛湯圓鍋據說仍是四百年前故物。我很少聽到南京還有明朝留下的店舖。假如別處沒有，馬祥興留下的賬簿契據，到是值得研究一下。

江天小閣坐人豪

過中華門向西北走，約一小時半到水西門。出城右面是莫愁湖。向前經一小街，直通上新河，爲江西木排停泊之處。所謂河者實際爲長江東岸漲起一條浮沙，把江水分成兩線。靠東岸的水淺，河岸較窄，木排從上游飄來，經大勝關入口，賣不了的再從上新河進入長江，轉往鎭江常州出售。這進出口處設有木厘局，專征西幫木牌稅，每年比額爲二十萬元，以此沿河居民有半數來自江西豐城。我曾在茶館稍憩，聽到的盡是鄉音。

莫愁湖的水面看來似比玄武湖小些，除勝棋樓外，要以曾公閣比較軒敞。「江天小閣坐人豪」的橫額已忘却爲何人手筆。湖水自水西門起至漢西門止，至少有五六里長，滿湖荷花，紅綠相間。同是城牆，從明孝陵看，只見它的雄壯，從莫愁湖看却又是一種嫵媚姿態，尤其在夕陽銜山之時，照着遠處雉堞，倒映湖中，眞有一種說不出是美妙，南京的城牆應算這一段的最美。

漢西門內景物應數掃葉樓和龍蟠里的藏書。掃葉樓是我最早遊覽的南京名勝。我民十進東南大學，大約是十一月的中旬宋奉莪先生帶我拜謁鄉前輩義寧陳散原先生，由他老人家的提議，我們同去清涼山登掃葉樓，滿山紅葉照上下午的陽光，美妙不可言狀。這裡因偏在城西，除春秋佳節，遊人比較稀少，顯得格外清淨。坐下泡茶，遠眺江心洲，近看莫愁湖，亦能使人心曠神怡，塵慮全消。龍蟠里藏書，以丁氏八千卷樓作底子，經柳師翼謀逐年添購，至抗戰以前已爲江南收藏最富的國學研究中心。許多宋元精槧，吸引各方學者，來此作校勘觀摩。爲南京又一名稱的石頭城也離此不遠，從前爲基督教會的聖經學校後來改作最高法院的院址，就在石頭城的近處。

今日華屋櫛比之處原是舊日狐鼠窟穴

過清涼門再向前走，經過兩處城門——草塲門與定淮門，聽說平日都不打開，城外亦無人居，我們未曾下去，無可奉告。城內亦是一片荒涼，到處浮厝，有時屍骨暴露，行人咸掩鼻而過。我們初次繞城是民十一年，金陵女大校舍尙未興建，小倉山房遺址片瓦無存，所謂鷹揚營者，只是沒有樹木的山崗，但見荒煙蔓草與三兩佛寺點綴其間，其中僅古林寺爲叢林規模，常住不到二十人，寺僧以種花爲副業，牡丹開罷，芍藥亦近尾聲。此一地區在民國十三年前，甚少人到。自金陵女大校舍建成，始漸引起外間注意。民二十內戰結束，此處闢為新住宅區，一二年後華屋櫛比，迨余留學歸來，再至其處，則已過路縱橫，房舍整潔，如非親身經歷，決難想到此一高貴地區，竟是舊日狐鼠窟穴，荒塚壘壘，羅刹出沒之陰森世界。

再北行為挹門，為去下關要道，海軍魚雷槍砲學校和英國領事館俱在近處。獅子山突出城北，為城內唯一要塞。城牆環山建築，雖亦站有哨兵，並未禁止通行。繞過要塞，向東走約三四里，經過兩處城門，僅知一處直通燕子磯的名神策門，我等曾騎驢走過數次。除燕子磯為遊人所熟知外，沿江有水流沖激而成的石洞大小一十二處，洞中都安置佛像，遊人至此感到濃厚的佛教氣氛，亦為研究地質構造的最佳處所。

我們繞城之遊是從清晨七時出發，走到此處已是夕陽銜山時會，這時已接近後湖，城牆折而南向，過豐潤門未停，回到臺城正是萬家燈火。宿舍已開過晚飯。許多人住宿舍一年只是去後湖春遊，走過一段城牆。像我等繞城三匝似乎還很少聽過。臺城去豐潤門一段，星期假日遊人最多。經太平門登紫金山的只有我們同學能利用此一捷徑。從太平門南行，走過東面一段的，我大學同學十人中難有一人。走過西城，不敢說絕無其人，即有也不會太多。至於一鼓作氣，一天走完全城。我敢說一百人中難得一人。那時南京城內不過幾十萬人。城南城北很少往來。我們住城北的以北門橋唱經樓為商業中心，只有書籍文具才去花牌樓向商務中華購買，因此下關只有開學放假時經過，夫子廟在一學期中難得去一兩次。只有鷄鳴寺因離宿舍太近，幾乎每一星期至少要登臨一次。

鷄鳴寺的懷念

鷄鳴寺是六朝古刹，保存得比較完整。我們喜歡登臨，除了接近宿舍原因而外，主要還是此處居高臨下，眼界廣濶，面對後湖的紫金山，湖光山色盡入眼底，有時縱目遠跳，見滬甯路上火車從堯化門蜿蜒而至，輕煙裊裊。青山綠水增加顏色。便在近處看火車經過，聽到刺耳的汽笛。便使人有不快之感，一經逼近，如風馳電掣，加上人潮洶湧的嘈雜情形，會使神經稍微衰弱的人，感到頭暈想嘔，站立不住。祇有從遠處看。沒有粗躁刺耳的怪聲，像龍蛇在地上蠕動，經過山林川澤，稍隱稍顯，假如大自然是一幅畫圖，這種動的畫面，只有風雨歸舟，差可比擬。

我們經常到的是豁蒙樓，大約有二十幾張茶桌，星期日沒有別的活動，總是帶幾本書，泡碗茶，讀到午飯時分，不回去便叫一碗素麵，吃完去臺城散步，或到下面走走，再回到這裡。豁蒙樓二字橫匾，記得是張之萬手筆。從民國十一年起又加上新會梁先生的集句對聯，「江山重疊爭供眼，風雨縱橫亂入樓」，的確把斯樓情景具體地勾畫出來。因東大學生把此處看作是自己的活動範圍，聰明的賣報者會在星期日把大捆的上海報紙，送來這裡。這樣又可以延長我們的逗留時間，坐到黃昏時候才收拾書本，緩步下坡，回到宿舍晚飯。

三十八年三月我還到過南京一次，在大石橋舊友家中住過一宿。翌晨和他同去臺城和鷄鳴寺，除舊日路旁荒塚全部遷除，中央研究院在此新建許多學人住宅，臺城和豁蒙樓風物未改舊觀。此時距南京淪陷只一個半月，天地昏黑，羣魔亂舞，到處看出山雨欲來的不安狀態。中央大學正在忙於遷校，却偏偏未曾遷出。以後情形便不堪聞問，記金陵遊踪，遂止於此。

謙廬隨筆

三十四

矢原謙吉遺著

雷嗣尚恃才傲物

余之初識雷嗣尚也，在北海『仿膳』之雅集中。與會者，尚有自晉啣命來此，與宋明軒密論時局之孫奐侖與李鴻文。二人均能詩，在閫幕中，其詩名僅次於賈景德。余雖不文，而與司徒校長及貝神父，皆以能操華語，華友極多之故，得有忝陪末座之機緣。

雷有奇相，面方鼻扁，頭大如斗。座中與北平財政局長林世則爲隣。林亦老西北軍也，曩留學日本，日語極爲流利，待人接物，玉潤珠圓。席間左右週旋，談笑風生，且於酒酣耳熱之際，徇在座者之請，高歌『天津落子』一曲。雷坐其傍，高談濶論，語驚四座。月旦人物時，更目無餘子，儼然有其鄉前輩左季高之古風。

席間，有聯句之舉，余等外人，曷敢附庸風雅，皆敬謝不敏。林叔言（世則）亦以不擅詞章爲辭，堅欲置身事外。衆皆强之，雷忽顧林而笑曰：

「吾固稔兄之日語，較若干日人尤勝一籌。必於日本文人所作之『漢詩』，有所涉獵。曷即仿若輩先例，大筆一揮，以助雅興？夫日漢詩中之佳作，已超彈詞與二簧中之『定場詩』而上之，頗有『打油詩』之風韻矣！」

林則始終笑遜之。雷乃謂余曰：

「詩言志，與政局無關，就詩論詩之語，幸勿視爲夷狄華夏之意。」

余於日人之漢詩，拜讀多矣。竊以爲自古迄今，惟有乃木大將所吟之『征馬不前人不語，金州城畔立斜陽』二語，堪稱詩耳！」

當時，吾友管翼賢亦在座。私語余曰：雷恃才傲衆，孤芳自賞，雖亦風雲際會，而落落寡合，出語輒非狂即刻薄，非刻薄即牢騷，或竟三者兼而有之。故雖相識滿天下，而人皆憚之。

未幾，余又邂逅雷於六國飯店。偶一週旋後，雷即顧其挽臂之麗姝曰：

「此君乃一『三島屈原』也。」言訖大笑，而余始於不解。事後請教於李蓮廬，李曰：「三島一詞，君當素稔其所指。屈原嘗爲『三閭大夫』。故所謂『三島屈原』者，實即『東洋大夫』之意也。」

余既悉此中秘奥，遂乘機書一請柬邀雷小酌於明湖春。柬上除時間地點外，僅書七言二句曰：『征馬不前人不語，東洋大夫宴楚狂。』及時，雷果欣然而至，且偕日前之麗姝與一少年與俱。見而大笑曰：「東洋大夫的是可人！『楚狂』一號，深得我心。眞乃知我也哉！知我也哉！」

余熟視該少年，知爲吾友丁春膏之幼子，異其何以竟與目空一切之雷如影隨形。雷曰：「此乃吾徒也。民國好官如其父者，稀於九牛之一毛。故吾欲授之以詞章與縱橫之術，盡傳吾學。他年入閣拜相，治國平天下，庶世人皆知：好官亦必有好後也！」

又指其麗姝曰：「此乃北國之『閃電娘娘』也。」

既入席，雷呼侍者來，詢以將有何湯何菜，而更易其半。麗姝恐余不憚，輕語之曰：「欲有所更易，何不先詢主人？」

雷笑曰：「何必忸怩若是？東洋大夫乃一外賓，豈能對中國佳餚美饌，精通勝我？與其陳列滿枱，食之無味。曷如當仁不讓，令在座者大快朵頤。此非越俎代庖，實乃當仁不讓也。」

菜至，果極鮮美，雷且食且讚，舉杯謂余曰：「美人，美饌，美酒，三美得而兼之，雷嗣尚不亦樂乎？」

移時，又笑曰：「吾見君爲熱腸人，故敢以實相告。來此之前，林叔言與丁春膏二君，已盛道先生之淡泊不苟，置身於政局之外者十有餘年，非所謂一般『居留民』之流可比。否則，焉肯冒險赴此『鴻門宴』乎？」

言未竟，而秦德純處之電話已至，促其即赴「進德社」，有所商談。蓋是時雷初出任故都之社會局長，與林叔言儼然爲秦之左輔右弼，大有不可一日無之之勢。雷既奉召，惟有置酒饌於不顧，匆匆別去，極表歉然。

余慰之曰：「此正足證秦市長與宋明軒先生，對君倚畀之重，信託之殷也。」

雷笑曰：「倚畀云何？信託云何？吾之今日實有如二簧之『楊四郎，坐宮院』也！」

宴後多日，余偶詢諸丁春膏：雷語中之「閃電娘娘」與「楊四郎坐宮院」，果何所指？丁沈思頃刻，莞爾而笑曰：「中國之『封神榜』與『玉歷寶鑑』中，司雷電之神，一名雷公，一名閃電娘娘。以其二者如影隨形之故，世俗又多稱此一『娘娘』爲『雷婆』。雷稱麗姝爲『北國閃電娘娘』，意謂此乃其北方之雷太太也。蓋雷尚有髮妻，留居於三湘故郡也。老西北軍中人，素惡離婚與納妾。納妾猶可恕，而離婚則期期以爲絕倫常。是故雷雖風流自賞，另覓美眷，猶未敢與昔年結髮一刀兩斷。至於『楊四郎，坐宮院』者，實隱有楊之戲詞二句曰：『我好比籠中鳥，有翅難展；我好比淺水龍，困在沙灘！』」

雷出此語，狀若笑言，實則牢騷。其眞意究何所指，則非外人所可知矣！」

自是，雷遂與余漸熟，不再以「化外遊方術士」視我矣。而每於茶餘酒後，捫腹漫談之際，亦常發肺腑之言。

（未完待續）

紅軍各部「長征」路線圖

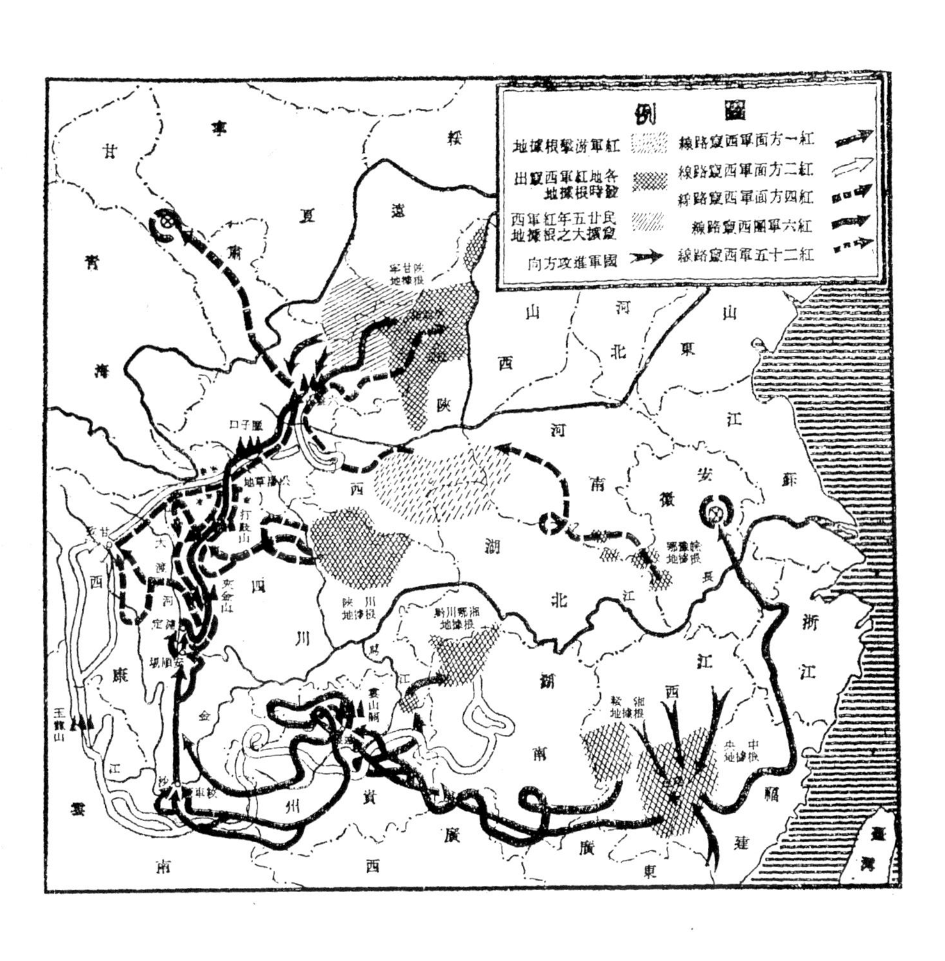

細說「長征」

【七十】

□吟龍□

國軍第六十七師，於二十七日晨，由朱溪堡沿盱江左岸攻擊前進，十時進佔清水塘，十二時，紅軍發動猛攻，國軍四零二團第二營營長潘耀初陣亡，陣地被突破，師長傅仲芳親率預備隊逆襲，肉搏三次，始將陣地恢復。紅軍以進攻第六十七師不逞，乃轉移主力向第十四師進攻。

奉令協力第六十七師向清水塘以西蓮花山一帶高地進攻之第十四師，是(二十七)日晨由龍背岡攻擊前進，先後在下鑑、楊家堡等地遭遇紅軍，進展遲滯。至十時四十分，先頭始進展至蓮花山以南高地。十一時許，油榮園一帶之紅軍向蓮花山陣地作波浪式攻擊，往復衝擊，狀至慘烈。時第十一師已攻佔巴掌形，羅卓英指揮官乃令第十一師以一部固守巴掌形，主力向蓮花山方面增援；至十五時，第十四師在蓮花山一帶與紅軍慘烈爭奪，時適第十一師主力趕到，並與左翼第六十七師取得連絡，戰況始稍趨穩。惟時近黃昏，霍揆彰師長乃令各團在敵火下加緊構築工事以防突襲。

河東方面，第八縱隊指揮官周渾元，是日晨以第九十七師向藕塘下、挑排洲之線，第五師向小坳、烏溪之線攻擊前進，以配合西方面右縱隊之攻勢行動，並以第九十六師集結廝窩山、大坑一帶為預備隊。

第九十七師於二十七日七時，在黃泥排一帶展開攻擊前進，七時三十分迫近板馬陂、馬坊寨一帶高地。各該高地均有紅軍構築之碉寨，憑恃其優越之地形，據高臨下，頑強抵抗。國軍首先集中炮火轟擊，繼以一部迂迴翼側，酣戰三小時，紅軍因受炮火威脅，復受側翼圍攻，勢漸不支，頓現動搖；國軍乘勢奮勇進攻，至十一時十分，先後攻佔板馬陂、馬坊寨。紅軍向廣昌方面潰退。十一時三十分，第九十七師以一部在板馬陂一帶構築碉寨，主力繼續攻擊前進，至十三時許，進抵藕塘下附近。該處紅軍稍加抵抗，即向中坊、順化渡方面逃竄。國軍於十五時三十分，完全佔領藕塘下，挑排洲之線與西岸友軍取得連絡。

第五師於是（二十七）日晨在肥魚塘一帶展開，向當面之紅軍攻擊前進，至正午十二時許，先後攻佔麒麟山、清涼山及花家寨、鷄藏寨各高地。當國軍進攻花家寨時，其右側楊梅嶺一帶之紅軍向國軍射擊，以圖牽制；謝溥福師長即以預備隊第三十團增援，始將紅軍擊退。該師乃在中華山、花家寨之線構築工事，十六時許，工事完成與紅軍對峙。

四月二十八日，總指揮陳誠下令各軍全面進攻，佔領廣昌。

各部隊奉到上項電令於二十八日七時，各向指定目標攻擊前進；第六十七師及第七十九師第二三七旅在平面嶺及其以西地區，與憑依碉堡頑強抗拒之紅軍千餘激戰其烈；八時三十分，樊崧甫指揮官親率第七十九師第二三五旅到達平面嶺西北高地指揮，官兵士氣大振；斯時雖大雨傾盆，但各級官兵均奮不顧身，直向紅軍碉堡進迫，同時山炮、迫擊炮集中火力向廣昌城西北高地一帶紅軍碉堡猛轟；第二三七旅之第四七四團乘勢猛攻，將平面嶺東西之線紅軍碉堡先後摧毀，並佔領該地。紅軍死傷枕藉，驚惶失措，狼狽逃走、國軍第四七四團及第六十七師第四零二團，躡尾追追，於九時三十分，首先佔領廣昌城。國軍全線同時猛進，將廣昌東南西南各要點全部佔領。紅軍分向頭陂、白水等處潰退。國軍追至河東，樊指揮官除令第七十九、第六十七兩師各以一部掃清戰場，鞏固佔領地區外，主力向頭陂、新安方面進擊。

河東方面，第八縱隊周渾元指揮官二十八日晨，令第九十六師向中坊方面，第九十七師向河東順化渡之線攻擊；是時紅軍第十三師佔領百花山一帶側面陣地，中坊方面為紅軍第二師，其第一師則在百花山東端策應。

四月二十八日六時三十分，國軍第九十六、九十七兩師，各向指定目標攻擊前進；至九時許，第九十六師攻佔中坊，第九十七師近迫順化渡。時因百花山之紅軍威脅國軍側翼，第九十六師乃先向百花山進攻，第九十七師繼續向南挺進。集中炮火向中坊南端高地轟擊。至九時三十分，因國軍河西部隊攻入廣昌，河東紅軍頓現動搖；國軍第九十七師乘勢猛攻，先後摧毀紅軍碉堡數座。繼續戰鬥約一小時，紅軍見堡壘已失，更無鬥志；加以國軍攻勢益猛，遂自行潰散紛紛向白水方面退走。國軍遂佔領順化渡與河西友軍取得連絡。第九十六師與百花山紅軍激戰二小時，至零時三十分迫近百花山陣地，國軍猛烈進攻，至十三時三十分紅軍不支向長生橋方向潰退，國軍佔領百花山高地，翼側得以鞏固。

廣昌會戰從四月十日至二十八日，國共兩軍激戰近二十天，由廣昌北面之甘竹直至廣昌縣城，沿線經二十次之激戰和反復衝殺與肉搏，戰況空前慘烈，死傷枕藉。紅軍雖一再以短促突擊從正面與側面向國軍猛撲逆襲，乃至利用夜色，實施近距離之白刃肉搏，但均為國軍各部隊間之相互支援所擊退。紅軍所憑藉抵抗之堡壘工事，亦為國軍之空軍與炮兵一一摧毀，於是國軍乃向南沿線苦戰與推進，終於失敗結束。是役，紅軍傷亡四千餘人，國軍亦傷亡二千五百人。

紅軍自廣昌會戰失敗後，對戰事前途已失却信心，重要人員當時有三種對策，一是毛澤東的四路分兵計劃，雖為中共中央及軍委所否決，但方志敏，尋淮洲的北上，蕭克的西進，仍是根據毛澤東的意見。一是周恩來計劃突圍，此事經過留待後面再說。另一個便是國際軍事顧問李德的「短促出擊」戰術，這項新戰術在廣昌會戰前提出，為中共軍事領導人接受，由中央軍委命令實施，同時李德又以華夫筆名在「革命與戰爭」期刊第二期發表「

革命與戰爭的迫切問題」一文，文中指出：

「目前敵人的五次圍剿，是同以前的根本不同。在戰略上敵人放棄了過去堅決的突擊，目前敵人的企圖，是在逐步地消耗我們的兵力及資材，並且他有其特殊的戰術來達到這一目的。這一戰術的主要特質即是堡壘主義。逐步地緊縮我們的蘇區，剝奪我們進行運動戰的可能性，將我們的游擊隊隔斷在他的後方，離開我們的主力軍，結果在蘇區及紅軍的周圍，造成了緊縮的堡壘圈。敵人有系統的採用技術戰，在地上有充足的火器（機關槍，迫擊砲及砲兵），並且有空軍來加强及援助其微弱的步兵。

很明顯的，在敵人這樣的戰術下，用我們過去簡單游擊戰爭的方式已經是不夠了，為要在敵人新戰術的條件下，取得決定的勝利，紅軍必須研究幷應用現代的軍事戰術。除了保持我們原來的主要優點以外，幷充實以新的戰鬥方式。在目前條件下的現代戰術，主要的應根據下列的三個原則：

（甲）為進行游擊動作，派出不大的部隊並配合地方部隊，在敵人的後方翼側，有時甚至於在正面進行游擊戰爭，箝制削弱幷瓦解敵人。在居民的幫助下，在一切的戰鬥動作中，表示充分的自動性靈活性和堅決性，才能執行其所負担的重大任務。進行游擊戰爭時，包括有破壞道路，拆毀工事及堅壁清野的任務。

（乙）在最主要的方向，部署防禦以行直接保衞蘇區，要以最少數兵力和資材（彈藥亦然）箝制敵人大的兵力，才是眞正的防禦。因此構築支撑點或堡壘地域，以便確實的能抵抗敵人的飛機大砲，或是在山地地區進行連續的運動防禦戰。

在各種的情況下，應估量到我們軍隊的特性，特別是他奮勇的威力。防禦時應佈置積極的防禦，以少數的兵力及火器守備堡壘，而主力用來施行短促的突擊及襲擊，以便於堡壘前瓦解敵人，消極的防禦一定是失敗的。

（丙）在某一方向集中主力以行堅決的突擊，幷在堡壘外消滅敵人的有限兵力。游擊戰爭和防禦雖是革命戰爭必須的方式，主力的機動和突擊是有決定意義的。只有這樣才能爭取五次圍剿中及敵人以後進攻中的勝利，而重新轉到戰略上的進攻。

但是在這一方面，戰術的方式也是變動了，照正規說來，敵人往往是不離開其堡壘一二十里以上（往往是少些），誘敵深入已是達不到目的的，而要去尋求敵人，自已要隱蔽，當敵人出擊時，則有計劃的或誘致敵人而猛撲之。主要是從側面突擊敵人的後續部隊，或是突擊其先頭部隊，但總要切斷敵人與其基本堡壘的聯絡，以便確實的消滅其有限兵力及奪取其物質資材。作戰時要使用全力，以便一舉而迅速的解決戰鬥……

（未完待續）

香港詩壇

水亭東望

伍醉書

薄霧沾寒向臘前，一亭臨水水浮烟，朔風連月還吹浪，不碍閒鷗自在眠。西山致爽能酣客，東海潮回又滿潯，自爾微生堪作適，濠梁先忘羡魚心。

我

朱琴庵

我自何方來，我自何方去？匆匆數十年，我即無覓處。當茲一息存，廣種菩提樹！上有蜜波羅，度人已無數。人生五大關，生老病死苦，超脫出塵寰，走向慈悲路，一葦江上浮，渡人亦自渡！

遊永珍新三五花園

劉鐵梁

稻香花氣滌煩襟，飛閣虛廊自淺深，草木有心酬雨露，高槐低柳各森森。

夜起

劉太希

一墮微塵界，情瀾似海瀾，崩騰終不竭，汨沒豈無端，身在緣長在，燈殘夢亦殘，素娥如我醒，清景當詩看。奇泪悲難蓄，殘詩愛未删，好游愁老至，不夢覺身頑，快意皆爲累，無能却有閒，狂義擾眞悟，琴笛起空山。

歲闌和亦老原韵

包天白

日望江南歲又闌，心潮難遏盪微瀾，重陰未解無佳訊，朔氣先來有苦寒，入市啁啁噪雀陣，滿堂濟濟沐猴冠，高登更莫分吳楚，一帶江山如畫看。

風動浮香近好春，換年時節一番新，詩吟搖落憐羈客，茗約殷勤喜主人，囊括早教窮玉帛，捐輸偏可耀簪紳，飛天此日尋常事，漫道淮安世外民。

茫茫一水作居停，飄泊竟如雨打萍，靜聽風聲鳴北牖，待看雲氣起東溟，雁沉書斷家猶遠，詩在情眞字更靈，但願春回舒老眼，溪山常綠海長寧。

百年擾擾豈尋常，星斗長天望渺茫，白髮有人思故土，青山無主本吾疆，澄心一片江頭月，醉夢千場客裡鄉，且待春光明媚日，携孫緩步看耕桑。

歲闌次亦老韵

張方

一年擾攘歲將闌，枉把吟懷寄碧瀾，紙碎金迷哀世薄，鐙紅酒綠散宵寒，商猶無計休言富，宦向忘緣合挂冠，堪笑大千塵莽莽，空留老眼盡情看。

梅柳渡江又報春，百年世事幾番新，狂迷浩刼難援手，落拓窮簷欲助人，片語有時成大德，佳章無命讓權紳，蕭蕭車馬猶岑寂，待向商山作逸民。

每懷月落與雲停，獨感天涯浪逐萍，靜愛高朋吟白雪，閒沽芳酒飲滄溟，佳兵雖老心猶勇，名士投荒性不靈，我是流人何足介，萬方民物待康寧。

蝸蠻人事不尋常，欲卜承平更渺茫，日月悠悠思北陸，關河寂寂老南疆，漫言安土爲長客，且看殘山是故鄉，强挽梅花來渡歲，潮聲嗚咽失苞桑。

歲闌

亦園

朔氣方深近歲闌，松筠作浪等狂瀾，栖岩野鶴猛嫌冷，浮海閒鷗不解寒，點點羈愁成涕淚，嶙嶙傲骨損衣冠，南來子弟今俱老，禹甸蠻疆一例看。

無私天地欲回春，梅菊當途氣象新，十里樓台成鬧市，萬方魚米養閒人，金磚隨福分窮富，玉厦何緣集盜紳，但願東風吹夢醒，悠然長作太平民。

冷雨打窻夜不停，天涯夢醒感浮萍，風飄落木成孤客，人慨餘生寄遠溟，詩酒一尊難共味，河山萬古漸忘靈，休言寸土塵吹易，劃地爲牢志亦寧。

濁世滔滔事不常，百年風雨感迷茫，投閒有客居東渤，稱勇何人主北疆，一水難回空止渴，千山猶在可還鄉，誰家能借仙家藥，老眼當看海換桑。

編餘漫筆

編者

本期「滇魯烽煙話李彌」已刊完，此是一篇力作，所記資料至爲翔實，文字亦饒有史家筆法，在本刊是少見佳作。本期同時又刊出于衡先生「李彌將軍周年祭」一文，于衡先生當李彌將軍在滇緬邊區指揮游擊隊作戰時，以新聞記者身份前去採訪，爲第一位也是唯一的一位進入滇緬游擊區的中國記者，曾爲李彌將軍座上客，李彌將軍返台後，兩人又經常交往，算是忘年至交，此篇文情並茂，與胡士方先生大文有互相發明處。

黃季陸先生「劃時代的民國十三年」，提出許多珍貴史料，均爲外界不知或知而不詳者，本期刊出中篇，下期刊完，請讀者注意。

蔣永敬先生之「南京時期的國史館」一文臚列無遺，國史館爲研究現代史的樞紐，但很少人眞的研究過國史館，相信蔣先生大文中所述之事，許多均爲近代史家所不知者。

「民國二年四川討袁始末」一文，亦屬重要史料，此役在當時並未發生太大作用，但却引起了嚴重「後遺症」，因爲以後的川滇黔軍內閧，四川之內戰，莫不肇因於此。

另外有兩篇關乎近代史是非問題的文章。一篇是萬耀煌將軍之「硯山老人雜憶」，原刊湖北文獻，此文與一般史書記載不同，尤其是「中部同盟會總會」在湖北情況，萬將軍是個中人，對此有不同記述，與黨史所載有異。最重要者還是孫武的問題。孫武是武昌首義元勛，但在武昌時與當時革命軍總司令黃興相處不協。到了南京臨時政府成立，黃興任陸軍總長，政府總次長名單大部由其擬定，孫武求爲陸軍次長或參謀次長而不可得，激起湖北人公憤。民國成立後，湖北同盟會員全部倒戈，另組團體與同盟會相抗，湖北同盟會員未變節者也只有居正，曹亞伯，張知本數人。北伐成功後又以國民黨員身份活躍政壇之劉成禺，當時即爲湖北反同盟會之大將。二次革命失敗後，黎元洪在湖北專捕殺湖南人，認爲凡在湖北之湖南人皆亂黨，譚人鳳，曾貽書相責，此一兩湖革命同志自殘事件，近代人已甚少提及，故特畧述一二。

另一件事即是張學良殺害楊宇霆問題。時至今日尚有人以爲張學良以銀元卜殺人爲當者，編者深感忍無可忍，另撰專文以正其非。我輩老百姓生平未履廟堂，與任何人皆無恩怨，但目睹國家事弄到這步田地，要追究始末，對誤國害民之輩，非盡情揭發不可，否則辦這份雜誌也就失去意義了。

掌故（七）

數位重製・印刷	秀威資訊科技股份有限公司 https://www.showwe.com.tw 114 台北市內湖區瑞光路 76 巷 65 號 1 樓 電話：+886-2-2796-3638 傳真：+886-2-2796-1377
劃 撥 帳 號	19563868　戶名：秀威資訊科技股份有限公司 讀者服務信箱：service@showwe.com.tw
網 路 訂 購	秀威網路書店：http://store.showwe.tw 國家網路書店：http://www.govbooks.com.tw

2020 年 7 月
全套精裝印製工本費：新台幣 35,000 元（全套十二冊不分售）

Printed in Taiwan　　ISBN:9789863268130 CIP:856.9

本期刊僅收精裝印製工本費，僅供學術研究參考使用